国家出版基金项目
NATIONAL PUBLICATION FOUNDATION

浙江文化研究工程成果文库

浙东唐诗编年史长编 （上册）

胡可先 俞沁 著

ZHEJIANG UNIVERSITY PRESS
浙江大学出版社
·杭州·

图书在版编目（CIP）数据

浙东唐诗编年史长编 / 胡可先，俞沁著. -- 杭州 ：
浙江大学出版社，2024. 12. -- ISBN 978-7-308-25748-0

Ⅰ. I207.227.42

中国国家版本馆 CIP 数据核字第 20241NE214 号

浙东唐诗编年史长编

胡可先　俞　沁　著

责任编辑	吕倩岚	
责任校对	蔡　帆	
封面设计	周　灵	
出版发行	浙江大学出版社	
	（杭州市天目山路 148 号　邮政编码 310007）	
	（网址：http://www.zjupress.com）	
排　　版	浙江大千时代文化传媒有限公司	
印　　刷	杭州宏雅印刷有限公司	
开　　本	710mm×1000mm　1/16	
印　　张	57.25	
字　　数	1026 千	
版 印 次	2024 年 12 月第 1 版　2024 年 12 月第 1 次印刷	
书　　号	ISBN 978-7-308-25748-0	
定　　价	298.00 元（全二册）	

浙江省文化研究工程指导委员会

浙江文化研究工程成果文库总序

　　有人将文化比作一条来自老祖宗而又流向未来的河,这是说文化的传统,通过纵向传承和横向传递,生生不息地影响和引领着人们的生存与发展;有人说文化是人类的思想、智慧、信仰、情感和生活的载体、方式和方法,这是将文化作为人们代代相传的生活方式的整体。我们说,文化为群体生活提供规范、方式与环境,文化通过传承为社会进步发挥基础作用,文化会促进或制约经济乃至整个社会的发展。文化的力量,已经深深熔铸在民族的生命力、创造力和凝聚力之中。

　　在人类文化演化的进程中,各种文化都在其内部生成众多的元素、层次与类型,由此决定了文化的多样性与复杂性。

　　中国文化的博大精深,来源于其内部生成的多姿多彩;中国文化的历久弥新,取决于其变迁过程中各种元素、层次、类型在内容和结构上通过碰撞、解构、融合而产生的革故鼎新的强大动力。

　　中国土地广袤、疆域辽阔,不同区域间因自然环境、经济环境、社会环境等诸多方面的差异,建构了不同的区域文化。区域文化如同百川归海,共同汇聚成中国文化的大传统,这种大传统如同春风化雨,渗透于各种区域文化之中。在这个过程中,区域文化如同清溪山泉潺潺不息,在中国文化的共同价值取向下,以自己的独特个性支撑着、引领着本地经济社会的发展。

　　从区域文化入手,对一地文化的历史与现状展开全面、系统、扎实、有序的研究,一方面可以藉此梳理和弘扬当地的历史传统和文化资源,繁荣和丰富当代的先进文化建设活动,规划和指导未来的文化发展蓝图,增强文化软实力,为全面建设小康社会、加快推进社会主义现代化提供思想保证、精神动力、智力支持和舆论力量;另一方面,这也是深入了解中国文化、研究中国文化、发展中国文化、创新中国文化的重要途径之一。如今,区域文化研究日益受到各地重视,成为我国文化研究走向深入的一个重要标志。我们今天实施浙江文化研究工程,其目的和意义也在于此。

　　千百年来,浙江人民积淀和传承了一个底蕴深厚的文化传统。这种文化传统的独特性,正在于它令人惊叹的富于创造力的智慧和力量。

浙江文化中富于创造力的基因,早早地出现在其历史的源头。在浙江新石器时代最为著名的跨湖桥、河姆渡、马家浜和良渚的考古文化中,浙江先民们都以不同凡响的作为,在中华民族的文明之源留下了创造和进步的印记。

浙江人民在与时俱进的历史轨迹上一路走来,秉承富于创造力的文化传统,这深深地融汇在一代代浙江人民的血液中,体现在浙江人民的行为上,也在浙江历史上众多杰出人物身上得到充分展示。从大禹的因势利导、敬业治水,到勾践的卧薪尝胆、励精图治;从钱氏的保境安民、纳土归宋,到胡则的为官一任、造福一方;从岳飞、于谦的精忠报国、清白一生,到方孝孺、张苍水的刚正不阿、以身殉国;从沈括的博学多识、精研深究,到竺可桢的科学救国、求是一生;无论是陈亮、叶适的经世致用,还是黄宗羲的工商皆本;无论是王充、王阳明的批判、自觉,还是龚自珍、蔡元培的开明、开放,等等,都展示了浙江深厚的文化底蕴,凝聚了浙江人民求真务实的创造精神。

代代相传的文化创造的作为和精神,从观念、态度、行为方式和价值取向上,孕育、形成和发展了渊源有自的浙江地域文化传统和与时俱进的浙江文化精神,她滋育着浙江的生命力、催生着浙江的凝聚力、激发着浙江的创造力、培植着浙江的竞争力,激励着浙江人民永不自满、永不停息,在各个不同的历史时期不断地超越自我、创业奋进。

悠久深厚、意蕴丰富的浙江文化传统,是历史赐予我们的宝贵财富,也是我们开拓未来的丰富资源和不竭动力。党的十六大以来推进浙江新发展的实践,使我们越来越深刻地认识到,与国家实施改革开放大政方针相伴随的浙江经济社会持续快速健康发展的深层原因,就在于浙江深厚的文化底蕴和文化传统与当今时代精神的有机结合,就在于发展先进生产力与发展先进文化的有机结合。今后一个时期浙江能否在全面建设小康社会、加快社会主义现代化建设进程中继续走在前列,很大程度上取决于我们对文化力量的深刻认识、对发展先进文化的高度自觉和对加快建设文化大省的工作力度。我们应该看到,文化的力量最终可以转化为物质的力量,文化的软实力最终可以转化为经济的硬实力。文化要素是综合竞争力的核心要素,文化资源是经济社会发展的重要资源,文化素质是领导者和劳动者的首要素质。因此,研究浙江文化的历史与现状,增强文化软实力,为浙江的现代化建设服务,是浙江人民的共同事业,也是浙江各级党委、政府的重要使命和责任。

2005 年 7 月召开的中共浙江省委十一届八次全会,作出《关于加快建设文化大省的决定》，提出要从增强先进文化凝聚力、解放和发展生产力、增强社会公共服务能力入手，大力实施文明素质工程、文化精品工程、文化研究工程、文化保护工程、文化产业促进工程、文化阵地工程、文化传播工程、文化人才工程等"八项工程"，实施科教兴国和人才强国战略，加快建设教育、科技、卫生、体育等"四个强省"。作为文化建设"八项工程"之一的文化研究工程，其任务就是系统研究浙江文化的历史成就和当代发展，深入挖掘浙江文化底蕴、研究浙江现象、总结浙江经验、指导浙江未来的发展。

浙江文化研究工程将重点研究"今、古、人、文"四个方面，即围绕浙江当代发展问题研究、浙江历史文化专题研究、浙江名人研究、浙江历史文献整理四大板块，开展系统研究，出版系列丛书。在研究内容上，深入挖掘浙江文化底蕴，系统梳理和分析浙江历史文化的内部结构、变化规律和地域特色，坚持和发展浙江精神；研究浙江文化与其他地域文化的异同，厘清浙江文化在中国文化中的地位和相互影响的关系；围绕浙江生动的当代实践，深入解读浙江现象，总结浙江经验，指导浙江发展。在研究力量上，通过课题组织、出版资助、重点研究基地建设、加强省内外大院名校合作、整合各地各部门力量等途径，形成上下联动、学界互动的整体合力。在成果运用上，注重研究成果的学术价值和应用价值，充分发挥其认识世界、传承文明、创新理论、咨政育人、服务社会的重要作用。

我们希望通过实施浙江文化研究工程，努力用浙江历史教育浙江人民、用浙江文化熏陶浙江人民、用浙江精神鼓舞浙江人民、用浙江经验引领浙江人民，进一步激发浙江人民的无穷智慧和伟大创造能力，推动浙江实现又快又好发展。

今天，我们踏着来自历史的河流，受着一方百姓的期许，理应负起使命，至诚奉献，让我们的文化绵延不绝，让我们的创造生生不息。

2006 年 5 月 30 日于杭州

前　言

编写这部《浙东唐诗编年史长编》,我们的目的是为浙东唐诗之路研究提供一部以浙东为范围、以时间为线索、以诗篇为核心,兼具学术性、资料性与工具性的专门著作。

"浙东唐诗之路"始于钱塘江边的西兴和渔浦渡口。先看西兴,唐代称为"西陵"。过了钱塘江西陵渡,经萧山到鉴湖,沿浙东运河至曹娥江,然后沿江而行入嵊州剡溪,再经天姥山,抵天台山石梁瀑布,南行至温州永嘉,沿途风光旖旎,山水秀丽。再看渔浦,唐人由新安江东下,或由此南下经过渔浦潭,转浦阳江,然后向婺州、温州进发。唐代诗人因为漫游、做官、退隐、贬谪等各种因缘,在这条道路上留下了 2600 余首诗歌,成为我们现在从事学术研究、文化营造以及旅游开发的重要道路。

唐代江南道分为东道和西道,江南东道又有浙江东道和浙江西道,简称"浙东""浙西"。浙东长期管辖越州、台州、明州、婺州、处州、衢州、温州七州,浙东观察使治所在越州。睦州曾经一度属于浙东,而长时间归属浙西。

有关浙东文献尤其是诗歌的辑集工作,宋代以后就受到重视,除了地方志中所载当地诗文之外,还有著名的区域总集《会稽掇英总集》等,孔延之《会稽掇英总集序》云:

> 会稽称名区,自《周官》《国语》《史记》,其衣冠文物纪录赋咏之盛,则自东晋而下,风亭月榭、僧蓝道馆、一云一鸟、一草一木、觊缕而曲尽者。自唐迄今,名卿硕才,毫起栉比,碑铭颂志,长歌短引,究其所作,宜以万计。而时移代变,风磨雨剥,见于今者,盖亦仅有。考之《壁记》,自唐武德至光启为之守者几百人,其间高情逸思、发为篇咏者,岂无四五? 而今所传者,元、薛、李、孟数人而已。或失于自著,或怠于所承,此予之所以深惜也。故自到官,申命吏卒遍走岩穴,且撝之编籍,询之好事。自太史所载至熙宁以来其所谓铭志歌咏,得八

百五篇,为二十卷,命曰《会稽掇英总集》。

近代鲁迅先生早年曾经从事会稽文献的辑佚工作,著有《会稽郡故书杂集》,所收谢承《会稽先贤传》、虞预《会稽典录》、钟离岫《会稽后贤传记》、贺氏《会稽先贤像赞》、朱育《会稽土地记》、贺循《会稽记》、孙灵符《会稽记》、夏侯曾先《会稽地志》等八种,其序云:

> 会稽古称沃衍,珍宝所聚,海岳精液,善生俊异,而远于京夏,厥美弗彰。吴谢承始传先贤,朱育又作《土地记》。载笔之士,相继有述。于是人物山川,咸有记录。其见于《隋书·经籍志》者,杂传篇有四部三十八卷,地理篇二部二卷。五代云扰,典籍湮灭。旧闻故事,殆鲜孑遗。后之作者,遂不能更理其绪。作人幼时,尝见武威张澍所辑书,于凉土文献,撰集甚众。笃恭乡里,尚此之谓。而会稽故籍,零落至今,未闻后贤为之纲纪。乃创就所见书传,刺取遗篇,累为一帙。中经游涉,又闻明哲之论,以为夸饰乡土,非大雅所尚。谢承虞预且以是为讥于世。俯仰之间,遂辍其业。十年已后,归于会稽。禹勾践之遗迹故在。士女敖嬉,晡晱而过,殆将无所眷念,曾何夸饰之云,而土风不加美。是故叙述名德,著其贤能,记注陵泉,传其典实,使后人穆然有思古之情,古作者之用心至矣!其所造述虽多散亡,而逸文尚可考见一二。存而录之,或差胜于泯绝云尔。因复撰次写定,计有八种。诸书众说,时足参证本文,亦各最录,以资省览。书中贤俊之名,言行之迹,风土之美,多有方志所遗,舍此更不可见。用遗邦人,庶几供其景行,不忘于故。第以寡闻,不能博引。如有未备,览者详焉。

孔延之与鲁迅的论述都说的会稽,会稽在唐代是浙东的核心,是浙东观察使治所,因而这些论述也突显了浙东的特点。我们对于浙东唐诗之路的研究,也就要总结唐宋以后的研究成果,并在前人研究的基础上向前推进。

对于浙东唐诗之路的学术研究,我曾经做过较为深入的思考,重点需要做四个方面的工作。

首先,从时间维度,对浙东唐诗发生发展演变进行纵深的研究。这需要从三个方面着手。一是浙东唐诗编年史研究。其特点是将历史编年的体例用于文学史研究,以实证为基础的文学史研究,以区域为对象的文学史研究,三者合一,为浙东唐诗之路研究打下坚实的基础。二是浙东唐诗发展史研究。是对以唐诗发展为主线的浙东唐诗演变的梳理,分时段地总结出浙东唐诗演变的情况以及有别于整个唐诗发展的特点。三是浙东唐诗学术史研究。对于唐诗之路的文化渊源、文学发展、诗人行迹,实际上从唐人开始就有了总结与研究,宋代以后一直到当代处于不断发展和兴盛当中,这些研究都值得梳理和总结,这就是侧重于学术史的研究。

其次,从空间维度,对浙东唐诗之路进行地理与地域层面的研究。这样可以采取点、线、面三者相互结合的方式。点的方面最多,比如起点问题,终点问题;与山相关的点有天台山、天姥山、四明山、萧山、东山、沃洲山;与水相关的点,如钱塘江、浦阳江、婺江、曹娥江等等。就线而言,比如钱塘江一线、曹娥江一线、浙东运河一线、瓯江一线。就面而言,可以研究整个浙东唐诗之路的总貌,包括文学的、文化的、艺术的、宗教的、经济的、旅游的等等;也可以研究浙东某一州郡的唐诗发展的情况,如越州、台州、明州、婺州、衢州、处州、温州。空间维度还有一个特殊的方面就是浙东唐诗之路的国际化影响研究,我们要放开眼界,走出国门。

再者,从人物维度,可以展开传记和年谱的研究。比如编写《虞世南传》《骆宾王传》《贺知章传》《朱庆馀传》《秦系传》《方干传》《罗隐传》《寒山传》等;还可以选择著名的浙东诗人编写年谱,比如编写《虞世南年谱》《骆宾王年谱》《贺知章年谱》《朱庆馀年谱》《罗隐年谱》等。

最后,从艺术维度,进行浙东唐诗之路的本位研究。唐诗之路的艺术研究涉及以下几个方面:重要诗人研究,如虞世南、骆宾王、贺知章、朱庆馀、方干;经典名篇研究,如骆宾王《早发诸暨》,李白《梦游天姥吟留别》《秋下荆门》,贺知章《回乡偶书二首》,杜甫《壮游》,王维《西施咏》,孟浩然《渡浙江问舟中人》;文体交融研究,如就诗本身而言,唐诗之路上的诗歌,几乎古体、近体、齐言、杂言、联句等各种体裁都有,有时群体作诗,诗前还有代表人物写诗序或集会序,这样就将多种文体融合在一起,从而促进了唐诗之路文学的多层面和多元化。

《浙东唐诗编年史长编》,是从时间维度研究浙东唐诗之路的奠基工作。是对唐五代三百年间的浙东诗人与诗篇做一个总体的清理,不仅提供一部研究浙东唐诗以及浙东文化的文献资料,也勾勒出浙东唐诗发展的大致脉络。这部编年史重点涵盖四个方面的内容:

第一,按照时间流程考证浙东现存唐诗的写作年代。举凡唐代诗人在浙东留下的诗歌或涉及浙东的诗歌,都根据史料尽可能地加以编年,成为有唐一代浙东唐诗编年的集大成著作。

第二,较为全面地梳理唐代浙东诗人的生平、行迹和交往。将其纳入每一年与每一篇的叙事之下,以体现唐五代三百年间浙东唐诗发展的轨迹。重要诗人包括贺知章、李白、杜甫、高适、崔颢、顾况、萧颖士、刘长卿、戴叔伦、卢纶、皇甫曾、钱起、韩翃、韦应物、朱放、韩愈、元稹、白居易、李德裕、贾岛、姚合、温庭筠、许浑、薛逢、徐凝、方干、皎然、赵嘏、齐己等等。

第三，重点考察浙东本土诗人的诗歌作品。全面辑录籍贯为浙东的唐代重要诗人的事迹，有些诗人没有在浙东留下诗歌，但也在考证之列，这样集中展示浙东唐诗的成就。重要浙东诗人包括：虞世南、骆宾王、贺知章、徐安贞、秦系、严维、徐浩、舒元舆、冯宿、朱庆馀、项斯、吴融、杜光庭，以及释清江、释灵澈、释贯休等人。

第四，梳理与浙东唐诗相关的背景材料。本书作为"长编"，目的之一是给浙东唐诗之路以至浙江诗路文化研究提供翔实的资料，因此就不局限于诗人诗作的编年与考证，而与浙东唐诗发展相关的政治背景、制度变革、官吏任免、区域沿革等重要内容都系于每一年的叙事与考证之中，使之成为可供浙东唐诗之路研究的资料库和工具书。就浙东留存的文学史料而言，初唐较少，盛唐以后较多，因而在材料鉴择方面，初唐时期尽量兼收并蓄，盛唐以后集中于文学史料。

宋人李焘《进续资治通鉴长编表》云："臣窃闻司马光之作《资治通鉴》也，先使僚属采摭异闻，以年月日为丛目，丛目既成，乃修长编。唐三百年，范祖禹实掌之。光谓祖禹：'长编宁失于繁，无失于略。'当时祖禹所修长编，盖六百余卷，光细删之，止八十卷。今《资治通鉴·唐纪》，自一百八十五卷至二百六十五卷是也。故神宗皇帝序其书，以为博而得其要，简而周于事。"说明编写长编之重要。本书之编纂，以年代为经，以地点为纬，以诗人为纲，以诗篇为本，旁及背景、佐证等材料，对浙东唐诗进行全面的编年考证。试图为浙东唐诗之路研究提供翔实可信的编年体文学实证著作。

本书由我与俞沁合作撰写。俞沁本科毕业于山东大学专门从事古典学术人才培养的"尼山学堂"。她本科阶段就重视阅读文史领域的原典著作，并参加著名学者杜泽逊教授主持的研究项目。2018 年免试推荐为浙江大学中国古代文学专业直攻博士生，在我的指导下研究隋唐五代文学。攻博期间，刻苦钻研，成果丰硕，在《宗教学研究》《江海学刊》等期刊发表过一系列学术论文。并获得国家公派研究生留学基金项目资助，受到美国哈佛大学包弼德教授的邀请，从事"中国历代人物传记数据库"项目(China Biographical Database Project)的研究。她的博士学位论文《〈文苑英华〉唐诗异文研究》，也获得浙江大学创建优秀博士论文项目资助。这部合作的成果也与她的博士学位论文相得益彰。严格的学术训练形成了谨严的学风，这些都融注在论著的撰写当中。俞沁 2024 年 6 月博士毕业以后，到上海师范大学人文学院工作,继续从事唐代文学研究。

  本书能够出版问世,得到各方面的帮助。浙江省社科规划办 2019 年立项为浙江省文化研究工程第二期第四批重大项目之一。浙江大学出版社以其强大的实力获得文化工程项目的竞标出版。因为浙大出版社的大力支持,本书申报国家出版基金资助项目并顺利通过。本书能够得到国家出版基金项目的资助,特别感谢中国唐代文学学会原会长、复旦大学资深教授陈尚君先生,中国唐诗之路研究会会长、南开大学卢盛江教授作为专家的鼎力推荐。浙江大学社会科学研究院、浙江大学图书馆、浙江大学文学院也给予多方面的支持。责任编辑吕倩岚女士付出了辛勤的劳动。在此表示衷心的感谢!

胡可先
2024 年 9 月写于浙江大学文学院

目　录

618　唐高祖武德元年戊寅

三月,越州余姚籍文人虞世南兄虞世基将遇害,世南抱持请代。虞世南在隋时作《北堂书钞》

隋唐之际,南方文人较少,最著名的浙东籍文人主要有虞世基、虞世南兄弟。

虞世基,《隋书·虞世基传》云:"虞世基,字茂世,会稽余姚人也。父荔,陈太子中庶子。世基幼沉静,喜愠不形于色,博学有高才,兼善草隶。陈中书令孔奂见而叹曰:'南金之贵,属在斯人。'少傅徐陵闻其名,召之,世基不往。后因公会,陵一见而奇之,顾谓朝士曰:'当今潘、陆也。'因以弟女妻焉。仕陈,释褐建安王法曹参军事,历祠部殿中二曹郎、太子中舍人。迁中庶子、散骑常侍、尚书左丞。""宇文化及杀逆也,世基乃见害焉。"①是虞世基遇害于大业十四年,即唐高祖武德元年,但其未入唐即卒。虞世基是隋朝最为著名的文学家,赋有《讲武赋》,诗以《出塞二首》才情卓越。如其二云:"上将三略远,元戎九命尊。缅怀古人节,思酬明主恩。山西多勇气,塞北有游魂。扬桴度陇坂,勒骑上平原。誓将绝沙漠,悠然去玉门。轻赍不遑舍,惊策骛戎轩。懔懔边风急,萧萧征马烦。雪暗天山道,冰塞交河源。雾烽黯无色,霜旗冻不翻。耿介依长剑,日落风尘昏。"②

虞世南,在本年虞世基将遇害时,请以身代而未被允许。《旧唐书·虞世南传》云:"及至隋灭,宇文化及弑逆之际,世基为内史侍郎,将被诛,世南抱持号泣,请以身代,化及不纳,因哀毁骨立,时人称焉。从化及至聊城,又陷于窦建德,伪授黄门侍郎。太宗灭建德,引为秦府参军。寻转记室,仍授弘文馆学士,与房玄龄对掌文翰。"③据《隋书·恭帝纪》,宇文化及杀隋炀帝,事在大业十四年(618),即武德元年三月丙辰④。虞世基被害亦当在三月。

太宗灭窦建德并斩其首在武德四年(621)七月,虞世南归唐亦在是时,详该年

---

①　[唐]魏征:《隋书》卷六七,中华书局1973年版,第1569、1574页。
②　逯钦立:《先秦汉魏晋南北朝诗·隋诗》,中华书局1983年版,第2710页。
③　[后晋]刘昫:《旧唐书》卷七二,中华书局1975年版,第2566页。
④　[唐]魏征:《隋书》卷五,第101页。

叙事。虞世南文学与学术成就都很高,其诗歌著名者即有《从军行二首》《拟饮马长城窟》《出塞》《结客少年场行》《怨歌行》《中妇织流黄》《门有车马客》等,其中多有在隋时作。而其《北堂书钞》也是虞世南在隋秘书郎任上所编。其入唐后的文学与学术,我们将在以后各年中叙述。

唐林宝《元和姓纂》卷二"会稽余姚"虞氏:"人赵相虞卿。秦有虞香。香十四代孙意,自东郡徙余姚。五代孙歆。歆生翻。翻曾孙骧。骧七代孙荔。荔子世南,唐秦府学士、秘书监、永兴公;生昶,工部侍郎;生茂世。孙逊,郎中、历沔州刺史,云荔之后。"①

本年,越州为会稽郡

《嘉泰会稽志》卷一"越州":"隋文帝初平江南,改曰吴州。大业中,遂改为越州,寻罢州置郡,以刺史十四人巡察畿外诸郡,所察六条,略如汉制。唐武德四年,复为越州,置总管,领州如故。未久,改总管为都督。自是改更不常,郡则曰太守,州则曰刺史,其实一也。至乾元元年,遂为越州。"②

619　唐高祖武德二年己卯

闰二月,窦建德斩宇文化及,虞世南又归于窦建德

《旧唐书·虞世南传》:"从(宇文)化及至聊城,又陷于窦建德,伪授黄门侍郎。"③《新唐书·高祖纪》:武德二年〔闰〕二月,"辛丑,窦建德杀宇文化及于聊城。"④虞世南归于窦建德当在是时。

本年,沈法兴梁国改会稽郡为越州

郭声波《唐代浙东地区行政区划沿革》:"会稽郡,本隋旧郡,领会稽、句章、剡、诸暨四县,治会稽县。武德二年,沈梁改为越州,以隋旧州为名,治会稽县。三年,

①　[唐]林宝撰,岑仲勉校记:《元和姓纂(附四校记)》卷二,中华书局1994年版,第228页。
②　[宋]施宿:《嘉泰会稽志》卷一,《宋元浙江方志集成》第4册,杭州出版社2009年版,第1617—1618页。
③　[后晋]刘昫:《旧唐书》卷七二,第2566页
④　[宋]欧阳修、宋祁:《新唐书》卷一,中华书局1975年版,第8页。

归李吴。四年,归唐,置越州总管府,割句章县隶鄞州;剡县隶嵊州;置余姚县,割隶姚州。六年,归辅宋。七年,复归唐,改总管府为都督府,以废姚州之余姚县来属,置山阴县。八年,以废鄞州之鄮县、废嵊州之剡县来属,省山阴县。贞观十三年,越州领会稽、余姚、鄮、剡、诸暨五县,治会稽县。"①

本年,沈法兴梁国改东阳郡为婺州

郭声波《唐代浙东地区行政区划沿革》:"东阳郡,本隋旧郡,领金华、永康、乌伤、信安四县,治金华县。武德二年,沈梁改为婺州,以隋旧州为名,仍治金华县。三年,归李吴。四年,归唐,置歙州总管府。是年,割隶越州总管府,置长山、太末、白石三县,割乌伤县隶绸州,永康县隶丽州,信安县隶衢州,太末、白石二县隶縠州。六年,归辅宋。七年,复归唐,隶越州都督府,以废绸州之乌伤县来属,改为义乌县。八年,以废丽州之永康县、废衢州之信安县来属,省长山县。贞观八年,置龙丘县。十三年,婺州领金华、义乌、永康、龙丘、信安五县,治金华县。"②

620　唐高祖武德三年庚辰

李子通进攻沈法兴,进取江东。时李百药在江东,为李子通内史侍郎、国子祭酒

《资治通鉴》卷一八八:武德三年,"是岁,李子通渡江攻沈法兴,取京口。法兴遣其仆射蒋元超拒之,战于庱亭,元超败死,法兴弃毗陵,奔吴郡。于是丹阳、毗陵等郡皆降于子通。子通以法兴府掾李百药为内史侍郎、国子祭酒。杜伏威遣行台左仆射辅公祏将卒数千攻子通,以将军阚棱、王雄诞为之副。公祏渡江攻丹阳,克之,进屯溧水,子通帅众数万拒之。公祏简精甲千人,执长刀为前锋,又使千人蹑其后,曰:'有退者即斩之。'自帅余众,复居其后。子通为方陈而前,公祏前锋千人殊

①　郭声波:《唐代浙东地区行政区划沿革》,《庆祝陈桥驿先生九十华诞学术论文集》,浙江大学出版社2014年版,第171页。
②　郭声波:《唐代浙东地区行政区划沿革》,《庆祝陈桥驿先生九十华诞学术论文集》,第178页。

死战,公祐复张左右翼以击之,子通败走,公祐逐之,反为所败,还,闭壁不出。王雄诞曰:'子通无壁垒,又狃于初胜,乘其无备,击之可破也。'公祐不从。雄诞以其私属数百人夜出击之,因风纵火,子通大败,降其卒数千人。子通食尽,弃江都,保京口,江西之地尽入于伏威,伏威徙居丹阳。子通复东走太湖,收合亡散,得二万人,袭沈法兴于吴郡,大破之。法兴帅左右数百人弃城走,吴郡贼帅闻人遂安遣其将叶孝辩迎之,法兴中途而悔,欲杀孝辩,更向会稽。孝辩觉之,法兴窘迫,赴江溺死。子通军势复振,徙都余杭,尽收法兴之地,北自太湖,南至岭,东包会稽,西距宣城,皆有之。"①按,浙东所置主要州郡大都在武德四年李子通平定后,故武德三年李子通的活动实为后来浙东设置州郡的背景。

621　唐高祖武德四年辛巳

七月,虞世南归唐,太宗引为秦府记室参军

《旧唐书·虞世南传》:"虞世南,字伯施,越州余姚人。隋内史侍郎世基弟也。祖检,梁始兴王谘议;父荔,陈太子中庶子,俱有重名。叔父寄,陈中书侍郎,无子,以世南继后,故字曰伯施。世南性沉静寡欲,笃志勤学,少与兄世基受学于吴郡顾野王,经十余年,精思不倦,或累旬不盥栉。善属文,常祖述徐陵,陵亦言世南得己之意。又同郡沙门智永善王羲之书,世南师焉,妙得其体,由是声名籍甚。……陈灭,与世基同入长安,俱有重名,时人方之二陆。……大业初,累授秘书郎,迁起居舍人。……及至隋灭,宇文化及弑逆之际,世基为内史侍郎,将被诛,世南抱持号泣,请以身代,化及不纳,因哀毁骨立,时人称焉。从化及至聊城,又陷于窦建德,伪授黄门侍郎。太宗灭建德,引为秦府参军。寻转记室,仍授弘文馆学士,与房玄龄对掌文翰。"②太宗灭窦建德并斩其首在武德四年七月,虞世南归唐亦在是时。

新出土墓志有关虞世南家族者有多方,多载其家世,为重要史料,今略录数则于下:

①　[宋]司马光:《资治通鉴》卷一八八,中华书局 1956 年版,第 5898—5899 页。
②　[后晋]刘昫:《旧唐书》卷七二,第 2565—2566 页。

《大唐故行右卫长史兰陵公夫人虞氏墓志铭并序》:"夫人讳秀姚,字思礼,会稽余姚人也。……曾祖检,梁尚书起部、中兵二曹侍郎。祖寄,梁中书侍郎,陈本州别驾、太中大夫、戎昭将军。并称时望,俱号国□,□□□□隆而道无升降。父南,皇朝弘文馆学士、秘书大监、永兴县开国公,赠礼部尚书,谥文懿。"①高敩庭撰《唐故中大夫广平郡太守上柱国吴兴沈君(从道)墓志铭并序》:"夫人毗陵县君会稽虞氏,永兴公世南之曾孙,龙州刺史謇之女。亦既有行,正位于内。戒攸遂之典,叶和鸣之繇,阴德无厚,旋怆先夫。"②此为虞世南后裔。

《大唐故中散大夫使持节简州诸军事简州刺史虞公墓志铭并序》:"公讳愻,字叔孙,会稽余姚人也。……曾祖山披,梁士林馆学士、中书舍人、戎威将军、散骑常侍、太子中庶子,赠侍中,谥德子。孝友忠贞之业,星辰河岳之精。忝彼凤闱,有光龙翰。祖基,陈尚书左丞,隋内史舍人、内史侍郎、金紫光禄大夫,器乃万夫之杰,文有九变之宗,思动高飚,气清雄伟。汉历方谢,廊庙求苟爽之材;晋德已衰,社稷岂张华之寄。父熙,隋历阳郡功曹、霍邑县令、符玺郎,德祖名公之胤,泰初人望之先,国既麟趾俱倾,家亦凤巢同覆,甌室之灾靡救,凿楹之训有归。"③《唐故银青光禄大夫和州刺史上柱国琅琊县开国伯颜府君(谋道)墓志铭》:"夫人会稽虞氏,隋内史侍郎世基之孙,简州刺史逊之女。行以门高,妻随夫贵。"④敬括撰《故夫人虞氏墓志铭并序》:"曾祖世南,皇银青光禄大夫、秘书监、永兴县开国公,赠礼部尚书,谥曰懿公,功臣第二等。祖逊,皇工部郎中,陈、泽、简三州刺史。考敏,皇济州平阴县令。皆休有令闻,为天下式,俾克用又(乂),实亨而后。"⑤按,此方墓志所载虞逊为世南之子,应误。此为虞世南之兄虞世基后裔。

《唐故南平郡司马赠秘书少监虞公墓志铭并序》:"公讳从道,字之恒,会稽余姚人也。昔舜以天下禅禹,禹封舜子商均于虞,以奉其祀,厥后因地为姓,则虞氏之世祀也。远哉有若赵相卿者,显名于六国;有若处士香者,嘉遁于暴秦。处士之十四世孙东汉定侯竟,避地于余姚,子孙因家焉。陈仪同三司讳仲卿者,即定侯之裔孙也。仪生太中大夫绵州刺史荷,荷生鄜州长史玄操,玄操生蔡州司户思隐,思隐生

---

① 商略、孙勤忠:《有虞故物——会稽余姚虞氏汉唐出土文献汇释》,上海古籍出版社 2016 年版,第 206 页。

② 张永华、赵文成、赵君平编:《秦晋豫新出墓志搜佚三编》,国家图书馆出版社 2020 年版,第 623 页。

③ 商略、孙勤忠:《有虞故物——会稽余姚虞氏汉唐出土文献汇释》,第 207 页。

④ 周绍良主编:《唐代墓志汇编》下册,上海古籍出版社 1992 年版,第 1239 页。

⑤ 商略、孙勤忠:《有虞故物——会稽余姚虞氏汉唐出土文献汇释》,第 211 页。

公焉。"①此为虞世南一族虞荷后裔。据《嘉泰会稽志》卷一六,虞世南曾于贞观六年(632)撰《虞荷碑》②。

十月,秦王府记室参军虞世南等入文学馆,为"十八学士"之一

《唐会要》卷六四"文学馆":"武德四年十月,秦王既平天下,乃锐意经籍,于宫城之西开文学馆,以待四方之士。于是以僚属大行台司勋郎中杜如晦,记室、考功郎中房玄龄及于志宁,……记室参军虞世南,……并以本官兼文学馆学士。及薛收卒,征东虞州录事参军刘孝孙入馆,令库直阎立本图其状,具题其爵里,命褚亮为文赞,号曰《十八学士写真图》。藏之书府,用彰礼贤之重也。诸学士食五品珍膳,分为三番,更直宿阁下。每日引见,讨论文典。得入馆者,时人谓之登瀛州。"③

本年,越州诗人孔德绍卒

孔德绍,会稽人,孔子三十四代孙。《隋书》卷七六《孔德绍传》:"会稽孔德绍,有清才,官至景城县丞。窦建德称王,署为中书令,专典书檄。及建德败,伏诛。"④《全唐诗》存诗十二首。《旧唐书》卷七二《刘孝孙传》:"刘孝孙者,……弱冠知名,与当时辞人虞世南、蔡君和、孔德绍、庾抱、庾自直、刘斌等登临山水,结为文会。"⑤按,窦建德武德四年七月伏诛,孔德绍也当卒于是年。

本年,唐设立越州总管府,庞玉为越州都督

《旧唐书·地理志》越州中都督府:"隋会稽郡。武德四年,平李子通,置越州总管,管越、嵊、姚、鄞、浙、纲、衢、毂(穀)、丽、严、婺十一州。越州领会稽、诸暨、山阴三县。"⑥赵嘏《发剡中》诗题注:"武德中置嵊州。"⑦

《元和姓纂》卷一京兆庞氏:"后魏直阁将军庞伯,元孙玉,唐左武侯将军、越州都督。"⑧《新唐书·庞坚传》:"四世祖玉,事隋为监门直阁。……高祖以隋旧臣,礼

---

① 商略、孙勤忠:《有虞故物——会稽余姚虞氏汉唐出土文献汇释》,第212页。
② [宋]施宿:《嘉泰会稽志》卷一六,《宋元浙江方志集成》第4册,第2031页。
③ [宋]王溥:《唐会要》卷六四,上海古籍出版社2006年版,第1319页。
④ [唐]魏征:《隋书》卷七六,第1749页。
⑤ [后晋]刘昫:《旧唐书》卷七二,第2583页。
⑥ [后晋]刘昫:《旧唐书》卷四〇,第1589页。
⑦ [清]彭定求:《全唐诗》卷五四九,中华书局1960年版,第6348页。
⑧ [唐]林宝撰,岑仲勉校记:《元和姓纂(附四校记)》卷一,第70页。

之。……授玉领军、武卫二大将军,使众观以为模矱。出为梁州总管,……徙越州都督。"①《会稽掇英总集》卷一八《唐太守题名记》:"总管庞玉,武德元年十二月,自右卫将军授。武德二年七月,拜梁州都督。"②郁贤皓《唐刺史考全编》卷一四二:"《越中金石记》卷一收钱镠《崇福侯庙记》称:'故唐右卫将军、总管庞公讳玉。'疑《新书》称'梁州'徙'越州'误。杜禾子谓庞玉当在武德四年平李子通后授越州都督,辅公祏反时庞玉已离越。"③故系庞玉为越州都督在武德四年。

唐李吉甫《元和郡县图志》卷二六"江南道二·越州":"浙东观察使。越州,会稽。都督府。开元户十万七千六百四十五,乡二百一十。元和户二万六百八十五,乡百四十五。今为浙东观察使理所。管州七:越州,婺州,衢州,处州,温州,台州,明州。县三十(七)[八]。都管户一十万四千三百六十七。《禹贡》扬州之域。春秋时为越,《周礼》'吴越星纪之分'。夏少康封少子无余以奉禹祀,号曰于越,越国之称,始于兹矣。后代句践称王,与吴王阖闾战,败之槜李,故城在今嘉兴县南三十七里。夫差立,句践复伐吴灭之,并其地。遂渡淮,迁都琅邪,朝贡周,周锡命为伯。至六代,王无彊为楚所灭。秦以其地并吴立为会稽郡。后汉顺帝时,阳羡令周喜上书,以吴、越二国,周旋一万一千里,以浙江山川险绝,求得分置。遂分浙江以西为吴郡,东为会稽郡。自晋至陈,又于此置东扬州。隋平陈,改东扬州为吴州,大业元年改为越州。武德四年讨平李子通,置越州总管。六年陷辅公祏,七年平定公祏,改总管为都督。州境:东西六百四十八里,南北三百六十里。八到:西北至上都三千五百三十里,西北至东都二千六百七十里,东至明州二百七十五里,东南至台州四百七十五里,西南至婺州三百九十里,西北至杭州一百四十里。贡、赋:开元贡:甘橘,甘蔗,葛根,石蜜,交梭白绫。自贞元之后,凡贡之外,别进异文吴绫,及花鼓歇单丝吴绫、吴朱纱等纤丽之物,凡数十品。管县七:会稽,山阴,诸暨,余姚,萧山,上虞,剡。"④

本年,始置婺州

唐李吉甫《元和郡县图志》卷二六"江南道"二"婺州":"婺州,东阳。上。开元户九万九千四百九,乡一百八十九。元和户四万八千三十六,乡二百。《禹贡》扬州

① [宋]欧阳修、宋祁:《新唐书》卷一九三,第5546—5547页。
② [宋]孔延之:《会稽掇英总集》卷一八,《宋元浙江方志集成》第14册,第6552页。
③ 郁贤皓:《唐刺史考全编》卷一四二,安徽大学出版社2000年版,第1992页。
④ [唐]李吉甫:《元和郡县图志》卷二六,中华书局1983年版,第617—618页。

之域。春秋时为越之西界。秦属会稽郡。今之州界，分得会稽郡之乌伤、太末二县之地，本会稽西部，常置都尉。孙皓始分会稽置东阳郡。陈武帝置缙州。隋开皇九年平陈置婺州，盖取其地于天文为婺女之分野。隋氏丧乱，陷于寇境，武德四年讨平李子通，置婺州。六年，辅公祐叛，州又陷没。七年平定公祐，仍置婺州。州境：东西三百三里，南北四百五十六里。八到：西北至上都三千九百九十五里，西北至东都三千三十五里，正北微西至睦州一百六十里，水路一百八十里，正北微东至越州三百九十里，西至衢州一百九十里，东南至处州二百六十里。……管县七：金华，义乌，永康，东阳，兰溪，武义，浦阳。"①

本年，始置处州

唐李吉甫《元和郡县图志》卷二六"江南道"二"处州"："处州，缙云。上。开元户三万三千二百七十八，乡七十六。元和户一万九千七百二十六，乡三十六。《禹贡》扬州之域。春秋时为越国。秦灭楚，置会稽郡。后越王无彊七代孙闽君摇佐汉有功，立为东越王，都东瓯，今温州永嘉县是也。后以瓯地为回浦县，属会稽。后汉改回浦为章安。晋立为永嘉郡，梁、陈因之。隋开皇九年平陈，改永嘉为处州，十二年又改为括州，大业三年复改为永嘉郡。武德四年讨平李子通，复立括州，仍置总管府，七年改为都督府，贞观元年废。天宝元年为缙云郡，乾元元年复为括州，大历十四年以与德宗庙讳同音，改处州。贞元六年，刺史齐抗以旧州湫隘，屡有水灾，北移四里就高原上。州境：东西南北。八到：西北至上都四千一百五十五里，西北至东都三千二百九十五里，西北至婺州二百六十里，西北至衢州四百五十里，东北至台州四百九十里，西北至建州水路九百里，陆路四百九十里，东南水路至温州二百七十里。贡、赋：开元贡：葛，纻布，蜜，绵。元和贡：绵，纻布，麻布，树皮布，小绫，纱，绢，绵绸。管县六：丽水，松阳，缙云，遂昌，青田，龙泉。"②

本年，始置台州

唐李吉甫《元和郡县图志》卷二六"江南道"二"台州"："台州，临海。上。开元户五万，乡一百一十五。元和户，乡九十五。《禹贡》扬州之域。春秋时为越地，秦并天下置闽中郡，汉立（东）〔南〕部都尉。本秦之回浦乡，分立为县，扬雄《解嘲》云

---

① ［唐］李吉甫：《元和郡县图志》卷二六，第620—621页。
② ［唐］李吉甫：《元和郡县图志》卷二六，第623—624页。

'东南一尉,西北一候',是也。后汉改回浦为章安县。吴大帝时分章安、永宁置临海郡,隋平陈废郡为临海县。武德四年讨平李子通,于临海县置海州,五年改海州为台州,盖因天台山为名。六年,辅公祏叛,州从陷没。七年平定公祏,仍置台州。州境:东西三百九十三里,南北四百三十五里。八到:西北至上都四千五百里,西北至东都三千一百四十五里,正南微东至温州五百里,东至大海一百八十里,西北至越州四百七十五里,正西微南至处州四百九十里。贡、赋:开元贡:乾姜三百斤,鲛鱼皮。元和贡:甲香三十斤,鲛鱼皮一百张。管县五:临海,唐兴,黄岩,乐安,宁海。"①《嘉定赤城志》卷一"叙州":"武德四年平李子通,以临海县置台州,取天台山而名。"注云:"此按《唐史》系四年,而《壁记序》乃云武德二年,东南面行台仆射杜伏威改海州为台州。《旧经》又云:五年改为台州。二说不同,当以史为正。"②

本年,始置衢州,张绰为衢州刺史

唐李吉甫《元和郡县图志》卷二六"江南道"二"衢州":"衢州,信安。上。开元户六万二千二百八十八,乡一百二十四。元和户一万七千四百二十六,乡一百七。本旧婺州信安县也,武德四年平李子通,于信安县置衢州,以州有三衢山,因取为名。六年,陷辅公祏废州,垂拱二年复置。州境:东西六百一十里,南北二百十六里。八到:西北至上都四千九十五里,西北至东都三千一百三十五里,南至建州七百里,西至信州二百五十里,东至婺州一百九十里,东南至处州四百五十里。贡、赋:开元贡:绵纸。赋:纻布。元和贡:纸,黄连,葛粉,簟,扇,龙须席。管县五:信安,常山,龙丘,须江,盈川。"③《续高僧传》卷二一《唐丹阳沙门释智岩传》:"释智岩,丹阳曲阿人。姓华氏。……武德四年,从镇州南定淮海,时年四十。审荣官之若云,遂弃入舒州皖公山,从宝月禅师披缁入道。黄公眷恋追征。……昔同军戎,有睦州刺史严撰、衢州刺史张绰、丽州刺史闾丘胤、威州刺史李询,闻岩出家,在山修道,乃寻之。"④

本年,始置丽州,闾丘胤为丽州刺史

《续高僧传》卷二一《唐丹阳沙门释智岩传》:"释智岩,丹阳曲阿人。姓华

---

① [唐]李吉甫:《元和郡县图志》卷二六,第627—628页。
② [宋]陈耆卿:《嘉定赤城志》卷一,《宋元浙江方志集成》第11册,第5063页。
③ [唐]李吉甫:《元和郡县图志》卷二六,第622—623页。
④ [唐]道宣:《续高僧传》卷二一,中华书局2014年版,第792—793页。

氏。……武德四年，从镇州南定淮海，时年四十。审荣官之若云，遂弃入舒州皖公山，从宝月禅师披缁入道。黄公眷恋追征。……昔同军戎，有睦州刺史严撰、衢州刺史张绰、丽州刺史间丘胤、威州刺史李询，闻岩出家，在山修道，乃寻之。"①按，《元和郡县图志》卷二六"江南道"二"婺州"："永康县，本汉乌伤县地，吴大帝分乌伤之南界置，隋废。武德四年，于县置丽州，八年废州，县属婺州。"②是丽州设置仅四年，间丘胤为刺史，盖即一任刺史。

本年，贾敦颐任毂州刺史

新出土《大唐故使持节洛州诸军事洛州刺史护军贾君墓志铭并序》："公讳敦颐，字景远，曹州冤句人也。……迁授使持节毂（穀）州诸军事、毂（穀）州刺史。又历常、唐二州刺史。所在流惠，异俗同谣，政绩尤异，特赐褒锡。"③按，武德四年平李子通置毂州，八年废。贾敦颐为毂州刺史盖即此间任。

622　唐高祖武德五年壬午

骆宾王约生于本年

骆宾王生年，众说纷纭，集中有以下十种：（一）614 年说（郭沫若剧本《武则天》）；（二）619 年说（骆祥发《骆宾王简谱》）；（三）622 年说（杨恩成《骆宾王生卒年考辨》，任国绪《关于"三十二余罢"与"四十九仍入"：考骆宾王生年兼与骆祥发商榷》）；（四）625 年说（刘怀荣《骆宾王生年小考》）；（五）627 年说（王增斌《骆宾王从军西域时间考》）；（六）630 年说（傅璇琮《卢照邻杨炯简谱》）；（七）631 年说（李嶂天《关于骆宾王生卒年问题》）；（八）635 年说（张志烈《初唐四杰年谱》）；（九）638 年说（刘开扬《论初唐四杰及其诗》）；（十）640 年说（闻一多《唐诗大系》）。

综合上述各种说法，其立论都是根据骆宾王《咏怀古意上裴侍郎》诗中四句"三

① ［唐］道宣：《续高僧传》卷二一，第 792—793 页。
② ［唐］李吉甫：《元和郡县图志》卷二六，第 621 页。
③ 牛红广：《唐贾敦颐墓志考释》，载《黄河科技大学学报》2013 年第 2 期，第 82 页。

十二余罢，鬓是潘安仁。四十九仍入，年非朱买臣"①而推论。这首诗作于咸亨元年(670)，裴侍郎是裴行俭，这都没有异词。而推论往往是基于这四句诗是用典而不完全是实指，诸说又有后二句是写当时还是想象以后的区别。我们认为，这首诗有两点是确定的：一是作年是咸亨元年；二是诗中"三十二""四十九"数字是确定的。而除了用典之外，也就再没有确定的数字了。我们通过这两个数字的计算，就可以得出骆宾王最为接近的生年，这就比舍弃这确定的数字再推测其生年更有说服力。基于此，我们认为骆宾王生于622年的说法最有说服力。

骆宾王是婺州义乌人，文献记载没有异词。《旧唐书·骆宾王传》："骆宾王，婺州义乌人。"②《新唐书·骆宾王传》："（骆）宾王，义乌人。"③郗云卿《骆宾王文集序》："骆宾王，婺州义乌人也。"④辛文房《唐才子传》卷一《骆宾王传》："宾王，义乌人。"⑤

骆宾王少善属文，七岁能赋诗，尤妙于五言。初为道王府属，历武功主簿，裴行俭为洮州总管，表掌书奏，不应。调长安主簿。武后时，数上书言事。下迁临海丞。徐敬业于扬州作乱，署宾王为府属。宾王为敬业传檄天下，斥武后之罪。敬业败，或言伏诛，或言亡命不知所之。新、旧《唐书》有传。骆宾王与王勃、杨炯、卢照邻以藻绘名擅一时，并称"初唐四杰"。尝作《帝京篇》，当时以为绝唱。明人胡应麟《补唐书骆侍御传》云："吾越之言诗文，率由宾王始。非直婺一方耳也。乃余产婺中，于宾王实晚进云。宾王檄后罂大恶数十，义炳日星，而史臣以怨诽讥之。伪周群鼠，倒置君臣大伦以媚罂，可也；而且千百载而下，而皆周之史，何也？圣人御宇，覆盆洞鉴，勾萌蠕动，有滥必伸，而矧于宾王。於呼！历世久而公论明，盖记之古昔矣。"⑥

本年，李世嘉为越州都督

《会稽掇英总集》卷一八《唐太守题名记》："李嘉，武德三年授。"⑦《越中金石记》："武德三年会稽方属子通，嘉果为此官，则为子通之将，与辅公祐反淮南时命其

① ［清］彭定求：《全唐诗》卷七七，第832页。
② ［后晋］刘昫：《旧唐书》卷一九〇，第5006页。
③ ［宋］欧阳修、宋祁：《新唐书》卷二〇一，第5742页。
④ ［唐］骆宾王著，［清］陈熙晋笺注：《骆临海集笺注》附录，上海古籍出版社1985年版，第377页。
⑤ 傅璇琮主编：《唐才子传校笺》第1册，中华书局1987年版，第55页。
⑥ ［唐］骆宾王著，［清］陈熙晋笺注：《骆临海集笺注》附录，第384—385页。
⑦ ［宋］孔延之：《会稽掇英总集》卷一八，《宋元浙江方志集成》第14册，第6552页。

党左游仙为越州总管者事同一例,记何必书?"①郁贤皓《唐刺史考全编》卷一四二:
"按武德七年李世嘉在苏州都督任,其督越州或在武德五六年。"②故系李世嘉为越
州都督在武德五年。

本年,虞世南与太子詹事裴矩撰《大唐书仪》十卷

《旧唐书·裴矩传》:"武德五年,拜太子左庶子,俄迁太子詹事。令与虞世南撰
《吉凶书仪》,参按故实,甚合礼度,为学者所称,至今行之。"③《新唐书·艺文志
二》:"裴矩、虞世南《大唐书仪》十卷。"④按,《吉凶书仪》当为开始撰写时初定之名,
书成时即为《大唐书仪》。

本年,虞世南撰《破邪论序》

朱关田《唐代书法家年谱》卷一:"《破邪论序》,虞世南撰并书。文见《全唐文》
卷一三八,著录首见《博古堂帖存》,刻在越州。叶奕苞《金石录补》卷十记虞世南结
衔'太子中书舍人',参法琳有《上秦王破邪论启》,张遵骝《隋唐五代佛教大事年表》
记在武德五年,虞世南撰序,盖在同时。"⑤

本年,始置东嘉州,即后来的温州

郭声波《唐代浙东地区行政区划沿革》:"武德五年,割括州永嘉县置东嘉州,以
永嘉县为名,并置前永宁、安固、横阳、乐成四县,东嘉州隶括州总管府。六年,归辅
宋。七年,复归唐,隶括州都督府,省乐成县。贞观元年,州废,省前永宁、横阳二
县,以永嘉、安固二县隶括州。前上元元年,割括州永嘉、安固二县置温州,以温峤
岭为名,治永嘉县,隶越州都督府。"⑥

---

① [宋]杜春生:《越中金石记》卷一,道光十年詹波馆刻本,第70页。
② 郁贤皓:《唐刺史考全编》卷一四二,第1993页。
③ [后晋]刘昫:《旧唐书》卷六三,第2408页。
④ [宋]欧阳修、宋祁:《新唐书》卷五八,第1491页。
⑤ 朱关田:《唐代书法家年谱》卷一,江苏教育出版社2001年版,第82页。
⑥ 郭声波:《唐代浙东地区行政区划沿革》,《庆祝陈桥驿先生九十华诞学术论文集》,第187页。

623　唐高祖武德六年癸未

十月,扬州长乐寺僧住力卒,虞世南撰碑

《法苑珠林》卷三三:"唐扬州长乐寺释住力,姓褚氏,河南阳翟县人。……便以香汤沐浴,跏趺面西,引火自烧,卒于炭聚。时年八十,即武德六年十月八日也。……门人慧安、智颐,师资义重,甥舅恩深,为树高碑于寺之内,东宫庶子虞世南为文。"①

十一月,黄州总管周法明卒,虞世南撰碑

《樊川文集》卷七《唐故东川节度使检校右仆射兼御史大夫赠司徒周公墓志铭》:"昺生法明,年十二,一命为巴州刺史。陈灭臣隋,为赵之真定令。隋乱,归黄岗,起兵取蕲、安、沔、黄。武德中,籍四州地请命,授总管蕲安十六州军事、光禄大夫,封国于道。太宗命虞世南铭书墓碑。相国为六代孙,曾祖恽,汝州梁县令。"②按,《新唐书·高祖纪》:武德六年"十一月壬午,张善安袭杀黄州总管周法明。"③

本年,左游仙为越州总管

《旧唐书·辅公祏传》:"因僭即伪位,自称宋国。……以左游仙为兵部尚书、东南道大使、越州总管。"④《资治通鉴》记此事在武德六年⑤。

①　[唐]释道世:《法苑珠林》卷三三,中华书局 2003 年版,第 1060—1062 页。
②　[唐]杜牧:《樊川文集》卷七,上海古籍出版社 2009 年版,第 119 页。
③　[宋]欧阳修、宋祁:《新唐书》卷一,第 16 页。
④　[后晋]刘昫:《旧唐书》卷五六,第 2269 页。
⑤　[宋]司马光:《资治通鉴》卷一九〇,第 5970 页。

624　唐高祖武德七年甲申

本年,改越州总管为越州都督

《旧唐书·地理志》越州中都督府:"隋会稽郡。……七年,改总管为都督,督越、婺、鄞、嵊、丽五州。越州领会稽、诸暨、山阴、余姚四县。"①

本年,越州都督阚稜被杀

《新唐书·高祖纪》:武德七年三月,"己亥,孝恭杀越州都督阚稜"②。《会稽掇英总集》卷一八《唐太守题名记》:"阚稜,武德四年六月九日自右领军将军授。"③《新唐书·阚稜传》:"从伏威入朝,拜左领军将军、越州都督。公祏反,稜与南讨。……公祏被禽,乃诬与己谋。……遂以谋反诛。"④

本年,赵逵为台州刺史

《嘉定赤城志》卷八"秩官门·历代郡守":"武德七年,赵逵。"⑤

625　唐高祖武德八年乙酉

十月,虞世南撰《后周黄罗刹碑》

赵明诚《金石录》卷三:"《后周黄罗刹碑》,虞世南撰。正书,无姓名。武德八年

---

① [后晋]刘昫:《旧唐书》卷四〇,第1589页。
② [宋]欧阳修、宋祁:《新唐书》卷一,第17页。
③ [宋]孔延之:《会稽掇英总集》卷一八,《宋元浙江方志集成》第14册,第6552页。
④ [宋]欧阳修、宋祁:《新唐书》卷九二,第3801页。
⑤ [宋]陈耆卿:《嘉定赤城志》卷八,《宋元浙江方志集成》第11册,第5142页。

十月。"①同书卷二三《跋尾》："右《后周黄罗刹碑》,虞世南撰。罗刹仕周,为行军总管。其子君汉,唐初为将,有功,武德中为父追立此碑。案后魏元叉,本名夜叉。其弟刹,本名罗刹。元树《遗公卿书》讥诋,以谓'夜叉''罗刹'皆鬼名也。今罗刹周人,去魏不远,犹以为名,何哉?"②

626　唐高祖武德九年丙戌

虞世南为太子中舍人,作《帝王略论》

《玉海》卷六二"唐《帝王略论》"条引《中兴书目》："贞观间,太子中舍人世南承诏撰。起太昊,讫于隋,凡帝王事迹皆略纪载,假公子答问以考订云。"③按,朱关田《初果集》云："世南迁太子中舍人在太宗即位之前。……太子中舍人,盖奉献时职。"④按,朱说是。李世民武德九年八月即位后,虞世南就转为著作佐郎兼弘文馆学士。

九月,唐太宗初即位,精选虞世南等天下贤良之士为弘文馆学士

《唐会要》卷六四："武德四年正月,于门下省置修文馆,至九年三月,改为弘文馆。至其年九月,太宗初即位,大阐文教,于弘文殿聚《四部群书》二十余万卷,于殿侧置弘文馆,精选天下贤良文学之士,虞世南、褚亮、姚思廉、欧阳询、蔡允恭、萧德言等,以本官兼学士,令更宿直,听朝之隙,引入内殿,讲论文义,商量政事,或至夜分方罢。"⑤

十二月,虞世南撰书《孔子庙堂碑》

欧阳修《集古录跋尾》卷五："《唐孔子庙堂碑》,武德九年。右《孔子庙堂碑》,虞

---

① [宋]赵明诚撰,金文明校证:《金石录校证》卷三,中华书局2019年版,第53页。
② [宋]赵明诚撰,金文明校证:《金石录校证》卷二三,第437—438页。
③ [宋]王应麟:《玉海》卷六二,中文出版社1977年版,第1232页。
④ 朱关田:《初果集》,荣宝斋出版社2008年版,第285页。
⑤ [宋]王溥:《唐会要》卷六四,第1316页。

世南撰并书。余为童儿时,尝得此碑以学书,当时刻画完好。后二十余年复得斯本,则残缺如此。因感夫物之终敝,虽金石之坚不能以自久,于是始欲集录前世之遗文而藏之。殆今盖十有八年,而得千卷,可谓富哉!嘉祐八年九月二十九日书。"[1]赵明诚《金石录》卷三:"《唐孔子庙堂碑》,虞世南撰并正书。武德九年十二月。"[2]按,路远有《虞世南〈孔子庙堂碑〉初刻的背景与时间》考证该碑的初刻时间及相关问题较为详尽,以为武德九年之碑文,初刻落成在贞观三年(629)至七年之间[3]。可以参考。

李世民令阎立本绘"十八学士"像,中有虞世南,褚亮为赞

有关秦王府"十八学士"记载,最早见于唐张彦远《历代名画记》卷九:"立德弟立本,显庆初代立德为工部尚书。总章元年拜右相,封博陵县公。有应务之才,兼能书画,朝廷号为丹青,神化初为太宗秦王库直。武德九年,命写秦府十八学士,褚亮为赞。"并有自注引录《秦府十八学士驾真图》序,于"十八学士"的构成及作用进行了最为详细的记载:"武德四年,太宗皇帝为太尉尚书令,雍州牧、左右卫大将军,新命为天策上将军,位在三公上,乃锐意经籍,怡神艺学,开学馆以待四方之士。乃降教曰:'昔楚国尊贤存道,先于申穆;梁园接士比德,至于邹枚。咸以著范前修,垂光后烈,顾惟菲薄,多谢古人。高山仰止,能亡景慕。于是芳兰始被,深冠盖之游;丹桂初丛,广旄俊之士。既而场苗盖寡,空留皎皎之姿;乔木徒迁,终愧嘤嘤之友。所冀通人正训,匡其阙如。侧席亡倦于齐庭,开筵有惭于燕馆。属大行台司勋郎中杜如晦,记室考功郎中房玄龄及于志宁,军谘祭酒苏世长,天策府记室薛收,文学褚亮、姚察,太学博士陆德明、孔颖达,主簿李玄道,天策仓曹李守素,秦王记室虞世南,参军蔡允恭、颜相时,著作郎记室许敬宗、薛元敬,太学助教盖文达,典签苏勖等。或背淮而致千里,或通赵以欣三见。咸能垂裾邸第,委质藩维,或弘礼度而成典则,畅词学而路风雅,优游幕府,是用嘉焉。宜可以守本官兼文学馆学士。'及薛收卒,征东虞州录事参军刘孝孙入馆,寻迁库直。阎立本图形貌,具题名字爵里,仍教文学褚亮为之像赞。勒成一卷,号十八学士。并给珍膳,分为三番,更直宿于阁。每军国务静,参谒归休,即引见。论讨坟典,商略前载,考其得失,或夜分而寝,又降

① [宋]欧阳修:《集古录跋尾》卷五,人民美术出版社2010年版,第114页。
② [宋]赵明诚撰,金文明校证:《金石录校证》卷三,第53页。
③ 路远:《虞世南〈孔子庙堂碑〉初刻的背景与时间》,《碑林语石——西安碑林藏石研究》,三秦出版社2010年版,第64—75页。

以温颜,礼数甚厚。由是天下归心,奇杰之士感思自效于时,预入馆者时所倾慕,谓之登瀛州云。"①褚亮《十八学士赞》赞虞世南云:"记室参军虞世南,笃行扬声,雕文绝世,网罗百世,并包六艺。"②

许智仁为温州刺史

万历《温州府志》卷七"温州刺史":"许智仁,武德九年许绍破萧铣有功,以其子智仁为刺史。"③凌迪知《万姓统谱》卷七六"许姓":"许智仁,绍长子,以绍功推温州刺史。萧铣将陈普环具大舰,溯江略巴蜀。绍遣智仁追战西陵,覆其兵,擒普环。以勋封孝昌县公,终凉州都督。"④

627　唐太宗贞观元年丁亥

虞世南、欧阳询奉敕入弘文馆教示楷法

《唐会要》卷六四"弘文馆":"贞观元年敕:'见在京官文武职事五品已上子,有性爱学书,及有书性者,听于馆内学书,其书法内出。'其年,有二十四人入馆,敕虞世南、欧阳询教示楷法。"⑤

本年,李大亮由越州都督转交州都督

《旧唐书·李大亮传》:"拜越州都督。……贞观元年,转交州都督。"⑥《会稽掇英总集》卷一八《唐太守题名记》:"阚稜,武德四年六月九日自右领军将军授。"⑦《新唐书·阚稜传》:"从伏威入朝,拜左领军将军、越州都督。公祐反,稜与南讨。……

① [唐]张彦远著,俞剑华注释:《历代名画记》卷九,上海人民美术出版社1964年版,第166—167页。
② [清]董浩:《全唐文》卷一四七,中华书局1983年版,第1486页。
③ [明]王光蕴:万历《温州府志》卷七,万历三十三年序刊本,第3页。
④ [明]凌迪知:《万姓统谱》卷七六,上海古籍出版社1994年版,第126页。
⑤ [宋]王溥:《唐会要》卷六四,1317页。
⑥ [后晋]刘昫:《旧唐书》卷六二,第2387页。
⑦ [宋]孔延之:《会稽掇英总集》卷一八,《宋元浙江方志集成》第14册,第6552页。

公祐被擒，乃诬与己谋。……遂以谋反诛。"①《嘉泰会稽志》卷二"太守"："李大亮，自安州刺史授，徙交州刺史。"②《册府元龟》卷六七九："李大亮，太宗贞观中为越州都督，在州写书数百卷。及去，皆委之廨宇。"③

本年，柳雄为温州司户参军

《通典》卷一六九"刑法"："大唐贞观初，……其年，温州司户参军柳雄于隋资妄加阶级，人有言之者，上令其自首，不首与尔死罪。遂固言是真，竟不肯首。"④《唐会要》卷四〇"臣下守法"："贞观元年，太宗务止奸吏，乃遣人以财物试之，有司门令史受馈绢一匹。上怒，将杀之。民部尚书裴矩谏曰：'此人受赂，诚合重诛，但陛下以物试之，即行极法，所谓陷人于罪，恐非道德齐礼之义。'上纳其言，谓百寮曰：'矩能廷折。不肯面从。每事如此。天下何忧不理。'其年，温州司户参军柳雄，于隋资妄加阶级，人有言之者，上令其自首，若不首，与尔死罪。固言是真，竟不肯首。大理推得其伪，将处雄死罪。少卿戴胄奏：'据法止合徒。'上曰：'我已与其断，当与死罪。'胄曰：'陛下既不即杀，付臣法司，罪不至死，不可酷滥。'上作色遣杀，胄言之不已，至四五，然后赦之。仍谓之曰：'曹司但能为我如此守法。岂畏滥有诛夷也。'"⑤

628　唐太宗贞观二年戊子

虞世南撰《左武候将军庞某碑》

《文馆词林校证》卷四五三载《左武候将军庞某碑序》："以今贞观二年六月某日遘疾，薨于雍州长安县之安仁里宅，春秋卅有五。……粤其年十月甲戌朔廿一日甲午，窆于雍州长安县之某原。"⑥碑文又载《唐文拾遗》卷一三⑦。

---

① ［宋］欧阳修、宋祁：《新唐书》卷九二，第 3801 页。
② ［宋］施宿：《嘉泰会稽志》卷二，《宋元浙江方志集成》第 4 册，第 1662 页。
③ ［宋］王钦若：《册府元龟》卷六七九，中华书局 1960 年版，第 8117 页。
④ ［唐］杜佑：《通典》卷一六九，中华书局 1988 年版，第 4371 页。
⑤ ［宋］王溥：《唐会要》卷四〇，第 844—845 页。
⑥ 罗国威：《文馆词林校证》，中华书局 2001 年版，第 162 页。
⑦ ［清］陆心源：《唐文拾遗》卷一三，《全唐文》附，第 10508—10510 页。

虞世南书碑,立于会稽

《嘉泰会稽志》卷一六"碑刻":"唐虞世南碑,《访碑录》云:虞世南书。《系地》云:贞观二年立,在会稽南二十里。龟趺犹存,碑已亡矣。"①宋人陈思《宝刻丛编》卷一三"越州"引《访碑录》:"唐虞世南碑,贞观二年闰二月五日立,在会稽县南二十里。"②

骆宾王七岁,在故乡义乌,作《咏鹅》诗

骆宾王《咏鹅》诗云:"鹅鹅鹅,曲项向天歌。白毛浮绿水,红掌拨清波。"题注:"七岁时作。"③郗云卿《骆宾王文集原序》:"年七岁,能属文。"④《新唐书·骆宾王传》:"七岁能赋诗"⑤胡应麟《补唐书骆侍御传》:"宾王生七岁,能诗。尝嬉戏池上,客指鹅群令赋焉,应声曰:'白毛浮绿水,红掌拨清波。'客叹诧,呼神童。"⑥

本年,元修义为台州刺史

《嘉定赤城志》卷八"秩官门·历代郡守":"贞观二年,元修义。"⑦

629　唐太宗贞观三年己丑

十二月,太宗命于战所立寺,命虞世南等为之碑铭,以纪功业

《旧唐书·太宗纪》:贞观三年十二月,"癸丑,诏建义以来交兵之处,为义士勇夫殒身戎阵者各立一寺,命虞世南、李伯药、褚亮、颜师古、岑文本、许敬宗、朱子奢

---

① 　[宋]施宿:《嘉泰会稽志》卷一六,《宋元浙江方志集成》第4册,第2031页。
② 　[宋]陈思编著:《宝刻丛编》卷一三,浙江古籍出版社2012年版,第790—791页。
③ 　[清]彭定求:《全唐诗》卷七九,第864页。
④ 　[唐]骆宾王著,[清]陈熙晋笺注:《骆临海集笺注》附录,第377页。
⑤ 　[宋]欧阳修、宋祁:《新唐书》卷二〇一,第5742页。
⑥ 　[唐]骆宾王著,[清]陈熙晋笺注:《骆临海集笺注》附录,第382页。
⑦ 　[宋]陈耆卿:《嘉定赤城志》卷八,《宋元浙江方志集成》第11册,第5142页。

等为之碑铭,以纪功业"①。

本年,张梵信为越州兵曹参军

新出土《大唐故密府谘议张府君(梵信)墓志铭》:"贞观三年,改授越州都督府兵曹。于时犍蜀初宾,事资良宰。字育之重,朝议攸归。改授眉州洪雅县令。"②

630　唐太宗贞观四年庚寅

三月,杜如晦薨,太宗诏虞世南撰碑

《册府元龟》卷一四一"帝王部":"太宗贞观四年,尚书右仆射杜如晦薨。帝手诏著作郎虞世南,曰:'朕与如晦,君臣义重,不幸奄从物化,追念勋旧,痛惜于怀。卿体吾此意,为制碑文也。'"③又见《旧唐书·杜如晦传》。《旧唐书·太宗纪》系杜如晦卒在贞观四年三月甲申。赵明诚《金石录》卷三:"《唐杜如晦碑》,虞世南撰。八分书,无姓名。贞观四年。"④同书卷二三"跋尾":"右《唐杜如晦碑》,虞世南撰。验其字画,盖欧阳询书也。如晦,唐伟人,史家立传,不应草草。今以《碑》考之,颇多异同。《传》言'如晦大业中,尝以选补滏阳尉,弃官去',而《碑》言'在隋起家为雍州从事,及炀帝幸江都,代王使君判留守事',盖如晦未尝为滏阳尉,而亦未弃官去也。《传》言'秦王为皇太子,授左庶子',而《碑》作'右庶子'。《传》言'为检校侍中,摄吏部尚书',而《碑》作'摄侍中、吏部尚书'。《传》云'其祖名杲',而《碑》所书乃名'徽'。《传》云'谥曰成',而《碑》所书乃'诚'也。盖此《碑》乃太宗手诏世南勒文于石,其官爵、祖父名讳不宜有误,皆可以正史氏之失矣。"⑤可知太宗诏其撰写碑文,乃是朝廷大事,而碑文又能多处订正史传之误,足见碑文之价值。

---

①　[后晋]刘昫:《旧唐书》卷二,第37页。
②　吴钢主编《全唐文补遗·千唐志斋新藏专辑》,三秦出版社2006年版,第20页。
③　[宋]王钦若《册府元龟》卷一四一,第1708页。
④　[宋]赵明诚撰,金文明校证:《金石录校证》卷三,第54页。
⑤　[宋]赵明诚撰,金文明校证:《金石录校证》卷二三,第439页。

十一月，复置秘书少监一员，以虞世南为之

《唐会要》卷六五"秘书省"："少监，武德初，因隋旧制，号秘书少令，七年省。贞观四年十一月，复置一员，以虞世南为之。"①

十一月，虞世南书《昭仁寺碑》

赵崡《石墨镌华》卷二："《唐昭仁寺碑》，碑在长武县，朱子奢撰，无书者姓氏。余观其笔法，大类《庙堂》。《庙堂》丰逸，此稍瘦劲。《庙堂》五代重勒，此伯施真迹也。欧公亦不言谁书，郑樵直以为伯施，都玄敬谓必有据。而曹明仲曰欧阳通书。通书《道因》诸碑，殊与此不类。"②顾炎武《金石文字记》卷二："《豳州昭仁寺碑》，朱子奢撰，正书，贞观四年十一月。今在长武县，距邠州西八十里，唐太宗与薛举战争之地。按《旧唐书·太宗纪》贞观三年十二月癸丑诏，'建义已来，交兵之处，为义士勇夫殒身戎阵者各立一寺，命虞世南、李百药、褚亮、颜师古、岑文本、许敬宗、朱子奢等为之碑铭，以纪功业。'此其一也。"③

本年，虞世南作咏《蝉》诗

虞世南咏《蝉》诗云："垂緌饮清露，流响出疏桐。居高声自远，非是借秋风。"④据谢志强《虞世南〈咏蝉〉创作时间考》⑤，虞世南这首诗作时应该是在岑文本被李靖荐为中书舍人前后。贞观四年，皇帝又擢其为中书侍郎，封江陵县子，这时世南也已是秘书监和永兴县子，故此诗至早作于贞观四年。而尉迟敬德争功打李道宗事发生于贞观六年，其实质当是文武之争，则下限可能是贞观六年。

本年，薛元超八岁，虞世南试其《咏竹》诗

新出土《薛元超墓志》："八岁，善属文，时房玄龄、虞南试公咏竹，援豪立就，卒章云：别有邻人笛，偏伤怀旧情。玄龄等即公之父党，深所感叹。名流竦动，始揖王

---

① ［宋］王溥：《唐会要》卷六五，第1327页。

② ［清］赵崡：《石墨镌华》卷二，中华书局1985年版，第20页。

③ ［清］顾炎武：《金石文字记》卷二，《石刻史料新编》第1辑，台北新文丰出版公司1982年版，第9224页。

④ ［清］彭定求：《全唐诗》卷三六，第475页。

⑤ 谢志强：《虞世南〈咏蝉〉创作时间考》，载《文教资料》2008年第10期，第14—15页。

公之孙;明主殷勤,俄称耀卿之子。"①按,《薛元超墓志》最早揭载于《乾陵稽古》,然所录误字过多。拓片图版载于《新中国出土墓志·陕西壹》上册②;下册又有释文③,便于参读。

631　唐太宗贞观五年辛卯

九月,魏征上《群书治要》,该书为魏征、虞世南等撰

《唐会要》卷三六:"贞观五年九月二十七日,秘书监魏征撰《群书政要》,上之。太宗欲览前王得失,爰自六经,讫于诸子,上始五帝,下尽晋年。征与虞世南、褚亮、萧德言等始成,为五十卷,上之。诸王各赐一本。"④

本年,严德为台州刺史

《嘉定赤城志》卷八"秩官门·历代郡守":"贞观五年,严德。"⑤

本年,司马偲为义乌尉

员半千《唐故刑部侍郎鸿胪卿司马府君(逸客)墓志文并序》:"大父偲,字含章,有经史盛才,□下偶俗,复擅幽兰,白雪之操也。与河南令狐德棻友善,而物疏道亲。贞观五年,辟授义乌尉,又转华阴主簿。临人行简,著述尤多。天丧斯文,复终于位。"⑥司马偲在唐初也是一位文学家,有较多著述。其子司马志寂,著有《高栖集》。其孙司马逸客,官至刑部侍郎。《全唐诗》卷一〇〇存诗一首。

---

① 中国文物研究所、陕西省古籍整理办公室编:《新中国出土墓志·陕西壹》下册,文物出版社2000年版,第93页。
② 中国文物研究所、陕西省古籍整理办公室编:《新中国出土墓志·陕西壹》上册,第83页。
③ 中国文物研究所、陕西省古籍整理办公室编:《新中国出土墓志·陕西壹》下册,第93—95页。
④ [宋]王溥:《唐会要》卷三六,第759页。
⑤ [宋]陈耆卿:《嘉定赤城志》卷八,《宋元浙江方志集成》第11册,第5142页。
⑥ 洛阳市文物考古研究院:《藏石集粹·墓志篇》,中州古籍出版社2020年版,第121页。

632　唐太宗贞观六年壬辰

闰八月,虞世南作《上圣德表》

明郑真《荥阳外史集》卷六〇载《贞观六年秘书少监虞世南上圣德表》①。《旧唐书·虞世南传》:"除秘书少监,上《圣德论》,辞多不载。"②《册府元龟》卷三七"帝王部":"六年闰八月,秘书少监虞南上《圣德论》。帝手诏答曰:'卿所论太美,但朕德甚寡,恐有识者窥卿为后人所笑。卿引古昔无为而治,朕未敢拟伦;比之近代,乍逾之耳。卿睹朕之始,未见朕之终,宜付秘书。若朕能慎终如初,则可为也;如违此道,不用后代笑卿焉。'"③

诏褚亮、虞世南、魏征分制雅乐乐章

《旧唐书·音乐志》:"贞观二年,太常少卿祖孝孙既定雅乐,至六年,诏褚亮、虞世南、魏征等分制乐章。"④

虞世南撰《虞荷碑》

《嘉泰会稽志》卷一六:"《虞何碑》,永兴公世南撰,释某书。贞观六年大中大夫致仕,其年卒于会稽县。石不存。"⑤

---

① [明]郑真:《荥阳外史集》卷六〇,《景印文渊阁四库全书》第1234册,台湾商务印书馆1986年版,第412—413页。

② [后晋]刘昫:《旧唐书》卷七二,第2566页。

③ [宋]王钦若:《册府元龟》卷三七,第411页。

④ [后晋]刘昫:《旧唐书》卷三〇,第1089页。

⑤ [宋]施宿:《嘉泰会稽志》卷一六,《宋元浙江方志集成》第4册,第2031页。

633　唐太宗贞观七年癸巳

正月,太宗制《破阵舞乐图》,令魏征、虞世南等改制歌词,更名《七德舞》

《唐会要》卷三三"破阵乐":"(贞观)七年正月七日,上制《破阵乐舞图》,左圆右方,先偏后伍,鱼丽鹅鹳,箕张翼舒,交错屈伸,首尾回互,以象战阵之形。起居郎吕才依图教乐工一百二十人,被甲执戟而习之。凡为三变,每变为四阵,有来往疾徐击刺之象,以应歌节,数日而就。其后令魏征、虞世南、褚亮、李百药改制歌词,更名《七德》之舞。十五日,奏之于庭,观者睹其抑扬蹈厉,莫不扼腕踊跃,懔然震悚。"①《七德舞》以后就成为歌颂王业的大型宫廷舞曲,也是诗人常常吟咏的篇章。白居易《七德舞》诗云:"七德舞,七德歌,传自武德至元和。元和小臣白居易,观舞听歌知乐意,乐终稽首陈其事。太宗十八举义兵,白旄黄钺定两京。擒充戮窦四海清,二十有四功业成。二十有九即帝位,三十有五致太平。功成理定何神速,速在推心置人腹。亡卒遗骸散帛收,饥人卖子分金赎。魏征梦见子夜泣,张谨哀闻辰日哭。怨女三千放出宫,死囚四百来归狱。剪须烧药赐功臣,李勣呜咽思杀身。含血吮创抚战士,思摩奋呼乞效死。则知不独善战善乘时,以心感人人心归。尔来一百九十载,天下至今歌舞之。歌七德,舞七德,圣人有作垂无极。岂徒耀神武,岂徒夸圣文。太宗意在陈王业,王业艰难示子孙。"②

虞世南为秘书监,与唐太宗论诗

《册府元龟》卷五四九"谏诤部·褒赏":"虞世南为秘书监,太宗谓侍臣曰:'朕因向日每与虞世南商略今古,朕有一言之善,世南未尝不悦;有一言之失,未尝不一怅恨。朕尝戏作艳诗,世南便进表谏曰:圣作虽工,体制非雅。上之所好,下必随之。此文一行,恐致风靡,轻薄成俗,非为国之利。赐令继和,辄申狂简,而今之后,更有斯文,断以死请,不敢奉诏。其恳诚若此,朕用嘉焉。群臣皆若虞世南,天下何

---

① 〔宋〕王溥:《唐会要》卷三三,第715页。
② 〔清〕彭定求:《全唐诗》卷四二六,第4689—4690页。

忧乎不治。'因顾谓虞世南曰:'朕更有此诗,卿能死不?'虞世南对曰:'臣闻诗者,动天地感鬼神。上以风化下,下以讽刺上。故季札听诗,而知国之兴废;盛衰之道,实继于兹。臣虽愚,诚愿不奉诏。'太宗大悦,赐绢五十匹。"①按,虞世南任秘书监在贞观七年。《旧唐书·虞世南传》:"七年,转秘书监……太宗重其博识,每机务之隙,引之谈论,共观经史。世南虽容貌懦弱,若不胜衣,而志性抗烈,每论及古先帝王为政得失,必存规讽,多所补益。"②

本年,吏部尚书戴胄卒,太宗诏虞世南撰写碑文

《旧唐书·戴胄传》:"七年,卒,太宗为之举哀,废朝三日,赠尚书右仆射,追封道国公,谥曰忠。诏虞世南为撰碑文。"③《册府元龟》卷三一九"宰辅部":"戴胄为吏部尚书,参预朝政,太宗尝谓群臣曰:'戴胄于我,无骨肉之亲,但其忠直励行,情深体国。事有机要,无不以闻;所进官爵,以酬厥劳耳。'及卒,太宗为举哀于朝堂,哭之甚恸,遣卫尉卿刘弘基监护丧事,诏虞世南为之碑文,赐物千段,悼惜久之。赠尚书右仆射,追封道国公。后乃聘其女为道王妃。"④

本年,田德平为越州都督

《会稽掇英总集》卷一八《唐太守题名记》:"田德平,贞观七年七月十三日,自鄜州都督授。"⑤《续高僧传》卷一五《唐越州静林寺释法敏传》:"贞观元年,出还丹阳,讲《华严》《涅槃》。二年,越州田都督追还一音寺。"⑥郁贤皓《唐刺史考全编》卷一四二:"《续高僧传》之'田都督'当即'田德平','二年'或为'七年'之误。"⑦故系田德平为越州都督在贞观七年。

①　[宋]王钦若:《册府元龟》卷五四九,第6592页。
②　[后晋]刘昫:《旧唐书》卷七二,第2566页。
③　[后晋]刘昫:《旧唐书》卷七〇,第2534页。
④　[宋]王钦若:《册府元龟》卷三一九,第3768页。
⑤　[宋]孔延之:《会稽掇英总集》卷一八,《宋元浙江方志集成》第14册,第6552页。
⑥　[唐]道宣:《续高僧传》卷一五,第510页。
⑦　郁贤皓:《唐刺史考全编》卷一四二,第1994页。

635 唐太宗贞观九年乙未

春,沈裕为婺州司马

《太平广记》卷二七七"戴胄"条引《冥报记》:"戴胄素与舒州别驾沈裕善。胄以唐贞观七年死。至八年八月,裕在州,梦其身行于京师义宁坊西南街。每见胄着故弊衣,颜容甚悴,见裕悲喜。问公生平修福,今者何为? 答曰:'吾昔误奏杀人,吾死后,他人杀羊祭我。由此二事,辩答辛苦,不可具言。今亦势了矣。'因谓裕曰:'吾平生与君善友,竟不能进君官位,深恨于怀。君今自得五品,文书已过天曹,相助欣庆,故以相报。'言毕而寤,向人说之,冀梦有征。其年冬,裕入京参选。有铜罚,不得官。又向人说所梦无验。九年春,裕将归江南,行至徐州,奉诏书,授裕五品,为婺州治中。"①婺州治中即婺州司马。

七月,康国进狮子,虞世南献《狮子赋》

《旧唐书·太宗纪下》:贞观九年,"夏四月壬寅,康国献狮子。"②《唐会要》卷九九"康国":"贞观九年七月,献狮子,太宗嘉其远来,使秘书监虞世南为之赋。"③《全唐文》卷三九八牛上士《狮子赋》云:"贞观九年,西域进狮子,秘书监虞世南献赋,前史美之。"④虞世南《狮子赋》,载于《全唐文》卷一三八:"惟皇王之御历,乃承天而则大。洽至道于区中,被仁风于海外。通凤穴以文轨,袭龙庭以冠带。舍夷言于稿街,陈万物于王会。渺渺地角,悠悠嶂表。有绝域之神兽,因重译而来扰。其所居也,岩磴深阻,盘纡绝峻。翠岭万重,琼崖千仞。马顿辔而莫升,车摧轮而不进。聚方服之君长,召积风而奉进。尔乃发乌弋,过白狼。逾绝巇,跨飞梁。越流沙而遥集,超积石而高骧。其为状也,则筋骨纠缠,殊姿异制。阔臆修尾,劲毫柔氄。钩爪锯牙,藏锋蓄锐。弭耳宛足,伺闲借势。暨乎奋鬣舐唇,倏来忽往。瞋目电曜,发声

---

① [宋]李昉等:《太平广记》卷二七七,中华书局1961年版,第2194页。

② [后晋]刘昫:《旧唐书》卷三,第45页。

③ [宋]王溥:《唐会要》卷九九,第2105页。

④ [清]董诰:《全唐文》卷三九八,第4061页。

雷响。拉虎吞貔,裂犀分象。碎遒兕于龈腭,屈巴蛇于指掌。践藉则林麓摧残,哮吼则江河振荡。是以名将假其容,高人图其质。馨其威以凌厉,美其风而赞述。鉴倚伏以荣身,乃有识之高轨。彼白猿之骋妙,终取毙于弧矢。虽元豹之幽栖,亦捐躯于岩趾。并同亡而异术,岂行藏之足纪。何兹兽之明智,独出处以殊伦。虽奋武以驯挚,乃知机而屈伸。去金方之僻远,仰元风之至淳。服猜心与猛气,遂感德以依仁。同百兽之率舞,共六扰而来驯。斯则物无定性,从化如神。譬鳞羽变质于淮海,金锡成器于陶钧。当是时也,兆庶欣瞻,百僚嘉叹。悦声教之遐宣,属光华之在旦。臣载笔以叨幸,得寓目于奇玩。顺文德以呈祥,乃编之于东观。”①

本年,冯大恩为越州都督

《会稽掇英总集》卷一八《唐太守题名记》:“冯大恩,贞观九年八月授。”②《嘉泰会稽志》卷二“太守”同③。

636　唐太宗贞观十年丙申

正月,虞世南为魏王李泰文学馆学士,与李泰、褚亮等唱和

《旧唐书·太宗纪下》:贞观十年正月,“癸丑,徙封……越王泰为魏王。”④同书《濮王泰传》:“十年,徙封魏王,遥领相州都督,余官如故。太宗以泰好士爱文学,特令就府别置文学馆,任自引召学士。”⑤《全唐诗》卷三六虞世南《奉和咏风应魏王教》诗云:“逐舞飘轻袖,传歌共绕梁。动枝生乱影,吹花送远香。”⑥

---

① 〔清〕董诰:《全唐文》卷一三八,第1396页。
② 〔宋〕孔延之:《会稽掇英总集》卷一八,《宋元浙江方志集成》第14册,第6552页。
③ 〔宋〕施宿:《嘉泰会稽志》卷二,《宋元浙江方志集成》第4册,第1663页。
④ 〔后晋〕刘昫:《旧唐书》卷三,第46页。
⑤ 〔后晋〕刘昫:《旧唐书》卷七六,第2653页。
⑥ 〔清〕彭定求:《全唐诗》卷三六,第474页。

十一月,虞世南作《大唐故汝南公主墓志铭》

《大唐故汝南公主墓志铭》是传世至今的唐代墓志写本真迹,异常珍贵,同时也是一篇难得的散文作品。今备录于下。《大唐故汝南公主墓志铭并序》:"公主讳,字,陇西狄道人,皇帝之第三女也。天潢疏润,圆折浮夜光之采;若木分晖,秾华照朝阳之色。故能聪颖外发,闲明内映,训范生知,尚观箴于女史;言容成则,犹习礼于公宫。至如怡色就养,佩帉晨省,敬爱兼极,左右无方。加以学殚绵素,艺兼馨慭,令问芳猷,仪形闺阃。厶年厶月,有诏封汝南郡公主。锡重珪瑞,礼崇汤沐,车服徽章,事优前典。属九地绝维,四星潜曜,毁瘠载形,哀号过礼,茧纩不袭,埀酪无嗌,灰琯亟移,陵茔浸远,虽容服外变,而沉忧内结,不胜孺慕之哀,遂成伤生之性,天道佑仁,奚其冥漠,以今贞观十年十一月丁亥朔十六日。"①《中国书法史图录》②有该墓志图版。

本年,韦庆为台州刺史

《嘉定赤城志》卷八"秩官门·历代郡守":"贞观十年,韦庆。"③

本年,王君照为鄞县令

《宝庆四明志》卷一二"县令":"王君照,唐贞观十年鄞令,修小江湖。见旧志。"④《嘉靖宁波府志》卷二"秩官表"讹作"王君烈"⑤。

637　唐太宗贞观十一年丁酉

本年,李子和为婺州刺史

《旧唐书·李子和传》:"李子和者,同州蒲城人也。本姓郭氏。……高祖嘉其

①　周绍良主编:《唐代墓志汇编》上册,第43—44页。
②　殷荪编:《中国书法史图录》下册,上海书画出版社1989年版,第477页。
③　[宋]陈耆卿:《嘉定赤城志》卷八,《宋元浙江方志集成》第11册,第5142页。
④　[宋]罗濬:《宝庆四明志》卷一二,《宋元浙江方志集成》第8册,第3350页。
⑤　[明]张时彻纂修,[明]周希哲订正:《嘉靖宁波府志》卷二,嘉靖三十九年刻本,第19页。

诚节,赐姓李氏,拜右武卫将军。贞观元年,赐实封三百户。十一年,除婺州刺史,改封夷国公。显庆元年,累转黔州都督。以年老乞骸骨,许之,加金紫光禄大夫。麟德九年卒。"①《新唐书·李子和传》略同。《古今姓氏书辩证》卷二一李氏:"同州蒲城人郭子和,……归唐,赐姓李氏,婺州刺史,夷国公。"②

638　唐太宗贞观十二年戊戌

五月,虞世南卒,年八十一

《旧唐书·虞世南传》:"虞世南字伯施,越州余姚人,隋内史侍郎世基弟也。……世南性沉静寡欲,笃志勤学,少与兄世基受学于吴郡顾野王,经十余年,精思不倦,或累旬不盥栉。善属文,常祖述徐陵,陵亦言世南得己之意。又同郡沙门智永,善王羲之书,世南师焉,妙得其体,由是声名籍甚。……十二年,又表请致仕,优制许之,仍授银青光禄大夫、弘文馆学士,禄赐、防阁并同京官职事。寻卒,年八十一。"③《旧唐书·太宗纪》:贞观十二年,"夏五月壬申,银青光禄大夫、永兴县公虞世南卒。"④唐太宗李世民评论虞世南之为人:"世南一人,有出世之才,遂兼五绝:一曰忠谠,二曰友悌,三曰博文,四曰词藻,五曰书翰。"⑤《册府元龟》卷一四一"帝王部·念良臣":"十二年,弘文馆学士虞世南卒。帝手敕魏王泰曰:'虞世南于我犹一体也,拾遗补阙,无日暂忘,实当代名臣,人伦准的。吾有小失,必犯颜而谏之。今其云亡,石渠东观之中无复人矣。痛惜岂可言也。'未几作诗一篇,追思往古兴亡之道。既而叹曰:'钟子期死,伯牙破琴。朕之此篇,将何所视?'因令起居郎褚遂良诣其灵帐读而焚之,冀世南神识感悟。"⑥《唐会要》卷八〇"谥法·朝臣复谥"云:"贞观十二年十一月敕:'虞世南学综古今,行笃终始,至孝忠直,事多宏益,易名

---

① [后晋]刘昫:《旧唐书》卷五六,第2282—2283页。

② [宋]邓名世:《古今姓氏书辩证》卷二一,中华书局1985年版,第298页。

③ [后晋]刘昫:《旧唐书》卷七二,第2565、2570页。

④ [后晋]刘昫:《旧唐书》卷三,第49页。

⑤ [唐]张彦远:《法书要录》卷八,上海书画出版社1986年版,第225页。

⑥ [宋]王钦若:《册府元龟》卷一四一,第1709页。

之典,抑有旧章,前虽谧懿,未尽其美,可谥曰文懿。'"①方建新等《浙江文献要目》集部:"《虞世南集》一卷,唐余姚虞世南撰。明嘉靖十九年刻《唐百家诗》本、明嘉靖三十三年黄氏浮玉山房刻《唐诗二十六家》本。"②

虞世南文学,在初唐具有代表性。他曾劝太宗毋为宫体诗,《唐诗纪事》卷一"太宗"条:"帝尝作宫体诗,使虞世南赓和。世南曰:'圣作诚工,然体非雅正,上有所好,下必有甚;臣恐此诗一传,天下风靡,不敢奉诏。'帝曰:'朕试卿尔。'后帝为诗一篇,述古兴亡,既而叹曰:'钟子期死,伯牙不复鼓琴,朕此诗何所示耶!'敕褚遂良即世南灵坐焚之。"③其诗如《咏蝉》较有兴寄,边塞诗亦较刚健。然其应制、奉和、侍宴之作,风格婉缛典丽,与南朝徐陵相似,可见南朝诗风对其亦熏染较深。他的诗歌代表作有《出塞》《结客少年场行》《怨歌行》《赋得临池竹应制》《蝉》《奉和咏风应魏王教》等,描摹物状既已精细,又能够托物言志,堪称佳制。明代徐献忠《唐诗品》评其诗:"虞监师资野王,嗜慕徐、庾。髫丱之年,婉缛已著;琨玠之美,绮藻并丰。虽隋皇忌人之主,贞观睿圣之朝,然而善始之爱,身存乱国,准伦之誉,竟列名臣,骈美二陆,不信知言矣乎?其诗在隋则洗濯浮夸,兴寄已远;在唐则藻思萦纡,不乏雅道。殆所谓圆融整丽,四德具存,治世之音,先人而兴者也。至如'横空一鸟度,照水百花燃','竹开霜后翠,梅动雪前香',天然秀颖,不烦痕削。又《长春宫应令》云'民瘼谅斯求',《江都应诏》云'顺动悦来苏',其视宫体之规,同归雅正。石渠、东观之思,自非圣主,何能扬休于后世哉!"④明代程元初辑《唐诗绪笺》云:"虞世南入唐,一变新声,振复古道,实为唐世五言古诗之始。读此尝其一脔矣。"⑤清代沈德潜《唐诗别裁集》卷一称其诗"犹存陈隋体格,而追琢精警,渐开唐风"⑥。

虞世南书法,与欧阳询、褚遂良、薛稷合称"初唐四大家"。《全唐诗》卷二五八贾耽《赋虞书歌》:"众书之中虞书巧,体法自然归大道。不同怀素只攻颠,岂类张芝惟创草。形势素,筋骨老,父子君臣相揖抱。孤青似竹更飕飗,阔白如波长浩渺。能方正,不欹倒,功夫未至难寻奥。须知孔子庙堂碑,便是青箱中至宝。"⑦张怀瓘《书断》卷中评论:"其书得大令(王献之)之宏规,含五方之正色。姿荣秀出,智勇在

① [宋]王溥:《唐会要》卷八〇,第1752页。
② 方建新、徐永明、童正伦编:《浙江文献要目》,浙江古籍出版社2016年版,第123页。
③ [宋]计有功:《唐诗纪事》卷一,上海古籍出版社2013年版,第6页。
④ 陈伯海主编:《唐诗汇评》(增订本),上海古籍出版社2015年版,第41—42页。
⑤ 陈伯海主编:《唐诗汇评》(增订本),第43页。
⑥ [清]沈德潜:《唐诗别裁集》卷一,上海古籍出版社1979年版,第2页。
⑦ [清]彭定求:《全唐诗》卷二五八,第2879页。

焉。秀岭危峰，处处间起；行、草之际，尤所偏工。及其暮齿，加以遒逸。"①刘𫗧《隋唐嘉话》卷中："虞监草行，本师于释智永。尝楼上学书，业成方下，其所弃笔头至盈瓮。"②北宋《宣和书谱》卷八将欧阳询和虞世南相较："虞则内含刚柔，欧则外露筋骨，君子藏器，以虞为优。"③虞世南著述中涉及书学者甚多，如《书旨述》《笔髓论》等，表现其书法思想和书法理论。

虞世南撰有《北堂书钞》一百六十卷。陈振孙《直斋书录解题》卷一四云："《北堂书钞》一百六十卷，唐秘书监余姚虞世南伯施撰。其书成于隋世。"④

虞世南撰有《帝王略论》五卷，又与裴矩合撰《大唐仪》十卷，又有文集三十卷，《旧唐书·经籍志》《新唐书·艺文志》均有著录，但都已散佚。《旧唐书·虞世南传》："有集三十卷，令褚亮为之序。"⑤

640　唐太宗贞观十四年庚子

赵元楷左迁括州刺史

《资治通鉴》：贞观十四年，"行军总管赵元楷，……左迁括州刺史。"⑥《册府元龟》卷九八五："(贞观)十八年七月，太宗以高丽莫离支自杀其主，发兵击新罗。……括州刺史赵元楷、宋州刺史王波利往洪、饶、江等州造船舰四百艘。"⑦

本年，房环为台州刺史

《嘉定赤城志》卷八"秩官门·历代郡守"："贞观十四年，房环。"⑧

---

① ［唐］张彦远：《法书要录》卷八，第225页。
② ［唐］刘𫗧：《隋唐嘉话》卷中，中华书局1979年版，第26页。
③ ［宋］佚名著，顾逸点校：《宣和书谱》卷八，上海书画出版社1984年版，第65页。
④ ［宋］陈振孙撰，徐小蛮、顾美华点校：《直斋书录解题》卷一四，上海古籍出版社2015年版，第423页。
⑤ ［后晋］刘昫：《旧唐书》卷七二，第2571页。
⑥ ［宋］司马光：《资治通鉴》卷一九五，第6160页。
⑦ ［宋］王钦若：《册府元龟》卷九八五，第11570页。
⑧ ［宋］陈耆卿：《嘉定赤城志》卷八，《宋元浙江方志集成》第11册，第5142页。

642　唐太宗贞观十六年壬寅

本年,间丘胤为台州刺史,相传丘胤为《寒山子诗集》作序

《嘉定赤城志》卷八"秩官门·历代郡守":"贞观十六年,间邱胤(太祖御讳下一字)。"[1]《新唐书·艺文志》:"《对寒山子诗》七卷,天台隐士。台州刺史间丘胤序,僧道翘集。"[2]《宋高僧传》卷一九《唐天台山封干师传》:"时间丘胤出牧丹丘,将议巾车,苦头疼羌甚。"[3]

按,世传间丘胤作《寒山子诗集序》,应为伪托。详见余嘉锡《四库提要辩证》卷二〇,《中华文史论丛》1980 年第 4 期王运熙、杨明《寒山子诗歌的创作年代》。

643　唐太宗贞观十七年癸卯

二月,太宗令图画长孙无忌、虞世南等二十四人于凌烟阁

《旧唐书·长孙无忌传》:"(贞观)十七年,令图画无忌等二十四人于凌烟阁,诏曰:'自古皇王,褒崇勋德,既勒铭于钟鼎,又图形于丹青。是以甘露良佐,麟阁著其美;建武功臣,云台纪其迹。司徒、赵国公无忌,故司空、扬州都督、河间元王孝恭,故司空、莱国成公如晦,故司空、相州都督、太子太师、郑国文贞公征,司空、梁国公玄龄,……故礼部尚书、永兴文懿公虞世南,……等,或材推栋梁,谋猷经远,绸缪帷帐,经纶霸图;或学综经籍,德范光茂,隐犯同致,忠谠日闻;或竭力义旗,委质藩邸,一心表节,百战标奇;或受脤庙堂,辟土方面,重氛载廓,王略遐宣。并契阔屯夷,劬

---

① [宋]陈耆卿:《嘉定赤城志》卷八,《宋元浙江方志集成》第 11 册,第 5142 页。
② [宋]欧阳修、宋祁:《新唐书》卷五九,第 1531 页。
③ [宋]赞宁撰,范祥雍点校:《宋高僧传》卷一九,上海古籍出版社 2017 年版,第 441 页。

劳师旅。赞景业于草昧，翼淳化于隆平。茂绩殊勋，冠冕列辟；昌言直道，牢笼搢绅。宜酌故实，弘兹令典，可并图画于凌烟阁。庶念功之怀，无谢于前载；旌贤之义，永贻于后昆。"①据《唐会要》记载，此事在贞观十七年二月二十八日②。

二月，魏征卒。征曾作《宿沃洲山寺》诗，附记于此

魏征《宿沃洲山寺》诗云："崆峒山叟到江东，荷杖来寻支遁踪。马迹几经青草没，仙坛依旧白云封。一声清磬海边月，十里香风涧底松。何代沃洲今夜兴，倚杖来听赤城钟。"③该诗《会稽掇英总集》卷四收录。陈尚君辑入《全唐诗续拾》卷一，并云："按：《全唐诗续补遗》卷二十据《舆地纪胜》卷四，录此诗之后四句，作者作魏征。陈耀东《全唐诗拾遗》据同治《嵊县志》卷二四收本诗。魏征平生未至越中，友人赵昌平谓此诗格律非唐初所有，因疑非征作。因出处较早，姑仍录存。又按：《会稽掇英总集》，宋孔延之熙宁五年编。《四库全书总目》卷一八六该集提要云：'延之以会稽山水人物，著美前世，而纪录赋咏，多所散佚。因博加搜采，旁及碑版石刻，自汉迄宋，凡得铭志歌诗等八百五篇，辑为二十卷。'今自该集辑出唐人佚诗达百首之多。"④

本年，萧翼受太宗派遣到越州，与僧辩才唱和，智取《兰亭序》，时齐善行为越州都督

萧翼《宿云门东客院》诗云："路入山西又向西，雨和春雪旋成泥。风吹迭巘云头散，月照平湖雁影低。挂杖负书寻远寺，倩童牵鹿渡深溪。今朝独宿岩东院，唯听猿吟与鸟啼。"⑤

辩才《设缸面酒款萧翼探得来字》诗云："初酝一缸开，新知万里来。披云同落寞，步月共裴回。夜久孤琴思，风长旅雁哀。非君有秘术，谁照不然灰。"⑥

萧翼《答辩（辩）才探得招字》诗云："邂逅款良宵，殷勤荷胜招。弥天俄若旧，初地岂成遥。酒蚁倾还泛，心猿躁似调。谁怜失群雁，长苦业风飘。"⑦

---

① ［后晋］刘昫：《旧唐书》卷六五，第 2451—2452 页。
② ［宋］王溥：《唐会要》卷四五，第 937—938 页。
③ ［宋］孔延之：《会稽掇英总集》卷四，《宋元浙江方志集成》第 14 册，第 6385 页。
④ 陈尚君：《全唐诗续拾》卷一，《全唐诗补编》，中华书局 1992 年版，第 640 页。
⑤ 陈尚君：《全唐诗续给》卷二，《全唐诗补编》，第 665 页。
⑥ ［清］彭定求：《全唐诗》卷八〇八，第 9116 页。
⑦ ［清］彭定求：《全唐诗》卷三九，第 502 页。

《法书要录》卷三载何延之《兰亭记》，记萧翼智取《兰亭序》过程颇详，为《兰亭序》研究的重要文献，今备录于下："《兰亭》者，晋右将军会稽内史琅琊王羲之字逸少所书之诗序也。右军蝉联美胄，萧散名贤，雅好山水，尤善草隶。……右军亦自珍爱，宝重此书，留付子孙传掌。至七代孙智永，永即右军第五子徽之之后，安西成王谘议彦祖之孙，卢陵王胄昱之子，陈郡谢少卿之外孙也。……兄弟初落发时，住会稽嘉祥寺，寺即右军之旧宅也。后以每年拜墓便近，因移此寺。自右军之坟，及右军叔荟以下茔域，并置山阴西南三十一里兰渚山下。梁武帝以欣、永二人，皆能崇于释教，故号所居之寺为永欣焉。事见《会稽志》。其临书之阁，至今尚在。禅师年近百岁乃终，其遗书并付弟子辩才。才俗姓袁氏，梁司空昂之玄孙，辩才博学工文，琴棋书画，皆得其妙。每临禅师之书，逼真乱本，辩才尝于所寝方丈梁上，凿其暗槛，以贮《兰亭》，宝惜贵重，甚于禅师在日。至贞观中，太宗以德政之暇，锐志玩书，临写右军真草书帖，购募备尽，唯未得《兰亭》。寻讨此书，知在辩才之所，乃降敕追师入内道场供养，恩赉优洽。数日后，因言次，乃问及《兰亭》，方便善诱，无所不至。辩才确称：'往日侍奉先师，实尝获见。自禅师殁后，存经丧乱，坠失不知所在。'既而不获，遂放归越中。后更推究，不离辩才之处。又敕追辩才入内，重问《兰亭》。如此者三度，竟靳固不出。上谓侍臣曰：'右军之书，朕所偏宝，就中逸少之迹，莫如《兰亭》。求见此书，营于寤寐。此僧耆年，又无所用，若得一智略之士，以设谋计取之。'尚书右仆射房玄龄奏曰：'臣闻监察御史萧翼者，梁元帝之曾孙，今贯魏州莘县。负才艺，多权谋，可充此使，必当见获。'太宗遂诏见翼。翼奏曰：'若作公使，义无得理。臣请私行诣彼，须得二王杂帖三数通。'太宗依给。翼遂改冠微服，至湘潭，随商人船，下至于越州；又衣黄衣衫，极宽长潦倒，得山东书生之体。日暮入寺，巡廊以观壁画。过辩才院，止于门前。辩才遥见翼，乃问曰：'何处檀越？'翼乃就前礼拜云：'弟子是北人，将少许蚕种来卖，历寺纵观，幸遇禅师。'寒温既毕，语议便合，因延入房内，即共围棋、抚琴、投壶、握槊，谈说文史，意甚相得。乃曰：'白头如新，倾盖若旧，今后无形迹也。'便留夜宿，设缸面药酒、茶果等。江东云缸面，犹河北称瓮头，谓初熟酒也。酣乐之后，请各赋诗。辩才探得来字韵，其诗曰：'初酴一缸开，新知万里来。披云同落寞，步月共徘徊。夜久孤琴思，风长旅雁哀。非君有秘术，谁照不然灰。'萧翼探得招字韵，诗曰：'邂逅款良宵，殷勤荷胜招。弥天俄若旧，初地岂成遥。酒蚁倾还泛，心猿躁似调。谁怜失群翼，长苦叶风飘。'妍媸略同，彼此讽咏，恨相知之晚。通宵尽欢，明日乃去。辩才云：'檀越闲即更来此。'翼乃载酒赴之，兴后作诗，如是者数四。诗酒为务，其俗混然。遂经旬朔，翼示师梁元帝自画《职贡图》，师嗟赏不已。因谈论翰墨，翼曰：'弟子先门，皆传二王楷书法，弟子又幼来耽玩，今亦有数帖自随。'辩才欣然曰：'明日来，可把此看。'翼依期而往，出其书以示辩才。辩才熟详之，曰：'是即是矣，然未佳善。贫道有一真迹，颇亦殊常。'翼曰：'何帖？'辩才曰：'《兰亭》。'翼佯笑曰：'数经乱离，真迹岂在？必是响拓，伪作耳。'辩才曰：'禅师在日保惜，临亡之时，亲付于吾。付受有绪，那得参差？可明日来看。'及翼到，师自于屋梁上槛内出之。翼见讫，故驳瑕指颣，曰：'果是响拓书也。'纷竞不定。自示翼之后，更不复安于梁槛上，并萧翼二王诸帖，并借留置于几案之间。辩才时年八十余，每日于窗下临学数遍，其老而笃好也如此。自是翼往还既数，童弟等无复猜疑。后辩才出赴灵氾桥南严迁家斋，翼遂私来房前，谓弟子曰：'翼遗却帛子在床上。'童子即为开门。翼遂于案上取得《兰亭》，及御府二王书帖，便赴永安驿，告驿长凌愬曰：'我是御史，奉敕来此，有墨敕，可报汝都督齐善行。'……于是善行闻之，驰来拜谒。萧翼因宣示敕旨，具告所由。善行走使人召辩才。辩才仍在严迁家，未还寺，遽见追呼，不知所以。又遣散直云：'侍御须见。'及师来，见御史，乃是房中萧生也，萧翼报云：'奉敕遣来取《兰亭》。《兰亭》今得矣，故唤师来取别。'辩才闻语，身便绝倒，良久始苏。翼即驰驿而发，至都奏御。太宗大悦，以玄龄举得其人，赏锦彩千段。招拜翼为员外郎，加入五品，赐银瓶一，金缕瓶一；玛瑙碗一，并实以珠；内厩良马两匹，兼宝装鞍辔；庄宅各一区。太宗初怒老僧之秘吝，俄以其年耄，不忍加刑。数日后，仍赐物三千段，谷三千石，便敕越州支给。辩才不敢将入己用，回造三层宝塔，塔甚精丽，至今犹存，老僧因惊悸患重，不能强饭，惟啜粥，岁余乃卒。帝命供奉拓书人赵模、韩道政、冯承素、诸葛贞等四人，各拓数本，以赐皇太子诸王近臣。贞观二十三年，圣躬不豫，幸玉华宫含风殿。临崩，谓高宗曰：'吾欲从汝求一物，汝诚孝也，岂能违吾心耶，汝意何如？'高宗哽咽流涕，引耳而听受制命。太宗曰：'吾所欲得《兰亭》，可与我将去。'……随仙驾入玄宫矣。今赵模等所拓在者，一本尚直钱数万也。人间本亦稀少，代之珍宝，难可再见。吾尝为左千牛时，随牒适越，航巨海，登会稽，探禹穴，访奇书，名僧处士，犹倍诸郡。固知虞预之著《会稽典录》，人物不绝，信而有征。其辩才弟子玄素，俗姓杨氏，华阴人也，汉太尉之后。六代祖佺期为桓玄所害，子孙避难，潜窜江东。后遂编贯山阴，即吾之外氏近属，今殿中侍御史埸之族。长安二年，素师已年九十二，视听不衰，犹居永欣寺永禅师之故房，亲向吾说。聊以退食之暇，略疏其始末，庶将来君子，知吾心之所存，付永、明、温、起等兄弟，其有好事同志，须知者亦无隐焉。于时岁在甲寅季春之月，上巳之日，感前代之修禊而撰此记。主上每暇隙，留神艺术，迹逾华圣，偏重《兰亭》。仆开元十年四月二十七日,任均州刺史,蒙恩许拜扫,至都承访,所得委曲,缘病不获诣阙,遣男昭成皇太后挽郎吏部常选骑都尉永写本进。其日奉日曜门司宣敕,内出绢三十匹赐永。于是负恩荷泽,手舞足蹈,捧戴周旋,光骇闾里。仆局天闻命,伏枕怀欣,殊私忽临,沉疴顿减,辄题卷末,以示后代。朝议郎行职方员外郎上柱国何延之记。"①

按,文中有"都督齐善行闻之,驰来拜谒。萧翼因宣示敕旨,具告所由"语,据《会稽掇英总集》卷一八《唐太守题名记》:"齐善行,贞观十七年九月,自兰州都督授。"②是萧翼取《兰亭序》及与辩才唱和在贞观十七年或稍后。但《隋唐嘉话》卷下云:"太宗为秦王日,……使萧翊就越州求得之,以武德四年入秦府。"③《南部新书》卷丁云:"《兰亭》者,武德四年,欧阳询就越访求得之,始入秦王府。"④与何延之所记有异,今录之以俟再考。

萧翼《留题云门》诗云:"绝顶高峰路不分,岚烟长锁绿苔纹。猕猴推落临崖石,打破下方遮日云。"⑤诗题一作《秦望山》。据诗意应作"秦望山"为是。应为本年在越中登秦望山之作。秦望山,在越州城南。郦道元《水经注·浙江水》:"又有秦望山,在州城正南,为众峰之杰,陟境便见。……扳萝扪葛,然后能升。山上无甚高木,当由地迥多风所致。"⑥《嘉泰会稽志》卷九:"秦望山在县东南四十里。旧经云:众岭最高者。《舆地广记》云:秦望在州城南,为众峰之杰,秦始皇登之以望东海。……《太平御览》云:山在州城正南,涉境便见。秦始皇帝登山以望南海,自平地取山顶七里,悬磴孤危,峭路险绝,攀萝扪葛,然后得至。"⑦

① [唐]张彦远:《法书要录》卷三,第99—104页。
② [宋]孔延之:《会稽掇英总集》卷一八,《宋元浙江方志集成》第14册,第6552页。
③ [唐]刘𫗧:《隋唐嘉话》卷下,第54页。
④ [宋]钱易撰,尚成校点:《南部新书》卷丁,上海古籍出版社2012年版,第32页。
⑤ 童养年:《全唐诗续补遗》卷一,《全唐诗补编》,第325页。
⑥ [北魏]郦道元撰,陈桥驿点校:《水经注》卷四〇,上海古籍出版社1990年版,第753页。
⑦ [宋]施宿:《嘉泰会稽志》卷九,《宋元浙江方志集成》第4册,第1817页。

644　唐太宗贞观十八年甲辰

骆宾王十岁,离开故乡义乌,随父至博昌

骆宾王《与博昌父老书》云:"昔吾先君出宰斯邑,清芬虽远,遗爱犹存。"①张志烈《初唐四杰年谱》贞观十八年云:"知其父官博昌令。又《上廉察使启》称'十年无棣',则居齐十年而后赴京洛求官。始离齐鲁,时年二十,故其来博昌当在本年。唐博昌县,属河南道青州,即今山东博兴县。"②

645　唐太宗贞观十九年乙巳

会稽释惠皎撰《高僧传》

道宣《续高僧传序》云:"昔梁沙门金陵释宝唱撰《名僧传》,会稽释慧皎撰《高僧传》,创发异部,品藻恒流,详覆可观,华质有据。而缉哀吴越,叙略魏燕,良以博观未周,故得随闻成彩。加以有梁之盛,明德云繁,薄传三五,数非通敏;斯则同世相侮,事积由来,中原隐括,未传简录,时无雅赡,谁为补之? 致使历代高风,飒焉终古。余青襟之岁,有顾斯文。祖习乃存,经纶攸阙。是用凭诸名器伫对杀青,而情计栖遑,各师偏竞,遂听成简,载纪相寻。而物忌先鸣,藏舟遽往,徒悬积抱,终掷光阴。敢以不才,辄陈笔记,引疏闻见,即事编韦,谅得历代因之,更为冠冕。自汉明梦日之后,梁武光有以前,代别释门,咸流传史。考酌资其故实,删定节其先闻,遂得类续前驱,昌言大宝。季世情絷,量重声华,至于鸠聚风猷,略无继绪。惟隋初沙

---

①　[清]董诰:《全唐文》卷一九七,第1999页。
②　张志烈:《初唐四杰年谱》,巴蜀书社1993年版,第38—39页。

门魏郡释灵裕,仪表缀述,有意宏方,撰《十德记》一卷,偏叙昭元师保,未粤广嗣通宗。余则孤起支文,薄言行状,终亦未驰高观,可为长太息矣!故使沾预染毫之客,莫不望崖而庋止,固其然乎?今余所撰,恐坠接前绪,故不获已而陈,或博咨先达,或取讯行人,或即目舒之,或讨仇集传。南北国史,附见徽音;郊郭碑碣,旌其懿德。皆撮其志行,举其器略,言约繁简,事通野素,足使绍允前良,允师后听。始距梁之初运,终唐贞观十有九年,一百四十四载,包括岳渎,历访华夷。正传三百三十一人,附见一百六十人,序而申之,大为十例:一曰'译经',二曰'解义',三曰'习禅',四曰'明律',五曰'护法',六曰'感通',七曰'遗身',八曰'读诵',九曰'兴福',十曰'杂科'。"[1]

647　唐太宗贞观二十一年丁未

本年,郑神举为台州刺史

《嘉定赤城志》卷八"秩官门·历代郡守":"贞观二十一年,郑神举。"[2]

本年,强伟改除婺州信安县令

新出土《(前阙)轻车都尉强君(伟)墓志铭并序》:"君讳伟,字玄英,扶风人也。……至(贞观)十八年,将作大匠阎立德江南造船,召为判佐。廿一年……事缘谤黩,为执事所疑,改除婺州信安县令。永徽五年,敕授辰州司马。"[3]

---

① [清]董诰:《全唐文》卷九一一,第9496—9497页。
② [宋]陈耆卿:《嘉定赤城志》卷八,《宋元浙江方志集成》第11册,第5143页。
③ 吴钢主编:《全唐文补遗》第4辑,三秦出版社1997年版,第360—361页。

650　唐高宗永徽元年庚戌

本年,李守一由婺州参军转简州阳安县丞

新出土《李守一墨书砖志》:"君讳守一,字□□,陇西成纪人也。……唐贞观年中,解褐婺州参军。永徽年□(元年),授简州阳安县丞。显庆二年七月廿三日终于官舍,春秋五十有七。"①

651　唐高宗永徽二年辛亥

本年,李奉慈为越州都督

《会稽掇英总集》卷一八《唐太守题名记》:"王奉慈,永徽二年正月,自潭州都督授,拜秦州都督。"②按,"王奉慈"应为李奉慈。《新唐书·宗室列传》:"渤海敬王奉慈,显庆时为原州都督,薨。七世孙戡。"③杜牧《唐故平卢军节度巡官陇西李府君墓志铭》:"君讳戡,字定臣,七代祖渤海王奉慈。"④是奉慈为渤海王,《会稽掇英总集》误将"王"作姓氏。此事李慈铭有考证。参《李慈铭年谱》"五十一岁　光绪五年七月初一"条⑤。

---

① 吴钢主编:《全唐文补遗》第2辑,三秦出版社1995年版,第329—330页。
② 〔宋〕孔延之:《会稽掇英总集》卷一八,《宋元浙江方志集成》第14册,第6552页。
③ 〔宋〕欧阳修、宋祁:《新唐书》卷七八,第3536页。
④ 〔唐〕杜牧:《樊川文集》卷九,第137页。
⑤ 张桂丽:《李慈铭年谱》,上海古籍出版社2016年版,第325页。

652　唐高宗永徽三年壬子

本年，宋神膺为台州刺史

《嘉定赤城志》卷八"秩官门·历代郡守"："永徽三年，宋神膺。"①

653　唐高宗永徽四年癸丑

十月，睦州女子陈硕真举兵反，婺州刺史崔义玄率众讨之

《旧唐书·高宗纪》：永徽四年十月，"戊申，睦州女子陈硕贞举兵反，自称文佳皇帝，攻陷睦州属县。婺州刺史崔义玄、扬州都督府长史房仁裕各率众讨平之。"②

《新唐书·崔义玄传》："永徽中，累迁婺州刺史。时睦州女子陈硕真举兵反。始，硕真自言仙去，与乡邻辞诀，或告其诈，已而捕得，诏释不问。于是姻家章叔胤妄言硕真自天还，化为男子，能役使鬼物，转相荧惑，用是能幻众。自称文佳皇帝，以叔胤为仆射，破睦州，攻歙，残之，分遣其党围婺州。义玄发兵拒之，其徒争言硕真有神灵，犯其兵辄灭宗，众凶惧不肯用。司功参军崔玄籍曰：'仗顺起兵，犹无成；此乃妖人，势不持久。'义玄乃署玄籍先锋，而自统众继之。至下淮戍，擒其谍数十人。有星坠贼营，义玄曰：'贼必亡。'诘朝奋击，左右有以盾鄣者，义玄曰：'刺史而有避邪，谁肯死？'敕去之。由是众为用，斩首数百级，降其众万余。贼平，拜御史大夫。"③

又《资治通鉴》卷一九九《唐纪》：永徽四年十月，"初，睦州女子陈硕贞以妖言惑众，与妹夫章叔胤举兵反，自称文佳皇帝，以叔胤为仆射。甲子夜，叔胤帅众攻桐庐，陷

---

① ［宋］陈耆卿：《嘉定赤城志》卷八，《宋元浙江方志集成》第11册，第5143页。

② ［后晋］刘昫：《旧唐书》卷四，第72页。

③ ［宋］欧阳修、宋祁：《新唐书》卷一〇九，第4095—4096页。

之。硕真撞钟焚香,引兵二千攻陷睦州及於潜,进攻歙州,不克。敕扬州刺史房仁裕发兵讨之。硕真遣其党童文宝将四千人寇婺州,刺史崔义玄发兵拒之。民间讹言硕真有神,犯其兵者必灭族,士众凶惧。司功参军崔玄籍曰:'起兵仗顺,犹且无成,况凭妖妄,其能久乎!'义玄以玄籍为前锋,自将州兵继之,至下淮戍,遇贼,与战。左右以楯蔽义玄,义玄曰:'刺史避箭,人谁致死!'命撤之。于是士卒齐奋,贼众大溃,斩首数千级。听其余众归首;进至睦州境,降者万计。十一月,庚戌,房仁裕军合,获硕真、叔胤,斩之,余党悉平。义玄以功拜御史大夫。"①

崔玄籍为婺州司功参军

新出土《大周故银青光禄大夫使持节利州诸军事行利州刺史上柱国清河县开国子崔君(玄籍)墓志铭并序》:"君名玄籍,字嗣宗,清河东武城人也。……起家文德皇后挽郎,寻授婺州司功参军事。属祅贼陈硕真挟持鬼道,摇动人心。以女子持弓之术,为丈夫辍耕之事。沴气浮于江波,凶徒次于州境。凡在僚属,莫能拒捍。刺史清河公崔义玄察君智勇,委令讨击。君用寡犯众,以正摧邪。破张鲁于汉中,殄卢循于海曲。"②

654 唐高宗永徽五年甲寅

本年前后,骆宾王罢道王府属,归齐鲁闲居

陶敏、傅璇琮《唐五代文学编年史·初盛唐卷》永徽五年:"《骆临海集笺注》卷七《上李少常伯启》:'宾王蟠木朽株,散樗贱质,……块然独居,十载于兹矣。'李少常伯,李安期。《旧唐书·李百药传》:'子安期,……龙朔中,为司列少常伯,参知军国。……俄检校东台侍郎,同东西台三品。'据《唐仆尚丞郎考》,李安期龙朔三年为司列少常伯,启当上于其时。自龙朔三年上推十年为本年。又骆宾王麟德二年《上

---

① [宋]司马光:《资治通鉴》卷一九九,第6282—6283页。
② 吴钢主编:《全唐文补遗》第3辑,三秦出版社1996年版,第507—508页。

齐州张司马启》云:‘块然独处,一纪于兹矣。’自本年至麟德二年(665),首尾十二年。"①

655　唐高宗永徽六年乙卯

骆宾王应举落第,南归义乌,作《望乡夕泛》等诗

骆宾王本年春应举落第,南归义乌。张志烈《初唐四杰年谱》永徽六年云:"《夏日游德州赠高四》中说:‘言谢垂钩隐,来参负鼎职。天子不见知,群公讵相识。未展从东骏,空戢图南翼。时命欲何言,抚膺长叹息。’所指就是这次落第。据《上廉察使启》:‘既而日远长安,出蓬门而西笑;云飘吴会,遥松浦以南浮。’知其此次下第东归,不是到母亲住地瑕丘,而是南下东吴,到老家去一趟。其《夏日游德州赠高四诗序》叙述落第过程亦谓……‘敬止敝庐’,此指回到老家。高四是金华人,骆宾王首次下第后到义乌老家始与之相交结,诗中叙述也甚清楚。"②

骆宾王将至故乡时,作《望乡夕泛》诗云:"归怀剩不安,促榜犯风澜。落宿含楼近,浮月带江寒。喜逐行前至,忧从望里宽。今夜南枝鹊,应无绕树难。"③

夏,骆宾王在故乡义乌,与高四结交

张志烈《初唐四杰年谱》永徽六年云:"居义乌时,与高四缔交。高四,金华人。宾王《夏日游德州赠高四》称其‘栖拙隐金华’。诗序中又言及二人缔交事:‘幸而敬止敝庐,竭来初服。遂得载披玉叶,款洽金兰,倾意气于一言,缔风期于千祀。’诗中在叙述落第后,紧接着即写与高四的交结:‘去去访林泉,空谷有遗贤。言投爵里刺,来泛野人船。缔交君赠缟,投分我忘筌。成风郢匠斫,流水伯牙弦。’"④

---

① 陶敏、傅璇琮:《唐五代文学编年史·初盛唐卷》,辽海出版社1998年版,第143页。
② 张志烈:《初唐四杰年谱》,第62—63页。
③ [清]彭定求:《全唐诗》卷七八,第841页。
④ 张志烈:《初唐四杰年谱》,第64页。

秋,骆宾王离义乌北返瑕丘,过诸暨,有《早发诸暨》诗

骆宾王《早发诸暨》诗云:"征夫怀远路,凤驾上危峦。薄烟横绝巘,轻冻涩回湍。野雾连空暗,山风入曙寒。帝城临灞浐,禹穴枕江干。橘性行应化,蓬心去不安。独掩穷途泪,长歌行路难。"①诸暨在义乌之北,故而本诗即作于离义乌而北返瑕丘之时。诗有"薄烟横绝巘,轻冻涩回湍",盖作于深秋时节。诗有"帝城临灞浐,禹穴枕江干"语,是由南北上之语。

骆宾王本年在义乌,作有《赋得白云抱幽石》等诗

张志烈《初唐四杰年谱》永徽六年云:"盘桓故乡,有《赋得白云抱幽石》《赋得春云处处生》诗,借写吴会风物以抒情志。《赋得白云抱幽石》末云:'锦色连花静,苔光带叶薰。讵知吴会影,长抱縠城文。'《赋得春云处处生》末云:'盖阴笼迥树,阵影抱危城。非将吴会远,飘荡帝乡情。''縠城'用黄石公事,'吴会远'用魏文帝《杂诗二首》句意,都明确表现了对未来的抱负和期望。"②

本年,席义恭为台州刺史

《嘉定赤城志》卷八"秩官门·历代郡守":"永徽六年,席义恭。"③

656　唐高宗显庆元年丙辰

五月,永康县令高善安卒,享年六十二岁

新出土《大唐故永康令高府君(善安)墓志铭》:"君讳善安,字元殖,渤海蓨人也。……贞观三年,授益州仓曹,除婺州永康宰。……粤以显庆元年五月八日,奄终里第,时年六十二。"④

---

①　[清]彭定求:《全唐诗》卷七九,第855页。
②　张志烈:《初唐四杰年谱》,第64页。
③　[宋]陈耆卿:《嘉定赤城志》卷八,《宋元浙江方志集成》第11册,第5143页。
④　吴钢主编:《全唐文补遗》第5辑,三秦出版社1998年版,第116页。

657　唐高宗显庆二年丁巳

八月,来济贬台州刺史

《旧唐书·高宗纪》:显庆二年八月,"中书令兼太子詹事、南阳侯来济左授台州刺史。皆坐谏立武昭仪为皇后、救褚遂良之贬也。"①同书《来济传》:"左授台州刺史。五年,徙庭州刺史。"②《资治通鉴》卷二〇〇:显庆二年,"许敬宗、李义府希皇后旨,诬奏侍中韩瑗、中书令来济与褚遂良潜谋不轨,以桂州用武之地,授遂良桂州都督,欲以为外援。八月,丁卯,瑗坐贬振州刺史,济贬台州刺史,终身不听朝觐。"③

658　唐高宗显庆三年戊午

本年,段宝玄为越州都督

唐高宗《册段宝玄越州都督文》:"维显庆三年,岁次戊午,七月辛巳朔十九日己亥,皇帝若曰:於戏! 夫成俗康邦,寄深于岳牧;宣风阐化,任切于循良。惟尔银青光禄大夫行洛州长史段宝玄,体量凝整,理怀贞赡,总务仙台,能官著于纲纪,分司棘署,令德表于平反。三川之野,允敷声绩;九江之地,爰资镇抚。是用命尔为使持节都督越台括婺泉建六州诸军事越州刺史,尔其勤加恤隐,勉思为政。审之以刑狱,驭之以公平。革剽悍之风,归淳质之轨。钦兹宠命,可不慎欤。"④《会稽掇英总

---

① [后晋]刘昫:《旧唐书》卷四,第77页。
② [后晋]刘昫:《旧唐书》卷八〇,第2743页。
③ [宋]司马光:《资治通鉴》卷二〇〇,第6303—6304页。
④ [宋]宋敏求编:《唐大诏令集》卷六二,中华书局2008年版,第338页。

集》卷一八《唐太守题名记》:"段宝命,显庆三年六月二十一日,自洛州长史授。"①《嘉泰会稽志》卷二同②。"段宝命"为"段宝玄"之误。

659　唐高宗显庆四年己未

贺知章出生

贺知章,会稽永兴人。唐代著名诗人与书法家。《旧唐书·贺知章传》:"贺知章,会稽永兴人,太子洗马德仁之族孙也。少以文词知名。……天宝三载,知章因病恍惚,乃上疏请度为道士,求还乡里,仍舍本乡宅为观。上许之,仍拜其子典设郎曾为会稽郡司马,仍令侍养。御制诗以赠行,皇太子已下咸就执别。至乡无几寿终,年八十六。"③以天宝三载(744)卒,年八十六推之,其生年即当在显庆四年(659)。《全唐文》卷四四七窦臮《述书赋注》:"贺知章,字维摩,会稽永兴人,太子洗马德仁之孙。少以文词知名,工草隶书。"④

有关贺知章的家世,《元和姓纂》卷九"贺氏":"姜姓,齐公族庆父之后。庆克生庆封,以罪奔吴。汉末,徙会稽山阴。后汉庆仪为汝阴令,庆普之后也。曾孙纯,避汉安帝父讳,始改贺氏。孙齐,吴大将军。齐孙中书令劭。劭生晋太子太傅修。修十二代唐太子中书舍人德仁。德仁侄孙彭州刺史默。德仁侄曾孙太子宾客知章。生曾。"⑤

知章之族祖父贺德仁,《旧唐书·贺德仁传》:"贺德仁,越州山阴人也。父朗,陈散骑常侍。德仁少与从兄德基俱事国子祭酒周弘正,咸以词学见称,时人语曰:'学行可师贺德基,文质彬彬贺德仁。'德仁兄弟八人,时人方之荀氏。陈鄱阳王伯山为会稽太守,改其所居甘渍里为高阳里。德仁事陈,至吴兴王友。入隋,仆射杨素荐之,授豫章王府记室参军。王以师资礼之,恩遇甚厚。及炀帝即位,豫章王改

①　[宋]孔延之:《会稽掇英总集》卷一八,《宋元浙江方志集成》第14册,第6552页。
②　[宋]施宿:《嘉泰会稽志》卷二,《宋元浙江方志集成》第4册,第1663页。
③　[后晋]刘昫:《旧唐书》卷一九〇,第5033—5035页。
④　[清]董诰:《全唐文》卷四四七,第4572页。
⑤　[唐]林宝:《元和姓纂》卷九,第1313页。

封齐王,又授齐王府属。及齐王获谴,府僚皆被诛责,唯德仁以忠谨免罪,出补河东郡司法。素与隐太子善,及高祖平京师,隐太子封陇西公,用德仁为陇西公友。寻迁太子中舍人,以衰老不习吏事,转太子洗马。时萧德言亦为洗马,陈子良为右卫率府长史,皆为东宫学士。贞观初,德仁转赵王友。无几卒,年七十余。有文集二十卷。"①岑仲勉《元和姓纂四校注》卷九:"越州贺德仁,少与从兄德基以词学见称。拓本《河东栖岩道场舍利塔碑》,司法书佐贺德仁撰。"②

知章之族祖父贺德基,《陈书·贺德基传》:"贺德基字承业,世传《礼》学。祖文发,父淹,仕梁俱为祠部郎,并有名当世。德基少游学于京邑,积年不归,衣资罄乏,又耻服故弊,盛冬止衣夹襦袴。尝于白马寺前逢一妇人,容服甚盛,呼德基入寺门,脱白纶巾以赠之。仍谓德基曰:'君方为重器,不久贫寒,故以此相遗耳。'德基问姬姓名,不答而去。德基于《礼记》称为精明,居以传授,累迁尚书祠部郎。德基虽不至大官,而三世儒学,俱为祠部,时论美其不坠焉。"③

新出墓志涉及贺知章家世者,《大唐故杭州於潜县尉会稽贺府君(玄道)墓志铭并序》:"君讳玄道,字道,会稽山阴人。……曾祖朗,扬州大中正。祖绳,临水县正……父纪。"④张鼎撰《唐故梁国夫人贺氏墓志铭并序》:"夫人讳睿,字睿,会稽山阴人也。泱泱乎自齐分族为庆氏,在汉避讳为贺氏。赞登吴将,循俾晋侯。盛德之家,必有达者。夫人即通议大夫、随齐王文学、秘书学士绳之曾孙,皇朝太子中舍人、率更令、崇文馆学士、赠杭州刺史敳之孙,万年县尉、罗川宰晦之第七女。百世学族,三英邦翰。……年十九,归于兰陵萧氏,即金紫光禄大夫、兵部尚书、中书令、右丞相、太子太师、修国史、上柱国、徐国公之伉俪焉。"⑤

有关贺知章的籍贯,历来亦颇有争议,主要有二说:一说越州永兴人,即前引《旧唐书》之说;一说四明人,盖因知章号为"四明狂客"。玄宗有《送贺知章归四明应制》,但该诗序云:"天宝三年,太子宾客贺知章……正月五日,将归会稽……乃赋诗赠行。"⑥是与诗题不同。时人卢象有《送贺秘监归会稽歌》,则知玄宗诗题有误。再则,清人毛奇龄《萧山县志刊误》云:"夫四明本山名,地在余姚。唐时以余姚县属

①　[后晋]刘昫:《旧唐书》卷一九〇上,第4987页。
②　[唐]林宝撰,岑仲勉校记:《元和姓纂(附四校记)》卷九,第1314页。
③　[唐]姚思廉:《陈书》卷三三,中华书局1972年版,第442页。
④　吴钢主编:《全唐文补遗》第6辑,三秦出版社1999年版,第381页。
⑤　胡戟、荣新江:《大唐西市博物馆藏墓志》,北京大学出版社2012年版,第488页。
⑥　[清]彭定求:《全唐诗》卷三,第31页。

之宁波,称余姚郡。而因以余姚有四明山故,称明州余姚郡,是明州以余姚得名。贺监为唐人,果籍明州,则其称'四明'者,亦当在余姚,不当在宁波。况不籍明州,而籍四明,则世无此籍矣。故吾谓贺监之在吾邑无论永兴,里贯凿凿不刊,更无容一置他喙。"①

新出土《大唐故银青光大夫行大理少卿上柱国渤海县开国公封公墓志铭并序》,题署"秘书少监会稽贺知章撰"②。《唐故光禄少卿上柱国虢县开国子姚君(彝)墓志铭并序》,末署"起居郎会稽贺知章撰"③。这里的"会稽"是指"越州会稽郡"之"会稽",而非会稽县之会稽。又据《新唐书·地理志》,仪凤二年(677),析会稽、诸暨二县地置永兴县,以南朝旧县为名,治所在故永兴城,隶属越州。天宝元年(742),改为萧山县,因县西萧山为名,隶属会稽郡。乾元元年(758),改郡为州,复隶越州。是知贺知章出生时,其籍里为越州永兴县;而天宝三载归故里时,已经改为会稽郡萧山县。故称贺知章为"永兴人"或"萧山人",均符合史实。

褚朗为婺州长史

新出土《褚朗墓志》:"君讳朗,字玄明,河南阳翟人也。……显庆四年,除婺州长史。在□以正,所历见称。老而益壮,方固马侯之节;劳而有息,忽效庄生之言。以麟德二年九月五日,卒于私第,春秋八十有一。"④

660　唐高宗显庆五年庚申

来济由台州刺史转庭州,出玉门关作诗

《旧唐书·来济传》:"左授台州刺史。五年,徙庭州刺史。"⑤来济《出玉关》诗

---

① 《清代诗文集汇编》编纂委员会编:《清代诗文集汇编》第88册,上海古籍出版社2010年版,第276页。

② 张国华、沈阳:《唐代封祯墓志铭考释》,载《文物春秋》2013年第2期,第58页。

③ 毛阳光、余扶危主编:《洛阳流散唐代墓志汇编》,国家图书馆出版社2013年版,第172页。

④ 吴钢主编:《全唐文补遗》第5辑,第133—134页。

⑤ [后晋]刘昫:《旧唐书》卷八〇,第2743页。

云:"敛辔遵龙汉,衔凄渡玉关。今日流沙外,垂涕念生还。"①按,来济贬台州刺史具有特定的政治背景,即与来济、韩瑗、褚逐良反对废王立武有关。《新唐书·来济传》:"帝将以武氏为后,济谏曰:'王者立后,以承宗庙、母天下,宜择礼义名家、幽闲令淑者,副四海之望,称神祇之意。故文王兴姒,《关雎》之化,蒙被百姓,其福如彼;成帝纵欲,以婢为后,皇统中微,其祸如此。惟陛下详察。'初,武氏被宠,帝特号'宸妃'。济与韩瑗谏:'妃有常员,今别立号,不可。'武氏已立,不自安。后更谩言济等忠鲠,恐前经执奏,辄怀反仄,请加赏慰,而实衔之。帝示济及瑗,济等益惧。"②来济徙庭州实际上是进一步加贬。龙朔二年(662)在突厥入寇时战死沙场。《出玉关》诗就是由台州刺史徙庭州赴任途中经过玉门关而作,罚赴边时心境非常悲伤,希望能够生还。而后却战死沙场,"念生还"而没有生还,其身世极为悲惨。但最终也是为国捐躯,成就了一番事业。

661　唐高宗龙朔元年辛酉

本年,唐同仁为越州都督

《会稽掇英总集》卷一八《唐太守题名记》:"唐同仁,龙朔元年五月十二日,自虢州刺史授。"③《嘉泰会稽志》卷二同④。

本年,独孤守义为括州司法参军

新出土《大唐故颍州颍上县令独孤府君(守义)墓志铭并序》:"君讳守义,河南人也。……以龙朔元年授君括州司法参军事。念室务殷,浮讼多扰。鞠斯茂草,绝彼分缣。秩满,以咸亨三年授君汝州鲁山县令。"⑤

---

①　[清]彭定求:《全唐诗》卷三九,第501页。
②　[宋]欧阳修、宋祁:《新唐书》卷一〇五,第4031—4032页。
③　[宋]孔延之:《会稽掇英总集》卷一八,《宋元浙江方志集成》第14册,第6553页。
④　[宋]施宿:《嘉泰会稽志》卷二,《宋元浙江方志集成》第4册,第1663页。
⑤　吴钢主编:《全唐文补遗》第2辑,第294—295页。

662　唐高宗龙朔二年壬戌

本年,李元为台州刺史

《嘉定赤城志》卷八"秩官门·历代郡守":"龙朔二年,李元。"注:"《壁记》作李元真。按:《临海》《黄岩》二志,皆无真字。但一云贞观八年,一云上元元年,皆不可晓,今姑从其旧云。"①

台州录事参军袁弘毅卒

新出土《□□故台州录事参军袁府君(弘毅)墓志之铭》:"□讳弘毅,字季严,本陈郡人也。……年始弱冠,隋释褐任散从员外郎。唐朝任荆州公安县丞、台州录事参军。方骋康衢,陈书王会,履五公之懿业,为四海之殊荣。既而福善无征,奄从玄夜。以龙朔二年七月十二日,遘疾终于馆舍,春秋七十有五。"②

663　唐高宗龙朔三年癸亥

二月,于德方卒于越州都督任

《会稽掇英总集》卷一八《唐太守题名记》:"于德方,永徽五年正月十七日,自原州都督授。"③《八琼室金石补正》卷三七有《越州都督于德芳残碑》:"显庆三年,授金紫光禄大夫假节□州□□□州□□,……以龙朔三年岁次癸亥二月乙酉朔二十□日庚戌,遘疾薨于隆庆里之私第,春秋七十有七。"④《唐文拾遗》卷六二据《非见

---

① [宋]陈耆卿:《嘉定赤城志》卷八,《宋元浙江方志集成》第11册,第5143页。
② 吴钢主编:《全唐文补遗》第6辑,第301页。
③ [宋]孔延之:《会稽掇英总集》卷一八,《宋元浙江方志集成》第14册,第6552页。
④ [清]陆增祥撰:《八琼室金石补正》卷三七,文物出版社1985年版,第249页。

斋碑录》载此碑作"显庆三年,授金紫光禄大夫使持节陇州诸军事行陇州刺史"①,知其显庆三年(658)为陇州刺史。而《八琼室金石补正》所载残碑题名"越州都督于德芳",是其终官为越州刺史,应是龙朔三年卒于越州刺史任。《会稽掇英总集》言其为永徽五年,应存疑。

骆宾王上书李安期,求其援引

陶敏、傅璇琮《唐五代文学编年史·初盛唐卷》龙朔三年:"《骆临海集笺注》卷七《上李少常伯启》:'宾王蟠木朽株,散樗贱质,……块然独居,十载于兹矣。'李少常伯,李安期。《旧唐书》本传:'龙朔中,为司列少常伯,参知军国。'《唐仆尚丞郎考》列李安期本年为司列少常伯,宾王上书约在本年。由此上推十年为永徽元年,知该年宾王罢道王府属。"②按,由龙朔三年上推十年应为永徽五年。

664　唐高宗麟德元年甲子

六月,虞世南之女虞秀姚卒,其墓志近年出土

虞世南之女虞秀姚,卒于麟德元年六月廿六日。墓志记载墓主身世文字不多,而其家世情况较详,颇有助于虞世南家族的研究。虞秀姚之夫萧鉴为南朝后梁中宗萧詧之曾孙、世宗萧岿之孙,为弘文馆学生,官至朝议郎行右卫府长史,袭封兰陵县开国公,亦家世显赫。《萧鉴墓志》同时出土,这对于研究隋唐之际余姚诗人虞世南的家世、婚姻和后世情况都很重要。现将两方墓志备录于下:

《大唐故行右卫长史兰陵公夫人虞氏墓志铭并序》:"夫人讳秀姚,字思礼,会稽余姚人也。灵绪载繁,轩丘孕祉于枢电;白原克濬,姚泽隤庆于薰风。暨乎贤守飞英,苍雁之嘉祥允集;内□腾茂,白鸟之祯贶有归。故得簪冕连华,掩庐江而启神算;貂蝉□□,冠长淮而劭灵策。曾祖检,梁尚书起部、中兵二曹侍郎。祖寄,梁中书侍郎,陈本州别驾、太中大夫、戎昭将军。并称时望,俱号国□,□□□□隆而道

① ［清］陆心源:《唐文拾遗》卷六二,《全唐文》附,第11072页。
② 陶敏、傅璇琮《唐五代文学编年史·初盛唐卷》,第179页。

无升降。父南，皇朝弘文馆学士、秘书大监、永兴县开国公，赠礼部尚书，谥文懿。公金火秀气，辖天宇而无□；□□英灵，掩寰斗而莫二。学高群玉，尧舜资其琢磨；文擅□□，廊庙阶其润色。夫人毓彩琼柯，疏芳桂浦；蹈仁成性，率□□违。识洞朱弦，蔡门惭其敏悟；词高白雪，谢室让其神聪。□□二八，出嫔萧氏，养谐中馈，义叶移天，至乃择邻，诚□□□，贻训固已，囊括孟母，跨蹑曹妻，加以艺总，群微思□玄赜。苑台夕敞，辩空有于三番；蔗菀晨开，澡心灵于二解。笥无珠玉，体超芬华。金石可流，精诚无变。以麟德元年六月廿六日，遘疾卒于长安崇贤里第，春秋五十有四。即以其月三十日权殡于长安县界毕原，粤以上元三年岁次景子七月乙未朔三日丁酉合祔于明堂县少陵原兰陵公之旧茔。嗣子朝议郎行晋州冀氏县令袭兰陵公憕：对风树而驰感，协冢泉以增摘。悲罔极于昊天，寄徽猷于贞石。其词曰：妫川积水，吴岫腾云，怀珠袭庆，锡祜杨芬；珪璋递美，兰桂交薰；声高宇宙，道盛丘坟。其一。爰挺英淑，克彰柔令；孝悌天禀，温恭成性；早悟因果，深明染净；秋菊题铭，春椒发咏。其二。标梅云及，作嫔君子；礼缛温姬，人高萧史；潘杨秦晋，□□□美；通德之门，高阳之里。其三。良人凤背，夜哭伤哉；神□□坠，灵隧还开；青□仁□，白骥徘徊；于怆标悚，此痛难裁。其四。"①

《大唐故右卫长史骑都尉兰陵县公萧君墓志铭并序》："公讳鉴，字玄明，南徐州兰陵郡县人也。殷商□祚既终，享茅社□周室。齐梁之祀云替，列槐棘于圣朝。积德垂庆，蝉联不绝，可略而言。曾祖梁中宗宣皇帝，拨乱反正，绍开中兴。祖梁世宗明皇帝，化行江汉，道济荆吴，居战国之秋，洽隆平之政。父璟，梁临海王，隋宕渠太守，大唐太府卿、国子祭酒、礼部尚书、兰陵康公，忠孝兼资，道德具美，学穷数象，识洞几处，朝野之间，室迩人远。公禀灵承祚，闻礼闻诗，符采幼彰，岐嶷早著。始登庠序，即为弘文馆学生，敬慎无阙，文史足用。贞观八年，以嫡子属皇孙载诞，授飞骑。九年，以德门之胤，挺贤良之质，选充太穆皇后挽郎。十年，授越王府兵曹参军，越王以帝子之重，幕府之盛，获曳长裾，非才莫可。十有二年，康公薨。背公泣血三年，杖而后起，虽外除丧服，而内怀哀疚。十六年，授太子右虞候率府长史。十七年，授骁骑尉、太子右监门率府长史。廿年，袭封兰陵县开国公。永徽元年，授骑都尉、奉义郎，仍行右监门率府长史。三年，迁承议郎行右卫府长史。惟公事亲摽竭力之誉，事君弘致身之道，居职有干蛊之用，探赜有睹奥之明。加以洞晓释教，深明因果。见生恶□，□仁者之心；见贤思齐，崇好善之志。皇天辅德，方臻遐寿，降

① 商略、孙勤忠：《有虞故物——会稽余姚虞氏汉唐出土文献汇释》，第206页。

福多□,□殒壮年。以永徽四年岁次壬子二月癸未朔十三日乙未春,□□□薨于雍州长安县之归德乡义安里第。临终遗命幼子,以孝□□□为先,以恭俭薄葬为次,其余无所云也。即以其月廿日壬寅□□□万年县洪固乡胄贵里。式旌休烈,乃作铭云:玉筐乘觋,天命攸在。福美有征,辅仁无殆。殷周既灭,皇汉是□。□□之胄,圣朝元凯。猗欤才子,承祉降灵。闻诗賨塾,禀德趋庭。若□□宝,忠孝是经。外堂睹奥,探幽洞征。亦既登朝,鸿渐未职。逸翮抟□,□衢骋□。□掌在公,透迤退食。半岳峰摧,中年□息。龟筮既袭,安□□□。□□□□,□野途□。苍芒陇日,瑟扬松风。百年已矣,万古方同。"①

八月前,骆宾王赴长安,上书刘祥道求援引

陶敏、傅璇琮《唐五代文学编年史·初盛唐卷》麟德元年:"《骆临海集笺注》卷七《上司列太常伯启》:'某……幸属乾坤贞观、乌兔光华,……有道贱贫,耻作归田之赋。于是朅来瓮牖,利见金门,指帝乡而望云,赴长安而就日。'启云太常伯'曲阜浮帝子之灵','函谷诞真人之秀',陈熙晋注考为刘姓,太常伯即刘祥道。据《唐仆尚丞郎考》卷九,祥道龙朔三年冬或本年由司刑太常伯迁司列太常伯,八月兼右相,十二月罢为司礼太常伯。启当上于本年八月前。"②

665　唐高宗麟德二年乙丑

十二月骆宾王在齐州,作《为齐州父老请陪封禅表》

骆宾王有《为齐州父老请陪封禅表》。按《旧唐书·高宗纪上》:麟德二年十月"丁卯,将封泰山,发自东都。……十二月丙午,御齐州大厅"③。骆宾王文即十二月或之前所作。该文言请陪封禅之原委云:"臣等职均刍狗,阴谢桑榆。幸属尧镜多辉,照余光于连石;轩图光耀,追盛礼于枨金。然而邹鲁旧邦,临淄遗俗,俱沐二

---

① 商略、孙勤忠:《有虞故物——会稽余姚虞氏汉唐出土文献汇释》,第206—207页。
② 陶敏、傅璇琮:《唐五代文学编年史·初盛唐卷》,第182页。
③ 〔后晋〕刘昫:《旧唐书》卷四,第87页。

周之化,咸称一变之风。境接青畴,俯瞰获麟之野;山开翠岊,斜连辨马之峰。岂可使稷山遗氓,顿隔陪封之礼?淹中故老,独奉告成之仪?是用就日披丹,仰璧轮之三舍;望云抒素,叫天阍于九重。傥允微诚,许陪大礼,则梦琼余息,仰仙阙以交欢;就木残魂,游岱宗而载跃。"①

本年,孔祯为台州刺史

《嘉定赤城志》卷八"秩官门·历代郡守":"麟德二年,孔祯(仁庙嫌讳)。"②按,孔祯为孔绍安子。《旧唐书·孔绍安传》:"子祯,高宗时为苏州长史。曹王明为刺史,不循法度,祯每进谏。明曰:'寡人天子之弟,岂失于为王哉!'祯曰:'恩宠不可恃,大王不奉行国命,恐今之荣位,非大王所保,独不见淮南之事乎?'明不悦。明左右有侵暴下人者,祯捕而杖杀之。明后果坐法,迁于黔中,谓人曰:'吾愧不用孔长史言,以及于此!'祯累迁绛州刺史,封武昌县子。"③

666 唐高宗乾封元年丙寅

五月,刘伯英为越州刺史

《会稽掇英总集》卷一八《唐太守题名记》:"刘伯英,乾封元年五月,自冀州长史授,总章致仕。"④《嘉泰会稽志》卷二"太守":"刘伯英,乾封元年五月,自冀州长史授。总章元年,终于官。"⑤

十二月,会稽县令孟枢卒

新出土《大唐故越州会稽县令孟君(枢)墓志铭并序》:"君讳枢,字玄机,琅耶平昌人也。……隋大业九年中,以破□勋授景义尉,大唐菀丘县丞,虞候率府录事,汾

---

① [清]董诰:《全唐文》卷一九七,第1995页。
② [宋]陈耆卿:《嘉定赤城志》卷八,《宋元浙江方志集成》第11册,第5144页。
③ [后晋]刘昫:《旧唐书》卷一九〇上,第4983页。
④ [宋]孔延之:《会稽掇英总集》卷一八,《宋元浙江方志集成》第14册,第6553页。
⑤ [宋]施宿:《嘉泰会稽志》卷二,《宋元浙江方志集成》第4册,第1663页。

州司士,高安、石邑、金乡、会稽四县令。"①孟枢乾封元年十二月二十日卒于会稽官舍,时年七十六岁。

667　唐高宗乾封二年丁卯

骆宾王为奉礼郎应在本年,后以奉礼郎从军,李峤作诗相送

李峤有《送骆奉礼从军》诗,可以确认骆宾王由奉礼郎而从军。《新唐书·百官志》:"奉礼郎二人,从九品上,掌君臣版位,以奉朝会、祭祀之礼。"②从九品上为唐代文职官员的初官。骆宾王《边城落日》诗有"一朝辞俎豆,万里逐沙蓬"③句。"俎豆"用《论语·卫灵公》事:"卫灵公问陈于孔子。孔子对曰:'俎豆之事,则尝闻之矣;军旅之事,未之学也。'"④这里的"俎豆"即祭祀,是指奉礼郎的官职。骆宾王为奉礼郎应在乾封二年(667),因前一年为应岳牧举曾谒兖州地方官推荐,作《上兖州刺史启》,又《为齐州父老请陪封禅表》即作于唐高宗麟德二年封禅时,并命荐举人才随岳牧举送。骆宾王即当年由兖州岳牧举送,并于次年即乾封元年应岳牧举后拜奉礼郎。再据骆宾王《久戍边城有怀京邑》诗:"棘寺游三礼,蓬山簉八儒。怀铅惭后进,投笔愿前驱。北走非通赵,西之似化胡。"⑤"棘寺"指太常寺,"蓬山"指秘书省。由"北走非通赵,西之似化胡"二句得知,骆宾王由奉礼郎从军应该是其第一次北走从军时期,并不是从军西域,"西之似化胡"的从军西域是后来的事。骆宾王从军北塞诗亦存留多首:《于易水送人》《远使海曲春夜多怀》《蓬莱镇》《边夜有怀》《海曲书情》等。骆宾王与李峤的关系,《新唐书·李峤传》:"二十擢进士第,始调安定尉。举制策甲科,迁长安。时畿尉名文章者,骆宾王、刘光业,峤最少,与等夷。授监察御史。"⑥按,李峤及第时间,孟二冬《登科记考补正》卷二考证为麟德元年

---

① 吴钢主编:《全唐文补遗》第 7 辑,三秦出版社 2000 年版,第 278—279 页。
② [宋]欧阳修、宋祁:《新唐书》卷四八,第 1242 页。
③ [清]彭定求:《全唐诗》卷七九,第 858 页。
④ [魏]何晏注、[宋]邢昺疏:《论语注疏》卷一五,《十三经注疏》,北京大学出版社 2000 年版,第 234 页。
⑤ [清]彭定求:《全唐诗》卷七九,第 862 页。
⑥ [宋]欧阳修、宋祁:《新唐书》卷一二三,第 4367 页。

(664),是年李峤二十岁①。若以骆宾王调露元年(679)作《咏怀古意上裴侍郎》诗时四十九岁计算,是年骆宾王三十四岁,长李峤十四岁,与《旧唐书》记载切合。又李峤举进士后为安定县尉,又举制科授长安县尉,应为其举进士的数年之后,而骆宾王乾封元年受兖州地方官举荐,二年应岳牧举,其后授奉礼郎。陈冠明《李峤年谱》考订其为安定县尉在总章二年(669)。其送骆宾王从军的送别地点应该是长安,由此推论其时间应该在骆宾王乾封二年为奉礼郎之后、李峤总章二年为安定主簿之前②。骆宾王后来为武功县主簿,武功属于畿县,与《旧唐书·李峤传》记载相合。骆宾王与李峤的交往诗还有《别李峤得胜字》,李峤有《饯骆四二首》,可见李峤与骆宾王关系甚为密切。

本年,赵瑰为台州刺史

《嘉定赤城志》卷八"秩官门·历代郡守":"乾封二年,赵瑰。"注:"乾封尽二年,《壁记》作三年。"③

671　唐高宗咸亨二年辛未

李孝逸为越州都督

《会稽掇英总集》卷一八《唐太守题名记》:"李孝逸,咸亨二年三月,自常州刺史授,除益州长史。"④《嘉泰会稽志》卷二"太守"同⑤。《咸淳毗陵志》卷七:"李孝逸,咸亨二年为常州刺史,三月移越州都督。"⑥

---

① ［清］徐松撰,孟二冬补正:《登科记考补正》卷二,中华书局2019年版,第55—56页。

② 陈冠明根据清人陈熙晋《续补唐书骆侍御传》将骆宾王从军系于咸亨元年李峤在安定县尉任上,似不确。

③ ［宋］陈耆卿:《嘉定赤城志》卷八,《宋元浙江方志集成》第11册,第5144页。

④ ［宋］孔延之:《会稽掇英总集》卷一八,《宋元浙江方志集成》第14册,第6553页。

⑤ ［宋］施宿:《嘉泰会稽志》卷二,《宋元浙江方志集成》第4册,第1663页。

⑥ ［宋］史能之:《咸淳毗陵志》卷七,《宋元方志丛刊》第3册,中华书局1990年版,第3014页。

本年，墨贻知退为台州刺史

《嘉定赤城志》卷八"秩官门·历代郡守"："咸亨二年，墨贻知退。"①

本年，婺州司马秦怀恪坐赃被斩

《册府元龟》卷一五二"帝王部·明罚一"："咸亨二年，婺州司马秦怀恪坐赃，特令朝堂斩之。"②

672　唐高宗咸亨三年壬申

骆宾王南下从军，作品有《兵部奏姚州道破逆贼诺没弄、杨虔柳露布》《兵部奏姚州破贼设蒙俭等露布》

骆宾王一生三次从军，分别为南下、北上与西行，其南下从军时，留下作品有《兵部奏姚州道破逆贼诺没弄、杨虔柳露布》《兵部奏姚州破贼设蒙俭等露布》等。据《旧唐书·高宗纪》：咸亨三年"春正月辛丑，发梁、益等一十八州兵募五千三百人，遣右卫副率梁积寿往姚州击叛蛮。"③又有《为李总管祭赵郎将文》云："姚州道大总管李义祭赵郎将之灵。"④即在从军姚州时作，这是时间确定的从军过程。

673　唐高宗咸亨四年癸酉

春，骆宾王在蜀，代郭氏作诗赠卢照邻

骆宾王《艳情代郭氏答卢照邻》诗云："迢迢芊路望芝田，眇眇函关恨蜀川。归

---

① ［宋］陈耆卿：《嘉定赤城志》卷八，《宋元浙江方志集成》第11册，第5144页。
② ［宋］王钦若：《册府元龟》卷一五二，第1841页。
③ ［后晋］刘昫：《旧唐书》卷五，第96页。
④ ［唐］骆宾王著，［清］陈熙晋笺注：《骆临海集笺注》卷一〇，第365页。

云已落涪江外，还雁应过洛水灈。洛水傍连帝城侧，帝宅层甍垂凤翼。铜驼路上柳千条，金谷园中花几色。柳叶园花处处新，洛阳桃李应芳春。妾向双流窥石镜，君住三川守玉人。此时离别那堪道，此日空床对芳沼。芳沼徒游比目鱼，幽径还生拔心草。流风回雪傥便娟，骥子鱼文实可怜。掷果河阳君有分，货酒成都妾亦然。莫言贫贱无人重，莫言富贵应须种。绿珠犹得石崇怜，飞燕曾经汉皇宠。良人何处醉纵横，直如循默守空名。倒提新缣成慊慊，翻将故剑作平平。离前吉梦成兰兆，别后啼痕上竹生。别日分明相约束，已取宜家成诫勖。当时拟弄掌中珠，岂谓先摧庭际玉。悲鸣五里无人问，肠断三声谁为续。思君欲上望夫台，端居懒听将雏曲。沉沉落日向山低，檐前归燕并头栖。抱膝当窗看夕兔，侧耳空房听晓鸡。舞蝶临阶只自舞，啼鸟逢人亦助啼。独坐伤孤枕，春来悲更甚。峨眉山上月如眉，濯锦江中霞似锦。锦字回文欲赠君，剑壁层峰自纠纷。平江森森分清浦，长路悠悠间白云。也知京洛多佳丽，也知山岫遥亏蔽。无那短封即疏索，不在长情守期契。传闻织女对牵牛，相望重河隔浅流。谁分迢迢经两岁，谁能脉脉待三秋。情知唾井终无理，情知覆水也难收。不复下山能借问，更向卢家字莫愁。"①这首诗是骆宾王的名篇，也是研究初唐四杰之间重要关系的诗作。卢照邻咸亨二年(671)自蜀归长安，是时骆宾王又在蜀，遇郭氏，故而代之作诗。陈熙晋《骆临海集笺注》卷四云："照邻《病梨树赋序》：'癸酉之岁，卧病长安。'岁癸酉，实咸亨四年。临海入蜀，在咸亨中。此诗云'妾向双流窥石镜，君住三川守玉人'，是时升之方自蜀至洛。当在咸亨四年以前也。"②诗中描写都是春景，姑系于本年春。

本年，李璠为台州刺史

《嘉定赤城志》卷八"秩官门·历代郡守"："咸亨四年，李璠。"注："《壁记》作李播。今按《唐宰相世系表》云：李璠历房、郢、台三州刺史。是《壁记》讹为播也。又咸亨尽四年，《壁记》作五年。"③

本年，虞世南子虞昶书《韦琨碑》

《宝刻丛编》卷八引《京兆金石录》："《唐赠秦州都督韦琨碑》，唐许敬宗撰，虞昶

---

① ［清］彭定求：《全唐诗》卷七七，第 837—838 页。
② ［唐］骆宾王著，［清］陈熙晋笺注：《骆临海集笺注》卷四，第 140 页。
③ ［宋］陈耆卿：《嘉定赤城志》卷八，《宋元浙江方志集成》第 11 册，第 5144 页。

行书,咸亨四年。"①

李嗣真咸亨中为义乌县令

《旧唐书·李嗣真传》:"弱冠明经举……因咸亨年京中大饥,乃求出,补义乌令。……调露中,为始平令。"②《新唐书·李嗣真传》:"高宗东封还,诏赠孔子太师,命有司为祝,司文郎中雷少颖文不称旨,更命嗣真,成不淹顷,帝览称善,诏加两阶。敏之等倚恩自如,嗣真不喜,求补义乌令。敏之败,学士多连坐,嗣真独免。调露中,为始平令,风化大行。"③

674　唐高宗上元元年甲戌

袁瑜为婺州长史

袁方直撰《大唐故歙州刺史韦府君(瑜)墓志铭》:"以上元初服阕,转婺州长史。寻逢国恩,加骁骑尉,俄迁歙州刺史。"④

是年,始置温州

《元和郡县图志》卷二六"江南道二·温州":"温州,永嘉。上。开元户三万七千五百五十四,乡七十八。元和户八千四百十四,乡一十六。本汉会稽东部之地,初闽君摇有功于汉,封为东瓯王,晋大宁中于此置永嘉郡,隋废郡地入处州。武德五年,杜伏威归化,于县理置东嘉州,寻废。六年,辅公祏为乱于丹阳,永嘉、安固等百姓于华盖山固守,不陷凶党,高宗上元元年,于永嘉县置温州。州境:东西二百四里,南北七百二十里。八到:西北至上都四千四百二十五里,西北至东都三千五百六十五里,正北微西至台州五百里,西北至处州二百七十里,东至大海八十里,西南至福州水陆路相兼一千八百里。贡、赋:开元贡:绵,纻布,鲛鱼皮三十张。元和贡:

①　[宋]陈思编著:《宝刻丛编》卷八,第552页。
②　[后晋]刘昫:《旧唐书》卷一九一,第5098—5099页。
③　[宋]欧阳修、宋祁:《新唐书》卷九一,第3796页。
④　故宫博物院:《新中国出土墓志·陕西肆》下册,文物出版社2021年版,第89页。

鲛鱼皮。管县四:永嘉,安固,横阳,乐成。"① 郭声波《唐代浙东地区行政区划沿革》:"武德五年,割括州永嘉县置东嘉州,以永嘉县为名,并置前永宁、安固、横阳、乐成四县,东嘉州隶括州总管府。六年,归辅宋。七年,复归唐,隶括州总管府,省乐成县。贞观元年,州废,省前永宁、横阳二县,以永嘉、安固二县隶括州。前上元元年,割括州永嘉、安固二县置温州,以温峤岭为名,治永嘉县,隶越州都督府。"②

675　唐高宗上元二年乙亥

七月,缙云县刻李阳冰所撰《唐重修文宣王庙记》

《宝刻丛编》卷一三引《集古录目》:"《唐重修文宣王庙记》,唐缙云令李阳冰撰并篆。阳冰为缙云令,重修孔子庙像碑,以上元二年七月刻在缙云县。"③

八月,王勃陪同其父赴交趾令任,经越中作多篇诗序

王勃《越州秋日宴山亭序》云:"昔王子敬琅琊之名士,常怀习氏之园;阮嗣宗陈留之俊人,直至山阳之坐。岂非琴樽远契,必兆联于佳辰;风月高情,每留连于胜地?是以东山可望,林泉生谢客之文;南国多才,江山助屈平之气。况乎扬子云之故地,岩壑依然;宓子贱之芳猷,弦歌在属。红兰翠菊,俯映砂亭;黛柏苍松,深环玉砌。参差夕树,烟侵橘柚之园;的历秋荷,月照芙蓉之水。既而星回汉转,露下风高,银烛摘华,瑶觞抒兴。一时仙驭,方深摈俗之怀;五际飞文,时动缘情之作。人分一字,四韵成篇。"④

这是一篇游宴之序,也是一篇诗序。因为在秋日越州山亭宴集时,每位参加宴集者都要按韵赋诗,而王勃这篇序文就是放在诸人诗集的前面。这篇序文集中描写越州秋日的风光:"红兰翠菊,俯映砂亭;黛柏苍松,深环玉砌。参差夕树,烟侵橘柚之园;的历秋荷,月照芙蓉之水。"同时引述越地名人的历史典故与山美景相映

---

① [唐]李吉甫:《元和郡县图志》卷二六,第625—626页。
② 郭声波:《唐代浙东地区行政区划沿革》,《庆祝陈桥驿先生九十华诞学术论文集》,第187页。
③ [宋]陈思编著:《宝刻丛编》卷一三,第840页。
④ [清]董诰:《全唐文》卷一八一,第1842—1843页。

衬："昔王子敬琅琊之名士，常怀习氏之园；阮嗣宗陈留之俊人，直至山阳之坐。岂非琴樽远契，必兆联于佳辰；风月高情，每留连于胜地？是以东山可望，林泉生谢客之文；南国多才，江山助屈平之气。况乎扬子云之故地，岩壑依然；宓子贱之芳猷，弦歌在属。"而这样的用典，是王勃骈体文的重要特色，在这篇诗序当中有着突出的表现。作者连用了王徽之、阮籍、谢安、屈原的典故，与江山形胜相映衬，透露出越中风景所蕴涵的文化底蕴，并由此激发文人的江山之恋与文思之涌。序文的最后："一时仙驭，方深摈俗之怀；五际飞文，时动缘情之作。人分一字，四韵成篇。"才有参与宴会的文士分题限韵，各赋一首律诗。按，这篇序文，《文苑英华》《全唐文》以及传世本《王子安集》都作《越州秋日宴山亭序》，而正仓院公布的《王勃诗序》题为《新都县杨乾嘉池亭夜宴序》，序中有"扬子云之故地，岩壑依然"，似乎与四川新都县更为切合。是否是传世本之误植，有待详考。

王勃《越州永兴李明府宅送萧三还齐州序》云："嗟乎，不游天下者，安知四海之交；不涉河梁者，岂识别离之恨？荫松披薛，琴樽为得意之亲；临远登高，烟霞是赏心之事。亦当将军塞上，咏苏武之秋风；隐士山前，歌王孙之春草。故有梁孝王之下客，仆是河南之南；孟尝君之上宾，子在北山之北。幸属一人，作寰中之主，四皓为方外之臣。俱游万物之间，相遇三江之表。许玄度之清风朗月，时慰相思；王逸少之修竹茂林，屡陪欢宴。加以惠而好我，携手同行。或登吴会而听嵇吟，或下宛委而观禹穴。良谈落落，金石丝竹之音晖；雅智飘飘，松柏风云之气状。当此时也。尝谓连城无异乡之别，断金有同好之亲。契生平于张范之年，齐物我于惠庄之岁。虽三光回薄，未殚投分之情；四序循环，讵尽忘言之道？岂期我留子往，乐去悲来，横沟水而东西，断浮云于南北。况乎泣穷途于白首，白首非离别之秋；叹歧路于他乡，他乡岂送归之地？蓐收戒节，少昊司辰。清风起而城阙寒，白露下而江山晚。徘徊去鹤，将别盖而同飞；凄断来鸿，共离舟而俱泛。古人道别，动尚经年；今我言离，会当何日？山巨源之风猷令望，善佐朝廷；嵇叔夜之潦倒粗疏，甘从草泽。行当山中攀桂，往往思仁；野外纽兰，时时佩德。人非李径，岂得无言；子既箫韶，当须振响。既酌伤离之酒，宜陈感别之词，各赋一言，俱题六韵。"

需要说明的是，王勃的这篇序文，是根据日本正仓院公布的《王勃诗序》录文，这是距离王勃最近也是最可靠的文本，与传世文本不同之处较多，现将《文苑英华》与《全唐文》的异文录之于下，以作对比：

表 1 《王勃诗序》异文对照表

序号	正仓院王勃诗序	文苑英华	全唐文
1	荫松披薜	松枝(一作杖)薜衣	薜衣松杖
2	亦当将军塞上,咏苏武之秋风;隐士山前,歌王孙之春草	无	无
3	故有梁孝王之下客	有梁孝王之下客	有梁孝王之下客
4	仆是河南之南	仆是河南之南	仆是河南
5	四皓为方外之臣	倏(一作儵)四皓为方外之臣	儵然四皓为方外之臣
6	许玄度之清风朗月	许玄度之清风朗月	许元度之清风朗月
7	或登吴会而听稽吟	或登吴会而听越吟	或登吴会而听越吟
8	金石丝竹之音晖	金石丝竹之音辉	金石丝竹之音辉
9	雅智飘飘	雅致飘飘	雅致飘飘
10	尝谓连城无异乡之别	尝谓连璧无异乡之别	尝谓连璧无异乡之别
11	断金有同好之亲	断金有好亲之契	断金有好亲之契
12	契生平于张范之年	生平于张范之年	生平于张范之年
13	齐物我于惠庄之岁	齐物于惠庄之岁	齐物于惠庄之岁
14	虽三光回薄	三光回薄	三光回薄
15	横沟水而东西	横咽水而东西	横咽水而东西
16	断浮云于南北	绪愁云于南北	绪愁云于南北
17	白首非离别之秋	白首非临别之秋(一作愁)	白首非临别之秋
18	叹歧路于他乡	嗟歧路于他乡	嗟歧路于他乡
19	蓐收戒节	蓐收戒序	蓐收戒序
20	白露下而江山晚	白露下而江山远	白露下而江山远
21	凄断来鸿	断续来鸿	断续来鸿
22	动尚经年	动便经年	动便经年
23	野外纽兰	野外纫兰	野外纫兰
24	人非李径	人非桃李	人非桃李

序号	正仓院王勃诗序	文苑英华	全唐文
25	子既箫韶	子免(疑)箫韶	子是箫韶
26	当须振响	当须振响	当思振响
27	既酌伤离之酒	勉酌伤离之酒	勉酌伤离之酒
28	宜陈感别之词	具陈感别之词	具陈感别之词

按,根据王勃事迹,上元二年陪同其父赴交趾任,春天由家乡龙门出发,春过桑泉,作《春夜桑泉别王少府序》;秋至楚州,作《秋日楚州郝司户宅饯崔使君序》《过淮阴谒汉祖庙祭文》;继而到江宁,作《江宁吴少府宅宴饯序》;九月到达洪州,作《秋日登洪府滕王阁饯别序》。揆之王勃行程,盖其至江宁后,取道越州再向洪州,故而以上两篇序文应作于上元二年八月。张志烈《王勃杂考》系于乾封二年①,陶敏、傅璇琮《唐五代文学编年史·初盛唐卷》编于麟德二年②。今不从。

王勃游吴越,作《采莲归》诗及《采莲赋》

王勃《采莲归》云:"采莲归,绿水芙蓉衣。秋风起浪凫雁飞。桂棹兰桡下长浦,罗裙玉腕摇轻橹。叶屿花潭极望平,江讴越吹相思苦。相思苦,佳期不可驻。塞外征夫犹未还,江南采莲今已暮。今已暮,摘(集作采)莲花。今渠(集作渠今)那必尽娼家。官道城南把桑叶,何如江上采莲花。莲花复莲花,花叶何重(集作稠)叠。叶翠本羞眉,花红强如颊。佳人不兹期(集作在兹),怅望别离时。牵花怜共蒂,折藕爱连丝。故情何(集作无)处所,新物徒(集作从)华滋。不惜南(集作西)津交佩解,还羞北海雁书迟。采莲歌有节,采莲夜未歇。正逢浩荡江上风,又值徘徊江上月。(集有徘徊二字)莲浦夜相逢,吴姬越女何丰茸!共问寒江千里外,征客关山更(集作路)几重?"③据《旧唐书》卷一九〇《王勃传》:"上元二年,勃往交趾省父,道出江中,为《采莲赋》以见意,其辞甚美。"④王勃本年在越州还作有《越州秋日宴山亭序》《越州永兴李明府宅送萧三还齐州序》,诗有"越女""越吹"等语,参以全诗描写江南风景,《采莲归》应是王勃本年在越州时作。

① 张志烈:《王勃杂考》,载《四川大学学报(哲学社会科学版)》1983 年第 2 期,第 71—72 页。
② 陶敏、傅璇琮:《唐五代文学编年史·初盛唐卷》,第 185—186 页。
③ [清]彭定求:《全唐诗》卷二一,第 279 页。
④ [后晋]刘昫:《旧唐书》卷一九〇,第 5005 页。

王勃《采莲赋》也是初唐时期咏物赋的佳制,序云:"昔之赋芙蓉者多矣,虽复曹王潘令之逸曲,孙鲍江萧之妙韵,莫不杂陈丽美,粗举采掇,岂所谓究厥艳态,穷其风谣哉。顷乘暇景,历睹众制,伏玩累日,有不满焉,遂作赋曰。"全赋较长,今节录于下:"是以吴娃越艳,郑婉秦妍。感灵翘于上节,悦瑞色于中年。锦帆映浦,罗衣塞川。飞木兰之画楫,驾芙蓉之绮船。问子何去,幽潭采莲。已矣哉!诚不知其所以然。赏由物召,兴以情迁。故其游泳一致,悲欣万绪。……搴条拾蕊,沿波溯流。池心宽而藻薄,浦口窄而萍稠。和桡姬之卫吹,接榜女之齐讴。去复去兮水色夕,采复采兮荷华秋。愿承欢而卒岁,长接席而寡仇。……扣舷击榜,吴歈越吟。溱与洧兮叶覆水,淮与济兮花冒浔。值明月之夕出,逢丹霞之夜临。茱萸歌兮轸妾思,芍药曲兮伤人心。伊采莲之贱事,信忘情之盖寡。虽迹兆于水乡,遂风行于天下。……时有东鄙幽人,西园旧客,常陪帝子之舆,经侍天人之籍。咏绿竹于风晓,赋彤管于日夕。暑往寒来,忽矣悠哉。蓬飘梗逝,天涯海际。似还邛之寥廓,同适越之淹滞。萧索穷途,飘飘一隅。昔闻七泽,今过五湖。听菱歌兮几曲,视莲房兮几株。非邺池之宴语,异睢苑之欢娱。……且为歌曰:芳华兮修名,奇秀兮异植。红光兮碧色,禀天地之淑丽,承雨露之沾饰。莲有藕兮藕有枝,才有用兮用有时。含香婀娜华实移,为君何当藻凤池。"①

九月,张太素撰《唐越州长史李基碑》

《金石录》卷四:"《唐越州长史李基碑》,张太素撰。行书,无姓名。上元二年九月。"②

赵瑰左迁括州刺史

《资治通鉴》:上元二年,"瑰自定州刺史贬栝(括)州刺史,令公主随之官,仍绝其朝谒。"③《新唐书·诸帝公主传》:"常乐公主,下嫁赵瑰,生女,为周王妃,武后杀之。逐瑰括州刺史,徙寿州。"④

① [清]董诰:《全唐文》卷一七七,第1803—1805页。
② [宋]赵明诚撰,金文明校证:《金石录校证》卷四,第71页。
③ [宋]司马光:《资治通鉴》卷二〇二,第6376页。
④ [宋]欧阳修、宋祁:《新唐书》卷八三,第3644页。

676 唐高宗仪凤元年丙子

骆宾王上书于吏部侍郎裴行俭

骆宾王有《上吏部裴侍郎书》云："四月一日,武功县主簿骆宾王,谨再拜奉书吏部侍郎裴公执事。"① 说明上书时为武功县主簿。又云："宾王一艺罕称,十年不调。……不汲汲于荣名,不戚戚于卑位,盖养亲之故也,岂谋身之道哉?"② 说明他在此前较为潦倒,十年不调,而其能安心在这样的任上主要因为养亲之故。又云:"况属天伦之丧,奄逾七月;违膝下之养,忽以三年。而凶服之制行终,哀疚之情未泄。兴言永慕,举目增伤。"③ 说明上书时,其父亲已去世三年,自己刚刚结束守制。又云:"况流沙一去,绝塞千里。子迷入塞之魂,母切倚闾之望。就令观以卒岁,仰南薰之不赀;而使忧能伤人,迫西山而何几? 君侯情深锡类,道叶天经,明恕待人,慈心应物。傥矜犬马之微愿,悯乌鸟之私情,宽其负恩,遂其终养,则穷魂有望,老母知归。"④ 则骆宾王上此书的目的在于因母老而推辞裴行俭辟召其从军西域的邀请。按,据《旧唐书·高宗纪》及《裴行俭传》,上元三年(即仪凤元年)闰三月己巳朔,吐蕃入寇鄯、廓、河、芳四州。乙酉,洛州牧周王显为洮州道行军元帅,领刘审礼等十二总管以伐吐蕃,其时裴行俭以吏部侍郎受命为左二军总管。而裴行俭这一次行动,因为朝廷中将相不和而未能成行。这一年的秋冬,骆宾王即遭遇母丧。故其从军西域一定在上元三年(即仪凤元年)以后。

虞世南子虞昶在工部侍郎任,本年或稍后卒

《旧唐书·虞世南传》:"子昶,官至工部侍郎。"⑤《新唐书·虞世南传》:"子昶,

---

① [清]董诰:《全唐文》卷一九七,第1997页。
② [清]董诰:《全唐文》卷一九七,第1997页。
③ [清]董诰:《全唐文》卷一九七,第1997页。
④ [清]董诰:《全唐文》卷一九七,第1998页。
⑤ [后晋]刘昫:《旧唐书》卷七二,第2571页。

终工部侍郎。"①严耕望《唐仆尚丞郎表》卷二二"工部侍郎"辑考："虞昶——由将作少匠迁工侍。咸亨四年,见在任。时阶中大夫(《永丰乡人稿》甲《云窗漫稿·唐馆本金刚经跋》),至仪凤元年,尚在任。"②按:虞昶在工部侍郎任负责监制敦煌写经卷,而仪凤二年李义琛已在工部侍郎任。参新、旧《唐书》所载,虞昶可能卒于仪凤元年或稍后。参杨森《唐虞世南子虞昶传略补》③。

677 唐高宗仪凤二年丁丑

本年,梁仁昭为台州刺史

《嘉定赤城志》卷八"秩官门·历代郡守":"仪凤二年,梁仁昭。"④

本年,魏德文为诸暨县尉,魏仕颙为括苍县尉

《江苏通志稿·金石》卷三载胡楚宾《大唐润静观魏法师碑并序》碑阴:"维大唐仪凤二年岁次丁丑十一月己未朔十五日癸酉树碑,谨录门人男女弟子及舍施檀越等人名如左:…………□州括苍县尉魏仕颙……越州诸暨县尉魏德文。"⑤

本年,越州置永兴县

郭声波《唐代浙东地区行政区划沿革》:"仪凤二年,置永兴县。"⑥

---

① [宋]欧阳修、宋祁:《新唐书》卷一〇二,第3973页。
② 严耕望:《唐仆尚丞郎表》卷二二,上海古籍出版社2007年版,第1066页。
③ 杨森:《唐虞世南子虞昶传略补》,载《陕西师大学报(哲学社会科学版)》1992年第2期,第72—75页。
④ [宋]陈耆卿:《嘉定赤城志》卷八,《宋元浙江方志集成》第11册,第5144页。
⑤ [清]缪荃孙:《江苏通志稿·金石》卷三,江苏通志局1927年刻本,第43、47页。
⑥ 郭声波:《唐代浙东地区行政区划沿革》,《庆祝陈桥驿先生九十华诞学术论文集》,第171页。

678　唐高宗仪凤三年戊寅

李孝廉为越州都督

《会稽掇英总集》卷一八《唐太守题名记》："李孝廉,仪凤三年二月,自苏(州)刺史授,贬平州刺史。"①《嘉泰会稽志》卷二"太守"作"季孝廉"②。周彦昭《大唐故容州都督李府君(俭)墓志铭并序》："公讳俭,字孝廉,陇西狄道人也。……又授都督越婺台括温等五州诸军事、越州刺史。"③

679　唐高宗调露元年己卯

三月,虞世南侄孙虞恁卒,其墓志近年出土

虞恁官至简州刺史,为虞世南侄孙。其墓志近年出土,录之于下:《大唐故中散大夫使持节简州诸军事简州刺史虞公墓志铭并序》："公讳恁,字叔孙,会稽余姚人也。宾门深演,登大麓以开虞;匡主立功,崇少康而构夏。盛德无沫,明祀不渝。垂范贲乎千古,象贤照乎百代。制盘根而缉政,汉表其能;韫精义以入神,吴称其隽。羽仪联映,珪绂相辉。邈彼声华,独冠人伦者矣。曾祖山披,梁士林馆学士、中书舍人、戎威将军、散骑常侍、太子中庶子,赠侍中,谥德子。孝友忠贞之业,星辰河岳之精。忝彼凤闱,有光龙翰。祖基,陈尚书左丞,隋内史舍人、内史侍郎、金紫光禄大夫,器乃万夫之杰,文为九变之宗,思动高飚,气清雄伟。江历方谢,廊庙求苟爽之才;晋德已衰,社稷岂张华之寄。父熙,隋历阳郡功曹、霍邑县令、符玺郎,德祖名公

---

①　[宋]孔延之:《会稽掇英总集》卷一八,《宋元浙江方志集成》第 14 册,第 6553 页。
②　[宋]施宿:《嘉泰会稽志》卷二,《宋元浙江方志集成》第 4 册,第 1663 页。
③　毛阳光、余扶危主编:《洛阳流散唐代墓志汇编》,第 68 页。

之胤,泰初人望之先,国既麟祉俱倾,家亦凤巢同覆,瓯室之灾靡救,凿楹之训有归。公希代生德,非常诞粹。拊风逸翰,托彼樊林之余;照庑奇姿,迥出炎昆之烬。年甫六岁,遽婴家祸。至性之威,事切人祇;苴菜之哀,老成斯属。明以居用,灵台为照,物之区智。以乘机神府,开济时之略。钩深源于意远,博期识于自然。提领摽强学之资,体要践多能之地。纳细坟于远度,不以志业高人;包雅颂于玄阙,不以英奇累物。激扬黼藻,振动宫商。翰以为林,蟠木跨三千之境;艺亦成圃,云梦开九百之田。有正始之音,有建安之律。苗贲皇汉南余彦,价重汾川;陆士衡江遗材,声雄海甸。先达光其闻望,后进仰其风徽。台衡之器有凭,端揆之图何达?贞观七年,奉敕以忠孝兼著令直秘书省著作局,芸阁不刊之奥,瞬息稽疑;蓬山未辩之文,一言咸畅。迁右卫率府录事参军,又转左监门率府长史,智效惟允,官次有功。迁赵州司功参军,又迁荆州兵曹参军,赵国宾之地,务实殷繁,荆人玉璞之乡,俗多趋竞。挥毫察讼,咸各有神。累迁詹事丞、恒州司马、幽州长史,又行奉辇大夫、尚书工部郎中,入便侍辇,出则题与。司会俟材,载虚清览之观;礼闱填务,大启文昌之宫。惟帝其难,惟贤是择,乾心有眷,博访时英。公即伟材,允膺明试,含香所寄,朝听攸归,露百城,是称邦牧,建旟千里,必在惟良是用。授公陈州刺史,迁泽州刺史。甿俗难化,历代罕工,刑政易舛,其来自昔。公虚舟独运,革弊于无累之心;灵策潜通,息讼于未萌之际。三藩具理,频间帝心。迁简州刺史,途系赤里之街,壤对白华之水。程罗僭溢,卓郑兼并,才及下车,拥豪敛迹。颍川循吏,未登朝宰之荣;京兆神途,奄绝人间之事。歼良遂往,何痛如之。以仪凤四年三月廿六日终于公馆,春秋七十。诏赐物册,叚令州司为造灵舆,家口并给,传乘发遣。随轩之鹰,指归路以回翔;舞莛之鹤,对荒郊以鸣慕。以永淳元年十月廿六日,迁厝于邙山之北原,礼也。夫人吴兴沈氏,同归祔于使君之茔。嗣子思贞等,婴集慕而崩心,怀匪莪而殒魂。方恸裂于泉壤,几攀号于窀穸。痛羁旅之穷阡,思故乡之远陌。松槚摇响,柳轩回迹。山含秋而树黄,野乘朝而霜白。惧葭舛之遄从,畏桑田之屡易。图盛烈与英风,并纷纶于幽石。其铭曰:邈矣姚丘,神图叶帝。道全虞国,功匡夏裔。益地无灭,钧天有契。蔼蔼昌辉,绵绵远系。明德之祀,代有英人。三爻诞粹,七辉穷神。惟祖惟考,荣高搢绅。降灵彼属,家声有邻。槁器惟明,钩深则妙。宅心惟远,乘机则照。声实载融,志业兼劭。材包众草,理该群要。艺优扬历,道茂登朝。跃鳞溟海,愁翰扶摇。化渐方牧,誉动天曹。亭亭峻峙,奕奕孤标。千月不留,四选交谢。人事纷纠,生涯恋化。木落高秋,舟沉厚夜。缟驷方远,素轩俄驾。落照苍茫,平芜超忽。野烟低举,山云出没。鸟思临风,松悲对月。激扬终古,声方靡歇。"①

骆宾王随裴行俭西征突厥

郭平梁《骆宾王西域之行与阿斯塔那 64TAM35∶19(a)号文书》认为:"仪凤四年,他作为波斯军的掌书记,随裴行俭至西域平阿史那都支之乱,先到西州,然后假托训猎,东出柳中、蒲昌,北越天山,经蒲类至庭州,复转到天山南麓西进,至温宿城,越拔达岭,至碎叶城;裴行俭东返后,他仍在西域逗留了一段时间。"②王增斌《骆宾王从军西域时间考——兼探骆宾王生平》认为骆宾王从军西域在调露元年:一是时间上与裴军行程完全吻合;二是从地点上看,骆宾王诗与史籍相印证,战斗经过可谓昭然若揭;三是细节描写上,骆宾王诗与《旧唐书·裴行俭传》参证,亦甚为吻合;四是与"东台详正学士"官职设立的时间相合;五是宾王从军时间在调露元年,更与宾王当时的处境吻合。但王增斌又认为骆宾王一生有两次从军西域的经历,另一次是三十二岁时,即 659 年左右,当高宗显庆四年间③。薛宗正《骆宾王从征西突厥的诗篇》考证骆宾王从征时间是仪凤三年(678)从裴行俭以征讨西突厥之事,以为裴行俭两次举荐骆宾王佐幕从戎,前一次未成行,后一次即仪凤三年;而骆宾王之佐幕从戎为"不求生入塞,唯当死报君";其间迂回奇袭破二蕃;最后到了碎叶城,留下了一些诗作④。按,骆宾王的西域经历一直是学术界争论的问题,综合前贤的观点,以调露元年随裴行俭西征突厥最有说服力。

骆宾王从军时,撰写了《荡子从军赋》,为唐代赋作名篇:"胡兵十万起妖氛,汉骑三千扫阵云。隐隐地中鸣战鼓,迢迢天上出将军。边沙远离风尘气,塞草长萎霜露文。荡子辛苦十年行,回首关山万里情。远天横剑气,边地聚笳声。铁骑朝常警,铜焦夜不鸣。抗左贤而列阵,比右校以疏营。沧波积冻连蒲海,雨雪凝寒遍柳城。若乃地分元徼,路指青波。边城暖气从来少,关塞元云本自多。严风凛凛将军

---

① 商略、孙勤忠:《有虞故物——会稽余姚虞氏汉唐出土文献汇释》,第 207—208 页。

② 郭平梁:《骆宾王西域之行与阿斯塔那 64TAM35∶19(a)号文书》,载《西北民族研究》1989 年第 1 期,第 61 页。

③ 王增斌:《骆宾王从军西域时间考——兼探骆宾王生平》,载《山西大学学报(哲学社会科学版)》1989 年第 2 期,第 50—54 页。

④ 薛宗正:《骆宾王从征西突厥的诗篇》,载《乌鲁木齐职业大学学报》1992 年第 2 期,第 64—70 页;收录于氏著:《历代西陲边塞诗研究》,敦煌文艺出版社 1993 年版,第 39—53 页。参见《北庭历史文化研究:伊、西、庭三州及唐属西突厥左厢部落》第三卷之五"骆宾王佐幕从征",上海古籍出版社 2010 年版,第 147—152 页。

树,苦雾苍苍太史河。既拔距而从军,且扬麾而挑战。征旆凌沙漠,戎衣犯霜霰。楼船一举争沸腾,烽火四连相隐见。戈文耿耿悬落星,马足骎骎拥飞电。终取俊而先鸣,岂论功而后殿?征夫行乐践榆溪,倡妇衔怨坐空闺。蘼芜旧曲终难赠,芍药新诗岂易题?池前怯对鸳鸯伴,庭际羞看桃李蹊。花有情而独笑,鸟无事而恒啼。荡子别来年月久,贱妾空闺更难守。凤凰楼上罢吹箫,鹦鹉杯中休劝酒。同道书来一雁飞,此时缄怨下鸣机。裁鸳帖夜被,薰麝染春衣。屏风宛转莲花帐,夜月玲珑翡翠帷。个日新妆始复罢,祇应含笑待君归。"①清陈熙晋《续补唐书骆侍御传》:"咸亨元年,吐蕃入寇。罢安西四镇,以薛仁贵为逻娑大总管。适宾王以事见谪,从军西域。会仁贵兵败大非川,宾王久戍未归,作《荡子从军赋》以见意。未几,自塞外还。"②将骆宾王从军归之于从薛仁贵征大非川,与史实及宾王事迹并不吻合,今不从。

王绍业为婺州信安县令

《大唐西市博物馆藏墓志》一〇六《大唐豫州郾城县令王君(硕度)墓志铭并序》:"粤以调露元年十月廿三日,合葬于先茔,礼也。子朝散郎绍基、婺州信安令绍业等,并英材伟量,重价高名。率彼纯深,致于通感。竭诚沉瘵,不寐逾于七旬;抱痛穷苦,绝饮过于十日。"③按,《元和郡县图志》卷二六"衢州":"信安县,本春秋姑蔑之地,汉太末县也,献帝初平三年,分太末立新安县,属会稽郡。晋太康元年,以弘农有新安,故改名信安。皇朝置州,县属焉。"④

本年,吐突知节为台州刺史

《嘉定赤城志》卷八"秩官门·历代郡守":"调露元年,吐突知节。"⑤

① [清]董诰:《全唐文》卷一九七,第1992—1993页。
② [唐]骆宾王著,[清]陈熙晋笺注:《骆临海集笺注》附录,第389页。
③ 胡戟、荣新江:《大唐西市博物馆藏墓志》,第234页。
④ [唐]李吉甫:《元和郡县图志》卷二六,第623页。
⑤ [宋]陈耆卿:《嘉定赤城志》卷八,《宋元浙江方志集成》第11册,第5144页。

680　唐高宗调露二年庚辰

骆宾王下狱约在本年

骆宾王下狱的时间,是在从军西域回京担任长安主簿后,左迁临海丞前,其间又有侍御史一转。郗云卿《骆宾王文集原序》云:"仕至侍御史。后以天后即位,频贡章疏讽谏,因斯得罪,贬授临海丞。"[①]按,骆宾王在御史台任职曾有两次。一次是在上元三年前,宾王有《乐大夫挽词五首》,乐大夫是乐彦玮。《旧唐书·乐彦玮传》:"乾封元年,代刘仁轨为大司宪。官名复旧,改为御史大夫。上元三年卒。"[②]挽词有"谁当门下客,独见有任安""青乌新兆去,白马故人来"之语,据知骆宾王确实做过御史大夫乐彦玮的属官,而且是在上元三年以前。而骆宾王《上吏部裴侍郎书》自称"武功县主簿",《上吏部侍郎帝京篇》,据《朝野佥载》是时为"明堂主簿",官品远低于侍御史,而且时间都在上元三年以后。是知骆宾王上元三年以前曾在御史台任过职,但仅仅是台中属官,而非侍御史。另一次是在从军西域返京以后,因为军功在为长安主簿后不久即迁为侍御史,时间应在调露二年之后。清人陈熙晋注释《宪台出絷寒夜有怀》云:"郗云卿《骆宾王文集序》:'骆宾王,仕至侍御史。后以天后即位,频贡章疏讽谏,因斯得罪,贬授临海丞。'《旧书文苑传》:'骆宾王,高宗末,为长安主簿,坐赃左迁临海丞。'合二说观之,盖因为侍御时,讽谏得罪,而坐以前为长安主簿时之赃。"[③]系于调露二年,大致时段尚在情理之中,但所系之年似可再下延。

骆宾王在狱中还有著名诗篇《在狱咏蝉》云:"西陆蝉声唱,南冠客思侵。那堪玄鬓影,来对《白头吟》。露重飞难进,风多响易沉。无人信高洁,谁为表予心。"这首诗前面有序,交代了作诗的缘委:"余禁所,禁垣西,是法厅事也。有古槐数株焉。

---

① ［唐］骆宾王著,［清］陈熙晋笺注:《骆临海集笺注》附录,第 377 页。

② ［后晋］刘昫:《旧唐书》卷八一,第 2758 页。程曙光《骆宾王〈乐大夫挽歌五首〉考证》以为骆宾王这五首挽歌作于仪凤四年,在乐彦玮去世三年后,骆宾王丁丁忧服阕之后。按,程文推测较多,似没有足够的理由以确定骆宾王非要到乐彦玮卒后三年才写挽歌。(《乐府学》2017 年第 1 期,第 118—126 页)

③ ［唐］骆宾王著,［清］陈熙晋笺注:《骆临海集笺注》卷四,第 153—154 页。

虽生意可知,同殷仲文之古树;而听讼斯在,即周召伯之甘棠。每至夕照低阴,秋蝉疏引,发声幽息,有切尝闻。岂人心异于曩时,将虫响悲于前听?嗟乎!声以动容,德以象贤,故洁其身也,禀君子达人之高行;蜕其皮也,有仙都羽化之灵姿。候时而来,顺阴阳之数;应节为变,审藏用之机,有目斯开,不以道昏而昧其视;有翼自薄,不以俗厚而易其真。吟乔树之微风,韵资天纵;饮高秋之坠露,清畏人知。仆失路艰虞,遭时徽缠,不哀伤而自怨,未摇落而先衰。闻蟪蛄之流声,悟平反之已奏。见螳螂之抱影,怯危机之未安。感而缀诗,贻诸知己。庶情沿物应,哀弱羽之飘零;道寄人知,悯余声之寂寞,非谓文墨,取代幽忧云耳。"①这首诗用蝉的高洁,比喻自己不肯同流合污的品质。咏蝉实即咏自己。"露重飞难进,风多响易沉"两句,以蝉自比,语义双关。以深秋气候比喻武氏专政、佞臣在位的险恶政治环境;以蝉羽遭露及蝉声遇风比喻自己处境之艰难。全诗因蝉寄慨,确为咏物诗的佳品。明唐汝询《唐诗解》卷三一:"此因闻蝉,借以自况也。蝉知感秋,犹己之被系,真影相吊而声相和者也。'露重''风多',喻世道之艰险;'难进''易沉',慨己之冤之不伸。斯时也,有能信其高洁,表其贞心者乎?亦终于湮没而已。"②骆宾王在狱中又作《狱中书情通简知己》等诗。

夏,骆宾王除临海丞

张志烈《初唐四杰年谱》调露二年云:"夏,除临海丞。据《新唐书·选举志》下,唐人受官之时,有'已铨而注,询其便利而拟;已注而唱,不厌者得反通其辞'的规定。即命官时,在部门、地域上有时可照顾本人意愿。骆宾王定襄从军后,吏部为之改官。骆宾王希望为官之地能接近老家义乌,可顺便归葬母亲。其时裴行俭尚在吏部尚书任上,必然允其所求。据本年初秋七月所作《灵泉颂》,其时已到萧山(杭州南),则其受命为临海丞并准备之官,必得在五月。"③

骆宾王《与亲情书》云:"风壤一殊,山河万里,或平生未展,或睽索累年。存没寂寥,吉凶阻绝。无由聚泄,每积凄凉。近缘之官,佐任海曲,便还故里,冀叙宗盟。徒有所怀,未毕斯愿。不意远劳折简,辱逮湮沦。虽未叙言,暂如披面。晚夏炎郁,并想履宜。宾王疾患,忽无况耳。"④是得到临海丞任命后未至任所之作。书称"海

① [清]彭定求:《全唐诗》卷七八,第848页。
② [明]唐汝询:《唐诗解》卷三一,河北大学出版社2010年版,第736页。
③ 张志烈:《初唐四杰年谱》,第211—212页。
④ [清]董诰:《全唐文》卷一九七,第2000页。

曲""故里",是其为临海丞;"晚夏炎郁",时令在六月。

七月,骆宾王赴任时经过越州永兴县,为宋思礼作《灵泉颂》

骆宾王《灵泉颂》云:"有广平宋思礼,字过庭,皇朝永州刺史昉之嫡孙,户部员外顺之长子。……事后母徐,以至孝闻。北面兴悲,泣高堂而咎己;东游下位,欢微禄以逮亲。调露二年,来佐百里,俯就微班之列,将申返哺之情。苟立身其若斯,于从政何远?时岁亢旱,金石行销,远近川原,殆将堙绝。濬井皆为汤谷,通波尽化污池。太夫人在迟暮之年,有温劳之疾,非滥浆不可以适口,非源泉不可以蠲疴。色养既亏,忧惶靡诉。俄而厅阶之下,忽有清泉自生,因疏导其源,遂流注不竭,味甘若醴,气冷如冰。此邑城控剡山,地连禹穴,基址多石,冈阜无津。爰自兴建以来,久微穿汲之利,非精诚贯于有道,纯志浃于无私,孰能洽冥贶以通幽,导灵泉而致养者也?……某出赞荒隅,涂经胜壤。三秋客恨,长怀宋玉之悲;一面交欢,暂雪桓谭之涕。睹斯水之清泚,感若人之精诚。见贤思齐,仰圭璋而有地;挥毫兴颂,镂玉琰以无惭。乃作颂曰。"①《新唐书·孝友传》云:"宋思礼字过庭,事继母徐为闻孝。补萧县主簿。会大旱,井池涸,母羸疾,非泉水不适口,思礼忧惧且祷,忽有泉出诸庭,味甘寒,日不乏汲。县人异之,尉柳晃为刻石颂其感。"②即言宋思礼之孝事,并录骆宾王《灵泉颂》全文。张志烈《初唐四杰年谱》调露二年云:"据文中'城控剡山,地连禹穴',知此县必为萧山县,《新唐书·宋思礼传》作肃县乃误。然宾王为颂时,萧山改名'永兴',而据李吉甫《元和郡县志》江南道越州萧山县云:'本曰余暨,吴王弟夫概邑。吴大帝改曰萧山,以县西一里萧山为名。'则萧山之名乃由旧称。'调露二年来佐百里',则宋思礼亦本年来作主簿。'某出赞荒隅,途经胜壤',宾王赴临海任,且先回义乌葬母,萧山为必经之地,萧山至义乌,中间只隔诸暨县。'三秋客恨',则作文时已入秋,但仍称调露而未称永隆(本年八月改元永隆),则必在七月。宾王以中旬抵义乌,则过此作颂当为上旬。"③

八月,骆宾王抵临海丞任

骆宾王《与亲情书》云:"某初至乡间,言寻旧友,耆年者化为异物,少壮者咸为

---

① [清]董诰:《全唐文》卷一九七,第1994—1995页。
② [宋]欧阳修、宋祁:《新唐书》卷一九五,第5581页。
③ 张志烈:《初唐四杰年谱》,第213—214页。

老翁。山川不改旧时,邱陇多为陈迹。感今怀古,抚存悼亡,不觉涕之无从也。询问子侄,彼亦凋零,永言伤情,增以悲恸。虽死生之分,同尽此途,而存亡之情,岂能无恨?终朝展接,以申阔怀。取此月二十日栖桐成礼,事过之后,始得可行。祗叙尚赊,仰系何极?各愿珍勖,远无所诠。"①为初至临海丞任时之作。文中"此月二十日"应为八月二十日。

682　唐高宗永淳元年壬午

六月,骆宾王在临海丞任上,作《久客临海有怀》诗

骆宾王《久客临海有怀》云:"天涯非日观,地峿望星楼。练光摇乱马,剑气上连牛。草湿姑苏夕,叶下洞庭秋。欲知凄断意,江上涉安流。"②张志烈《初唐四杰年谱》系于永淳元年秋③,今从之。

七月,李元轨为婺州常山县丞,未至任卒

新出土《唐故秘书省校书郎赵郡李君墓志铭并序》:"君讳元轨,字玄哲,赵郡栾城人也。……迁秘书省校书郎。……奉敕检校婺州常山县丞,途次洛阳,遂婴疾疢,旻天不祐,殒此良德。春秋卅五,以永淳元年七月十一日,卒于洛阳县之殖业里。"④

阳简卒于括州司马任

《大唐西市博物馆墓志》二一六《唐故朝散大夫常州司马龙川郡开国公阳府君墓志并序》:"君讳简,字简,北平无终人也。……出为常州司马,以公事贬为括州司马。享年五十一,以永淳元年六月六日,遘疾终于官舍。"⑤

①　[清]董诰:《全唐文》卷一九七,第2000页。
②　[清]彭定求:《全唐诗》卷七八,第841页。
③　张志烈:《初唐四杰年谱》,第223页。
④　吴钢主编:《全唐文补遗》第3辑,第24—25页。
⑤　胡戟、荣新江:《大唐西市博物馆藏墓志》,第476页。

本年，窦仪说为台州刺史

《嘉定赤城志》卷八"秩官门·历代郡守"："永淳元年，窦仪说。"注："永淳尽元年，《壁记》作二年。"①

本年，韦凑为婺州司兵参军

《文苑英华》卷九一四梁肃《唐太原节度使韦凑神道碑》："永淳元年，解褐授婺州司兵参军，致远之渐，发于初筮。延载元年，授资州司兵参军。"②《旧唐书·韦凑传》："凑，永淳二年，解褐授婺州参军，累转扬府法曹参军。"③今从《文苑英华》。

683 唐高宗永淳二年癸未

三月，一批文士修禊于云门王献之山亭

唐代永淳二年，一批文士修禊于云门山王献之山亭。王勃作了《修禊于云门王献之山亭序》，其中有"永淳二年暮春三月，修被禊于献之山亭也。迟迟风景出没，媚于郊原；片片仙云远近，生于林薄。杂花争发，非止桃蹊；迟鸟乱飞，有余莺谷。王孙春草，处处皆青；仲统芳园，家家并翠"④等描写，则很明显是与王羲之的《兰亭集序》一脉相承的。按，这篇序文作者或真伪有疑问，清蒋之翘《王子安集注》卷七收此文，题作《三日上巳被禊序》，注云："此非子安所作，篇内有永淳二年句，计其时子安殁已数年。然自北宋沿讹迄今。故著其谬，仍存其文。"⑤即使此非王勃作品，也可以看出唐宋时越州文人集会的情况。又王勃序文还有《越州秋日宴山亭序》《越州永兴李明府宅送萧三还齐州序》等作品。

---

① [宋]陈耆卿：《嘉定赤城志》卷八，《宋元浙江方志集成》第11册，第5144页。
② [宋]李昉等：《文苑英华》卷九一四，中华书局1966年版，第4810页。
③ [后晋]刘昫：《旧唐书》卷一〇一，第3141页。
④ [宋]孔延之：《会稽掇英总集》卷二〇，《宋元浙江方志集成》第14册，第6571页。
⑤ [清]蒋清翘：《王子安集注》，上海古籍出版社1995年版，第210页。

七月,骆宾王弃官,离临海北上

张志烈《初唐四杰年谱》永淳二年云:"在临海丞任。七月,离临海北上。《旧唐书》本传:'坐赃左迁临海丞,怏怏失志,弃官而去。'《新唐书》本传:'下除临海丞,鞅鞅不得志,弃官去。'但何以要北上京城而不是去其他地方,却没有说。按本年七月朝廷下诏:'以今年十月有事于嵩岳,仍令天下岳牧及京官五品以上各举所知有孝行、儒学、文武之士。'(《登科记考》卷二引《册府元龟》)十多年前封泰山时,骆宾王在应举中曾活跃一时,由之而为奉礼郎、东台详正学士。现在又面临同一机会,于是决心再次闯一闯。这当是他于当年七月即设法赴京的原因之一。但这并非是赤裸裸的弃官而去,而是带着到京办事的公务去的,以便相时而行。后在京城《与程将军书》中所谓'官守牵缠,程期有限','尚期辞满,傥泛孤舟'等语,正说明这种情况。"①

本年,崔承福为越州都督

《会稽掇英总集》卷一八《唐太守题名记》:"崔承福,永淳二年二月十六日,自浙西刺史授。"②《嘉泰会稽志》卷二"太守"作"三年"③。《全唐文》卷六三一吕温《银青光禄大夫守工部尚书致仕上柱国中山郡开国公食邑二千户赠陕州大都督博陵崔公(淙)行状》:"曾祖讳承福,皇朝太中大夫,广越二府都督。"④《大唐前徐州录事参军太原王君故夫人博陵崔氏墓志铭》:"父承福,皇朝左司郎中,齐润等五州刺史,越广二府都督,封博陵郡开国公,赠汴州刺史。"⑤

郑仁洽约于本年在台州始丰县令任,建佛塔,时人号为郑公塔

新出土《大唐故滁州司马上柱国郑府君墓志铭并序》:"君讳仁洽,字仲淹,荥阳开封人也。……授台州始丰令。蝗避于境,人咸赖之。尝于县南高山特起佛塔,遂有飞泉一所涌出其傍,是为清净之池,谅云功德之水。形胜攸属,感应逾彰,阖境伟之,迄今号为'郑公塔'。转潭州长沙令,惠政清节,复如居始丰之时。文明年加朝

---

① 张志烈:《初唐四杰年谱》,第227页。
② [宋]孔延之:《会稽掇英总集》卷一八,《宋元浙江方志集成》第14册,第6553页。
③ [宋]施宿:《嘉泰会稽志》卷二,《宋元浙江方志集成》第4册,第1663页。
④ [清]董诰:《全唐文》卷六三一,第6366页。
⑤ 周绍良主编:《全唐文新编》卷九九七,吉林文史出版社2000年版,第15006页。

散大夫。"①墓志记载其文明年已在长沙县令任,其为始丰县令当于本年之前,姑系于本年。

684　唐睿宗文明元年、则天光宅元年甲申

二月,李思贞为越州都督

《会稽掇英总集》卷一八《唐太守题名记》:"李思贞,文明元年二月九日,自婺州刺史授。"②《嘉泰会稽志》卷二"太守"同③。

九月,骆宾王从徐敬业起兵讨武则天,并为其作《讨武曌檄》文

《旧唐书·骆宾王传》:"文明中,与徐敬业于扬州作乱。敬业军中书檄,皆宾王之词也。"④《资治通鉴》卷二〇三:光宅元年九月,徐敬业起兵扬州,"宾王为记室,旬日间得胜兵十余万,移檄州县。……太后见檄,问曰:'谁所为?'或对曰:'骆宾王。'太后曰:'宰相之过也。人有如此才,而使流落不偶乎!'"⑤《骆临海集笺注》卷一〇有《代李敬业传檄天下文》⑥,即著名的《讨武曌檄》。

骆宾王之前从军至碎叶平定西突厥之役,也为后来跟随徐敬业讨伐武则天埋下了伏笔。裴行俭调露元年西征碎叶平定西突厥之后,当年即班师回到长安。因为还有几件事没有完成,故在回长安之前也做了安排:一是将副使王方翼留在碎叶以筑碎叶城;二是由其带领的波斯军继续西行,于第二年到达吐火罗。后来在永淳元年,西突厥贵族十姓阿史那车薄啜起兵反叛,围攻弓月城,王方翼担任庭州刺史,破西突厥而大获全胜。故而王方翼在平定西突厥、筑安西四镇之一的碎叶城方面功勋卓著。但这样一位功臣,却因为是王皇后近亲,在弘道元年(683)唐高宗驾崩

①　郑州市文物考古研究院:《河南郑州唐郑仲淹夫妇合葬墓发掘简报》,载《文物》2021年第8期,第29页。
②　[宋]孔延之:《会稽掇英总集》卷一八,《宋元浙江方志集成》第14册,第6553页。
③　[宋]施宿:《嘉泰会稽志》卷二,《宋元浙江方志集成》第4册,第1663页。
④　[后晋]刘昫:《旧唐书》卷一九〇,第5006—5007页。
⑤　[宋]司马光:《资治通鉴》卷二〇三,第6423—6424页。
⑥　[唐]骆宾王著,[清]陈熙晋笺注:《骆临海集笺注》卷一〇,第329—338页。

后,被武则天逮捕下狱,流放崖州,并死于流放途中。与王方翼有关,在唐朝权力集团当中,裴行俭是王皇后的重要支持者,但在前一年即永淳元年(682)已去世。由裴行俭平定西突厥回朝升任吏部尚书揆之,骆宾王回朝升任侍御史也在情理之中。然永淳元年唐高宗崩驾,武则天就逐渐打击王皇后一线之人。因为骆宾王与王方翼、裴行俭的关系,与王皇后有一定的牵连,其下狱事应当与此相关。也因为骆宾王下狱及贬谪都与武则天有关,故而骆宾王在出狱后为临海丞时,于文明元年受徐敬业之辟为记室以讨伐武则天也就顺理成章了。不仅如此,他还写了著名的《讨武曌檄》,其中有"残害忠良"之语,或与迫害王方翼等有功之臣相关。

十月,郭齐宗为越州都督

《会稽掇英总集》卷一八《唐太守题名记》:"郭齐宗,光宅元年十月,自右卫大将军授。"①《嘉泰会稽志》卷二"太守"同②。

十一月,徐敬业兵败,骆宾王亦被杀

《旧唐书·骆宾王传》:"敬业败,伏诛,文多散失。则天素重其文,遣使求之。有兖州人郄云卿集成十卷,盛传于世。"③《资治通鉴》卷二〇三:光宅元年十一月,"乙丑,敬业至海陵界,阻风,其将王那相斩敬业、敬猷及骆宾王首来降。"④《直斋书录解题》卷一六:"《骆宾王集》十卷。唐临海丞义乌骆宾王撰。宾王后为徐敬业传檄天下,罪状武后,所谓'一抔之土未干,六尺之孤安在'者也。其首卷有鲁国郄云卿序,言宾王光宅中广陵乱伏诛,莫有收拾其文者,后有敕搜访,云卿撰焉。又有蜀本,卷数亦同,而次序先后皆异。序文视前本加详,而云广陵起义不捷,因致遁逃,文集散失,中宗朝诏令搜访。案,本传言宾王既败,亡命,不知所之,与蜀本序合。"⑤是骆宾王有兵败被杀与兵败逃遁二说,今从《旧传》与《通鉴》。

骆宾王墓在南通,历代地方志中有记载,故有骆宾王终迹南通的传说。张松林有《骆宾王终迹南通黄泥口有案可稽》⑥与《骆宾王终迹南通黄泥口有案可稽附

---

① 〔宋〕孔延之:《会稽掇英总集》卷一八,《宋元浙江方志集成》第14册,第6553页。
② 〔宋〕施宿:《嘉泰会稽志》卷二,《宋元浙江方志集成》第4册,第1663页。
③ 〔后晋〕刘昫:《旧唐书》卷一九〇,第5007页。
④ 〔宋〕司马光:《资治通鉴》卷二〇三,第6431页。
⑤ 〔宋〕陈振孙撰,徐小蛮、顾美华点校:《直斋书录解题》卷一六,第467页。
⑥ 张松林:《骆宾王终迹南通黄泥口有案可稽》,载《文史知识》2021年第6期,第82—88页。

记》①，其中引用徐氏家族的《宗谱总记》云："吾家懋功公辅唐有功，赐姓李氏。族遭武氏篡立之祸，其嗣敬业、敬猷公起兵于扬州，后姓徐氏。而敬业之第三子绚偕幕骆宾王遁于白水荡。""（初）依僧舍，宾王客死崇川，葬通州城东黄泥口。"②

本年，唐之奇为括苍县令

《旧唐书·唐临传》："之奇，调露中为给事中，坐尝为章怀太子僚属徙边。文明元年，起为括苍令，与徐敬业作乱伏诛。"③《旧唐书·徐敬业传》："高宗崩，则天太后临朝。既而废帝为庐陵王，立相王为皇帝，而政由天后，诸武皆当权任，人情愤怨。时给事中唐之贬授括苍令，长安主簿骆宾王贬授临海丞。"④《新唐书·则天皇后传》："于是柳州司马李敬业、括苍令唐之奇、临海丞骆宾王疾太后胁逐天子，不胜愤，乃募兵杀扬州大都督府长史陈敬之，据州欲迎庐陵王。"⑤

685　武则天垂拱元年乙酉

宋之问约于本年作《冬宵引赠司马承祯》诗

宋之问《冬宵引赠司马承祯》诗云："河有冰兮山有雪，北户墐兮行人绝。独坐山中兮对松月，怀美人兮屡盈缺。明月的的寒潭中，青松幽幽吟劲风。此情不向俗人说，爱而不见恨无穷。"⑥司马承祯《答宋之问》诗云："时既暮兮节欲春，山林寂兮怀幽人。登奇峰兮望白云，怅缅邈兮象郁纷。白云悠悠去不返，寒风飕飕吹日晚。不见其人谁与言，归坐弹琴思逾远。"⑦应即答此诗而作。陶敏《宋之问集校注》卷一注云："司马承祯，潘师正弟子。……宋之问早年居嵩山，师潘师正，二人唱和当

① 张松林：《骆宾王终迹南通黄泥口有案可稽附记》，载《文史知识》2021年第7期，第22页。
② 张松林：《骆宾王终迹南通黄泥口有案可稽附记》，载《文史知识》2021年第7期，第22页。
③ ［后晋］刘昫：《旧唐书》卷八五，第2813页。
④ ［后晋］刘昫：《旧唐书》卷六七，第2490页。
⑤ ［宋］欧阳修、宋祁：《新唐书》卷七六，第3478页。
⑥ ［清］彭定求：《全唐诗》卷五一，第629页。
⑦ ［清］彭定求：《全唐诗》卷八五二，第9636页。

在高宗末、武后前期。"①又《沈佺期宋之问简谱》云:"之问早年向道,曾师潘师正。其《卧闻嵩山钟》云:'昔事潘真人,北岑采薇蕨。'之问复有《冬宵引赠司马承祯》《使至嵩山寻杜四不遇慨然复伤田洗马韩观主因以题壁赠杜侯》诸诗。潘真人即潘师正,道教上清派尊为第十一代宗师,居嵩山嵩阳观,垂拱元年卒。韩法昭、司马承祯均其入室弟子,见陈子昂《续唐故中岳体玄先生潘师正碑铭》、王适《体玄先生潘尊师碣》。之问师事潘师正,与韩法昭、司马承祯交游即在早年居嵩山时,详情亦无可考,其时当在高宗朝至武后垂拱初。"②今暂系于垂拱元年(685)。

杨玄节为越州都督

《会稽掇英总集》卷一八《唐太守题名记》:"杨玄节,垂拱元年六月,自检校浙西刺史授。"③《嘉泰会稽志》卷二"太守"同④。

封言道为温州刺史

新出土《周故宋州刺史驸马都尉上柱国蓨县开国子封公墓志铭并序》:"公讳言道,字让,渤海蓨人。……垂拱元年,降授朝议郎,守贵州刺史,并夺勋爵,以第五子思履坐也。皇鉴揆余之忠诚,未及所苞,改授温州刺史,寻加朝散大夫,守滁州刺史。永昌元年,受图温洛,加勋上柱国,封蓨县开国子,迁淄州刺史。重开故宇,必闻新政。天授元年,守普州刺史。如意元年,加朝议大夫,守婺州刺史。长寿三年,加朝议大夫,守宋州刺史。证圣元年,悬车告老,朝朔望。万岁通天元年,预陪南郊盛礼,加中散大夫。以大周圣历二年夏六月不豫,至廿九日暴热薨于洛州富教里之私第,时年八十有四。"⑤

---

① 陶敏、易淑琼校注:《沈佺期宋之问集校注》下册,《宋之问集校注》卷一,中华书局 2001 年版,第 366 页。

② 陶敏、易淑琼校注:《沈佺期宋之问集校注》,第 782 页。

③ 〔宋〕孔延之:《会稽掇英总集》卷一八,《宋元浙江方志集成》第 14 册,第 6553 页。

④ 〔宋〕施宿:《嘉泰会稽志》卷二,《宋元浙江方志集成》第 4 册,第 1663 页。

⑤ 岳连建、柯卓英:《唐淮南大长公主驸马封言道墓志考释》,载《考古与文物》2004 年第 4 期,第 66—68 页。

686　武则天垂拱二年丙戌

李奇容为越州都督

《会稽掇英总集》卷一八《唐太守题名记》："李奇容,垂拱二年三月,自裕府副率授,拜幽州刺史。"①《嘉泰会稽志》卷二"太守"："李奇容,垂拱二年三月自奉裕卫副率授。移幽州刺史。"②

本年,裴琎为台州刺史

《嘉定赤城志》卷八"秩官门·历代郡守"："垂拱二年,裴琎。"③

688　武则天垂拱四年戊子

本年,沈成福为台州刺史

《嘉定赤城志》卷八"秩官门·历代郡守"："垂拱四年,沈福。"④《唐代墓志汇编》天宝〇二七《唐故绛州龙门县尉沈府君(知敏)墓志铭并序》："父成福,通议大夫、台州刺史。"⑤是应从墓志作"沈成福"。墓志言沈知敏天宝元年卒,年四十八。

本年,孟诜为台州司马

《旧唐书·孟诜传》："孟诜,汝州梁人也。举进士。垂拱初,累迁凤阁舍

---

① [宋]孔延之:《会稽掇英总集》卷一八,《宋元浙江方志集成》第14册,第6553页。
② [宋]施宿:《嘉泰会稽志》卷二,《宋元浙江方志集成》第4册,第1663页。
③ [宋]陈耆卿:《嘉定赤城志》卷八,《宋元浙江方志集成》第11册,第5144页。
④ [宋]陈耆卿:《嘉定赤城志》卷八,《宋元浙江方志集成》第11册,第5145页。
⑤ 周绍良主编:《唐代墓志汇编》下册,第1548页。

人。……因事出为台州司马。后累迁春官侍郎。"①唐封演《封氏闻见记》卷七"月桂子"条:"垂拱四年三月,月桂子降于台州临海县界,十余日乃止。司马盖诜、安抚使狄仁杰以闻,编之史策。月中云有蟾蜍、玉兔并桂树,相传如此,自昔未有亲见之者。……宋之问《台州作》诗云:'桂子月中下,天香云外飘。'文士尚奇,非事实也。"②"盖诜"为"孟诜"之误。《太平寰宇记》卷九八"台州":"唐垂拱四年三月,月桂子降于台州,司马孟诜、冬官侍郎狄仁杰以闻。"③《嘉定赤城志》卷三九"月桂子"条:"月桂子,唐垂拱四年三月降于临海县境,芳香有桂味,食之和畅,郡司马孟诜以闻。"④清洪颐煊《台州札记》"月桂子"条:"《封氏闻见记》:'垂拱四年三月,桂子降于台州临海县界,十余日乃止。司马孟诜、安抚使狄仁杰以闻,编之史策。'……宋之问台州作诗云:'桂子月中下,天香云外飘。'"⑤

689　武则天永昌元年、载初元年己丑

七月,宁海县令崔安敬卒于官舍

新出土《大周故朝散大夫行台州宁海县令崔君(安敬)墓志铭并序》:"君讳安敬,字安敬,博陵安平人也。……以他事授宣州宣城县令,又转台州宁海县令。君命舛中年,位居下邑,虽怀坦荡,终倦推迁,以载初元年七月五日卒于宁海之官舍,春秋六十有六。"⑥

平贞眘贬温州固安县令

张说《常州刺史平君神道碑》:"公讳贞眘,字密,一字闲从,燕国蓟人也。……再拜司勋员外郎。永昌中,遭凶党网罗,为周兴所奏,贬温州固安令。州特举清白,

①　[后晋]刘昫:《旧唐书》卷一九一,第5101页。
②　赵贞信:《封氏闻见记校注》卷七,中华书局2005年版,第67—68页。
③　[宋]乐史:《太平寰宇记》卷九八,中华书局2007年版,第1966页。
④　[宋]陈耆卿:《嘉定赤城志》卷三九,《宋元浙江方志集成》第11册,第5533页。
⑤　[清]洪颐煊:《台州札记》卷二,中国文史出版社2004年版,第20页。
⑥　毛阳光、余扶危主编:《洛阳流散唐代墓志汇编》,第92页。

改鸿州栎阳令。"①按,永昌仅一年。本年十一月即改为载初元年。

山阴人孔季诩登贤良方正科

《登科记考》卷三"永昌元年贤良方正科":"孔季诩,《旧书·文苑传》:'孔桢子季诩,早知名。'《新书》:'季诩字季和,永昌初擢制科,授秘书郎。'当亦贤良方正科也。"②按,《续通志》卷五三七《孔子后裔传》:"孔若思,越州山阴人,孔子三十六世孙。……从父桢,第进士,历监察御史,门无宾谒,时称其介。高宗时再迁绛州刺史,封武昌县子,谥曰温。桢子季诩,永昌初擢制科,授秘书郎。陈子昂尝称其神清韵远,可比卫玠,终左补阙。"③

690　武则天天授元年庚寅

桓彦范为衢州参军

颜真卿《唐故通议大夫行薛王友柱国赠秘书少监国子祭酒太子少保颜君碑铭》:"天授元年,糊名考试,判入高等,以亲累授衢州参军,与盈川令杨炯、信安尉桓彦范相得甚欢。"④

691　武则天天授二年辛卯

越州龙泉寺立虞世南所撰碑

《宝刻丛编》卷一三引《诸道石刻录》:"《唐龙泉寺碑》,唐虞世南撰,布衣董彝重

---

① [清]董诰,《全唐文》卷二二九,第2322页。
② [清]徐松,《登科记考》卷三,中华书局1984年版,第92页。
③ [清]嵇璜,《续通志》卷五三七,《景印文渊阁四库全书》第400册,第393—394页。
④ [清]董诰,《全唐文》卷三四〇,第3449—3450页。

书,沙门好直篆额,大周天授二年立,大和六年再建。在余姚。"①

《嘉泰会稽志》卷一六:"《越州龙泉寺碑》,虞世南撰,布衣董寻重书,沙门好直篆额,大周天授二年竖,大和八年再修建。碑在余姚县,今亡矣。寺有重刻本。"②又卷八"余姚县"云:"龙泉寺在县西二百步,东晋咸康二年建,唐会昌五年废。大中五年重建,咸通二年改今额。……寺又有碑,乃虞世南撰,武后天授中,布衣董寻书。'世南'止曰'虞南',盖避太宗讳。按太宗在位时,群臣皆不避其名,如虞世南、苏世长、李世勣等是也。'世勣'至高宗时乃去'世'字,止曰'李勣',犹用古礼卒哭乃讳之文。世南卒于太宗时,未尝单名'南',此碑盖书人追去之也。"③按,《光绪余姚县志》卷一六载《唐大龙泉寺》碑文,末题"天授三载",盖误。

按,虞世南贞观十二年卒,此碑撰于其卒之前,然具体何年,难以确考。此碑为越州重要文献,今录于下。

《大龙泉寺碑》:"昔轩辕之台,表于大荒之野,灵光之殿,存乎曲阜之乡。然皆起灭不停,苦空无我。遗风余迹,尚或可观。况佛刹净居,金刚福地,百灵之所翊卫,万善之所扶持。宜其逾亿劫以永存,历三灾而弥固者也。龙泉寺者,晋咸康二年县民王阳及虞宏实等之所建立。二人以宿植之良因,修未来之胜果。爰舍净财,兴斯福事。虽宏壮未极,而严净有余。其地势则凭峻岭以为埘,萦长江其如带。乃于形胜之所,式建方坟,背巘面流,亭然孤立。譬昆峰之望坳泽,若圆峤之泛沧溟,栖真之致,莫与为俦。道场之建,于兹二百年矣!值梁室板荡,大盗潜移,四海沸腾,九夷交乱。其壮骑之所凭陵。戎马之所辚轹,燎原稚草,邑无遗噍。玉堂金穴,余构莫存,甲第高门,尺椽皆尽。浙河之左,尤钟其弊。于时禹川殷阜,举袂成帷,云栋绣棁,雕甍绮阁,皆夷漫涤荡,万不一存。润屋为墟,曝骸如莽。家靡余爨,路无行迹。唯此伽蓝,嶷然不动,清梵夜响,和铃旦扬,行人宴嘿,风尘无警。或有履锋介士,弯弧剑客,莫不释戈免胄,望崖顶礼。岂非慈善幽赞,功德冥符,能伏獯戎,善和怨敌。斯固三宝之力,不可思议。但自创立以来,多历年所,时经理乱,道或污隆。冬室夏堂,亟多颓毁,禅思或扰,分卫罕周。乃有清信士女若干人,咸撤布帛,随时喜舍。步影捷捌,资待无缺,有仁祠焉,有净众焉。借四部之护持,起十方之回向,低头合掌,并趣菩提;弹指散花,皆成妙道。然佛法难逢,人身易失。传火交谢,

① [宋]陈思编著:《宝刻丛编》卷一三,第791页。
② [宋]施宿:《嘉泰会稽志》卷一六,《宋元浙江方志集成》第4册,第2031页。
③ [宋]施宿:《嘉泰会稽志》卷八,《宋元浙江方志集成》第4册,第1802页。

念念不留;阅水成川,滔滔莫反。宁可宴安巢幕,甘寝积薪,沉溺盖缠,不求解脱,实宜共出爱网,全护法城。修福不捐,至诚必感,大悲汲引,义非虚说。庶凭愿力,俱证道场。是用镂之金石,咸题姓字,贻诸不朽。乃作铭曰:正教既隐,像法斯备。奈苑祗林,香城金地。鸟跋连属,鸡飞相次。像设闲安,斯为佛事。乃建灵塔,傃江之泳。栋宇既修,雕龛斯整。负岩面壑,栖云倒景。澹尔智流,嶷焉仁靖。方丈净室,四柱宝台。运迁时谢,日往月来。桂栋或朽,兰撩将摧。珠幡掩色,宝网凝埃。笃矣清信,共宏利益。或舍衣裘,咸倾粟帛。造新葺故,呈材献石。地拟金绳,供同香积。世谛虚假,色相非真。凄托毒树,回环苦轮。惟我净域,出要良津。胜业可久,晖光日新。"①

本年,韦思义为台州刺史

《嘉定赤城志》卷八"秩官门·历代郡守":"天授二年,韦思义。"②

692   武则天如意元年、长寿元年壬辰

三月,豆卢钦望由婺州刺史授越州刺史

《全唐文补遗》第7辑李迥秀《豆卢望碑》:"除越州都督,……入计拜太府卿,转鸿胪卿。"③《会稽掇英总集》卷一八《唐太守题名记》:"豆卢钦望,如意元年三月,自婺州刺史授,拜司农卿。"④"司农卿"应作"司宾卿"。《嘉泰会稽志》卷二"太守":"豆卢钦望,如意元年三月,自婺州刺史授,召拜司宾卿。"⑤新、旧《唐书·豆卢钦望传》均作"司宾卿"。《全唐文》卷一六九小传:"雍州万年人,累官越州都督、司宾卿,长寿二年拜内史,封芮国公,坐阿附李昭德贬赵州刺史,入为司府卿,迁秋官尚书。"⑥

---

① [清]董诰:《全唐文》卷九八九,第10234—10235页。
② [宋]陈耆卿:《嘉定赤城志》卷八,《宋元浙江方志集成》第11册,第5145页。
③ 吴钢主编:《全唐文补遗》第7辑,第31页。
④ [宋]孔延之:《会稽掇英总集》卷一八,《宋元浙江方志集成》第14册,第6553页。
⑤ [宋]施宿:《嘉泰会稽志》卷二,《宋元浙江方志集成》第4册,第1663页。
⑥ [清]董诰:《全唐文》卷一六九,第1733页。

封言道为婺州刺史

新出土《周故宋州刺史驸马都尉上柱国蓨县开国子封公墓志铭并序》："公讳言道,字让,渤海蓨人。……垂拱元年,降授朝议郎,守贵州刺史,并夺勋爵,以第五子思履坐也。皇鉴揆余之忠诚,未及所苌,改授温州刺史,寻加朝散大夫,守滁州刺史。永昌元年,受图温洛,加勋上柱国,封蓨县开国子,迁淄州刺史。重开故宇,必闻新政。天授元年,守普州刺史。如意元年,加朝议大夫,守婺州刺史。长寿三年,加朝议大夫,守宋州刺史。证圣元年,悬车告老,朝朔望。万岁通天元年,预陪南郊盛礼,加中散大夫。以大周圣历二年夏六月不豫,至廿九日暴热薨于洛州富教里之私第,时年八十有四。"①按,封言道为高祖之女淮南公主李澄霞之夫,其夫妇墓志近年出土。而据《李澄霞墓志》,她是一位宫廷女诗人。

衢州刺史萧缮约于本年致仕

新出土《大周故银青光禄大夫衢州刺史兰陵公(萧缮)墓志并序》："公讳缮,字懿宗,兰陵兰陵人也。……永昌元年,授永州刺史。曲盖宣威,高轩按部。渐化鲛人之室,宾贤婺女之乡。采庾冰之能,遂牧衢州者也。故能亟历荣位,频应显职。百城取则,时人谓之贤太守;万里钦风,天子称为良刺史。既而霜摧蒲柳,坐惊零落之心;日迫桑榆,行起光阴之念。老夫耄矣,恐陈力而无能;归去来兮,遽辞荣而不起。长寿年中,墨制褒扬,许从致仕。……万岁登封元年,制授银青光禄大夫,申朝庆也。……春秋九十,以圣历二年五月三日,薨于私第。"②

693　武则天长寿二年癸巳

本年,吉琰为信安县尉

康熙《衢州府志》卷一三"县官表"第三"尉":"吉琰,盈川。"③嘉庆《西安县志》

---

① 岳连建、柯卓英:《唐淮南大长公主驸马封言道墓志考释》,载《考古与文物》2004年第4期,第66—68页。
② 吴钢主编:《全唐文补遗》第5辑,第247—248页。
③ [清]杨廷望:《康熙衢州府志》卷一三,《衢州府志集成》,西泠印社出版社2009年版,第779页。

卷二四"职官志":"吉炎,如意二年任。"①"炎"当即"琰"脱左旁而误。按,"如意二年"当为长寿二年,武则天如意元年九月即改元长寿。

694　武则天延载元年甲午

贺知章明年在长安登进士第,其离乡赴京当于本年秋冬时节,其《晓发》诗或作于本年

贺知章《晓发》诗云:"江皋闻曙钟,轻栧理还艎。海潮夜约约,川露晨溶溶。始见沙上鸟,犹埋云外峰。故乡杳无际,明发怀朋从。"②据末联"故乡杳无际"语,应是贺知章初离家乡时所作。其数十年后的天宝三载还乡时,又作《回乡偶书》有"少小离家老大回"之句,其间相隔已达五十年。陈尚君《唐人佚诗解读》云:"贺知章诗虽不多,但他才分之高,写作修改之勤,实在很难得。我这里举两个具体的例子。《唐文粹》卷一五下收他的《晓发》,仅四句:'故乡杳无际,江皋闻曙钟。始见沙上鸟,犹埋云外峰。'……《文苑英华》卷二九一收了他的另一首《晓发》:'江皋闻曙钟,轻栧理还艎。海潮夜约约,川露晨溶溶。始见沙上鸟,犹埋云外峰。故乡杳无际,明发怀朋从。'《分门纂类唐歌诗·天地山川类》所收文本作:'江皋闻署钟,轻曳理还艍。海潮夜漠漠,川雾晨溶溶。始见沙上钓,犹埋云外峰。故乡眇无际,明发怀朋从。'后者可以校正前者的一些误文,但就流传文本来说,确有很大的不同。但若我们仔细地阅读,不难发现前录五言绝句那首四句,分别见于此首第七句、第一句、第五句、第六句,各句基本相同,但体裁不同,位置不同,因而造成诗意不同,叙事次第不同,是同一主题、同一语境,却有两首诗呈现在我们面前。一般读者总希望问,哪首是原作,哪首是传误呢?或者说,两首诗的文本同异是流传造成的吗?我的答案是,两首诗应该都出自贺知章本人的手笔,虽然今天我们看到的文本可能有传误的痕迹,但就两首诗的主体来说,必然出自作者本人的再创作。"③

---

①　[清]姚宝煃、范崇楷纂:《嘉庆西安县志》卷二四,民国六年(1917)年重刊本,第6页。
②　[清]彭定求:《全唐诗》卷一一二,第1145页。
③　陈尚君:《唐人佚诗解读》,中华书局2021年版,第13—14页。

本年，成琰为台州刺史

《嘉定赤城志》卷八"秩官门·历代郡守"："延载元年，成琰。"注："延载尽元年，《壁记》作二年。"①

695 武则天证圣元年、天册万岁元年乙未

二月，贺知章及进士第，又登超拔群类科

《旧唐书·贺知章传》："少以文词知名，举进士。"②《新唐书·贺知章传》："证圣初，擢进士、超拔群类科。"③《唐才子传》卷三《贺知章传》："知章字季真，会稽人。……证圣初，擢进士、超拔群类科。"④

春，李乂出为婺州武义尉，有诗赠胡皓

李乂《寄胡皓时在南中》诗云："徭役苦流滞，风波限溯洄。江流通地骨，山道绕天台。有鸟图南去，无人见北来。闭门沧海曲，云雾待君开。"⑤陶敏、傅璇琮《唐五代文学编年史·初盛唐卷》周武则天证圣元年："春，李乂出为婺州武义尉，经苏州，有诗；在婺州，有诗寄胡皓。《全唐文》卷二五八苏颋《李乂神道碑》：'调补潞州壶关、婺州武义尉。'《全唐诗》卷九二李乂《次苏州》：'夕烟杨柳岸，春渚木兰桡。……无因生羽翼，轻举托还飙。'当春日赴武义作。神功元年，李乂自武义尉参吏部选，其为武义尉当不晚于本年。同卷《寄胡皓时在南中》，当亦作于婺州。"⑥

六月，会稽诗人虞希乔卒

浙江博物馆藏《大唐故会稽虞君墓志铭》："府君讳希乔，字抱陪，余。北郡刺史。

---

① ［宋］陈耆卿：《嘉定赤城志》卷八，《宋元浙江方志集成》第 11 册，第 5145 页。
② ［后晋］刘昫：《旧唐书》卷一九○，第 5033 页。
③ ［宋］欧阳修、宋祁：《新唐书》卷一九六，第 5606 页。
④ 傅璇琮主编：《唐才子传校笺》第 1 册，第 451—452 页。
⑤ ［清］彭定求：《全唐诗》卷九二，第 996 页。
⑥ 陶敏、傅璇琮：《唐五代文学编年史·初盛唐卷》，第 347—348 页。

祖哲,醴陵。会稽之西,惟绪玉食锦衣盈临体鞠躬争肃勤承履,英豪飒爽,岳孕灵,允膺侍奉,悉理之烈。夔州长史谯公,许青缘息女,愿执箕帚,曾未兼顾。戏!以证圣元年六月三日亡。昔在弱龄,好尚泉石,赴于咏歌,平生乐稽秦宛如。集五卷行于代。泉肩一明。"①按,墓志载其"讳希乔,字抱陪,余",后当有阙文,希乔即应为"余姚人"。弱龄时即"赴于咏歌",而且有"集五卷行于代",是其应为余姚当地很有名的诗人。

696　武则天万岁登封元年、万岁通天元年丙申

武则天封嵩山,陈子昂、宋之问等随从,见司马承祯、冯太和等道士

陈子昂《别中岳二三真人序》云:"嵩山有二仙人,自浮邱公王子晋上朝玉帝,遗迹金坛,凤箫悠悠,千载无响。吾每以是临霞永慨,抚膺叹息,常谓烟驾不逢,羽人长往。去嚣世,走青云,登玉女之峰,窥石人之庙,见司马子微、冯太和,霓裳眇然,冥壑独立,真朋羽会,金浆玉液,则有杨仙翁元默洞天,贾上士幽栖牝谷,玉笙吟凤,瑶衣驻鹤,方且迷轩辕之驾,期汗漫之游,吾亦何人,躬接兹赏?实欲执青节,从白蜺,陪饮昆仑之庭,观化元元之府,宿心遂矣,冥骨甘焉。岂知琼都命浅,金格道微,攀倒景而迷途,顾中峰而失路。尘萦俗累,复汨吾和,仙人真侣,永幽灵契。翳青芝而延伫,遥会何期?"②序中提及"登玉女之峰,窥石人之庙,见司马子微、冯太和",盖即万岁登封元年随武则天封泰山时所见。

冬,杨炯出为盈川令

《旧唐书·杨炯传》:"则天初,坐从祖弟神让犯逆,左转梓州司法参军。秩满,选授盈川令。"③《新唐书·杨炯传》:"坐从父弟神让与徐敬业乱,出为梓州司法参军。迁盈川令。"④傅璇琮《卢照邻杨炯简谱》:"如意元年壬辰(692),杨炯四十三

---

① 商略、孙勤忠:《有虞故物——会稽余姚虞氏汉唐出土文献汇释》,第208—209页。
② [清]董诰:《全唐文》卷二一四,第2164页。
③ [后晋]刘昫:《旧唐书》卷一九〇上,第5003页。
④ [宋]欧阳修、宋祁:《新唐书》卷二〇一,第5741页。

岁。本年七月以前,杨炯尚在洛阳,约本年秋冬出为盈川令。"①《唐才子传校笺》第5册陶敏补正以为:"《金石萃编》卷一〇一颜真卿《唐故通议大夫行薛王友柱国赠秘书少监国子祭酒太子少保颜君(维贞)庙碑铭》云:'天授元年,糊名考试,判入高等,以亲累授衢州参军。与盈川令杨炯、信安尉桓彦范相得甚欢。'此可知炯令盈川始于天授元年或次年。"②杨承祖《杨炯年谱》:"周则天帝长寿二年癸巳(693),四十四岁。……去年四月改天授三年为如意元年,至九月复改元为长寿元年,则盈川置县,实在去年夏秋,炯授县令,盖在其时或稍后。唯炯今年二月既有梁待宾碑,且撰碑时似尚在京洛,则其授官,又以此时前后最为可能。否则如谓授官在去年夏秋,而至今春始赴任所,县令乃实缺,治务烦剧,盖不宜留迟半年以上。"③按,以上两说均有待商榷,盖唐代举子取得科名,并不能当即授官,还要经过吏部选拔或制科考试才能入仕。祝尚书《杨炯年谱》云:"万岁登封元年丙申(696)。……杨炯四十七岁,约在本年授盈川令。……按:两《唐书》本传叙事遗漏分直习艺馆事,但杨炯仕终盈川令,则无异词。授盈川令时间,文献阙载,上年作《老人星赋》,知天册万岁八九月间尚在洛阳,则出为盈川令,最早也只能在本年冬。"④今从祝尚书说系于本年。盈川县属衢州,《旧唐书·地理志三》:衢州盈川县,"如意元年,分龙丘置,县西有刑溪,陈时土人留异恶'刑'字,改名盈川,因以为县名。"⑤《资治通鉴》卷二〇三"炯终于盈川令"下胡三省注:"黔州彭水县,汉酉阳县地;武德二年,分彭水,于巴江西置盈隆县;先天元年,避太子名,改曰盈川;非此也。衢州龙丘县,武后如意元年,分置盈川县。县西有刑溪,陈时,土人留异恶'刑'字,改曰盈川,因为县名。"⑥

杨炯为盈川令时,张说作《赠别杨盈川炯箴》。张说《赠别杨盈川炯箴》云:"杳杳深谷,森森乔木。天与之才,或鲜其禄。君服六艺,道德为尊。君居百里,风化之源。才勿骄吝,政勿苛烦。明神是福,而小人无冤。畏其不畏,存其不存。作诰兹酒,成败之根。勒铭其口,祸福之门。虽有韶夏,勿弃击辕。岂无车马?敢赠一言。"⑦

杨炯卒于盈川令任,但卒年无考。王兆鹏《据〈金石录〉考证杨炯的卒年》,将杨

① 徐明霞点校:《卢照邻集杨炯集》附录《卢照邻杨炯简谱》,中华书局1980年版,第231页。
② 傅璇琮主编:《唐才子传校笺》第5册,中华书局1995年版,第5—6页。
③ 杨承祖:《杨炯年谱》,《杨承祖文录》,华东师范大学出版社2017年版,第37—38页。
④ 祝尚书:《杨炯集笺注》附录,中华书局2016年版,第1589页。
⑤ [后晋]刘昫:《旧唐书》卷四〇,第1593—1594页。
⑥ [宋]司马光:《资治通鉴》卷二〇三,第6408页。
⑦ [清]董诰:《全唐文》卷二二六,第2280—2281页。

炯卒年定为 703—704 年之间,享年五十四岁左右①。《文学遗产》1995 年第 6 期又载陶敏《杨炯卒年求是》一文,在延载元年(694)或稍后②。今据上文祝尚书先生考证,在万岁登封元年(696)以前,杨炯都还在洛阳,而 696 年始任盈川令。故杨炯卒年应在 696 年以后,但不会到 703 年。因为《金石录》所载应该是立碑时间而不是撰碑时间。

杨炯卒后,宋之问作《祭杨盈川文》云:"维大周某年月日,西河宋某,谨以清酌脯羞之奠,敬祭于杨子之灵曰:自古皆死,不朽者文!北河流液,西岳吐云,叶神通契,降精于君。伏道孔门,游刃诸子,精微博识,黄中通理。属词比事,宗经匠史,玉璞金浑,风摇云起。闻人之善,若在诸已;受人之恩,许之以死。惟子坚刚,气陵秋霜,行不苟合,言不苟忘。大君有命,征子文房,余亦叨忝,随君颉颃。同趋北禁,并拜东堂,志事俱得,形骸两忘。载罹寒暑,贫病洛阳,裘马同弊,老幼均粮。自君出宰,南浮江海,余尝苦饥,今日犹在。之子妙年,香名早传,从来金马,凤昔崇贤。门庭若市,翰墨如泉,千载之后,闻而凛然。死而不亡,问余何伤?伤予命薄,益友零落。生平之言,幽显相托,痛君不嗣,匪我孤诺。君有兄弟,同心异体,陟冈增哀,归葬以礼。旅榇飘零,于洛之汀,我之怀矣,感叹入冥。见子之弟,类子之形,悼往心绝,慰存涕盈。古人有言,一死一生,昔子往矣,追送倾城,今子来也,乃知交情。惟郭是戚,有崔不易,来哭来祭,哀文在席。帷席可依,冰雪四满,家人哀哀,宾径微断。今我伤悲,情勤昔时,子文子翰,我缄我持,子宅子兆,我营我思。子有神鉴,我言不欺;我有絮酒,子其歆之。我亦引满,㤉昭神期,魂兮归来,闻余此词。"③

本年,张元瞿为台州刺史

《嘉定赤城志》卷八"秩官门·历代郡守":"万岁通天元年,张元瞿。"④

本年,李昊为武义县主簿

新出土《大唐故吉州刺史陇西李府君墓志铭并序》:"府君讳昊,字守贤,陇西成纪人也。……万岁登封年,以门子宿兰锜,寻拜务(婺)州武义县主簿充海运判官。"⑤

---

① 王兆鹏:《据〈金石录〉考证杨炯的卒年》,载《文学遗产》1995 年第 2 期,第 113—114 页。
② 陶敏:《杨炯卒年求是》,载《文学遗产》1995 年第 6 期,第 114—115 页。
③ [清]董诰:《全唐文》卷二四一,第 2440 页。
④ [宋]陈耆卿:《嘉定赤城志》卷八,《宋元浙江方志集成》第 11 册,第 5145 页。
⑤ 周绍良主编:《唐代墓志汇编》下册,第 1735—1736 页。

697　武则天神功元年丁酉

钱节为越州都督

《会稽掇英总集》卷一八《唐太守题名记》："钱节，神功元年，自扬州司马授。"①《嘉泰会稽志》卷二"太守"同②。

宗鲁贤为鄞县尉

乾隆《鄞县志》卷八《唐县尉》："宗鲁贤，神功元年。见《楼扶记》。"③

698　武则天圣历元年戊戌

道士司马承祯游天台，宋之问、李峤、薛曜都作诗相送，司马承祯作诗酬答宋之问

宋之问《送司马道士游天台》诗云："羽客笙歌此地违，离筵数处白云飞。蓬莱阙下长相忆，桐柏山头去不归。"④陶敏《宋之问集校注》卷一注云："司马道士：司马承祯，字子微，少好学，薄于为吏，遂为道士，师嵩山潘师正，后止于天台山。曾受武后、睿宗征召入京，玄宗朝再征，居王屋山，卒，赐谥贞一先生，道教上清派尊为第十二代宗师。事迹见《旧唐书》卷一九二、《新唐书》卷一九六本传及卫凭《唐王屋山中岩台贞一先生庙碣》。……《旧唐书·司马承祯传》：'乃止于天台山。则天闻其名，召至都，降手敕以赞美之。及将还，敕麟台监李峤饯之于洛桥之东。'按李峤神功元

---

①　[宋]孔延之：《会稽掇英总集》卷一八，《宋元浙江方志集成》第14册，第6553页。
②　[宋]施宿：《嘉泰会稽志》卷二，《宋元浙江方志集成》第4册，第1663页。
③　[清]钱维乔：《乾隆鄞县志》卷八，乾隆五十三年刻本，第3页。
④　[清]彭定求：《全唐诗》卷五三，第656页。

年(697)十月自凤阁舍人知天官选事,见《资治通鉴》卷二〇六;圣历元年(698)十月自麟台少监拜相,见《旧唐书·则天皇后纪》,诗当圣历元年十月前作。"①宋之问此后又有《寄天台司马道士》诗云:"卧来生白发,览镜忽成丝。远愧餐霞子,童颜且自持。旧游惜疏旷,微尚日磷缁。不寄西山药,何由东海期。"②为先天元年(712)所作,详该年所考。

李峤《送司马先生》诗云:"蓬阁桃源两处分,人间海上不相闻。一朝琴里悲黄鹤,何日山头望白云。"③《旧唐书·司马承祯传》:"乃止于天台山。则天闻其名,召至都,降手敕以赞美之。及将还,敕麟台监李峤饯之于洛桥之东。"④参上宋之问条所考。

薛曜《送道士入天台》诗云:"洛阳陌上多离别,蓬莱山下足波潮。碧海桑田何处在,笙歌一听一遥遥。"⑤按,薛曜卒于武则天长安四年(704)。诗作于圣历元年,参上宋之问条所考。

699　武则天圣历二年己亥

司马承祯所作《潘尊师碑》,立于洛阳

陈垣《道家金石略》载有《唐默仙中岳体元先生太中大夫潘尊师碣文并序》,题署:"雍州司功王适撰序,弟子中岩道士司马子微书。"末署:"大周圣历二年太岁己亥二月八日建立。"⑥

① 陶敏、易淑琼校注:《沈佺期宋之问集校注》下册,《宋之问集校注》卷一,第400—401页。
② [清]彭定求:《全唐诗》卷五二,第636页。
③ [清]彭定求:《全唐诗》卷六一,第729页。
④ [后晋]刘昫:《旧唐书》卷一九二,第5127页。
⑤ [清]彭定求:《全唐诗》卷八〇,第870页。
⑥ 陈垣编:《道家金石略》,文物出版社1988年版,第83、85页。

台州临海县令李某夫人谢令婉卒

新出土《大唐前朝散大夫行台州临海县令李府君妻故太康县君陈郡谢夫人墓志铭并序》："夫人讳令婉,陈郡人也。……年廿四,作俪于陇西李氏,随广武令之孙、唐越州长史敦煌公之第五子也。百两言归,三周在御。动河鲂之雅什,乘旭雁而斯来。宜家室而有裕,方琴瑟而无点。珊台镜里,始见双鸾之游;玉匣琴中,俄听离鸿之曲。以圣历二年六月三日,遘疾终于仁风里,春秋五十,即以其月廿三日,权殡于龙门北原。"①

700　武则天久视元年庚子

本年,韦锐为台州刺史

《嘉定赤城志》卷八"秩官门·历代郡守":"久视元年,韦锐。"②

本年,吉顼贬琰川尉,继改安固尉

《旧唐书·吉顼传》:"吉顼,洛州河南人也。身长七尺,阴毒敢言事。……圣历二年腊月,迁天官侍郎、同凤阁鸾台平章事。……其年十月,以弟作伪官,贬琰川尉,后改安固尉,寻卒。"③《资治通鉴》卷二〇六:久视元年正月,"天官侍郎、同平章事吉顼贬安固尉"④。

---

① 新出墓志藏于洛阳师范学院图书馆,墓志拓片见网络发布:https://xw.qq.com/cmsid/20210805A0FY2F00? f=newdc。
② [宋]陈耆卿:《嘉定赤城志》卷八,《宋元浙江方志集成》第11册,第5145页。
③ [后晋]刘昫:《旧唐书》卷一八六,第4848—4849页。
④ [宋]司马光:《资治通鉴》卷二〇六,第6544页。

701　武则天长安元年、大足元年辛丑

春,崔融因忤张昌宗,贬绵州魏城令后,本年又授婺州长史

《旧唐书》卷九四《崔融传》:"(圣历)四年,迁凤阁舍人。久视元年,坐忤张昌宗意,左授婺州长史。顷之,昌宗怒解,又请召为春官郎中,知制诰事。长安二年,再迁凤阁舍人。"[1]焦杰《崔融行年杂考》云:"久视元年五月十九日后某日,左授婺州长史,十月十日以后遇赦而还。此事两传唯云久视元年。崔融久视元年五月十九日尚奉武则天游石淙,其得罪张昌宗应在此后某天。又《全唐文》卷二一八存其《贺赦表》言道:'臣伏奉久视元年十月十日墨制,以一月为正,大赦天下……微臣庆偶时来,荣沾日用……迹虽限于一隅,心每驰于双阙……'当是他任婺州长史逢大赦所写,很可能于此时返回京城,不久张昌宗怒解,又召他为春官郎中。"[2]按,焦杰先生将崔融任婺州系于久视元年,盖其漏考了崔融忤张昌宗后有绵州魏城县令一贬,然后转婺州长史。

在婺州,崔融作《登东阳沈隐侯八咏楼》诗云:"旦登西北楼,楼峻石墉厚。宛生长定□,俯压三江口。排阶衔鸟衡,交疏过牛斗。左右会稽镇,出入具区薮。越岩森其前,浙江漫其后。此地实东阳,由来山水乡。隐侯有遗咏,落简尚余芳。具物昔未改,斯人今已亡。粤余忝藩左,束发事文场。怅不见夫子,神期遥相望。"[3]这是崔融山水登览诗的代表作品。诗题"东阳"即婺州,即今金华,"沈隐侯"为沈约,"八咏楼"原名玄畅楼,位于金华市东南,坐北朝南,面临婺江,楼高数丈,为登览佳处。登楼远眺,可见南山连屏,双溪蜿蜒。八咏楼始建于南朝齐隆昌元年(494),东阳郡太守沈约建造。沈约为著名文学家,斯楼建成之后,沈约多次登楼赋诗,脍炙人口之作甚多,即如《登玄畅楼》云:"危峰带北阜,高顶出南岑。中有陵风谢,回望川之阴。岸险每增减,湍平互浅深。水流本三派,台高乃四临。上有离群客,客有

---

　① [后晋]刘昫:《旧唐书》卷九四,第2996页。
　② 焦杰:《崔融行年杂考》,载《古籍研究》1998年第2期,第54页。
　③ [清]彭定求:《全唐诗》卷六八,第765页。

慕归心。落晖映长浦，焕景烛中浔。云生岭乍黑，日下溪半阴。信美非吾土，何事不抽簪。"①后在此基础上增写了八首，称为《八咏》诗，遂以诗名改玄畅楼为八咏楼。崔融这首诗就是登上八咏楼之后的即景感怀之作。诗的前十二句写景，写景处突出楼之形势。"且登西北楼"点明地理位置在东阳之西北隅；"楼峻石墉厚"突出楼之高峻；"宛生长定□，俯压三江口"，突出楼之气势，是视野向下的描写，与李清照《题八咏楼》"气压江城十四州"可以相互比照发明；"排阶衔鸟衡，交疏过牛斗"，是视野向上的描写，与王勃《滕王阁序》"物华天宝，龙光射牛斗之墟"相媲美；"左右会稽镇，出处具区薮"，就政区地理而言；"越岩森其前，浙江漫其后"，就山川地理而言；"此地实东阳，由来山水乡"，则是对八咏楼为代表的东阳风光的总体描绘。诗的后八句写人，写人处突出怀古伤今之情。"隐侯有遗咏，落简尚余芳"，紧扣八咏楼，点明主人遗爱之芬芳；"具物昔未改，斯人今已亡"，抒写物是人非之感；"粤余忝藩左，束发事文场"，点明自己的身份，崔融因忤张昌宗，于圣历三年（700）由凤阁舍人被贬为绵州魏城县令，次年即长安元年（701）迁为婺州长史，四月即入朝为春官郎中，故诗为长安元年春天所作，诗人情怀已由被贬的失落转为迁转的期待；"怅不见夫子，神期遥相望"，表现对于沈约的景仰，沈约为东阳太守，又是著名文学家，至崔融时还留有余芳，而自己莅职东阳又"束发事文场"，与沈约的境遇大致相同，故而神望沈约而不能见，顿生怅然之情。

沈佺期、李适均有《送友人赴括州》诗

沈佺期《送友人任括州》诗云："青春浩无际，白日乃迟迟。胡为赏心客，叹迈此芳时。瓯粤迫兹守，京阙从此辞。茫茫理云帆，草草念行期。纷吾结远佩，帐饯出河湄。太息东流水，盈觞难再持。"②陶敏《沈佺期集校注》卷一云："括州后避唐德宗李适讳改名处州，州治在今浙江丽水。李适亦有六韵古诗《送友人向括州》，见敦煌遗书斯二七一七《珠英学士集》残卷中，二诗当同时作，作于大足元年前数年中。"③

李适《送友人向括州》诗云："委迤吴山云，演漾洞庭水。青枫既愁人，白蘋亦靡靡。送君出京国，孤舟眇江汜。浮阳怨芳岁，况乃别行子。括苍涨海壖，斯路天台

---

① 逯钦立：《先秦汉魏晋南北朝诗·梁诗》，第1634页。
② ［清］彭定求：《全唐诗》卷九五，第1022页。
③ 陶敏、易淑琼校注：《沈佺期宋之问集校注》上册，《沈佺期集校注》卷一，第50页。

□。我有岩中念,遥寄四明里。"①

按《珠英学士集》与《三教珠英》有关。《三教珠英》的编修始于圣历二年(699),大足元年(701)十一月,成书一千二百卷进上。崔融又将诸学士的诗作汇成《珠英学士集》五卷。《唐会要》卷三六记载:"大足元年十一月十二日,麟台监张昌宗撰《三教珠英》一千三百卷成,上之。"②故二诗作于大足元年或以前数年之中。

蔡德让为越州都督

《会稽掇英总集》卷一八《唐太守题名记》:"蔡德让,大足元年,自广州都督授。"③《嘉泰会稽志》卷二"太守":"蔡德让,大定元年,自广州都督授。"④"定"为"足"之误。

四月,武义县令元玄庆卒,享年六十

新出土《大周故朝议大夫行婺州武义县令元府君(玄庆)墓志铭并序》:"君讳字玄庆,河南洛阳人也。即后魏明元皇帝之十四代孙。……(玄庆)解褐资州司兵,转润州司兵,俄迁恒州藁城县令、蒲州永乐令。属亲累,左降吉州司功,制授朝议大夫、行婺州武义县令。……以大足元年四月七日,寝疾薨于崇政里第,春秋六十。"⑤

本年,张鷟为处州司仓参军

《朝野佥载》卷二:"周长安年初,前遂州长江县丞夏文荣,时人以为判冥事。张鷟时为御史,出为处州司仓,替归,往问焉。"⑥

---

① 张锡厚主编:《全敦煌诗》卷三二,作家出版社 2006 年版,第 1639 页。
② [宋]王溥:《唐会要》卷三六,第 766 页。
③ [宋]孔延之:《会稽掇英总集》卷一八,《宋元浙江方志集成》第 14 册,第 6553 页。
④ [宋]施宿:《嘉泰会稽志》卷二,《宋元浙江方志集成》第 4 册,第 1663 页。
⑤ 吴钢主编:《全唐文补遗》第 2 辑,第 373—374 页。
⑥ [唐]张鷟撰:《朝野佥载》卷二,上海古籍出版社 2012 年版,第 21 页。

702　武则天长安二年壬寅

诗人李南卒于婺州司仓参军任

《大周故婺州司仓李君墓志》云："公讳南,字崇懿,陇西成纪人也。……唐预大帝挽郎,俄徙豳州参军事,后改任婺州司仓。……公春秋卅有九,粤以大周长安二年岁次壬寅二月戊戌朔廿三日,葬于乾封县居安乡高阳原,礼也。"①志未载其卒年,姑系于其所葬之年。陈尚君评《长安高阳原新出土隋唐墓志》:"十五六年前,日本伏见宫发现旧藏《杂钞》卷一四,见《书陵部纪要》第 51 号刊住吉朋彦《伏见宫旧藏杂钞卷一四》,其中有李南《落花词》一首:'桃李蹊初合,逢春遍吐花。狂风不解惜,吹落万人家。'李南生平无考。因为同卷多中唐前期诗,或亦同时人。本书收长安二年《李南墓志》,字崇懿,陇西成纪人,恒州行唐令思俭(名宝)子。自大帝挽郎,迁豳州参军,改婺州司仓,卒年四十九,长安二年葬,生卒年约为 654 至 702 年。与《杂钞》作者未见契合点,是否一人,还有待审定。"②

墓志全篇附录于下:"盖闻郁郁佳城,滕公以之长往;九原寂寂,随会由是不归。是知昏明者,天地之大经;生元者,人伦之常道。神仙所能免者,未之闻也。公讳南,字崇懿,陇西成纪人也。曾祖道明,随任谷州渑池县令,伯阳公;祖凤起,唐任驾部郎中、莱庆涪等三州刺史,大周赠使持节资州诸军事、资州刺史;父思俭,唐任恒州行唐县令。自周帝龙兴,随王凤举。股肱心腹,舟楫盐梅。堂构克隆,道光余庆。星河表瑞,山岳降灵。地不藏珍,生我王国。公幼披龙篆,少践鱼庭。誉美周行,名高鲁史。怀珠抱玉,共潘陆而齐镳;味道飧经,与邹牧而方驾。唐预大帝挽郎,俄徙豳州参军事,后改任婺州司仓。威恩并扇,誉双飞,抚俗字人,清平若水。秩满之后,杖策而归,登五岭之危峰,涉三江之险浪。渐之杨府,忽觉弥留,药石不痊,奄从

---

① 陕西省考古研究院编:《长安高阳原新出土隋唐墓志》,文物出版社 2016 年版,第 129 页。
② 陈尚君:《评陕西省考古研究院编〈长安高阳原新出土隋唐墓志〉》,《唐研究》卷二三,北京大学出版社 2017 年版,第 602—603 页。

风烛。丹旌委郁,晞薤露以崩心;素盖联翩,卷杨风以凄恸。遐瞻赤县,远届神州。龟筮叶从,卜宅唯庆。公春秋卅有九,粤以大周长安二年岁次壬寅二月戊戌朔廿三日,葬于乾封县居安乡高阳原,礼也。西瞻碧岫,隐隐千重;东瞰黄陂,汪汪万顷;朱城北眺,楼观惊飞;丹岳南临,莲峰对耸。可谓神皋形胜,负郭名区。大启坟茔,不封不树。□子晟等,痛深擗踊,罔极终天。爰开追远之仪,以竭慎终之礼。□(因)恐壑舟夜徙,海变桑田,记迹泉门,遗芳不朽。其词曰:亭亭丘陇,杳杳孤坟。人生到此,天道宁论。如泉之洁,如玉之温。三乘未驾,二竖惊魂。形销坏末,影闭泉门。庶齐光于日月,等永固于乾坤。"①

本年,张思义为台州刺史

《嘉定赤城志》卷八"秩官门·历代郡守":"长安二年,张思义。"②

本年,永康县令窦知节卒,享年七十二岁

新出土《大唐故婺州永康县令乐平县开国男窦府君墓志铭并序》:"公讳知节,扶风平陵人也。……出宰陇州汧源县令。丁外忧,毁瘠过礼。阕,授婺州永康县令,袭封乐平县男。历官清白,理家和义。忠实之誉,扬于王庭;孤藐之亲,抚如己子。中外饮惠,姻枝被德。而才以命抑,位不充量。长安二年,终于河南府康俗里第,时年七十二。"③

703　武则天长安三年癸卯

会稽诗人、书家徐浩生于本年

《金石萃编》卷一〇四张式《大唐故银青光禄大夫彭王傅上柱国会稽郡开国公赠太子少师东海徐公神道碑铭并序》:"公姓徐氏,讳浩,字季海,东海郯人。……明

①　陕西省考古研究院编:《长安高阳原新出土隋唐墓志》,第129页。
②　[宋]陈耆卿:《嘉定赤城志》卷八,《宋元浙江方志集成》第11册,第5145页。
③　胡戟、荣新江:《大唐西市博物馆藏墓志》,第431页。

年，薨于长安永宁里之私第，享龄八十。……公以建中三年四月廿五日薨，以其年十一月葬于东都偃师县先茔之左。"①逆推其生年即长安三年。这里的"东海郯人"指的是徐浩郡望。

唐林宝《元和姓纂》卷二"诸郡徐氏"："洛州刺史徐峤之，居会稽，生浩、浚、漪。浩，吏部郎、东海郡公，有传，生璹、现、玫。现，泌州刺史。浚生珽、顼、玚。"②是其父已居于会稽。新出土《唐故朝议郎行冯翊郡司兵参军徐府君墓志铭并序》，题署："季弟朝散大夫检校尚书金部员外郎上柱国浩撰，侄璹书。"志云："府君讳浚，字孟江，其先东海郯人。因官家会稽，今居河洛。府君即银青光禄大夫、洺州刺史讳峤之府君之元子。"③《旧唐书》卷一三七、《新唐书》卷一六〇《徐浩传》均言："徐浩字季海，越州人。"④《宋高僧传》卷一五《唐越州称心寺大义传》："释大义，字元贞，俗姓徐氏，会稽萧山人也。……洺州刺史徐峤、次徐浩，皆宗人也。"⑤证知其籍贯为会稽。

704　武则天长安四年甲辰

窦怀贞为越州都督

《会稽掇英总集》卷一八《唐太守题名记》："窦怀贞，长安四年，自上方监授，拜扬州长史。"⑥《嘉泰会稽志》卷二"太守"同⑦。《旧唐书·窦怀贞传》："圣历中为清河令，治有能名。俄历越州都督、扬州大都督府长史，所在皆以清干著称。神龙二年，累迁御史大夫，兼检校雍州长史。"⑧

① ［清］王昶：《金石萃编》卷一〇四，中国书店出版社1985年版，第4—5页。
② ［唐］林宝撰，岑仲勉校记：《元和姓纂（附四校记）》卷二，第209页。
③ 赵君平：《邙洛碑志三百种》，中华书局2004年版，第217页。
④ ［后晋］刘昫：《旧唐书》卷一三七，第3759页；［宋］欧阳修、宋祁：《新唐书》卷一六〇，第4965页。
⑤ ［宋］赞宁撰，范祥雍点校：《宋高僧传》卷一五，第330页。
⑥ ［宋］孔延之：《会稽掇英总集》卷一八，《宋元浙江方志集成》第14册，第6553页。
⑦ ［宋］施宿：《嘉泰会稽志》卷二，《宋元浙江方志集成》第4册，第1663页。
⑧ ［后晋］刘昫：《旧唐书》卷一八三，第4724页。

705 唐中宗神龙元年乙巳

五月,庞贞素为越州都督

《会稽掇英总集》卷一八《唐太守题名记》:"庞贞素,神龙元年五月,自右卫将军授。"①《嘉泰会稽志》卷二"太守"同②。

十月,桑贞卒于东阳县令任

新出土《大唐故中大夫上柱国行婺州东阳县令桑君(贞)墓志铭并序》:"君讳贞,字正道,黎阳临河人也。……俄除河州长史。……固辞此职,因而不行。寻有恩制,改授婺州东阳县令。"③以神龙元年十月十九日遘疾终于东阳官舍,享年六十八岁。

十月,卢缄为衢州参军

新出土《大唐处士范阳卢府君(调)墓志铭并序》:"君讳调,字子通,范阳涿人。……四子缄,前任衢州参军。"④卢调神龙元年十月十三日卒,是其子卢缄为衢州参军在此前。

本年,崔孝昌由衢州长史征拜右赞善大夫

新出土《唐故正议大夫行太子右赞善大夫判太子率更令上柱国清河崔府君(孝昌)墓志铭并序》:"公讳孝昌,字庆之,清河东武城人也。……神龙初,公兄以叶赞经纶为奸臣所忌,转徙边郡,公亦随贬衢州长史。景云二岁,征拜太子右赞善大夫。"⑤

---

①　[宋]孔延之:《会稽掇英总集》卷一八,《宋元浙江方志集成》第14册,第6553页。
②　[宋]施宿:《嘉泰会稽志》卷二,《宋元浙江方志集成》第4册,第1663页。
③　吴钢主编:《全唐文补遗》第2辑,第391—392页。
④　吴钢主编:《全唐文补遗》第2辑,第424—425页。
⑤　吴钢主编:《全唐文补遗》第6辑,第380—381页。

李璡神龙中贬括州司户参军

新出土《大唐故朝议郎行河南府陆浑县令上柱国李府君(璡)墓志铭并序》:"公讳璡,字良玉,赵郡赞皇人也。……授太子斋帅。神龙之中,王室多难,太子荐湖城之祸,宫寮遭庑园之责。贬公括州司户。岁满,凶渠殄戮,……录资授怀州获嘉县令。"①

本年,诗人张锡由流于会稽召入朝廷为都水使者

新出土《唐故银青光禄大夫工部尚书绛州刺史上柱国平原郡开国公张府君墓铭并序》:"公讳锡,字奉孝,清河东武城人也。……拜凤阁侍郎,同凤阁鸾台平章事。大足初,坐免官,放于循州。寻移于泉州,又移会稽。中宗即位,纶旨追还,拜都水使者。历工部侍郎,兼修国史,食邑三千户。"②张锡诗载《全唐诗》卷一〇五,第1102—1103页。

706　唐中宗神龙二年丙午

贺知章等吴越之士,以文词俊秀,名扬上京

《旧唐书·贺知章传》:"神龙中,知章与越州贺朝、万齐融、扬州张若虚、邢巨,湖州包融,俱以吴、越之士,文词俊秀,名扬于上京。朝万止山阴尉,齐融昆山令,若虚兖州兵曹,巨监察御史。融遇张九龄,引为怀州司户、集贤直学士。数子人间往往传其文,独知章最贵。"③《新唐书·包佶传》:"父融,集贤院学士,与贺知章、张旭、张若虚有名当时,号'吴中四士'。"④

按,此中吴越之士数人,邢巨墓志今已出土,为浙东文士的出处进身研究提供

---

① 吴钢主编:《全唐文补遗》第4辑,第411页。

② 中国文物研究所、千唐志斋博物馆编:《新中国出土墓志·河南叁·千唐志斋壹》上册,文物出版社2008年版,第114页。

③ [后晋]刘昫:《旧唐书》卷一九〇,第5035页。

④ [宋]欧阳修、宋祁:《新唐书》卷一四九,第4798—4799页。

了重要的文献。今录于下:《唐监察御史邢府君墓志铭并序》,题署:"前郑州阳武县主簿萧昕撰。"志云:"君讳巨,字巨,河间人也。自周锡爵建土,庸勋保姓。世有宦族,邑亦如之。故周公之子受邢,因以为氏。春秋有带,炎汉有宇。魏以颢著,晋以景称。曾祖师,随衢州龙丘县令,季叶版荡,因家淮南。祖矩,皇太学博士。父行谦,皇越州永兴县丞。并明德在躬,当代不显。公幼而纯懿,长亦不改。早能敏学,晚有大成。天资牧谦,神保正直。义能必勇,仁且不犯。其在家也,温无闲言;其立朝也,侃有正色。弱岁进士擢第,拔萃,授秘书校书郎。改汴州尉氏主簿。应文词雅丽科,授大理评事,贬宣州当涂县丞,移豫州司户参军,转登封、咸阳、渭南三县丞,再授监察御史。且夫一捷乡赋,再超举科。蓬山校文,棘署持谳。三入畿甸,两践霜台。其中贬黜迁移,岁月际迈,历官一十政,策名卅载。爵未逾于三命,位才沾于八品。当时才不逮若人,名不出其右,皆已秉钧黄合,载笔青云,而公蹭蹬流年,天阙明代。冯唐既老,非不遇时;仲尼固穷,罕亦言命。以开元廿六年十一月三日,卒于都福善里,时年五十七。始公之遘疾也,令弟巩殒于河东,公闻丧致哀,数且过制。□□逾月,□□□□。巩男且抱,公又无子。二祸荐及,家无执丧。孤女夜号,媚妻昼哀。灵筵□于客舍,丧事给于他人。杜桥之宫,既无相者;若敖之鬼,不其餒而。其有宿昔同寮,平生义士,有赗死之礼,无知生之吊,抑天实剥乱,而神道无知乎!遂以其月廿日,葬于关塞南原,礼也。纪于贞石,以志穷泉。铭曰:商闵文行,令问充塞。位不敌才,天岂辅德。骢马停驭,素车去国。哀哉无后,空余荆棘。"①墓志云:"父行谦,皇越州永兴县丞。"是其父邢行谦为越州永兴县丞,故邢巨青少年时在越州永兴县,与贺知章有所交谊。志称"弱岁进士擢第,拔萃,授秘书校书郎"。推其"弱岁"在长安元年,及第在其年或以后不久。可补《登科记考》之不足。《登科记考》又载邢巨景云三年(712)登手笔俊拔,超越流辈科②,开元七年(719)登文辞雅丽科③。按,景云三年正月,改元太极。

张合慜为越州都督

《会稽掇英总集》卷一八《唐太守题名记》:"张合慜,神龙二年七月,自光禄员外

---

① 赵君平、赵文成编:《河洛墓刻拾零》,北京图书馆出版社 2007 年版,第 309 页。
② [清]徐松:《登科记考》卷五,第 160 页。
③ [清]徐松:《登科记考》卷六,第 201 页。

卿授,拜徐州刺史。"①《嘉泰会稽志》卷二"太守"同②。

胡元礼为越州都督

《会稽掇英总集》卷一八《唐太守题名记》:"胡元礼,神龙二年八月,自苏州刺史授,拜广州都督。"③《嘉泰会稽志》卷二"太守"作"神龙三年"④。《宋高僧传》卷一五《唐越州称心寺大义传》:"属中宗正位,恩制度人,都督胡元礼考试经义,格中第一,削染,配昭玄寺。"⑤

本年,廉琎为台州刺史

《嘉定赤城志》卷八"秩官门·历代郡守":"神龙二年,廉琎。"⑥

本年,徐旃为象山县令

民国《象山县志》卷五《唐县令》:"徐旃,乾隆志:神龙二年任。按《徐氏谱》:旃,奉化小万竺人,为象山令,停官后庐居邑东大徐。"⑦

707　唐中宗景龙元年丁未

沈佺期遇赦北归,授台州司马,时刺史为袁光孚

陶敏《沈佺期宋之问简谱》景龙元年:"沈佺期遇赦北归,授台州司马,迁起居郎。《旧唐书》本传:'神龙中,授起居郎。'《新唐书》本传:'稍迁台州录事参军,入计,得召见,授起居郎。'佺期《峡山寺赋·序》:'神龙二年夏六月,予投弃南裔,承恩北归。'其《哭苏眉州崔司业二公·序》则云:'同时郎裴怀古者,作牧潭府,神龙三年

---

① [宋]孔延之:《会稽掇英总集》卷一八,《宋元浙江方志集成》第14册,第6553页。
② [宋]施宿:《嘉泰会稽志》卷二,《宋元浙江方志集成》第4册,第1663页。
③ [宋]孔延之:《会稽掇英总集》卷一八,《宋元浙江方志集成》第14册,第6553页。
④ [宋]施宿:《嘉泰会稽志》卷二,《宋元浙江方志集成》第4册,第1663页。
⑤ [宋]赞宁撰,范祥雍点校:《宋高僧传》卷一五,第330页。
⑥ [宋]陈耆卿:《嘉定赤城志》卷八,《宋元浙江方志集成》第11册,第5145页。
⑦ 陈汉章:《象山县志》卷五,方志出版社2004年版,第226页。

秋八月，佺期承恩北归，途中观止。'按，神龙二年自春及秋佺期均在驩州，故其自贬所北归必在本年。……据《新传》，佺期北归后任起居郎前曾官台州录事参军。但佺期有《岁夜安乐公主满月侍宴》，作于本年岁夜，见诗注，证知本年年末佺期已归朝为起居郎。"①按，谭优学《沈佺期行年考》疑沈佺期为台州司录在"开耀(681)迄垂拱(685)此四五年间"②，今不从。陶敏、傅璇琮《唐五代文学编年史·初盛唐卷》景龙元年："冬，沈佺期自台州入京上计，得召见，拜起居郎。《新唐书》本传：'会张易之败，遂长流驩州，稍迁台州录事参军事。入计，得召见，拜起居郎，兼修文馆直学士。'《唐诗纪事》卷十一所云同。按，明年，沈佺期即在起居郎、学士任，盖沈佺期北归后，授台州录事参军，且其在台州任为时极暂。唐制，州府例以十月上计簿于京师，故沈之上计授官，当即在本年冬。"③

《嘉定赤城志》卷八"秩官门·历代郡守"："天宝十四年，袁光孚。"注云："按《沈佺期集》有《饯台州袁刺史入计序》，其略云：'公四代衣冠，一门忠鲠。人才沉毅，雅度温良。'又云：'凭熊下钤，建隼之台。甘雨随传于往还，仁风交扇于期月。'观此，可为良吏矣。"④可证沈佺期确在台州为官，故有饯袁光孚之文。但将袁光孚任台州刺史系于天宝十四载(755)，则不确。因沈佺期开元初即卒。陶敏《沈佺期集校注》卷五录入，并注云："《赤城志》谓光孚天宝十四载为台州刺史，而佺期作序送之，则大误。佺期开元四年前卒，断无于天宝末仍作序送人之理。据《唐刺史考·台州》引《延祐四明志》及孙谏卿《唐明州象山县碑铭并序》，天宝十三年台州刺史为袁仲宣，疑《赤城志》将此二袁姓台州刺史混淆。……《新唐书·沈佺期传》：'长流驩州，稍迁台州录事参军事。'时在景龙元年，文当景龙元年作。"⑤

姚崇为越州都督

《会稽掇英总集》卷一八《唐太守题名记》："姚元之，景龙元年十月，自宋州刺史授，改常州刺史。"⑥《嘉泰会稽志》卷二"太守"同⑦。张说《故开府仪同三司上柱国赐扬州刺史大都督梁国公姚文贞公神道碑奉敕撰》："出典亳宋常越许申徐潞扬同

---

① 陶敏、易淑琼校注：《沈佺期宋之问集校注》，第799—800页。
② 谭优学：《唐诗人行年考续编》，巴蜀书社1987年版，第41页。
③ 陶敏、傅璇琮：《唐五代文学编年史·初盛唐卷》，第433页。
④ 〔宋〕陈耆卿：《嘉定赤城志》卷八，《宋元浙江方志集成》第11册，第5148页。
⑤ 陶敏、易淑琼校注：《沈佺期宋之问集校注》上册，《沈佺期集校注》卷五，第329页。
⑥ 〔宋〕孔延之：《会稽掇英总集》卷一八，《宋元浙江方志集成》第14册，第6553页。
⑦ 〔宋〕施宿：《嘉泰会稽志》卷二，《宋元浙江方志集成》第4册，第1663页。

十郡。景云初,以藩邸旧寮,封梁国公。"①

张辟强景龙中为余姚县令

《宝庆四明志》卷一六"叙水":"白洋湖,在鸣鹤乡,唐景龙中,余姚令张辟疆修筑。"②

六月,王履贞为衢州司功参军

新出土《唐故朝议郎行衢州司功上柱国王府君(履贞)墓志铭并序》:"公讳履贞,字政平,太原人也。……为太常寺鼓吹丞,乐不合雅,苟勖见讥;曲不中律,公瑾数顾。后出为衢州司功。总六曹之最,处群寮之首。……廉察使以公干职,差摄饶州录事参军。官寀祗敬,吏人畏爱。既而遘疾弥留,溘然从化。春秋五十有一,以神龙三年六月四日,卒于饶州官舍。"③

诗人张万顷明经擢第,授越州鄮县尉

李纾撰《唐故朝散大夫使持节颍州诸军事守颍州刺史张府君墓志并序》:"公名万顷,字混。……能读诗书,年廿一,明经擢第,授越州鄮县尉,转襄州襄阳县尉。……春秋七十有七,染疾而殁于越州之客舍。……以宝应元年十一月九日葬于郡城西通贤之原。"④志未言其卒年,今姑按葬年推算,其年廿一明经擢第在本年。张万顷,《全唐诗》存诗三首。

郗云卿奉中宗敕搜访骆宾王诗笔,编为十卷

郗云卿《骆宾王文集序》:"兵事既不捷,因致逃遁,遂致文集悉皆散失。后中宗朝,降敕搜访宾王诗笔,令云卿集焉。所载者即当时之遗漏,凡十卷。此集并是家藏者,亦足传诸好事。鲁国郗云卿。"⑤

---

① [清]董诰:《全唐文》卷二三〇,第 2327 页。
② [宋]罗濬:《宝庆四明志》卷一六,《宋元浙江方志集成》第 8 册,第 3462 页。
③ 吴钢主编:《全唐文补遗·千唐志斋新藏专辑》,第 110 页。
④ 程义《新出唐〈张万顷墓志〉考释》,《碑林集刊》第 17 辑,三秦出版社 2011 年版,第 38 页。
⑤ [唐]骆宾王著,[清]陈熙晋笺注:《骆临海集笺注》附录,第 377 页。

708　唐中宗景龙二年戊申

杨祗本为越州都督

《会稽掇英总集》卷一八《唐太守题名记》:"杨祗本,景龙二年七月,自陕州刺史授。"①《嘉泰会稽志》卷二"太守"同②。

本年,卓胤为台州刺史

《嘉定赤城志》卷八"秩官门·历代郡守":"景龙二年,卓胤。"③

本年,臧南金为义乌县主簿

高庶几《大唐故中大夫守抚州刺史上柱国臧府君(崇亮)墓志铭并序》:"公讳崇亮,字茂融,本东莞莒国人,郡废,家于东海,今为此郡人也。……长子南金,前朝散郎、行婺州义乌县主簿。"④墓主景龙二年闰九月十四日卒,是时臧南金已在义乌县主簿任。高几《大唐婺州义乌县主簿东莞臧南金□故太原白夫人(光倩)墓志》:"夫人字光倩,太原白知隐之长女也。……以景龙三年六月十日,终于扬府,春秋廿有九。"⑤按,以上两方墓志撰者题署官职都是"承议郎行洛州新安县主簿",知"高庶几"与"高几"为同一人。赵栖岑《大唐前朝散郎行婺州义乌县主簿臧南金妻故颍川陈夫人墓志铭并序》:"夫人陈氏。……以神龙二年九月六日,终于婺州东阳县之旅第,春秋廿有四。……即以景龙三年岁次己酉十一月癸丑朔廿日壬申,迁窆于洛州河南北山之礼也。"⑥由上述三方墓志,可知景龙三年臧南金仍在义乌县主簿任。

①　[宋]孔延之:《会稽掇英总集》卷一八,《宋元浙江方志集成》第 14 册,第 6553 页。
②　[宋]施宿:《嘉泰会稽志》卷二,《宋元浙江方志集成》第 4 册,第 1663 页。
③　[宋]陈耆卿:《嘉定赤城志》卷八,《宋元浙江方志集成》第 11 册,第 5145 页。
④　吴钢主编:《全唐文补遗》第 3 辑,第 47 页。
⑤　吴钢主编:《全唐文补遗》第 1 辑,三秦出版社 1994 年版,第 88 页。
⑥　吴钢主编:《全唐文补遗》第 5 辑,第 27 页。

709　唐中宗景龙三年己酉

六月,括州刺史冯昭泰卒,张说为撰神道碑

张说《故括州刺史赠工部尚书冯公神道碑》云:"公讳昭泰,字遇圣,长乐人也。……旋除温州长史,俄复旧阶,拜括州刺史。水国潇如,告疾言归,景龙三年六月十三日,终于苏州之逆旅,春秋六十有五。……以开元十八年十月壬寅,葬我节公于长安县高阳原。"①又《宝刻丛编》卷八引《集古录目》:"《唐诚节公冯昭泰碑》,唐棣王浍撰,中书舍人内供奉梁昇卿八分书。昭泰,字遇圣,仕至括州刺史,谥曰诚,后以其子绍烈赠为工部尚书,此其寝庙碑也。玄宗亲为题额,加谥诚节,碑以开元二十一年立。"②两碑撰写时间不同,张说所撰碑撰于冯昭泰葬时即开元十八年(730),棣王李浍所撰碑撰于开元因其子烈而赠为工部尚书时即开元二十一年(733)。

夏,沈佺期罢台州司录参军,北归经越州,逢金华使北者,作诗相赠

沈佺期《夜泊越州逢北使》诗云:"天地降雷雨,放逐还国都。重以风潮事,年月戒回舻。容颜荒外老,心想域中愚。憩泊在兹夜,炎云逐斗枢。飔飔紫海若,霹雳耿天吴。鳌抃群岛失,鲸吞众流输。偶逢金华使,握手泪相濡。饥共噬齐枣,眠共席秦蒲。既北思攸济,将南睿所图。往来固无咎,何忽惮前桴。"③谭优学《沈佺期行年考》系此诗于"高宗永隆元年庚辰",并云:"作者诗意谓,夜泊越州逢自京洛使赴金华之故人,不免感慨系之,因为这时佺期奉调回京过越州,而回首三年来之台州生活,颇不如意,容颜亦为之衰老矣。'荒外'二字,最容易使人误会,以为自骧州内移为台州司录。其实'荒外'对京洛而言也。'鳌抃群岛失',亦惟言台州始切,施之骧州则泛,'既北思所(攸)济'者,谓北归后当有所作为也。"④陶敏《沈佺期集校

---

① [清]董诰:《全唐文》卷二二九,第2316—2317页。
② [宋]陈思编著:《宝刻丛编》卷八,第564—565页。
③ [清]彭定求:《全唐诗》卷九五,第1024页。
④ 谭优学:《唐诗人行年考续编》,第41—42页。

注》卷二注云:"越州:指廉州的越州城,在今广东合浦境。《舆地纪胜》卷一二〇廉州:宋于合浦郡置越州,隋大业初废为合浦郡,唐武德中改越州,贞观中改置廉州。又:'越州城,在合浦县东十里,《元和郡县志》云,即宋陈伯绍刺史所理城也。'北使:北方来的使者。诗作于神龙三年(707)自骧州北归途中。"①今按,诗有"放逐还国都"语,故知陶敏将此诗系于沈佺期由骧州北归为台州司录途中所作,并不确切,加以陶氏考证越州为廉州的越州城,在佺期诗中也找不出相应的佐证,故而不能令人信服。而谭氏将是诗系于高宗永隆元年(680)是基于"余又疑佺期之为台州司录参军,或即结案出狱后贬之台州者"②,其系年更无确切根据。窃以为本诗是沈佺期在台州录事参军期满后北归之作,诗之"越州"即浙东之越州,诗中"偶遇金华使"之"金华"亦即浙东之婺州金华,"鳌抃群岛失"即切合台州。而陶氏考证其始为台州司录参军在神龙三年(707)是可信的,参之沈佺期《同工部李侍郎适访司马子微》诗"昔尝游此郡,三霜弄溟岛"③,司马子微为天台山高道,故而这首诗应作于景龙三年。诗有"天地降雷雨",作于夏日。

沈佺期《乐城白鹤寺》诗云:"碧海开龙藏,青云起雁堂。潮声迎法鼓,雨气湿天香。树接前山暗,溪承瀑水凉。无言谪居远,清净得空王。"④诗有"无言谪居远"句,当为被贬时作,而"乐城"属温州,今为温州乐清,故应为沈佺期被贬台州司录参军时作,因台州与乐城接境。故附于本年。《明一统志》卷四八"温州府":"丹霞山,在乐清县治西,一名白鹤山,常有白鹤栖鸣山上,晋张文君炼丹于此。"⑤《嘉靖浙江通志》卷七一:"白鹤寺在乐清县西,唐沈佺期诗……"⑥

秋,宋之问在任修文馆学士,与诸学士分题咏《浣纱篇》

宋之问《浣纱篇赠陆上人》诗云:"越女颜如花,越王闻浣纱。国微不自宠,献作吴宫娃。山薮半潜匿,芒萝更蒙遮。一行霸句践,再笑倾夫差。艳色夺人目,敩嚬亦相夸。一朝还旧都,靓妆寻若耶。鸟惊入松网,鱼畏沉荷花。始觉冶容妄,方悟群心邪。钦子秉幽意,世人共称嗟。愿言托君怀,倘类蓬生麻。家住雷门曲,高阁

① 陶敏、易淑琼校注:《沈佺期宋之问集校注》上册,《沈佺期集校注》卷二,第128页。
② 谭优学:《唐诗人行年考续编》,第41页。
③ [清]彭定求:《全唐诗》卷九五,第1023页。
④ [清]彭定求:《全唐诗》卷九六,第1037页。
⑤ [明]李贤:《大明一统志》卷四八,巴蜀书社2017年版,第2138页。
⑥ [明]胡宗宪:《嘉靖浙江通志》卷七一,明嘉靖四十年刻本,第15页。

凌飞霞。淋漓翠羽帐，旖旎采云车。春风艳楚舞，秋月缠胡笳。自昔专娇爱，袭玩唯矜奢。达本知空寂，弃彼犹泥沙。永割偏执性，自长薰修芽。携妾不障道，来止妾西家。"①陶敏《宋之问集校注》卷二注云："《西溪丛语》卷上录此诗首十六句，云：'因观《唐景龙文馆记》宋之问《分题得浣纱篇》云。'知此诗为与之问同任修文馆学士之武平一载入其所著《景龙文馆记》，乃与同时学士分题所咏，当作于景龙二年五月至三年秋间。"②

秋，宋之问由考功员外郎贬越州长史，途经淮口、扬州、润州、杭州

《旧唐书·宋之问传》："景龙中，再转考功员外郎，……及典举，引拔后进，多知名者。寻转越州长史。"③《新唐书·宋之问传》："景龙中，迁考功员外郎，谄事太平公主，故见用。及安乐公主权盛，复往谐结，故太平深疾之。中宗将用为中书舍人，太平发其知贡举时赇饷狼藉，下迁汴州长史。未行，改越州长史。"④韦述有《广陵送别宋员外佐越郑舍人还京》诗云："朱绂临秦望，皇华赴洛桥。文章南渡越，书奏北归朝。树入江云尽，城衔海月遥。秋风将客思，川上晚萧萧。"⑤是宋之问秋日已赴任并到达扬州，时韦述在扬州相送。由此可知宋之问始受越州长史之命在秋天或稍前。诗一作张谔诗，误。谭优学《宋之问行年考》"中宗景龙三年己酉"云："本年冬，之问外出为越州长史，系沿汴水前往。之问《新·传》言之问出为越州之原因云……按《新·传》于之问似有成见，特多贬词。此之所说，是否属实，以无佐证，姑仍其说。然亦有矛盾，如云知贡举受赇狼藉，而《旧·传》却云'引拔后进，多知名者'。"⑥之问在越州自力为政，又游览名胜，置酒赋诗，颇有影响。《新·传》云："颇自力为政"，"穷历剡溪山，置酒赋诗，流布京师，人人传讽"⑦。宋之问在越州留下了不少很有影响的诗篇，为越州山水增添了丰富的文化色彩。

宋之问《初宿淮口》诗云："孤舟汴河水，去国情无已。晚泊投楚乡，明月清淮里。汴河东泻路穷兹，洛阳西顾日增悲。夜闻楚歌思欲断，况值淮南木落时。"⑧作

---

① ［清］彭定求：《全唐诗》卷五一，第619—620页。

② 陶敏、易淑琼校注：《沈佺期宋之问集校注》下册，《宋之问集校注》卷二，第490页。

③ ［后晋］刘昫：《旧唐书》卷一九〇中，第5025页。

④ ［宋］欧阳修、宋祁：《新唐书》卷二〇二，第5750页。

⑤ ［清］彭定求：《全唐诗》卷一〇八，第1119页。

⑥ 谭优学：《唐诗人行年考续编》，第23页。

⑦ ［宋］欧阳修、宋祁：《新唐书》卷二〇二，第5750页。

⑧ ［清］彭定求：《全唐诗》卷五一，第628页。

于秋日,即贬越州长史途经淮口之作。

宋之问《伤王七秘书监寄呈扬州陆长史通简府僚广陵以广好事》诗云:"王氏贵先宗,衡门栖道风。传心晤有物,秉化游无穷。学奥九流异,机玄三语同。书乃墨场绝,文称词伯雄。白屋藩魏主,苍生期谢公。一祗贤良诏。遂谒承明宫。补衮望奚塞,尊儒位未充。罢官七门里,归老一丘中。尝忝长者辙,微言私谓通。我行会稽郡,路出广陵东。物在人已矣,都疑淮海空。"①之问"我行会稽郡,路出广陵东",故而逢王七秘监之伤,而扬州陆长史曾与王七同僚,故而路经扬州时作诗寄赠。王七,岑仲勉《唐人行第录》以为王珣,字伯玉,王方翼子。王珣官终秘书监,长安二年(702)卒。实误。陶敏《全唐诗人名汇考》:"《伤王七秘书监寄呈扬州陆长史通简府僚广陵以广好事》,王七,王绍宗。《旧唐书》本传:'扬州江都人也。……少力学,遍览经史,尤工草隶。……则天驿召赴东都……擢拜太子文学,累转秘书少监。……张易之兄弟亦加厚礼。易之伏诛,绍宗坐以交往见废,卒于乡里。'诗云王七'书乃墨场绝,文称词伯雄。……一祗贤良诏,遂谒承明宫。……罢官七门里,归老一丘中',与传合。绍宗行七。《金石萃编》卷六〇《大唐中岳隐居太和先生琅琊王征君口授铭》:'伊垂拱二岁孟夏四月……吾六兄……先诰其第七弟绍宗曰……''季弟正议大夫、行秘书少监、东宫侍读兼侍书绍宗甄录并书'。诗云'我行会稽郡',盖景龙三年作,宋之问时赴越州长史任,路经扬州。"②

宋之问《酬李丹徒见赠之作》诗云:"镇吴称奥里,试剧仰通才。近把人披雾,遥闻境震雷。一朝逢解榻,累日共衔杯。连嶝登山尽,浮舟望海回。以予惭拙宦,期子遇良媒。赠曲南凫断,征途北雁催。更怜江上月,还入镜中开。"③诗末句"镜中"即指镜湖,则诗作于本年赴越州途中。

宋之问《陪润州薛司空丹徒桂明府游招隐寺》诗云:"共寻招隐寺,初识戴颙家。还依旧泉壑,应改昔云霞。绿竹寒天笋,红蕉腊月花。金绳倘留客,为系日光斜。"④一作骆宾王诗,误。《嘉定镇江志》卷一六⑤、《瀛奎律髓》卷四七⑥作宋之问诗。比照前一首诗题中之"李丹徒",此诗亦为宋之问赴越州途经润州时所作。

① [清]彭定求:《全唐诗》卷五一,第624—625页。
② 陶敏:《全唐诗人名汇考》,辽海出版社2006年版,第65页。
③ [清]彭定求:《全唐诗》卷五三,第649—650页。
④ [清]彭定求:《全唐诗》卷七八,第852页。
⑤ [宋]史弥坚:《嘉定镇江志》卷一六,《宋元方志丛刊》第3册,中华书局1990年版,第2484页。
⑥ [元]方回选评,李庆甲集评校点:《瀛奎律髓汇评》卷四七,上海古籍出版社2005年版,第1623页。

宋之问《过史正议宅》诗云:"旧交此零落,雨泣访遗尘。剑几传好事,池台伤故人。国香兰已歇,里树橘犹新。不见吴中隐,空余江海滨。"①史正议为史德义,陶敏《全唐诗人名汇考》云:"《过史正议宅》,'议'当作'谏'。史正谏,史德义。《旧唐书》本传:'苏州昆山人也。咸亨初,隐居武丘山。……高宗闻其名,征赴洛阳,寻称疾东归。……天授初……周兴表荐之,则天征赴都。……后周兴伏诛,德义坐为所荐免官,以朝散大夫放归丘壑。'《太平御览》卷五〇六引《唐书》作'授谏议大夫',《旧传》载德义授官诏云'特宜优奖,委以谏曹'。《册府元龟》卷五六八:'周兴则天天授中为江南道宣劳大使,表荐隐士史德义,征拜朝散大夫、守正谏大夫。'龙朔二年改谏议大夫为正谏大夫,神龙元年复旧。故以'正谏'为是。《旧传》载其阶官,《御览》则载习见之官名。"②是宋之问赴越州时途经苏州之证。

《天台前集》卷上载宋之问《题杭州天竺寺壁》诗云:"鹫岭郁岧峣,龙宫隐寂寥。楼观沧海日,门对浙江潮。桂子月中落,天香云外飘。扪萝登塔远,刳木取泉遥。霜薄花更发,冰轻叶未凋。夙龄尚遐逸,搜对涤烦嚣。待入天台里,看余度石桥。"③孟棨《本事诗·征异第五》云:"宋考功以事累贬黜,后放还,至江南,游灵隐寺。夜月极明,长廊行吟,且为诗曰:'鹫岭郁岧峣,龙宫隐寂寥。'第二联搜奇思,终不如意。有老僧点长明灯,座大禅床,问曰:'少年夜夕久不寐,而吟讽甚苦,何耶?'之问答曰:'弟子业诗,适偶欲题此寺,而兴思不属。'僧曰:'试吟上联。'即吟与听之,再三吟讽,因曰:'何不云楼观沧海日,门听浙江潮?'之问愕然,讶其道丽。又续终篇曰:'桂子月中落,天香云外飘。扪萝登塔远,刳木取泉遥。霜薄花更发,冰轻叶未凋。待入天台路,看余度石桥。'僧所赠句,乃为一篇之警策。迟明更访之,则不复见矣。寺僧有知者,曰:'此骆宾王也。'"④陶敏《宋之问集校注》卷三注云:"天竺寺:在杭州北山,有上天竺、中天竺、下天竺三寺,见《舆地纪胜》卷二。诗当赴越途经杭州作。此诗又见《骆宾王集》。按《本事诗·征异》云:……故后人据收此诗为骆宾王诗。宾王死于光宅元年(684),距之问南来杭越,已二十余年,且骆与宋为旧识,骆集中有《在兖州饯宋五之问》《在江南赠宋五之问》等诗,无对面不识之理。《封氏闻见记》卷七即引此诗中句,云宋作。后人谓诗为骆作,题为《灵隐寺》,均据

①　[清]彭定求:《全唐诗》卷五二,第641页。

②　陶敏:《全唐诗人名汇考》,第69页。

③　[宋]李庚等编,郑钦南、郑苍钧点校:《天台前集》卷上,《天台集》,上海古籍出版社2018年版,第9页。

④　[唐]孟棨:《本事诗》,上海古籍出版社1991年版,第21页。

《本事诗》之小说家言,不足信。"①谭优学《宋之问行年考》"中宗景龙三年己酉"以六点理由质疑《本事诗》:一是"之问贬黜放还至江南",当指贬泷州、钦州,而非越州;二是骆宾王、宋之问原系旧交好友,之问何得不识宾王;三是此老僧称之问为"少年"更荒谬,因之问今年已五十八岁;四是宾王从徐敬业反兵败伏诛,《旧唐书》《通鉴》《实录》《唐统纪》均有记载,而《新传》称"亡命不知所之"自难使人相信;五是之问《灵隐寺》诗说的是他自来好远游,喜奇异,这与即将赴越州任正可入天台走一走极危窄奇险的山中石桥吻合;六是"楼观"两句固然遒丽,之问岂不能为? 之问诗中遒丽佳句颇多②。

秋,宋之问抵越州长史任,祭禹庙,游若耶溪

宋之问有《祭禹庙文》云:"维大唐景龙三年岁次己酉月日,越州长史宋之问,谨以清酌之奠,敢昭告于夏后之灵:……之问移班会府,出佐计乡,遂得载践遗尘,远探名穴。朝玉帛于斯地,声存而处亡;留精灵于此山,至诚而响发。"③可知宋之问被贬越州长史的时间是景龙三年,其由扬州至越州时当至晚秋。禹庙在越州会稽,《嘉泰会稽志》卷六"大禹陵":"禹巡守江南,上苗山,会计诸侯,死而葬焉。……苗山自禹葬后更名会稽。是山之东有陇隐若剑脊,西向而下,下有穸石。……穸石之左,是为禹庙,背湖而南向。然则古之宫庙,固有依丘陇而立者。"④《舆地纪胜》卷一〇"绍兴府":"禹庙在会稽东南十二里。"⑤

宋之问有《谒禹庙》诗云:"夏王乘四载,兹地发金符。峻命终不易,报功畴敢渝。先驱总昌会,后至伏灵诛。玉帛空天下,衣冠照海隅。旋闻厌黄屋,更道出苍梧。林表祠转茂,山阿井讵枯。舟迁龙负壑,田变鸟芸芜。旧物森如在,天威肃未殊。玄夷届瑶席,玉女侍清都。奕奕扃闿邃,轩轩仗卫趋。气青连曙海,云白洗春湖。猿啸有时答,禽言常自呼。灵歆异蒸糈,至乐匪笙竽。茅殿今文袭,梅梁古制无。运遥日崇丽,业盛答昭苏。伊昔力云尽,而今功尚敷。揆材非美箭,精享愧生刍。郡职昧为理,邦空宁自诬。下车霭已积,摄事露行濡。人隐冀多祐,曷唯沾薄

---

① 陶敏、易淑琼校注:《沈佺期宋之问集校注》下册,《宋之问集校注》卷三,第506页。
② 谭优学:《唐诗人行年考续编》,第25—26页。
③ [清]董诰:《全唐文》卷二四二,第2443页。
④ [宋]施宿:《嘉泰会稽志》卷六,《宋元浙江方志集成》第4册,第1742页。
⑤ [宋]王象之编著,赵一生点校:《舆地纪胜》第2册,浙江古籍出版社2012年版,第395页。

躯。"①即宋之问本年祭禹庙时拜谒之作。

宋之问有《游禹穴回出若邪》诗云："禹穴今朝到,邪溪此路通。著书闻太史,炼药有仙翁。鹤往笼犹挂,龙飞剑已空。石帆摇海上,天镜落湖中。水低寒云白,山边坠叶红。归舟何虑晚,日暮使樵风。"②是为本年晚秋祭禹庙后游若耶溪之作。若耶溪,《嘉泰会稽志》卷一〇"会稽县":"若耶溪在县南二十五里,溪北流,与镜湖合。《越绝》云:'若邪之溪,涸而出铜。'《吴越春秋》云:'赤堇之山已合无云,若邪之溪深而莫测。'"③

冬,宋之问在越州,泛镜湖

宋之问《泛镜湖南溪》诗云："乘兴入幽栖,舟行日向低。岩花候冬发,谷鸟作春啼。沓嶂开天小,丛篁夹路迷。犹闻可怜处,更在若邪溪。"④诗有"岩花候冬发"句,则为本年初冬所作。镜湖,《嘉泰会稽志》卷一〇"会稽县":"镜湖在县东二里,故南湖也。一名长湖,又名大湖。《通典》云:'东汉永和五年,太守马臻始筑塘立湖,周三百十里,溉田九千余顷,人获其利。'王逸少有云:'山阴路上行,如在镜中游。'镜湖之得名以此。《舆地志》:'山阴南湖,萦带郊郭,白水翠岩,互相映发,若镜若图。'任昉《述异记》云:'轩辕氏铸镜湖边,因得名。或又云黄帝获宝镜于此也。'"⑤胡仔《苕溪渔隐丛话》后集卷四引《复斋漫录》:"会稽鉴湖,今避庙讳,改为镜湖耳。《舆地志》云:'山阴南湖萦带郊郭,白水翠岩,互相映发,若镜若图。故王逸少云:山阴路上行,如在镜中游。'名镜,始是耳。"⑥

尹正义为越州都督

《会稽掇英总集》卷一八《唐太守题名记》:"尹正义,景龙三年六月,自宋州刺史授,其年便除相州刺史。"⑦《嘉泰会稽志》卷二"太守"同⑧。

---

① [清]彭定求:《全唐诗》卷五三,第 653 页。
② [清]彭定求:《全唐诗》卷五三,第 653 页。
③ [宋]施宿:《嘉泰会稽志》卷一〇,《宋元浙江方志集成》第 4 册,第 1846 页。
④ [清]彭定求:《全唐诗》卷五二,第 640 页。
⑤ [宋]施宿:《嘉泰会稽志》卷一〇,《宋元浙江方志集成》第 4 册,第 1857 页。
⑥ [宋]胡仔:《苕溪渔隐丛话》后集卷四,人民文学出版社 1993 年版,第 27 页。
⑦ [宋]孔延之:《会稽掇英总集》卷一八,《宋元浙江方志集成》第 14 册,第 6553 页。
⑧ [宋]施宿:《嘉泰会稽志》卷二,《宋元浙江方志集成》第 4 册,第 1664 页。

710　唐睿宗景云元年庚戌

春,宋之问在越州长史任,祠东海,泛镜湖,游若耶溪、游云门寺、法华寺

宋之问《景龙四年春祠海》诗云:"肃事祠春溟,宵斋洗蒙虑。鸡鸣见日出,鹭下惊涛鹜。地阔八荒近,天回百川澍。筵端接空曲,目外唯雾雾。暖气物象来,周游晦明互。致牲匪玄享,禋涤期灵煦。的的波际禽,沄沄岛间树。安期今何在,方丈蒇寻路。仙事与世隔,冥搜徒已屡。四明背群山,遗老莫辨处。抚中良自慨,弱龄忝恩遇。三入文史林,两拜神仙署。虽叹出关远,始知临海趣。赏来空自多,理胜孰能喻。留楫竟何待,徙倚忽云暮。"①陶敏《沈佺期宋之问集校注》注此诗:"海:指东海。隋制,祀四海,各于近海处立祠,东海祠于会稽县界。唐武德、贞观之制,四海年别一祭,各以五郊迎气日祭之。见《通典》卷四六。故当于正月立春之日祠东海。"②是时宋之问正在越州长史任上。

宋之问《郡宅中斋》诗云:"郡宅枕层岭,春湖绕芳甸。云霓出万家,卧览皆已遍。渔商汗成雨,廛邑明若练。越俗镜中行,夏祠云表见。兹都信盘郁,英远常栖眄。王子事黄老,独乐恣游衍。谢公念苍生,同忧感推荐。灵越多秀士,运阔无由面。神理翳青山,风流满黄卷。揆予谬承奖,自昔从缨弁。瑶水执仙羁,金闺负时选。晨趋博望苑,夜直明光殿。一朝罢台阁,万里违乡县。风土足慰心,况悦年芳变。淮廪仁滋实,沂歌非所羡。讼寝归四明,龄颓亲九转。微尚本江海,少留岂交战。唯余后凋色,窃比东南箭。"③诗有"春湖绕芳甸"语,则是本年春日宋之问在郡斋中所作。

宋之问《早春泛镜湖》诗,其一云:"漾舟喜湖广,湖广趣非一。愉目野载芜,清心山更出。孤烟昼藏火,薄暮朝开日。但爱春光迟,不觉舟行疾。归雁空间尽,流莺花际失。"其二云:"远情自此多,景霁风物和。芦人收晚钓,棹女弄春歌。野外寒

---

①　[清]彭定求:《全唐诗》卷五一,第621页。
②　陶敏、易淑琼校注:《沈佺期宋之问集校注》下册,《宋之问集校注》卷三,第518页。
③　[清]彭定求:《全唐诗》卷五三,第656—657页。

事少,湖间芳意多。杂花同烂漫,暄柳日透迤。为客顿逢此,于思奈若何?"①诗言"早春",即景云元年早春之作,因宋之问去年秋冬时抵越州任所,今年六月又贬钦州长史,仅有本年春日在越州。

宋之问《春湖古意》诗,其一云:"院梅发向尺,园鸟复成曲。落日游南湖,果掷颜如玉。含情不得语,转盼知所属。惆怅未得归,宁关须采筡。"②其二云:"碧水春透迤,荡舟桃李枝。珠绮不相袭,铅华各自宜。好合花日晖,耐使春风吹。调笑路傍子,蹀躞黄金羁。"③其三云:"妾住若耶溪,溪深夜难越。妍袪湿香露,春歌遡明月。风新渚蒲暖,气渐江蓠发。喧玩日更多,愁心安可伐。"④诗与前首《早春泛镜湖》应为同时所作。

宋之问《西施浣纱篇》诗云:"西施旧石在,苔藓日于滋。几处沾妆污,何年灭履綦?岸花羞慢脸,波月教嚬眉。君将花月好,来比浣纱时。"⑤诗有"西施旧石在"语,西施石在若耶溪。《舆地纪胜》卷一〇:"若耶溪,去会稽东二十五里。"⑥"浣纱石,在会稽若耶溪,一名西施石。"⑦

宋之问《游云门寺》诗云:"维舟探静域,作礼事尊经。投迹一萧散,为心自杳冥。宄依大禹穴,楼倚少微星。沓嶂围兰若,回溪抱竹庭。觉花涂砌白,甘露洗山青。雁塔骞金地,虹桥转翠屏。人天宵现景,神鬼昼潜形。理胜常虚寂,缘空自感灵。入禅从鸽绕,说法有龙听。劫累终期灭,尘躬且未宁。摇摇不安寐,待月咏岩扃。"⑧又《宿云门寺》诗云:"云门若邪里,泛鹢路才通。夤缘绿筱岸,遂得青莲宫。天香众壑满,夜梵前山空。漾漾潭际月,飏飏杉上风。兹焉多嘉遁,数子今莫同。凤归慨处士,鹿化闻仙公。樵路郑州北,举井阿岩东。永夜岂云寐,曙华忽葱茏。谷鸟啭尚涩,源桃惊未红。再来期春暮,当造林端穷。庶几踪谢客,开山投剡中。"⑨后诗有"再咏期春暮"语,是作于春日,故系于景云元年春。云门寺,《嘉泰会稽志》卷九"会稽县":"云门山在县南三十里。旧经云:'晋义熙二年,中书令王子敬

---

① 孙望:《全唐诗补逸》卷三,《全唐诗补编》,第114页。
② 陶敏、易淑琼校注:《沈佺期宋之问集校注》下册,《宋之问集校注》卷三,第530页。
③ 陶敏、易淑琼校注:《沈佺期宋之问集校注》下册,《宋之问集校注》卷三,第531页。
④ 陶敏、易淑琼校注:《沈佺期宋之问集校注》下册,《宋之问集校注》卷三,第532页。
⑤ 陈尚君:《全唐诗续拾》卷八,《全唐诗补编》,第762页。
⑥ [宋]王象之编著,赵一生点校:《舆地纪胜》第2册,第383页。
⑦ [宋]王象之编著,赵一生点校:《舆地纪胜》第2册,第385页。
⑧ [清]彭定求:《全唐诗》卷五三,第654页。
⑨ [清]彭定求:《全唐诗》卷五一,第622—623页。

居北,有五色祥云见,诏建寺,号云门。'"①宋之问对于云门寺,颇有深情,被贬钦州之后,作有《忆云门》诗云:"树闲烟不破,溪静鹭忘飞。更爱幽奇处,斜阳艳翠微。"②陆游《云门寿圣院记》:"云门寺自晋唐以来名天下,父老言昔盛时,缭山并溪,楼塔重复,依岩跨壑,金碧飞踊,居之者忘老,寓之者忘归,游观者累日乃遍,往往迷不得出,虽寺中人或旬月不相觌也。"③

　　宋之问《游法华寺》诗云:"高岫拟耆阇,真乘引妙车。空中结楼殿,意表出云霞。后果缠三足,前因感六牙。宴林薰宝树,水溜滴金沙。寒谷梅犹浅,温庭橘未华。台香红药乱,塔影绿篁遮。果渐轮王族,缘超梵帝家。晨行踏忍草,夜诵得灵花。江郡将何匹,天都亦未加。朝来沿泛所,应是逐仙槎。"④诗有"寒谷梅犹浅,温庭橘未华。台香红药乱,塔影绿篁遮",则是早春梅花初发时作,应在景云元年。宋之问另有一首《游法华寺》诗云:"薄游京都日,遥羡稽山名。分刺江海郡,揭来征素情。松露洗心眷,象筵敷念诚。薄云界青嶂,皎日骞朱甍。苔涧深不测,竹房闲且清。感真六象见,垂兆二鶤鸣。古今信灵迹,中州莫与京。林巘永栖业,岂伊佐一生。浮悟虽已久,事试去来成。观念幸相续,庶几最后明。"⑤应该也是本年春所作。法华寺,《嘉泰会稽志》卷七"山阴县":"天衣寺在县南三十里。晋义熙十三年高僧昙翼结庵,诵《法华经》,多灵异,内史孟𫖮请置法华寺。"⑥李邕有《秦望山法华寺碑》云:"法华者,晋义熙十二年释昙翼法师之所建也。师初依庐山远公,后诣关中罗什,深入禅慧,尤邃佛乘,虽礼数抠衣,而名称分坐。与沙门昙学俱游会稽,觌秦望西北山,其峰五莲,其溪双带,气象灵胜,林壑虚闲。比兴耆阇,营卜兰若,羞涅槃食,纳如来衣,专积法华,永言实意。"⑦

春,宋之问在越州,与僧鉴多所往还

　　宋之问《见南山夕阳召监师不至》诗云:"夕阳黯晴碧,山翠互明灭。此中意无限,要与开士说。徒郁仲举思,讵回道林辙。孤兴欲待谁,待此湖上月。"⑧又有《湖

---

①　[宋]施宿:《嘉泰会稽志》卷九,《宋元浙江方志集成》第4册,第1821页。
②　陈尚君:《全唐诗续拾》卷八,《全唐诗补编》,第761页。
③　[宋]陆游:《渭南文集校注》第2册,浙江古籍出版社2015年版,第192页。
④　[清]彭定求:《全唐诗》卷五三,第652页。
⑤　[清]彭定求:《全唐诗》卷五一,第622页。
⑥　[宋]施宿:《嘉泰会稽志》卷七,《宋元浙江方志集成》第4册,第1783页。
⑦　[清]董诰:《全唐文》卷二六二,第2664页。
⑧　[清]彭定求:《全唐诗》卷五一,第622页。

中别鉴上人》诗云："愿与道林近,在意逍遥篇。自有灵佳寺,何用沃洲禅。"①又有《题鉴上人房二首》诗,其一云："落花双树积,芳草一庭春。玩之堪兴异,何必见幽人。"其二云："晚入应真理,经行尚未回。房中无俗物,林下有青苔。"②诗有"孤兴欲待谁,待此湖上月"句,是僧鉴应该是镜湖僧。参照宋之问本年所作《早春泛镜湖》诗,故将此数篇系于同年所作。

夏,宋之问在越州,赏郡斋海榴并作诗

宋之问《玩郡斋海榴》诗云："泽国韶气早,开帘延雾天。野禽宵未啭,山虻昼仍眠。目兹海榴发,列映岩楹前。熠爚御风静,葳蕤含景鲜。清晨绿堪佩,亭午丹欲然。昔忝金闺籍,尝见玉池莲。未若宗族地,更逢荣耀全。南金虽自贵,贺赏讵能迁。抚躬万里绝,岂染一朝妍。徒缘滞遐郡,常是惜流年。越俗鄙章甫,扪心空自怜。"③因海榴夏日开花,故诗为本年夏日所作。

宋之问在越州,游称心寺,作诗三首

宋之问《游称心寺》诗,其一云："释事怀三隐,清襟谒四禅。江鸣潮未落,林晓日初悬。宝叶交香雨,金沙吐细泉。望谐舟客趣,思发海人烟。顾枥仍留马,乘杯久弃船。未忧龟负岳,且识鸟耘田。理契都无象,心冥不寄筌。安期庶可揖,天地得齐年。"④其二云："步陟招提宫,北极山海观。千岩递萦绕,万壑殊悠漫。乔木傅夕阳,文轩划清涣。泄云多表里,惊潮每昏旦。问予金门客,何事沧洲畔。谬以三署资,来刺百城半。人隐尚未弭,岁华岂兼玩。东山芝桂芳,明发坐盈叹。"⑤其第二首,《宋之问集》诸本均未收,最早见于《嘉泰会稽志》卷七⑥。《全唐诗》卷五三收入,题作《称心寺》⑦。陶敏《宋之问集校注》卷三收入。称心寺,《嘉泰会稽志》卷七"会稽县":"称心资德寺在县东北四十五里。梁大同三年建,会昌中废。大中五年,观察使李褒奏重建。'称心'在唐为名山,与云门、天衣埒。宋考功之问守会稽时,有《游称心寺》诗曰:'步陟招提宫……明发坐盈叹。'考功诗名冠冕一代,李适以为

---

① [清]彭定求:《全唐诗》卷五三,第655页。
② [清]彭定求:《全唐诗》卷五三,第655页。
③ [清]彭定求:《全唐诗》卷五一,第625页。
④ [清]彭定求:《全唐诗》卷五三,第652页。
⑤ 陶敏、易淑琼校注:《沈佺期宋之问集校注》下册,《宋之问集校注》卷三,第535页。
⑥ [宋]施宿:《嘉泰会稽志》卷七,《宋元浙江方志集成》第4册,第1782页。
⑦ [清]彭定求:《全唐诗》卷五三,第657页。

自康乐以后推为绝唱。此诗尤高绝,信乎其似康乐也。又有唐律二篇,见集中。云门、天衣至今游会稽山水者必至焉,惟称心在海隅,独以僻远,寺又芜弗,故诗人骚客有终不一到者,名亦晦而不彰,岂独人才有不遇哉!"①

宋之问《称心寺》诗云:"征帆恣远寻,逶迤过称心。凝滞蘅苣岸,沿洄楂柚林。穿淑不厌曲,舣潭惟爱深。为乐凡几许,听取舟中琴。"②按,这首诗《宋之问集》诸本均未收,最早见于《瀛奎律髓》卷四七③。陶敏《宋之问集校注》卷三收入,并注云:"诗景龙三年至四年越州作。《全唐诗》卷八七④收此诗为骆宾王诗。陈熙晋《骆临海集笺注》卷五按云:'此诗见《宋之问集》,今据《全唐诗》补入。'今所见宋集无此诗,未知陈氏所见为何本,但诗非骆集原有无疑。此诗亦见《诗渊》三八二六页,所据为宋之问原集,故当为宋作。"⑤

五月,何茂为越州兵曹参军

新出土《大唐故朝议郎行卫尉寺丞柳府君(顺)墓志铭并序》,题署:"承议郎、前行越州都督府兵曹参军事庐江何茂撰。"⑥墓主景龙四年(710)五月卒。

宋之问在越州,作《江南曲》《西施浣纱篇》等诗

宋之问《江南曲》诗云:"妾住越城南,离居不自堪。采花惊曙鸟,摘叶喂春蚕。懒结茱萸带,愁安玳瑁簪。待君消瘦尽,日暮碧江潭。"⑦《江南曲》为乐府歌辞"相和歌辞"之一种。诗有"妾住越城南"语,则是宋之问在越州所作。

六月,宋之问流钦州

《旧唐书·宋之问传》:"睿宗即位,以之问尝附张易之、武三思,配徙钦州。"⑧《新唐书·宋之问传》:"睿宗立,以猜险盈恶诏流钦州。"⑨《资治通鉴》卷二○九《唐

---

① [宋]施宿:《嘉泰会稽志》卷七,《宋元浙江方志集成》第4册,第1782—1783页。
② [清]彭定求:《全唐诗》卷七八,第852页。
③ [元]方回选评,李庆甲集评校点:《瀛奎律髓汇评》卷四七,第1622页。
④ 按陶注此处误,当作卷七八。
⑤ 陶敏、易淑琼校注:《沈佺期宋之问集校注》下册,《宋之问集校注》卷三,第537页。
⑥ 周绍良主编:《全唐文新编》卷二六七,第3038页。
⑦ [清]彭定求:《全唐诗》卷五二,第634页。
⑧ [后晋]刘昫:《旧唐书》卷一九○中,第5025页。
⑨ [宋]欧阳修、宋祁:《新唐书》卷二○二,第5750页。

纪》：景云元年六月戊申，"越州长史宋之问、饶州刺史冉祖雍，坐谄附韦、武，皆流岭表。"①宋之问之被流钦州，是唐朝政治斗争的结果，因为唐睿宗即位之后，要彻底铲除武韦势力，宋之问因为附于张易之、张昌宗，虽被贬至越州，但还不是其命运的终结，故而在睿宗即位之后又被流钦州。

九月，宋之问自越州启程，渡吴江，经荆州，赴钦州

陶敏、傅璇琮《唐五代文学编年史·初盛唐卷》睿宗景云元年："《全唐诗》卷五二宋之问《渡吴江别王长史》：'倚棹望兹川，销魂独黯然。乡连江北树，云断日南天。'吴江即松江，一名笠泽，在苏州，见《太平寰宇记》卷九一。之问自越州赴钦州经此。同书卷五三《在荆州重赴岭南》：'梦泽三秋日，苍梧一片云。还将鹓鹭羽，重入鹧鸪群。'时为九月。《全唐诗》卷五二宋之问《初发荆府赠长史》：'仍随五马谪，载与两禽奔。'《诗式》卷四引作崔长史，当谓崔日知。《新唐书》本传：'迁洛州司马。会谯王重福之变，……以功……迁殿中少监。……授荆州长史。'"②

本年，王希隽为越州都督

《会稽掇英总集》卷一八《唐太守题名记》："王希隽，景龙四年六月，自相州刺史授。光天二年，拜京兆少尹。"③《嘉泰会稽志》卷二"太守"同。《全唐文》卷三九七王师乾《王右军祠堂碑》："从十一代孙正议大夫守越州都督上柱国公士希俊，师乾八从兄也。"④同书卷二九三张九龄《故太仆卿上柱国华容县男王府君墓志铭并序》："景云岁，……遂作越州都督，同京官正三品连率。……事虽竟寝，议者终荣。仍守越州都督。……顷之，又正名为京兆少尹。"⑤

张欢约于本年为剡县令

邢巨《唐故银青光禄大夫工部尚书绛州刺史上柱国平原郡开国公张府君（锡）墓志铭并序》："公讳锡，字奉孝，清河东武城人也。……先是，中书令李峤，公之甥也，文典枢机，见忌同列。以公渭阳之戚，坐此获累。因长子欢之宰剡也，令随子就

① ［宋］司马光：《资治通鉴》卷二〇九，第6651页。
② 陶敏、傅璇琮：《唐五代文学编年史·初盛唐卷》，第474页。
③ ［宋］孔延之：《会稽掇英总集》卷一八，《宋元浙江方志集成》第14册，第6553页。
④ ［清］董诰：《全唐文》卷三九七，第4058页。
⑤ ［清］董诰：《全唐文》卷二九三，第2968页。

养于官。春秋七十有五，终于剡之官舍。逾年，归殡于河南里。……夫人齐国夫人范阳卢氏，绵州长史安寿之女。天下族望，海内冠冕。作配君子，休有烈光。加以展如淑姿，柔闲成训。六珈垂耀，四教是则。母仪妇道，中外所宗。享年七十有一，以开元十四年九月廿七日，终于河南里。有子三人：长子欢，早卒，官至通事舍人、剡县令。"①按，李峤罢相贬为怀州刺史在本年七月，是张锡被贬而随其子张欢亦应始于本年。

本年，桓归秦贬为括州司功参军

新出土《□唐故楚州司马桓府君(归秦)墓志铭并序》："公讳归秦，……长寿三年，解褐任恒州灵寿县丞，转曹州司士参军。……居无何载，韦后匪淑，秽德彰闻。……公坐因谪，降括州司功参军。……追元元有主，历数知归。……迁朝议郎、行楚州司马、上柱国。"②按，韦后乱政在中宗景龙中，景龙四年亦即景云元年，韦后败。桓归秦被贬括州司功参军亦当在其时。

711　唐睿宗景云二年辛亥

唐睿宗征召司马承祯入京，不久还山，朝中赠诗者百余人

《旧唐书·司马承祯传》："景云二年，睿宗令其兄承祎就天台山追之至京，引入宫中，问以阴阳术数之事。承祯对曰：'道经之旨：为道日损，损之又损，以至于无为。且心目所知见者，每损之尚未能已，岂复攻乎异端，而增其智虑哉！'帝曰：'理身无为，则清高矣！理国无为，如何？'对曰：'国犹身也。《老子》曰：游心于澹，合气于漠，顺物自然而无私焉，而天下理。《易》曰：圣人者，与天地合其德。是知天不言而信，不为而成。无为之旨，理国之道也。'睿宗叹息曰：'广成之言，即斯是也！'承祯固辞还山，仍赐宝琴一张及霞纹帔而遣之，朝中词人赠诗者百余人。"③

---

①　吴钢主编：《全唐文补遗·千唐志斋新藏专辑》，第152—153页。
②　吴钢主编：《全唐文补遗》第5辑，第330页。
③　[后晋]刘昫：《旧唐书》卷一九二，第5127—5128页。

唐睿宗《赐天师司马承祯三敕》，其一云："皇帝敬问天台山司马炼师：惟彼天台，凌于地轴，与四明而蔽日，均八洞而藏云，珠阙玲珑，琪树璀璨，九芝含秀，八桂舒芳，赤城之域斯存，青溪之人攸处。司马炼师德超河上，道迈浮邱，高游碧落之庭，独步青玄之境。朕初临宝位，久藉徽猷。虽尧帝披图，翘心啮缺，轩辕御历，缔想崆峒，缅维彼怀，宁妨此顾。夏景渐热，妙履清和，思听真言，用祛蒙蔽。朝钦夕伫，迹滞心飞，欲遣使者专迎，或遇炼师惊惧，故令兄往，愿与同来，披叙不遥，先此无恙，故敕。"①

刘肃《大唐新语》卷一〇云："司马承祯，字子征（微），隐于天台山，自号白云子，有服饵之术。则天中宗朝，频征不起。睿宗雅尚道教，稍加尊异，承祯方赴召。睿宗尝问阴阳术数之事，承祯对曰：'《经》云：损之又损之，以至于无为。且心目一览，知每损之尚未能已，岂复攻乎异端而增智虑哉！'睿宗曰：'理身无为，则清高矣；理国无为，如之何？'对曰：'国犹身也，《老子》曰：游心于澹，合气于漠，顺物自然而无私焉，而天下理。《易》曰：圣人者，与天地合其德。是知天不言而信，不为而成。无为之旨，理国之要也。'睿宗深加赏异。无何，苦辞归，乃赐宝琴、花帔以遣之。工部侍郎李适之赋诗以赠焉。当时文士，无不属和。散骑常侍徐彦伯撮其美者三十一首，为制序，名曰《白云记》，见传于代。"②

沈佺期与李适访天台道士司马承祯

沈佺期《同工部李侍郎适访司马子微》诗云："紫微降天仙，丹地投云藻。上言华顶事，中问长生道。华顶居最高，大壑朝阳早。长生术何妙，童颜后天老。清晨朝凤京，静夜思鸿宝。凭崖饮蕙气，过涧摘灵草。人非冢已荒，海变田应燥。昔尝游此郡，三霜弄溟岛。绪言霞上开，机事尘外扫。顷来迫世务，清旷未云保。崎岖待漏恩，怵惕司言造。轩皇重斋拜，汉武爱祈祷。顺风怀崆峒，承露在丰镐。泠然委轻驭，复得散幽抱。柱下留伯阳，储闱登四皓。闻有参同契，何时一探讨。"③陶敏《沈佺期集校注》卷三："司马子微，司马承祯，字子微，自号白云子。为道士，师潘师正，后止于天台山。景云二年，睿宗令其兄承祎就天台山追之至京，固辞还山，仍赐宝琴一张及霞纹帔而遣之，朝中词人赠诗者百余人。见《旧唐书》卷一九二、《新

---

① 李希泌主编：《唐大诏令集补编》卷三〇，上海古籍出版社 2003 年版，第 1363—1364 页。
② ［唐］刘肃撰，许德楠、李鼎霞点校：《大唐新语》卷一〇，中华书局 1984 年版，第 158 页。
③ ［清］彭定求：《全唐诗》卷九五，第 1022—1023 页。

唐书》卷一九六本传。……《资治通鉴》卷二一〇载其事于景云二年（711）十二月。按李适卒于此年十一月，参卷五《故工部侍郎李公祭文》，诗当作于十一月前。"①

唐睿宗下诏恢复桐柏观，以便司马承祯居住

唐睿宗《复建桐柏观敕》云："敕：台州始丰县界天台山废桐柏观一所，自吴赤乌二年葛仙翁已来，至于国初，学道坛宇，连接者十余所。闻始丰县人毁坏坛场，斫伐松竹，耕种及作坟墓，于此触犯，家口死亡，不敢居住，于是出卖。宜令州县准地数亩酬价，仍置一小观，还其旧额。更于当州取道士三五人，选择精进行业者，并听将侍者供养。仍令州县与司马炼师相知，于天台山中辟封内四十里，为禽兽草木长生之福庭，禁断采捕者。"②《天台山志》亦载其敕在景云二年。

道士司马承祯还山，卢藏用与之有"终南捷径"之对话

《新唐书·卢藏用传》云："司马承祯尝召至阙下，将还山，藏用指终南曰：'此中大有嘉处。'承祯徐曰：'以仆视之，仕宦之捷径耳。'藏用惭。"③刘肃《大唐新语》卷一〇亦云："卢藏用始隐于终南山中，中宗朝累居要职。有道士司马承祯者，睿宗迎至京，将还，藏用指终南山谓之曰：'此中大有佳处，何必在远。'承祯徐答曰：'以仆所观，乃仕宦捷径耳。'藏用有惭色。藏用博学工文章，善草隶；投壶弹琴，莫不尽妙。未仕时，尝辟谷练气，颇有高尚之致。及登朝，附权要，纵情奢逸，卒陷宪纲，悲夫！"④是知卢藏用与司马承祯的对话在景云二年受到睿宗征召后再还天台时。

韦诜约于本年由台州刺史转润州刺史

《洛阳流散唐代墓志汇编》九六《唐故银青光禄大夫使持节邢州诸军事邢州刺史上柱国汶阳县开国男韦府君（铣）墓志铭并序》："公讳铣，字籑金，京兆杜陵人也。……寻拜尚书祠部郎中、洛阳永昌县令、雍州司马，出为汝州刺史。……以公坐贬，授台州刺史，迁润州刺史兼江东道按察使，加都督润宣苏常杭越六州诸军事、润州都督。……以开元五年五月廿五日遘疾终于官舍，春秋五十有六。"⑤《嘉定赤城志》

---

① 陶敏、易淑琼校注：《沈佺期宋之问集校注》上册，《沈佺期集校注》卷三，第187页。
② 李希泌主编：《唐大诏令集补编》卷三〇，第1364—1365页。
③ ［宋］欧阳修、宋祁：《新唐书》卷一二三，第4375页。
④ ［唐］刘肃撰，许德楠、李鼎霞点校：《大唐新语》卷一〇，第157—158页。
⑤ 毛阳光、余扶危主编：《洛阳流散唐代墓志汇编》，第192页。

卷八"郡守":"景云二年,张诜。"注:"景云尽二年,《壁记》作三年。"①"张诜"疑为"韦铣"之讹。《旧唐书·裴宽传》云:"景云中,为润州参军,刺史韦铣为按察使,引为判官。"②《新唐书·裴宽传》:"景云中,为润州参军事。刺史韦诜有女,择所宜归,会休日登楼,见人于后圃有所瘞藏者,访诸吏,曰:'参军裴宽居也。'与偕来,诜问状,答曰:'宽义不以苞苴污家,适有人以鹿为饷,致而去,不敢自欺,故瘞之。'诜嗟异,乃引为按察判官,许妻以女。……出为蒲州刺史。"③孙处玄《重修顺祐王庙碑》:"润州城内荆王神庙者,汉高帝之从父兄也。……前刺史东平毕构亲为祭文,今刺史京兆韦铣手荐醑醢。……粤以大唐先天二年太岁癸丑三月戊寅甫功毕。"④李华《润州鹤林寺故径山大师碑铭》:"开元中,本寺僧法密请至京口,润州刺史韦铣洒扫鹤林,斯焉供养。"⑤是其先天二年(713)三月已在润州刺史任。《宋高僧传》卷九《唐润州幽栖寺玄素传》:"开元年中,僧注密请至京口,郡牧韦铣屈居鹤林,四部归诚,充塞寺宇。"⑥由上述记载,推其由台州刺史转润州刺史时间当在景云二年。

孔琮为括州刺史

《元和郡县图志》卷二六"处州青田县":"本丽水县之乡名也。景云二年刺史孔琮奏于此分置青田县。"⑦

本年,义乌县尉晁良贞为朔方总管张仁愿随军

《唐会要》卷七五"选部":"其年(景云二年),朔方总管张仁愿奏用……义乌县尉赵良贞为随军。"⑧按,"赵良贞"为"晁良贞"之误。《太平广记》卷一八六引《唐会要》作"晁良贞"⑨。新、旧《唐书·张仁愿传》均作"晁良贞"。盖"赵"为"晁"之音讹。

① [宋]陈耆卿:《嘉定赤城志》卷八,《宋元浙江方志集成》第11册,第5146页。
② [后晋]刘昫:《旧唐书》卷一〇〇,第3129页。
③ [宋]欧阳修、宋祁:《新唐书》卷一三〇,第4488—4489页。
④ [清]董诰:《全唐文》卷二六六,第2697—2698页。
⑤ [清]董诰:《全唐文》卷三二〇,第3247页。
⑥ [宋]赞宁撰,范祥雍点校:《宋高僧传》卷九,第185页。
⑦ [唐]李吉甫:《元和郡县图志》卷二六,第625页。
⑧ [宋]王溥:《唐会要》卷七五,第1608—1609页。
⑨ [宋]李昉等:《太平广记》卷一八六,第1390页。

郭山恽景云中为括州长史

《旧唐书·郭山恽传》:"郭山恽,蒲州河东人。……景龙中,累迁国子司业。……景云中,左授括州长史。开元初,复入为国子司业。卒于官。"①《资治通鉴》卷二一〇:景云元年十二月,"侍御史槁城倪若水奏弹国子祭酒祝钦明、司业郭山恽乱常改作,希旨病君;于是左授钦明饶州刺史,山恽括州长史。"②《全唐文》卷二七七倪若水《劾奏祝钦明郭山恽疏》:"钦明等本自腐儒,素无操行,崇班列爵,实为叨忝,而涓尘莫效,谄佞为心。遂使曲台之礼,圜丘之制,百王故事,一朝坠失,所谓乱常改作,希旨病君,人之不才,遂至于此。今圣朝驭历,良臣入用,惟兹小人,犹在朝列。臣请并依黜削,以肃周行。"③

赵全璧景云年间为处州司仓参军

《大唐西市博物馆藏墓志》载《唐故朝议郎上护军缙云郡司仓参军赵府君墓志》:"公讳全璧,字升,河南洛阳人也。……垂拱年,擢第。长安年,授衡阳郡司法参军。三江五湖,政难其任。惩一劝百,法得其中。秩满,景云年,授缙云郡司仓参军。夫禄以养贤,政以观德。仓廪实知礼节,衣食足知荣辱。公敦睦斯道,沮劝有方。加以每岁有年,人皆翳赖矣。寻加检校本郡松阳县令,褒其能也。秩满归休,养高不仕。荏苒岁月,婆娑丘园。以唐开元十四年十月廿七日,遇疾终于龙门乡之私第。"④按,缙云郡即处州。

712　唐玄宗先天元年壬子

张说、崔湜、宋之问、沈佺期有诗寄天台道士司马承祯

张说《寄天台司马道士》诗云:"世上求真客,天台去不还。传闻有仙要,梦寐在兹

---

① ［后晋］刘昫:《旧唐书》卷一八九,第4970—4971页。
② ［宋］司马光:《资治通鉴》卷二一〇,第6660页。
③ ［清］董诰:《全唐文》卷二七七,第2813页。
④ 胡戟、荣新江:《大唐西市博物馆藏墓志》,第526页。

山。朱阙青霞断，瑶堂紫月闲。何时枉飞鹤，笙吹接人间。"①熊飞《张说集校注》卷七注云："《陈谱》不系此诗作年。按：《天台前集·别编》收有沈如筠同题作，《英华》收宋之问同题作及崔湜《寄天台司马先生》，崔作虽略有出入，但作时似应相同。崔湜开元元年赐死，据《旧唐书·司马承祯传》及《李适传》，睿宗景云二年（711），天台道士司马承祯被征至京师，及还，李适赠诗序，朝廷之士无不属和，凡三百余人，徐彦伯编而叙之，谓之《白云记》。此诗应为司马承祯还山后不久作。天台司马道士：指天台山道士司马承祯。天台山，在今浙江天台县东北。司马承祯（647—735），字子微，号白云子，河内温（今河南温县）人。早年不屑为吏，遂入道，事潘师正，传辟谷、道引、服饵之术。师正异之。后遍游名山，隐于天台玉霄峰。武后尝召之，未几去。睿宗复命其兄承祎就起之，不久亦辞之归山。玄宗曾两次诏之进京，后奉诏居王屋山，卒谥贞一先生。承祯为唐代道教上清派之重要人物，著有《坐忘论》《天隐子》。两《唐书》有传。"②按，司马承祯景云二年（711）被召至京师，不久还山，此数人诗为还山后寄赠之作，而其中崔湜开元元年（713）又被赐死，故系于本年。

沈如筠《寄天台司马道士》诗云："河洲花艳爅，庭树光彩蒨，白云天台山，可思不可见。"③该诗与张说、宋之问、崔湜诗同时而作。

宋之问《寄天台司马道士》诗云："卧来生白发，览镜忽成丝。远愧餐霞子，童颜且自持。旧游惜疏旷，微尚日磷缁。不寄西山药，何由东海期。"④该诗与张说、沈如筠、崔湜诗同时而作。

崔湜《寄天台司马先生》诗云："闻有三元客，祈仙九转成。人间白云返，天上赤龙迎。尚惜金芝晚，仍攀琪树荣。何年猴岭上，一谢洛阳城。"⑤据《资治通鉴·唐纪》，崔湜开元元年七月，与窦怀贞、岑羲、萧至忠、崔湜及太子少保薛稷、雍州长史新兴王晋、左羽林大将军常元楷、知右羽林将军事李慈、左金吾将军李钦、中书舍人李猷、右散骑常侍贾膺福、鸿胪卿唐晙及僧慧范等谋废立，又与宫人元氏谋于赤箭粉中置毒进于上⑥。又据《旧唐书·崔湜传》，开元元年，"时新兴王晋亦连坐伏诛，临刑叹曰：'本谋此事，出自崔湜，今我就死而湜得生，何冤滥也！'俄而所司奏宫人

① ［清］彭定求：《全唐诗》卷八七，第955页。
② 熊飞：《张说集校注》卷七，中华书局2013年版，第347—348页。
③ ［清］彭定求：《全唐诗》卷一一四，第1164页。
④ ［清］彭定求：《全唐诗》卷五二，第636页。
⑤ ［清］彭定求：《全唐诗》卷五四，第664页。
⑥ ［宋］司马光：《资治通鉴》卷二一〇，第6682页。

元氏款称与湜曾密谋进鸩,乃追湜赐死。……其日追使至,缢于驿中,时年四十三"①。是崔湜开元元年七月即被赐死。

嗣江王李祎为衢州刺史,作《登石桥寻王质观棋所》诗

陈思《宝刻丛编》卷一三"衢州":"唐韦公镈信安郡王《登石桥诗记》,诗嗣江王祎撰,记严绶撰,韦荐书并篆额,贞元三年正月九日,刺史韦光辅建。"②所据何书未详。清阮元《两浙金石志》卷二《唐衢州石桥诗刻》:"刺史韦公镈外祖信安郡王诗之记。篆额六行在穿上。五言《登石桥寻王质观棋所》,衢州刺史嗣江王(下缺)。'别有经行所,迥跨重峦侧。粤因求瘼余,徭(此疑倏字)想寻真域。放情恣披拂,杖策聊□□。□□□□□,□□□□色。虹幡雾中见,雁塔云间识。薄烟幂远郊,遥峰没归翼。仙桥危石架,幽洞□□□。□□□□□,□□□易测。二教无先后,一相平而直。冀兹捐俗心,永怀依妙力。'"③据《旧唐书·李祎传》:"少继江王嚣后,封为嗣江王。景云元年,复为德、蔡、衢等州刺史。开元后,累转蜀、濮等州刺史。"④郁贤皓先生《唐刺史考全编》卷一四六系李祎为衢州刺史有两次,一为约先天元年,为嗣江王时⑤;一为开元二十四年(736),为信安王时⑥。是诗约作于先天元年。

刻《台州司马韩素真赞》于天台峰

《宝刻丛编》卷一三引《诸道石刻录》:"《唐台州司马韩公素真赞》,天台峰白云撰并书,先天元年刻。"⑦

会稽人孔齐参孝廉擢第

《唐故河东郡宝鼎县令会稽孔府君(齐参)墓志文并序》:"公讳齐参,字齐参。……至吴侍中潜,避世于会稽,因为其郡人也。……弱冠孝廉擢第,解褐行宋州参卿事。"⑧天宝三载(744)三月七日卒,享年五十二。逆推弱冠在先天元年。

① [后晋]刘昫:《旧唐书》卷七四,第2623—2624页。
② [宋]陈思编著:《宝刻丛编》卷一三,第847页。
③ [清]阮元:《两浙金石志》卷二,浙江古籍出版社2012年版,第33页。
④ [后晋]刘昫:《旧唐书》卷七六,第2651页。
⑤ 郁贤皓:《唐刺史考全编》卷一四六,第2074页。
⑥ 郁贤皓:《唐刺史考全编》卷一四六,第2076页。
⑦ [宋]陈思编著:《宝刻丛编》卷一三,第830页。
⑧ 周绍良主编:《唐代墓志汇编》下册,第1563页。

713 唐玄宗开元元年癸丑

二月,张行德为龙丘县丞

新出土《唐故楚州山阳县令安定张府君夫人河南翟氏(庆)墓志铭并序》:"嗣子行德,行衢州龙丘县丞等,……今以大唐先天二年岁次癸丑二月乙未朔廿六日庚申,启殡于考坟之侧,葬墓在河南县平乐乡之北原。"①

温州龙兴寺僧玄觉卒,年四十九,李邕撰神道碑。玄觉著有《永嘉集》,诗有《永嘉正道歌》

《宋高僧传》卷八《唐温州龙兴寺玄觉传》:"释玄觉,字明道。俗姓戴氏,汉末祖侃公第五、燕公九代孙讳烈渡江,乃为永嘉人也。……(玄觉)遂于岩下自构禅庵。沧海荡其胸。青山拱其背。蓬莱仙客,岁月往还;华盖烟云,晨昏交集。粤若功德成就,佛宝郁兴;神钟震来,妙屋化出……以先天二年十月十七日于龙兴别院端坐入定,怡然不动。僧侣悲号,以其年十一月十三日殡于西山之阳。春秋四十九。……后李北海邕为守括州,遂列觉行录为碑,号神道焉。觉唱道著明,修证悟入,庆州刺史魏靖都缉缀之,号《永嘉集》是也。"②《全唐文》卷四〇二魏静有《永嘉集序》云:"闻夫慧门广辟。理绝色相之端。觉路遥登。迹晦名言之表。悲夫。能仁示现。应化无方。开妙典于三乘。畅真诠于八部。所以发挥至赜。悬梵景于昏衢。光阐大猷。泛禅波于欲浪。是以金棺揜耀。玉毫收彩。孤标灵鹫之英。独负成麟之业者。其唯大师欤。大师俗姓戴氏,永嘉人也。少挺生知,学不加思,幼则游心三藏,长则通志大乘。三业精勤,偏宏禅观,境智俱寂,定慧双融。遂使尘静昏衢,波澄元海,心珠道种,莹七净以交辉;戒月悲花,耿三空而列耀。加复霜松洁操,水月虚襟,布衣蔬食,忘身为法。愍伤含识,物物斯安,观念相续,心心靡间。始终抗节,金石方坚,浅深心要,贯华惭洁。神彻言表,理契寰中,曲已推人,顺凡同圣。则

---

① 吴钢主编:《全唐文补遗》第8辑,第346页。
② [宋]赞宁撰,范祥雍点校:《宋高僧传》卷八,第168—169页。

不起灭定,而秉护四仪,名重当时,道扇方外。三吴硕学,辐辏禅阶,八表高人,风趋理窟。静往因薄宦,亲承接足,恨未尽于方寸,俄赴京畿。自尔以来,幽冥递隔,永慨元眸积翳,忽丧金鎞,欲海洪涛,遄沈智楫,遗文尚在,龛室寂寥。呜呼哀哉!痛缠心腑,所嗟一方眼灭,七众何依?音德无闻,远增凄感。大师在生,凡所宣纪,总有十篇,集为一卷,庶同归郢悟者,得意忘言耳。今略纪斯文。多有谬误。用俟明哲。非者正之。"①

玄觉《永嘉证道歌》云:"绝学无为闲道人,不除妄想不求真,无明实性即佛性,幻化空身即法身。法身觉了无一物,本源自性天真佛。五阴浮云空去来,三毒水泡虚出没。证实相,无人法,刹那灭却阿鼻业。若将妄语诳众生,自招拔舌尘沙劫。顿觉了,如来禅,六度万行体中圆。梦里明明有六趣,觉后空空无大千。无罪福,无损益,寂灭性中莫问觅。比来尘镜未曾磨,今日分明须剖析。谁无念?谁无生?若实无生无不生。唤取机关木人问,求佛施功早晚成。放四大,莫把捉,寂灭性中随饮啄。诸行无常一切空,即是如来大圆觉。决定说,表真僧,有人不肯任情征。直截根源佛所印,摘叶寻枝我不能。摩尼珠,人不识,如来藏里亲收得。六般神用空不空,一颗圆光色非色。净五眼,得五力,唯证乃知难可测。镜里看形见不难,水中捉月争拈得。常独行,常独步,达者同游涅槃路。调古神清风自高,貌悴骨刚人不顾。穷释子,口称贫,实是身贫道不贫。贫则身常披缕褐,道则心藏无价珍。无价珍,用无尽,利物应机终不吝。三身四智体中圆,八解六通心地印。上士一决一切了,中下多闻多不信。但自怀中解垢衣,谁能向外夸精进。从他谤,任他非,把火烧天徒自疲。我闻恰似饮甘露,销融顿入不思议。观恶言,是功德,此即成吾善知识,不因讪谤起冤亲,何表无生慈忍力。宗亦通,说亦通,定慧圆明不滞空。非但我今独达了,恒沙诸佛体皆同。师子吼,无畏说,百兽闻之皆脑裂。香象奔波失却威,天龙寂听生欣悦。游江海,涉山川,寻师访道为参禅。自从认得曹溪路,了知生死不相关。行亦禅,坐亦禅,语默动静体安然。纵遇锋刀常坦坦,假饶毒药也闲闲。我师得见然灯佛,多劫曾为忍辱仙。几回生,几回死,生死悠悠无定止。自从顿悟了无生,于诸荣辱何忧喜。入深山,住兰若,岑崟幽邃长松下。优游静坐野僧家,闃寂安居实潇洒。觉即了,不施功,一切有为法不同。住相布施生天福,犹如仰箭射虚空。势力尽,箭还坠,招得来生不如意。争似无为实相门,一超直入如来地。但得本,莫愁末,如净瑠璃含宝月。既能解此如意珠,自利利他终不竭。江月照,松风

① [清]董诰:《全唐文》卷四〇二,第4113—4114页。

吹，永夜清宵何所为。佛性戒珠心地印，雾露云霞体上衣。降龙钵，解虎锡，两钴金环鸣历历。不是标形虚事持，如来宝杖亲踪迹。不求真，不断妄，了知二法空无相。无相无空无不空，即是如来真实相。心镜明，鉴无碍，廓然莹彻周沙界。万象森罗影现中，一颗圆光非内外。豁达空，拨因果，莽莽荡荡招殃祸。弃有著空病亦然，还如避溺而投火。舍妄心，取真理，取舍之心成巧伪。学人不了用修行，深成认贼将为子。损法财，灭功德，莫不由斯心意识。是以禅门了却心，顿入无生知见力。大丈夫，秉慧剑，般若锋兮金刚焰。非但空摧外道心，早曾落却天魔胆。震法雷，击法鼓，布慈云兮洒甘露。龙象蹴踏润无边，三乘五性皆醒悟。雪山肥腻更无杂，纯出醍醐我常纳。一性圆通一切性，一法遍含一切法。一月普现一切水，一切水月一月摄。诸佛法身入我性，我性同共如来合。一地具足一切地，非色非心非行业。弹指圆成八万门，刹那灭却三祇劫。一切数句非数句，与吾灵觉何交涉。不可毁，不可赞，体若虚空勿涯岸。不离当处常湛然，觅即知君不可见。取不得，舍不得，不可得中只么得。默时说，说时默，大施门开无壅塞。有人问我解何宗，报道摩诃般若力。或是或非人不识，逆行顺行天莫测。吾早曾经多劫修，不是等闲相诳惑。建法幢，立宗旨，明明佛敕曹溪是。第一迦叶首传灯，二十八代西天记。法东流，入此土，菩提达摩为初祖。六代传衣天下闻，后人得道何穷数。真不立，妄本空，有无俱遣不空空。二十空门元不著，一性如来体自同。心是根，法是尘，两种犹如镜上痕。痕垢尽除光始现，心法双忘性即真。嗟末法，恶时世，众生福薄难调制。去圣远兮邪见深，魔强法弱多恐害。闻说如来顿教门，恨不灭除令瓦碎。作在心，殃在身，不须冤诉更尤人。欲得不招无间业，莫谤如来正法轮。旃檀林，无杂树，郁密森沈师子住。境静林间独自游，走兽飞禽皆远去。师子儿，众随后，三岁便能大哮吼。若是野干逐法王，百年妖怪虚开口。圆顿教，勿人情，有疑不决直须争。不是山僧逞人我，修行恐落断常坑。非不非，是不是，差之毫厘失千里。是则龙女顿成佛，非则善星生陷坠。吾早年来积学问，亦曾讨疏寻经论。分别名相不知休，入海算沙徒自困。却被如来苦诃责，数他珍宝有何益。从来蹭蹬觉虚行，多年枉作风尘客。种性邪，错知解，不达如来圆顿制。二乘精进勿道心，外道聪明无智慧。亦愚痴，亦小騃，空拳指上生实解。执指为月枉施功，根境法中虚捏怪。不见一法即如来，方得名为观自在。了即业障本来空，未了应须还宿债。饥逢王膳不能餐，病遇医王争得瘥。在欲行禅知见力，火中生莲终不坏。勇施犯重悟无生，早时成佛于今在。师子吼，无畏说，深嗟懵懂顽皮靼。祇知犯重障菩提，不见如来开秘诀。有二比丘犯淫杀，波离萤光增罪结。维摩大士顿除疑，犹如赫日销霜雪。不思议，解脱力，妙用恒沙也无极。四事供养敢辞劳,万两黄金亦销得。粉骨碎身未足酬,一句了然超百亿。法中王,最高胜,恒沙如来同共证。我今解此如意珠,信受之者皆相应。了了见,无一物,亦无人,亦无佛。大千沙界海中沤,一切圣贤如电拂。假使铁轮顶上旋,定慧圆明终不失。日可冷,月可热,众魔不能坏真说。象驾峥嵘谩进途,谁[见]螳螂能拒辙。大象不游于兔径,大悟不拘于小节。莫将管见谤苍苍,未了吾今为君诀。"①诗载《大藏经·诸宗部》。这首诗不仅是浙东诗歌的代表作品,而且对中国古代诗体研究和佛教文学研究具有重要意义,故而不避篇幅之长,将全诗录之如上。

有关《永嘉正道》歌,王小盾先生有专门研究,作了《从〈永嘉正道歌〉谈唐诗之路》。胡可先《中国唐诗之路研究会首届年会暨浙江诗路文化带高峰论坛学术总结》:"王小盾《从〈永嘉正道歌〉谈唐诗之路》,论证该诗为开元元年以前所写,对于后来影响很大,版本超过八十个,后来很多和尚都模仿该诗写三三七体诗。而且对于禅宗语录产生很大的影响,因为此诗可以将禅宗语录体的产生提前到唐代。从浙东唐诗之路意义来说,这首诗是横绝浙东之作。说明浙东产生的唐诗当时流传很快,方式很多,短时间就流传到国内外;就诗的流传而言,有文字流传和口头流传多个方面,口头流传有时比文字流传更重要;造成诗歌流传通行的方式不仅是旅游,更重要的是传道、求学。从宗教的角度而言,可以看出另一条唐诗之路。"②王小盾这篇会议论文,后来经过修改,与李滔联名发表于《古典文学知识》。③

许景先约于是年前后作《若耶春意》诗

许景先《若耶春意》诗云:"越水正逶迤,艳阳三月时。中有婵娟子,含怨望佳期。鲜肤润玉泽,微晒动蛾眉。解佩遗中浦,折芳怀所思。彩色岂不重,瑰艳难久滋。一歌江南曲,再使妾心悲。"④按,许景先,新、旧《唐书》有传,新出土有《许景先墓志》,传记及墓志载其一生事迹甚详,其东南之行惟其曾为扬府兵曹参军。《新唐书·许景先传》:"擢左拾遗。以论事切直,外补滑州司士参军。举手笔俊拔、茂才

---

① 《大正新修大藏经·诸宗部五》第 48 册,NO. 2014,新文丰出版公司 1998 年版,第 395—396 页。

② 胡可先:《中国唐诗之路研究会首届年会暨浙江诗路文化带高峰论坛学术总结》,唐诗之路研究会公众号 2020 年 11 月 28 日发布。

③ 李滔、王小盾:《禅语录和〈永嘉证道歌〉》,载《古典文学知识》2021 年第 2 期,第 36—44 页。

④ 陈尚君:《全唐诗续拾》卷一一,《全唐诗补编》,第 812 页。

异等连中,进扬州兵曹参军。"①新出土《许景先墓志》:"因奏论事忤执政,贬试滑州司士参军。寻以文史兼优举对策甲科,授扬府兵曹参军。寻有制特征直中书省。俄除左补阙,转侍御史。"②其为扬府兵曹参军的时间难以确考,而其举制科的时间,朱玉麒《〈登科记考〉补遗、订正》:"《记考》卷二七'附考·进士科'著录许景先,据引《旧书·文苑传》。按,《新书》本传:'景先由进士第释褐夏阳尉。神龙初,东都造服慈阁,景先献赋,李迥秀见其文,畏叹曰:是宜付太史!擢左拾遗。以论事切直,外补滑州司士参军。举手笔俊拔、茂才异等连中,进扬州兵曹参军。还为左补阙。'又据《旧书·文苑传》:许景先开元初即由给事中转中书舍人、知制诰。其制举连中当在神龙后、开元前。考《记考》在此期间,惟景龙三年有茂才异等科,景云三年有手笔俊拔、超越流辈科,则景先之名,可补入此二科下(《记考》于韩琬举文艺优长、贤良方正连中,列入天册万岁二年及神龙三年相应科名下,即其例也。)"③则其为扬府兵曹参军在景龙三年以后。又据《河洛墓刻拾零》一七二《唐姚公夫人刘氏墓志》:"《大唐开府仪同三司紫微令梁国公姚公夫人沛国夫人刘氏墓志铭并序》,左补阙许景先撰。"④墓主以垂拱元年(685)八月四日卒,开元五年(717)二月十三日葬。是其开元五年五月在左补阙任。今姑将许景先为扬府参军时间系于景龙三年至开元五年之间,即开元元年。盖是年前后在扬府参军任,曾因事至越州,有若耶溪之游而作诗。

714　唐玄宗开元二年甲寅

六月,朱升在义乌县主簿任

新出土《唐故通议大夫行广州都督府长史上柱国朱府君(齐之)墓志铭并序》:"嗣子婺州义乌县主簿升。"⑤墓主朱齐之开元二年六月二十五日卒,享年六十二岁。

---

① 　[宋]欧阳修、宋祁:《新唐书》卷一二八,第4464—4465页。
② 　吴钢主编:《全唐文补遗·千唐志斋新藏专辑》,第160页。
③ 　朱玉麒:《〈登科记考〉补遗、订正》,载《文献》1994年第3期,第198—199页。
④ 　赵君平、赵文成编:《河洛墓刻拾零》,第220页。
⑤ 　吴钢主编:《全唐文补遗》第3辑,第10页。

九月,温州刺史夏启伯于雁荡山题名

周祝伟《唐代两浙州县职官考》:"浙江温州雁荡山灵峰景区雪洞内有唐代题名二处:一为'开元二年九月□日夏启伯到山',在雪洞内庵舍二层左侧崖壁上,高60厘米,宽20厘米,自左而右,二行,正书,直写;一为'太守夏启伯到此,发□□□',在洞内庵舍二层佛龛右侧崖壁上,高45厘米,宽20厘米,二行,正书,直写。由摩崖题名可知,夏启伯开元二年(714)九月在温州刺史任上。旧志及郁《考》失载。"①按,检摩崖石刻拓片,题名文字应为:"太守夏启伯到山,开元二年九月日。"②徐文平《浙南摩崖石刻研究》:"一、《唐夏启伯雪洞题名》(一),开元二年(714)。'太守夏启伯到山。开元二年九月日。'此摩崖石刻在乐清雁荡山雪洞左侧崖壁上。自右而左直写2行,面积22厘米×53厘米,楷书。……二、《唐夏启伯雪洞题名》(二),开元二年(714)。'太守夏启伯到此。'此摩崖石刻在乐清雁荡山雪洞右侧崖壁上。直写1行,面积11厘米×31厘米,楷书。"③

秋,孙逖制举登科,为山阴县尉

孙逖《夜宿浙江》诗云:"扁舟夜入江潭泊,露白风高气萧索。富春渚上潮未还,天姥岑边月初落。烟水茫茫多苦辛,更闻江上越人吟。洛阳城阙何时见,西北浮云朝暝深。"④诗为孙逖赴任山阴尉时宿于浙江之作。诗写孙逖南下赴任,夜宿浙江,时值深秋,露白风高。此时已到达富春江,山阴指日可到。故而接着想象天姥山夜月,又听江上的越人吟唱,这些都表现出他对于越地的期待。诗有"扁舟夜入江潭泊"发端,将浙东与浙东联系在一起,境界开阔,气象雄浑。

《旧唐书·孙逖传》:"开元初,应哲人奇士举,授山阴尉。迁秘书正字。十年,应制登文藻宏丽科,拜左拾遗。"⑤《唐会要》卷七五"选部":"开元八年七月,王丘为吏部侍郎,拔擢山阴尉孙逖、桃林尉张镜微、湖城尉张普明、进士王泠然李昂等,不数年,登礼闱,掌纶诰焉。"⑥《旧唐书·王丘传》亦云:"开元初,累迁考功员外郎。

---

① 周祝伟《唐代两浙州县职官考——历代方志所载唐职官新考补正》,上海古籍出版社2019年版,第380页。

② 徐文平:《浙南摩崖石刻研究》,浙江大学出版社2015年版,第118页。

③ 徐文平:《浙南摩崖石刻研究》,第118页。

④ [清]彭定求:《全唐诗》卷一一八,第1187页。

⑤ [后晋]刘昫:《旧唐书》卷一九〇,第5043页。

⑥ [宋]王溥:《唐会要》卷七五,第1607页。

先是,考功举人,请托大行,取士颇滥,每年至数百人,丘一切核其实材,登科者仅满百人。议者以为自则天已后凡数十年,无如丘者,其后席豫、严挺之为其次焉。三迁紫微舍人,以知制诰之勤,加朝散大夫,再转吏部侍郎。典选累年,甚称平允,擢用山阴尉逊逖、桃林尉张镜微、湖城尉张晋明、进士王泠然,皆称一时之秀。"①《唐才子传》卷一《孙逖传》载其开元二年举手笔俊拔、哲人奇士隐沦屠钓及文藻宏丽等科②。傅璇琮《唐才子传校笺》卷一考证孙逖开元二年所登之制科为贤良方正能直言极谏科③。考孙逖有《应贤良方正科对策》,载于《全唐文》卷三一一。唐代制科及第即可以授官,故孙逖登科后即为山阴县尉。根据诗中"露白风高气萧索"之句,孙逖宿浙江时已是深秋时节。

徐松《登科记考》卷五载开元二年孙逖进士及第,云:"状元。见《玉芝堂谈荟》。按新、旧书皆不言逖进士及第,或以《才子传》有'第一人及第'之语,误为状元也。"④是徐松虽列孙逖于本年状元及第,然其按语又加以否定了。新出土《唐故朝议郎前守蓬州刺史乐安孙府君(谠)墓志铭并序》:"高祖府君讳逖,英拔间出,年十八,应制擢科,授越州山阴县尉,秩满从调,判居三等。时有司考覆,公精以为妙绝,升二等送,超拜左拾遗。"⑤又《唐故银青光禄大夫检校司空兼太子少师分司东都上柱国乐安县开国侯食邑一千户赠太师孙公(简)墓志铭并序》:"曾大父讳逖,开元中,三擢甲科,初入第三等,又入第二等,超拜左拾遗,大名铿发,炳耀当代,雄名如萧颖士、颜真卿、李华,咸出座下。累迁中书舍人、刑部侍郎,赠尚书右仆射,谥曰文公。"⑥可证孙逖开元二年所登之制科应为第三等,而唐代进士科并没有分等,可证孙逖没有登过进士第。根据现有材料,我们仍然以孙逖开元二年制科及第为准。

孙逖赴山阴县尉任,是由洛阳沿运河南下的,途中作诗多首。经过淮阴时作《淮阴夜宿二首》:"水国南无畔,扁舟北未期。乡情淮上失,归梦郢中疑。木落知寒近,山长见日迟。客行心绪乱,不及洛阳时。""永夕卧烟塘,萧条天一方。秋风淮水落,寒夜楚歌长。宿莽非中土,鲈鱼岂我乡。孤舟行已倦,南越尚茫茫。"⑦"秋风淮水落"点明是秋天,其时经过淮阴而作。《扬子江楼》诗云:"扬子何年邑,雄图作楚

---

① [后晋]刘昫:《旧唐书》卷一〇〇,第3132页。
② 傅璇琮主编:《唐才子传校笺》第1册,第168页。
③ 傅璇琮主编:《唐才子传校笺》第1册,第169页。
④ [清]徐松:《登科记考》卷五,第172页。
⑤ 周绍良主编:《唐代墓志汇编》下册,第2548页。
⑥ 周绍良、赵超主编:《唐代墓志汇编续集》,上海古籍出版社2001年版,第1110—1111页。
⑦ [清]彭定求:《全唐诗》卷一一八,第1193页。

关。江连二妃渚,云近八公山。驿道青(清)枫外,人烟绿屿间。晚来潮正满,数处落帆还。"①是赴任途中经过扬州而作。《下京口埭夜行》诗云:"孤帆度绿氛,寒浦落红曛。江树朝来出,吴歌夜渐闻。南溟接潮水,北斗近乡云。行役从兹去,归情入雁群。"②京口即润州。《夜到润州》诗云:"夜入丹阳郡,天高气象秋。海隅云汉转,江畔火星流。城郭传金柝,闾阎闭绿洲。客行凡几夜,新月再如钩。"③"天高气象秋"点明是秋天,其时经过润州而作。《长洲苑》诗云:"吴王初鼎峙,羽猎骋雄才。辇道阊门出,军容茂苑来。山从列嶂转,江自绕林回。剑骑缘汀入,旌门隔屿开。合离纷若电,驰逐溢成雷。胜地虞人守,归舟汉女陪。可怜夷漫处,犹在洞庭限。山静吟猿父,城空应雉媒。戎行委乔木,马迹尽黄埃。揽涕问遗老,繁华安在哉。"④是赴任途中经过苏州长洲苑而作。《江行有怀》诗云:"秋水明川路,轻舟转石圻。霜多山橘熟,寒至浦禽稀。飞席乘风势,回流荡日晖。昼行疑海若,夕梦识江妃。野霁看吴尽,天长望洛非。不知何岁月,一似暮潮归。"⑤亦为赴任途中所作。

715　唐玄宗开元三年乙卯

二月,桓臣范为越州都督

《会稽掇英总集》卷一八《唐太守题名记》:"桓臣范,开元三年二月,自殿中少监授,改瀛州刺史。"⑥《嘉泰会稽志》卷二"太守"同⑦。《洛阳新出土墓志释录》载《大唐故左武卫大将军桓公(臣范)墓志铭并序》,《全唐文补遗》录文:"改并州司马。将离故府,士庶攀辕。牛酒盈于四郊,缣帛几于万计。公谦喻以示,一切辞之。其惠政也如此,廉洁也如彼。……拜越府都督兼捕海贼使。楼船届止,布政优优。"⑧

---

①　[清]彭定求:《全唐诗》卷一一八,第1192—1193页。
②　[清]彭定求:《全唐诗》卷一一八,第1193页。
③　[清]彭定求:《全唐诗》卷一一八,第1193页。
④　[清]彭定求:《全唐诗》卷一一八,第1197页。
⑤　[清]彭定求:《全唐诗》卷一一八,第1197页。
⑥　[宋]孔延之:《会稽掇英总集》卷一八,《宋元浙江方志集成》第14册,第6553页。
⑦　[宋]施宿:《嘉泰会稽志》卷二,《宋元浙江方志集成》第4册,第1664页。
⑧　吴钢主编:《全唐文补遗》第9辑,三秦出版社2007年版,第362—363页。

春,孙逖在山阴县尉任,游览越州名胜作诗

孙逖由制举及第被命为山阴县尉,去年秋末抵任。孙逖存留于今的诗作共六十余首,颇多描绘越州山水之作,其中春日以后游览越州名胜,应作于开元三年或开元四年,今姑且编于开元三年。考虑越州山水佳美,加以孙逖为山阴县尉,到任后也应对名胜民俗等加以考察。

孙逖《登越州城》诗云:"越嶂绕层城,登临万象清。封圻沧海合,廛市碧湖明。晓日渔歌满,芳春棹唱行。山风吹美箭,田雨润香粳。代阅英灵尽,人闲吏隐并。赠言王逸少,已见曲池平。"①按,《宝庆会稽续志》卷一《府廨》:"唐元微之云:州宅居山之阳,凡所谓台榭之胜,皆因高为之,以极登览。尝以诗夸于白乐天云:'州城萦绕拂云堆,镜水稽山满眼来。四面无时对屏障,一家终日在楼台。星河似向檐前落,鼓角惊从地底回。我是玉皇香案吏,谪居犹得小蓬莱。'诵其诗则当唐盛时州宅之胜可想而知矣。乾宁中董昌叛,即厅堂为宫殿。昭宗命钱镠讨平之,以镠为节度,镠恶昌之伪迹,乃撤而新之,故元微之与李绅诸公所登临吟赏之处,一皆不存。若满桂楼、海榴亭、杜鹃楼其迹已不复可考。"②

孙逖《山阴县西楼》诗云:"都邑西楼芳树间,逶迤霁色绕江山。山月夜从公署出,江云晚对讼庭还。谁知春色朝朝好,二月飞花满江草。一见湖边杨柳风,遥忆青青洛阳道。"③明唐汝询《唐诗解》评云:"此逖宦游山阴,不得志而思洛也。意谓此楼景物清幽,人必疑我乐居于此。谁知春色虽好,而非予心所嘉。故一见此地之垂,则忆洛中之柳陌。盖志在要津,非江山云月所能留也。"④

孙逖《宿云门寺阁》诗云:"香阁东山下,烟花象外幽。悬灯千嶂夕,卷幔五湖秋。画壁余鸿雁,纱窗宿斗牛。更疑天路近,梦与白云游。"⑤《嘉泰会稽志》卷九"会稽县":"云门山在县南三十里。旧经云:'晋义熙二年,中书令王子敬居此,有五色祥云见,诏建寺,号云门。'"⑥陆游《云门寿圣院记》:"云门寺自晋唐以来名天下。父老言昔盛时,缭山并溪,楼塔重复,依岩跨壑,金碧飞踊。居之者忘老,寓之者忘

①　[清]彭定求:《全唐诗》卷一一八,第1197页。
②　[宋]张淏:《宝庆会稽续志》卷一,《宋元方志丛刊》第7册,中华书局1990年版,第7097页。
③　[清]彭定求:《全唐诗》卷一一八,第1187页。
④　[明]唐汝询:《唐诗解》卷一一,第225页。
⑤　[清]彭定求:《全唐诗》卷一一八,第1192页。
⑥　[宋]施宿:《嘉泰会稽志》卷九,《宋元浙江方志集成》第4册,第1821页。

归。游观者累日乃遍,往往迷不得出。"①明唐汝询《唐诗解》评此诗曰:"幽花,物之嘉也。千幛五湖,眺之迥也。壁余鸿雁,寺之古也。窗宿斗牛,阁之高也。因阁之高,故思梦与云游耳。"②

孙逖《葛山潭》诗云:"圆潭写流月,晴明涵万象。仙翁何时还,绿水空荡漾。凉哉草木腓,白露沾人衣。犹醉空山里,时闻笙鹤飞。"③按,"葛山潭"疑为"葛仙潭"之误,因诗中有"仙翁何时还"语咏葛仙事。葛仙即葛玄,天台山道教灵宝派的创始者。葛仙潭是天台山琼台仙谷金庭洞之旁的龙潭,即为纪念葛玄而命名之潭。

七月,贺知章在太常博士任,撰《许临墓志》

《唐故银青光禄大夫使持节曹州诸军事曹州刺史上柱国颍川县开国男许公墓志铭并序》,题署:"朝议郎行太常博士上柱国贺知章撰。"志云:"公讳临,字思颂,颍川人。……享年五十三,以开元二年岁次甲寅十一月乙酉朔廿八日壬子启手足于公馆。……粤以开元三年岁次乙卯七月庚辰朔廿三日壬寅归窆□□师县首阳之原大茔□□□□□,礼也。"④韦娜、赵振华有《贺知章撰许临墓志跋》(《河南科技大学学报》2005 年第 1 期);陶敏有《贺知章撰唐许临墓志考释》(《中原文物》2012 年第 3 期),可以参考。

本年,康希铣为台州刺史

《严陵集》卷九罗汝楫《重建兜率寺记》:"及得旧碑读之,乃开元三年台州刺史康希诜文。其叙轮奂之美,反复至数百语。"⑤"诜"应为"铣"。《金石录》卷八:"《唐台州刺史康希铣碑上》,颜真卿撰并正书,大历十二年十一月。"⑥《全唐文》卷三四四颜真卿《银青光禄大夫海濮饶房睦台六州刺史上柱国汲郡开国公康使君(希铣)神道碑铭》:"贬房州,转睦州,迁台州。所至之邦,必闻美政。开元初入计至京,抗表请致仕,玄宗不许。仍留三年,请归乡,敕书褒美,赐衣一袭,并杂彩等,仍给传驿至本州。冬十月二十有二日,不幸遘疾薨于会稽觉允里第,春秋七十一。"⑦《新唐

---

① [宋]陆游:《渭南文集校注》第 2 册,第 192 页。
② [明]唐汝询:《唐诗解》卷三二,第 762 页。
③ [清]彭定求:《全唐诗》卷一一八,第 1187 页。
④ 赵君平、赵文成编:《河洛墓刻拾零》,第 214 页。
⑤ [宋]董棻编:《严陵集》,中华书局 1985 年版,第 103 页。
⑥ [宋]赵明诚撰,金文明校证:《金石录校证》卷八,第 162 页。
⑦ [清]董诰:《全唐文》卷三四四,第 3487 页。

书·艺文志四》："《康希铣集》二十卷，字南金，开元台州刺史。"①

716　唐玄宗开元四年丙辰

二月，宇文灵岳在鄮县主簿任

新出土《大唐越州鄮县主簿宇文灵岳夫人薛氏墓志铭并序》："夫人讳珪，河东汾阴人也。……奄以开元四年二月三日，卒于崇义里，时年廿四。"②

十月，孙逊为山阴县尉，送裴参军充使入京

孙逊《送越州裴参军充使入京》诗云："日落川径寒，离心苦未安。客愁西向尽，乡梦北归难。霜果林中变，秋花水上残。明朝渡江后，云物向南看。"③孙逊送裴参军充使除作了此诗外，还有《送裴参军充大税使序》："古之王者，税公田虞衡之入，给郊庙赐与之用。无有远迩，咸率乃职。越会稽郡者，海之西镇，国之东门，都会蕃育，膏肆兼倍。故女有余布，而农有余粟，以方志之所宜，供天府之博敛。篚丝纻，缯金刀，浮江达河，命为泛舟之役；撰功底绩，实赖饮冰之使。是行也，裴子为政焉。乃命水工，具行器，节制费用，详度川陆，指洞庭以北上，向长安而西矣。谈笑之外，厥有成功；樽俎之间，见其从事。展使能者，非子而谁？而畴昔交情，今兹吏道，叹沦落于荒服，结殷勤于官次。乔木之国，子其归乎？篁竹之乡，余何为者？肝胆楚越，始合终离。鸣呼！歧路素丝，得其几矣！十月冬旱，三江昼晴，梦故园之黄落，见长河之鸿雁。泽国山水，天资助人，炎方草树，岁寒未入。居者爱客，行者徇公，拜神禹之清祠，泛伍员之涛水。车马叠迹，倾越人于外郊，楼船接舻，溢吴歌于寒浦。赠君以不拜，戒君以登陟，揽涕河道，赋诗咏曰。"④是说"十月冬旱"时相送，而孙逊次年春即由山阴尉被擢拔入京为秘书正字，故此一诗一序应作于本年。

---

① ［宋］欧阳修、宋祁：《新唐书》卷六〇，第1603页。
② 故宫博物院：《新中国出土墓志·陕西肆》下册，第114页。
③ ［清］彭定求：《全唐诗》卷一一八，第1190页。
④ ［清］董诰：《全唐文》卷三一二，第3167—3168页。

十月,御史大夫李杰左迁衢州刺史

《资治通鉴》:开元四年十月,"御史大夫李杰护桥陵作,判官王旭犯赃,杰按之,反为所构,左迁衢州刺史。"①李华《衢州刺史厅壁记》:"此州长吏之选,甲于他部。忠贞之老,则武威公李仆射杰;亲贤之望,则信安郡王祎。"②

十一月,贺知章在起居郎任,撰《姚彝墓志》

《唐故光禄少卿上柱国虢县开国子姚君(彝)墓志铭并序》,末署"起居郎会稽贺知章撰"。志云:"君讳彝,字德常,吴兴人。……以开元四年岁次景辰七月十四日遘疾,敕尚药奉御李宗赏药理护。八月二十六日不间,终于河南慈惠里第,神色不紊,孝礼罔骞。……越十有一月癸酉朔十八日庚寅卜兆于河南万安山之南原,礼也。"③毛阳光有《洛阳新出土贺知章撰姚彝墓志考释》(《中国典籍与文化》2012年第4期),可以参考。

冬,李邕左迁松阳县令,又为括州司马

《旧唐书·李邕传》:"邕素与黄门侍郎张廷珪友善,时姜皎用事,与廷珪谋引邕为宪官。事泄,中书令姚崇嫉邕险躁,因而构成其罪,左迁括州司马。"④《新唐书·李邕传》:"玄宗即位,召为户部郎中。张廷珪为黄门侍郎,而姜皎方幸,共援邕为御史中丞。姚崇疾邕险躁,左迁括州司马。"⑤

朱关田《唐代书法家年谱》卷三《李邕年谱》:"玄宗开元四年丙辰(716),四十二岁。邕因得姜皎、张廷珪援引,谋为御史中丞。事泄,中书令姚崇嫉其险躁,因而构成其罪,冬季,出贬松阳令。……按姚崇为中书令在开元元年至四年之间,见《新书》卷六二《宰相中》:开元元年'十二月壬寅,元之兼紫微令'。开元四年'闰十二月乙亥,元之、幽求罢为开府仪同三司'。姜皎用事亦值其间,至明年七月庚子受诏放归田园,遂不复预政,见《通鉴》卷二一一'开元五年'条。邕因皎与廷(庭)珪谋引宪官,为中书令所嫉,左迁括州司马,参《通典》卷十五'选举''凡选始于孟冬,终于季春'云,当始于本年冬末明年春初,似以本年为近是。邕,史不记其为松阳令,《旧

<hr>

① [宋]司马光:《资治通鉴》卷二一一,第6722页。
② [清]董诰:《全唐文》卷三一六,第3206页。
③ 毛阳光、余扶危主编:《洛阳流散唐代墓志汇编》,第172页。
④ [后晋]刘昫:《旧唐书》卷一九〇中,第5041页。
⑤ [宋]欧阳修、宋祁:《新唐书》卷二〇二,第5755页。

传》仅记'开元三年,擢为户部郎中……左迁括州司马'。《通鉴》引宋璟奏(开元六年)亦谓:'括州员外司马李邕、仪州司马郑勉……请除渝、硖二州刺史。'是知开元三至六年,邕在括州司马任上。然欧阳棐《集古录目》卷六明题:'《赠歙州刺史叶慧明碑》,松阳令李邕撰。……碑以开元五年七月立。'同年三月《有道先生叶国重碑》(叶慧明父子两碑……)邕结衔亦记'松阳令',其自户部出贬外郡,盖初为松阳令,未至任而改括州司马。"①

按,松阳令为正六品上,括州司马为从五品下,但李邕为括州司马是被贬所至,实际是员外司马,也就是以司马的名义而待罪于括州的,故而其松阳令应当与括州司马是同时所任之职,司马兼任县令在唐时不乏其例。

本年,孙逖在山阴县尉任,与越州幕中诸官游览名胜,题诗酬和

孙逖在山阴县尉任,与越州幕府诸官及文士游览名胜,题诗酬和,留下不少诗篇。因孙逖开元五年春日即离山阴任赴京任秘书省正字。故其酬和诗作应以开元四年前所作为多。

孙逖《同邢判官寻龙湍观归湖中》诗云:"星使下仙京,云湖喜昼晴。更从探穴处,还作棹歌行。丝管荷风入,帘帷竹气清。莫愁归路远,水月夜虚明。"②诗有"更从探穴处"语,指探禹穴,"还作棹歌行"指泛镜湖游览。

孙逖《立秋日题安昌寺北山亭》:"楼观倚长霄,登攀及霁朝。高如石门顶,胜拟赤城标。天路云虹近,人寰气象遥。山围伯禹庙,江落伍胥潮。徂暑迎秋薄,凉风是日飘。果林余苦李,萍水覆甘蕉。览古嗟夷漫,凌空爱沉寥。更闻金刹下,钟梵晚萧萧。"③《乾隆绍兴府志》:"安康教寺即安昌寺,《嘉泰志》:安康院在县西北九十三里,后唐长兴元年建。《山阴志》:在县西北五十五里,清风乡地名安昌,唐长兴元年僧安普建,号安昌院,顺治初年僧凡成重建。唐孙逖《立秋日题安昌寺北山亭》诗。"④

孙逖《宴越府陈法曹西亭》诗云:"公府西岩下,红亭间白云。雪梅初度腊,烟竹稍迎曛。水木涵澄景,帘栊引霁氛。江南归思逼,春雁不堪闻。"⑤

① 朱关田:《唐代书法家年谱》卷三,第157—158页。
② [清]彭定求:《全唐诗》卷一一八,第1192页。
③ [清]彭定求:《全唐诗》卷一一八,第1197页。
④ [清]平恕、徐嵩等纂:《乾隆绍兴府志》卷三八,乾隆五十七年刊本,第24页。
⑤ [清]彭定求:《全唐诗》卷一一八,第1192页。

孙逖《奉和崔司马游云门寺》诗云："系马清溪树,禅门春气浓。香台花下出,讲坐竹间逢。觉路山童引,经行谷鸟从。更言穷寂灭,回策上南峰。"①

孙逖《和崔司马登称心山寺》诗云："郡府乘休日,王城访道初。觉花迎步履,香草藉行车。倚阁观无际,寻山坐太虚。岩空迷禹迹,海静望秦余。翡翠巢珠网,鹍鸡间绮疏。地灵资净土,水若护真如。宝树谁攀折,禅云自卷舒。晴分五湖势,烟合九夷居。生灭纷无象,窥临已得鱼。尝闻宝刀赠,今日奉琼琚。"②《嘉泰会稽志》卷七"会稽县":"称心资德寺在县东北四十五里。梁大同三年建,会昌中废。大中五年,观察使李褒奏重建。'称心'在唐为名山,与云门、天衣埒。"③

孙逖《和登会稽山》诗云："稽山碧湖上,势入东溟尽。烟景昼清明,九峰争隐嶙。望中厌朱绂,俗内探玄牝。野老听鸣驺,山童拥行轸。仙花寒未落,古蔓柔堪引。竹碅入山多,松崖向天近。云从海天去,日就江村隩。能赋丘尝闻,和歌参不敏。冥搜信冲漠,多士期标准。愿奉濯缨心,长谣反招隐。"④《嘉泰会稽志》卷九"会稽县":"会稽山,在县东南一十二里。"⑤

孙逖《酬万八贺九云门下归溪中作》诗云："晚从灵境出,林壑曙云飞。稍觉清溪尽,回瞻画刹微。独园余兴在,孤棹宿心违。更忆登攀处,天香满袖归。"⑥按,万八为万齐融,贺九为贺朝。《旧唐书·贺知章传》云："先是神龙中,知章与越州贺朝、万齐融,扬州张若虚、邢巨,湖州包融,俱以吴越之士,文词俊秀,名扬于上京。朝万止山阴尉,齐融昆山令。"⑦岑仲勉《唐人行第录》云："贺九朝,字失传,名附见《旧文苑传》。《全诗》二孙逖《酬万八贺九云门下归溪中作》,即传所谓知章与贺朝、万齐融等以吴越文词俊秀,名闻上京也。《全诗》三函刘长卿有《明月湾寻贺九不遇》。旧传误以'贺朝万'断句,《全诗》注已引《国秀》《搜玉》二集辨之。"⑧

孙逖《寻龙湍》:"仙穴寻遗迹,轻舟爱水乡。溪流一曲尽,山路九峰长。渔父歌

---

① 〔清〕彭定求:《全唐诗》卷一一八,第1189页。

② 〔清〕彭定求:《全唐诗》卷一一八,第1195页。

③ 〔宋〕施宿:《嘉泰会稽志》卷七,《宋元浙江方志集成》第4册,第1782页。

④ 〔清〕彭定求:《全唐诗》卷一一八,第1186页。

⑤ 〔宋〕施宿:《嘉泰会稽志》卷九,《宋元浙江方志集成》第4册,第1816页。

⑥ 〔清〕彭定求:《全唐诗》卷一一八,第1189页。

⑦ 〔后晋〕刘昫:《旧唐书》卷一九〇中,第5035页。

⑧ 岑仲勉:《唐人行第录(外三种)》,中华书局2004年版,第133页。

金洞,江妃舞翠房。遥怜葛仙宅,真气共微茫。"①诗中"仙穴"指禹穴,"溪流"应指若耶溪。

孙逖《送杨法曹按括州》诗云:"东海天台山,南方缙云驿。溪澄问人隐,岩险烦登陟。潭壑随星使,轩车绕春色。傥寻琪树人,为报长相忆。"②

孙逖《送周判官往台州》诗云:"吾宗长作赋,登陆访天台。星使行看入,云仙意转催。饮冰攀璀璨,驱传历莓苔。日暮东郊别,真情去不回。"③按,以上两首诗与浙东有关,而"法曹""判官"都是地方州郡属官,应是孙逖在山阴尉任上所作,姑附录于此。

717　唐玄宗开元五年丁巳

春,孙逖由山阴尉赴京为秘书正字,途经常州时,与刺史崔日用唱和

颜真卿《尚书刑部侍郎赠尚书右仆射孙逖文公集序》:"年数岁,即好属文。十五时,相国齐公崔日用试《土火炉赋》,公雅思遒丽,援翰立成。齐公骇之,约以忘年之契,尔后遂有大名。故其试言也,年未弱冠,而三擅甲科。吏部侍郎王丘试《竹帘赋》,降阶约拜,以殊礼待之。相国燕公张说览其策而心醉。"④孙逖为山阴尉后即入朝为秘书省正字,其赴任时经过常州访问崔日用,时间在本年春天。

孙逖《春日留别》诗云:"春路逶迤花柳前,孤舟晚泊就人烟。东山白云不可见,西陵江月夜娟娟。春江夜尽潮声度,征帆遥从此中去。越国山川看渐无,可怜愁思江南树。"⑤据诗意,此诗为孙逖离开越地由钱塘江北行的留别之作,应是本年由山阴尉赴任秘书正字的留别之作。全诗表现自己对于越州的依恋,作者离开就职的山阴,在春路逶迤,花柳繁盛之时,已经到了西陵渡口,即将与浙东告别。回忆曾经游历的东山,仰望当下娟娟的夜月,即将离开越州的惆怅悄然袭来,而又随着夜间

①　[清]彭定求:《全唐诗》卷一一八,第1192页。
②　[清]彭定求:《全唐诗》卷一一八,第1186页。
③　[清]彭定求:《全唐诗》卷一一八,第1190页。
④　[清]董诰:《全唐文》卷三三七,第3415—3416页。
⑤　[清]彭定求:《全唐诗》卷一一八,第1188页。

的潮声飘去。随着越地山川的渐行渐远,留给自己的是无尽的江南相思。

孙逖《和常州崔使君寒食夜》诗云:"闻道清明近,春庭向夕阑。行游昼不厌,风物夜宜看。斗柄更初转,梅香暗里残。无劳秉华烛,清月在南端。"①孙逖《和常州崔使君咏后庭梅二首》,其一云:"闻唱梅花落,江南春意深。更传千里外,来入越人吟。弱干红妆倚,繁香翠羽寻。庭中自公日,歌舞向芳阴。"其二云:"梅院重门掩,遥遥歌吹边。庭深人不见,春至曲能传。花落弹棋处,香来荐枕前。使君停五马,行乐此中偏。"②按,"常州崔使君"为崔日用。《旧唐书·崔日用传》:"寻拜吏部尚书。……寻出为常州刺史,削实封三百户,转汝州刺史。开元七年,差降口赋。"③崔日用是孙逖的忘年之交,故而他经过常州时亲自拜访了崔日用,并且受到崔的热情接待。《千唐志斋藏志》载有《大唐义丰县开国男崔四郎(宜之)墓志铭并序》:"父日用,吏部尚书、常州刺史、齐国公。"④墓主崔宜之开元五年五月十日卒。是时崔日用在常州刺史任。而据郁贤皓先生《唐刺史考全编》,崔日用开元六年已在汝州刺史任⑤。是孙逖和崔日用的两首诗作于开元五年,其时孙逖为山阴尉赴京途中。

三月,李邕赴括州任,道出兖州金乡,撰《叶有道碑》

《两浙金石志》卷二《唐故叶有道先生神道碑并序》,题署:"括州刺史李邕文并书。"末题:"开元五年岁在丁巳三月七日,侍者青溪观主詹玄一丁。"⑥《宝刻丛编》卷一三引《集古录目》:"《唐有道先生叶国重碑》,唐松阳令李邕撰并书。国重道术之士,字雅镇,南阳叶县人。碑以开元五年三月立。"⑦又引《叶法善传》:"李邕既为撰碑而难于书法,善追其魂而书之,世号'追魂碑'。其间用字多差误,是时夜艾钟鸣,李公书未毕而觉,碑因存而不易续。以碑示邕,邕笑曰:'初以为梦,今果然耶?'"⑧又引《诸道石刻录》:"俗号'追魂碑',绍兴十四年火雷碎其石。"⑨朱关田《唐代书法家年谱》卷三《李邕年谱》:"玄宗开元五年丁巳(717),四十三岁。三月,邕赴

① [清]彭定求:《全唐诗》卷一一八,第1189页。
② [清]彭定求:《全唐诗》卷一一八,第1193—1194页。
③ [后晋]刘昫:《旧唐书》卷九九,第3088—3089页。
④ 河南省文物研究所、河南省洛阳地区文管处编:《千唐志斋藏志》,文物出版社1984年版,第593页。
⑤ 郁贤皓:《唐刺史考全编》卷五四,第712页。
⑥ [清]阮元:《两浙金石志》卷二,第22—23页。
⑦ [宋]陈思编著:《宝刻丛编》卷一三,第836—837页。
⑧ [宋]陈思编著:《宝刻丛编》卷一三,第837页。
⑨ [宋]陈思编著:《宝刻丛编》卷一三,第837页。

任途中,道出兖州金乡,撰书《叶国重碑》。又撰《叶慧明碑》,国子监太学生韩择木隶书,七月,立在金乡。未至任改括州司马。王昶《金石萃编》卷七一《唐故叶有道先生神道碑》末记:'开元五年岁在丁巳三月七日。'此碑立在处州。《集古录目》《宝刻丛编》俱记'松阳令李邕撰并书'。原石在山东金乡县,宋绍兴十四年为雷击碎,明嘉靖间重刻于浙江松阳。顾炎武《金石文字记》以为'书法秀逸闲雅,不见欹侧之态,蔡君谟(襄)谓是邕书最佳者,良然'。汪砢玉《珊瑚网法书题跋》卷二十亦谓是书'遒逸丰美,可冠李书诸碑。'"①

七月,李邕为松阳令,撰立《唐赠歙州刺史叶慧明碑》

《宝刻丛编》卷一三"处州"引《集古录目》:"《唐赠歙州刺史叶慧明碑》,唐松阳令李邕撰,国子监太学生韩择木八分书。慧明字道昭,南阳人,隐居学道,玄宗时子法善以道术显,为鸿胪卿,追赠慧明歙州刺史。碑以开元五年七月立。"②

十一月,孙逖已在洛阳秘书正字任,观永乐公主入蕃

孙逖《同洛阳李少府观永乐公主入蕃》诗云:"边地莺花少,年来未觉新。美人天上落,龙塞始应春。"③据《资治通鉴》卷二一一:开元五年"十一月丙申,契丹王李失活入朝。十二月,壬午,以东平王外孙杨氏为永乐公主,妻之。"④

718 唐玄宗开元六年戊午

九月,吕延济为衢州常山县尉

吕延祚《进五臣集注文选表》:"臣惩其若是,志为训释,乃求得衢州常山县尉臣吕延济、都水使者刘承祖男臣良、处士臣张铣、臣吕向、臣李周翰等,或艺术精远,尘游不杂;或词论颖曜,岩居自修:相与三复乃词,周知秘旨,一贯于理,杳测澄怀。目

① 朱关田:《唐代书法家年谱》卷三,第159页。
② [宋]陈思编著:《宝刻丛编》卷一三,第838页。
③ [清]彭定求:《全唐诗》卷一一八,第1198页。
④ [宋]司马光:《资治通鉴》卷二一一,第6730页。

无全文,心无留义,作者为志,森乎可观,记其所善,名曰《集注》,并具字音,复三十卷。其言约,其利博,后事元龟,为学之师,豁若撒蒙,烂然见景,载谓激俗,诚惟便人。伏惟陛下浚德乃文,嘉言必史,特发英藻,克光洪猷,有彰天心,是效臣节,敢有所隐?斯与同进。谨于朝堂拜表以闻,轻渎冕旒,精爽震越,臣诚惶惶恐顿首死罪。谨言。开元六年九月十日工部侍郎臣吕延祚上表。"①

十一月,李邕在括州,因宋璟奏迁渝州刺史

《资治通鉴》卷二一二:开元六年十一月,宋璟奏:"括州员外司马李邕、仪州司马郑勉,并有才略文词,但性多异端,好是非改变,若全引进,则咎悔必至,若长弃损,则才用可惜,请除渝、硖二州刺史。"②

十二月,秦景倩为越州山阴令

《大唐西市博物馆藏墓志》一七七宋温璩撰《唐故常州义兴县令上柱国秦府君(怀道)墓志铭并序》:"嗣子前越州山阴县令景倩,感风树而增慕,集荼蓼以崩心。访宅兆于龟筮,得山川于巩洛。以开元六年十二月廿三日,改葬于洛阳县清风乡之原,礼也。"③

本年,杨翌为台州刺史

《嘉定赤城志》卷八"秩官门·历代郡守":"开元六年,杨翌。"④

徐知仁约于本年为衢州刺史

韩愈《衢州徐偃王庙碑》:"开元初,徐姓二人相属为刺史,帅其部之同姓,改作庙屋,载事于碑。后九十年,当元和九年而徐氏放复为刺史,放字达夫,前碑所谓今户部侍郎,其大父也。"⑤注云:"徐坚字元固,徐峤字巨山。"⑥岑仲勉《元和姓纂四校

---

① [梁]萧统编,[唐]李善、吕延济、刘良、张铣、吕向、李周翰注:《六臣注文选》,中华书局1987年版,第1页。

② [宋]司马光:《资治通鉴》卷二一二,第6734页。

③ 胡戟、荣新江:《大唐西市博物馆藏墓志》,第392页。

④ [宋]陈耆卿:《嘉定赤城志》卷八,《宋元浙江方志集成》第11册,第5146页。

⑤ [清]董诰:《全唐文》卷五六一,第5681页。

⑥ [唐]韩愈著,马其昶校注,马茂元整理:《韩昌黎文集校注》卷六,上海古籍出版社1986年版,第463页。

记》:"但旧、新《坚传》均未言曾官户侍,惟放祖知仁为户侍……则开元初之衢刺,知仁当占其一。又峤之曾官衢刺,有《徐氏山口碣》可证。合而观之,昌黎文所指徐姓二人,确为徐知仁、徐峤之,并非徐坚、徐峤,集注完全失考。"①郁贤皓《唐刺史考全编》卷一四六系徐知仁为衢州刺史在约开元六、七年②。

本年前,于处直为山阴县令

新出土《大唐前崇文生吏部常选蒋楚宾故夫人于氏墓志铭并序》:"夫人姓于氏,其先东海郯人也。……父处直,前越州山阴令。"③按墓主于氏开元六年七月卒,年二十一岁。

719　唐玄宗开元七年己未

一行禅师游学天台山国清寺

《国清寺志》第十章"大事记":"唐开元七年(719),一行禅师(天文学家,俗姓张名遂)不远千里游学来到国清寺,从一隐名大德学习算术,内外学的造诣愈益深湛。后人建塔于寺前。"④同书第八章《一行碑》:"'一行到此水西流'石碑竖于丰干桥畔,正当北涧、西涧两水汇合之处。据《国清寺高僧传》本传载:'禅师,巨鹿张氏子,早岁出家,聪明练达,读书过目成诵。初事普寂禅师,究大衍历法,继来国清访师。闻有师布算院中,其声簌簌然,谓其徒曰:今当有弟子来,求吾算法,计时已达,岂无人导引耶? 即除一算,又曰:门前水西流,弟子当至。'一行禅师入寺之时,正当北山上面山洪暴发,洪水涌至丰干桥下,一时渲泄不通,就往西涧倒涌而去。后人为了纪念这一因缘,在这两涧汇合处立碑纪念。"⑤

---

① [唐]林宝撰,岑仲勉校记:《元和姓纂(附四校记)》卷二,第206页。
② 郁贤皓:《唐刺史考全编》卷一四六,第2074—2075页。
③ 吴钢主编:《全唐文补遗》第4辑,第408页。
④ 丁天魁主编:《国清寺志》,华东师范大学出版社1995年版,第459页。
⑤ 丁天魁主编:《国清寺志》,第297页。

720　唐玄宗开元八年庚申

王丘为吏部侍郎,拔擢孙逖等掌纶诰

《唐会要》卷七五"选部":"开元八年七月,王丘为吏部侍郎,拔擢山阴尉孙逖、桃林尉张镜微、湖城尉张普明、进士王泠然李昂等,不数年,登礼闱,掌纶诰焉。"①按,孙逖为山阴尉在开元二年至五年,开元五年十一月已为秘书正字在洛阳观永乐公主入蕃。故这里的"山阴尉"应是称孙逖的前官。

李畅约于本年为衢州刺史

李华《衢州龙兴寺故律师体公碑》:"刺史李畅跪请移居大方,至于涕泪,俯如其请。"②《唐代墓志汇编续集》载《唐正议大夫使持节相州诸军事守相州刺史上柱国赞皇县开国子李公(畅)墓志铭并序》:"出为虔州刺史。……服阕拜吉州刺史,复如虔州之政。转衢州刺史。……又转梁州刺史。……又转徐州刺史。……转德州刺史。"③郁贤皓《唐刺史考全编》卷一四六系于开元八年前后④。

721　唐玄宗开元九年辛酉

十一月,贺知章在秘书少监任,撰《张有德墓志》

《大唐故银青光禄大夫沧州刺史始安郡开国公张府君(有德)墓志》,题署:"秘书少监贺知章撰。"志云:"府君讳有德,字有德,本南阳西鄂人。……以贞观十八年

---

① [宋]王溥:《唐会要》卷七五,第1607页。
② [清]董诰:《全唐文》卷三一九,第3235页。
③ 周绍良、赵超主编:《唐代墓志汇编续集》,第519页。
④ 郁贤皓:《唐刺史考全编》卷一四六,第2075页。

九月十七日,遘疾归来,薨于襄城县之私第,春秋(空三格)。……以今开元九年,岁次辛酉,十一月甲辰朔,六日己酉,同迁窆于襄城县之原,礼也。"①牛红广有《贺知章撰张有德墓志述略》(《唐山师范学院学报》2017年第3期),可以参考。

十二月,贺知章撰《封祯墓志》

《唐故银青光禄大夫行大理寺少卿上柱国渤海县开国□封公(祯)墓志铭并序》,题署:"秘书少监会稽贺知章撰。"志云:"公讳祯,字全祯,渤海县人。……享年八十二,薨于京师。……以大唐开元九年岁次辛酉十二月己亥六日庚申,归葬于蒋县之故里,礼也。"②

十二月,唐玄宗征召天台山司马承祯入京,承祯上剑镜,玄宗作诗酬答,承祯又上言请别立斋祠之所

《唐会要》卷五〇:"开元九年十二月,天台山道士司马承祯上言:'今五岳神祠,山林之神,山林之神,非正真之神也。五岳皆有洞府,有上清真人降任其职,山川风雨、阴阳气序,是所理焉,冠冕章服、佐从神仙,皆有名数。请别立斋祠之所。'上奇其说,因敕五岳各置真君祠一所。"③

唐玄宗《答司马承祯上剑镜》诗云:"宝照含天地,神剑合阴阳。日月丽光景,星斗裁文章。写鉴表容质,佩服为身防。从兹一赏玩,永德保龄长。"④《旧唐书·司马承祯传》:"开元九年,玄宗又遣使迎入京,亲受法箓,前后赏赐甚厚。"⑤故为唐玄宗本次征召司马承祯入京之作。

司马承祯进镜剑后,玄宗作《答司马承祯进铸含象镜剑图批》云:"得所进明照宝剑等,含雨曜之晖,禀八卦之象,足使光延仁寿,影灭丰城。佩服多情,惭式四韵。"⑥而镜鉴的特点,司马承祯《上清含象鉴图序》云:"夫四规之法,独资于神术;千年之奇,唯求于乌影,含光写貌,虽睹其仪;尚象通灵,罕存其制。而鉴之为妙也。贞质内凝,湛然惟寂,清晖外莹,览焉遂通。应而不藏,至人之心愈显;照而征影,精

① 胡海帆:《北京大学图书馆新藏金石拓本菁华:1996—2012》,北京大学出版社2012年版,第176页。
② 吴钢主编:《全唐文补遗》第4辑,第16—17页。
③ [宋]王溥:《唐会要》卷五〇,第1029页。
④ [清]彭定求:《全唐诗》卷三,第33页。
⑤ [后晋]刘昫:《旧唐书》卷一九二,第5128页。
⑥ [清]董诰:《全唐文》卷三七,第407页。

变之形斯复。所谓有贞明之道也,有神灵之正也。捧玩之宝,莫先兹器。既可以自见,亦可以鉴物,此鉴所以外圆内方,取象天地也。中列爻卦,备著阴阳也。太阳之精,离为日也。太阴之精,坎为月也。星纬五行,通七曜也。雷电在卯,震为雷也。天渊在酉,兑为泽也。云分八卦,节运四时也。此表天之文矣,其方周流为水,以泻四溟,内置连山,以旌五岳,山泽通气,品物存焉,此立地之文也。词铭四句,理应三才,类而长之,可以意得,此寄言以明人之文也。故曰含象鉴,盖总其义焉。勒书于匣,详观制器之象矣。"①《上清含象剑鉴图》附司马承祯《铸剑镜法并药》云:"凡铸剑镜,须得百炼真铁可铸。凡炼铁既精,无朱砂银勾铁,不名精剑,所以太古剑神镜,自轩辕黄帝受神胥公法,后传左丘子镆铘干将,吴越奇霄公皆会神鉴灵剑法。后人不得朱砂银勾添,精铁难以铸成,今先火炼朱砂成银,次炼铁,勾添相杂,取年月日时,剑镜如前法所图样,又别作尺寸展样,或大小各有法度也。"②有关司马承祯与唐代道教镜的情况,可以参考王育成《司马承祯与唐代道教镜说证》③。

本年,阳翟尉皇甫憬因谏逃户而贬盈川尉

《唐会要》卷八五"逃户":"开元九年正月二十八日,监察御史宇文融请急察色役伪滥,并逃户及籍田,因令充使。……阳翟县尉皇甫憬上疏曰:'太上务德,以静为本;其次务化,以安为上。但责其疆界,严立堤防,山水之余,即为见地,何必聚人阡陌,亲遣检量,故夺农时,遂令受弊。又应出使之辈,未识大体所由。殊不知陛下爱人至深,务以勾剥为计,州县惧罪,据牒即征。逃户之家,邻保不济。又使更输,急之则都不谋生,缓之则宪法交及。臣恐逃逸从此更甚。至于澄流在源,止沸由火,不可不慎。今之具寮,向逾万数,蚕食府库。侵害黎民,户口逃亡,莫不由此。纵使伊、皋申术,管、晏陈谋,岂息兹弊。若以此给,将何以堪。虽东海南山,尽为粟帛,亦恐不足,岂括田税客,能周给也。'上方委任融,侍中源乾曜及中书舍人陆坚,赞成其计,贬憬为盈川尉。"④《资治通鉴》卷二一二:开元九年二月,"丁亥,制……阳翟尉皇甫憬上疏言其状;上方任融,贬憬盈川尉。"⑤《新唐书·食货志》:"开元八

① 〔清〕董诰:《全唐文》卷九二四,第9633页。
② 〔唐〕司马承祯:《上清含象剑鉴图》,《道藏》第6册,上海书店出版社、文物出版社、天津古籍出版社1988年版,第686页。
③ 王育成:《司马承祯与唐代道教镜说证》,载《中国历史博物馆馆刊》2000年第1期,第3—40页。
④ 〔宋〕王溥:《唐会要》卷八五,第1851—1852页。
⑤ 〔宋〕司马光:《资治通鉴》卷二一二,第6744—6745页。

年，……监察御史宇文融献策……阳翟尉皇甫憬上书言其不可。玄宗方任用融，乃贬憬为盈川尉。"①《旧唐书·宇文融传》："阳翟尉皇甫憬上疏曰……上方委任融，侍中源乾曜及中书舍人陆坚皆赞成其事，乃贬憬为盈川尉。"②

722　唐玄宗开元十年壬戌

四月，张说巡边，玄宗作诗相送，贺知章有和诗

贺知章有《奉和圣制送张说巡边》诗③。据《旧唐书·张说传》，说于开元九年拜兵部尚书、同中书门下三品，明年，又为朔方军节度大使，往巡五城④。据《通鉴》，此事在开元十年四月己亥⑤。

闰五月，韦晃终于婺州司仓参军任

新出土《大唐故朝议郎行婺州司仓参军事柱国韦府君（晃）墓志铭并序》："君讳晃，字重光，京兆杜陵人也。……以懿亲随调，释巾补冀州参军。代满，迁婺州司仓参军事。"⑥韦晃开元十年闰五月卒，年五十二。

司马承祯请还天台，玄宗赋诗送之

《旧唐书·司马承祯传》："十年，驾还西都，承祯又请还天台山，玄宗赋诗以遣之。"⑦唐玄宗《王屋山送道士司马承祯还天台》诗云："紫府求贤士，清溪祖逸人。江湖与城阙，异迹且殊伦。间有幽栖者，居然厌俗尘。林泉先得性，芝桂欲调神。地道逾稽岭，天台接海滨。音徽从此间，万古一芳春。"⑧

---

① ［宋］欧阳修、宋祁：《新唐书》卷五一，第 1345 页。
② ［后晋］刘昫：《旧唐书》卷一〇五，第 3218 页。
③ ［清］彭定求：《全唐诗》卷一一二，第 1146 页。
④ ［后晋］刘昫：《旧唐书》卷九七，第 3053 页。
⑤ ［宋］司马光：《资治通鉴》卷二一二，第 6749 页。
⑥ 吴钢主编：《全唐文补遗》第 5 辑，第 334 页。
⑦ ［后晋］刘昫：《旧唐书》卷一九二，第 5128 页。
⑧ ［清］彭定求：《全唐诗》卷三，第 35 页。

是年,皇甫忠为越州都督

《会稽掇英总集》卷一八《唐太守题名记》:"皇甫忠,开元十年八月自杭州刺史授。十一年,拜许州刺史。"①《嘉泰会稽志》卷二"太守"同②。

是年,王维在越州,作《皇甫岳云溪杂题五首》

王维《皇甫岳云溪杂题五首》是名篇,但历来注家都没有系年。

竺岳兵曾作《王维寓家越中考》(载其所著《唐诗之路唐代诗人行迹考》),虽以王维寓家越中尚需要更多的证据以支撑外,以"云溪"为越州的"五云溪",亦即若耶溪,颇有见地。《嘉泰会稽志》卷一〇《水》:"若耶溪在(会稽)县南二十五里,溪北流与镜湖合。……唐徐季海尝游溪,因叹曰:'曾子不居胜母之间,吾岂游若耶之溪?'遂改为五云溪。"③加以这五首诗分别是《鸟鸣涧》《莲花坞》《鸬鹚堰》《上平田》《萍池》,都是属于江南风景,因而将其置于越州是符合实际的。

我们这里考证一下皇甫岳。《元和姓纂》卷五"皇甫"氏:"皇甫,子姓,宋戴公之子充石,字皇父,子孙以王父字为氏。汉兴,改'父'为'甫'。后汉安定都尉皇甫携生稜,始居安定。稜子彪。……彪七代孙轨,五代孙璠,生诞。诞生无逸,唐户部尚书、滑国公,生恌。恌,汾州刺史。生忠。""称与无逸同承晋广魏太守固,固子柴。……唐黄门侍郎皇甫文房,兄子镜几。……镜几生闲,闲生岳。"④是知皇甫岳是皇甫忠的侄辈。竺岳兵推算皇甫岳为皇甫忠孙辈,似不确。据《会稽掇英总集》所载唐太守题名,皇甫忠开元十年自杭州刺史授越州都督,其时皇甫岳在越,作为其属官,亦为情理中事。故系于开元十年。

皇甫岳与王维交谊甚深,王维又有《皇甫岳写真赞》云:"有道者古,其神则清。双眸朗畅,四气和平。长江月影,太华松声。周而不器,独也难名。且未婚嫁,犹寄簪缨。烧丹药就,辟谷将成。云溪之下,法本无生。"⑤皇甫岳,史籍记载甚少。王昌龄有《至南陵答皇甫岳》诗云:"与君同病复漂沦,昨夜宣城别故人。明主恩深非

---

① 〔宋〕孔延之:《会稽掇英总集》卷一八,《宋元浙江方志集成》第 14 册,第 6553 页。
② 〔宋〕施宿:《嘉泰会稽志》卷二,《宋元浙江方志集成》第 4 册,第 1664 页。
③ 〔宋〕施宿:《嘉泰会稽志》卷一〇,《宋元浙江方志集成》第 4 册,第 1846 页。
④ 〔唐〕林宝撰,岑仲勉校记:《元和姓纂(附四校记)》卷五,第 610—614 页。
⑤ 〔清〕董诰:《全唐文》卷三二五,第 3301 页。

岁久，长江还共五溪滨。"①是在宣城别皇甫岳，是时皇甫岳仍在江南。王昌龄又有《别皇甫五》诗云："溆浦潭阳隔楚山，离尊不用起愁颜。明祠灵响期昭应，天泽俱从此路还。"②则又是在湖南所作。可以参考。

王维《皇甫岳云溪杂题五首》亦录之于下：《鸟鸣涧》："人闲桂花落，夜静春山空。月出惊山鸟，时鸣春涧中。"《莲花坞》："日日采莲去，洲长多暮归。弄篙莫溅水，畏湿红莲衣。"《鸬鹚堰》："乍向红莲没，复出清蒲扬。独立何褵褷，衔鱼古查上。"《上平田》："朝耕上平田，暮耕上平田。借问问津者，宁知沮溺贤。"《萍池》："春池深且广，会待轻舟回。靡靡绿萍合，垂杨扫复开。"③

关于王维是否游越的问题，学术界颇有争议。清人赵殿成《王右丞集笺注》在注释《别弟妹二首》解题时说："考右丞本传及他书，未有言其寓家于越，浪迹水乡者。"④谭优学《王维生平事迹再探》⑤则以为王维有游越的经历，且认为赵殿成《王右丞年谱》、陈贻焮《王维生平事迹初探》（载《唐诗论丛》）在开元十五六年至开元二十二年之间为空白。由此推测王维游越就在此五六年间。按，宋末元初邓牧所作《伯牙琴》中有《自陶山游云门》云："涉溪水，有亭榜曰'云门山'。山为唐僧灵一、灵澈居。萧翼、崔颢、王维、孟浩然、李白、孟郊来游，悉有题句。遐想其一觞一咏，固亦如我辈今日，斯人皆归尽也。所直秦望山，为始皇东游处。"⑥所记诸人都有游越州的经历，加以王维与越州相关的诗有多首，故而王维曾游越州自无可疑。

有关王维的生平经历，一般认为，王维开元九年得登第后解褐为太乐丞，坐累被贬为济州司仓参军。即如陈铁民《王维年谱》（载《王维新论》）"开元九年（721）"云："是春，擢进士第，解褐为太乐丞。送綦毋潜落第还乡，大约在是春。寻坐累，谪济州司仓参军。"⑦而一直在济州，至开元十四年夏前，才离开济州司仓参军之任。这里陈铁民先生系王维在济州司仓参军任上有六年之久，这样长的时间本身就令人怀疑。王勋成《唐代铨选与文学》云："及第举子有了出身，成了吏部的选人后，仍不能即刻授官，得选守选数年，如进士及第守选三年，明经（明二经）及第守选七年，明法及第守选五年……等。守选期间，世称他们为前进士、前明经、前明法等。及

---

① ［清］彭定求：《全唐诗》卷一四三，第1446—1447页。
② ［清］彭定求：《全唐诗》卷一四三，第1450页。
③ ［清］彭定求：《全唐诗》卷一二八，第1302页。
④ ［唐］王维著，［清］赵殿成注：《王维诗集》卷四，上海古籍出版社2017年版，第93页。
⑤ 谭优学：《唐诗人行年考续编》，第64—71页。
⑥ ［宋］邓牧：《伯牙琴》，中华书局1959年版，第43页。
⑦ 陈铁民：《王维新论》，北京师范学院出版社1990年版，第4页。

第举子的守选自初唐贞观年间就开始了。……在唐代,进士及第不守选即授官,可以说是没有的。"①尽管我们可以找到初盛唐时期守选制度尚未完善时,守选不足三年就授官的特例,但从清人赵殿成《王维年谱》到今人陈铁民《王维年谱》就在没有确凿的证据下直接定王维进士及第当年即授官太乐丞,又在当年即被贬为济州司仓参军,未免草率而且不近情理。我们按照王维有关越中诗多首,加以与皇甫忠、皇甫岳的关系,而皇甫忠开元十年在越州刺史任,因而大致可以确定在本年前后王维有游越的经历。至于其进士及第后为何游越,竺岳兵先生考证其"寓家越中"当然并不确切,而我们认为王维可能既是漫游越中欣赏其山水,同时也是力图由地方官引荐其为官有关。故而王维因为与皇甫岳甚深的交谊再由皇甫岳邀请来越州并与越州刺史皇甫忠交集从而扩大社会影响,这对于王维的授官是非常有利的。因此,我们基于唐代守选制度加以王维越中诗歌参证,推测王维开元九年春进士及第之后,于当年或次年即开元十年就到了越州,并留下了一些诗作。

王维《西施咏》约作于本年

王维《西施咏》诗云:"艳色天下重,西施宁久微。朝仍越溪女,暮作吴宫妃。贱日岂殊众,贵来方悟稀。邀人傅香粉,不自著罗衣。君宠益娇态,君怜无是非。当时浣纱伴,莫得同车归。持谢邻家子,效颦安可希。"②按,陈铁民《王维集校注》卷一注云:"此诗载《河岳英灵集》,当作于天宝十二载(753)前。"③陈铁民先生将其作年定于天宝十二载(753)之前,是。今参考上条所考王维约开元十年在越州,故将本诗亦系于本年。

西施是古代春秋时越国美女,传说她出身微贱,浣纱于越溪。越王勾践为复国计,"乃使相工索国中,得苎萝山鬻薪之女,曰西施、郑旦,饰以罗縠,教以容步,习于土城,临于都巷,三年学服,而献于吴。……吴王大悦,曰:'越贡二女,乃勾践之尽忠于吴之证也。'"④夫差得到西施之后,从此沉湎酒色,政事废驰,复为越所灭。诗借西施遭遇为例,慨叹世态炎凉,人情淡薄。开头四句叙述西施因艳色而不会久沉微贱。中间六句主要写其得到吴王的宠爱。"君宠益娇态,君怜无是非"二语,在写实中暗寓哲理,意蕴丰富。最后四句,推开一层,从反面着笔,言徒然效颦,只能更

---

① 王勋成:《唐代铨选与文学》,中华书局 2001 年版,第 2—4 页。
② [清]彭定求:《全唐诗》卷一二五,第 1251 页。
③ [唐]王维撰,陈铁民校注:《王维集校注》(修订本)卷一,中华书局 2018 年版,第 8 页。
④ 周生春:《吴越春秋辑校汇考》,上海古籍出版社 1997 年版,第 147 页。

增其丑。全诗清新秀雅，意新理惬，一字一句，澄淡精致。前人谓此诗为存意托讽之作，或讽李林甫等娇宠之辈，或泛讽世情，都不无道理。明人钟惺《唐诗归》卷八云："情艳诗到极深细、极委曲处，非幽静人原不能理会，此右丞所以妙于情诗也。彼以禅寂、闲居求右丞幽静者，真浅且浮矣。"①清人王尧衢《古唐诗合解》卷五："艳色天下所重，艳如西施，岂久于微贱者哉？言人贵自立，有才必为世用，决不沦于微贱，故以西施为喻。"②

本年，郑侇为台州刺史

《嘉定赤城志》卷八"秩官门·历代郡守"："开元十年，郑侇。"③

本年，源光乘为衢州长史

柳芳《唐故通议大夫太子詹事上柱国源府君（光乘）墓志铭并序》："府君讳光乘，河南洛阳人也。……后缘夫人兄皎坐累，遂罢于左迁，授衢州长史。俄徙润州别驾，拜左卫率府中郎。"④按，其夫人姜氏，夫人之兄即姜皎。皎于开元十年坐漏泄禁中语，发配钦州。源光乘被贬衢州长史亦当在本年。《旧唐书·姜皎传》："十年，坐漏泄禁中语……配流钦州。"⑤

徐坚约于本年为衢州刺史

张九龄《大唐故光禄大夫右散骑常侍集贤院学士赠太子少保东海徐文公（坚）神道碑铭并序》："复以亲累出为绛州，历永、蕲、棣、衢四郡。……开元中……迁秘书监。"⑥郁贤皓《唐刺史考全编》卷一四六系于约开元十年⑦。

① 陈伯海主编：《唐诗汇评》（增订本），第 442 页。
② ［清］蘅塘退士选编，胡可先注评：《唐诗三百首》，河北人民出版社 2006 年版，第 23 页。
③ ［宋］陈耆卿：《嘉定赤城志》卷八，《宋元浙江方志集成》第 11 册，第 5146 页。
④ 吴钢主编：《全唐文补遗》第 1 辑，第 165 页。
⑤ ［后晋］刘昫：《旧唐书》卷五九，第 2336—2337 页。
⑥ ［清］董诰：《全唐文》卷二九一，第 2954 页。
⑦ 郁贤皓：《唐刺史考全编》卷一四六，第 2075 页。

723　唐玄宗开元十一年癸亥

四月,贺知章《徐师道碑》作铭

《金石录》卷五云:"《唐高行先生徐公碑》,姚奕撰序,贺知章铭,徐峤之正书。开元十一年四月。徐名师道,浩祖也。"①《宝刻丛编》卷十三《越州》引《金石录》:"唐高行先生徐师道碣,唐姚奕撰序,贺知章铭,子峤之书。开元十一年四月立。"②

五月,贺知章入丽正殿修书院

《旧唐书·贺知章传》:"开元十年,兵部尚书张说为丽正殿修书使,奏请知章及秘书员外监徐坚、监察御史赵冬曦皆入书院,同撰《六典》及《文纂》等,累年,书竟不就。后转太常少卿。"③《新唐书·贺知章传》:"张说为丽正殿修书使,表知章及徐坚、赵冬曦入院,撰《六典》等书。"④按《旧传》作"十年"误。《资治通鉴》卷二一二《唐记》:"开元十一年五月,……上置丽正书院,聚文学之士秘书监徐坚、太常博士会稽贺知章、监察御史鼓城赵冬曦等,或修书,或侍讲。以张说为修书使以总之。"⑤又《新唐书·赵冬曦传》:"坐事流岳州。召还复官,与秘书少监贺知章、校书郎孙季良、大理评事咸廙业入集贤院修撰。是时,将仕郎王嗣琳、四门助教范仙厦为校勘,翰林供奉吕向、东方颢为校理。"⑥

六月,诸暨立《香严寺碑》

《嘉泰会稽志》卷一六"碑刻":"《香严寺碑》,康希铣撰,徐峤之正书,篆额。开元十一年六月立,碑在诸暨荐严寺。"⑦

---

① [宋]赵明诚撰,金文明校证:《金石录校证》卷五,第97—98页。
② [宋]陈思编著:《宝刻丛编》卷一三,第792页。
③ [后晋]刘昫:《旧唐书》卷一九〇中,第5033页。
④ [宋]欧阳修、宋祁:《新唐书》卷一九六,第5606页。
⑤ [宋]司马光:《资治通鉴》卷二一二,第6755—6756页。
⑥ [宋]欧阳修、宋祁:《新唐书》卷二〇〇,第5702页。
⑦ [宋]施宿:《嘉泰会稽志》卷一六,《宋元浙江方志集成》第4册,第2031页。

本年,郑休远为越州都督

《会稽掇英总集》卷一八《唐太守题名记》:"郑休远,开元十一年,自汾州刺史授。十五年,有犯去官。"①《嘉泰会稽志》卷二"太守"同②。《嘉泰吴兴志》卷一四"郡守题名":"郑休还,垂拱元年,自金州刺史授。迁越州都督。《统纪》云:景云元年,太常少卿授。迁滑州刺史。"③"休还"为"休远"之误。

724　唐玄宗开元十二年甲子

夏,台州乐安县尉卒,苏颋在蜀中,作诗哭之

苏颋《蜀城哭台州乐安少府》诗云:"远游跻剑阁,长想属天台。万里隔三载,此邦余重来。音容旷不睹,梦寐殊悠哉。边郡饶藉藉,晚庭正回回。喜传上都封,因促傍吏开。向悟海盐客,已而梁木摧。变衣寝门外,挥涕少城隈。却记分明得,犹持委曲猜。师儒昔训奖,仲季时童孩。服义题书篋,邀欢泛酒杯。暂令风雨散,仍迫岁时回。其道惟正直,其人信美偲。白头还作尉,黄绶固非才。可叹悬蛇疾,先贻问鵩灾。故乡闭穷壤,宿草生寒荄。零落九原去,蹉跎四序催。曩期冬赠橘,今哭夏成梅。执礼谁为赠,居常不徇财。北登崔嵬坂,东望姑苏台。天路本悬绝,江波复溯洄。念孤心易断,追往恨艰裁。不遂卿将伯,孰云陈与雷。吾衰亦如此,夫子复何哀。"④郁贤皓先生《唐刺史考全编》卷二二二云:"《全诗》卷七四苏颋《咏礼部尚书厅后鹊》原注:'时将重入蜀。'又卷七三《蜀城哭台州乐安少府》:'远游跻剑阁,长想属天台。万里隔三载,此邦余重来。……曩期冬赠橘,今哭夏成梅。'当为夏天在蜀中作。按十一年四月苏颋尚在京,有《为王尚书(王晙是年四月甲子为兵部尚书、同中书门下三品)让宰相表》,当于是时后第二次入蜀。"⑤是本诗应作于开

---

① [宋]孔延之:《会稽掇英总集》卷一八,《宋元浙江方志集成》第14册,第6553页。

② [宋]施宿:《嘉泰会稽志》卷二,《宋元浙江方志集成》第4册,第1664页。

③ [宋]谈钥:《嘉泰吴兴志》卷一四,《宋元浙江方志集成》第6册,第2652页。

④ [清]彭定求:《全唐诗》卷七三,第798页。

⑤ 郁贤皓:《唐刺史考全编》卷二二二,第2943页。

元十二年。按诗有"曩期冬赠橘,今哭夏成梅"语,是作于本年夏天。郁贤皓《苏颋年谱》编于开元十一年,并云:"《蜀城哭台州乐安少府》诗云:'远游跻剑阁,长想属天台。万里隔三载,此邦余重来。'证知为第二次入蜀时作。"①系于开元十一年,误。又按,乐安,唐属台州,今为仙居县。《旧唐书》卷四〇《地理志》:"台州上。隋永嘉郡之临海县。……领临海、章安、始丰、乐安、宁海五县。"②按乐安县,北宋景德四年(1007),宋真宗以其"洞天名山屏蔽周卫,而多神仙之宅",诏改仙居县。

秋,李白下荆门,游东越

李白《秋下荆门》诗云:"霜落荆门江树空,布帆无恙挂秋风。此行不为鲈鱼鲙,自爱名山入剡中。"③郁贤皓《李太白全集校注》卷一九注云:"按此诗在敦煌写本《唐人选唐诗》残卷(伯二五六七)中题作《初下荆门》,当是开元十二年(724)秋天初次离开荆门东下时所作。从此诗可见'入剡中'乃李白出蜀时的原定计划,前人以为李白'东入溟海'仅到扬州为止,是不正确的。沈德潜谓'天下将乱',尤误。绝句因篇幅短小,一般不用典实。诗人在此连用两个典故,读来仍然流畅自如,使人不易察觉,可谓七绝妙境。"④按,裴斐《李白年谱简编》系于开元十三年李白出蜀远游时;安旗等《李白全集编年笺注》卷一编于开元十四年。今不从。薛天纬《李白诗选》于本诗后两句分析切"浙东唐诗之路",颇为精当:"'此行'二句:用晋人张翰故事而别出己意,表明此行是为游览越中山水,而非美食。张翰在洛阳做官,见秋风起,因思吴中菰菜羹、鲈鱼脍,遂命驾而归。见《世说新语·识鉴》。剡中,即剡县(今浙江新昌、嵊州一带),属越州,因剡溪而得名。其地山水风光佳胜,晋代以来文人名士多向往而至,唐代诗人往游者众多,形成当代研究者所称的'浙东唐诗之路'。"⑤

李白出蜀后秋下荆门,走的是较为典型的"浙东唐诗之路"。郁贤皓《唐代诗人与浙东山水》云:"李白在开元十二年出蜀后的主要旅游目标就是浙东剡中。他在《初下荆门》诗中写道:'此行不为鲈鱼鲙,自爱名山入剡中。'他沿江东下,又由运河南下,渡浙江到会稽,又沿曹娥江溯流而上到剡县(今嵊州、新昌),又沿剡溪溯流东

---

① 郁贤皓:《唐风馆杂稿》,辽宁大学出版社 1999 年版,第 69 页。
② [后晋]刘昫:《旧唐书》卷四〇,第 1591 页。
③ [清]彭定求:《全唐诗》卷一八一,第 1844 页。
④ 郁贤皓:《李太白全集校注》卷一九,凤凰出版社 2015 年版,第 2741 页。
⑤ 薛天纬:《李白诗选》,人民文学出版社 2017 年版,第 9—10 页。

南行,经沃洲湖,到石桥,在天台山北麓登华顶峰,又下山至南麓国清寺。这条旅游线也是杜甫以及后来许多诗人们所走的路线,后来李白开元末和天宝六载(747)两次游浙东,基本上也是走这条路线。"①

七月,张嘉贞为台州刺史

《旧唐书·玄宗纪》:开元十二年七月,"户部尚书、河东伯张嘉贞贬台州刺史。"②《旧唐书·张嘉贞传》:"十一年,……因出为幽州刺史。……明年,复拜户部尚书,兼益州长史,判都督事。敕嘉贞就中书省与宰相会宴。……明年,坐与王守一交往,左转台州刺史。复代卢从愿为工部尚书、定州刺史,知北平军事,累封河东侯。"③叙述两个"明年"与纪文相差一年。考《资治通鉴》卷二一二《唐纪》:开元十二年七月,"贬(王)守一潭州别驾,中路赐死。户部尚书张嘉贞坐与守一交通,贬台州刺史。"④是嘉贞之贬,确在开元十二年。《嘉定赤城志》卷八"秩官门·历代郡守":"开元元年,张嘉贞(仁庙嫌讳)。"注:"《壁记》作韦嘉贞,今按《唐书》,张嘉贞开元间贬守台州,盖《壁记》误以为韦也。又《旧唐书》作开元十三年。"⑤所载均误。

九月,司马承祯作《茅山贞白先生碑阴记》

《道藏》本《茅山志》卷二二收录《茅山贞白先生碑阴记》,题署:"天台华峰白云道士河内司马道隐子微述并书。"末署:"时大唐开元十二年甲子九月十三日己巳书。"⑥吴受琚《司马承祯集》卷八辑入。

李白作《大鹏赋》,怀念司马承祯

李白《大鹏赋序》云:"予昔于江陵,见天台司马子微,谓予有仙风道骨,可与神游八极之表。因著大鹏遇希有鸟赋以自广。此赋已传于世,往往人间见之。悔其少作,未穷宏达之旨,中年弃之。及读晋书,睹阮宣子大鹏赞,鄙心陋之。遂更记

① 郁贤皓:《唐代诗人与浙东山水》,《李白与唐代文史考论》第三卷《唐代文史考论》,南京师范大学出版社 2008 年版,第 1072—1073 页。

② [后晋]刘昫:《旧唐书》卷八,第 187 页。

③ [后晋]刘昫:《旧唐书》卷九九,第 3092 页。

④ [宋]司马光:《资治通鉴》卷二一二,第 6761 页。

⑤ [宋]陈耆卿:《嘉定赤城志》卷八,《宋元浙江方志集成》第 11 册,第 5146 页。

⑥ [元]刘大彬:《茅山志》卷二二,《道藏》第 5 册,第 644—645 页。

忆，多将旧本不同。今腹存手集，岂敢传诸作者？庶可示之子弟而已。"①郁贤皓《李太白全集校注》卷二四题解注云："据此赋序中首四句所言，可知此赋初作于开元十二年(724)刚出蜀至江陵之时。……按《全唐文》卷九二四司马承祯《陶宏景碑阴记》云：'子微将游衡岳，暂憩茅山。……时大唐开元十二年甲子九月十三日己巳书。'又按《唐大诏令集》卷七十四《令卢从愿等祭岳渎诏》：'令太常少卿张九龄祭南岳。'下注'开元十四年正月'。张九龄有《登南岳事毕谒司马道士》诗；此'司马道士'当即承祯。由此知司马承祯游衡岳在开元十四年。按《旧唐书·司马承祯传》：'开元九年，玄宗又遣使迎入京，亲受法箓，前后赏赐甚厚。十年，驾还西都。承祯又请还天台山，玄宗赋诗以遣之。十五年，又诏至都。玄宗令承祯于王屋山自选形胜，置坛室以居焉。……卒于王屋山，时年八十九。'由此知开元十五年后承祯一直居王屋山，未能再至南方。据卫凭《唐王屋山中岩台正一先生庙碣》，知承祯于乙亥岁(开元二十三年)夏六月十八日卒。又按李白自开元十二年秋出蜀至江陵，至十三年夏游洞庭湖后下金陵。则李白遇见司马承祯写《大鹏遇希有鸟赋》，当即在开元十二三年间。此赋序云：'悔其少作，未穷宏达之旨。中年弃之。……遂更记忆，多将旧本不同。'知今存此赋为改写本。赋开头即称'南华老仙'，据《旧唐书·玄宗纪》，天宝元年，诏封庄子为南华真人。则此赋改写的时间，当在此之后，或即在天宝二年供奉翰林时欤？"②

夏至日，贺知章在太常少卿任，撰祭皇地祇乐章

《唐会要》卷三三："冬至日，祭昊天上帝，乐章三，……夏至日，祭皇地祇，乐章三，……开元十二年，礼部侍郎贺知章撰。"③《旧唐书·音乐志三》："玄宗开元十三年禅社首山祭地祇乐章八首，……太常少卿贺知章作。"④按，以上两则材料均有误。玄宗开元十三年正月封山，故贺知章乐章应作于此前即十二年。而贺知章开元十三年四月才由太常少卿转吏部侍郎，故《唐会要》记载亦有误。

万齐融罢秘书正字归越州，作《大唐越州都督府鄮县阿育王寺常住田碑》

万齐融《大唐越州都督府鄮县阿育王寺常住田碑》，是保存至今最为珍贵的唐

① ［清］董诰：《全唐文》卷三四七，第 3523 页。
② 郁贤皓：《李太白全集校注》卷二四，第 3526—3527 页。
③ ［宋］王溥：《唐会要》卷三三，第 706—707 页。
④ ［后晋］刘昫：《旧唐书》卷三〇，第 1118 页。

代碑刻之一,置于宁波阿育王寺。碑阴刻宋张九成撰并书《妙喜泉铭》。碑文载于《全唐文》。该碑撰文者万齐融,最初由徐峤之书丹,大概立于唐中宗时期,但原碑被毁。唐文宗大和七年(833)由寺僧筹划重立,时任明州刺史于季友邀处士范的书丹。这里的阿育王塔以及万齐融所撰的碑记,对于后代如吴越时期的阿育王塔具有重大影响。而宁波阿育王塔的形制也深深影响了日本,现在仍存的奈良东大寺南大门就是日本僧人重源求助于中国工匠修建的,而重源曾在北宋时三度来华。

万齐融文约作于开元十二年。陶敏、傅璇琮《唐五代文学编年史·初盛唐卷》开元十二年:"《全唐文》卷三三五万齐融《阿育王寺常住田碑》:'弟子早校兰书,式典麒麟之阁;晚游莲迹,每参鹦鹉之林。'知其作碑时已罢正字归越。《金石萃编》卷一〇八《大唐越州都督□□(府鄞)县阿育王寺常住田碑》,大和七年十二月立,云'旧碑是前□赵[越]州刺史徐峤□(之)书,前秘书□(省)正字郎万齐融撰'。徐峤之开元十一年在越州刺史任,约开元十四年在衢州刺史任,见《唐刺史考》,其书《常住田碑》当在本年或十三年。"①

钱钟书《管锥编》涉及万齐融文一条"《全唐文》卷一四三李百药《化度寺故僧邕禅师舍利塔铭》:'涉无为之境,绝有待之累';卷三三五万齐融《阿育王寺常住田碑》:'我闻语寂灭者,本之以不生,而菩萨不能去资生立法;谈逍遥者,存之以无待,而神人不能亡有待为烦。'……唐、宋诗中如骆宾王《帝京篇》:'相顾百龄皆有待。'陈与义《对酒》:'人间多待须微禄。'均谓人生都须营求衣食。"②

本年,潘好礼为温州别驾致仕

《唐会要》卷三"皇后":"初,(开元)十四年四月,侍御史潘好礼闻上欲以惠妃为皇后。进疏谏曰……苏冕驳曰:'此表非潘好礼所作。且好礼先天元年为侍御史,开元十二年为温州刺史致仕,表是十四年献,而云职参宪府,若题年恐错。即武惠妃先天元年始年十四,王皇后有宠未衰,张说又未为右丞相,竟未知此表是谁献之。'"③按,《旧唐书·潘好礼传》:"迁豫州刺史,……俄坐事左迁温州别驾卒。"④《新唐书·潘好礼传》:"复以公累,徙温州别驾,卒。"⑤是潘好礼卒于温州别驾还是

① 陶敏、傅璇琮:《唐五代文学编年史·初盛唐卷》,第594页。
② 钱钟书:《管锥编》,生活·读书·新知三联书店2001年版,第1981页。
③ [宋]王溥:《唐会要》卷三,第29—31页。
④ [后晋]刘昫:《旧唐书》卷一八五下,第4818页。
⑤ [宋]欧阳修、宋祁:《新唐书》卷一二八,第4466页。

卒于刺史之任,史传与会要颇有异词。揆之史载潘好礼是由豫州刺史左迁,则应为温州别驾,盖以刺史迁刺史不得称为左迁。郁贤皓《唐刺史考全编》卷一五〇温州卷不收潘好礼,盖亦因潘氏未尝为刺温。

本年,皇甫憬任信安县尉

嘉庆《西安县志》卷二四《职官志》:"皇甫憬,开元十二年任。见《旧唐书·宇文融传》。"①

本年或稍后,郭湜补山阴县尉

陈翃《唐故朝散大夫检校尚书驾部郎中兼同州长史郭公(湜)墓志铭并序》:"开元十二年,擢进士第,补山阴尉,调太子典膳丞、四门博士、河东仓曹掾。太守苗公晋卿、韦公陟善待之,俾司贡士之选。无何,改湖城令。"②按,郭湜为著名笔记《高力士外传》的作者。

725　唐玄宗开元十三年乙丑

四月,张说上集贤学士,玄宗作诗相送,贺知章有和诗

贺知章有《奉和圣制送张说上集贤学士赐宴赋得谟字》③。据《资治通鉴》卷二一二《唐纪》,开元十三年四月,改集仙殿为集贤殿,授说集贤院学士、知院事④。

五月,贺知章在礼部侍郎任,撰《陆景献墓志》

《大唐故大理正陆君墓志铭并序》,题署:"礼部侍郎贺知章词。"志云:"君讳景献,字闻贤,吴郡吴人也。……开元十三年岁次乙丑四月十八日,终于东都敦化里

---

① ［清］姚宝煃、范崇楷纂:《嘉庆西安县志》卷二四,第 6 页。
② 吴钢主编:《全唐文补遗·千唐志斋新藏专辑》,第 272 页。
③ ［清］彭定求:《全唐诗》卷一一二,第 1146 页。
④ ［宋］司马光:《资治通鉴》卷二一二,第 6764 页。

第,春秋卅有九。……以五月十四日葬于河南龙门之北原□茔,礼也。"①

十一月,贺知章自太常少卿迁礼部侍郎兼集贤学士

唐刘肃《大唐新语》卷十一云:"贺知章自太常少卿迁礼部侍郎,兼集贤学士。一日并谢二恩。时源乾曜与张说同秉政,乾曜问说曰:'贺公久著盛名,今日一时两加荣命,足为学者光耀。然学士与侍郎,何者为美?'说对曰:'侍郎,自皇朝已来,为衣冠之华选,自非望实具美,无以居之。虽然,终是具员之英,又非往贤所幕。学士者,怀先王之道,为缙绅轨仪,蕴扬班之词彩;兼游夏之文学,始可处之无愧。二美之中,此为最矣。"②据严耕望《唐仆尚丞郎表》卷一六《尚书礼部侍郎》:"贺知章,开元十三年,由太常少卿迁礼侍,四月五日戊午见在任,加集贤院学士。十一月,见在任,十四年四月十九丁卯稍后,盖五月,换工侍。"③又据《新唐书》卷六二《宰相表》中:"开元八年正月,……京兆尹源乾曜为黄门侍郎、同中书门下平章事。""五月丁卯,乾曜为侍中。""九年九月,天兵军节度使张说守兵部尚书、同中书门下三品。""十一年二月……癸亥,说兼中书令。""十三年十一月壬辰,说为尚书右丞相兼中书令,乾曜为尚书左丞相兼侍中。"④贺知章开元十三年拜官,故得同谢张说与源乾曜。

十一月,玄宗封泰山,又召贺知章讲仪注,知章又撰封泰山乐章

《旧唐书》卷二三《礼仪志》云:"(开元)十三年十一月丙戌,至泰山。""因召礼官学士贺知章等入讲仪注,因问之,知章等奏曰:'昊天上帝,君位;五方时帝,臣位;帝号虽同,而君臣异位。陛下享君位于山上,群臣祀臣位于山下,诚足以垂范来叶,为变礼之大者也。礼成于三,初献、亚、终,合于一处。'玄宗曰:'朕正欲如是,故问卿耳。'于是敕三献于山上行事,其五方帝及诸神座于山下坛行事。玄宗因问:'玉牒之文,前代帝王。何故秘之?'知章对曰:'玉牒本是通于神明之意。前代帝王,所求各异,或祷年算,或思神仙,其事微密,是故莫知之。'玄宗曰:'朕今此行,皆为苍生祈福,更无秘请。宜将玉牒出示百僚,使知朕意。'"⑤又见《新唐书》卷十四《礼乐志》、《资治通鉴》卷二一二《唐纪》、《大唐新语》卷一〇等。

---

① 赵君平、赵文成编:《秦晋豫新出墓志搜佚》,国家图书馆出版社 2012 年版,第 510 页。
② [唐]刘肃撰,许德楠、李鼎霞点校:《大唐新语》卷一一,第 165 页。
③ 严耕望:《唐仆尚丞郎表》卷一六,第 854 页。
④ [宋]欧阳修、宋祁:《新唐书》卷六二,第 1686—1687 页。
⑤ [后晋]刘昫:《旧唐书》卷二三,第 898—899 页。

本年,邵昇为台州刺史

《嘉定赤城志》卷八"秩官门·历代郡守":"开元十三年,邵昇。"①按,邵昇为唐代诗人,《全唐诗》卷六九有《奉和初春幸太平公主南庄应制》诗②。

本年,姚绍之为括州长史

《旧唐书·姚绍之传》:"开元十三年,累转括州长史同正员,不预知州事,死。"③

本年或稍前,綦毋潜赴京应试落第,王维、卢象等作诗送其东归还乡

王维《送綦毋潜落第还乡》诗:"圣代无隐者,英灵尽来归。遂令东山客,不得顾采薇。既至君门远,孰云吾道非。江淮度寒食,京洛缝春衣。置酒临长道,同心与我违。行当浮桂棹,未几拂荆扉。远树带行客,孤村当落晖。吾谋适不用,勿谓知音稀。"④按,綦毋潜开元十四年及第,此前曾有应试落第之事,故王维作诗相送。应为十三年以前,今姑系于本年。这首诗《唐诗三百首》选入,是王维在长安送落第还乡的綦毋潜之作,表现对綦毋潜的安慰之意。诗有叙事,有写景,有抒情,有感慨,有勉励,尽管为落第之人而作,但读之并不感到颓唐,而是使人振奋。全诗层次分明,处处又扣紧题目。在形式上无愧为唐诗的典范之作。清人沈德潜《唐诗别裁集》卷一评曰:"反复曲折,使落第人绝无怨尤。"⑤綦毋潜诗中多有思乡之作,而且集中于思念若耶溪,后来弃官还乡也是归浙东隐居,而这首诗中"遂令东山客",就是用谢安隐居东山之典,与浙东关联,故推测綦毋潜落第所还之乡为浙东越州。

卢象《送綦毋潜》诗:"夫君不得意,本自沧海来。高足未云骋,虚舟空复回。淮南枫叶落,灞岸桃花开。出处暂为耳,沉浮安系哉。如何天覆物,还遣世遗才。欲识秦将汉,尝闻王与裴。离筵对寒食,别雨乘春雷。会有征书到,荷衣且漫裁。"⑥首联称"不得意",盖亦言綦毋潜落第,"沧海来"盖谓其家在沧海,其位置亦当在浙东。诗盖本年或稍前綦毋潜落第东归时作。

---

① [宋]陈耆卿:《嘉定赤城志》卷八,《宋元浙江方志集成》第11册,第5146页。
② [清]彭定求:《全唐诗》卷六九,第774页。
③ [后晋]刘昫:《旧唐书》卷一八六下,第4852页。
④ [清]彭定求:《全唐诗》卷一二五,第1243页。
⑤ [清]沈德潜:《唐诗别裁集》卷一,第16页。
⑥ [清]彭定求:《全唐诗》卷一二二,第1220页。

726　唐玄宗开元十四年丙寅

四月,惠文太子薨,贺知章改授工部侍郎

《旧唐书·贺知章传》:"俄属惠文太子薨,有诏礼部选挽郎,知章取舍非允,为门荫子弟喧诉盈庭。知章于是以梯登檐,首出决事,时人咸嗤之,由是改授工部侍郎。"①

夏,李白与储邕相别之剡中,并作诗

李白有《别储邕之剡中》诗云:"借问剡中道,东南指越乡。舟从广陵去,水入会稽长。竹色溪下绿,荷花镜里香。辞君向天姥,拂石卧秋霜。"②詹锳《李白诗文系年》系于天宝元年,并云:"诗云:'借问剡中道,东南指越乡。'是初入会稽前作。又云:'舟从广陵去,水入会稽长。竹色溪下绿,荷花镜里香。辞君向天姥,拂石卧秋霜。'疑其地在广陵,时当初秋。"③安旗等《李白全集编年笺注》卷一编于开元十四年,并注云:"本年白游扬州后有剡中之行。此及以下六题写吴越风物诸诗皆为此行所作。剡中,即剡县,属江南道越州。其地多名山,汉晋以来,高人逸士多至其中。今为浙东嵊县与新昌县。储邕,其人无考。天宝十三载有《送储邕之武昌》诗,可参看。"④又笺云:"詹锳谓此诗是初入会稽前作,良是。然系此诗于天宝元年,则未谛。旧谓天宝元年白与吴筠同游越中一事,不可信。……本诗当与上年《秋下荆门》《送崔十二游天竺寺》二诗合观,可知白初游剡中当在本年。"⑤郁贤皓《李太白全集校注》卷一二题解注云:"储邕,人名,事迹不详。卷十五有《送储邕之武昌》诗,当为同一人。剡中,古地名。《元和郡县志》卷二六江南道越州:'剡县,汉旧县,故城在今县理西南一十二里,吴〔时〕贺齐为令,移理今所。隋末陷于李子通。武德

---

① ［后晋］刘昫:《旧唐书》卷一九〇中,第5034页。
② ［清］彭定求:《全唐诗》卷一七四,第1783页。
③ 詹锳:《詹锳全集》卷五,河北教育出版社2016年版,第31页。
④ ［唐］李白撰,安旗等笺注:《李白全集编年笺注》卷一,中华书局2015年版,第69—70页。
⑤ ［唐］李白撰,安旗等笺注:《李白全集编年笺注》卷一,第70—71页。

中以县为嵊州,六年州废,县依旧。'今浙江嵊州市和新昌县一带,当地有剡溪,即东晋王徽之雪夜访戴逵处。该地山明水秀,故自晋至唐多隐逸之士。从'借问剡中道,东南指越乡'二句可知,乃初入会稽之作。又云'舟从广陵去',知从广陵出发。'竹色溪下绿,荷花镜里香',时当盛夏。则此诗当是开元十四年(726)盛夏从广陵出发初往会稽之作。"①

五月,衢州司马韦偍卒,年七十一

新出土《唐故朝散大夫衢州司马上柱国韦公墓志铭并序》:"公讳偍,字遵一,京兆人也。……解褐婺州金华主簿,入为皇孙府参军,历郑州阳武、迁雍州始平二县丞,擢典膳郎、海州长史、衢州司马。……享年七十有一,以开元十五年五月八日终于长安永崇里。"②

六月,张九龄祭南岳事毕,谒司马承祯并作诗

张九龄《登南岳事毕谒司马道士》诗云:"将命祈灵岳,回策诣真士。绝迹寻一径,异香闻数里。分庭八桂树,肃容两童子。入室希把袖,登床愿启齿。诱我弃智诀,迨兹长生理。吸精反自然,炼药求不死。斯言眇霄汉,顾余婴纷滓。相去九牛毛,惭叹知何已。"③按,《册府元龟》卷一四四"帝王部":"(开元)十四年六月丁未,以久旱分命六卿祭山川,诏曰:'五岳视三公之位,四渎当诸侯之秩。……用申靡爱之勤,冀通能润之感。宜令工部尚书卢从愿祭东岳,河南尹张敬忠祭中岳,御史中丞兼户部侍郎宇文融祭西岳及西海河渎,太尝(常)少卿张九龄祭南岳及南海,黄门侍郎李暠祭北岳,右庶子何鸾祭东海,宗正少卿郑繇祭淮渎,少詹事张晤祭江渎,河南少尹李晕祭北海及济渎。"④同书卷二六"帝王部"亦云:"开元十四年六月丁未,以久旱分命公卿祭山川。己卯,河北道及太原、泽、潞等州皆雨,祭地岳使李嵩上言。"⑤是知张九龄祭南岳谒司马承祯在开元十四年六月。

---

① 郁贤皓:《李太白全集校注》卷一二,第1829—1830页。
② 邰紫琳:《唐代"逍遥公房"韦偍墓志考释》,载《中国国家博物馆馆刊》2020年第10期,第123—124页。
③ [清]彭定求:《全唐诗》卷四七,第566页。
④ [宋]王钦若:《册府元龟》卷一四四,第1751—1752页。
⑤ [宋]王钦若:《册府元龟》卷二六,第279页。

秋,李白至越中,作诗多首

李白有《越女词》五首,为初至越中时作。其一云:"长干吴儿女,眉目艳新月。
屐上足如霜,不著鸦头袜。"其二云:"吴儿多白皙,好为荡舟剧。卖眼掷春心,折花
调行客。"其三云:"耶溪采莲女,见客棹歌回。笑入荷花去,佯羞不出来。"其四云:
"东阳素足女,会稽素舸郎。相看月未堕,白地断肝肠。"其五云:"镜湖水如月,耶溪
女似雪。新妆荡新波,光景两奇绝。"①郁贤皓《李太白全集校注》卷二三题解云:
"按此组诗乃写金陵和越中女子之美好,非专写越女,当是编集者将五首合成
组诗。"②

李白《采莲曲》诗云:"若耶溪傍采莲女,笑隔荷花共人语。日照新妆水底明,风
飘香袂空中举。岸上谁家游冶郎,三三五五映垂杨。紫骝嘶入落花去,见此踟蹰空
断肠。"③此诗亦为本年李白自吴入越时作。《采莲曲》,《乐府诗集》引《古今乐录》
云:"梁天监十一年冬,武帝改西曲,制……《江南弄七曲》:一曰《江南弄》,二曰《龙
笛曲》,三曰《采莲曲》,四曰《凤笛曲》,五曰《采菱曲》,六曰《游女曲》,七曰《朝云
曲》。"④

李白《西施》诗云:"西施越溪女,出自苎萝山。秀色掩今古,荷花羞玉颜。浣纱
弄碧水,自与清波闲。皓齿信难开,沉吟碧云间。句践征绝艳,扬蛾入吴关。提携
馆娃宫,杳渺讵可攀。一破夫差国,千秋竟不还。"⑤

李白《浣纱石上女》诗云:"玉面耶溪女,青娥红粉妆。一双金齿屐,两足白如
霜。"⑥郁贤皓《李太白全集校注》卷二三:"此诗亦当是开元十四年(726)初游越中
时作。"⑦

李白《越中览古》诗云:"越王句践破吴归,义士还乡尽锦衣。宫女如花满春殿,
只今惟有鹧鸪飞。"⑧郁贤皓先生《李白选集》谓:"此诗当是开元十四年(726)初游
会稽时所作。"⑨安旗、薛天纬《李白年谱》天宝六载(747):"秋到越中,作《越中览

---

① [清]彭定求:《全唐诗》卷一八四,第 1885 页。
② 郁贤皓:《李太白全集校注》卷二三,第 3373 页。
③ [清]彭定求:《全唐诗》卷一六三,第 1693 页。
④ [宋]郭茂倩:《乐府诗集》卷五〇,上海古籍出版社 2016 年版,第 637 页。
⑤ [清]彭定求:《全唐诗》卷一八一,第 1845 页。
⑥ [清]彭定求:《全唐诗》卷一八四,第 1885 页。
⑦ 郁贤皓:《李太白全集校注》卷二三,第 3381 页。
⑧ [清]彭定求:《全唐诗》卷一八一,第 1846 页。
⑨ 郁贤皓:《李白选集》,上海古籍出版社 2013 年版,第 34 页。

古》。二诗(指本诗与《苏台览古》)均有借古讽今之意。"①安旗等《李白全集编年笺注》卷六编于天宝六载,并云:"诗意由极盛转入荒凉,含蕴颇深,故断为中岁后游越之作。"②二说不同,今从郁先生说。明人敖英《唐诗绝句类选》云:"吊古之作,大得风人之体。……《越中览古》诗,前三句赋昔日之豪华,末一句咏今日之凄凉。大抵唐人吊古之作,多以今昔盛衰构意,而纵横变化,存乎体裁。"③俞陛云《诗境浅说续编》评曰:"咏勾践平吴事,振笔疾书,其异于平铺直叙者,以真有古茂之致;且末句以'惟有'二字,力缩全篇,诗格尤高。前三句言平吴归后,越王固粉黛三千,宫花春满;战士亦功成解甲,昼锦荣归。曾几何时,而霸业烟消,所余者惟三两鹧鸪,飞鸣原野,与夕阳相映耳。"④郁贤皓《李白诗文选评》云:"诗人看到的只有几只鹧鸪鸟在这宫殿故址上空飞来飞去。这一句慨叹今日的荒凉,与前三句写过去的繁华形成了鲜明的对照。诗意的重点就在这末句,前三句都是为末句作反衬的,正因为有前三句的反衬,就使末句所写凄凉情景的叹息让读者感受更为强烈。此诗的结构与一般七言绝句也不同。一般七绝在第三句作转折,而此诗前三句却一气贯串直下,到末句才转折,而且转折得非常有力,对比非常强烈,这在一般诗人是难以做到的。"⑤

李白《王右军》诗云:"右军本清真,潇洒出风尘。山阴过羽客,爱此好鹅宾。扫素写道经,笔精妙入神。书罢笼鹅去,何曾别主人。"⑥王右军即王羲之,字逸少,晋琅邪人,居会稽山阴。书法自成一家,为历代所宗。官至右军将军、会稽内史,故称"王右军"。

李白至天台山,作《天台晓望》诗

李白《天台晓望》诗云:"天台邻四明,华顶高百越。门标赤城霞,楼栖沧岛月。凭高登远览,直下见溟渤。云垂大鹏翻,波动巨鳌没。风潮争汹涌,神怪何翕忽。观奇迹无倪,好道心不歇。攀条摘朱实,服药炼金骨。安得生羽毛,千春卧蓬阙。"⑦郁贤皓《李太白全集校注》卷一八注云:"天台:山名,在今浙江天台县东北。

① 安旗、薛天纬:《李白年谱》,齐鲁书社 1982 年版,第 69 页。
② [唐]李白撰,安旗等笺注:《李白全集编年笺注》卷八,第 775 页。
③ 陈伯海主编:《唐诗汇评》(增订本),第 1080 页。
④ 陈伯海主编:《唐诗汇评》(增订本),第 1081 页。
⑤ 郁贤皓:《李白诗文选评》,《李白与唐代文史考论》第二卷《李白论稿》,第 528 页。
⑥ [清]彭定求:《全唐诗》卷一八一,第 1845 页。
⑦ [清]彭定求:《全唐诗》卷一八〇,第 1834 页。

支遁《天台山铭序》：'剡县东南有天台山。'陶弘景《真诰》：'〔山〕当斗牛之分，上应台宿，故名天台。'《元和郡县志》卷二十六江南道台州唐兴县：'天台山，在县北一十里。'按，宋本题下有'吴中'二字注，乃宋人编集时所加。按任华《杂言寄李白》诗曰：'登天台，望渤海，云垂大鹏飞，山压巨鳌背。斯言亦好在。'当即指此诗。其下又曰：'中间闻道在长安，及余戾止，君已江东访元丹。'可知此诗之作在入京之前初游剡中东涉溟海之时，约开元十四年。"①又按，这首诗《天台山志》及《道藏》录为《题桐柏观诗》，见朱玉麒《道藏所见李白资料汇辑考辨》。而其《题桐柏观诗》，《天台山志》和《道藏》所录为两首，另一首为七言："龙楼凤阙留不住，飞腾直欲天台去。碧玉连环八面山，山中亦有人行处。青衣约我游琼台，琪木花房九叶开。天风飘香不点地，千片万片绝尘埃。我来正当重九后，笑把烟霞俱抖擞。明朝拂袖出紫微，壁上龙蛇空自走。"②今一并将此诗系于开元十四年。朱玉麒考证云："天台山在今浙江天台县境，为道教名山，山中之桐柏观，唐代著名道士如司马承祯、田虚应、杜光庭等皆于此修道，保存历史文物颇多。《天台山志》一卷，元至正二十七年（1367）成书，作者不详。其'宫观·桐柏观'下所载李白《题桐柏观诗》，当据山中旧籍抄录。观其五言、七言，前后内容颇不一致，或当有错简之处，误将他人七言之作混入白诗；否则，后十二句七言当系李白佚诗。"③今录之存参。

李白《早望海边霞》诗云："四明三千里，朝起赤城霞。日出红光散，分辉照雪崖。一餐咽琼液，五内发金沙。举手何所待，青龙白虎车。"④郁贤皓《李太白全集校注》卷一八注云："此诗与上首《天台晓望》当是同时之作。"⑤

十月，温曦为明州司马

《洛阳流散唐代墓志汇编》一一二《唐故明州司马温府君（曦）墓志铭并序》："公讳曦，字曜卿，太原人也。……解褐千牛，转豫州司士参军，以选尚梁国长公主，拜驸马都尉，除太子家令、光禄少卿。而公主寻薨，天私不借，谤言乃及，因从外贬，出为明州司马。……开元十四年十月廿一日卒于官舍。"⑥

① 郁贤皓：《李太白全集校注》卷一八，第 2568 页。
② ［元］佚名：《天台山志》，《道藏》第 11 册，第 96 页。
③ 朱玉麒：《道藏所见李白资料汇辑考辨》，载《文教资料》1997 年第 1 期，第 102 页。
④ ［清］彭定求：《全唐诗》卷一八〇，第 1834 页。
⑤ 郁贤皓：《李太白全集校注》卷一八，第 2572 页。
⑥ 毛阳光、余扶危主编：《洛阳流散唐代墓志汇编》，第 224 页。

徐峤之为衢州刺史

《全唐文》卷三一九李华《衢州龙兴寺故律师体公碑》："刺史徐峤之率参佐县吏耆艾以降，请居龙兴寺。"①《古刻丛钞》载《唐徐氏山口碣石题刻》："广德元年八月廿一日制，复赠公嗣子故银青光禄大夫洺州刺史上柱国峤之左散骑常侍，洺州府君历典赵、衢、豫、吉、湖、洺六州，开元廿四年薨。"②郁贤皓先生《唐刺史考全编》卷一四六云："按开元十一年峤之在赵州刺史任；开元二十三年由吉州转湖州，又转洺州。"③故郁先生将徐峤之为衢州刺史系于约开元十四年。

徐安贞约于本年撰写《衢州徐偃王庙碑》

赵明诚《金石录》记载，大历八年（773）徐安贞撰《唐徐偃王庙碑》，正书，碑阴记张宙撰，并八分书④。此为立碑时间，不是撰碑时间。韩愈在元和九年（814）撰有《衢州徐偃王庙碑》，元和十年十二月由元锡书后立碑。碑文云："开元初，徐姓二人相属为刺史，帅其部之同姓，改作庙屋，载事于碑。后九十年，当元和九年，而徐氏放复为刺史。放字达夫，前碑所谓今户部侍郎，其大父也。"⑤文章所言"前碑"当即徐安贞所撰碑，为建庙时撰；徐姓二人指徐坚和徐峤。郁先生《唐刺史考全编》考订徐坚为衢州刺史约开元十年，徐峤之为衢州刺史约开元十四年⑥。韩愈文称"后九十年"，逆推则为开元十二年，若开元十年，则为九十二年。而据《唐会要》卷六四和卷八五记载，徐安贞开元六年由武陟县尉入丽正殿书院，开元九年正月在右拾遗任⑦。据《册府元龟》卷一六二，开元十一年五月以左拾遗摄监察御史分巡诸道⑧。《玉海》卷五四载，开元十九年二月，礼部员外郎徐安正等撰《文府》二十卷⑨。《玉海》卷二八引《集贤注记》，开元二十年二月，敕院内修御集，学士韦述、徐安正专其事⑩。是其时为集贤院学士。是知徐安贞自开元六年之后一直在朝从事撰文之事，撰写《徐偃王庙碑》应在此间，与徐坚、徐峤之为衢州刺史参证，徐安贞撰碑时间

---

① ［清］董诰：《全唐文》卷三一九，第3235页。
② ［明］陶宗仪编：《古刻丛钞》，中华书局1985年版，第65页。
③ 郁贤皓：《唐刺史考全编》卷一四六，第2075页。
④ ［宋］赵明诚撰，金文明校证：《金石录校证》卷八，第159页。
⑤ ［清］董诰：《全唐文》卷五六一，第5681页。
⑥ 郁贤皓：《唐刺史考全编》卷一四六，第2075页。
⑦ ［宋］王溥：《唐会要》卷六四，第1321页；卷八五，第1851—1852页。
⑧ ［宋］王钦若：《册府元龟》卷一六二，第1953页。
⑨ ［宋］王应麟：《玉海》卷五四，第1069页。
⑩ ［宋］王应麟：《玉海》卷二八，第582页。

约在开元十二年至十四年间。

徐安贞,初名楚璧,字子珍,信安龙丘(今浙江龙游)人。唐玄宗开元六年进士。官至检校工部尚书、中书侍郎。善五言诗。《全唐诗》存其诗十一首。

727 唐玄宗开元十五年丁卯

春,綦毋潜在校书郎任,思游越中,作诗赠储光羲,储有诗酬答

储光羲《酬綦毋校书梦耶溪见赠之作》诗云:"校文在仙掖,每有沧洲心。况以北窗下,梦游清溪阴。春看湖水漫,夜入回塘深。往往缆垂葛,出舟望前林。山人松下饭,钓客芦中吟。小隐何足贵,长年固可寻。还车首东道,惠言若黄金。以我采薇意,传之天姥岑。"①陶敏、傅璇琮《唐五代文学编年史·初盛唐卷》开元十五年:"本年,储光羲赴任同州,开元十六年秋綦毋潜赴越州,诗约本年春作。"②

九月,贺知章在太子右庶子兼集贤学士任,撰《杨执一墓志》

《大唐故金紫光禄大夫行鄜州刺史赠户部尚书上柱国河东忠公杨府君(执一)墓志铭并序》,题署:"右庶子集贤学士贺知章撰。"志云:"府君讳执一,字太初,弘农华阴人也。……以开元十四年正月二日,遘疾薨于官舍,享年六十有五。……以十五年九月三日,与故夫人独孤氏同祔于京兆府咸阳县洪渎原,礼也。"③

九月,贺知章撰《王内则墓志》

《大唐故司空窦公夫人邠国夫人王氏墓志铭并序》,题署:"右庶子集贤学士皇子侍读贺知章撰。"志云:"夫人讳内则,字内则,其先太原郡人。……以开元十五年岁次丁卯二月廿三日景寅,遘疾奄终于东都毓德里之私第,春秋四十有九。有司上奏,圣心降闵,赠以布帛,颇加恒数。以其年三月廿九日壬寅,仙殡京兆。至九月三

---

① [清]彭定求:《全唐诗》卷一三六,第1383页。
② 陶敏、傅璇琮:《唐五代文学编年史·初盛唐卷》,第619页。
③ 王仁波主编:《隋唐五代墓志汇编·陕西卷》第1册,天津古籍出版社1991年版,第108页。

169

日壬申，合葬于咸阳县洪渎川亡夫司空府君之旧茔，礼也。”①

十一月，贺知章撰《郑绩墓志》

《大唐故中散大夫尚书比部郎中郑公（绩）墓志铭并序》，题署：“贺知章撰。”志云：“公讳绩，字其凝，荥阳开封人。……春秋五十六，以开元十五年龙集丁卯八月辛丑，终于私第。……粤其年十一月己亥廿二庚申，祔于杜城东铜人原，礼也。”②

唐玄宗召司马承祯至长安，并于王屋山置坛以居

《旧唐书·司马承祯传》：“十五年，又召至都。玄宗令承祯于王屋山自选形胜，置坛室以居焉。承祯因上言：‘今五岳神祠，皆是山林之神，非正真之神也。五岳皆有洞府，各有上清真人降任其职，山川风雨，阴阳气序，是所理焉。冠冕章服，佐从神仙，皆有名数。请别立斋祠之所。’玄宗从其言，因敕五岳各置真君祠一所，其形象制度，皆令承祯推按道经，创意为之。承祯颇善篆隶书，玄宗令以三体写《老子经》，因刊正文句，定著五千三百八十言为真本以奏上之。以承祯王屋所居为阳台观，上自题额，遣使送之。赐绢三百匹，以充药饵之用。俄又令玉真公主及光禄卿韦縚至其所居修金箓斋，复加以锡赉。”③

温州别驾钟绍京入朝

《旧唐书·钟绍京传》：“左迁绵州刺史。及坐事，累贬琰川尉，尽削其阶爵及实封。俄又历迁温州别驾。开元十五年，入朝，因垂泣奏曰……玄宗为之悯然，即日拜银青光禄大夫、右谕德。”④

---

① 胡戟、荣新江：《大唐西市博物馆藏墓志》，第 447 页。

② 吴钢主编：《全唐文补遗》第 1 辑，第 216 页。

③ [后晋]刘昫：《旧唐书》卷一九二，第 5128 页。

④ [后晋]刘昫：《旧唐书》卷九七，第 3042 页。

728　唐玄宗开元十六年戊辰

六月,崔齐荣为诸暨县主簿,未之任卒

新出土《大唐故越州诸暨县主簿崔君(齐荣)墓志铭并序》:"君讳齐荣,字涗,博陵人也。……授越州诸暨县主簿。未之任遘疾。以开元十六年六月廿七日卒于长安。"①

本年,何凤为越州都督

《会稽掇英总集》卷一八《唐太守题名记》:"何凤,开元十六年,自右领军将军授。十九年五月,敕与替。"②《嘉泰会稽志》卷二"太守"同③。

本年,马袭为台州刺史

《嘉定赤城志》卷八"秩官门·历代郡守":"开元十六年,马袭。"④

本年,王上客为婺州刺史

《宋高僧传》卷二六《唐东阳清泰寺玄朗传》:"至开元十六年,刺史王上客屈朗出山,暂居城下。朗辞疾,仍归本居。"⑤

本年,龙丘人徐安贞作《奉和圣制喜雨赋》

唐玄宗有《喜雨赋》,张说、徐安贞、贾登、李宙、韩休五人和作。《玉海》卷三一《唐玄宗喜雨赋》云:"张说等和者五人。韩休赋'昭宸文于合璧,式王度其如金'。

---

①　吴钢主编:《全唐文补遗》第6辑,第49页。
②　[宋]孔延之:《会稽掇英总集》卷一八,《宋元浙江方志集成》第14册,第6553页。
③　[宋]施宿:《嘉泰会稽志》卷二,《宋元浙江方志集成》第4册,第1664页。
④　[宋]陈耆卿:《嘉定赤城志》卷八,《宋元浙江方志集成》第11册,第5146页。
⑤　[宋]赞宁撰,范祥雍点校:《宋高僧传》卷二六,第607页。

徐安正赋'大舜之庆云已发,武帝之秋风莫比'。贾登赋十有六年。"①贾登《奉和圣制喜雨赋》:"十有六年,以至今载。旬有一雨,不愆乎晦;所谓元化之功,行于太平之代。粤在春余,而乘夏初;或土官以位,或火正其居。土胜于水,午冲于子;阳景且曜,阴风莫起。当天数之适然,非岁行之常纪。"②所记为开元十六年春夏以后之事。李宙《奉和圣制喜雨赋》有"既五月兮生一阴"③之语,可知该赋作于开元十六年五月。其时徐浩亦作应制而作《喜雨赋》,张式《大唐故银青光禄大夫彭王傅上柱国会稽郡开国公赠太子少师东海徐公(浩)神道碑铭》云:"年十五究经术,首科升第,始擢汝州鲁山主簿,□□□卑,时论称之。无何诏征,俾□□贤院。大学士燕国公说,文之沧溟,间代宗师,尝览公应制《喜雨赋》及《五色鸽赋》兼和制等诗,曰:'后进之英,今知所在。'"④是徐浩虽应制而作《喜雨赋》,因其时位卑,并不与张说、徐安贞等五人并列。

徐安贞《奉和圣制喜雨赋》云:"惟大君之执象,袭先帝之重元;体至精而御物,用明德而动天。自乘春分当暑,泊三时而不雨;何阴阳而并隔,瞻云汉以延伫?而雍州之积高,乃神明之旧府。君告有司,无作淫祠。图应龙兮何召?望愚妇兮何期?御愆伏之六沴,唯荡荡之上帝;信天道之悠哉,固人事之所制。尔其圜坛方壝,环以禁林;拂瑶席兮列神座,藉白茅兮推圣心。却华盖而特立,当赫曦之正临;幽应如响,明征在今。油然作云,郁山川之气;凄兮为雨,变天地之阴。乘空离合,烟霏雾杂,散影微微,清神不稀。"⑤表现山川雨露得雨之丰沛,并借此以盛赞国家之强盛。

729　唐玄宗开元十七年己巳

秋,孟浩然离开洛阳,将游吴越,途经谯县、扬州、苏州、太湖、杭州

孟浩然《自洛之越》诗云:"皇皇三十载,书剑两无成。山水寻吴越,风尘厌洛

---

① [宋]王应麟:《玉海》卷三一,第635页。
② [清]董诰:《全唐文》卷四〇〇,第4089页。
③ [清]董诰:《全唐文》卷三九七,第4056页。
④ [清]董诰:《全唐文》卷四四五,第4542页。
⑤ [清]董诰:《全唐文》卷三〇五,第3096页。

京。扁舟泛湖海,长揖谢公卿。且乐杯中物,谁论世上名。"①据诗意,是因为应举不第,求仕失败,而想漫游吴越。目的是"扁舟泛湖海",告别公卿,散发适意,一方面追慕古代的隐逸者,另一方面也是抚慰科举失意的心灵创伤。谭优学《孟浩然行止考实》云:"浩然此行以开元十三年秋自洛首途,以开元十五年冬回到荆襄。历时三年。时间绝不可能更后,这是因为浩然作于开元十七年至二十二年两次滞留长安时《宿终南翠微寺》的诗中说:'翠微终南里,雨后宜返照……瞑还高窗眠,时见远山烧。缅怀赤城标,更忆临海峤。风泉有清音,何必苏门啸'云云。显然是已经游过越中的口吻了。而两次去长安之间以及第二次从长安回襄阳之后,浩然行踪历历可考,都没有首尾历时三年,远去吴越游览的可能。"②实际上这里根据浩然行踪,其游越正是在开元十七年至十九年的三年间。《宿终南翠微寺》是孟浩然后一次到长安时所作。刘文忠《孟浩然年谱》对于浩然事迹排比颇详。今从之。

孟浩然《适越留别谯县张主簿申屠少府》诗云:"朝乘汴河流,夕次谯县界。幸值西风吹,得与故人会。君学梅福隐,余从伯鸾迈。别后能相思,浮云在吴会。"③孟浩然适越途经谯县,赋诗赠张主簿与申屠少府。

孟浩然《宿扬子津寄润州长山刘隐士》诗云:"所思在建业,欲往大江深。日夕望京口,烟波愁我心。心驰茅山洞,目极枫树林。不见少微星,星霜劳夜吟。"④孟浩然适越途扬子津,寄诗润州刘隐士。《清一统志》扬州府:"扬子桥在江都县南十五里,即扬子津,自古为江滨津要。《通鉴》隋开皇十年,杨素帅舟师自扬子津入……即此。"⑤

孟浩然《扬子津望京口》诗云:"北固临京口,夷山近海滨。江风白浪起,愁杀渡头人。"⑥亦为赴越途中经过扬子津所作。

孟浩然《渡扬子江》诗云:"桂楫中流望,京江两畔明。林开扬子驿,山出润州城。海尽边阴静,江寒朔吹生。更闻枫叶下,淅沥度秋声。"⑦

孟浩然有《送谢录事之越》诗云:"清旦江天迥,凉风西北吹。白云向吴会,征帆

① [清]彭定求:《全唐诗》卷一六〇,第1652页。
② 谭优学:《唐诗人行年考》,四川人民出版社1981年版,第24页。
③ [清]彭定求:《全唐诗》卷一五九,第1621页。
④ [清]彭定求:《全唐诗》卷一五九,第1619页。
⑤ [清]和珅等:《钦定大清一统志》卷六七,《景印文渊阁四库全书》第475册,第357页。
⑥ [清]彭定求:《全唐诗》卷一六〇,第1667页。
⑦ [清]彭定求:《全唐诗》卷一六〇,第1654—1655页。

亦相随。想到耶溪日,应探禹穴奇。仙书倘相示,予在此山陲。"①诗有"白云向吴会"语,是浩然在苏州相送。"谢录事"即谢南池。浩然有《东陂遇雨率尔贻谢南池》《久滞越中赠谢南池会稽贺少府》,是开元十九年到达越州与谢南池交往之作。而本诗送其之越,应在孟浩然漫游吴越之前,故系于本年。

孟浩然有《同曹三御史行泛湖归越》诗云:"秋入诗人意,巴歌和者稀。泛湖同逸旅,吟会是思归。白简徒推荐,沧洲已拂衣。杳冥云外去,谁不羡鸿飞。"②刘文刚《孟浩然年谱》系于开元十七年,并云:"曹三御史在归越途中泛湖,所泛当为太湖。取水道往越,太湖确也是必经之地。诗有'白简徒推荐,沧洲已拂衣'之句,暗言长安求仕失意,说明诗也确实作于游越途中。"③

孟浩然《与颜钱塘登樟亭望潮作》诗云:"百里闻雷震,鸣弦暂辍弹。府中连骑出,江上待潮观。照日秋云迥,浮天渤澥宽。惊涛来似雪,一坐凛生寒。"④此诗为秋日钱塘观潮之作,知孟浩然开元十七年秋已经到过杭州。《乾道临安志》卷二:"樟亭驿,晏殊《舆地志》云:'在钱塘县旧治之南五里,白居易有《宿樟亭驿》诗。'"⑤按,孙能传《剡溪漫笔》卷四:"萧山县西兴驿前,有坊题曰庄亭古迹。按西兴即古之西陵,旧有樟亭楼,唐人题咏甚众,孟浩然、张祜、岑参、喻坦之、许浑皆有樟亭楼诗。今以'樟'作'庄',恐误笔也。"⑥是以"樟亭"在钱塘江之南,不确。

本年,张先卒于遂昌县令任

郑稷《唐故括州遂昌县令张府君(先)墓志铭并序》:"公讳先,字普贤,范阳人也。……为亳州录事参军。……秩满,补括州遂昌令,于时东吴阻饥,人越兹蠢。先是从政率多旷官,淫纵豪强,暴蔑鳏寡,以故编户流冗十四五焉。公于是董逋逃,诘奸慝,振乏绝,出滞淹。教之诲之,饮之食之,人得□□,政有经矣。……无何,有制加公朝散大夫,尚德也。……春秋四百有五十甲子己年九月哉生魄寝疾,终于怀仁坊之私第。……即以开元廿年浞滩岁如月壬寅,合葬于平乐乡之原,礼也。"⑦按,开元二十年前之己年即开元十七年。

---

① [清]彭定求:《全唐诗》卷一六〇,第 1639 页。
② [清]彭定求:《全唐诗》卷一六〇,第 1645 页。
③ 刘文刚:《孟浩然年谱》,人民文学出版社 1995 年版,第 47 页。
④ [清]彭定求:《全唐诗》卷一六〇,第 1645 页。
⑤ [宋]周淙纂:《乾道临安志》卷二,《宋元浙江方志集成》第 1 册,第 42 页。
⑥ [明]孙能传:《剡溪漫笔》卷四,中国书店 1987 年版,第 12 页。
⑦ 吴钢主编:《全唐文补遗》第 1 辑,第 125—126 页。

730　唐玄宗开元十八年庚午

初夏,孟浩然在临安,将赴天台

孟浩然有《将适天台留别临安李主簿》诗云:"枳棘君尚栖,匏瓜吾岂系。念离当夏首,漂泊指炎裔。江海非堕游,田园失归计。定山既早发,渔浦亦宵济。泛泛随波澜,行行任舻枻。故林日已远,群木坐成翳。羽人在丹丘,吾亦从此逝。"①刘文刚《孟浩然年谱》开元十八年:"《将适天台留别临安李主簿》诗有'定山既朝发,渔浦亦宵济'之句,游定山、渔浦在游天台之前。当在本年春或初夏。"②佟培基《孟浩然诗集笺注》卷中系于开元十八年初夏③。按,诗有"念离当夏首"语,系于初夏为宜。

按孟浩然入天台山的路线,学界有不同的说法。或以为从永嘉江后水路入天台,或以为从剡溪再入天台。根据丁锡贤《孟浩然游天台山考》,以为孟浩然入天台,由剡溪而入,是一条熟道,其入天台的时间在开元十八年④。这一说法也得到胡正武先生的证实,参其《浙东唐诗之路论集》所载《台州恶溪与孟浩然来天台山路径新说》⑤。这与孟浩然的诗歌亦相吻合。

孟浩然《早发渔浦潭》诗云:"东旭早光芒,渚禽已惊聒。卧闻渔浦口,桡声暗相拨。日出气象分,始知江湖阔。美人常晏起,照影弄流沫。饮水畏惊猿,祭鱼时见獭。舟行自无闷,况值晴景豁。"⑥渔浦之名,最早见于晋人顾夷的《吴郡记》:"富春东三十里有渔浦。"⑦《嘉泰会稽志》卷四:"渔浦驿,在县南三十六里。"⑧同书卷一〇"水·萧山县":"渔浦,在县西三十里。《十道志》云:渔浦,舜渔处也。梁丘希范《旦

---

① 　[清]彭定求:《全唐诗》卷一五九,第 1620—1621 页。

② 　刘文刚:《孟浩然年谱》,第 49 页。

③ 　佟培基:《孟浩然诗集笺注》卷中,上海古籍出版社 2000 年版,第 228 页。

④ 　丁锡贤:《孟浩然游天台山考》,载《东南文化》1990 年第 6 期,第 304 页。

⑤ 　胡正武:《台州恶溪与孟浩然来天台山路径新说》,《浙东唐诗之路论集》,浙江工商大学出版社 2019 年版,第 1—7 页。

⑥ 　[清]彭定求:《全唐诗》卷一五九,第 1628 页。

⑦ 　[梁]萧统编,[唐]李善、吕延济、刘良、张铣、吕向、李周翰注:《六臣注文选》卷二六,第 497 页。

⑧ 　[宋]施宿:《嘉泰会稽志》卷四,《宋元浙江方志集成》第 4 册,第 1714 页。

发渔浦》诗云：'渔潭雾未开，赤亭风已扬。'谢灵运诗云：'宵济渔浦潭。'钱起诗云：'渔浦浪花摇素壁，西陵木色入秋窗。'"①《宝庆会稽续志》卷三"萧山"："渔浦镇，在县西三十里。梁丘希范、宋谢灵运、唐孟浩然皆称为'渔浦潭'。对岸则为杭之龙山，故潘阆诗云：'渔浦风水急，龙山烟火微。'"②《大清一统志》云："浙江，在萧山县西十里，自富阳县流入，与钱塘县接界，又北接海宁县界，又东北入海。其东西渡口曰西兴、渔浦，为往来之要津。"③渔浦是钱塘江与浦阳江、富春江三江汇合之处。

孟浩然《经七里滩》诗云："予奉垂堂诫，千金非所轻。为多山水乐，频作泛舟行。五岳追向子，三湘吊屈平。湖经洞庭阔，江入新安清。复闻严陵濑，乃在兹湍路。叠障数百里，沿洄非一趣。彩翠相氛氲，别流乱奔注。钓矶平可坐，苔磴滑难步。猿饮石下潭，鸟还日边树。观奇恨来晚，倚棹惜将暮。挥手弄潺湲，从兹洗尘虑。"④七里滩，《文选》卷二六谢灵运《七里濑诗》李善注："《甘州记》曰：桐庐县有七里濑，濑下数里至严陵濑。"⑤《元和郡县图志》卷二五"江南道"一"睦州建德县"："七里濑，在县东北一十里。"⑥《淳熙严州图经》卷二"水"："七里滩，在城东四十里山峡之中。谚云：'有风七里，无风七十里。'因以名之。"⑦

初夏，孟浩然渡江适越，作诗问舟人

孟浩然有《渡浙江问舟中人》诗云："潮落江平未有风，扁舟共济与君同。时时引领望天末，何处青山是越中。"⑧应为孟浩然离开临安后南渡浙江适越时作。浙江即钱塘江。刘学锴《唐诗选注评鉴》云："《河岳英灵集》作崔国辅诗，题为《渡浙江问舟中人》；《全唐诗》作孟诗，题从《河岳英灵集》。《国秀集》作孟诗，题作《渡浙江》。按，《全唐诗》崔国辅集不载此诗。据《国秀集》《文苑英华》及宋蜀刻本，此诗当为孟作。开元十八年（730）八月，浩然有《初下浙江舟中口号》诗云：'八月观潮罢，三江（指松江、钱塘江、浦阳江）越海浔。'为钱塘江观潮后赴天台时作，此诗当同

① ［宋］施宿：《嘉泰会稽志》卷一〇，《宋元浙江方志集成》第4册，第1853页。
② ［宋］张淏：《宝庆会稽续志》卷三，《宋元方志丛刊》第7册，第7123—7124页。
③ ［清］和珅等：《钦定大清一统志》卷二二六，《景印文渊阁四库全书》第479册，第206页。
④ ［清］彭定求：《全唐诗》卷一五九，第1628页。
⑤ ［梁］萧统编，［唐］李善、吕延济、刘良、张铣、吕向、李周翰注：《六臣注文选》卷二六，第497页。
⑥ ［唐］李吉甫：《元和郡县图志》卷二五，第607页。
⑦ ［宋］董棻：《严州图经》卷二，《宋元浙江方志集成》第12册，第5674页。
⑧ ［清］彭定求：《全唐诗》卷一六〇，第1669页。

时作。诗有'扁舟共济与君同'之句,则所问者显系同共济者而非'舟人''舟子'。"①清人朱宝莹《诗式》评此诗云:"首句言潮落故江平,尚未有风,则可以济矣,就'江'字起。二句言与舟子共济,'君'指舟子也,就'舟子'承。三句就'济'字转。心中想越,故引颈而望,'时时'见望之勤,'天末'见望之远。四句言江上青山无数,未知越山在于何处,因指青山以问舟子也。'青山'二字冠以'何处'二字,'越中'二字冠以'是'字,做题中'问'字不著痕迹,但写出神理。'望天'二字平仄倒,'望'字救'天'字拗。"②

初夏,孟浩然过钱塘江,登隆兴寺阁作诗

孟浩然《登龙兴寺阁》诗云:"阁道乘空出,披轩远目开。逶迤见江势,客至屡萦回。兹郡何填委,遥山复几哉。苍苍皆草木,处处尽楼台。骤雨一阳散,行舟四海来。鸟归余兴远,周览更裴回。"③按,龙兴寺,即隆兴寺,在今萧山湘湖之畔西山之上,晋将军隆吉所建,故称隆兴。

初夏,孟浩然在赴天台的路上作诗

孟浩然有《舟中晓(一作晚)望》诗云:"挂席东南望,青山水国遥。舳舻争利涉,来往接风潮。问我今何去,天台访石桥。坐看霞色晓,疑是赤城标。"④刘文刚《孟浩然年谱》系于开元十八年⑤。诗有"天台访石桥"句,《太平寰宇记》卷九八"台州天台县":"天台山在州西一百一十里。《临海记》云:天台山超然秀出,山有八重,视之如一帆。高一万八千丈,周回八百里。又有飞泉,悬流千仞似布。'……《启蒙记》注云:'天台山去天不远,路经油溪,水深险清泠。前有石桥,路径不盈尺,长数十丈,下临绝涧。惟忘其身,然后能济。济者梯岩壁,援萝葛之茎,度得平路。见天台山蔚然绮秀,列双岭于青霄,上有琼楼、玉阙、天堂、碧林、醴泉,仙物毕具也。'"⑥诗又有"坐看霞色晓,疑是赤城标"句,《太平寰宇记》卷九八"台州天台县":"赤城山在县北六里。孔灵符《会稽记》云:赤城山土色皆赤,状如云霞。悬溜千仞,谓之

---

① 刘学锴:《唐诗选注评鉴》(十卷本)第 2 册,中州古籍出版社 2019 年版,第 70—71 页。
② 陈伯海主编:《唐诗汇评》(增订本),第 837 页。
③ [清]彭定求:《全唐诗》卷一六〇,第 1662 页。
④ [清]彭定求:《全唐诗》卷一六〇,第 1652 页。
⑤ 刘文刚:《孟浩然年谱》,第 50 页。
⑥ [宋]乐史:《太平寰宇记》卷九八,第 1966 页。

瀑布。"①

　　孟浩然有《寻天台山》诗云:"吾友太乙子,餐霞卧赤城。欲寻华顶去,不惮恶溪名。歇马凭云宿,扬帆截海行。高高翠微里,遥见石梁横。"②这里的"华顶"为天台山主峰,王象之《舆地纪胜》卷一二:"华顶峰,在天台县东北六十里,盖天台第八重最高处。旧传高一万丈,少晴多晦,夏有积雪,可观日之出入。中黄金洞,有葛玄丹井,王羲之墨池。"③这里的"恶溪",研究者通常谓指由丽水而来的溪名。《元和郡县图志》卷二六"丽水":"丽水本名恶溪,以其湍流阻险,九十里间五十六濑,名为大恶。隋开皇中改为丽水,皇朝因之,以为县名。"④《新唐书·地理志》:"丽水,……东十里有恶溪,多水怪。宣宗时刺史段成式有善政,水怪潜去。民谓之好溪。"⑤实则这是不确切的,因为这与天台山距离遥远,若寻华顶又联系丽水实不相及。按孟浩然诗中的"恶溪"是指台州的百步溪,《嘉定赤城志》卷二三"山水门":"百步溪在县西北六十里,前后二滩,石险湍激,俗号大、小恶,舟者病之。唐孟浩然《寻天台山》诗所谓'欲寻华顶去,不惮恶溪名'是也。淳熙中,令陈居安命工淬凿,始无患。"⑥参胡正武《台州恶溪与孟浩然来天台山路径新说》以及《浙东恶溪与唐诗恶溪考略》,载《浙东唐诗之路论集》⑦。

　　孟浩然有《越中逢天台太乙子》诗云:"仙穴逢羽人,停舻向前拜。问余涉风水,何处远行迈。登陆寻天台,顺流下吴会。兹山凤所尚,安得问灵怪。上逼青天高,俯临沧海大。鸡鸣见日出,常觌仙人旆。往来赤城中,逍遥白云外。莓苔异人间,瀑布当空界。福庭长自然,华顶旧称最。永此从之游,何当济所届。"⑧诗有"登陆寻天台,顺流下吴会"句,知亦作于赴天台途中所作。

初夏,孟浩然到达天台,宿桐柏观

　　孟浩然有《宿天台桐柏观》诗云:"海行信风帆,夕宿逗云岛。缅寻沧洲趣,近爱

　　①　[宋]乐史:《太平寰宇记》卷九八,第1967页。
　　②　[清]彭定求:《全唐诗》卷一六〇,第1644页。
　　③　[宋]王象之编著,赵一生点校:《舆地纪胜》第2册,第473页。
　　④　[唐]李吉甫:《元和郡县图志》卷二六,第624页。
　　⑤　[宋]欧阳修、宋祁:《新唐书》卷四一,第1062页。
　　⑥　[宋]陈耆卿:《嘉定赤城志》卷二三,《宋元浙江方志集成》第11册,第5324页。
　　⑦　胡正武《台州恶溪与孟浩然来天台山路径新说》,《浙东唐诗之路论集》,第1—7页;《浙东恶溪与唐诗恶溪考略》,《浙东唐诗之路论集》,第155—164页。
　　⑧　[清]彭定求:《全唐诗》卷一五九,第1626—1627页。

赤城好。扪萝亦践苔,辍棹恣探讨。息阴憩桐柏,采秀弄芝草。鹤唳清露垂,鸡鸣信潮早。愿言解缨绂,从此去烦恼。高步凌四明,玄踪得三老。纷吾远游意,学彼长生道。日夕望三山,云涛空浩浩。"①《嘉定赤城志》卷三〇"宫观":"天台,桐柏崇道观在县西北二十五里。旧名桐柏。唐景云二年,为司马承祯建。回环有九峰(玉女、卧龙、紫霄、翠微、玉泉、莲华、华琳、香琳、玉霄)。自福圣观北盘折而上,至洞门,长松夹道,孙绰赋所谓'荫落落之长松'是也。吴赤乌二年葛玄即此炼丹,今有朝斗坛。洎承祯建堂,有云五色,因禁封内四十五里,毋得采樵。又传承祯所居,黄云常覆其上,故有黄云堂、元晨坛、炼形堂、凤轸台、朝真龙章阁,又有众妙台。"②

秋,孟浩然登天台山玉霄峰并作诗

孟浩然有《玉霄峰》诗云:"上尽峥嵘万仞巅,四山围绕洞中天。秋风吹月琼台晓,试问人间过几年。"③玉霄峰为天台山主峰,《太平广记》卷二一引《仙传拾遗·司马承祯》:"吾自居玉霄峰,东望蓬莱,常有真灵降驾。"④"琼台"是天台山琼台峰,现在为琼台仙谷景区。山壁对峙,山势峻峭,奇峰怪石,纷呈错列。有"李白题诗岩""仙人聚会""双女峰""元宝石""佛手峰"等景点。

孟浩然游天台山后,还作有《寄天台道士》诗

孟浩然有《寄天台道士》诗云:"海上求仙客,三山望几时。焚香宿华顶,裛露采灵芝。屡蹑莓苔滑,将寻汗漫期。倘因松子去,长与世人辞。"⑤当其游天台时结识了天台山道士,离开天台山后,又寄诗于山中道士。

腊月,孟浩然到达新昌南明山,游石城寺并作诗

孟浩然有《腊月八日于剡县石城寺礼拜》诗云:"石壁开金像,香山倚铁围。下生弥勒见,回向一心归。竹柏禅庭古,楼台世界稀。夕岚增气色,余照发光辉。讲席邀谈柄,泉堂施浴衣。愿承功德水,从此濯尘机。"⑥石城寺即新昌大佛寺,《嘉泰

---

① [清]彭定求:《全唐诗》卷一五九,第1623页。
② [宋]陈耆卿:《嘉定赤城志》卷三〇,《宋元浙江方志集成》第11册,第5404页。
③ [清]张联元辑:《天台山全志》卷一七,上海古籍出版社2016年版,第771页。
④ [宋]李昉等:《太平广记》卷二一,第144页。
⑤ [清]彭定求:《全唐诗》卷一六〇,第1636页。
⑥ [清]彭定求:《全唐诗》卷一六〇,第1663页。

会稽志》卷九"山·新昌县":"南明山,在县南五里,一名石城,一名隐岳。初,晋僧昙光栖迹于此,自号隐岩。支道林昔葬此山下,齐僧护夜宿,闻笙磬仙乐之声。梁天监中,建安王始造弥勒石佛像,刘勰撰碑,其文存焉。"①刘勰撰有《梁建安王造剡县石城寺弥勒石像碑》。

丁仙之约于本年之后任东阳郡武义县主簿,并与储光羲交游

　　丁仙之为《丹阳集》诗人之一,但其事迹一直不显。近年《丁仙之墓志》出土,非常有助于了解丁仙之事迹。杨琼博士撰写了《新发现〈丹阳集〉诗人丁仙之墓志考释》,其论述丁仙之为东阳郡武义县主簿云:"丁仙之的仕宦并不显达:'位遇不达,调补东阳郡武义主簿。'东阳郡武义主簿是其解褐之职,任该职的时间,可据《陆广成墓志》作大致考订。但《陆广成墓志》没有直接叙述其卒葬之年,仅言'维岁大荒落十一月甲午,终于陕州之魏□,明年献春正月乙酉,归葬于东都北山先人之旧茔'。故《千唐志斋藏志》《唐代墓志汇编》皆将其附于无年代可考墓志之中。据学者考证,陆广成之卒日为开元十七年十一月八日,葬日为开元十八年正月二十四日。知其开元十八年尚未解褐授职,任武义主簿应在开元十八年之后。"②而根据丁仙之墓志,仙之又因廉使刘日正推荐担任余杭尉,其时间应该在刘日正为润州刺史、江东采访使时。而刘日正为润州刺史、江东采访使在开元二十三年(735)。故而丁仙之为武义主簿应在开元二十三年之前。

　　丁仙芝(之)《剡溪馆闻笛》诗云:"夜久闻羌笛,寥寥虚客堂。山空响不散,溪静曲宜长。草木生边气,城池泛夕凉。虚然异风出,髣髴宿平阳。"③这是较早直接吟咏剡溪的诗歌,剡溪古已有之,南北朝时剡溪属会稽县,唐代剡溪在剡县。《水经注》称:"(浦阳)江水又东南,经剡县,与白石山水会。山上有瀑布,悬水三十丈,下注浦阳江。浦阳江水又东流南屈,又东回北转,经剡县东,王莽之尽忠也。"④《世说新语·任诞》所载晋王徽之雪夜访戴安道的故事就是发生在剡溪的典故。唐李吉甫《元和郡县图志》越州剡县云:"剡溪,出县西南,北流入上虞县界为上虞江。"⑤宋高似孙《剡录》载:"是溪也,朱放谓之剡江,诗曰:'月在沃州山上,人归剡县江边'。

　　① [宋]施宿:《嘉泰会稽志》卷九,《宋元浙江方志集成》第4册,第1841页。
　　② 杨琼:《新发现〈丹阳集〉诗人丁仙之墓志考释》,载《中华文史论丛》2020年第1期,第160—161页。
　　③ [清]彭定求:《全唐诗》卷一一四,第1156页。
　　④ [北魏]郦道元撰,陈桥驿点校:《水经注》卷四〇,第757页。
　　⑤ [唐]李吉甫:《元和郡县图志》卷二六,第620页。

李端谓之戴家溪,诗曰:'戴家溪北住,雪后去相寻'。方干谓之戴湾,诗曰:'戴湾冲濑片帆通,高枕微吟到剡中'。陆龟蒙谓之剡汀,诗曰:'归鸿吴岛尽,残雪剡汀销'。林概谓之嵊水,诗曰:'溪连嵊水兴何尽,路接仙源人自迷'。齐唐谓之戴逵滩,诗曰:'春树深藏嵊浦曲,夜猿孤响戴逵滩'。"①

储光羲《贻丁主簿仙芝别》诗云:"赫赫明天子,翘翘群秀才。昭昭皇宇广,隐隐云门开。摇曳君初起,联翩予复来。兹年不得意,相命游灵台。骅骝多逸气,琳琅有清响。联行击水飞,独影凌虚上。关河施芳听,江海徽新赏。敛衽归故山,敷言播天壤。云峰虽有异,楚越幸相亲。既别复游处,道深情更殷。下愚忝闻见,上德犹遭迍。偃仰东城曲,栖迟依水滨。脱巾从会府,结绶归海裔。亲知送河门,邦族迎江潨。夫子安恬淡,他人怅迢递。飞艎既眇然,洲渚徒亏蔽。人谋固无准,天德谅难知。高名处下位,逸翮栖卑枝。去去水中汩,摇摇天一涯。蓬壶不可见,来泛跃龙池。"②

十二月,崔恕卒于括苍县令任,年六十八

新出土《唐故朝议郎前行括苍令崔府君(恕)墓志铭并序》:"公讳恕,字□,清河东武城人也。……寻拜绛州万泉、括州括苍二县令。"③开元十八年十二月二十六日卒,年六十八岁。

731　唐玄宗开元十九年辛未

二月,龙丘人徐安贞为礼部员外郎,上《文府》二十卷于玄宗

《唐会要》卷三六:"(开元)十九年二月,礼部员外郎徐安贞等撰《文府》二十卷上之。"④按,《新唐书》卷六〇《艺文志四》丁部总集类著录该集,注曰:"开元中,诏张说括《文选》外文章,乃命坚与贺知章、赵冬曦分讨,会诏促之,坚乃先集诗赋二韵

---

① [宋]高似孙:《剡录》卷二,《宋元方志丛刊》第 7 册,中华书局 1990 年版,第 7212 页。
② [清]彭定求:《全唐诗》卷一三八,第 1399—1400 页。
③ 吴钢主编:《全唐文补遗》第 2 辑,第 523 页。
④ [宋]王溥:《唐会要》卷三六,第 768 页。

为《文府》上之。"①徐安贞所撰《文府》与徐坚所集《文府》是否有关,关系如何,需要进一步研究。

春,孟浩然在越州,有诗贻谢南池

孟浩然有《东陂遇雨率尔贻谢南池》诗云:"田家春事起,丁壮就东陂。殷殷雷声作,森森雨足垂。海虹晴始见,河柳润初移。予意在耕凿,因君问土宜。"②诗题"谢南池"一作"谢甫池",按浩然又《久滞越中赠谢南池会稽贺少府》,是作"谢南池"是。

春,崔国辅在山阴尉任,作诗游越州名胜,并与孟浩然、王昌龄有诗往还

崔国辅《宿法华寺》诗云:"松雨时复滴,寺门清且凉。此心竟谁证,回憩支公床。壁画感灵迹,龛经传异香。独游寄象外,忽忽归南昌。"③

崔国辅《宿范浦》诗云:"月暗潮又落,西陵渡暂停。村烟和海雾,舟火乱江星。路转定山绕,塘连范浦横。鸥夷近何去,空山临沧溟。"④

孟浩然有《江上寄山阴崔少府国辅》诗云:"春堤杨柳发,忆与故人期。草木本无意,荣枯自有时。山阴定远近,江上日相思。不及兰亭会,空吟被禊诗。"⑤

孟浩然又有《宿永嘉江寄山阴崔少府国辅》诗云:"我行穷水国,君使入京华。相去日千里,孤帆天一涯。卧闻海潮至,起视江月斜。借问同舟客,何时到永嘉。"⑥此诗为本年末南渡永嘉江之作。

王昌龄《同从弟销南斋玩月忆山阴崔少府》诗云:"高卧南斋时,开帷月初吐。清辉淡水木,演漾在窗户。苒苒几盈虚,澄澄变今古。美人清江畔,是夜越吟苦。千里其如何,微风吹兰杜。"⑦

按,崔国辅,山阴人。开元十四年登进士第,历官山阴尉、许昌令、集贤院学士、礼部员外郎等职。《唐才子传》卷二《崔国辅传》:"国辅,山阴人。开元十四年严迪榜进士。与储光羲、綦毋潜同时。举县令,累迁集贤直学士、礼部郎中。天宝间,坐

① [宋]欧阳修、宋祁:《新唐书》卷六〇,第1622页。
② [清]彭定求:《全唐诗》卷一六〇,第1635页。
③ [清]彭定求:《全唐诗》卷一一九,第1199—1200页。
④ [清]彭定求:《全唐诗》卷一一九,第1201页。
⑤ [清]彭定求:《全唐诗》卷一六〇,第1635页。
⑥ [清]彭定求:《全唐诗》卷一六〇,第1634页。
⑦ [清]彭定求:《全唐诗》卷一四〇,第1425页。

是王镍近亲,贬竟陵司马。有文及诗,婉变清楚,深宜讽咏,乐府短章,古人有不能过也。"①孟浩然开元十九年在越州,随后赴永嘉。以上诗作均为这一过程所作。

春,孟浩然与崔二十一游镜湖,作诗并寄包佶、贺朝

孟浩然有《与崔二十一游镜湖寄包贺二公》诗云:"试览镜湖物,中流到底清。不知鲈鱼味,但识鸥鸟情。帆得樵风送,春逢谷雨晴。将探夏禹穴,稍背越王城。府掾有包子,文章推贺生。沧浪醉后唱,因此寄同声。"②诗中"镜湖",《舆地纪胜》卷一〇《绍兴府》:"镜湖,在会稽、山阴两县界。后汉永和五年,太守马臻所创,水高丈余,周三百十里,灌田九千顷。或以为黄帝于此铸镜,因得名,非也。盖取其平如镜。又曰鉴湖,曰照湖。唐以赐贺知章。王逸少诗云:'山阴路上行,如在镜中游。'"③诗中"崔二十一"名未详。岑仲勉《唐人行第录》云:"崔二十一,《全诗》三函孟浩然《与崔二十一游镜湖寄包贺二公》,又《夏日与崔二十一同集王明府宅》。按《全文》三三四陶翰《送崔二十一之上都序》,崔为赴京应举者,孟与陶既有交往,则此两崔二十一当同一人,惟名未详。"④"包贺二公"为包融、贺朝。孟浩然有《宴包二融宅》诗,又有《题云门山寄越府包户曹徐起居》,"包二""包户曹"即当为包融。贺朝,芮挺章《国秀集》:"会稽尉贺朝三首。"⑤

春,孟浩然泛舟于若耶溪

孟浩然有《耶溪泛舟》诗云:"落景余清辉,轻桡弄溪渚。澄明爱水物,临泛何容与。白首垂钓翁,新妆浣纱女。相看似相识,脉脉不得语。"⑥《太平寰宇记》:"若耶溪,在县东南二十八里。"⑦郦道元《水经注》:"若邪溪……溪水上承嶕岘麻溪,溪之下,孤潭周数亩……麻潭下注若邪溪。水至清,照众山倒影,窥之如画。"⑧

---

① 傅璇琮主编:《唐才子传校笺》第1册,第228—234页。
② [清]彭定求:《全唐诗》卷一六〇,第1662页。
③ [宋]王象之编著,赵一生点校:《舆地纪胜》第2册,第374页。
④ 岑仲勉:《唐人行第录(外三种)》,第107页。
⑤ [唐]芮挺章:《国秀集》卷中目录,《唐人选唐诗新编(增订本)》,中华书局2014年版,第282页。按:汲古阁刻本《唐人选唐诗》"三"作"一",但卷中收《宿香山阁》《赠酒店胡妃》《孤兴》三诗。
⑥ [清]彭定求:《全唐诗》卷一五九,第1624页。
⑦ [宋]乐史:《太平寰宇记》卷九六,第1930页。
⑧ [北魏]郦道元撰,陈桥驿点校:《水经注》卷四〇,第754页。

春,孟浩然在越州游云门山

孟浩然有《题云门山寄越府包户曹徐起居》诗云:"我行适诸越,梦寐怀所欢。久负独往愿,今来恣游盘。台岭践磴石,耶溪溯林湍。舍舟入香界,登阁憩旃檀。晴山秦望近,春水镜湖宽。远怀仡应接,卑位徒劳安。白云日夕滞,沧海去来观。故国眇天末,良朋在朝端。迟尔同携手,何时方挂冠。"①《嘉泰会稽志》卷九"会稽":"云门山在县南三十里。旧经云:'晋义熙二年,中书令王子敬居此,有五色祥云见,诏建寺,号云门。'今为淳化、熙雍、显圣、广福。唐孟东野诗云:'碧嶂几千绕,清源万余流。蓬瀛若仿佛,四野多泛浮。'杜子美诗云:'若耶溪、云门寺,青鞋布袜从此始。'山有谢傅宅、何公井、好泉亭、王子敬山亭、永禅师临书阁。"②

孟浩然又有《云门寺西六七里闻符公兰若最幽与薛八同往》诗云:"谓予独迷方,逢子亦在野。结交指松柏,问法寻兰若。小溪劣容舟,怪石屡惊马。所居最幽绝,所住皆静者。云簇兴座隅,天空落阶下。上人亦何闻,尘念都已舍。四禅合真如,一切是虚假。愿承甘露润,喜得惠风洒。依止托山门,谁能效丘也。"③李景白《孟浩然诗集校注》卷一注云:"本诗当作于滞居越州期间,约在开元十九年前后。"④

五月,孟浩然与崔二十一同集卫明府席,并作诗

孟浩然有《夏日与崔二十一同集卫明府宅》诗云:"言避一时暑,池亭五月开。喜逢金马客,同饮玉人杯。舞鹤乘轩至,游鱼拥钓来。座中殊未起,箫管莫相催。"⑤《国秀集》载此诗,题作"宴卫明府宅遇北使",是知崔二十一是朝廷派遣至越州的使者。岑仲勉《唐人行第录》:"崔二十一,《全诗》三函孟浩然《与崔二十一游镜湖寄包贺二公》,又《夏日与崔二十一同集卫明府宅》。按《全文》三三四陶翰《送崔二十一之上都序》,崔为赴京应举者,孟与陶既有交往,则此两崔二十一当同一人,惟名未详。"⑥

---

① [清]彭定求:《全唐诗》卷一五九,第 1619 页。
② [宋]施宿:《嘉泰会稽志》卷九,《宋元浙江方志集成》第 4 册,第 1821—1822 页。
③ [清]彭定求:《全唐诗》卷一五九,第 1623 页。
④ [唐]孟浩然撰,李景白校注:《孟浩然诗集校注》卷一,巴蜀书社 1988 年版,第 5 页。
⑤ [清]彭定求:《全唐诗》卷一六〇,第 1643 页。
⑥ 岑仲勉:《唐人行第录(外三种)》,第 107 页。

八月,孟浩然下浙江,初次舟中观潮并作诗

孟浩然有《初下浙江舟中口号》诗云:"八月观潮罢,三江越海浔。回瞻魏阙路,空复子牟心。"①

秋,孟浩然宴于会稽孔伯昭南楼,并作诗

孟浩然有《夜登孔伯昭南楼,时沈太清、朱升在座》诗云:"谁家无风月,此地有琴尊。山水会稽郡,诗书孔氏门。再来值秋杪,高阁夜无喧。华烛罢然蜡,清弦方奏鹍。沈生隐侯胤,朱子买臣孙。好我意不浅,登兹共话言。"②

秋,孟浩然游大禹寺,题义公禅房

孟浩然有《题大禹寺义公禅房》诗云:"义公习禅处,结构依空林。户外一峰秀,阶前群壑深。夕阳连雨足,空翠落庭阴。看取莲花净,应知不染心。"③《嘉泰会稽志》卷七"寺庙·会稽县":"大禹寺在县南一十二里。梁大同十一年建。会昌五年毁废。明年重建。寺自唐以来为名刹。西偏有泉名菲饮,有亭覆之。绍兴中,王编修钰题名大字刻泉上。"④

秋,孟浩然作《久滞越中赠谢南池会稽贺少府》诗

孟浩然有《久滞越中贻谢南池会稽贺少府》诗云:"陈平无产业,尼父倦东西。负郭昔云翳,问津今已迷。未能忘魏阙,空此滞秦稽。两见夏云起,再闻春鸟啼。怀仙梅福市,访旧若耶溪。圣主贤为宝,君何隐遁栖。"⑤诗有"两见夏云起,再闻春鸟啼"之语,当作于本年秋后赴永嘉之前。"贺少府"为贺朝,芮挺章《国秀集》:"会稽尉贺朝三首。"⑥贺朝当时亦为越中著名文士,《旧唐书·文苑传》云:"神龙中,知章与越州贺朝、万齐融,扬州张若虚、邢巨,湖州包融,俱以吴越之士,文辞俊秀,名扬于上京……人间往往传其文。"⑦

---

① [清]彭定求:《全唐诗》卷一六〇,第 1668 页。
② [清]彭定求:《全唐诗》卷一六〇,第 1662—1663 页。
③ [清]彭定求:《全唐诗》卷一六〇,第 1649 页。
④ [宋]施宿:《嘉泰会稽志》卷七,《宋元浙江方志集成》第 4 册,第 1779 页。
⑤ [清]彭定求:《全唐诗》卷一六〇,第 1660 页。
⑥ [唐]芮挺章:《国秀集》卷中目录,《唐人选唐诗新编(增订本)》,第 282 页。
⑦ [后晋]刘昫:《旧唐书》卷一九〇中,第 5035 页。

除夜,孟浩然在乐城张子容家诗酒唱和

孟浩然有《岁暮海上作》诗云:"仲尼既云殁,余亦浮于海。昏见斗柄回,方知岁星改。虚舟任所适,垂钓非有待。为问乘槎人,沧洲复谁在。"①此诗为本年末南渡永嘉江之作。

孟浩然有《除夜乐城逢张少府》诗云:"云海泛瓯闽,风潮泊岛滨。何知岁除夜,得见故乡亲。余是乘槎客,君为失路人。平生复能几,一别十余春。"②

孟浩然又有《岁除夜会乐城张少府宅》诗云:"畴昔通家好,相知无间然。续明催画烛,守岁接长筵。旧曲梅花唱,新正柏酒传。客行随处乐,不见度年年。"③

张子容有《乐城岁日赠孟浩然》诗云:"土地穷瓯越,风光肇建寅。插桃销瘴疠,移竹近阶墀。半是吴风俗,仍为楚岁时。更逢习凿齿,言在汉川湄。"④

张子容又有《除夜乐城逢孟浩然》诗云:"远客襄阳郡,来过海岸家。樽开柏叶酒,灯发九枝花。妙曲逢卢女,高才得孟嘉。东山行乐意,非是竞繁华。"⑤

按《唐诗纪事》卷二三《张子容》条:"曾为乐城尉,与孟浩然友善。"⑥《唐才子传》卷一《张子容传》:"子容,襄阳人。开元元年常无名榜进士。仕为乐城令。初与孟浩然同隐鹿门山,为死生交,诗篇唱答颇多。"⑦"乐城令"为"乐城尉"之误。张子容有《贬乐城尉日作》诗云:"窜谪边穷海,川原近恶溪。有时闻虎啸,无夜不猿啼。地暖花长发,岩高日易低。故乡可忆处,遥指斗牛西。"⑧孟浩然早年与张子容唱和诗有《寻白鹤岩张子容隐居》诗云:"白鹤青岩半,幽人有隐居。阶庭空水石,林壑罢樵渔。岁月青松老,风霜苦竹疏。睹兹怀旧业,回策返吾庐。"⑨

---

① [清]彭定求:《全唐诗》卷一五九,第1628页。
② [清]彭定求:《全唐诗》卷一六〇,第1655页。
③ [清]彭定求:《全唐诗》卷一六〇,第1655页。
④ [清]彭定求:《全唐诗》卷一一六,第1176页。
⑤ [清]彭定求:《全唐诗》卷一一六,第1175页。
⑥ [宋]计有功:《唐诗纪事》卷二三,第345页。
⑦ 傅璇琮主编:《唐才子传校笺》第1册,第156—159页。
⑧ [清]彭定求:《全唐诗》卷一一六,第1177页。
⑨ [清]彭定求:《全唐诗》卷一六〇,第1649—1650页。

杜甫本年始游吴越

仇兆鳌《杜诗详注》卷首《杜工部年谱》："开元十九年辛未。公年二十,游吴越。黄曰:公《进三大礼赋表》云:'浪迹于陛下丰草长林,实自弱冠之年。'则其游吴越,乃在开元十九年。自是下姑苏,渡浙江,游剡溪,久之方归。朱鹤龄曰:公《哭韦之晋》诗:'凄怆郇瑕邑,差池弱冠年。'又《酬寇侍御》诗:'往别郇瑕地,于今四十年。'郇瑕,晋地也。公弱冠之时,尝游晋地。当是游晋后,方为吴越之游也。"①

四川省文史馆《杜甫年谱》"公元七三一年(开元十九年,辛未)二十岁":"始游吴越,过金陵,下姑苏(江苏苏州),渡浙江,泛剡溪。《进三大礼赋表》云:'臣浪迹于陛下丰草长林,实自弱冠之年',是其游吴越,正自本年始。时有姑丈贺㧑为常熟(江苏常州)县尉;安史乱后,尚有姑母留于江南,故在成都时思及姑母有'诸姑今海畔'诗句可证。又有叔父杜登为武康(浙江湖州)县尉。是其游吴越,与有人事关系在焉。此次漫游,是自洛阳出发,沿沟通黄河与淮水,淮水与长江之运河而达江南。到金陵后,与许八拾遗及旻上人同游。怀想六朝文物与晋代王谢风流,已杳如云烟,无可复睹,惟有瓦官寺里顾恺之在壁间所画之维摩诘像,尚依然无恙。……东下姑苏,登虎邱,见阖闾之墓已荒,剑池之壁甚仄;过长洲苑,见其即江渚以为园囿,汀花映水,芰荷摇影;出阊门(吴县西北门),谒吴太伯庙,则见台殿金碧,俯映回塘,抚古伤怀,每至而不忍去。已而,渡浙江,登西陵(萧山县)古驿台,至会稽,寻禹穴,追索秦始皇已往之行踪,赏鉴湖(浙江绍兴县南,一名镜湖,一名贺监湖,则因玄宗赐秘书监贺知章以'镜湖一曲'得名)秋色,乘剡溪(浙江剡县城南,即曹娥江之上游)春船,泊于天姥山(浙江剡县南八十里,东接天台)下而归。所经游者,无一而非六朝诗人谢灵运、谢朓、阴鑑(铿)、何逊、鲍照、庾信诸子所歌咏之江南胜地,亦无一而非诗境。在漫游山川佳丽之地,大抵亦有所吟咏,但惜都无留稿。晚年常有'思吴胜事繁'之追忆,《解闷十二首》之一云:'商胡离别下扬州,忆上西陵古驿楼。为问淮南米贵贱,老夫乘兴欲东游。'因遇胡商来辞别下扬州,即想及江南,悠然神往,然自此数年漫游一次以后,即未尝重履江南地矣。"②由《解闷》诗可知,杜甫由浙西到浙东,是从西陵渡口渡江的。对于西陵渡口的地位,陈寅恪先生曾经在释读杜甫此诗时引用《云溪友议》卷上《夷君诮》条:"登州贾者马行馀,转海拟取昆山路,适桐

---

① [清]仇兆鳌:《杜诗详注》卷首,中华书局1979年版,第12页。
② 四川文史研究馆:《杜甫年谱》,四川人民出版社1981年版,第8—9页。

庐,时遇西风,而吹到新罗国。"①并论述道:"西陵为杭越运河之要点,桐庐则转海乘舟之步头,皆唐代商胡由海上经钱塘江出入内地之孔道。"②

本年,包融与会稽县令崔某唱和

包融《和崔会稽咏王兵曹厅前涌泉势城中字》诗云:"茂德来征应,流泉入咏歌。含灵符上善,作字表中和。有草恒垂露,无风欲偃波。为看人共水,清白定谁多。"③刘卓《唐代"三包"考辨》:"《和崔会稽咏王兵曹厅前涌泉势城中字》,题中所载之'崔会稽''王兵曹',生平俱无考。'兵曹'乃唐州府所设功、仓、户、兵、法、士六曹参军之一,而包融亦曾任怀州怀司户参军之职,与之同属六曹,则包融或即此时以同僚身份与崔会稽、王兵曹同观涌泉而相唱和。据前文所考,包融任怀州司户参军当在开元十九年(731)左右,则包融作此诗当亦在此时,故姑系《和崔会稽咏王兵曹厅前涌泉势城中字》于开元十九年(731)。"④

本年,康神庆为台州刺史

《嘉定赤城志》卷八"秩官门·历代郡守":"开元十九年,康神庆。"⑤

本年,吴励之为诸暨县尉

《嘉泰会稽志》卷六"祠庙·诸暨县":"秦始皇庙,在县西一里。……唐叶天师焚之。开元十九年,县尉吴励之再建。"⑥

---

① [唐]范摅:《云溪友议》卷上,上海古籍出版社2012年版,第91页。
② 陈寅恪:《刘复愚遗文中年月及其不祀祖问题》,《金明馆丛稿初编》,上海古籍出版社1980年版,第325页。
③ [清]彭定求:《全唐诗》卷一一四,第1154页。
④ 刘卓:《唐代"三包"考辨》,世界图书出版广东有限公司2017年版,第108页。
⑤ [宋]陈耆卿:《嘉定赤城志》卷八,《宋元浙江方志集成》第11册,第5147页。
⑥ [宋]施宿:《嘉泰会稽志》卷六,《宋元浙江方志集成》第4册,第1751页。

732　唐玄宗开元二十年壬申

正月，孟浩然卧疾于乐城馆中

孟浩然有《初年乐城馆中卧疾怀归作》诗云："异县天隅僻，孤帆海畔过。往来乡信断，留滞客情多。腊月闻雷震，东风感岁和。蛰虫惊户穴，巢鹊眄庭柯。徒对芳尊酒，其如伏枕何。归屿理舟楫，江海正无波。"[①]《清一统志》卷二三五"温州府·古迹"："乐清县。在府东北八十里。……汉回浦县地，后汉永宁县地，晋宁康三年析置乐成县，属永嘉郡，宋齐以后因之。隋废，唐武德五年复置乐成县。……五代梁时，吴越改曰乐清。"[②]

在乐城，孟浩然曾游半山亭。《清一统志》卷二三五"温州府·古迹"："三高亭，在乐清县治西塔山之半，俗呼为半山亭。以晋王羲之、宋谢灵运、唐孟浩然尝游此，故名。"[③]

春，孟浩然将离开乐城，即当南行赴永嘉

孟浩然有《永嘉上浦馆逢张八子容》诗云："逆旅相逢处，江村日暮时。众山遥对酒，孤屿共题诗。廨宇邻蛟室，人烟接岛夷。乡园万余里，失路一相悲。"[④]诗题中"上浦馆"在永嘉，《光绪永嘉县志》卷二一"古迹·名胜"："上浦馆，在府城东七十里。"[⑤]诗中"孤屿"即孤屿山，《太平寰宇记》卷九九"温州·永嘉县"："孤屿，在州南四里，永嘉江中。渚长三百丈，阔七十步，屿有二峰。"[⑥]《雍正浙江通志》载："孤屿山，《江心志》：在（温州）郡北江中，因名江心。东西广三百余丈，南北半之，距城里许。初离为两山，筑二塔于其巅，中贯川流，为龙潭。川中有小山，即孤屿。宋时有

---

① ［清］彭定求：《全唐诗》卷一六〇，第1666页。

② ［清］和珅等：《钦定大清一统志》卷二三五，《景印文渊阁四库全书》第479册，第390页。

③ ［清］和珅等：《钦定大清一统志》卷二三五，《景印文渊阁四库全书》第479册，第397页。

④ ［清］彭定求：《全唐诗》卷一六〇，第1654页。

⑤ ［清］王棻、戴咸弼总纂：《光绪永嘉县志》卷二一，光绪八年刻本，第9页。

⑥ ［宋］乐史：《太平寰宇记》卷九九，第1979页。

蜀僧清了,以土室龙潭,联两山,成今址。孤屿之椒,露于佛殿后。"①"浩然楼,王叔杲《孤屿记》:孤屿江心寺,林木交荫,殿阁辉敞。独浩然楼峻竦洞达,坐其中,沧波可吸,千峰森前。孟襄阳所咏'众山遥对酒'是也。"②作为江中名胜,谢灵运即有《登江中孤屿》诗,将山水的寻游、美丽的佳景与心中的苦闷融合在一起,成为千古名篇,这对孟浩然诗影响也很大。谢诗云:"江南倦历览,江北旷周旋。怀杂道转迥,寻异景不延。乱流趋正绝,孤屿媚中川。云日相辉映,空水共澄鲜。表灵物莫赏,蕴真谁为传。想像昆山姿,缅邈区中缘。始信安期术,得尽养生年。"③

春,孟浩然将离永嘉归襄阳,与张子容相别

孟浩然有《永嘉别张子容》诗云:"旧国余归楚,新年子北征。挂帆愁海路,分手恋朋情。日夕故园意,汀洲春草生。何时一杯酒,重与季鹰倾。"④张子容亦有《送孟八浩然归襄阳二首》诗云:"东越相逢地,西亭送别津。风潮看解缆,云海去愁人。乡在桃林岸,山连枫树春。因怀故园意,归与孟家邻。""杜门不欲出,久与世情疏。以此为长策,劝君归旧庐。醉歌田舍酒,笑读古人书。好是一生事,无劳献子虚。"⑤是孟浩然将离永嘉后与张子容分别时二人惜别之作。按,此诗第二首,顾元纬本《王右丞集笺注》、《文苑英华》皆作王维诗,《瀛奎律髓》作张子容诗,陈铁民《王维年谱》考订非张子容作。陈铁民说存参。

七月,崔词作《谒禹庙》诗,刻石

崔词《谒禹庙》诗云:"惟舜禅功始,惟尧锡命初。九州方奠画,万壑遂横疏。受箓尝开洞,过门不下车。诸侯会玉帛,沧海荐图书。玄默将遗世,崇高亦厌居。耘田自有鸟,浚泽岂为鱼。家及三王嗣,殷因百代如。灵容肃清宇,衮服闭荒墟。枣径愁云暮,松扉撤祭余。叨荣陵寝邑,怀古益踟蹰。"⑥《嘉泰会稽志》卷一六:"崔词《谒禹庙诗》,杜专正书,陈章甫序,释惠通分书,开元二十载孟秋。宋之问诗附,元和十一年八月陈翱书。"⑦

① [清]嵇曾筠、沈翼机等:《雍正浙江通志》卷二〇,《景印文渊阁四库全书》第519册,第561页。
② [清]嵇曾筠、沈翼机等:《雍正浙江通志》卷五〇,《景印文渊阁四库全书》第520册,第362页。
③ [梁]萧统编,[唐]李善、吕延济、刘良、张铣、吕向、李周翰注:《六臣注文选》卷二六,第498页。
④ [清]彭定求:《全唐诗》卷一六〇,第1641页。
⑤ [清]彭定求:《全唐诗》卷一一六,第1176—1177页。
⑥ [宋]孔延之:《会稽掇英总集》卷八,《宋元浙江方志集成》第14册,第6435页。
⑦ [宋]施宿:《嘉泰会稽志》卷一六,《宋元浙江方志集成》第4册,第2033页。

十月,贺知章撰《郭茂贞碑》

《金石录》卷六云:"《唐歙州刺史郭茂贞碑》,贺知章撰。八分书,姓名残缺。开元二十年十月。"①

十一月,贺知章在秘书监集贤学士任,撰《朱公妻王氏墓志》

《皇朝秘书丞摄侍御史朱公妻太原郡君王氏墓志并序》,题署:"秘书监集贤学士贺知章撰。"志云:"夫人讳□□,姓王氏,太原祁人。……以今开元二十年岁次壬申正月乙巳朔三日丁未,遘疾终于侍御所职沧州海运坊之官第,春秋六十一,以其年十一月庚子朔二十一日庚申,窆于邙山之北原,礼也。"②

本年,张泚为越州都督

《会稽掇英总集》卷一八《唐太守题名记》:"张泚,开元二十年自衢州刺史授。二十一年,拜秦州都督。"③《嘉泰会稽志》卷二"太守"同④。

本年,张子容在乐城尉任,赴永嘉

张子容《自乐城赴永嘉枉路泛白湖寄松阳李少府》诗云:"西行碍浅石,北转入溪桥。树色烟轻重,湖光风动摇。百花乱飞雪,万岭叠青霄。猿挂临潭筱,鸥迎出浦桡。惟应赏心客,兹路不言遥。"⑤按,乐城即现在的乐清,乐清有白石山,亦即中雁荡山,山有白石湖、钟前湖、龙山湖。诗即张子容泛白石湖时所作。

① [宋]赵明诚撰,金文明校证:《金石录校证》卷六,第111页。
② 陈长安主编:《隋唐五代墓志汇编·洛阳卷》第10册,天津古籍出版社1991年版,第55页。
③ [宋]孔延之:《会稽掇英总集》卷一八,《宋元浙江方志集成》第14册,第6553页。
④ [宋]施宿:《嘉泰会稽志》卷二,《宋元浙江方志集成》第4册,第1664页。
⑤ [清]彭定求:《全唐诗》卷一一六,第1177页。

733　唐玄宗开元二十一年癸酉

龙丘人徐安贞撰写《朱淑墓志铭》

《全唐文补遗·千唐志斋新藏专辑》徐安贞《大唐德州安陵县尉陆光庭妻吴郡朱夫人(淑)墓志》,末署:"开元廿一年岁在癸酉中书舍人徐安贞文。"①

本年,衢州人徐征状元及第

徐松《登科记考》卷八开元二十一年:"进士二十五人:徐征,状元。《玉芝堂谈荟》作开元二十年状元。"孟二冬《补正》云:"孟按:《唐才子传校笺》卷二《刘长卿传》笺云:'徐征,两《唐书》无传,仅《新唐书》卷七五下《宰相世系表五下》列其名,注云:少监,或曾任秘书少监。《玉芝堂谈荟》所载历唐历年状元姓名,亦间有错讹,未足为信据。'姑仍其旧,以俟详考。"②刘国庆《徐征:衢州史上的第一位状元》云:"衢州徐征参加了唐玄宗开元二十一年的诏举考试。据清代徐松《登科记考》,开元二十一年的科考状元是徐征,同榜进士共25人。《登科记考》未载徐征之里籍,但据《泉郡徐公店状元尚书公徐晦家谱》《泉郡华洲徐氏族谱》等记载:徐征(700—765),字慈恩,号潀水,晚号长源,浙江信安(今衢州)人。关于徐征的世系,据《信安徐氏宗谱》,迁衢始祖徐仓由徐州渡江,迁徙衢州。之后,在衢州历九代,至六十世徐泊,徐征为徐泊之弟,居信安,科考中状元后因任福建晋江安平县主簿,遂寓居晋江。徐征是衢州历史上的第一位状元,也是中华徐氏历史上的第一位状元。他历官福建安平县主簿、晋江县丞兼少监之职。徐征天性刚直,忠贞不渝,后被奸相李林甫所害,卒于福建晋江寓所,不显而终。今福建晋江市安海镇兴胜境徐厝中的'状元巷',就因徐征曾居住于此巷而得名。"③

---

①　吴钢主编:《全唐文补遗·千唐志斋新藏专辑》,第169页。

②　[清]徐松撰,孟二冬补正:《登科记考补正》卷八,第274页。

③　刘国庆:《徐征:衢州史上的第一位状元》,《衢州日报》2014年2月5日第5版(人文地理)。

本年,裴鼎为越州都督

《会稽掇英总集》卷一八《唐太守题名记》:"裴鼎,开元二十一年,自金吾卫将军授,二十二年,拜左威卫将军。"①《嘉泰会稽志》卷二"太守"记为"开元二十六年"移官②,实误。

本年,李从周为诸暨县尉

新出土《大唐袭容城伯卢君夫人陇西李氏(松)墓志铭并序》:"父从周,皇朝越州诸暨县尉。世为冠族,人尽公才。夫人则诸暨府君之元女。"③按,墓主卒时年二十八岁,则是时其父应在诸暨县尉任。

734 唐玄宗开元二十二年甲戌

杜甫漫游越地在本年或稍前

钱谦益《少陵先生年谱》:"开元二十三年乙亥,《壮游》诗:'归帆拂天姥,中岁贡旧乡。忤下考功第,拜辞京尹堂。放荡齐赵间,裘马颇清狂。快意八九年,西归到咸阳。'按史,二十四年,移贡举于礼部。则下考功第在二十四年之前。"④仇兆鳌《杜诗详注》卷首《杜工部年谱》:"开元二十三年乙亥。公自吴越归,赴京兆贡举,不第。黄曰:公本传:'尝举进士不第。'故《壮游》诗云:'归帆拂天姥,中岁贡旧乡。忤下考功第,独辞京兆堂。'朱按:史:唐初,考功郎掌贡举。至开元二十四年,考功郎李昂为举人诋诃,帝以员外郎望轻,徙礼部,以侍郎主之。则公下考功第,当在二十三年。盖唐制年年贡士也。《选举志》:每岁仲冬,州县馆监举其成者,送之尚书省。《旧史》云:'天宝初,应进士不第。'非。"⑤唐时贡举在春天举行,而举子大约会在前

---

① [宋]孔延之:《会稽掇英总集》卷一八,《宋元浙江方志集成》第 14 册,第 6554 页。
② [宋]施宿:《嘉泰会稽志》卷二,《宋元浙江方志集成》第 4 册,第 1664 页。
③ 吴钢主编:《全唐文补遗》第 2 辑,第 499 页。
④ [清]钱谦益:《钱注杜诗》附录《少陵先生年谱》,上海古籍出版社 2009 年版,第 721 页。
⑤ [清]仇兆鳌:《杜诗详注》卷首,第 12 页。

一年的秋冬抵达长安。故而杜甫漫游吴越应在开元二十二年之前。杜甫《壮游》诗叙述游浙东之经历："越女天下白,鉴湖五月凉。剡溪蕴秀异,欲罢不能忘。归帆拂天姥,中岁贡旧乡。气劘屈贾垒,目短曹刘墙。忤下考功第,独辞京尹堂。"①

葛景春《杜甫与地域文化》专门辟出一节论述杜甫与吴越文化的关系,其中对杜甫游越地亦有所论述:"会稽县有'文化之邦''名士之乡'的美誉,著名的'四明狂客'贺知章的家乡就在会稽。会稽城南有鉴湖,鉴湖一带是典型的江南水乡风光,湖上堤桥随设,渔舟时见,远山四围,水清如镜,王羲之有'山阴路上行,如在镜中游'(《嘉泰会稽志》卷十)之誉。杜甫从鉴湖又乘船游览了剡溪,剡溪青山夹岸,溪水透迤,有'剡溪九曲'之胜景。那里山水秀异,竹茂林深,杜甫遨游其间,流连忘返。美丽的剡溪吸引了历代文人,因此剡溪也留下了无数咏剡名篇及趣闻逸事。如李白有'此行不为鲈鱼脍,自爱名山入剡中'(《秋下荆门》)。'虽然剡溪兴,不异山阴时'(《秋山寄卫尉张卿及王征君》)。晋王子猷'雪夜访戴'的故事更使此溪声名益显。《世说新语·任诞》载:'王子猷居山阴,夜大雪,眠觉,开室,命酌酒,四望皎然,因起彷徨,咏左思《招隐》诗,忽忆戴安道。时戴在剡,即便夜乘小船就之。经宿方至,造门不前而返。人问其故,王曰:吾本乘兴而行,兴尽而返,何必见戴!'王子猷访戴遂'乘兴而行,兴尽而返'的言行,表现了当时名士率性任情的风度和乐观豁达的人生态度。吴越之地,人文荟萃,杜甫置身其间,感慨不已;而异于中原的江南美景,又使杜甫流连忘返,诗思涌动,以至'欲罢不能忘'。"②

本年,郑虔作书与陈博士,述及《代国公主碑》问题

有关郑虔之新出文献,除《郑虔墓志》外,还有《俄藏敦煌文献》所载郑虔残札:"昨日于一处见公镌碑□殊为(第1行)精妙又知造代国公主碑若(第2行)事了得同东行要何可言虔(第3行)于江外制三碑兼自书二在(第4行)常州,一在湖州,便同舟往□(第5行)镌,亦是小济耳。必当定决也。(第6行)郑虔白陈博士。(第7行)于一处得五纸拓书,并足佳作,(第8行)上不多畜拓者,所以不留,足下比求真迹太多,然未堂得佳(第9行)□□□使往所有异纵望分(第10行)□□□□必不敢坠(第11行)。"③这里值得注意的是陈博士所造三碑,其中有《代国公主碑》。《代国

① [清]彭定求:《全唐诗》卷二二二,第2358页。
② 葛景春:《杜甫与地域文化》,社会科学文献出版社2016年版,第493—494页。
③ 俄罗斯科学院东方研究所圣彼得堡分所、俄罗斯科学出版社东方文学部、上海古籍出版社编:《俄藏敦煌文献》第15册,Дх.10839号,上海古籍出版社、俄罗斯科学出版社东方文学部2000年版,第67页。

公主碑》,《金石萃编》卷七八有著录,为"驸马都尉郑万钧撰文,男聪书"①。代国公主为睿宗女,卒于开元二十二年十二月三日。碑载"长子左赞善大夫聪,聪为吾耳;次子右赞善大夫明,明为吾目。明使海内见,聪使天下闻"②。郑聪即碑之书者,郑明即郑潜曜,亦为驸马都尉。杜甫《唐故德仪赠淑妃皇甫氏神道碑》记载:"有女曰临晋公主,出降代国长公主子荥阳潜曜,官曰光禄卿,爵曰驸马都尉。"③独孤及《郑驸马孝行记》云:"特进驸马都尉荥阳郑潜曜,字某。……代国长公主之才子也。……开元二十八年尚玄宗第十二女临晋长公主。"④由这一残札关联杜甫与郑氏的关系,是非常值得研究的课题。临晋公主之母为皇甫淑妃,杜甫有《皇甫淑妃碑》云:"甫忝郑庄之宾客,游窦主之园林。"⑤杜甫又有《郑驸马宅宴洞中》《郑驸马池台喜遇郑广文同饮》《奉陪郑驸马韦曲二首》等诗。因此,杜甫与郑氏的交游,实际上是与皇亲国戚之间的往还,不仅仅是一般的文人来往。这是盛唐开元、天宝间事,而这一切被安史之乱打破了。安史之乱后郑虔被贬台州司户,身份的变化令杜甫予以深切的同情。故而杜甫写了不少怀念郑虔的诗作。

本年,元彦冲为越州刺史

《会稽掇英总集》卷一八《唐太守题名记》:"元彦冲,开元二十二年,自襄州刺史授,二十六年,拜卫州刺史。"⑥《嘉泰会稽志》卷二"太守"同⑦。《册府元龟》卷一二八:"(开元)二十三年十二月,命十道采访使举良刺史县令,以……越州刺史元彦冲……等闻上。"⑧《全唐文》卷三〇九孙逖《授元彦冲等诸州刺史制》:"使持节都督越州诸军事守越州刺史元彦冲等,……可依前件。"⑨同书卷三三五万齐融《法华寺戒坛院碑》:"开元二十四年……都督河南元彦冲躬请律师重光圣日。"⑩

① [清]王昶:《金石萃编》卷七八,第7页。
② [清]王昶:《金石萃编》卷七八,第6页。
③ [清]董诰:《全唐文》卷三六〇,第3658页。
④ [清]陆心源:《唐文拾遗》卷二二,《全唐文》附,第10612页。
⑤ [清]董诰:《全唐文》卷三六〇,第3659页。
⑥ [宋]孔延之:《会稽掇英总集》卷一八,《宋元浙江方志集成》第14册,第6554页。
⑦ [宋]施宿:《嘉泰会稽志》卷二,《宋元浙江方志集成》第4册,第1664页。
⑧ [宋]王钦若:《册府元龟》卷一二八,第1534页。
⑨ [清]董诰:《全唐文》卷三〇九,第3143页。
⑩ [清]董诰:《全唐文》卷三三五,第3392页。

本年，崔叔度为台州刺史

《嘉定赤城志》卷八"秩官门·历代郡守"："开元二十二年，崔叔度。"①

本年，祝绍为括苍县令

《册府元龟》卷一二八："(开元)二十三年十二月，命十道采访使举良刺史、县令，以……括苍县令祝绍……等闻。"②

735　唐玄宗开元二十三年乙亥

杜甫本年自吴越归东都

四川省文史馆《杜甫年谱》"公元七三五年(开元二十三年，乙亥)，二十四岁"："自吴越归东都。举进士，不第。是年，考功员外郎孙狄(逖)知贡举于洛阳福唐观。《壮游》诗叙述此次落第云：'归帆拂天姥，中岁贡旧乡。忤下考功第，独辞京兆堂。'唐福观，据《唐两京城坊考》所载，是建在洛阳崇业坊。李邕尝作《东都唐福观邓天师碣》。"③

二月，窦铨在义乌县令任

新出土《大唐朝议郎前行婺州义乌县令窦公故夫人(高态)墓志铭并序》："夫人姓高氏，讳态，字淑，渤海蓨人也。……年十九，归于窦氏。……以开元廿二年六月八日，终于河南陶化里之私第，时年五十一。……以廿三年二月廿三日，迁窆于洛阳北邙之原，礼也。"④据新出土《唐故朝议大夫陇西郡太守扶风窦府君(铨)墓志铭并序》："公讳铨，字悟微，扶风人也。……转河南府长水县丞，授婺州义乌、深州饶阳二县令。施清静之化，行宽大之法。二邑致理，群黎用康。加朝散大夫，宠子男也。"⑤

---

①　[宋]陈耆卿：《嘉定赤城志》卷八，《宋元浙江方志集成》第11册，第5147页。
②　[宋]王钦若：《册府元龟》卷一二八，第1534页。
③　四川文史研究馆：《杜甫年谱》，第10—11页。
④　吴钢主编：《全唐文补遗·千唐志斋新藏专辑》，第171页。
⑤　吴钢主编：《全唐文补遗·千唐志斋新藏专辑》，第215页。

季春,李邕为括州刺史

《新唐书·李邕传》:"开元二十三年,起为括州刺史,喜兴利除害。"①李邕《谢恩慰谕表》云:"臣出入岭南,自经一纪,自沣州司马加朝散大夫,兼此州牧,解青绶,垂彤襜,去瘴毒之艰,遂江山之性;又荷陛下活臣之命、贷臣之荣四也。且臣远览前书,颇闻故事,一餐之惠,尚可杀身,况臣蒙圣主千年之恩,救愚臣万死之急。至若训诲委积,率谕再三,蚊力负山,不胜其重,萤火向日,徒失其晶。必当闭户绝交,澄心去欲,下以安所部,上以报所天,岂徒殒躯丧元,焚妻夷族而已?"②朱关田《唐代书法家年谱》卷三《李邕年谱》考订李邕为括州刺史在本年季春,并云:"邕为括州刺史,盖出荐举起用者,时在本年季春。何人所举,俟考。"③

五月,括州长史柳崇敬卒于临海

新出土《唐故朝散大夫行括[州]长史上柱国柳府君墓志铭并序》:"府君讳崇敬,字崇敬,河东解人也。……父越州郯(剡)县令嫣。……君爰在弱龄,雅蕴深识。实颖实秀,为龙为光。孝廉甲科,年方未冠。……历始州武连、梓州铜山二县尉,果州南充县丞,梓州司兵参军。……历苏州长洲、同州河西二县令。……授括州长史。长谣登岳,不乐为郡;端右无几,谢病免官。府君丹石心期,黄金然诺。衣裘车马,共毙者亲朋;樽俎笙歌,邀欢者风景。不问家产,若惊宠辱。常恨七贤不并日而饮,八达不同时而游。因适江东,遂观剡外,终当乐死,竟尔忘归。粤以开元廿三年冬十月终于临海,春秋八十有二。"④

九月,龙丘人徐安贞撰《萧谦墓志铭》

《唐代墓志汇编》开元四二〇《唐故朝散大夫滁州别驾萧府君(谦)墓志铭并序》(开元廿三年九月八日),题署:"中大夫检校尚书工部侍郎集贤院学士上柱国徐安贞撰。"⑤

---

① [宋]欧阳修、宋祁:《新唐书》卷二〇二,第5757页。
② [清]董诰:《全唐文》卷二六一,第3654页。
③ 朱关田:《唐代书法家年谱》卷三,第179页。
④ 黄媛媛:《唐柳崇敬墓志考释》,载《语文学刊》2019年第5期,第51—52页。
⑤ 周绍良主编:《唐代墓志汇编》下册,第1446页。

十二月,李邕撰《法华寺碑》

《嘉泰会稽志》卷一六:"秦望山《法华寺碑》,李邕撰并行书、篆额,开元二十三年十二月八日建。在天衣寺。"① 撰写是碑之来由,盖与越州别乘王弼迁濠州刺史有关。碑云:"顷者豪州刺史前此邦别乘太原王公名弼,法海广大,慧炬融明。……朝散大夫、前侍御史今都府户曹袁公名楚客,其皎如日,其心如丹,负兼济之雄才,托演成之雅意。顾惭作者,徒使懵然。"② 末记:"唐开元廿三年十二月八日建。"③ 李邕又有《为濠州刺史王弼谢上表》。

《两浙金石志》卷二《大唐秦望山法华寺碑并序》,题署:"括州刺史李邕撰并书。"末题:"唐开元十三年二月廿八日建。刻石人东海伏灵芝。"文云:"顷者豪州刺史、前此邦别乘太原王公名弼。"④ 因为碑为重刻,故"十三年"为"二十三年"之讹。是李邕撰碑时,王弼为越州别驾。法华寺,《嘉泰会稽志》卷七"山阴县":"天衣寺在县南三十里。晋义熙十三年高僧昙翼结庵,诵《法华经》,多灵异,内史孟顗请置法华寺。"⑤

朱关田《唐代书法家年谱》卷三《李邕书迹考》:"《法华寺碑》,李邕撰并行书,伏灵芝刻。碑目又称《秦望山法华寺碑》。文见《全唐文》卷二六二。开元廿三年十二月八日,立在山阴。著录首见《墨池篇》卷十七。陆增祥《八琼室金石补正》卷五五记:'高六尺二寸,广二尺九寸。廿三行,行五十二字,字径七分。行书。'李邕结衔'括州刺史'。阮元《两浙金石志》卷二所见山阴天衣寺(法华寺易名)存碑,乃明万历年间重立,甚陋且恶。其末题'唐开元十三年二月廿八日建','十三年'即'廿三年'之讹。'二月'即'十二月'之讹。"⑥

王晓亮《绍兴碑刻文化研究》:"天衣寺又称法华寺,位于原绍兴县南 30 里秦望山西北麓法华山。……十峰堂前,有《秦望山法华寺碑》,由做过北海太守的唐代大书法家李邕撰并行书、篆额,唐开元二十三年(735)十二月八日立。会昌中,寺毁,碑成断石。大中年间(847—859)寺复建,碑重立,名寺必引名流,有唐一代,往还天

---

① [宋]施宿:《嘉泰会稽志》卷一六,《宋元浙江方志集成》第 4 册,第 2031 页。

② [清]董诰:《全唐文》卷二六二,第 2665 页。

③ 毛承霖纂修:《民国续修历城县志》卷三一,《中国地方志集成·山东府县志辑》第 5 册,凤凰出版社 2004 年版,第 481 页。

④ [清]阮元:《两浙金石志》卷二,第 25—26 页。

⑤ [宋]施宿:《嘉泰会稽志》卷七,《宋元浙江方志集成》第 4 册,第 1783 页。

⑥ 朱关田:《唐代书法家年谱》卷三,第 211—212 页。

衣寺并留下诗篇的文人尤多,诸如宋之问、皇甫冉、刘长卿、白居易、李绅、元稹、薛据、罗隐、方干、吴融、僧皎然、綦毋潜等都曾为该寺赋诗,并流传下来。宋宣和年间,按诏令改僧为德士,寺为宫观,奉道教,后又废观复寺。元末,寺毁于火,寺与佛像、碑石悉被煨烬。明洪武六年,僧昙敷建寺。万历年间,陶文简复建寺,并重镌李邕碑。碑高300厘米,宽100厘米,厚30厘米,碑冠浮雕双龙戏珠,堪称精致高大。但重建碑石将原碑所立月日'十二月八日'误刻为'二月廿八日'。至20世纪50年代初,尚存部分寺舍。50年代末寺前建天衣水库后,寺舍倾圮无存。今寺基模样仍可辨识,李邕碑被列为原绍兴县文物保护单位。"①

本年,袁楚客为越州户曹参军

李邕《秦望山法华寺碑》云:"顷者豪州刺史前此邦别乘太原王公名弼,法海广大,慧炬融明。……朝散大夫、前侍御史今都府户曹袁公名楚客,其皎如日,其心如丹,负兼济之雄才,托演成之雅意。顾惭作者,徒使懵然。"②末记:"唐开元廿三年十二月八日建。"③这里的"都府户曹"就是越州都督府户曹参军。

本年,窦公衡为剡县尉

《太平广记》卷二二二引《定命录》:"崔圆微时,欲举进士。于魏县见市令李含章云:'君合武出身,官更不停,直至宰相。'开元二十三年,应将帅举科。又于河南府充乡贡进士。其日正于福唐观试,遇敕下,便于试场中唤将。拜执戟参谋河西军事。应制时,与越州剡县尉窦公衡同场并坐,亲见其事。后官更不停,不逾二十年,拜中书令赵国公,实食封五百户。"④

① 王晓亮:《绍兴碑刻文化研究》,人民出版社2020年版,第206—207页。
② [清]董诰:《全唐文》卷二六二,第2665页。
③ 毛承霖纂修:《民国续修历城县志》卷三一,《中国地方志集成·山东府县志辑》第5册,第481页。
④ [宋]李昉等:《太平广记》卷二二二,第1705页。

736　唐玄宗开元二十四年丙子

四月,信安王李祎贬衢州刺史

《资治通鉴》:开元二十四年四月,"乙丑,朔方、河东节度使信安王祎贬衢州刺史"①。《唐大诏令集》卷三八《信安郡王祎滑州刺史制》:"使持节衢州刺史、信安郡王祎……可滑州刺史。"②《全唐文》收此制作"卫州",误③。《全唐文》卷三一六李华《衢州刺史厅壁记》:"此州长吏之选,甲于他部。忠贞之老,则武威公李仆射杰;亲贤之望,则信安郡王祎。"④同书卷三一九李华《衢州龙兴寺故律师体公碑》:"信安王祎、赵太常颐真、郑庶子倬、李中丞丹、前相国李梁公岘皆为此州,躬往围绕。赵太常敬因长老,立文殊万圣之象;李梁公增感先人,泣下双林之间。"⑤清阮元《两浙金石志》卷二《唐衢州石桥诗刻》:"刺史韦公镌外祖信安郡王诗之记。篆额六行在穿上。五言《登石桥寻王质观棋所》,衢州刺史嗣江王(下缺)。'别有经行所,迥跨重峦侧。粤因求瘼余,徬(此疑倏字)想寻真域。放情恣披拂,杖策聊□□。□□□□□,□□□□色。虬幡雾中见,雁塔云间识。薄烟幂远郊,遥峰没归翼。仙桥危石架,幽洞□□□。□□□□□,□□□易测。二教无先后,一相平而直。冀兹捐俗心,永怀依妙力。'衢州刺史韦公于石桥寺桥下以外祖信安郡王诗刻石记:'信安郡南卅里,有峻山幽谷,含异蓄灵两崖屹崒,中隧呀黑,巨石横亘,作为洪梁。□□□□□□□□。其内也,潢洞嵌豁,穹隆圈联,若鹏垂翼,隔阂日月。其外也,嵌崟揭孽,鳌踞虹偃如□□□□□□□□里异状,观视骇虑。原夫造物者,将有意乎于其间,不然,何诡异之至是?昔晋代有樵人王质于石桥下逢二仙弈棋,偶阅终局,柯烂而返,已时移百年,斯实神怪惚慌,何可详究。暨有梁开国崇尚元陈(此字改凿),乃立为梵刹,以旌厥异。自是之后,代为佳境,尘世之士,得游造焉。圣唐开

①　[宋]司马光:《资治通鉴》卷二一四,第6817页。
②　[宋]宋敏求编:《唐大诏令集》卷三八,第173页。
③　[清]董诰:《全唐文》卷二三,第272页。
④　[清]董诰:《全唐文》卷三一六,第3206页。
⑤　[清]董诰:《全唐文》卷三一九,第3236页。

元中，天枝信安郡王，再临斯郡，王太宗皇帝子吴王之次子，自天分胄，惟岳祚灵，蕴礼乐于生知，以戡难为己任。十年分阃，塞马不嘶。羽仪南宫，位副端揆。其始至也，以初封江王，发轫于此。其再临也，以勋列崇异，改封信安，遭奸臣贝锦，出就归藩之义。"①

李邕在括州刺史任，撰《徐峤之碑》《普光王寺碑》

《金石录》云："《唐徐峤之碑》，李邕撰，季子浩正书。天宝八载十月。"②徐浩《唐徐氏山口碣石》："洺州府君历典赵、衢、豫、吉、湖、洺六州，开元二十四年薨，葬于洛阳石桥东北十里。"③是其碑当为开元二十四年徐峤之卒后之作，立碑则在撰碑后多年，时李邕已卒。

《宝刻类编》卷三"李邕"条："《普光王寺碑》，撰并八分书。开元二十四年立。咸通中重刻。泗。"④开元二十四年李邕在括州刺史任，撰即撰于是时。朱关田《唐代书法家年谱》卷三《李邕书迹考》："《普照王寺碑》，李邕撰并行书。碑目又称《普光王寺碑》，全称《大唐泗州临淮县普光王寺碑》，文见《全唐文》卷二六三。开元二十四年十二月，立在泗州。著录首见《金石录目》第一一一八。是碑，大中四年，柳公权正书旧文立石。咸通三年又重立。"⑤

龙丘人徐安贞约于本年任中书侍郎，孙逖行制

孙逖《授徐安贞中书侍郎制》云："门下：中枢之要，久阙其官，伫席而求，实难其选。中大夫检校尚书工部侍郎兼集贤院学士上柱国徐安贞，清才特达，雅量深沈，为德行之宗师，是文词之雄伯。顷司水土，兼典图书，博综惟精，弥纶有叙。王言是属，公议攸归，宜增秩于五字，俾齐名于三入。可守中书侍郎，余如故。"⑥按，孙逖开元二十四年始由考功员外郎拜中书舍人，可以行制。故而徐安贞为中书侍郎当在本年以后。姑系于本年。制称徐安贞为"为德行之宗师，是文词之雄伯"，"兼典图书，博综惟精，弥纶有叙"，是其在文学与学术方面都起到了引领作用。

① ［清］阮元：《两浙金石志》卷二，第33页。
② ［宋］赵明诚撰，金文明校证：《金石录校证》卷七，第135页。
③ ［清］董诰：《全唐文》卷四四〇，第4489页。
④ ［宋］佚名：《宝刻类编》卷三，中华书局1985年版，第68页。
⑤ 朱关田：《唐代书法家年谱》卷三，第212页。
⑥ ［清］董诰：《全唐文》卷三〇八，第3126页。

737　唐玄宗开元二十五年丁丑

张九龄作《送杨道士往天台》诗

张九龄《送杨道士往天台》诗云："鬼谷还成道,天台去学仙。行应松子化,留与世人传。此地烟波远,何时羽驾旋。当须一把袂,城郭共依然。"①熊飞《张九龄集校注》卷三注云："此诗作年难以考定,暂系开元二十五年贬荆州长史前。《何考》开元十八年(730):'疑为洪州任内作。'《刘注》:'疑为开元二十五年出为荆州长史后之所作。杨道士,其人不详。'按:杨道士,疑为杨炎之父杨播。播'登进士第,隐居不仕。玄宗征为谏议大夫,弃官就养。'肃宗赐号玄靖先生,其子杨炎,汧陇之间,号为小杨山人。天台,浙江省之天台山,道士司马承祯曾居此修道。"②

李邕在括州刺史任,撰《国清寺碑》《东山爱同寺怀道阇梨碑》等碑文多通

朱关田《唐代书法家年谱》卷三《李邕书迹考》:"《怀道律师碑》,李邕撰并行书。碑目又称《东山爱同寺怀道阇黎碑》。开元二十五年七月,立在福州。著录首见《金石录目》卷一一二三。《丛编》卷十九'福州'引《集古录目》记李邕结衔'括州刺史'。"③

司马承祯卒,年八十九

《旧唐书·司马承祯传》:"是岁,卒于王屋山,时年八十九。"④《全唐文》卷三〇六卫凭《唐王屋山中岩台正一先生庙碣》:"岁乙亥夏六月十八日,……已蜕形矣。……制赠银青光禄大夫,谥曰贞一,并上自制碑,申宠章也。门人曰:'尊师之生也,五百年甲子矣。'"⑤《新唐书·艺文志三》:"道士司马承祯《坐忘论》一卷,又

---

① [清]彭定求:《全唐诗》卷四八,第586页。
② 熊飞:《张九龄集校注》卷三,中华书局2008年版,第202—203页。
③ 朱关田:《唐代书法家年谱》卷三,第212页。
④ [后晋]刘昫:《旧唐书》卷一九二,第5128页。
⑤ [清]董诰:《全唐文》卷三〇六,第3109页。

《修生养气诀》一卷,《洞元(玄)灵宝五岳名山朝仪经》一卷。"①

本年,韦坦为台州刺史

《嘉定赤城志》卷八"秩官门·历代郡守":"开元二十五年,韦坦。"②

738　唐玄宗开元二十六年戊寅

李邕由括州刺史移淄州刺史,在括州撰碑文、书帖多通

《金石录目》云:"《唐许王素节碑》,李邕撰,孙夔国公随行书。开元二十六年四月。"③

《金石录目》云:"《唐张嘉贞后碑上》,李邕撰,蔡有邻八分书。开元二十六年四月。"④

《金石录目》云:"《唐益州大千秋观碑》,李邕撰,管卿行书。开元二十六年七月。"⑤撰以上三碑时,李邕在括州刺史任。

《宋高僧传》卷八《唐温州龙兴寺玄觉传》:"释玄觉,字明道,俗姓戴氏。……以先天二年十月十七日于龙兴别院端坐入定,怡然不动,僧侣悲号,以其年十一月十三日殡于西山之阳,春秋四十九。……后李北海守括州,遂列觉行录为碑,号神道焉。"⑥《舆地纪胜补阙》卷一"温州碑记"有《僧元(玄)觉神道碑》,在永嘉县净光先天寺⑦。朱关田《唐代书法家年谱》卷三《李邕书迹考》:"《玄觉碑》,李邕撰并书。碑目又称《温州龙兴寺玄觉碑》《僧玄觉神道碑》。开元中叶,立在温州永嘉县。著录首见王象之《舆地纪胜补阙》卷一。戴咸弼《东瓯金石志》卷十二记'先天中',盖误玄觉卒日为立石之年。赞宁《宋高僧传》卷八《唐温州龙兴寺玄觉传》有记:'李北

---

① [宋]欧阳修、宋祁:《新唐书》卷五九,第1522页。
② [宋]陈耆卿:《嘉定赤城志》卷八,《宋元浙江方志集成》第11册,第5147页。
③ [宋]赵明诚撰,金文明校证:《金石录校证》卷六,第117页。
④ [宋]赵明诚撰,金文明校证:《金石录校证》卷六,第117页。
⑤ [宋]赵明诚撰,金文明校证:《金石录校证》卷六,第118页。
⑥ [宋]赞宁撰,范祥雍点校:《宋高僧传》卷八,第168—169页。
⑦ [宋]王象之编著,赵一生点校:《舆地纪胜补阙》卷一,《舆地纪胜》第12册,第4页。

海邕为守括州,遂列觉行录为碑,号神道焉。'"①

《金石萃编》卷八五:"《唐故中大夫上柱国□州刺史卢府君神道碑并序》,括州刺史李邕撰并书。……□□□□□□年岁次壬□二月丁丑朔八日甲申□。"②是李邕撰于括州刺史任。朱关田《唐代书法家年谱》卷三《李邕书迹考》:"《卢正道碑》,李邕撰并行书。碑目又称《鄂州刺史卢府君碑》《中大夫上柱国鄂州刺史卢府君神道碑》《卢府君碑》。文见《全唐文》卷二六五。天宝元年二月初八日,立在洛阳。著录首见《金石录目》第一一九七。《金石萃编》卷八五记:'碑高八尺四寸五分,广四尺一寸。二十五行,行五十字,行书。'李邕结衔'括州刺史'。"③

李邕在括州书帖,朱关田《唐代书法家年谱》卷三《李邕书迹考》:"《缙云帖》,李邕撰并行书。帖目又称《永康帖》。开元中叶,书于括州。著录首见米芾《书史》。""《晴热帖》,李邕撰并行书。文见《全唐文》卷二六二。开元中叶,书于括州。著录首见《淳化阁帖》'历代名臣法帖第四'。""《大唐开悟之寺六字额》,李邕书。碑目又称《题龙泉乡开悟寺额》。开元中叶,书于括州。著录首见《舆地纪胜补阙》卷一。"④

李邕《淄州刺史谢上表》云:"臣某言:伏奉某月日恩制,除臣淄州刺史,以今月日便道至任。自远江左,近守河南,收弊死灰,建置生路,别荷成造,兼冀升迁,三庆集身,百龄逾外。中谢。臣闻天地大德,含育及于昆虫;雨露深仁,沾需及于萧艾:不限微品,有愧洪炉。职臣之谓欤?伏惟陛下道总三才,在璇齐政,运超四孟,与物为春:元造加于万方,圣慈周于一物。子人开化,议事立权,张皇连城,劝勉群岳。身同京职,承禄赐之恩荣;子预选曹,广门间之惠泽。是以龚黄蓄锐,卓鲁专精,竭尽公忠,宏宣绩用。但驽骀之力,不足以骋长衢;朽木之资,不足以施长桷:徒迁厚禄,无益圣朝,抚事扪躬,惭魂局影。伏以东临巨壑,借渤澥之水宽;西望京师,就长安之日近。"⑤

---

① 朱关田:《唐代书法家年谱》卷三,第214—215页。
② [清]王昶:《金石萃编》卷八五,第3页。
③ 朱关田:《唐代书法家年谱》卷三,第213—214页。
④ 朱关田:《唐代书法家年谱》卷三,第215页。
⑤ [清]董诰:《全唐文》卷二六一,第2651页。

敬诚由台州刺史迁浙东观察使

《会稽掇英总集》卷一八《唐太守题名记》："敬諴,开元二十六年,自台州刺史授。二十七年,改庐州刺史。"①《嘉泰会稽志》卷二"太守"作"敬诚"②。《全唐文》卷三三五万齐融《法华寺戒坛院碑》："开元二十六载,恩制度人,采访使润州刺史齐澣、越府都督敬诚……无不停旟净境,禀承法训。"③

四月,婺州刺史郑杳卒

新出土郑长裕撰《故银青光禄大夫使持节婺州诸军事守婺州刺史上柱国荥阳县开国男郑府君(杳)墓志铭并序》："君讳杳,字玄邈,荥阳郡县人也。……除宋州长史,累迁密州、庐州、饶州刺史。政以礼成,刑以义息。恩制加银青光禄大夫,迁婺州刺史,进封荥阳县开国男,食邑三百户。俯拾青紫,夙负枢衣之业;疏封白茅,永锡承家之祚。忠公输于共理,痁疾遘于劳形。寻许罢官,仍优廪赐。方当百禄是荷,期颐永年。昊天不佣,奄违昭代。以开元廿六年四月廿三日薨于本郡荥泽县之里第,享年七十有五。"④郁贤皓先生《唐刺史考全编》卷一四五:"郑杳,开元中。《新表五上》郑氏:'杳,婺州刺史。'按开元十三年郑杳在密州刺史任。见《金石萃编》卷七六《郑康成碑》。"⑤

六月,忠王李亨为皇太子,贺知章为太子侍读

贺知章曾为太子侍读。据新、旧《唐书·肃宗纪》,开元二十六年六月,忠王李亨为皇太子⑥,知贺知章为太子侍读即在本年六月后。后转太子宾客。

七月,析越州置明州,以秦昌舜为明州刺史

《唐会要》卷七一"州县改置下":"明州,开元二十六年七月十三日,析越州鄮县置,以秦昌舜为刺史。"⑦《乾道四明图经》卷一"贤守事实":"唐开元二十六年,齐澣

---

① [宋]孔延之:《会稽掇英总集》卷一八,《宋元浙江方志集成》第14册,第6554页。
② [宋]施宿:《嘉泰会稽志》卷二,《宋元浙江方志集成》第4册,第1664页。
③ [清]董诰:《全唐文》卷三三五,第3393页。
④ 该墓志见网络发布:http://blog.sina.com.cn/s/blog_14c9b6ed70102yx03.html。
⑤ 郁贤皓:《唐刺史考全编》卷一四五,第2062页。
⑥ [后晋]刘昫:《旧唐书》卷一〇,第239—240页;[宋]欧阳修、宋祁:《新唐书》卷六,第156页。
⑦ [宋]王溥:《唐会要》卷七一,第1507页。

既请置明州，更为润州刺史，招集流民五百户置此，以安辑之。"①孙逖有《授秦昌舜等诸州刺史制》："敕：中散大夫守常山郡太守秦昌舜等，器能足用，政术多方，顷在列藩，皆闻致理，或居官已久，或去职当迁。长史缺官，中朝慎择，宜膺并命，更委亲人。可依前件。"②《宝庆四明志》③《乾道四明图经》④《延祐四明志》⑤均误作"秦舜昌"。秦昌舜之母沈和墓志已出土，墓志作于开元二十三年，时秦昌舜为通州刺史。这对了解秦昌舜是非常珍贵的文献，今备录于下：

《唐故大司农秦公夫人吴兴郡夫人沈氏墓志铭并序》："吴兴夫人沈者，故银青光禄大夫、大司农、上柱国、南安公秦府君之嫡夫人也。唐云阳县丞元方之曾孙，卫尉寺丞、屋螯令怀古之孙，吏部常选希旦之女。长源远派，开国承家，江左衣冠，代为领袖。戍之事楚，知兴谤于煞人；珩之在晋，实流誉于敏达。夫人讳和，字内则，幼面岐嶷，长而婉顺，丽质神秀，惠心天聪。在襁而丧乎先考，能言而语及则啼，家人问之，答云：人皆有父，我独无，所以啼也。年四岁，外祖夺亲之志，夫人闻之，不食数日，嗒然赢卧，内外尉谕，久而后已。七岁读女诚、女史，十岁阅礼及诗，兼习女工、组织、裁缝之巧，无不思出人表，指如旧贯。迨好仇君子，幣绅慎□。舅姑称其四德容止，逾勤移天，钦其六义，宾敬不替。悌下有螽斯之量，均养有鸤鸠之仁。母仪妇训，中表惟准，贞亮俭节，今古谁俦。秦府君讳守一，字膺万，挺生雄特，早闻于上，始乎黄绶，至于紫绂，妻回夫贵，邑自天封。而夫人接下弥恭，事上尤恪，衣必再浣，食不熏俎，内言不出，中价密干钟。秦府君即世，悍然孀嫠，抚孤悼亡，积忧改贞，既而出入从子家，务不亲留心，正教深悟，空寂持戒，趋净宜心，诣场积有岁矣。忽遇疾。有子昌舜，资于惟孝，忘乎寝食，国之翳觐，罔不赂请，穷诸祝享，有加无瘳。时昌舜自右卫率府中郎将拜通州刺史，表以求侍，有诏不许，遂极舆扶疾，龟俛徐进，达于陕东，忽焉大渐，以开元廿三年十二月廿一日终于河南府永宁界之客舍，春秋七十有二，以开元廿六年五月廿九日葬于京兆府万年县神禾原，礼也。夫人韶华荟英，洁正松茂，非礼不动，非礼不言，训导之则，岂夫三从，和睦之惠，实兼九族，亲戚贫虚，赈赡周溥，闺门累誉，姻娅归仁。加以晚崇佛法，至通妙理，知内外缘缚，体色相空，有以为□，殁□归于寂灭，会合未出于尘牢，乃命曰：吾终之后，慎勿以吾

① [宋]张津：《乾道四明图经》卷一，《宋元方志丛刊》第 5 册，中华书局 1990 年版，第 4880 页。
② [清]董诰：《全唐文》卷三〇九，第 3144 页。
③ [宋]罗濬：《宝庆四明志》卷一，《宋元浙江方志集成》第 7 册，第 3106 页。
④ [宋]张津：《乾道四明图经》卷一二，《宋元方志丛刊》第 5 册，第 4979 页。
⑤ [元]袁桷：《延祐四明志》卷二，《宋元浙江方志集成》第 9 册，第 3970 页。

会葬□□,再三示无着也。昌舜从其理命,悲魂魄之两孤;违其志言,惧明灵之必怒。遂别宅兆而安厝之。铭曰:崇墉峻兮大江滨,江诞灵兮降夫人。窈窕繁华兮君子嫔,有天地兮无长春。有松柏兮代为薪,盛事荣名兮曹碑申。终古玄扃兮郑妇邻。开元廿六年岁次戊寅五月戊辰朔廿九日景申。"①

墓志云:"有子昌舜,资于惟孝,忘乎寝食,国之颦觐,罔不赒请,穷诸祝享,有加无瘳。时昌舜自右卫率府中郎将拜通州刺史,表以求侍,有诏不许,遂极舆扶疾,龟偄徐进,达于陕东,忽焉大渐。"是秦昌舜授通州刺史在开元二十三年。郁贤皓先生《唐刺史考全编》卷二一〇将秦昌舜为通州刺史的时间定为天宝元年至天宝六载②,并不确切。又考《唐会要》卷七一:"明州,开元二十六年七月十三日,析越州鄮县置,以秦昌舜为刺史。"③参考墓志,盖秦昌舜开元二十三年十二月之前授通州刺史,而十二月廿一日其母卒,应丁忧。在此期间秦昌舜又营葬其母,直至二十六年五月廿九日葬毕,唐代官员丁忧三年,实为二十五个月,至此期满,被授官明州刺史。如果在明州三年,则在天宝元年移官越州刺史。故而《嘉泰会稽志》以秦昌舜由通川郡太守授越州刺史④,可能有误。

八月,王审礼为温州刺史移睦州刺史

《严州图经》卷一《题名》:"王审礼,开元二十六年八月□日,自温州刺史拜。"⑤

九月,王昱左迁括州刺史

《旧唐书·吐蕃传》:开元二十六年,"九月,吐蕃悉锐以救安戎城,官军大败。……(王)昱坐左迁括州刺史。"⑥《资治通鉴》:开元二十六年九月,"贬(王)昱栝(括)州刺史,再贬高要尉而死。"⑦

① 杨军凯等:《西安南郊唐吴兴郡夫人沈和墓发掘简报》,载《文物》2019年第7期,第47页。
② 郁贤皓:《唐刺史考全编》卷二一〇,第2845页。
③ [宋]王溥:《唐会要》卷七一,第1507页。
④ [宋]施宿:《嘉泰会稽志》卷二,《宋元浙江方志集成》第4册,第1664页。
⑤ [宋]董棻:《严州图经》卷一,《宋元浙江方志集成》第12册,第5612页。
⑥ [后晋]刘昫:《旧唐书》卷一九六,第5234页。
⑦ [宋]司马光:《资治通鉴》卷二一四,第6835页。

本年，敬诚为台州刺史

《嘉定赤城志》卷八"秩官门·历代郡守"："开元二十六年，敬诚。"①《嘉泰会稽志》卷二"太守"："敬诚，开元二十六年自台州刺史授。"②

本年，赵颐贞为衢州刺史

《嘉靖衢州府志》卷七"刺史"："开元二十六年，赵颐（贞）好游西安之清皎湖，见《旧经》。"③《全唐文》卷三一九李华《衢州龙兴寺故律师体公碑》："信安王祎（袆）、赵太常颐真、郑庶子倬、李中丞丹、前相国李梁公岘皆为此州，躬往围绕。赵太常敬因长老，立文殊万圣之象；李梁公增感先人，泣下双林之间。"④

婺州长史崔和卒于婺州官舍，葬于河南万安山

新出土《唐故朝散大夫婺州长史柱国崔公（和）墓志铭并序》："公讳和，字仲和，博陵安平人也。……转衢州司马。未几，转婺州长史。服宠朱绂，器高青云。半刺居尊，方外见重。……春秋七十有四，遇疾终于婺州官舍。……以开元廿六年十月廿日，葬于河南府河南县万安山之南原，礼也。"⑤

本年，王叔通为鄞县令

《宁波历代碑碣墓志汇编》载王叔通《唐故了缘和尚灵塔铭并序》："开元廿六年岁戊寅七月既望……余来鄞甫三月，簿书卒，欲造未果，而遽得其耗。"自署："授鄞邑令王叔通撰拜（并）书。"⑥《宝庆四明志》卷一二"县令"："王叔通，唐开元二十六年，鄞令。"⑦

本年，房琯为慈溪县令

《唐会要》卷七一"州县改置下"："明州，开元二十六年七月十三日，析越州鄮县

---

① ［宋］陈耆卿：《嘉定赤城志》卷八，《宋元浙江方志集成》第 11 册，第 5147 页。
② ［宋］施宿：《嘉泰会稽志》卷二，《宋元浙江方志集成》第 4 册，第 1664 页。
③ ［明］赵镗：《嘉靖衢州府志》卷七，《衢州府志集成》，第 446 页。
④ ［清］董诰：《全唐文》卷三一九，第 3236 页。
⑤ 杨作龙、赵水森等：《洛阳新出土墓志释录》，北京图书馆出版社 2004 年版，第 252 页。
⑥ 章国庆：《宁波历代碑碣墓志汇编》，上海古籍出版社 2012 年版，第 2 页。
⑦ ［宋］罗濬：《宝庆四明志》卷一二，《宋元浙江方志集成》第 8 册，第 3350 页。

置，……慈溪以房琯为县令。"①《旧唐书·房琯传》："（开元）二十二年，拜监察御史。其年坐鞫狱不当，贬睦州司户。历慈溪、宋城、济源县令。"②《宝庆四明志》卷一六"县令"："房琯，唐开元中监察御史，贬睦州司户参军。慈溪始置县，迁以为令。上德化，兴长利，流民来归，狡吏引去，以治最显。……民立庙祀之，至今县桥名骢马，以公故也。"③

是年，始置明州

唐李吉甫《元和郡县图志》卷二六"江南道"二"明州"："明州，余姚。上。开元户元和户四千八十三。本会稽之鄮县及句章县地也，春秋越王句践平吴，徙夫差于甬东，韦昭云'即句章东渫口外洲'，是也，武德四年于县立鄞州，八年废。开元二十六年，采访使齐澣奏分越州之鄮县置明州，以境内四明山为名。句章故城，在州西一里。州境：东西南北八到：西北至上都三千八百五里。西北至东都二千九百四十五里。东北至大海七十里，西至越州二百七十五里。西南至台州宁海县一百六十里，至州二百五十里。贡、赋：开元贡元和贡：海肘子，橘子，红虾米，鱚子，红虾鲊，乌贼骨。管县四：鄮，奉化，慈溪，象山。"④

739　唐玄宗开元二十七年己卯

五月，李白见京兆韦参军量移东阳，作诗二首

李白有《见京兆韦参军量移东阳二首》诗云："潮水还归海，流人却到吴。相逢问愁苦，泪尽日南珠。""闻说金华渡，东连五百滩。全胜若耶好，莫道此行难。猿啸千溪合，松风五月寒。他年一携手，摇艇入新安。"⑤郁贤皓《李太白集校注》卷七注："宋本题下有'吴中'二字夹注，乃宋人编集时所加，以为作诗之地。据《旧唐

---

① ［宋］王溥：《唐会要》卷七一，第1507页。
② ［后晋］刘昫：《旧唐书》卷一一一，第3320页。
③ ［宋］罗濬：《宝庆四明志》卷一六，《宋元浙江方志集成》第8册，第3447页。
④ ［唐］李吉甫：《元和郡县图志》卷二六，第629页。
⑤ ［清］彭定求：《全唐诗》卷一六八，第1733页。

书·玄宗纪》,开元年间左降官量移有两次,一在开元二十年,一在开元二十七年。按开元二十年李白正是初入长安时期,疑此诗作于开元二十七年。李白在东阳附近遇韦参军从海南量移至此,作此二诗赠之。"①东阳即婺州,《元和郡县图志》卷二六江南道婺州东阳县:"本汉乌伤县地,垂拱二年分义乌县置,取旧东阳郡名也。"②清沈寅《李诗直解》云:"此太白在吴中见韦参军,而极言其情也。言潮水起于海,而还归于海,复其源也。今参军量移东阳,是流人而却到吴矣。相逢而问及愁苦之事,不觉言之伤心,而日南之珠,俱为泪尽矣,我何以为情耶!"③

六月,高适族侄高式颜赴括州,适作诗送之,时括州刺史为张守珪

高适《宋中送族侄式颜》,诗题注云:"时张大夫贬括州,使人召式颜,遂有此作。"诗云:"大夫击东胡,胡尘不敢起。胡人山下哭,胡马海边死。部曲尽公侯,舆台亦朱紫。当时有勋业,末路遭谗毁。转旆燕赵间,剖符括苍里。弟兄莫相见,亲族远纷梓。不改青云心,仍招布衣士。平生怀感激,本欲候知己。去矣难重陈,飘然自兹始。游梁且未遇,适越今何以。乡山西北愁,竹箭东南美。峥嵘缙云外,苍莽几千里。旅雁悲啾啾,朝昏孰云已。登临多瘴疠,动息在风水。虽有贤主人,终为客行子。我携一尊酒,满酌聊劝尔。劝尔惟一言,家声勿沦滓。"④

诗中"张大夫"即张守珪,《旧唐书·玄宗纪》:开元二十七年六月,"幽州节度使、兼御史大夫张守珪以贿贬为括州刺史"⑤。唐玄宗《贬张守珪括州刺史制》云:"张守珪本自戎行,凤承任遇。去岁军务失实,乃命谒者监牛仙童宣谕朕意。辄便结托凡细,令其诡词,赂以百金,兼之数口,恐惧边塞。或容苟求,遗谒轩墀,何不早自披露?用兹奉国,曷以为颜?犹念旧勋,俾从宽典。可括州刺史。"⑥《唐故辅国大将军右羽林大将军幽州长史兼御史大夫括州刺史(下阙)》云:"公讳守珪,字元宝,姓张氏。其先南阳人也,因宦于陕,故遂家焉。……廿七年,重命偏师,更诛残旧。公时坐镇,不自董戎,而部将骄愎,遂违节制,天子永惟春秋责帅之义,乃贬公括州刺史,以廿八年五月六日遘疾薨于廨舍,春秋五十有七。"⑦高式颜亦颇负文

① 郁贤皓:《李太白全集校注》卷七,第1069页。
② [唐]李吉甫:《元和郡县图志》卷二六,第622页。
③ 詹锳主编:《李白全集校注汇释集评》卷八,百花文艺出版社1996年版,第1298页。
④ [清]彭定求:《全唐诗》卷二一一,第2199页。
⑤ [后晋]刘昫:《旧唐书》卷九,第211页。
⑥ 李希泌主编:《唐大诏令集补编》卷一六,第695页。
⑦ 陈长安主编:《隋唐五代墓志汇编·洛阳卷》第10册,第190页。

才,受到杜甫的称颂。杜甫《赠高式颜》诗云:"昔别是何处,相逢皆老夫。故人还寂寞,削迹共艰虞。自失论文友,空知卖酒垆。平生飞动意,见尔不能无。"①

秋,李白送侄李良赴会稽并作诗

李白有《送侄良携二妓赴会稽戏有此赠》诗云:"携妓东山去,春光半道催。遥看若桃李,双入镜中开。"②安旗等《李白全集编年笺注》卷四编于开元十四年,并云:"此诗题中之良,与前诗题中之良,同是一人。兹以类相从,并系于此。诗云'春光半道催',或是设想之辞,设想李良赴会稽途中正值春日到来。若然,则此诗作于本年秋,亦属可能。"③这里说的"前诗"即指《与从侄杭州刺史良游天竺寺》:"挂席凌蓬丘,观涛憩樟楼。三山动逸兴,五马同遨游。天竺森在眼,松风飒惊秋。览云测变化,弄水穷清幽。叠嶂隔遥海,当轩写归流。诗成傲云月,佳趣满吴洲。"④安旗等注云:"题中李良为杭州刺史时间,詹氏考订颇详,可从。其任期不得早于开元二十四年,亦不得迟于天宝五载。此十一年中,白之游踪及于越中者,唯有本年,故系于此。旧谓天宝元年白与道士吴筠同游越中,不可信。"⑤郁贤皓《李太白全集校注》卷一三注:"侄良:从侄李良,杭州刺史。卷十七有《与从侄杭州刺史良游天竺寺》诗。会稽:今浙江绍兴市。此诗当是开元末年诗人游杭州时所作。题曰'戏有此赠',首句点题。后三句都带有戏谑味,甚为风趣。"⑥诗中"东山",据《嘉庆重修一统志》卷二二六"绍兴府":"东山,在上虞县西南四十五里。巍然特出,众万拱抱。登陟幽阻,至其巅则轩豁呈露,万峰林立,烟海渺然。晋谢安所居,旁有蔷薇洞,洗屐池,相传安携妓游宴之所。"⑦是诗中用典亦切人事。

本年,敬诚由浙东观察使移庐州刺史

《会稽掇英总集》卷一八《唐太守题名记》:"敬诚,开元二十六年,自台州刺史

---

① [清]彭定求:《全唐诗》卷二二四,第2401页。
② [清]彭定求:《全唐诗》卷一七六,第1797页。
③ [唐]李白撰,安旗等笺注:《李白全集编年笺注》卷四,第326—327页。
④ [清]彭定求:《全唐诗》卷一七九,第1824页。
⑤ [唐]李白撰,安旗等笺注:《李白全集编年笺注》卷四,第325页。
⑥ 郁贤皓:《李太白全集校注》卷一三,第2031页。
⑦ [清]和珅等:《钦定大清一统志》卷二二六,《景印文渊阁四库全书》第479册,第204页。

授。二十七年,改庐州刺史。"①《嘉泰会稽志》卷二"太守"作"敬诚"②。《全唐文》卷三三五万齐融《法华寺戒坛院碑》:"开元二十六载,恩制度人,采访使润州刺史齐澣、越府都督敬诚……无不停旟净境,禀承法训。"③

740　唐玄宗开元二十八年庚辰

正月,贺知章作《醉后逢汾州人寄马使君题抱腹寺□》诗

柯昌泗《语石异同评》卷四:"唐人题诗石刻较多,其著录罕见者,为贺知章题抱腹寺诗,即刻抱腹寺碑右侧,传拓每不及之。诗前题'《醉后逢汾州人寄马使君题抱腹寺□》,四明狂客贺季真,正癫发时作。'诗凡六韵,十二句。诗曰:'昔年与亲友,俱登抱腹山。数重攀云梯,□颠□□□。一别廿余载,此情思弥潺。不言生涯老,蹉跎路所艰。八十余数年,发丝心尚殷。'附此一癫,此二州镇俯狂痫。第三韵下注云:'将与故人苏三同上梯,寺僧以两匹布(缺十字),然后得上狂喜。更不烦人力直上,至今不忘。忽逢彼州信,附此一首,以达马使君,请送至寺,题壁上幸也。'末署:'庚辰岁首十二日,故人太子宾客贺知章敬呈。'季真本盛唐诗家巨擘,此诗题及注,老笔挥洒,恢诡不群。说部言季真知举,立梯墙外,以避众举子。据此诗则游山亦梯而登者,可为四明狂客又添一故实矣,不独补唐诗之逸也。"④

陈尚君《贺知章的醉与醒》云:"抱腹寺在山西介休绵山,为晋中名刹。近代有唐杨仲昌《有唐汾州抱腹寺碑》的发现,见《山右石刻丛编》卷六。碑称此寺'川奠彼汾,地雄全晋','云霞半卷,楼阁□势'。北魏时初建,隋开皇中增修。前引诗刻之第一段题署,为贺知章自署,自称'四明狂客',在此有确凿记录。诗题称'醉后',题署称'正癫发时',意思有别,事情实一,即处于饮酒过度后的迷狂状态。酒虽喝多了,脑子还是清楚的。先回忆二十多年前与亲友造访抱腹寺的情景。抱腹寺居于绵山险要处。前引碑云:'□则霍丘壶岭,□长于其前;北则潭□昭祁,涵光乎其后。

①　[宋]孔延之:《会稽掇英总集》卷一八,《宋元浙江方志集成》第 14 册,第 6554 页。
②　[宋]施宿:《嘉泰会稽志》卷二,《宋元浙江方志集成》第 4 册,第 1664 页。
③　[清]董诰:《全唐文》卷三三五,第 3393 页。
④　柯昌泗:《语石异同评》卷四,中华书局 1994 年版,第 223—224 页。

下则□梯铁锁,升降无私。'虽有缺文,意思还清楚,即前倚霍丘,北邻漳沱,上下寺庙需要倚靠云梯铁锁。贺知章回忆至此,特别加长注,说明当时同行故人为苏三,将上云梯,似乎是寺僧用两匹布垂下,以助他们升寺。这一年贺知章怎么也有六十左右,历此险境,居然顺利登寺,印象深刻,难以忘怀。偶然得汾州来信,虽然内容没有,很可能是寺僧叙往事而求书迹者,立即作此,恰好有人去汾州,就写下交汾州刺史马使君转交。最后几句,是说自己已经很老了,当年道途之艰难尚历历在目,虽年过八十,白发苍苍,但回首往事,心中仍然有强烈的情怀。诗大体还算妥当,但自注中一再说癫说狂痢,大约确实是酒后所作,一方面解释自己醉后思绪不太清晰,另一方面可能也借此为自己年老写颤写不好字,作些解释。就贺知章存世作品来说,这大约是最后的写作了。最后一节署名,是庄重的格式,自称'故人',与马使君也是旧识。"①

十月,易州立田琬德政碑,碑为龙丘人徐安贞撰

清武亿《授堂金石跋·金石二跋》卷二:"唐守易州刺史田琬德政碑,行书,徐安贞撰,苏灵芝书。开元二十八年十月。今在易州。田琬字正勤,开元二十四年除易州刺史。《碑》盛述其为政有惠,为州人所乐。而推其先世云:'敬仲适齐,因陈为族。周、齐声近,遂氏于田。'"②

本年,润州刺史徐峤游石门山,作诗并题刻于摩崖

王棻《青田县志·金石》:"《游石门山》:敕采访大使、润州刺史徐峤。'维舟清溪泊,徐步石门瞻。窾屈借岩洞,空□□□纤。□飞下习□,响(下缺)。'题石门山曝(瀑)布八韵敬赠□□□公并序。吴郡守兼江东采访使张愿。所历名山观曝(瀑)布者多矣,至于飞流若布,远近如(中缺)。百步石壁,千寻急流成(后缺)。"③诗应为开元二十八年作。

阮元《两浙金石志》卷二《唐徐峤张愿诗刻》:"右诗刻二种,在青田县石门洞石壁,一八分书,径五分,题云《游石门山》,敕采访大使润州刺史徐峤;一正书,径七分,题云《石门山曝布八韵敬赠(下缺)》,吴郡守兼江东采访使张愿。二诗俱为宋人

---

① 陈尚君:《唐人佚诗解读》,第10—11页。
② [清]武亿:《授堂金石三跋·金石二跋》卷二,上海古籍出版社2020年版,第171页。
③ [清]王棻:《青田县志》卷六,温州朱公茂印书局承印本,第7页。

大书题名于上，镌损殆尽。徐诗首二行尚可辨，然亦不能句读矣。按徐峤为齐聃之孙。《唐书》附《齐聃传》云：坚子峤，字巨山，开元中为驾部员外郎，集贤院直学士，迁中书舍人内供奉，河南尹，封慈源县公，不言其为润州刺史，乃史文之略。张愿，史传无考，惟苏州郡志载其名。按《唐书》，开元二十一年诸道置十五采访使，检察，如汉刺史之职。徐峤、张愿皆以郡守兼此，盖皆江南东道采访使也。苏州本隶江南道，天宝元年改为吴郡，又改刺史为太守。徐峤之刻当在开元二十一年之后，张愿之刻，当在天宝中也。钱少詹云：瀑布之瀑，今人多从水旁，此刻独从日旁，考《说文》，瀑，疾雨也，一曰沫也，一曰瀑實也。《诗》曰：终风且瀑。是瀑有三义，山泉自上出曰瀑布，不见于《尔雅》。且取其疾如瀑雨，其白如布，则从水，或取其下垂如曝布之悬，则从日，于义得两通也。"①

　　邱亮《谢灵运摩崖诗刻辨伪与考佚》："其说（指《两浙金石志》）可从，然而排比史料，徐峤任润州刺史的时间尚可进一步查实。据近年新出《徐峤墓志》记载：'其在润州时，兼江东道采访处置使，以公威名远振，化截方隅也。又兼长乐、建安等郡经略大使；及移晋陵使，并如故。'但关于徐峤润州之任的具体时间未详，又墓志云：'乃除大理少卿，哀敬折狱，小大以情，至诚所通，在微斯应。有鹊巢于狱户，罪人名在史籍者，羊唉其籍，翔鸟求哺，俯驯阶事，玺书光赞，束帛副焉。寻改河南少尹、润州刺史，其政不同，其理则一。''寻改'二字说明改任上距大理少卿不久，而大理职事可考，检《旧唐书·刑法志》：'二十五年九月奏上，敕于尚书都省写五十本，发使散于天下。其年刑部断狱，天下死罪惟有五十八人。大理少卿徐峤上言：大理狱院，由来相传杀气太盛，鸟雀不栖，至是有鹊巢其树。于是百僚以几至刑措，上表陈贺。''有鹊巢于狱户'与'至是有鹊巢其树'符节相应，时在开元二十五年（737）。又《桓臣范墓志》，系徐峤所撰，结衔为太中大夫、行河南少尹、上柱国、慈源县开国公，桓氏葬于开元二十七年（739）十月十四日，说明此时徐峤在行河南少尹任上。又考徐峤为其妻所撰《王琳墓志》，署为润州刺史、江南东道采访处置兼福建等州经略使、慈源县开国公徐峤，谓其妻以辛巳之年秋七月二旬有八日薨于润州之正寝。辛巳即开元二十八年，时在润州任上，同时据淳熙《三山志》，福州之任亦在是年，说明转领江南诸职当自二十八年始。徐氏任上尝游青田石门，《奉和徐大使游石门山》一诗既为奉和，亦当与徐峤诗刻同时。"②

　　① ［清］阮元：《两浙金石志》卷二，第 27 页。
　　② 邱亮：《谢灵运摩崖诗刻辨伪与考佚》，载《文学遗产》2021 年第 5 期，第 59—60 页。

石门山,在青田县。《永乐大典》"石门洞"条引《青田县志》云:"石门洞,在浙江处州府青田县七十五里,两峰壁立,高数十丈,相对如门,因以为名。洞东高岩有瀑布,自上潭直泻至天壁,凡三百余尺,自天壁飞洒至下潭,凡四百余尺。一云自山顶飞落三百余丈,恐未必然。今据窦衡《瀑布记》,上有轩辕丘。按《永嘉记》:'石门洞周回四十里,青牛道士居之。'谢灵运《名山志》曰:'石门山两岩间微有门形,故以为称。瀑布飞泻,丹翠交耀。'又云:'石门溯水上,入两山口,两边石壁,右边石岩,下临涧水。'灵运为永嘉太守,蜡屐来游,初开此洞。唐李白《赠魏万诗》云:'岩开谢康乐。'即其地也。有《登石门最高顶》诗,又《石门新营所住四面高山回溪石濑茂林修竹》诗,又《石门岩上宿》诗,共三首,梁丘希范,唐丘丹、裴士淹、郭密之皆有诗,石刻今存。刺史李季真作《石门山记》及李阳冰篆石已断裂。唐末,洞废不修。"①《永乐大典》引《青田县志》所录石门诗颇多,如南朝宋谢灵运《登最高顶》《新营所住》《夜坐岩上》《泉上石室》、丘希范诗,唐代丘丹诗、李白诗、郭密之诗、裴士淹诗、方干诗、宋代陆游诗、叶适诗、刘泾诗、王孝严诗、黄督诗,等等。

需要说明的是,谢灵运所作三首诗所言之"石门",并不一定是青田的石门洞,而可能是始宁的石门,其地位于现在的上虞县。萧统《文选》所录谢灵运《登石门最高顶》诗,唐李善注引谢灵运《游名山志》说:"石门洞六处,石门溯水,上入两山口,两边石壁,后边石岩,下临涧水。"②是说的石门洞。谢灵运将别墅创治在始宁石门山。但因为青田有石门洞,故而唐人游青田石门亦曾将谢灵运游石门诗当成了青田石门。李白《送王屋山人魏万还王屋》,序中回忆永嘉之游,即称"经永嘉,观谢公石门",诗有"缙云川谷难,石门最可观。瀑布挂北斗,莫穷此水端"③,则知唐人惯用谢灵运的典故,所指石门已不是一地。现在也有将谢灵运三首诗所涉石门归为青田和始宁两地之说。邱亮云:"关于'石门',目前学界意见不一,要么将谢集所见'石门'全部归入青田,要么全部归入始宁,这也是导致'石门'面目难辨的重要原因。我们的看法,是将谢集中的'石门'一分为二,即谢集石门所涉,实有二地。"④但唐人徐峤为江东采访大使时过青田石门山而作诗,并被刻诗于摩崖,则无可疑。

虽然谢灵运游石门诗或在始宁的石门山,但青田石门的题刻在唐代更盛于始宁石门,这也与盛唐以后山水诗的再兴有关。邱亮云:"青田石门洞题刻的形成也

① 《永乐大典》卷一三〇七四,中华书局1986年版,第5622页。
② [梁]萧统编,[唐]李善、吕延济、刘良、张铣、吕向、李周翰注:《六臣注文选》卷二二,第410页。
③ [清]彭定求:《全唐诗》卷一七五,第1788—1789页。
④ 邱亮:《谢灵运摩崖诗刻辨伪与考佚》,载《文学遗产》2021年第5期,第57页。

与山水文学的消长关系密切。南朝宋是山水文学的勃发期，盛唐则是山水文学的兴盛期，中间有所起伏。在此背景下，经过南朝后期至初唐的消歇，至于开元、天宝年间，浙江青田石门游历渐成风气。证之以该地所存题刻，有年代可考者最早为唐开元二十八年之后的徐峤《游石门山》残刻，同时亦有佚名《奉和徐大使游石门山》残刻，其他如天宝年间张愿《题石门山瀑布八韵》残刻等。天宝八年（749）郭密之《使永嘉经谢公石门山作》云：'谢客今已矣，我来谁与朋。'又《永嘉怀古》云：'缅怀谢康乐，伊昔为旧守。'大历初丘丹所作《奉使过石门观瀑》，其序云：'谢康乐，宋景平中为永嘉守，有《宿石门岩上》诗。余六代叔祖梁中书侍郎天监中有《过石门瀑布诗》。后亦为此郡。小子大历中奉使，窃有继作。'其诗云：'吾祖昔登临，谢公亦游衍。'遍览诸诗，耐人寻味的是，除内容未能详知的残刻外，其他诗刻皆是模仿或谈论谢诗。可见，在一般唐人看来，青田石门即谢公石门，二者混然无别，这也成为《石门新营》《登石门最高顶》等伪刻产生的重要认识基础。"①虽然这里谢灵运所游的石门可能并非一地，但由于浙东山水奇胜，盛唐是山水诗发展的最高峰，随着山水诗的兴盛而将游览山水的诗作题于石门，并且将谢灵运的游石门诗作为青田石门的渊源，这也就可以理解了。

有关石门山唐人题刻诗，前人颇有题跋。钱大昕《潜研堂金石文跋尾》卷七《石门山唐人诗》："右《石门山唐人诗》，其一题云：'游石门山，敕采访大使、润州刺史徐峤作。'一题云：'《题石门山曝布八韵敬赠》，吴郡守兼江东采访使张愿作。'皆刻于青田县石门洞石壁，乃数百年后为宋人大书题名于上，镌损殆尽。徐诗首二行尚可辨，张竟无一字存者，可叹也。瀑布之'瀑'，今人多从水旁，此刻独日旁。考《说文》，瀑，疾雨也，一曰沫也，一曰瀑霣也。《诗》曰：终风且瀑。是瀑有三义，山泉自上出曰瀑布，不见于《尔雅》。且取其疾如瀑雨，其白如布，则从水，或取其下垂如瀑布之悬，则从日，于义得两通也。"②

陆继辉《八琼室金石补正续编》卷三〇《徐峤诗残刻》："《游石门山》，'敕采访大使润州刺史徐峤。维舟青溪泊，徐步石门瞻。歙屈际岩洞，空□□□□。□飞下习坎，响（第四行下五字存右少半，亦不可辨）。'《括苍志》第三句际作借，非。第四句末一字作纤，谛审拓本，形殊不合，其下一字，颇似纤，然左无纟形。"③跋云："右徐

① 邱亮：《谢灵运摩崖诗刻辨伪与考佚》，载《文学遗产》2021年第5期，第58—59页。
② 〔清〕钱大昕：《潜研堂金石文跋尾》卷七，《嘉定钱大昕全集》第6册凤凰出版社2016年版，第164页。
③ 〔清〕陆继辉：《八琼室金石补正续编》卷三〇，《续修四库全书》第900册，上海古籍出版社1996年版，第106—107页。

峤、张愿二诗，一存诗二十一字，一存序二十七字，余皆不可复识，而两题衔并无恙，字较小于诗。《两浙金石志》以峤为徐齐聃之孙，坚之子，谓传不言其为润州刺史，乃史文之略。愚按唐有两徐峤，时亦相近，《旧书·徐浩传》：父峤，官至洛州刺史。（按浩神道碑作洺州）。《新唐书》作峤之。《金石录》载《唐永丰陂堰颂》，为其撰书，《高行先生徐公碑》，为其所书。（二碑今佚）《金仙长公主神道碑》，为其所撰。钦定《全唐文》收徐峤文二首，一即《金仙长公主碑》，一为《洺州帖》。余略云：峤，《新唐书》作峤之，字维岳，赠吏部侍郎师道子，历赵湖洛润三（三当作四）州刺史，入为中书舍人大理寺卿，与是刻结衔润州刺史适合。然则此诗乃浩父峤所作，未可遽定为坚子峤也。《新书》称浩父作峤之，浩神道碑追叙父名亦作峤之，其撰书各碑并作峤之者，窃意峤之本名峤，以字行，唐人所恒有者耳。观《洺州帖》署款曰弟子徐峤和南无之字，而又尝为润州刺史，以此当是刻之徐峤似较坚子峤为碻。宦游无多，书不能得。《全唐文》叙略之所本，存俟再考。张愿一刻，第三四行有前人题记，为所掩，盖细审之，自历字起，至飞字止，字里见奉和（空二格）□大使游石门山九字，余皆不可辨也。"①

李遇孙《栝苍金石志》卷一："石门山一在栝苍，一在永嘉，或以康乐诗则指永嘉者，因诗中写景与永嘉相肖，栝苍瀑布最胜，不及之。又瓯江中有孤屿，与石门相望，引李白诗'康乐上官去，永嘉游石门。江亭有孤屿，千载迹犹存'为证，殊不知太白《送魏万游石门》诗云：'路创李北海，岩开谢康乐'，早已属之谢公，况栝州永嘉废置不一，诗人咏景固可牵连及之。既有两石门皆见之吟咏，亦何不可总之。《新营》及《最高顶》两作，则咏栝苍之石门山也。今观石刻可以破千古之惑。虽为唐宋人题名所掩，愈见是刻之古，非后人补勒可知矣。栝苍僻处浙东，诸磨崖摹本甚少，即间有好事者欲得之，亦不过倩工往拓，择其易施力者拓来，故谢公石刻向无人道及。余与王芝庭云舫亲往搜寻，抉险扪幽，奇迹乃显，怀宝而归，何啻获一真珠船耶。"②
又云舫曰："右石门山谢康乐诗刻二首，为宋尚书郎苗振等大书题名盖之，尚存一百二十二字，后诗为唐人《和徐太守游石门山》五言诗间刻之，又为宋皇祐间太常博士王起、国子博士石祖德等大书题重盖之，仅得六十七字。今以梁昭明选诗所载补其泐字，注于旁，乃可读也。此刻向无人辨，道光十二年四月，余与嘉兴李金澜学师游石门，拓摩崖以归，偶于剜捐漫漶中寻绎得之，为吾栝石刻之最古者。按选诗五臣

① ［清］陆继辉：《八琼室金石补正续编》卷三〇，《续修四库全书》第900册，第107—108页。
② ［清］李遇孙：《栝苍金石志》卷一，《石刻史料新编》第1辑，第11292页。

注与汲古阁及于惺介本不同,如'庶持乘日用'之'持'作'特','疎峰枕高馆'之'枕'作'抗',今校石刻,可以证诸本之误。"①又引芝庭曰:"按谢公所咏之石门,各家所注并非专指在永嘉。然永嘉有石门山,处州青田亦有石门山,谢公曾为永嘉郡守,其时处州属永嘉郡,则谢公所咏之石门,虽未能分其为温州,为处州,而要之在宋时之永嘉者无疑。故《处州志》亦纂入此二诗。细玩诗中写景,与处州不甚肖,再《处州志》另载有谢公《石门洞》一诗,形容瀑布,确是处州之石门,则二诗似非咏处州之石门矣。此疑之者之说也。处州在晋宋时尚隐没,唐宋时渐著名,青田石门瀑布与庐山、天台、雁荡相埒,非永嘉之石门所能比。后人题咏,必以谢公所咏为推首,李白《送魏万诗》、郭密之《经谢公石门山作》,皆专属处州之石门,此信之者之说也。故吾谓不必强以谢公所咏之石门定指何处而一以永嘉为断。今观处州石门摩崖乃有此二诗,岂当时所刻耶,抑后来好事者所补刻耶? 其诗内有唐人和诗间刻,又有宋人题名盖其上,即补刻当亦在唐时,能不与郭密之诗而并贵耶?"②又引殷甫曰:"谨按,谢诗前后两刻中尚有'巡检刘吉来'五字,直书于谢刻《石门最高顶》题行之上。刘吉[来]时代无可考,郡邑两志未载。巡检一官自六朝迄唐宋均无是名,其为后题无疑。间刻之唐人和诗,今校拓本尚有可辨者十六字,惜不能句读,因分行附志于后。"③

陈尚君《全唐诗续拾》卷一一:"按:《县志》云此诗残刻在青田县石门洞石壁,题下署:'敕采访大使、润州刺史徐峤。'徐诗后尚存张愿和诗残刻,录如次:'题石门山瀑布八韵敬赠□□□公并序。吴郡守兼江东采访使张愿。所历名山观瀑布者多矣,至于飞流若布,远近如(中缺)。百步石壁千寻急流成(后缺)。'《县志》又录云舫跋云:'张刻第三行有奉和某某使游石门山数小字参于其间。'张诗无残存,故不另录,姑附此以备考。"④

本年,吴沇为台州刺史

《嘉定赤城志》卷八"秩官门·历代郡守":"开元二十八年,吴沇。"⑤

① [清]李遇孙:《栝苍金石志》卷一,《石刻史料新编》第1辑,第11292—11293页。
② [清]李遇孙:《栝苍金石志》卷一,《石刻史料新编》第1辑,第11293页。
③ [清]李遇孙:《栝苍金石志》卷一,《石刻史料新编》第1辑,第11293页。
④ 陈尚君:《全唐诗续拾》卷一一,《全唐诗补编》,第815页。
⑤ [宋]陈耆卿:《嘉定赤城志》卷八,《宋元浙江方志集成》第11册,第5147页。

741　唐玄宗开元二十九年辛巳

三月,张九龄迁葬韶州,徐安贞为撰写墓志铭

《唐代墓志汇编》开元五二五《唐故尚书右丞相赠荆州大都督始兴公阴堂志铭并序》,题署:"太中大夫守中书侍郎集贤院学士东海县开国男徐安贞撰。"墓志云:"岁六十有三,以开元廿八年五月七日薨,廿九年三月三日迁窆于此。韶江环浸,浈山隐起。形胜之地,灵域在焉。"①

严维下第归江东,岑参作诗相送

岑参《送严维下第还江东》诗云:"勿叹今不第,似君殊未迟。且归沧洲去,相送青门时。望鸟指乡远,问人愁路疑。敝裘沾暮雪,归棹带流澌。严子滩复在,谢公文可追。江皋如有信,莫不寄新诗。"②陶敏、傅璇琮《唐五代文学编年史·初盛唐卷》编于开元二十九年,今从之③。严维是越州人,归江东即归越州家乡。

杜该卒于括州括苍县令任

《大唐西市博物馆藏墓志》二四一《大唐故括州缙云县令杜府君(该)墓志铭并序》:"公讳该,字该,京兆杜陵人也。……公年弱冠,起家尚舍直长。亲累,贬思州宁夷县尉,移括州括苍县丞,转青州司法参军,迁括州缙云县令。公所历郡县,皆着政声。寮友仰高风,民吏赖惠化。谓天以德辅,报享遐龄。岂积善无征,生涯何早。以开元年廿九年六月三日,遘疾卒于官舍,春秋五十有六。"④

---

①　周绍良主编:《唐代墓志汇编》,第 1517 页。
②　[清]彭定求:《全唐诗》卷二〇一,第 2098—2099 页。
③　陶敏、傅璇琮《唐五代文学编年史·初盛唐卷》,第 748 页。
④　胡戟、荣新江:《大唐西市博物馆藏墓志》,第 530 页。

本年,贾长源为台州刺史

《宝刻丛编》卷一三引《复斋碑录》:"《唐玄宗真容应见制》,开元二十九年六月一日下,临海太守贾长源刻,辅崇仪八分书。"①《全唐文》卷三〇四崔尚《唐天台山新桐柏观颂并序》:"朝请大夫使持节台州诸军事守台州刺史上柱国贾公名长源,有道化人,有德养物,尝谓别驾蒋钦宗等曰:且道以含德,德以致美,美而不颂,后代何观?乃相与立石纪颂,以奋至道之光。"②《台州府志》卷九《职官表一》系贾长源为刺史在天宝元年③。

本年,裴光朝为温州长史

新出土《大唐中大夫行温州长史裴公夫人高氏渤海郡君墓志铭并序》:"夫人,渤海人也。……逮当笄之年,征有行之礼,遂归于河东裴光朝。……金夫转为潭州佐,夫人随其宦游。……间者,裴公已为温州长史,克减天禄,孔修丧仪。"④按,高氏开元二十七年终于长沙解宇,二十九年葬于龙门北原。是裴光朝为温州长史即当在开元二十九年。

本年,台州永宁县尉姚子彦应制举对策

独孤及《唐故秘书监赠礼部尚书姚公墓志铭》:"有唐秘书监永安县侯姚公讳子彦,字伯英。其先冯翊莲勺人也。……初举进士,又举词藻,皆升甲科,尉清苑、获嘉、永宁三县。开元二十九年,诏立黄老学,亲问奥义,对策者五百余人。公与今相国河南元公载及广平宋少贞等十人,以条奏精辩,才冠等列。授右拾遗内供奉,历左补阙。"⑤按,永宁县于天授元年(690)更名黄岩县。

① [宋]陈思编著:《宝刻丛编》卷一三,第830—831页。
② [清]董诰:《全唐文》卷三〇四,第3090页。
③ 喻长林等:《台州府志》卷九,上海古籍出版社2015年版,第326页。
④ 毛阳光、余扶危主编:《洛阳流散唐代墓志汇编》,第306页。
⑤ [清]董诰:《全唐文》卷三九一,第3982页。

742　唐玄宗天宝元年壬午

三月,天台山立崔尚所撰《天台山桐柏观碑》

《金石录》卷六:"《唐桐柏观碑》,崔尚撰,韩择木八分书。明皇正书题额。天宝元年三月。"①《金薤琳琅》卷一五载《天台山桐柏观碑》,题署:"守太中大夫尚书祠部郎中上柱国清河崔尚造,□□□□书翰林院学士庆王府属韩择木书。"②末题:"天宝元年太岁壬午,三月二日丁未,弟子毗陵道士万惠超等立。"③按,崔尚《桐柏观碑》碑文,全称为《唐天台山新桐柏观颂并序》,今载《全唐文》卷三〇四。晚清拓本尚存七十余字,今原石尚存天台山桐柏宫,但石上字已漫灭。

今根据《全唐文》节录于下:"天台也,桐柏也,代谓之天台,真谓之桐柏,此两者同体而异名。……而稽古者言之:桐柏山高万八千丈,周旋八百里,其山八重,四面如一。中有洞天,号金庭宫,即中右弼王乔子晋之所处也,是之谓不死之福乡、养真之灵境。故立观有初,强名桐柏焉耳。……景云中,天子布命于下,新作桐柏观。盖以光昭我元元之丕烈,保绥我国家之永祉者也。夫其高居八重之一,俯临千仞之余,背阴向阳,审曲面势,东西数百步,南北亦如之。连山峨峨,四野皆碧;茂树郁郁,四时并青。大岩之前,横岭之上,双峰如阙,中天豁开。长涧南泻,诸泉合漱,一道瀑布,百丈悬流,望之雪飞,听之风起,石梁翠屏可倚也。琪树珠条可攀也。……朝请大夫使持节台州诸军事守台州刺史上柱国贾公名长源,有道化人,有德养物,尝谓别驾蒋钦宗等曰:'且道以含德,德以致美,美而不颂,后代何观?'乃相与立石纪颂,以奋至道之光。"④

天台山,《嘉定赤城志》卷二一"山":"天台山,在县北三里,自神迹石起。按:陶宏景《真诰》,高一万八千丈,周回八百里,山有八重,四面如一。……顾野王《舆地志》云:天台山,一名桐柏,众岳之最秀者也。徐灵府记云:天台山与桐柏接而少异。

---

①　[宋]赵明诚撰,金文明校证:《金石录校证》卷六,第122页。

②　[明]都穆:《金薤琳琅》卷一五,《历代碑志丛书》第2册,江苏古籍出版社1998年版,第258页。

③　[明]都穆:《金薤琳琅》卷一五,第260页。

④　[清]董诰:《全唐文》卷三〇四,第3089—3090页。

……其灵敞诡异,出仙入佛,为天下伟观,宜哉!"①

桐柏观,《嘉定赤城志》卷三〇"宫观":"天台,桐柏崇道观在县西北二十五里。旧名桐柏。唐景云二年,为司马承祯建。回环有九峰(玉女、卧龙、紫霄、翠微、玉泉、莲华、华琳、香琳、玉霄)。自福圣观北盘折而上,至洞门,长松夹道,孙绰赋所谓'荫落落之长松'是也。吴赤乌二年葛玄即此炼丹,今有朝斗坛。洎承祯建堂,有云五色,因禁封内四十五里,毋得樵采。又传承祯所居,黄云常覆其上,故有黄云堂、元晨坛、炼形堂、凤轸台、朝真龙章阁,又有众妙台。"②

六月,涌泉寺僧人怀玉卒,台州刺史段怀然作诗怀念

段怀然《挽涌泉寺僧怀玉》诗云:"我师一念登初地,佛国笙歌两度来。唯有门前古槐树,枝低只为挂银台。"③《宋高僧传》卷二四有《唐台州涌泉寺怀玉传》:"释怀玉。姓高。丹丘人也。执持律法,名节峭然。一食长坐,蚤虱恣生。唯一布衣,行忏悔之法课。其一日念弥陀佛五万口。通诵《弥陀经》三十万卷。至天宝元年六月九日,俄见西方圣像,数若恒沙,有一人擎白银台从窗而入。玉云:'我合得金台。'银台却出。玉倍虔志。后空声报云:'头上已有光晕矣。请加跌结弥陀佛印。'时佛光充室。玉手约人退曰:'莫触此光明。'至十三日丑时,再有白毫光现,圣众满空。玉云:'若闻异香,我报将尽。'弟子慧命问:'师今往何刹?'玉以偈云:'清净皎洁无尘垢,莲华化生为父母。我修道来经十劫,出示阎浮厌众苦。一生苦行超十劫,永离婆婆归净土。'玉说偈已,香气盈空。海众遍满见阿弥陀佛、观音、势至身紫金色,共御金刚台来迎。玉含笑而终,肉身现在。后有赞云:'我师一念登初地,佛国笙歌两度来。唯有门前古槐树,枝低只为挂银台。'一云是台州刺史段怀然诗也。"④

十月,鉴真第一次东渡日本,为避免麻烦,诡称到天台山国清寺供奉,遇到风浪,以失败告终

真人元开《唐大和上东征传》:"荣叡、普照留学唐国,已经十载,虽不待使,而欲早归。……又与日本国同学僧玄朗、玄法二人,俱下至扬州。是岁,唐天宝元载冬

---

① [宋]陈耆卿:《嘉定赤城志》卷二一,《宋元浙江方志集成》第11册,第5297页。

② [宋]陈耆卿:《嘉定赤城志》卷三〇,《宋元浙江方志集成》第11册,第5404页。

③ [清]彭定求:《全唐诗》卷二五八,第2885页。

④ [宋]赞宁撰,范祥雍点校:《宋高僧传》卷二四,第566—567页。

十月。时,大和上在扬州大明寺为众[僧]讲律,荣叡、普照师至大明寺,顶礼大和上足下,具述本意。……和尚曰:'是为法事也,何惜身命? 诸人去,我即去耳。'……要约已毕,始于东河造船,扬州仓曹李凑依李林宗书,亦同检校造[舟]、备粮。大和上、荣叡、普照师等同在既济寺备办干粮,[但]云将供具往天台山国清寺,供养众僧。"①

《国清寺志》第十章"大事记":"唐天宝元年(742),高僧鉴真应邀赴日本传戒,先后六次率众东渡。第四次时从宁波阿育王寺起程,途经国清寺,离去时携带了天台宗的三大部、五小部等大量典籍。"②汪向荣《鉴真简介》:"公元七四二年十月,鉴真五十五岁,日本留学僧荣叡、普照两人从长安到扬州来拜谒鉴真。荣叡、普照是公元七三三年随日本遣唐大使多治比广成入唐的学问僧。……上次遣唐使团回国时,他们曾招聘僧道璿和婆罗门僧菩提等,现在他们又来拜礼鉴真,目的也是请其东渡,到日本去传道弘法,并担任授戒大师。……两人向鉴真说明来意后,很快得到了同意,鉴真弟子中也有二十一人准备随行。当时唐朝对渡航到国外,是限制很严的。他们为了避免麻烦,诡称到天台山国清寺供奉。但不久就为随行的高丽僧如海诬告,说他们与海盗有勾结;官厅就搜查他们,捕去了日本僧和道航。以后虽弄清而无事释放,但航海准备的东西给没收了,第一次就这样以失败告终。"③

十一月,台州乐安县尉姚晅卒

姚通理《唐故朝散郎行临海郡乐安县尉姚君(晅)墓志铭并序》:"君讳晅,字玢,河东郡虞舜嫡嗣胤裔人也。……公袭荫太庙斋郎,缙绅选授临海郡乐安县尉。清白干济,郡县推摧。四考一秩,恒擢邻县。数处同赞,爰及司食。当仁不让,名不虚传。天宝元年十一月六日,公春秋五十,寝疾薨于所部。郡县百姓,缁道宿德。"④

本年,李白与吴筠同游剡中

《旧唐书·李白传》:"天宝初,客游会稽,与道士吴筠隐于剡中。既而玄宗诏筠赴京师,筠荐之于朝,遣使召之,与筠俱待诏翰林。"⑤《新唐书·李白传》:"天宝初,

---

① [日]真人元开著,汪向荣校注:《唐大和上东征传》,中华书局1979年,第39—43页。
② 丁天魁主编:《国清寺志》,第459页。
③ [日]真人元开著,汪向荣校注:《唐大和上东征传》,第4—5页。
④ 吴钢主编:《全唐文补遗》第4辑,第35页。
⑤ [后晋]刘昫:《旧唐书》卷一九〇,第5053页。

南入会稽,与吴筠善,筠被召,故白亦至长安。"①王琦《李太白年谱》、安旗等《李白全集编年笺注》均以为天宝元年李白游会稽,与道士吴筠共居剡中。

本年,綦毋潜自校书郎还江东,王维有诗相送,綦毋潜之前与储光羲、李颀有诗赠答

王维《送綦毋秘书弃官还江东》诗云:"明时久不达,弃置与君同。天命无怨色,人生有素风。念君拂衣去,四海将安穷。秋天万里净,日暮澄江空。清夜何悠悠,扣舷明月中。和光鱼鸟际,澹尔兼葭丛。无庸客昭世,衰鬓日如蓬。顽疏暗人事,僻陋远天聪。微物纵可采,其谁为至公。余亦从此去,归耕为老农。"②

储光羲《酬綦毋校书梦耶溪见赠之作》诗云:"校文在仙掖,每有沧洲心。况以北窗下,梦游清溪阴。春看湖水漫,夜入回塘深。往往缆垂葛,出舟望前林。山人松下饭,钓客芦中吟。小隐何足贵,长年固可寻。还车首东道,惠言若黄金。以我采薇意,传之天姥岑。"③"耶溪"即若耶溪,宋乐史《太平寰宇记》卷九六云:"若耶溪,在县东南二十八里。《越绝书》云:'薛烛对越王曰:若耶之溪也,涸而出铜。古欧冶子铸剑之所。'故《战国策》曰:'涸若耶以取铜,破堇山而出锡。'又《郡国志》云:'欧冶子铸剑处。'下有孤潭,深而且清,有孤石耸于潭,上有大栎树。客儿与弟惠连作诗联句,刻于树上。唐吏部侍郎徐浩游之,云:'曾子不居胜母之里,吾岂游若耶之溪?'遂改为五云溪。"④宋王存《元丰九域志》卷五云:"若耶溪,即欧冶子铸剑之处。徐浩游之,云:'曾子不居胜母之间,吾岂游若耶之溪?'因改为五云溪。"⑤宋施宿《嘉泰会稽志》卷一〇亦云:"若耶溪,在县南二十五里。……唐徐季海尝游溪,因叹曰:'曾子不居胜母之间,吾岂游若耶之溪?'遂改为五云溪。"⑥

有关綦毋潜为校书郎及其还江东的时间,学术界颇有争议,大约有开元二十二年、天宝初诸说。今据《唐才子传校笺》卷二《綦毋潜传》笺证云:"潜尝官秘书省校书郎,王维有《送綦毋校书弃官还江东》诗,孟浩然有《题李十四庄兼赠綦毋校书》诗,储光羲有《酬綦毋校书梦耶溪见赠之作》诗,李颀有《题綦毋校书别业》诗,皆可

---

① [宋]欧阳修、宋祁:《新唐书》卷二〇二,第5762页。
② [清]彭定求:《全唐诗》卷一二五,第1242页。
③ [清]彭定求:《全唐诗》卷一三六,第1383页。
④ [宋]乐史:《太平寰宇记》卷九六,第1930页。
⑤ [宋]王存:《元丰九域志》卷五,《景印文渊阁四库全书》第471册,第121页。
⑥ [宋]施宿:《嘉泰会稽志》卷一〇,《宋元浙江方志集成》第4册,第1846页。

证。李颀《送綦毋三谒房给事》……'曾校'句谓潜曾官秘书省校书郎,'惜哉'句指潜是时已弃官隐居。房给事即房琯。……琯为给事中在天宝五载(746),颀诗亦即作于是时。又开元二十九年(741)夏,王昌龄赴江宁,途经洛阳,作有《东京府县诸公与綦毋潜李颀相送至白马寺宿》诗(参见傅璇琮《唐代诗人丛考·王昌龄事迹考略》),由此可见,开元二十九年潜尚未还江东。综上所述,潜自校书郎弃官还江东,大抵当在天宝元、二、三载(742—744);而官校书郎,则应在此前数年间。"[1]据此,我们暂将王维诗系于天宝元年。储光羲诗有"校文在仙掖,每有沧洲心"之句,是綦毋潜在校书郎任上梦耶溪欲退隐之作,则应作于王维诗之前不久,故亦系于本年。

綦毋潜《宿龙兴寺》诗云:"香刹夜忘归,松青古殿扉。灯明方丈室,珠系比丘衣。白日传心静,青莲喻法微。天花落不尽,处处鸟衔飞。"[2]按,龙兴寺即隆兴寺,在今萧山湘湖之畔西山之上,晋将军隆吉所建,故称隆兴。该诗当即本年綦毋潜还江东时渡过钱塘江宿隆兴寺时所作。

本年,秦昌舜为会稽郡太守

《会稽掇英总集》卷一八《唐太守题名记》:"秦昌舜,天宝二年,自通川郡太守授,六年,除江华太守。"[3]《嘉泰会稽志》卷二"太守"同[4]。《宋高僧传》卷二九《唐洛阳罔极寺慧日传附真法师传》:"余姚休光寺释真法师,金华人也。……天宝六年,太守秦公、长史狄公知其行高,遂以名荐,主休光寺焉。"[5]秦昌舜之母沈和墓志已出土,这对了解秦昌舜是非常珍贵的文献,详开元二十六年所录全文。

本年,卢向为越州户曹参军

新出土《唐故左清道率府仓曹参军卢公墓志铭并序》:"严君向,前越州户曹参军。"[6]张乃馨、石宇轩《江苏泰州新见唐代墓志略考》云:"卢公之父卢向,《新表》未载其官职,志文载其曾任'前越州户曹参军'。户曹参军,正七品下。《旧唐书》载,'天宝元年,改越州为会稽郡。乾元元年,复为越州。'笔者据此推测卢向任越州户

① 傅璇琮主编:《唐才子传校笺》第 1 册,第 246 页。
② [清]彭定求:《全唐诗》卷一三五,第 1371 页。
③ [宋]孔延之:《会稽掇英总集》卷一八,《宋元浙江方志集成》第 14 册,第 6554 页。
④ [宋]施宿:《嘉泰会稽志》卷二,《宋元浙江方志集成》第 4 册,第 1664 页。
⑤ [宋]赞宁撰,范祥雍点校:《宋高僧传》卷二九,第 662 页。
⑥ 张乃馨、石宇轩:《江苏泰州新见唐代墓志略考》,载《文物春秋》2021 年第 2 期,第 72 页。

曹参军的时间不晚于天宝元年(742),可能是门荫入仕,后因其父卢晖坐赃流放而去官。据'前越州'之称推测,卢向卒年应在乾元元年(758)之前。"①

743　唐玄宗天宝二年癸未

秋,贺知章与王湾唱和

王湾有《奉和贺监林月清酌》诗云:"华月当秋满,朝英假兴同。净林新霁入,规院小凉通。碎影行筵里,摇花落酒中。清宵凝爽意,并此助文雄。"②即作于贺知章为太子宾客兼正授秘书监时。据"李嗣直"条所考,知章为太子宾客始于开元二十六年(738),至天宝三载(744)东归会稽时,"华月当秋满"句,是作于天宝二年。唯贺知章原唱《林月清酌》已失。

李白送祝八赴江东作诗赋得浣纱石

李白《送祝八之江东赋得浣纱石》诗云:"西施越溪女,明艳光云海。未入吴王宫殿时,浣纱古石今犹在。桃李新开映古查,菖蒲犹短出平沙。昔时红粉照流水,今日青苔覆落花。君去西秦适东越,碧山青江几超忽。若到天涯思故人,浣纱石上窥明月。"③安旗等《李白全集编年笺注》卷五编于天宝二年,并云:"祝八,名字不详。浣纱石,在越州(会稽郡)若耶溪畔,西施浣纱之所,或云在苧罗山下。"④诗云"君去西秦适东越",是送别之地在长安。《李太白全集》卷一七注:"《太平御览》:孔晔《会稽记》曰:勾践索美女以献吴王,得诸暨苧罗山卖薪女西施、郑旦,先教习于土城山,山边有石,云是西施浣纱石。《太平寰宇记》:诸暨县有苧罗山,山下有石迹,云是西施浣纱之所,浣纱石犹在。"⑤

①　张乃馨、石宇轩:《江苏泰州新见唐代墓志略考》,载《文物春秋》2021年第2期,第73页。
②　[清]彭定求:《全唐诗》卷一一五,第1170页。
③　[清]彭定求:《全唐诗》卷一七六,第1800页。
④　[唐]李白撰,安旗等笺注:《李白全集编年笺注》卷五,第471页。
⑤　[唐]李白著,[清]王琦注:《李太白全集》卷一七,中华书局1977年版,第819页。

龙丘诗人徐安贞约卒于本年

《旧唐书》卷一九〇中《徐安贞传》："徐安贞者，信安龙丘人。尤善五言诗。尝应制举，一岁三擢甲科，人士称之。开元中为中书舍人、集贤院学士。上每属文及作手诏，多命安贞视草，甚承恩顾。累迁中书侍郎。天宝初卒。"①余绍宋纂修《龙游县志》所载《徐安贞传》："天宝二年卒，赠尚书。"②新编《衢州府志》③以及 2005 年浙江《衢州市教育志》④所载《徐安贞传》，都定其生卒年为 671—743，今从之。徐安贞诗，《全唐诗》存十一首。方建新等《浙江文献要目》集部："《徐侍郎集》二卷、附录一卷，唐龙丘徐安贞撰。明万历间刻本。"⑤

《元和姓纂》卷二："中书侍郎徐安贞，居衢州龙邱。"岑仲勉《元和姓纂四校记》云："《旧书》一九〇中有传。信安龙丘人，官至中书侍郎。《集古录目·玄觉律师碑》，工部侍郎徐安贞撰，开元十五年立。又《金石录》八《徐偃王庙碑》，亦安贞撰，大历八年立，则改立或追立也。《萃编》八三开元二十八年《田琬德政碑》，安贞撰文。安贞亦见《曲江集》附卷。"⑥《金石录》："第一千四百八十六《唐徐偃王庙碑》，徐安贞撰，张宙正书，大历八年十月。"⑦

徐安贞是唐代衢州最著名的诗人之一，唐人芮挺章《国秀集》卷上载其诗六首，说明其在当朝即颇有影响。清人童珮《徐侍郎集序》云："余乡有先贤曰徐公安贞，官唐玄宗朝中书侍郎，东海开国男。案《国史》：'安贞，龙丘人。尤善五言诗，应制。三擢甲科，拜学士。上属文，多命视草，甚承恩顾。天宝初卒。……公以一代文儒，雅负海岳之灵，腾耀于世，如龙骞云游，莫之可挽。方其载笔翰苑，润饰鸿猷制词，谓为德行宗师，文辞雄伯，博综维精，弥纶有叙，盖深有夹辅之望。公默察朝廷，怙宠佞幸，大政紊坏，遂免官远遁，高名位如敝屣。及天下不宁，大官小臣鲜不罹祸，公独能全身林壑。今读其文与诗，并厚重敷赡，端严警拔，都无凌轹急促之气，虽百世而下，人为想望其丰采。君子谓龙之为地，当山溪交错，俗尚纤啬，民到于今莫能尽变。公出乎其间，崛然而起，爰以文学振动海宇，至亡，姓名自废于暗哑，杂于贱

① ［后晋］刘昫：《旧唐书》卷一九〇中，第 5036 页。
② 余绍宋：《龙游县志》卷一七，京城印书局 1984 年版，第 4 页。
③ 衢州市志编纂委员会编：《衢州市志》，浙江人民出版社 1994 年版，第 1266 页。
④ 徐海水主编：《衢州市教育志》，杭州出版社 2005 年版，第 398 页。
⑤ 方建新、徐永明、童正伦编：《浙江文献要目》，第 124 页。
⑥ ［唐］林宝撰，岑仲勉校记：《元和姓纂（附四校记）》卷二，第 209 页。
⑦ ［宋］赵明诚撰，金文明校证：《金石录校证》卷八，第 159 页。

流,其灵气卒不自掩,姑不论其他,岂不诚然豪杰也乎哉。"①

本年,阎知言由湖州刺史授括州刺史

《嘉泰吴兴志》卷一四郡守题名:"阎知言,天宝二年,自括州刺史授。"②

十二月,鉴真第二次东渡日本,刚出长江口即遭遇飓风。修好船后第三次东渡,到舟山海面触礁,登岸三天后被救,安置到宁波阿育王寺。第二、第三次东渡仍以失败告终

真人元开《唐大和上东征传》:"僧祥彦、道兴、德清、荣叡、普照、思托等一十七人,玉作人、画师、雕佛、刻缕、铸写、绣师、修文、镌碑等工手都有八十五人,同驾一只舟。天宝二载十二月,举帆东下,到[狼]沟浦,被恶风飘浪击,舟破,人总上岸。潮来,水至人腰;和上在乌蓝草上,余人并在水中。冬寒,风急,甚太辛苦。更修理舟,下至大[板]山泊,舟[去]不得,即至下屿山。"③"住一月,待好风发,欲到桑石山。风急浪高,舟[垂著石],无计可量;才离崄岸,还落石上。舟破,人并上岸。水米俱尽,饥渴三日,风停浪静,[有白水郎]将水、米来相救。又经五日,有[逻]海官来问消息,申[谍]明州;[明州太]守处分,安置鄮县山阿育王寺,寺有阿育王塔。明州者,旧是越州之一县也。开元廿六年,越州鄮县令王叔通奏割越州一县,特置明州;更开三县,令成一州四县,今称余姚郡。其阿育王塔者,是佛灭度后一百年,时有铁轮王,名[曰]阿育王,役使鬼神,建八百四千塔之一也。其塔非金、非玉、非石、非铜、非铁,紫[乌]色,刻缕非常;一面萨埵王子变,一面舍眼变,一面出脑变,一面救鸽变。上无露盘,中有悬钟,埋没地中,无能知者。唯有方基高数仞,草棘蒙茸,罕有寻窥。至晋泰始元年,[并州]西[河]离石油人刘萨诃者,死至阎罗王界,阎罗王教令掘出。自晋、宋、齐、梁至于唐代,时时造塔、造堂,其事甚多。[其]鄮山东南岭石上,有佛[右]迹;东北小岩上,复有佛左迹,并长一尺四寸,前阔五寸八分,后阔四寸半深三寸。千幅轮相,其印文分明显示。世传曰:'迦叶佛之迹也。'"④

《宋高僧传》卷一四《唐杨[扬]州大云寺鉴真传》:"时日本国有沙门荣叡、普照等东来募法,用补缺然,于开元年中,达于扬州,爰来请问。礼真足曰:'我国在海之

---

① [明]童佩撰,姜勇笺注:《〈童子鸣集〉笺注》卷五,浙江工商大学出版社2019年版,第237—238页。

② [宋]谈钥:《嘉泰吴兴志》卷一四,《宋元浙江方志集成》第6册,第2653页。

③ [日]真人元开著,汪向荣校注:《唐大和上东征传》,第51页。

④ [日]真人元开著,汪向荣校注:《唐大和上东征传》,第52—56页。

中,不知距齐州几千万里,虽有法而无传法人;譬犹终夜有求于幽室,非烛何见乎?愿师可能辍此方之利乐,为海东之导师乎?'真观其所以,察其翘勤,乃问之曰:'昔闻南岳思禅师生彼为国王,兴隆佛法,是乎?又闻彼国长屋曾造千袈裟,来施中华名德。复于衣缘绣偈云:山川异域,风月同天,寄诸佛子,共结来缘。以此思之,诚是佛法有缘之地也。'默许行焉。所言长屋者,则相国也。真乃慕比丘思托等一十四人,买舟自广陵赍经律法离岸,乃天宝二载六月也。至越州浦,止署风山,真夜梦甚灵异。才出洋,遇恶风涛,舟人顾其垂没,有投弃槵香木者。闻空中声云:'勿弃投。'时见触舻各有神将介甲操仗焉,寻时风定。"①

汪向荣《鉴真简介》:"公元七四三年十二月鉴真又准备二次东渡,用巨款向当时担任岭南采访使的刘巨鳞买了艘军用船,又准备了不少干粮、佛像、经疏、佛具、香料、药品,还招集了些技术人员共八十五人,十二月从扬州出发。刚驶出长江口就遭到飓风的袭击。等船修好后第三次出发再航。到舟山海面又触礁,登岸三天后被救,安置到宁波阿育王寺。此后一年多时间中,鉴真虽在那里休息并到附近地区巡锡授戒;但政府当局因循当地佛徒之请,以诱使鉴真出国为名逮捕了荣叡。这第三次又失败了。"②

本年,郑相如为信安县尉

嘉庆《西安县志》卷二四"职官志":"郑相如,天宝二年任。见《白六帖》。"③《太平广记》卷一四八引《前定录》:"开元二十五年,郑虔为广文博士。有郑相如者,年五十余,自陇右来应明经,以从子谒虔。虔待之无异礼。他日复谒,礼亦如之。相如因谓虔曰:'叔父颇知某之能否?夫子云:其或继周者,虽百世可知也。某亦庶几于此。若存孔门,未敢邻于颜子,如言偃、子夏之徒,固无所让。'虔大异之,因诘所验,其应如响。虔乃杜门,累日与言狎。因谓之曰:'若然,君何不早为进取,而迟暮如是?'相如曰:'某来岁方合成名,所以不预来者,时未至耳。'虔曰:'君当为何官?'曰:'后七年,选授衢州信安县尉。秩满当卒。'虔曰:'吾之后事,可得闻乎?'曰:'自此五年,国家当改年号。又十五年,大盗起幽蓟,叔父此时当被玷污。如能赤诚向国,即可以迁谪,不尔,非所料矣。'明年春,相如果明经及第。后七年,调改衢州信

① [宋]赞宁撰,范祥雍点校《宋高僧传》卷一四,第318页。
② [日]真人元开著,汪向荣校注《唐大和上东征传》,第5页。
③ [清]姚宝烜、范崇楷纂《嘉庆西安县志》卷二四,第6页。

安尉。将之官,告以永诀,涕泣为别。后三年,有考使来,虔问相知存否,曰:'替后数月,暴终于佛寺。'至二十九年,改天宝。天宝十五年,安禄山乱东都,遣伪署西京留守张通儒至长安,驱朝官就东洛。虔至东都,伪署水部郎中。乃思相如之言,佯中风疾,求摄市令以自污,而亦潜有章疏上。肃宗即位灵武,其年东京平,令三司以按受逆命者罪。虔以心不附贼,贬温州司户而卒。"①

本年,陆南金为鄞令

《新唐书·地理志五》:"鄞……东二十五里有西湖,溉田五百顷,天宝二年令陆南金开广之。"②

744　唐玄宗天宝三载甲申

正月,贺知章度为道士还乡归越,舍会稽宅为千秋观,唐玄宗遣左右相以下祖别于长乐坡,赋诗赠之

《唐会要》卷五〇"尊崇道教·杂记"云:"天宝二年,……其年十二月二十日,太子宾客贺知章请为道士,还乡,舍会稽宅为千秋观。"③《旧唐书》卷九《玄宗纪下》:天宝二年十二月"乙酉,太子宾客贺知章请度为道士还乡。"④天宝三载正月"庚子,遣左右相已下祖别贺知章于长乐坡,上赋诗赠之。"⑤《旧唐书·贺知章传》:"天宝三载,知章因病恍惚,乃上疏请度为道士,求还乡里,仍舍本乡宅为观。上许之,仍拜其子典设郎曾为会稽郡司马,仍令侍养。御制诗以赠行,皇太子已下咸就执别。"⑥《新唐书·贺知章传》:"天宝初,病,梦游帝居,数日寤,乃请为道士,还乡里,诏许之,以宅为千秋观而居。又求周宫湖数顷为放生池,有诏赐镜湖剡川一曲。既

---

① 〔宋〕李昉等:《太平广记》卷一四八,第1068页。
② 〔宋〕欧阳修、宋祁:《新唐书》卷四一,第1061页。
③ 〔宋〕王溥:《唐会要》卷五〇,第1031页。
④ 〔后晋〕刘昫:《旧唐书》卷九,第217页。
⑤ 〔后晋〕刘昫:《旧唐书》卷九,第217页。
⑥ 〔后晋〕刘昫:《旧唐书》卷一九〇中,第5034页。

行,帝赐诗,皇太子、百官饯送。擢其子曾子为会稽郡司马,赐绯鱼,使侍养,幼子亦听为道士。"①《嘉泰会稽志》卷七"宫观":"天长观在府东南六里一百六十六步,隶会稽。唐天宝三载,秘书监贺知章辞官入道,舍宅置,号千秋观。七载,改今额。初,开元十七年,从群臣请,以八月五日上降诞日为千秋节,观盖用节名。后改千秋节为天长地久节,观名从之。观尝有客道士携草屦数十緉坐观门,有过者辄与之。已而得屦者,或有脚疾,或骭疡,著之皆顿愈。竞相传布,而道士已失所在。故至今俚俗谓天长为草鞋宫。殿上像设奇古,传以为唐代所塑,如麻姑、浮丘伯等,皆他宫观所无。郡人谓之土宝。"②

《会稽掇英总集》卷二"贺监"载送别诗,表明了这次送行贺知章的盛况,今据此录出送行之诗,并简述送行诗作者的事迹。

唐玄宗《送贺秘监归会稽》诗序云:"天宝三载,太子宾客贺知章鉴于止足,抗归老之疏,解组辞荣,志期入道。朕以其夙存微尚,年在迟暮,用循挂冠之事,俾遂赤松之游。正月五日,将归稽山,遂饯东路,乃命六卿庶尹三事大夫,供帐青门,宠行迈也。岂惟崇德尚齿,抑亦励俗劝人,无令二疏,独光汉册,乃赋诗赠行,凡预兹宴,宜皆属和。"诗云:"遗荣期入道,辞老竟抽簪。岂不惜贤达,其如高尚心。寰中得秘要,方外散幽襟。独有青门饯,群公怅别深。"③

许王李璀《送贺秘监归会稽》诗云:"官著朝中贵,才传海上名。早年常好道,晚岁更遗荣。授篆归三洞,还车谒四明。东门诏送日,挥泪尽群英。"④李璀(? —747),神龙初入封为嗣许王,开元十一年为卫尉卿。累迁邠州刺史、秘书监、守太子詹事。天宝六载卒。《旧唐书》卷八六、《新唐书》卷八二有传。

褒信郡王李璆《送贺秘监归会稽》诗云:"止足人高尚,遗荣子独前。诣台飞鸟日。辞阙挂冠年,象服归丹宸,霓裳降紫天。仙舟望不及,朝野共推贤。"⑤李璆(? —750),初为嗣当王,降为郢国公。宗正卿同正员,特封褒信郡王。天宝初,重拜宗正卿,加金紫光禄大夫。九载卒。《旧唐书》卷八六、《新唐书》卷八一有传。

李林甫《送贺监归四明应制》云:"挂冠知止足,岂独汉疏贤。入道求真侣,辞荣

① [宋]欧阳修、宋祁:《新唐书》卷一九六,第5607页。
② [宋]施宿:《嘉泰会稽志》卷二,《宋元浙江方志集成》第4册,第1766—1767页。
③ [宋]孔延之:《会稽掇英总集》卷二,《宋元浙江方志集成》第14册,第6364页。
④ [宋]孔延之:《会稽掇英总集》卷二,《宋元浙江方志集成》第14册,第6365页。
⑤ [宋]孔延之:《会稽掇英总集》卷二,《宋元浙江方志集成》第14册,第6365页。

访列仙。睿文含日月,宸翰动云烟。鹤驾吴乡远,遥遥南斗边。"①李林甫(？—752),小字哥奴,唐宗室。开元二十三年(735)为礼部尚书、同中书门下三品,封晋国公。在职十九年,权势甚盛,政事败坏。对人表面友好而暗加陷害,被称为口蜜腹剑。《旧唐书》卷一〇六、《新唐书》卷二二三上有传。

席豫《送贺秘监归会稽》诗云:"南山四皓德。东海二疏名。功遂知身退,心微觉道成。霓裳明主赐,鹤驾列仙迎。诏饯出中野,朋欢留上京。灞桥春水溢,稽岭白云生。此去三千里,那堪长别情。"②席豫(680—748),襄阳人。进士及第,开元中累官至考功员外郎,三迁中书舍人,转户部侍郎,充江南东道巡抚使。入为吏部侍郎。天宝初,改尚书左丞。七载卒。《旧唐书》卷一九〇中、《新唐书》卷一二八有传。

齐澣《送贺秘监归会稽》诗云:"君家在四明,崇道复遗荣。霓服辞丹禁,天文诏玉京。义方延永锡,真篆授长生。举手都门外,白云江上行。"③齐澣(？—746),定州义丰人。开元中,历官给事中、中书舍人、秘书少监,出任汴州、常州、润州等刺史。李林甫遣人掩摭其失,废归田里。天宝初,超为员外少詹事,留司东都。五年,厢为平阳太守。卒子郡。《旧唐书》卷一九〇中、《新唐书》卷一二八有传。

李适之《送贺秘监归会稽》诗云:"圣代全高尚,玄风阐道微。筵开百僚饯,诏许二疏归。仙记题金篆,朝章换羽衣。悄然承睿藻,行路满光辉。"④李适之(？—746),一名昌,恒山王承乾之孙。开元中历官司通州刺史、秦州都督、陕州刺史、河南尹、幽州长史、刑部尚书。天宝元年(742)为左相,封清河县公。五载(746),罢知政事,守太子太保,贬宜春太守,仰药而死。《旧唐书)卷九九、《新唐书》卷一三三有传。

韦坚《送贺秘监归会稽》诗云:"解印辞荣禄,游真奉德音。赠行天藻下,饯席上台临。远驭仙山鹤,常怀帝里心。无因同执袂,相望但沾襟。"⑤韦坚(？—746),京兆万年人。开元中为长安令,天宝元年为陕郡太守,二年四月,进银青江初大夫、左散骑常侍、陕郡太守、水陆转动使。三年正月,加兼御史中丞,封韦城县男。九月拜守刑部尚书,五年十月被杀。《旧唐书》卷一〇五、《新唐书》卷一三四有传。

韦述《送贺秘监归会稽》诗云:"二疏方告老,四皓尽归山。蔼蔼都门别,仍看衣

①　[宋]孔延之:《会稽掇英总集》卷二,《宋元浙江方志集成》第 14 册,第 6365 页。
②　[宋]孔延之:《会稽掇英总集》卷二,《宋元浙江方志集成》第 14 册,第 6365 页。
③　[宋]孔延之:《会稽掇英总集》卷二,《宋元浙江方志集成》第 14 册,第 6366 页。
④　[宋]孔延之:《会稽掇英总集》卷二,《宋元浙江方志集成》第 14 册,第 6365 页。
⑤　[宋]孔延之:《会稽掇英总集》卷二,《宋元浙江方志集成》第 14 册,第 6366 页。

锦还。霓裳标逸气，丹灶理童颜。一遇真仙侣，群心难可攀。"①韦述（？—757），雍州万年人。开元中为栎阳尉，转右补阙、历诸省郎官。天宝中，至工部侍郎，封方城县候，安史之乱中，授伪官。至德二载（757）流于渝州，不食而卒。《旧唐书》卷一〇二、《新唐书》卷一三二有传。

辛替否《送贺秘监归会稽》诗云："送君青门外，远诣沧海氾。凫舄游帝京，羽衣飞故里。术妙焚金鼎，丹成屑琼蕊。追饯会群僚，属文降天旨。秦吴称异域，少别犹千祀。黄鹤寓辽阳，应明城郭是。"②辛替否，京兆人。景龙中为左拾遗。开元中累转颍王府长史。天宝初卒，年八十余。《旧唐书》卷一〇一、《新唐书》卷一一八有传。

韦斌《送贺秘监归会稽》诗云："抗情遗黻冕，高步出氛埃。横海鸿飞远，登仙鹤语催。希微余第宅，恍惚视婴孩。桃实三千岁，何当献寿来。"③韦斌（？—755），京兆万年人。开元中为秘书丞。天宝中，拜中书舍人、兼集贤院学士，改太常少卿。五载，贬巴陵太守，移临安太守。十四载，安禄山反，伪授黄门侍郎，忧愤而卒。《旧唐书》卷九二、《新唐书》卷一二三有传。

严向《送贺秘监归会稽》诗云："孤云去住本无机，却指苍梧下紫微。锡鼎为传仙族在，泛槎还入海烟归。星客一夜凌光武，华表千年送令威。闻道葛洪丹灶畔，至今霜果有金衣。"④严向（680—764），同州朝邑人。乾元中为凤翔尹。宝应中授太常员外卿，广德二年（764）卒。《旧唐书》卷一九一、《新唐书》卷二〇四有传。

于休烈《送贺秘监归会稽》云，"飞名紫府内，抗手白云乡。道与松乔匹，荣辞园绮行。夫君既鹤驾，幼子复霓裳。少别留宸藻，东南归路光。"⑤于休烈（692—772），河南人。历官右补阙、起居郎、集贤学士、比部郎中等，大历七年（772）卒于检校工部尚书任。《旧唐书》卷一四九、《新唐书》卷一〇四有传。

李岩《送贺秘监归会稽》云："远节忘荣趣，全真悟道微。登朝四皓客，辞老二疏归。圣主钦玄德，台臣饯羽衣。丹丘不可接，凫舄几时飞。"⑥李岩，天宝六载（747）知贡举。

①　[宋]孔延之：《会稽掇英总集》卷二，《宋元浙江方志集成》第14册，第6369页。
②　[宋]孔延之：《会稽掇英总集》卷二，《宋元浙江方志集成》第14册，第6370页。
③　[宋]孔延之：《会稽掇英总集》卷二，《宋元浙江方志集成》第14册，第6366页。
④　[宋]孔延之：《会稽掇英总集》卷二，《宋元浙江方志集成》第14册，第6368页。
⑤　[宋]孔延之：《会稽掇英总集》卷二，《宋元浙江方志集成》第14册，第6369页。
⑥　[宋]孔延之：《会稽掇英总集》卷二，《宋元浙江方志集成》第14册，第6366页。

崔璘《送贺秘监归会稽》诗云:"轩冕朝恩盛,霓裳祖帐荣。倏然谢时客,高步尚遗名。魏阙鸾行断,稽山鹤驾迎。相期下凫舄,谒帝会承明。"①崔璘,唐史籍有二崔璘,俱见《新唐书》卷七二下《宰相世系表》。一字垂裕,时代不详。另一为冯翊郡太守、兼采访使,为武后、中宗时宰相崔玄暐之侄。其生活年代与贺知章同时。

宋鼎《送贺秘监归会稽》诗云:"紫气朝明主,丹丘送老臣。谁知探禹穴,更有散金人。陌上神仙日,城东梅柳春。遥知归隐处,烟浪隔嚣尘。"②宋鼎,新、旧《唐书》无传。事迹见《唐诗纪事》卷二二及《郎官石柱题名考》等。开元中曾为襄州刺史、广州刺史、潞州长史。

郭慎微《送贺秘监归会稽》诗云:"承明常谒帝,函谷坐成仙。少别商山下,长探禹穴前。云迎出关驭,花待过江船。欲识恩华重,宸章七曜悬。"③郭慎微,两《唐书》无传。事迹见于《元和姓纂》卷十及《郎官石柱题名考》卷七等。为万年人,历官司封员外郎、司勋郎中等,与李林甫亲善。

齐光乂《送贺秘监归会稽》诗云:"晚岁朝真隐,皇情谅不违。辞家五十载,今日复东归。祖账临青道,天章降紫微。顾嗟轩冕者,谁与比光辉。"④齐光乂,两《唐书》无传,事迹见《元和姓纂》卷六及《全唐文》卷三五四,然作"光又""光义",皆误。天宝时为郴州博士、宜城郡司马。

韩倩《送贺秘监归会稽》诗云:"子綦南国隐,周氏北山居。羽客轻簪绶,霓裳下里闾。仙帆归海近,云气度关虚。今日辞明主,深恩宠汉疏。"⑤韩倩,两《唐书》无传,事迹见于《元和姓纂》卷四及《新唐书》卷七三上《宰相世系表》。倩,棘城人,天宝四载(745)在国子司业任,又为殿中丞。玄宗时宰相韩休之侄。

陆善经《送贺秘监归会稽》云:"至贵不忘初,辞荣返旧居。霓裳因宠锡,鹤驾欲凌虚。丹禁倾三事,青门祖二疏。函关遇真隐,应演道家书。"⑥陆善经,两《唐书》无传,据《新唐书·艺文志》,开元中曾为集贤院直学士,修撰《礼记月令》《六典》等书⑦。

何千里《送贺秘监归会稽》诗云:"锡鼎升天几万春,裔孙今复出嚣尘。姓名当

① [宋]孔延之:《会稽掇英总集》卷二,《宋元浙江方志集成》第14册,第6367页。
② [宋]孔延之:《会稽掇英总集》卷二,《宋元浙江方志集成》第14册,第6365页。
③ [宋]孔延之:《会稽掇英总集》卷二,《宋元浙江方志集成》第14册,第6368—6369页。
④ [宋]孔延之:《会稽掇英总集》卷二,《宋元浙江方志集成》第14册,第6369页。
⑤ [宋]孔延之:《会稽掇英总集》卷二,《宋元浙江方志集成》第14册,第6369页。
⑥ [宋]孔延之:《会稽掇英总集》卷二,《宋元浙江方志集成》第14册,第6370页。
⑦ [宋]欧阳修、宋祁:《新唐书》卷五六,第1434页;卷五八,第1477页。

系上清篆,齿发不知何代人。暂应客星过世主,旋归吴市作遗民。辽东驾鹤忽飞去,挥手无言辞紫宸。"①何千里,开元十二年(724)为奉天县尉加劝农判官,后历官监察御史、殿中侍御史等。两《唐书》无传,事迹见《唐御史台精舍题名考》卷二。

杜昆吾《送贺秘监归会稽》诗云:"辰象降星精,登朝隐史并。求珠谢轩冕,放舄指蓬瀛。掷地文章逸,匡储羽翼成。江边丹嶂起,云外绿舆迎。落落神仙意,凄凄离别情。圣恩殊未已,何独厌承明。"②杜昆吾,京兆人。开元中曾为卫州司马,后又历坊州刺史。两《唐书》无传。事迹见《元和姓纂》卷六③。

梁涉《送贺秘监归会稽》云:"尚道遗朝绂,从天降羽衣。储安四皓云,荣足二疏归。乘耀珠随转,驰轩鹤送飞。轻舟镜湖上,宸翰作光辉。"④梁涉,两《唐书》无传。据《郎官石柱题名考》卷八,梁涉曾历官司勋员外郎、中书舍人,又据《新唐书·吉温传》,其为中书舍人在天宝中。

李慎微《送贺秘监归会稽》诗云:"有客自言狂,经书仕圣唐。业尊传帝子,道妙宠君王。厌俗怀仙观,思游忆故乡。公卿祖疏广,亲戚送刘纲。海上波澜急,江干烟路长。蓬莱不可见,何处访霓裳。"⑤李慎微,事迹未详。

王浚《送贺秘监归会稽》云:"业盛王公秩,名高绛老年。遗荣谢圭祖,得志学神仙。去国风为驭,还乡海作田。何当曳凫舄,万里更朝天。"⑥王浚,事迹无考。

王瑀《送贺秘监归会稽》诗云:"父子承恩日,遗荣拜职辰。挂冠辞圣主,佩印奉严亲。举代称贤智,当朝劝孝仁。退归将适越,攀饯乃倾秦。"⑦王瑀,事迹无考。

康珽《送贺秘监归会稽》诗云:"解绶申知足,归元道益真。离章垂睿作,祖帐别群臣。紫禁辞明主,青溪访羽人。赏延忠孝著,荣耀故乡春。"⑧康珽,一作"康珵",康德言之子,唐希铣之侄。官至监察御史,事迹见《唐御史台精舍题名考》卷中。颜真卿撰有《康希铣神道碑铭》。《嘉泰会稽志》卷一六"碑刻":《康珽告》,徐浩行书,天宝十二载三月。石不存。"⑨

① [宋]孔延之:《会稽掇英总集》卷二,《宋元浙江方志集成》第14册,第6368页。
② [宋]孔延之:《会稽掇英总集》卷二,《宋元浙江方志集成》第14册,第6369页。
③ [唐]林宝撰,岑仲勉校记:《元和姓纂(附四校记)》卷六,第912—913页。
④ [宋]孔延之:《会稽掇英总集》卷二,《宋元浙江方志集成》第14册,第6367页。
⑤ [宋]孔延之:《会稽掇英总集》卷二,《宋元浙江方志集成》第14册,第6366页。
⑥ [宋]孔延之:《会稽掇英总集》卷二,《宋元浙江方志集成》第14册,第6367页。
⑦ [宋]孔延之:《会稽掇英总集》卷二,《宋元浙江方志集成》第14册,第6367页。
⑧ [宋]孔延之:《会稽掇英总集》卷二,《宋元浙江方志集成》第14册,第6368页。
⑨ [宋]施宿:《嘉泰会稽志》卷一六,《宋元浙江方志集成》第4册,第2031页。

张绰《送贺秘监归会稽》诗云:"北阙皇恩重,东门紫气飞。为看宾客去,何似买臣归。迎绶旋江国,题舆入侍闱。千年旧迹在,七日故人非,别涕沾霓服,离筵著锦衣。无因伴仙羽,空此羡光辉。"①张绰,事迹未详。

李彦和《送贺秘监归会稽》诗云:"遗荣辞上国,解印适稽山。圣主留深眷,群公祖别颜。彩帆收鉴水,紫气度函关。应是辽阳鹤,千年始一还。"②李彦和,事迹未详。

张博望《送贺秘监归会稽》诗云:"紫绶期中贵,黄冠物外高,孰能知止足,君独避尘劳。已知青霞志,方从碧落邀。轩车倘来物,从此贱吾曹。"③张博望,事迹未详。

韩宗《送贺秘监归会稽》诗云:"遗老去朝行,登真返旧乡,轩车成羽驾,缨绶换霓裳。明主怀江外,群公祖道旁。青门有前事,千载共辉光。"④韩宗,事迹未详。

胡嘉鄢《送贺秘监归会稽》诗云:"帝乡辞宠命,羽服表华年。地变君臣礼,门荣父子仙。风书开紫观,鹤驾待青田。归舸蓬莱近,宸章日月悬。迹光三乐美,声重二疏贤。即此过函谷,应留道德篇。"⑤胡嘉鄢,事迹未详。

卢象《送贺秘监归会稽歌序》云:"先生紫阳枣真人,□耳河目,神气有异,年八十六而道心益固,时人方之赤松子。去年,寝疾累日,冥然如梦,长男曾子求于神鬼,长请于天,窃司命之籍,与鬼物相竞而角抵焉。而告真人,乃泠然而归。于是表请辞官,乞以父子入道,俱还故乡,仍以山阴旧宅为观焉。皇帝嘉尚其事,寻而见许,择日度公,与男田,时公卿大夫观者如堵,皆曰贤才也。正月五日,上令周公、邵公洎百寮,饯别青门之内。玄鹤摩于紫霄,吹笙击鼓,尽是仙乐,闻者莫不增叹,轻轩冕焉。余与真人相知,不以年,不以位,俱承太公之后,见赏王粲之词。悠悠此别,不觉流涕,辄赠古歌辞一首,庶为真人传用之耳。"诗云:"君不见,先生耳鼻有仙骨,自号狂生中有物。金华侍讲三十年,儿戏公卿与簪笏。青门抗行谢客儿,健笔连羁王献之。长安素绢书欲遍,主人爱惜常保持。每叹二疏不足道,复言四皓常枯槁。去年寝疾弥数旬,神鬼盈庭谋一老。长男泣血求司命,少女颦眉诵灵宝。还如筒子复归来,更与洪崖同寿考。上书北阙言授箓,税驾东州愿修道。初闻行路犹未

① [宋]孔延之:《会稽掇英总集》卷二,《宋元浙江方志集成》第14册,第6369页。
② [宋]孔延之:《会稽掇英总集》卷二,《宋元浙江方志集成》第14册,第6370页。
③ [宋]孔延之:《会稽掇英总集》卷二,《宋元浙江方志集成》第14册,第6370页。
④ [宋]孔延之:《会稽掇英总集》卷二,《宋元浙江方志集成》第14册,第6368页。
⑤ [宋]孔延之:《会稽掇英总集》卷二,《宋元浙江方志集成》第14册,第6370页。

信,果达吾君谓之好。山阴旧宅作仙坛,湖上闲田种芝草。镜湖之水含杳冥,会稽仙洞多精灵。须乘赤鲤游沧海,当以群鹅写道经。皇恩赠诗四十字,明主赐金三十镒。供帐倾朝一送归,双童驷马从兹出。回看紫绶若轻尘,远别青门嗟故人。鸳鸯差池攀羽盖,虹霓天矫翙车轮。田男列侍浮丘伯,曾子荣过朱买臣。余高若是有先觉,灭迹归根从大朴。千载悠悠等令威,十洲漫漫思方朔。归去来,青牛顿足少迟回。忽然云雾不相见,唯有飘飘香气来。"①卢象,新、旧《唐书》无传。《新唐书》卷六〇《艺文志》云:"《卢象集》十二卷。字纬卿,左拾遗、膳部员外郎,授安禄山伪官,贬永州司户参军,起为主客员外郎。"②其事迹又见《刘禹锡集》卷一九《唐故尚书主客员外郎卢公集纪》、《唐诗纪事》卷二六等。

正月,贺知章辞官归越至阴盘驿,李白有诗相送

李白有《送贺宾客归越》诗云:"镜湖流水漾清波,狂客归舟逸兴多。山阴道士如相见,应写黄庭换白鹅。"③诗中"应写黄庭换白鹅"句用典,前人或以为"黄庭"为"道德"之误。而王琦注《李太白全集》辨之云:"琦按:《白氏六帖》:右军王羲之,尝见山阴道士有群鹅,求之,乃邀右军书《黄庭经》以换,遂书之。《太平御览》:何法盛《晋中兴书》曰:山阴有道士养群鹅,羲之意甚悦。道士云:'为写《黄庭经》,当举群相赠。'乃为写讫,笼鹅而去。《仙传拾遗》:山阴道士管霄霞笼红鹅一双遗羲之,请书《黄庭经》。太白所用似非误记。即谓《仙传拾遗》或出于伪撰,《白氏六帖》所引又不著本自何书,自当以《晋书》所载为信。然《太平御览》所引何法盛《晋中兴书》,则又晋史之先鞭也,岂亦不足信乎?夫一经也,或以为《黄庭》,或以为《道德》;一道士也,或以为刘,或以为管;一鹅也,或以为举群,或以为一双,盖所谓传闻异辞之故。遐考一事两传者,载籍固多有也。乃取其一说而以訾其余,或以为太白之误,或以为《晋书》之误,或以为右军换鹅本有二事,或以为右军初未尝书《黄庭经》,皆失之执矣。又洪容斋《四笔》谓太白眼高四海,冲口成章,必不规规然检阅晋史,看逸少传,然后落笔,正使误以《道德》为《黄庭》,于理正自无害。夫诗之美劣,原不关乎用事之误与否,然白璧微瑕,不能不受后人之指摘。若太白此诗,则固未尝有瑕者也。故历引昔人之论而辩晰之,且以见考古者之不易也。"④

---

① [宋]孔延之:《会稽掇英总集》卷二,《宋元浙江方志集成》第 14 册,第 6371 页。
② [宋]欧阳修、宋祁:《新唐书》卷六〇,第 1603 页。
③ [清]彭定求:《全唐诗》卷一七六,第 1797 页。
④ [唐]李白著,[清]王琦注:《李太白全集》卷一七,第 805—806 页。

郁贤皓《李太白全集校注》卷一三注云:"敦煌写本《唐人选唐诗》(伯 2567)题作《阴盘驿送贺监归越》。贺宾客,即唐代诗人贺知章(659—744),字季真,会稽永兴(今浙江萧山)人。曾任工部侍郎、集贤院学士、太子宾客、秘书监等职,故称'贺宾客''贺监'。两《唐书》有传。天宝二载十二月乙酉,请度为道士还乡。三载正月庚子,皇帝遣左右相以下祖别贺知章于长乐坡,各赋五律诗赠之,诗今存《会稽掇英总集》。今本原有七律《送贺监归四明应制》一首,乃晚唐人拟作,误入李集。已删。李白与贺知章感情深厚,当是单独送贺至阴盘驿(今陕西临潼东),作此首七绝送别。"①郁贤皓《李白诗文选评》云:"《送贺宾客归越》,全诗紧扣'归越'二字。首句写镜湖,有三层意思:一、它是越中名胜;二、它是贺知章故乡的名胜;三、此次'归越',皇帝'有诏赐镜湖一曲'。所以,如今镜湖荡漾着清波,似乎在欢迎这位'少小离家老大回'的游子归来。第二句点题,也有三层意思:用'狂客'二字,描绘出贺知章的性格和精神风貌;'归舟'点明此次归程是走水路;'逸兴多'表现出贺知章对归乡养老的惬意心情。前两句把题意已写足,后两句则拓开境界,用王羲之写《黄庭经》与山阴道士换鹅的故事,以赞美今后贺知章的生活,兼致送别之意。用典非常精切。因为贺知章也是大书法家,故以王羲之拟之;此次归乡前已入道,而又定居山阴,故以'山阴道士'作陪衬。如此用典,意义深刻而贴切,毫无雕琢痕,而且饶有情趣,不愧为绝句中的佳构。"②

正月,李白又有《送贺监归四明应制》诗,但作者有所争议

李白有《送贺监归四明应制》诗云:"久辞荣禄遂初衣,曾向长生说息机。真诀自从茅氏得,恩波宁阻洞庭归。瑶台含雾星辰满,仙峤浮空岛屿微。借问欲栖珠树鹤,何年却向帝城飞。"③清人王琦注云:"《诗纪》载知章之归越也,诏令供帐东门外,百僚祖饯于长乐坡,自李适以下作诗送之。今存诗者三十七首,太白其一也。"④王琦《李太白年谱》亦云:"《旧唐书》:天宝二年十二月乙酉,太子宾客贺知章请度为道士还乡。三载正月庚子,遣左右相以下祖别贺知章于长乐坡上,赋诗赠之。太白二诗,一乃应制,一私自送行而作者也。"⑤安旗等《李白全集编年笺注》编

---

① 郁贤皓:《李太白全集校注》卷一三,第 2033 页。
② 郁贤皓:《李白诗文选评》,《李白与唐代文史考论》第 2 卷,第 506—507 页。
③ [清]彭定求:《全唐诗》卷一七六,第 1796 页。
④ [唐]李白著,[清]王琦注:《李太白全集》卷一七,第 798 页。
⑤ [唐]李白著,[清]王琦注:《李太白全集》卷三五,第 1592 页。

于未编年诗中。然郁贤皓《李太白全集校注》卷三〇录入"宋本集内存目诗文"中，并云："《会稽掇英总集》卷二收有《送贺监归乡》诗集，共三十七首，其中三十二首为玄宗时人所作五律、五排，另五首乃晚唐时人所拟作七律。无李白此首所谓应制诗。而附录中却收有李白《送贺宾客归越》绝句。据《李白学刊》第2辑陶敏《李白送贺监归四明应制诗为伪作》一文考证，晚唐时人姚鹄另有《送贺知章入道》七律，与此诗同以衣、机、归、微、飞为韵，故可断定此诗为晚唐姚鹄同时人之拟作，误入李集。"①按，陶敏之文又收入其《唐代文学与文献论集》第66—67页。我们觉得仅凭用韵说推测为晚唐时人所作，未免证据不足，不能就此证明这首诗是伪作。

二月，义乌人楼颖登进士第

马端临《文献通考》卷二四八《经籍考》载《国秀集》："天宝三载国子进士楼颖为序。"②据知楼颖天宝三载进士及第。清徐松《登科记考》未收，可补入。楼颖，义乌人。作有《国秀集序》，《全唐诗》卷二〇三存诗五首。又曾为傅翕《善慧大士语录》作序。

《国秀集序》为唐代文学批评的重要篇章，今备录于下："昔陆平原之论文曰：诗缘情而绮靡。是彩色相宣，烟霞交映，风流婉丽之谓也。仲尼定礼乐，正雅颂，采古诗三千余什，得三百五篇，皆舞而蹈之，弦而歌之，亦取其顺泽者也。近秘书监陈公、国子司业苏公，尝从容谓芮侯曰：风雅之后，数千载间，词人才子，礼乐大坏。讽者溺于所誉，志者乖其所之。务以声折为宏壮，势奔为清逸。此蒿视者之目，聒听者之耳，可为长太息也。运属皇家，否终复泰。优游阙里，唯闻子夏之言；惆怅河梁，独见少卿之作。及源流浸广，风云极致，虽发词遣句，未协风骚，而披林撷秀，揭厉良多。自开元以来，维天宝三载，谴谪芜秽，登纳菁英，可被管弦者都为一集。芮侯即探书禹穴，求珠赤水，取太冲之清词，无嫌近溷；得兴公之佳句，宁止掷金。道苟可得，不弃于厮养；事非适理，何贵于膏粱。其有岩壑孤贞，市朝大隐，神珠匿耀，剖巨蚌而宁周，宝剑韬精，望斗牛而未获，目之缣素，有愧遗才，尚欲巡采风谣，旁求侧陋，而陈公已化为异物，堆案飒然，无与乐成，遂因绝笔。今略编次，见在者凡九十人，诗二百二十首。为之小集，成一家之言。"③

① 郁贤皓：《李太白全集校注》卷三〇，第4185页。
② ［元］马端临：《文献通考》卷二四八，浙江古籍出版社1988年版，第1954页。
③ ［唐］芮挺章：《国秀集》，《唐人选唐诗新编（增订本）》，第280页。

楼颖有《西施石》诗云:"西施昔日浣纱津,石上青苔思杀人。一去姑苏不复返,岸旁桃李为谁春。"①是其在浙东时作,惟作年不可详考。今附记于此。

贺知章回乡后,作《回乡偶书二首》

贺知章《回乡偶书二首》,其一云:"少小离家老大回,乡音难改鬓毛衰。儿童相见不相识,笑问客从何处来。"其二云:"离别家乡岁月多,近来人事半销磨。唯有门前镜湖水,春风不改旧时波。"②诗应为贺知章返乡后不久之作。诗的第一首应该是回到自己的故乡永兴之作,这里的永兴已经改为萧山。因天宝元年,以永兴县与江南西道江夏郡县名重,改为萧山县,以县西萧山为名。诗的第二首应该是到达会稽时所作,故而诗歌着重写越州的镜湖。

贺知章回乡后,撰《龙瑞宫记》

贺知章《龙瑞宫记》刻石摩崖,在绍兴宛委山飞来石上。记云:"《宫记》,秘书监贺知章。宫自黄帝建候神馆,宋尚书孔灵产入道,奏改怀仙馆。神龙元年再置。开元二年,敕叶天师醮。龙现,敕改龙瑞宫。管山界至:东秦皇、酒瓮、射的山;西石箦山;南望海、玉笥、香炉峰;北禹陵、内射的潭、五云溪、水府、白鹤山、淘砂径、茗坞、宫山、鹿迹潭、莳田、葵池。洞天第十,本名天帝阳明紫府,真仙会处,黄帝藏书,盘石盖门,封宛委穴。禹至开,得书治水,封禹穴。"③宋人陈思《宝刻丛编》卷一三"越州"引《诸道石刻录》:"《唐龙瑞宫记》,唐贺知章撰并正书,开元二年立。"④言"开元二年"则误以建宫之年为刻石之年。阮元《两浙金石志》卷二跋云:"右刻在会稽县宛委山龙瑞宫后飞来石上。文十二行,正书,径寸。《嘉泰会稽志》云:'龙瑞宫在县东南二十五里,有禹穴及阳明洞天。'道家以为黄帝时尝建候神馆于此,至唐神龙元年置怀仙馆。开元二年因龙见改今额。……此记所述皆与诸书合,而《诸道石刻录》谓刻于开元二年二月,则误以建宫之年为刻石之年矣。《唐书》,贺知章于证圣初擢进士,历官至秘书监。天宝初请为道士还乡里。书碑当在归里之后。王象之

---

① [清]彭定求:《全唐诗》卷二〇三,第2128页。
② [清]彭定求:《全唐诗》卷一一二,第1147页。
③ 按,《龙瑞宫记》,《全唐文》卷三〇〇有著录,然有缺字。金石文献如《两浙金石志》卷二缺文均甚多。而现存拓本文字较全,今就拓本录入。
④ [宋]陈思编著:《宝刻丛编》卷一三,第792页。

《舆地纪胜》载此刻而不及其年月。是记后本未书年，今石上四围有界线可证也。"①

王晓亮《绍兴碑刻文化研究》云："唐代摩崖共三品。其一为宛委山飞来石《龙瑞宫记》摩崖。《龙瑞宫记》亦称《龙瑞宫管三界至记》或《龙瑞宫至三界记》。文末署名'秘书监贺知章'。贺知章，唐会稽永兴人，诗人，书法家。此记刻于宛委山飞来石上，高约76厘米，宽约69厘米。楷书。全文共13列，每列15字，字径3—5厘米。其文曰……贺知章存世书迹较少，据前人收录的金石书籍记载，其碑刻共有三处。《龙瑞宫记》是其现存的唯一石刻作品。不过该块碑刻从刻工及文献记载看当为清人复刻的作品。"②王晓亮又云："绍兴城东的宛委山，山腹中有飞来石，石顶不规则，南面如刀削，上有自唐宋以来的历代名人刊刻题记30多帧，但是很大一部分已残损。贺知章《龙瑞宫记》在其核心位置尚可识读，其余十几篇或者泯灭，或者漫漶，不能清晰辨识。《龙瑞宫记》亦称《龙瑞宫管三界至记》或《龙瑞宫至三界记》。其上作文楷书，共计13行，每行15字。贺知章存世书迹比较少，《龙瑞宫记》是其现存于世唯一金石作品，这更加显得珍贵。从结字中可以看出大唐盛世之光彩。该篇书法磅礴大气，点画开朗舒张，我们似乎很难在历史上找到一个与其相匹的法帖。"③

贺知章归乡不久即寿终，享年八十六岁

《旧唐书·贺知章传》："贺知章，会稽永兴人，太子洗马德仁之族孙也。少以文词知名。……天宝三载，知章因病恍惚，乃上疏请度为道士，求还乡里，乃舍本乡宅为观。上许之，仍拜其子典设郎曾为会稽郡司马，仍令侍养。御制诗以赠行，皇太子已下咸就执别。至乡无几寿终，年八十六。"④方建新等《浙江文献要目》集部："《贺秘监遗书》四卷，唐永兴贺知章撰。民国鄞县冯贞群、民国鄞县张寿镛编。民国四明张氏约园刻《四明丛书》本。"⑤

贺知章一生，在政治上、文学上和书法上都取得了很高的成就。他既是得志于玄宗一朝的政治活动家，又是享誉当时、流芳百世的著名诗人，也是落笔精绝与造化相争的书法家。

---

① ［清］阮元：《两浙金石志》卷二，第29页。
② 王晓亮：《绍兴碑刻文化研究》，第56—57页。
③ 王晓亮：《绍兴碑刻文化研究》，第144页。
④ ［后晋］刘昫：《旧唐书》卷一九〇中，第5033—5035页。
⑤ 方建新、徐永明、童正伦编：《浙江文献要目》，第123页。

从政治上说,他证圣元年进士及第后又中超拔群类科。因陆象先的引荐,授国子四门博士,转太常博士。开元十年,因丽正殿修书使、兵部尚书张说的推荐,入丽正殿修撰《唐六典》和《文纂》。不久改太常少卿。开元十三年,为太子右庶子,充侍读,迁礼部侍郎,加集贤院学士。开元十四年,改授工部侍郎兼秘书监,成为从三品的朝廷高级官员,世称"贺秘监"。而因惠文太子事改授工部侍郎,仍兼秘书监、集贤殿学士。开元二十六年,立忠王李忠为皇太子,贺知章担任太子宾客,加银青光禄大夫兼正授秘书监。天宝二年八十五岁高龄的贺知章,请求度为道士还乡。天宝三年正月五日正式还乡,玄宗赋诗赠行,并命左右大臣祖钱于长乐坡,饮酒赋诗,场面极一时之盛。

　　从文学上说,贺知章作为一个诗人,在繁星璀璨的盛唐诗坛上,无愧为一颗光芒闪耀的星座。贺知章的诗,就是盛唐精神的集中表现,或言事述怀,或写景咏物,或怀念故土,或张扬个性,写下了中国文学史上光辉灿烂的一页。《回乡偶书》《咏柳》成为千百年来家喻户晓、流传不衰的名篇佳制。当时,贺知章不仅自己诗名远扬,甚至经过他评赏的诗人,也能名满天下。例如大诗人李白从蜀中初到长安,慕名拜见贺知章,知章看了李白的诗文,尤其是奇而又奇的名篇《蜀道难》,叹为"谪仙人"。李白从此声名大振。盛唐诗人,个个逞才使气,贺知章更是如此,他在都城长安,与李白、张旭、李琎、崔宗之、李适之、苏晋、焦遂,恃酒张狂,傲视权贵,为"饮中八仙"之游。吴越之地,历来人文荟萃,初盛唐之际,著名人物有张旭、张若虚、包融、贺朝、万齐融、邢巨等,文词俊秀,名扬于上京。贺知章更与张旭、张若虚、包融并称"吴中四士"。

　　从书法上说,他擅长草书,又担任秘书监,他的草书与秘书省的落星石、薛稷画的鹤、郎馀令绘的凤,合称为秘书省"四绝"。唐人窦臮《述书赋》中赞其草书"落笔精绝","与造化相争,非人工所到"[1]。吕总《续书评》则以为"纵笔如飞,酌而不竭"[2]。李白在《送贺宾客归越》诗中将其喻为王羲之,有"镜湖流水漾清波,狂客归舟逸兴多。山阴道士如相见,应写黄庭换白鹅"之句。卢象《送贺秘监归会稽歌》诗则将其喻为王献之,有"青门抗行谢客儿,健笔违羁王献之。长安素娟书欲遍,主人爱惜常保持"之句。他的墨迹现在还存有草书《孝经》和《龙瑞宫记》的摩崖石刻,以供后人无尽叹赏和追慕。

---

① [清]董诰:《全唐文》卷四四七,第 4572 页。
② [宋]朱长文纂辑,何立民点校:《墨池编》卷六《续书评》,浙江人民美术出版社 2019 年版,第 194 页。

十一月,万齐融作《法华寺戒坛院碑》

万齐融《法华寺戒坛院碑》云:"律师俗姓徐氏,晋室南迁,因官诸暨,遂为县族。……故洺州刺史徐峤之、工部尚书徐安贞,咸以宗室设道友之敬。国子司业康希铣、太子宾客贺知章、朝散大夫杭州临安县令朱元慎,亦以乡曲具法朋之礼。开元二十六载,恩制度人。采访使润州刺史齐澣、越府都督敬诚、采访使卢见义、泗州刺史王弼,无不停旟净境,禀承法训。齐公乃方舟结乘,奉迎律师于丹阳、余杭、吴兴诸郡,令新度诸僧,躬受具戒。自广陵迄于信安,地方千里,缁黄道俗受法者,殆出万人。……天宝三载岁次壬午,化缘已毕,十一月三日,现疾于绳床。七日午时,坐终于戒坛院,春秋六十有八。粤其月二十五日,窆于寺南秦山之下。"① 法华寺,《嘉泰会稽志》卷七"山阴县":"天衣寺在县南三十里。晋义熙十三年高僧昙翼结庵,诵《法华经》,多灵异,内史孟顗请置法华寺。"② 李邕有《秦望山法华寺碑》云:"法华者,晋义熙十二年释昙翼法师之所建也。师初依庐山远公,后诣关中罗什,深入禅慧,尤邃佛乘,虽礼数抠衣,而名称分坐。与沙门昙学俱游会稽,觌秦望西北山,其峰五莲,其溪双带,气象灵胜,林壑虚闲。比兴耆阇,营卜兰若,羞涅槃食,纳如来衣,专积法华,永言实意。"③

十二月,俞仁玩卒于婺州司马任

徐隐泰《大唐故东阳郡司马俞公(仁玩)墓志铭并序》:"公讳仁玩,字崇简。……历迁国子太学,懿夫蕴藉风流,以其砥节厉名,正言茂行。恤人务急,易俗其难。制授东阳郡司马。重学成麟,俾从展骥。画策衣锦,方疑朱买之游;晓帆偏舟,自得谢安之趣。乡归惠爱,里赖殷纯。稽考绩而合升,赴天庭而议计。岂图不敷礼命,无安疾兴。丸散亏征,仁明倏奄。春秋六十有九,以天宝三载十二月一日,终于京兆府万年县平康里之逆旅也。"④

本年以前,崔颢曾游历浙东

傅璇琮《唐代诗人丛考》之《崔颢考》:"其中崔颢的诗……又有《题沈隐侯八咏

---

① [清]董诰:《全唐文》卷三三五,第 3392—3393 页。

② [宋]施宿:《嘉泰会稽志》卷七,《宋元浙江方志集成》第 4 册,第 1783 页。

③ [清]董诰:《全唐文》卷二六二,第 2664 页。

④ 赵君平、赵文成编:《河洛墓刻拾零》,第 358 页。

楼》《题黄鹤楼》等。沈隐侯为沈约,他曾做过东阳太守,八咏楼即在东阳。可见在天宝三载以前,崔颢即已游历过江南与塞北。很可能他早年曾漫游江南一带。"①按,崔颢游历浙东,具体时间难以确考。谭优学《崔颢年表》云:"今按《题沈隐侯(约)八咏楼》及《题黄鹤楼》两诗,已入下限为天宝三载之《国秀集》,而天宝初依本文所考,颢在河东定襄,则其江东、荆襄之游,自当约开元十五年后迄开元末。或分为两次,或共为一次,则不敢遽定。"②今根据傅璇琮先生之说,定于本年之前。崔颢有三首游浙东诗,录之于下。

崔颢《题沈隐侯八咏楼》诗云:"梁日东阳守,为楼望越中。绿窗明月在,青史古人空。江静闻山狖,川长数塞鸿。登临白云晚,流恨此遗风。"③沈隐侯即沈约,南朝齐隆昌元年(494),沈约为东阳郡太守,建造此楼竣工后作《登玄畅楼》诗云:"危峰带北阜,高顶出南岑。中有陵风榭,回望川之阴。岸险每增减,湍平互浅深。水流本三派,台高乃四临。上有离群客,客有慕归心。落晖映长浦,焕景烛中浔。云生岭乍黑,日下溪半阴。信美非吾土,何事不抽簪。"④随后又增写了八首诗歌,称为《八咏》诗,故从唐代起,遂以诗名改元畅楼为八咏楼。这是一首五律诗,首联点题,引出建楼之人,进而写出八咏的形势,登上八咏楼可以尽览越中胜景。颔联抒情,由明月引出,抒发了明月独存而斯人已去的感慨,山川的永恒与人事的怅惘寓于字里行间。颈联写景,平静的江面之上只听见山猿的哀嚎,绵延的长川之中能数到塞鸿的飞翔。这是一联写景名句,尤其是"川长数塞鸿",被方回《瀛奎律髓》称为"第六句'数'字是诗眼好处"⑤。尾联述感,诗人登楼,时值白云向晚,飘泊无依,情怀不能自抑,故而黯然伤神。全诗登高望远,怀古思人,见风景如画,叹晚云飘泊,高古苍茫,情景浑融,与作者的千古名篇《黄鹤楼》有异曲同工之妙。唐人选唐诗中,殷璠的《河岳英灵集》、芮挺章的《国秀集》都选入,前者还同时选入《黄鹤楼》诗,说明此诗当时就得到了盛唐诗家的赞誉。

崔颢《舟行入剡》诗云:"鸣棹下东阳,回舟入剡乡。青山行不尽,绿水去何长。地气秋仍湿,江风晚渐凉。山梅犹作雨,溪橘未知霜。谢客文逾盛,林公未可忘。

---

① 傅璇琮:《唐代诗人丛考》,中华书局 2003 年版,第 76 页。
② 谭优学:《唐诗人行年考》,第 79 页。
③ [清]彭定求:《全唐诗》卷一三〇,第 1328 页。
④ 逯钦立:《先秦汉魏晋南北朝诗·梁诗》,第 1634 页。
⑤ [元]方回选评,李庆甲集评校点:《瀛奎律髓汇评》卷三五,第 1414 页。

多惭越中好,流恨阅时芳。"①根据诗的首联,可知崔颢先到东阳,然后回舟进入剡中。故本诗作于《题沈隐侯八咏楼》之后。

崔颢《入若耶溪》诗云:"轻舟去何疾,已到云林境。起坐鱼鸟间,动摇山水影。岩中响自答,溪里言弥静。事事令人幽,停桡向余景。"②按,此诗曾与李白诗相混。王琦注《李太白全集》卷三〇云:"《文苑英华》一百六十六卷载李白《入清溪行山中》凡二首,其一即本集七卷中'清溪清我心'一首,其一乃此首也。按崔颢集亦载此首,题云《入若耶溪》,当是颢作也。"③

崔颢还有《发锦沙村》诗云:"北上途未半,南行岁已阑。孤舟下建德,江水入新安。海近山常雨,溪深地早寒。行行泊不可,须及子陵滩。"④是崔颢游浙东北返途中所作。其时由浙东入钱塘江后再进入新安江下建德北返。"锦沙村"在淳安县,《太平寰宇记》卷九五清溪县引《新安记》云:锦沙村"傍山依壑,素波澄映,锦石舒文。冠军吴喜闻而造焉,鼓枻游泛,弥旬忘反,叹曰:'名山美石,故不虚赏,使人丧朱门之志。'"⑤《淳熙严州图经》卷三"淳安县":锦砂村"在县西八里"⑥。锦沙村原迹已被千岛湖淹没。

本年,鉴真至越州龙兴寺,为寺僧受戒,又回到明州阿育王寺,再去天台山,第四次东渡日本败

真人元开《唐大和上东征传》:"天宝三载,岁次甲申,越州龙兴寺众僧请大和上讲律受戒。事毕,更有杭州、湖州、宣州并来请。大和上依次巡游、开讲、授戒,还至鄮山阿育王寺。时越州僧等知大和上欲往日本国,告州官曰:'日本国僧荣叡诱大和上欲往日本国。'时山阴县尉遣人于王翅宅,搜得荣叡师,著枷递送[于]京,[还]至杭州。荣叡师卧病,请[假]疗治,经多时,云病死乃得放出。荣叡、普照师等为求法故,前后被灾,艰辛不可言尽,然其坚固之志,曾无退悔。大和上悦其如是,欲遂其愿,乃遣法进及二近事,将轻货往福州买船,具办粮用。和上率诸门徒祥彦、荣叡、普照、思托等三十余人,辞礼育王塔,巡礼佛迹,供养圣[井],护塔鱼菩萨,寻山

① [清]彭定求:《全唐诗》卷一三〇,第 1330 页。
② [清]彭定求:《全唐诗》卷一三〇,第 1322—1323 页。
③ [唐]李白著,[清]王琦注:《李太白全集》卷三〇,第 1408 页。
④ [清]彭定求:《全唐诗》卷一三〇,第 1328 页。
⑤ [宋]乐史:《太平寰宇记》卷九五,第 1913 页。
⑥ [宋]董棻:《严州图经》卷三,《宋元浙江方志集成》第 12 册,第 5694 页。

直出。州太守卢同宰及僧徒父老迎送，设供养，差人备粮送至白社村寺；修理坏塔，劝诸乡人造一佛殿，至台州宁海县白泉寺宿。明日，[斋]后逾山，岭峻途远，日暮夜暗，涧水没膝，飞雪迷眼，诸人泣泪，同受寒苦。明日度岭，入[始丰]县，日暮到国清寺，松篁蓊郁，奇树璀璨；宝塔玉殿，玲珑赫奕，庄严华饰，不可言尽。孙绰《天台[山]赋》不能尽其万一。和上巡礼圣迹，出始丰县，入临海县；导于白峰寻江，遂至黄岩县；便取永嘉郡路，到禅林寺宿。明朝，早食发，欲向温州，忽有采访使牒来追。其意[者]，在扬州和上弟子僧灵佑及诸寺三纲众僧，同议曰：'我大师和上，发愿向日本国，登山涉海，数年艰苦，沧溟万里，死生莫测；可共告官，遮令留住。'仍共以牒告于州县。于是，江东道采访使下牒诸州，先追所经诸寺三纲于狱，留身推问；寻踪至禅林寺，捉得大和上，差使押送，防护十重围绕，送至采访使所。大和上所至州县，官人参迎礼拜欢喜，即放出所禁三纲等。采访使处分，依旧令住本寺，约束三纲防护，曰：'勿令更向他国。'"①

汪向荣《鉴真简介》："这种迫害没有改变荣叡、普照的决心，也感动了鉴真，因此没有多少时候他们又准备第四次下海东渡，公元七四四年他们准备从福州出发。先让法进带了人到福州去准备，然后鉴真一行三十多人又以向天台山国清寺供奉为由，从宁波出发，以冀到达天台后，再秘密到福州出发。可是正从天台向沿海进行时，由于鉴真弟子灵祐和当地诸寺三纲怕鉴真年老，东渡涉海要冒险，而上书采访使要求阻止；这样在黄岩县的禅林寺追到他们后，又被送回扬州，这第四次出海又告失败。"②

本年，卢同宰为明州刺史

真人元开《唐大和上东征传》："天宝三载，岁次甲申。……还至鄮山阿育王寺，……州太守卢同宰及僧徒父老迎送，设供养，差人备粮送至白杜村寺。"③现在阿育王寺尚存万齐融所撰《大唐越州都督府鄮县阿育王寺常住田碑》。《乾道四明图经》卷二《鄮县·山》："鄮山在县东三十六里，高二百八十丈。东北峰上有佛左足迹，下瞰阿育王寺。"④

---

① [日]真人元开著，汪向荣校注：《唐大和上东征传》，第57—61页。
② [日]真人元开著，汪向荣校注：《唐大和上东征传》，第5—6页。
③ [日]真人元开著，汪向荣校注：《唐大和上东征传》，第57—58页。
④ [宋]张津：《乾道四明图经》卷二，《宋元方志丛刊》第5册，第4886页。

本年,张愿为台州刺史

《严州图经》卷一题名:"张愿,天宝三载九月十八日,自台州刺史拜。"①

本年,贺知章子贺曾子为会稽郡司马

《新唐书·贺知章传》:"天宝初,病,梦游帝居,数日寤,乃请为道士,还乡里,诏许之,以宅为千秋观而居。又求周宫湖数顷为放生池,有诏赐镜湖剡川一曲。既行,帝赐诗,皇太子百官饯送。擢其子曾子为会稽郡司马,赐绯鱼,使侍养。"②

745 唐玄宗天宝四载乙酉

春,杨播归天台寻智者禅师隐居,刘长卿等有诗相送

刘长卿有《夜宴洛阳程九主簿宅送杨三山人往天台寻智者禅师隐居》诗云:"东林问通客,何处栖幽偏。满腹万余卷,息机三十年。志图良已久,鬓发空苍然。调啸寄疏旷,形骸如弃捐。本家关西族,别业嵩阳田。云卧能独往,山栖幸周旋。顷辞青溪隐,来访赤县仙。南亩自甘贱,中朝唯爱贤。仍空世谛法,远结天台缘。魏阙从此去,沧洲知所便。主人琼枝秀,宠别瑶华篇。落日扫尘榻,春风吹客船。此行颇自适,物外谁能牵。弄棹白蘋里,挂帆飞鸟边。落潮见孤屿,彻底观澄涟。雁过湖上月,猿声峰际天。群峰趋海峤,千里黛相连。遥倚赤城上,瞳瞳初日圆。昔闻智公隐,此地常安禅。千载已如梦,一灯今尚传。云龛闭遗影,石窟无人烟。古寺暗乔木,春崖鸣细泉。流尘既寂寞,缅想增婵娟。山鸟怨庭树,门人思步莲。夷犹怀永路,怅望临清川。渔人来梦里,沙鸥飞眼前。独游岂易惬,群动多相缠。羡尔五湖夜,往来闲扣舷。"③

储仲君《刘长卿诗编年笺注》云:"杨三山人,按李白有《送杨山人归嵩山诗》(《全唐诗》卷一七六),高适亦有《送杨山人归嵩阳》诗(《全唐诗》卷二一三),当为天

---

① [宋]董棻:《严州图经》卷一,《宋元浙江方志集成》第12册,第5612页。
② [宋]欧阳修、宋祁:《新唐书》卷一九六,第5607页。
③ [清]彭定求:《全唐诗》卷一五〇,第1553—1554页。

宝四年前后二人同游梁宋时作。长卿诗云:'本家关西族,别业嵩阳田。'杨三山人当即高、李赠诗者。又按李白有《送杨山人归天台》诗(《全唐诗》卷一七五)……当作于天宝六至八载寓居金陵时。以此知杨山人之赴天台当在天宝七载(748)前后。"①

　　杨世明《刘长卿集编年校注》云:"天宝四载(745)洛阳作。……杨三山人:名不详。据诗,杨为关西人,嵩阳有别业。按高适有《送杨山人归嵩阳》诗,李白有《送杨山人归嵩山》及《送杨山人归天台》诗,所送均为同一人。高诗作于天宝三载春(见刘开扬《高适诗集编年笺注》),李诗前首作于天宝二年夏,后诗为天宝五载扬州作(见黄锡珪《李太白编年诗集目录》)。综考之则杨之行踪甚明,即:天宝二载夏杨山人离长安归嵩阳;天宝三载春杨在洛阳,高适送其归嵩阳;长卿此诗当为四载春作,杨别后即赴天台;五载秋杨在扬州,李白有诗送其返天台。"②按,杨世明考证明确,今从之。诗有"春风吹客船""春崖鸣细泉"等语,则又作于春日。杨山人,许嘉甫《李白交游考录三题》谓指杨播③。天台,《太平寰宇记》卷九八"台州天台县":"天台山在州西一百一十里。《临海记》云:天台山超然秀出,山有八重,视之如一帆。高一万八千丈,周回八百里。'"④智者禅师,详见拙作《〈台州隋故智者大师修禅道场碑铭〉事实考证与价值论衡》⑤。

七月,毛肃然此前为龙丘县丞

　　毛肃然《唐故中大夫使持节江华郡诸军事江华郡太守上柱国和府君(守阳)墓志铭并序》,题署:"前信安郡龙丘县丞、荥阳毛肃然。"⑥

本年,康元瑛在婺州司马任

　　颜真卿《银青光禄大夫海濮饶房睦台六州刺史上柱国汲郡开国公康使君神道碑铭》:"君讳希铣,字南金。……封丹阳郡夫人。公薨之年,殁于东都章善坊私第,春秋六十九。嗣子朝散大夫婺州司马袭汲郡公元瑛、会稽县男元瑾、宣州

　　① 储仲君:《刘长卿诗编年笺注》,中华书局1996年版,第16页。
　　② 杨世明:《刘长卿集编年校注》,人民文学出版社2015年版,第35—36页。
　　③ 许嘉甫:《李白交游考录三题》,载《中国李白研究》1990年集下,第284—288页。
　　④ [宋]乐史:《太平寰宇记》卷九八,第1966页。
　　⑤ 胡可先:《〈台州隋故智者大师修禅道场碑铭〉事实考证与价值论衡》,载《浙江社会科学》2015年第7期,第121—130页。
　　⑥ 吴钢主编:《全唐文补遗》第1辑,第158页。

司士京兆府奉先尉会稽县男元场、朝议郎前获嘉丞元瑰等,虔以天宝四载七月四日,窆于山阴县篱渚村之先茔,卜远日而合葬焉,礼也。"①是康元瑛为婺州司马在天宝四载。

746　唐玄宗天宝五载丙戌

正月,刑部侍郎韦坚贬括苍郡太守,七月被杀

《旧唐书·玄宗纪》:天宝五载正月,"刑部尚书韦坚贬括苍太守"②。七月,"韦坚为李林甫所构,配流临封郡,赐死"③。

春,綦毋潜弃官还江东,作《春泛若耶溪》《若耶溪逢孔九》等诗

綦毋潜《春泛若耶溪》诗云:"幽意无断绝,此去随所偶。晚风吹行舟,花路入溪口。际夜转西壑,隔山望南斗。潭烟飞溶溶,林月低向后。生事且弥漫,愿为持竿叟。"④据诗的末二句,应为綦毋潜退隐时作。按,王维有《送綦毋校书弃官还江东》诗,陈铁民《王维集校注》云:"潜弃官还江东之时间,大抵当在天宝初。开元二十一年,储光羲辞官回故乡延陵,潜作《送储十二还庄城》诗赠行,可见是时他尚未弃官还江东。又王昌龄有《东京府县诸公与綦毋潜李颀相送至白马寺宿》诗,据傅璇琮考证,系开元二十九年夏作于洛阳,由此可知,是时潜仍未还江东。又李颀《送綦毋三谒房给事》云:'夫子大名下,家无钟石储。惜哉湖海上,曾校蓬莱书。'綦毋三即綦毋潜。……琯为给事中在天宝五载,颀诗亦即作于是时。据颀诗,可知天宝五载,潜弃官居于江东已有一些时日了。"⑤因此,我们将綦毋潜《春泛若耶溪》诗暂系于天宝五载。

《春泛若耶溪》是即景生情之作。若耶溪在绍兴市东南若耶山下,水至清澈,照

---

① ［清］董诰:《全唐文》卷三四四,第3487—3488页。
② ［后晋］刘昫:《旧唐书》卷九,第219页。
③ ［后晋］刘昫:《旧唐书》卷九,第220页。
④ ［清］彭定求:《全唐诗》卷一三五,第1368页。
⑤ ［唐］王维撰,陈铁民校注:《王维集校注》(修订本)卷三,第251—252页。

山倒影,窥之如画。诗人在一个幽静的春夜游览此处,在领略幽美的若耶溪景时,自然又萌生出人生渺茫之感。诗选择的时间是春晚,写景都以晚为线索,"晚风""际夜""南斗""林月"都表现晚景。尽管是春天,但表现的并不是明媚,而是朦胧。由此景才容易生出感想,所以开头"幽意"二字是透露全诗主旨的关键所在,表达了诗人放任自适的意趣。"生事且弥漫,愿为持竿叟",是诗人的感慨,更是一种幽意,表现了他追慕隐逸的萧散生活,而且与诗中的幽静景色极为谐调,又切溪水。可见其遣词造句非常严密。清人潘德舆《养一斋诗话》卷八:"綦毋潜'晚风吹行舟,花路入溪口',……皆曲尽幽闲之趣,每一诵味,烦襟顿涤,乃知盛唐诸公,古诗深造如此,不必储、王、孟、韦,而后尽物外之妙也。"①

綦毋潜《若耶溪逢孔九》诗云:"相逢此溪曲,胜托在烟霞。潭影竹间动,岩阴檐外斜。人言上皇代,犬吠武陵家。借问淹留日,春风满若耶。"②诗收入《河岳英灵集》卷中,作于天宝十二载之前,今一并系于天宝五载。

秋冬之际,李白离开东鲁南下会稽,告别友人,作《梦游天姥吟留别》诗

李白有《梦游天姥吟留别》诗云:"海客谈瀛洲,烟涛微茫信难求;越人语天姥,云霓明灭或可睹。天姥连天向天横,势拔五岳掩赤城。天台四万八千丈,对此欲倒东南倾。我欲因之梦吴越,一夜飞度镜湖月。湖月照我影,送我至剡溪。谢公宿处今尚在,渌水荡漾清猿啼。脚著谢公屐,身登青云梯。半壁见海日,空中闻天鸡。千岩万转路不定,迷花倚石忽已暝。熊咆龙吟殷岩泉,栗深林兮惊层巅。云青青兮欲雨,水澹澹兮生烟。列缺霹雳,丘峦崩摧。洞天石扉,訇然中开。青冥浩荡不见底,日月照耀金银台。霓为衣兮风为马,云之君兮纷纷而来下。虎鼓瑟兮鸾回车,仙之人兮列如麻。忽魂悸以魄动,恍惊起而长嗟。惟觉时之枕席,失向来之烟霞。世间行乐亦如此,古来万事东流水。别君去兮何时还?且放白鹿青崖间。须行即骑访名山。安能摧眉折腰事权贵,使我不得开心颜!"③

詹锳《李白诗文系年》天宝五载:"《梦游天姥吟留别》,《河岳英灵集》题作《梦游天姥山别东鲁诸公》。按此诗既见于《河岳英灵集》,当是天宝十二载以前所作。……仇注《杜少陵集·春日忆李白》诗下引顾宸曰:'天宝五载春公归长安,白被

---

① [清]蘅塘退士选编,胡可先注评《唐诗三百首》,河北人民出版社2006年版,第32页。
② [清]彭定求:《全唐诗》卷一三五,第1370—1371页。
③ [清]彭定求:《全唐诗》卷一七四,第1779—1780页。

放浪游,再入吴。'按杜甫之去鲁在天宝五载秋,已见前,其归至长安似应在本年冬季。至白别东鲁诸公再游吴越,亦在是时,翌年春则已达会稽,故杜甫有诗怀之也。"①

这首诗《河岳英灵集》卷上题作"梦游天姥山别东鲁诸公"②,内涵表述得更为清楚,又源自与李白同时的《唐人选唐诗》,应更为可靠。薛天纬《李白诗选》云:"天宝五载秋冬之际将由东鲁赴越时作。诗题从胡震亨《李诗通》。宋蜀本诗题作《梦游天姥吟留别》,题下注云:'一作别东鲁诸公。'古今各家注本及选本均依宋蜀本,但诗题中'留别'之后无施与对象,因而不符合李白及其他唐代诗人写作歌行类诗篇的命题方式,成为唯一的'个例',实为误题。若依其题下注,自题中'别'字起作'别东鲁诸公',则与《李诗通》同。"③又啸流《〈梦游天姥吟留别〉诗题诗旨辨》云:"这首歌行诗的本题《梦游天姥吟》,当毋庸置疑,《河岳英灵集》将'吟'作'山',可视为传抄之误;诗中有'别君去兮何时还'一语,表明诗有特定读者对象,它的题目应属于前述歌行诗题的第二种形式,即'本题+动词+人物宾语';再以《河岳英灵集》为基本参照,可以推定这首诗的题目是《梦游天姥吟留别东鲁诸公》或《梦游天姥吟别东鲁诸公》。"④

秋,杨播由扬州归天台,李白有诗相送

李白有《送杨山人归天台》诗云:"客有思天台,东行路超忽。涛落浙江秋,沙明浦阳月。今游方厌楚,昨梦先归越。且尽秉烛欢,无辞凌晨发。我家小阮贤,剖竹赤城边。诗人多见重,官烛未曾然。兴引登山屐,情催泛海船。石桥如可度,携手弄云烟。"⑤杨山人,许嘉甫《李白交游考录三题》谓指杨播⑥。诗为天宝五载所作,详上年考证。安旗等《李白全集编年笺注》卷四编于开元二十七年,并云:"本年秋,行至楚地时作。"⑦今不从。李白尚有《驾去温泉宫后赠杨山人》《送杨山人归嵩山》,高适亦有《送杨山人归嵩阳》《别杨山人》《宋中遇林虑杨十七山人因而有别》《武威同诸公遇杨山人》,刘长卿有《夜宴洛阳程九主簿宅送杨山人往天台寻智者禅师隐居》等诗,其中的"杨山人"当为一人。

———————————

① 詹锳:《詹锳全集》卷五《李白诗文系年》,第76—77页。
② [唐]殷璠:《河岳英灵集》卷上,《唐人选唐诗新编(增订本)》,第175页。
③ 薛天纬:《李白诗选》,第146页。
④ 啸流:《〈梦游天姥吟留别〉诗当李题诗旨辨》,载《中国李白研究》1991年集,第256页。
⑤ [清]彭定求:《全唐诗》卷一七五,第1790—1791页。
⑥ 许嘉甫:《李白交游考录三题》,载《中国李白研究》1990年集,第284—288页。
⑦ [唐]李白撰,安旗等笺注:《李白全集编年笺注》卷四,第286页。

诗中的"小阮",清人王琦注《李太白全集》卷一六以为李嘉祐,詹锳《李白诗文系年》系此诗于天宝二载李白四十三岁应诏赴京途中,而以小阮指杭州刺史李良。按称杭州刺史李良者非是,因李白诗中有"剖竹赤城边"语,应为台州刺史。今人傅璇琮先生认为是台州刺史李嘉祐。其《李嘉祐考》云:"当李嘉祐在任台州刺史时,大诗人李白曾有诗提到他,李白在《送杨山人归天台》诗中说……李白是把李嘉祐看成同宗,并以'诗人多见重'来推重李嘉祐的诗作,而且还想像作为台州刺史的李嘉祐也会如南朝的谢灵运那样,台州的云水烟霞能引起文情诗意。但是他没有想到,李嘉祐所到的台州,却是阶级斗争的中心点,李嘉祐恐怕并没有'携手弄云烟'那样的情致,他在台州似乎没有留下什么诗作,倒是在袁晁起义事件以后,他写下一些诗,侧面反映了起义在当时社会生活所留下的痕迹。"①按,李嘉祐为台州刺史并非在上元二年(761),而是在贞元二年(786),详该年考证。是时李白已卒多年,故而诗中"小阮"应非李嘉祐无疑。"小阮"到底是谁,还有待进一步考证。

秋,李白至越中,作《越中秋怀》诗

李白《越中秋怀》诗云:"越水绕碧山,周回数千里。乃是天镜中,分明画相似。爱此从冥搜,永怀临湍游。一为沧波客,十见红蕖秋。观涛壮天险,望海令人愁。路遐迫西照,岁晚悲东流。何必探禹穴,逝将归蓬丘。不然五湖上,亦可乘扁舟。"②安旗等《李白全集编年笺注》卷八编于天宝六载,并云:"杜甫天宝六载春在长安作《送孔巢父谢病归游江东兼呈李白》诗有句:'南寻禹穴见李白,道甫问讯今何如?'亦可证白此期在越。"③郁贤皓《李太白全集校注》卷二一注云:"诗中有'一为沧波客,十见红蕖秋'之句,或谓指天宝三载(744)赐金还山以来已有十年,当为肃宗至德元载(756)游越中之作。与诗中'岁晚悲东流'亦相应。然李白在至德元载是为避安史之乱而从华山'东奔吴国',经宣城、溧阳,似到杭州为止,未曾赴越中,随即返归庐山隐居。在此年所写诗中多提及安史之乱事。而此诗抒怀却只字未提,故窃疑当非至德元载之作。可能是天宝五载(746)从东鲁南下会稽时所作。诗中之'一为沧波客'未必指赐金还山事,'十见红蕖秋'亦只是泛指,未必真正'十年'。"④今从郁先生说系于天宝五载。

---

① 傅璇琮:《唐代诗人丛考》,第 241—242 页。
② [清]彭定求:《全唐诗》卷一八三,第 1861 页。
③ [唐]李白撰,安旗等笺注:《李白全集编年笺注》卷八,第 781 页。
④ 郁贤皓:《李太白全集校注》卷二一,第 2998—2999 页。

九月,韦南金由台州刺史转为睦州刺史,盖高继之接任

《严州图经》卷一题名:"韦南金,天宝五载九月日,自台州刺史拜。"①《嘉定赤城志》卷八"秩官门·历代郡守":"天宝五载,高继之。"②

本年,李阳冰为缙云县令,撰《吏隐山记》

宋人陈思《宝刻丛编》卷一三"处州"引《复斋碑录》:"《唐吏隐山记》,唐李阳冰篆,在缙云。"又引《集古录目》:"唐李阳冰残碑,凡数百字,虽首尾不完,文字缺灭,而历历可读。其间多述山水景物。其最后曰:'名之曰吏隐山。'又曰:'时唐百二十九载。'以岁次推之,则天宝五载也。"③

747　唐玄宗天宝六载丁亥

春,孔巢父归江东,杜甫有诗送之,并呈李白

杜甫《送孔巢父谢病归游江东兼呈李白》诗云:"巢父掉头不肯住,东将入海随烟雾。诗卷长流天地间,钓竿欲拂珊瑚树。深山大泽龙蛇远,春寒野阴风景暮。蓬莱织女回云车,指点虚无是征路。自是君身有仙骨,世人那得知其故。惜君只欲苦死留,富贵何如草头露。蔡侯静者意有余,清夜置酒临前除。罢琴惆怅月照席,几岁寄我空中书。南寻禹穴见李白,道甫问信今何如。"④

仇兆鳌《杜诗详注》:"朱注:此诗乃天宝中在京师作。唐注:时蔡侯饯别巢父,公在筵上赋此。……朱注:江东乃浙江以东。《晋书》:'谢安被召,历年不至,遂栖迟东土。王羲之既去官,遍游东中诸郡。'皆谓会稽也,又云:'考史,巢父以辞永王璘辟署知名,广德中始授右卫兵曹参军。意巢父在天室间尝游长安,辞官归隐,史

---

① [宋]董棻:《严州图经》卷一,《宋元浙江方志集成》第12册,第5612页。
② [宋]陈耆卿:《嘉定赤城志》卷八,《宋元浙江方志集成》第11册,第5147页。
③ [宋]陈思编著:《宝刻丛编》卷一三,第838—839页。
④ [清]彭定求:《全唐诗》卷二一六,第2259页。

不及载耳。'旧注云：'巢父察永王必败，谢病而归，公作此送之。'大谬。"①又仇注《冬日有怀李白》诗云："其《送孔巢父诗》题云'游江东兼呈李白'，亦即五年之春也。"②然以该诗作于天宝五载，并不确切。四川省文史馆《杜甫年谱》系此诗于天宝六载。诗云"南寻禹穴见李白，道甫问信今何如"，是孔巢父归江东是归于越地，是时李白亦漫游越中。有关孔巢父，《新唐书·孔巢父传》："孔巢父……孔子三十七世孙。"③《旧唐书·孔巢父传》："早勤文史，少时与韩准、裴政、李白、张叔明、陶沔隐于徂徕山，时号'竹溪六逸'。"④《旧唐书·吴筠传》："尝于天台、剡中往来，与诗人李白、孔巢父诗篇酬和，逍遥泉石，人多从之。"⑤

李白将适天台，求崔山人百丈崖瀑布图

李白《求崔山人百丈崖瀑布图》诗云："百丈素崖裂，四山丹壁开。龙潭中喷射，昼夜生风雷。但见瀑泉落，如潆云汉来。闻君写真图，岛屿备萦回。石黛刷幽草，曾青泽古苔。幽缄倘相传，何必向天台。"⑥据《天台山志》，天台县西北有百丈岩，"峭险束隘，四山墙立，下为龙湫，翠蔓蒙络，水流声潆然，磐涧绕麓，入为灵溪。"⑦

夏，李白游会稽，有诗忆贺知章

李白《对酒忆贺监》诗，序云："太子宾客贺公，于长安紫极宫一见余，呼余为'谪仙人'，因解金龟换酒为乐。殁后对酒，怅然有怀，而作是诗。"其一云："四明有狂客，风流贺季真。长安一相见，呼我谪仙人。昔好杯中物，翻为松下尘。金龟换酒处，却忆泪沾巾。"其二云："狂客归四明，山阴道士迎。敕赐镜湖水，为君台沼荣。人亡余故宅，空有荷花生。念此杳如梦，凄然伤我情。"⑧又有《重忆一首》："欲向江东去，定将谁举杯。稽山无贺老，却棹酒船回。"⑨据詹锳《李白诗文系年》，这三首诗是天宝六载李白游会稽时所作。安旗、薛天纬《李白年谱》天宝六载："往会稽吊

---

① ［清］仇兆鳌：《杜诗详注》卷一，第 54 页。
② ［清］仇兆鳌：《杜诗详注》卷一，第 50 页。
③ ［宋］欧阳修、宋祁：《新唐书》卷一六三，第 5007 页。
④ ［后晋］刘昫：《旧唐书》卷一五四，第 4095 页。
⑤ ［后晋］刘昫：《旧唐书》卷一九二，第 5129 页。
⑥ ［清］彭定求：《全唐诗》卷一八三，第 1870 页。
⑦ ［清］张联元辑：《天台山全志》卷三，第 110 页。
⑧ ［清］彭定求：《全唐诗》卷一八二，第 1859 页。
⑨ ［清］彭定求：《全唐诗》卷一八二，第 1859—1860 页。

贺知章,有《对酒忆贺监二首》《重忆一首》。"①郁贤皓《李太白全集校注》卷二〇注云:"此二诗当是天宝五载(746)从东鲁南下会稽,六载夏往贺知章故宅凭吊老友时作。"②《重忆一首》,詹锳《李白诗文系年》云:"裴敬《翰林学士李公墓碑》:'予尝过当涂,访翰林旧宅。又于浮屠寺化城之僧得翰林自写《访贺监不遇》诗云:东山无贺老,却棹酒船回。'则'重忆一首'四字,盖后之编李白诗者所改。意者白之江东以前尚未知贺之亡,乘兴往访,却见贺已物故,故曰'访贺监不遇'耳。是此诗之作犹当在《对酒忆贺监》之前,并非重忆也。"③

秋,李白游天台,并作诗

安旗、薛天纬《李白年谱》天宝六载:"登天台山(山在临海郡),赋《登高丘而望远海》,刺玄宗穷兵黩武,又妄求神仙。"④

李白《琼台》诗云:"龙楼凤阙留不住,飞腾直欲天台去。碧玉连环八面山,山中亦有行人路。青衣约我游琼台,琪木花芳九叶开。天风飘香不点地,千片万片绝尘埃。我来正当重九后,笑把烟霞俱抖擞。明朝拂袖出紫微,壁上龙蛇空自走。"⑤这首诗非常著名,但仅《李太白集》录入,不见于其他各集,故后人有所存疑。

李白《登高丘而望远(海)》诗云:"登高丘而望远海,六鳌骨已霜,三山流安在。扶桑半摧折,白日沉光彩。银台金阙如梦中,秦皇汉武空相待。精卫费木石,鼋鼍无所凭。君不见骊山茂陵尽灰灭,牧羊之子来攀登。盗贼劫宝玉,精灵竟何能。穷兵黩武今如此,鼎湖飞龙安可乘。"⑥

李白《古风》其十七:"金华牧羊儿,乃是紫烟客。我愿从之游,未去发已白。不知繁华子,扰扰何所迫。昆山采琼蕊,可以炼精魄。"⑦安旗等《李白全集编年笺注》卷八编于天宝六载,并云:"白本年游越,似曾到婺州(东阳郡),并作此诗。治所金华县,即今浙江金华市。"⑧

---

① 安旗、薛天纬:《李白年谱》,第69页。
② 郁贤皓:《李太白全集校注》卷二〇,第2984页。
③ 詹锳:《詹锳全集》卷五《李白诗文系年》,第79页。
④ 安旗、薛天纬:《李白年谱》,第69页。
⑤ [元]佚名:《天台山志》,《道藏》第11册,第96页。
⑥ [清]彭定求:《全唐诗》卷一九,第207页。
⑦ [清]彭定求:《全唐诗》卷一六一,第1673页。
⑧ [唐]李白撰,安旗等笺注:《李白全集编年笺注》卷八,第790页。

本年,李白同友人游台越,并作诗

李白有《同友人舟行游台越作》诗,其一云:"楚臣伤江枫,谢客拾海月。怀沙去潇湘,挂席泛溟渤。寨予访前迹,独往造穷发。古人不可攀,去若浮云没。"其二云:"愿言弄倒景,从此炼真骨。华顶窥绝溟,蓬壶望超忽。不知青春度,但怪绿芳歇。空持钓鳌心,从此谢魏阙。"①郁贤皓《李太白全集校注》卷一七注云:"此诗当是天宝六载(747)从东鲁南下游吴越时所作。"②

本年,张庭芳在信安郡博士任,注《李峤杂咏》诗

张庭芳《故中书令郑国公李峤杂咏百二十首序》:"尝览尊德叙能,述古不作。窃所企慕,情发于中,顾有阙于慎言,诚见贻于尤悔者矣。然夫禁鸡虽谬,周鼠徒珍,犹遇兼金以答,岂独卢胡致哂?顷寻绎故中书令李郑公百二十咏,藻丽词清,调谐律雅,宏溢逾于灵运,密緻掩于延年。特茂霜松,孤悬皓月。高标凛凛,千载仰其清芬;明镜亭亭,万象含其朗耀。味夫纯粹,罕测端倪。故燕公刺异词曰'新诗冠宇宙',斯言不佞,信而有征。于是欲罢不能,研章摘句,辄因注述,思郁文繁。庶有补于琢磨,俾无至于疑滞,且欲启诸童稚,焉敢贻于后贤?于时巨唐天宝六载,龙集强圉之所述也。"③

本年,杜庭诚为会稽郡太守

《会稽掇英总集》卷一八《唐太守题名记》:"杜庭诚,天宝六年,授。七年,拜晋陵太守兼按察使。"④《嘉泰会稽志》卷二"太守":"杜庭诚,天宝六载授,七载,移晋陵郡太守。"⑤

本年前,桓嗣宗为龙丘县尉

新出土《大唐故宁远将军河东郡盐海府折冲都尉致仕桓府君(义成)墓志铭并序》:"嗣子前信安郡龙丘县尉嗣宗。"⑥墓主阮义成天宝六载卒,享年八十六岁。

---

① [清]彭定求:《全唐诗》卷一七九,第1824—1825页。
② 郁贤皓:《李太白全集校注》卷一七,第2432页。
③ [清]董诰:《全唐文》卷三六四,第3693页。
④ [宋]孔延之:《会稽掇英总集》卷一八,《宋元浙江方志集成》第14册,第6554页。
⑤ [宋]施宿:《嘉泰会稽志》卷二,《宋元浙江方志集成》第4册,第1664页。
⑥ 吴钢主编:《全唐文补遗》第6辑,第435—436页。

748   唐玄宗天宝七载戊子

六月,宁海县令陈祎卒于公馆

魏凌《唐故承议郎行临海郡宁海县令陈府君(祎)墓志铭并序》:"公讳祎,字争,南朝颍川人也。……弱冠以斋郎擢第,解褐任睦州参军事。……秩满,转临海郡宁海县令。公于是绾墨,授字黔黎,政表三能,威行百里。……享载六十一,遘疾以天宝七载六月廿一日终于宁海县之公馆。"①

六月,鉴真第五次东渡日本,在舟山群岛遭遇了飓风,东渡失败

真人元开《唐大和上东征传》:"天宝七载春,荣叡、普照师从同安郡来,下至扬州崇福寺大和上住处。和上更与二师作方便,造舟、买香药,备办百物,一如天宝二载所备。同行人僧禅彦、神仑、光演、顿悟、道祖、如高、德清、日悟、荣叡、普照、思托等道俗一十四人,及化得水手一十八人,及余乐相随者,合有三十五人。六月廿七日,发自崇福寺。至扬州新河,乘舟下至常州界[狼]山,风急浪高,旋转三山。明日得风,至越州界三塔山。停住一月,得好风,发至暑风山,停住一月。"②本次东渡又遇到飓风,以失败告终。汪向荣《鉴真简介》:"公元七四八年,荣叡、普照两人又到扬州崇福寺拜谒鉴真,再度计议东渡,于是又像五年前那样作第五次东渡准备。六月二十七日从崇福寺出发,到舟山群岛停了些日子,三个月后再度驶航过海时又遇到飓风,在海中漂流十四天向西南方向到了海南岛南端的崖县。这样,第五次航海又失败了。"③

苗奉倩为缙云太守,王维有诗相送

王维有《送缙云苗太守》诗:"手疏谢明主,腰章为长吏。方从会稽邸,更发汝南

---

①　吴钢主编:《隋唐五代墓志汇编·陕西卷》第4册,天津古籍出版社1991年版,第13页。
②　[日]真人元开著,汪向荣校注:《唐大和上东征传》,第62页。
③　[日]真人元开著,汪向荣校注:《唐大和上东征传》,第6页。

骑。按节下松阳,清江响铙吹。露冕见三吴,方知百城贵。"①陈铁民《王维集校注》卷三:"本诗当作于天宝年间。苗太守:苗奉倩。《仙都志》卷上:'仙都山古名缙云山。……《图经》云:唐天宝七年六月八日有彩云起于李溪源,覆绕缙云山独峰之顶。……刺史苗奉倩上其事于朝,敕改今名。'则此诗当作于天宝六、七载。"②郁贤皓先生《唐刺史考全编》卷一四九"括州(缙云郡、处州)":"苗奉倩,天宝七载(748)。《全诗》一二五王维有《送缙云苗太守》。(元)陈性定编《仙都志》卷上:'仙都山古名缙云山……《太平寰宇记》:唐置缙云县,又以栝(括)州为缙云郡,盖以其地有缙云山故也。今县在山之西二十三里。《图经》云:唐天宝七年六月八日,有彩云起于李溪源,覆绕缙云山独峰之顶。云中仙乐响亮,鸾鹤飞舞。俄闻山呼万岁者九,诸山响应,自申至亥乃息。刺史苗奉倩上其事于朝,敕改今名。'又:'玉虚宫在仙都山中,即玄都祈仙洞天,黄帝飞升之地。自唐天宝戊子以独峰彩云仙乐之瑞,刺史苗奉倩奏闻,敕封仙都山,周回三百里禁樵采捕猎。'天宝戊子岁即天宝七载(朱玉麒提供)。又按《浙江通志》卷一一三,缙云郡太守有苗奉倩。"③

本年,张守信为会稽郡太守

《会稽掇英总集》卷一八《唐太守题名记》:"张守信,天宝七年,自杭州刺史授。"④《嘉泰会稽志》卷二"太守":"张守信,天宝七年,自余杭郡太守授。"⑤

薛据至吴越,有《登秦望山》《西陵口观海》等诗作

薛据《登秦望山》诗云:"南登秦望山,目极大海空。朝阳半荡漾,晃朗天水红。溪壑争喷薄,江湖递交通。而多渔商客,不悟岁月穷。振缗迎早潮,弭棹候长风。予本萍泛者,乘流任西东。茫茫天际帆,栖泊何时同。将寻会稽迹,从此访任公。"⑥秦望山,在越州城南。郦道元《水经注·浙江水》:"又有秦望山,在州城正南,为众峰之杰,陟境便见。……扳萝扪葛,然后能升。山上无甚高木,当由地迥多风所致。"⑦陶敏、傅璇琮《唐五代文学编年史·初盛唐卷》天宝七载:"本年或稍后,

① [清]彭定求:《全唐诗》卷一二五,第1242—1243页。
② [唐]王维撰,陈铁民校注:《王维集校注》(修订本)卷三,第300页。
③ 郁贤皓:《唐刺史考全编》卷一四九,第2131页。
④ [宋]孔延之:《会稽掇英总集》卷一八,《宋元浙江方志集成》第14册,第6554页。
⑤ [宋]施宿:《嘉泰会稽志》卷二,《宋元浙江方志集成》第4册,第1664页。
⑥ [清]彭定求:《全唐诗》卷二五三,第2852—2853页。
⑦ [北魏]郦道元撰,陈桥驿点校:《水经注》卷四〇,第753页。

薛据至吴越,有诗作。《全唐诗》卷二五三薛据有《登秦望山》《西陵口观海》《泊震泽口》诗。震泽即太湖之别名,秦望山及西陵均在越州,知据曾南至吴越。同卷又有《题丹阳陶司马厅壁》诗,上述四诗均见于《河岳英灵集》卷下,又司马为州郡属官,知陶某为丹阳郡司马。润州天宝元年方改丹阳郡。诗为天宝中作,姑系本年。《登秦望山》云:'予本萍泛者,乘流任西东。'《泊震泽口》云:'晨钟海边起,独坐嗟远游。'似据此行为漫游而非从宦。"①

薛据《西陵口观海》诗云:"长江漫汤汤,近海势弥广。在昔胚浑凝,融为百川决。地形失端倪,天色溃混漾。东南际万里,极目远无象。山影乍浮沉,潮波忽来往。孤帆或不见,棹歌犹想像。日暮长风起,客心空振荡。浦口霞未收,潭心月初上。林屿几遭回,亭皋时偃仰。岁晏访蓬瀛,真游非外奖。"②西陵口在越州,与杭州樟亭即浙江亭相对。《水经注·浙江水》曰:"浙江又径固陵城北。昔范蠡筑城于浙江之滨,言可以固守,谓之固陵。今之西陵也。"③《宝庆会稽续志》卷三"萧山":"西兴镇,前志云:西陵城在萧山县西十二里,吴越武肃王以西陵非吉语,遂改曰西兴。今按《越绝书》:'浙江南路西城者,范蠡敦兵城也。其陵固可守,故谓之固陵。'详此即今之西陵也。《越绝书》所云,图经、前志俱不曾引及,惜哉!"④宋祝穆《方舆胜览》云:"西兴渡,在萧山县西十二里,本名西陵。吴越武肃王以非吉语,改西兴。"⑤

薛据,《唐才子传》卷二《薛据传》云:"据,荆南人。开元十九年王维榜进士。天宝六年,又中风雅古调科第一人。于吏部参选,据自恃才名,请受万年录事。流外官诉宰执,以为赤县是某等清要。据无媒,改涉县令。后仕历司议郎,终水部郎中。据为人骨鲠,有气魄,文章亦然。尝自伤不得早达,造句往往追凌鲍、谢。"⑥

① 陶敏、傅璇琮:《唐五代文学编年史·初盛唐卷》,第828页。
② [清]彭定求:《全唐诗》卷二五三,第2853页。
③ [北魏]郦道元撰,陈桥驿点校:《水经注》卷四〇,第752页。
④ [宋]张淏:《宝庆会稽续志》卷三,《宋元方志丛刊》第7册,第7123页。
⑤ [宋]祝穆:《宋本方舆胜览》卷六,上海古籍出版社2012年版,第94页。
⑥ 傅璇琮主编:《唐才子传校笺》第1册,第305—309页。

749　唐玄宗天宝八载己丑

九月,义乌县尉莫藏珍卒

陈章甫《唐故东阳郡义乌县尉莫公(藏珍)墓志铭并序》:"公讳藏珍,字凑,江陵人也。……弱冠,孝廉擢第,授义乌尉。……天宝八载九月廿六日,遘疾终于广陵。"①

秋,贾至作序送李兵曹往越州

贾至《送李兵曹往江外序》云:"李侯,吾之鲍子也,我知其为人,立身清而廉,从政敏而达,内以孝悌著,外以信义称。嘉辰良宵,亹亹清话,又足见林宗高识、叔度洪量,一命佐邑,非以政学也;再命环卫之曹,非为官择也。徒栖迟下位,禄未代耕,是以去游镜亭,探禹穴,水宿云卧,弥年始还。今又匹马出关,舣舟洛下,念安石东山之赏,怀子猷剡溪之兴,何云思浩荡,而野情寥廓哉?予困于徒劳,累及五斗,升沉风波之里,局蹐长吏之前,岂沧洲远蹈之情、南阳躬耕之意?临歧对酒,有愧长剑。想子行迈,路经夷门,见颍川陈兼、河南于頔,为问道心无恙、星鬓如何,宿昔屡空,复为安邑也。予近得阴君秘诀,之北方河车郊原近山,金鼎夕燎,秋来气冷,炉火适宜,刀圭一开,与子携手。"②序中称"去游镜亭,探禹穴",则是往越州。据《唐五代文学编年史》所考,序中"于頔"应为"于逖",因于頔为中唐后期人,元和十三年(818)致仕,与贾至时代不吻合。序应作于天宝八载。序中所言"颍川陈兼",可以从独孤及诗文中得到印证。独孤及有《送陈赞府兼应辟赴京序》:"十二载冬十月,果以公才征。"③陈兼天宝十二载为县丞,是后来任官。贾至送李兵曹时,陈兼尚未入仕。独孤及又有《送陈兼应辟寄高适贾至》诗云:"结绿处燕石,卞和不必知。所以王佐才,未能忘茅茨。罢官梁山外,获稻楚水湄。适会傅岩人,虚舟济川时。天

---

①　吴钢主编:《全唐文补遗》第8辑,三秦出版社2005年版,第56页。
②　[清]董诰:《全唐文》卷三六八,第3737页。
③　[清]董诰:《全唐文》卷三八八,第3949页。

网忽摇顿,公才难弃遗。凤凰翔千仞,今始一鸣岐。上马指国门,举鞭谢书帏。预知大人赋,掩却归来词。天子方在宥,朝廷张四维。料君能献可,努力副畴咨。旧友满皇州,高冠飞翠蕤。相逢绛阙下,应道轩车迟。高侯秉戎翰,策马观西夷。方从幕中事,参谋王者师。贾生去洛阳,焜耀琳琅姿。芳名动北步,逸韵凌南皮。肃肃举鸿毛,泠然顺风吹。波流有同异,由是限别离。汉塞隔陇底,秦川连镐池。白云日夜满,道里安可思。梦想浩盈积,物华愁变衰。因君附错刀,送远益凄其。四海各横绝,九霄应易期。不知故巢燕,决起栖何枝。"①录之存参。

青田石门山刻诸暨令郭密之诗二首

王棻《青田县志》卷六《郭密之石门山诗刻二种》:"《使永嘉经谢公石门山作》,诸暨县令郭密之。绝境经耳目,未曾旷跻登。一窥石门险,载涤心神憎。洞壑閟金涧,欹崖盘石楞。阴潭下幂幂,秀岭上层层。千丈瀑流寒,半溪风雨恒。兴余志每惬,心远道自宏。乘韬广储偫,祗命愧才能。辍棹周气象,扪萝历骞崩。忽如生羽翼,恍若将超腾。谢客今已矣,我来谁与朋。时天宝八载冬仲月勒。"②

王棻《青田县志》卷六《郭密之石门山诗刻二种》:"《永嘉怀古》,诸暨县令郭密之。永嘉东南尽,倚棹皆可究。帆引沧海风,舟沿缙云溜。群山何隐磷,万物更森秀。地气冬转暄,溟氛阴改昼。缅怀谢康乐,伊昔兹为守。逸兴满云林,清词冠宇宙。尝游石门里,胜践宛如旧。峭壁苔藓浓,悬崖风雨骤。岩隈余灌莽,壁畔空泉甃。物是人已非,瑶潭凄独漱。"③

王棻《青田县志》卷六引云舫云:"右石门山唐郭密之诗刻拓本,乃余友芝庭以赠嘉兴李金澜先生者。先生最为珍秘。如阮宫保《两浙金石志》亦载此诗刻,其《永嘉怀古》诗计缺一十有一字,此拓仅缺二字,又前诗'偫',《两浙金石志》作'仕'。后诗'棹'作'祖','守'作'寿','宛'作'定'。又郡志'伊'作'夙','词'作'诗','隈'作'岩'。此拓一一明显,俱为核正,不可谓善本乎?"④

阮元《两浙金石志》卷二载阮元跋云:"右诗刻二种,在青田县石门洞磨崖,一题古门山诗,及前后题款年月,凡十一行,一永嘉怀古诗,及题款,凡八行,俱正书径寸。嘉庆元年二月,临海令华氏瑞潢过此,搜剔出之。按二诗《全唐诗》未载。邑志

①　[清]彭定求:《全唐诗》卷二四六,第2764—2765页。
②　[清]王棻:《青田县志》卷六,温州朱公茂印书局承印本,第3页。
③　[清]王棻:《青田县志》卷六,温州朱公茂印书局承印本,第3页。
④　[清]王棻:《青田县志》卷六,温州朱公茂印书局承印本,第3—4页。

云,郭密之于天宝中令诸暨,建义津桥,筑放生湖,溉田二千余顷,民便之。旧志止载后怀古诗,题作《石门山》,而无前诗,未见石刻也。"①

钱大昕《十驾斋养新录》卷一五《诸暨令郭密之诗》云:"郭密之五言诗二篇,一题《□使永嘉经谢公石门山作》,天宝八载仲冬月勒,一题《永嘉怀古》,不见年月,皆刻于青田之石门洞崖壁。前人录金石者皆未之及。今芸台中丞《两浙金石志》始著之。诗古淡,近《选》体。石门尚有徐峤、张愿诗刻,皆开元、天宝间人,崖石镵损,唯姓名厪存,诗句莫能辨识矣。"②

李遇孙《栝苍金石志》卷二引云舫曰:"右石门山唐郭密之诗刻,拓本乃余友芝庭以赠嘉兴李金澜先生者。先生最为珍秘。如阮宫保《两浙金石志》亦载此诗刻。其《永嘉怀古》诗计缺一十有一字,此拓仅缺二字。又前诗'偹'字,《两浙金石志》作'祖','伊'字,郡志作'凤','守'字,《两浙金石志》作'祖','伊'字,郡志作'凤','守'字,《两浙金石志》作'仕',后诗'棹'字,《两浙金石志》作'祖','伊'字,郡志作'凤','守'字,《两浙金石志》作'寿','词'字,郡志作'诗','武'字,郡志作'践','宛'字,《两浙金石志》作'定','崖'字,郡志作'岩'。此拓一一明显,俱为核正,不可谓善本乎?壬辰四月,先生同芝庭及余赴石门洞亲拓数纸,得以各藏一本,然数年来屡被大水所冲,其字迹已不如芝庭前所藏之本矣。云舫。另见拓本'武'字实是'践'字,知郡志所载非讹,又识。"③又引殷甫曰:"谨按后诗第一行'倚''棹''皆'等字,有拓本改三字掩其旁,第三行'缅'字有'水'字盖其上,均后人镵。"④

傅璇琮《高适年谱中的几个问题》云:"阮元说郭密之的这两首诗,《全唐诗》未载,钱大昕也说'前人录金石者皆未之及,今芸台中丞(按,即阮元)《两浙金石志》始著之。'但实际上《全唐诗》卷八八七补遗六已载郭密之《永嘉经谢公石门山作》一诗,字句基本相同。《永嘉怀古》则未载。阮元说《全唐诗》于此二诗皆未载,不确。……郭密之天宝八载曾任诸暨县令,今存其诗二首。至于高适开元二十年间在蓟门提到他时,是否任有官职,就不可考知了。他的诗,确如钱大昕所说,'古淡,近《选》体',与高适、王之涣的风格不同。"⑤

《北京图书馆藏中国历代石刻拓本汇编》:"《石门山诗刻》,唐天宝八年(749)十

① [清]阮元:《两浙金石志》卷二,第28页。
② [清]钱大昕:《十驾斋养新录》卷一五,《嘉定钱大昕全集》第7册,第411页。
③ [清]李遇孙:《栝苍金石志》卷二,《石刻史料新编》第1辑,第11303—11304页。
④ [清]李遇孙:《栝苍金石志》卷二,《石刻史料新编》第1辑,第11304页。
⑤ 傅璇琮:《唐代诗人丛考》,第161—162页。

一月刻。石在浙江青田。拓片高48厘米,宽42厘米。郭密之撰。正书。"①审拓片"未曾"作"未尝"。按,陆继辉《八琼室金石补正续编》卷三〇《石门山诗刻五》亦收录②,诗句相同,不重录。

苏州刺史张愿游石门山,作诗并刻于摩崖

王棻《青田县志》卷六"金石":"《游石门山》:敕采访大使、润州刺史徐峤。'维舟清溪泊,徐步石门瞻。窾屈借岩洞,空□□□纤。□飞下习□,响(下缺)。'题石门山曝(瀑)布八韵敬赠□□□公并序。吴郡守兼江东采访使张愿。所历名山观曝(瀑)布者多矣,至于飞流若布,远近如(中缺)。百步石壁,千寻急流成(后缺)。"③

阮元《两浙金石志》卷二《唐徐峤张愿诗刻》:"右诗刻二种,在青田县石门洞石壁,一八分书,径五分,题云《游石门山》,敕采访大使润州刺史徐峤;一正书,径七分,题云《石门山曝布八韵敬赠(下缺)》,吴郡守兼江东采访使张愿。二诗俱为宋人大书题名于上,镵损殆尽。徐诗首二行尚可辨,然亦不能句读矣。……张愿,史传无考,惟苏州郡志载其名。按《唐书》,开元二十一年诸道置十五采访使,检察,如汉刺史之职。徐峤、张愿皆以郡守兼此,盖皆江南东道采访使也。苏州本隶江南道,天宝元年改为吴郡,又改刺史为太守。徐峤之刻当在开元二十一年之后,张愿之刻,当在天宝中也。"④

李遇孙《栝苍金石志》卷二引云舫曰:"右石门山徐峤、张愿二诗刻,同在一处,徐刻上而张刻下也。俱为宋时'两浙体量安抚三司度支判官'十二大字加于其上,复为明嘉靖间青田令以劣诗勒之,故后半皆劖去不复存矣。张刻第三行有《奉和某某使游石门山》数小字参于其间,徐刻仅得三十六字,张刻仅得五十二字,然较之《两浙金石志》已加详矣。徐刻首三句全完可读,张刻后二行得二十八字,乃诗序耳。"⑤

---

① 北京图书馆金石组:《北京图书馆藏中国历代石刻拓本汇编》第26册,中州古籍出版社1989年版,第16页。

② 陆继辉:《八琼室金石补正续编》卷三〇,《续修四库全书》第900册,第105页。

③ [清]王棻:《青田县志》卷六,温州朱公茂印书局承印本,第7页。

④ [清]阮元:《两浙金石志》卷二,第27页。

⑤ [清]李遇孙:《栝苍金石志》卷二,《石刻史料新编》第1辑,第11304—11305页。

本年,李竞为台州刺史

《嘉定赤城志》卷八"秩官门·历代郡守":"天宝八载,李竞。"①

750　唐玄宗天宝九载庚寅

本年,宋尚为台州长史

《旧唐书·宋璟传》:"尚,其载(天宝九载)又为人讼其赃,贬临海长史。"②按之前宋尚为汉东太守。

751　唐玄宗天宝十载辛卯

正月,衢州刺史尉迟岩在任

《弥足珍贵的天宝遗物》载西安出土银铤,其上刻字:"中散大夫使持节信安郡诸军事检校信安郡太守上柱国尉迟岩,信安郡专知山官丞议郎行录事参军智庭上。天宝十载正月日税山银一铤五十两正。"③

秋,萧颖士游浙东,作《越江秋曙》诗

萧颖士《越江秋曙》诗云:"扁舟东路远,晓月下江渍。潋滟信潮上,苍茫孤屿分。林声寒动叶,水气曙连云。曒日浪中出,榜歌天际闻。伯鸾常去国,安道惜离群。延首剡溪近,咏言怀数君。"④按,萧颖士《白鹇赋并序》:"天宝辛卯岁,予飘泊

---

① [宋]陈耆卿:《嘉定赤城志》卷八,《宋元浙江方志集成》第 11 册,第 5147 页。
② [后晋]刘昫:《旧唐书》卷九六,第 3036 页。
③ 李问渠:《弥足珍贵的天宝遗物——西安市郊发现杨国忠进贡银铤》,载《文物》1957 年第 4 期,第 11 页。
④ [清]彭定求:《全唐诗》卷一五四,第 1597 页。

江介,流宕逾时。秋八月,自山阴前次东阳。方议夫南登西泛,极闻见之义,谅褊怀所素蓄,而未之从也。会有命自天,召赴京阙,适与兹鸟偕,至于会稽之传舍。"①"天宝辛卯岁"即天宝十载。又《庭莎赋并序》:"天宝十载,予以史臣推择,待诏阙下,僻直多忤,连岁不偶。未选叙,求参河南府军事。府尹裴公以予浮名,枉顾遇焉。而尹之外姻,或绾纪纲之局,怙势矜权,求府僚降礼于己。予清慎自守,不能附会,爰逮我陈,嫌怒遂构。又同官多贵游右戚,酒食之会,丝竹之娱,无间旬朔。予人质鄙野,雅不之好,常愿鸥鸟为俦、江海是处。往岁久游剡中,将遂终焉,朝旨迫召,故不获展,著《白鹇赋》,以寄斯意。"②陈铁民《萧颖士系年考证》:"本年八月之前,颖士在越,八月,应召自越至京。"③据颖士《白鹇赋序》,盖萧颖士天宝十载来越时间甚为短暂,又回到京都了。

会稽徐浚卒于本年,徐浩为其撰写墓志,述盛唐时吴越文章之盛

徐浩撰《徐浚墓志铭》云:"至于制作侔造化,兴致穷幽微,往往警策,蔚为佳句。常与太子宾客贺公、中书侍郎族兄安贞、吴郡张谔、会稽贺朝、万齐融、余杭何諲为文章之游,凡所唱和,动盈卷轴。"④徐浚卒于天宝十载四月十一日。

此墓志铭为新发现墓志,最早公布于《书法丛刊》1999 年第 4 期。该志是研究盛唐吴越文学以至江南地区文学的重要文献,今备录于此。《唐故朝议郎行冯翊郡司兵参军徐府君(浚)墓志铭并序》,题署:"季弟朝散大夫检校尚书金部员外郎上柱国浩撰,侄璹书。"志云:"府君讳浚,字孟江,其先东海郯人。因官家会稽,今居河洛。府君即银青光禄大夫、洺州刺史讳峤之府君之元子。其家风祖德,碑表详焉。府君童稚善属词,十七明经高第。性不苟合,冈沽名以用光;迹在同尘,且晦息以藏志。僵俛常调,俯偻安卑。一命宣州参军,再迁陈州司法。时太康县有小盗剽劫,逮捕飞奔,廉使急宣,州佐巧抵,非辜伏法,十有余人。府君利刃铡锋,刚肠正色,决纲不问,释累忽疑,全活者盈庭,颂叹者织路。累在艰疚,备极哀毁,伤感邻里,义激人伦。选授绛郡录事参军。夏县有巨滑,颇为时蠹。讪上则郡守不能制,附下则邑吏莫敢言。恶以养成,罪以贯稔。府君密察刻问,明刑剿绝,人到于今称之。及为冯翊司兵参军,盖芬芳蔼然,上下知仰矣。公德量惇大,体气闲和。巨海纳于众流,

① [清]董诰:《全唐文》卷三二二,第 3263 页。
② [清]董诰:《全唐文》卷三二二,第 3264 页。
③ 陈铁民:《萧颖士系年考证》,《唐代文史研究丛稿》,中国社会科学出版社 2013 年版,第 156 页。
④ 赵君平:《唐〈徐浚墓志〉概述》,载《书法丛刊》1999 年第 4 期,第 31 页。

庆云被于群物，脱略细故，深怀永图，济义不以利回，周仁不以刑放。故室有好事，家无仗物。至于制作侔造化，兴致穷幽微，往往警策，蔚为佳句。常与太子宾客贺公、中书侍郎族兄安贞、吴郡张谔、会稽贺朝、万齐融、余杭何謇为文章之游。凡所唱和，动盈卷轴。前后调选，必超等夷。吏部侍郎席公、苗公、达奚公，皆悬衡激扬，膝席礼接，良有以也。呜呼！积德不寿，怀才无命。天乎不仁，君子其病。春秋五十八，天宝十载四月十一日，遘疾终于冯翊官舍。粤既望庚午，迁神于洛阳。八月己未，厥枢于乐城里第。庚申，归窆于偃师县首阳原，祔先大夫之茔，礼也。嗣子顼、管、埸等，年未羁贯，痛深茶蓼。藐是孩啼，切氾毓之常子；依然墟墓，得晋献之从先。词曰：德发祥，生才子。性温克，文载美。晔春华，澹秋水。一擢第，四从仕。位未高，问不已。善罔寿，仁何恃？陟彼岗，祔崇卭，松槚千秋永相望。"①

　　这段墓志的重要诗学意义在于其证明以贺知章为首的吴越之士，已经形成了一个文学群体。当然这个文学群体，不仅是墓志中所提到的几个人，《旧唐书·贺知章传》云："先是神龙中，知章与越州贺朝、万齐融，扬州张若虚、邢巨，湖州包融，俱以吴越之士，文词俊秀，名扬于上京。朝万止山阴尉，齐融昆山令。……数子人间往往传其文，独知章最贵。"②文学史上的"吴中四士"，应该是这个群体中的中坚力量。由这个群体可以看出，唐代文学，特别是盛唐文学，之所以呈现出极为繁盛的局面，与各地形成大大小小的文学群体有关，由这些群体再汇集成不同的文学中心，最后百川入海似地朝一个总的中心发展。我们研究文学史，在论述开元天宝时期的作家时，往往重于以京城长安为中心的关中、中原一带的文学发展，而对于南方文学群体的形成，较为忽视。其实，南方文学的群体发展，非常值得研究。我们知道，除了以贺知章为首的吴越文学群体以外，能证明吴越之地在开元天宝间文学繁荣的，是唐人殷璠编选的《丹阳集》。高仲武《中兴间气集序》称："《丹阳》止录吴人。"③《新唐书·艺文志四》包融诗下注："融与储光羲皆延陵人；曲阿有余杭尉丁仙芝、緱氏主簿蔡隐丘、监察御史蔡希周、渭南尉蔡希寂、处士张彦雄、张潮、校书郎张晕、吏部常选周瑀、长洲尉谈戭、句容有忠王府仓曹参军殷遥、硖石主簿樊光、横阳主簿沈如筠，江宁有右拾遗孙处玄、处士徐延寿，丹徒有江都主簿马挺、武进尉申堂构，十八人皆有诗名。殷璠汇次其诗，为《丹阳集》者。"④由此我们可以大致知道

① 赵君平：《唐〈徐浚墓志〉概述》，载《书法丛刊》1999 年第 4 期，第 30—31 页。
② ［后晋］刘昫：《旧唐书》卷一九〇中，第 5035 页。
③ ［唐］高仲武：《中兴间气集》，《唐人选唐诗新编（增订本）》，第 451 页。
④ ［宋］欧阳修、宋祁：《新唐书》卷六〇，第 1609—1610 页。

开元天宝时期吴中文学的繁盛。由徐浚墓志与《丹阳集》参证，可以看出盛唐时期吴越地区人文荟萃，诗歌鼎盛的情况。

752　唐玄宗天宝十一载壬辰

高适有《送崔功曹赴越》诗

高适《送崔功曹赴越》诗云："传有东南别，题诗报客居。江山知不厌，州县复何如。莫恨吴歈曲，尝看越绝书。今朝欲乘兴，随尔食鲈鱼。"①孙钦善《高适集校注》："此诗作于天宝十一载（752），时在长安。崔功曹，名未详，当为京兆府功曹参军事，掌考课、祭祀、礼乐、学校、表疏、书启等事。"②刘开扬《高适年谱》亦系此诗于天宝十一载，其时高适弃官西至长安③。

秋末，高适、岑参同送李嶷赴越并作诗

高适《秦中送李九赴越》诗云："携手望千里，于今将十年。如何每离别，心事复迍邅。适越虽有以，出关终耿然。愁霖不可向，长路或难前。吴会独行客，山阴秋夜船。谢家征故事，禹穴访遗编。镜水君所忆，莼羹余旧便。归来莫忘此，兼示济江篇。"④孙钦善《高适集校注》："此诗作于天宝十一载（752）秋。"⑤诗中"李九"即李嶷，高适有《同李九少府嶷树宓子贱碑》诗，又有《同李九士曹观壁画云作》诗，崔祐甫有《为皇甫中丞上永王谏移镇笺》云："伏见判官李嶷称，有教，幕府移镇江宁。"⑥

岑参《送李嶷游江外》："相识应十载，见君只一官。家贫禄尚薄，霜降衣仍单。惆怅秋草死，萧条芳岁阑。且寻沧洲路，遥指吴云端。匹马关塞远，孤舟江海宽。夜眠楚烟湿，晓饭湖山寒。砧净红鲙落，袖香朱橘团。帆前见禹庙，枕底闻严滩。

① ［清］彭定求：《全唐诗》卷二一四，第 2228 页。
② 孙钦善《高适集校注》，上海古籍出版社 2014 年版，第 225 页。
③ 刘开扬：《高适年谱》，《高适诗集编年笺注》，中华书局 1981 年版，第 18 页。
④ ［清］彭定求：《全唐诗》卷二一四，第 2239 页。
⑤ 孙钦善《高适集校注》，第 226 页。
⑥ ［清］董诰：《全唐文》卷四〇九，第 4189—4190 页。

便获赏心趣,岂歌行路难。青门须醉别,少为解征鞍。"①诗有"帆前见禹庙"语,则亦送李翥赴越,应为与高适同送之作。李嘉言《岑诗系年》系此诗于天宝十一载②。是时岑参、高适都在长安,故能相送。陈铁民等《岑参集校注》卷二注云:"天宝十一载秋末作于长安。李翥:据高适《宓公琴台诗》:'甲申岁,适登子贱(宓不齐,字子贱,春秋鲁人,孔丘的弟子,曾任单父邑宰)琴台,赋诗三首……。'知高于天宝三载往游单父(今山东单县南);在单父时,高又有《观李九少府翥树宓子贱神祠碑》诗,诗中说:'吾友吏兹邑,亦尝怀宓公。'知当时李翥任单父县尉。后又任京兆府士曹参军。江外:指长江以南之地。高适有同赋之作《秦中送李九赴越》,可参看。"③

皇甫曾东游吴越,皇甫冉作诗寄之

皇甫冉《曾东游以诗寄之》云:"出郭离言多,回车始知远。寂然层城暮,更念前山转。总辔越成皋,浮舟背梁苑。朝朝劳延首,往往若在眼。落日孤云还,边愁迷楚关。如何淑花发,复对游子颜。古寺杉栝里,连樯洲渚间。烟生海西岸,云见吴南山。惊风扫芦荻,翻浪连天白。正是扬帆时,偏逢江上客。由来许佳句,况乃惬所适。嵯峨天姥峰,翠色春更碧。气凄湖上雨,月净剡中夕。钓艇或相逢,江蓠又堪摘。迢迢始宁墅,芜没谢公宅。朱槿列摧塪,苍苔遍幽石。顾予任疏懒,期尔振羽翮。沧洲未可行,须售金门策。"④据诗意,皇甫曾东游属于漫游,所到之地有成皋、梁苑、吴山、天姥、剡中,是从京城出发一直到达天姥山。据诗末句"须售金门策",诗为其及第前之作。皇甫曾及第在天宝十二载,故系于十一载。

本年,孙践由为台州刺史

《嘉定赤城志》卷八"秩官门·历代郡守":"天宝十一载,孙践由。"⑤

① [清]彭定求:《全唐诗》卷一九八,第2034—2035页。
② 李嘉言:《岑诗系年》,载《文学遗产》1957年第A03期,第128页。
③ 陈铁民等:《岑参集校注》卷二,上海古籍出版社1981年版,第104页。
④ [清]彭定求:《全唐诗》卷二四九,第2804—2805页。
⑤ [宋]陈耆卿:《嘉定赤城志》卷八,《宋元浙江方志集成》第11册,第5148页。

753　唐玄宗天宝十二载癸巳

秦系在越，本年前曾学习儒业

赵昌平《秦系考》附《秦系年表》："玄宗天宝十二年（753），约二十九岁。在越，本年前曾习儒业，并曾与鲍防同应进士试，未第。"①

李颀有《寄镜湖朱处士》诗，应作于此年前。李颀约于本年前卒

李颀有《寄镜湖朱处士》诗云："澄霁晚流阔，微风吹绿蘋。鳞鳞远峰见，淡淡平湖春。芳草日堪把，白云心所亲。何时可为乐，梦里东山人。"②按，唐殷璠《河岳英灵集》卷上收李颀诗，评论云："惜其伟才，只到黄绶。"③则是时李颀应已卒后。根据《河岳英灵集序》，该书所收诗人止于天宝十二载。

李颀《寄万齐融》诗云："名高不择仕，委世随虚舟。小邑常叹屈，故乡行可游。青枫半村户，香稻盈田畴。为政日清净，何人同海鸥。摇巾北林夕，把菊东山秋。对酒池云满，向家湖水流。岸阴止鸣鹄，山色映潜虬。靡靡俗中理，萧萧川上幽。昔年至吴郡，常隐临江楼。我有一书札，因之芳杜洲。"④按，万齐融为越州人，诗云"小邑常叹屈，故乡行可游"，是李颀送万齐融罢县令后归越之作。《旧唐书·贺知章传》："神龙中，知章与越州贺朝、万齐融，扬州张若虚、邢巨，湖州包融，俱以吴越之士，文词俊秀，名扬于上京。朝万止山阴尉，齐融昆山令。"⑤《宋高僧传》卷一四《唐越州法华山寺玄俨传》："天宝十五载岁次景申，万齐融述《颂德碑》焉。"⑥

李颀《送山阴姚丞携妓之任兼寄苏少府》诗云："东风香草路，南客心容与。白皙吴王孙，青蛾柳家女。都门数骑出，河口片帆举。夜箪眠橘洲，春衫傍枫屿。山

---

① 赵昌平：《秦系考》，载《中华文史论丛》1984 年第 4 辑，第 150 页。
② ［清］彭定求：《全唐诗》卷一三四，第 1359 页。
③ ［唐］殷璠：《河岳英灵集》卷上，《唐人选唐诗新编（增订本）》，第 202 页。
④ ［清］彭定求：《全唐诗》卷一三二，第 1339 页。
⑤ ［后晋］刘昫：《旧唐书》卷一九〇中，第 5035 页。
⑥ ［宋］赞宁撰，范祥雍点校：《宋高僧传》卷一四，第 314 页。

阴政简甚从容,到罢惟求物外踪。落日花边剡溪水,晴烟竹里会稽峰。才子风流苏伯玉,同官晓暮应相逐。加餐共爱鲈鱼肥,醒酒仍怜甘蔗熟。知君练思本清新,季子如今得为邻。他日知寻始宁墅,题诗早晚寄西人。"①该诗未能确定为何年作,姑附录于此。

李颀《送东阳王太守》诗云:"江皋杜蘅绿,芳草日迟迟。桧楫今何去,星郎出守时。彤襜问风俗,明主寄惸嫠。令下不徒尔,人和当在兹。昔年经此地,微月有佳期。洞口桂花白,岩前春草滋。素沙静津濑,青壁带川坻。野鹤每孤立,林鼯常昼悲。"②该诗未能确定为何年作,姑附录于此。

魏颢自嵩山、宋州经吴越到台州、永嘉等地拜访李白,李白委托其编辑文集

据魏颢《李翰林集序》,天宝十二载,魏颢自嵩山、宋州经吴越到台州、永嘉,最后于广陵见到李白,次年又一同至金陵。"颢平生自负,人或为狂,白相见泯合。有赠之作,谓余:'尔后必著大名于天下,无忘老夫与明月奴。'因尽出其文,命颢为集。颢今登第,岂符言耶?解携明年,四海大盗,宗室有潭者,白陷焉。谪居夜郎,罪不至此,屡经昭洗,朝廷忍白久为长沙、汨罗之傺?路远不存,否极则泰,白宜自宽。"魏颢一直到安史之乱后,才将集子编成,并作了序。其编次顺序:"首以赠颢作,颢酬白诗,不忘故人也;次以《大鹏赋》、古乐府诸篇,积薪而录,文有差互者,两举之。"③

十一月,日本留学生阿倍仲麻吕(晁衡)随留唐使回国,作《明州望月》诗

日本《古今和歌集》载有《和歌望月》诗,本为日文。译文如下:"《在唐望月而咏》。阿倍仲麻吕。远天翘首望,春日故乡情。三笠山头月,今宵海外明。"④对于此诗的真伪和写作地点,历来颇有疑议。李广志曾作《阿倍仲麻吕〈明州望月〉诗考》,今录其结论如下:"遣唐留学生阿倍仲麻吕唯独一首日文诗歌,却成了日本和歌史上的杰作。《和歌集》所展示的文本,既是一个历史题材,又是一个文学典范。当阿倍仲麻吕即将归国之时,唐朝友人为其送行,夜晚明月当空,仲麻吕即兴赋诗。时间为唐天宝十二年(753)十一月中旬,场所在明州海边,《明州望月》诗歌由此诞

生。然而,历史中真实的地点,并不在明州,发生在苏州黄泗浦。传说中的送别场所与历史事实,空间错位,没有出现苏州望月却盛传起了明州望月。尽管《明州望月》本身尚有诸多谜团,但诗歌文本的传承是真实的,且经久不衰。可以认为,至少在《和歌集》问世之初,与苏州相比,日本人更熟悉明州。即使宁波经历了明州、庆元等历史名称的变迁,日本史料中仍多以'明州'表述。所以,阿倍仲麻吕的《明州望月》歌凝聚着历史与传承,是宁波与日本文化交流的结晶。"①

十二月,鉴真由明州第六次东渡日本成功

真人元开《唐大和上东征传》:"和上于天宝十二载十月[十]九日戌时,从龙兴寺出,至江头乘船。下时,有二十四沙弥悲泣[赶]来,白和上言:'大和上今向海东,重[觐]无由我,今者最后请予结缘。'乃于江边为二十四沙弥授戒。讫,乘船下至苏州黄[泗浦]。相随弟子:扬州白塔寺僧法进、泉州超功寺僧昙静、台州开元寺僧思托、扬州兴云寺僧义静、衢州灵耀寺僧法载、窦州开元寺僧法成等一十四人,藤州通善寺尼智首等三人,扬州优婆塞潘仙童,胡国人安如宝,昆仑国人军法力,[瞻]波国人善听,都二十四人。"②"十一月十日丁未夜,大伴副使窃招和上及众僧纳己舟,总不令知。十三日,普照师从越余姚郡来,乘吉备副使舟。十五日壬子,四舟同发。有一雉飞第一舟前,仍下碇留。十六日发,廿一日戊午,第一、第二两舟同到阿儿奈波岛,在多祢岛南;第三舟昨夜已泊同处。十二月六日,南风起,第一舟着石不动,第二舟发向多祢去。七日,至益救岛。十八日,自益救发。十九日,风雨大发,不知四方。午时,浪上见山顶。廿日乙酉午时,第二舟著萨摩国阿多郡秋妻屋浦。廿六日辛卯,延庆师引和上入[太]宰府。"③汪向荣《鉴真简介》:"公元七五三年,鉴真已是六十六岁的高龄了。十月,日本的遣唐使藤原清河一行在原日本留学生,当时已担任唐朝官吏的阿倍仲麻吕陪同下来到扬州延光寺,拜礼鉴真和尚。告诉了日本遣唐使已向唐玄宗提出要求而被拒情况,并探询鉴真本人的意见。那时的鉴真虽已耄龄盲目,而且还经历过五次出海的失败,但他仍没有灰心。终于在十月十九日离开了扬州龙兴寺,踏上了第六次的征程。到苏州后又经过一些挫折,十一月十六日才从扬子江口的黄泗浦驶向日本。十二月二十日,他们所乘的船到

① 李广志:《阿倍仲麻吕〈明州望月〉诗考》,载《宁波大学学报(人文科学版)》2015年第2期,第62页。
② [日]真人元开著,汪向荣校注:《唐大和上东征传》,第85页。
③ [日]真人元开著,汪向荣校注:《唐大和上东征传》,第90—91页。

达鹿儿岛秋目浦,正式踏上了日本国土,完遂了鉴真十二年来的心愿。而乘坐第一号船的藤原清河和阿倍仲麻吕却被漂到越南,以后虽绕道到了长安,却再也没有回到日本。"①

鉴真东渡日本所带书籍等物件,真人元开《唐大和上东征传》:"所将如来肉舍利三千粒,功德绣普集变一铺、阿弥陀如来像一铺、雕白旃檀千手像一躯、绣千手像一铺、救[苦]观世音像一铺、药师、弥陀、弥勒菩萨瑞像各一躯,同障子,《大方广佛华严经》八十卷、《大佛名经》十六卷、金字《大品经》一部、金字《大集经》一部、南本《涅槃经》一部四十卷、《四分律》一部六十卷、法励师《四分疏》五本各十卷、光统律师《四分疏》百廿纸、《镜中记》二本、智周师《菩萨戒疏》五卷、灵溪释子《菩萨戒疏》二卷、《天台止观法门》[计四十卷]、《玄义》《文句》各十卷、《四教义》十二卷、《次第禅门》十一卷、《行法华忏法》一卷、《小止观》一卷、《六妙门》一卷、《明了论》一卷、定宾律师《饰宗义记》九卷、《补释宗义记》一卷、《戒疏》二本各一卷、观音寺[亮]律师《义记》二本十卷、[终]南山宣律师《含注戒本》一卷及疏、[怀道律师《戒本疏》四卷]、《行事抄》五本、《羯磨疏》等二本,怀素律师《戒本疏》四卷、大觉律师《批记》十四卷、《音训》二本、《比丘尼传》二本四卷、玄奘法师《西域记》一本十二卷、终南山宣律师《关中创开戒坛图[经]》一卷、法铣律师《尼戒本》一卷及疏二卷,合四十八部,及玉环水精手幡四口、□□金珠□□□□□□菩提子三斗、青莲花廿茎、玳瑁叠子八面、天竺革履二[量],王右军真迹行书一帖、小王真迹三帖、天竺、朱和等杂体书五十帖,□□□□□□,水精手幡已下,皆进内裏。又阿育王塔样金铜塔一区。"②

《鉴真和尚三异事》第二《海路庶奇异》:"谓是唐留学问僧荣叡、普照等在都,承闻灵验远振,即至扬州大明寺,顶礼和上足下,具述意曰:佛法东流,日本国惟有其法,而无传法之人,愿大和上东游兴化。即大和上唱弟子僧祥彦等廿一人,仍买岭南军船一只,雇得船人十二口,备办干粮,载经像并杂随身物。道俗、工匠、水手等,都有八十五人。天宝二载十二月,举帆东下;到明州界狼沟浦,遭恶风浪,船被打破,人物共飘没;唯大和上独在浮草上,端坐不动。有五色物,扶和上左右,渐牵至岸。又同船人三分在一,大和上遥见,欲入水救之,忽然空中有声云:莫入水,莫入水。俄尔恶风被自,廿余人人著岸免死,仍即还唐朝。经十一个

---

① [日]真人元开著,汪向荣校注:《唐大和上东征传》,第6—7页。
② [日]真人元开著,汪向荣校注:《唐大和上东征传》,第87—88页。

年,亦立坛授戒,更有别敕,赐度人,其数亦多。至天宝十二载,岁次癸巳十月十五日壬午,日本国大使特进藤原朝臣清河,副使光禄卿伴宿祢古满,副使秘书监吉备朝臣真吉备及留学生卫尉卿安倍朝臣仲麿,大唐号朝衡等,同至龙兴寺,礼拜白大和上云:弟子等早知和上向日本国将欲传戒,今亲奉面顶欢喜。弟子等今录和上尊名上奏,将向日本国,亦不难也。但主上敬崇道士,欲遣东国流传其法。然弟子等不崇其法,方便奏停,更劝请大和上。以天宝十二载十一月廿九日戌时,从龙兴寺出,至江头乘船。下至苏州黄泗浦。同随者:扬州白塔寺法进大德等,道俗总有廿四人,将如来舍利、经像、律论、疏章、随身衣钵等,寄载第二船。十二月十五日壬子,四船同发,其三个船皆飘回破损;唯大和上所乘第二船,虽遭恶风,平安著萨摩国。此亦和上之所拥护也。经海十二日,即廿六日辛亥,入太宰府。其海路间,异奇巨多,无以注尽。"①

鉴真六次东渡,都经过浙东,对于浙东唐诗之路有着重大影响,是浙东唐诗之路与海上丝绸之路关联的具有标志性与纽带性的人物。

李江在温州刺史任

《太平广记》卷二一六引《定命录》:"天宝十二载,永嘉人蒋直云:郡城内有白幕,太守李江忽丁忧。"②

赵自勤自水部员外郎出为括州刺史

《全唐文》卷四〇八《赵自勤小传》:"自勤……(天宝)十二年自水部员外郎出为括州刺史。"③《新唐书·艺文志三》:"赵自勤《定命论》十卷。天宝秘书监。"④

① [日]真人元开著,汪向荣校注:《唐大和上东征传》,第 115—116 页。
② [宋]李昉等:《太平广记》卷二一六,第 1657 页。
③ [清]董诰:《全唐文》卷四〇八,第 4173 页。
④ [宋]欧阳修、宋祁:《新唐书》卷五九,第 1542 页。

754　唐玄宗天宝十三载甲午

正月，鉴真到达日本都城奈良，是时或稍后，真人元开谒见鉴真并作诗表现景仰之情

真人元开《五言初谒大和上二首并序》，序云："闻夫佛法东流，摩腾入于伊洛；真教南被，僧会游于吴都。未丧斯文，必有命世；将弘兹道，实待明贤。我皇帝据此龙图，济苍生于八表；受彼佛记，导黔首于三乘。则有负鼎掷钓，虽比肩于降阙；而乘杯听铎，未连影于玄门。爰有鉴真大和上，张戒纲而曾临；法进阇梨，照智炬而戾止。像化多士，于斯为盛；玄风不坠，实赖兹焉。弟子浪迹嚣尘，驰心真际；奉三归之有地，欣一觉之非遥。欲赞芳猷，聊奋弱管云尔。"①诗云："摩腾游汉阙，僧会入吴宫。岂若真和上，含章渡海东。禅林戒网密，慧苑觉花丰。欲识玄津路，缁门得妙工。"②"我是无明客，长迷有漏津。今朝蒙善诱，怀抱绝埃尘。道种将萌夏，空华更落春。自归三宝德，谁畏六魔瞋。"③按，此诗应为鉴真东渡日本至奈良后，真人元开谒见之作。据《唐大和上东征传》所载："天平胜宝六年甲午……二月……四日，入京，敕遣正四位下安宿王于罗城门外迎慰拜劳，引入东大寺安置。五日，唐道璿律师、婆罗门菩提僧正来慰问；宰相、右大臣、大纳言已下官人百余人来礼拜、问讯。后敕[使]正四位下吉备朝臣真备来，宣诏曰：'大德和上，远涉沧波，来投此国，诚副朕意，喜慰无喻。朕造此东大寺，经十余年，欲立戒坛，传受戒律，自有此心，日夜不忘。今诸大德，远来传戒，冥契朕心。自今以后，授戒传律，一任和上。'又敕僧都良辨，令录诸临坛大德名进内。不经日，敕授传灯大法师位。"④真人元开初谒鉴真，应该是鉴真到达日本京城奈良之后。

李寅生、宇野直人《中日历代名诗选》即选入了真人元开《五言初谒大和上二首并序》诗，并言："元开(722—785)，又称淡海三船、淡海居士。弘文天皇的曾孙。初

---

① ［日］真人元开著，汪向荣校注：《唐大和上东征传》，第98页。
② ［日］真人元开著，汪向荣校注：《唐大和上东征传》，第99页。
③ ［日］真人元开著，汪向荣校注：《唐大和上东征传》，第100页。
④ ［日］真人元开著，汪向荣校注：《唐大和上东征传》，第91—92页。

为诸王(一世二世未做亲王未给姓者),称三船王。出家后改名元开,孝谦天皇胜宝三年(751)奉敕还俗,赐姓淡海真人。元开对唐朝文化十分仰慕,他本想入唐学习,但因病而未能成行。曾任国司、文章博士、大学头等职,因善作汉诗文,故有'文人之首'的美誉。元开对鉴真和上非常崇敬,曾赋诗作序对其东渡进行赞扬。光仁天皇宝龟十年(779),元开应鉴真弟子思托的请求,撰写了著名的《唐大和上东征传》,对鉴真的东渡给予了高度的赞扬。相传神武天皇以后历代天皇的汉式谥号是元开所撰。"①诗的第一首是对鉴真大师不畏艰险东渡日本授戒传法的高度赞扬,第二首表明自己要在鉴真大师的化育传导之下,弃绝尘世,皈依佛门。

春,严维下第还江东,岑参作诗相送

岑参《送严维下第还江东》诗云:"勿叹今不第,似君殊未迟。且归沧洲去,相送青门时。望鸟指乡远,问人愁路疑。敝裘沾暮雪,归棹带流澌。严子滩复在,谢公文可追。江皋如有信,莫不寄新诗。"②陈铁民、侯忠义《岑参集校注》卷二注云:"严维,字正文,越州(今浙江绍兴)人。……至德二载(757)进士及第,历任诸暨尉、秘书郎、余姚令、右补阙等职。参见《唐诗纪事》卷四十七、《唐才子传·严维传》。江东:长江下游以南地区。参岑参历年的行踪,此诗最晚应作于天宝十三载(754)春。"③廖立《岑嘉州诗笺注》卷四注云:"严维,字正文,越州人,至德二载于江东进士及第,授诸暨尉。上元二年为严武河南尹幕僚,刘长卿有《送严维赴河南充严中丞幕府》诗,严武为河南尹兼御史中丞事,见《稠桑驿喜逢严河南中丞便别》诗及注。刘长卿又有《送严维尉诸暨》诗。据《唐才子传》载,严维及第授官时已四十余岁,今下第而曰'殊未迟',当在开元末、天宝初不足三十岁时。严维后迁余姚令,终右补阙。"④今从陈铁民、侯忠义之说系于天宝十三载。

五月,李白送王屋山人魏万还王屋,作诗描绘浙东奇崛之景

李白《送王屋山人魏万还王屋》诗,序云:"王屋山人魏万,云自嵩宋沿吴相访,数千里不遇。乘兴游台越,经永嘉,观谢公石门。后于广陵相见,美其爱文好古,浪迹方外,因述其行,而赠是诗。"诗云:"仙人东方生,浩荡弄云海。沛然乘天游,独往

---

① 李寅生、宇野直人:《中日历代名诗选》,上海古籍出版社2016年版,第22页。
② [清]彭定求:《全唐诗》卷二〇一,第2098—2099页。
③ 陈铁民等:《岑参集校注》卷二,第131页。
④ 廖立:《岑嘉州诗笺注》卷四,中华书局2004年版,第699页。

失所在。魏侯继大名,本家聊摄城。卷舒入元化,迹与古贤并。十三弄文史,挥笔如振绮。辩折田巴生,心齐鲁连子。西涉清洛源,颇惊人世喧。采秀卧王屋,因窥洞天门。揭来游嵩峰,羽客何双双。朝携月光子,暮宿玉女窗。鬼谷上窈窕,龙潭下奔溧。东浮汴河水,访我三千里。逸兴满吴云,飘飘浙江汜。挥手杭越间,樟亭望潮还。涛卷海门石,云横天际山。白马走素车,雷奔骇心颜。遥闻会稽美,且度耶溪水。万壑与千岩,峥嵘镜湖里。秀色不可名,清辉满江城。人游月边去,舟在空中行。此中久延伫,入剡寻王许。笑读曹娥碑,沉吟黄绢语。天台连四明,日入向国清。五峰转月色,百里行松声。灵溪咨沿越,华顶殊超忽。石梁横青天,侧足履半月。忽然思永嘉,不惮海路赊。挂席历海峤,回瞻赤城霞。赤城渐微没,孤屿前嵁兀。水续万古流,亭空千霜月。缙云川谷难,石门最可观。瀑布挂北斗,莫穷此水端。喷壁洒素雪,空濛生昼寒。却思恶溪去,宁惧恶溪恶。咆哮七十滩,水石相喷薄。路创李北海,岩开谢康乐。松风和猿声,搜索连洞壑。径出梅花桥,双溪纳归潮。落帆金华岸,赤松若可招。沈约八咏楼,城西孤岧峣。岩峣四荒外,旷望群川会。云卷天地开,波连浙西大。乱流新安口,北指严光濑。钓台碧云中,邈与苍岭对。稍稍来吴都,裴回上姑苏。烟绵横九疑,漭荡见五湖。目极心更远,悲歌但长吁。回桡楚江滨,挥策扬子津。身著日本裘,昂藏出风尘。五月造我语,知非怡傥人。相逢乐无限,水石日在眼。徒干五诸侯,不致百金产。吾友扬子云,弦歌播清芬。虽为江宁宰,好与山公群。乘兴但一行,且知我爱君。君来几何时,仙台应有期。东窗绿玉树,定长三五枝。至今天坛人,当笑尔归迟。我苦惜远别,茫然使心悲。黄河若不断,白首长相思。"①

魏万《金陵酬翰林谪仙子》诗云:"君抱碧海珠,我怀蓝田玉。各称希代宝,万里遥相烛。长卿慕蔺久,子猷意已深。平生风云人,暗合江海心。去秋忽乘兴,命驾来东土。谪仙游梁园,爱子在邹鲁。二处一不见,拂衣向江东。五两挂海月,扁舟随长风。南游吴越遍,高揖二千石。雪上天台山,春逢翰林伯。宣父敬项橐,林宗重黄生。一长复一少,相看如弟兄。惕然意不尽,更逐西南去。同舟入秦淮,建业龙盘处。楚歌对吴酒,借问承恩初。宫买长门赋,天迎驷马车。才高世难容,道废可推命。安石重携妓,子房空谢病。金陵百万户,六代帝王都。虎石据西江,钟山临北湖。二山信为美,王屋人相待。应为岐路多,不知岁寒在。君游早晚还,勿久

---

① ［清］彭定求:《全唐诗》卷一七五,第 1788—1789 页。

风尘间。此别未远别,秋期到仙山。"①

清人王琦《李太白年谱》"天宝十三载"云:"太白游广陵,与魏万相遇,遂同舟入秦淮,上金陵,与万相别。复往来宣城诸处。"②郁贤皓先生《李太白全集校注》卷一三解题云:"王屋山:《元和郡县图志》卷五河南道河南府王屋县:'王屋山,在县北十五里。周回一百三十里,高三十里。'……王屋山人:魏万别号。魏万:后改名颢。肃宗上元初登第。天宝十三载,为寻访李白,曾历三千余里,始于广陵相遇。李白言其以后'必著大名于天下',又请为己编文集。后魏万于上元初编成《李翰林集》,惜今已佚,但存其序。见魏颢《李翰林集序》。按魏颢(即魏万)《李翰林集序》:'解携明年,四海大盗。'由此知李白与魏万相见在长安之乱前一年,即天宝十三载(754),则诗亦作于此时。即天宝十三载五月从广陵与魏万同回金陵之时。"③曾国藩《求阙斋读书录》卷七评此诗曰:"首十六句,叙魏万邈然独往,高卧王屋。'入剡寻王许'句,'王许'谓王羲之、许迈也。大江自三峡以下直至濡须口皆楚境也,故称曰楚江。"④

查屏球《盛唐诗人江南游历之风与李白独特的地理记忆——李白〈送王屋山人魏万还王屋并序〉考论》云:"李白《送王屋山人魏万还王屋并序》六十四句详叙魏万吴越之游全程,其中景象多出现于他自己的相关诗作中,是李白江南文学地图的一次完整组合。排考李白游越诗系年,可知魏万之游与其初游吴越行程近似,魏万之游兴激发了他的青春回忆,纪游既是对魏万名士之风的称赏,又是对自己多次浙东之游的回忆,体现了那个时代人关于江南的地理意识。盛唐人好游江南这一时尚与初唐诗人好游蜀中不同,又与中晚唐诗人多有宦游或避难江左的生活经历不同,多出于一种精神体验的需求。这既与天台山在道教中的中心地位有关,又与当时读书人由《文选》一书形成的初始化地理意识与审美相关,解读李诗可具体考察其地理意识中的文化内涵。"⑤

查屏球的这篇论文有两个重要方面:一、描写出魏万游江南的八个站点,一是钱塘观潮,二是会稽访古,三是天台登顶,四是海行温州,五是恶溪观瀑,六是金华

① [清]彭定求:《全唐诗》卷二六一,第2905页。
② [唐]李白著,[清]王琦注:《李太白全集》卷三五,第1599页。
③ 郁贤皓:《李太白全集校注》卷一三,第1905—1906页。
④ 陈书良校点:《曾国藩读书录》,岳麓书社2017年版,第277页。
⑤ 查屏球:《盛唐诗人江南游历之风与李白独特的地理记忆——李白〈送王屋山人魏万还王屋并序〉考论》,载《文学遗产》2013年第3期,第39页。

寻胜,七是富春访幽,八是太湖泛舟;二、总结出李白漫游浙东前后有四次,第一次是出蜀游越,初涉海冥,应该是开元十二年,第二次是游越中是开元二十七年,第三次游越中是天宝六载,第四次游越中是天宝十二载。尽管在游越时间的细节上,还可以有继续深入研究的余地,但查屏球对李白游越的时间节点和地理站点的概括无疑是有很大的启发意义的。实则,其涉及地点远不止八个,具体梳理则有:会稽,"遥闻会稽美";耶溪,"一弄耶溪水";镜湖,"峥嵘镜湖里";越州,"清辉满江城";剡中,"入剡寻王许";曹娥江,"笑语曹娥碑,沉吟黄娟语";天台,"天台连四明";国清寺,"日入向国清";五峰,"五峰转月色";灵溪,"灵溪咨沿越";华顶,"华顶殊超忽";石梁,"石梁横青天";永嘉,"忽然思永嘉,不惮海路赊";赤城,"回瞻赤城霞";孤屿,"孤屿前峣兀";缙云,"缙云川谷难";石门,"石门最可观";恶溪,"却思恶溪去";梅花桥,"径出梅花桥";双溪,"双溪纳归潮";金华,"落帆金华岸";八咏楼,"沈约八咏楼"。这样的浙东地理风物,多达二十余处,而出浙东之后即进入浙西,"波连浙西大";新安口,"乱流新安口";严光濑,"北指严光濑";钓台,"钓台碧云中";苍岭,"邈与苍岭对"。

　　这里还需要考证的是李白诗序中说"经永嘉,观谢公石门",诗有"岩开谢康乐",自注:"恶溪有谢康乐题诗处。"这里的题诗则是在缙云县的恶溪旁边。李白漫游浙东,曾经到过恶溪边上,观看谢灵运题诗题诗之石壁。邱亮对此也有所考证,大要有以下几点:第一,从地理上考察,恶溪今称好溪,为唐处州刺史段成式治理后所改。而好溪经丽水入大溪,大溪与小溪经青田汇为瓯江,换言之"恶溪有谢康乐题诗处"显然不代称"石门最可观"的青田一带,恶溪与石门分属两地,可以明确。第二,景平元年(423)秋,谢灵运称病去职,离开永嘉任所,经青田溯流而上,过缙云山,北归会稽,所作《游名山记》《归途赋》《山居赋》等均涉及缙云仙都之行。第三,李白诗两种版本均无争议地指向题壁的存在。这两种独立版本系统的祖本的整理者魏万和李阳冰,都雅好石刻,又都有着居游缙云县的经历。版本异文之间又有着坚实可靠的互证关系,证明恶溪题刻的存在。而这一题刻是在缙云县城东十余里处的小赤壁[①]。

秋,裴虬为永嘉尉,杜甫作诗相送

　　杜甫《送裴二虬作尉永嘉》诗云:"孤屿亭何处,天涯水气中。故人官就此,绝境

---

① 邱亮:《谢灵运摩崖诗刻辨伪与考佚》,载《文学遗产》2021年第5期,第63—65页。

与谁同。隐吏逢梅福,游山忆谢公。扁舟吾已就,把钓待秋风。"①仇兆鳌《杜诗详注》引鹤注:"天宝十一载,公献《三大礼赋》,委官试文,但送有司参选。其《赠集贤学士》诗云'故山多药物,胜概忆桃源',盖有南游之志矣,与此诗扁舟之说相合。梁氏编在十三载,或相近。又曰:裴虬,大历四年为道州刺史。公有《暮秋枉裴道州手札》诗:'忆子初尉永嘉去。'考《世系表》,虬终于谏议大夫,乃洗马裴之后。蔡曰:虬,字深原。韩愈《裴复墓志》:父虬,有气略,敢谏诤,官谏议大夫,有宠代宗朝,屡辞不拜。卒,赠工部尚书。《唐书》:永嘉县,属温州。"②诗中"孤屿"即在温州永嘉江中,《太平寰宇记》卷九九"温州·永嘉县":"孤屿,在州南四里,永嘉江中。渚长三百丈,阔七十步,屿有二峰。"③黄生《杜诗说》评此诗曰:"上半送裴,下半自叙。东道有知交,游踪有前哲,故起扁舟之兴,与第四相应。风把钓,句法倒装耳。"④诗用梅福事,既切县尉,又切浙东。梅福西汉时补南昌县尉,因上书朝廷而险遭杀身之祸,故而挂冠而去,云游浙东四明,并转会稽东明山隐居。又用谢灵运事,以表现对于永嘉山水的景慕。末联更是表现杜甫与裴虬的故交情谊。

杜甫与裴虬关系甚为密切,除了此诗之外,杜甫还有《湘江宴饯裴二端公赴道州》,其时裴虬莅任道州刺史。杜甫又有《暮秋枉裴道州手札遣兴寄近呈苏涣侍御》,其时裴虬在道州任上,寄书与杜甫,甫作诗酬答。杜甫还有《江阁对雨有怀行营裴二端公》,亦是有怀裴虬之作,盖其时裴虬仍在道州刺史任,杜甫在衡州,适遇湖南臧玠之乱,裴虬行营招讨。裴虬与著名诗人刘长卿亦多有交往,刘长卿有《春过裴虬郊园》诗,题注:"时裴不在,因以寄之。"⑤约为大历四年(769)裴虬已离道州刺史任,但尚留家于潭州,刘长卿往访不遇,故题诗郊园以寄刘。

裴虬墓志近年出土,是研究杜甫与裴虬关系的重要文献,今备录于下,以供参考。《唐故朝散大夫谏议大夫赐紫金鱼袋裴公(虬)墓志铭并叙》,题署:"长男前京兆府同官县尉复撰。"志云:"公讳虬,字深源,御史中丞府君之次子。天宝末,以门荫补太庙斋郎,署温州永嘉县主簿。自永嘉九迁至道州刺史。大历中,因朝京师,代宗延问理道,留居郡邸。以散秩奉朝请,参谋议者。六年,代宗察公言顾行,行顾言,德可具大臣,才可施政事,由是擢授谏议大夫。朝廷大事,公卿大议,众所不决,

① [清]彭定求:《全唐诗》卷二二四,第 2396 页。
② [清]仇兆鳌:《杜诗详注》卷三,第 201 页。
③ [宋]乐史:《太平寰宇记》卷九九,第 1979 页。
④ [清]仇兆鳌:《杜诗详注》卷三,第 202 页。
⑤ [清]彭定求:《全唐诗》卷一四八,第 1508 页。

待公而正。公以遭非常之世,遇知己之主,大既不敢不陈,小亦不敢不述。昔人以尽礼为诮,我公以尽节得罪。道尊于国,而身困于谗。居一年,出为楚州刺史。旋移温州。竟贬骧州司户,天下之人冤之而不能理也。在日南四年,遇国家多事,恩赦屡降。凡在迁逐,毕加收录。大忠不容于世,大行不耦于时。独漏天奖,累从常叙。自骧州移永州司户,自永州移朗州司马。贞元二年冬十月十八日,以君子之道,终于所任,享年六十四。家无余财,唯六经正史,以遗诸子。有子七人,茫然无怙,不知所禀。乃发礼书,见圣人宅兆之制,遂以明年七月廿一日,归祔于河南县芒山北伯乐堰之先茔。公夫人博陵崔氏,先公廿二年终于丹杨。昔已反葬,今即合祔,用周之礼也。公继夫人河东薛氏,先公十年终于长安,遂于高陵永树松柏,遵公之志也。若公系族之茂,则系于先志;述作之盛,则编于叙传;忠义大节,则国史载焉;终始果行,则丰碑在焉。长子复,谨识时日,而为铭曰:芒山之阳,洛水之湄。昔之所卜,今之所归。涂车莌灵,时服瓦器。夙奉先训,敢违先志。残生未死,岂暇立言。惧迁陵谷,式播斯文。"①

冬,李白在秋浦,作诗与周刚宴别,述及永嘉名胜

李白《与周刚清溪玉镜潭宴别》诗云:"康乐上官去,永嘉游石门。江亭有孤屿,千载迹犹存。我来游秋浦,三入桃陂源。千峰照积雪,万壑尽啼猿。兴与谢公合,文因周子论。扫崖去落叶,席月开清樽。溪当大楼南,溪水正南奔。回作玉镜潭,澄明洗心魂。此中得佳境,可以绝器喧。清夜方归来,酣歌出平原。别后经此地,为余谢兰荪。"②诗为天宝十三载冬李白游秋浦时所作。诗中"石门"即石门山,《文选》卷二二谢灵运有《登石门最高顶》诗:"晨策寻绝壁,夕息在山栖。疏峰抗高馆,对岭临回溪。长林罗户庭,积石拥基阶。连岩觉路塞,密竹使径迷。来人忘新术,去子惑故蹊。活活夕流驶,噭噭夜猿啼。沉冥岂别理,守道自不携。心契九秋干,目玩三春黄。居常以待终,处顺故安排。惜无同怀客,共登青云梯。"李善注引谢灵运《游名山志》云:"石门涧六处,石门溯水上入两山口,两(左)边石壁,右边石岩,下临涧水。"③"孤屿"亦为永嘉名胜,谢灵运有《登江中孤屿》诗。见本书"开元二十年"孟浩然《永嘉上浦馆逢张八子容》条目下所引。李白这首诗是以谢灵运为官时

① 吴钢主编:《全唐文补遗·千唐志斋新藏专辑》,第268—269页。
② [清]彭定求:《全唐诗》卷一七九,第1828页。
③ [梁]萧统编,[唐]李善、吕延济、刘良、张铣、吕向、李周翰注:《六臣注文选》卷二二,第410页。

漫游名胜起兴,谓谢灵运因游永嘉之"石门""孤屿"并作诗咏叹,使得这样的名胜经历千载而遗址犹存。进而叙述自己在秋浦,游兴就像当年的谢灵运,加上周刚同游并且论文,既游佳境,又会挚友,欢宴而别,酣歌归来。

本年,袁仲宣为台州刺史

《延祐四明志》卷一八释道下:"栖霞观……隋大业元年废。唐天宝十三年,台州刺史袁仲宣复置。"①《全唐文》卷七八八孙谏卿《唐明州象山县蓬莱观碑铭并序》:"肃皇在上,汝南袁仲宣守临□□□□闻能祈福,□上□□兴起焉。神龙之初,县肇名创城,诏属于台。及乎广德之二年,爰移于明。台守仲宣得□□□□已七十年。"②末署:"大中二年六月九日建。"③上溯七十年亦为天宝十三载。

和州刺史张无择卒,慈溪方志记载贺知章为其撰写墓志,盖为误传

《四明丛书》本《贺秘监遗书》载有《唐故和州刺史吴郡张公无择墓铭》:"钟英句章,才敏德芳。擢科脱仕,声闻孔彰。赞谋讨乱,伟绩斯光。抗疏雪枉,人嫉其刚。牧彼南邦,矫矫皛皛。忠移于孝,迪笃子道。天发其祥,灵液奇草。兹惟其藏,永世是保。"④注其出处为《光绪慈溪县志》。

按,地方志以为贺知章撰写《张无择墓志》,实误。盖白居易有《唐故通议大夫和州刺史吴郡张公神道碑铭》,称张无择"天宝十三载正月二十一日,终于东都利仁里私第。其年二月十二日,葬于河南府伊阙县中李原,享年八十三"⑤。则张无择卒时,贺知章已去世近十年,安能撰写其墓志。而方志记载张无择事,主要是突出其孝行,白居易所撰碑亦言其"未冠,丁袁州府君忧,庐于墓,昼号而夜泣者三年矣,有灵芝醴泉出焉。既冠,好学能属文"⑥。而慈溪有三孝乡,相传有汉董黯、唐张无择、宋孙之翰以孝著名。根据白居易所撰神道碑,张无择曾为和州刺史,又以孝闻,都是实事。故墓志铭的作者应该再进一步寻觅资料加以考证。

张无择为和州刺史的材料,还见于白居易《唐赠尚书工部侍郎吴郡张公神道碑

---

① [元]袁桷:《延祐四明志》卷一八,《宋元浙江方志集成》第9册,第4389页。
② [清]董诰:《全唐文》卷七八八,第8248页。
③ [清]阮元:《两浙金石志》卷三,第48页。
④ [清]杨泰亨:《光绪慈溪县志》卷四五,光绪五年刊本,第3页。
⑤ [清]董诰:《全唐文》卷六七八,第6933页。
⑥ [清]董诰:《全唐文》卷六七八,第6933页。

铭并序》:"公讳诚（諴），字老莱，吴郡人。父讳无择，和州刺史。祖讳孝绩，袁州司马。"①《唐故泗州司仓参军彭城刘府君夫人吴郡张氏墓志铭并序》:"和州刺史无释之曾孙，大理评事诚（諴）之孙，河南府王屋县丞平仲之女也。"②然张无择一生，官职最高为和州刺史，白居易所撰神道碑载其"擢拜和州刺史。公之在郡，奉诏条、恤人隐而已，不知其他。无何，水潦害农，公请蠲谷籍之损者什七八。时李知柔为本道采访使，素不快公之明直，密疏诬奏以附下为名，遂贬苏州别驾。老幼攀泣而遮道者数百人，信宿方得去。移曹州别驾，岁余谢病，归老于家。"③

本年，贺兰进明为衢州刺史

李华《衢州刺史厅壁记》:"开元、天宝中，始以尚书郎超拜名郡，贺兰大夫为之，李郎中为之。自逆胡悖天地之慈、犯雷霆之诛，贺兰起北海之师，郎中佐浙东之幕，有文有武，家颂户歌。"④《宝刻丛编》卷一三"衢州":"《唐西楚霸王祠堂记》，唐贺兰进明撰，贺兰诚行书，姚韩卿篆额，天宝十三年十月八日建。"⑤《册府元龟》卷七二二:"第五琦天宝末为须江丞，时太守贺兰进明甚重之。会安禄山反，进明迁北海郡太守，奏琦为录事参军。"⑥

本年，宇文颢为山阴县令

孔延之《会稽掇英总集》卷二〇载窦公衡《山阴述》云:"天宝甲午岁夏四月，宇文颢莅山阴令，是日，乡黄发与胥徒洎众，趋事于琴堂之下，禺以待命。"⑦按，"天宝甲午"即天宝十三载。

本年，姜邑庐为东阳县令

万历《金华府志》卷一二"官师志·东阳县令":"姜邑庐，天宝十三载任。"⑧

---

① [清]董诰:《全唐文》卷六七八，第6934页。
② 吴钢主编:《全唐文补遗》第1辑，第372页。
③ [清]董诰:《全唐文》卷六七八，第6933页。
④ [清]董诰:《全唐文》卷三一六，第3206—3207页。
⑤ [宋]陈思编著:《宝刻丛编》卷一三，第846页。
⑥ [宋]王钦若:《册府元龟》卷七二二，第8596页。
⑦ [宋]孔延之:《会稽掇英总集》卷二〇，《宋元浙江方志集成》第14册，第6581页。
⑧ [明]王懋德等:《金华府志》卷一二，台湾学生书局1965年版，第784页。

755　唐玄宗天宝十四载乙未

庾光先约于天宝中作《奉和刘采访缙云南岭作》诗

庾光先《奉和刘采访缙云南岭作》诗云："百越城池枕海圻，永嘉山水复相依。悬萝弱筱垂清浅，宿雨朝暾和翠微。鸟讶山经传不尽，花随月令数仍稀。幸陪谢客题诗句，谁与王孙此地归。"①按，宋洪迈《容斋三笔·唐观察使》："唐世于诸道置按察使，后改为采访处置使，治于所部之大郡。既又改为观察，其有戎旅之地，即置节度使。分天下为四十余道，大者十余州，小者二、三州，但令访察善恶，举其大纲。"②唐开元二十一年分全国为十五道，每道置采访处置使，掌管检查刑狱和监察州县官吏。肃宗乾元以后，就改为观察处置使而废采访使。而在江南，则置浙西采访使，以苏州刺史兼领。庾光先诗中"刘采访"疑为刘微。郁贤皓先生《唐刺史考全编》卷一三九"苏州"云："刘微，天宝中。《姓纂》卷五东郡刘氏：'微，吴郡太守，江南采访。'《新表一上》河南刘氏同。乃永徽元年汝州刺史刘玄意孙，长寿中天官侍郎刘奇子。《吴郡志》卷一一牧守门有刘微。"③再考《全唐文》卷三一六李华《御史中丞厅壁记》："天宝中……以尚书左丞张公为大夫，少府大卿庾公为中丞。……天宝十四载九月十日记。"④是庾光先天宝十四载在御史中丞任。《宋高僧传》卷一七《神邕传》："倏遇禄山兵乱，东归江湖，经历襄阳，御史中丞庾光先出镇荆南，邀留数月。"⑤是庾光先安史之乱后为荆南节度使。光先此诗作于天宝中，姑系于天宝十四载。

---

①　[清]彭定求：《全唐诗》卷一五八，第 1614 页。
②　[宋]洪迈：《容斋三笔》卷七，《容斋随笔》，上海古籍出版社 2015 年版，第 278 页。
③　郁贤皓：《唐刺史考全编》卷一三九，第 1908 页。
④　[清]董诰：《全唐文》卷三一六，第 3204 页。
⑤　[宋]赞宁撰，范祥雍点校：《宋高僧传》卷一七，第 386 页。

綦毋潜为著作郎,去官东归洛阳,王维有诗送之。潜应卒于本年或稍后,有诗集一卷

綦毋潜卒年,学术界看法不一致。傅如一《綦毋潜生平事迹考辨》(《中国社会科学》1984年第4期)以为卒于天宝末年;刘珈珈《綦毋潜生平考辨》(《江西教育学院学报》1989年第3期)以为卒于安史之乱以后。陶敏、傅璇琮《唐五代文学编年史·初盛唐卷》编于天宝十四载或稍后,其考证云:"《新唐书·艺文志四》:'《綦毋潜诗》一卷。字孝通。开元中,繇宜寿尉入集贤院待制,迁右拾遗,终著作郎。'按潜天宝中方由宜寿尉集贤院……《宋高僧传》卷一四《法慎传》:'辞人王昌龄、著作郎綦毋潜,金所瞻奉。'潜为著作郎又见顾况《陶翰集序》,盖著作郎为其终官。潜出集贤院为广文博士,已见十三载八月条,其为著作郎当在本年。《全唐诗》卷一二五王维《别綦毋潜》:'端笏明光宫,历稔朝云陛。诏刊延阁书,高议平津邸。适意偶轻人,虚心削繁礼。盛得江左风,弥工建安体。高张多绝弦,截河有清济。严冬爽群木,伊洛方清泚。渭水冰下流,潼关雪中启。荷篑几时还,尘缨待君洗。'潜之登朝待制集贤院,为拾遗、广文博士、著作郎等,均在天宝十一载至本年此三四年中,即诗所谓'历稔朝云陛',诗不及安史之乱,当本年十月或十一月作。诗云'高张多绝弦',盖以喻指其东归乃因与世不合而罢官。潜当东归后不久卒,或即卒于安史乱初起之时。"①但这一说法也只能作为一说以供参考。陈尚君《唐诗求是》云:"综合诸家所考,其生平可作定论者有以下数点:字孝通,虔州人,排行三,开元十四年(726)登进士第,曾官校书郎,后弃归江东。又曾任拾遗,入集贤院待制,官著作郎。其生卒年,因文献不足,已难考详,今人虽有推测,皆不足定谳。"②又按,綦毋潜虽为虔州人,然前此弃官还江东即在越州,而其又常梦若耶溪,故其一生与越州密切相关。

沈朝宗约是年为武义县主簿

《元和姓纂》卷七:"齐家,唐秘书郎;生朝宗,婺州武义主簿。"③《太平寰宇记》卷九四"德清县":"唐天宝末,邑人婺州武义主簿沈朝家养母鹅一。"④"朝"下脱"宗"字。沈朝宗为沈传师祖父。杜牧《樊川文集》卷一四《唐故尚书吏部侍郎赠吏

---

① 陶敏、傅璇琮:《唐五代文学编年史·初盛唐卷》,第927—928页。
② 陈尚君:《唐诗求是》,上海古籍出版社2018年版,第368页。
③ [唐]林宝撰,岑仲勉校记:《元和姓纂(附四校记)》卷七,第1137页。
④ [宋]乐史:《太平寰宇记》卷九四,第1897页。

部尚书沈公（传师）行状》："祖某，皇任婺州武义县主簿，赠屯田员外郎。"①

白季庚天宝末为萧山县尉

白居易《襄州别驾府君事状》："公讳季庚，字某，巩县府君之长子。天宝末，明经出身，解褐授萧山县尉。"②按，白季庚为白居易之父。

啖助约于本年为临海县尉

《新唐书·啖助传》："啖助字叔佐，赵州人，后徙关中。淹该经术。天宝末，调临海尉、丹阳主簿。秩满，屏居。"③《五百家注柳先生集》卷九《唐故给事中皇太子侍读陆文通先生墓表》注："助，字叔佐，赵州人，后徙关中。天宝末，为台州临海县尉、丹阳主簿。"④

756　唐肃宗至德元载丙申

二月，李白经乱后将避地剡中，作诗留赠宣城令崔令钦

李白有《经乱后将避地剡中留赠崔宣城》诗云："双鹅飞洛阳，五马渡江徼。何意上东门，胡雏更长啸。中原走豺虎，烈火焚宗庙。太白昼经天，颓阳掩余照。王城皆荡覆，世路成奔峭。四海望长安，颦眉寡西笑。苍生疑落叶，白骨空相吊。连兵似雪山，破敌谁能料。我垂北溟翼，且学南山豹。崔子贤主人，欢娱每相召。胡床紫玉笛，却坐青云叫。杨花满州城，置酒同临眺。忽思剡溪去，水石远清妙。雪尽天地明，风开湖山貌。闷为洛生咏，醉发吴越调。赤霞动金光，日足森海峤。独散万古意，闲垂一溪钓。猿近天上啼，人移月边棹。无以墨绶苦，来求丹砂要。华发长折腰，将贻陶公诮。"⑤诗言"杨花满州城"，应作于本年二月。按，崔宣城为宣

---

① ［唐］杜牧：《樊川文集》卷一四，第 212 页。
② ［清］董诰：《全唐文》卷六八〇，第 6953 页。
③ ［宋］欧阳修、宋祁：《新唐书》卷二〇〇，第 5705 页。
④ ［唐］柳宗元撰，尹占华、韩文奇校注：《柳宗元集校注》卷九，中华书局 2013 年版，第 581 页。
⑤ ［清］彭定求：《全唐诗》卷一七一，第 1764 页。

城令崔令钦,李白《赵公西候新亭颂并序》云:"惟十有四载,皇帝以岁之骄阳,秋五不稔,乃慎择明牧,恤南方凋枯。伊四月孟夏,自淮阴迁我天水赵公作藩于宛陵,祗明命也。……录事参军吴镇、宣城令崔钦,令德之后,良材间生,纵风教之乐地,出人伦之高格。卓绝映古,清明在躬,金谋偋功,不日而就。总是役也,伊二公之力欤!"①这里的"崔钦"应为"崔令钦"之脱文。《全唐文补遗》第8辑王端撰《燕曹州成武县尉范阳卢公(式虚)夫人博陵崔氏墓志铭》载:"伊圣武二年秋囗月辛巳,曹州成武尉范阳卢式虚夫人博陵崔氏捐馆,春秋廿……夫人,即合州刺史珽之孙,宣城宰令钦之女,太子典设郎荣阳郑光谊之甥也。弱岁,聪敏过人,特为宣城之所钟爱。式虚即崔之自出,知其丽淑,求纳采焉。初笄有行,事姑尽敬。内外姻族,莫不称之。瞻望父兮,鸣琴江左;别离夫也,结绶曹南。靡日不思,忧能成疾。"②而这位崔令钦也就是《教坊记》的撰者。

春,朱放在越州,云门寺访灵一上人

朱放有《灵门寺赠灵一上人》诗云:"所思劳旦夕,惆怅去湘东。禅客知何在,春山几处同。独行残雪里,相见暮云中。请住东林寺,弥年事远公。"③"灵门寺"为"云门寺"之误。此诗一作刘长卿诗,题作《云门寺访灵一上人》。储仲君《刘长卿诗编年笺注》云:"按此诗疑为朱放作。朱放集题作《灵(云)门寺赠灵一上人》(《全唐诗》卷三一五)。长卿至德、乾元中未尝至越州。上元二年归至苏州,时灵一已移居余杭。朱放至德初避地越州,即与灵一游,此诗盖移居山阴前后造访灵一时作。"④

朱放安史之乱后在越州隐居。《唐才子传》卷五《朱放传》有记载:"初,居临汉水,遭岁歉,南来卜隐剡溪、镜湖间,排青紫之念,结庐云卧,钓水樵山,尝著白罽裘鹿裘筍屦,盘桓酒家。"笔者笺证云:"严维《赠送朱放》诗云:'昔年居汉水,日醉习家池。道胜迹常在,名高身不知。欲(一作久)依天目住,新自始宁移。生事曾无长,惟将白接篱。'按始宁指谢灵运之始宁墅,谢有《过始宁墅》诗(《先秦汉魏晋南北朝诗·宋诗卷二》)。据《嘉泰会稽志》卷一三,始宁在越州上虞县(今浙江省上虞县)。又检《元和郡县图志》卷二六《江南道》二越州剡县:'剡溪,……北流入上虞县界上虞江。'同书卷二五《江南道》一,天目山在杭州於潜县北六十里。朱放离襄阳后先

---

① [清]董诰:《全唐文》卷三四八,第3526—3527页。
② 吴钢主编:《全唐文补遗》第8辑,第71页。
③ [清]彭定求:《全唐诗》卷三一五,第3540页。
④ 储仲君:《刘长卿诗编年笺注》,第539页。

至越州上虞，后又移居杭州於潜县一带。刘长卿有《送朱山人放越州贼退后归山阴别业》诗（《全唐诗》卷一四七），知朱放于越州山阴尚有别业。据《元和郡县图志》卷二六《江南道》二，镜湖即在会稽、山阴两县之间。《才子传》谓其'卜隐剡溪、镜湖间'，即指其移居越州事。《极玄集》卷下、《新唐书》卷六〇《艺文志四》、《唐诗纪事》卷二六均云其'隐居剡溪'。放有诗《剡溪行却寄新别者》（《全唐诗》卷三一五）、《经故贺宾客镜湖道士观》（同上）、《剡溪夜月》（同上）等均言及剡溪、镜湖事。朱放何时移居越地，尚难确考。按放有《灵门寺赠灵一上人》诗（同上卷三一五）。据前引独孤及《一公塔铭》，知灵一宝应元年（762）十月卒于杭州龙兴寺。朱放与灵一交往，必在宝应元年前。其时朱放已是灵一熟友，可知必已移居越地多年。宝应元年上距天宝十五载安史之乱爆发仅七年，疑朱放因避安史之乱而移居越地。"①

七月，李白在杭、越诸州，有诗作；将西归，作诗留别嗣徐王李延年

李白《感时留别从兄徐王延年从弟延陵》："天籁何参差，噫然大块吹。玄元包橐籥，紫气何透迤。七叶运皇化，千龄光本支。仙风生指树，大雅歌菶斯。诸王若鸾虬，肃穆列藩维。哲兄锡茅土，圣代罗荣滋。九卿领徐方，七步继陈思。伊昔全盛日，雄豪动京师。冠剑朝凤阙，楼船侍龙池。鼓钟出朱邸，金翠照丹墀。君王一顾盼，选色献蛾眉。列戟十八年，未曾辄迁移。大臣小喑呜，谪窜天南垂。长沙不足舞，贝锦且成诗。佐郡浙江西，病闲绝驱驰。阶轩日苔藓，鸟雀噪檐帷。时乘平肩舆，出入畏人知。北宅聊偃愒，欢愉恤茕嫠。羞言梁苑地，炟赫耀旌旗。兄弟八九人，吴秦各分离。大贤达机兆，岂独虑安危。小子谢麟阁，雁行忝肩随。令弟字延陵，凤毛出天姿。清英神仙骨，芬馥苾兰蕤。梦得春草句，将非惠连谁？深心紫河车，与我特相宜。金膏犹罔象，玉液尚磷缁。伏枕寄宾馆，宛同清漳湄。药物多见馈，珍羞亦兼之。谁道溟渤深，犹言浅恩慈。鸣蝉游子意，促织念归期。骄阳何太赫，海水烁龙龟。百川尽凋枯，舟楫阁中逵。策马摇凉月，通宵出郊圻。泣别目眷眷，伤心步迟迟。愿言保明德，王室仁清夷。掺袂何所道？援毫投此辞。"②

陶敏、李一飞、傅璇琮《唐五代文学编年史·中唐卷》："《李太白全集》卷一二《赠友人三首》：'虎伏避胡尘，渔歌游海滨。'同前卷二四《越中秋怀》：'一位沧波客，十见红蕖秋。'白天宝三载离长安，至本年已十三年，'十'乃举成数。同前卷一五

---

① 傅璇琮主编：《唐才子传校笺》第 2 册，中华书局 1989 年版，第 343—345 页。
② ［清］彭定求：《全唐诗》卷一七四，第 1783 页。

《感时留别从兄徐王延年从弟延陵》：'列戟十八年，未曾辄迁移。……贝锦且成诗，佐郡浙江西。'《旧唐书·李延年传》：'开元二十六年封嗣徐王。……至德初，为余杭郡司马，卒。'自开元二十六年至本年整十八年。诗云'鸣蝉游子意，促织念归期'，当作于初秋。"① 郁贤皓《李太白全集校注》卷一二："此诗当是肃宗至德元载（756）秋于杭州作。时李白'东奔吴国避胡尘'，自宣州经溧阳至杭州，然后返回，隐于庐山屏风叠。"②

七月，李嘉祐官侍御，避乱赴越，至润州有诗

李嘉祐《早秋京口旅泊章侍御寄书相问因以赠之时七夕》："移家避寇逐行舟，厌见南徐江水流。吴越征徭非旧日，秣陵凋弊不宜秋。千家闭户无砧杵，七夕何人望斗牛。只有同时骢马客，偏宜尺牍问穷愁。"③ 陶敏、李一飞、傅璇琮《唐五代文学编年史·中唐卷》："嘉祐与章某同时官侍御。乾元元年秋，嘉祐在从七品上之补阙任，其官正八品下之监察御史当在本年，参该年条。嘉祐至德二载春在越州（参该年灵一条），知诗中避寇乃避安史之乱南来。"④

七月，会稽文人朱佐日卒

千唐志斋藏《大唐故信都郡武强县尉朱府君（佐日）墓志》："有大才无贵仕，当青春而不□□。□□□□□□□□□□□□佐日，会稽人也。其先受姓，江汉秉灵，将□陆之比崇，岂藤薜之争长。事君则忠贞折槛，登朝而臭味弹冠，史不绝书，备详典策。曾祖□，合州刺史，祖弘琰，胡壁府折冲，父嘉晖，简州安阳县令。公则安□□子，立性纯嘏，□□之和，生知聪明，为世作范，故动必合礼，而□□□言在乡曲称孝，□满天下无怨恶。年卅，国子进士擢第，以才举也。居无何，署信信都郡武强县尉，以判选也。且胶庠之设，俊秀所造，尽国族之贵游，半寰中之人物，前后历试，咸为首科，播管弦而日新，与金石而无替。及署职也，铨衡以公，利用在手，刚柔必茹，屈于黄绶之资，实谓苍生之望。下车之后，严威典刑，胥徒敬恭，盗贼伏隐，诸侯悬榻以相待，□使交骧而不匮。洎解印于归，家无私积，卜筑伊洛，琴书自娱，蓬室诵先王之言，席门多长者之辙，不改其乐，斯可谓君子欤！天宝十三载七月□日

---

① 陶敏、李一飞、傅璇琮：《唐五代文学编年史·中唐卷》，辽海出版社1998年版，第9页。
② 郁贤皓：《李太白全集校注》卷一二，第1817页。
③ ［清］彭定求：《全唐诗》卷二〇七，第2164—2165页。
④ 陶敏、李一飞、傅璇琮：《唐五代文学编年史·中唐卷》，第10页。

寝疾，遂终于睦仁里之私第，春秋卌九。呜呼！令名淑德，好贤乐士，桂林之枝，瑚琏之器。将谓翱翔上苑，负绝云□，而命不充量，屈于坤日，适足悲矣！夫人陇西李氏，先公而终。敬遵周公合祔之仪，是行诗人同穴之义，以其载闰十一月十一日同祔先茔，礼也。嗣子广，羸然主丧，顾乎其至，陟岵不见，悼心失图，充穷如疑，孺慕无及。暹等平生旧友，把臂之交，情比巨卿，知同鲍子。徒凄凉于□马，岂骖靡于清阳，顾不如于哀文，遂托词于包氏。铭曰：有玉在璞，良工所营。琢磨成器，清越其声。英英夫子，下为时生，炜烨独秀，用之将行。东堂一枝，众以为荣。南昌卑位，曾不代耕，务滋德业，所富文藻。安时处顺，取适于道。常谓伊人，秉国之均，末逾中寿，而返其真。重壤同穴，穷冬吉辰。素车白马，畴昔交亲，邙山峨峨，泉路无违，将石可转，斯文不磷。"墓志题署："秘书省正字宇文暹序，太子正字包何铭。"①

按，《全唐诗补编》第 334 页录朱佐日诗，但诗与本墓志朱佐日之时代有所不同，待考。就墓志所记事，朱佐日为会稽人，颇有文才。其名字，《千唐志斋藏志》录为"朱佐日"，《唐代墓志汇编》释文为"佐曰"。而"佐曰"前漫蚀了十五字，因此，如果作"佐曰"，名字也值得怀疑。但这位担任信都武强县尉的朱姓人物是会稽籍的文人则是无可怀疑的，故本书将这方新出墓志备录于此。

朱佐日还涉及著名诗篇《登鹳雀楼》的著作权问题。《登鹳雀楼》诗："白日依山尽，黄河入海流。欲穷千里目，更上一层楼。"这里附带考证一下。《全唐诗》卷二五三王之涣卷收入，但题注："一作朱斌诗。"②同书卷二○三朱斌诗卷亦收入，题作《登楼》，题注："一作王之涣诗。"③童养年《全唐诗续补遗》卷一朱佐日名下亦收诗，题为《登楼》，题注："《唐诗纪事》、《全唐诗》二五三作王之涣，《全唐诗》二○三又作处士朱斌。武后尝吟诗云云，问是谁作，李峤对曰：'御史朱佐日诗也。'赐彩百匹，转侍御史。"④

按作朱佐日诗最早见于宋范成大《吴郡志》卷二二引《翰林盛事》："朱佐日，郡人。两登制科，三为御史。……天后尝吟诗曰：'白日依山尽，黄河入海流。欲穷千里目，更上一层楼。'问是谁作？李峤对曰：'御史朱佐日诗也。'赐彩百匹，转侍御史。"⑤而《朱佐日墓志》称其会稽人，天宝十三年卒，年四十九。又《唐御史台精舍

---

① 河南省文物研究所、河南省洛阳地区文管处编：《千唐志斋藏志》，第 900 页。
② ［清］彭定求：《全唐诗》卷二五三，第 2849 页。
③ ［清］彭定求：《全唐诗》卷二○三，第 2125 页。
④ 童养年：《全唐诗续补遗》卷一，《全唐诗补编》，第 334 页。
⑤ ［宋］范成大：《吴郡志》卷二二，《宋元方志丛刊》第 1 册，中华书局 1990 年版，第 862 页。

题名》记初盛唐特别是武后时期三院御史甚详,并不见朱佐日名。则明显与《吴郡志》及《舆地纪胜》所记载的李峤、武后时代不合,知非朱佐日诗甚明。再看王之涣生平,李根源《曲石精庐藏唐墓志》收《唐故文安郡文安县太原王府君墓志铭并序》,称之涣天宝元年卒,年五十五,而其墓志当中言及作诗情况甚少,故难据以判断。

再从此诗收录情况看,以王之涣作者,最早见于宋人所编《文苑英华》,宋司马光《温公续诗话》、沈括《梦溪笔谈》卷十五、计有功《唐诗纪事》卷二六皆因之。以为朱斌作者,唐天宝三载芮挺章所编之《国秀集》卷下即收录为朱斌作。以为朱佐日作者,见于宋范成大《吴郡志》卷二二引《翰林盛事》。《翰林盛事》为唐张著撰,约成于中唐时期。文献出现的时代先后,应以作朱斌作为是。但以朱斌作者,唐代文献中仅有此孤证,《国秀集》编纂对于诗歌作者和诗作的选录也存在一些随意性,故而也有误植的可能。有关这首诗的作者考证,可以参考李定广、裘江《千古名篇登鹳雀楼的作者真相》①,该文以为《登鹳雀楼》诗确为王之涣作。

秋,皇甫冉宿严维宅送包佶作诗

皇甫冉有《宿严维宅送包七》诗云:"江湖同避地,分手自依依。尽室今为客,经秋空念归。岁储无别墅,寒服羡邻机。草色村桥晚,蝉声江树稀。夜凉宜共醉,时难惜相违。何事随阳侣,汀洲忽背飞。"②按此诗亦载刘长卿集,储仲君《刘长卿诗编年笺注》云:"按此诗当为皇甫冉作。冉集题作《宿严维宅送包七》(《全唐诗》卷二四九)。独孤及《唐故扬州庆云寺律师一公塔铭》(《全唐文》卷三九〇)云:灵一'与天台道士潘清、广陵曹评、赵郡李华、颍川韩极、中山刘颖、襄阳朱放、赵郡李纾、顿丘李汤、南阳张继、安定皇甫冉、范阳张南史、清河房从心相与为尘外之友,讲德味道,朗咏终日。'又据前皇冉与灵一赠答诗,可证皇甫冉于天宝十五载避乱南下,即先至越州,而于是年冬始归润州,故得与灵一游处。宿严维宅送包佶,亦在此时。……天宝十五载春夏,刘长卿已在润州,秋日赴苏州,旋即归至润州,次年春即已赴长洲尉任,其间未尝至越州。诗云:'江湖同避地,分首自依依。'与长卿之行迹牴牾,而与皇甫冉合,故知当为冉作也。"③岑仲勉《唐人行第录》:"包七佶,字幼正,融之子。《纪事》二四讹'吉',《新书》一四九附《刘宴传》。《全诗》四函皇甫冉《宿严

① 李定广、裘江:《千古名篇登鹳雀楼的作者真相》,载《中国文学研究》2020年第4期,第117—125页。
② [清]彭定求:《全唐诗》卷二四九,第2809页。
③ 储仲君:《刘长卿诗编年笺注》,第542—543页。

维宅送包七》,一作送包佶。《权载之集》四八《祭故秘书包监文》云:'维贞元八年岁次壬申,五月朔日,故吏金部员外郎萧存……致祭于故秘书监包七丈之灵。'又《全诗》十二函补遗路应有《仙岩四瀑布即事寄上秘书包监侍郎七兄吏部李侍郎十七兄婺州赵中丞处州齐谏议明州李九郎十四韵》。"①严维宅,《嘉泰会稽志》卷一三:"严长史宅,大历中,郑概、裴冕等联句赋诗,与长史凡六人。长史名维,以诗著称。其自句云:'落木秦山近,衡门镜水通。'又皇甫冉《宿长史宅》诗亦云:'昔闻玄度宅,门对会稽峰。君住东湖上,清风继旧踪。'以诗考之,可想见其处也。"②

皇甫冉《秋夜宿严维宅》诗云:"昔闻玄度宅,门向会稽峰。君住东湖下,清风继旧踪。秋深临水月,夜半隔山钟。世故多离别,良宵讵可逢。"③储仲君《皇甫冉诗疑年(续)》:"《秋府宿严维宅》(二四九),至德元年(756)。至德元年秋,皇甫冉在越(说详《西陵寄灵一上人》诗注)。秋季在越,仅知此年,而诗题明言秋夜,故系于此。……严维有《酬诸公宿镜水宅》诗(二六三),镜水即镜湖。冉诗云'君住东湖下',当即此宅。严维诗云:'幸免低头向府中,贵府藜藿与君同。'时尚未登第入仕。《唐才子传》三:'严维,字正文,越州人。至德二年,江淮选补使、侍郎崔涣下、以词藻宏丽进士及第。'诗又云:'阳雁叫霜来枕上,寒山映月在湖中。'亦作于秋日,殆即酬答皇甫冉诸人之作。"④

秋冬,皇甫冉与灵一诗歌酬赠

皇甫冉《西陵寄灵一上人》诗云:"西陵遇风处,自古是通津。终日空江上,云山若待人。汀洲寒事早,鱼鸟兴情新。回望山阴路,心中有所亲。"⑤储仲君《皇甫冉诗疑年(续)》:"《西陵寄灵一上人》(二四九),至德元年(756)。一上人,越州悬溜寺僧灵一,俗姓吴,广陵人,为东南著名诗僧,事见独孤及所撰塔铭(《全唐文》三九〇)。诗云:'汀洲寒事早,鱼鸟兴情新。回望山阴路,心中有所亲。'作于秋日自越归吴时。按皇甫冉至德二年春就任无锡县尉,有《赴无锡寄别灵一净虚二上人云门所居》诗(二四九),则至德二年前固已与灵一交往,而天宝十五年前长期居京、洛,未尝至越中,无缘与灵一相识。《塔铭》云:'每禅诵之隙,辄赋诗歌事。思入无间,

① 岑仲勉:《唐人行第录(外三种)》,第19页。
② [宋]施宿:《嘉泰会稽志》卷一三,《宋元浙江方志集成》第4册,第1953—1954页。
③ [清]彭定求:《全唐诗》卷二四九,第2811页。
④ 储仲君:《皇甫冉诗疑年(续)》,载《山西大学师范学院学报(综合版)》1993年第3期,第1页。
⑤ [清]彭定求:《全唐诗》卷二四九,第2794页。

兴含飞动。'"由是与天台道士潘清、广陵曹评、赵郡李华、颍川韩极、中山刘颖、襄阳朱放、赵郡李纾、顿丘李汤、南阳张继、安定皇甫冉、范阳张南史、清河房从心，相与为尘外之友，讲德味道，朗咏终日。'《塔铭》所及诸人，大抵皆避乱南下者。天宝十五载，潼关以东陷于乱军，由汴入淮之道绝，由关中南下，大抵需出武关，下襄阳，沿江至浔阳，取路鄱阳、余干而入浙东，故士人之聚于越者尤众。皇甫冉天宝十五年春仍滞京师，颇疑亦取此路而归。"①

灵一有《酬皇甫冉西陵见寄》诗云："西陵潮信满，岛屿没中流。越客依风水，相思南渡头。寒光生极浦，落日映沧洲。何事扬帆去，空惊海上鸥。"②又误入刘长卿集，题为《重过宣峰寺山房寄灵一上人》，储仲君《刘长卿诗编年笺注》云："按此为灵一诗，题作《酬皇甫冉西陵见寄》（《全唐诗》卷八〇九）。皇甫冉原唱题作《西陵寄（灵）一上人》（《全唐诗》卷二四九），诗云：'西陵遇风处，自古是通津。终日空江上，云山若待人。汀洲寒事早，鱼鸟兴情新。回望山阴路，心中有所亲。'二诗为唱酬之作甚明。按皇甫冉天宝十五载（756）举进士。是年秋，始随诸人避乱至越州，与灵一、朱放等人游（见独孤及《扬州庆云寺一公塔铭》）。诗当作于此年冬北归润州时。次年即至德二年（757）春，冉已就任无锡县尉。"③

本年，杜甫在奉先县，观刘少府山水画，作诗咏其所画浙江山水

杜甫《奉先刘少府新画山水障歌》云："堂上不合生枫树，怪底江山起烟雾。闻君扫却赤县图，乘兴遣画沧洲趣。……悄然坐我天姥下，耳边已似闻清猿。反思前夜风雨急，乃是蒲城鬼神入。……若耶溪，云门寺。吾独胡为在泥滓，青鞋布袜从此始。"④按，杜甫天宝十四载（755）十一月赴奉先县探家，这首诗应为到家后见到奉先县刘少府这幅山水而作，时间应该在至德元载（756）。刘少府的这幅画与杜甫壮游的地点得到了契合，故而写得惟妙惟肖。"悄然坐我天姥下"与《壮游》诗"归帆拂天姥"可以相映照。"若耶溪，云门寺"与《壮游》诗"越女天下白，鉴湖五月凉"可以相映照，因为"越女天下白"就是用西施若耶溪采莲的典故以衬托越女之美。

---

① 储仲君：《皇甫冉诗疑年（续）》，载《山西大学师范学院学报（综合版）》1993年第3期，第1—2页。
② ［清］彭定求：《全唐诗》卷八〇九，第9123页。
③ 储仲君：《刘长卿诗编年笺注》，第553页。
④ ［清］彭定求：《全唐诗》卷二一六，第2266页。

本年,刘长卿作诗寄灵一上人

刘长卿有《西陵寄一上人》诗云:"东山访道成开士,南渡隋阳作本师。了义惠心能善诱,吴风越俗罢淫祠。室中时见天人命,物外长悬海岳期。多谢清言异玄度,悬河高论有谁持。"①储仲君《刘长卿诗编年笺注》云:"按此诗疑为皇甫冉至德元载由越州北归,行经西陵渡口时作,唯冉集失载。一上人,即灵一。"②

本年,窦公衡记宇文颢《山阴述》

孔延之《会稽掇英总集》卷二〇载窦公衡《山阴述》云:"天宝甲午岁夏四月,宇文颢莅山阴令,是日,乡黄发与胥徒洎众,趋事于琴堂之下,禺以待命。公乃从容言曰:自大朴既散,大道既隐,我先王始议于理。盖失人而后有理,失理而后及乱,理之义其难乎?不易方,不变俗,因弊施宜而已。夫身违而心违,心违而性违,以至于夭;官扰而吏扰,吏扰而人扰,以至于乱。故缮性必先缮身心,理人必先理官吏,教之不明,令长之过;化之不率,吏人之罪。于是邑人闻之,其暴贪者肃焉而悛,而其寡弱者熙焉而安。故一年而成其佳政,二年而号为乐土。人吏乐安,郊坰翁郁,澄湖之上,清风穆然。兹所以承其声怀其惠者,相与如归,然后以顺,固以信齐一。是以趣务举滞,犹骖之靳,若冰之释。君子曰,山阴之理,得其由矣。天下之政烦,我政其静;天下之理外,我理其中。身和则心和,心和则性和,性和则气和,气和则阴阳和,然后感其氤氲,志不离,德不分。官简则吏简,吏简则人简,人简则物简,物简则天地简,然后知其止足,上不干,下不黩。和与简,政之本欤?噫!古之化,吏人俱及,其次更及,其下俱不及。自太公灌坛,仲尼中都,言偃武城,至宓不齐巫马期单父,六百年间,吏人犹及。自西门豹史起邺,至鲁恭中牟,三百余年,吏人更及。自魏晋宋齐梁周隋,四百余年,吏人俱不及。圣唐分职,公复及之,若磅礴而言,普畅皆是。则尧之屋不足封,舜之刑不足用,迁善远罪,何虑何思?是理也,其体宏哉!石而刻之,以鉴来者。窦公衡记。"③《嘉泰会稽志》卷一六:"宇文颢《山阴述》,天宝十五载窦公衡记,史怀则分书并篆额。其略云:'天宝甲午夏四月,宇文颢莅山阴,一年而成其佳政,二年而号为乐土。'石不存。"④

---

① [清]彭定求:《全唐诗》卷一五一,第1571页。
② 储仲君:《刘长卿诗编年笺注》,第543页。
③ [宋]孔延之:《会稽掇英总集》卷二〇,《宋元浙江方志集成》第14册,第6581—6582页。
④ [宋]施宿:《嘉泰会稽志》卷一六,《宋元浙江方志集成》第4册,第2031—2032页。

皇甫曾、吕渭等避安史之乱东归,于越州与僧人神邕唱和

《宋高僧传》卷一七《唐越州焦山大历寺神邕传》:"倏遇禄山兵乱,东归江湖……旋居故乡法华寺。殿中侍御史皇甫曾、大理评事张河、金吾卫长史严维、兵曹吕渭、诸暨长丘丹、校书陈允初赋诗往复,卢士式为之序引,以继支许之游。为邑中故事。邕修念之外,时缀文句,有集十卷,皇甫曾为序。"①

本年,越州立万齐融所撰《玄俨碑》

朱关田《唐代书法家年谱》卷三《徐浩书迹考》:"《玄俨碑》,万齐融撰,徐浩行书。碑目又称《玄俨律师碑》《法华寺玄俨律师碑》《法华寺戒坛碑》,见《全唐文》卷三三五。天宝十五年六月,立在越州。碑主玄俨(675—742),俗姓徐氏,诸暨人,天宝元年十一月三日卒,年六十八。《宋高僧传》卷十四列传。其文有称'故洺州刺史徐峤(之)、工部尚书徐安贞,咸以宗室设道友之礼'云,盖浩之父执。著录首见《墨池篇》卷十七。《丛编》卷十三'越州'引《集古录目》记浩结衔'武部郎中'。《类编》卷三'徐浩'名下尚有'秦望山法华寺碑',不见他书记载,或系玄俨碑之重出。"②

757　唐肃宗至德二载丁酉

春,因北方战乱,于江东进行科举考试,顾况、严维进士及第

晁公武《郡斋读书志》卷一七别集类言顾况:"至德二年,江东进士。"③顾况《送宣歙李衙推八郎使东都序》云:"天宝末,安禄山反,天子去蜀,多士奔吴为人海。帝命乃祖掌乎春官,介圭建侯,统江表四十余郡,雷行蛰动。时况摇笔获登龙门,断乎礼部,讫乎吏部,陈谋沃论五十载,感恩怀故。"④《唐才子传》卷三《顾况传》:"至德二年,天子幸蜀,江东侍郎李希言下进士。"⑤同书同卷《严维传》:"至德二年,江淮

---

① [宋]赞宁撰,范祥雍点校:《宋高僧传》卷一七,第386页。
② 朱关田:《唐代书法家年谱》卷五,第300—301页。
③ [宋]晁公武撰,孙猛校证:《郡斋读书志校证》卷一七,上海古籍出版社1990年版,第861页。
④ [清]董诰:《全唐文》卷五二九,第5370—5371页。
⑤ 傅璇琮主编:《唐才子传校笺》第1册,第636页。

选补使、侍郎崔涣下以词藻宏丽,进士及第。"①是年之进士举应在苏州举行,而应选之范围则为江南的广大地区。而李希言不久即又担任浙江东道节度使。《嘉泰会稽志》卷二"太守":"李希言,乾元元年初置浙江东道节度使,自礼部侍郎授,移梁州。"②《直斋书录解题》卷一九:"(严维)至德二载辞藻宏丽科。"③称严维登辞藻宏丽科,盖误,因本年并无该科设置。

春,严维任诸暨尉,刘长卿、皇甫冉都有诗寄赠

刘长卿有《送严维尉诸暨》诗,题注:"严即越州人。"诗云:"爱尔文章远,还家印绶荣。退公兼色养,临下带乡情。乔木映官舍,春山宜县城。应怜钓台石,闲却为浮名。"④储仲君《刘长卿诗编年笺注》云:"严维,《新唐书·艺文志》云:'字正文,越州人。'《唐才子传·严维传》:'至德二年,江淮选补使、侍郎崔涣下以词藻宏丽,进士及第。'诸暨,越州属县。按《旧唐书·崔涣传》(卷一〇八)云:'时未复两京,举选路绝,诏涣充江淮宣谕选补使,以收遗逸。'同书《肃宗纪》:至德元载十一月,'诏宰相崔涣巡抚江南,补授官吏。'崔涣至江南,当已在次年春。按刘长卿《祭崔相公(涣)文》(《全唐文》卷三四六)云:'长卿昔忝初秩,公之一顾,谬厕当时之选,敢忘国士之遇。'是知长卿之尉长洲,亦为崔涣补授。此诗当为至德二年(757)春就任长洲尉前后作。严维有留别之作,题作《留别邹绍(先)刘长卿》。"⑤杨世明《刘长卿集编年校注》云:"至德二载(757)春长洲作。严维:字正文,越州人。据宋陈振孙《直斋书录解题》,维为'至德二载辞藻宏丽科。'《唐才子传》更以为乃江淮选补使侍郎崔涣下进士及第。其说是。按《旧唐书·肃宗纪》,'诏宰相崔涣巡抚江南,补授官吏',在至德元载十一月,则维之及第受官,当在二载春。"⑥严维《留别邹绍(先)刘长卿》诗云:"中年从一尉,自笑此身非。道在甘微禄,时难耻息机。晨趋本郡府,昼掩故山扉。待见干戈毕,何妨更采薇。"⑦按,严维担任诸暨尉的时间,学术界颇有争议。傅璇琮先生《唐代诗人丛考》所收《刘长卿事迹考辨》推测严维任诸暨尉在大历十一年(776)至十二年。姜卫华《大历江南诗人诗歌艺术研究》附录《严维授诸暨

---

① 傅璇琮主编:《唐才子传校笺》第1册,第605页。
② [宋]施宿:《嘉泰会稽志》卷二,《宋元浙江方志集成》第4册,第1664页。
③ [宋]陈振孙撰,徐小蛮、顾美华点校:《直斋书录解题》卷一九,第562页。
④ [清]彭定求:《全唐诗》卷一四八,第1512—1513页。
⑤ 储仲君:《刘长卿诗编年笺注》,第124页。
⑥ 杨世明:《刘长卿集编年校注》,第114页。
⑦ [清]彭定求:《全唐诗》卷二六三,第2917页。

尉时间及其生卒年辨析》考证严维任诸暨尉时间在大历十年春①。今录其说以存参考。

皇甫冉《登石城戍望海寄诸暨严少府》诗云："平明登古戍，徙倚待寒潮。江海方回合，云林自寂寥。讵能知远近，徒见荡烟霄。即此沧洲路，嗟君久折腰。"②其时严维为诸暨尉，盖诗亦作于本年。"石城戍"即在越州，《资治通鉴》记载：唐乾宁三年(896)正月，钱镠讨董昌，"(董)昌遣其将汤臼守石城"③。"二月，戊辰，顾全武、许再思败汤臼于石城"④。

春，张继适越，刘长卿作诗送之

刘长卿有《送行军张司马罢使回》诗云："时危身赴敌，事往任浮沉。末路三江去，当时百战心。春风吴苑绿，古木剡山深。千里沧波上，孤舟不可寻。"⑤杨世明《刘长卿集编年校注》云："至德二载(757)春长洲作。张继：字懿孙，襄州(治所在今湖北襄阳)人。天宝十二载(753)登进士第。大历间以检校祠部员外郎出任转运使判官，分掌财赋于洪州，大历末卒于任。……此为送张继离吴中赴越所作。按张继有《酬李书记校书越城秋夜见赠》诗，云：'凤辇栖岐下，鲸波斗洛川。'可证至德二载秋张继已在越中。此诗'赴敌''百战'云云，应指参加此年初平永王璘乱事。审此，可知长卿此诗为二载春所作。"⑥明人胡应麟《诗薮》云："刘文房'东风吴草绿，古木剡山深''野雪空斋掩，山风古殿开'，色相清空，中唐独步。"⑦

春，张继在越中，在皇甫冉宅欢宴

张继《春夜皇甫冉宅欢宴》："流落时相见，悲欢共此情。兴因尊酒洽，愁为故人轻。暗滴花茎(一作垂)露，斜晖月过城。那知横吹笛(一作曲)，江外作边声。"⑧是时皇甫冉在越中，见本年上文所考。

---

① 姜卫华：《大历江南诗人诗歌艺术研究》，南京师范大学硕士学位论文，第75—76页。
② [清]彭定求：《全唐诗》卷二四九，第2806页。
③ [宋]司马光：《资治通鉴》卷二六〇，第8483页。
④ [宋]司马光：《资治通鉴》卷二六〇，第8484页。
⑤ [清]彭定求：《全唐诗》卷一四八，第1510页。
⑥ 杨世明：《刘长卿集编年校注》，第119—120页。
⑦ [明]胡应麟：《诗薮》内编卷四，上海古籍出版社1979年版，第74页。
⑧ [清]彭定求：《全唐诗》卷二四二，第2718页。

春,刘长卿有送崔处士适越诗

刘长卿有《送崔处士先适越》诗云:"山阴好云物,此去又春风。越鸟闻花里,曹娥想镜中。小江潮易满,万井水皆通。徒羡扁舟客,微官事不同。"①储仲君《刘长卿诗编年笺注》云:"诗云:'徒羡扁舟客,微官事不同。'入仕后作,当在至德二载(757)"②。

春,刘长卿有送李校书赴浙东幕府诗

刘长卿有《送李校书赴东浙幕府》,题注:"校书工于翰墨。"诗云:"方从大夫后,南去会稽行。森森沧江外,青青春草生。芸香辞乱(一作校)事,梅吹听军声。应访王家宅,空怜江水平。"③杨世明《刘长卿集编年校注》云:"至德二载(757)春长洲作。李校书:名不详。……按张继有《酬李书记校书越城秋夜见赠》诗,所酬当即此人。张诗曰:'凤辇栖岐下,鲸波斗洛川。'应作于至德二载秋,则此李校书之赴东浙更在秋前。长卿送别诗云:'方从大夫后','大夫'当指御史大夫、江东节度使韦陟。韦陟赴任,据《旧唐书》本传及《资治通鉴》卷二一九考之,当在至德元载十二月。李校书来丹阳未久,由于永王起兵东下,形势紧张,李校书乃远投东浙幕府。"④

春,诗僧灵一居越州云门寺,与皇甫冉、朱放、李嘉祐往还

皇甫冉《赴无锡寄别灵一净虚二上人云门所居》诗云:"高僧本姓竺,开士旧名林。一入春山里,千峰不可寻。新年芳草遍,终日白云深。欲徇微官去,悬知讶此心。"⑤一作刘长卿诗,一作郎士元诗。储仲君《皇甫冉诗疑年(续)》:"《赴无锡寄别灵一净虚二上人云门所居》(二四九),至德二年(757)。……为赴任无锡县尉时作。《旧唐书·肃宗纪》:至德元载十一月,'诏宰相崔涣巡抚江南,补授官吏'。二年春,崔涣已在江南。按皇甫冉天宝十五载登进士第,未及除官即避乱南下,其为无锡尉,当为崔涣巡抚江南时所授。诗云'新年芳草遍',时在至德二年初春。题云'寄别',当作于吴中。李嘉祐有和作,题为《同皇甫冉赴官留别灵一上人》(二〇六)。尾联云云,以数月前尚与灵一等'讲德味道',或有不欲就仕之语也。静虚,越州悬

---

① [清]彭定求:《全唐诗》卷一四八,第 1513 页。
② 储仲君:《刘长卿诗编年笺注》,第 131 页。
③ [清]彭定求:《全唐诗》卷一四七,第 1497 页。
④ 杨世明:《刘长卿集编年校注》,第 104—105 页。
⑤ [清]彭定求:《全唐诗》卷二四九,第 2794 页。

297

溜寺僧。《一公塔铭》：'初舍于会稽南山之南悬溜寺马(焉)，与禅宗之达者释隐空、虔印、静虚相与讨十二部经第一义谛之旨。'皇甫曾有《寄静虚上人初至云门》诗(二一〇)。云门寺，在会稽南山，若耶溪旁。录一、净虚均曾居此。按此诗一作刘长卿诗，又作郎士元诗，均非是。"①

灵一《酬皇甫冉将赴无锡于云门寺赠别》诗云："湖南通古寺，来往意无涯。欲识云门路，千峰到若耶。春山子敬宅，古木谢敷家。自可长偕隐，那言相去赊。"②李嘉祐《同皇甫冉赴官留别灵一上人》诗云："法许庐山远，诗传休上人。独归双树宿，静与百花亲。对物虽留兴，观空已悟身。能令折腰客，遥赏竹房春。"③朱放《灵(一作云)门寺赠灵一上人》："所思劳且夕，惆怅去湘东。禅客知何在，春山几处同。独行残雪里，相见暮云中。请住东林寺，弥年事远公。"④灵一《送朱放》诗："苦见人间世，思归洞里天。纵令山鸟语，不废野人眠。"⑤亦或作于此时。《灵一塔铭》云："初舍于会稽南山之南悬溜寺焉，与禅宗之达者释隐空、虔印、静虚相与讨十二部经第一义谛之旨。既辩惑，徙居余杭宜丰寺。"⑥

秋，贾侍御出使会稽回，刘长卿书事成诗

刘长卿有《贾侍郎自会稽使回篇什盈卷兼蒙见寄一首与余有挂冠之期因书数事率成十韵》诗云："江上逢星使，南来自会稽。惊年一叶落，按俗五花嘶。上国悲芜梗，中原动鼓鼙。报恩看铁剑，衔命出金闺。风物催归绪，云峰发咏题。天长百越外，潮上小江西。鸟道通闽岭，山光落剡溪。暮帆千里思，秋夜一猿啼。柏树荣新垄，桃源忆故蹊。若能为休去，行复草萋萋。"⑦储仲君《刘长卿诗编年笺注》云："贾侍御，名未详。长卿另有《送贾侍御克复后入京》诗，当为同一人。会稽，越州属县。诗云：'上国悲芜梗，中原动鼓鼙。'当在禄山乱初。而据'挂冠之期'云云，则长卿时已任职。是知此诗当作于至德二载(757)秋。"⑧杨世明《刘长卿集编年校注》云："至德二载(757)秋长洲作。贾侍御：名未详。据诗意，贾当在乱起后奉使会稽，

---

① 储仲君：《皇甫冉诗疑年(续)》，载《山西大学师范学院学报(综合版)》1993年第3期，第2—3页。
② [清]彭定求：《全唐诗》卷八〇九，第9124页。
③ [清]彭定求：《全唐诗》卷二〇六，第2159页。
④ [清]彭定求：《全唐诗》卷三一五，第3540页。
⑤ [清]彭定求：《全唐诗》卷八〇九，第9128页。
⑥ [清]董诰：《全唐文》卷三九〇，第3962—3963页。
⑦ [清]彭定求：《全唐诗》卷一四九，第1541—1542页。
⑧ 储仲君：《刘长卿诗编年笺注》，第142—143页。

次年秋返回丹阳郡(润州)江东使院,有诗与长卿,长卿因书此奉和。"①

秋,张继适越,与于幼卿幕中诸人唱和

张继《会稽秋晚奉呈于太守》诗云:"寂寂讼庭幽,森森戟户秋。山光隐危堞,湖色上高楼。禹穴探书罢,天台作赋游。浮云将越客,岁晚共淹留。"②"于太守"即于幼卿。《会稽掇英总集》卷一八《唐太守题名记》:"于幼卿,天宝十三载,自鄱阳太守授。"③《嘉泰会稽志》卷二"太守"同④。

傅璇琮《张继考》:"张继于登进士第后是否授官职,授何官职,皆不可考知。他有《会稽秋晚奉呈于太守》诗(《全唐诗》卷二四二)。……按,据《会稽掇英总集》卷十八'唐太宗题名记':于幼卿:天宝十三年自鄱阳太守授。崔寓:至德二年自江夏郡太守授。《嘉泰会稽志》卷二太守条同。张继诗题中的于太守即于幼卿,他于天宝十三载(754)到至德二载(757)为会稽太守,则张继此诗也当作于这几年之内。他又有《酬李书记校书越城秋夜见赠》诗……这首诗与上诗都写的是秋景。诗中'凤辇栖岐下'无疑指肃宗在灵武即位而言,'鲸波斗洛川',指唐朝军队与安禄山叛军在河南一带鏖战。从这二句看来,肃宗当还未返回长安(唐军收复长安、洛阳在至德二年十、十一月间)。由此可以推断,张继游会稽,当在至德二载。他又有《题严陵钓台》《会稽郡楼雪霁》等诗,可见在越中他是盘桓过一段时期的。他在呈于幼卿诗中说'浮云将越客,岁晚共淹留',可见此时并无官职。《酬李书记校书》诗中'量空海陵粟,赐乏水衡钱',写出当时社会经济的匮乏;'寒城警刁斗,孤愤抱龙泉',也可见当时的战时气氛与诗人对现实的关切。"⑤据《张继考》,张继在越中是至德二载,故本诗应为本年秋作。

张继《酬李书记校书越城秋夜见赠》诗云:"东越秋城夜,西人白发年。寒城警刁斗,孤愤抱龙泉。凤辇栖岐下,鲸波斗洛川。量空海陵粟,赐乏水衡钱。投阁嗤扬子,飞书代鲁连。苍苍不可问,余亦赋思玄。"⑥李校书事,参本年春刘长卿条所引。

---

① 杨世明:《刘长卿集编年校注》,第133页。
② [清]彭定求:《全唐诗》卷二四二,第2718—2719页。
③ [宋]孔延之:《会稽掇英总集》卷一八,《宋元浙江方志集成》第14册,第6554页。
④ [宋]施宿:《嘉泰会稽志》卷二,《宋元浙江方志集成》第4册,第1664页。
⑤ 傅璇琮:《唐代诗人丛考》,第221—222页。
⑥ [清]彭定求:《全唐诗》卷二四二,第2721页。

张继《剡县法台寺灌顶坛诗》云:"九灯传像法,七夜会龙华。月静金田广,幡摇银汉斜。香坛分地位,宝印辨根芽。试问因缘者,清溪无数沙。"①该诗见《剡录》卷八。盖张继在越州,曾到剡县与灌顶坛游览。这首诗是佛教密宗史的重要文献,诗题"灌顶坛"应为密教的坛场的重要景观,因而在佛教密宗在文学呈现方面颇具代表性。可以参考李小荣《张继〈剡县法台寺灌顶坛诗〉之解读》②。

冬,张继仍在越中,作《会稽郡楼雪霁》诗

张继《会稽郡楼雪霁》诗云:"江城昨夜雪如花,郢客登楼齐望华。夏禹坛前仍聚玉,西施浦上更飞沙。帘栊向晚寒风度,睥睨初晴落景斜。数处微明销不尽,湖山清映越人家。"③按,张继本年秋至会稽,呈诗于太守于幼卿,并与幕中李书记往还,故而本诗应为冬日在会稽所作。

十二月,郑虔被贬台州司户参军,杜甫作诗相送

杜甫《送郑十八虔贬台州司户伤其临老陷贼之故阙为面别情见于诗》诗云:"郑公樗散鬓成丝,酒后常称老画师。万里伤心严谴日,百年垂死中兴时。苍惶已就长途往,邂逅无端出饯迟。便与先生应永诀,九重泉路尽交期。"④仇兆鳌《杜诗详注》:"《通鉴》:至德二载十二月,陷贼官,六等定罪,三等者流贬。虔在次三等,故止贬台州。此当是其时作。"⑤郑十八,名虔,字趋庭,郑州荣阳人。官至广文博士,因陷入安史之乱被授伪官,乱平后被贬台州司户参军。赴任时,杜甫作诗相送。卢世㴶《杜诗胥抄》曰:"虔之贬,既伤其垂老陷贼,又阙于临行面别,故篇中徬徨特至。如中二联,清空一气,万转千回,纯是泪点,都无墨痕。诗至此,直可使暑日霜飞,午时鬼泣,在七言律中尤难。末径作永诀之词,诗到真处,不嫌其直,不妨于尽也。"⑥陈尚君《〈郑虔墓志〉考释》分析此诗云:"前两句写郑虔的容貌和醉态,三四句感慨国家中兴而郑虔则遭受贬官万里的严厉处分,五六句说郑虔仓惶离京以赴贬所,自己则不能亲为面别。诗中说'邂逅无端',诗题则说'伤其临老陷贼之故,阙为面

① [宋]高似孙:《剡录》卷八,《宋元方志丛刊》第7册,第7251页。
② 李小荣:《张继〈剡县法台寺灌顶坛诗〉之解读》,项楚主编:《中国俗文化研究》,四川大学出版社2016年版,第19—28页。
③ [清]彭定求:《全唐诗》卷二四二,第2720页。
④ [清]彭定求:《全唐诗》卷二二五,第2412页。
⑤ [清]仇兆鳌:《杜诗详注》卷五,第425页。
⑥ [清]仇兆鳌:《杜诗详注》卷五,第425—426页。

别',显然是迫于形势的无可奈何。最后两句说就此永诀,再见只能是黄泉路上了,极其沉痛,但也确实预言了最后的结局。"①但朝廷对于陷贼之人之贬,也还是带有同情一面的,郑处海《明皇杂录》言:"安禄山之陷两京,王维、郑虔、张通皆处于贼庭。洎克复,俱囚于杨国忠旧宅。崔相国圆因召于私第令画,各画数壁。当时皆以圆勋贵莫二,望其救解,故运思精深,颇极能事,故皆获宽典,至于贬降,必获善地。"②说明郑虔之贬还属于"宽典"的结果,台州也是属于"善地"。

郑虔在唐代,为诗书画"三绝"。唐张彦远《历代名画记》卷九:"郑虔,高士也,苏许公为宰相,申以忘年之契,荐为著作郎。开元二十五年,为广文馆博士。饥穷轗轲,好琴酒篇咏,工山水,进献诗篇及书画,玄宗御笔题曰:'郑虔三绝。'与杜甫、李白为诗酒友。禄山授以伪水部员外郎,国家收复,贬台州司户。"③郑虔书迹,尚有传世者,《俄藏敦煌文献》所载郑虔残札:"昨日于一处见公镌碑□殊为(第 1 行)精妙又知造代国公主碑若(第 2 行)事了得同东行要何可言虔(第 3 行)于江外制三碑兼自书二在(第 4 行)常州,一在湖州,便同舟往□(第 5 行)镌,亦是小济耳。必当定决也。(第 6 行)郑虔白陈博士"④见本书开元二十二年所考。近年洛阳还出土了郑虔书《阿弥陀像记》残碑,见郭茂育《唐郑虔书〈阿弥陁像记〉探微》,《书法》2012 年第 2 期;毛阳光《洛阳出土唐郑虔书〈阿弥陁像记〉残碑考补》,《西夏研究》2015 年第 2 期。

本年,任瑗出守明州,岑参送其赴任并作诗

岑参《送任郎中出守明州》诗云:"罢起郎官草,初封刺史符。城边楼枕海,郭里树侵湖。郡政傍连楚,朝恩独借吴。观涛秋正好,莫不上姑苏。"⑤任郎中应为任瑗,郁贤皓《唐刺史考全编》卷一四三"明州":"任瑗,至德二载—乾元元年(757—758)。《新书·安庆绪传》:'庆绪惧人之贰己,设坛加载书、样血与群臣盟。然〔阿史那〕承庆等十余人送密款,有诏以承庆为太保、定襄郡王……任瑗为明州刺史,独孤允陈州刺史。……数数为国间贼。'《全文》卷四〇四任瑗小传:'天宝朝官左司

---

① 陈尚君:《〈郑虔墓志〉考释》,《贞石诠唐》,复旦大学出版社 2016 年版,第 219 页。
② [唐]郑处海:《明皇杂录》卷下,中华书局 1994 年版,第 27—28 页。
③ [唐]张彦远著,俞剑华注释:《历代名画记》卷九,第 187 页。
④ 俄罗斯科学院东方研究所圣彼得堡分所、俄罗斯科学出版社东方文学部、上海古籍出版社编:《俄藏敦煌文献》第 15 册,Дx.10839 号,第 67 页。
⑤ [清]彭定求:《全唐诗》卷二〇〇,第 2074 页。

员外郎,出为明州刺史。乾元元年徙括州。'《全诗》卷二〇〇岑参有《送任郎中出守明州》,疑即任瑗。《郎官柱》左司员外及主客员外有任瑗,前在崔涣、李审后,孟匡朝、卢播前;后者在贺兰进明后,杨宗前。未见郎中题名,未知是否另一人。陈铁民等《岑参集校注》编此诗于广德元年,然广德年间又未见任姓为明州刺史者。"①

按,闻一多《岑诗系年》、陈铁民《岑参集校注》卷四、廖立《岑嘉州诗笺注》卷三均编于广德元年(763),今不从。又《新唐书·安禄山传》:"至德二载,……(安)庆绪惧人之贰己,设坛加载书、歃血与群臣盟。然承庆等十余人送密款,有诏以承庆为太保、定襄郡王,……任瑗明州刺史,独孤允陈州刺史。"②《全唐文》卷四〇四《任瑗小传》:"天宝朝官主客左司员外郎,出为明州刺史。乾元元年,徙括州。"③《全唐文补遗》第 8 辑载《大唐故乐安县令任府君(瑗)墓志文并序》:"府君讳瑗,字湜。……府君弱冠,太学秀才焉,即任广平郡临洺县尉、河间司法参军、沧城郡南皮县令。高迁霸职,班秩盈庭。邑唱来苏,仁风远扇。府君春秋七十有一,九月九日寝疾而谢。……粤以天宝十三载岁次庚午十月八日,卜兆汜水县东北五里平原葬,礼也。"④并未涉及其为明州刺史事。而据志题,任瑗官终乐安县令,且天宝十三载即十月八日葬。则与至德二载所任之明州刺史非一人。

本年,崔寓为会稽郡太守

《会稽掇英总集》卷一八《唐太守题名记》:"崔寓,至德二年,自江夏郡太守授。其年六月,改给事中。"⑤《嘉泰会稽志》卷二"太守":"崔寓,至德二年自江夏郡太守授,召拜给事中。"⑥

本年,李仲宜为台州刺史

《嘉定赤城志》卷八"秩官门·历代郡守":"至德二年,李仲宜。"注:"至德尽二年,《壁记》作三年。"⑦

① 郁贤皓:《唐刺史考全编》卷一四三,第 2021 页。
② [宋]欧阳修、宋祁:《新唐书》卷二二五上,第 6421—6422 页。
③ [清]董诰:《全唐文》卷四〇四,第 4132 页。
④ 吴钢主编:《全唐文补遗》第 8 辑,第 403 页。
⑤ [宋]孔延之:《会稽掇英总集》卷一八,《宋元浙江方志集成》第 14 册,第 6554 页。
⑥ [宋]施宿:《嘉泰会稽志》卷二,《宋元浙江方志集成》第 4 册,第 1664 页。
⑦ [宋]陈耆卿:《嘉定赤城志》卷八,《宋元浙江方志集成》第 11 册,第 5148 页。

本年,永嘉司士李延年卒于余杭郡司马任

《旧唐书·徐王元礼传》:"天宝初,拔汗那王入朝,延年将嫁女与之,为右相李林甫所奏,贬文安郡别驾、彭城长史。坐赃贬永嘉司士。至德初,余杭郡司马,卒。"①

758　唐肃宗乾元元年戊戌

春,杜甫作诗题郑虔故居

杜甫《题郑十八著作虔》诗云:"台州地阔海冥冥,云水长和岛屿青。乱后故人双别泪,春深逐客一浮萍。酒酣懒舞谁相拽,诗罢能吟不复听。第五桥东流恨水,皇陂岸北结愁亭。贾生对鹏伤王傅,苏武看羊陷贼庭。可念此翁怀直道,也沾新国用轻刑。祢衡实恐遭江夏,方朔虚传是岁星。穷巷悄然车马绝,案头干死读书萤。"②按,诗题诸本有所不同,"虔",一本作"丈"。仇兆鳌《杜诗详注》:"《杜臆》:'玩诗意,是忆其故居而题之。'旧本丈下疑脱故居二字。此诗乃郑虔既往台州后作,在乾元元年季春。"③谢思炜《杜甫集校注》卷一〇题为《题郑十八著作主人》,注云:"按,'主人'即就居所言,如刘长卿《逢雪宿芙蓉山主人》。或者不晓其义,而妄改为虔、丈之类。"④

春,皇甫冉在越州,赋诗多首

皇甫冉《独孤中丞筵陪饯韦君赴昇州》诗云:"中司龙节贵,上客虎符新。地控吴襟带,才高汉缙绅。泛舟应度腊,入境便行春。处处歌来暮,长江建业人。"⑤郁贤皓先生《唐刺史考全编》附编"昇州"系韦黄裳于乾元元年,并云:"《通鉴·乾元元年》:二月'甲辰,置浙江西道节度使,领苏、润等十州,以昇州刺史韦黄裳为之'。

---

① [后晋]刘昫:《旧唐书》卷六四,第 2427 页。
② [清]彭定求:《全唐诗》卷二二五,第 2412 页。
③ [清]仇兆鳌:《杜诗详注》卷六,第 470 页。
④ [唐]杜甫著,谢思炜校注:《杜甫集校注》卷一〇,上海古籍出版 2015 年版,第 1607 页。
⑤ [清]彭定求:《全唐诗》卷二四九,第 2795 页。

《中兴间气集》卷上皇甫冉《独孤中丞筵陪钱韦君赴昇州》，此韦使君，即韦黄裳。独孤中丞，谓独孤峻。按独孤峻乾元元年代李希言为越州刺史。韦黄裳赴任昇州当即在此年。《旧唐书·肃宗纪》：乾元元年十二月'甲辰，以昇州刺史韦黄裳为苏州刺史、浙西节度使'。则是年末黄裳即迁苏州。"①诗有"入境便行春"语，是作于春日。

皇甫冉《奉和独孤中丞游法华寺》诗云："谢君临郡府，越国旧山川。访道三千界，当仁五百年。岩空驺驭响，树密旆旌连。阁影凌空壁，松声助乱泉。开门得初地，伏槛接诸天。向背春光满，楼台古制全。群峰争彩翠，百谷会风烟。香象随僧久，祥鸟报客先。清心乘暇日，稽首慕良缘。法证无生偈，诗成大雅篇。苍生望已久，回驾独依然。"②诗有"向背春光满"语，是作于春日。

皇甫冉《赋得越山三韵》诗云："西陵犹隔水，北岸已春山。独鸟连天去，孤云伴客还。只应结茅宇，出入石林间。"③诗有"春山"语，亦作于春日。

六月，独孤及侍母如越。七月，其母卒于会稽，及在会稽守丧

罗联添《独孤及年谱》"乾元元年（758）戊戌"："及年卅四。是年侍母如越，六月至楚州（今江苏淮安），六弟万卒，年十九。案本集十《独孤万墓志》云：'乾元三年夏六月，与昆弟同侍板舆，将如吴，遇疾，殁于楚州，春秋二十九。'（《全文》三九二同）岑仲勉氏云：'按《旧纪》十，乾元三年闰四月，始改元上元，本可有乾元三年，但万为第六子，如享年二十九，则比第五子丕尚长数岁，不合，故知二十九之二为衍文。复次志有'同侍板舆'语，则母尚在堂，而据后文其母乾元元年七月终于会稽，已抵吴矣，谓万乾元三年卒亦不合。……三年殆元年之讹也。'案及五弟丕乾元二年九月卒，年二十三，丕视万年长三岁，岑氏谓'二十九'之'二'为衍文，'三年'为'元年'之讹，诚是不刊之论。七月，母长孙夫人卒，年六十四。案《灵表》云：'至德二年（长孙夫人）随子东征，明年岁在甲戌七月廿四日终于会稽，享寿六十有四。八月某日权殡于雷门之南汜。'案《旧纪》十，至德三载二月辛未（五日）改元乾元元年，岁次戊戌，作甲戌，误。又本年及侍母至越，在安禄山之乱以后，《神道碑》云：'中原兵乱，避地于越'，《行状》云：'及函洛寇扰，公违难于江南。'似未得其实。"④

① 郁贤皓：《唐刺史考全编》附编，第3454页。
② ［清］彭定求：《全唐诗》卷二五〇，第2823页。
③ ［清］彭定求：《全唐诗》卷二五〇，第2819页。
④ 罗联添：《独孤及年谱》，《唐代诗文六家年谱》，学海出版社1986年版，第26—27页。

刘鹏《独孤及行年及作品系年再补正(上)》:"七月,母长孙夫人卒于会稽,年六十四。罗考,按《灵表》云:'至德二年(长孙夫人)随子东征,明年岁在甲戌七月廿四日终于会稽,享寿六十有四。八月某日权殡于雷门之南氾。'案旧纪十,至德三载二月辛未(五日)改乾元元年,岁次戊戌,作甲戌,误。又本年及侍母及越,在禄山之乱后,《神道碑》云:'俄属中原兵乱,避地于越。丁太夫人忧,毁瘠过礼。'今按,罗先生考证是,但上文征引有误。原文当为:'八月某日,权殡于雷门之南,氾、巨、及、正等遭天不吊,无恃无怙。'"①

独孤及《早发龙沮馆舟中寄东海徐司仓郑司户》诗云:"沙禽相呼曙色分,渔浦鸣桹十里闻。正当秋风渡楚水,况值远道伤离群。津头却望后湖岸,别处已隔东山云。停舻目送北归翼,惜无瑶华持寄君。"②应即本年七月初独孤及赴越经过龙沮馆将到渔浦口之作。

十一月,肃宗诏赠贺知章为礼部尚书

《旧唐书·贺知章传》:"肃宗以侍读之旧,乾元元年十一月诏曰:'故越州千秋观道士贺知章,器识夷淡,襟怀和雅,神清志逸,学富才雄,挺会稽之美箭,蕴昆冈之良玉。故飞名仙省,侍讲龙楼,常静默以养闲,因谈谐而讽谏。以暮齿辞禄,再见款诚,愿追二老之踪,克遂四明之客。允叶初志,脱落朝衣,驾青牛而不还,狎白衣而长往。丹壑非昔,人琴两亡,惟旧之怀,有深追悼,宜加缛礼,式展哀荣。可赠礼部尚书。'"③

秦系本年前后因安史之乱隐剡溪,此与秦系拒绝安史余党延揽有关

秦系有《献薛仆射》诗,其序云:"系家于剡山,向盈一纪,大历五年,人或以其文闻于邺留守薛公,无何,奏系右卫率府仓曹参军,意所不欲,以疾辞免,因将命者,辄献斯诗。"④

赵昌平《秦系考》:"按序'向盈一纪'语,乃指将近十二年,则系始隐剡溪,当由大历五年(770)上推十二年,为至德三年(758)。史所称'天宝末'(天宝十五年为756)已欠精确,殆为均在安史之乱前期而就大略言之,至《苕溪》所称'天宝末客泉

① 刘鹏:《独孤及行年及作品系年再补正(上)》,载《南阳师范学院学报》2007年第2期,第44页。
② 〔清〕彭定求:《全唐诗》卷二四七,第2776页。
③ 〔后晋〕刘昫:《旧唐书》卷一九〇中,第5035页。
④ 〔清〕彭定求:《全唐诗》卷二六〇,第2898页。

南’，又显为误记史传所云，错以避乱剡溪之年作‘客泉南’之年。秦系此诗与序，更使我们发现《新唐书》本传的一个更大的失误。此诗题作《献薛仆射》，仆射当指尚书(左右)仆射，序更称‘邺守薛公’，则此薛公，当为邺郡守而领尚书仆射衔者。检《旧唐书·地理志二》，唐代相州，即汉之魏郡，天宝元年，改为邺郡，属河北道。这与《新唐书》所云‘北都留守薛兼训’显然矛盾，因‘北都’即太原，属河东道(《旧唐书·地理志二》)，而薛兼训大历五年任北都留守时所领台省职称为御史大夫(《旧唐书·代宗纪》大历五年)，地点、职官与领衔均与诗序不符。”①

　　而赵昌平先生考订这里的“薛仆射”为薛嵩。盖《旧唐书·薛嵩传》云：“(仆固)怀恩平河朔旋，乃奏嵩及田承嗣、张忠志、李怀仙分理河北道；诏遂以嵩为相州刺史，充相、卫、洺、邢等州节度使，承嗣镇魏州，忠志镇恒州，怀仙镇幽州，各据数州之地。时多事之后，姑欲安人，遂以重寄委嵩。嵩感恩奉职，数年间，管内粗理，累迁检校右仆射。大历八年正月卒。诏遣弟崿知留后，累加崿太子少师。”②赵昌平先生进一步考证云：“可知薛嵩于宝应二年(763)闰正月至大历八年卒前一直任相州刺史，充相、卫、洺、邢节度使，并于宝应二年后数年加检校右仆射，此正与秦系《献薛仆射》诗序‘大历五年，人或以其文闻于邺守薛公’相合。《新唐书》盖以薛兼训大历初曾任浙东节度使，五年，迁北都留守，其僚属鲍防又曾‘与系同举场’，遂误将系诗序中之‘薛公’误作‘薛兼训’。以后《剡录》《唐才子传》等以讹传讹，铸成定论。澄清这一史实对于我们了解秦系的思想有很大关系。薛嵩、田承嗣等均为安史余党，他们分据河北，成为唐中央政权势力之外的独立王国。秦系《献薛仆射》诗寓庄于谐，以调侃的笔调，拒绝了薛嵩的延揽，说明这位‘终年常裸足，连日半蓬头’(《山中崔大夫有书相问》)的狂生颇有气骨。‘长策胸中不复论，荷衣蓝缕闭柴门。当时汉祖无三杰，争得咸阳与子孙’？对于其《闲居览史》一类作品，我们在澄清上述史实后，当有更深切的理解。”③

本年，李希言为浙东观察使

　　《会稽掇英总集》卷一八《唐太守题名记》：“李希言，自礼部侍郎兼苏州刺史、充节度采访使。转梁州刺史。”④按，《旧唐书》卷一〇《肃宗纪》：至德三载三月，“乙

　　① 赵昌平：《秦系考》，载《中华文史论丛》1984年第4辑，第142—143页。
　　② [后晋]刘昫：《旧唐书》卷一二四，第3525—3526页。
　　③ 赵昌平：《秦系考》，载《中华文史论丛》1984年第4辑，第143页。
　　④ [宋]孔延之：《会稽掇英总集》卷一八，《宋元浙江方志集成》第14册，第6554页。

亥,山南东道、河南、淮南、江南皆置节度使。"①《新唐书·方镇表》:"乾元元年,置浙江东道节度使,领越、睦、衢、婺、台、明、处、温八州,治越州。"②郁贤皓先生《唐刺史考全编》卷一四二以为李希言为浙东观察使在乾元元年三月③。

李希言与唐代著名诗人有所交游,其为浙西观察使时,刘长卿有《罢摄官后将还旧居留辞李侍御》:"江海今为客,风波失所依。白云心已负,黄绶计仍非。……世累多行路,生涯向钓矶。榜连溪水碧,家羡渚田肥。旅食伤飘梗,岩栖忆采薇。悠然独归去,回首望旌旗。"④"李侍御"应为李侍郎,即李希言。又有《至德三年春正月时谬蒙差摄海盐令闻王师收二京因书事寄上浙西节度李侍郎中丞行营五十韵》⑤,是刘长卿摄海盐令后上浙西节度使李希言之作,因海盐是浙西观察使管辖范围,故刘长卿作长诗向李希言陈情。

本年,独孤峻为浙东观察使,崔昭为行军司马

《会稽掇英总集》卷一八《唐太守题名记》:"独孤峻,自陈州刺史授,充节度采访使,加御史中丞。改金吾卫大将军。"⑥《嘉泰会稽志》卷二"太守"同⑦。《元和郡县图志》卷二六"处州龙泉县":"乾元二年越州刺史独孤峻奏割遂昌、松阳二县置。"⑧独孤及《唐故大理寺少卿兼侍御史河南独孤府君(玙)墓志铭》:"御史中丞崔公昭之尹河南也,盛选僚佐,表府君为太常丞兼殿中侍御史营田判官。……初府君之金吾伯兄拥旄浙东也,拔崔公于郡吏之中,升为军司马,推诚委政之分,犹晋得韩厥、宋得子罕。及中丞之开府辟掾,府君为首。"⑨

独孤峻与著名诗人颇有交往,故其为地方长官,应该能够创造出一定的文化氛围。皇甫冉有《奉和独孤中丞游法华寺》诗:"谢君临郡府,越国旧山川。访道三千界,当仁五百年。岩空驲驭响,树密旆旌连。阁影凌空壁,松声助乱泉。开门得初地,伏槛接诸天。向背春光满,楼台古制全。群峰争彩翠,百谷会风烟。香象随僧

---

① [后晋]刘昫:《旧唐书》卷一〇,第251页。
② [宋]欧阳修、宋祁:《新唐书》卷六八,第1903页。
③ 郁贤皓:《唐刺史考全编》卷一四二,第2002页。
④ [清]彭定求:《全唐诗》卷一五〇,第1551页。
⑤ [清]彭定求:《全唐诗》卷一五〇,第1554—1555页。
⑥ [宋]孔延之:《会稽掇英总集》卷一八,《宋元浙江方志集成》第14册,第6554页。
⑦ [宋]施宿:《嘉泰会稽志》卷二,《宋元浙江方志集成》第4册,第1664页。
⑧ [唐]李吉甫:《元和郡县图志》卷二六,第625页。
⑨ [清]董诰:《全唐文》卷三九一,第3980—3981页。

久,祥乌报客先。清心乘暇日,稽首慕良缘。法证无生偈,诗成大雅篇。苍生望已久,回驾独依然。"①又有《独孤中丞筵陪钱韦君赴昇州》诗:"中司龙节贵,上客虎符新。地控吴襟带,才高汉缙绅。泛舟应度腊,入境便行春。处处歌来暮,长江建业人。"②二诗应作于独孤峻为浙东观察使时。李白有《送程刘二侍郎兼独孤判官赴安西幕府》诗:"安西幕府多材雄,喧喧惟道三数公。绣衣貂裘明积雪,飞书走檄如飘风。朝辞明主出紫宫,银鞍送别金城空。天外飞霜下葱海,火旗云马生光彩。胡塞清尘几日归,汉家草绿遥相待。"③高适有《独孤判官部送兵》诗:"饯君嗟远别,为客念周旋。征路今如此,前军犹眇然。出关逢汉壁,登陇望胡天。亦是封侯地,期君早着鞭。"④诗中"独孤判官"都是独孤峻,说明独孤峻与盛唐一流诗人都有往还。严维有《奉和独孤中丞游云门寺》:"绝壑开花界,耶溪极上源。光辉三独坐,登陟五云门。深木鸣驺驭,晴山曜武贲。乱泉观坐卧,疏磬发朝昏。苍翠新秋色,莓苔积雨痕。上方看度鸟,后夜听吟猿。异迹焚香对,新诗酌茗论。归来还抚俗,诸老莫攀辕。"⑤

本年,薛嶷为婺州刺史,王维作《为薛使君谢婺州刺史表》

王维有《为薛使君谢婺州刺史表》:"臣某言:伏奉今月日制,除臣某官。拜命若惊,稽首无地。臣闻洪波迅流,必荡其涸秽;庆云所润,不遗于荆棘。伏惟陛下孝悌之至,通于神明;馨香之德,格于天地。故指旗而黑祲旋静,挥戈而白日再中。岂臣虫臂鼠肝,所能谈天述圣!臣之本末,强欲自陈,擢发数罪,臣戮余也,剖心自明,天知之矣。臣素书生,少为文史,折冲御侮,几何不亡,奉法守文,一日之长。当贼逼温洛,兵接河潼,拜臣陕州,催臣上道。驱马才至,长围已合,未暇施力,旋复陷城。戟枝义头,刀环筑口,身关木索,缚就虎狼。臣实惊狂,自恨驽怯,脱身虽则无计,自刃有何不可。而折节凶顽,偷生厕溷。纵齿盘水之剑,未消臣恶;空题墓门之石,岂解臣悲?今于抱衅之中,寄以分忧之重。且天兵讨贼,曾无汗马之劳;天命兴王,得返屠羊之肆。免其衅鼓之戮,仍开祝网之恩。臣纵粉骨糜躯,不报万分之一。况褰帷露冕,是去岁之缧囚;洗垢涤瑕,为圣朝之岳牧。臣欲杀身灭愧,刎首谢恩,生无益于一毛,死何异于腐鼠?谨当闭阁以思政,酌泉以励心。亲毕力于平人,无烦八

① [清]彭定求:《全唐诗》卷二五〇,第 2823 页。
② [清]彭定求:《全唐诗》卷二四九,第 2795 页。
③ [清]彭定求:《全唐诗》卷一七六,第 1797 页。
④ [清]彭定求:《全唐诗》卷二一四,第 2227 页。
⑤ [清]彭定求:《全唐诗》卷二六三,第 2918 页。

部;誓不负于明主,非畏四知。用释愆诛,敢求课最。"①陈铁民《王维集校注》卷一一注云:"作于乾元元年……薛使君:当为薛嵊。《唐韦氏(暭)故夫人河东薛氏墓志铭并叙》云:'河东薛夫人讳琰,字令仪,故婺州刺史讳嵊之曾孙。'按,嵊为王维同时人,开元二十二年为监察御史,二十四年为冯翊令,二十九年为新丰令,天宝四载为检校国子司业,见《唐大诏令集》卷四〇《册荣王薛妃文》《唐御史台精舍题名考》卷二。"②韦暭《唐韦氏(暭)故夫人河东薛氏(琰)墓志铭并叙》:"河东薛夫人讳琰,字令仪,故婺州刺史讳嵊之曾孙,故睦州司马讳元之孙,前江陵少尹正之第三女。"③曾涧《王维〈为薛使君谢婺州刺史表〉之"薛使君"考》,考证王维文中"薛使君"为薛嵊,至德三载(即乾元元年)为婺州刺史④。

任瑗为任括州刺史

《全唐文》卷四〇四《任瑗小传》:"出为明州刺史,乾元元年徙括州。"⑤

本年,独孤及为独孤峻作天长节进镜表

独孤及《为独孤中丞天长节进镜表》:"臣某言:臣仕于太上圣皇之朝,早蒙宠秩,位至剖竹,任兼干城。摩顶至踵,皆圣皇所赐。陛下又不以臣菲薄,加臣宪威,殊私降临,荣命重叠。臣顷虽馨诚竭节,竟未能夷凶靖难,思所以仰酬天造,缅邈无阶。以去年五月五日,于淮阳铸上件镜,欲献之行在,为圣皇寿,冀申犬马之意、臣子之心。属豺狼方炽,道路艰阻,恳愿空积,上达无由。今宸极正而乾坤贞观,惊尘收而日月开朗,当白露盛序之秋,是黄河澄清之日。臣幸逢佳节,愿展微忱,谨遣某乙进上件二镜,一献圣皇,一献陛下,辄以愚恩,上续圣寿。臣伏以圣皇执契垂化,有如金玉之式;陛下时乘驭天,骋飞龙于国步。臣故以金龙饰镜,以表圣德,伏冀纤尘莫翳,朗鉴长悬,挂仙台而如日之升,含品物而无私不照。而臣之肝胆,亦庶呈于此。轻黩宸扆,战越交深。臣无任。"⑥按,"独孤中丞"即独孤峻,独孤及从叔,时为越州刺史、浙江东道观察使,加御史中丞。

---

① [清]董诰:《全唐文》卷三二四,第3287页。
② [唐]王维撰,陈铁民校注:《王维集校注》(修订本)卷一一,第1132页。
③ 吴钢主编:《全唐文补遗》第7辑,第92—93页。
④ 曾涧:《王维〈为薛使君谢婺州刺史表〉之"薛使君"考》,载《湖南人文科技学院学报》2017年第2期,第20—22页。
⑤ [清]董诰:《全唐文》卷四〇四,第4132页。
⑥ [清]董诰:《全唐文》卷三八五,第3917页。

本年,独孤及为独孤峻作谢表,时卢渐为越州长史

独孤及《为独孤中丞谢赐紫衣银盘椀等表》:"臣某言:今月十九日,越州长史卢渐至,伏奉某月日敕书,特赐慰劳。圣藻御札,降临自天。二十三日,中使刘光俊至,又奉宣口敕,赐臣衣一副、银盘椀等各一,兼百索一筒、紫衣十副,分赐用命将士。端午续命,推心而泽流万里,颁赐而庆及三军。臣等奉戴恩渥,陨越是惧。臣某诚惶诚恐,顿首顿首。臣拔自周行,见委戎律,受金钺,分竹符,荷天之宠,岁一周矣。竟未能虔奉庙略,诛锄残寇,使边烽尚燃,虏马未却,臣之罪也。陛下不以臣官非其据,任重于力,而骤降殊荣,累加厚赐。天文下瞩而星辰烂,宸翰俯临而烟云动。况盘盂器用,章服缋彩,赐臣为寿,施及行间。投醪之恩,未足言醉,挟纩之德,曾何喻暖?臣等虽勉励忠勤,誓清尘雾,然丝发之效未展,雨露之渥亟加,揣分循涯,臣惧深矣。谨当宣皇恩以励将帅,奉师律以练甲兵,必使江汉无虞,士卒知训,然后毕力殄寇,以答鸿私。臣无任。"①

本年,李丹为衢州刺史

李华《台州乾元国清寺碑》:"盈川,非古邑也,襟东江西山,因而城之。寺在远郊,信者劳止。自官吏耆耄,至于商旅,咸以津梁未建,为愧为羞。邑城之西,有净名废寺,背连山而面通川。杉栝昼暝,缁褐经行;寒潭夕清,车马无声,境胜心闲,十金果成。耆寿徐君赞、录事徐知古等请于县令陇西李公平,平请于前刺史赵郡李公丹,丹请于河南等五道度支使御史中丞京兆第五公琦,琦闻于天子,墨制曰可。僧义璇等伏以乾元之初,元恶扫除,国步既清,庙易名榜,因改曰乾元国清寺,昭睿功也。自所志洎于州县之长,僚吏以降,多舍清白之俸,征梓人,求绘工,为民储福,为佛成宫。高殿倚云,长廊生风,莲花出界,开在空中,自江南无有。是刹上座某等至某都维那某,奉前佛之心印,得轮王之髻珠。第五公以上智利国,人登宰辅;李使君以全德公才,持宪为郡;今刺史陈郡殷公日用忠武杰出,长城江海;专知官司马陇西李公乾嘉,峻能操纲,清可激俗,县令李令宗室大儒,政之善者,皆易简诣于真境,清净符于度门。醍醐胜味,甘露妙源,正性无说,宏之在言。"②按,周祝伟《唐代两浙州县职官考》云:"盈川乃衢州之属县,如意元年(692)析龙丘县置,元和七年(812)

---

① [清]董诰:《全唐文》卷三八五,第3918页。
② [清]董诰:《全唐文》卷三一八,第3224—3225页。

并入信安县,故碑为衢州乾元国清寺碑,'台州'为'衢州'之误。"①

759　唐肃宗乾元二年己亥

春,刘长卿初贬南巴,经常山作诗寻南溪道人隐居

刘长卿有《寻南溪常山道人隐居》诗云:"一路经行处,莓苔见履痕。白云依静渚,春草闭闲门。过雨看松色,随山到水源。溪花与禅意,相对亦忘言。"②储仲君《刘长卿诗编年笺注》云:"常山,《元和郡县图志》卷二六'衢州':'常山县,上,东至州八十里。'咸亨五年,于今县东置常山县,因县南有常山为名。广德二年,本道使薛兼训奏移此于旧县西四十里,即今县是也。'按李翱《南来录》(《全唐文》卷六三八)云:二月'丙申,七里滩至睦州'。'辛丑,至衢州'。三月'丙戌,去衢州。戊子,自常山上岭至玉山。庚寅,至信州'。'丙申,上于(干)越亭。己亥,直渡担石湖。辛丑,至洪州'。长卿自江左赴洪州,所取亦为此途,故得行经常山。诗即作于贬谪途中。"③按,长卿初贬谪南巴时即作诗有《赴南巴书情寄故人》《负谪后登干越亭作》等诗,均作于乾元二年,故亦系此诗于乾元二年。明人唐汝询《唐诗解》云:"观苔问履痕而知经行者稀,观停云幽草而知所居之僻。过雨看松,新而且洁;随山寻源,趣不外求。惟其深悟禅意,故对花而忘言也。"④

四月,季广琛为温州刺史

《旧唐书·肃宗纪》:乾元二年四月,"贬季广琛宣州刺史"⑤。同书同卷:上元二年,"温州刺史季广琛为宣州刺史"⑥。郁贤皓先生《唐刺史考全编》卷一五〇以为前面"宣"疑"温"之误⑦。

① 周祝伟:《唐代两浙州县职官考——历代方志所载唐职官新考补正》,第336页。
② [清]彭定求:《全唐诗》卷一四八,第1512页。
③ 储仲君:《刘长卿诗编年笺注》,第190页。
④ [明]唐汝询:《唐诗解》卷三八,第876页。
⑤ [后晋]刘昫:《旧唐书》卷一〇,第256页。
⑥ [后晋]刘昫:《旧唐书》卷一〇,第260页。
⑦ 郁贤皓:《唐刺史考全编》卷一五〇,第2143页。

六月,浙东从事试大理评事刘贶卒,李华为作祭文

李华《祭刘评事兄文》云:"维乾元二年岁次己亥六月乙未朔三日丁酉,赵郡李华,祭于刘三兄之灵:惟兄高韵旷度,拔于时伦;德契中和,道符深仁。泉明其照,情性其文。疏近无二,心冥则亲。雅敦名教,素远权利。夷险一节,通塞一致。有时不适,与道偕醉。迹随沉浮,量混同异。白云何远?清风自至。人或知兄,王佐之器。岂人无福?而兄夭年。浙东幕庭,丧此一贤。识与不识,辛酸泫然。……居室言善,感于千里。绵江越湖,掩涕相视。……去岁季冬,将膺使檄。累辱来召,陵江挂席。持酒欢酬,忧怀顿释。携手终日,晤言竟夕。……华江滨憔悴,风湿所侵。疾不果问,丧不果临。无由执绋,从兹破琴。异乡之恸,于此何心?"①按,岑仲勉《唐人行第录》"又刘三贶"条:"贶,两《唐书》均附见《知几传》,又见《姓纂四校记》四六七页。《三贤论》称贶曰功曹,卒于安康。《全文》三二一李华《祭刘评事兄文》,贶,乾元二年终于浙东评事。"②

六月,衢州司士参军独孤涛卒,独孤及撰写墓志

《唐代墓志汇编》大历〇三五《皇五从叔祖故衢州司士参军府君(涛)墓志铭并序》(大历九年四月廿八日),题:"朝散大夫守常州刺史赐紫金鱼袋河南独孤及撰。"志云:"公讳涛,皇唐太祖景皇帝六代孙也。……历宋州宋城县尉,皆以恭宽信惠闻于千室。议黜陟幽明者,谓公文行吏事,宜登三台,会河朔军兴,避地江表,相国崔涣承诏署衢州司士参军。于时五府辟召之权,移于兵间,务苟进者,多不由径而致显位。公俭德正志,安贞俟时,未尝以得丧夷险滞芥方寸,神荣辱晏如也。论者高之。乾元二年六月十六日寝疾,终于润州,春秋五十。七月十六日,权窆于衢州。"③

九月,独孤及为其弟撰墓志铭

罗联添《独孤及年谱》"乾元二年(759)己亥":"及年卅五,在会稽守母丧。九月,五弟丕卒于会稽,年二十三。案本集十《独孤丕墓志》云:'乾元二年从季父峻为御史中丞都督江东军事,盛选僚佐,表为剡县主簿,军书羽檄,悉以谘访。……不幸

---

① [清]董诰:《全唐文》卷三二一,第3257页。
② 岑仲勉:《唐人行第录(外三种)》,第153页。
③ 周绍良主编:《唐代墓志汇编》下册,第1783页。

短命……卒于会稽，春秋才二十三。……是岁乾元三年岁次己亥秋九月也。……是月也殡于雷门之南先夫人寿宫之傍。'案己亥为乾元二年，又据《旧纪》九，乾元三年四月己卯（十九日）改元上元，秋九月安得复称乾元，依是，三年必二年之讹无疑。"①

郑虔在台州司户任，杜甫作诗怀念

杜甫《有怀台州郑十八司户》诗云："天台隔三江，风浪无晨暮。郑公纵得归，老病不识路。昔如水上鸥，今如置中兔。性命由他人，悲辛但狂顾。山鬼独一脚，蝮蛇长如树。呼号傍孤城，岁月谁与度。从来御魑魅，多为才名误。夫子嵇阮流，更被时俗恶。海隅微小吏，眼暗发垂素。黄帽映青袍，非供折腰具。平生一杯酒，见我故人遇。相望无所成，乾坤莽回互。"②"老病不识路"下自注："郑贬台州，痛其归期无日。"③仇兆鳌《杜诗详注》引鹤注云："至德二载，虔贬台州司户，公有诗送行。明年，又有春深逐客一诗。此诗又在其后，当是乾元二年秦华间作。末云'相望无所成，乾坤莽回互'，盖在弃官以后耶。"④

杜甫《所思》，题注："得台州司户虔消息。"诗云："郑老身仍窜，台州信所传。为农山涧曲，卧病海云边。世已疏儒素，人犹乞酒钱。徒劳望牛斗，无计劚龙泉。"⑤仇兆鳌《杜诗详注》云："郑昂谓：虔贬在至德二载十二月，其往台在乾元元年。单复编此诗在乾元二年，今姑仍之。赵曰：古乐府题云《有所思》，故公倚以为题。"⑥

郑虔在台州，作诗自叹

姜宸英《湛园札记》卷四引《台州志》云："郑虔，字若齐，谪台州司户。台人初见虔衣冠言动，嫌之，时为之语曰：'一州人怪郑若齐，郑若齐怪一州人。'虔尝作诗自叹云：'著作无功千里窜，形骸违俗一州嫌。'"⑦

---

① 罗联添：《独孤及年谱》，《唐代诗文六家年谱》，第 27 页。
② ［清］彭定求：《全唐诗》卷二一八，第 2289 页。
③ ［清］仇兆鳌：《杜诗详注》卷七，第 559 页。
④ ［清］仇兆鳌：《杜诗详注》卷七，第 559 页。
⑤ ［清］彭定求：《全唐诗》卷二二七，第 2458 页。
⑥ ［清］仇兆鳌：《杜诗详注》卷八，第 666 页。
⑦ ［清］姜宸英撰，雍琦整理：《湛园札记》卷四，《姜宸英全集》卷二三，浙江古籍出版社 2016 年版，第 568 页。

九月，郑虔卒于台州司户任

新出土《大唐故著作郎贬台州司户荥阳郑府君（虔）并夫人琅琊王氏墓志铭并序》："公讳虔，字趋庭，荥阳人也。本枝自周，因国氏郑，尔来千有余年，世为著族。曾父道瑗，随朗州司法参军。大父怀节，皇澧州司马，赠卫州刺史。父镜思，皇秘书郎，赠主客郎中、秘书少监。公则秘书之次子。源长庆深，世继其美。公神冲气和，行纯体素，精心文艺，克己礼乐。弱冠举秀才，进士高第。主司拔其秀逸，翰林推其独步。又工于草隶，善于丹青，明于阴阳，邃于算术，百家诸子，如指掌焉。家国以为一宝，朝野谓之三绝。解褐补率更司主簿，二转监门卫录事参军，三改尚乘直长，四除太常寺协律郎，五授左青道率府长史，六移广文馆博士，七迁著作郎。无何，狂寇凭陵，二京失守，公奔窜不暇，遂陷身戎虏。初胁授兵部郎中，次国子司业。国家克复，因贬公台州司户。非其罪也，国之宪也。经一考，遘疾于台州官舍，终于官舍，享年六十有九，时乾元二年九月廿日也。夫人琅琊王氏，皇凤阁侍郎平章事方庆之孙，皇侍御史畯之女。承大贤之后，盛德相继。母仪母则，传在六亲；妇道妇容，闻于九族。享年廿有五，以开元十四年十一月二日，先公而殁。嗣子元老、野老、魏老。有女五人。既奉胎中之教，又承庭下之训。动乃应规，言必合则。咸以世事多故，或处遐方，唯长女、次女、幼子在焉。初，公以权厝于金陵石头山之原，夫人在王城南定鼎门之右，顷以时艰，未遑合祔。昨以询于长老，卜于龟筮，得以今年协从是礼。长女、次女相谓曰：'吾等虽伯仲未集，而吉岁罕逢，今誓将毕乎大事。'于是自江涉淮，逾河达洛，万里扶侍，归于故乡。昨以六月廿五日，将启城南故窆，言归郑邑新茔。大隧既开，玄堂斯俨。盘藤绕塔，彰神理之获安；蔓葛萦棺，未精诚之必感。青乌有言曰：'地之吉，草木润。神之安，福后胤。'此其是也，必不可动。金曰：'此其为万代桩橹，胡造次而易哉！'于是长女、次女等叹曰：'不归故乡，亦闻古礼。'遂以大历四年八月廿五日，祔于夫人故茔，崇礼经也，议不可动也。外生卢季长备闻旧德，书此贞石。铭曰：于昭我舅，道德是尊。才高位卑，天道奚论。茫茫野田，苍苍古原。凄凉对阙，冥寞双魂。陇月夜明，松风昼昏。千秋万祀，传于子孙。鼎门之右，龙门之侧。郁郁佳城，志荥阳茔域。"[①]

郑虔著述繁富，《新唐书》卷五九《艺文志》："郑虔《天宝军防录》，卷亡。"[②]"郑

---

① 《郑虔墓志》拓片图版，首刊朱关田：《〈唐郑虔墓志〉浅释》，载《书法丛刊》2007 年第 6 期，第 36—37 页。录文收录于吴钢主编：《全唐文补遗·千唐志斋新藏专辑》，第 249 页。

② ［宋］欧阳修、宋祁：《新唐书》卷五九，第 1551 页。

虔《胡本草》七卷。"①元辛文房《唐才子传》卷二《郑虔传》则云："有集行世。"傅璇琮笺证云："《新唐书·艺文志》未著录其诗文集,宋时公私书目亦无之。《唐诗纪事》卷二〇载其《闺情》诗一首(五绝)、《全唐诗》卷二五五所载者即此篇,则虔诗宋时已散佚殆尽,此云'有集行世',殊误。"②而其《胡本草》等书,杜甫诗中有记载,其《八哀诗·故著作郎贬台州司户荥阳郑公虔》云："天然生知姿,学立游夏上。神农极阙漏,黄石愧师长。药纂西极名,兵流指诸掌。贯穿无遗恨,荟蕞何技痒。圭臬星经奥,虫篆丹青广。"自注:"公注《荟蕞》等诸书,又撰《胡本草》七卷。"③王晚霞、郑文伟有《郑虔著〈荟蕞〉考》,从晚唐段公路的《北户录》中考得郑虔《荟蕞》佚文共12条④。

除传世文章外,新出土文献中可以辑得郑虔之文数篇。陈尚君《石刻所见唐代诗人资料零札》:"郑虔。《千唐志斋藏志》收开元十五年《大唐故汾州崇儒府折冲荥阳郑府君(仁颖)墓志铭》,为'从弟左监门录事参军虔撰'。《全唐文》不收郑虔文章,此志为仅见的郑氏佚文。又叶奕苞《金石录补》载虔华山题名:'开元二十三年四月二十三日荥泽郑虔彪乡道之智觉同登华山回步而谢于神。'据叶氏云原文为四六排偶,凡一百五十余字,但未全录。毕沅、王昶等所见,前文已无,仅得三十余残字。"⑤

《全唐文补遗·千唐志斋新藏专辑》收郑虔《大唐故右千牛卫中郎将王府君(暄)墓志铭并序》,题署:"郑虔撰。"⑥《唐代墓志汇编》开元一九四《大唐故江州都昌县令荥阳郑府君(承光)墓志铭并叙》,题:"通直郎行率更寺主簿骑都尉郑虔撰。"⑦又开元二五九《大唐故□州崇儒府折冲荥阳郑府君(仁颖)墓志铭并序》,题:"从弟左监门录事参军虔撰。"⑧《金石录补》卷一三《唐郑虔题名》:"右题名云:开元二十三年四月二十三日,荥泽郑虔、彪乡道人智觉同登华山,回步而谢于神云云。其词四六排偶,共百五十余字,史子华刻,分书仿史惟则,骨气卑下,非唐隶之佳

① 〔宋〕欧阳修、宋祁:《新唐书》卷五九,第1571页。
② 傅璇琮主编:《唐才子传校笺》第1册,第412页。
③ 〔清〕彭定求:《全唐诗》卷二二二,第2354页。
④ 王晚霞、郑文伟:《郑虔著〈荟蕞〉考》,载《杜甫研究学刊》1992年第1期,第57—59页。
⑤ 陈尚君《石刻所见唐代诗人资料零札》,《唐代文学研究》第1辑,山西人民出版社1988年版,第422页。
⑥ 吴钢主编:《全唐文补遗·千唐志斋新藏专辑》,第143页。
⑦ 周绍良主编:《唐代墓志汇编》下册,第1292页。
⑧ 周绍良主编:《唐代墓志汇编》下册,第1334页。

者。"①陈尚君《全唐文补编》卷四二据《尚书故实》收郑虔《圣善寺报慈阁大像记》，又据《金石录补》卷一三收《华岳题名》②，《全唐文再补》卷二据《俄藏敦煌遗书》收《舆(与)陈博士帖》一篇③。

新出土《大唐故滑州白马县尉郑府君(忠佐)墓志铭并序》，是郑虔长子郑忠佐墓志，非常有助于郑虔研究，附记于下。该志题署："光禄寺主簿卢时荣撰。"志云："公讳忠佐，字元老，郑州荥阳人也。……父虔，广文博士、著作郎。公即著作之长子。自保姓受氏，分茅祚土，崇勋显位，英才硕儒，无代不有，蔚为士备，族于史册，不复详载。公承祖考之令范，袭文墨之奥旨。明敏从事，刚直立诚。遂为州府交辟，参贰戎幕。凡所副佐，咸著嘉谟。累迁至彭王府谘议。公以簪缨嗣世，敢坠于冠冕；每将隐逸为志，实慕于云林。遂于寿安县西、公山之北、洛水之南创卜筑焉。弃官秩而不叙，玩琴书而自乐。门临通轨，轩骑憧憧。闻公高洁，未尝不造之；美公才器，未尝不扬之。由是为滑州节度贾公辟命，以前秩既弃，固返初筮，奏授瀛州河间尉。职参军务，非公之本志，盖以国士遇重而俯就焉。苤事星周，绩著弘益。以清白闻，改授白马尉。砥诚砺节，磨而不磷。人皆仰之，望致云汉。然公恒不怿也。秩满，借留不就，遂归林居。却挂荷服，陶陶自得，游泳其间。呜呼！天不福善，哲人云亡。以贞元十一年九月十九日，寝疾终于寿安县别业，享年六十有七。往来悼惜，闾里兴哀。夫人范阳卢氏，令仪婉顺，淑德闲和。作配良人，克扶高节。先府君四载，终于白马官舍。粤以贞元十二年十月十三日，迁合窆于洛城南，祔广文先府君之茔，礼也。遗孤三人，一男二女。男犹总丱，女且未笄。号诉无节，泣血终岁。礼或不备，哀诚有余。盖家贫不给，人莫敢非者。余忝懿亲，实奉丧事。刻石为志，衔哀寄词。铭曰：荥阳贞节，爰称高洁。范阳令德，实曰淑懿。如何数年，同穴九泉。托词刊石，泫涕潸然。"④

郑虔家族墓志，迄今已出土十五方，是研究郑虔的重要材料，今列表附之于下：

① ［清］叶奕苞：《金石录补》卷一三，上海古籍出版社 2020 年版，第 265—266 页。
② 陈尚君：《全唐文补编》卷四二，中华书局 2005 年版，第 505 页。
③ 陈尚君：《全唐文补编》附录，第 2114 页。
④ 吴钢主编：《全唐文补遗》第 8 辑，第 103 页。

表 2　郑虔家族墓志情况表

序号	姓名	墓志名称	葬地	撰者	收录典籍
1	郑进思	大唐故赠博州刺史郑府君墓志并序	荥阳广武原		唐代墓志汇编1405—1406 页
2	郑虔	大唐故著作郎贬台州司户荥阳郑府君并夫人琅琊王氏墓志铭并序	洛阳	卢季长	书法丛刊 2007 年第 6 期 36 页
3	郑忠佐	大唐故滑州白马县尉郑府君墓志铭并序	洛城南		全唐文补遗第 8 辑第 103 页
4	郑宇	唐故淮南道采访支使河东郡河东县尉荥阳郑府君墓志铭并序	河南县梓泽乡		唐代墓志汇编1695 页
5	郑宠	唐故尚书库部郎中荥阳郑公墓志铭并序		独孤及	全唐文卷三九一，1763 页
6	郑密	唐故商州录事参军郑府君墓志铭并序	北邙山	独孤及	全唐文卷三九一，1764 页
7	郑高	大唐故侍御史江西道都团练副使郑府君墓志铭并序	缑氏县芝田乡	杜信	唐代墓志汇编续集第 792—793 页
8	郑敬	大唐故朝散大夫绛州刺史上柱国赐紫金鱼袋郑公墓志铭并序	邙山	郑易	唐代墓志汇编2010—2011 页
9	郑鲁	唐故右金吾卫仓曹参军郑府君墓志铭并序	洛阳邙山	卢弘宣	唐代墓志汇编2558—2559 页
10	郑绲	唐故荥阳郑氏男墓志铭并序	邙山	郑缥	唐代墓志汇编2047 页
11	郑纪	故宋州砀山县令荥阳郑府君墓志铭并序	河南县梓泽乡北邙山	宋黄	唐代墓志汇编第2223 页
12	郑□	唐故郑氏嫡长殇墓记	邙山	郑易	唐代墓志汇编2012 页
13	郑□	大唐朝议郎行周王西阁祭酒上柱国程务忠妻郑氏墓志铭并序	洛阳		千唐志斋藏志第268 页
14	郑□	唐故荥阳郑氏女墓志铭并序	邙山	郑纪	唐代墓志汇编2159—2160 页
15	王暄	大唐故右千牛卫中郎将王府君墓志铭并序	邙山	郑虔	新中国出土墓志河南叁,107 页

六月,明州刺史吕延之为浙东东道观察使

《旧唐书》卷一〇《肃宗纪》:乾元二年六月,"以明州刺史吕延之为越州刺史,充浙江东道节度使。"①《会稽掇英总集》卷一八《唐太守题名记》:"吕延之,自明州刺史授,充节度使。丁忧。"②《嘉泰会稽志》卷二"太守":"吕延之,自明州刺史授,丁忧。"③《全唐文补遗》第4辑吕温撰《唐故通议大夫使持节都督潭州诸军事守潭州刺史兼御史中丞充湖南都团练观察处置等使赐紫金鱼袋赠陕州大都督东平吕府君(渭)墓志铭并序》:"吾先府君讳渭,字君载,其先炎帝之胤也。……考府君讳廷(延)之,越州刺史、浙江东道节度使。肃宗注意,超授金钺。有太师之道,王佐不登;违桓公之时,霸勋未集。"④吕焕撰《唐故中散大夫秘书监致仕上柱国赐紫金鱼袋赠左散骑常侍东平吕府君(让)墓志铭并序》:"先府君讳让,字逊叔。……显祖讳延之,越州刺史、浙江东道节度使。"⑤

本年,衢州司士参军李涛卒,独孤及为撰墓志及祭文

独孤及《唐故衢州司士参军李府君(涛)墓志铭》:"公讳涛……乾元二年某月日寝疾终于扬州……某月日权窆于衢州。"⑥其《祭衢州李司士文》云:"年月日,前华阴县尉独孤及,谨以清酌庶羞之奠,敬祭于衢州司士参军李君之灵:惟君砥节砺行,抱粹含纯,刚亦不吐,直而能温。箓仕诚立,安卑道存,宜锡难老,亦高其门,奈何盛德,迫此短辰?追惟夙昔,修好于君,托以良援,申之昏姻。劝我以义,敦我以仁,各徇薄宦,俱期致身。顷复离别,几为胡秦,契阔乖阻,艰难苦辛。君限靡盐,陈力瓯闽;予集茶蓼,零丁海滨。吊恤何深?旧好殷勤,赠言如昨,尺素犹新,倏忽长往,吾谁与亲?常日音徽,平生懿文,今则已矣,长为古人。怜君不知,哭君不闻,沥酒坟草,洒泪陇云,庶因薄奠,仿佛精神。尚飨!"⑦

本年,李阳冰在缙云县令任,撰《缙云县城隍神记》《忘归台铭》《恶溪铭》

李阳冰《缙云县城隍神记》云:"城隍神祀典无之。吴越有之。风俗水旱疾疫必

---

① [后晋]刘昫:《旧唐书》卷一〇,第256页。
② [宋]孔延之:《会稽掇英总集》卷一八,《宋元浙江方志集成》第14册,第6554页。
③ [宋]施宿:《嘉泰会稽志》卷二,《宋元浙江方志集成》第4册,第1665页。
④ 吴钢主编:《全唐文补遗》第4辑,第81页。
⑤ 周绍良主编:《唐代墓志汇编》下册,第2334页。
⑥ [清]董诰:《全唐文》卷三九一,第3975页。
⑦ [清]董诰:《全唐文》卷三九三,第3998页。

祷焉。有唐乾元二年秋，七月不雨，八月既望，缙云县令李阳冰躬祈于神，与神约曰：'五日不雨，将焚其庙，及期大雨，合境告足，具官与耄耋众吏乃自西谷迁庙于山巅，以答神休。'"①

陈思《宝刻丛编》卷一三引《集古录目》："《唐城隍庙记》，唐缙云令李阳冰撰并篆书。阳冰祷庙而雨，因移建于山上。碑以乾元二年八月立在缙云县。"又引《集古录》："阳冰为缙云令，遭旱祷雨，约以七日不雨将焚其祠。既而雨，遂徙庙于西山。阳冰所记云，城隍神祀典无之，吴越有尔。然今非止吴越，天下皆有，而县则少也。"②

欧阳修《集古录跋尾》卷七云："《唐李阳冰忘归台铭》，乾元二年。右《忘归台铭》，唐李阳冰撰并书。铭及《孔子庙》《城隍神记》三碑并在缙云，其篆刻比阳冰平生所篆最细瘦。世言此三石皆活，岁久渐生，刻处几合，故细尔。然时有数字笔画特伟劲者，乃真迹也。"③乾隆《缙云县志·古迹》称："忘归台：在吏隐山，阳冰篆《忘归台铭》：'叠嶂回抱，中心翠微。隔山见川，沟塍如棋。环溪石林，春迷四时。曲成吏隐，可以忘归。'"④

李阳冰《恶溪铭》："天作巨堑，险于东南。岌邱嘲呀，苍山黑潭。殷云填填，怒虎魆魆。一道白日，四时青岚。鸟不敢飞，猿不得下。舟人耸棹，行子束马。知雄守雌。为天下蹊，烜赫如此。人将畏之，水德至柔。狎侮而死，畏而不死，宁取于彼。"⑤按，《新唐书·地理志五》："处州缙云郡……丽水……武德八年省丽水县入焉，大历十四年更名。有铜，出豫章、孝义二山。东十里有恶溪，多水怪，宣宗时刺史段成式有善政，水怪潜去，民谓之好溪。"⑥是恶溪在缙云，铭即李阳冰在缙云县令任上所作。

本年，李阳冰在缙云县令任，为倪翁洞题字

王琼瑛《摩崖石刻》："唐李阳冰'倪翁洞'题记，乾元间（758—760）。位于初旸谷口凭虚阁下大石块上，朝南。直书1行，字径45厘米，幅大50厘米×170厘米，

---

① ［清］董诰：《全唐文》卷四三七，第4461页。
② ［宋］陈思编著：《宝刻丛编》卷一三，第839—840页。
③ ［宋］欧阳修：《集古录跋尾》卷七，第153—154页。
④ 《缙云县志》卷一上，乾隆三十二年刊本，第7页。
⑤ ［清］董诰：《全唐文》卷四三七，第4461页。
⑥ ［宋］欧阳修、宋祁：《新唐书》卷四一，第1062页。

篆书。字迹清晰,左下方所刻'唐李阳冰题'五字,为后人补款,2002年2月16日被人轻度损坏。在旧拓中,'洞'字左右原有'沈绅公仪'和'王瑜中玉'题名。前者为'嘉祐岁二月(1056)',后者未署年月。1960年,将原刻在平面的'倪翁洞'题字削改成挂轴式的浮雕上,至使'沈绅''王瑜'题名不复存在。"①

同书:"综观仙都摩崖题记,最有代表性也是最具书法价值的是'一篆一隶五榜书'。'一篆'指唐李阳冰'倪翁洞'题记。'倪翁洞'三字,是幅挂轴形浮雕,直写1行,字径45厘米,幅大50厘米×170厘米,开合有致,揖让成趣,劲利豪爽,骨气遒正,精采冲融,属稀世之品,珍贵文物。李阳冰(721/722—785),赵郡(今河北赵县)人,李白族叔,是唐代小篆书法大家。在唐代,篆书推李阳冰为首,被誉为'若古钗倚物,力有万钧,李斯之后,一人而已'。《宣和书谱》称:'有唐三百年,以篆称者,唯阳冰独步。''方时,颜真卿以书名世,真卿书碑必得阳冰题其额,欲以擅连璧(譬)之美,盖其篆法妙天下如此。'李阳冰于唐乾元间(759—761)任缙云县令,因敬'计倪归隐仙都初阳山洞中'而题'倪翁洞'。《缙云县志》载,李阳冰在缙云的篆书真迹作品有十二通。现存世者仅为四处,即倪翁洞、黄帝祠宇残碑、城隍庙碑(宋拓)、忘归台记(残),在中国书法史上具有很高地位。"②

本年,李阳冰在缙云县令任,为吏隐山题字

王琼瑛《摩崖石刻》:"唐吏隐山题刻,唐。位于五云镇东门村,即原实验中学东侧吏隐山的石壁上。直书一行,行三字。字径52厘米,幅大75厘米×140厘米,楷书。字迹清晰。无落款。据《清一统志·处州府·山川》载:吏隐山'在缙县治东。一名洼山。唐县令秩满尝游息于此,筑忘归台,石壁闲(间)刻吏隐山三字,阳冰所书也。阳冰又刻洼铭、忘归台铭,并撰《忘归台记》。'"③

本年,独孤丕为剡县主簿

独孤及《唐故浙江东道节度掌书记越州剡县主簿独孤丕墓志》:"皇唐故颍川郡长史赠秘书监河南独孤公迁宅兆于寿安县甘泉乡之原,公第五子丕陪葬于茔之西序,第三兄憕,坟在右,第六弟万坟在左,三穴齐列,如平生侍立之序,礼也。丕字山

---

① 王琼瑛:《摩崖石刻》,缙云县博物馆2012年内部印行,第3页。

② 王琼瑛:《摩崖石刻》,第161页。

③ 王琼瑛:《摩崖石刻》,第123页。

甫,少聪明有志操,好学博古。年十五能属文,祖述典谟,实而不华,有古人风采。至若探综图纬,推步六甲昊天、历象太乙之奥,悉究其趣。尤好黄老之道,与脉藏荣卫之数,奉之以为卫生之经。每饵药炼气,谓丹砂可学。乾元二年,从季父峻为御史中丞都督江东军事,盛选僚佐,表为剡县主簿。军书羽檄,悉以咨访。观其志气遐远,冲然有骋长途、致青云之势,不幸短命。卧疾累旬,卒于会稽,春秋才二十有三,位不过部从事。其宏识明略,真气妙用,藏于身而未行,世无得而称之矣。呜呼哀哉!是岁乾元三年岁在己亥秋九月也。临殁叹曰:'孝道以冀全真,策名期于显亲。未中道,二志俱弃,命也夫!'是月也,殡于雷门之南先夫人寿宫之傍。行已十年,反葬此宫。无儿可以主祭,悲孰甚焉!故月而日之,以备朽壤,洒泪纪德,哀罔有极。"①

本年,赵惟芳为衢州龙丘县令,摄衢州长史

新出土《唐故括州司仓赵府君夫人河东柳氏墓志铭并序》:"府君以开元十四年十月廿七日终,葬于河南县毕圭乡之原。夫人以天宝七年九月廿九日,终于龙门乡之旧里。卜葬未吉,权殡在庄,时年八十有五。嗣子惟芳,朝散大夫、前衢州龙丘县令,摄□州长史。痛深栾棘,悲结苍旻。永惟同穴之仪,遂遵归祔之典。粤以唐乾元二年岁在己亥八月甲午朔廿七日庚申,迁祔于府君旧茔,礼也。"②是赵惟芳为龙丘县令在乾元二年。

760 唐肃宗上元元年庚子

春,崔峒在润州,作《润州送师弟自江夏往台州》诗

崔峒《润州送师弟自江夏往台州》诗云:"远客乘流去,孤帆向夜开。春风江上使,前日汉阳来。别路犹千里,离心重一杯。剡溪木未落,羡尔过天台。"③按,崔峒

---

① [清]董诰:《全唐文》卷三九二,第3990—3991页。
② 胡戟、荣新江:《大唐西市博物馆藏墓志》,第596页。
③ [清]彭定求:《全唐诗》卷二九四,第3346页。

有《刘展下判官相招以诗答之》《润州送友人》《登润州芙蓉楼》等诗,刘展之乱在上元元年底至二年正月,诗为乱前作。《刘展下判官相招以诗答之》诗云:"国有非常宠,家承异姓勋。背恩惭皎日,不义若浮云。但使忠贞在,甘从玉石焚。窜身如有地,梦寐见明君。"①则是刘展叛乱时让判官招崔峒而崔峒以诗婉拒之作。是时崔峒应该在润州。故有《润州送友人》《登润州芙蓉楼》等诗。姑系《润州送师弟自江夏往台州》于本年。

春,独孤峻为江东节度使作破草贼捷书表

独孤及《为江淮节度使奏破余姚草贼龚厉捷书表》:"自顷胡寇作逆,吴越震恐,龚厉父子,乘间起兵,劫明州之人,略余姚之地,负阻海口,凭陵江干,蚁聚偷安,蚕食取给。属王师北伐,未遑南征,逮兹二年,侵掠益甚,将拟复东瓯故地,窥南越僭迹,边邑黎庶,为之骚然。……臣遂遣军将潘景兰领辎驮数十辈,伪为商旅,傍山谷往来以饵之。又遣军将吕道光领拍刀手一百人,取其便道,为伏以待之。遣军将左璋率弩手一百五十人为左翼,军将余能变率弩手一百五十人为右翼。皆三吴良家,百越劲卒,争贾余勇,乐于公战。蓬头突鬓,焱骇火烈,相为辅车,夹敌之路。又遣军将张思览率拍刀手一百人为中军,操中权之制,以节其进退。以三月二十九日至青烟洞口,果如臣策,贼遂出山。先者遇伏,鼓噪合战,于是奇正毕举,四军夹攻,贼众夺气,不知所守。鸣鞭雷动,飞镝雨集,转战四十里,杀其三百余人。龚厉尚稽天诛,且偷晷刻,收合余烬八九十人,更登高堨,背山借势。张思览等连弩乱发,引军合围,天声扬而勇士厉,锐气作而妖星陨,遂斩元凶父子,擒其妻孥,余党僵仆原隰,脂膏草莽。犹恐蒋潢翳荟,尚有伏奸,遂搅山搜谷,刮野扫地,倾其巢窟,返旆而旋,累载逋诛,一朝扑灭。"②蒋寅《独孤及文系年补正》系于上元元年③,今从之。

七月,元铦为东阳县令

《唐故金紫光禄大夫颍王府司马上柱国元府君(瑰)墓(下阙)》:"公讳瑰,字弘清,河南人也。……以上元元年七月八日,寝疾终于上都。……有子前婺州东阳县令铦等。"④

---

① 〔清〕彭定求:《全唐诗》卷二九四,第 3342 页。
② 〔清〕董诰:《全唐文》卷三八五,第 3916 页。
③ 蒋寅:《大历诗人研究》下编,中华书局 1995 年版,第 556 页。
④ 吴钢主编:《全唐文补遗》第 5 辑,第 409—410 页。

本年,越州刺史吕延之卒,杜鸿渐为浙东观察使,辟吕渭为兵曹参军,充节度掌书记

新出土吕温撰《唐故通议大夫使持节都督潭州诸军事守潭州刺史兼御史中丞充湖南都团练观察处置等使赐紫金鱼袋赠陕州大都督东平吕府君(渭)墓志铭并序》:"考府君讳廷(延)之,越州刺史、浙江东道节度使。肃宗注意,超授金钺。有太师之道,王佐不登;逢桓公之时,霸勋未集。蕴灵储粹,启我先公。公弱冠举进士高第,归宁浙上,遇越州府君以家故去职。杜相国鸿渐代领其镇,表授公左金吾卫兵曹参军,充节度掌书记。是岁,越州府君捐馆旧部,公以继太夫人在堂,而归路阻寇,从权寓殡,违难安亲,展转江淮间数岁。兵部尚书薛兼训平山越,镇浙东,又辟公为节度巡官,假婺州永康令。既下车,收奸吏杜泄,州将阎伯玙左右受略,飞驿来救,公先置法而后视符,连境风生,惮独相贺。俄以薛氏政乱,解印济江。"①按,据吴廷燮《唐方镇年表》,杜鸿渐上元元年底至上元二年为浙东节度使兼越州刺史。吕渭为其兵曹参军充节度掌书记应在本年。

本年,豆卢荣为温州别驾

《太平广记》卷二八〇"豆卢荣"条引《广异记》:"上元初,豆卢荣为温州别驾卒。荣之妻,即金河公主女也。公主尝下嫁辟叶,辟叶内属。其王卒,公主归来。荣出佐温州,公主随在州数年。宝应初,临海山贼袁晁攻下台州。公主女夜梦一人,被发流血,谓曰:'温州将乱,宜速去之。不然,必将受祸。'及觉,说其事。公主云:'梦想颠倒,复何足信。'须臾而寝,女又梦见荣,谓曰:'适被发者,即是丈人,今为阴将。浙东将败,欲使妻子去耳。宜遵承之。无徒恋财物。'女又白公主说之。时江东米贵,唯温州米贱。公主令人置吴绫数千匹,故恋而不去。他日,女梦其父云:'浙东八州,袁晁所陷。汝母不早去,必罹艰辛。言之且泣。'公主乃移居栝州。栝州陷,轻身走出,竟如梦中所言也。"②

本年,李皋为温州长史

韩愈《曹成王碑》:"上元元年,(李皋)除温州长史,行刺史事。江东新创于兵,

———————————

① 吴钢主编:《全唐文补遗》第4辑,第81页。
② [宋]李昉等:《太平广记》卷二八〇,第2229—2230页。

郡旱,饥民交走死无吊。王及州,不解衣下令,掊锁扩门,悉弃仓实与民,活数十万人。"①《旧唐书·李皋传》:"上元初,京师旱,米斗直数千,死者甚多。皋度俸不足养,亟请外官。不允,乃故抵微法,贬温州长史。无几,摄行州事。岁俭,州有官粟数十万斛,皋欲行赈救,掾吏叩头乞候上旨。皋曰:'夫人不再食当死,安暇禀命!若杀我一身,活数千人命,利莫大焉。'于是开仓尽散之。以擅贷之罪,飞章自劾。天子闻而嘉之。"②《嘉靖温州府志》:"李皋,上元初以长史摄州事,州大饥,便宜发官廪数十万,僚吏请先以闻,皋曰:'人不得食,且死,何俟命下。苟杀我以活众,其利大矣。'既贷,乃自劾。诏嘉之,进少府监。"③

761 唐肃宗上元二年辛丑

正月,韦之晋除婺州刺史,刘长卿作诗相送

刘长卿有《余干夜宴奉饯前苏州韦使君新除婺州作》诗云:"复拜东阳郡,遥驰北阙心。行春五马急,向夜一猿深。山过康郎近,星看婺女临。幸容栖托分,犹恋旧棠阴。"④按,韦使君为韦之晋。《全唐文》卷三四六刘长卿《首夏于越亭奉饯韦卿使君公赴婺州序》:"今年春王正月,皇帝居紫宸正殿,择东南诸侯,以我公为少光禄。自姑苏行春于东阳,爱人也。顷公之在吴,值欃枪构戾,南犯北斗,波动沧海,尘飞金陵,公夷险一心,忠勇增气,四面皆敌,姑苏独静。……竟使浙西士庶,不见烟尘,公之力也。朝廷闻而多之,以为姑苏之人已理,东阳之人未化,是拜也,宜哉。"⑤参之《唐刺史考全编》卷一四五,韦之晋为婺州刺史在上元二年⑥,故系该诗于上元二年。

　　① [清]董诰:《全唐文》卷五六一,第5683—5684页。
　　② [后晋]刘昫:《旧唐书》卷一三一,第3637页。
　　③ [明]张璁:《嘉靖温州府志》卷三,《天一阁藏明代方志选刊》第17册,上海古籍书店1981年版,第14页。
　　④ [清]彭定求:《全唐诗》卷一四七,第1498页。
　　⑤ [清]董诰:《全唐文》卷三四六,第3514页。
　　⑥ 郁贤皓:《唐刺史考全编》卷一四五,第2063页。

王恕为婺州防御判官

白居易《唐扬州仓曹参军王府君墓志铭》："公讳某,字士宽。……天宝中应明经举及第,选授婺州义乌县尉,以清干称。刺史韦之晋知之,署本州防御判官。无何,租庸转运使元载又知之,假本州司仓,专掌运务。岁终课绩居多,遂奏闻真授。永泰中,敕迁越府户曹,属邑有不理者,公假领之,所至必理。"①

夏,独孤及自豫章归越并作诗

独孤及《将还越留别豫章诸公》诗云:"客鸟倦飞思旧林,裴徊犹恋众花阴。他时相忆双航苇,莫问吴江深不深。"②罗联添《独孤及年谱》"上元二年(761)辛丑":"是夏,及自豫章(洪州)归越(会稽)。案本集二有《将还越留别豫章诸公》诗一首,盖本年所赋之作。据本集十七《上元二年豫章冠盖盛集记》云:'岁二月楚氛扫除……分镳言旋。'暨本集十三《徐公写真图赞序》云:'辛丑三月,……及亦继唱于后。'知是年二三月,及犹在洪州,其自洪州归越,或在本年夏。"③

秋,杜甫赠诗于虞世南玄孙虞十五司马

杜甫《赠虞十五司马》诗云:"远师虞秘监,今喜识玄孙。形像丹青逼,家声器宇存。凄凉怜笔势,浩荡问词源。爽气金天豁,清谈玉露繁。仵鸣南岳凤,欲化北溟鲲。交态知浮俗,儒流不异门。过逢联客位,日夜倒芳尊。沙岸风吹叶,云江月上轩。百年嗟已半,四座敢辞喧。书籍终相与,青山隔故园。"④仇兆鳌《杜诗详注》:"鹤注:梁氏编在大历三年,时公年是五十七岁矣。当如《暮归》诗'年过半百不称意',不应云'百年嗟已半'。当是上元宝应间在成都作,故云:'沙岸风吹叶,云江月上轩。'若在公安,则公未尝舍舟,不应有此语也。"⑤四川文史馆《杜甫年谱》系于上元二年⑥。诗有"远师虞秘监,今喜识玄孙"之语,虞秘监为虞世南,虞十五是虞世南玄孙。《旧唐书·虞世南传》:"虞世南,字伯施,越州余姚人。……太宗升春宫,迁太子中舍人。及即位,转著作郎,兼弘文馆学士。时世南年已衰老,抗表乞骸骨,

---

①　[清]董诰:《全唐文》卷六七九,第6940页。
②　[清]彭定求:《全唐诗》卷二四七,第2779页。
③　罗联添:《独孤及年谱》,《唐代诗文六家年谱》,第28—29页。
④　[清]彭定求:《全唐诗》卷二三二,第2564—2565页。
⑤　[清]仇兆鳌:《杜诗详注》卷一〇,第849页。
⑥　四川文史研究馆:《杜甫年谱》,第65页。

诏不许,迁太子右庶子,固辞不拜,除秘书少监。上《圣德论》,辞多不载。七年,转秘书监,赐爵永兴县子。"①朱关田《唐代书法家年谱》卷一云:"杜甫《赠虞十五司马》有'有师虞秘监,今喜识元孙'云,虞十五司马时代相近,或即其人。是诗,仇兆鳌《杜诗详注》以为'当是上元宝应间在成都作'。若是,时为蜀州司马,后迁沔州为牧,与刘长卿、戴叔伦及怀素并有交游。"②录之存参。

秋,刘长卿作诗送李校书谒杜鸿渐

《全唐诗》卷一四八刘长卿有《送李校书适越谒杜中丞》诗:"江风处处尽,旦暮水空波。摇落行人去,云山向越多。陈蕃悬榻待,谢客枉帆过。相见耶溪路,逶迤入薜萝。"③"杜中丞"即杜鸿渐。储仲君《刘长卿诗编年笺注》:"杜中丞,当为杜鸿渐。独孤及《豫章冠盖盛集记》(《全唐文》卷三八九)云:'岁次辛丑春正月,东诸侯之师有事于淮西。……于是户部尚书兼御史大夫李公峘至自广陵,越州刺史兼御史中丞杜公鸿渐至自会稽。'辛丑岁为上元二年(761)。据严耕望《唐仆尚丞郎表》,是年春,杜鸿渐即由浙东观察使入迁为户部侍郎。长卿诗云:'摇落行人去,云山向越多。'作于秋日,当在上元元年(760)。"④按,储仲君系于上元元年不确。杨世明《刘长卿集编年校注》云:"上元二年(761)秋作。李校书:名未详。杜中丞:当指杜鸿渐。据近人吴廷燮《唐方镇年表》,杜鸿渐上元元年底至上元二年为浙东节度使兼越州刺史,又按独孤及《豫章冠盖盛集记》,杜任越州刺史时兼有御史中丞衔。"⑤考《全唐文》卷三六九元载《故相国杜鸿渐神道碑》:"公之罢守,袁晁陷山越。"⑥而袁晁陷越事在宝应元年(762)。由此而推之,严耕望考证杜鸿渐由越守入为户侍时间在上元二年春不可据。

独孤及为独孤问俗作祭员锡文

蒋寅《独孤及文系年补正》"上元二年(761)辛丑":"《为明州独孤使君祭员郎中文》(卷一九)。按独孤使君,名问俗;员郎中,名锡。据郁贤皓《唐刺史考》,独孤问

① [后晋]刘昫:《旧唐书》卷七二,第2565—2566页。
② 朱关田:《唐代书法家年谱》卷一,第50页。
③ [清]彭定求:《全唐诗》卷一四八,第1511页。
④ 储仲君:《刘长卿诗编年笺注》,第201页。
⑤ 杨世明:《刘长卿集编年校注》,第232页。
⑥ [清]董诰:《全唐文》卷三六九,第3748页。

俗任明州刺史在上元元年至宝应元年间,文应作于此时,今姑系于此。"①

本年,王玙为浙东东道观察使

《会稽掇英总集》卷一八《唐太守题名记》:"王玙,自太子少师兼扬州长史御史大夫授,充节度观察使。"②《嘉泰会稽志》卷二"太守"同③。《旧唐书·王玙传》:"上元二年,兼扬州长史。……肃宗南郊礼毕,以玙使持节都督越州诸军事、越州刺史。"④

十二月(建丑月),皇甫曾在越州杜鸿渐幕,府罢,有诗送鸿渐入朝

皇甫曾《奉送杜侍御还京》:"罢战回龙节,朝天上凤池。寒生五湖道,春入万年枝。召化多遗爱,胡清已畏知。怀恩偏感别,堕泪向旌麾。"⑤陶敏、李一飞、傅璇琮《唐五代文学编年史·中唐卷》:"据诗,被送者乃越州节镇,题中侍御乃侍郎之误,《文苑英华》卷二七二作中丞。杜侍郎,杜鸿渐。《会稽掇英总集》卷一八太守题名:'杜鸿渐,自湖州刺史授,加御史中丞,召拜户部侍郎。'《全唐文》卷三六九元载《杜鸿渐神道碑》:'公之罢(会稽)守,袁晁陷山越。'知其罢守还京在本年冬末。"⑥

康云间为温州刺史

《千唐志斋藏志》载《有唐山南东道节度使赠尚书右仆射嗣曹王(李皋)墓铭并序》:"王在温州时,……又尝与刺史康云间攻袁晁。"⑦郁贤皓《唐刺史考全编》卷一五〇系康云间为温州刺史在上元二年至宝应元年⑧。

杜甫逢唐兴县刘主簿,并赠之以诗

杜甫《逢唐兴刘主簿弟》诗云:"分手开元末,连年绝尺书。江山且相见,戎马未

---

① 蒋寅:《大历诗人研究》下编,第557页。
② [宋]孔延之:《会稽掇英总集》卷一八,《宋元浙江方志集成》第14册,第6554页。
③ [宋]施宿:《嘉泰会稽志》卷二,《宋元浙江方志集成》第4册,第1665页。
④ [后晋]刘昫:《旧唐书》卷一三〇,第3618页。
⑤ [清]彭定求:《全唐诗》卷二一〇,第2179页。
⑥ 陶敏、李一飞、傅璇琮:《唐五代文学编年史·中唐卷》,第98页。
⑦ 河南省文物研究所、河南省洛阳地区文管处编:《千唐志斋藏志》,第971页。
⑧ 郁贤皓:《唐刺史考全编》卷一五〇,第2143页。

安居。剑外官人冷,关中驿骑疏。轻舟下吴会,主簿意何如。"①仇兆鳌《杜诗详注》云:"鹤注:唐莫州、台州、道州、遂州四州,皆有唐兴。此云'剑外官人冷',是指遂州。自天宝元年八月二十四日已改为蓬溪,而公于上元二年为邑宰王潜作《唐兴县客馆记》及此诗题,俱云唐兴,乃因旧名耳,当是上元二年作。"②按,仇注以唐兴为遂州,误。诗云"轻舟下吴会,主簿意如何",则唐兴是指吴会即东南地区,应为台州唐兴县,即现在的新昌县。盖刘主簿自四川调任唐兴县,赴任途中与杜甫相遇。

郎士元在婺州,游双林寺作诗

郎士元有《双林寺谒傅大士》诗云:"草露经前代,津梁及后人。此方今示灭,何国更分身。月色空知夜,松阴不记春。犹怜下生日,应在一微尘。"③刘初棠《郎士元考》:"南朝徐陵《东阳双林寺傅大士碑》:'东阳郡乌伤县双林寺傅大士者,即其县人也……'傅大士为南朝高僧,双林寺至唐仍为名寺,寺有傅大士象。东阳郡乌伤县于唐时为婺州义乌县(《新唐书·地理志五》)。据此,知郎士元在江南时,曾在其地逗留。"④据刘初棠所考,郎士元及第后,为避安史之乱,曾羁居江南。后于宝应元年(762)任渭南县尉。姑将是诗系于上元二年(761)。

762 唐肃宗宝应元年壬寅

正月,殷日用在衢州刺史任,诗人李华为其作《衢州刺史厅壁记》

李华作《衢州刺史厅壁记》,述郡之沿革与建置,是衢州发展历史的重要文献,也是唐诗之路的重要背景材料,今备录于下:"有汉已还,州统郡,郡或连十城,州或部十郡。江南多大郡,如会稽、丹阳,镇领遐阔,分置部都尉。自富春而南,太末一县抵于建安今此州即古会稽西部之地也。虽官明吏修,如旷阻何,厥后相因,损益无恒,时更乱离,罢置纷糅。圣朝字育元元,纳于大中。自卫公累单于、英公灭句

① [清]彭定求:《全唐诗》卷二二六,第2436页。
② [清]仇兆鳌:《杜诗详注》卷一〇,第839页。
③ [清]彭定求:《全唐诗》卷二四八,第2786—2787页。
④ 刘初棠:《郎士元考》,载《上海师范大学学报(哲学社会科学版)》1987年第1期,第32页。

丽,天下和平,户口繁衍。元圣溥《行苇》《蓼萧》之泽于下,廷延公卿,议割州邑。谓疆与府近,则易为理;人与吏亲,则易为安。以婺州封畛为广,分置衢州,领六县,犹为大郡。近岁析玉山全邑泊须江南乡益信州而不为寡。去年江湖不登,兹境稍穰,故浙右流离,多就遗秉,凡增万余室而不为众。吴越地卑,而此方高厚,居者无疾,人斯永年。名山大川,既丽且清,俗尚文学,有古遗风。国朝不以州领郡,郡与州更相为号,迁复从宜,事之当也,置观察之司而董临之。此州长吏之选,甲于他部。忠贞之老,则武威公李仆射杰;亲贤之望,则信安郡王祎。遗政行为故事,名位光于屋壁。开元、天宝中,始以尚书郎超拜名郡,贺兰大夫为之,李郎中为之。自逆胡悖天地之慈、犯雷霆之诛,贺兰起北海之师,郎中佐浙东之幕,有文有武,家颂户歌。元恶天讨,余凶稔罪,皇恩示以斧钺之威,未即大刑,以为不教人战,是谓弃之。乃分诸州,置节度以镇之。州有防御军,刺史为之使,俾与夫持节某州诸军事名实副焉。以此州密迩山阴,爰隶浙东。厅事冯高,戟户临江,武文左右,麾幢成列。千夫长、百夫长,上寮郡掾,属邑官吏,进退无声,趋拜风生。仕不登州,谈不为荣。凡为州者,儒不毅勇则顿威,攻守所由败也;勇不儒和则失人,邦国所由困也。故二千石之任,方今为难。至尊垂忧勤于兆人,延俊乂于高位,以苏州刺史陈郡殷公,文可以成政,武可以安人,明断良谋,忠在王室;其理也,宽不容怠,严不拒情,清白贯于神明,简易契于黄老,德必有邻,歌声宜继,由是命公典此邦也。至若建置城府之年月,升降品第之等差,风俗贡赋之宜,男女提封之数,图牒备矣,老幼传之。今之所书,略举勋德也。元年建寅月二十一日,左补阙赵郡李华于江州附述。"①按,"建寅月"即正月。

衢州刺史殷日用,改净名废寺为"乾元国清寺",李华作《台(衢)州乾元国清寺碑》

李华《台(衢)州乾元国清寺碑》,文中述及"盈川",为衢州属县,加以说明是由改"净名废寺"为"乾元国清寺",故文题中"台州"为"衢州"之误。碑有"今刺史陈郡殷公日用忠武杰出"②语,知其时殷日用为衢州刺史。文中有"耆寿徐君赞、录事徐知古等请于县令陇西李公平,平请于前刺史赵郡李公丹,丹请于河南等五道度支使御史中丞京兆第五公琦,琦闻于天子,墨制曰可。僧义璇等伏以乾元之初,元恶扫除,国步

① 〔清〕董诰:《全唐文》卷三一六,第 3206—3207 页。
② 〔清〕董诰:《全唐文》卷三一八,第 3225 页。

既清,庙易名榜,因改曰乾元国清寺,昭睿功也"①语,是乾元初"前刺史"为李丹。

这篇碑文是李华所撰与唐诗之路相关的重要文章。碑之全文附录之于下:"天宝十五载,逆将犯阙,房尘翳郊庙。上皇哀苍生,避狄幸蜀;皇帝誓复君父之耻,理兵于朔方。避狄,仁之盛也;复耻,孝之大也。惟仁盛孝大,故不逾年而收京师,奉陵寝。凶孽走而天降之戮,化气和而人至于道。巍巍乎!尧舜之烈,不足比崇。天子斋心元默,运行慈煦,为元吉卿士妙讲化之宗,以为五帝三王之道,皆如来六度之余也。厥初生人,降及中古,君臣父子,日用而不知,故元圣师竺乾而升有古。先师宣尼有言:三皇五帝,皆非圣者,而西方有圣人,其为大千之尊,乳育群圣明矣。夫玉帛非为礼之本,舍玉帛则无以为礼;象饰岂施教之源,舍象饰则无以为教。建塔庙为礼容,履霜坚冰,物有其渐,于是卿士从,兆人从,九围之中,列刹相望矣。盈川,非古邑也,襟东江西山,因而城之。寺在远郊,信者劳止。自官吏耆耋,至于商旅,咸以津梁未建,为愧为羞。邑城之西,有净名废寺,背连山而面通川。杉栝昼暝,缁褐经行;寒潭夕清,车马无声,境胜心闲,十金果成。耆寿徐君赞、录事徐知古等请于县令陇西李公平,平请于前刺史赵郡李公丹,丹请于河南等五道度支使御史中丞京兆第五公琦,琦闻于天子,墨制曰可。僧义璇等伏以乾元之初,元恶扫除,国步既清,庙易名榜,因改曰乾元国清寺,昭睿功也。自所志洎于州县之长,僚吏以降,多舍清白之俸,征梓人,求绘工,为民储福,为佛成宫。高殿倚云,长廊生风,莲花出界,开在空中,自江南无有。是刹上座某等至某都维那某,奉前佛之心印,得轮王之髻珠。第五公以上智利国,人登宰辅;李使君以全德公才,持宪为郡;今刺史陈郡殷公日用忠武杰出,长城江海;专知官司马陇西李公乾嘉峻能操纲,清可激俗,县令李令宗室大儒,政之善者,皆易简诣于真境,清净符于度门。醍醐胜味,甘露妙源,正性无说,宏之在言。其词曰:东裔名刹,西方乐土。吴山倚垣,越水当户。栝松黝蔼,下有象潭。龙在泉中,水容耽耽。景象光澈,江湖气含。天清宝界,地涌灵龛。大圣蒸蒸,动乎天地。百神奔走,戎服既备。命将誓师,殄歼逆类。奉迎太上,开辟正位。神人释愤,品物咸遂。鼓舞赓歌,上通元气。无思不洎,杂沓祯瑞。轮帝御宇,像法昭融。须弥四洲,建大莲宫。倬彼盈川,秀冠越中。县有德政,州有名公。奉宣睿谋,爰度崇工。梵侣开士,慈云惠风。愿言上报,圣寿无穷。建表勒铭,堂堂乎钟。"②

---

① [清]董诰:《全唐文》卷三一八,第3224—3225页。
② [清]董诰:《全唐文》卷三一八,第3224—3225页。

薛兼训为浙江东道观察使,崔峒送薛良史往谒之

《会稽掇英总集》卷一八《唐太守题名记》:"薛兼训,自殿中监兼御史中丞授,充观察使。丁忧。……自御史中丞加大夫授,充节度观察使。迁太原节度使。"①《嘉泰会稽志》卷二"太守":"薛兼训,自殿中监兼御史中丞授,丁忧,后加御史大夫,再知。移太原节度使。"②《元和郡县图志》卷二六"越州会稽县":"大历二年刺史薛兼训奏省山阴并会稽。"③

崔峒《送薛良史往越州谒从叔》诗云:"辞家年已久,与子分偏深。易得相思泪,难为欲别心。孤云随浦口,几日到山阴。遥想兰亭下,清风满竹林。"④郁贤皓先生《唐刺史考全编》卷一四二以为薛良史之"从叔"即薛兼训⑤。薛良史,《佩文斋书画谱》卷二七:"薛良史,明皇时人。《唐都骑尉薛良佐塔铭》,天宝三载,再从兄钧撰,弟良史正书。"⑥新出土薛氏墓志甚多,与薛良史关系密切者有《唐故试太子中允兼徐州长史河东薛公(薛良道)墓志铭并序》:"讳良道,字少真,河东人也。其先奚仲为夏车正,当春秋时则为列国,洎夏殷周汉,人物衣冠历代相承,于今不绝。曾祖待聘,皇太子通事舍人。祖麟,皇太谷县令。父谔,皇石州别驾,赠峡州刺史。"⑦又《唐故宣德郎宋州穀孰县令薛公(宗约)墓志铭》:"公讳宗约,字厚礼,第四房之胤嗣也。公曾祖谔,朝散大夫、石州别驾,赠太仆卿。祖良道,朝散大夫、太子中允、徐州长史。父瞻,朝议郎、陕州芮城县尉。公即芮城府君之长子。"⑧由此两方墓志,良史之世系即较为清楚。

张南史作《寄静虚上人云门》诗

张南史《寄静虚上人云门》诗云:"寒日白云里,法侣自提携。竹径通城下,松门隔水西。方同沃洲去,不自武陵迷。仿佛心疑处,高峰是会稽。"⑨诗题"静虚"或作

① [宋]孔延之:《会稽掇英总集》卷一八,《宋元浙江方志集成》第 14 册,第 6554 页。
② [宋]施宿:《嘉泰会稽志》卷二,《宋元浙江方志集成》第 4 册,第 1665 页。
③ [唐]李吉甫:《元和郡县图志》卷二六,第 618 页。
④ [清]彭定求:《全唐诗》卷二九四,第 3345 页。
⑤ 郁贤皓:《唐刺史考全编》卷一四二,第 2004 页。
⑥ [清]王原祁:《佩文斋书画谱》卷二七,中国书店 1984 年版,第 684 页。
⑦ 该墓志见网络发布:http://blog.sina.com.cn/s/blog_14636c7910102z44i.html。
⑧ 该墓志见网络发布:http://blog.sina.com.cn/s/blog_14636c7910102y6cd.html。
⑨ [清]彭定求:《全唐诗》卷二九六,第 3358 页。

"灵一"。按,此诗作者颇受争议。或称刘长卿,或称皇甫曾,或称张籍,或称郎士元,加上张南史,至少有五种说法。

这五种说法中,可以先排除张籍。徐礼节、余恕诚《张籍集系年校注》附录一"删去诗及说明"《寄灵一上人初归云门寺》注云:"原本卷八、席本卷五、库本卷三、全诗卷三八四收张籍诗。重出于唐刘长卿、皇甫曾、张南史、郎士元、钱起五家诗。《全诗》卷一四八刘长卿诗,题作'寄灵一上人初还云门',注'一作皇甫曾诗';卷二一○作皇甫曾诗,题作'寄净虚上人初至云门',注'一作刘长卿诗';卷二九六又作张南史诗,题作'寄静虚上人云门'。又,宋孔延之《会稽掇英总集》卷七作郎士元诗,题同《全诗》卷一四八;《纪事》卷七二'僧灵一'条署名钱起。此诗无论'寄灵一''寄净虚',皆非张籍之作。唐独孤及《唐故扬州庆云寺律师一公塔铭(并序)》:'公讳灵一,俗姓吴,广陵人也。……宝应元年冬十月十六日,终于杭州龙兴寺,春秋三十有六。……初舍于会稽南山之南悬溜寺焉,与禅宗之达者释隐空、虔印、静虚相与讨十二部经第一义谛之旨。……与天台道士潘清、广陵曹评、赵郡李华、颍川韩极、中山刘颖、襄阳朱放、赵郡李纾、顿丘李汤、南阳张继、安定皇甫冉、范阳张南史、清河房从心相与为尘外之友。'《宋高僧传·唐余杭宜丰寺灵一传》(卷一五)载同。知灵一宝应元年(762)三十六岁卒,时张籍尚未出生。……又,皇甫冉有《赴无锡寄别灵一净虚二上人云门所居》诗,知二上人曾同居云门寺,据此知此诗当作于'宝应元年'灵一'终于杭州龙兴寺'之前。……据独孤及《一公塔铭》所载知张南史与灵一交游密切,《英华》卷二一九收此诗亦署名张南史,题为'寄静虚上人云门',或为张南史作。又,宋本《刘随州集》中除此诗外,尚有多首与灵一的交往诗,如卷二有《和灵一上人新泉》,卷三有《重过宣峰寺山房寄灵一上人》《云门寺访灵一上人》《寄灵一上人》,知刘长卿与灵一上人亦交往密切,同有作此诗之可能。"①

诗以张南史作最有可能,储仲君《刘长卿诗编年笺注》云:"按此诗疑为张南史作。南史集题作《寄静虚上人云门》(《全唐诗》卷二九六)。又作皇甫曾诗,题作《寄净虚上人初至云门》(《全唐诗》卷二一○),疑亦误。前引独孤及《一公塔铭》云:'初舍于会稽南山之南悬溜寺焉,与禅宗之达者释隐空、虔印、静虚相与讨十二部经第一义谛之旨,既辨惑,徙居余杭宜丰寺。'又按《一公塔铭》所载灵一从游诸人中,有'范阳张南史',而皇甫曾不与焉。南史之与静虚相识,当在此时。南史诗题正作静虚,皇甫曾集则误为净虚,刘集之编者或不识静虚为何人,故易为灵一。又按《文苑

---

① [唐]张籍撰,徐礼节、余恕诚校注:《张籍集系年校注》附录,中华书局 2016 年版,第 1032—1033 页。

英华》亦载此诗为南史作。”[①]因此，暂将该诗定为张南史作，系年应在宝应元年前的肃宗时。

十月，灵一卒于杭州龙兴寺，年三十六；严维有诗哭之，李纾等为刻石武林山，独孤及作塔铭

严维《哭灵一上人》：“一公何不住，空有远公名。共说岑山路，今时不可行。旧房松更老，新塔草初生。经论传缁侣，文章遍墨卿。禅林枝干折，法宇栋梁倾。谁复修僧史，应知传已成。”[②]陶敏、李一飞、傅璇琮《唐五代文学编年史·中唐卷》：“《毗陵集》卷九《一公塔铭》：‘公讳灵一，……宝应元年冬十月十六日终于杭州龙兴寺，春秋三十有六。……右补阙赵郡李纾、殿中丞侍御史顿丘李汤，尝以文字言语游公廊庑，至是相与追录遗懿，以贻尘劫。’《宋高僧传》卷一五《灵一传》：‘时左卫兵参军李纾、嘉兴县令李汤、左金吾卫兵曹参军独孤及相与……刻石于武林山东峰之阳也。’所录乃李纾等本年见官或前所历官，塔铭则稍后作。”[③]

诗人张万顷卒于越州之客舍

李纾撰《唐故朝散大夫使持节颍州诸军事守颍州刺史张府君（万顷）墓志并序》：“公名万顷，字混。……能读诗书，年廿一，明经擢第，授越州鄮县尉，转襄州襄阳县尉，征为集贤院学士，拜邓州内乡县令，改宣州溧阳县令，授义王府掾，转太府丞，迁朝散大夫、太子洗马，又拜泗颍二州刺史，充本州岛防御使，又为元帅参谋。春秋七十有七，染疾而殁于越州之客舍。……以宝应元年十一月九日葬于郡城西通贤之原。”[④]志未言其卒年，今姑按葬年系之。张万顷，《全唐诗》存诗三首。

八月，台州刺史史叙弃城而逃，郭英翰为台州刺史

《册府元龟》卷一二二：“代宗宝应元年八月，台州贼帅李亀攻陷台州，刺史史叙脱身而逃，因尽陷浙东诸州县。”[⑤]《嘉定赤城志》卷八“秩官门·历代郡守”：“宝应

---

① 储仲君：《刘长卿诗编年笺注》，第540页。

② ［清］彭定求：《全唐诗》卷二六三，第2921页。

③ 陶敏、李一飞、傅璇琮：《唐五代文学编年史·中唐卷》，第110页。

④ 程义：《新出唐〈张万顷墓志〉考释》，《碑林集刊》第17辑，三秦出版社2011年版，第38页。

⑤ ［宋］王钦若：《册府元龟》卷一二二，第1460页。

元年,郭英翰。"注:"见《国清寺记》,《壁记》不载。"①

763 唐代宗广德元年癸卯

春,严维归越州,李嘉祐作诗相送

李嘉祐《送严维归越州》诗云:"艰难只用武,归向浙河东。松雪千山暮,林泉一水通。乡心缘绿草,野思看青枫。春日偏相忆,裁书寄剡中。"②储仲君《李嘉祐诗疑年》云:"宝应二年春,浙东战乱渐平,严维已可归乡,诗当作于此年春日。"③

三月,袁傪破袁晁之众于越州后作诗,刘长卿、李嘉祐、皇甫冉等相和

刘长卿《和袁郎中破贼后军行过剡中山水谨上太尉》,题注:"即李光弼。"诗云:"剡路除荆棘,王师罢鼓鼙。农归沧海畔,围解赤城西。赦罪春阳发,收兵太白低。远峰来马首,横笛入猿啼。兰渚催新檝,桃源识故蹊。已闻开阁待,谁许卧东溪。"④储仲君《刘长卿诗编年笺注》云:"袁郎中,即袁傪。宝应二年(763)三月,袁傪破袁晁之众于越州,已见前诗注。剡中山水,按越州剡县境有天姥、沃洲、桐柏、太白等山,又有剡溪、临溪,历来视为游览胜景。《太平寰宇记》卷九六'越州剡县':'谢灵运诗云:"暝投剡山中,明登天姥岑。高高入云霓,远奇何可寻!"即此也。'白居易《沃洲山禅院记》(《全唐文》卷六九六)云:'东南山水,越为首。剡为面,沃洲天姥为眉目。'"⑤杨世明《刘长卿集编年校注》云:"广德元年(763)春夏间扬州作。袁郎中:指袁傪,为河南副元帅李光弼行军司马,检校兵部郎中兼御史中丞。破贼:指镇压袁晁起义。据《旧唐书·代宗纪》载:宝应元年八月,'台州贼袁晁陷台州,连陷浙东州县。'广德元年三月,'袁傪破袁晁之众于浙东。'四月,'河南副元帅李光弼奏生擒袁晁,浙东州县尽平。'袁傪诗当作于三四月间回师过剡中时。剡中,指剡县剡

---

① [宋]陈耆卿:《嘉定赤城志》卷八,《宋元浙江方志集成》第 11 册,第 5148 页。
② [清]彭定求:《全唐诗》卷二〇六,第 2146 页。
③ 储仲君:《李嘉祐诗疑年》,《唐代文学研究》第 2 辑,广西师范大学出版社 1990 年版,第 144 页。
④ [清]彭定求:《全唐诗》卷一四八,第 1527 页。
⑤ 储仲君:《刘长卿诗编年笺注》,第 236 页。

溪一带,为著名风景区。袁傪原诗不存,同时和诗的还有皇甫冉、李嘉祐等。"①

皇甫冉有《和袁郎中破贼后经剡中山水》诗云:"武库分帷幄,儒衣事鼓鼙。兵连越徼外,寇尽海门西。节比全疏勒,功当雪会稽。旌旗回剡岭,士马濯耶溪。受律梅初发,班师草未齐。行看佩金印,岂得访丹梯。"②储仲君《皇甫冉诗疑年(续)》:"广德元年(763)。袁郎中为袁傪。……冉诗云:'旌旗回剡岭,士马跃耶溪。受律梅初发,班师草未齐。'时在早春,本纪所载似为报至之日。"③

李嘉祐《和袁郎中破贼后经剡县山水上太尉》诗云:"受律仙郎贵,长驱下会稽。鸣笳山月晓,摇旆野云低。翦寇人皆贺,回军马自嘶。地闲春草绿,城静夜乌啼。破竹清闽岭,看花入剡溪。元戎催献捷,莫道事攀跻。"④储仲君《李嘉祐诗疑年》云:"宝应二年(763,是年秋七月,改元广德)。袁郎中,袁傪。《旧唐书·代宗纪》:宝应二年三月'丁未,袁傪破袁晁之众于浙东。'四月'庚辰,河南副元帅李光弼奏生擒袁晁,浙东州县尽平。'袁傪原唱已佚。皇甫冉、刘长卿均有和诗,刘诗题作《和袁郎中破贼后军行过剡中山水谨上太尉》,注:'即李光弼。'李诗云:'破竹清闽岭,看花入剡溪。'刘诗云:'赦罪春阳发,收兵太白低。'当作于初夏。"⑤

三月,袁晁破后,朱放归山阴别业,刘长卿作诗相送

刘长卿有《送朱山人放越州贼退后归山阴别业》诗云:"越州初罢战,江上送归桡。南渡无来客,西陵自落潮。空城垂故柳,旧业废春苗。闾里相逢少,莺花共寂寥。"⑥储仲君《刘长卿诗编年笺注》云:"朱山人,当为朱放。放字长通,襄阳人,一说南阳人。安史乱后隐居江左。贞元初征拜拾遗。《唐才子传》卷五有传。按《旧唐书·代宗纪》:宝应二年三月'丁未,袁傪破袁晁之众于浙东'。朱山人别业,《浙江通志》卷四五引《万历绍兴府志》云:'在山阴县南。'诗为浙西送行之作。"⑦

① 杨世明:《刘长卿集编年校注》,第255页。
② [清]彭定求:《全唐诗》卷二五〇,第2829页。
③ 储仲君:《皇甫冉诗疑年(续)》,载《山西大学师范学院学报(综合版)》1993年第3期,第8页。
④ [清]彭定求:《全唐诗》卷二〇七,第2161页。
⑤ 储仲君:《李嘉祐诗疑年》,《唐代文学研究》第2辑,第144页。
⑥ [清]彭定求:《全唐诗》卷一四七,第1489页。
⑦ 储仲君:《刘长卿诗编年笺注》,第235页。

秦系在剡中,本年或稍后与戴叔伦交游,作《越溪村居》《送谢夷甫宰余姚县》等诗

赵昌平《秦系考》附《秦系年表》:"代宗广德元年(763),约三十九岁。在剡中,本年或稍后与戴叔伦交游。按:时江淮刘展之乱与安史之乱初平。据傅璇琮先生《戴叔伦考》,叔伦刘展乱时由金坛家乡奔亡,至是年返江南。而据叔伦《越溪村居》诗,《送谢夷甫宰余姚县》诗,可知叔伦定居越中。叔伦《题秦隐君丽句亭诗》云'北人归欲尽,犹自住萧山。闭户不曾出,诗名满世间',所称'北人归欲尽'正写安史乱后避地江南的中原人士返回家乡景象。后三句适可证系仍隐剡中。故知本年与稍后系与叔伦游。并知系剡中隐处为萧山。"①

戴叔伦《越溪村居》诗云:"年来桡客寄禅扉,多话贫居在翠微。黄雀数声催柳变,清溪一路踏花归。空林野寺经过少,落日深山伴侣稀。负米到家春未尽,风萝闲扫钓鱼矶。"②据上条赵昌平先生所考,应是本年或稍后避地越中所作。蒋寅以本诗为戴叔伦至德二载(757)避地鄱阳之作③,今不从。

戴叔伦《送谢夷甫宰余姚县》诗云:"君去方为宰,干戈尚未销。邑中残老小,乱后少官僚。廨宇经兵火,公田没海潮。到时应变俗,新政满余姚。"④据上条赵昌平先生所考,应是本年或稍后避地越中所作。蒋寅《戴叔伦诗集校注》卷一云:"据诗中所述浙东之破败,应作于代宗宝应二年(763)袁晁农民起义失败之后。《旧唐书·代宗纪》:宝应元年八月,袁晁陷台州,二年三月,袁傪破袁晁之众于浙东,四月,李光弼奏生擒袁晁,浙东州县尽平。"⑤然蒋氏据《唐音统签》将戴叔伦诗题校改为"送谢夷甫宰鄮县",则不确。蒋氏盖据《旧唐书·地理志》明州:"开元二十六年,于越州鄮县置明州。天宝元年,改为余姚郡。……鄮,汉县,属会稽郡。至隋废,武德四年,置鄞州。八年,州废为鄮县,属越州。"⑥然唐鄮县即余姚郡之地,诗人作诗常沿用古称,而本诗末句"新誉满余姚"即直言"余姚"甚明。

---

① 赵昌平:《秦系考》附《秦系年表》,载《中华文史论丛》1984 年第 4 辑,第 151 页。
② [清]彭定求:《全唐诗》卷二七三,第 3092 页。
③ 蒋寅:《戴叔伦诗集校注》卷一,上海古籍出版社 2010 年版,第 11 页。
④ [清]彭定求:《全唐诗》卷二七三,第 3089 页。
⑤ 蒋寅:《戴叔伦诗集校注》卷一,第 17 页。
⑥ [后晋]刘昫:《旧唐书》卷四〇,第 1590 页。

四月,杜甫在梓阆间,有感于袁晁被破,作《喜雨》诗

杜甫《喜雨》诗云:"春旱天地昏,日色赤如血。农事都已休,兵戎况骚屑。巴人困军须,恸哭厚土热。沧江夜来雨,真宰罪一雪。谷根小苏息,沴气终不灭。何由见宁岁,解我忧思结。峥嵘群山云,交会未断绝。安得鞭雷公,滂沱洗吴越。"原注:"时闻浙右多盗。"①仇兆鳌《杜诗详注》卷一二云:"据原注有'浙右多盗贼'句,朱注谓《旧唐书》宝应元年八月,台州人袁晁反,陷浙东州郡。广德元年四月,李光弼讨之。此诗末自注语,正指袁晁也。是时公在梓阆间,故有'巴人困军须'之句。诸本编次皆失之。"②《杜诗详注》引孙季昭曰:"杜诗结语,每用'安得'二字,皆切望之词。'安得广厦千万间,大庇天下寒士俱欢颜','安得壮士挽天河,净洗甲兵长不用',此云'安得鞭雷公,滂沱洗吴越',皆是一片济世苦心。"③

秋,袁傪破袁晁后北归,刘长卿、皇甫冉有诗相送

皇甫冉《送袁郎中破贼北归》诗云:"优诏亲贤时独稀,中途紫绶换征衣。黄香省闼登朝去,杨仆楼船振旅归。万里长闻随战角,十年不得掩郊扉。□□□□□□,但将词赋奉恩辉。"④储仲君《皇甫冉诗疑年(续)》:"广德元年(763)。袁郎中,即袁傪。傪破袁晁后,又破方清、陈庄。诗云:'优诏亲贤时独稀,中途紫绶换征衣。'二句谓新赐章服。"⑤

刘长卿《同诸公袁郎中宴筵喜加章服》诗云:"手诏来筵上,腰金向粉闱。勋名传旧阁,蹈舞著新衣。白社同游在,沧洲此会稀。寒筎发后殿,秋草送西归。世难常摧敌,时闲已息机。鲁连功可让,千载一相挥。"⑥本诗与皇甫冉诗即应作于同时。

嗣曹王李皋为温州刺史

《曹成王碑》:"王姓李氏,讳皋,字子兰。……上元元年,除温州长史,行刺史事。……迁真于衡。"⑦《旧唐书》本传:"上元初,京师旱。……皋度俸不足养,亟请

---

① [清]彭定求:《全唐诗》卷二一九,第2311页。
② [清]仇兆鳌:《杜诗详注》卷一二,第1019页。
③ [清]仇兆鳌:《杜诗详注》卷一二,第1020页。
④ [清]彭定求:《全唐诗》卷二五〇,第2823页。
⑤ 储仲君:《皇甫冉诗疑年(续)》,载《山西大学师范学院学报(综合版)》1993年第3期,第8页。
⑥ [清]彭定求:《全唐诗》卷一四九,第1529页。
⑦ [唐]韩愈著,马其昶校注,马茂元整理:《韩昌黎文集校注》卷六,第424—425页。

337

外官,不允,乃故抵微法,贬温州长史。无几,摄行州事。"①郁贤皓先生《唐刺史考全编》卷一五〇系于广德元年②,今从之。

本年或稍后,李华撰《衢州龙兴寺故律师体公碑》

杨承祖《李华系年考证》:"宝应二年、广德元年癸卯(763),约四十七岁。……十二月,衢州龙兴寺建体公塔,华为撰碑,盖在此时,或则后年永泰元年(765)随李岘赴衢州后亦有可能。《衢州龙兴寺故律师体公碑》云:'长老体公,……宝应二年……灭,……至广德元年十二月三日焚于州西某原,起塔安神。'"③

本年,鉴真卒于日本,僧人思托等作伤挽诗多首

高僧鉴真不畏艰险,渡海到日本传教,于天宝十二载第六次由明州渡海成功,为中日两国友好关系和文化交流作出了杰出的贡献。鉴真于日本天平宝字三年,即唐代宗广德元年去世。僧人思托等作伤挽诗多首。

《五言伤大和上传灯逝日本》:"传灯沙门释思托。上德乘杯渡,金人道已东。戒香余散馥,慧炬复流风。月隐归灵鹫,珠逃入梵宫。神飞生死表,遗教法门中。"④

《五言同伤大和上》:"金紫光禄大夫中纳言行式部卿石上宅嗣。上德从迁化,余灯欲断风。招提禅草歇,戒院觉花空。生死悲含恨,真如欢岂穷。惟视常修者,无处不遗踪。"⑤

《七言伤大和上》:"传灯贤大法师大僧都沙门释法进。大师慈育契园空,远迈传灯照海东。度物草筹盈石室,散流佛戒绍遗踪。化毕分身归净国,娑婆谁复为驱龙。"⑥

《五言伤大和上》:"图书寮兼但马守藤原朝臣刷雄。万里传灯照,风云远国香。禅光耀百亿,戒月皎千乡。哀哉归净土,悲矣赴泉场。寄语腾兰迹,洪慈万代光。"⑦

《五言因使日本顶谒鉴真和上,和上既灭度,不觐尊颜,嗟而述怀》:"都虞侯冠军大将军试太常卿上柱国高鹤林。上方传佛教,名僧号鉴真。怀藏通邻国,真如转

---

① [后晋]刘昫:《旧唐书》卷一三一,第3637页。
② 郁贤皓:《唐刺史考全编》卷一五〇,第2143页。
③ 杨承祖:《李华系年考证》,《杨承祖文录》,第272—273页。
④ [日]真人元开著,汪向荣校注:《唐大和上东征传》,第100页。
⑤ [日]真人元开著,汪向荣校注:《唐大和上东征传》,第100页。
⑥ [日]真人元开著,汪向荣校注:《唐大和上东征传》,第101页。
⑦ [日]真人元开著,汪向荣校注:《唐大和上东征传》,第101页。

付民。早嫌居五浊,寂灭离嚣尘。禅院从今古,青松绕塔新。法留千载经,名记万年春。"①

764　唐代宗广德二年甲辰

春,李翰适越,刘长卿作诗相送

刘长卿有《喜李翰自越至》诗:"南浮沧海上,万里到吴台。久别长相忆,孤舟何处来。春风催客醉,江月向人开。羡尔无羁束,沙鸥独不猜。"②

储仲君《刘长卿诗编年笺注》云:"《新唐书·文艺传》下:'翰擢进士第,调卫尉。天宝末,房琯、韦陟俱荐为史官,宰相不肯拟。'累迁左补阙、翰林学士。大历中,病免,客阳翟,卒。'诗云:'南浮沧海上,万里到吴台。'苏州作。或以为吴台为扬州之吴明彻台。按独孤及《送蒋员外奏事毕还扬州序》(《全唐文》卷三八七)云:'其来也,吴楚之众君子,酒而诗之,而薛水部弁、李司直翰双为之序,以冠篇首。'及序作于大历二年,李翰已在淮南幕,且已累迁大理司直,而长卿则大历三年始至扬州任职,非扬州作也甚明。细按此诗尾联,入仕之喜悦可见,盖至德二年(757)初仕时作也。"③按,储仲君之系年不可据。因诗称"南浮沧海上,万里到吴台",吴台在扬州,故诗作于扬州无可怀疑。

杨世明《刘长卿集编年校注》云:"广德二年(764)春扬州作。李翰:李华宗子。梁肃《补阙李君前集序》述其仕历曰:'(翰)弱冠进士登科,解褐卫县尉。其后以书记再参淮南节度军谋,累迁大理司直。天子闻其才,召补左补阙,俄加翰林学士。'可见李翰任左补阙之前曾幕于淮南。按独孤及《送蒋员外奏事毕还扬州序》,谓蒋晁大历元年(766)春去扬州入京时,'吴楚之众君子酒而诗之,而薛水部弁、李司直翰双为之序',这说明大历初李翰已在扬州,且迁为司直。则其始来淮南幕更在此前。长卿宝应元年(762)春在越与李翰当有过从,此诗曰'久别',分离似应在一年

---

①　[日]真人元开著,汪向荣校注:《唐大和上东征传》,第101—102页。
②　[清]彭定求:《全唐诗》卷一四八,第1510页。
③　储仲君:《刘长卿诗编年笺注》,第128页。

以上。今定李翰来扬州在广德二年。"①

陈冠明《李翰行年稽实》云:"天宝十四载(755),二十九岁。游越。《全唐诗》卷一四八刘长卿有《喜李翰自越至》诗云:'南浮沧海上,万里到吴台。……羡尔无羁束,沙鸥独不猜。''无羁束'知时已罢职。据诗题及诗,李翰是'自越'到'吴台'。吴台即苏州。据今人傅璇琮考证,刘长卿天宝十四载秋已在苏州长洲县尉任,至德二载冬,遭诬构下狱。李翰当在本年前已游越。刘长卿诗有'春风催客醉'之句,可知李翰于天宝十五载春自越到吴。此后继续北上,因安禄山之乱,客居宋州。"②亦误将"吴台"误置于苏州,故系年亦不确。今从杨世明说系于广德二年。

女诗人李冶作《送阎二十六赴剡县》等诗

李冶《送阎二十六赴剡县》诗云:"流水阊门外,孤舟日复西。离情遍芳草,无处不萋萋。妾梦经吴苑,君行到剡溪。归来重相访,莫学阮郎迷。"③又有《得阎伯钧书》诗云:"情来对镜懒梳头,暮雨萧萧庭树秋。莫怪阑干垂玉箸,只缘惆怅对银钩。"④作于秋日。按,"阎二十六"为阎伯均,名士和,广平人。天宝中受业于萧颖士,代宗初游于吴越,大历初任江州判官。《新唐书·柳并传》:"并与刘太真、尹征、阎士和受业于颖士。……士和字伯均。"⑤《元和姓纂》卷五"广平阎氏":"懿道生伯玙,刑部侍郎。……玙从父弟伯均。"⑥岑仲勉《唐人行第录》云:"阎二十六伯均,全诗十一函李冶《送阎二十六赴剡县》,又《得阎伯钧书》,伯均即其情人。均字写法有几种不同,兹据《姓纂》,定为伯均。"⑦李嘉祐有《秋晓招隐寺东峰茶宴送内弟阎伯均归江州》诗,皇甫冉有《招隐寺送阎判官还江州》诗。皎然有《诮士和别》诗,有"君怜溪上去来云"⑧句,用谢灵运《东阳溪中赠答》"月堕云中"事,比喻阎伯均与李冶的情事。是知岑仲勉谓李冶为阎伯均情人不误。贾晋华《皎然年谱》考订为李冶于广德二年定居湖州,与皎然唱酬,并与阎伯均结下恋情⑨。

---

① 杨世明:《刘长卿集编年校注》,第257—258页。
② 陈冠明:《李翰行年稽实》,载《烟台师范学院学报(哲学社会科学版)》1995年第4期,第83页。
③ [清]彭定求:《全唐诗》卷八○五,第9059页。
④ [清]彭定求:《全唐诗》卷八○五,第9059页。
⑤ [宋]欧阳修、宋祁:《新唐书》卷二○二,第5771页。
⑥ [唐]林宝撰,岑仲勉校记:《元和姓纂(附四校记)》卷五,第770页。
⑦ 岑仲勉:《唐人行第录(外三种)》,第175页。
⑧ [清]彭定求:《全唐诗》卷八一九,第9238页。
⑨ 贾晋华:《皎然年谱》,厦门大学出版社1992年版,第42页。

杜甫得知郑虔卒于台州司户任,作诗哭之

杜甫《哭台州郑司户苏少监》诗云:"故旧谁怜我,平生郑与苏。存亡不重见,丧乱独前途。豪俊何人在,文章扫地无。羁游万里阔,凶问一年俱。白首中原上,清秋大海隅。夜台当北斗,泉路著东吴。得罪台州去,时危弃硕儒。移官蓬阁后,谷贵没潜夫。流恸嗟何及,衔冤有是夫。道消诗兴废,心息酒为徒。许与才虽薄,追随迹未拘。班扬名甚盛,嵇阮逸相须。会取君臣合,宁铨品命殊。贤良不必展,廊庙偶然趋。胜决风尘际,功安造化炉。从容拘旧学,惨澹阅阴符。摆落嫌疑久,哀伤志力输。俗依绵谷异,客对雪山孤。童稚思诸子,交朋列友于。情乖清酒送,望绝抚坟呼。疟病餐巴水,疮痍老蜀都。飘零迷哭处,天地日榛芜。"①这是一首情辞真挚的悼念友人的长诗。仇兆鳌《杜诗详注》引鹤注:"苏郑同是广德二年卒,详见《八哀诗》注。故旧谁怜我,平生郑与苏。存亡不重见,丧乱独前途。总叙生死交情。次句点郑苏,语似稍率。故人不复见者,因遭乱而分离也。"②

郑虔卒于台州,消息传到长安很晚,故杜甫得到消息已经很迟。《杜诗详注》以为郑虔与苏源明同卒于广德二年,实误。郑虔之卒,在乾元二年,详本书该年所考。

杜甫小于郑虔二十余岁,属于忘年交。《唐摭言》卷一"广文"条:"天宝九年七月,诏于国子监别置广文馆,以举常修进士业者,斯亦救生徒之离散也。"③据上文笺证,郑虔为广文博士,为设立广文馆的第一人,故杜甫与其交往,应即在此后。闻一多先生即以为郑虔与甫相识在天宝九载(750),其《少陵先生年谱会笺》云:"虔居贬所日久,或八九年,或十年,至天宝九载,始得归京师,与公相遇而订交,则无疑也。今观凡公诗及虔者,不曰'广文',即曰'著作',不曰'著作',即曰'司户',咸九载以后之作,益足以断二公定交,至早在天宝九载。不然,以二公相知之深,相从之密,何以九载以前,了不见过从酬答之迹?"④在天宝十一二载之间,郑虔官广文博士时,杜甫与之游从较密。

杜甫曾作《陪郑广文游何将军山林十首》,成为杜甫组诗中的名篇。仇兆鳌《杜诗详注》对于每首都有精评,我们举其对首尾二首的评论以见一斑:"首章领起,乃未至而遥望之词。上四,何氏山林。下四,陪郑同游。自塘至桥,桥畔有园,园中有

① [清]彭定求:《全唐诗》卷二三四,第2588页。
② [清]仇兆鳌:《杜诗详注》卷一四,第1190页。
③ [五代]王定保:《唐摭言》卷一,第8页。
④ 闻一多:《少陵先生年谱会笺》,《唐诗杂论》,第49页。

竹,层次如画。谷口,指郑。濠梁,指何。赵汸曰:何于郑为旧交,因而并招及己,但以素有山林幽意,故作此游,非轻赴人招也,说得曲折微婉。《杜臆》:末拈幽兴,为十首之纲。"①"十章总结,乃出门以后情事。首二惜别之情,三四别后之景,五六回忆前事,七八豫订重游。幽意不惬,为迫于归期耳,两句起势突兀。舞曰自笑,歌曰谁怜,无复林中豪兴矣,故须再过以慰寂寥。朋好,指郑广文。钱谦益曰:八句之内,势变多端,尺寸之间,移形换步,正所谓'波澜独老成'也,杜老不容易放笔如此。"②

郑虔在广文博士任上的情况,杜甫《戏简郑广文虔兼呈苏司业源明》诗描写较为全面:"广文到官舍,系马堂阶下。醉则骑马归,颇遭官长骂。才名四十年,坐客寒无毡。赖有苏司业,时时与酒钱。"③又《醉时歌》:"诸公衮衮登台省,广文先生官独冷。甲第纷纷厌粱肉,广文先生饭不足。先生有道出羲皇,先生有才过屈宋。德尊一代常坎轲,名垂万古知何用? 杜陵野客人更嗤,被褐短窄发如丝。日籴太仓五升米,时赴郑老同襟期。得钱即相觅,沽酒不复疑。忘形到尔汝,痛饮真吾师。清夜沉沉动春酌,灯前细雨檐花落。但觉高歌有鬼神,焉知饿死填沟壑? 相如逸才亲涤器,子云识字终投阁。先生早赋归去来,石田茅屋荒苍苔。儒术于我何有哉? 孔丘盗跖俱尘埃! 不须闻此意惨怆,生前相遇且衔杯。"④杜甫与郑虔,是一种生死与共的患难之交,这样的交情是真挚感人的,而且在诗歌当中有着充分的表现。

本年,李景宣为台州刺史

《嘉定赤城志》卷八"秩官门·历代郡守":"广德二年,李景宣。"注:"《壁记》作陈景宣,今按《唐世系表》载李景宣为台州刺史,《括苍志》亦然,则《壁记》以为'陈'恐误。然《括苍志》言景宣以上元二年自台州为处州刺史,《壁记》乃云广德二年,又不可晓也。"⑤

---

① 〔清〕仇兆鳌:《杜诗详注》卷二,第 147 页。
② 〔清〕仇兆鳌:《杜诗详注》卷二,第 155 页。
③ 〔清〕彭定求:《全唐诗》卷二一六,第 2262 页。
④ 〔清〕彭定求:《全唐诗》卷二一六,第 2256—2257 页。
⑤ 〔宋〕陈耆卿:《嘉定赤城志》卷八,《宋元浙江方志集成》第 11 册,第 5149 页。

765　唐代宗永泰元年乙巳

六月,李岘主南选于六月至江陵,贬衢州刺史。李华随李岘至衢州,途中作《寄赵七侍御诗并序》

杨承祖《李华江南服官考》:"永泰元年(765)——李岘主南选于六月回至江陵,贬衢州刺史,李华或随岘之任。按《旧纪》代宗永泰元年云:'六月癸亥,吏部尚书李岘南选回,至荆州,贬衢州刺史。'岘《旧传》则云:'改检校兵部尚书,兼衢州刺史。'李华随岘之衢之确切时月难知,惟永泰二年七月岘卒于任所,择期到衢,以本年为近。"[①]按,杨先生推测李华前年疑已在衢州,参前年编年。又杨承祖《李华系年考证》:"永泰元年乙巳(765),约四十九岁。六月,李岘贬衢州刺史。华盖随岘赴衢。途次,有寄赵骅诗并序。《旧唐书》卷一一《代宗本纪》云:'六月癸亥,吏部尚书李岘南选回,至荆州,贬衢州刺史。'按华撰《李岘传》云:'迁吏部,领选江西,改兵部,复命至南阳,诏兼衢州刺史。'(《全唐文》卷三二一)本纪书贬或得实,华作传,稍文饰之欤?至于李华复随岘之衢州,可于《寄赵七侍御诗并序》析之。寄赵诗为赴衢途中作。"[②]

按,李华《寄赵七侍御》诗云:"摇桨曙江流,江清山复重。心惬赏未足,川迥失前峰。凌滩出极浦,旷若天池通。君阳青嵯峨,开拆混元中。九潭鱼龙窟,仙成羽人宫。阴奥潜鬼物,精光动烟空。玄猿啼深茏,白鸟戏葱蒙。飞湍鸣金石,激溜鼓雷风。雨濯万木鲜,霞照千山浓。草闲长余绿,花静落幽红。渚烟见晨钓,山月闻夜舂。覆溪窈窕波,涵石淘溶溶。丹丘忽聚散,素壁相奔冲。白日破昏霭,灵山出其东。势排昊苍上,气压吴越雄。回头望云卿,此恨发吾衷。昔日萧邵游,四人才成童。属词慕孔门,入仕希上公。纬卿陷非罪,折我昆吾锋。茂挺独先觉,拔身渡京虹。斯人谢明代,百代坠鹓鸿。世故坠横流,与君哀路穷。相顾无死节,蒙恩逐殊封。天波洗其瑕,朱衣备朝容。一别凡十年,岂期复相从。余生得携手,遗此两

---

① 杨承祖:《李华江南服官考》,《杨承祖文录》,第288页。
② 杨承祖:《李华系年考证》,《杨承祖文录》,第274页。

屏翁。群迁失莺羽,后凋惜长松。衰旅难重别,凄凄满心胸。遇胜悲独游,贪奇怅孤逢。禽尚彼何人,胡为束樊笼。吾师度门教,投弁蹑遐踪。"序云:"自余干溪行,经弋阳至上饶,山川幽丽,思与云卿同游,邈不可得,因叙畴年之素,寄怀于篇云。""天波洗其瑕,朱衣备朝容"自注云:"华承恩累迁尚书郎。"①

李华在衢州,作《三贤论》

吴在庆、丁放编《唐五代文编年史·盛唐卷》系李华《三贤论》于唐肃宗上元二年(761),并云:"《全唐文》卷三一七《三贤论》:'余兄事元鲁山而友刘、萧二功曹。此三贤者,可谓之达矣。……元之志行,当以道纪天下;刘之志行,当以六经谐人心;萧之志行,当以中古易今世。……'李华于《论》中详载元德秀、刘迅、萧颖士之交游,并赞誉其文章、道德、志行。独孤及《检校尚书吏部员外郎赵郡李公中集序》云李华《三贤论》为其"思旧"之作。《论》云'不幸元罢鲁山,终于陆浑,刘避地,逝于安康,萧归葬先人,逝于汝南。'知《论》作于元德秀、刘迅、萧颖士三人殁后。元德秀卒于天宝十三载(754),刘迅卒于上元二年(761),萧颖士卒于乾元三年(760)二月。故知《三贤论》当作于上元二年或稍后数年,唯作年难确考,姑系于上元二年。"②

今按,《三贤论》中叙述颜真卿事:"尚书颜公,重名节,敦故旧,与茂挺少相知。颜与陆据、柳芳最善,茂挺与赵骅、邵轸洎华最善,天下谓之颜萧之交。"③明确说"尚书颜公",是其时颜真卿在"尚书"任。据《旧唐书·代宗纪》:广德二年春正月,"癸卯,尚书右丞颜真卿为刑部尚书、兼御史大夫,充朔方宣慰使。"④永泰二年二月,"乙未,贬刑部尚书颜真卿为峡州员外别驾,以不附元载,载陷之于罪也。"⑤是颜真卿为刑部尚书始于广德二年(764)正月,终于永泰二年(766),而在永泰二年仅有月余时间,故《三贤论》应作于广德二年或永泰元年。

又按,李华随被贬李峴至衢州途中,作《寄赵七侍御诗并序》诗,赵七为赵骅,即《三贤论》中所言"茂挺(萧颖士)与赵骅、邵轸洎华最善"之人。诗云:"昔日萧邵游,四人才成童。属词慕孔门,入仕希上公。纬卿陷非罪,折我昆吾锋。茂挺独先觉,拔身渡京虹。斯人谢明代,百代坠鹓鸿。世故坠横流,与君哀路穷。相顾无死节,

① [清]彭定求:《全唐诗》卷一五三,第1588—1589页。
② 吴在庆、丁放编:《唐五代文编年史·盛唐卷》,黄山书社2018年版,第408页。
③ [清]董诰:《全唐文》卷三一七,第3215页。
④ [后晋]刘昫:《旧唐书》卷一一,第274页。
⑤ [后晋]刘昫:《旧唐书》卷一一,第282页。

蒙恩逐殊封。"①诗中"纬卿"即邵轸,茂挺即萧颖士,实际上是李华赴衢时赠予邵轸以怀念萧颖士的诗歌。以这首诗与《三贤论》比照,其写萧颖士这一群体完全一致,表现的情怀也完全一致。由此我们将《三贤论》系于永泰元年(765)所作为宜。《三贤论》是唐代古文发展过程中带有里程碑性质的作品。

严维为金吾卫长史佐幕,春,祗役余姚,有诗简鲍防

严维《余姚祗役奉简鲍参军》诗云:"童年献赋在皇州,方寸思量君与侯。万事无成新白首,两春虚掷对沧流。歌诗盛赋文星动,箫管新亭晦日游。知己欲依何水部,乡人今正贱东丘。"②陶敏、李一飞、傅璇琮《唐五代文学编年史·中唐卷》:"《宋高僧传》卷一七《神邕传》:'金吾卫长史严维。'大历四年,维闲居越州,鲍防等浙东联唱已称维为长史,其官此职当在本年前后。《全唐诗》卷二六三严维《余姚祗役奉简鲍参军》。……鲍参军,鲍防,时在越州薛兼训幕。"③

本年,王恕为越州都督府户曹参军

白居易《唐扬州仓曹参军王府君墓志铭》:"公讳某,字士宽。……永泰中,敕迁越府户曹,属邑有不理者,公假领之,所至必理。大历中,本道观察使薛兼训以公清白尤异,表奏之,有诏权知余姚县令。"④

本年,窦伯元为会稽县令

《嘉泰会稽志》卷三"县令长":"窦伯元,河南洛阳人,会稽令。"⑤《康熙会稽县志》卷一八"职官":"窦伯元,洛阳人,永泰元年任。"⑥《新唐书·宰相世系表一下》"窦氏":"伯元,会稽令。"⑦

本年,周颂为慈溪县令

《太平广记》卷三八二周颂条引《广异记》:"周颂者,天宝中进士登科,永泰中授

① [清]彭定求:《全唐诗》卷一五三,第1588—1589页。
② [清]彭定求:《全唐诗》卷二六三,第2918页。
③ 陶敏、李一飞、傅璇琮:《唐五代文学编年史·中唐卷》,第150页。
④ [清]董诰:《全唐文》卷六七九,第6940页。
⑤ [宋]施宿:《嘉泰会稽志》卷三,《宋元浙江方志集成》第4册,第1689页。
⑥ [清]董钦德:《康熙会稽县志》卷一八,成文出版社1983年版,第383页。
⑦ [宋]欧阳修、宋祁:《新唐书》卷七一下,第2300页。

慈溪令。"①按,永泰仅一年,故系于此。

766　唐代宗大历元年丙午

七月,诗人李岘卒于衢州刺史任

《新出唐墓志百种》载徐浩撰《唐故光禄大夫检校兵部尚书兼衢州刺史充本州团练使赠太子少师上柱国梁国公李公(岘)墓志铭并序》云:"有唐良弼李公讳岘,字延鉴,今上之三从叔也。……擢黄门侍郎、同中书门下平章事、左太子詹事。居无何,复检校礼部尚书兼大夫,充江南西道勾当铸钱使,改吏部尚书兼大夫,充江南东西、福建等道知选,并劝农宣慰使。寻检校兵部尚书,余如故。又以尚书兼衢州刺史。景命不淑,以永泰二年七月八日薨于官舍,春秋五十五。"②按,《宋史·艺文志七》载《李岘诗》一卷③,《全唐诗》存其诗一首④。

《旧唐书·代宗纪》:永泰二年七月,"衢州刺史李岘卒"⑤。《全唐文》卷三二一李华有《故相国兵部尚书梁国公李岘传》,卷三一九李华有《衢州龙兴寺故律师体公碑》,均记有李岘为衢州刺史事。杨承祖《李华江南服官考》:"大历元月(年)(766),李岘薨于衢州任所,华即去官;托词云苦风痹,实则因岘既逝,乃真绝意仕途,去隐山阳。李华服官江南,遂止于此。按:岘之薨,见《旧纪》、岘《旧传》及李华《故兵部尚书梁国公李岘传》(《全唐文》卷三二一)。岘既卒,华乃去官。本集序云:'遇风痹,徙家于楚。'不书去官与否,盖就吏籍言,或但罢职事,官秩仍未除也。"⑥杨承祖《李华系年考证》:"永泰二年、大历元年丙午(766),约五十岁。……七月,李岘薨于衢州。李华《李岘传》云:'永泰二年八月薨于衢州。'(《全唐文》卷三二一)按《旧唐书》卷一一《代宗本纪》书岘卒于'七月辛酉',卷一一二《李岘传》亦云'七月以疾

---

① 　[宋]李昉等:《太平广记》卷三八二,第3047页。
② 　赵文成、赵君平:《新出唐墓志百种》,西泠印社出版社2010年版,第220—221页。
③ 　[元]脱脱:《宋史》卷二〇八,中华书局1985年版,第5338页。
④ 　[清]彭定求:《全唐诗》卷二一五,第2245页。
⑤ 　[后晋]刘昫:《旧唐书》卷一一,第283页。
⑥ 　杨承祖:《李华江南服官考》,《杨承祖文录》,第288—289页。

终’。考之陈垣《二十史朔闰表》,辛酉正在七月,因从史。"①

秋,杜甫作《八哀诗》,其一即哀悼台州司户郑虔

杜甫《八哀诗·故著作郎贬台州司户荥阳郑公虔》诗云:"老蒙台州掾,泛泛浙江桨。覆穿四明雪,饥拾橡溪橡。空闻紫芝歌,不见杏坛丈。天长眺东南,秋色余魍魎。别离惨至今,斑白徒怀曩。春深秦山秀,叶坠清渭朗。剧谈王侯门,野税林下鞅。操纸终夕酣,时物集遐想。词场竟疏阔,平昔滥吹奖。百年见存殁,牢落吾安放。"②《杜诗详注》云:"今按:诗序所云,乃一时追思之作。观哀郑虔诗云'秋色余魍魎',当是大历元年之秋。其云:'君臣尚论兵,将帅接燕蓟。'因此时吐蕃未靖,河北降将阳奉阴违,故有此语,非为史朝义而发也。葛常之曰:曹子建、王仲宣、张孟阳,有《七哀》诗,释者谓病而哀,义而哀,感而哀,悲而哀,耳目闻见而哀,口叹而哀,鼻酸而哀也。子建之哀,在于独栖而思妇;仲宣之哀,在于弃子之妇人;张孟阳之哀,在于已毁之园寝:是皆一哀而七者具也。老杜之《八哀》,则所哀者八人也。"③刘克庄《后村诗话》云:"杜《八哀诗》,崔德符谓可以表里《雅》《颂》,中古作者莫及。韩子苍谓其笔力变化,当与太史公诸赞方驾。惟叶石林谓长篇最难,晋魏以前,无过十韵,常使人以意逆志,初不以叙事倾倒为工。此八篇本非集中高作,而世多尊称,不敢议其病,盖伤于多。如李邕、苏源明篇中多累句,刮去其半,方尽善。余谓崔、韩比此诗于太史公纪传,固不易之语,至于石林之评累句之病,为长篇者不可不知。"④

杜甫本年又作存殁口号诗,哀悼席谦、毕曜、郑虔、曹霸

杜甫《存殁口号二首》诗,其一云:"席谦不见近弹棋,毕曜仍传旧小诗。玉局他年无限笑,白杨今日几人悲。"其二云:"郑公粉绘随长夜,曹霸丹青已白头。天下何曾有山水,人间不解重骅骝。"⑤第一首怀念席谦与毕曜,第二首怀念郑虔与曹霸。仇兆鳌《杜诗详注》引鹤注:"据郑虔死于广德二年,则梁氏编在大历元年为是。"⑥

① 杨承祖:《李华系年考证》,《杨承祖文录》,第274—275页。
② [清]彭定求:《全唐诗》卷二二二,第2354页。
③ [清]仇兆鳌:《杜诗详注》卷一六,第1372—1373页。
④ [宋]刘克庄:《后村诗话》后集卷二,中华书局1983年版,第59页。
⑤ [清]彭定求:《全唐诗》卷二三一,第2549页。
⑥ [清]仇兆鳌:《杜诗详注》卷一六,第1451页。

所谓"存殁口号"是指一首诗中吟咏二人,一存一殁,相互对照。第二首所咏,郑虔殁而曹霸存。郑虔既亡,世更无山水之奇;曹霸虽存,人间难识骅骝。对郑虔则伤之,对曹霸则惜之。宋洪迈《容斋续笔》云:"杜子美有《存殁》绝句二首云……每篇一存一没,盖席谦、曹霸存,毕、郑殁也。黄鲁直《荆江亭即事》十首,其一云:'闭门觅句陈无已,对客挥毫秦少游,正字不知温饱未,西风吹泪古藤州。'乃用此体,时少游殁而无已存也。"①互相对比阅读,更能体会杜诗之意蕴。

章八元、灵澈约本年从严维学诗

陶敏、李一飞、傅璇琮《唐五代文学编年史·中唐卷》:"《中兴间气集》卷上:'八元尝于都亭偶题数言,盖激楚之音也。会稽严维到驿,问八元曰:尔能从我学诗乎?曰能。少顷遂发,八元已辞家,维大异之,遂亲指喻。数年,词赋擢第。'八元大历六年进士。《刘禹锡集》卷一九《澈上人文集纪》:'从越客严维学为诗,遂籍籍有声。'《昼上人集》卷九《赠包中丞书》:'有会稽沙门灵澈年三十有六,知其有文十余年而未识之。'书作于兴元元年,知灵澈大历初即有文名。章八元、灵澈从严维学诗约在本年。"②

本年或稍后,王恕由越州都督府户曹参军权知余姚县令

白居易《唐扬州仓曹参军王府君墓志铭》:"公讳某,字士宽。……永泰中,敕迁越府户曹,属邑有不理者,公假领之,所至必理。大历中,本道观察使薛兼训以公清白尤异,表奏之,有诏权知余姚县令。时海寇初殄,邑焚田荒,公乃营邑室,创器用,复流庸,辟蕃畲,凡江南列邑之政,公冠其首,其制邑、辟田、增户之绩,则会稽之牒、地官之籍载焉。建中初选授扬州仓曹参军。"③

刘暹本年前兼括州别驾

《大唐西市博物馆藏墓志》二七八《唐故朝散太(大)夫大(太)常少卿兼桔(括)州别驾赐紫金鱼岱(袋)府君墓铭》:"公讳暹,字士衡,……昕(浙)西观察使迁癸

① [宋]洪迈:《容斋续笔》卷二,《容斋随笔》,第 127 页。
② 陶敏、李一飞、傅璇琮:《唐五代文学编年史·中唐卷》,第 173 页。
③ [清]董诰:《全唐文》卷六七九,第 6940—6941 页。

（奏）乐州司马，又改括州长史，以佐二藩有功。又扫（摄）朝（潮）州刺史，俄迁太常少卿兼括［州］别驾，福建节度副使政（改）奉（奏）分（令）间（闻），位半克成。军府克和，翳公之力，哀彼言乱，忧伤别离。将归于旧乡，遇疫于行路。沉痼不起，终于隔江。"①刘暹卒年不详，葬于永泰元年四月。

767　唐代宗大历二年丁未

春，戎昱作诗送严十五赴江东

戎昱《成都送严十五之江东》诗云："江东万里外，别后几凄凄。峡路花应发，津亭柳正齐。酒倾迟日暮，川阔远天低。心系征帆上，随君到剡溪。"②根据肖献军《戎昱年谱》，戎昱大历元年受杜鸿渐之辟自长安入蜀，当年曾有《送严十五郎之长安》诗③。而本诗则系于大历二年④。今从之。根据诗末句"随君到剡溪"，应是到越州。

本年，东阳诗人冯宿生

《旧唐书·冯宿传》："冯宿，东阳人。"⑤《新唐书·冯宿传》："冯宿字拱之，婺州东阳人。父子华，庐亲墓，有灵芝、白兔，号'孝冯家'。"⑥韩愈《答冯宿书》，五百家注引孙注："宿字拱之，婺州东阳人。公同年进士。"⑦王起《冯宿神道碑》："惟唐开成元年岁在执徐十二月三日，检校礼部尚书、东川节度使长乐公享年七十，薨于位。……公讳宿，字拱之，冀州长乐人。……年廿六，举进士。是时明有司即兵部侍郎陆公赞其人也。又应宏词科，试《百步穿杨叶赋》，虽为势夺，而其文至今讽之，

---

①　胡戟、荣新江：《大唐西市博物馆藏墓志》，第604页。
②　［清］彭定求：《全唐诗》卷二七〇，第3025页。
③　肖献军：《唐代湖湘客籍文人年谱》，中国社会科学出版社2017年版，第100页。
④　肖献军：《唐代湖湘客籍文人年谱》，第102页。
⑤　［后晋］刘昫：《旧唐书》卷一六八，第4389页。
⑥　［宋］欧阳修、宋祁：《新唐书》卷一七七，第5277页。
⑦　［唐］韩愈撰，［宋］魏仲举集注：《五百家注韩昌黎集》卷一七，中华书局2019年版，第905页。

后生以为楷。"①该碑由著名书家柳公权所书,原石仍存西安碑林。逆推其生年在大历二年。其籍贯应以东阳为是,冀州长乐当为其郡望。

冯宿在唐代文学史上具有一定地位,现存《酬白乐天刘梦得》《酬广宣上人》诗二首。当时著名诗人与之交游并给予他很高评价。

韩愈有《郾城晚饮奉赠副使马侍郎及冯李二员外》诗:"城上赤云呈胜气,眉间黄色见归期。幕中无事惟须饮,即是连镳向阙时。"②是韩愈在平定淮西时所作,"冯员外"就是冯宿。又有《宿神龟招李二十八冯十七》诗:"荒山野水照斜晖,啄雪寒鸦趁始飞。夜宿驿亭愁不睡,幸来相就盖征衣。"③"冯十七"亦为冯宿。又有《早春与张十八博士籍游杨尚书林亭寄第三阁老兼呈白冯二阁老》诗:"墙下春渠入禁沟,渠冰初破满渠浮。凤池近日长先暖,流到池时更不流。"④"冯阁老"亦为冯宿。韩愈还有《与冯宿论文书》云:"辱示《初筮赋》,实有意思。但力为之,古人不难到;但不知直似古人,亦何得于今人也?"⑤对于冯宿《初仕赋》予以很高的评价。又有《答冯宿书》:"垂示仆所阙,非情之至,仆安得闻此言?朋友道阙绝久,无有相箴规磨切之道,仆何幸乃得吾子!仆常闵时俗人有耳不自闻其过,懍懍然惟恐己之不自闻也。而今而后,有望于吾子矣。然足下与仆交久,仆之所守,足下之所熟知。在京城时,嚣嚣之徒,相訾百倍,足下时与仆居,朝夕同出入起居,亦见仆有不善乎?"⑥述说二人之相知,颇为感人。

李观有《赠冯宿》诗云:"寒城上秦原,游子衣飘飘。黑云截万里,猎火从中烧。阴空蒸长烟,杀气独不销。冰交石可裂,风疾山如摇。时无青松心,顾我独不凋。"⑦

白居易有《冯阁老处见与严郎中酬和诗因戏赠绝句》:"乍来天上宜清净,不用回头望故山。纵有旧游君莫忆,尘心起即堕人间。"⑧《送冯舍人阁老往襄阳》:"紫微阁底送君回,第二厅帘下不开。莫恋汉南风景好,岘山花尽早归来。"⑨"冯阁老"即为冯宿。《送河南尹冯学士赴任》:"石渠金谷中间路,轩骑翩翩十日程。清洛饮

---

① [清]董诰:《全唐文》卷六四三,第6507—6508页。
② [清]彭定求:《全唐诗》卷三四四,第3863页。
③ [清]彭定求:《全唐诗》卷三四四,第3856—3857页。
④ [清]彭定求:《全唐诗》卷三四四,第3863页。
⑤ [清]董诰:《全唐文》卷五五三,第5597页。
⑥ [清]董诰:《全唐文》卷五五二,第5595页。
⑦ [清]彭定求:《全唐诗》卷三一九,第3596页。
⑧ [清]彭定求:《全唐诗》卷四四二,第4935页。
⑨ [清]彭定求:《全唐诗》卷四四二,第4942页。

冰添苦节,碧嵩看雪助高情。谩夸河北操旄钺,莫羡江西拥旆旌。何似府寮京令外,别教三十六峰迎。"①《分司初到洛中偶题六韵兼戏呈冯尹》:"相府念多病,春宫容不才。官衔依口得,俸料逐身来。白首林园在,红尘车马回。招呼新客侣,扫掠旧池台。小舫宜携乐,新荷好盖杯。不知金谷主,早晚贺筵开。"②

刘禹锡有《酬冯十七舍人宿卫赠别五韵》:"少年为别日,隋宫杨柳阴。白首相逢处,巴江烟浪深。使星上三蜀,春雨沾衣襟。王程促速意,夜语殷勤心。却归天上去,遗我云间音。"③《同乐天送河南冯尹学士》:"可怜五马风流地,暂辍金貂侍从才。阁上掩书刘向去,门前修刺孔融来。崤陵路静寒无雨,洛水桥长昼起雷。共羡府中棠棣好,先于城外百花开。"④《遥贺白宾客分司初到洛中戏呈冯尹》:"西辞望苑去,东占洛阳才。度岭无愁思,看山不懊来。冥鸿何所慕,辽鹤乍飞回。洗竹通新径,携琴上旧台。尘埃长者辙,风月故人杯。闻道龙门峻,还因上客开。"⑤"河南尹冯学士""冯尹"均为冯宿。

本年,李岵为台州刺史

《嘉定赤城志》卷八"秩官门·历代郡守":"大历二年,李岵。"⑥

本年,李佐时为山阴县尉

《太平广记》卷三〇五《李佐时》条引《广异记》:"山阴县尉李佐时者,以大历二年遇劳,病数十日中愈,自会稽至龙丘,会宗人述为令。"⑦

本年,李述为龙丘县令

《太平广记》卷三〇五《李佐时》条引《广异记》:"山阴县尉李佐时者,以大历二年遇劳,病数十日中愈,自会稽至龙丘,会宗人述为令。"⑧

---

① [清]彭定求:《全唐诗》卷四四九,第5057—5058页。
② [清]彭定求:《全唐诗》卷四五〇,第5087—5088页。
③ [清]彭定求:《全唐诗》卷三五五,第3990页。
④ [清]彭定求:《全唐诗》卷三六〇,第4063页。
⑤ [清]彭定求:《全唐诗》卷三六二,第4090页。
⑥ [宋]陈耆卿:《嘉定赤城志》卷八,《宋元浙江方志集成》第11册,第5149页。
⑦ [宋]李昉等:《太平广记》卷三〇五,第2415页。
⑧ [宋]李昉等:《太平广记》卷三〇五,第2415页。

768 唐代宗大历三年戊申

春,刘长卿作诗送荀八过山阴旧县

刘长卿有《送荀八过山阴旧县兼寄剡中诸官》诗云:"访旧山阴县,扁舟到海涯。故林嗟满岁,春草忆佳期。晚景千峰乱,晴江一鸟迟。桂香留客处,枫暗泊舟时。旧石曹娥篆,空山夏禹祠。剡溪多隐吏,君去道相思。"①储仲君《刘长卿诗编年笺注》云:"京洛诗,当作于大历二、三年(767、768)间。"②今从之系于大历三年。诗有"春草忆佳期"句,作于春日。

颜真卿因法源大师之请,撰《天台智者大师画赞》和《天台山国清寺壁上大师说法影像并像顶及维摩四五六祖像》

朱关田《颜真卿年谱》"唐代宗大历三年戊申(768)六十岁":"最澄《传教大师全集》有颜真卿《天台山国清寺智者大师传》一文,其末有题:'唐鲁郡公颜真卿,永泰间贬吉州别驾,因遇法源大师,遂获隋灌顶法师所著行状,并天台《国清百录》,辄摄其要旨,继此传云。'细品之,纯属他人语气,颜真卿所撰智者大师传,当另一篇。斯文冠名颜真卿,未确。《天台智者大师画像赞》有'止观大量名法源,亲事左溪宏度门。……俾余赞述斯讨论,庶几亿载垂后昆'云,上揭所谓'继此传'者,当撰于同时。又,《天台山国清寺壁上大师说法影像并佛顶及维摩四五六祖像》一卷,见最澄《入唐求法目录》;《庐陵集》十卷,著录首见《颜鲁公行状》,《新书·艺文志》尚见存。按法源,天台宗五祖东阳清泰寺玄朗即左溪大师弟子,以李华《故左溪大师碑》'弟子衢州龙丘九岩寺僧道宾,越州法华寺僧法源、僧神邕……皆菩萨僧,开左溪之秘藏'云,参《宋高僧传》卷二六《玄朗传》亦记'越州法华寺法源、神邕',盖与神邕并隶越州法华寺,且长之。后至抚州参与宝应寺董修。"③

---

① [清]彭定求:《全唐诗》卷一四九,第1530页。
② 储仲君:《刘长卿诗编年笺注》,第301页。
③ 朱关田:《颜真卿年谱》,西泠印社出版社2008年版,第181—182页。

秋,皇甫冉、戴叔伦作诗送王翁信还剡中

皇甫冉《送王翁信还剡中旧居》诗云:"海岸耕残雪,溪沙钓夕阳。客中何所有,春草渐看长。"①储仲君《皇甫冉诗疑年(续)》,考定本诗作于大历三年以后,并云:"按戴叔伦集有《送王翁信及第归江东旧隐》诗(二七三),诗云:'南行无俗侣,秋雁与寒云。野趣自多惬,名香日总(一作人共)闻。吴山中路断,浙水半江分。此地登临惯,含情一送君。'亦为送归浙东。叔伦大历初为刘晏所辟,任职转运使府,其诗当作于京、洛。皇甫冉诗云:'海岸耕残雪,溪沙钓夕阳。客(一作家)中何所有,春草渐看长。'秋离京、洛,冬至扬润,时间亦合。按戴叔伦此诗又见方干集,题作《送友人及第归浙东》。此诗既可与皇甫冉诗印证,以作叔伦诗为是。"②

十一月,崔巨撰《禹庙碑》

《金石录》卷八:"唐禹庙碑",崔巨撰,段季展行书。大历三年十一月。"③按,崔巨所撰碑志常有所见,《金石录》卷七:"《唐百家岩寺碑》,崔巨撰,崔倚正书。天宝八载二月。"④同书卷八:"《唐永泰寺钟铭》,崔巨撰,房集书。大历元年十二月。"同卷:"《唐绛州刺史李公德政碑》,崔巨撰,刘钧八分书。大历二年二月。"⑤《宝刻丛编》卷一五引《复斋碑录》:"《唐宣歙观察使薛邕去思颂》,唐崔巨撰,裴业分书并篆额,大历十四年八月五日立。"⑥新出土大历七年《唐故朝议郎使持节渠州诸军事守渠州刺史仍知本州团练守捉使赐绯鱼袋崔君(异)墓志铭并序》,末署:"从父兄前左补阙巨撰。"⑦

---

① [清]彭定求:《全唐诗》卷二五○,第2817页。

① [清]彭定求:《全唐诗》卷二五○,第2817页。
② 储仲君:《皇甫冉诗疑年(续)》,载《山西大学师范学院学报(综合版)》1994年第4期,第4页。
③ [宋]赵明诚撰,金文明校证:《金石录校证》卷八,第153页。
④ [宋]赵明诚撰,金文明校证:《金石录校证》卷七,第135页。
⑤ [宋]赵明诚撰,金文明校证:《金石录校证》卷八,第151页。
⑥ [宋]陈思编著:《宝刻丛编》卷一五,第1010页。
⑦ 赵君平、赵文成编:《秦晋豫新出墓志搜佚》,第773页。

769　唐代宗大历四年己酉

春,鲍防等在云门寺济公上方作合影偈赞

《云门寺济公上方偈》[①]鲍防序:"己酉岁,仆忝尚书郎,司浙南之武。时府中无事,墨客自台省而下凡十有一人,会云门济公之上方,以偈者,赞之流也,姑取于佛事云。"李聿有"采采春渚,芳香天与"语,知这组诗作于春日。下面录其原偈,并钩稽材料以考其作者。

鲍防《护戒刀偈》:"剖妄妄绝,决机机坏。彼坚钢刀,护声闻戒。"鲍防,《全唐诗》卷三〇七《鲍防小传》:"鲍防,字子慎,襄阳人。天宝末进士第。历福建、江西观察使。贞元中,累礼部侍郎,迁工部尚书致仕。防善属文,尤工诗。与中书舍人谢良弼友善,时号'鲍谢'。诗八首。"[②]

李聿《茗莒偈》:"采采春渚,芳香天与。涤虑破烦,灵芝之侣。"李聿,《全唐文》卷四三五《李聿小传》:"聿,元宗朝官清漳令,迁尚书郎。"[③]

杜奕《芭蕉偈》:"幽山净土,生此芭蕉。无心起喻,觉路非遥。"杜奕,《全唐诗》卷三〇七《杜奕小传》:"杜奕,贞元时人。诗二首。"[④]按,作"贞元时人",误。

阙名《山啄木偈》:"尔禽啄木,恶蠹伤木。愈木无病,巢枝自足。"

阙名《澡瓶偈》:"灵圆取相,尘垢是澡。定水清净,救彼热恼。"

郑概《山石榴偈》:"何方而有,天上人间。色空我性,对尔空山。"郑概,《全唐诗》卷三〇七《郑概小传》:"郑概,贞元时人。诗二首。"[⑤]按,郑概与诸人联句为大历五年作,小传称"贞元时人"不确。司空曙有《病中寄郑十六兄》诗,题注:"一本题下有概字。"[⑥]岑仲勉《唐人行第录》以为郑十六即郑概。

---

① 贾晋华:《唐代集会总集与诗人群研究》(第2版),北京大学出版社2015年版,第367—368页。
② [清]彭定求:《全唐诗》卷三〇七,第3484页。
③ [清]董诰:《全唐文》卷四三五,第4437页。
④ [清]彭定求:《全唐诗》卷三〇七,第3486页。
⑤ [清]彭定求:《全唐诗》卷三〇七,第3486页。
⑥ [清]彭定求:《全唐诗》卷二九二,第3312页。

杜倚《漉水囊偈》:"裂素成器,给我救彼。密净圆灵,护生絜水。"杜倚,《元和姓纂》卷六"京兆杜氏":"昌远生倚,左卫将军。"①

袁邕《藤偈》:"得彼柔性,契兹佛乘。岂无众木,我喻垂藤。"袁邕,《全唐诗》卷二五二刘太真《宣州东峰亭各赋一物得古壁苔》②,同赋者有袁修、刘太真、崔何、王纬、高修、袁邕、李岑、苏寓、郭澹九人。

崔泌《蔷薇偈》:"护草木性,植彼蔷薇。眼根不染,见尔色非。"崔泌,《全唐文》卷四三五《崔秘小传》:"秘(泌),肃宗朝官尚书郎。"③

阙名《班竹杖偈》:"护性维戒,扶身在杖。动必由道,心无来往。"

任远《题天章寺偈》:"降伏心住,自在心住。有心且住,无心即住。"

丘丹为诸暨令,奉使永嘉,经萧山作《萧山祇园寺》诗

丘丹《萧山祇园寺》诗云:"东晋许征君,西方彦上人。生时犹定见,悟后了前因。灵塔多年古,高僧苦行频。碑存才记日,藤老岂知春。车骑归萧誉,云林识许询。千秋不相见,悟定是吾身。"④邹志方《浙东唐诗之路》云:"此诗约作于大历初年,时诗人任诸暨县令,奉使永嘉,途经萧山。诗中隐含一个佛教故事,有相当传奇色彩。此故事在綦毋潜《祇园寺》中写得更为集中:'宝坊求往迹,神理驻沿洄。雁塔酬前愿,王身更后来。加持将暝合,朗悟豁然开。两世分明见,余生复几哉!'看来,此故事在唐代曾广为流传,以致直到宋代,沈仁衷还能述说得有板有眼。"⑤按,丘丹在经过萧山之后,再到越州,与鲍防、严维等联句,见下文所考。《萧山县志稿》:"祇园寺,在县西北一百步。东晋咸和六年许询舍宅建,号曰崇化。唐会昌中废,宋建隆元年重建。寺有阁,藏仁宗御书,后归宝文阁。治平三年敕赐今额。"⑥

季春,鲍防、严维等诗人在浙东创作《状江南十二咏》组诗

《状江南》组诗十二首,是按十二个月的节气按顺序写作的组诗,是以鲍防为代

---

① [唐]林宝撰,岑仲勉校记:《元和姓纂(附四校记)》卷六,第917页。
② [清]彭定求:《全唐诗》卷二五二,第2841页。
③ [清]董诰:《全唐文》卷四三五,第4437页。
④ [清]彭定求:《全唐诗》卷三〇七,第3482页。
⑤ 邹志方:《浙东唐诗之路》,浙江古籍出版社2019年版,第16页。
⑥ 张宗海等:《萧山县志稿》卷八,民国二十四年(1935)铅印本,第1页。

表的浙东大历诗人集团的标志性作品。《唐诗纪事》卷四七"谢良辅"条即载此十二首诗,现录之如下,并将相关联唱诗人事迹加以叙述:

谢良辅《仲春》:"江南仲春天,细雨色如烟。丝为武昌柳,布作石门泉。"①谢良辅,《全唐诗》卷三〇七《谢良辅小传》:"谢良辅,天宝十一年进士第。德宗时商州刺史。诗四首。"②

谢良辅《孟冬》:"江南孟冬天,获穗软如绵。绿绢芭蕉裂,黄金橘柚悬。"③按,以上二诗或有一首为谢良弼作。因为《状江南十二咏》只有谢良辅创作了两首诗,其他人都是一首,颇有疑窦。陶敏《全唐诗作者小传补正》:"在浙东联唱中,严维等人各有咏十二月之《忆长安》《状江南》一首,各赋一月,但《全唐诗》卷三〇七谢良辅《忆长安》存《正月》《十二月》,《状江南》存《仲春》《孟冬》二首,以一人而赋两月,与众人不同,不合情理。良弼兄弟同预浙东唱和,故疑此四诗中有二诗为谢良弼所作,误为良辅诗。"④戴伟华《〈状江南〉唱和诗核心人物及其咏物创新形式》:"陶先生质疑有理,《中元日鲍端公宅遇吴天师联句》'游方依地僻,卜室喜墙连'应为谢良辅作,而'养形奔二景,练骨度千年'应为谢良弼作,良弼联句云'二景',原指日月,这里隐指鲍防和谢良辅。鲍防和谢良辅既是连襟,又是邻舍,关系异于他人,相互接触的机会亦多于他人。"⑤有关谢良弼的材料,顾况《礼部员外郎陶氏集序》:"唐词臣姓陶氏,讳翰。……开元十八年进士上第,天宝文明载登宏词拔萃两科,累陟太常博士礼部员外郎。……綦母著作潜、王龙标昌龄则其勍敌。登公之门,李膺之门也,鲍、马二京兆中书谢舍人良弼、良辅,侍御史李封殿中刘全诚名自公出。"⑥陶翰有《送谢氏昆季下第归南阳序》之"谢氏昆季"即谢良辅、谢良弼。《云笈七签》卷一一五:"王氏者,中书舍人谢良弼之妻也,东晋右军逸少之后,会稽人也。良弼进士擢第,为浙东从事而婚焉。"⑦

鲍防《孟春》:"江南孟春天,荇叶大如钱。白雪装梅树,青袍似苜田。"⑧

① [宋]计有功:《唐诗纪事》卷四七,第712页。
② [清]彭定求:《全唐诗》卷三〇七,第3483页。
③ [宋]计有功:《唐诗纪事》卷四七,第712页。
④ 陶敏:《全唐诗作者小传补正》,辽海出版社2010年版,第1432页。
⑤ 戴伟华:《〈状江南〉唱和诗核心人物及其咏物创新形式》,载《文学遗产》2021年第1期,第89页。
⑥ [清]董诰:《全唐文》卷五二八,第5366—5367页。
⑦ [宋]张君房:《云笈七签》卷一一五,中华书局2003年版,第2549页。
⑧ [宋]计有功:《唐诗纪事》卷四七,第713页。

丘丹《季冬》:"江南季冬月,红蟹大如鳊。湖水龙为镜,炉风气作烟。"①丘丹,《全唐诗》卷三〇七《丘丹小传》:"丘丹,苏州嘉兴人。诸暨令,历尚书郎。隐临平山,与韦应物、鲍防、吕渭诸牧守往还。存诗十一首。"②

严维《季春》:"江南季春天,莼叶细如弦。池边草作径,湖上叶如船。"③严维,《全唐诗》卷二六三《严维小传》:"严维,字正文。越州山阴人。至德二载进士。擢辞藻宏丽科,调诸暨尉。辟河南幕府。终秘书省校书郎。与刘长卿善。诗一卷。"④

郑概《孟秋》:"江南孟秋天,稻花白如毡。素腕惭新藕,残妆炉晚莲。"⑤

吕渭《仲冬》:"江南仲冬天,紫蔗节如鞭。海将盐作雪,山用火耕田。"⑥吕渭,《全唐诗》卷三〇七《吕渭小传》:"吕渭,字君载,河中人。第进士,为浙西支使。后贬歙州司马。贞元中,累迁礼部侍郎。出为潭州刺史。诗五首。"⑦《全唐文补遗》第4辑载有《吕渭墓志铭》⑧,叙述其生平事迹颇为详尽。

范灯《季夏》:"江南季夏天,身热汗如泉。蚊蚋成雷泽,袈裟作水田。"⑨范灯,《全唐诗》卷三〇七《范灯小传》:"范灯,贞元时人。"⑩岑仲勉《元和姓纂四校记》卷七"钱塘范氏":"安亲,房州别驾。生怦、恦、恬、憕。"⑪疑"范灯"为"范憕"之误。陶敏《全唐诗作者小传补正》据以范憕有《忆长安·九月》《状江南·季夏》预大历年浙东联唱,证明小传"贞元时人"误。⑫

樊珣《仲夏》:"江南仲夏天,时雨下如川。卢橘垂金弹,甘蕉吐白莲。"⑬樊珣,《全唐诗》卷三〇七《樊珣小传》:"樊珣,贞元时人。诗二首。"⑭陶敏《全唐诗作者小传补正》据以樊珣存《忆长安·九月》《状江南·季夏》,《全唐诗》卷七八九与严维、鲍防等《中元日鲍端公宅遇吴天师》联句,知其预大历四、五年浙东联唱,证明小传

---

① [宋]计有功:《唐诗纪事》卷四七,第714页。
② [清]彭定求:《全唐诗》卷三〇七,第3480页。
③ [宋]计有功:《唐诗纪事》卷四七,第715页。
④ [清]彭定求:《全唐诗》卷二六三,第2914页。
⑤ [宋]计有功:《唐诗纪事》卷四七,第717页。
⑥ [宋]计有功:《唐诗纪事》卷四七,第718页。
⑦ [清]彭定求:《全唐诗》卷三〇七,第3488页。
⑧ 吴钢主编:《全唐文补遗》第4辑,第81—83页。
⑨ [宋]计有功:《唐诗纪事》卷四七,第719页。
⑩ [清]彭定求:《全唐诗》卷三〇七,第3489页。
⑪ [唐]林宝撰,岑仲勉校记:《元和姓纂(附四校记)》卷七,第1152页。
⑫ 陶敏:《全唐诗作者小传补正》,第569页。
⑬ [宋]计有功:《唐诗纪事》卷四七,第719页。
⑭ [清]彭定求:《全唐诗》卷三〇七,第3489页。

"贞元时人"误。①《全唐文》卷四四五樊珣有《绛岩湖记》末署："大历十二年十月三日记。"②

刘蕃《季秋》："江南季秋天，栗熟大如拳。枫叶红霞举，苍花白浪川。"③

贾弇《孟夏》："江南孟夏天，慈竹笋如编。蜃气为楼阁，蛙声作管弦。"④《全唐诗》卷三〇七《贾弇小传》："贾弇，长乐人。登大历进士第，为校书郎。诗一首。"⑤

沈仲昌《仲秋》："江南仲秋天，鳠鼻大如船。雷是樟亭浪，苔为界石钱。"⑥《全唐诗》卷三〇七《沈仲昌小传》："沈仲昌，临汝人。登天宝九年进士第。诗一首。"⑦

《唐才子传校笺》卷三《鲍防传》傅璇琮笺证云："据《旧唐书·代宗纪》，大历五年(770)秋七月丁卯，以浙东观察使薛兼训为'太原尹、北都留守，充河东节度使'。防即于此时为薛兼训浙东从事。碑文(指《鲍防碑》)又云：'是时中原多故，贤士大夫以三江五湖为家，登会稽者若鳞介之集渊薮，以公故也。'……时江东文士与防唱酬者甚众。《唐诗纪事》卷四七载防与谢良辅、杜奕、丘丹、严维、郑概、陈元初、吕渭、范灯、樊珣、刘蕃、贾弇、沈仲昌等人同赋《忆长安十二咏》《状江南十二咏》，可谓东南诗坛之盛事。"⑧郑学檬《从〈状江南〉组诗看唐代江南的生态环境》云："两咏的时间当在大历五年秋七月以前，鲍防为薛兼训从事之时。当时，谢良辅从鲍防在越州，严维为地方名士。鲍防在越州，维还未他适或入朝，他的诗《送薛尚书入朝》即送薛兼训离越的，时间在大历五年七月。《唐诗纪事》卷四七《谢良辅》注云：'自良辅至沈仲昌，有相会作《忆长安十二咏》，因载他诗于其后。'此次相会当在大历五年七月之前。"⑨邹志方《"浙东唱和"考索(续)》云："《状江南》十二咏，注于严维名下，严维咏的是'季春'，则唱酬当作于此时。'咏江南而忆长安'，连类而及，《忆长安》十二咏当作于同时，或在稍后的五月。因严维咏的是'五月'，题注亦在严维名下。"⑩

① 陶敏：《全唐诗作者小传补正》，第569页。
② ［清］董诰：《全唐文》卷四四五，第4541页。
③ ［宋］计有功：《唐诗纪事》卷四七，第719页。
④ ［宋］计有功：《唐诗纪事》卷四七，第719页。
⑤ ［清］彭定求：《全唐诗》卷三〇七，第3483页。
⑥ ［宋］计有功：《唐诗纪事》卷四七，第720页。
⑦ ［清］彭定求：《全唐诗》卷三〇七，第3483页。
⑧ 傅璇琮主编：《唐才子传校笺》第1册，第494—495页。
⑨ 郑学檬：《从〈状江南〉组诗看唐代江南的生态环境》，《唐研究》第1卷，北京大学出版社1995年版，第377页。
⑩ 邹志方：《"浙东唱和"考索(续)》，载《绍兴师专学报》1992年第1期，第33页。

关于《状江南》组诗的核心人物，戴伟华《〈状江南〉唱和诗核心人物及其咏物创新形式》："能担当大历唱和主持人的鲍防，本身也是诗人。《鲍防碑》曰：'天宝中，天下尚文，其曰闻人，则重侔有德，贵齿高位。公赋《感遇》十七章，以古之正法，刺讥时病。丽而有则，属诗者宗而诵之。'《铭》曰：'逢时尚文，高唱寡和。'鲍防作为诗人，名声很大，'德宗以天下平，贞元四年九月，诏群臣宴曲江，自为诗，敕宰相择文人赓和。李泌等请群臣皆和，帝自第之，以太真、李纾等为上，鲍防、于邵等次之，张濛等为下。与择者四十一人，惟泌、李晟、马燧三宰相无所差次'。鲍防虽不是上等，却仅次于上等。白居易在《与元九书》中对鲍防评价很高：'唐兴二百年，其间诗人不可胜数。所可举者，陈子昂有《感遇诗》二十首，鲍防有《感兴诗》十五首。'由此可见，幕府中行军司马性质特殊，文武兼备，地位亦崇；而鲍防又有诗才，故大历唱和中成为领袖，势在必然。"①

关于《状江南》组诗在中国诗歌史上的意义，戴伟华《〈状江南〉唱和诗核心人物及其咏物创新形式》云："尽管《状江南》是'睹物临事'，但集体唱和只能在一个时间点上去完成十二个月份的作品，而不可能是每逢一月作一首。这和《忆长安》不同，长安存在于唐代文人的集体记忆中，他们中绝大多数人都有长安生活经历，如参加科举、铨选、做官任职。但具体到浙东这样的地方，不可能所有人都有江南的生活经历、节候经历和记忆。故参与唱和者虽不可能都有每月风物、'每句须一物形状'的记忆和表达可能，但唱和者中必须有人熟悉江南十二月，至少有每月三种物象的准确记忆，才能完成这次有关十二月的组诗写作。""大历越州《状江南》唱和在咏物上有贡献，在咏物诗史上有特殊价值和地位，诗人们在《柏梁体状云门山物》《状江南》等唱和中不断加强诗歌咏物写作训练。唱和的写作相对个体写作态度应有不同，唱和是集体行为，是在相互启发、相互切磋中完成的，有助于写作技能的提升。这样的咏物联句和咏物组诗整体提升了诗人们辨析事物的能力和以恰当的词汇、语法去组织诗句的水平。"②戴伟华《〈状江南〉的艺术创新及其诗史意义——兼论敦煌〈咏廿四气诗〉的性质与写作时间》云："大历年间鲍防、严维等人创作的《状江南》是长篇《春江花月夜》后有关江南的集体发声。如果基于文本判断，《春江花月夜》的出现客观上反映了江南文化的诗歌叙述，呈现出与《帝京篇》《长安古意》不同的精神气息；而《状江南》则是弘扬南方文化的自觉行为和艺术实践。唐代月令节

① 戴伟华：《〈状江南〉唱和诗核心人物及其咏物创新形式》，载《文学遗产》2021年第1期，第89页。
② 戴伟华：《〈状江南〉唱和诗核心人物及其咏物创新形式》，载《文学遗产》2021年第1期，第93、95页。

气诗《状江南》十二咏之前主要有李峤《十二月奉教作》十首、敦煌《咏廿四气诗》,和李峤、敦煌诗比较,《状江南》以比喻体叙事呈现出崭新的风貌和写作方法,在月令诗写作中独树一帜,在诗歌发展史上具有特别意义。"①

《状江南》组诗的表现手法,是每月一题、每句一物的手法,在唐代咏物诗中具有特殊的意义,在中国咏物诗的发展史上更具有里程碑式的意义。中唐时期集体唱和对于诗歌体式的推进作用是巨大的,这就说明,浙东唐诗之路上的创作,完全超越了地域层面而具有广泛深刻的意义。就《状江南十二咏》本身来说,他对于我们认识并了解唐代以越州为主的江南生态环境有着重要的意义。江南的春天:"池边草作径,湖上叶如船。"江南的夏天:"蜃气为楼阁,蛙声作管弦。"江南的秋天:"素腕惭新藕,残妆妒晚莲。"江南的冬天:"海将盐作雪,山用火耕田。"一年四季,春华秋实,四时美景,佳丽宜人,处处使人流连忘返,置身在这样的境地,无怪乎他们有些人要终老于此了。尤其是果树水产丰富,体现出江南的特色:水草则水荇、蓴丝、莲藕、苍蒲;果品则卢橘、芭蕉、毛栗、金柚;水产则青蛙、鲈鱼、红蟹、鳞鲋。适意心境与美丽风光以及山川风土的结合,形成了这组诗独有的江南情调,读之让人对于唐代的江南憧憬无限。

约五月,鲍防、严维等诗人在浙东创作《忆长安十二咏》组诗

《忆长安十二咏》组诗十二首,也是按十二个月的节气按顺序写作的组诗,是以鲍防为代表的浙东大历诗人集团的标志性作品。据上条引邹志方考证,《忆长安十二咏》是因为"咏江南而忆长安",连类而及,当作于同时,或在稍后的五月。因为严维是该组题咏的主要人物,他咏的是五月,故以五月更为合适。《唐诗纪事》卷四七《谢良辅》注云:"自良辅至沈仲昌,有相会作《忆长安十二咏》,因载他诗于其后。"现将这组诗录之于下:

谢良辅《正月》:"忆长安,正月时,和风喜气相随。献寿彤庭万国,烧灯青玉五枝。终南往往残雪,渭水处处流澌。"

鲍防《二月》:"忆长安,二月时,玄鸟初至禖祠。百啭宫莺绣羽,千条御柳黄丝。更有曲江胜地,此来寒食佳期。"

杜奕《三月》:"忆长安,三月时,上苑遍是花枝。青门几场送客,曲水竟日题诗。

---

① 戴伟华:《〈状江南〉的艺术创新及其诗史意义——兼论敦煌〈咏廿四气诗〉的性质与写作时间》,载《文学评论》2020 年第 3 期,第 113 页。

骏马金鞭无数,良辰美景追随。"

丘丹《四月》:"忆长安,四月时,南郊万乘旌旗。尝酎玉卮更献,含桃丝笼交驰。芳草落花无限,金张许史相随。"

严维《五月》:"忆长安,五月时,君王避暑华池。进膳甘瓜朱李,续命芳兰彩丝。竞处高明台榭,槐阴柳色通逵。"

郑概《六月》:"忆长安,六月时,风台水榭逶迤。朱果雕笼香透,分明紫禁寒随。尘惊九衢客散,赭珂滴沥青骊。"

陈元初《七月》:"忆长安,七月时,槐花点散罘罳。七夕针楼竞出,中元香供初移。绣毂金鞍无限,游人处处归随。"

吕渭《八月》:"忆长安,八月时,阙下天高旧仪。衣冠共颂金镜,犀象对舞丹墀。更爱终南灞上,可怜秋草碧滋。"

范灯《九月》:"忆长安,九月时,登高望见昆池。上苑初开露菊,芳林正献霜梨。更想千门万户,月明砧杵参差。"

樊珣《十月》:"忆长安,十月时,华清士马相驰。万国来朝汉阙,五陵共猎秦祠。昼夜歌钟不歇,山河四塞京师。"

刘蕃《子月》:"忆长安,子月时,千官贺至丹墀。御苑雪开琼树,龙堂冰作瑶池。兽炭毡炉正好,貂裘狐白相宜。"

谢良辅《腊月》:"忆长安,腊月时,温泉彩仗新移。瑞气遥迎凤辇,日光先暖龙池。取酒虾蟆陵下,家家守岁传卮。"[1]

贾晋华云:"《忆长安十二咏》的主题很值得注意。这组诗深情地回顾了安史乱前的长安从一月到十二月的不同景致和游乐情事:曲江胜游,上苑花枝,昆明池水,华清池台,五陵冬猎,温泉彩仗,终南残雪……长安代表大唐帝国,诗人们所依依怀念的实际上是那刚刚成为旧梦的开元天宝盛世,那'献寿彤庭万国''万国来朝汉阙'的帝国声威。这一主题在当时十分流行。"[2]

其实还不仅如此,长安作为大唐帝国的政治与文化中心,一直是人们向往的象征,开元盛世自不必说,即使是安史之乱以后,其象征的地位也并不减损。长安的声威:"万国来朝汉阙,五陵共猎秦祠。"长安的名胜:"更有曲江胜地,此来寒食佳期。"长安的风景:"百啭宫莺绣羽,千条御柳黄丝。"长安的文化:"青门几场送客,曲

---

① 以上组诗,见《唐诗纪事》卷四七,第 712—719 页。

② 贾晋华:《唐代集会总集与诗人群研究》(第 2 版),第 80 页。

水竟日题诗。"长安的节序:"七夕针楼竞出,中元香供初移。"长安的风俗:"取酒虾蟆陵下,家家守岁传卮。"这一群诗人,身处江南佳丽之地,对于长安保持着美好的回忆,说明大唐帝国的声威,不断地在他们的脑海中回荡。就文学表现的空间来说,这一批作家,身处越州,是他们作诗的实际地域,而长安则是他们的想象空间。他们曾经身处长安,领略过长安的风光,体验过长安的声威,也可能通过诗歌表现过长安的风貌,而现在这些美好的场景还映现在他们的脑海之中,说明长安在诗人心目中的中心地位,无论是盛唐,还是中唐,都是不曾动摇的。

七月,鲍防在浙东幕,与严维、丘丹、吕渭、谢良辅、谢良弼、吴筠等作《中元日鲍端公宅遇吴天师联句》

《中元日鲍端公宅遇吴天师联句》,联唱者严维、鲍防、谢良辅、杜奕、李清、刘蕃、谢良弼、郑概、陈允初、樊珣、丘丹、吕渭、范淹、吴筠。诗云:"道流为柱史,教戒下真仙。(严维)共契中元会,初修内景篇。(鲍防)游方依地僻,卜室喜墙连。(谢良辅)宝笋开金篆,华池漱玉泉。(杜奕)怪龙随羽翼,青节降云烟。(李清)昔去遗丹灶,今来变海田。(刘蕃)养形奔二景,炼骨度千年。(谢良弼)骑竹投陂里,携壶挂牖边。(郑概)洞中尝入静,河上旧谈玄。(陈允初)伊洛笙歌远,蓬壶日月偏。(樊珣)青骡蓟训引,白犬伯阳牵。(丘丹)法受相君后,心存象帝先。(吕渭)道成能缩地,功满欲升天。(范淹)何意迷孤性,含情恋数贤。(吴筠)"①

陶敏、李一飞、傅璇琮《唐五代文学编年史·中唐卷》:"《全唐诗》卷七八九严维、鲍防、谢良辅、杜奕、李清、刘蕃、谢良弼、郑概、陈元(允)初、樊珣、丘丹、范淹、吴筠《中元日鲍端公宅遇吴天师联句》。鲍端公,鲍防。吴天师,吴筠。按鲍防大历五年七月自浙东归朝,故诸人联句必在本年或稍前之七月。"②按,武元衡撰《唐故兰陵郡夫人萧氏墓志铭并序》:"泊商州刺史谢良辅妻,即夫人之伯姊也。"③墓主为鲍妻,则谢良辅与鲍防是连襟。从中也可见大历年浙东联唱集团相互之间具有各层特殊的关系。

按,联句诸人事迹,今据《唐诗纪事》以及《全唐诗》所列小传述之如下:

李清,《全唐诗》卷二〇四《李清小传》:"李清,登天宝十二年进士第。诗一

① 贾晋华:《唐代集会总集与诗人群研究》(第2版),第366页。
② 陶敏、李一飞、傅璇琮《唐五代文学编年史·中唐卷》,第211—212页。
③ 中国文物研究所、千唐志斋博物馆编:《新中国出土墓志·河南叁·千唐志斋壹》上册,第241页。

首。"①按，颜真卿《梁吴兴太守柳恽西亭记》："邑宰李清请而修之。……清皇家子，名公之允。……清之筮仕也，两参隽乂之列，再移仙尉之任，毗赞于蜀邑，子男于吴兴，多为廉使盛府之所辟荐。……大历一纪之首夏也。"②陶敏《全唐诗作者小传补正》："清两登科第，再为县尉，从事蜀中，累佐使府，大历十至十二年为乌程令。李清预鲍防等浙东联唱。"③

刘蕃，《全唐诗》卷三〇七《刘蕃小传》："刘蕃，登天宝六年进士第。诗二首。"④

谢良弼，顾况《礼部员外郎陶氏集序》："唐词臣姓陶氏，讳翰。……开元十八年进士上第，天宝文明载登宏词拔萃两科，累陟太常博士礼部员外郎。……綦母著作潜、王龙标昌龄则其勍敌。登公之门，李膺之门也，鲍、马二京兆中书谢舍人良弼、良辅，侍御史李封殿中刘全诚名自公出。"⑤陶翰有《送谢氏昆季下第归南阳序》之"谢氏昆季"即谢良辅、谢良弼。《云笈七签》卷一一五："王氏者，中书舍人谢良弼之妻也，东晋右军逸少之后，会稽人也。良弼进士擢第，为浙东从事而婚焉。"⑥

陈允初，《全唐诗》卷三〇七《陈元初小传》："陈元初，元一作允，校书郎，居麻源。僧灵一有《送元（允）初卜居麻源》诗。诗一首。"⑦陶敏《全唐诗作者小传补正》据《元和姓纂》《宋高僧传》考证小传作"元初"误⑧。

范淹，陶敏《全唐诗作者小传补正》疑为"范憕"之误⑨。范憕，《状江南十二首》又误作"范灯"。岑仲勉《元和姓纂四校记》卷七"钱塘范氏"："安亲，房州别驾。生怦、愉、愔、憕。"⑩

吴筠，《全唐诗》卷八五三《吴筠小传》："吴筠，字贞节，华州华阴人。少通经，善属文。举进士不第，去入嵩山为道士。明皇闻其名，遣使征至，待诏翰林。天宝中，坚求还山。寻入会稽，隐剡中。大历中年卒。弟子私谥为宗玄先生。"⑪吴筠事迹，

---

① ［清］彭定求：《全唐诗》卷二〇四，第2131页。
② ［清］董诰：《全唐文》卷三三八，第3429页。
③ 陶敏：《全唐诗作者小传补正》，第372页。
④ ［清］彭定求：《全唐诗》卷三〇七，第3490页。
⑤ ［清］董诰：《全唐文》卷五二八，第5366—5367页。
⑥ ［宋］张君房：《云笈七签》卷一一五，第2549页。
⑦ ［清］彭定求：《全唐诗》卷三〇七，第3487页。
⑧ 陶敏：《全唐诗作者小传补正》，第566—567页。
⑨ 陶敏：《全唐诗作者小传补正》，第569页。
⑩ ［唐］林宝撰，岑仲勉校记：《元和姓纂（附四校记）》卷七，第1152页。
⑪ ［清］彭定求：《全唐诗》卷八五三，第9641页。

见《旧唐书》卷一九二①、《新唐书》卷一九六《吴筠传》②，《全唐文》卷四八九权德舆《中岳宗元(玄)先生吴尊师集序》③。

秋,鲍防在浙东幕,与严维、吕渭等作《入五云溪寄诸公联句》

《入五云溪寄诸公联句》,联唱者鲍防、严维、郑概、□成用、吕渭、陈允初、张叔政、贾弇、周颂。诗云:"东,西。(鲍防)步月,寻溪。(严维)鸟已宿,猿已啼。(郑概)狂流碍石,迸笋穿溪。(□成用)望望人烟远,行行萝径迷。(吕渭)探题只应尽墨,持赠更欲封泥。(陈允初)松下流时何岁月,云中幽处屡攀跻。(张叔政)乘兴不知山路远近,缘情莫问日过高低。(贾弇)静听林下潺潺足湍濑,厌问城中喧喧多鼓鼙。(周颂)"④联句诸人事迹,前文尚未考证者:□成用,事迹无考。张叔政,《全唐文》卷四三六《张叔政小传》:"叔政,肃宗时人。"⑤贾弇,《全唐诗》卷三〇七《贾弇小传》:"贾弇,长乐人。登大历进士第,为校书郎。诗一首。"⑥按,贾弇登大历二年进士第,见《柳宗元集》卷一二《先君石表阴先友记》⑦。周颂,陶敏《全唐诗作者小传补正》:"周颂,天宝中进士。永泰中,授慈溪令。大历十二年,以大理司直为河东节度使鲍防从事。联句一首。"⑧五云溪,即若耶溪。宋施宿《嘉泰会稽志》卷一〇亦云:"若耶溪,在县南二十五里。……唐徐季海尝游溪,因叹曰:'曾子不居胜母之间,吾岂游若耶之溪?'遂改为五云溪。"⑨

秋,鲍防、周颂、□成用、张叔政、贾弇、严维、吕渭、郑概、陈允初作一字至九字联句诗《登法华寺最高顶忆院中诸公》

《登法华寺最高顶忆院中诸公》,联唱者周颂、□成用、张叔政、贾弇、鲍防、严维、吕渭、郑概、陈允初。诗云:"身,心。(周颂)城郭,山林。(□成用)望处远,到时深。(张叔政)云崖杳杳,烟树沉沉。(贾弇)啸侣时停策,探幽或抚琴。(鲍防)得法

---

① [后晋]刘昫:《旧唐书》卷一九二,第5129—5130页。
② [宋]欧阳修、宋祁:《新唐书》卷一九六,第5604—5605页。
③ [清]董诰:《全唐文》卷四八九,第4999—5000页。
④ 贾晋华:《唐代集会总集与诗人群研究》(第2版),第362页。
⑤ [清]董诰:《全唐文》卷四三六,第4453页。
⑥ [清]彭定求:《全唐诗》卷三〇七,第3483页。
⑦ [清]董诰:《全唐文》卷五八八,第5945页。
⑧ 陶敏:《全唐诗作者小传补正》,第1433页。
⑨ [宋]施宿:《嘉泰会稽志》卷一〇,《宋元浙江方志集成》第4册,第1846页。

小枝小叶,怀人如玉如金。(严维)月色前庭清静观,梵声初夜海潮音。(吕渭)思君子山深不可见,登高顶望远欲相寻。(郑概)何事归舟客兴棹不驶,君不见红莲绿荇沙禽。(陈允初)"①法华寺,《嘉泰会稽志》卷七"山阴县":"天衣寺在县南三十里。晋义熙十三年高僧县翼结庵,诵《法华经》,多灵异,内史孟𫖮请置法华寺。"②

秋,鲍防、张叔政、严维、吕渭、贾弇、周颂、郑概、陈允初、□成用作一字至九字联句诗《花严寺松谭》联句

《花严寺松谭》,联唱者张叔政、严维、吕渭、贾弇、周颂、郑概、陈允初、□成用。诗云:"山下花严会,松间水积深。(张叔政)晚荷交乱影,疏竹引轻阴。(严维)云散千岩暮,风生万木吟。(吕渭)循涯通妙理,步胜获幽寻。(贾弇)望鸟知无迹,看猿欲学心。(周颂)浮荣指西景,微尚寄东岑。(郑概)待月开山阁,闻钟出石林。(陈允初)波文摇翠壁,蝉响续幽琴。(张叔政)永日陪霜简,通宵听梵音。(贾弇)机闲任情性,道胜等浮沉。(□成用)赏异方终古,佳游几度今。(严维)自然轻执简,宁敢忘抽簪。(陈允初)过见心皆妄,驱驰力未任。(吕渭)从来谢公意,山水爱登临。(周颂)。"③

《嘉泰会稽志》卷七"会稽县":"华严院在县东南七十五里,咸通九年赐今额。寺久废。后移五云乡。今方广院乃其子院尔。"④李邕有《越州华严寺钟铭》。陆游《会稽县新建华严院记》:"会稽五云乡有山曰黄琢。山之麓,原野旷,水泉洌,冈峦抱负,岩嶂森立,而地莫不治者,不知几何年。或谓古尝立精舍,以待天衣、云门游僧之至者,有石刻具其事。其后寺废石亡,独龟趺犹在,父老类能言之。庆元三年,有信士马君正卿闻而太息,乃与其弟崧卿,以事亲收族之余赀,买地筑屋,择僧守之。……告于府牧丞相葛公,以华严院额徙置焉。"⑤

秋,贾弇、陈允初、吕渭、张叔政、鲍防、周颂、□成用、郑概、严维作《寻法华寺西溪联句》

《寻法华寺西溪联句》,联唱者贾弇、陈允初、吕渭、张叔政、鲍防、周颂、□成用、

① 贾晋华:《唐代集会总集与诗人群研究》(第2版),第362页。
② [宋]施宿:《嘉泰会稽志》卷七,《宋元浙江方志集成》第4册,第1783页。
③ 贾晋华:《唐代集会总集与诗人群研究》(第2版),第361—362页。
④ [宋]施宿:《嘉泰会稽志》卷七,《宋元浙江方志集成》第4册,第1781页。
⑤ [宋]陆游:《渭南文集校注》第2册,第271页。

郑概、严维。诗云:"常愿山水游,灵奇赏皆遍。(贾弇)云端访潭洞,林下征茂彦。(陈允初)枕石爱闲眠,寻源乐清宴。(吕渭)探幽渐有趣,凭险恣流眄。(张叔政)竹影思挂冠,湍声忘摇扇。(鲍防)旁登樵子径,却望金人殿。(周颂)萝叶朝架烟,松花暮飞霰。(□成用)蝉声掩清管,云色缘素练。(郑概)从事暮澄清,看以得方便。(严维)攀崖屡回互,绝迹无健羡。(陈允初)野客归路逢,山僧入林见。(贾弇)云林会独往,世道从交战。(鲍防)塔庙年代深,云霞朝夕变。(周颂)潜流注隈隩,触石乍践溅。(□成用)逸兴发山林,道情忘贵贱。(郑概)临流日复夕,应接空无倦。(严维)"①

秋,严维闲居越州,徐嶷、郑概等访之,维作诗酬和;诸人又作《秋日宴严长史宅联句》

《秋日宴严长史宅联句》,联唱者郑概、裴晃、严维、徐嶷、张著、范绛、刘全白、沈仲昌、阙名。诗云:"北客来江外,秋山到越中。(郑概)故交多此见,清兴复能同。(裴晃)落木秦山近,衡门镜水通。(严维)檐前苔绕砌,篱下菊成丛。(徐嶷)泫泫花承露,泠泠叶动风。(郑概)卷帘看彩翠,对酒命丝桐。(张著)戊日辞巢燕,商天向浦鸿。(范绛)骞开通细雨,笑语望秋空。(刘全白)懒竹霜天绿,残花醉里红。(沈仲昌)客游惊落叶,更使恨风蓬。(阙名)"②

本联句作者前文未考者:裴晃、范绛,无考。徐嶷,《宋高僧传》卷一五《唐余杭宜丰寺灵一传》:"与天台道士潘志清、襄阳朱放、南阳张继、安定皇甫曾、范阳张南史、吴郡陆迅、东海徐嶷、景陵陆鸿渐为尘外之友。"③张著,颜真卿《湖州乌程县杼山妙喜寺碑铭》:"大历壬子岁……来年春,遂终其事。……起居郎裴郁、秘书郎蒋志、评事吕渭、魏理、沈益、刘全白、沈仲昌、摄御史陆向、沈祖山、周阆、司议邱悌、临川令沈咸、右卫兵曹张著、兄谟、弟荐、蔿、校书郎权器……往来登历。"④建中元年(780)三月为监察御史,见《唐会要》卷六一⑤;韩翃有《赠别上元主簿张著》⑥诗,知其曾任上元主簿。陈振孙《直斋书录解题》卷五:"《翰林盛事》一卷,唐剡尉常山张

---

① 贾晋华:《唐代集会总集与诗人群研究》(第2版),第359—360页。
② 贾晋华:《唐代集会总集与诗人群研究》(第2版),第360—361页。
③ [宋]赞宁撰,范祥雍点校:《宋高僧传》卷一五,第328页。
④ [清]董诰:《全唐文》卷三三九,第3436页。
⑤ [宋]王溥:《唐会要》卷六一,第1262页。
⑥ [清]彭定求:《全唐诗》卷二四三,第2730—2731页。

著处晦撰。纪儒臣盛事,自武德中迄于天宝。首载张文成七登科者,即著之祖也。"①陶敏《全唐诗作者小传补正》:"刘全白,京兆人。大历初在越州,预浙东联唱。官大理评事,八年在湖州,预修《韵海镜源》。贞元六年,官膳部员外郎,出为池州刺史,迁湖州刺史,以秘书郎致仕。存与颜真卿等联句三首。"②仲昌即沈仲昌,《全唐诗》卷三〇七《沈仲昌小传》:"沈仲昌,临汝人。登天宝九年进士第。诗一首。"③严维宅,《嘉泰会稽志》卷一三:"严长史宅,大历中,郑概、裴冕等联句赋诗,与长史凡六人。长史名维,以诗著称。其自句云:'落木秦山近,衡门镜水通。'又皇甫冉《宿长史宅》诗亦云:'昔闻玄度宅,门对会稽峰。君住东湖上,清风继旧踪。'以诗考之,可想见其处也。"④

严维《酬诸公宿镜水宅》:"幸免低头向府中,贵将藜藿与君同。阳雁叫霜来枕上,寒山映月在湖中。"⑤即是酬谢郑概诸人宿宅联句之作。关于在严维宅中联句以及严维的酬谢,邹志方《"浙东唱和"考索(续)》⑥,考证是在严维诸暨尉卸任不久后回乡之作。回乡当在大历四年。这样《秋日宴严长史宅》和《严氏园林》有可能作于这一年,亦有可能前一首作于大历四年秋天,后一首作于大历五年春天。

陈允初、吕渭、严维、谢良弼、贾肃、郑概、庾骙、裴晃作《征镜湖故事联句》

《征镜湖故事联句》,联唱者陈允初、吕渭、严维、谢良弼、贾肃、郑概、庾骙、裴晃。诗云:"将寻炼药井,更逐卖樵风。(陈允初)刻石秦山上,探书禹穴中。(吕渭)溪边寻五老,桥上觅双童。(严维)梅市西陵近,兰亭上道通。(谢良弼)雷门惊鹤去,射的验年丰。(贾肃)古寺思王令,孤潭忆谢公。(郑概)帆开岩上石,剑出浦间铜。(庾骙)兴里还寻戴,东山更向东。(裴晃)"⑦

邹志方《浙东唐诗之路》云:"代宗大历四年(769),以鲍防、严维为首,浙东有一次大型联唱活动,联句唱和诗计四十九首,参加者达五十七人,联唱地点有鲍防宅、兰亭、法华寺、镜湖、严氏园林、若耶溪、云门寺、花严寺等八处。当时就编定《大历年浙东联唱集》。此诗是其中之一。全诗十六句,每人两句,每句探求一件历史旧

① [宋]陈振孙撰,徐小蛮、顾美华点校:《直斋书录解题》卷五,第159页。
② 陶敏:《全唐诗作者小传补正》,第1420页。
③ [清]彭定求:《全唐诗》卷三〇七,第3483页。
④ [宋]施宿:《嘉泰会稽志》卷一三,《宋元浙江方志集成》第4册,第1953—1954页。
⑤ [清]彭定求:《全唐诗》卷二六三,第2915页。
⑥ 邹志方:《"浙东唱和"考索(续)》,载《绍兴师专学报》1992年第1期,第33页。
⑦ 贾晋华:《唐代集会总集与诗人群研究》(第2版),第360页。

事,因为旧事地点围绕镜湖,联句又在镜湖,故以《征镜湖故事》为题。其高妙处,在于全诗扣住'征'字,既将一件件旧事化为形象画面,又彷彿带读者探寻其间,此其一。每件旧事以五字概括,清晰集中,以后就成了人们常用的典故,此其二。既是联句,又是一首完整的五言排律,结构完整,对仗工整,且富变化,此其三。缺点是旧事发生之地点,没有按次序排列,以致有零乱之感。"①

诗云:"古寺思王令,孤潭忆谢公。"孤潭即镜湖中孤潭,《嘉泰会稽志》卷一〇"会稽县"载:"孤潭在县东南。旧经云:若耶溪侧,潭深而清,孤石耸出。潭上有大栎木,谢灵运与惠连联句刻于树侧。《水经》云:麻溪下孤潭周数亩,甚清深,有孤石临潭,乘崖俯视,猿狖惊心,寒木被潭,森沉骇观。麻溪下注:若耶溪水至清,照众山倒影,窥之若画。唐人《征故事联句》云:'古寺思王令,孤潭忆谢公。'。"②诗云:"兴里还寻戴,东山更向东。"宋葛立方《韵语阳秋》:"会稽、临安、金陵三郡皆有东山,俱传以为谢安携妓之所。按谢安本传,初安石寓居会稽,与王羲之、许询、支遁游处,被召不至,遂栖迟东土(山)。唐裴晃与吕渭等《鉴湖联句》有'乘兴还寻戴,东山更问东'。此会稽之东山也。"③

冬日,丘丹奉使永嘉,作《奉使过石门瀑布》《冬夕宿石门馆》诗

丘丹《奉使过石门瀑布》,序云:"谢康乐宋景平中为永嘉守,有《宿石门岩上》诗。予六代叔祖梁中书侍郎,天监中有《过石门瀑布诗》。后,亦为此郡。小子大历中奉使,窃有继作。虽不足克绍祖德,追踪昔贤,盖造奇怀感之志也。"诗云:"溪上望悬泉,耿耿云中见。披榛上岩崛,峭壁正东面。千仞泻联珠,一潭喷飞霰。嵯巇满山响,坐觉炎氛变。照日类虹蜺,从风似绡练。灵奇既天造,惜处穷海甸。吾祖昔登临,谢公亦游衍。王程惧淹泊,下磴空延眷。千里雷尚闻,峦回树葱蒨。奔波(一作此来)恭贱役,探讨愧前彦。永欲洗尘缨,终当惬兹愿。"④

丘丹《秋夕宿石门馆》诗:"暝从石门宿,摇落四岩空。潭月漾山足,天河泻涧中。杉松寒似雨,猿鸟夕惊风。独卧不成寝,苍然想谢公。"⑤

邹志方《"浙东唱和"考索(续)》考证丘丹任诸暨令应该在代宗朝初年严维尉诸

①　邹志方:《浙东唐诗之路》,第 46 页。
②　[宋]施宿:《嘉泰会稽志》卷一〇,《宋元浙江方志集成》第 4 册,第 1875 页。
③　[宋]葛立方:《韵语阳秋》卷五,中华书局 1985 年版,第 36 页。
④　[清]彭定求:《全唐诗》卷八八三,第 9979—9980 页。
⑤　[清]彭定求:《全唐诗》卷八八三,第 9980 页。

暨时:"严维在《状江南》和《忆长安》两题作注谓:'共十二咏,丘丹等赋。'特意点明丘丹,便有这一层关系在。丘丹有《奉使过石门观瀑》一诗,序中曰:……按,谢康乐即谢灵运。《宿石门岩》诗至今尚存,写的是永嘉县北十五里之石门山。谢灵运《游名山志》曰:'石门在永嘉。'六代叔祖、梁中书侍郎指丘迟,其《过石门瀑布诗》惜已不存。丘丹尚有《冬夕宿石门馆》一诗,写的亦是永嘉之石门山,说明丘丹奉使时途径越州无疑。所谓'大历中',亦即大历四年至五年间。这样,丘丹在大历'浙东唱和'时只参加鲍防宅上的《中元日联句》《酒语联句》《状江南》唱酬,《忆长安》唱酬,而没有参加云门、华严寺、兰亭、法华寺等地的联句,便可以理解了。"①

本年,柴少儒任括州刺史

《全唐文》卷四五七《柴少儒小传》:"少儒,大历四年自扬州司马除括州刺史。"②

本年,李宙为永康县尉

邓同《故唐朝议郎滑州酸枣县令李公(宙)墓志铭并序》:"公讳宙,字季长,陇西成纪人也。……弱冠,补永康尉。"③以元和十年二月二十七日卒,时年六十六推之,弱冠在本年。

770   唐代宗大历五年庚戌

春,皇甫冉在丹阳,送丘侍御、薛判官入越

孔延之《会稽掇英总集》卷一〇皇甫冉《南徐送丘侍御之越》诗云:"时鸟催春色,离人惜岁华。远山随拥传,芳草引还家。北固潮当阔,西陵路渐赊。纵令寒食过,犹有镜中花。"④《全唐诗》录此诗"南徐"作"徐州"⑤,误。南徐在丹阳,唐时润

---

① 邹志方:《"浙东唱和"考索(续)》,载《绍兴师专学报》1992年第1期,第34页。
② [清]董诰:《全唐文》卷四五七,第4674页。
③ 吴钢主编:《全唐文补遗》第8辑,第121页。
④ [宋]孔延之:《会稽掇英总集》卷一〇,《宋元浙江方志集成》第14册,第6457页。
⑤ [清]彭定求:《全唐诗》卷二五〇,第2829页。

州。诗有"北固潮当阔"语，正切润州。独孤及《唐故左补阙安定皇甫公集序》："大历二年，迁左拾遗，转右补阙。奉使江表，因省家至丹阳，朝廷虚三署郎位以待君之复，不幸短命，年方五十四而殁。"①皇甫冉有《和樊润州秋日登城楼》《同樊润州游郡东山》等诗。《宋高僧传》卷一七《唐金陵钟山元崇传》："大历五年刺史南阳樊公雅好禅寂，及属县行春，顺风稽首，谘请道要，益加师礼矣。"②《全唐文》卷三七七柳识《琴会记》："大历六年，浙西观察使、苏州刺史兼御史大夫赞皇公祗命朝于京阙，春正月，夕次朱方，刺史樊公称：江月当轩，愿以厄酒侑胜。"③《嘉定镇江志》卷一四"唐润州刺史"："樊晃，银青光禄大夫、润州刺史。曾集《杜甫集》六十卷、《小集》六卷。皇甫冉曾与之登润州城楼及同游润州郡东山，有和樊润州诗两篇。……《唐文粹》有《琴会记》载：'大历六年，浙西观察使、苏州刺史兼御史大夫赞皇公祗命朝于京阙，春正月，夕次朱方，刺史樊公以琴相和。'赞皇公系李栖筠。"④

傅璇琮《唐代诗人丛考》之《皇甫冉皇甫曾考》云："皇甫冉秋日与樊晃同游润州城楼及东山等地，当大致不出大历四、五年之间。"⑤故我们将皇甫冉《南徐送丘侍御之越》系于大历五年。"丘侍御"应为丘丹，丘丹《经湛长史草堂》诗序称："检校尚书户部员外郎兼侍御史"⑥。《奉使过石门观瀑》诗序称"大历中奉使"，而石门即在越中。

孔延之《会稽掇英总集》卷一〇皇甫冉《送薛判官之越》诗云："时难自多务，官小亦求贤。道路无辞远，云山并在前。樟亭待潮处，已见越人烟。"⑦该诗亦应为本年或稍前皇甫冉在润州时作。

春，严维、郑概、王纲、沈仲昌、贾全、段格、刘题作《严氏园林》联句

《严氏园林》，联唱者严维、郑概、王纲、沈仲昌、贾全、段格、刘题。诗云："策杖山横绿野，乘舟水入衡门。（严维）客来多从业县，僧去还指烟村。（郑概）春韭青青耐剪，香粳日日宜飧。（王纲）自愧薄沾冠冕，何如乐在丘园。（沈仲昌）鸟散纷纷花落，人行处处苔痕。（贾全）水池偏多白鹭，畦隔半是芳荪。（段格）柳径共知归郭，

① ［清］董诰：《全唐文》卷三八八，第 3940—3941 页。
② ［宋］赞宁撰，范祥雍点校：《宋高僧传》卷一七，第 383 页。
③ ［清］董诰：《全唐文》卷三七七，第 3827 页。
④ ［宋］史弥坚：《嘉定镇江志》卷一四，《宋元方志丛刊》第 3 册，第 2434 页。
⑤ 傅璇琮：《唐代诗人丛考》，第 439 页。
⑥ ［清］彭定求：《全唐诗》卷三〇七，第 3481—3482 页。
⑦ ［宋］孔延之：《会稽掇英总集》卷一〇，《宋元浙江方志集成》第 14 册，第 6458 页。

暮云谁使当轩。(刘题)"①

本联句作者前文未考者:段格、刘题,诸人均无考。王纲,梁肃《昆山县学记》:"大历九年,太原王纲以大理司直兼县令,既而释奠于庙。……是岁龙集乙卯,公为县之明年也。"②贾全,贾弇之弟。柳宗元《先君石表阴先友记》:"贾弇,长乐人。善士也,为校书郎,卒。弟全,至御史中丞。"③注引孙曰:"弇,大历二年中进士第。"④穆员《鲍防碑》后记载:"御史中丞武威贾全,公之甥也,少长于我,登朝异门,教切义方,慈均天性,故全之报也称天下,甥舅加礼焉。"⑤《旧唐书》卷一三《德宗纪下》:贞元十八年(802)正月,"庚辰,以常州刺史贾全为越州刺史、浙东观察使。"⑥同书记载贾全永贞元年(805)卒于浙东观察使任。

严氏园林是严维在镜湖的别业。《嘉泰会稽志》卷一三:"严长史宅,大历中,郑概、裴冕等联句赋诗,与长史凡六人。长史名维,以诗著称。其自句云:'落木秦山近,衡门镜水通。'又皇甫冉《宿长史宅》诗亦云:'昔闻玄度宅,门对会稽峰。君住东湖上,清风继旧踪。'以诗考之,可想见其处也。"⑦《康熙会稽县志》云:"严维宅,在东湖。唐大历中,维为长史,因名长史村。自题云:'落木秦山近,衡门镜水通。'又有园林,颇名于唐。其诗曰:'策杖山横绿野,乘舟水入衡门。'又曰:'杉松交日影,枕簟上湖光。'"⑧

严维宅是诗人常来拜访聚集之地。皇甫冉《秋夜宿严维宅》诗云:"昔闻玄度宅,门向会稽峰。君住东湖下,清风继旧踪。秋深临水月,夜半隔山钟。世故多离别,良宵讵可逢。"⑨刘长卿《宿严维宅送包佶》诗云:"江湖同避地,分手自依依。尽室今为客,经秋空念归。岁储无别墅,寒服羡邻机。草色村桥晚,蝉声江树稀。夜深宜共醉,时难忍相违。何事随阳雁,汀洲忽背飞。"⑩清江《宿严维宅简章八元》诗云:"佳期曾不远,甲第即南邻。惠爱偏相及,经过岂厌频。秋寒林叶动,夕霁月华

① 贾晋华:《唐代集会总集与诗人群研究》(第2版),第361页。
② [清]董诰:《全唐文》卷五一九,第5275页。
③ [唐]柳宗元:《柳宗元集》卷一二,第304页。
④ [唐]柳宗元:《柳宗元集》卷一二,第304页。
⑤ [清]董诰:《全唐文》卷七八三,第8191页。
⑥ [后晋]刘昫:《旧唐书》卷一三,第396页。
⑦ [宋]施宿:《嘉泰会稽志》卷一三,《宋元浙江方志集成》第4册,第1953—1954页。
⑧ [清]董钦德:《康熙会稽县志》卷五,第148页。
⑨ [清]彭定求:《全唐诗》卷二四九,第2811页。
⑩ [清]彭定求:《全唐诗》卷一四九,第1531页。

新。莫话羁栖事,平原是主人。"①

三月,刘长卿在越州,与鲍防泛舟若耶溪并作诗

刘长卿有《上巳日越中与鲍侍郎(御)泛舟耶溪》诗云:"兰桡缦转傍汀沙,应接云峰到若耶。旧浦满来移渡口,垂杨深处有人家。永和春色千年在,曲水乡心万里赊。君见渔船时借问,前洲几路入烟花。"②储仲君《刘长卿诗编年笺注》云:"大历四年(769)春作于越州。鲍侍御为鲍防,时为越州刺史、浙东观察使薛兼训从事,所兼台省官为监察御史或殿中侍御史,故称侍御。按鲍防大历五年赴京,此前有《中元日鲍端公宅遇吴天师联句》诗(《全唐诗》卷七八九),防与吴筠、严维、丘丹、吕渭等人同作,则在越州尝迁侍御史。又按皇甫冉《送陆鸿渐赴越》诗序云:'尚书郎鲍侯,知子爱子者。'(《全唐诗》卷二五〇)侍御史从六品下,尚书郎从六品上,则防尝再迁为尚书郎。长卿此诗,尚称侍御,而大历三年春长卿尚在东都,故知此诗当作于大历四年。"③杨世明《刘长卿集编年校注》云:"大历五年(770)三月越州作。鲍侍御:即鲍防。据《旧唐书》本传:'天宝末举进士,为浙东观察使薛兼训从事,累至殿中侍御史。入为职方员外即,改太原少尹正。'按近人吴廷燮《唐方镇年表》,薛兼训帅浙东在宝应元年(762)至大历五年七月间,凡八年。鲍防以殿中侍御史入朝应即在大历五年薛兼训去越之时。集中另有《发越州赴润州使院留别鲍侍御》及《和樊使君登润州城楼》诗,均为先后相接之作。樊使君即樊晃,其牧润州在大历二年至大历七年。考之长卿行踪,则三诗均大历五年所为。"④今从杨世明之说,系于大历五年。

三月,刘长卿出使会稽毕回润州,作诗留别鲍防

刘长卿有《发越州赴润州使院留别鲍侍御》诗云:"对水看山别离,孤舟日暮行迟。江南江北春草,独向金陵去时。"⑤据上条所考,刘长卿出使会稽毕回润州,应在大历五年三月。明人唐汝询《唐诗解》:"右丞六言,悉作偶语,此独彻首尾不对。

① [清]彭定求:《全唐诗》卷八一二,第 9145 页。
② [清]彭定求:《全唐诗》卷一五一,第 1567—1568 页。
③ 储仲君:《刘长卿诗编年笺注》,第 310 页。
④ 杨世明:《刘长卿集编年校注》,第 310 页。
⑤ [清]彭定求:《全唐诗》卷一五〇,第 1556 页。

词非足宝,体自可传。"①

秦系隐居剡溪,相州刺史薛嵩奏为右卫率府仓曹,辞不赴,献诗以明志

陶敏、李一飞、傅璇琮《唐五代文学编年史·中唐卷》:"《全唐诗》卷二六〇秦系《山中赠张正则评事》:'终年常避喧,师事五千言。流水闲过院,春风与闭门。……莫强教余起,微官不足论。'注:'系时授右卫佐,以疾不就。'同前同卷《献薛仆射序》:'系家于剡山,向盈一纪。大历五年,人或以其文闻于邺留(当作郡)守薛公。无何,奏系右卫率府仓曹参军。意所不欲,以疾辞免。因将命者,辄献斯诗。'薛公,薛嵩。邺郡即相州。《旧唐书·薛嵩传》:'以嵩为相州刺史,充相卫洺邢等州节度使。……累迁检校右仆射。大历八年正月卒。'《新唐书·秦系传》以薛公为薛兼训,误,详见《中华文史论丛》一九八六年第四辑赵昌平《秦系考》。"②

春,刘长卿过隐空和尚故居并作诗

刘长卿有《过隐空和尚故居》诗云:"自从飞锡去,人到沃洲稀。林下期何在,山中春独归。踏花寻旧径,映竹掩空扉。寥落东峰上,犹堪静者依。"③按《全唐文》卷三九〇独孤及《一公塔铭》:"初舍于会稽南山之南悬溜寺焉,与禅宗之达者释隐空、虔印、静虚相与讨十二部经第一义谛之旨。"④是知隐空为越州僧。此诗当为大历五年奉使越州时作。

春,刘长卿观会稽王处士草堂壁画并作诗

刘长卿有《会稽王处士草堂壁画衡霍诸山》诗云:"粉壁衡霍近,群峰如可攀。能令堂上客,见尽湖南山。青翠数千仞,飞来方丈间。归云无处灭,去鸟何时还。胜事日相对,主人常独闲。稍看林壑晚,佳气生重关。"⑤按,此诗亦当为大历五年刘长卿奉使越州时作。

---

① [明]唐汝询:《唐诗解》卷二四,第533页。
② 陶敏、李一飞、傅璇琮《唐五代文学编年史·中唐卷》,第222—223页。
③ [清]彭定求:《全唐诗》卷一四七,第1504页。
④ [清]董诰:《全唐文》卷三九〇,第3962—3963页。
⑤ [清]彭定求:《全唐诗》卷一四九,第1530页。

春，陆羽赴越州谒鲍防

皇甫冉《送陆鸿渐赴越》诗云："行随新树深，梦隔重江远。迢递风日间，苍茫洲渚晚。"诗序述及作者与陆羽论诗作诗情况，颇有助于浙东山水与诗歌之理解，故录之于下："君自数百里访予羁病，牵力迎门，握手心喜，宜涉旬日始至焉。究孔释之名理，穷歌诗之丽则，野墅孤岛，通舟必行，鱼梁钓矶，随意而往，余兴未尽，告去遄征。夫越地称山水之乡，辕门当节钺之重，进可以自荐求试，退可以闲居保和。吾子所行，盖不在此。尚书郎鲍侯，知子爱子者，将推食解衣以拯其极，讲德游艺以凌其深。岂徒尝镜水之鱼，宿耶溪之月而已？吾是以无间，劝其晨装。"①

《唐才子传》卷三《陆羽传》："与皇甫补阙善。时鲍尚书防在越，羽往依焉。冉送以序曰：'君子究孔释之名理，穷歌诗之丽则。远墅孤岛，通舟必行；鱼梁钓矶，随意而往。夫越地称山水之乡，辕门当节钺之重。鲍侯知子爱子者，将解衣推食，岂徒尝镜水之鱼，宿耶溪之月而已。'"②贾晋华《皎然年谱》系此诗于大历五年，并云："按皇甫冉于大历四五年间奉使江淮，省家丹阳，染疾卒，此诗云'访予羁病''新树'，当作于是年春。广德元年至是年七月间，以浙东节度从事鲍防为中心，在越州形成多达50余人之联唱集团，结集为《大历年浙东联唱集》二卷，陆羽赴越所谒之鲍侯，当即鲍防。其此次赴越，可能参与联唱活动，直接将《大历年浙东联唱集》传回湖州。其后在大历八年至十二年间，湖州出现更大规模之联唱集团，皎然、陆羽皆参与其中，当受到浙东联唱一定影响。"③

六月，第五琦由户部侍郎出为括州刺史，经华岳题名

《金石萃编》卷七九《华岳题名》："前相国京兆第五公，自户部侍郎出牧括州，子登关内河东副元帅判官、礼部郎中兼侍御史虞当，自中都济河，于华阴拜见，从谒灵祠，因纪贞石，时大唐大历五年六月四日。司勋郎中兼侍御史李国清、仓部员外兼侍御史张昙、大理正兼监察御史王翩、右卫录事参军第五准。"④

秦系在越中，作《剡中有献并序》

《会稽掇英总集》卷四载秦系《剡中有献并序》诗云："由来那敢议轻肥，散发行

---

① ［清］彭定求：《全唐诗》卷二五〇，第2820页。
② 傅璇琮主编：《唐才子传校笺》第1册，第632页。
③ 贾晋华：《皎然年谱》，第53页。
④ ［清］王昶：《金石萃编》卷七九，第3页。

374

歌自采薇。逋客未能忘野兴,辟书今遣脱荷衣。家中匹妇空相笑,池上群鸥尽欲飞。更乞大贤容小隐,益看愚谷有光辉。"诗前有序:"系家于剡山,向盈一纪。大历五年,人以文闻于郇守薛公。无何,奏系右卫率府仓曹参军。意所不欲,以疾辞免,因将命者,辄献斯文。"①是诗与序均作于大历五年,辞谢薛兼训之作。《全唐诗》亦载其诗,题为《献薛仆射》②。应在本年七月薛兼训调任河中节度使之前。宋高似孙《剡录》卷四:"秦处士丽句亭。系天宝间避地剡川作丽句亭,郡守改其居曰秦君里。大历五年郇守薛公仆射奏为右卫率府仓曹参军。系作诗辞之,自谓系家于剡山,向盈一纪。其诗曰:'由来那敢议轻肥,散发行歌自采薇。逋客未能忘野兴,辟书翻遣脱荷衣。家中匹妇空相笑,池上群鸥尽欲飞。更乞大贤容小隐,益看愚谷有光辉。'"③

秦系作《云门山》诗

秦系《云门山》诗云:"十峰游罢古招提,路入云门峻似梯。秀气渐分秦望岭,寒声犹入若耶溪。天开雾色澄千里,稻熟秋香互万畦。多少灵踪待穷览,却悲回驭日平西。"④邹志方《浙东唐诗之路》云:"诗人于天宝末年避居剡中,大约于大历五年(770)回到若耶溪边之'会稽山居'。山居离云门不远,诗人对云门当然熟悉。因此,他人不留意之云门地形,诗人只两句诗便予道明:'秀气渐分秦望岭,寒声犹入若耶溪。'秦望山在云门山北,地势比云门山高,故曰'秀气渐分';若耶溪在云门山南,地势比云门寺低,故曰'寒声犹入'。十峰在法华山,诗人是先游法华山,再游云门山的,为后人提供了游云门山的又一条路径。诗人尚有《宿云门上方》诗,亦不同凡响:'禅室遥看峰顶头,白云东去水长流。松间倘许幽人住,不更将钱买沃州。'此诗大概作于回会稽山居后,借榻禅室,遥望陶宴若耶诸山,白云悠悠,耶溪长流,留恋故居之情,油然而生。回会稽山居前,他尚有《将移耶溪旧居留赠严维校书》诗,回会稽山居后,有《春日闲居》《山中枉皇甫温大夫见招书》《耶溪书怀寄刘长卿员外》《张建封大夫奏系为校书》《会稽山居寄薛播侍郎》等诗。"⑤

---

① [宋]孔延之:《会稽掇英总集》卷四,《宋元浙江方志集成》第14册,第6386页。

② [清]彭定求:《全唐诗》卷二六〇,第2898页。

③ [宋]高似孙:《剡录》卷四,《宋元方志丛刊》第7册,第7224页。

④ 邹志方:《浙东唐诗之路》,第223页。

⑤ 邹志方:《浙东唐诗之路》,第223页。

七月,浙东观察使薛兼训调任河东节度使,鲍防是时当入为职方员外郎,秦系赠诗鲍防

《会稽掇英总集》卷一八《唐太守题名记》:"陈少游,大历五年九月,自宣歙观察使授。八年十月,迁淮南节度使。"①又见《嘉泰会稽志》卷二"太守"②。《旧唐书·陈少游传》:"大历五年,改越州刺史。"③《旧唐书》卷一一《代宗纪》:大历五年,"秋七月丁卯,以浙东观察使、越州刺史、御史大夫薛兼训为检校工部尚书、太原尹、北都留守,充河东节度使。"④

秦系《鲍防员外见寻因书情呈赠》诗云:"少小为儒不自强,如今懒复见侯王。览镜已知身渐老,买山将作计偏长。荒凉鸟兽同三径,撩乱琴书共一床。犹有郎官来问疾,时人莫道我佯狂。"题注:"曾与系同举场。"⑤据《旧唐书·鲍防传》:"天宝末举进士,为浙东观察使薛兼训从事,累至殿中侍御史,入为职方员外郎,改太原少尹,正拜节度使。"⑥是秦系诗应为大历五年七月鲍防拜职方员外郎但还未离浙东时作。

鲍防在浙东,结交文人甚多,对于浙东唐诗发展作用甚大

鲍防是大历时期浙东幕府的核心人物,也对浙东文学发展起到重要作用,浙东中唐时期文学集团的产生,鲍防实际起到了关键作用。下面举出几条材料以见一斑。

《旧唐书·鲍防传》:"为浙东观察使薛兼训从事,累至殿中侍御史,入为职方员外郎。"⑦《新唐书·艺文志四》:"《大历年浙东联唱集》二卷。"⑧

穆员《鲍防碑》说:"天宝中天下尚文,其曰闻人则重伴有德、贵齿高位,公赋《感遇》十七章,以古之正法刺讥时病,丽而有则,属诗者宗之诵之。举进士高第,调太子正字。中州兵兴,全德违难,辞永王,去来瑱,为李光弼所致。光弼上将薛兼训授专征之命于泉越,辍公介之。……东越仍师旅饥馑之后,三分其人,兵盗半之。公之佐兼训也,令必公口,事必公手,兵兼于农,盗复于人。是时中原多故,贤士大夫

① [宋]孔延之:《会稽掇英总集》卷一八,《宋元浙江方志集成》第14册,第6554页。
② [宋]施宿:《嘉泰会稽志》卷二,《宋元浙江方志集成》第4册,第1665页。
③ [后晋]刘昫:《旧唐书》卷一二六,第3564页。
④ [后晋]刘昫:《旧唐书》卷一一,第297页。
⑤ [清]彭定求:《全唐诗》卷二六〇,第2898页。
⑥ [后晋]刘昫:《旧唐书》卷一四六,第3956页。
⑦ [后晋]刘昫:《旧唐书》卷一四六,第3956页。
⑧ [宋]欧阳修、宋祁:《新唐书》卷六〇,第1624页。

以三江五湖为家,登会稽者如鳞介之集渊薮,以公故也。"①

武元衡撰《唐故兰陵郡夫人萧氏墓志铭并序》,叙述鲍防事迹云:"公自弱冠,登进士甲科。文章籍甚,震曜中夏。斥华尚质,秉笔者咸知向方。惟人禀五行而生,罔不异其好尚。道无全用,材罕兼能。公则道备文武,材并轮桷。故入登琐闼,出总戎轩。外由军司马当百城十连之寄,南统闽越,北临太原,瓯民代人,至于今怀其德而行其教;内历尚书郎,升散骑省,典小宗伯,为大京兆,领御史府,守上将军,龟虎联华,缛映中外。"②鲍防的文学成就,《唐才子传》卷三云:"防工于诗,兴思优足,风调严整,凡有感发,以讥切世弊,正国音之宗派也。与谢良为诗友,时亦称鲍谢云。"③按,文中"谢良"应为"谢良辅",谢良辅与鲍防有特殊的关系。新出土武元衡撰《唐故兰陵郡夫人萧氏墓志铭并序》,即鲍防妻萧氏墓志,志文有云:"泊商州刺史谢良辅妻,即夫人之伯姊也。"④由此一例可以看出,鲍防周围的文学人物,可能都由师友亲戚等各种渊源关系聚合在一起。故这一墓志的出土,对于研究唐代的幕府文学,及因亲缘关系而组成文学群体,都有一定的启发作用。

《全唐文》卷三一五李华《送十三舅适越序》云:"舅氏适越,华拜送西阶之下,俟命席端。舅氏曰:'吾交侍御鲍君,夫玉待琢者也。知我者鲍君,成我者鲍君。是以如越,求琢于鲍。昔子路去鲁,告颜生曰:何以赠我?夫赠人以言,古之道也。况背楚山,凌浙河,睹会稽之险,棹镜水之波,窥禹穴之冥冥,仰秦望之峨峨。如不诚我,汝将若何?'华拜手曰:'柔而立,咎繇所以成九德也;宽而静,师乙所以谐五声也。文犀明珠之珍,伏于掌握之间,此君子所以恢令名也。'再拜稽首。"⑤

朱长文《送李司直归浙东幕兼寄鲍将军》诗云:"翩翩书记早曾闻,二十年来愿见君。今日相逢悲白发,同时几许在青云。人从北固山边去,水到西陵渡口分。会作王门曳裾客,为余前谢鲍将军。"⑥该诗一作朱湾诗,"鲍将军"一作"鲍行军"。"鲍行军"就是鲍防,大历中薛兼训镇浙东时,鲍防为行军司马,是大历诗人联唱集团的领袖人物,"李司直"应该是浙东幕府中的一位文人幕吏,其时从浙西治所的润州到浙东越州赴任,故诗有"人从北固山边去,水到西陵渡口分"之语。

① [清]董诰:《全唐文》卷七八三,第8190页。
② 中国文物研究所、千唐志斋博物馆编:《新中国出土墓志·河南叁·千唐志斋壹》上册,第241页。
③ 傅璇琮主编:《唐才子传校笺》第1册,第500页。
④ 中国文物研究所、千唐志斋博物馆编:《新中国出土墓志·河南叁·千唐志斋壹》上册,第241页。
⑤ [清]董诰:《全唐文》卷三一五,第3200页。
⑥ [清]彭定求:《全唐诗》卷二七二,第3064页。

崔子向以御史佐鲍防幕,在越州作诗多首

崔子向另有《送惟详律师自越之义兴》诗:"阳羡诸峰顶,何曾异剡山。雨晴人到寺,木落夜开关。缝衲纱灯亮,看心锡仗闲。西方知有社,未得与师还。"①陶敏《全唐诗作者小传补正》:"《全唐诗》卷七九四清昼《建安寺西院喜王郎中遘恩初至联句》有崔子向,注:'官御史。'《全唐诗》卷二〇七李嘉祐《送崔十一弟归北京》:'银印花骢年少时。'卷三一四崔子向有《上鲍大夫》诗。鲍防大历十二至十四年为太原尹、河东节度使,见《唐刺史考全编》卷九〇。御史乘骢马,盖时崔子向以御史佐鲍防幕。"②崔子向《上鲍大夫》诗云:"行尽江南塞北时,无人不诵鲍家诗。东堂桂树何年折,直至如今少一枝。"③"行尽江南塞北时"时之"江南"即是赞美他在浙东时的诗歌。

鲍防在浙东,与严维、丘丹等三十七人唱和,后编为《大历年浙东联唱集》二卷

《新唐书·艺文志》:"《大历年浙东联唱集》二卷。"④《宋史·艺文志八》:"《大历浙东酬唱集》一卷。"⑤贾晋华《〈大历年浙东联唱集〉与浙东诗人群》对此集加以考证:"鲍防等人《经兰亭故池联句》及其他多至五十七人之联唱,应作于广德元年至大历五年鲍防任浙东从事时,这种大规模联唱的盛况,正与当时江南文士'登会稽者如鳞介之集渊薮'的情况相合。《大历年浙东联唱集》二卷,当即鲍防联唱诗人群的作品总集。"⑥这些联句诗,除了上文已经考证以外,还有如下几题。对于联句的收录与校订,主要有宋孔延之《会稽掇英总集》卷一四,宋桑世昌《兰亭考》卷一二,陈尚君《全唐诗补编》,贾晋华《唐代集会总集与诗人群研究》。因贾晋华《唐代集会总集与诗人群研究》中专门辟出《大历年浙东联唱集辑校》对此进行了综合校订,故本书引录文字就依据贾晋华的辑校本。

《经兰亭故池联句》,联唱者鲍防、严维、刘全白、宋迪、吕渭、吴筠等三十六人。诗云:"曲水邀歌处,遗芳尚宛然。名从右军出,山在古人前。芜没成尘迹,规模得大贤。湖心舟已并,村步骑仍连。赏是文辞会,欢同癸丑年。茂林无旧径,修竹起

---

① [清]彭定求:《全唐诗》卷三一四,第3537页。
② 陶敏:《全唐诗作者小传补正》,第605页。
③ [清]彭定求:《全唐诗》卷三一四,第3537页。
④ [宋]欧阳修、宋祁:《新唐书》卷六〇,第1624页。
⑤ [元]脱脱:《宋史》卷二〇九,第5398页。
⑥ 贾晋华:《唐代集会总集与诗人群研究》(第2版),第75页。

新烟。宛是崇山下,仍依古道边。院开新胜地,门占旧畲田。荒阪披兰筑,枯池带墨穿。序成应唱道,杯得每推先。空见云生岫,时闻鹤唳天。滑苔封石磴,密篠碍飞泉。事感人寰变,归惭府服牵。寓时仍睹叶,叹逝更临川。野兴攀藤坐,幽情枕石眠。玩奇聊倚策,寻异稍移船。草露犹沾服,松风尚入弦。山游颇同调,今古有多篇。"①兰亭,王羲之《兰亭集序》:"永和九年,岁在癸丑,暮春之初,会于会稽山阴之兰亭,修禊事也。群贤毕至,少长咸集。此地有崇山峻岭,茂林修竹,又有清流激湍,映带左右,引以为流觞曲水,列坐其次。虽无丝竹管弦之盛,一觞一咏,亦足以畅叙幽情。是日也,天朗气清,惠风和畅。仰观宇宙之大,俯察品类之盛,所以游目骋怀,足以极视听之娱,信可乐也。夫人之相与,俯仰一世。或取诸怀抱,悟言一室之内;或因寄所托,放浪形骸之外。虽趣舍万殊,静躁不同,当其欣于所遇,暂得于己,快然自足,不知老之将至;及其所之既倦,情随事迁,感慨系之矣。向之所欣,俯仰之间,已为陈迹,犹不能不以之兴怀,况修短随化,终期于尽!古人云:'死生亦大矣。'岂不痛哉!每览昔人兴感之由,若合一契,未尝不临文嗟悼,不能喻之于怀。固知一死生为虚诞,齐彭殇为妄作。后之视今,亦犹今之视昔,悲夫!故列叙时人,录其所述,虽世殊事异,所以兴怀,其致一也。后之览者,亦将有感于斯文。"②《嘉泰会稽志》卷九"山阴县":"兰渚山,在县西二十七里。王右军修禊序云:'此地有崇山峻岭,茂林修竹。'"③同书卷一○"山阴县":"兰亭古池,在县西南二十五里,王右军修禊处。唐大历中,鲍防、严维、吕渭而次三十七人,联句于此,云:'曲水追欢处,遗芳尚宛然。名从右军出,山在古人前。赏是文辞会,欢同癸丑年。'"④宋姚宽《西溪丛语》卷上:"考兰亭之会,自右军、谢安凡四十二人。后大历中朱迪、吕渭、吴筠、章八元等三十七人《经兰亭古池联句》有'赏是文辞会,欢同癸丑年'之句,必有此事也。"⑤

《松花坛茶宴联句》,联唱者严维、吕渭等人。诗云:"几岁松花下,今来草色平。衣冠游佛刹,鼓角望军城。乱竹边溪暗,孤云向岭明。绕坛烟树老,入殿雨花轻。山磬人天界,风泉远近声。夜禅三世晤,朝梵一章清。上砌莓苔遍,缘窗薜荔生。焚香忘世虑,啜茗长幽情。聚土何年置,修心此地成。道缘云起灭,人世月亏盈。

① 贾晋华:《唐代集会总集与诗人群研究》(第2版),第358—359页。
② [唐]李延寿:《晋书》卷八○《王羲之传》,中华书局1974年版,第2099页。
③ [宋]施宿:《嘉泰会稽志》卷九,《宋元浙江方志集成》第4册,第1825页。
④ [宋]施宿:《嘉泰会稽志》卷一○,《宋元浙江方志集成》第4册,第1873页。
⑤ [宋]姚宽:《西溪丛语》卷上,中华书局1985年版,第8页。

蝉噪林当晓,虹生涧欲晴。水流惊岁序,尘网悟簪缨。池上莲无著,篱间槿自荣。因知性不染,更识理常精。从此应贪味,非唯悔近名。山栖多自惬,林卧欲无营。已接追凉处,仍陪问法行。赏心殊未遍,惆怅暮钟鸣。"①

《云门寺小溪茶宴怀院中诸公》,联唱者严维、谢良弼、裴晃、吕渭、郑概、陈允初、庾骙、贾肃。诗云:"喜从林下会,还忆府中贤。(严维)石路云门里,花宫玉笥前。(谢良弼)日移侵岸竹,溪引出山泉。(裴晃)猿饮无人处,琴听浅溜边。(吕渭)黄粱谁共饭,香茗忆同煎。(郑概)暂与真僧对,遥知静者便。(陈允初)清言皆亹亹,佳句又翩翩。(庾骙)竟日怀君子,沉吟对暮天。(贾肃)"②云门寺,《嘉泰会稽志》卷九"会稽县":"云门山在县南三十里。旧经云:'晋义熙二年,中书令王子敬居北,有五色祥云见,诏建寺,号云门。'"③

《自云门还泛若耶入镜湖寄院中诸公》,联唱者谢良弼、吕渭、郑概、严维、裴晃、陈允初、萧幼和。诗云:"山中秋赏罢,溪上晚归时。(谢良弼)出谷秦人望,经湖谢客期。(吕渭)日斜愁路远,风横畏舟迟。(郑概)章句怀文友,途程问楫师。(严维)浅沙游蚌蛤,危石起鸬鹚。(裴晃)落叶飞孤戍,横塘向古祠。(陈允初)行行多兴逸,无处不相思。(萧幼和)"④

《柏梁体状云门山物并序》,联唱者秦瑀、鲍防、李聿、李清、杜奕、袁邕、吕渭、崔泌、陈允初、郑概、杜倚。诗序云:"状,比也,比与释氏有药草谕品,诗家则六艺之一焉。义取睹物临事,君子早辩不当,有似是而非,采诗之官得而补缺矣。无以小言默,无以细言弃,相尚佳句,题于层阁,古者称会必赋,其能阙乎。星郎主文,宾赋所以中隽也。(秦瑀)"诗云:"幡竿映水出蒲樯(秦瑀),榴花向阳临镜妆(鲍防)。子规一声猿断肠(李聿),残云入户起炉香(李清)。晴虹夭矫架危梁(杜奕),轻萝缥缈挂霓裳(袁邕)。月临影殿玉毫光(吕渭),粉带新篁白简霜(崔泌)。玲珑珠缀鱼网张(陈允初),高枝反舌巧如簧(郑概)。风摇宝铎佩锵锵(秦瑀),古松拥肿悬如囊(杜倚)。雨垂珠箔映回廊(李聿),蔷薇绿刺半针长(鲍防)。五粒松英大麦芒(李清),古藤蚴蟉毒龙骧(杜奕)。深林怪石猛虎藏(袁邕),石碑勒字棋局方(吕渭)。山僧行道鸿雁行(崔泌),亭亭孤笋绿沉枪(郑概)。蜂窠倒挂枯莲房(陈允初),燃灯幽殿

① 贾晋华:《唐代集会总集与诗人群研究》(第2版),第359页。
② 贾晋华:《唐代集会总集与诗人群研究》(第2版),第360页。
③ [宋]施宿:《嘉泰会稽志》卷九,《宋元浙江方志集成》第4册,第1821页。
④ 贾晋华:《唐代集会总集与诗人群研究》(第2版),第360页。

星煌煌（杜倚）。"①

《酒语联句各分一字》，联唱者刘蕃、鲍防、谢良辅、严维、沈仲昌、丘丹、吕渭、郑概、陈允初、□迥。诗云："山简酣歌倒接䍦（刘蕃），看朱成碧无所知（鲍防）。耳鸣目眩驷马驰（谢良辅），口称童羖腹鸥夷（严维）。兀然落帽灌酒卮（沈仲昌），太常吏部相对时（严维）。藉槽枕曲浮酒池（丘丹），瓮间篱下卧不移（吕渭）。叫呼不应无事悲（郑概），千日一醒知是谁（陈允初）。左倾右倒人避之（□迥）。"②

本年，赵匡入浙东观察使府

陆淳《春秋例统序》："啖先生讳助，字叔佐，关中人也，聪悟简淡，博通深识。天宝末客于江东，因中原难兴，遂不还归，以文学入仕，为台州临海尉，复为润州丹阳主簿。秩满，因家焉，陋巷狭居，晏如也。始以上元辛丑岁集三传释《春秋》，至大历庚戌岁而毕。赵子时宦于宣歙之使府，因往还浙中，途过丹阳，乃诣室而访之。深话经意，事多向合。期反驾之日，当更讨论。呜呼！仁不必寿，是岁先生即世，时年四十有七。是冬也，赵子随使府迁镇于浙东，淳痛师学之不彰，乃与先生之子异躬自缮写，共戴以诣赵子。赵子因捐益焉，淳随而纂会之，至大历乙卯岁而书成。"③陆淳即陆质，因避宪宗李淳讳改名。本文述中唐时儒学宗师啖助曾为台州临海尉，赵匡入浙东观察使幕府，都与浙东有关。赵匡入浙东大历五年。赵匡、啖助、陆质之学，是永贞革新的思想根据，对于柳宗元、刘禹锡都有着重要影响。

本年，陈少游为浙东观察使，辟署李锋、刘太真等为幕吏

《会稽掇英总集》卷一八《唐太守题名记》："陈少游，大历五年九月，自宣歙观察使授。八年十月，迁淮南节度使。"④常衮《授陈少游浙江东道团练使制》："敕：东南一尉，在吴越之境；海隅苍生，连瓯闽之俗。既分八使，兼督诸戎，录勋任良，以济烦重。朝散大夫宣州刺史兼御史中丞宣歙池等州都团练守捉及观察处置等使上柱国赐紫金鱼袋陈少游，寅亮肃清，识通才达，度于礼而举得其中，积于理而动必归当。参考经术，交修政刑，列三台之郎吏，首四方之俊选。左辅内史，尝寄风化，中军大夫，实毗镇抚。事任皆适，声华朗然，自郙郡分忧，于湖申儆。悉心以周务，忘己以

---

① 贾晋华：《唐代集会总集与诗人群研究》（第2版），第361页。
② 贾晋华：《唐代集会总集与诗人群研究》（第2版），第366页。
③ ［清］董诰：《全唐文》卷六一八，第6239页。
④ ［宋］孔延之：《会稽掇英总集》卷一八，《宋元浙江方志集成》第14册，第6554页。

爱人，举纲条之目，缮完守之备。忠敏内缉，服而不离，威略外怀，亲而不暴。载清苛慝，尽复流庸，虽胶东之户口八万，颍川之理行第一，殆无以过也。明试以功，允兹章陟，称迁大镇，用表懋能，仍副丞相，以戒群岳。可使持节都督越州诸军事守越州刺史兼御史大夫充浙江东道都团练守捉观察处置等使，散官勋赐如故。"①

梁肃《越州长史李公（锋）墓志铭》："陈宣州少游表言其能，授监察御史，参宣歙军事，事无苛慝。迁殿中侍御史，换工部郎中从事，部无阙政。因条奏至京师，当国者伟公之材，将置于朝。公辞未复命。遂以侍御史旋介，本使东迁于会稽，与公俱东。永泰末，妖贼杀郡将以叛，其帅败亡，贼党诈服。公以单骑往安其民，一旦收隐慝三十人，杀之以徇。三衢之人，道路相庆，人到于今称之。无何，有比部之拜，乃兼越州长史。"②

裴度《刘府君（太真）神道碑铭并序》："浙东观察使陈少游虚右职而勤请焉。公以陈之镇宣城也，实厚于谏议府君，岁时礼遗，不绝于道，乃从之，奏授监察御史。及陈之移镇扬州，又为节度判官。"③

本年，浙东观察使陈少游谒见张志和，表其所居曰玄真坊

颜真卿《浪迹先生玄真子张志和碑铭》云："浙江东[道]观察使御史大夫陈公少游闻而谒之，坐必终日，因表其所居曰玄真坊，又以门巷湫隘，出钱买地以立闬闳，旌曰回轩巷，仍命评事刘太真为叙，因赋柏梁之什，文士诗以美之者十五人。"④

本年，韦甫为诸暨县令

王良士《唐故朝议郎使持节普州诸军事普州刺史赏紫金鱼袋京兆韦府君（甫）墓志铭并序》："公讳甫，字至，京兆万年人也。……永泰元年，东都河南江淮转运使、户部尚书刘公，以多难之辰，所资推择，缙笏之地，非廉勿居。其年奏授试大理评事、兼充转运使下巡官，分巡江西道。大历五年，复奏授试大理司直，兼越州诸暨县令。平议亲人，以旌劳旧。十四年，调补河南府洛阳县丞。"⑤

---

① ［清］董诰：《全唐文》卷四一三，第 4234 页。
② ［清］董诰：《全唐文》卷五二一，第 5294 页。
③ ［清］董诰：《全唐文》卷五三八，第 5467 页。
④ ［清］董诰：《全唐文》卷三四〇，第 3447 页。
⑤ 吴钢主编：《全唐文补遗》第 9 辑，第 383 页。

本年,吕渭为永康县令

吕温撰《唐故通议大夫使持节都督潭州诸军事守潭州刺史兼御史中丞充湖南都团练观察处置等使赐紫金鱼袋赠陕州大都督东平吕府君(渭)墓志铭并序》:"吾先府君讳渭,字君载,其先炎帝之胤也。……展转江淮间数岁,兵部尚书薛□(兼)训平山越,镇浙东,又辟公为节度巡官,□婺州永康令。既下车□奸吏杜沚,州将阎伯玙左右受略,飞驿来救。公先置法而后视符,连境风生,惸独相贺。"①按,郁贤皓先生《唐刺史考全编》卷一四五,阎伯玙为婺州刺史在大历五年②。是时薛兼训为浙东观察使,时间都相吻合。

771 唐代宗大历六年辛亥

正月,衢州别驾王守质卒

张造《唐故衢州别驾王府君(守质)墓志》:"大历六年岁次辛亥正月五日,银青光禄大夫、衢州别驾、太原县开国男王君遇疾,卒于江都旅舍,春秋五十六。公名守质,字文宗,长安千秋里人也。……五迁太仆少卿。七迁衢州别乘。屏星既敞,千里生风。青云未跻,白日先谢。"③

二月,崔向在龙泉县令任

《太平广记》卷三〇五"王法智"条引《广异记》:"(大历)六年二月二十五日夜,戴孚与左卫兵曹徐晃、龙泉令崔向、丹阳县丞李从训,邑人韩谓、苏修集于(李)锋宅。"④

九月,李阳冰五十寿辰,会亲友于缙云吏隐山

宋人陈思《宝刻丛编》卷一三"处州"引《复斋碑录》:"《唐吏隐山记》,唐李阳冰

---

① 吴钢主编:《全唐文补遗》第4辑,第81页。
② 郁贤皓:《唐刺史考全编》卷一四五,第2064页。
③ 吴钢主编:《全唐文补遗》第1辑,第202页。
④ [宋]李昉等:《太平广记》卷三〇五,第2414页。

篆,在缙云。"又引《集古录目》:"唐李阳冰残碑,凡数百字,虽首尾不完,文字缺灭,而历历可读。其间多述山水景物。其最后曰:'名之曰吏隐山。'又曰:'时唐百二十九载。'以岁次推之,则天宝五载也。"①光绪《处州府志》:"吏隐山,县东北五十步,一名洼尊山。李阳冰篆'吏隐山'三字,于壁凿岩为洼尊。"②

据缙云新闻网所载《探秘吏隐山》,《吏隐山记》尚存这样的文字:"《吏隐山记》季卿书集,季卿侍郎之子。曜卿撰、书山名。新尉以阴传阳,躬入篆室,为照而眉实。辛亥年为李阳冰五十贺寿,阳冰喜会亲友于福地,名之曰:吏隐山。时唐百廿九载。……李阳冰篆书。辛亥年九月九日。"③这里明确记载是"辛亥年",即唐代宗大历六年(771),为李阳冰五十寿而作,而吏隐山聚会地点也是李阳冰自己选定的。"吏隐山"山名是李曜卿撰书的,时间是"唐百二十九载",即天宝五载。而李阳冰所撰《吏隐山记》则在大历六年。记中的季卿即李季卿,为李适之之子,李阳冰族弟,故为阳冰五十之寿撰《吏隐山记》,该记由李阳冰所书,故末题"李阳冰篆书。辛亥年九月九日"。

朱关田《唐代书法家年谱》卷七《李阳冰事迹系年稿》系于大历二年丁未,并云:"按是记立在缙云,阳冰乾元初年见任是县,距唐之开国不止'百二十九载'。阳冰宝应二年始挂冠,见上谱,至本年仅三年而距唐初一百四十九年,残碑'百二十九载'乃'百四十九载'之讹。是记,盖撰于本年。"④又同卷《李阳冰书迹考略》云:"《吏隐山记》,李阳冰撰并篆书。著录首见陈思《宝刻丛编》卷十三'处州'引《复斋碑录》,记在缙云。又引欧阳棐《集古录目》'唐李阳冰残碑,凡数百字,文字缺灭,而历历可读,其间多述山水景物。其最后曰:名之曰吏隐山。又曰:时唐百二十九载。以岁次推之,则天宝五载'云。是记盖书于缙云。惟李阳冰乾元初年始任缙云县令,不当仅止'百二十九载',参李阳冰宝应二年当涂令挂冠后退居是山,见拙文《李阳冰散考》注一,当在大历二年,距开国百四十九年。'百二十九载'乃'百四十九载'之讹。"⑤熊飞《关于李阳冰生平的几个问题》认为"唐人也有这样纪年的,即把武周称尊的时间从唐祚中去掉"⑥,以推算"百二十九载",但也不能得

① [宋]陈思编著:《宝刻丛编》卷一三,第838—839页。
② [清]潘绍诒:《光绪处州府志》卷二,光绪三年刊本,第34页。
③ 见网络发布:http://jynews.zjol.com.cn/jynews/system/2014/01/10/017586154.shtml。
④ 朱关田:《唐代书法家年谱》卷七,第498页。
⑤ 朱关田:《唐代书法家年谱》卷七,第510—511页。
⑥ 熊飞:《关于李阳冰生平的几个问题》,载《咸宁师专学报》1991年第2期,第114页。

出确切的结论。而朱、熊二人都没有见到《卖山隐记》的文字,故而推论都不准确。

九月,朱放与严维均在越州,朱放移居杭州,维以诗送之;后维亦赴杭,九月在杭州与刺史相里造唱和

陶敏、李一飞、傅璇琮《唐五代文学编年史·中唐卷》:"《全唐诗》卷二六三严维《赠送朱放》:'欲依天目住,新自始宁移。'《元和郡县图志》卷二五杭州富阳县:'天目山,在县理北六十里。'始宁,刘宋时会稽郡属县,见《宋书·州郡志一》,谢灵运有《过始宁墅》诗。知维诗乃送朱放赴杭州作。《全唐诗》卷二六三严维《相里使君宅听澄上人吹小管》:'秦僧吹竹闭秋城,早在梨园称主情。'同前同卷严维《九日登高》:'四子醉时争讲德,笑论黄霸屈为邦。'《诗式》卷五引此诗颔联题作《九日宴相里使君江亭》。相里使君,相里造,时为杭州刺史,见大历五年八月吴筠条。"①

十一月,越州开元寺僧昙一卒,梁肃为作塔铭

《宋高僧传》卷一四《唐会稽开元寺昙一传》:"以大历六年十一月十七日迁化于寺之律院,报龄八十,僧腊六十一。"②《全唐文》卷五二〇梁肃《越州开元寺律和尚塔碑铭》云:"大历六年十二月七日灭度。"③

冬,皇甫冉和韩贲诗并寄山阴严维

皇甫冉《和朝郎中扬子玩雪寄山阴严维》诗云:"凝阴晦长箔,积雪满通川。征客寒犹去,愁人昼更眠。谢家兴咏日,汉将出师年。闻有招寻兴,随君访戴船。"④储仲君《皇甫冉诗疑年(续)》:"《和朝郎中扬子玩雪寄山阴严维》,大历六年(771)。按李嘉祐有《和韩郎中扬子津玩雪寄严维》(二〇六),二诗同时作,朝郎中当为韩郎中之误。又有按皇甫冉有《酬张二仓曹扬子所居见寄兼呈韩郎中》(二四九),字亦作韩。韩郎中,当为韩贲。《元和姓纂》四'昌黎棘阳韩氏':'贲,润州刺史。'《宋高僧传》十五《唐润州招隐寺朗然传》:'大历十二年冬癸卯,跌坐如常,恬然化灭','请益弟子御史中丞洪府观察韦儇、吏部员外郎李华、润州刺史韩贲、湖州刺史韦损、御史大夫刘暹、润州刺史樊晃,皆归心奉信。'前引《酬张二仓曹》诗云:'渔父置词相借

---

① 陶敏、李一飞、傅璇琮:《唐五代文学编年史·中唐卷》,第242页。
② [宋]赞宁撰,范祥雍点校:《宋高僧传》卷一四,第323页。
③ [清]董诰:《全唐文》卷五二〇,第5288页。
④ [清]彭定求:《全唐诗》卷二五〇,第2828页。

问,郎官能赋许依投。'前句谓张赠诗,后句云'许依投',此郎官自为当地牧守无疑。诗作于自京归来后,韩贲之为润刺,当在大历三年之后,大历十二年朗然卒世之前。据前文所引,永泰元年至大历四年六月,润州刺史为韦损,大历五年至六为樊晃,而大历七年李嘉祐已赴袁州任,是知玩雪诗作于大历六年冬。"①

本年,顾况《游仙记》记越中事

顾况《仙游记》云:"温州人李庭等,大历六年,入山斫树,迷不知路,逢见漈水。漈水者,东越方言以挂泉为漈。中有人烟鸡犬之候,寻声渡水,忽到一处,约在瓯闽之间,云古莽然之墟,有好田泉竹果药,连栋架险,三百余家。四面高山,回还深映。有象耕雁耘,人甚知礼,野鸟名鸽,飞行似鹤。人舍中唯祭得杀,无故不得杀之,杀则地震。有一老人,为众所伏,容貌甚和,岁收数百匹布,以备寒暑。乍见外人,亦甚惊异。问所从来,袁晁贼平末,时政何若。具以实告。因曰:愿来就居得否?云此间地窄,不足以容。为致饮食,申以主敬。既而辞行,斫树记道。还家,及复前踪,群山万首,不可寻省。"②

772　唐代宗大历七年壬子

三月,章八元归桐庐旧居,寄诗严维

章八元《归桐庐旧居寄严长史》诗云:"昨辞夫子棹归舟,家在桐庐忆旧丘。三月暖时花竞发,两溪分处水争流。近闻江老传乡语,遥见家山减旅愁。或在醉中逢夜雪,怀贤应向剡川游。"③陶敏、李一飞、傅璇琮《唐五代文学编年史·中唐卷》:"严长史,严维。……八元当于去年四月制举不第后,东归越州,本年三月自越归桐庐。"④

①　储仲君:《皇甫冉诗疑年(续)》,载《山西大学师范学院学报(综合版)》1994年第4期,第3页。
②　[清]董诰:《全唐文》卷五二九,第5371页。
③　[清]彭定求:《全唐诗》卷二八一,第3193页。
④　陶敏、李一飞、傅璇琮:《唐五代文学编年史·中唐卷》,第246页。

十月,前明州刺史李长卒

梁肃《明州刺史李公(长)墓志铭》:"大历七年冬十月甲子,前明州刺史李公寝疾终于晋陵之无锡私馆。呜呼!公讳长,字某,陇西狄道人。……历隋曹婺三州。三州辑宁,征傅韩王,王德既宣,出为梓州。又换明州。明越初静,疮痍未复,公务稽劝分,人安怀之。及其去也,如夺乳育。……享年七十。"①

包何约本年至婺州,有诗作

包何《婺州留别邓使君》诗云:"西掖驰名久,东阳出守时。江山婺女分,风月隐侯诗。别恨双溪急,留欢五马迟。回舟映沙屿,未远剩相思。"②邓使君,邓斑。《册府元龟》卷六一七:"窦参代宗时为大理司直,时婺州刺史邓侹(斑)坐赃八十(千)贯。"③《旧唐书·窦参传》:"转大理司直,按狱江淮,次扬州,节度使陈少游骄蹇……"④陈少游大历八年十月镇淮南,见《旧唐书·代宗纪》⑤,邓斑为婺州刺史当在其前。郁贤皓先生《唐刺史考全编》卷一四五系邓斑为婺州刺史在建中时⑥,不确。按,此诗一为张循之作,应非是。

画家周昉于大历中任越州长史

朱景玄《唐朝名画录》云:"程修己,其先冀州人。祖大历中任越州医博士。父伯仪少有文学。时周昉任越州长史,遂令修己师事,凡二十年中,师其画至六十。画中有数十病,即皆一一口授,以传其妙诀。"⑦这里称"大历中",大历共十四年,姑系于七年。周昉,字景玄,京兆人。唐代著名人物花鸟画家。《历代名画记》称周昉:"初效张萱画,后则小异,颇极风姿。全法衣冠,不近闾里,衣裳劲简,彩色柔丽。菩萨端严,妙创水月之体。"⑧《宣和画谱》称:"世谓昉画妇女,多为丰厚态度者,亦是一蔽。此无他,昉贵游子弟,多见贵而美者,故以丰厚为体,而又关中妇人,纤弱

---

① [清]董诰:《全唐文》卷五二〇,第5291—5292页。
② [清]彭定求:《全唐诗》卷二〇八,第2173页。
③ [宋]王钦若:《册府元龟》卷六一七,第7420页。
④ [后晋]刘昫:《旧唐书》卷一三六,第3745页。
⑤ [后晋]刘昫:《旧唐书》卷一一,第303页。
⑥ 郁贤皓:《唐刺史考全编》卷一四五,第2064页。
⑦ [唐]朱景玄:《唐朝名画录》,《景印文渊阁四库全书》第812册,第369—370页。
⑧ [唐]张彦远著,俞剑华注释:《历代名画记》卷一〇,第204页。

者为少。至其意穆态远,宜览者得之也。此与韩幹不画瘦马同意。"①新出土《程修己墓志》记程修己评价周昉之画"侈伤其峻"②,盖晚唐以后,审美取向发生变化,描摹人物"多为丰厚态度者",不仅不为社会崇尚,甚至以为是一种缺陷。"修己评画,于周、张、杨、许皆有微词,后人以为学昉,殆非所愿耳"③。

773　唐代宗大历八年癸丑

正月,顾况在温州,备办盐务,有文祭陆渭

顾况《祭陆端文公》文云:"维大历八年正月朔,同乡顾况,于永嘉发使,具箪蔬野酌,敬祭陆三十二兄端公之灵。呜呼!接席之欢,俄成奠酒。殊乡少别,杳忽于今。牵拘南役,远哭如泪。兄秉德居厚,植灵超茂。天和发外,虚白自内。特挺孤操,与物去害。惟昔二京,群盗纵横。出入十年,天下交兵。越盗寇吴,杀人烧城。国危如此,公乃请行。我之行焉,无往不平。拥阵陵阳,回戈歙右。江南山洞,略尽遗丑。巨敌先摧,群降独受。兄之令弟,况之良友。感激风云,留连诗酒。昔魏有人,子于段干。兄之所在,人心获安。贤者让平,惟患是急。兄之忠勇,人莫能及。燕将泣书,齐师复邑。迹为功著,名因义立。为帝念功,君门遂通。台阁生风,乃忆江东。高临山中。有书满屋。与人共读。有粟如云。与人共分。破富为贫,好事日闻。霭霭牛潭,峨峨囊岭。开流架迥,倒写烟景。今日凄凉,林空夜永。人或有言,吉凶无门。我命由我,以兄之才,何适不可。宁知一旦,忽钟兹祸。鸿翔千仞,自兹而堕。呜呼哀哉!伏惟尚飨。"④按,陆端公即陆渭,见《文史》第三十一辑陶敏《唐人行第录正补》。《元和姓纂》卷一〇"嘉兴陆氏":"开元有陆齐望,官至试秘书少监,生渭、沣、涧、瀍、淮。渭,侍御史。"⑤唐代习称"侍御史"为端公,赵璘《因话录》卷五:"御史台三院,一曰台院,其僚曰侍御史,众呼为端公,见宰相及台长,则曰

---

① [宋]阙名:《宣和画谱》卷六,《丛书集成初编》本,第168页。
② [清]陆耀遹:《金石续编》卷一一,上海古籍出版社2020年版,第974页。
③ [清]陆耀遹:《金石续编》卷一一,第980页。
④ [清]董诰:《全唐文》卷五三〇,第5385页。
⑤ [唐]林宝撰,岑仲勉校记:《元和姓纂(附四校记)》卷一〇,第1419页。

某姓侍御。……二曰殿院,其僚曰殿中侍御史,众呼为侍御。……最新入,知右巡,已次知左巡,号两巡使。所主繁剧。……三曰察院,其僚曰监察御史,众呼亦曰侍御。"①

五月,徐浩贬明州别驾

张式撰《徐浩神道碑》:"会来年有吏部之拜,复兼集贤学士。尝领东都选务,铨第举科,凡百其流,拔奇者一人而已,比居宰辅位十余年,即□相国齐公其人焉,洞鉴深识,皆此类也。□不□德,瑕不掩瑜,中为执法者所绳,又黜朗(明)州别驾。皇上登宝位,征拜彭王傅,加会稽郡开国公,食邑二千户。"②《新唐书·李栖筠传》:"栖筠素方挺,无所屈。于是华原尉侯莫陈怤以优补长安尉,当参台,栖筠物色其劳,怤色动,不能对,乃自言为徐浩、杜济、薛邕所引,非真优也。……由是怤等皆坐贬。"③而据《旧唐书·代宗纪》,大历八年,"二月甲子,御史大夫李栖筠弹吏部侍郎徐浩","五月乙酉,贬吏部侍郎徐浩明州别驾,薛邕歙州刺史,京兆尹杜济杭州刺史,皆坐典选也。"④

十月,梁肃作《明州刺史李公(长)墓志铭》

梁肃《明州刺史李公(长)墓志铭》云:"大历七年冬十月甲子,前明州刺史李公寝疾终于晋陵之无锡私馆。呜呼!公讳长,字某,陇西狄道人。……王德既宣,出为梓州,又换明州。时越初静,疮痍未复。公务稽劝分,人安怀之。及其去也,如夺乳育。呜呼!公凡历官一十有四,其剖符分忧者八。享年七十。……八年冬十月,某奉公之丧,反葬于河南万安山之阳。夫人博陵崔氏,秦州掾孝之女,既笄而归于我,以宣慈恭顺闻。享年五十,先公而殁。公为明州之二年,以夫人之丧反葬万安,至是祔焉,礼也。"⑤是该志作于大历八年十月。

本年,秦系在剡中

赵昌平《秦系考》附《秦系年表》:"代宗大历八年(773),约四十九岁。在剡中,

---

① [唐]赵璘:《因话录》卷五,上海古籍出版社1979年版,第101—102页。
② [清]董诰:《全唐文》卷四四五,第4543页。
③ [宋]欧阳修、宋祁:《新唐书》卷一四六,第4737页。
④ [后晋]刘昫:《旧唐书》卷一一,第301、302页。
⑤ [清]董诰:《全唐文》卷五二〇,第5291—5292页。

《耶溪书怀寄刘长卿员外》诗当作于本年至十三年间。按：长卿本年至大历末在睦州司马任上（傅璇琮《刘长卿考》），系上诗题注'时在睦州（指长卿）'，可知当作于此期。又诗有'屡折荆钗亦为妻'句，则知当作于大历十三年离婚出山前。系《山中奉寄钱起员外兼简苗发员外诗》当作于本年前后。按：钱起大历中为司勋员外郎（《全唐诗小传》，傅璇琮《钱起考》），系诗有句'逸妻相共老烟霞'句，知在十三年离婚前。"①这里所引《耶溪书怀寄刘长卿员外》《山中奉寄钱起员外兼简苗发员外》诗，本书系于大历十二年。

本年，衢州立徐安贞撰《徐偃王庙碑》

《金石录》卷八："《唐徐偃王庙碑》，徐安贞撰，张宙正书。大历八年十月。"②"《唐徐偃王庙碑阴记》，张宙撰并八分书。大历八年十月。"③按，徐安贞卒于天宝二年（743），此碑所立当是改立或是追立。

丘丹为诸暨令，约本年秦系有诗赠之

秦系《山中赠诸暨丹丘明府》诗云："荷衣半破带莓苔，笑向陶潜酒瓮开。纵醉还须上山去，白云那肯下山来。"④陶敏、李一飞、傅璇琮《唐五代文学编年史·中唐卷》："《全唐诗》卷二六〇系《山中赠诸暨丹丘明府》。丹丘当丘丹之倒，丘丹约本年为诸暨令。"⑤按，《宋高僧传》卷一七《神邕传》："俟遇禄山兵乱，东归江湖……旋居故乡法华寺。殿中侍御史皇甫曾、大理评事张河、金吾卫长史严维、兵曹吕渭、诸暨长丘丹、校书陈允初赋诗往复，卢士式为之序引，以继支许之游。为邑中故事。"⑥是丘丹为诸暨令之记载。

本年，裴儆罢明州刺史任，戴叔伦有诗送之，王密撰《纪德碣》颂之

《宝庆四明志》卷一"郡守"："裴儆，大历六年刺史，八年罢。王密撰《纪德碣》。"⑦《延祐四明志》卷二"职官考上"："裴儆，大历六年刺史，八年罢。王密撰《纪

---

① 赵昌平：《秦系考》附《秦系年表》，载《中华文史论丛》1984年第4辑，第151页。
② [宋]赵明诚撰，金文明校证：《金石录校证》卷八，第159页。
③ [宋]赵明诚撰，金文明校证：《金石录校证》卷八，第159页。
④ [清]彭定求：《全唐诗》卷二六〇，第2901页。
⑤ 陶敏、李一飞、傅璇琮：《唐五代文学编年史·中唐卷》，第267页。
⑥ [宋]赞宁撰，范祥雍点校：《宋高僧传》卷一七，第386页。
⑦ [宋]罗濬：《宝庆四明志》卷一，《宋元浙江方志集成》第7册，第3106页。

德碣》,李阳冰书。见集古考。"①同书卷一九"集古考上"有《明州刺史河东裴公纪德碣铭并序》,题署:"检校右散骑常侍兼越州刺史赐紫金鱼袋江东西节度副使王密撰,国子监丞充集贤院学士李阳冰书。"②《成化宁波郡志》卷七"名宦":"裴儆,河东人。大历间自长安令来刺郡。适海寇侵掠之余,井邑焚毁,道骸积而不掩,生民仅有存者,儆为之推心抚字,一年而惊遽以复,田畴以辟,茨塈以兴。然后以礼义利物之教,教之三年,俗为邹鲁,长幼各得其宜。王密尝为撰纪德碣。"③《宋高僧传》卷二六《唐明州慈溪香山寺惟实传》:"大历八年也,太守裴儆奏请署香山题额焉。"④

戴叔伦《送裴明州效南朝体》,"裴明州"下注:"一本有郎中征三字。"诗云:"沅水连湘水,千波万浪中。知郎未得去,惭愧石尤风。"⑤是王密所撰纪德碣乃裴儆罢任征为郎中时所撰。

王密《明州刺史河东裴公纪德碣铭并序》:"皇唐御神器一百四十二载,天下大康。而海隅小寇,敢肆蛮毒,结乱于瓯越,而句章□□□之口战卒数万,皆由此之。故是郡罹灾逾苦,井邑焚热,遗骸积而不掩,生民仅有存者。□□未完其危犹未安,天子哀之。诏择可以子物拯艰者以镇恤之,乃命长安令河东裴敬殿于兹邦。诏书既下,而罢民欢煦,若幼子之望慈父焉,彤襜员来,则收合创痍之境,熙熙如衣之食之。一年而惊遽复、田畴辟,茨塈兴。然后以礼义利物之教教之。人之告窳者,教之以温恭惇质;人之卉服祝发者,教以仪饰之度;人之匮财乏食者,教以耕耨之事。群吏怀其仁而畏其严,罔敢射其利焉。故为政三年,其赏人也不用财,其励人也不□□於戏! 长人之体不一,若乃华夏之人,习性纯纯,其理之也,可期月而致。若海裔之人,土风□□暴残嗜杀,宽之则法令非行,威之则圜视而凶心勃生。其欲驯之也难矣哉! 及公之化夷俗为邹鲁,使父子长幼,各得其宜,则知中庸清静之德,感人深矣。夫理一邑而能人和□□者,则可以移于一郡,而能导之以德教者,则可以施于天下。公之所理之行,岂止郡邑而已,实宜佐彼大化,辅皇王以昌经邦国,以康调元气于阴阳者也。公寻而进秩,州民共思,愿纪词于碑,予忝蹑高踪,窃迹前事,敢不颂厥美,贻诸亿祀。铭曰:美裴公兮,肃肃清风。纯和积中,令德显融。爰践华省,爰宰赤城。克成厥功,帝曰咨尔休懿。可建旟于东。美裴公兮,于郡斯牧。是

① [元]袁桷:《延祐四明志》卷二,《宋元浙江方志集成》第9册,第3970页。
② [元]袁桷:《延祐四明志》卷一九,《宋元浙江方志集成》第9册,第4393页。
③ [明]杨寔:《成化宁波郡志》卷七,明成化四年刊本,第3页。
④ [宋]赞宁撰,范祥雍点校:《宋高僧传》卷二六,第611页。
⑤ [清]彭定求:《全唐诗》卷二七四,第3101页。

祇是肃,化流比屋。变此夷风,迄成鲁俗。人之父母,匪公而谁,慰我恂独。羡裴公分,胡弃我而适他邦。惟我下民,思心徘徊,殷焉不忘。愿颂休绩,播亿万载,刊于圭璋。"①

本年,崔殷为明州刺史

《宝庆四明志》卷一"郡守":"崔殷,大历八年刺史,记董孝子祠。"②《延祐四明志》卷二"职官考上":"崔殷,大历八年刺史。"③崔殷《纯德真君庙碣铭》:"后汉至行董君,讳黯,字叔达。……故以董孝名乡,慈溪署县。贸江之族,薰然遗风。皇唐大历八载,余分竹兹郡。"④是崔殷乃裴儆之接任者。

乘著约于本年为萧山县尉

崔筥《唐故朝散郎守珍王府录事参军飞骑尉乘府君(著)墓志铭并序》:"公讳著,字太质,魏郡人也。……年未弱冠,以孝廉擢第,起授越州萧山县尉。"⑤以元和十四年(819)卒,年六十六推之,其弱冠在大历八年。

本年,储仙舟为鄞县令,修广德湖

《宝庆四明志》卷一二"县令":"储仙舟,唐大历八年鄞令。见曾巩《广德湖记》。"⑥《乾道四明图经》卷二:"广德湖,在县西十二里。旧名婴脰湖,唐大历八年县令储仙舟加修治之功,而更以今名。正元元年刺史任侗又治而大之。湖中有若楼阁状者,不常隐现也。"⑦

---

① [清]董诰:《全唐文》卷七九一,第8284—8285页。
② [宋]罗濬:《宝庆四明志》卷一,《宋元浙江方志集成》第7册,第3106页。
③ [元]袁桷:《延祐四明志》卷二,《宋元浙江方志集成》第9册,第3970页。
④ [清]董诰:《全唐文》卷五三六,第5438页。
⑤ 吴钢主编:《全唐文补遗》第3辑,第181页。
⑥ [宋]罗濬:《宝庆四明志》卷一二,《宋元浙江方志集成》第8册,第3350页。
⑦ [宋]张津:《乾道四明图经》卷二,《宋元方志丛刊》第5册,第4887页。

774 唐代宗大历九年甲寅

正月,李华卒,年六十一

李华是中唐著名散文家、诗人,韩柳古文运动的先驱人物,又与浙东唐诗之路有着密切的联系,因为李华于陷入安史之乱受伪职贬官后,从天台九祖荆溪湛然受业,并为左溪玄朗作碑铭而成为天台宗的信仰者。李华墓志与李华夫人合袝墓志最近出土,本课题组杨琼博士于汉唐志斋李琛先生处访得,该志是研究唐代文学与唐诗之路的重要文献。今备录于下:

李华墓志题名《唐故吏部员外郎李府君墓志铭并序》,题署:"检校仓部员外郎兼侍御史刘乃述。"志文云:"吏部员外郎李公,赵郡赞皇人,讳华,字遐叔。其先出自段干木,栖迟于魏,惟德动邻,秦兵不加。高大父孝威,隋尚书左丞。曾大父太冲,我祠部郎中。大父嗣业,同州司户参军。显考虚己,蒲州安邑县令。世滋丰懿,有干木之遗风焉。公即安邑府君第三子,志气薄于清穹,孝悌通于神明,艺文之美,郁郁难名。无紫色,无郑声,垂度照世,灿如恒星,所纂文凡数百篇。河南独孤及,河东柳识,渤海高参,分为三集,各冠之以序。其历官次第、沦胥幽遁之迹,独孤言之最详。冰夷从掇其遗事,著铭于穴尔。公生五岁,丁太夫人忧,啼嚎之音,七日不衰,终三年皇皇焉。未常戏弄,此至性萌于自然也。年十岁,常侍安邑府君读书,府君授予《魏志》,公开卷流涕,手不供目,遂跪陈汉鼎轻重之惭,曹氏移夺之将,凡所于明,超出旧史,于以见王佐之风成也。公为绣衣使者,出巡汧陇,与李、郭二公定交于甲胄之中,乃上章称其材,社稷是依也。二公果能,张大六师,横扫氛秽,濊濊雨雪,消为清和。公高朗之鉴,拔乎群萃矣。初禄山以幽州叛,公劫在贼营,丸艾自烧,阴养间谍。时洛中有刺客,能言鸿宝苑秘之书者,力若貙虎。公与义士皇甫复歃盟结之,促行博狼沙之事,虽不及窃发,然其忠勇百夫之雄,于晚岁衮司上闻,宠光骤至。公深嘉范粲之节,不忍复践文明之延回,闭门自锢,委和待尽。季弟苕适宰丹徒,公爱居官舍,春秋六十有一,以大历九年,青龙甲寅,正月辛亥,终于正寝。刘冰夷闻之出涕曰:天之既丧元龟也,吾无与为善矣!是月丁卯,权窆于朱方北原,速也。传曰:圣人不出其间,必有命世者。公包元精之醇德,蹈夷皓之逸轨,正辞端委,有补于朝,岂近是乎。将殁之夕,有黄鹤山义琳禅师,叩关邃谒。公曰:'师来何迟也? 请问心生灭之法。'往复数百言,归于痴爱扶疏,而自性明脱。公稽首曰:'法尽于此乎。'逝将去师,期亿劫不能忘,此又象外之说,非黩暗之所及。悲夫! 噫! 丹徒悌弟也。其孤羔、启,纯孝之士也,欧血嗷咷,告哀于冰夷,池绰将行,而文友皆远。以冰夷词朴且近,俾铭诸旒斿,冰夷执简忸怩,愧文之辱,其辞曰:公生不辰,逢世荡倾。云物浊乱,夏寒日青。天子西狩,百官霣零。惴惴遐叔,纲罗是婴。结客图敌,裂帛表诚。迹虽沉泥,行实鲜清。朝即昌矣,戢翼辞荣。浮云无蒂,幼士寓形。四大吾家,神翔八溟。稽首琳公,谁灭谁生。来应期运,去随化并。德辉不泯,永世作程。"①

李华与夫人合祔墓志,题为《唐故吏部员外郎赠礼部侍郎赵郡李府君及范阳卢氏合葬墓志铭并序》,题署:"正议大夫尚书兵部侍郎充集贤殿学士上柱国河东县开国子食邑五百户赐紫金鱼袋薛放撰。"志云:"有唐文章宗师故尚书、吏部员外郎赵郡李公讳华,字遐叔。昔以大历九年,终于润州。遂因权窆,故兵部侍郎刘乃为志焉。后廿二年,夫人范阳卢氏,从祔于其侧,今太子右庶子王仲周为志焉。菁蔡不叶,寓而即安,凡卅九年于今矣。府君以宪宗朝追赠中书舍人,今上即位,加赠礼部侍郎。皆以子佶故左散骑常侍致仕时在朝列,推恩而及,是亦彰府君之文德也。常侍无子,夫人范阳卢氏,当所天之丧,循顾托之重,竭家有无,泣血匍匐,自朱方奉舅姑之裳帷,归于成周。旧乡枳棘,瞻望不及,以长庆二年壬寅岁二月廿八日合葬于洛阳谷水之北原,从变礼也。其官族世德,二志存焉。今但记其所新卜迁祔之时岁而已。常侍夫人,于放外姑也。奉命为志,辞不得已,故谨述之。铭曰:齐封反葬为世经,龟筮即从斯可营。常侍无子承德馨,哀哀孝妇志切诚。远奉裳帷归洛京,鲁人之祔于以成。眷言乡井沦贼庭,呜呼此地永以宁。三从侄孙,乡贡进士幼复谨奉命护葬并书。"②

秋,徐浩在明州别驾任,常衮有诗寄之,卢纶、钱起、司空曙、独孤及、包佶等唱和

常衮《晚秋集贤院即事寄徐薛二侍郎》诗云:"穆穆上清居,沉沉中秘书。金铺深内殿,石甃净寒渠。花树台斜倚,空烟阁半虚。缥囊披锦绣,翠轴卷琼琚。墨润

① 胡可先、杨琼:《唐代诗人墓志汇编·出土文献卷》,上海古籍出版社 2021 年版,第 224—225 页。
② 胡可先、杨琼:《唐代诗人墓志汇编·出土文献卷》,第 225—226 页。

冰文茧，香销蠹字鱼。翻黄桐叶老，吐白桂花初。旧德双游处，联芳十载余。北朝荣庾薛，西汉盛严徐。侍讲亲华宸，征吟步绮疏。缀帘金翡翠，赐砚玉蟾蜍。序秩东南远，离忧岁月除。承明期重入，江海意何如。"①

卢纶《和常舍人晚秋集贤院即事十二韵寄赠江南徐薛二侍郎》诗云："纶阁九华前，森沉彩仗连。洞门开旭日，清禁肃秋天。霜满朝容备，钟余漏唱传。摇珰陪羽扇，端弁入炉烟。麟笔删金篆，龙绡荐玉编。汲书荀勘定，汉史蔡邕专。御竹潜通笋，宫池暗泻泉。乱丛萦弱蕙，堕叶洒枯莲。列署齐游日，重江并谪年。登封思议草，侍讲忆同筵。沧海风涛广，黝山瘴雨偏。唯应缄上宝，赠远一呈妍。"②

钱起《奉和中书常舍人晚秋集贤院即事寄徐薛二侍御》诗云："文星垂太虚，辞伯综群书。彩笔下鸳掖，褒衣来石渠。典坟探奥旨，造化睹权舆。述圣鲁宣父，通经汉仲舒。窗明宜缥带，地肃近丹除。清昼删诗暇，高秋作赋初。露盘侵汉笋，宫柳度鸦疏。静对连云阁，晴闻过阙车。旧僚云出矣，晚岁复何如。海峤瞻归路，江城梦直庐。含毫思两凤，望远寄双鱼。定笑巴歌拙，还参丽曲余。"③

司空曙《奉和常舍人晚秋集贤院即事寄徐薛二侍郎》诗云："蔼蔼凤凰宫，兰台玉署通。夜霜凝树羽，朝日照相风。官附三台贵，儒开百氏宗。司言陈禹命，侍讲发尧聪。香卷青编内，铅分绿字中。缀签从太史，锵佩揖群公。池接天泉碧，林交御果红。寒龟登故叶，秋蝶恋疏丛。颜谢征文并，钟裴直事同。离群惊海鹤，属思怨江枫。地远姑苏外，山长越绝东。惭当哲匠后，下曲本难工。"④

独孤及《奉和中书常舍人晚秋集贤院即事寄赠徐薛二侍御》诗云："汉家金马署，帝座紫微郎。图籍凌群玉，歌诗冠柏梁。阴阴万年树，肃肃五经堂。挥翰忘朝食，研精待夕阳。晴空露盘迥，秋月琐窗凉。远兴生斑鬓，高情寄缥囊。葳蕤双鹭鸶，凤昔并翱翔。汲冢同刊谬，蓬山共补亡。差池摧羽翮，流落限江湘。禁省一分袂，昊天三雨霜。石渠遗迹满，水国暮云长。早晚朝宣室，归时道路光。"⑤

包佶《奉和常阁老晚秋集贤院即事寄赠徐薛二侍郎》诗云："秘殿掖垣西，书楼苑树齐。秋烟凝缥帙，晓色上璇题。门接承明近，池连太液低。疏钟文马驻，繁叶彩禽栖。职美纶将綍，荣深组及圭。九霄偏眷顾，三事早提携。对案临青玉，窥书

① ［清］彭定求：《全唐诗》卷二五四，第 2858 页。
② ［清］彭定求：《全唐诗》卷二七六，第 3138—3139 页。
③ ［清］彭定求：《全唐诗》卷二三八，第 2666 页。
④ ［清］彭定求：《全唐诗》卷二九三，第 3337 页。
⑤ ［清］彭定求：《全唐诗》卷二四七，第 2777 页。

捧紫泥。始欢新遇重,还惜旧游暌。左宦登吴岫,分家渡越溪。赋中频叹鵩,卜处几听鸡。望阙应多恋,临津不用迷。柏梁思和曲,朝夕候金闺。"①

按,张式撰《徐浩神道碑》:"会来年有吏部之拜,复兼集贤学士。尝领东都选务,铨第举科,凡百其流,拔奇者一人而已,比居宰辅位十余年,即□相国齐公其人焉,洞鉴深识,皆此类也。□不□德,瑕不掩瑜,中为执法者所绳,又黜朗(明)州别驾。皇上登宝位,征拜彭王傅,加会稽郡开国公,食邑二千户。"②《新唐书·李栖筠传》:"栖筠素方挺,无所屈。于是华原尉侯莫陈怤以优补长安尉,当参台,栖筠物色其劳,怤色动,不能对,乃自言为徐浩、杜济、薛邕所引,非真优也。……由是怤等皆坐贬。"③而据《旧唐书·代宗纪》,大历八年,"二月甲子,御史大夫李栖筠弹吏部侍郎徐浩","五月乙酉,贬吏部侍郎徐浩明州别驾,薛邕歙州刺史,京兆尹杜济杭州刺史,皆坐典选也。"④是徐浩大历八年五月由吏部侍郎被贬为明州别驾。再看薛邕,薛邕被贬为歙州刺史。而据《旧唐书·徐浩传》记载,徐浩于建中二年(781)又被征为彭王傅⑤。再考《全唐文》卷八六九汪台符《歙州重建汪王庙记》:"大历十年,刺史薛邕迁于乌聊东峰。"⑥是大历八年至十年间,徐浩与薛邕二人在贬所,可称"徐薛二侍郎",而钱起、独孤及诗题称"侍御"则误。常衮《晚秋集贤院即事寄徐薛二侍郎》诗云:"序秩东南远,离忧岁月除。"说明徐、薛二侍郎被贬于东南。

再看寄诗与唱和者的时间,和诗中都称"常舍人",是作于常衮为中书舍人时。据《旧唐书·常衮传》:"永泰元年,迁中书舍人。衮文章俊拔,当时推重,与杨炎同为舍人,时称为常、杨。性清直孤洁,不妄交游。内侍鱼朝恩恃权宠,兼领国子监事,衮上疏以为不可。时朝廷多事,西北边房,连为寇盗,衮累上章陈其利害,代宗甚顾遇之,加集贤院学士。大历元年,迁礼部侍郎,仍为学士。"⑦这里的"大历元年"为"大历九年"之误。见蒋寅《常衮〈晚秋集贤院即事寄徐薛二侍郎〉作于大历九年》⑧。据《新唐书·常衮传》:"由太子正字,累为中书舍人。"⑨《旧唐书·代宗纪》:

① 〔清〕彭定求:《全唐诗》卷二〇五,第 2143 页。
② 〔清〕董诰:《全唐文》卷四四五,第 4543 页。
③ 〔宋〕欧阳修、宋祁:《新唐书》卷一四六,第 4737 页。
④ 〔后晋〕刘昫:《旧唐书》卷一一,第 301、302 页。
⑤ 〔后晋〕刘昫:《旧唐书》卷一三七,第 3760 页。
⑥ 〔清〕董诰:《全唐文》卷八六九,第 9103 页。
⑦ 〔后晋〕刘昫:《旧唐书》卷一一九,第 3445 页。
⑧ 蒋寅:《常衮〈晚秋集贤院即事寄徐薛二侍郎〉作于大历九年》,载《文学遗产》1989 年第 6 期,第 101 页。
⑨ 〔宋〕欧阳修、宋祁:《新唐书》卷一五〇,第 4809 页。

大历九年"十二月庚寅,……中书舍人常衮为礼部侍郎。"①是诸人唱和之作在大历九年(774)。独孤及事迹,据梁肃撰《独孤及行状》:"擢拜常州刺史……为郡之四载,大历十二年四月壬寅晦暴疾薨于位。"②其为常州刺史是由舒州刺史转。郁贤皓先生《唐刺史考全编》卷一三八有考证云:"独孤及大历八年拜常刺,九年三月到任,十二年四月卒。"③由诸人事迹参证,常衮等人唱和诗以寄徐浩、薛邕,只能作于大历九年。

诸人诗题称"晚秋集贤院即事",时间作于晚秋则可以确定。常衮诗称"序秩东南远,离忧岁月除",是说徐浩在明州、薛邕在歙州事,二人的地点都在东南之地。钱起诗称"海峤瞻归路,江城梦直庐",上句是指徐浩在明州事,下句是指薛邕在歙州事。司空曙诗称"离海惊海鹤,属思怨江枫",上句言徐浩明州近海,下句言薛邕歙州近江;"地远姑苏外,山长越绝东",上句言薛邕在歙,远在姑苏之外,下句言徐浩在明,远在越绝之东。

八月,皇甫温为浙江东道观察使,韩翃有诗相送。在浙东观察使任,与严维等颇多往还

《会稽掇英总集》卷一八《唐太守题名记》:"皇甫温,大历九年八月,自陕虢观察使兼御史大夫授。"④《旧唐书》卷一一《代宗纪》:大历九年八月,"以陕州大都督府长史皇甫温为越州刺史,充浙东观察使。"⑤

韩翃《送皇甫大夫赴浙东》诗云:"舟师分水国,汉将领秦官。麾下同心吏,军中□□端。吴门秋露湿,楚驿暮天寒。豪贵东山去,风流胜谢安。"⑥《唐东都安国寺故临坛大德塔下铭并序》:"姓皇甫氏,……元兄浙东观察使兼御史大夫赠太子太师邠国公曰温。"⑦是皇甫为浙东观察使时带御史大夫衔。

严维有《奉和皇甫大夫夏日游花严寺》:"初第华严会,王家少长行。到宫龙节驻,礼塔雁行成。莲界千峰静,梅天一雨清。禅庭未可恋,圣主寄苍生。"⑧《陪皇甫

① [后晋]刘昫:《旧唐书》卷一一,第306页。
② [清]董诰:《全唐文》卷五二二,第5303—5304页。
③ 郁贤皓:《唐刺史考全编》卷一三八,第1885页。
④ [宋]孔延之:《会稽掇英总集》卷一八,《宋元浙江方志集成》第14册,第6554页。
⑤ [后晋]刘昫:《旧唐书》卷一一,第305页。
⑥ [清]彭定求:《全唐诗》卷二四四,第2748页。
⑦ 周绍良主编:《唐代墓志汇编》,第1873页。
⑧ [清]彭定求:《全唐诗》卷二六三,第2918页。

大夫谒禹庙》:"竹使羞殷荐,松龛拜夏祠。为鱼歌德后,舞羽降神时。文卫瞻如在,精灵信有期。夕阳陪醉止,塘上鸟咸迟。"①《奉和皇甫大夫祈雨应时雨降》:"致和知必感,岁旱未书灾。伯禹明灵降,元戎祷请来。九成陈夏乐,三献奉殷罍。掣曳旗交电,铿锵鼓应雷。行云依盖转,飞雨逐车回。欲识皇天意,为霖贶在哉。"②僧人清江有《喜皇甫大夫同宿大梁驿》:"江头旌斾去,花外卷帘空。夜色临城月,春声渡水风。也知行李别,暂喜话言同。若问庐山事,终身愧远公。"③严维诗作于皇甫政在浙东观察使任上,清江诗有"江头旌斾去"语,亦当与浙东相关,应为罢浙东观察使后赴京过大梁驿作。

十月,徐浩为明州别驾,回乡拜扫先茔

徐浩《徐氏山口碣石题刻》:"浩自吏部侍郎贬明州别驾,归乡拜扫,换山口碣石,题此额篆。"④《宝刻丛编》卷一三"越州"引《金石录》:"《唐徐浩先茔题记》,唐徐浩正书。大历九年十月。"⑤朱关田《唐代书法家年谱》卷五《徐浩书迹考略》:"《先茔题记》,徐浩撰并正书。记目又称《徐氏山□碣石题刻》。文见《全唐文》卷四四○。大历九年十月,明州别驾任上归乡祭祖题记。著录首见《金石录目》第一五○三。"⑥

顾况在温州,作《释祀篇》

顾况《释祀篇》说:"龙在甲寅,永嘉大水,损盐田。温人曰:雨潦不止,请陈牲豆,备嘉乐,祀海龙。拣辰告庙,拜如常度。况曰:不可。"⑦甲寅年是大历九年,此时顾况是在温州任职,主持盐务。

本年,皎然自越州至湖州访颜真卿

皎然作《奉应颜尚书真卿观玄真子置酒张乐舞破阵画洞庭三山歌》云:"道流迹异人共惊,寄向画中观道情。如何万象自心出,而心澹然无所营。手援毫,足蹈节,

① [清]彭定求:《全唐诗》卷二六三,第2921页。
② [清]彭定求:《全唐诗》卷二六三,第2921页。
③ [清]彭定求:《全唐诗》卷八一二,第9146—9147页。
④ [清]董诰:《全唐文》卷四四○,第4489页。
⑤ [宋]陈思编著:《宝刻丛编》卷一三,第795页。
⑥ 朱关田:《唐代书法家年谱》卷五,第305页。
⑦ [清]董诰:《全唐文》卷五二九,第5376页。

披缣洒墨称丽绝。石文乱点急管催,云态徐挥慢歌发。乐纵酒酣狂更好,攒峰若雨纵横扫。尺波澶漫意无涯,片岭崚嶒势将倒。盻睐方知造境难,象忘神遇非笔端。昨日幽奇湖上见,今朝舒卷手中看。兴余轻拂远天色,曾向峰东海边识。秋空暮景飒飒容,翻疑是真画不得。颜公素高山水意,常恨三山不可至。赏君狂画忘远游,不出轩墀坐苍翠。"①颜真卿《浪迹先生元(玄)真子张志和碑铭》:"元(玄)真子,姓张氏,本名龟龄,东阳金华人。……大历九年秋八月,讯真卿于湖州。前御史李崿以缣帐请焉。俄挥洒,横拖而纤矿霏拂,乱抢而攒毫雷驰,须臾之间,千变万化,蓬壶髣髴而隐见,天水微茫而昭合。观者如堵,轰然愕贻。在坐六十余人,元(玄)真命各言爵里、纪年、名字、第行,于其下作两句题目,命酒以蕉叶书之,援翰立成。潜皆属对,举席骇叹。竟陵子因命画工图而次焉。真卿以舴艋既敝,请命更之。答曰:'傥惠渔舟,愿以为浮家泛宅,沿溯江湖之上,往来苕霅之间,野夫之幸矣!'其诙谐辨捷,皆此类也。"②皎然长期居于越州,是时从越州至湖州访颜真卿。

十二月,金华诗人张志和卒于湖州

张志和事迹,见颜真卿所撰《浪迹先生元(玄)真子张志和碑铭》:"元(玄)真子姓张氏,本名龟龄,东阳金华人。……年十六游太学,以明经擢第。献策肃宗,深蒙赏重,令翰林待诏,授左金吾卫录事参军。仍改名志和,字子同。寻复贬南浦尉,经量移,不愿之任,得还本贯。既而亲丧,无复宦情,遂扁舟垂纶,浮三江,泛五湖,自谓烟波钓徒。著十二卷,凡三万言,号《元(玄)真子》,遂以称焉。……元(玄)真又述《太易》十五卷,凡二百六十有五卦,以有无为宗,观者以为碧虚金骨。兄浦阳尉鹤龄,亦有文学,恐元真浪迹不还,乃于会稽东郭买地结茅斋以居之。闭竹门,十年不出。吏人尝呼为掏河夫,执畚就役,曾无忤色。又欲以大布为褐裘服,徐氏闻之,手为织矿,一制十年,方暑不解。所居草堂,橡柱皮节皆存,而无斤斧之迹,文士效柏梁体作歌者十余人。浙江东观察使御史大夫陈公少游,闻而谒之,坐必终日,因表其所居曰元(玄)真坊。又以门巷湫隘,出钱买地,以立闬闳,旌曰回轩巷。仍命评事刘太真为叙,因赋柏梁之什,文士诗以美之者十五人。既门隔流水,十年无桥,陈公遂为创造,行者谓之大夫桥,遂作《告大夫桥文》以谢之。常以豹皮为屋,麕皮为□,隐素木几,酌斑螺杯。鸣榔杖拏,随意取适,垂钓去饵,不在得鱼。肃宗尝赐

---

① [清]彭定求:《全唐诗》卷八二一,第9255—9256页。
② [清]董诰:《全唐文》卷三四〇,第3447—3448页。

奴婢各一,元(玄)真配为夫妇,名夫曰渔僮,妻曰樵青。人问其故,曰:'渔僮使捧钓收纶,芦中鼓枻;樵青使苏兰薪桂,竹里煎茶。'竟陵子陆羽、校书郎裴修尝诣问有何人往来,答曰:'太虚作室而共居,夜月为灯以同照。与四海诸公未尝离别,有何往来?'性好画山水,皆因酒酣乘兴,击鼓吹笛,或闭目,或背面,舞笔飞墨,应节而成。大历九年秋八月,讯真卿于湖州。前御史李萼以缣帐请焉,俄挥洒,横拖而纤纩霏拂,乱抢而攒毫雷驰。须臾之间,千变万化,蓬壶仿佛而隐见,天水微茫而昭合。观者如堵,轰然愕贻。在坐六十余人,元真命各言爵里、纪年、名字、第行,于其下作两句题目,命酒以蕉叶书之,援翰立成。潜皆属对,举席骇叹,竟陵子因命画工图而次焉。真卿以舴艋既敝,请命更之。答曰:'傥惠渔舟,愿以为浮家泛宅,沿溯江湖之上,往来苕雪之间,野夫之幸矣!'其诙谐辨捷,皆此类也。然立性孤竣,不可得而亲疏;率诚澹然,人莫窥其喜愠。视轩裳如草芥,屏嗜欲若泥沙。希迹乎大丈夫,同符乎古作者,莫可测也。忽焉去我,思德兹深,曷以置怀?"①

张志和一生以退隐为主,退隐之地一在越州,"兄浦阳尉鹤龄,亦有文学,恐元真浪迹不还,乃于会稽东郭买地结茅斋以居之。闭竹门,十年不出";一在湖州,颜真卿为湖州刺史时,志和游历湖州,与真卿等往来于苕雪之间,酌酒赋诗。大历九年四月,在湖州东平望驿莺脰湖,酒醉溺水而逝。然周本淳先生《张志和生卒年考述》,以为张志和大历九年后尚在人世,颜真卿所撰之碑非为死者所撰碑铭,而属于"去思碑"②。按今不取周说。盖颜真卿所撰张志和碑的文体不属于去思碑格式,而是神道碑体例。

张志和诗,今存《上巳日忆江南禊事》《空洞歌》《太寥歌》。《空洞歌》《太寥歌》表现其崇玄入道与自然合而为一的道家情怀。《上巳日忆江南禊事》诗云:"黄河西绕郡城流,上巳应无祓禊游。为忆渌江春水色,更随宵梦向吴洲。"③融入了自己对于江南祓禊的记忆,而对记忆中江南风景的描写,堪称入画。

张志和词,今存《渔父词》五首。其中的第一首最受后人称道:"西塞山前白鹭飞,桃花流水鳜鱼肥。青箬笠,绿蓑衣,斜风细雨不须归。"④这首词又称《渔歌子》,参以颜真卿所撰《张志和碑铭》"扁舟垂纶,浮三江,泛五湖,自谓烟波钓徒"适相吻合。《唐才子传·张志和传》:"居江湖,性迈不束,自称'烟波钓徒'。撰《玄真子》二

---

① [清]董诰《全唐文》卷三四〇,第3447—3448页。

② 周本淳《张志和生卒年考述》,载《江海学刊》1994年第2期,第177—178页。

③ [清]彭定求《全唐诗》卷三〇八,第3492页。

④ [清]彭定求《全唐诗》卷三〇八,第3491页。

卷，又为号焉。兄鹤龄恐其遁世，为筑室越州东郭，茅茨数椽，花竹掩映，尝豹席棕屝，沿溪垂钓，每不投饵，志不在鱼也。"①了解张志和这样的生活与心境，就知道《渔父词》就是他生活的记录和心境的流露了。这首词中的"渔父"就是张志和的化身，表现出与自然同化的人生境界与放情自然的潇洒格调。李德裕于长庆三年（823）访得张志和《渔父词》，其《玄真子渔歌记》说："德裕顷在内庭，伏睹宪宗皇帝写真访求玄真子渔歌，叹不能致……见思如此，每梦想遗迹，今乃获之，如遇良宝。"②黄苏评此词云："黄山谷曰：有远韵。按数句只写渔家之自乐，其乐无风波之患。对面已有不能自由者，已隐跃言外，蕴含不露，笔墨入化，超然尘埃之外。"③

后来，《渔父》这一词调受到了后人仿作，如和凝《渔父歌》："白芷汀寒立鹭鸶，苹风轻剪浪花时。烟幂幂，日迟迟。香引芙蓉惹钓丝。"④就完全是两种格调，张志和词同化自然，崇真入道，和凝词走入花间，精秀绝伦。俞陛云《唐五代两宋词选释》评和凝云："凡赋《渔父》词者，多作高隐之语。此词专赋本题，鹭立寒汀，苹风剪浪，写水天风景，而扁舟蓑笠翁宛在其间。结句袅袅竿丝，摇曳于芙蓉香里，颇堪入画也。"⑤可见和凝诗虽模仿张志和之作，仅仅是形式相同而神韵迥异。另外四首，亦附录于后："钓台渔父褐为裘，两两三三舴艋舟。能纵棹，惯乘流，长江白浪不曾忧。""雪溪湾里钓鱼翁，舴艋为家西复东。江上雪，浦边风，笑著荷衣不叹穷。""松江蟹舍主人欢，菰饭莼羹亦共餐。枫叶落，荻花干，醉宿渔舟不觉寒。""青草湖中月正圆，巴陵渔父棹歌连。钓车子，橛头船，乐在风波不用仙。"⑥

至于张志和《渔父词》的影响，吴曾《能改斋漫录》云："徐师川云：张志和《渔父词》云：'西塞山边白鹭飞。桃花流水鳜鱼肥。青箬笠，绿蓑衣。斜风细雨不须归。'顾况《渔父词》：'新妇矶边月明。女儿浦口潮平，沙头鹭宿鱼惊。'东坡云：'玄真语极清丽，恨其曲度不传。'加数语以《浣溪沙》歌之云：'西塞山前白鹭飞。散花洲外片帆微。桃花流水鳜鱼肥。自庇一身青箬笠，相随到处绿蓑衣。斜风细雨不须归。'山谷见之，击节称赏。且云：'惜乎散花与桃花字重叠。又渔舟少有使帆者。'乃取张顾二词合为浣溪沙云：'新妇矶边眉黛愁。女儿浦口眼波秋。惊鱼错认月沉

① 傅璇琮主编：《唐才子传校笺》第1册，第690—692页。
② ［清］董诰：《全唐文》卷七〇八，第7266—7267页。
③ ［清］黄苏：《蓼园词评》，《词话丛编》第4册，中华书局1986年版，第3023页。
④ ［清］彭定求：《全唐诗》卷七三五，第8399页。
⑤ 俞陛云：《唐五代两宋词选释》，上海古籍出版社2011年版，第39—40页。
⑥ ［清］彭定求：《全唐诗》卷三〇八，第3491页。

钩。青箬笠前无限事,绿蓑衣底一时休。斜风细雨转船头。'东坡云:'鲁直此词,清新婉丽,问其最得意处,以山光水色替却玉肌花貌,真得渔父家风也。然才出新妇矶,便入女儿浦,此渔父无乃太澜浪乎。'山谷晚年,亦悔前作之未工,因表弟李如篪言:'《渔父词》,以《鹧鸪天》歌之,甚协律,恨语少声多耳。'因以宪宗画像求玄真子文章,及玄真之兄松龄劝归之意,足前后数句云:'西塞山前白鹭飞。桃花流水鳜鱼肥。朝廷尚觅玄真子,何处而今更有诗。青箬笠,绿蓑衣。斜风细雨不须归。人间欲避风波险,一日风波十二时。'东坡笑曰:'鲁直乃欲平地起风波耶。'师川乃作《浣溪沙》《鹧鸪天》各二阕,盖因坡、谷异同而作。云:'西塞山前白鹭飞。桃花流水鳜鱼肥。一波才动万波随。黄帽岂如青箬笠,羊裘何似绿蓑衣。斜风细雨不须归。'其二云:'新妇矶边秋月明。女儿浦口晚潮平。沙头鹭宿戏鱼惊。青箬笠前明此事,绿蓑衣里度平生。斜风细雨小船轻。'其三云:'西塞山前白鹭飞。桃花流水鳜鱼肥。朝廷若觅玄真子,恒在长江理钓丝。青箬笠,绿蓑衣。斜风细雨不须归。浮云万里烟波客,惟有沧浪孺子知。'其四云:'七泽三湘碧草连。洞庭江汉水如天。朝廷若觅玄真子,不在江边即酒边。明月棹,夕阳船。鲈鱼恰似镜中悬。丝纶钓饵都收却,八字山前听雨眠。'"①

裴士淹为温州刺史,在此之前或赴温州任时游石门作诗

《全唐文》卷五三〇顾况《祭裴尚书文》:"天祸瓯邦,尚书告薨。哀哀瓯民,罢市辍春。"②郁贤皓《唐刺史考全编》卷一五〇云:"按'瓯邦'指温州。大历九年顾况在温州,《全文》卷五二九顾况《释祀篇》说:'龙在甲寅,永嘉大水。'甲寅即大历九年。裴尚书当即裴士淹,大历元年至五年在礼部尚书任,见《旧书·代宗纪》。"③《唐尚书省郎官石柱题名考》:"石刻《裴士淹华岳题名》:'礼部尚书裴士淹出为饶州刺史,大历五年六月六日,于此礼谒。'又《华阴县令苏发等题名》:'礼部尚书、河东裴公出牧鄱阳。'……据《琦传》,时出为处州刺史,历饶、湖二州。又虞当等《华岳题名》亦云:'前相国京兆第五公,自户部侍郎出牧括州。'盖是时士淹贬饶州,琦贬处州。《纪》文互倒耳。"④裴士淹贬饶州应与第五琦贬处州同时,后又转温州刺史。

———————————

① [宋]吴曾:《能改斋漫录》卷一六,上海古籍出版社1979年版,第473—474页。
② [清]董诰:《全唐文》卷五三〇,第5384页。
③ 郁贤皓:《唐刺史考全编》卷一五〇,第2144页。
④ [清]劳格、赵钺著,徐敏霞、王桂珍点校:《唐尚书省郎官石柱题名考》卷六,中华书局1992年版,第326页。

《永乐大典》卷一三〇七四《洞霄洞志》收裴士淹游石门洞诗云:"溪竹乱花鸟,是月春将暮。登栈过崖畔,空间瞻瀑布。千龄无断绝,百尺恒奔注。高岩迸似珠,半壁洒如雾。澹艳水澄澈,欹倾石回护。药房森自闲,苔径夐谁遇。天翠落深沼,云华生轻树。班轮难效功,严马何能喻? 胜迹盖为寡,斯游诚可屡。谢公镌旧词,安得寝章句?"①石门洞位于处州青田,见本书开元二十五年(737)相关考证。裴士淹能够游历石门,最大可能是在赴任温州刺史之时。裴士淹,河东闻喜人。起家郎官,迁司勋郎中,授给事中,迁京兆尹。安史之乱随唐玄宗幸蜀,擢礼部侍郎、知贡举。宝应二年(763)为左散骑常侍、绛郡开国公。永泰二年,以检校礼部尚书。大历初,拜礼部尚书、绛郡公。大历中因为鱼朝恩余党而被贬官,卒于温州刺史任上。事迹散见《旧唐书·代宗纪》《旧唐书·玄宗纪》《新唐书·安禄山传》《唐尚书省郎官石柱题名考》等。

本年,崔佚为台州永宁县尉

崔佚《有唐永宁县尉博陵崔佚妻太原王氏(婼)墓志铭并序》:"夫人讳婼,万年县令太原王圆之女,永宁县尉博陵崔佚之妻。……大历九祀,余述职周郊,言辞京国,泛舟偕逝,祗命下邑。其年冬,将诞幼女,归宁慈亲。既罹大患,旋寝剧疾。明年夏四月癸亥朔,终于河南宣风里,时年廿有二。"②按,永宁县于天授元年更名黄岩县。

775 唐代宗大历十年乙卯

陆淳《春秋纂例》成书,其渊源为浙东赵匡之学

《全唐文》卷六一八《春秋例统序》:"是冬也,赵子随使府迁镇于浙东,淳痛师学之不彰,乃与先生之子异躬自缮写,共戴以诣赵子,赵子因损益焉。淳随而纂会之,

---

① 孙望:《全唐诗补逸》卷五,《全唐诗补编》,第137页。
② 吴钢主编:《全唐文补遗》第8辑,第84页。

至大历乙卯岁而书成。"①"是冬"指大历五年冬,知赵匡、陆淳春秋之学,始于浙东。《春秋例统》本为啖助书,陆质整理后改为《春秋集传统例》。同卷有《春秋集传纂例序》:"啖子所撰《统例》三卷,皆分别条疏,通会其义,赵子损益,多所发挥。今故纂而合之,……名《春秋集传纂例》,凡四十篇,分为十卷云。"②《四库全书总目》卷二六《经部·春秋类》:"《春秋集传纂例》十卷。浙江汪启淑家藏本。唐陆淳撰。……助书本名《春秋统例》,仅六卷,卒后淳与其子异哀录遗文,请匡损益,始名《纂例》。成于大历乙卯,定著四十篇,分为十卷。"③本书是中唐啖陆学派的最重要的著作,对于永贞革新产生很大的影响。陆淳作为诗人和经学家,与浙东具有深厚的渊源。陆淳后来因避宪宗讳改名"陆质"。

九月,僧人少微自长安南游天台,赵涓赋诗送别,众人和者二十七章;至吴越,独孤及赠以序,刘长卿、严维赠以诗

独孤及《送少微上人之天台国清寺序》:"或问上人曰:'文者所以足言也,言说将忘,文字性离,示入此徒,无乃累一相乎?'答曰:'称示入者过矣,以习气未之泯也。率性修道,庶几因言遣言,故欲罢之,而未能耳。'时人谓上人为知言知道。岁次乙卯,自京持钵而来,给事中天水赵公涓赋诗抒别,卿大夫已下属而和者二十七章。既而飞锡济江,休于晋陵。又东至于姑苏,将涉震泽,逾会稽,上天台,至国清上方而止。趣静境者,不料远近;登渐门者,不计岁月。则上人还斯,讵可知也?上人之文章,可得而闻也。诸公将议远别,得不以斯文为赠乎?"④"乙卯"即大历十年。

刘长卿《送少微上人游天台》诗云:"石桥人不到,独往更迢迢。乞食山家少,寻钟野路遥。松门风自扫,瀑布雪难消。秋夜闻清梵,余音逐海潮。"⑤按,《送少微上人游天台》又见于皇甫曾集中,应误。

刘长卿有《赠微上人》诗云:"禅门来往翠微间,万里千峰在剡山。何时共到天台里,身与浮云处处闲。"⑥诸仲君《刘长卿诗编年笺注》云:"独孤及《送少微上人之

---

① [清]董诰:《全唐文》卷六一八,第6239页。
② [清]董诰:《全唐文》卷六一八,第6239页。
③ [清]永瑢等:《四库全书总目》卷二六,中华书局1965年版,第212—213页。
④ [清]董诰:《全唐文》卷三八八,第3949页。
⑤ [清]彭定求:《全唐诗》卷一四七,第1482—1483页。
⑥ [清]彭定求:《全唐诗》卷一五〇,第1560页。

天台国清寺序》（《全唐文》卷三八八）：'岁次乙卯，自京持钵而来……休于晋陵。又东至于姑苏，将涉震泽，逾会稽，上天台，至国清上方而止。'乙卯岁为大历十年（775），长卿诗当作于此时。按此诗又作灵一诗，误。"①

严维《送少微上人东南游》诗云："旧游多不见，师在翟公门。瘴海空山热，雷州白日昏。片心应为法，万里独无言。人尽酬恩去，平生未感恩。"②

按，大历十年，少微上人由上元出发游天台山国清寺，先至常州，独孤及相送而作赠序，时独孤及在常州刺史任；少微又至苏州，刘长卿作诗相送，时刘长卿在苏州任长洲县尉；少微又至越州，严维作诗相送，时严维退隐于越州。少微上人，即少康。《乾隆缙云县志》卷六云："少康遍游名山海内，呼为少微上人。"③《宋高僧传》卷二五《唐睦州乌龙山净土道场少康传》云："释少康，俗姓周，缙云仙都山人也。……由是父母舍其出家。年十有五，所诵之经已终五部。于越州嘉祥寺受戒。……贞元初，至于洛京白马寺殿，见物放光，遂探取为何经法，乃《善导行西方化导文》也。……以贞元二十一年十月示众嘱累，止劝急修净土。言毕加趺，身放光明而逝。"④唐代诗人钱起有《送少微师西行》，戴叔伦有《送少微上人入蜀》，卢纶有《送少微上人入蜀》，李端有《送少微上人入蜀》，皎然有《酬别襄阳诗僧少微》，顾况有《送少微上人还鹿门》，刘长卿有《赠少微上人》，欧阳詹有《送少微上人归德峰》，熊孺登有《野别留少微上人》诸诗。

秋，任华在桂林，有序送道虔归越，李嘉祐、戴叔伦有诗送道虔

任华《送虔上人归会稽觐省便游天台山序》："图书所载名山，如天台者鲜矣，故老莱游于斯，应真游于斯。虔上人亦游于斯，老莱崇于孝者也，应真崇于道者也，二公之美，上人兼而有焉。上人缁侣之澄肇，词场之沈谢，读尽贝叶，能了于空，净如莲花，不著于水。不然，安得众君子礼敬若是焉？言归膝下，则孝名为戒；将游物外，而朗咏长川。岂徒荫长松以隐身，承瀑布以洗足？是将采掇灵药，搜访仙经，归献北堂，永同西母也。镜湖秋月，当见色空；稽山片云，能引诗兴；剡溪白鸟，知尔无机；云门疏钟，讶君来暮，岂不谓然耶？今朝赠别桂林花，洞庭白烟湿袈裟，上人与

---

① 诸仲君：《刘长卿诗编年笺注》，第393页。

② ［清］彭定求：《全唐诗》卷二六三，第2923页。

③ ［清］令狐亦岱等修：《乾隆缙云县志》卷六，《中国地方志集成·善本方志辑》第1编第66册，凤凰出版社2014年版，第528页。

④ ［宋］赞宁撰，范祥雍点校：《宋高僧传》卷二五，第578—579页。

君各在天一涯。"①陶敏、李一飞、傅璇琮《唐五代文学编年史·中唐卷》系于大历十年②，今从之。

李嘉祐《题道虔上人竹房》："诗思禅心共竹闲，任他流水向人间。手持如意高窗里，斜日沿江千万山。"③

戴叔伦《送道虔上人游方》："律仪通外学，诗思入禅关。烟景随缘到，风姿与道闲。贯花留静室，咒水度空山。谁识浮云意，悠悠天地间。"④诗一作灵澈诗，一作方干诗，盖误。以上二诗，不能确系何年，因送道虔之作，附系于此。道虔诗不存，借此对道虔进一步了解。

卢广约于本年为剡县尉，赴任时作诗

新发现《唐故越州剡县尉卢府君(广)夫人陇西邑氏合祔墓志铭并序》，其中载有卢广作诗情况："补越州剡县尉之官。遂吟曰：'挂席日千里，长江乘便风。无心羡鸾凤，自若腾虚空。'时人望其止足之分，反若在丹霄之上。"墓志载卢广莅任二年即卒，年三十八。但未载其卒年。墓志又叙述其夫人邑氏年十七归于卢广，生八子，元和十四年卒，年七十七。逆推其生年为743年，即唐玄宗天宝二年。其十七岁应为唐代宗宝应元年。邑氏生八子，即以两年生一子计之，即当大历十四年（779），而其赴剡县任再提早两年，故推定卢广莅任剡县尉在大历十年（775）。

这篇墓志是新发现浙东人物的重要墓志，而且载有诗歌，对于研究浙东唐诗之路具有重要价值，故备录下，以供参考。

《唐故越州剡县尉卢府君(广)夫人陇西邑氏合祔墓志铭并序》，题署"嗣子蕃撰"。志云："先君讳广，字元表。其先姜姓，自磻溪封茔丘，受氏于卢。太尉开燕，遂家于蓟，因为范阳人。英风连属，世为高门。五代祖海相，宣州泾县令。祖彦恭，河南府伊阙县令。曾祖昭度，伊阙县尉，以贤良就征，策试三等，拜监察御史。祖询，太中大夫、右金吾卫长史、赠宋州刺史。列考昌容，博州司户参军。先君司户第三子。年廿四，以通庄老文列举上第。洎赴常调，当时重名公卿凡十数辈，咸称操履坚白，得四子之玄妙，怡然自乐，道无将迎。相誓慰荐台司，擢列清贯。先君且曰：某幸为山东望族，才右班序，则为不坠家声。况弟兄皆始仕，俸禄不足以充养，

① ［清］董诰：《全唐文》卷三七六，第3823页。
② 陶敏、李一飞、傅璇琮：《唐五代文学编年史·中唐卷》，第289页。
③ ［清］彭定求：《全唐诗》卷二〇七，第2168页。
④ ［清］彭定求：《全唐诗》卷二七三，第3082页。

苟得虚名以自饰,奈如是何!群情不得已,从其高旨,补越州剡县尉之官。遂吟曰:
'挂席日千里,长江乘便风。无心羡鸾凤,自若腾虚空。'时人望其止足之分,反若在
丹霄之上。至官二年,寝疾崩于官舍,享年卅八。先妣后魏真君中龙骧大将军、荥
阳郡太守、姑臧侯承九世孙。自八至六,勋伐蝉联,魏隋二书,并皆有传。五代祖君
绩,汉阳、南郑二县令。高祖义廉,河南府济源县丞。曾祖安庆,歧州麟游县尉。祖
佑,魏州馆陶县主簿。父延晖,深州鹿城县尉。妣荥阳郑氏。曾祖言思,泗州刺史。
叔祖怀隐,齐州刺史。父琇,寿州霍丘县令。先妣年十七归于先君,生子八人,四不
育于婴稚,三女一子存焉。长适吉州刺史陇西李宣,次适检校刑部郎中弘农杨同
志,次适潞州长子县令博陵崔谊。子蕃,进士及第,自秘书省正字调授左金吾卫骑
曹参军。呜呼!初,先君家于邢台,及即世于剡中,先妣侍先姑,提携孩藐,迥指燕
朔,远浮江波,艰阻万端,达于旧里。奉养泣冰,以至违背。鞠训纽缀,皆臻成立。
三女既归,过从其室,以观妇道。次女最后归于杨氏。既归不五六年而遭未亡之
苦。杨氏婿有兄弟宦游于汉南,因令归之,抑又随之,以观居夫之孝节,因家于汉
南。呜呼!神福不竟,上天重祸。以元和十四年正月廿四日,崩于襄州私第,享年
七十七。冤乎!有盛德而尊秩竟乖,无贤子而荣禄不及,惟辅之理,何其大谬欤!
嗣子蕃,以其王父故茔留于磁所,终议迁择,聿来东周。乃以其年护归于洛。先君
顷权兆于邯郸,今亦护自邯郸至。并以元和十五年三月廿八日,同窆于龙门西山河
南府河南县毕圭乡望春村东原。有隋居士谨公旧宅之遗地,虚王父之尊位以祔焉。
嗣子蕃,惧高深不定,乃自铭于幽穴。铭曰:先君世为德门,簪组以繁。独守悬解,
不求位尊。一尉自得,道难必言。先妣世为卿族,齐姜以属。迥为摽表,望者自勖。
六姻瞻戴,德莫易录。王父王母,留于下土。终返于此,虚位先祔。北迎南护,赵陌
襄阡。勒石沉穴,长旌万年。"①

本年,耿沨往江淮充括图书使,再到越州,秦系有诗赠之,严维亦有诗赠答

    耿沨在左拾遗任上,曾有往江淮充括图书使的经历。卢纶有《送耿拾遗沨充括
图书使往江淮》诗可证。梁肃有《送耿拾遗归朝廷序》,则是耿沨完成充括图书使命
而将归朝廷,梁肃送别之作。这一段经历,傅璇琮《耿沨考》已做了切实的考证,时
间在大历八年至十一年②。大概也就是十一年由江淮充括图书使回长安的第二年

---

  ① 吴钢主编:《全唐文补遗·千唐志斋新藏专辑》,第331—332页。
  ② 傅璇琮:《唐代诗人丛考》,第520—524页。

就遇到了元载、王缙的政治风波,而被贬谪为许州司仓了。据新出土《耿沣墓志》,在之前之后,都不见有机会到越中,故耿沣江南之行应系于大历十年。参拙作《新出土"大历十才子"耿沣墓志及其学术价值》①。

耿沣《赠严维》诗云:"许询清论重,寂寞住山阴。野路接寒寺,闲门当古林。海田秋熟早,湖水夜渔深。世上穷通理,谁人奈此心。"②据诗"寂寞住山阴"之语,亦越州作。

严维《酬耿拾遗题赠》:"掩扉常自静,驿吏忽传呼。水巷惊驯鸟,藜床起病躯。顾身悲欲老,戒子力为儒。明日公西去,烟霞复作徒。"③即酬耿沣诗之作。

耿沣《登沃洲山》诗云:"沃洲初望海,携手尽时髦。小暑开鹏翼,新萍长鹭涛。月如芳草远,身比夕阳高。羊祜伤风景,谁云异我曹。"④是耿沣在越中游沃洲山之作。

大历中,寒山子隐于天台山,好作诗述山林幽隐之兴,讥讽时态,警励流俗,好事者于树间石上录得三百余首,徐灵府序而集之,为三卷

陶敏、李一飞、傅璇琮《唐五代文学编年史·中唐卷》:"《太平广记》卷五五引杜光庭《仙传拾遗》:'寒山子者,不知其名氏,大历中隐居天台翠屏山。其山深邃,当暑有雪,亦名寒岩,因自号寒山子。好为诗,每得一篇一句,辄题于树间石上,有好事者随而录之,凡三百余首。多述山林幽隐之兴,或讥讽时态,能警励流俗,桐柏征君徐灵府序而集之,分为三卷,行于人间。十余年,忽不复见。'今传《寒山子诗集》前有唐台州刺史闾丘胤所作序,胤贞观十六年至二十年为台州刺史,则寒山又为唐初人。然序中言及肃宗上元二年方更名之唐兴县,诗中言及景云中卒之释万回,皆可证寒山非唐初人,序亦为后人所伪托。详见余嘉锡《四库提要辩证》卷二〇,《中华文史论丛》一九八〇年第四期王运熙、杨明《寒山子诗歌的创作年代》。"⑤今从之编于大历十年。方建新等《浙江文献要目》集部:"《寒山子诗集》二卷《丰干拾得诗》一卷,唐天台释寒山子、丰干、拾得撰。《四库全书》本。"⑥

---

① 胡可先:《新出土"大历十才子"耿沣墓志及其学术价值》,载《文学遗产》2018年第6期,第60—70页。
② [清]彭定求:《全唐诗》卷二六八,第2976页。
③ [清]彭定求:《全唐诗》卷二六三,第2914页。
④ [清]彭定求:《全唐诗》卷二六八,第2989页。
⑤ 陶敏、李一飞、傅璇琮:《唐五代文学编年史·中唐卷》,第294页。
⑥ 方建新、徐永明、童正伦编:《浙江文献要目》,第123页。

本年,韦卿绍为台州刺史

《嘉定赤城志》卷八"秩官门·历代郡守":"大历十年,韦卿绍。"①

776 唐代宗大历十一年丙辰

春,皇甫曾在越州,与严维及僧人神邕、霈禅师交游

皇甫曾《题赠吴门邕上人》诗云:"春山唯一室,独坐草萋萋。身寂心成道,花间鸟自啼。细泉松径里,返景竹林西。晚与门人别,依依出虎溪。"②储仲君《皇甫曾诗疑年》云:"大历十一年(776)作。云门,越州云门寺。邕上人,即神邕。《宋僧传》卷一七《唐越州焦山大历寺神邕传》云:'旋居故乡法华寺。殿中侍御史皇甫曾、大理评事张何、金吾卫长史严维、兵曹吕渭、诸暨长丘丹、校书陈允初赋诗往复。卢士式为之序引,以继支、许之游。为邑中故事。'神邕徙居云门,盖已至大历末。此诗云:'春山唯一室,独坐草萋萋。身寂心成道,花闻鸟自啼。'春日作。盖皇甫曾离湖州后,又当游越州,访严维、神邕等。严维有《岁初喜皇甫侍御至》诗(二六三),亦作于初春。"③

皇甫曾《赠沛(霈)禅师》诗云:"南岳满湘沅,吾师经利涉。身归沃洲老,名与支公接。净教传荆吴,道缘止渔猎。观空色不染,对境心自惬。室中人寂寞,门外山重叠。天台积幽梦,早晚当负笈。"④储仲君《皇甫曾诗疑年》云:"疑大历十一年(776)。霈禅师,越州僧。《宋僧传》卷五《唐代州五台山清凉寺澄观传》云:'释澄观,姓夏侯氏,越州山阴人也。年甫十一,依宝林寺霈禅师出家。'此诗云:'南岳满湘沅,吾师经利涉。身归沃洲老,名与支公接。'此僧中岁当游方他山,晚年又归至越州。"⑤

严维《岁初喜皇甫侍御至》诗云:"湖上新正逢故人,情深应不笑家贫。明朝别后门还掩,修竹千竿一老身。"⑥盖是年春与皇甫曾交游之作。

---

① [宋]陈耆卿:《嘉定赤城志》卷八,《宋元浙江方志集成》第 11 册,第 5149 页。
② [清]彭定求:《全唐诗》卷二一〇,第 2181 页。
③ 储仲君:《皇甫曾诗疑年》,载《晋阳学刊》1994 年第 2 期,第 101 页。
④ [清]彭定求:《全唐诗》卷二一〇,第 2185—2186 页。
⑤ 储仲君:《皇甫曾诗疑年》,载《晋阳学刊》1994 年第 2 期,第 101 页。
⑥ [清]彭定求:《全唐诗》卷二六三,第 2923 页。

春,徐浩在明州别驾任,中书舍人李纾与弟李纵同赋玫瑰花诗寄徐浩,卢纶、司空曙唱和

卢纶《奉和李舍人昆季咏玫瑰花寄赠徐侍郎》诗云:"独鹤寄烟霜,双鸾思晚芳。旧阴依谢宅,新艳出萧墙。蝶散摇轻露,莺衔入夕阳。雨朝胜濯锦,风夜剧焚香。断日千层艳,孤霞一片光。密来惊叶少,动处觉枝长。布影期高赏,留春为远方。尝闻赠琼玖,叩和愧升堂。"①

司空曙《和李员外与舍人咏玫瑰花寄徐侍郎》诗云:"仙吏紫薇郎,奇花共玩芳。攒星排绿蒂,照眼发红光。暗妒翻阶药,遥连直署香。游枝蜂绕易,碍刺鸟衔妨。露湿凝衣粉,风吹散蕊黄。蒙茏珠树合,焕烂锦屏张。留客胜看竹,思人比爱棠。如传采蘋咏,远思满潇湘。"②

按,《唐语林》卷五云:"元相载用李纾侍郎知制诰,元败,欲出官,王相缙曰:'且留作诰。'待发遣诸人尽,始出为婺州刺史。"③考元载被诛在大历十二年三月,王缙大历十二年三月即被贬为括州刺史。而本诗有"留春为远方",是徐浩仍在"远方",即当在明州别驾任上。故系于大历十一年春日。

皇甫温卒于浙东观察使任

梁肃《为独孤郎中祭皇甫大夫文》:"年月日,具官某,谨以清酌之奠,敬祭于故浙西东观察使皇甫公之灵。古人有言,智仁及勇,是谓达德。大夫蹈之,以卫王国。乃昔天步未夷,六师徂征,尝捍牧圉,戡彼丑虏,勇也。及夫宦竖拥兵,窥伺枢密,公沈谋内断,辅德不秽,智也。分陕牧越,统戎镇俗,承其风者,莫不宁息,仁也。议者谓公,方为国翰垣,为人父母。宜锡难老,荷兹介福。命之倚伏,曾是不淑。岂夫天所夺,人所欲。大旆长毂。东征不复。如彼鲁侯,往歌来哭。呜呼哀哉!某顷与公,相遇于斯。今也言归,投吊于斯。泛泛方舟,旋载裳帷。晏晏言笑,今成涕洟。道路远而,音尘绝矣。旨酒一觞,惟灵享思。呜呼哀哉!"④按,本年七月崔昭为浙东观察使,皇甫温卒应在此月前。

---

① [清]彭定求:《全唐诗》卷二七九,第3175页。
② [清]彭定求:《全唐诗》卷二九二,第3310—3311页。
③ 周勋初:《唐语林校证》卷五,中华书局1987年版,第503页。
④ [清]董诰:《全唐文》卷五二二,第5305—5306页。

七月,崔昭为浙江东道观察使,辟李舟等为幕僚

《会稽掇英总集》卷一八《唐太守题名记》:"崔昭,大历十一年七月,自宣州观察使授。其年十月,敕停观察团练使,隶入浙属州。"①《嘉泰会稽志》卷二"太守"同②。《全唐文》卷四四三李舟有《为崔大夫请入奏表》两篇③,崔大夫都是崔昭。

梁肃《处州刺史李公墓志铭》云:"公姓李氏,讳某,陇西成纪人也,字曰公受。……公生而聪迈,十六以黄老学一举登第,十八典校宏文,二十余以金吾摄假法冠为孟侯皞湖南从事。给事中贺若察宣慰南方,请公为寮佐。其后宰东阳宣城二县,辟宣歙浙东二府。府主崔侯昭,咨以小大之政,由监察转殿中侍御史。建中初,朝廷厘饬百度,高选尚书诸曹,即拜公金部员外郎,选吏部。"④按,李舟,字公受,官处州刺史,《全唐文》存文七篇,《新唐书·艺文志》卷五七载有《切韵》十卷⑤。

崔祐甫《故常州刺史独孤公(及)神道碑铭并序》:"奄忽捐馆。其时也,大历十二年夏四月二十九日。……厥兄检校水部员外郎兼侍御史汜,方佐浙河东帅,闻丧来奔,半旬而至,恸毒之甚,如不欲生,既受吏人宾客之吊,乃忍哀谋事。以六月六日,引使君之柩去常州归洛阳,其年岁次丁巳十月朔七日,葬我使君于河南府寿安县某原先秘监之茔。"⑥是独孤汜大历十二年已在浙东观察使府,应是受崔昭大历十一年所辟入幕者。

重阳日,徐浩与独孤及游五云溪新亭

独孤及《同徐侍郎五云溪新庭重阳宴集作》诗云:"万峰苍翠色,双溪清浅流。已符东山趣,况值江南秋。白露天地肃,黄花门馆幽。山公惜美景,肯为芳樽留。五马照池塘,繁弦催献酬。临风孟嘉帽,乘兴李膺舟。骋望傲千古,当歌遗四愁。岂令永和人,独擅山阴游。"⑦按,独孤及大历十二年四月即卒,其到会稽游五云溪即当在十一年,时徐浩为明州别驾。权德舆《会稽虚上人石帆山灵泉北坞记》云:"徐会稽公李渤海则命其溪曰五云。"⑧宋施宿《嘉泰会稽志》卷一〇亦云:"若耶溪,

---

① [宋]孔延之:《会稽掇英总集》卷一八,《宋元浙江方志集成》第14册,第6554页。
② [宋]施宿:《嘉泰会稽志》卷二,《宋元浙江方志集成》第4册,第1665页。
③ [清]董诰:《全唐文》卷四四三,第4519页。
④ [清]董诰:《全唐文》卷五二一,第5293页。
⑤ [宋]欧阳修、宋祁:《新唐书》卷五七,第1451页。
⑥ [清]董诰:《全唐文》卷四〇九,第4195页。
⑦ [清]彭定求:《全唐诗》卷二四六,第2766页。
⑧ [清]董诰:《全唐文》卷四九四,第5044页。

在县南二十五里。……唐徐季海尝游溪,因叹曰:'曾子不居胜母之间,吾岂游若耶之溪?'遂改为五云溪。"①

徐浩为会稽开元寺僧昙一撰写碑文

《宋高僧传》卷一四《唐会稽开元寺昙一传》:"释昙一,姓张氏,盖韩人也。……以大历六年十一月十七日迁化于寺之律院,报龄八十,僧腊六十一。即以明年十一月二十四日迁座于泰望山,从先和尚之茔也。……时会稽徐公浩素敦乡里之旧,为碑颂德焉。大历十一年也。"②

崔元翰作《判曹食堂壁记》

《会稽掇英总集》卷一八崔元翰《判曹食堂壁记》:"期年,故太子少师皇甫公来临是邦,始更而广之。……后二岁,而御史大夫崔公为之备食器,增食物。"③按,皇甫公为皇甫温,大历九年至十一年为越州刺史。崔公为崔昭,前引《会稽掇英总集》,大历十一年七月自宣州观察使授。是该文作于本年。

齐翔由前吏部郎中为括州刺史,刘长卿有诗相送

刘长卿有《送齐郎中典括州》诗云:"星象移何处,旌麾独向东。劝耕沧海畔,听讼白云中。树色双溪合,猿声万岭同。石门康乐住,几里枉帆通。"④郁贤皓《唐刺史考全编》卷一四九系齐翔为括州刺史约大历十一年,并云:"《全诗》卷七九四清昼《建安寺西院喜王郎中遭恩命初至联句》有齐翔,注云:'前吏部郎中兼括州刺史。'《郎官柱》吏部郎中有齐贡。……《全诗》卷一四七刘长卿《送齐郎中典括州》,疑即齐玚,题中用'括州',知在大历十四年前。按参加联句的有李纵,注称'贺部员外'。据友人蒋寅考证,纵加员外在大历十二年。由独孤及《送李副使充贺正使赴上都序》可知,此序作于十一年冬,李端、卢纶等有送其加员外郎返江东之作。则此联句当在是年。齐玚名下注云:'前吏部郎中兼括州刺史。'证知其时已罢任,则其任括刺或在大历十一年。"⑤

---

① [宋]施宿:《嘉泰会稽志》卷一〇,《宋元浙江方志集成》第 4 册,第 1846 页。

② [宋]赞宁撰,范祥雍点校:《宋高僧传》卷一四,第 320—323 页。

③ [宋]孔延之:《会稽掇英总集》卷一八,《宋元浙江方志集成》第 14 册,第 6548 页。

④ [清]彭定求:《全唐诗》卷一四七,第 1504 页。

⑤ 郁贤皓:《唐刺史考全编》卷一四九,第 2133 页。

本年，秦系在剡中，与浙东观察使崔昭诗书答问，并寄诗于耿沣拾遗

赵昌平《秦系考》附《秦系年表》："代宗大历十一年（776），约五十二岁。在剡中，是年七月至十一年崔昭任浙东观察使，系与之游，其《山中崔大夫有书相问》诗当作于本年七月至十三年出山前。"①诗云："客在烟霞里，闲闲逐狎鸥。终年常裸足，连日半蓬头。带月乘渔艇，迎寒绽鹿裘。已于人事少，多被挂冠留。素业堆千卷，清风至一丘。苍黄倒藜杖，伛偻睹银钩。迹愧巢由隐，才非管乐俦。从来自多病，不是傲王侯。"②崔昭为浙东观察使，见下条所考。

秦系《山中赠耿拾遗沣兼两省故人》诗云："数片荷衣不蔽身，青山白鸟岂知贫。如今非是秦时世，更隐桃花亦笑人。"③按，新发现《唐故京兆府功曹参军耿君（沣）墓志铭并序》："迁左拾遗，则相国王公喜五言而达之。"④"王公"是王缙，据《旧唐书·王缙传》，王缙大历三年为幽州卢龙节度使兼太原节度使，五年归朝为门下侍郎同中书门下平章事。时元载用事，缙附之不敢忤。元载得罪，缙连坐贬括州刺史⑤。同书《代宗纪》：大历十二年三月，"庚辰，宰相元载、王缙得罪下狱，命吏部尚书刘晏讯鞫之。辛巳，制：中书侍郎、平章事元载赐自尽"⑥。则耿沣实际上应是卷入了当时政治斗争之中，因其担任左拾遗是王缙推荐，而随着王缙的贬官，耿沣也就由左拾遗被贬谪到许州司仓之任，其时间也应该在大历十二年三月之后。而秦系与耿沣交往的契机还在于耿沣在拾遗任上有赴江南括图书的经历，这方面傅璇琮先生《耿沣考》也有所论列。卢纶有《送耿拾遗沣充括图书使往江淮》诗可证。梁肃有《送耿拾遗归朝廷序》，则是耿沣完成充括图书使命而将归朝廷，梁肃送别之作。这一段经历，傅璇琮《耿沣考》已做了切实的考证，时间在大历八年至十一年⑦。大概也就是十一年由江淮充括图书使回长安的第二年就遇到了元载、王缙的政治风波，而被贬谪为许州司仓了。因此，我们将秦系与耿沣交往系于大历十一年。

按，耿沣与秦系等人的交往，是在左拾遗任上曾有往江淮充括图书使的经历。

---

① 赵昌平：《秦系考》附《秦系年表》，载《中华文史论丛》1984 年第 4 辑，第 151 页。

② ［清］彭定求：《全唐诗》卷二六〇，第 2899 页。

③ ［清］彭定求：《全唐诗》卷二六〇，第 2900 页。

④ 胡可先：《新出土"大历十才子"耿沣墓志及其学术价值》，载《文学遗产》2018 年第 6 期，第 60 页。

⑤ ［后晋］刘昫：《旧唐书》卷一一八，第 3416—3418 页。

⑥ ［后晋］刘昫：《旧唐书》卷一一，第 311 页。

⑦ 傅璇琮：《唐代诗人丛考》，第 520—524 页。

卢纶有《送耿拾遗沣充括图书使往江淮》诗可证。梁肃有《送耿拾遗归朝廷序》云:
"国家方偃武事,行文道,命有司修图籍。且虑有阙文遗编,逸诗堕礼,分命史臣,求
之天下。……拾遗耿君,于是乎拥轻轩,奉明诏,有江湖之役。黾勉己事,将复命阙
下。七月乙未,改辕而西。……众君子盖将贺不暇,彼吴秦离别,于我何有。作者
之志,小子承命而序之。"①这一段经历,傅璇琮先生《耿沣考》已做了切实的考证,时
间在大历八年至十一年。傅先生还说:"耿沣这次出使,在浙江还曾与严维、刘长
卿、秦系等诗人唱酬。严维有《酬耿拾遗题赠》(《全唐诗》卷二六三):'掩扉常自静,
驿吏忽传呼。水巷惊驯鸟,藜床起病躯。顾身悲欲老,戒子力为儒。明日公西去,
烟霞复作徒。'耿沣则有《赠严维》(《全唐诗》卷二六八),以严维比之于东晋的许询,
说是:'许询清论重,寂寞住山阴。'这时严维任诸暨尉,不久即赴河南严郢幕。大约
大历十一、二年间,刘长卿正被贬谪为睦州司马,他有送耿沣的一首七言律诗,题为
《送耿拾遗归上都》(《刘随州集》卷八):'若为天畔独归秦,对水看山欲暮春。穷海
别离无限路,隔河征战几归人。长安万里传双泪,建德千峰寄一身。想到邮亭愁驻
马,不堪西望见风尘。'……刘长卿大历十一年前即已为睦州司马,这个时间与上面
所考的耿沣充使求书的时间正好相合。"②

颜真卿应康元瑰之请,为其父台州刺史康希铣撰神道碑

颜真卿《银青光禄大夫海濮饶房睦台六州刺史上柱国汲郡开国公康使君神道
碑铭》:"君讳希铣,字南金。……转饶州,入为国子司业。以言事贬房州,转睦州,
迁台州。所至之邦,必闻美政,开元初入计至京,抗表请致仕,元宗不许。仍留三
年,请归乡,敕书褒美,赐衣一袭,并杂彩等,仍给传驿至本州。冬十月二十有二日,
不幸遘疾薨于会稽觉允里第,春秋七十一。夫人陈郡殷氏,太子中舍人闻礼之曾
孙,右清道率令德之孙,洛州录事参军子恩之第五女。睿宗先天二年封丹阳郡夫
人。公薨之年,殁于东都章善坊私第,春秋六十九。……大历十一年,元瑰(阙九
字)乞愿言刊勒,惧没徽猷,求无愧之词,垂不朽之事,顾惟末学,曷足当仁?"③是颜
真卿撰文在大历十一年。

《宝刻丛编》卷一三"越州"引《诸道石刻录》:"《唐台州刺史康希铣碑》,唐颜真

---

① [清]董诰:《全唐文》卷五一八,第5265页。
② 傅璇琮:《唐代诗人丛考》,第523页。
③ [清]董诰:《全唐文》卷三四四,第3487—3488页。

卿撰并书,大历十二年立,在离渚。"①《嘉泰会稽志》卷一六"碑刻":"《康希铣残碑》,大历十二年颜真卿撰并正书。旧在山阴离渚,今在府治厅壁。通判府事施宿又得二十余字于民间,并陷置焉。"②是立碑时间是在第二年即大历十二年。"离渚"在越州,今为绍兴市离渚镇。

康希铣一族作为会稽望族,在浙东是具有文学传承的世家,碑文云:"君之先君崇文学士府君有文集十卷,《注驳文选异义》二十卷、《汉书》十卷,自述文集二十卷。元昆修书学士显府君文集十卷,撰《词苑丽则》二十卷、《海藏连珠》三十卷、《累璧》十卷,侄秘书监集贤院侍讲学士□元撰《周易异义》二十卷,秀州长史元瑰著《干禄宝典》三十卷,侄刑部员外郎瓘、男美原尉南华撰《代耕心镜》十卷,□□□□□□百二十卷。君之先君至南华,四代进士,登甲科者七人,举明经者一十三人,时君□□□□□门颇盛美矣。"③

朱关田《颜真卿年谱》大历十一年:"应姻亲秀州长史康元瑰之请,为其父台州刺史康希铣撰书神道碑,明年立在越州山阴离渚墓左。……《丛编》卷十三引《诸道石刻录》:'《唐台州刺史康希铣碑》,唐颜真卿撰并书,大历十二年立,在离渚。'《金石录目》记为正书。颜真卿明年四月卸任湖州,克期赴京,未见越州之行,参上引'大历十一年元瑰……求无愧之词,垂不朽之事'云,盖始撰于本年,或亦如《颜杲卿碑》,于州采石刻颂,用寄于山阴墓左。十二年者,乃其立石之年。《诸道石刻录》又记'官遣匠摹本,为村民击碎'云,宋季盖已佚。"④又《颜真卿书迹著录考略》:"是碑盖出其侄秀州长史元瑰之请。颜氏于康代之词学尤加推崇,有称'文意丽藻,工(二)雅所祗',且记有《自古以来清白吏图》四卷,'仍自为序赞,以见其志,宰相黄门侍郎韦承庆、中书舍人马吉甫等开卷有益而同述焉,盛行于世',又谓'赴海州时,君兄德言为右台侍御史,弟为偃师令,俱以词学擅名,时同请归乡拜扫,朝野荣之,与狄仁杰、岑羲、韦承庆、嗣立、元怀景、姚元崇友善,至是咸倾朝同赋诗以饯之,近代未有此比'。又记其父国安有《文集》十卷、《注驳文选异议》二十卷、《汉书□(注)》十卷、《自述文集》二十卷,兄显《文集》十卷、《词苑丽则》二十卷、《海藏连珠》三十卷、《累璧》十卷,侄□(子)元《周易异议》二十卷,元瑰《干禄宝典》三十卷,侄孙南华《代耕心镜》十卷,□□□□□□百二十卷。盖一儒学世家。……是碑,《嘉泰会稽

① [宋]陈思编著:《宝刻丛编》卷一三,第796页。
② [宋]施宿:《嘉泰会稽志》卷一六,《宋元浙江方志集成》第4册,第2032页。
③ [清]董诰:《全唐文》卷三四四,第3488页。
④ 朱关田:《颜真卿年谱》,第298页,

志》卷十六'碑刻'称残碑,谓在府治听壁。时,施宿又得二十余字于民间,并置之。"①

康希铣为当时闻人,其罢台州刺史归越州时,很多文人与僧侣相送:"及君告老,邹自然、陈光璧、间邱景、阳陶暹送至越州,邑子谢务迁、僧陆鉴、校书郎陈齐卿恒为文酒之会,论者休焉。"②可见康希铣在浙江的影响之大。

777　唐代宗大历十二年丁巳

春,严维在越中闲居,刘长卿初到睦州,二人诗歌往还

刘长卿有《对酒寄严维》诗云:"陋巷喜阳和,衰颜对酒歌。懒从华发乱,闲任白云多。郡简容垂钓,家贫学弄梭。门前七里濑,早晚子陵过。"③储仲君《刘长卿诗编年笺注》云:"初至睦州时作,当在大历十二年(777)早春。……时维在越州闲居。"④严维有《酬刘员外见寄》诗云:"苏耽佐郡时,近出白云司。药补清羸疾,窗吟绝妙词。柳塘春水慢,花坞夕阳迟。欲识怀君意,明朝访楫师。"⑤欧阳修《六一诗话》云:"余曰:'语之工者固如是。状难写之景,含不尽之意,何诗为然?'圣俞曰:'作者得于心,览者会以意,殆难指陈以言也。虽然,亦可略道其仿佛,若严维'柳塘春水慢,花坞夕阳迟',则天容时态,融和骀荡,岂不如在目前乎?'"⑥清吴乔《答万季野诗问》云:"如严维之'柳塘春水慢,花坞夕阳迟',哀乐之意宛然,斯尽善矣!"⑦

春,秦系在剡中,寄诗与钱起、苗发;将赴浙西,寄诗与刘长卿

秦系有《山中奉寄钱起员外兼简苗发员外》诗云:"空山岁计是胡麻,穷海无梁泛一槎。稚子唯能觅梨栗,逸妻相共老烟霞。高吟丽句惊巢鹤,闲闭春风看落花。

① 朱关田:《思微室颜真卿研究》,西泠印社出版社 2021 年版,第 466—467 页。
② [清]董诰:《全唐文》卷三四四,第 3488 页。
③ [清]彭定求:《全唐诗》卷一四七,第 1483 页。
④ 储仲君:《刘长卿诗编年笺注》,第 415 页。
⑤ [清]董诰:《全唐文》卷二六三,第 2914 页。
⑥ [宋]欧阳修:《六一诗话》,凤凰出版社 2003 年版,第 6 页。
⑦ [清]王夫之等撰:《清诗话》,上海古籍出版社 1963 年版,第 33—34 页。

借问省中何水部,今人几个属诗家。"①这里的"山中"应即指秦系隐居的越州山中,诗有"逸妻相共老烟霞",又有"闲闲春风看落花"句,则作于大历十三年前秦系与其妻离婚之前,故系于大历十二年春。

秦系有《耶溪书怀寄刘长卿员外》,题注:"时在睦州。"诗云:"时人多笑乐幽栖,晚起闲行独杖藜。云色卷舒前后岭,药苗新旧两三畦。偶逢野果将呼子,屡折荆钗亦为妻。拟共钓竿长往复,严陵滩上胜耶溪。"②储仲君《刘长卿诗编年笺注》云:"按权德舆《秦征君校书与刘随州唱和诗序》(《全唐文》卷四九〇)云:'悉索笈中,得数十编,皆文场之重名强敌,且见校以故敌故随州刘君长卿赠答之卷,惜其长往,谓余宜叙。'今存秦系赠刘之作,仅此一首。按尾联,时已有访刘意,当作于大历十二年(777)。"③

按,权德舆序全文云:"儒有秦公绪者,当天宝理平之世,兴丽则鼓盛名于当时。遭多故,道进身退,越部山水,佐其清机,圆冠野服,翛然自放。宅遯心于事外,得佳句于物表,不知华缨丹毂之为贵者几四十年。方帅时贤,轼间悬榻。昔郑公通德,有乡门之号;秦君丽句,创里亭之名。慕风骚者,多所向仰。贞元中,天下无事,大君好文,公绪旧游,多在显列。伯喈文举之徒,争为荐首,而寿阳大夫公之章先闻,故有书府典校之拜,时动静不滞于一方矣。七年春,始与子遇于南徐。白头初命,色无愠作,知名岁久,故其相得甚欢。因谓予曰:'今业六义以著称者,必当唱酬往复,亦所以极其思虑,较其胜败,而文以时之,闻人序而申之。'悉索笈中,得数十编,皆文场之重名强敌,且见校以故敌故随州刘君长卿赠答之卷,惜其长往,谓余宜叙。嚱夫彼汉东守,尝自以为五言长城,而公绪用偏伍奇师,攻坚击众,虽老益壮,未尝顿锋。词或约而旨深,类乍近而致远,若珩佩之清越相激,类组绣之元黄相发,奇采逸响,争为前驱。至于室家离合之义,朋友切磋之道,咏言其伤,折之以正,凡若干首,各见于词云。"④

春,裴均为诸暨尉,卢纶、李端相送并作诗

卢纶《送姨弟裴均尉诸暨》诗云:"相悲得成长,同是外家恩。旧业废三亩,弱年成一门。城开山日早,吏散渚禽喧。东阁谬容止,予心君冀言。"题注:"此子先君,

---

① [清]彭定求:《全唐诗》卷二六〇,第 2898 页。
② [清]彭定求:《全唐诗》卷二六〇,第 2899 页。
③ 储仲君:《刘长卿诗编年笺注》,第 429 页。
④ [清]董诰:《全唐文》卷四九〇,第 5003 页。

元相旧判官。"①刘初棠《卢纶诗集校注》卷一注云:"《新唐书·裴行俭传》附《裴均传》:'(裴)均字君齐,以明经为诸暨尉。数从使府辟,硁硁以才显。张建封镇濠、寿,表团练判官……累迁膳部郎中,擢荆南节度行军司马,就拜荆南节度使。'元相,元载。宝应元年(762)五月至大历十二年(777)三月为相。见《旧唐书·代宗纪》。诗作于大历十二年(777)元载得罪之前。"②按,裴均为裴倩之子。裴倩曾担任元载判官。

李端《送诸暨裴少府》诗云:"山公访嵇绍,赵武见韩侯。事去恩犹在,名成泪却流。一官同北去,千里赴南州。才子清风后,无贻相府忧。"题注:"公先人,元相公判官。"③这里的"先君""先人"均指裴均之父裴倩。权德舆有《尚书度支郎中赠尚书左仆射正平节公裴公(倩)神道碑》。诗末联"才子清风后,无贻相府忧",参以题注,其时元载事尚未发,还在宰相任。李端、卢纶也都在长安,故而一同作诗相送。

二月,徐浩在明州,书《董孝子碣》

朱关田《唐代书法家年谱》卷五《徐浩书迹考略》:"《董孝子碣》,崔殷撰,徐浩行书。碣目又称《董黯孝子碣》。大历十二年二月,立在明州。著录首见《墨池编》卷十七。《丛编》卷十三'明州'引《集古录目》记浩结衔'前吏部侍郎集贤院学士'。"④

三月,王缙贬为括州刺史。秋,经过睦州时,刘长卿作诗饯别

刘长卿有《饯王相公出牧括州》诗云:"缙云讵比长沙远,出牧犹承明主恩。城对寒山开画戟,路飞秋叶转朱辀。江潮森森连天望,旌斾悠悠上岭翻。萧索庭槐空闭阁,旧人谁到翟公门。"⑤《旧唐书·代宗纪》:大历十二年三月,"门下侍郎、平章事王缙贬括州刺史"⑥。杨世明《刘长卿集编年校注》云:"大历十二年(777)秋睦州作。王相公:指王缙。缙字夏卿,太原祁人。王维弟。广德二年(764)起为宰相。两《唐书》有传。性贪冒,结附元载,大历十二年三月与载同时得罪下狱,元载赐死,缙贬括州刺史。"⑦括州,即今浙江丽水。唐代宗《贬王缙括州刺史制》云:"门下:侍

---

① [清]彭定求:《全唐诗》卷二七六,第3125页。
② 刘初棠:《卢纶诗集校注》卷一,上海古籍出版社1989年版,第10页。
③ [清]彭定求:《全唐诗》卷二八五,第3256页。
④ 朱关田:《唐代书法家年谱》卷五,第305页。
⑤ [清]彭定求:《全唐诗》卷一五一,第1564页。
⑥ [后晋]刘昫:《旧唐书》卷一一,第311页。
⑦ 杨世明:《刘长卿集编年校注》,第415页。

郎同中书门下平章事王缙,附会奸邪,阿谀谗佞,据兹犯状,罪至难舍。矜以耄及,未忍加刑,俾申屈法之恩,贷以岳牧之秩。可使持节括州诸军事守括州刺史,宜即赴任。於戏!朕恭己南面,推诚股肱,敷求哲人,将弼予理。昧于任使,过在朕躬,无旷厥官,各慎厥职。"①

初夏,秦系由越中游浙西

赵昌平《秦系考》附《秦系年表》:"代宗大历十二年(777),约五十三岁。在剡中,本年初夏游湖州,有《赠乌程杨苹明府》诗。又与皎然游。按,乾隆《湖州府志·县令·乌程》记:李晤,大历中任;李清,大历中任;杨苹,大历中任,二岁。又考颜真卿大历八年《妙喜寺碑》有乌程令李晤。准此以推,杨苹任乌程令当在大历末期,前考十三年系已去越中,则必为本年。诗言'杨梅今未熟,与我二三枝',当在初夏。皎然《酬秦隐君赠别二首》有句'姓被名公题旧里,诗将丽句号新亭','对此留君还欲别,应思石溜访春泉',知为系离婚出山前,秦系来游惜别作。系与皎然关系密切,皎集中今存赠系诗十余首,系存《奉寄昼书》诗一首。"②

刘长卿有《赠秦系》诗云:"向风长啸戴纱巾,野鹤由来不可亲。明日东归变名姓,五湖烟水觅何人。"③又有《酬秦系征君》诗云:"群公谁让位,五柳独知贫。惆怅青山路,烟霞老此人。"④储仲君《刘长卿诗编年笺注》以为"大历十二年(777)顷,秦系尝访长卿于睦州"⑤,二诗即是年所作。据诗意,则是游浙西后回越中时刘长卿赠别之作。

秋,刘长卿在睦州佘浦桥下重送严维,二人诗歌唱和

刘长卿《蛇浦桥下重送严维》诗云:"秋风飒飒鸣条,风月相和寂寥。黄叶一离一别,青山暮暮朝朝。寒江渐出高岸,古木犹依断桥。明日行人已远,空余泪滴回潮。"⑥储仲君《刘长卿诗编年笺注》云:"《严州图经》卷一'桥梁':'佘浦桥,在望云门外。'佘、蛇同音而讹。长卿尝有诗邀维,此为严维至睦州访别时作,当在大历十

---

① [清]董诰:《全唐文》卷四六,第506页。
② 赵昌平:《秦系考》附《秦系年表》,载《中华文史论丛》1984年第4辑,第152页。
③ [清]彭定求:《全唐诗》卷一五〇,第1557页。
④ [清]彭定求:《全唐诗》卷一四七,第1479页。
⑤ 储仲君:《刘长卿诗编年笺注》,第428页。
⑥ [清]彭定求:《全唐诗》卷一五〇,第1556页。

二年(777)秋。"①严维《答刘长卿蛇浦桥月下重送》诗云:"月色今宵最明,庭闲夜久天清。寂寞多年老宦,殷勤远别深情。溪临修竹烟色,风落高梧雨声。耿耿相看不寐,遥闻晓柝山城。"②

秋,刘长卿在睦州七里滩重送严维,二人诗歌唱和

刘长卿《七里滩重送》诗云:"秋江渺渺水空波,越客孤舟欲榜歌。手折衰杨悲老大,故人零落已无多。"③储仲君《刘长卿诗编年笺注》云:"由睦州至越州,舟行当经七里滩。此为送至七里滩时作。按此诗又见严维集,题作《重送新安刘员外》,误。严维之酬诗现存,题作《答刘长卿七里濑重送》。"④诗云:"新安非欲枉帆过,海内如君有几何。醉里别时秋水色,老人南望一狂歌。"⑤刘长卿的这首诗是典型的秋景描写,同时表现出安史之乱后的时代气象,并且透露了南贬逐臣的特殊心理。诗的用词是"秋江""空波""孤舟""衰杨""老大""零落",看到的是衰飒、萧条,想到的是零落、老大。虽情景交融,而寂寞失落、无奈孤独之感深埋在字里行间。此时严维已经年岁老大,而有故人远程相送,一路作诗,受到感染,因而在和诗中表现出真情与清狂,与刘长卿诗的风格迥异。

秋,严维赴河南严郢幕府,刘长卿作诗相送

刘长卿有《送严维赴河南充严中丞幕府》诗云:"久别耶溪客,来乘使者轩。用才荣入幕,扶病喜同樽。山屐留何处,江帆去独翻。暮情辞镜水,秋梦识云门。莲府开花萼,桃园寄子孙。何当举严助,遍沐汉朝恩。"⑥储仲君《刘长卿诗编年笺注》云:"严中丞当为严郢。《新唐书·严郢传》:'岁余,召之京师,元载荐之帝,时载得罪,不见用。御史大夫李栖筠亦荐郢,帝曰:"是元载所厚,可乎?"答曰:"如郢材力,陛下不自取,而留为奸人用邪?"即日拜河南尹,水陆运使。大历末,进拜京兆尹。'按《旧唐书·代宗纪》,李栖筠卒于大历十一年二月。严郢之为河南尹,当在大历十一年顷。严维之赴河南,则应在十二年秋,以此年春尚在越州与长卿唱酬也。"⑦严

---

① 储仲君:《刘长卿诗编年笺注》,第 424 页。
② 〔清〕彭定求:《全唐诗》卷二六三,第 2924 页。
③ 〔清〕彭定求:《全唐诗》卷一五〇,第 1556 页。
④ 储仲君:《刘长卿诗编年笺注》,第 425 页。
⑤ 〔清〕彭定求:《全唐诗》卷二六三,第 2923 页。
⑥ 〔清〕彭定求:《全唐诗》卷一四八,第 1526 页。
⑦ 储仲君:《刘长卿诗编年笺注》,第 433 页。

维有和诗《赠别刘长卿时赴河南严中丞幕府》诗："早见登郎署，同时迹下僚。几年江路永，今去国门遥。文变骚人体，官移汉帝朝。望山吟度日，接枕话通宵。万里趋公府，孤帆恨信潮。匡时知已老，圣代耻逃尧。"①

冬，灵澈由湖州还越中，刘长卿作诗相送

刘长卿有《送灵澈上人还越中》诗云："禅客无心杖锡还，沃洲深处草堂闲。身随敝屦经残雪，手绽寒衣入旧山。独向青溪依树下，空留白日在人间。那堪别后长相忆，云木苍苍但闭关。"②储仲君《刘长卿诗编年笺注》云："按灵澈为越州云门寺僧，见《宋僧传》卷一五本传。约于大历末、建中初居湖州何山，见皎然《赠包中丞书》及《灵澈上人何山寺七贤石》诗。此诗送归越州，当在大历十二年（777）或十三年。"③

刘长卿又有《酬灵彻（澈）公相招》诗云："石涧泉声久不闻，独临长路雪纷纷。如今渐欲生黄发，愿脱头冠与白云。"④当为灵澈还越中之前邀请刘长卿游越之作，与《送灵澈上人还越中》同时。

灵澈本年前后曾游福建、天台等地

陶敏、李一飞、傅璇琮《唐五代文学编年史·中唐卷》："《昼上人集》卷九《赠包中丞书》引及灵澈诗作有《宿延平津怀古》《福建还登梨岭望越中》《登天姥岑望天台山》诸诗。书作于兴元元年正月，诸诗当大历、建中中作。《刘随州文集》卷八《送灵彻（澈）上人还越中》：'禅客无心杖锡还，沃洲深处草堂闲。身随敝屦经残雪，手绽寒衣入旧山。'当作于大历九至十四年睦州司马任，灵澈自闽还应道经睦州，姑系本年。"⑤按，刘长卿《送灵澈上人还越中》诗，为送灵澈由湖州还越中之作，非由福建而还，见本年上条所考。

灵澈《天姥岑望天台山》："天台众峰外，华顶当寒空。有时半不见，崔嵬在云中。"⑥《登梨岭望越中》残句："秋深知气正，家近觉山寒。"⑦

① ［清］彭定求：《全唐诗》卷二六三，第 2921—2922 页。
② ［清］彭定求：《全唐诗》卷一五一，第 1563—1564 页。
③ 储仲君：《刘长卿诗编年笺注》，第 435—436 页。
④ ［清］彭定求：《全唐诗》卷一五〇，第 1557 页。
⑤ 陶敏、李一飞、傅璇琮：《唐五代文学编年史·中唐卷》，第 317—318 页。
⑥ ［清］彭定求：《全唐诗》卷八一〇，第 9132 页。
⑦ ［清］彭定求：《全唐诗》卷八一〇，第 9134 页。

贾岌为括州刺史,李冲为括苍县令

《两浙金石志》卷二《唐宣阳观钟铭》:"维唐大历十二年岁次丁巳正月甲寅朔廿五戊寅,宣阳观奉为国王圣化普及,道俗存亡,敬造洪钟一口,用铜一千五百斤。□奏敕置观。金紫光禄大夫、鸿胪卿、越国公道士叶法善,刺史贾岌,县令李冲,市承郑保进。"①按,宣阳观在唐括州境内。

778 唐代宗大历十三年戊午

春,徐浩为明州别驾,回乡游宝林寺、禹庙,并拜访秦系山居

徐浩《宝林寺作》诗云:"兹山昔飞来,远自琅琊台。孤岫龟形在,深泉鳗井开。越王屡登陟,何相传词才。塔庙崇其巅,规模称壮哉。禅堂清溽润,高阁无恢灵。照耀珠吐月,铿轰钟隐雷。揆余久缨弁,末路遭邅回。一弃沧海曲,六年稽岭隈。逝川惜东驶,驰景怜西颓。腰带愁疾减,容颜衰悴催。赖居兹寺中,法士多瑰能。洗心听经论,礼足蠲凶灾。永愿依胜侣,清江乘度杯。"②《广川书跋》卷八《徐浩宝林寺诗》题记:"余评曰:此诗未有工处,特以书贵。季海书名唐世,而此石乃公平生书,不得不尚。"③

徐浩《谒禹庙》诗云:"庙浍敷四海,川源涤九州。既膺九命锡,乃建洪范畴。鼎革固天启,运兴匪人谋。肇开宅土业,永庇昏垫忧。山足灵庙在,门前清镜流。象筵陈玉帛,容卫俨戈矛。探穴图书朽,卑宫堂殿修。梅梁今不坏,松祐古仍留。负责故乡近,碣来申俎羞。为鱼知造化,叹凤仰徽猷。不复闻夏乐,唯余奏楚幽。婆娑非舞羽,铿鞳异鸣球。盛德吾无间,高功谁与俦。灾淫破凶慝,祚圣拥神休。出谷莺初语,空山猿独愁。春晖生草树,柳色暖汀州。恩贷题舆重,荣殊衣锦游。宦情同械系,生理任桴浮。地极临沧海,天遥过斗牛。精诚如可谅,他日寄冥搜。"④

---

① [清]阮元:《两浙金石志》卷二,第 31 页。
② [清]彭定求:《全唐诗》卷二一五,第 2246 页。
③ [宋]董逌:《广川书跋》卷八,中华书局 1985 年版,第 95 页。
④ [清]彭定求:《全唐诗》卷二一五,第 2247 页。

朱关田《唐代书法家年谱》卷五《徐浩事迹系年》将以上二诗系于大历十三年①。从之。盖诗有"一弃沧海曲,六年稽岭隈"语,徐浩大历八年贬明州别驾,至本年为六年。后诗云"春晖生草树,柳色暖汀州"语,是为春日所作。徐浩为明州别驾任,回乡可考者有两次,一次是大历九年十月拜祭先茔,更换墓石;一次就是本年春日归乡游宝林寺。

秦系《徐侍郎素未相识时携酒命馔兼命诸诗客同访会稽山居》诗云:"忽道仙翁至,幽人学拜迎。华簪窥瓮牖,珍味代藜羹。洗砚鱼仍戏,移樽鸟不惊。兰亭攀叙却,会此越中营。"②按,朱关田《唐代书法家年谱》卷五《徐浩事迹系年》将本诗系于大历十三年③。从之。

秋,李纾因元载事出守婺州,刘长卿有诗相寄

刘长卿有《奉寄婺州李使君舍人》诗云:"建隼罢鸣珂,初传来暮歌。渔樵识太古,草树得阳和。东道诸生从,南依远客过。天清婺女出,土厚绛人多。永日空相望,流年复几何。崖开当夕照,叶去逐寒波。眼暗经难受,身闲剑懒磨。似鹓占贾谊,上马试廉颇。穷分安藜藿,衰容胜薜萝。只应随越鸟,南翥托高柯。"④储仲君《刘长卿诗编年笺注》云:"李使君舍人,当为李纾。按《旧唐书·代宗纪》,元载败,坐载党出官者十余人,疑纾亦在其内。《唐语林》:'元相载用李纾侍郎知制诰,元败,欲出官,王相缙曰:"且留作诰。"待发遣诸人尽,始出为婺州刺史。'按王缙贬括州刺史与元载自尽同时,语不足据,然言纾'出为婺州刺史',则可与此诗参证。诗春日作,当在大历十三年(778)春。"⑤刘长卿又有《奉和赵给事使君留赠李婺州舍人兼谢舍人别驾之什》,"李婺州舍人"亦为李纾⑥。《全唐文》卷九一七清昼有《赠李舍人使君书》⑦。杨世明《刘长卿集编年校注》云:"大历十三年(778)秋睦州作。"⑧

---

① 朱关田:《唐代书法家年谱》卷五,第284页。
② [清]彭定求:《全唐诗》卷二六〇,第2896页。
③ 朱关田:《唐代书法家年谱》卷五,第285页。
④ [清]彭定求:《全唐诗》卷一四九,第1540页。
⑤ 储仲君:《刘长卿诗编年笺注》,第440页。
⑥ [清]彭定求:《全唐诗》卷一四八,第1526页。
⑦ [清]董诰:《全唐文》卷九一七,第9552页。
⑧ 杨世明:《刘长卿集编年校注》,第420页。

秋,皎然游越中,访秦系丽句亭,并题诗

《唐才子传校笺》卷四《皎然上人传》笺证:"大历十三年(778)皎然南游桐庐、剡溪。卷七《夏铜椀龙吟歌》云:'大历十三祀,秦僧传至桐江,予使儿童夏金效之。'诗又云:'乍向天台华顶宿,秋宵一吟更清迥。'可证。卷三又有《夏日题桐庐杨明府纳凉山斋》诗,卷一有《早秋桐庐思归》诗,皆在桐庐作。是时又访秦系于剡中,有《题秦系山人丽句亭》(卷四)诸作。皎、秦二人,大历、贞元间唱酬甚频,皎集中存十诗。"①

皎然有《题秦系山人丽句亭》诗云:"独将诗教领诸生,但看青山不爱名。满院竹声堪愈疾,乱床花片足忘情。"②赵昌平《秦系考》:"考皎然集有《题秦系山人丽句亭》诗(集卷四),当为皎然访秦系越中隐处所作(见《剡录》)。更有《夏铜椀龙吟歌》(集卷七),序云'大历十三祀,秦僧传至桐江,予使儿童夏金效之'。诗更云'乍向天台华顶宿,秋宵一吟更清迥'。桐江、天台、剡溪紧邻(浙西),必为同时所游,可知皎然访秦系于剡中丽句亭,当在大历十三年秋左右。皎然又有《思村东北塔铭》(集卷九),末署'大历丁巳岁建子月',思村在湖州德清县(《湖州府志》),'大历丁巳岁建子月'为大历十二年十月。则可知皎然剡中之游又在大历十二年十月后,这样前所析秦系出越中旧山的时间区间可进一步缩小了。"③

皎然有《秋日遥和卢使君游何山寺宿敫上人房论涅盘经义》诗云:"江郡当秋景,期将道者同。迹高怜竹寺,夜静赏莲宫。古磬清霜下,寒山晓月中。诗情缘境发,法性寄筌空。翻译推南本,何人继谢公。"④是作于秋日,应为皎然初游越中时作。《嘉庆山阴县志》卷二十四:"柯山寺在县西三十里,晋永和年间敕建。旧志:产石,为民所采成岩洞,巧匠琢为佛,唐以来创寺覆之。"⑤

秋,秦系以与谢氏离婚获谤,因出旧山,刘长卿作诗相赠

赵昌平《秦系考》附《秦系年表》:"代宗大历十三年(778),约五十四岁。春,皎然来访,秋与谢氏离婚而获谤,出山,冬至睦州,与刘长卿唱和,所谓'秦刘唱和'主

---

① 傅璇琮主编:《唐才子传校笺》第2册,中华书局1989年版,第195页。
② [清]彭定求:《全唐诗》卷八一七,第9210页。
③ 赵昌平《秦系考》,载《中华文史论丛》1984年第4辑,第147页。
④ [清]彭定求:《全唐诗》卷八一五,第9175页。
⑤ [清]徐元梅:《嘉庆山阴县志》卷二十四,民国二十五年(1936)绍兴县修志委员会校勘铅印本,第8页。

要在大历中至贞元初,时人传为美谈。"①

　　刘长卿又有《见秦系离婚后出山居作》诗云:"岂知偕老重,垂老绝良姻。郗氏诚难负,朱家自愧贫。绽衣留欲故,织锦罢经春。何况蘼芜绿,空山不见人。"②即是刘长卿得知秦系离婚出山后而作诗。

冬,秦系出旧山后至睦州,刘长卿作诗相赠

　　刘长卿有《秦系顷以家事获谤因出旧山每荷观察崔公见知欲归未遂感其流寓诗以赠之》诗云:"初迷武陵路,复出孟尝门。迴首江南岸,青山与旧恩。"③储仲君《刘长卿诗编年笺注》云:"观察崔公,当为崔昭。《会稽掇英总集》:'崔昭,大历十一年七月自宣州观察使授;王密,大历十四年十一月自湖州刺史授。'秦系流寓睦州等地,当在大历十三、四年(778、779)间。"④其时秦系已流寓睦州。刘长卿又有《夜中对雪赠秦系时秦初与谢氏离婚谢氏在越》诗云:"月明花满地,君自忆山阴。谁遣因风起,纷纷乱此心。"⑤诗题云"夜中对雪",是为秦系与谢氏初离婚后作冬日所作,即当在大历十三年。

本年,王光胄为台州刺史

　　《嘉定赤城志》卷八"秩官门·历代郡守":"大历十三年,王光胄。"⑥

779　唐代宗大历十四年己未

春,刘长卿作诗怀天台陆羽

　　刘长卿有《入白沙渚夤缘二十五里至石窟山下怀天台陆山人》诗云:"远屿霭将

① 赵昌平:《秦系考》附《秦系年表》,载《中华文史论丛》1984 年第 4 辑,第 152 页。
② [清]彭定求:《全唐诗》卷一四七,第 1488 页。
③ [清]彭定求:《全唐诗》卷一四七,第 1479—1480 页。
④ 储仲君:《刘长卿诗编年笺注》,第 448 页。
⑤ [清]彭定求:《全唐诗》卷一四七,第 1480 页。
⑥ [宋]陈耆卿:《嘉定赤城志》卷八,《宋元浙江方志集成》第 11 册,第 5149 页。

夕,玩幽行自迟。归人不计日,流水闲相随。辍棹古崖口,扪萝春景迟。偶因回舟次,宁与前山期。对此瑶草色,怀君琼树枝。浮云去寂寞,白鸟相因依。何事爱高隐,但令劳远思。穷年卧海峤,永望愁天涯。吾亦从此去,扁舟何所之。迢迢江上帆,千里东风吹。"①《严州图经》卷二有"白沙渡,在县西六十里"②。诗在睦州作,姑系于本年。陆山人,储仲君《刘长卿诗编年笺注》疑为陆羽,即陆鸿渐③。皇甫冉有《送陆鸿渐赴越》诗,也可以作为陆鸿渐在越的佐证。

五月,余姚人虞当撰《郑液墓志铭》

新出土《唐故郑处士(液)墓志铭》云:"以大历十一年十一月廿五日,遘疾终于沔州刺史宅之西院。……以大历十四年五月廿日,迁窆于里原。"④墓志载于《全唐文补遗》第 8 辑,题署:"外生朝散大夫使持节沔州诸军事守沔州刺史虞当撰。"⑤虞当,柳宗元《先君石表阴先友记》有载,为其父柳镇友人,当时著名文人。

八月,梁肃为越州长史李锋作墓志铭

梁肃《越州长史李公(锋)墓志铭》云:"大历己未八月癸丑,故尚书比部郎中渤海李公卒,享年六十。十月某日,权窆于某乡原。呜呼!公讳锋,字公颖,脩人也。……永泰末,妖贼杀郡将以叛,其帅败亡,贼党诈服。公以单骑往安其民,一旦收隐慝三十人,杀之以徇。三衢之人道路相庆,人到于今称之。无何,有比部之拜,乃兼越州长史。"⑥是墓志作于八月至十月之间。

九月,李纾自婺州归京,郎士元因送彭偃、房由归京以诗寄之

郎士元《送彭偃房由赴朝因寄钱大郎中李十七舍人》:"衰病已经年,西峰望楚天。风光欺鬓发,秋色换山川。寂寞浮云外,支离汉水边。平生故人远,君去话潜然。"⑦陶敏、李一飞、傅璇琮《唐五代文学编年史·中唐卷》:"《旧唐书·彭偃传》:'大历末,为都官员外郎。'此后未离京。房由建中二年二月在祠部员外郎任,见《贞

① [清]彭定求:《全唐诗》卷一四九,第 1541 页。
② [宋]董弅:《严州图经》卷二,《宋元浙江方志集成》第 12 册,第 5675 页。
③ 储仲君:《刘长卿诗编年笺注》,第 455 页。
④ 吴钢主编:《全唐文补遗》第 8 辑,第 88—89 页。
⑤ 吴钢主编:《全唐文补遗》第 8 辑,第 88 页。
⑥ [清]董诰:《全唐文》卷五二一,第 5293—5294 页。
⑦ [清]彭定求:《全唐诗》卷二四八,第 2790 页。

元续开元释教录》卷中。诗当本年秋作。钱郎中,钱起。《新唐书·卢纶传》:'起……终考功郎中。'李十七舍人,李纾……本年六月,高仲武编《中兴间气集》犹称钱起为员外,盖于秋日方迁郎中。八月,杨炎复起用为相,随贬之李纾等当亦归朝。"①今从之。《唐才子传校笺》推测此诗作于建中三年(782):"(郎士元)以建中元年冬除官,二年春到任,历一年亦即建中三年作此诗,时间情事均合。"②今不从。

秋,刘长卿作诗寄会稽公徐浩

刘长卿有《寄会稽公徐侍郎》,题注:"公时在王傅。"诗云:"摇落淮南叶,秋风想越吟。邹枚入梁苑,逸少在山阴。老鹤无衰貌,寒松有本心。圣朝难税驾,惆怅白云深。"③储仲君《刘长卿诗编年笺注》云:"徐侍郎,当为徐浩。《旧唐书·徐浩传》:'德宗即位,征拜彭王傅。建中三年,以疾卒,年八十,赠太子少师。'按德宗于大历十四年(779)五月癸亥即位。诗秋日作,当在此年秋。"④

十一月,王密为越州刺史

《会稽掇英总集》卷一八《唐太守题名记》:"王密,大历十四年十一月,自湖州刺史授。建中二年十月,敕兼浙江东西二道节度使。"⑤《嘉泰会稽志》卷二"太守":"王密,大历十四年自湖州刺史授。建中元年,复置郡团练观察使。二年,复废。"⑥《嘉泰吴兴志》卷一四"郡守题名":"王密,建中三年,自明州刺史授,迁越州都督,充浙东西团练副使。《统计》云:大历十四年。"⑦《元和郡县图志》卷二六"越州上虞县":"贞元元年,刺史王密复奏置。"⑧按作"大历十四年"是。《宝刻丛编》卷一三"明州"引《集古录目》:"《唐刺史裴儆纪德碣》,唐越州刺史、浙江东西节度副使王密撰。"⑨又引《集古录目》:"《刺史王密德政碑》,唐浙东观察判官李舟撰,太子少师颜真卿书,国子监丞李阳冰篆额。……碑以建中二年十月立,并敕书同刻。敕,徐浩

———————————

① 陶敏、李一飞、傅璇琮:《唐五代文学编年史·中唐卷》,第336页。
② 傅璇琮主编:《唐才子传校笺》第1册,第526—527页。
③ [清]彭定求:《全唐诗》卷一四七,第1489页。
④ 储仲君:《刘长卿诗编年笺注》,第451—452页。
⑤ [宋]孔延之:《会稽掇英总集》卷一八,《宋元浙江方志集成》第14册,第6554页。
⑥ [宋]施宿:《嘉泰会稽志》卷二,《宋元浙江方志集成》第4册,第1665页。
⑦ [宋]谈钥:《嘉泰吴兴志》卷一四,《宋元浙江方志集成》第6册,第2655页。
⑧ [唐]李吉甫:《元和郡县图志》卷二六,第620页。
⑨ [宋]陈思编著:《宝刻丛编》卷一三,第819页。

所书也。"①

冬,皎然已自剡中返回苏州

《唐才子传校笺》卷四《皎然上人传》笺证:"大历十四年(779)冬或建中元年(780)春时皎然又由剡中返苏湖。集卷四有《奉送中丞李道昌入朝》诗。《旧唐书·代宗纪》载,大历十三年四月,以浙西观察留后李道昌为苏州刺史,兼御史中丞,充浙西都团练观察使。《德宗纪》又载,建中元年春正月韩滉为苏州刺史,领浙西都团练观察使,然《通鉴》记此事为大历十四年十一月,故皎然送道昌入朝,当在大历十四年冬或建中元年春,送地例应在苏州,苏、湖比邻,故知是时已返自剡中。"②

崔某约于是年为处州刺史

《唐代墓志汇编》元和○九八王众仲《唐故处州刺史崔公后夫人窦氏墓志并铭》:"既笄许嫁,而处州卢夫人薨。姻族之间,称夫人之德容,饱夫人之淑行。崔公致中馈之请,以备蘋蘩之职,琴瑟在室,逾二十年,而处州薨。……以元和十二年三月二十三日遘疾,薨于汉中,享年七十有五。"③以窦氏笄年嫁于崔氏,又逾二十年而崔氏卒推之,崔氏为处州刺史当在大历末年。今姑系于本年。

780　唐德宗建中元年庚申

正月,高元和等游处州初阳山题名

王琼瑛《摩崖石刻》:"唐高元和等题名,建中元年(780)。'高元和、祝彦平、杨德充、徐济远、詹季中、弟季达,建中改元光月三日游。'位于初旸谷洞口'倪翁洞'题记右侧,自左至右直写4行,行6至7字不等,字径9厘米,幅大40厘米×70厘米,楷书。字迹清晰。据《栝苍金石志》载:高元和等初阳谷题名,建中元年。四行三行

---

① [宋]陈思编著:《宝刻丛编》卷一三,第821页。
② 傅璇琮主编:《唐才子传校笺》第2册,第195—196页。
③ 周绍良主编:《唐代墓志汇编》下册,第2017页。

凡七字，末行六字，字径二寸二分，正楷，左文，元光三月。右题名在缙云县初阳谷，高元和六人无考，光元重光之月也。建中改元是唐德宗元年。不料仙都胜地累以前人搜访，犹有唐刻见遗，殷甫。建中元年（780）。"①按，此处录文"光月"应为"元月"，为形近误录。徐文平《浙南摩崖石刻研究》："唐高元和等初阳山题名，建中元年（780）。'高元和、祝彦平、杨德充、徐济远、詹季申、弟季达，建中改元元月三日游。'此摩崖石在仙都初阳山李阳冰'倪翁洞'题刻右旁，自左至右直书 4 行，楷书，字径 9 厘米，面积 70 厘米×40 厘米。【按】《栝苍金石志补遗》卷一著录，题为《高元和等初阳谷题名》。"②

春，李纾在婺州刺史任，赵涓赠诗，刘长卿奉和

刘长卿有《奉和赵给事使君留赠李婺州舍人兼谢舍人别驾之什》诗云："便道访情亲，东方千骑尘。禁深分直夜，地远独行春。绛阙辞明主，沧洲识近臣。云山随候吏，鸡犬逐归人。庭顾婆娑老，邦传蔽芾新。玄晖翻佐理，闻到郡斋频。"③储仲君《刘长卿诗编年笺注》云："赵给事使君，当为赵涓。《旧唐书·赵涓传》：'河南副元帅王缙奏充判官，授检校兵部郎中，兼侍御史，迁给事中、太常少卿，出为衢州刺史。'《新唐书·赵涓传》：'德宗初，为衢州刺史。'按德宗于大历十四年（779）五月即位，诗作于春日，当在建中元年（780）春。李婺州舍人，即李纾。"④杨世明《刘长卿集编年校注》云："建中元年（780）春睦州作。赵给事：指赵涓。涓冀谈得上人，天宝时进士，官至尚书左丞。兴元元年卒。两《唐书》有传。《新唐书》本传云：'德宗初为衢州刺史。'应即建中元年事。……李婺州舍人：即婺州刺史李纾。"⑤

五月，戴叔伦为婺州东阳令，与前任顾明府交接，并作诗酬陆山人

陆长源《唐东阳令戴公去思颂》："建中元祀，皇上新景命，将致天下于仁寿之域。以兵革盗□，闾阎□□，前□之□犹畛，□□□延度求俾乂。夏五月壬辰，诏书以监察御史里行戴叔伦为东阳令，□□□也。"⑥按，《全唐文》所录缺字甚多，该碑

---

① 王琼瑛：《摩崖石刻》，第 5 页。
② 徐文平：《浙南摩崖石刻研究》，第 125 页。
③ ［清］彭定求：《全唐诗》卷一四八，第 1526 页。
④ 储仲君：《刘长卿诗编年笺注》，第 471 页。
⑤ 杨世明：《刘长卿集编年校注》，第 426 页。
⑥ ［清］董诰：《全唐文》卷五一○，第 5185 页。

429

见于《两浙金石志》①。蒋寅有《戴叔伦任东阳令考——兼谈〈唐东阳令戴公去思颂〉的新发现》，载于《广西师范大学学报（哲学社会科学版）》1986年第4期。又蒋寅有《戴叔伦年表》即系戴为东阳令在建中元年②，可以参考。戴叔伦为东阳令具有一定的政治背景，蒋寅《戴叔伦作品考述》云："出任东阳令之政治背景。陆长源《去思颂》载：'建中元祀，皇上新景命，将致天下于仁寿之域。以兴军虚耗，闾阎凋瘵。……夏五月壬辰，诏书以监察御史里行戴叔伦为东阳令，择良吏也。'今以梁碑观之，叔伦乃因'府废'而出补东阳令，则叔伦之任东阳固以刘晏获罪而致遣。《旧唐书·刘晏传》载杨炎入相，追怒前事，罢晏盐铁转运等使，贬为忠州刺史。事在建中元年（780）二月（《旧唐书·德宗纪》）。刘晏既贬，亲故多坐累，令狐峘、卢征、崔造、潘炎等均遭谪斥。叔伦由河南转运留后（驻汴州）调东阳令，亦有贬谪意味，故其《敬酬陆山人二首》诗云：'党议株连不可闻，直臣高士去纷纷。当时漏夺无人问，出宰东阳笑杀君。'所谓'当时漏夺无人问'，盖自我解嘲；陆文谓'择良吏'，亦讳言之耳。"③

戴叔伦《送东阳顾明府罢归》诗云："祖帐临鲛室，黎人拥鹢舟。坐蓝高士去，继组鄙夫留。白日落寒水，青枫绕曲洲。相看作离别，一倍不禁愁。"④诗的领联明确说明顾明府是戴叔伦的前任，自己是继组者。是为建中元年戴叔伦已至东阳，而顾明府尚未离东阳，顾与戴交接后，戴为顾饯行，席上而作此诗。诗言"寒水""青枫"，则在秋季。叔伦还有《戏留顾十一明府》："江明雨初歇，山暗云犹湿。未可动归桡，前程风浪急。"⑤《临流送顾东阳》："海上独归惭不及，邑中遗爱定无双。兰桡起唱逐流去，却恨山溪通外江。"⑥均为送别前任顾明府之作。

戴叔伦《敬酬陆山人二首》诗云："党议连诛不可闻，直臣高士去纷纷。当时漏夺无人问，出宰东阳笑杀君。""由来海畔逐樵渔，奉诏因乘使者车。却掌山中子男印，自看犹是旧潜夫。"⑦蒋寅《戴叔伦诗集校注》附录《年谱简编》建中元年："五月，出任东阳县令。……《敬酬陆山人二首之一》……叔伦之出盖因刘晏遭贬株及。《旧唐书·地理志》江南东道：婺州领金华、义乌、永康、东阳、兰溪、武威、浦阳。'东

① ［清］阮元：《两浙金石志》卷二，第32页。
② 蒋寅：《大历诗人研究》下编，第460页。
③ 蒋寅：《大历诗人研究》下编，第537—538页。
④ ［清］彭定求：《全唐诗》卷二七四，第3113页。
⑤ ［清］彭定求：《全唐诗》卷二七四，第3101页。
⑥ ［清］彭定求：《全唐诗》卷二七四，第3106页。
⑦ ［清］彭定求：《全唐诗》卷二七四，第3105—3106页。

阳,垂拱二年分乌伤县,取旧郡名。'今在浙江省。"①

本年,会稽诗僧灵澈赴湖州访问诗僧皎然

皎然有《赠包中丞书》,其中论及灵澈云:"有会稽沙门灵澈,年三十有六,知其有文十余年,而未识之。此则闻于故秘书郎严维随州刘使君长卿前殿中皇甫侍御曾,尝所称耳。及上人自浙右来湖上见存,并示制作。观其风裁,味其情致,不下古手,不傍古人,则向之严、刘、皇甫所许。畴今所觑,则三君之言,犹未尽上人之美矣! 读其《道边古坟》诗,则有'松树有死枝,冢上唯莓苔,石门无人入,古木花不开。'《答范秘书》作,则有'绿竹岁寒在,故人衰老多。《云门雪夜》作,则有'天寒猛虎叫岩雪,松下无人空有月。千年像教人不闻,烧香独为鬼神说。'《石帆山》作,则有'月色静中见,泉声深处闻。'《题李尊师堂》,则有'古庙茅山下,诸峰欲曙时。真人是皇子,玉堂生紫芝。'《题曹溪能大师蒋山》作,则有'禅门至六祖,衣钵无人得。'《登天姥岑望天台山》作,则有'天台众山外,岁晚当寒空。有时半不见,崔嵬在云中。'《伤古墓》作,则有'古墓碑表折,荒垅松柏稀。'《福建还登黎岭望越中》作,则有'秋深知气正,家近觉山寒。'《九日》作则有'山僧不记重阳日,因见茱萸忆去年。'《宿延平津怀古》作,则有'今非古狱下,莫向斗间看。'又有《归湖南》诗,则有'山边水边待月明,暂向人间借路行。如今还向山边去,惟有湖水无行路。'此僧诸作皆妙,独此一篇,使昼见欲弃笔砚。伏惟中丞高鉴宏量,其进诸乎? 其舍诸乎?"②

李端约于本年在浙东,作《宿兴善寺后堂池》等诗,是时司空曙也同在浙东

李端有《宿兴善寺后堂池》诗云:"草堂高树下,月向后池生。野客如僧静,新荷共水平。锦鳞沉不食,绣羽乱相鸣。即事思江海,谁能万里行。"③兴善寺,《嘉泰会稽志》卷八"新昌县":"兴善院在县西南四十里。晋太康十一年,西域僧幽闲卜筑于此,号新建寺。会昌废,大中元年重建。"④然李端何时在越州,难以确考。

傅璇琮《唐代诗人丛考》载有《李端考》做过推测:"诗人与李端唱酬寄赠的,还有司空曙《赠李端》《过坚上人故院与李端同赋》《酬李端校书见赠》《深上人见访忆李端》。另外,严维有《送李端》诗,写的感情较为诚挚:'故关衰草遍,离别正堪悲。

① 蒋寅:《戴叔伦诗集校注》附录二,第 281 页。
② 〔清〕董诰:《全唐文》卷九一七,第 9553 页。
③ 〔清〕彭定求:《全唐诗》卷二八五,第 3246—3247 页。
④ 〔宋〕施宿:《嘉泰会稽志》卷八,《宋元浙江方志集成》第 4 册,第 1809 页。

路出寒云外,人归暮雪时。少孤为客早,多难识君迟。掩泣空相向,风尘何所期。'此诗也不可确知其写作时间。严维于大历中居住于越中,刘长卿贬为睦州司马时,曾与严维唱酬甚多。严维约于大历十二年前赴河南,此诗或是严维在河南,李端因事出为杭州司马时的送别之作。"①傅先生以为此诗作于李端为杭州司马时,应可信从。然我们考证李端有《代宗挽歌》,而代宗卒于大历十四年十月,是年李端应在京。其为杭州司马应该在次年即建中元年以后。又卢纶有《得耿湋司法书,因叙长安故友零落,兵部苗员外发、秘省李校书端相次倾逝,潞府崔功曹峒、长林司空丞曙俱谪远方,余以摇落之时,对书增叹,因呈河中郑仓曹、畅参军昆季》诗,《耿湋墓志》已经出土,笔者曾作《新出土"大历十才子"耿湋墓志及其学术价值》,刊于《文学遗产》2018 年第 6 期。考证出这首诗应作于建中三年或四年的秋天。而诗题明确说明李端已经去世。故我们将李端赴浙东事系于建中元年。

司空曙《过坚上人故院与李端同赋》诗云:"旧依支遁宿,曾与戴颙来。今日空林下,唯知见绿苔。"②其时亦在浙东。因与李端同赋,故亦系于本年。前引卢纶诗言李端已卒而"潞府崔功曹峒、长林司空丞曙俱谪远方"③,盖大历十才子于建中初以后大都被贬谪,李端为杭州刺史应该也是被贬。司空曙又有《秋夜忆兴善院寄苗发》诗云:"右军多住寺,此夜后池秋。自与山僧伴,那因洛客愁。卷帘霜霭霭,满目水悠悠。若有诗相赠,期君忆惠休。"④是回忆自己曾经游览过兴善院之作,这与李端诗印证,二人同游兴善寺殆无可疑。李端又有《忆友怀野寺旧居》诗,题一作"答司空文明怀野寺旧居",诗云:"自嫌野性共人疏,忆向西林更结庐。寄谢山阴许都讲,昨来频得远公书。"⑤就诗的内容及用语来看,司空曙在越中曾经居住过野寺。

①　傅璇琮:《唐代诗人丛考》,第 542 页。
②　[清]彭定求:《全唐诗》卷二九二,第 3324 页。
③　[清]彭定求:《全唐诗》卷二七七,第 3145 页。
④　[清]彭定求:《全唐诗》卷二九二,第 3311—3312 页。
⑤　[清]彭定求:《全唐诗》卷二八六,第 3282 页。

浙东唐诗之路研究系列丛书

国家出版基金项目
NATIONAL PUBLICATION FOUNDATION

浙江文化研究工程成果文库

浙东唐诗编年史长编 （下册）

胡可先 俞沁 著

ZHEJIANG UNIVERSITY PRESS
浙江大学出版社
·杭州·

781　唐德宗建中二年辛酉

正月,会稽诗僧灵澈往江州诣包佶,皎然作《赠包中丞书》荐之

这里的"包中丞"即包佶。书云:"改年伏惟永感罔极。……去岁马某往,已奉状,计上达。孟春犹寒,伏惟中丞尊体万福。即此昼蒙免。一昨见《秋晚离披菊》一章,使昼却顾鄙拙,尽欲焚烧。凝思三复,弥得精旨。中丞寄重任大,堆案日盈,而言诗至此,岂非凝心悉到耶? 今海内诗人,以中丞为龙门,贤与不肖,雷同愿登。仰测中丞之为心,固进善而拒不工也。"①是其书作于春日。贾晋华《皎然年谱》根据文中有关时间线索考订为建中二年(781),今从之。赵昌平《读皎然〈赠包中丞书〉札记》(《唐代文学论丛》第 5 辑)系于兴元元年(784),今不从。

正月,台州司士参军吕秀岩所书《大秦景教流行中国碑》建立

西安碑林藏《大秦景教流行中国碑》:"朝议郎前行台州司士参军吕秀岩书……大唐建中二年岁在作噩太蔟月七日大耀森文日建立,时法主僧宁恕知东方之景众也。"②

二月,权德舆为包佶从事。春,使杭、越诸州,有诗寄陆偘,时偘隐居越州

陶敏、李一飞、傅璇琮《唐五代文学编年史·中唐卷》:"《权载之文集》卷三三《张登集序》:'君之孤宣猷,以予建中初同为丹阳公从事。'同前卷二《奉和许阁老酬淮南崔十七端公》自注:'德舆建中、兴元之间,与崔同为盐铁邑(当作包)大夫从事杨子既济寺。'丹阳公、包大夫,均指包佶。同前卷三《早发杭州泛富春江寄陆三十一公佐》:'候晓起徒驭,春江多好风。……缨尘日已厚,心累何时空。……故人悬圃姿,琼树纷青葱。终当此山去,共结兰桂丛。'同前卷二四《陆偘墓志》:'君讳偘,

---

① 〔清〕董诰:《全唐文》卷九一七,第 9552—9553 页。
② 〔清〕朱枫:《雍州金石记》卷八,中华书局 1985 年版,第 69 页。

字公佐。……与兄隐居于越。……贞元初……'诗当本年或稍后之春日作。"①

戴叔伦在东阳令任上,作《问严居士易》诗,又秦系往访

戴叔伦《问严居士易》诗云:"自公来问易,不复待加年。更有垂帘会,遥知续草玄。"②蒋寅《戴叔伦诗集校注》云:"据诗中所用典故,知诗人年已五十,诗当作于建中二年(781),时任东阳令。"③

戴叔伦《张评事涉秦居士系见访郡斋即同赋中字》诗云:"轺车忽枉辙,郡府自生风。遣吏山禽在,开樽野客同。古墙抽腊笋,乔木扬春鸿。能赋传幽思,清言尽至公。城欹残照入,池曲大江通。此地人来少,相欢一醉中。"④

戴叔伦《送秦系》诗云:"五都来往无旧业,一代公卿尽故人。不肯低头受羁束,远师溪上拂缨尘。"⑤

傅璇琮《戴叔伦的事迹系年及作品的真伪考辨》云:"《全唐诗》卷二七四载戴叔伦《张评事涉秦居士系见访郡斋即同赋中字》,……当为秦初作。此时秦系隐居于会稽,故能近道至东往访。戴叔伦另有《送秦系》《题秦隐君丽居(句)亭》(同上卷),当同在东阳时所作。"⑥

梁肃撰《台州隋故智者大师修禅道场碑铭》

王昶《金石萃编》卷一〇六跋语云:"智者以开皇十七年逝,至此立碑之岁为元和六年,共得二百十五年,云'一百九十余载'者,当由撰文在元和六年以前也。"⑦按,据碑文所载,是梁肃遵湛然大师之命所作,而湛然大师之卒在建中三年,知此文作于建中三年之前。故胡大浚、张春雯《梁肃年谱稿下》系此文于建中元年至三年间,亦属可信。但其所据之证据,一是《唐文粹》所载智𫖮卒后一百八十余载,与石刻"一百九十余载"不合,二是以为"上元宝历"为上元、宝应、大历,更是没有见到石刻原文之误。而智𫖮卒后一百九十载已至贞元三年(787),这时湛然大师也已卒五年,似乎也不吻合。据碑题署"右补阙翰林学士梁肃撰",考《翰林学士壁记注补

---

① 陶敏、李一飞、傅璇琮:《唐五代文学编年史·中唐卷》,第358页。
② [清]彭定求:《全唐诗》卷二七四,第3097页。
③ 蒋寅:《戴叔伦诗集校注》卷一,第94页。
④ [清]彭定求:《全唐诗》卷二七四,第3115页。
⑤ [清]彭定求:《全唐诗》卷二七四,第3106页。
⑥ 傅璇琮:《唐代诗人丛考》,第383页。
⑦ [清]王昶:《金石萃编》卷一〇六,第2页。

四》："梁肃贞元七年自左补阙充。兼皇太子侍读、守本官、兼史馆修撰。"①贞元七年(791)为智颙卒后一百九十四年,如此与题署及碑文内容都相吻合。但此时湛然大师已卒九年,应该不是碑文的作年。由此我们可以做这样的推测,该碑是梁肃受湛然大师之命所作,应在建中之时,直到元和六年(811)立碑时徐放书碑,题署为梁肃终官,其中的文字"一百九十余年"乃书碑时改易。《唐文粹》以"一百九十余年"与湛然之卒产生矛盾,故又改为"一百八十余年"。

十月,明州立王密德政碑,李阳冰篆额,李阳冰又书王密《裴儆碣》

《金石录》卷八:"《唐明州刺史王公德政碑》,李舟撰,颜真卿正书,李阳冰篆。建中二年十月。王公名密。"②撰者李舟,字公受,官至处州刺史。贞元三年卒。《全唐文》存文七篇,《新唐书·艺文志》卷五七载有《切韵》十卷。梁肃有《处州刺史李公墓志铭》。见本书贞元三年纪事。

欧阳修《集古录跋尾》卷七:"《唐裴公纪德碣铭》,大历八年。右《裴公纪德碣铭》,唐越州刺史王密撰,国子监丞、集贤院学士李阳冰篆。裴公儆为明州刺史,密代之,为作此文。其文云:'皇唐御神器一百四十二年,天下大康。海隅小寇,结乱瓯越。因言明州当出兵之冲,民物残敝,儆抚绥有惠爱,而人思之尔。'按唐自戊寅武德元年受命,至己亥乾元二年,乃一百四十二年。是时肃宗新起灵武,上皇自蜀初还,史思明僭号于河北,是岁,洛阳、汝、郑等州皆陷于贼,不得云'天下大康'而'海隅小寇'也。考于史传,又不见其事,惟台州贼袁晁攻陷浙东州郡,乃宝应元年,当云一百四十五年。又据密代儆明州刺史,至大历十四年移湖州,则儆、密相继为刺史,宜在代宗时。然密当时人,推次唐年,不应有失。余友王回深父曰:'唐自武德至大历八年,实一百五十六年,中间除则天称周十四年,则正得一百四十二年。是时天下粗定,文人著辞以为大康,理亦可通。'"③

朱关田《唐代书法家年谱》卷七《李阳冰事迹纪年稿》:"唐德宗建中二年辛酉(781),五十八岁。九、十月间,有明州之行,途经越州,交游州牧王密,为友人颜真卿《王密德政碑》篆额。又篆书王密《裴儆碣》并古文题额。《丛编》卷十三'明州'引《集古录目》:'《唐刺史王密德政碑》,唐浙东观察判官李舟撰,太子少师颜真卿正

① 岑仲勉:《翰林学士壁记注补四》,《郎官石柱题名新考订(外三种)》,中华书局 2004 年版,第 228 页。
② [宋]赵明诚撰,金文明校证:《金石录校证》卷八,第 165 页。
③ [宋]欧阳修:《集古录跋尾》卷七,第 164 页。

书,国子丞李阳冰篆额。……以建中二年十月立。'又:'《唐刺史裴儆纪德碣》,唐越州刺史、浙江东西节度副使王密撰。集贤院学士李阳冰篆额。裴公名儆,代宗时为明州刺史,岁满罢去,州人为之立碑。'《集古录跋尾》卷七记在大历八年。按《新书》卷六(八)《方镇王(五)》有记'建中元年,分浙江东、西道都团练观察使为二道'。二年'合浙江东西二道观察使,置节度使,治润州'。王密题衔'越州刺史浙江东西节度副使',盖出二年。李阳冰以国子丞充集贤院学士,始于去年,其题学士,盖省本官。《王密》《裴儆》立石明州,阳冰必有明州之行。自京至明,必经越州,为其州牧王密篆书其文并古人题额,两人当有交游,而时在十月之前,以九月为近是。"①

严维为秘书郎,武元衡与其诗歌往还

赵目珍《武元衡年谱》:"建中二年……秋,有诗寄赠好友史近、崔积。《秋灯对雨寄史近崔积》(卷三一七)。另,严维有诗寄赠,酬寄之。《酬严维秋夜见寄》(卷三一七)。冬日,又有诗寄赠严维。《闻严秘书与正字及诸客夜会因寄》(卷三一七)。"②

李季贞为处州刺史

《全唐文》卷六一八李季贞小传云:"季贞,建中二年自节度判官除括州刺史。"③季贞有《石门山记》云:"兹山惟扬东瓯之地也……余因守此藩,行县至□游憩永日。"④《宝刻丛编》卷一三"处州"引《复斋碑录》:"《唐石门山记》,唐刺史李季贞篆,篆书,建中四年十一月立。"⑤

本年,崔鼎为台州刺史

《嘉定赤城志》卷八"秩官门·历代郡守":"建中二年,崔鼎。"⑥

---

① 朱关田:《唐代书法家年谱》卷七,第504—505页。
② 赵目珍:《〈诗人主客图〉"瑰奇美丽主"武元衡年谱》,载《中国韵文学刊》2013年第2期,第91页。
③ [清]董诰:《全唐文》卷六一八,第6241页。
④ [清]董诰:《全唐文》卷六一八,第6241页。
⑤ [宋]陈思编著:《宝刻丛编》卷一三,第844页。
⑥ [宋]陈耆卿:《嘉定赤城志》卷八,《宋元浙江方志集成》第11册,第5149页。

782　唐德宗建中三年壬戌

二月，湛然在天台山佛陇道场圆寂，梁肃为撰碑铭

蒋寅《梁肃年谱》建中三年："二月五日，湛然在天台山佛陇道场圆寂，公为撰碑铭。文今佚，崔恭《唐右补阙梁肃文集序》（《唐文粹》卷九二）举其目，标《荆溪大师碑》。《宋高僧传》卷六湛然传有'其朝达得其道者，唯梁肃学士，故擒鸿笔成绝妙之辞'之语，神田氏以为即指公撰湛然碑铭。氏又云日本传教大师《台州录》著录梁肃撰《荆溪和尚碑》一卷。《佛祖统纪》卷七东土九祖纪三湛然传明言'门人梁肃撰师碑铭'并引及碑中部分文字。"①

秋，朱巨川为中书舍人还江东，李嘉祐有诗送之

李嘉祐《送朱中舍游江东》诗云："孤城郭外送王孙，越水吴洲共尔论。野寺山边斜有径，渔家竹里半开门。青枫独映摇前浦，白鹭闲飞过远村。若到西陵征战处，不堪秋草自伤魂。"②诗中"朱中舍"应为朱巨川，《金石萃编》卷一〇二《颜鲁公书朱巨川告身》："朝议郎行尚书司勋员外郎、知制诰朱巨川，学综坟史，文含风雅。贞廉可以励俗，通敏可以成务。自司纶翰，屡变星霜，酌而不竭，时谓无对。今六官是总，百度惟贞，才识兼求，尔其称职。膺兹奖拔，是用正名，光我禁垣，实在斯举。可守中书舍人，散官如故。建中三年八月十四日。"③"八月"为"六月"之误。而据李纾所撰《朱巨川神道碑》，朱氏建中四年（783）三月九日卒，春秋五十有九。而这首诗秋日所作，盖即建中三年巨川莅任中书舍人不久即游江东。朱巨川还江东，需要行经西陵渡口。诗有"若到西陵征战处"句，是说经过安史之乱以后，社会动乱战争也连及杭州的情况。同时，这里也是用西陵的典故，因为这里曾经是范蠡屯兵征战之地。《水经注·浙江水》曰："浙江又经固陵城北。昔范蠡筑城于浙江之滨，言

---

①　蒋寅：《大历诗人研究》下编，第583页。
②　［清］彭定求：《全唐诗》卷二〇七，第2162页。
③　［清］王昶：《金石萃编》卷一〇二，第6页。

可以因守，谓之固陵。今之西陵也。"①

戴叔伦在东阳令任上，将赴洛阳经扬州与包佶交游并作诗

戴叔伦《将游东都留别包谏议》诗云："衰客惭墨绶，素舸逐秋风。云雨恩难报，江湖意已终。县当仙洞口，路出故园东。唯有新离恨，长留梦寐中。"②诗有"县当仙洞口"，则为东阳县。蒋寅《戴叔伦诗集校注》云："由题知诗作于赴洛阳途中。包佶于建中二年(781)十一月至三年十二月间在扬州任江淮盐铁使，诗言'路出故园东'，似作于途经扬州晤包佶时，盖建中三年秋间也。包谏议：包佶，时任江淮盐铁使，带朝职为太常少卿，此称其故官。"③

严维约本年卒，年约六十六，有诗一卷

陶敏、李一飞、傅璇琮《唐五代文学编年史·中唐卷》："《昼上人集》卷九《赠包中丞书》称'故秘书郎严维'，书作于兴元元年正月，知维卒于本年或建中四年。《新唐书·艺文志四》：'《严维诗》一卷。'《直斋书录解题》卷一九：'《严维集》一卷。'《全唐诗》编其诗一卷(卷二六三)。"④方建新等《浙江文献要目》集部："《严维诗集》二卷，唐山阴严维撰。清光绪二十一年江氏灵鹣阁刻《唐人五十家小集》本。"⑤

刘伦卒于台州录事参军任

周君巢《唐故台州录事参军河南刘公(伦)墓志铭并叙》："有唐台州录事参军刘公，建中三年寝疾终于扬州法云之精舍，春秋若干。……公讳伦，字某，其先河南人也。……天宝末，胡虏犯顺，南迁江左，寓居于会稽。黍离多露之戚，慨然有遗荣之意。吏部侍郎李季卿巡抚江淮，表公志行；兵部尚书薛兼训连帅浙右，举公才业。再命台州纠曹掾。强应所知，雅非其好。未满岁，拂衣罢去。无何，相国彭城公实总权酷，权倾江表，与公宗党知旧，且举滞淹，邮使旁午促令上道，时朝廷虚台阁延待。道不我行，中途遘疠而殁。"⑥

---

① ［北魏］郦道元撰，陈桥驿点校：《水经注》卷四〇，第 752 页。
② ［清］彭定求：《全唐诗》卷二七三，第 3087 页。
③ 蒋寅：《戴叔伦诗集校注》卷一，第 99 页。
④ 陶敏、李一飞、傅璇琮：《唐五代文学编年史·中唐卷》，第 383 页。
⑤ 方建新、徐永明、童正伦编：《浙江文献要目》，第 124 页。
⑥ 吴钢主编：《全唐文补遗·千唐志斋新藏专辑》，第 333 页。

783 唐德宗建中四年癸亥

春,戴叔伦离东阳县令任,作《婺州路别录事》《将赴湖南留别东阳旧僚兼示吏人》等诗

蒋寅《戴叔伦诗集校注》附录《年谱简编》建中四年:"年初离东阳,欲赴湖南观察使幕,但李皋已于去年十月调任江西节度使,故行至江西便入李皋幕中,任判官。《婺州路别录事》:'会日起离恨,新年别旧僚。春云犹伴雪,寒渚未通潮。'《将赴湖南留别东阳旧僚兼示吏人》:'智力苦不足,黎甿殊未安。忽从新命去,复隔旧僚欢。晓路整车马,离亭会衣冠。冰坚细流咽,烧尽乱峰残。'据二诗知离东阳在年初。诗题曰赴湖南,则尚未知李皋移镇。《旧唐书·德宗纪》:建中三年十月辛亥,'以湖南观察使嗣曹王皋为洪洲(州)刺史、江西节度使。'自令下交接移防至李皋抵江西需相当时间,故叔伦未知其事。《墓志铭》:'曳裾于贤王也,则为湖南、江西上介。'盖权德舆时在江西幕中,知嗣曹王于湖南辟叔伦一节,为行文对称照书其事,然叔伦实未参湖南幕事。"[①]

戴叔伦任东阳县令,颇著政绩,做了很多有益于人民之事。蒋寅《戴叔伦诗集校注》前言云:"当时的浙东,在安史乱中虽未遭叛军荼毒,但因'天宝以后,中原释耒,辇越而衣,漕吴而食'(《通典·食货》),负担着庞大的军费开支,百姓也被搜刮得贫困不堪,农村经济日益凋敝。叔伦初到东阳时,这里'凶寇俶扰,邑人荐瘥,田为蒿莱,人挤沟壑'。面对这一局面,他本着'简以惠下,信以怀亡'的原则,下车伊始,首先'缓其赋,使其人舒',然后'平其役,使其人劝',从而引得逋人逐渐归还,荒田日益开辟;又兴修水利事业,终于发展了农业生产,使东阳一县'室有箱而知积,岁无云而有秋',经过三年的休养生息,初步呈现出安定富足的小康景象。兴元元年(784)他离任一年后,东阳人民为纪念他的德政,立《唐东阳令戴公去思颂》碑颂德。"[②]

戴叔伦在东阳令任上,还作有《对酒示申屠学士》诗:"三重江水万重山,山里春

---

① 蒋寅:《戴叔伦诗集校注》附录二,第282—283页。
② 蒋寅:《戴叔伦诗集校注》前言,第4页。

风度日闲。且向白云求一醉，莫教愁梦到乡关。"①所谓"三重江水"即指东阳江、兰溪、浙江三江之水。又作《永康孙明府颐秩满将归枉路访别》诗："门前水流咽，城下乱山多。非是还家路，宁知枉骑过。风烟复欲隔，悲笑屡相和。不学陶公醉，无因奈别何。"②蒋寅《戴叔伦诗集校注》卷一注："据诗题知孙颐秩满将离任，特地来访叔伦作别，叔伦时在东阳。"③叔伦又作《送吕少府》诗："共醉流芳独归去，故园高士日相亲。深山古路无杨柳，折取桐花寄远人。"④蒋寅《戴叔伦诗集校注》卷一注："诗言深山，当是在东阳作。"⑤

春，白居易避难越中，作《江楼望归》诗

白居易《江楼望归》诗云："满眼云水色，月明楼上人。旅愁春入越，乡梦夜归秦。道路通荒服，田园隔房尘。悠悠沧海畔，十载避黄巾。"⑥朱金城《白居易年谱》建中三年："去荥阳。从父季庚徐州别驾所，寄家符离。按汪《谱》云：'《宿荥阳》诗：去时十一二，今年五十六。'时两河用兵，公避难越中，当在是年。后又有《江楼望归》诗云：'悠悠沧海畔，十载避黄巾。'云'十载'者，谓成数耳。居易贞元七年在符离，则寄家符离当自是年始，次年再避难越中也。"⑦诗云"旅愁春入越"，是作于本年春天。

邢济为台州刺史，皎然作诗相送

皎然有《送邢台州济》诗云："海上仙山属使君，石桥琪树古来闻。他时画出白团扇，乞取天台一片云。"⑧郁贤皓先生《唐刺史考全编》卷一四四"台州"云："邢济（邢招济），建中四年。《赤城志》：'建中四年，邢招济。'注云：'按唐僧清昼有《送邢济牧台州》诗，即无招字，恐《壁记》误。又建中尽四年，《壁记》作五年。'《全诗》卷八一八皎然有《送邢台州济》，注：'一作《送独孤使君赴岳州》。'"⑨按，诗称"海上仙

① [清]彭定求：《全唐诗》卷二七四，第3108页。
② [清]彭定求：《全唐诗》卷二七四，第3114页。
③ 蒋寅：《戴叔伦诗集校注》卷一，第98页。
④ [清]彭定求：《全唐诗》卷二七四，第3109页。
⑤ 蒋寅：《戴叔伦诗集校注》卷一，第98页。
⑥ [清]彭定求：《全唐诗》卷四三六，第4837页。
⑦ 朱金城：《白居易年谱》，上海古籍出版社1982年版，第9—10页。
⑧ [清]彭定求：《全唐诗》卷八一八，第9220页。
⑨ 郁贤皓：《唐刺史考全编》卷一四四，第2044页。

山""石桥琪树""乞取天台",都是台州地理物事,是题一作《送独孤使君赴岳州》,实误。《嘉定赤城志》卷八"秩官门·历代郡守":"建中四年,邢招济。"注:"按:唐僧清昼有《送邢济牧台州》诗,即无'招'字,恐《壁记》误。又建中尽四年,《壁记》乃作五年。"①

冬,皎然题诗于云门寺无侧房

皎然《寄题云门寺梵月无侧房》,题注:"时人相传是宝月道人后身也。"诗云:"越山千万云门绝,西僧貌古还名月。清朝扫石行道归,林下眠禅看松雪。"②无侧,《宋高僧传》卷二九《唐京兆欢喜传》所附无侧事迹云:"有会稽云门寺释无侧者,外国人,未知葱岭南北生也。若胡若梵,乌可分诸?建中中越碛东游,得意则止,度其冬夏。后栖越溪云门寺修道。然善体人意,号利智梵僧焉。"③贾晋华《皎然年谱》系其诗于本年皎然访越中时作,今从之。

崔论约于本年或稍后为衢州刺史,登烂柯山作诗,皎然有和作

皎然《奉和崔中丞使君论李侍御萼登烂柯山宿石桥寺效小谢体》诗云:"常爱谢公郡,幽期愿相从。果回青骢臆,共蹑玄仙踪。灵境若髣髴,烂柯思再逢。飞梁丹霞接,古局苍苔封。往想冥昧理,谁亲冰雪容。蕙楼耸空界,莲宇开中峰。昔化冲虚鹤,今藏护法龙。云窥香树沓,月见色天重。永夜寄岑寂,清言涤心胸。盛游千年后,书在岩中松。"④按,《旧唐书·崔湜传》:"液子论,以吏干称。……大历末,元载以罪诛,朝廷方振起淹滞,迁同州刺史。未几,为黜陟使庾何所按,废免。议者以何举奏涉于深刻,复用论为衢州刺史。秩满,寓于扬、楚间,德宗以旧族耆年,授大理卿致仕卒。"⑤是崔论为衢州刺史当于建中时,上条已考皎然本年在衢州,今系诗于建中四年。

缙云令李萼作《题阮客旧居》诗,刻于摩崖

王琼瑛《摩崖石刻》:"唐李萼题词阮客旧居诗刻,建中间(780—783)。《题阮客

① [宋]陈耆卿:《嘉定赤城志》卷八,《宋元浙江方志集成》第 11 册,第 5150 页。
② [清]彭定求:《全唐诗》卷八一七,第 9210 页。
③ [宋]赞宁撰,范祥雍点校:《宋高僧传》卷二九,第 665—666 页。
④ [清]彭定求:《全唐诗》卷八一七,第 9199 页。
⑤ [后晋]刘昫:《旧唐书》卷七四,第 2624 页。

旧居》：'缙云令李蓘。阮客家何在，仙云洞口横。人间不到处，今日此中行。'位于壶镇东约一公里的南宫山阮客洞左边的岩壁上，直书，共6行。其中题目1行，署名1行。行5字，字径9至11厘米。题字4行，行5至7字。字径10至14厘米。字幅90厘米×70厘米。篆体。字迹清晰。据《括苍金额石志·补遗》载：李□在南宫山有'题阮客旧居'诗，唐建中。"①

徐文平《浙南摩崖石刻研究》："《唐李蓘南宫山诗刻》，建中年间（780—783）。'《题阮客旧居》，缙云令李蓘。阮客身何在，仙云洞口横。人间不到处，今日此中行。'此摩崖石刻在缙云南宫山左边山崖上，南宫寺后壁。自右而左，诗连题款直书5行，其中题款2行，行5字。诗3行，行7字。小篆，字径10—13厘米。面积70厘米×90厘米。【按】《栝苍金石志补遗》卷一著录，题为《李蓘客旧居诗刻》。此摩崖石刻，北宋欧阳修《集古录》误以为李阳冰诗并篆，《舆地碑目》《全唐诗》《唐诗纪事》俱作为李阳冰诗而录之。李蓘，建中年间（780—783）缙云令。光绪《处州府志》谓其'卓有政声，邑右孝妇陶氏丧姑，免土成坟，一哭而绝。蓘为之碑，请陆羽为文表之'。此诗刻当在建中年间勒。"②

欧阳修《集古录跋尾》卷七《唐李阳冰阮客旧居诗》："右李阳冰《阮客旧居诗》，云：'阮客身何在，仙云洞口横。人间不到处，今日此中行。'阮客者，不见其名氏，盖缙云之隐者也。彼以遁俗为高，而终以无名于后世，可谓获其志矣。然圣人有所不取也。阳冰欲称其人而不显其名字，何哉？岂阮客见称于当时，而阳冰不虑于后世邪？夫士固有显闻于一时，而泯没于万世者矣，顾其道何如也。阳冰篆字世传多矣，此摩灭而仅存，尤可惜也。治平元年四月二十有六日书。"③

《宝刻丛编》卷一三引《集古录目》："《唐阮客旧居诗》，唐缙云令李阳冰撰并篆书。阮客，隐者也。碑无刻石年月，在缙云。"又引《金石录》云："《集古录》以为阳冰作，今验其姓名，乃缙云县令李蓘，非阳冰也。其字画亦不工。盖阳冰肃宗上元中尝令缙云，其篆字石刻尚多有存者，故欧阳公亦误以此诗为阳冰作尔。"④

① 王琼瑛：《摩崖石刻》，第134页。
② 徐文平：《浙南摩崖石刻研究》，第125—126页。
③ ［宋］欧阳修：《集古录跋尾》卷七，第162页。
④ ［宋］陈思编著：《宝刻丛编》卷一三，第842—843页。

784　唐德宗兴元元年甲子

春，皎然由越中返湖州，与秦系相别

皎然有《酬秦山人赠别二首》诗云："知君高隐占贤星，卷叶时时注佛经。姓被名公题旧里，诗将丽句号新亭。来观新月依清室，欲漱香泉护触瓶。我有主人江太守，如何相伴住禅灵。""谁知卧病不妨禅，迹寄诗流性似偏。叶示黄金童子爱，书题青字古人传。时高独鹤来云外，每羡闲花在眼前。对此留君还欲别，应思石溜访春泉。"①第二首末句说明时令在春天。皎然去年年底来顺道访越州，则春天应该是本年春。

五月，婺州东阳县立《唐东阳令戴公去思颂》碑

宋陈思《宝刻丛编》卷十三"婺州"引《复斋碑录》："《唐东阳令戴叔伦去思颂》，唐陆长源撰，李秋寔八分书。兴元二年五月二十八日建，在本县学。"②陆长源《唐东阳令戴公去思颂》："建中元祀，皇上新景命，将致天下于仁寿之域。以兵革盗□，闾阎□□，前□之□犹轸，□□□延度求俾乂。夏五月壬辰，诏书以监察御史里行戴叔伦为东阳令，□□□也。"③末题："兴元元年岁次甲子五月□□□。"④按，《全唐文》所录缺字甚多，该碑见于《两浙金石志》。蒋寅有《戴叔伦任东阳令考——兼谈〈唐东阳令戴公去思颂〉的新发现》，可以参考。蒋寅曰："据阮元跋可知，此碑篆额为'唐东阳令戴公去思颂'九字，正文八分书共二十四行，行三十八字，阮元载碑文末署立碑日期为'兴元元年岁次甲子五月□□'，道光志亦作'兴元元年岁次甲子五月四日戊戌建'，而宋人陈思撰《宝刻丛编》《宝刻类编》均作兴元二年五月二十八日，不知何据。按甲子岁正是兴元元年，而翌年正月即改元为贞元元年，史并无兴

---

① ［清］彭定求：《全唐诗》卷八一五，第 9183 页。
② ［宋］陈思编著：《宝刻丛编》卷一三，第 810—811 页。
③ ［清］董诰：《全唐文》卷五一〇，第 5185 页。
④ ［清］阮元：《两浙金石志》卷二，第 32 页。

元二年五月,故应该据县志为是。"①

秋,权德舆送王仲舒至衢州觐省叔父并作序

权德舆《送王仲舒侍从赴衢州觐叔父序》云:"太原王生仲舒,从事于斯,弱冠秀发,始以雅词一轴,为士相见之贽。予尝学于此,闲世多病,方将自全于朴,止所不知。及览子之文,文达而理举,温润博雅,且多古风,则曩时之心,斐然复生,所守不固然也。然则文变损益,非鄙所知,粗言士友出处之略,用以为赠。……执事自由拳抵信安,途不千里,奉板舆之欢,赴竹林之期。况新安江路,水石清浅,严陵故台,德风蔼然,渔浦潭七里濑,皆此路也,二谢清兴,多自兹始。今日出祖,可以言诗。"②蒋寅《权德舆作品系年》"兴元元年甲子":"《送王仲舒侍从赴衢州觐叔父序》(卷三九)。仲舒于公为以姨弟,其《祭权少监文》(《全唐文》卷五四五)云:'仲舒及冠之年,情契深至。'此序云:'间世多病,方将自全于朴',谓弃职归隐也,应作于今年。又序中有'新安江路,水石清浅'之语,当为秋间。"③蒋寅等《权德舆诗文集编年校注》编于兴元元年,并注云:"王仲舒(762—823),字弘中,并州祁(今山西太原)人。少好学,工诗文。历任苏州刺史、洪州刺史、中书舍人等。衢州:唐属江南道。《元和郡县志》卷二六:'本旧婺州信安县也,武德四年平李子通,于信安县置衢州,以州有三衢山,因取为名。……垂拱二年复置。'"④

本年,秦系在会稽,赠诗与严维、陈允初

赵昌平《秦系考》附《秦系年表》:"德宗兴元元年(784),约六十岁。本年前后已由江西返会稽,有《会稽山居寄薛播侍郎袁高给事高参舍人》诗。《将移耶溪旧居留赠严维秘书》诗,当作于上诗稍前。按:严维大历十一、二年间任河南尉(傅璇琮《刘长卿考》),仕终秘书郎。本年春皎然《赠包中丞书》已称维'故严秘书正文',故知上诗必作于大历十二年后,本年前。"⑤按:《会稽山居寄薛播侍郎袁高给事高参舍人》非作于本年,应作于贞元元年(785)。详后。

---

① 蒋寅:《戴叔伦任东阳令考——兼谈〈唐东阳令戴公去思颂〉的新发现》,载《广西师范大学学报(哲学社会科学版)》1986 年第 4 期,第 39 页。

② [清]董诰:《全唐文》卷四九二,第 5025—5026 页。

③ 蒋寅:《大历诗人研究》下编,第 645—646 页。

④ 蒋寅笺,唐元校,张静注:《权德舆诗文集编年校注》,辽海出版社 2013 年版,第 76 页。

⑤ 赵昌平:《秦系考》附《秦系年表》,载《中华文史论丛》1984 年第 4 辑,第 152—153 页。

秦系《将移耶溪旧居留赠严维秘书》诗云："鸡犬渔舟里，长谣任兴行。那邀落日醉，已被远山迎。书箧将非重，荷衣着甚轻。谢安无个事，忽起为苍生。"①题诗一作《留呈严长史陈秘书》，是其诗应赠严维与陈允初二人。按，此诗《全唐诗》又收入陈孙诗卷，题为《移耶溪旧居呈陈元初校书》，惟"那邀落日醉"作"即令邀客醉"，"书箧"作"书笈"②。岑仲勉《读全唐诗札记》云："陈孙《移耶溪旧居呈陈元初校书》，又云，'陈孙、明皇时人。'余按《纪事》二八'秦系'下：'系《将移耶溪旧居留呈严长史陈校书允初》云，……'其诗全与此同，盖陈、秦音之讹，孙、系形之讹，实是乌有，今此诗又收下秦系（见下文），人与诗统应删却也。《纪事》四七陈元初下讹陈孙，《全诗》编者未加互勘，故至沿误。又允初殿中侍御史，见《姓纂》。《纪事》四七著录鲍防、严维、丘丹等联句，亦正作允初，'元'字误。"③《唐代墓志汇编续集》贞元○一七《柳氏（均）江夏李夫人墓志》："次女适侍御史陈允初。"④李夫人贞元二年卒，六年改葬。可证陈允初贞元六年（790）官至侍御史。

本年，卢习信为东阳县令

万历《金华府志》卷一二"官师志·东阳县令"："卢习信，涿人，兴元元年任。"⑤《新唐书》卷七三《宰相世系表三上》"卢氏"："习信，东阳令。"⑥陆长源《唐东阳令戴公去思颂》："宰范阳卢公曰信，以才望蹈公之遐躅。"⑦作"卢信"，或为省文，或为脱文。

785　唐德宗贞元元年乙丑

四月，羊士谔撰《南镇会稽山永兴公祠堂碣》

《嘉泰会稽志》卷一六："《南镇会稽山永兴公祠堂碣》，贞元元年四月，羊士谔

① ［清］彭定求：《全唐诗》卷二六〇，第2897页。
② ［清］彭定求：《全唐诗》卷二五八，第2885页。
③ 岑仲勉：《读全唐诗札记》，《唐人行第录（外三种）》，第225—226页。
④ 周绍良、赵超主编：《唐代墓志汇编续集》，第745页。
⑤ ［明］王懋德等：《金华府志》卷一二，第784页。
⑥ ［宋］欧阳修、宋祁：《新唐书》卷七三上，第2929页。
⑦ ［清］董诰：《全唐文》卷五一〇，第5186页。

撰,韩朾材书,韩方明篆额。"①《宝刻丛编》卷一三:"《唐南镇会稽山神永兴公祠堂碣》,唐试左威卫兵曹参军羊士谔撰,试太子正字韩朾材书,韩芳明篆额。唐封会稽山神为永兴公,贞元年奉诏祷祠作此铭,无刻石年月。"②

八月,明州司马阳济卒

刘长孺《唐故鸿胪少卿贬明州司马北平阳府君(济)墓志铭并序》:"少卿讳济,字利涉。……建中末,巨猾构衅,天子狩于梁祥。公久婴疾瘵,事出不虞,与李昌夔等阙扞牧圉,为贼协从。屡觇动静,间道表闻,有诏嘉焉。旋京邑收复,公素无党援,为执政者弃善录瑕,降明州司马。……以贞元元年八月廿九日,薨于均州旅次,享年七十二。"③

本年,秦系会稽山居,赠诗与薛播、袁高、高参

秦系《会稽山居寄薛播侍郎袁高给事高参舍人》诗云:"稷契今为相,明君复是尧。宁知买臣困,犹负会稽樵。"④薛播为侍郎事,《旧唐书·薛播传》:"(崔)祐甫辅政,用为中书舍人。出汝州刺史,以公事贬泉州刺史,寻除晋州刺史,河南尹,迁尚书左丞,转礼部侍郎。遇疾,贞元三年卒。"⑤袁高为给事中,《旧唐书·德宗纪》:兴元元年八月,"前湖州刺史袁高为给事中"⑥。高参为舍人事,《旧唐书·德宗纪》:贞元元年七月,"以谏议大夫高参为中书舍人"⑦。是本诗应作于贞元元年或稍后。宋高似孙《剡录》卷四:"秦处士丽句亭。系天宝间避地剡川作丽句亭,郡守改其居曰秦君里。大历五年郧守薛公仆射奏为右卫率府仓曹参军。系作诗辞之,自谓系家于剡山,向盈一纪。其诗曰:……又有《会稽山居寄薛播侍郎袁高给事高参舍人诗》:'稷契今为相,明君复是尧。宁知买臣困,犹负会稽樵。'当在耶溪旧居作也。"⑧

① [宋]施宿:《嘉泰会稽志》卷一六,《宋元浙江方志集成》第4册,第2033页。
② [宋]陈思编著:《宝刻丛编》卷一三,第796页。
③ 吴钢主编:《全唐文补遗》第1辑,第229页。
④ [清]彭定求:《全唐诗》卷二六〇,第2900页。
⑤ [后晋]刘昫:《旧唐书》卷一四六,第3955页。
⑥ [后晋]刘昫:《旧唐书》卷一二,第346页。
⑦ [后晋]刘昫:《旧唐书》卷一二,第349页。
⑧ [宋]高似孙:《剡录》卷四,《宋元方志丛刊》第7册,第7224页。

本年,李尧年为会稽县令

《嘉泰会稽志》卷三"县令长":"李尧年,常山人。会稽令。"①《康熙会稽县志》卷一八"职官":"李尧年,贞元元年任。"②《新唐书·宰相世系表二上》"赵郡李氏":"尧年,会稽令。"③

786　唐德宗贞元二年丙寅

春,李嘉祐为台州刺史,刘长卿作诗相送

刘长卿有《送台州李使君兼寄题国清寺》诗云:"露冕新承明主恩,山城别是武陵源。花间五马时行县,山外千峰常在门。晴江洲渚带春草,古寺杉松深暮猿。知到应真飞锡处,因君一想已忘言。"④

李嘉祐为台州刺史的时间,学术界说法不一,今略录之并加以对比辨证:

傅璇琮《李嘉祐考》:"《新唐书·艺文志》丁部集录别集类著录李嘉祐诗一卷,叙其仕履,仅云:'袁州、台州二州刺史。'说李嘉祐先任袁州刺史,后为台州刺史。至于他任这两州刺史的时间,则均未提及。姚合《极玄集》是说他'大历中泉州刺史',表明了时期,但泉州刺史却是错的。《唐才子传》在叙述李嘉祐为江阴令后,说:'后迁台、袁二州刺史。'这一记载大致不差,但也同样没有指明时间。今按,《嘉定赤城志》卷八'秩官门·历代郡守',载上元二年(761)台州刺史为李嘉祐。宝应元年(762)为郭英翰,广德二年(764)为李景宣。又刘长卿有《送台州李使君兼寄题国清寺》诗(《刘随州诗集》卷九):'露冕新承明主恩,山城别是武陵源。花间五马时行县,山外千峰常在门。晴江洲渚带春草,古寺杉松深暮猿。知到应真飞锡处,因君一想已忘言。'国清寺在天台县。刘长卿于上元二年由岭外南巴尉回来,至吴中及越州一带。诗中说'晴江洲渚带春草',当是上元二年春间李嘉祐赴台州任,刘长卿在吴越一带作诗送他。由此可见,李嘉祐任台州刺史的时间是在上元二年春至

---

① [宋]施宿:《嘉泰会稽志》卷三,《宋元浙江方志集成》第4册,第1689页。
② [清]董钦德:《康熙会稽县志》卷一八,第383页。
③ [宋]欧阳修、宋祁:《新唐书》卷七二上,第2538页。
④ [清]彭定求:《全唐诗》卷一五一,第1570页。

宝应元年的一、二年时间之内,而在此之前数年间,则在江阴令任内。"①

郁贤皓《唐刺史考全编》卷一四四:"李嘉祐,上元二年(761)。《新书·艺文志四》:'《李嘉祐诗》一卷。'注云:'别名从一,袁州、台州二刺史。'《赤城志》:'上元二年,李嘉祐。'注云:'《括苍志》作上元二年。'《全诗》卷一五一刘长卿有《送台州李使君兼寄题国清寺》。《李太白文集》卷一四《送杨山人归天台》诗云:'我家小阮贤,剖符赤城边。''小阮'亦当指李嘉祐。傅璇琮《李嘉祐考》谓:上元二年春,李嘉祐赴任台州(《唐代诗人丛考》)。"②

储仲君曾作《李嘉祐诗疑年》云:"《新唐书·艺文志》云曾历台州刺史,当有所据。《括苍志》《赤城志》作'上元二年','上'字恐为'正'字之误。稍有脱落,'正'即为'上'。贞元亦可写作'正元',其刺台州,或即在贞元二年。"③

杨世明《刘长卿集编年校注》云:"上元二年(761)春作。李使君:指李嘉祐。据《嘉定赤城志》,李嘉祐上元二年任台州刺史。台州:唐江南道州名。天宝元年(742)改为临海郡,乾元元年(758)复为台州。治所在临海,即今浙江临海县。国清寺:台州天台山麓著名寺庙。隋开皇中天台宗创始人智𫖮和尚创始,晋王杨广建成。初名天台山寺,大业元年赐额国清寺。"④以上上元二年诸说并不确切。

蒋寅《刘长卿生平再考证》云:"还江东后诗作可考者有贞元二年(786)送朱放赴京的《喜朱拾遗承恩拜命赴任上都》《寄别朱拾遗》,同年送李嘉祐牧台州的《送台州李使君兼寄题国清寺》。"⑤

综上所述各家观点,李嘉祐为台州刺史的时间应该在贞元二年,而《嘉定赤城志》的记载是错误的。

有关此诗中之"台州李使君",岑仲勉先生《读全唐诗札记》则持别样观点,今录之存参:"同人(刘长卿)《送台州李使君兼寄题国清寺》。按劳氏《杂识》六《文苑英华辨证补》:'八百五十九李华《台州乾元国清寺碑》,碑云,盈川、非古邑也,襟束江山,因而城之。则此寺当在盈川。案《旧书·地理志》,台州无盈川县,惟如意元年析衢州龙丘置盈川县。(《新志》同,又云元和七年省)又《元和郡县图志》(二十六),分信安、龙丘两县置。不云曾属台州,则此台州当作衢州。'余按同碑云:'耆寿徐君

① 傅璇琮:《唐代诗人丛考》,第 237—238 页。
② 郁贤皓:《唐刺史考全编》卷一四四,第 2042 页。
③ 储仲君:《李嘉祐诗疑年》,《唐代文学研究》第 2 辑,第 165 页。
④ 杨世明:《刘长卿集编年校注》,第 227 页。
⑤ 蒋寅:《大历诗人研究》下编,第 450 页。

赞、录事徐知古等请于县令陇西李公平,平请于前刺史赵郡李公丹.'则丹尝为其州刺史。复考《英华》八六○李华《衢州龙兴寺故律师碑》:'李中丞丹,……皆为此州.'则劳氏衢州说似不妄。然长卿此诗疑亦送李丹者,何以同题台州,且将国清寺属台州也。又《宝刻丛编》一三《唐国清寺额》,据《诸道石刻录》附台州;《全诗》九函九册皮日休、十册陆龟蒙同有《寄题天台国清寺齐梁体诗》。《唐内典录》一○有天台山国清寺百录。"[1]

春,崔峒在越州,送王密赴江华

孔延之《会稽掇英总集》卷一○崔峒《越中送王使君赴江华》诗云:"皂盖春风自越溪,独寻芳树桂阳西。远水浮云随马去,空山弱篆向云低。遥知异政荆门北,旧许新诗康乐齐。万里相思在何处,九疑残雪白猿啼。"[2]按,"王使君"疑为越州刺史王密。《会稽掇英总集》卷一八《唐太守题名记》:"大历十四年十一月,自湖州刺史授。"[3]《元和郡县图志》卷二六"越州上虞县":"贞元元年,刺史王密复奏置。"[4]郁贤皓先生《唐刺史考全编》卷一四二系王密为越州刺史在大历十四年至贞元二年[5]。是崔峒在越州送王密应在贞元二年。

九月,朱放自润州归越,顾况有序送之

陶敏、李一飞、傅璇琮《唐五代文学编年史·中唐卷》:"《全唐文》卷五二九顾况《送朱拾遗序》:'楚天暮秋,衰草多霜。我送朱兄,置酒寒塘。……我送朱兄,浮于乱流。主明不在谏,故谏臣在澜漫之游.'朱放本年初应召入京,盖终未赴任。"[6]

本年,白居易随其父白季庚在衢州,作诗寄徐州兄弟,并作《江郎山》诗

白居易《江南送北客,因凭寄徐州兄弟书》诗云:"故园望断欲何如,楚水吴山万里余。今日因君访兄弟,数行乡泪一封书。"自注云:"时年十五。"[7]按居易十五岁即贞元二年。考白居易《襄州别驾府君事状》:"贞元初,朝廷念公前功,加检校大理

---

① 岑仲勉:《读全唐诗札记》,《唐人行第录(外三种)》,第218页。
② [宋]孔延之:《会稽掇英总集》卷一○,《宋元浙江方志集成》第14册,第6455页。
③ [宋]孔延之:《会稽掇英总集》卷一八,《宋元浙江方志集成》第14册,第6554页。
④ [唐]李吉甫:《元和郡县图志》卷二六,第620页。
⑤ 郁贤皓:《唐刺史考全编》卷一四二,第2006页。
⑥ 陶敏、李一飞、傅璇琮:《唐五代文学编年史·中唐卷》,第419页。
⑦ [清]彭定求:《全唐诗》卷四三六,第4836页。

少卿,依前徐州别驾、当道团练判官,仍知州事。……秩满,又除检校大理少卿,兼衢州别驾。"①是其白居易在江南主要是跟随其父白季庚在衢州。故诗当作于衢州。

白居易《江郎山》诗云:"林虑双童长不食,江郎三子梦还家。安得此身生羽翼,与君来往共烟霞。"②白居易生平在衢州者,惟有其早年随其父的经历,故亦《江郎山》诗系于贞元二年。江郎山,传有江氏兄弟三人登巅化石,因名。位于浙江衢州江山市江郎乡。有三石峰称"三片石",拔地如笋,摩云插天。石呈五色,日照炫耀。山半有岩,危石悬空,中可结庐;山下有泉,清甘不涸;山顶有平地,古木葱郁,人迹罕至。一名金纯山,又名须郎山。《太平御览》卷四七引《郡国志》曰:"江郎山有三峰,峰上各有一巨石,高数十丈,岁渐长。昔有江家在山下居,兄弟三人神化于此,故有三石峰在焉。又有湛满者,亦居山下,其子仕晋,遭永嘉之乱不得归,满乃使祝宗言于三石之灵,能致其子,糜爱斯牲。旬日中,湛子出洛水边,见三少年使闭眼入车栏中,等闲去如疾风,俄顷间从空堕,恍然不知所以,良久乃觉是家园中也。"③

本年,权德舆作《送袁太祝衢婺巡覆》

权德舆《送袁太祝衢婺巡覆》诗云:"校缗税亩不妨闲,清兴自随鱼鸟间。知君此去足佳句,路出桐溪千万山。"④蒋寅等《权德舆诗文集编年校注》编于贞元二年,笺云:"《全唐诗》卷七二四戴叔伦《酬袁太祝长卿小湖村山居书怀见寄》诗云:'背江居隙地,辞职作遗人。耕凿资余力,樵渔逐四邻。……余亦归休者,依君老此身。'戴叔伦贞元二年秋辞抚州刺史,居南昌,至翌年秋返故乡金坛,诗当作于此期间。据戴诗可知,袁长卿时已辞职,权德舆送其巡浙东,当在今年。"⑤

本年,张滂由婺州长史勾当浙东西进奉

李灉《唐故中大夫户部侍郎兼御史大夫诸道盐铁转运等使清河张公(滂)墓志铭并序》:"公讳滂,字孟博,贝州清河人也。……建中初,贬抚州司马,寻移婺州长史。清风转扇,白雪成谣。贞元二年,检校户部员外兼侍御史,勾当浙东西进奉。"⑥

---

① [清]董诰:《全唐文》卷六八〇,第6954页。
② 陈尚君:《全唐诗续拾》卷二八,《全唐诗补编》,第1085页。
③ [宋]李昉等:《太平御览》卷四七,中华书局1960年版,第230页。
④ [清]彭定求:《全唐诗》卷三二四,第3642页。
⑤ 蒋寅笺,唐元校,张静注:《权德舆诗文集编年校注》,第94页。
⑥ 吴钢主编:《全唐文补遗》第1辑,第237页。

787　唐德宗贞元三年丁卯

正月,衢州刺史韦元辅刻信安王《登石桥诗记》

陈思《宝刻丛编》卷一三"衢州":"唐韦公镌信安郡王《登石桥诗记》,诗嗣江王祎撰,记严绶撰,韦荐书并篆额,贞元三年正月九日,刺史韦光辅建。"①所据何书未详。清阮元《两浙金石志》卷二《唐衢州石桥诗刻》:"刺史韦公镌外祖信安郡王诗之记。篆额六行在穿上。五言《登石桥寻王质观棋所》,衢州刺史嗣江王(下缺)。'别有经行所,迥跨重峦侧。粤因求瘼余,徯(此疑倏字)想寻真域。放情恣披拂,杖策聊□□。□□□□□,□□□□色。虹幡雾中见,雁塔云间识。薄烟幂远郊,遥峰没归翼。仙桥危石架,幽洞□□□。□□□□□,□□□易测。二教无先后,一相平而直。冀兹捐俗心,永怀依妙力。'衢州刺史韦公于石桥寺桥下以外祖信安郡王诗刻石记:'信安郡南卅里,有峻山幽谷,含异蓄灵两崖屹崒,中隧呀黑,巨石横亘,作为洪梁。□□□□□□□。其内也,颒洞嵌豁,穹隆圈联,若鹏垂翼,隔阂日月。其外也,钦釜揭孽,鳌踞虹偃如□□□□□□□里异状,观视骇虑。原夫造物者,将有意乎于其间,不然,何诡异之至是?昔晋代有樵人王质于石桥下逢二仙弈棋,偶阅终局,柯烂而返,已时移百年,斯实神怪惚慌,何可详究。暨有梁开国崇尚元陈(此字改凿),乃立为梵刹,以旌厥异。自是之后,代为佳境,尘世之士,得游造焉。圣唐开元中,天枝信安郡王,再临斯郡,王太宗皇帝子吴王之次子,自天分胄,惟岳祚灵,蕴礼乐于生知,以戡难为己任。十年分阃,塞马不嘶。羽仪南宫,位副端揆。其始至也,以初封江王,发轫于此。其再临也,以勋列崇异,改封信安,遭奸臣贝锦,出就归藩之义。前于此也,美兹清幽,亲将藻思雅什在壁,八音凄鏘(怆);后于斯也,根其灵踪,将示摭实,乃斫木为局,雕木为仙,对弈森然,若峙真侣,可谓开张道枢,发明蒙晦者矣。王之次三子梁国公岘,融液元化,弼谐羲轩,功成身退,复临斯郡。今州牧韦公光辅,即王之外孙,又分符竹,似续嘉绩,绍王继公,甘棠未凋,膏雨相接,卓绝当世,焜煌高门,簪璎举为清论,简策编为典故。公次兄光宪,

---

① ［宋］陈思编著:《宝刻丛编》卷一三,第847页。

贞元二年春拜连山牧，将欲之郡，迳道以会于信安，交隼旗于虎符之前，连雁行于熊轼之上。寒景初霁，棣华独春，人或有荣，鲜若斯之备矣。懿兹灵府，斋虑同游。山答鸣驺，云随露冕。遍披曩迹，备阅真趣。想徽容之如在，怆年代之□移。王先题诗在桥上，危楼之东壁，风雨所交，鲁鱼将误，恐或隳落，埋沉德馨。公乃勒于贞石，以传不朽。惟英王播芳于昔，惟哲孙继躅于今，辉光蝉连，前后相烛，不发扬于颂述，何彰示于将来。以子聟前大理评事严绥曾恭文进，载笔从赏，乃命为记，以旌盛烈。大唐贞元三年丁卯岁正月景戌朔，九日甲午，朝散大夫、使持节衢州诸军事、守衢州刺史、赐紫金鱼袋韦元辅建。石桥寺主（下缺）。祝绅、林英、刘彝、钱颛、梁浃、郑庭坚，熙宁辛亥会宿斗茶于是，孟春九日。'"①跋云："右诗刻记碑在衢州西安县南三十里，石高四尺，广一尺九寸，正书二十三行，行三十九字，上有一穿，唐刻绝少。左下蚀一角，亡去五十余字，额上有宋人斗茶题名，八行分列左右，此信安王祎仙迹诗，外孙韦光辅刻之。光辅婿严绥记之也。朱竹垞谓《新唐书》表太宗第一子吴王恪，恪第三子琨，琨子祎。《旧唐书》祎少继江王嚣，后封为嗣江王，改封信安郡王。景云、开元中，两为衢州刺史。诗题嗣江王，当是景云间初为刺史作也。予按《新唐书》表，恪第三子琨，琨子祎。今碑云信安郡王，太宗皇帝子吴王之次子，世次少一代。文述于当时，且出懿亲，似不当误。又言王之次三子岘，复临斯郡，光辅之兄光宪迁道来会，似皆摭实可信也。"②

正月，皇甫政为浙江东道观察使，与诗人秦系等交游

《旧唐书》卷一二《德宗纪上》：贞元三年正月，"以……宣州刺史皇甫政为越州刺史、浙东观察使③。《会稽掇英总集》卷一八《唐太守题名记》："皇甫政，贞元三年二月，自权知宣州刺史授。十三年三月，改太子宾客。"④《嘉泰会稽志》卷二"太守"同⑤。

秦系有《寄浙东皇甫中丞》诗："闲闲麋鹿或相随，一两年来鬓欲衰。琴砚共依春酒瓮，云霞覆著破柴篱。注书不向时流说，种药空令道者知。久带纱巾仍藉草，

① ［清］阮元：《两浙金石志》卷二，第33—34页。
② ［清］阮元：《两浙金石志》卷二，第34页。
③ ［后晋］刘昫：《旧唐书》卷一二，第355页。
④ ［宋］孔延之：《会稽掇英总集》卷一八，《宋元浙江方志集成》第14册，第6555页。
⑤ ［宋］施宿：《嘉泰会稽志》卷二，《宋元浙江方志集成》第4册，第1665页。

山中那得见朝仪。"①按,与秦系同时之浙东观察使姓皇甫者有皇甫温与皇甫政二人,皇甫温由陕虢观察使兼御史大夫又有授浙江观察使,故而这里的"皇甫中丞"应该是皇甫政。《山中枉皇甫温大夫见招书》诗:"十年木屐步苔痕,石上松间水自喧。三辟草堂仍被褐,数行书札忽临门。卧多共息嵇康病,才劣虚同郭隗尊。亚相已能怜潦倒,山花笑处莫啼猿。"②这里的"皇甫大夫"也应该是皇甫政,盖其莅任浙东观察使后又加官御史大夫,此时见招秦系。据诗意,秦系已隐退十年。

正月,皎然在湖州,送颜主簿游越

皎然有《早春送颜主簿游越东兼谒元中丞》诗云:"轻舸趣不已,东风吹绿蘋。欲看梅市雪,知赏柳家春。别意倾吴醑,芳声动越人。山阴三月会,内史得嘉宾。"③早春即当正月。据郁贤皓先生《唐刺史考全编》,中唐前期越州刺史有元亘,贞元二年十二月至三年正月在任④。则此诗即当贞元三年所作。

二月,权德舆作《会稽虚上人石帆山灵泉北坞记》

权德舆《会稽虚上人石帆山灵泉北坞记》云:"贞元初,州牧左常侍王君行春访道,因以泉名坞。又前代隐贤,多游践于兹,自东晋而下,谢敷王子敬支遁帛道猷洪偃,皆有遗迹留于岩中。今兹公宗本之外,又互以胜概标品,徐会稽公李渤海则命其溪曰五云,谏大夫齐君退举则命其山曰玉笥,其余冠柱后惠文者,有王氏张氏陆氏。率用仁智,乐兹清辉,嘉名竞爽,以傲轩毂。日至泉下,为公宗雷,虽匡山之社,锡杖所叩,不是过也。每元关道机,演畅微妙,闻其一音,皆摄妄缘。以趋静性,居常淡然。与灵泉为侣,盖戒本其洁,定因其止,惠取其用。然后观身及泉,二俱无碍,清净洄漩,无入而不自得焉。问法者又因泉以见虚公之道,斯为至矣。三年春,获与公遇,俾予传信,故不敢没其美,又不敢蔓其辞。时岁在丁卯二月甲子日。"⑤按"岁在丁卯"即贞元三年。"石帆山"即绍兴会稽山的一部分。

权德舆《马上赠虚公》诗云:"马足早尘深,飘缨又满襟。吾师有甘露,为洗此时

---

① [清]彭定求:《全唐诗》卷二六〇,第2898—2899页。
② [清]彭定求:《全唐诗》卷二六〇,第2899页。
③ [清]彭定求:《全唐诗》卷八一八,第9222页。
④ 郁贤皓:《唐刺史考全编》卷一四二,第2006页。
⑤ [清]董诰:《全唐文》卷四九四,第5044页。

心。"①诗亦作于贞元三年。

二月,刘商在楚州,有诗送元亘赴越州

刘商《送元使君自楚移越》诗云:"露冕行春向若耶,野人怀惠欲移家。东风二月淮阴郡,唯见棠梨一树花。"②陶敏、李一飞、傅璇琮《唐五代文学编年史·中唐卷》:"元使君,元亘。《会稽掇英总集》卷一八太守题名:'元亘,贞元二年十二月自楚州刺史授。'当为上年十二月任命,本年二月赴任。"③

二月,分浙江东西道为三,浙东治越州

《资治通鉴》卷二三二《唐纪》:贞元三年二月,"分浙江东、西道为三:浙西,治润州;浙东,治越州;宣、歙、池,治宣州。"胡三省注:"武德四年,以宣州之秋浦、南陵二县置池州;贞观元年,州废。永泰元年,复分宣州之秋浦、青阳,饶州之至德,置池州,治秋浦。……宣、歙、池三州,属江南东道。唐初分十道,江南东、西道与二浙总为江南道。乾元置浙江西道观察使,兼领宣、歙、饶三州,其后罢领、复领不一。自分二浙为三道,而宣、歙、池三州属江南东道。"④

闰五月,诸暨县尉赵暠卒,年五十八

新出土《唐通直郎越州诸暨县尉天水赵公(暠)墓志铭并序》:"公讳暠,字暠。……故刘忠州曩承诏命,转江湖之粟帛,活国资军,一日万计。用公而度,举无遗事。由是奏公尉灵昌、蕲春二县,末授诸暨。在官三岁,遍判六曹。虽狱讼纷于公庭,简牍盈于几案,援笔立尽,事无不适。得替归于夷门,务于稼穑。今国子祭酒包公顷同使幕,谙公洁白,及总盐铁之务,不远而召,委以扬子帑藏之权。使虽屡易,人惟求旧。以贞元三年岁在丁卯闰五月七日,寝疾终于私第,春秋五十有八。"⑤墓志中"国子祭酒包公"为包佶。包佶是中唐著名文学家,赵暠与之同使幕,二人交往中应该亦有文学内容。

---

① [清]彭定求:《全唐诗》卷三二二,第3626页。

② [清]彭定求:《全唐诗》卷三〇四,第3459页。

③ 陶敏、李一飞、傅璇琮《唐五代文学编年史·中唐卷》,第426页。

④ [宋]司马光:《资治通鉴》卷二三二,第7481页。

⑤ 吴钢主编:《全唐文补遗》第4辑,第467页。

夏,朱放为拾遗后退隐越中,武元衡有诗寄赠

武元衡《夏日对雨寄朱放拾遗》诗云:"才非谷永传,无意谒王侯。小暑金将伏,微凉麦正秋。远山欹枕见,暮雨闭门愁。更忆东林寺,诗家第一流。"①武元衡于去年九月由拾遗退居越州,经过润州时,顾况作《送朱拾遗序》。武元衡本诗作于夏日,应在本年或稍后。

晚秋,秦系在会稽,朱放访其山居,系有诗作

秦系《晚秋拾遗朱放访山居》诗云:"不逐时人后,终年独闭关。家中贫自乐,石上卧常闲。坠栗添新味,寒花带老颜。侍臣当献纳,那得到空山。"②赵昌平《秦系考》附《秦系年表》:"德宗贞元四年(788),约六十四岁。至迟本年已由江西返会稽,有《晚秋拾遗朱放访山居》诗。按:朱放贞元三年被诏征为右拾遗,不久归返(参傅璇琮《刘长卿考》),又戴叔伦有《哭朱放诗》,叔伦卒于贞元五年六月(权德舆《戴公墓铭》),系此诗题为'晚秋',又称朱放为拾遗,当作于本年晚秋。"③按,朱放本年冬即卒,诗应为贞元三年所作。

本年,朱放卒,戴叔伦有诗哭之

戴叔伦《哭朱放》诗云:"几年湖海挹余芳,岂料兰摧一夜霜。人世空传名耿耿,泉台杳隔路茫茫。碧窗月落琴声断,华表云深鹤梦长。最是不堪回首处,九泉烟冷树苍苍。"④按,放之卒年大致可考。顾况《右拾遗吴郡朱君集序》云:"(放)有志未就,终于广陵舟中。""我主人延陵包君、兵部李侍郎、礼部刘侍郎皆有托孤之旧。"⑤兵部李侍郎指李纾,礼部刘侍郎指刘太真。据严耕望《唐仆尚丞郎表》卷三,刘太真为礼部侍郎在贞元三年(787)冬至贞元五年三月⑥。又据同书卷四,李纾为兵部侍郎在兴元元年(784)至贞元四年(788)冬⑦。朱放卒时,刘、李各在现任,则必在贞元三年冬至贞元四年冬之间。戴叔伦《哭朱放》诗云:"最是不堪回首处,九泉烟冷树苍苍。"当是冬日景象。据傅璇琮《戴叔伦事迹系年及作品的真伪考辨》(《唐代诗

---

① [清]彭定求:《全唐诗》卷三一六,第3552页。
② [清]彭定求:《全唐诗》卷二六〇,第2895页。
③ 赵昌平:《秦系考》附《秦系年表》,载《中华文史论丛》1984年第4辑,第153页。
④ [清]彭定求:《全唐诗》卷二七三,第3095页。
⑤ [清]董浩:《全唐文》卷五二八,第5367页。
⑥ 严耕望:《唐仆尚丞郎表》卷三,第149、150页。
⑦ 严耕望:《唐仆尚丞郎表》卷四,第271、273页。

人丛考》),知戴于贞元元年(785)至贞元四年(788)七月前为抚州刺史。贞元四年七月后为容州刺史①。其获朱放噩耗在抚州刺史任,故朱放之卒,约在贞元三年冬。贞元五年六月,戴叔伦卒。故朱放之卒年,决不晚于贞元四年。

朱放长期在越中隐居,作诗多首。因其官位不高,文献记载较少,事迹难以坐实,故将未能系年者录之于下。

朱放《剡溪行却寄新别者》诗云:"潺湲寒溪上,自此成离别。回首望归人,移舟逢暮雪。频行识草树,渐老伤年发。唯有白云心,为向东山月。"②

朱放《经故贺宾客镜湖道士观》诗云:"已得归乡里,逍遥一外臣。那随流水去,不待镜湖春。雪里登山屐,林间漉酒巾。空余道士观,谁是学仙人。"③

朱放《送著公归越》诗云:"谁能愁此别,到越会相逢。长忆云门寺,门前千万峰。石床埋积雪,山路倒枯松。莫学白道士,无人知去踪。"④

朱放《归桐庐旧居寄严长史》诗云:"昨辞天子棹归舟,家在桐庐忆旧丘。三月暖时花竞发,两溪分处水争流。近闻江老传乡语,遥见家山减旅愁。或在醉中逢夜雪,怀贤应向剡川游。"⑤

朱放《剡山夜月》诗云:"月在沃洲山上,人归剡县溪边。漠漠黄花覆水,时时白鹭惊船。"⑥

朱放《山中谒皇甫曾》诗云:"寻源路已尽,笑入白云间。不解乘轺客,那知有此山。"⑦这里的"山中"应是朱放所隐的剡山之中。

朱放《九日与杨凝崔淑期登江上山会有故不得往因赠之》诗云:"欲从携手登高去,一到门前意已无。那得更将头上发,学他年少插茱萸。"⑧

朱放《山中听子规》诗云:"幽人自爱山中宿,又近葛洪丹井西。窗中有个长松树,半夜子规来上啼。"⑨

---

① 傅璇琮:《唐代诗人丛考》,第385—387页。
② [清]彭定求:《全唐诗》卷三一五,第3539页。
③ [清]彭定求:《全唐诗》卷三一五,第3539页。
④ [清]彭定求:《全唐诗》卷三一五,第3539—3540页。
⑤ [清]彭定求:《全唐诗》卷三一五,第3540页。
⑥ [清]彭定求:《全唐诗》卷三一五,第3541页。
⑦ [清]彭定求:《全唐诗》卷三一五,第3541页。
⑧ [清]彭定求:《全唐诗》卷三一五,第3541—3542页。
⑨ [清]彭定求:《全唐诗》卷三一五,第3542页。

处州刺史李舟卒，梁肃为撰墓志与祭文

梁肃《处州刺史李公墓志铭》云："公姓李氏，讳某，陇西成纪人也，字曰公受。……起家除陕州刺史，换处州刺史，累升至朝请大夫，爵陇西县男。既授代，家于鄱阳，享年四十有八，以某年月日遘疾捐馆。"①梁肃又有《祭李处州文》云："年月日，淮南节度掌书记殿中侍御史内供奉梁肃，谨以清酌庶羞之奠，敬祭于故处州刺史陇西李公之灵。"②

二文都未署年月。胡大浚《梁肃行年、系文补正》将此二文编于建中三四年间③。郁贤皓先生《唐刺史考全编》卷一四九从之④。按蒋寅《梁肃年谱》贞元四年："《祭李处州文》，李处州名舟，字公受，曾为独孤及文集作序。《游云门寺诗序》：'同乎道者，有陇西李公受、高阳齐霞举，约会未至。'则夏间李舟尚存，其卒当在本年秋冬间。公《处州刺史李公墓志铭》：'公生而聪迈，十六以黄老学一举登第，十八典校宏文，二十余以金吾掾假法冠为孟侯皞湖南从事，（中略）享年四十有八，以某年月日遘疾捐馆。'据《元次山集》卷八《茅阁记》：'乙巳中，平昌孟公镇湖南，将二岁矣。'则孟皞镇湘在广德二年至大历元年（《旧唐书·代宗纪》载二年为韦之晋）。即以广德二年（764）二十四岁在孟皞幕推之，李舟卒年亦当在本年。祭文称'季奉裳帏，九原是归。葬于洛表，路出淮夷。平生欢爱，一恸申悲'。是公在扬州路祭也。"⑤蒋说大致接近，然尚不精确。

陈冠明《李舟行年考》考证李舟卒于贞元三年，并云："《唐摭言》卷四载舟《与齐相国书》云：'仆所疾沉痼。'《先友记》云：'废痼卒。'知舟卒于痼疾。舟之卒年，史无明文。《墓志》云：'享年四十有八，以某年月日遘疾捐馆。'又有'而终管辂之年'之语。管辂终年四十八，见《三国志·魏志·方技传》，知'四十有八'无误。据上文所考，舟即生于开元二十七年，享年四十八，则当卒于贞元二年。然据舟《与齐相国书》，舟至少贞元三年初尚在世。《唐摭言》卷四云：'陇西李舟与齐相国映友善，映为将相，舟为布衣，而舟致书于映，以交不以贵也。时映左迁于夔。'舟之书云：'我欲修书，逡巡至今，忽承足下出守夔国……'可知时齐映方贬为夔州刺史。映之贬

---

① ［清］董诰：《全唐文》卷五二一，第 5293 页。
② ［清］董诰：《全唐文》卷五二一，第 5308 页。
③ 胡大浚：《梁肃行年、系文补正》，《唐代文学研究》第 7 辑，广西师范大学出版社 1998 年版，第 401—403 页。
④ 郁贤皓：《唐刺史考全编》卷一四九，第 2134 页。
⑤ 蒋寅：《大历诗人研究》下编，第 590 页。

457

夔州,在贞元三年正月,见《旧唐书·德宗纪上》《新唐书·德宗纪》《宰相表中》,映到夔州,当在数月之后。而舟时已'沉痼',其卒当在年中或下半年。'"①严寅春《李舟年谱考略》考订李舟之卒年亦在贞元三年②。足证贞元三年卒于处州刺史任无疑。

李观有《与处州李使君书》云:"昨日遂有白衣少年,掉臂而往,连墙数子,祖离于吴阊门外。忽见巨舫齐轴,危旌卷旒,横于古河,周以翠幕。因询路人,曰:'处州使君移病届此,曾历京尹琅琊大夫。'观曩固闻矣,乃屏息而走,退还陋居,写诚于纸,持以上谒。伏惟十叔使君览之,十叔典缙云之日,美声溢海内,嘉话满人口。开阁延士,如水赴壑,财无积实,宾至如归。时观寓于浙右,即欲驰造,反复而念,薄言介怀。何者?十叔之门,芝兰竞茂,后臭味恐不蒙植,是一也;又以十叔之客,谀媚而进,观为性愚讦,虑有诡胜之祸,是二也;又虑十叔所重以权势,所受以论嘱,脱若轞轲,祈益得损,是三也;又畏十叔重扉罗戟,而不获俯仰,取人以貌,而不遭遭遇,是四也。故踌躇而止,却入圭窦。寻闻表以辞疾,诏以养闲,观惭失其计,慷慨内责。初谓驽足既劣,龙步难追,若何歧路之隅,霄汉触目。深冀荣及于弱植,渥流于本根,则照乘之末辉,九重之浸润。十叔岩廊英干,府藏珍器,孤秀不杂,增澜无涯,常披腹心,不隐胸臆,道之偶矣,人咸附之。观名虽未彰,日用捧慰,愿备洒扫,不知曷如?"③揆其时代,"处州李使君"即当为李舟。

本年,郭符为台州刺史

《嘉定赤城志》卷八"秩官门·历代郡守":"贞元三年,郭符。"④

十月,缙云县立《仙都山铭》

陈思《宝刻丛编》卷一三引《复斋碑录》:"《唐仙都山铭》,唐李敬仲撰,王光行书篆额。贞元三年冬十月甲申树。"又引《复斋碑录》:"《唐仙都山铭》,唐张莺撰,正书,无姓名,篆额。贞元三年冬十月十日题。"⑤《全唐文》卷六一八李季贞名下收

---

① 陈冠明:《李舟行年考》,载《杜甫研究学刊》1995年第3期,第64页。
② 严寅春:《李舟年谱考略》,载《西藏民族学院学报(哲学社会科学版)》2006年第5期,第67页。
③ [清]董诰:《全唐文》卷五三二,第5404—5405页。
④ [宋]陈耆卿:《嘉定赤城志》卷八,《宋元浙江方志集成》第11册,第5150页。
⑤ [宋]陈思编著:《宝刻丛编》卷一三,第844—845页。

《仙都山铭》，小传："季贞，建中二年自节度判官除括州刺史。"①

788　唐德宗贞元四年戊辰

五月，梁肃游越中，在山阴遇皇甫尊师，并作《游云门寺诗序》

蒋寅《梁肃年谱》贞元四年："五月，游越中，在山阴遇皇甫尊师。公《送皇甫尊师归吴兴卞山序》（《文苑英华》卷七二六）：'戊辰仲夏，觌于山阴精舍。'公《游云门寺诗序》（《文苑英华》卷七一六）：'先会一日，沙门释去喧命我友，相与探玉笥，上会稽，然后溯若耶，过凤林而南，（中略）遂至于云门'。当为同时所作。"②

梁肃《游云门寺诗序》云："上德与汗漫为友，无江海而闲；其次则仁智相从，有山水为乐。故合志同方，贤者有柴桑之隐；游道同趣，吾徒为云门之会，其造适一也。先会一日，沙门释去喧命我友，相与探玉笥，上会稽，然后溯若耶，过凤林而南。意欲脱人世之羁鞅，穷林泉之遐奥。于是舍舟清澜，反策闲原；递杳霭而历岖嵚，入深翠以泛回环，遂至于云门。观其群山叠翠，秦望拔起；五峰巉巉，列壑沈沈，上摩碧落，旁涌金界。其下则百泉会流，蓄为澄潭，涵虚镜彻，激濑玉漱。泠泠之声，与地籁唱和，不待笙磬，而五音迭作。眺听不足，则凝思宴息，恍焉疑诸天楼观，列在咫尺。庭衢之中，别有日月。既而动步真境，静聆法音。合漆园一指之喻（一作论），诣净名无住之本。万累（一作虑）如洗，百骸坐空。视松乔为弱丧，轻世界于枣叶。盖道由境深，理自外奖故也。昔之远公纪庐山，谢客题石门，道流胜赏，今古一贯。曷可不赋，贻云山羞？乃各为诗，以志斯会。同乎道者，有陇西李公受、高阳齐霞举，约会未至，亦请同赋此篇，用广夫游衍之致云。"③

夏，权德舆作《送灵澈上人庐山回归沃洲序》

权德舆《送灵澈上人庐山回归沃洲序》云："吴兴长老昼公，掇六义之清英，首冠

---

①　［清］董诰：《全唐文》卷六一八，第6241页。

②　蒋寅：《大历诗人研究》下编，第589—590页。

③　［清］董诰：《全唐文》卷五一八，第5264页。

方外,入其室者,有沃洲灵澈上人。上人心冥空无,而迹寄文字,故语甚夷易,如不出常境,而诸生思虑,终不可至。其变也,如风松相韵,冰玉相叩,层峰千仞,下有金碧。耸鄙夫之目,初不敢视,三复则淡然天和,晦于其中。故睹其容览其词者,知其心不待境静而静。况会稽山水,自古绝胜,东晋逸民,多遗身世于此。夏五月,上人自炉峰言旋,复于是邦。予知夫拂方袍,坐轻舟,溯沿镜中,静得佳句。然后深入空寂,万虑洗然,则向之境物,又其稊稗也。鄙人方景慕企尚之不暇,焉敢以离群为叹?"①蒋寅等《权德舆诗文集编年校注》编于贞元四年,笺云:"《吴兴昼上人集》卷九《答权从事德舆书》云:'灵澈上人,足下素识,具文章,挺瑰奇,自齐梁已来,诗僧未见其偶。但此子迹冥累遣,心无营营。虽然,至于月下风前,犹未废是,公达之!'末署日期为十二月二十日,按书中称朱放'故朱拾遗长通',知时朱放已卒。据《唐才子传》卷五《朱放传》,称贞元二年诏举韬晦奇才,拜右拾遗,不就,'忘怀得失,以此自终'。则放之卒在贞元二年后,皎然答权德舆书应作于贞元三年末,灵澈以其荐遂访权德舆于江西。序云'夏五月,上人自炉峰言旋,复于是邦',应为本年夏。"②

白居易父白季庚为衢州别驾,居易从至衢州,本年,年十七,作《王昭君》诗二首

白居易《王昭君二首》诗,其一云:"满面胡沙满鬓风,眉销残黛脸销红。愁苦辛勤憔悴尽,如今却似画图中。"其二云:"汉使却回凭寄语,黄金何日赎蛾眉。君王若问妾颜色,莫道不如宫里时。"诗题注:"其年十七。"③按,白居易十五岁时随父来衢州,有《江南送北客,因凭寄徐州兄弟书》诗,至本年第三年,其父白季庚应该还在衢州别驾之任。陶敏、李一飞、傅璇琮《唐五代文学编年史·中唐卷》:"《白居易集》卷一四《王昭君二首》,自注:'时年十七。'余参朱金城《白居易年谱》。"④

本年,王沐为明州刺史

《宝庆四明志》卷一"郡守":"王沐,綝之曾孙。贞元四年刺史。立夫子庙,见《庙碑》。"⑤

① [清]董浩:《全唐文》卷四九三,第 5027 页。
② 蒋寅笺,唐元校、张静注:《权德舆诗文集编年校注》,第 124 页。
③ [清]彭定求:《全唐诗》卷四三七,第 4858 页。
④ 陶敏、李一飞、傅璇琮:《唐五代文学编年史·中唐卷》,第 451 页。
⑤ [宋]罗濬:《宝庆四明志》卷一,《宋元浙江方志集成》第 7 册,第 3106 页。

789　唐德宗贞元五年己巳

二月,李廉为金华县尉

李宪《唐故宣义郎行巨鹿郡参军李公(祐)墓志铭并序》:"维大唐贞元七年岁次辛未七月庚申朔廿三日壬午陇西李公夫阳卢氏合葬于万安山之南原,礼也。公讳祐,字镜微,陇西狄道人,兴圣皇帝之十二代孙也。……以贞元五年二月二日,寝疾终于婺州金华县之官舍,春秋六十四。长子金华县尉廉,次子乡贡明经仲昌,季子扬州江阳县丞仲将,皆哀毁过礼,绝浆泣血。"①按,李祐贞元五年二月二日卒于婺州金华之官舍,故其子李廉是时为金华尉。

八月,齐抗在处州刺史任,作状请随例进香

《全唐文》卷四五〇载齐映《处州请随例行香状》云:"右。准式文臣当州不在行香之数。伏以圣朝宏孝御下,崇德追先,凭法力于传香,奉永怀于率土,下垂甲令,旁感物情。臣州稍以遐远,比于列郡,遂漏恩私,俱承亭育之中,独隔情理之外。况语桂广,则道里犹近;并接衢婺,则州望悉同。推于等夷,倍切诚恳。又垂白之老,一命之士,或生于开元天宝,或逮事肃宗代宗,从顶至足,生成是赖。五月六月,思慕弥深,方当感切之辰,难抑众庶之意。臣又以国家荣建寺观,继度缁黄,所种田畴,已为优厚,食时受供,皆荷殊恩;忌辰修斋,当兹别给。如蒙圣泽许同邻州,应缘香灯所需,皆率官吏取足,于刺史以至末班,轻减俸钱,敬修法事。庶使山越遗老,咸睹汉仪;海郡具僚,率由唐典。无任至诚至恳之至!"②

按,这里将《处州请随例行香状》作者署为"齐映",实误。陈国灿、刘健明《〈全唐文〉职官丛考》载有"齐映未为处州刺史"条云:"卷四五〇《处州请随例行香状》,署作者名为齐映。《文苑英华》卷六四四亦载此文,署作者名也为齐映。然查两《唐

---

① 吴钢主编:《全唐文补遗·千唐志斋新藏专辑》,第276页。
② [清]董诰:《全唐文》卷四五〇,第4608页。

书·齐映传》，齐映在升为同中书门下平章事以前，历官未到江南。他于贞元三年（公元787年）被贬为夔州刺史后，不久便'转衡州刺史'。此为齐映宦迹至江南之始。据《旧唐书·德宗纪》，知齐映于贞元七年五月，调桂管观察使。八年七月，调为洪州刺史、江西观察使。十一年七月卒于任。他并未任过处州刺史。《唐会要》卷五〇'杂记'条载：'贞元五年八月十三日，处州刺史齐黄（抗）奏：当州不在行香之数，乞伏同衢、婺等州行香。敕旨：依。其天下诸上州，未有行香处，并宜准此。仍为恒式。'此年所节述上奏内容，与状文相合。同书卷二三'忌日'条中载：'贞元五年八月敕：天下诸上州，并宜国忌日准式行香。'此是皇帝应允处州刺史所奏后的规定。据《旧唐书·齐抗传》，知齐抗曾在贞元时任过处州刺史。《全唐文》卷四九九，权德舆撰《唐故中书侍郎同中书门下平章事太子宾客赠户部尚书齐成公神道碑铭》中，亦曰齐抗'出为处州刺史'。《元和郡县图志》卷二六《江南道二》'处州'载：'贞元六年，刺史齐抗以旧州湫隘……'可知当时任处州刺史的乃齐抗，'齐映'疑为'齐抗'之讹。当处州刺史上《处州请随例行香状》时，齐映远在衡州任职。据此知《请随例行香状》作者为齐抗，非齐映。此状应列在卷四五六齐抗名下为是。"① 是知，齐抗为处州刺史，于贞元五年，上《处州请随例行香状》。

秋冬之际，陆修还越，韦应物相送并作诗，丘丹有和作

韦应物《送陆侍御还越》诗云："居藩久不乐，遇子聊一欣。英声颇籍甚，交辟乃时珍。绣衣过旧里，骢马辉四邻。敬恭尊郡守，笺简具州民。谬忝诚所愧，思怀方见申。置榻宿清夜，加笾宴良辰。遵途还盛府，行舫绕长津。自有贤方伯，得此文翰宾。"② 孙望《韦应物诗集系年校笺》卷九注云："苏州刺史任内（疑贞元五年秋冬之交）作。陆以侍御史而应州牧辟举，还越过苏，因得与应物相聚，且以诗赠其行也。"③ 陶敏等《韦应物集校注》卷四注云："诗贞元六年左右在苏州作。"④ 今从孙望所注在贞元五年。韦应物又有《听江笛送陆侍御》诗云："远听江上笛，临觞一送君。还愁独宿夜，更向郡斋闻。"⑤ 孙望《韦应物诗集系年校笺》卷九注云："写作时间同前诗。此陆侍御即前诗之陆侍御。诗盖送别之夜闻江笛而赋也。时

① 陈国灿、刘健明：《〈全唐文〉职官丛考》，武汉大学出版社1997年版，第260页。
② ［清］彭定求：《全唐诗》卷一八九，第1939页。
③ 孙望：《韦应物诗集系年校笺》卷九，中华书局2002年版，第439—440页。
④ 陶敏等：《韦应物集校注》卷四，上海古籍出版社2011年版，第277页。
⑤ ［清］彭定求：《全唐诗》卷一八九，第1939页。

丘丹亦在苏，故有唱和之作。自丘诗'离尊闻夜笛，寥亮入寒城'之语度之，诗当是秋冬之际作也。"①丘丹《和韦使君听江笛送陈侍御》："离樽闻夜笛，寥亮入寒城。月落车马散，凄恻主人情。"②"陈侍御"为"陆侍御"之讹。"陆侍御"为陆傪，权德舆《唐故使持节歙州诸军事守歙州刺史赐绯鱼袋陆君墓志铭》："君讳傪，字公佐，吴郡人。……君早孤，与兄隐居于越。……贞元初，……繇试左环卫，历大理评事、摄监察御史里行佐黔中，又以殿中侍御史内供奉佐浙东。凡四居宪职，介二方伯。"③

韦应物《寄二严》诗，约作于本年或稍前

韦应物《寄二严》诗云："丝竹久已懒，今日遇君吹。打破蜘蛛千道网，总为鹡鸰两个严。"题注："士良，婺牧。士元，郴牧。"④按，穆员《国子司业严公墓志铭》云："公讳某，字某，冯翊临晋人。……公以亲累贬潮州司户。时泰道长，公议兴能，推连州刺史，换彬州，累加朝议大夫，封冯翊县男，旌异政也。公母弟士良，并龚、黄之寄，盖不胜形影分离之忧，及闻士良罢归，公亦陈乞自免，愿言相视而终老焉。既至京师，复拜国子司业。无何，士良出牧，公悼别加等，忽忽不乐，燕居如失。贞元八年某月某日，归全于长安新昌里之私第，春秋六十有五。"⑤按，此即严士元墓志，因独孤及有《唐故银青光大夫太子左庶子严公（损之）墓志铭》云："仲子曰士元，由殿中侍御史为尚书虞部员外郎；少子曰士良，领秘书著作郎。……大历三年岁在戊申五月二十九日，返葬洛阳先茔。"⑥《严士元墓志》称士良为婺牧在士元国子司业之时，故应为贞元八年前不久。应物诗注言士元为"郴牧"乃述其前官。

① 孙望：《韦应物诗集系年校笺》卷九，第 440 页。
② ［清］彭定求：《全唐诗》卷三〇七，第 3480—3481 页。
③ ［清］董诰：《全唐文》卷五〇三，第 5118 页。
④ ［清］彭定求：《全唐诗》卷一八八，第 1926 页。
⑤ ［清］董诰：《全唐文》卷七八四，第 8205 页。
⑥ ［清］董诰：《全唐文》卷三九二，第 3990 页。

790　唐德宗贞元六年庚午

春,韦应物酬答秦系寄诗

韦应物又有《酬秦征君徐少府春日见寄》诗云:"终日愧无政,与君聊散襟。城根山半腹,亭影水中心。朗咏竹窗静,野情花径深。那能有余兴,不作剡溪寻。"①孙望《韦应物诗集系年校笺》卷九注云:"贞元六年(790)春,苏州刺史任内作。秦系,字公绪,会稽人。天宝末避乱剡溪。北都留守薛兼训奏为右卫率府仓曹参军,不就。客泉州,南安有九日山,大松百余章,俗传东晋时所植,系结庐其上,穴石为研注《老子》,弥年不出。张建封闻系不可致,请就加校书郎。与刘长卿善,以诗相赠答。权德舆曰:'长卿自以为五言长城,系用偏师攻之。'虽老益壮,年八十余卒。(《新唐书》卷一九六《隐逸传》有传)"②陈尚君《韦应物在苏州》云:"《酬秦征君徐少府春日见寄》:……是戴叔伦诗,《文苑英华》卷三一五题作《抚州西亭》,戴曾任职抚州。明刊《文苑英华》卷二三〇署名有误,《全唐诗》卷一九〇因此误采,傅增湘《文苑英华校记》已经纠正。"③按,此诗诗题为何由戴之《抚州西亭》变成韦之《酬秦征君徐少府春日见寄》,需要进一步考证。今并录孙望与陈尚君之说以存参。

秋,秦系与韦应物诗歌唱和

秦系有《即事奉呈郎中韦使君》诗云:"久卧云间已息机,青袍忽著狎鸥飞。诗兴到来无一事,郡中今有谢玄晖。"④《韦应物集》附有此诗,题注:"东海钓客试秘书省校书郎秦系。"⑤韦应物和诗为《答秦十四校书》:"知掩山扉三十秋,鱼须翠碧弃床头。莫道谢公方在郡,五言今日为君休。"⑥

---

① [清]彭定求:《全唐诗》卷一九〇,第1954页。
② 孙望:《韦应物诗集系年校笺》卷九,第445页。
③ 陈尚君:《韦应物在苏州》,载《文史知识》2021年第7期,第59页。
④ [清]彭定求:《全唐诗》卷二六〇,第2901页。
⑤ 孙望:《韦应物诗集系年校笺》卷九,第458页。
⑥ [清]彭定求:《全唐诗》卷一九〇,第1952页。

孙望《韦应物诗集系年校笺》卷九注云："苏州刺史任内(疑贞元六年秋)作。秦系有《张建封大夫奏系为校书郎因寄此作》诗(见《全唐诗》卷二六〇)。按张建封镇徐州时表公绪为校书郎。建封镇徐,事在贞元四年末,《通鉴》卷二三三载:贞元四年十一月,以寿庐濠都团练使张建封为徐泗濠节度使。然则建封就加公绪校书郎一节,其上限不得前于贞元五年矣。权德舆《秦征君校书与刘随州唱和诗序》(见《全唐文》卷四九〇)有云:'贞元中,天下无事,大君好文。公绪旧游,多在显列,……故有书府典校之拜,时动静不滞于一方矣。七年春,始与予遇于南徐。……'合诗文史传以读之,疑公绪于贞元六年春尚未出仕,是岁秋间张建封始奏系为校书郎,七年岁初赴润州,同年稍后始与刘长卿相遇于南徐(即润州治所)也。"①是系秦、韦唱和诗于本年。

赵昌平《秦系考》附《秦系年表》:"德宗贞元五年(789),约六十五岁。在会稽。本年与前后一二年与韦应物、丘丹、顾况、皎然、刘长卿等唱和。有《即事奉呈郎中韦使君》诗。按:《唐诗纪事·韦应物》:'应物性高洁,所在席地焚香而坐,厕其列者,唯顾况、刘长卿、丘丹、秦系、皎然。'又傅璇琮先生《韦应物考》,称应物任苏州刺史为贞元四年至六年,去职后仍居苏州。故知系与诸人唱和在此时。"②陶敏等《韦应物集校注》卷五注云:"诗贞元五年在苏州作。秦十四校书:秦系,贞元五年为张建封奏授校书郎。"③罗联添《韦应物年谱》亦系此诗于贞元五年④,存参。

八月,鲍防卒于工部尚书致仕任

《全唐文》卷七八三《鲍防碑》:"有唐尚书东海宣公姓鲍,春秋六十九……贞元六年秋八月景申,薨于洛阳私第。"⑤新出土武元衡撰《唐故兰陵郡夫人萧氏墓志墓志铭并序》:"大唐贞元十三年,龙集丁丑,十月三日,故金紫光禄大夫、工部尚书、赠太子少保东海鲍宣公夫人兰陵郡夫人萧氏,寝疾薨于上都光福里之私第,享年五十八。……宣公之殁,逮兹八年。"⑥以此逆推八年,正是贞元六年。鲍防大历年在越州,组织浙东联唱,促进了浙东的文采风流,是推进浙东唐诗发展的重要人物。《萧

① 孙望:《韦应物诗集系年校笺》卷九,第457—458页。
② 赵昌平:《秦系考》附《秦系年表》,载《中华文史论丛》1984年第4辑,第153页。
③ 陶敏等:《韦应物集校注》卷五,第345页。
④ 罗联添:《韦应物年谱》,《唐代诗文六家年谱》,第130页。
⑤ [清]董诰:《全唐文》卷七八三,第8189页。
⑥ 吴钢主编:《全唐文补遗·千唐志斋新藏专辑》,第288—289页。

氏墓志》叙鲍防事云："公自弱冠，登进士甲科。文章籍甚，震曜中夏。斥华尚质，秉笔者咸知向方。惟人禀五行而生，罔不异其好尚。道无全用，材罕兼能。公则道备文武，材并轮桷。故入登琐闼，出总戎轩。外由军司马当百城十连之寄，南统闽越，北临太原，瓯民代人，至于今怀其德而行其教；内历尚书郎，升散骑省，典小宗伯，为大京兆，领御史府，守上将军，龟虎联华，缛映中外。爰自县大夫，至尚书之致政也，事无重轻，询夫人而后。故所莅之职，必闻其政。宣公加命服之年，邑号光启。"①

秋冬之际，韦应物送崔叔清游越并作诗

韦应物《送崔叔清游越》诗云："忘兹适越意，爱我郡斋幽。野情岂好谒，诗兴一相留。远水带寒树，阍门望去舟。方伯怜文士，无为成滞游。"②孙望《韦应物诗集系年校笺》卷九注云："贞元六年（790）秋冬之际作，苏州刺史任。唐李肇《国史补》：'杜佑镇淮南，进崔叔清诗百篇。德宗谓使者：此恶诗，焉用进！时人呼为此救恶诗。'按杜佑自贞元六年（《旧唐书》卷十三《德宗纪》谓'贞元五年十二月壬申，以虢观察使杜佑检校礼部尚书兼扬州长史淮南节度使。'此从实际到镇年计，故云贞元六年）为淮南节度使，直至贞元十九年始入为检校司空同中书门下平章事太清宫使。李肇所记杜佑镇淮南、进崔叔清诗云云，当是贞元六年之事。意者杜佑进其诗而见毁于德宗李适，崔遂辞淮南幕而南游越中耳。此盖道经姑苏时应物所贻之作。"③按，崔叔清即崔翰，韩愈《崔评事墓志铭》："君讳翰，字叔清。……君既丧厥父，携扶孤老，托于大江之南。卒丧，通儒书，作五字句诗。敦行孝悌，诙谐纵谑，卓诡不羁，又善饮酒，江南人士多从之游。贞元八年，君生四十七年矣，自江南应节度使王栖曜命于鄜州。"④

皎然贞元初在湖州，作饮茶歌赠崔石盛赞剡溪茗

皎然《饮茶歌诮崔石使君》诗云："越人遗我剡溪茗，采得金牙爨金鼎。素瓷雪色缥沫香，何似诸仙琼蕊浆。一饮涤昏寐，情来朗爽满天地。再饮清我神，忽如飞雨洒轻尘。三饮便得道，何须苦心破烦恼。此物清高世莫知，世人饮酒多自欺。愁看毕卓瓮间夜，笑向陶潜篱下时。崔侯啜之意不已，狂歌一曲惊人耳。孰知茶道全

① 吴钢主编：《全唐文补遗·千唐志斋新藏专辑》，第 289 页。
② ［清］彭定求：《全唐诗》卷一八九，第 1939 页。
③ 孙望：《韦应物诗集系年校笺》卷九，第 464 页。
④ ［清］董诰：《全唐文》卷五六六，第 5730 页。

尔真,唯有丹丘得如此。"①据郁贤皓先生《唐刺史考全编》卷一四〇湖州,崔石为刺史在贞元初期。而在贞元七年之后,有庞督、于顿等人②。又据贾晋华《皎然年谱》,皎然约在贞元九年以后即卒③。故而我们姑且将这首诗系于贞元六年。

十一月,裴希先在温州刺史任,以疾受代,卒于钟陵

权德舆《唐故朝议郎使持节温州诸军事温州刺史充静海军使赐绯鱼袋河东裴府君(希先)神道碑铭并序》云:"其初又为寿安丞,后牧临邛,乃迁永嘉。班宣六条,抚柔二郡,惠和所被,夷越向方。其在朝也,以晁错之智,王阳之道,而滞于散地,恬于久次。其剖符也,仁恕爱利,而必易简,奉法循理,亦不细苛。居三年,以疾受代,贞元六年冬十一月,殁于钟陵之私第,享年若干。"④

本年,独孤氾为台州刺史

《嘉定赤城志》卷八"秩官门·历代郡守":"贞元六年,独孤氾。"注:"及之弟,见《大唐说纂》。"⑤按,权德舆《祭独孤台州文》云:"维贞元二十年岁次甲申十一月戊申朔,礼部侍郎权德舆,谨以清酌庶羞之奠,敬祭于故台州刺史独孤七丈之灵。……终始贞吉,归全返真,不登期颐者,十数岁而已。可谓康宁而寿,以至考终命,宏修政事,遵职居部。溯沿浙河,四为二千石,朱轓畅毂,所至洽平。率诚理身,以化封内,可谓攸好德,其所以异者,富于义而远于利,以禄秩赒姻族,以清白遗子孙。"⑥"独孤台州"为独孤氾,独孤及之兄。《嘉定赤城志》载独孤氾为台州刺史在贞元六年。此为独孤氾改葬而作祭文,故而与其为台州刺史的时间不一致。岑仲勉《唐集质疑·独孤及系年录》据此谓独孤氾卒于贞元二十年(804),不确。

本年,裴郧任衢州刺史

《天启衢州府志》卷二"职官志·唐刺史":"裴郧,贞元六年任。"⑦按,《裴郧墓志》近年出土,载其贞元九年卒于衢州刺史任。参本书"贞元九年"。

① [清]彭定求:《全唐诗》卷八二一,第9260页。
② 郁贤皓:《唐刺史考全编》卷一四〇,第1949页。
③ 贾晋华:《皎然年谱》,第143—144页。
④ [清]董诰:《全唐文》卷五〇一,第5101页。
⑤ [宋]陈耆卿:《嘉定赤城志》卷八,《宋元浙江方志集成》第11册,第5150页。
⑥ [清]董诰:《全唐文》卷五〇九,第5177页。
⑦ [明]叶秉敬:《天启衢州府志》卷二,《衢州府志集成》,第401页。

791　唐德宗贞元七年辛未

春,权德舆作《秦征君校书与刘随州唱和诗序》

权德舆《秦征君校书与刘随州唱和诗序》云:"儒有秦公绪者,当天宝理平之世,兴丽则鼓盛名于当时。遭多故,道进身退,越部山水,佐其清机,圆冠野服,翛然自放。宅遁心于事外,得佳句于物表,不知华缨丹毂之为贵者几四十年。方帅时贤,轼闾悬榻。昔郑公通德,有乡门之号;秦君丽句,创里亭之名。慕风骚者,多所向仰。贞元中,天下无事,大君好文,公绪旧游,多在显列。伯嗜文举之徒,争为荐首,而寿阳大夫公之章先闻,故有书府典校之拜,时动静不滞于一方矣。七年春,始与予遇于南徐。白头初命,色无愠怍,知名岁久,故其相得甚欢。因谓予曰:'今业六义以著称者,必当唱酬往复,亦所以极其思虑,较其胜败,而文以时之,闻人序而申之。'悉索笈中,得数十编,皆文场之重名强敌,且见校以故敌故(二字疑衍)。随州刘君长卿赠答之卷,惜其长往,谓余宜叙。噫!夫彼汉东守,尝自以为五言长城,而公绪用偏伍奇师,攻坚击众,虽老益壮,未尝顿锋。词或约而旨深,类乍近而致远,若珩佩之清越相激,类组绣之元黄相发,奇采逸响,争为前驱。至于室家离合之义,朋友切磋之道,咏言其伤,折之以正,凡若干首,各见于词云。"①文中称"七年春",是本文之作时。这篇序文序秦系与刘长卿唱和诗,是中唐时期诗学的重要文献。

有关刘长卿与秦系的交往,以及权德舆撰写这篇序文,傅璇琮《刘长卿事迹考辨》曾有讨论:"刘长卿在睦州时,还和长期居住在会稽的诗人秦系相唱酬。秦系有《耶溪书怀寄刘长卿员外》(题下自注:时在睦州)。刘长卿也有好几首诗寄赠秦系。二人唱和的诗,后来由秦系编成唱和集。德宗贞元七年,秦系与权德舆相遇于镇江,就由权德舆作了一篇《秦征君校书与刘随州唱和集序》,序中说:'噫!夫彼汉东守,尝自以为五言长城,而公绪(秦系字)用偏伍奇师,攻坚击众,虽老益壮,未尝顿锋。'汉东守指刘长卿。权德舆这里以秦系的五言诗与刘长卿相并比,这反映了当时一些人的看法。譬如秦系曾于贞元二、三年间游苏州,当时苏州刺史为著名诗人

---

① 〔清〕董诰:《全唐文》卷四九〇,第5003页。

韦应物,韦应物也曾称许秦系的五言诗,说:'莫道谢公方在郡,五言今日为君休。'但我们现在看来,秦系的诗固然数量不多,更为主要的是他生活面狭窄,作品几乎全是写个人生活琐事,以及投赠当地的一些达官贵人。总的说来,他的诗与刘长卿远不能相比。"[1]

二月,诏授南霁云男承嗣为温州别驾

《唐会要》卷四五"功臣":"(贞元)七年二月,诏授……南霁云男承嗣温州别驾。"[2]

三月,路应为温州刺史,作《仙岩即事》诗,李缯、戴公怀、孟翔、灵澈等唱和

路应有《仙岩四瀑布即事寄上秘书包监侍郎七兄吏部李侍郎十七兄婺州赵中丞处州齐谏议明州李九郎十四韵》诗云:"绝境久蒙蔽,芟萝方迨兹。樵苏尚未及,冠冕谁能知。缘崖开径小,架木度空危。水激千雷发,珠联万贯垂。阴晴状非一,昏旦势多奇。并识轩辕迹,坛余汉武基。猿声响深洞,岩影倒澄池。想像虬龙去,依稀羽客随。玩奇目岂倦,寻异神忘疲。干云松作盖,积翠薜成帷。含意攀丹桂,凝情顾紫芝。芸香蔼芳气,冰镜彻圆规。胥念沧波远,徒怀魏阙期。征黄应计日,莫鄙北山移。"[3]《金石录》卷九:"《唐仙岩四瀑布诗》,路应等唱和。行书。贞元七年三月。"[4]路应为唐代诗人,其事迹载于韩愈所撰《平阳路公(应)神道碑铭》,新、旧《唐书》亦有路应传记。《嘉靖温州府志》:"路应,贞元间出为处州刺史,寻移温州,命民筑堤于乐成、横阳界中,二邑由是得上田,除水害。民咸德之,韩昌黎为撰神道碑。"[5]

李缯、戴公怀、孟翔唱和之作附录于后:

李缯《奉和郎中游仙岩四瀑布寄包秘监李吏部赵婺州中丞齐处州谏议十四韵》诗云:"符守分珪组,放情在丘峦。悠然造云族,忽尔登天坛。求古理方赜,玩奇物不殚。晴光散崖壁,瑞气生芝兰。中有四瀑水,奔流状千般。风云隐岩底,雨雪霏林端。晶晶含古色,飕飕引晨寒。澄潭见猿饮,潜穴知龙盘。坐憩苔石遍,仰窥杉

① 傅璇琮:《唐代诗人丛考》,第266—267页。
② [宋]王溥:《唐会要》卷四五,第947页。
③ [清]彭定求:《全唐诗》卷八八七,第10029页。
④ [宋]赵明诚撰,金文明校证:《金石录校证》卷九,第175页。
⑤ [明]张璁:《嘉靖温州府志》卷三,《天一阁藏明代方志选刊》第17册,第14页。

桂攒。幽蹊创高躅，灵药余仙餐。携赏喜康乐，示文惊建安。缣缃炳珠宝，中外贻同官。末调亦何为，辄陪高唱难。惭非御徒者，还得依门栏。"①

戴公怀《奉和郎中游仙山四瀑泉兼寄李吏部包秘监赵婺州齐处州》诗云："今日永嘉守，复追山水游。因寻莽苍野，遂得轩辕丘。访古事难究，览新情屡周。溪垂绿筱暗，岩度白云幽。过石奇不尽，出林香更浮。凭高拥虎节，搏险窥龙湫。淙潨泻三四，奔腾千万秋。寒惊殷雷动，暑骇繁霜流。沫溅群鸟外，光摇数峰头。丛崖散滴沥，近谷藏飅飅。况此特形胜，自余非等俦。灵光掩五岳，仙气均十洲。书以谢群彦，永将叙徽猷。当思共攀陟，东南看斗牛。"②

孟翔《奉和郎中游仙山四瀑布兼寄李吏部包秘监判官》诗云："昔人恣探讨，飞流称石门。安知郡城侧，别有神泉源。疏凿意大禹，勤求闻轩辕。悠悠几千岁，翳荟群木繁。奇状出蔽蔓，胜概毕讨论。沿崖百丈落，奔注当空翻。下如散雨足，上拟屯云根。变态凡几处，静神竟朝昏。渴贤寄珠玉，受馥寻兰荪。萝茑冒紫绶，岩限驻朱轓。方思谢康乐，好事名空存。"③

灵澈《奉和郎中题仙岩瀑布十四韵》诗云："致闲在一郡，民安已三年。每怀贞士心，孙许犹差肩。采异百代后，得之古人前。扪险路坱圠，临深闻潺湲。上有千岁树，下飞百丈泉。清谷长雷雨，丹青凝霜烟。遥将大壑近，暗与方壶连。白石颜色寒，老藤花叶鲜。轩皇自兹去，乔木空依然。碧山东极海，明月高升天。平野生竹柏，虽远地不偏。永愿酬国恩，自将布金田。穆穆早朝人，英英丹陛贤。谁思沧洲意，方欲涉臣川。"④

皎然有《寄路温州》诗云："欲问采灵药，如何学无生。爱鹤颇似君，且非求仙情。"⑤盖因灵澈与路应关系较密切，而皎然与灵澈为友，则其寄诗亦在此前后。

秦系离开会稽，由苏州赴润州，韦应物相送并作诗

韦应物《送秦系赴润州》诗云："近作新婚镊白髯，长怀旧卷映蓝衫。更欲携君虎丘寺，不知方伯望征帆。"⑥是时韦应物为苏州刺史。孙望《韦应物诗集系年校

---

① ［清］彭定求：《全唐诗》卷八八七，第10029—10030页。
② ［清］彭定求：《全唐诗》卷八八七，第10030页。
③ ［清］彭定求：《全唐诗》卷八八七，第10030—10031页。
④ ［清］彭定求：《全唐诗》卷八八八，第10035页。
⑤ ［清］彭定求：《全唐诗》卷八一八，第9225页。
⑥ ［清］彭定求：《全唐诗》卷一八九，第1940页。

笺》卷九云："合诗文史传以读之，疑公绪于贞元六年春尚未出仕，是岁秋间张建封始奏系为校书郎，七年岁初赴润州，同年稍后始与刘长卿相遇于南徐（即润州治所）也。"①

权德舆送谢孝廉移家越州

权德舆《送谢孝廉移家越州》诗云："家承晋太傅，身慕鲁诸生。又见一帆去，共愁千里程。沙平古树迥，潮满晓江晴。从此幽深去，无妨隐姓名。"②蒋寅《权德舆诗文集编年校注》编于贞元七年③，从之。

八月，权德舆为温州刺史裴希先作墓志铭

权德舆《唐故朝议郎使持节温州诸军事温州刺史充静海军使赐绯鱼袋河东裴府君（希先）神道碑铭并序》云："君讳希先，字某。……其初又为寿安丞，后牧临邛，乃迁永嘉。班宣六条，抚柔二郡，惠和所被，夷越向方。其在朝也，以晁错之智，王阳之道，而滞于散地，恬于久次。其剖符也，仁恕爱利，而必易简，奉法循理，亦不细苛。居三年，以疾受代，贞元六年冬十一月，殁于钟陵之私第，享年若干。明年八月，返葬于长安少陵原之旧茔，以夫人永年郡主祔焉，礼也。"④

本年，权德舆送信安刘少府赴任

权德舆《送信安刘少府》诗云："相看结离念，尽此林中渌。夷代轻远游，上才随薄禄。参卿滞孙楚，隐市同梅福。吏散时泛弦，宾来闲覆局。襟情无俗虑，谈笑成逸躅。此路足滩声，羡君多水宿。"⑤蒋寅等《权德舆诗文集编年校注》编于贞元七年："作于丹阳，未能定具体年月，附于此。"⑥从之。诗题原注："自常州参军选授。"⑦信安为衢州属县，其时刘少府自常州军参选授信安县尉，权德舆在丹阳丁母忧，故有相送之作。

---

① 孙望：《韦应物诗集系年校笺》卷九，第458页。
② ［清］彭定求：《全唐诗》卷三二四，第3640页。
③ 蒋寅笺，唐元校，张静注：《权德舆诗文集编年校注》，第164页。
④ ［清］董诰：《全唐文》卷五〇一，第5101页。
⑤ ［清］彭定求：《全唐诗》卷三二四，第3638页。
⑥ 蒋寅笺，唐元校，张静注：《权德舆诗文集编年校注》，第164页。
⑦ ［清］彭定求：《全唐诗》卷三二四，第3638页。

792　唐德宗贞元八年壬申

二月,东阳诗人冯宿登进士第

王起《冯宿神道碑》:"公讳宿,字拱之,冀州长乐人。……年廿六,举进士。是时明有司即兵部侍郎陆公贽其人也。又应宏词科,试《百步穿杨叶赋》,虽为势夺,而其文至今讽之,后生以为楷。"①韩愈《答冯宿书》,五百家注引孙注:"宿字拱之,婺州东阳人。公同年进士。"②冯宿登进士第事,见《登科记考》卷一三③。《旧唐书·冯宿传》称:"东阳人。"④《新唐书·冯宿传》:"婺州东阳人。"⑤《冯宿神道碑》称其"冀州长乐人",盖举其郡望。

又按,贞元八年进士科由陆贽知贡举,梁肃、王础、崔元翰等极力推荐人才,及第者二十三人,汇聚了韩愈、李观、欧阳詹、李绛、崔群、王涯、冯宿、庾承宣等众多杰出人士,被誉为"龙虎榜"。《新唐书·欧阳詹传》:"举进士,与韩愈、李观、李绛、崔群、王涯、冯宿、庾承宣联第,皆天下选,时称'龙虎榜'。"⑥《古今事文类聚》卷二九引《科举记》:"唐贞元八年,陆贽主司,试《明水赋》《御沟新柳》诗。其人贾稜、陈羽、欧阳詹、李博、李观、冯宿、王涯、张季友、齐孝若、刘遵古、许季同、侯继、穆贽、韩愈、李绛、温商、庾承宣、员结、胡谅、崔群、邢册、裴光辅、万垱。是年一榜多天下孤隽伟杰之士,号'龙虎榜'"⑦。明胡应麟《诗薮》外编卷三:"韩愈、李观、欧阳詹、王涯、冯宿等同第,诚有唐第一榜。然是时昌黎已数举,观卒时年二十九,詹卒亦有夭称,而涯、宿并显。"⑧据知冯宿在这一榜进士中具有特殊地位。

---

① [清]董诰:《全唐文》卷六四三,第6507—6508页。
② [唐]韩愈撰,[宋]魏仲举集注:《五百家注韩昌黎集》卷一七,第905页。
③ [清]徐松:《登科记考》卷一三,第465—466页。
④ [后晋]刘昫:《旧唐书》卷一六八,第4389页。
⑤ [宋]欧阳修、宋祁:《新唐书》卷一七七,第5277页。
⑥ [宋]欧阳修、宋祁:《新唐书》卷二〇三,第5787页。
⑦ [宋]祝穆:《古今事文类聚》前集卷二九,《景印文渊阁四库全书》第925册,第460页。
⑧ [明]胡应麟:《诗薮》外编卷三,第178页。

二月,江东诗人陈羽登进士第,陈羽生卒年不详,平生在浙东作诗多首

《唐才子传》卷五《陈羽传》:"贞元八年,礼部侍郎陆贽下第二人登科,与韩愈、王涯等共为'龙虎榜'。"①其平生作在浙东作诗有《若耶溪逢陆澧》:"溪上春晴聊看竹,谁言驿使此相逢。担簦蹑屐仍多病,笑杀云间陆士龙。"②《小江驿送陆侍御归湖上山》:"鹤唳天边秋水空,荻花芦叶起西风。今夜渡江何处宿,会稽山在月明中。"③小江在萧山县,《嘉泰会稽志》卷一○"水·萧山县"载:"浦阳江在县东,源出婺州浦江,北流一百二十里入诸暨县,溪又东北流,由峡山直入临浦湾,以至海,俗名小江,一名钱清江。"④《中秋夜临镜湖望月》:"镜里秋宵望,湖平月彩深。圆光珠入浦,浮照鹊惊林。澹动光还碎,婵娟影不沉。远时生岸曲,空处落波心。迥彻轮初满,孤明魄未侵。桂枝如可折,何惜夜登临。"⑤《五言宿妙喜寺赠远公一首》:"空学西天客,冥然生意长。夏高云纳,愁近坛凉(此联抄本原缺二字)。月半生空处,孤灯宿上方。欲离夕字想,何法御心王。"⑥陈羽诗均未详作于何年,今连带叙述于此。

春,陆羽经会稽东小山,怀念友人而作诗

陆羽《会稽东小山》诗云:"月色寒潮入剡溪,青猿叫断绿林西。昔人已逐东流去,空见年年江草齐。"⑦诗题一作《赴剡溪暮发曹江》。赵天相作《试解陆羽〈会稽东小山〉诗》略云:"贞元二年(786),朱放受诏聘为中书省右拾遗,刘长卿等有诗相赠。进京后未就任,旋即离京。离京后曾至润州,贞元三年(787)卒于广陵舟中。也是数年前李季兰应诏赴京留诗告别友人之处。顾况云:'(放)有志未就,卒于广陵舟中。'(见前《序》)时戴叔伦尚在抚州刺使(史)任上,有《哭朱放》诗:'最是不堪回首处,九泉烟冷树苍苍。'时当冬日。陆羽时在江西南昌肖瑜幕府,必亦有所闻。贞元五年(789)戴叔伦亦卒。其时陆羽正应邀赴容州李复幕府,途经端州恰逢自容州病归的戴叔伦,戴有《容州回逢陆三别》诗。这一别却成了永别。又三年,贞元八年(792),李复奉诏迁南阳节度使,陆羽随行北返,经洪州返回湖州,归隐青塘别业。

---

① 傅璇琮主编:《唐才子传校笺》第2册,第476页。
② [清]彭定求:《全唐诗》卷三四八,第3893页。
③ [清]彭定求:《全唐诗》卷三四八,第3895页。
④ [宋]施宿:《嘉泰会稽志》卷一○,《宋元浙江方志集成》第4册,第1852页。
⑤ [清]彭定求:《全唐诗》卷三四八,第3891页。
⑥ 陈尚君:《全唐诗续拾》卷一九,《全唐诗补编》,第941页。
⑦ [清]彭定求:《全唐诗》卷三○八,第3492—3493页。

返回途中,溯剡溪,越会稽。月寒猿啼,东山清溪依旧,昔友皆逝,感慨唏嘘不已。"①今从之系于贞元八年。诗有"寒潮"又有"江草齐"之语,应作于"暮春三月,江南草长"之时节。

四月后,李吉甫贬明州员外长史

《旧唐书·李吉甫传》:"及陆贽为相,出为明州员外长史。久之遇赦,起为忠州刺史。"②同书《陆贽传》:"初,贽秉政,贬驾部员外郎李吉甫为明州长史,量移忠州刺史。"③《新唐书·李吉甫传》:"李泌、窦参器其才,厚遇之。陆贽疑有党,出为明州长史。"④《太平广记》卷三九一《郑钦悦》条引《异闻记》:"壬申岁,吉甫贬明州长史。海岛之中,有隐者姓张氏,名玄阳,以明《易经》,为州将所重。召置阁下,因讲《周易》卜筮之事,即以钦悦之书示吉甫。吉甫喜得其书。"⑤傅璇琮《李德裕年谱》贞元八年壬申:"本年四月后,李吉甫坐窦参党,贬明州员外长史。时年三十五。……按窦参之贬在本年四月乙未,同日,'以尚书左丞赵憬、兵部侍郎陆贽为中书侍郎、同中书门下平章事'(《旧·德宗纪》)。同月,元稹岳丈韦夏卿也坐交结窦参而由给事中左迁常州刺史。又《通鉴》卷二三四贞元九年三月载陆贽奏语有云:'窦参得罪之初,私党并已连坐。'李吉甫之贬当与韦夏卿出为常州刺史约前后同时。"⑥

夏,权德舆送崔稚璋赴台州录事,并作诗与序

权德舆《送台州崔录事》诗云:"不嫌临海远,微禄代躬耕。古郡纪纲职,扁舟山水程。诗因琪树丽,心与瀑泉清。盛府知音在,何时荐政成。"⑦又有《送台州崔录事二十一丈赴官序》云:"夏四月,临海纪纲橼崔稚璋受命选部,出车东门。是岁,重表甥权德舆始至京师,寓居同里。顾其室空,无以自贶远,辄窃仁者之义,申之以言云:……今大君子主制河东诸侯,府多俊贤,且有雅知稚璋者。庸讵知今日适越,不为异时之大来耶?二三君子,送远加等,酾酒以祖道,歌诗以发志,贤稚璋而思仙山

---

① 赵天相:《试解陆羽〈会稽东小山〉诗》,载《农业考古》2010年第2期,第150页。
② [后晋]刘昫:《旧唐书》卷一四八,第3992—3993页。
③ [后晋]刘昫:《旧唐书》卷一三九,第3818页。
④ [宋]欧阳修、宋祁:《新唐书》卷一四六,第4738页。
⑤ [宋]李昉等:《太平广记》卷三九一,第3129页。
⑥ 傅璇琮:《李德裕年谱》,中华书局2013年版,第17页。
⑦ [清]彭定求:《全唐诗》卷三二四,第3638页。

故也,各见于词。"①

权德舆《寄临海郡崔稚璋》诗云:"美酒步兵厨,古人尝宦游。赤城临海峤,君子今督邮。吏隐丰暇日,琴壶共冥搜。新诗寒玉韵,旷思孤云秋。志士诚勇退,鄙夫自包羞。终当就知己,莫恋潺湲流。"②临淮郡即台州,诗亦应为本年寄崔稚璋之作。

本年,于邵贬衢州别驾

《旧唐书·于邵传》:"于邵字相门,其先家于代,今为京兆万年人。……(贞元)八年,出为杭州刺史,以疾请告,坐贬衢州别驾,移江州别驾,卒年八十一。"③

793   唐德宗贞元九年癸酉

二月,诏赐杭州僧法钦谥曰大觉。时明州长史李吉甫为撰碑铭;崔元翰为撰影堂记,羊士谔书;王颜、丘丹各有碑碣

《宋高僧传》卷九《唐杭州径山法钦传》:"(贞元)八年壬申十二月示疾,说法而长逝,报龄七十九,法腊五十。……刺史王颜撰碑述德,比部郎中崔元翰、湖州刺史崔玄亮、故相李吉甫、丘丹各有碑碣焉。"④李吉甫《杭州径山寺大觉禅师碑铭并序》:"大师讳法钦,俗姓朱氏,吴都昆山人也。身长六尺,色像第一。修眸莲敷,方口如丹。嶷焉若峻山清孤,泊焉若大风海上。故揖道德之器者,识天人之师焉。……贞元八年岁在壬申十二月二十八夜,无疾顺化,报龄七十九,僧腊五十。……本郡太守王公颜即时表闻,上为歔欷,以大师元慈默照,负荷众生,赐谥曰:'大觉禅师'。海内服膺于道者,靡不承问叩心,怅惘号慕。明年二月八日,奉全身于院庭之内,遵遗命也。建塔安神,申门人之意也。……以吉甫连蹇当代,归依释流,俾篆难名,强著无迹。"⑤是法钦大觉禅师碑铭作于贞元九年二月八日。傅璇琮《李德裕年

---

① [清]董诰:《全唐文》卷四九二,第5020—5021页。
② [清]彭定求:《全唐诗》卷三二二,第3626页。
③ [后晋]刘昫:《旧唐书》卷一三七,第3765—3766页。
④ [宋]赞宁撰,范祥雍点校:《宋高僧传》卷九,第194页。
⑤ [清]董诰:《全唐文》卷五一二,第5206—5207页。

谱》贞元九年癸酉:"李吉甫仍在明州员外长史任。作《杭州径山寺大觉禅师碑铭并序》。文载《全唐文》卷五一二,记大觉禅师卒于贞元八年十二月二十八日,'明年二月八日,奉全身于字庭之内,遵遗命也;建塔安神,申门之意也'。又云:'弟子实相,门人上首,传受秘藏,导扬真宗。……以吉甫连蹇当代,归依释流,俾筌难名,强著无迹。'据此,则此文当作于本年春。"①

春,权德舆作《省中春晚忽忆江南旧居戏书所怀因寄两浙亲故杂言》

权德舆《省中春晚忽忆江南旧居戏书所怀因寄两浙亲故杂言》云:"前年冠獬豸,戎府随宾介。去年簉进贤,赞导法宫前。今兹戴武弁,谬列金门彦。问我何所能,头冠忽三变。野性惯疏闲,晨趋兴暮还。花时限清禁,霁后爱南山。晚景支颐对尊酒,旧游忆在江湖久。庾楼柳寺共开襟,枫岸烟塘几携手。结庐常占练湖春,犹寄藜床与幅巾。疲羸只欲思三径,戆直那堪备七人。更想东南多竹箭,悬圃琅玕共葱蒨。裁书且附双鲤鱼,偏恨相思未相见。"②蒋寅等《权德舆诗文集编年校注》编于贞元九年春,从之。

四月,羊士谔为浙东观察使皇甫政从事,试右威卫兵曹参军,作《南镇永兴公祠堂碑》

羊士谔《南镇永兴公祠堂碑》云:"越部凡七郡三十有八邑,提封所加,旁合溟海,由是崇元侯之命,建东征之府,其镇曰会稽山,其神为永兴公。国朝接周汉之统,元化大备,礼兹百神,受职祀典,锡以嘉号,视为诸侯。贞元九年夏四月,连率安定皇甫公,以前月丁酉诏旨,奉元玉制币,祷于灵坛。"③《宝刻丛编》卷一三:"《唐南镇会稽山神永兴公祠堂碣》,唐试左威卫兵曹参军羊士谔撰。"④孟简《建南镇碣记》云:"太山谏卿受气端劲,为文雅拔,由进士尉阳羡,安定公爱其道直,延为从事。是时鄜夫次受辟书,故得与谏卿游处最密,常记其撰南镇碣,彩章辉焕,物象飞动。"⑤是其时羊士谔为浙东观察从事。

---

① 傅璇琮:《李德裕年谱》,第 21 页。
② [清]彭定求:《全唐诗》卷三二二,第 3625—3626 页。
③ [清]董诰:《全唐文》卷六一三,第 6189 页。
④ [宋]陈思编著:《宝刻丛编》卷一三,第 796 页。
⑤ [清]董诰:《全唐文》卷六一六,第 6221 页。

八月,裴郾卒于衢州刺史任

《大唐西市博物馆藏墓志》三三四李郾撰《唐故衢州刺史河东裴公(郾)墓铭并序》:"有唐河东裴公讳郾,字颖叔,闻喜人也。……寻改建州刺史。而廉察使失御下之道,其将郝戒溢殆其众以叛。公传檄县道,遏其乱,略无亡矢遗镞之费,而一方底定,公之力也。以功转衢州刺史。彼都以蕉葛升越仰给公上,前后守宰渔夺其利。民之困穷者,不能保抱鞠(鞠)子而鬻之。公聆其污俗,乃阅视符籍,得贸为臧获者,三百余人。反其所偿以赎之,无盖藏者,官为假之。未期而襁负归之者如市。举下缅上,政可知矣。而于是邦也,不免其身。何神理之谬戾欤!以贞元九年八月十三日,终于官舍,享五十四年。郡之男女,如婴儿失其父母,岂唯劈面流涕、罢社辍舂而已哉。"①

十一月,李吉甫在明州员外长史任,作《编次郑钦悦辨大同古铭论》

《太平广记》卷三九一《郑钦悦》条引《异文记》:"贞元中,李吉甫任尚书屯田员外郎兼太常博士,时宗人巽为户部郎中。于南宫暇日,语及近代儒术之士,谓吉甫曰:'故右补阙集贤殿直学士郑钦悦,于术数研精,思通玄奥,盖僧一行所不逮。以其夭阏当世,名不甚闻,子知之乎?'吉甫对曰:'兄何以核诸?'巽曰:'天宝中,商洛隐者任升之,自言五代祖仕梁为太常。大同四年,于钟山下获古铭,其文隐秘。博求时儒,莫晓其旨。因缄其铭,诫诸子曰:我代代子孙,以此铭访于通人,倘有知者,吾无所恨。至升之,颇耽道博雅,闻钦悦之名,即告以先祖之意。钦悦曰:子当录以示我,我试思之。升之书遗其铭,会钦悦适奉朝使,方授驾于长乐驿,得铭而绎之。行及滋水,凡三十里,则释然悟矣。故其书曰,据鞍运思,颇有所得。不亦异乎!'辛未岁,吉甫转驾部员外郎,钦悦子克钧,自京兆府司录授司门员外郎,吉甫数以巽之说质焉,虽且符其言,然克钧自云亡其草,每想其微言至赜而不获见,吉甫甚惜之。壬申岁,吉甫贬明州长史。海岛之中,有隐者姓张氏,名玄阳,以明《易经》,为州将所重。召置阁下,因讲《周易》卜筮之事,即以钦悦之书示吉甫。吉甫喜得其书。抃逾获宝。即编次之,仍为著论曰:'夫一丘之土,无情也。遇雨而圮,偶然也。穷象数者,已悬定于十八万六千四百日之前。剸于理乱之运,穷达之命。圣贤不逢,君臣偶合。则姜牙得璜而尚父,仲尼无凤而旅人。傅说梦达于岩野,子房神授于圮上,亦必定之符也。然而孔不暇暖其席,墨不俟黔其突,何经营如彼。孟去齐而接

---

① 胡戟、荣新江:《大唐西市博物馆藏墓志》,第722页。

淛,贾造湘而投吊,又眷恋如此,岂大圣大贤,犹惑于性命之理欤？将浼身存教,示人道之不可废欤？余不可得而知也。钦悦寻自右补阙历殿中侍御史,为时宰李林甫所恶,斥摈于外,不显其身。故余叙其所闻,系于二篇之后。以著蓍筮之神明,聪哲之悬解,奇偶之有数,贻诸好事,为后学之奇玩焉。时贞元九年十一月二十八日赵郡李吉甫记。'"①

按,此段文字,鲁迅先生编次《唐宋传奇集》,定名为《编次郑钦悦辨大同古铭论》,是李吉甫在明州长史任上所作之重要文章。傅璇琮《李德裕年谱》贞元九年癸酉:"李吉甫于本年十一月并有《编次郑钦悦辨大同古铭论》,世以为传奇小说。文载《全唐文》卷五一二,鲁迅辑入《唐宋传奇集》卷二。文末署'时贞元九年十一月二十八日赵郡李吉甫记'。"②

本年,任侗为明州刺史,修广德湖

《新唐书·地理志五》"明州鄞县":"西十二里有广德湖,溉田四百顷,贞元九年,刺史任侗因故迹增修。"③《全唐文》卷七二一胡的《大唐故太白禅师塔铭并序》:"故剑南东川节度行军司马检校户部郎中任公侗,故明州刺史卢公云,前后皆驻骑云根,稽求上法。"④《乾道四明图经》卷一"贤守事实":"正(贞)元九年,刺史任侗修治广德湖,溉田四百顷。"⑤同书卷二:"广德湖,在县西十二里。旧名婴脰湖,唐大历八年县令储仙舟加修治之功,而更以今名。正(贞)元元年刺史任侗又治而大之。湖中有若楼阁状者,不常隐现也。"⑥《宝庆四明志》卷一"郡守":"任侗,贞元九年刺史。增修广德湖,溉田四百顷。见《地理志》。"⑦《雍正浙江通志》卷一五二"名宦":"任侗、于季友。《唐书·地理志》:贞元九年,侗为明州刺史。增修广德湖,溉田四百顷。⑧

① [宋]李昉等:《太平广记》卷三九一,第3128—3129页。
② 傅璇琮:《李德裕年谱》,第21页。
③ [宋]欧阳修、宋祁:《新唐书》卷四一,第1061页。
④ [清]董诰:《全唐文》卷七二一,第7421页。
⑤ [宋]张津:《乾道四明图经》卷一,《宋元方志丛刊》第5册,第4880页。
⑥ [宋]张津:《乾道四明图经》卷二,《宋元方志丛刊》第5册,第4887页。
⑦ [宋]罗濬:《宝庆四明志》卷一,《宋元浙江方志集成》第7册,第3106页。
⑧ [清]嵇曾筠、沈翼机等:《雍正浙江通志》卷一五二,《景印文渊阁四库全书》第523册,第125页。

794 唐德宗贞元十年甲戌

正月,李吉甫在明州员外长史任,撰湖州建茶山诗述碑阴文字

《金石录》卷二八:"右袁高《茶山诗》并于頔撰《诗述》、李吉甫撰《碑阴记》,共两卷。湖州岁贡茶,高为刺史作此诗以讽。高,恕已孙也。贞元中,德宗将起卢杞为饶州刺史,高任给事中,争甚力,于是止用杞为上佐。德宗猜忌刻薄,出于天资,信任卢杞,几亡天下,奉天之围,赖陆贽之谋以济。杞之贬黜,迫于公议,然终身眷眷不能忘。于贽则一斥不复,其奔走播迁而不亡者,岂非幸欤!非高等力排其奸,则复任用杞,未可知也。唐史称高代宗时累迁给事中,建中中拜京畿观察使,坐累贬韶州长史,复拜给事中。吉甫为《碑阴记》,述高所历官甚详,云大历中从其父赞皇公辟,为丹阳令,再表为监察御史、浙西团练判官。德宗嗣位,累迁尚书金部员外郎、右司郎中,擢御史中丞。……然则高代宗朝未尝为给事中,德宗朝未尝拜京畿观察使。其贬韶州时,实为中丞,而其为中丞与湖州刺史,传皆不载,今并著之以证唐史之误。"①《宝刻丛编》卷一四:"《唐诗述碑阴记》:唐李吉甫撰,徐璹正书。贞元十年正月立。"②《吴兴金石录》卷三《袁高茶山诗述》引《吴兴志》:"碑阴:朝议大夫明州长史员外置同正员李吉甫撰,贞元十年建,徐璹书。"③检《嘉泰吴兴志》卷一八"碑碣":"袁高茶山述。在墨妙亭。唐朝议大夫、使持节湖州诸军事、守湖州刺史、护军、赐紫金鱼袋于頔撰,朝议郎、前滁州长史、上柱国徐璹书。盖述刺史袁高所作《茶山诗》也。《宝刻丛编》:唐湖州刺史袁高撰,前滁州长史徐璹书。湖州之顾渚山,岁备茶贡。高为刺史,感其采制之勤,而作是诗。其后于頔为刺史,得之于坏垣,为之序而刻之,贞元七年五月。"④王象之《舆地纪胜》卷四"安吉州"亦记有《袁高茶山述》,贞元七年立。又碑阴:"李吉甫撰,贞元十年建。"⑤

———————

① [宋]赵明诚:《金石录》卷二八,第539—540页。
② [宋]陈思编著:《宝刻丛编》卷一四,第904页。
③ [清]陆心源:《吴兴金石录》卷三,清同治光绪潜园总集本,第18页。
④ [宋]谈钥:《嘉泰吴兴志》卷一八,《宋元浙江方志集成》第6册,第2791页。
⑤ [宋]王象之编著,赵一生点校:《舆地纪胜》第1册,第176页。

袁高《茶山诗》是茶诗的名篇,旨在揭露贡茶的弊端,是一首通过茶事以反映现实的力作。为茶山诗立碑,李吉甫又撰茶山诗述碑阴记,也表明其对于袁高的赞同。《茶山诗》云:"禹贡通远俗,所图在安人。后王失其本,职吏不敢陈。亦有奸佞者,因兹欲求伸。动生千金费,日使万姓贫。我来顾渚源,得与茶事亲。氓辍耕农耒,采采实苦辛。一夫旦当役,尽室皆同臻。扪葛上欹壁,蓬头入荒榛。终朝不盈掬,手足皆鳞皴。悲嗟遍空山,草木为不春。阴岭芽未吐,使者牒已频。心争造化功,走挺麋鹿均。选纳无昼夜,捣声昏继晨。众工何枯栌,俯视弥伤神。皇帝尚巡狩,东郊路多堙。周回绕天涯,所献愈艰勤。况减兵革困,重兹固疲民。未知供御余,谁合分此珍。顾省忝邦守,又惭复因循。茫茫沧海间,丹愤何由申。"①

五月,余姚县令李汲卒,享年五十九岁

新出土《故越州大都督府余姚县令李府君(汲)墓志铭并序》:"有唐贞元十年五月廿日,故越州余姚县令李公,即世于扬州旅馆。……公讳汲,字寡言,赵郡人也。……次任余姚县令,所以子人济俗,展平生之志。户口增倍,歌谣至今。及辞满归北,朝廷方将大用,而天不祚国,夺我才彦。悲夫!享年五十九。"②

裴坰为婺州刺史,鲍溶相送并作诗

鲍溶《秋暮送裴坰员外刺婺州》诗云:"婺女星边气不秋,金华山水似瀛州。含香太守心清净,去与神仙日日游。"③按,岑仲勉《读全唐诗札记》云:"同人(鲍溶)《秋暮送裴坰员外刺婺州》。按宪宗相裴坰,据《旧》一四八、《新》一六九传未尝出刺婺州,不知字误为复是有同姓名者。"④郁贤皓先生《唐刺史考全编》卷一四五系裴坰刺婺在贞元中,并云:"按两《唐书》本传未及刺婺事。唯云:贞元中为礼部、考功二员外郎,元和初召入翰林院为学士,转考功郎中知制诰,寻迁中书舍人。其以员外出刺婺州当在贞元中。"⑤今姑系于贞元十年。

---

① [清]彭定求:《全唐诗》卷三一四,第3536—3537页。
② 河南省文物研究所、河南省洛阳地区文管处编:《千唐志斋藏志》,第964页。
③ [清]彭定求:《全唐诗》卷四八六,第5529页。
④ 岑仲勉:《读全唐诗札记》,《唐人行第录(外三种)》,第254页。
⑤ 郁贤皓:《唐刺史考全编》卷一四五,第2065页。

本年,陈智任衢州刺史

《天启衢州府志》卷三"职官志·唐刺史":"陈智,贞元十年任。"①

795　唐德宗贞元十一年乙亥

卢纶约本年前后在越,作《渡浙江》《酬灵澈上人》《题兴善寺后池》等诗

卢纶《渡浙江》诗云:"前船后船未相及,五两头平北风急。飞沙卷地日色昏,一半征帆浪花湿。"②刘初棠《卢纶诗集校注》卷四:"此诗与前诗作时同,或为广德年间(763至764)。……浙江,指钱塘江。《水经注》卷四○:'(钱塘)县东有定、包诸山,皆西临浙江,水流于两山之间。'王象之《舆地纪胜》卷二引虞喜《志林》:浙江在'今钱塘江口。浙山正居江中。潮水投山,十折而曲。一云:江有反涛,水势折归,故云浙江。'"③所谓"前诗"指卢纶《夜泊金陵》诗:"圆月出高城,苍苍照水营。江中正吹笛,楼上又无更。洛下仍传箭,关西欲进兵。谁知五湖外,诸将但争名。"④刘初棠注云:"按,据诗中'洛下'四句所言战乱之状,与纶之身世同看,当作于安史乱后,纶大历初返长安之前(卷一《送从叔士准赴任润州司士诗》有'久是吴门客,尝闻谢守贤'之语,可参看)。而以广德元年(763)至广德二年(764)的可能性为大。"⑤按,卢纶言渡浙江即是渡过钱塘江到浙东。刘初棠推测其诗作于广德年间,与卢纶事迹并不很吻合,应综合卢纶浙东诗作再进一步考证。

卢纶《酬灵澈上人》,题一作"口号戏赠灵澈上人时奉事入城"。诗云:"军人奉役本无期,落叶花开总不知。走马城中头雪白,若为将面见汤师。"⑥刘初棠《卢纶诗集校注》卷二:"据'军人'句,诗当作于贞元元年(785)纶入浑瑊幕后。灵澈上人:刘禹锡《澈上人文集序》:'上人生于会稽,本汤氏子……出家号灵澈,字源澄。虽受经论,一心好篇章。从越客严维学为诗,遂籍籍有闻。维卒,乃抵吴兴,与长老诗僧

---

① ［明］叶秉敬:《天启衢州府志》卷二,《衢州府志集成》,第401页。
② ［清］彭定求:《全唐诗》卷二七九,第3178页。
③ 刘初棠:《卢纶诗集校注》卷四,第480页。
④ ［清］彭定求:《全唐诗》卷二七九,第3177—3178页。
⑤ 刘初棠:《卢纶诗集校注》卷四,第479页。
⑥ ［清］彭定求:《全唐诗》卷二七七,第3144页。

皎然游,讲艺益至。皎然以书荐于词人包侍郎佶,包得之大喜。又以书致于李侍郎纾。……贞元中,西游京师,名振辇下。缁流疾之,造飞语激动中贵人,因侵诬得罪,徙汀州。……元和十一年(816)终。'赞宁《高僧传三集》卷一五:'建中、贞元以来,江表谚曰:越之澈,洞冰雪。'"①按,刘初棠校注推测卢纶此诗作年时间跨度过大,应作于贞元十一年前后,参下文考证。

卢纶《题兴善寺后池》诗云:"隔窗栖白鹤,似与镜湖邻。月照何年树,花逢几遍人。岸莎青有路,苔径绿无尘。永愿容依止,僧中老此身。"②刘初棠《卢纶诗集校注》卷四:"兴善寺,初名遵善寺,后改为兴善寺。为唐时长安最大寺院之一。寺后池,《酉阳杂俎》续集卷五:'(兴善)寺后先有曲池,不空临终时忽然涸竭。至惟宽禅师止住,因潦通泉,白莲藻自生。今复成陆矣。'按:不空卒于大历九年(774)六月(见《资治通鉴》卷二二五)。又《全唐诗》卷二八五李端《宿兴善寺后堂池》:'草堂高树下,月向后池生。野客如僧静,新荷共水生。锦鳞沉不食,绣羽乱相鸣。即事思江海,谁能万里行。'可参看。"③按,此注当误。卢纶诗首联"隔窗栖白鹤,似与镜湖邻",明确是题咏越州的兴善寺而不是长安的兴善寺。考《嘉泰会稽志》卷八"新昌县":"兴善院在县西南四十里。晋太康十一年,西域僧幽闲卜筑于此,号新建寺。会昌废,大中元年重建。"④

按,卢纶有以上三首诗,知其确到过浙东,但其在浙东的时间难以考证。前引刘初棠《卢纶诗集校注》所考三首诗作年,或于地理有误,或推测时间跨度过大,难以信实。据傅璇琮《唐代诗人丛考》所载《卢纶考》,卢纶及第之后,唯于贞元九年至十一年之间因事到江西,作有《上巳日陪齐相公花楼宴》诗。颇疑卢纶在江西洪州之后,又来到浙东。而考灵澈生平,据刘禹锡《澈上人文集序》:"号灵澈,字源澄。虽受经论,一心好篇章。从越客严维学为诗,遂籍籍有闻。维卒,乃抵吴兴,与长老诗僧皎然游,讲艺益至。皎然以书荐于词人包侍郎佶,包得之大喜。又以书致于李侍郎纾。……贞元中,西游京师,名振辇下。缁流疾之,造飞语激动中贵人,因侵诬得罪,徙汀州,会赦归东越。……元和十一年,终于宣州开元寺,年七十有一。"⑤卢纶在越中,应与灵澈"赦归东越"的时间相一致,故有诗酬唱。卢纶涉及越中的诗作

---

① 刘初棠:《卢纶诗集校注》卷二,第178页。
② [清]彭定求:《全唐诗》卷二七九,第3170—3171页。
③ 刘初棠:《卢纶诗集校注》卷四,第410页。
④ [宋]施宿:《嘉泰会稽志》卷八,《宋元浙江方志集成》第4册,第1809页。
⑤ [清]董诰:《全唐文》卷六〇五,第6114页。

还有《赋得馆娃宫送王山人游江东》:"苍苍枫树林,草合废宫深。越水风浪起,吴王歌管沉。燕归巢已尽,鹤语冢难寻。旅泊彼何夜,希君抽玉琴。"①

本年,第五峰为台州刺史

《嘉定赤城志》卷八"秩官门·历代郡守":"贞元十一年,第五峰。"②

本年,李若初为衢州刺史

《旧唐书》卷一三《德宗纪》:贞元十一年二月,"以衢州刺史李若初为福建观察使"③。《旧唐书·李若初传》:"转虢州刺史,坐公事为观察使劾奏,免归。久之,出为衢州刺史,迁福州刺史,兼御史中丞、福建都团练使。"④

本年,李吉甫由明州员外长史迁忠州刺史

《旧唐书·李吉甫传》:"久之遇赦,起为忠州刺史。时贽已谪在忠州,议者谓吉甫必逞憾于贽,重构其罪。"⑤《新唐书·李吉甫传》:"贽之贬忠州,宰相欲害之,起吉甫为忠州刺史,使甘心焉。"⑥傅璇琮《李德裕年谱》贞元十一年乙亥:"据此,则吉甫之刺忠州,在陆贽贬为忠州别驾以后。……陆贽之贬在四月,则吉甫赴任或当在六、七月间。"⑦

796　唐德宗贞元十二年丙子

陆傪为浙东从事,权德舆有诗寄之

权德舆《酬陆三十二参浙东见寄》诗云:"骢马别已久,鲤鱼来自烹。殷勤故人

---

① [清]彭定求:《全唐诗》卷二七六,第3133页。
② [宋]陈耆卿:《嘉定赤城志》卷八,《宋元浙江方志集成》第11册,第5150页。
③ [后晋]刘昫:《旧唐书》卷一三,第381页。
④ [后晋]刘昫:《旧唐书》卷一四六,第3965页。
⑤ [后晋]刘昫:《旧唐书》卷一四八,第3993页。
⑥ [宋]欧阳修、宋祁:《新唐书》卷一四六,第4738页。
⑦ 傅璇琮:《李德裕年谱》,第23—24页。

意,怊怅中林情。茫茫重江外,杳杳一枝琼。搔首望良觌,为君华发生。"①权德舆《唐故使持节歙州诸军事守歙州刺史赐绯鱼袋陆君(㑘)墓志铭并序》:"君讳㑘,字公佐,吴郡人。……历大理评事,摄监察御史里行佐黔中。又以殿中侍御史内供奉佐浙东。凡四居宪赋,介二方伯,皆有直声休利,邦人宜之。十二年,所从既罢,继之者再至,率以重礼礼君,终不能屈,非所乐而不苟合故也。"②又《太常博士举人自代状》:"准制举自代官浙江东道义胜军副使、殿中侍御史内供奉、赐绯鱼袋陆㑘。……贞元八年正月十七日。"③"陆㑘",《全唐文》作"陆参"④。权德舆诗作于贞元八年至十二年之间,姑系于本年。韩愈有《送陆歙州诗序》:"贞元十八年二月十八日,祠部员外郎陆君出刺歙州。"⑤旧注:"陆㑘也。"⑥《元和姓纂》卷一〇"嘉兴陆氏"有"歙州刺史陆参",岑仲勉《元和姓纂四校记》考订为"陆㑘"⑦。故其名应以"陆㑘"为是。

陆㑘为浙东从事,李翱与之交游

李翱《复性书上》云:"南观涛江入于越,而吴郡陆㑘存焉,与之言之。陆㑘曰:'子之言,尼父之心也,东方如有圣人焉,不出乎此也,南方如有圣人焉,亦不出乎此也。惟子行之不息而已矣。'"⑧其时陆㑘为浙东观察使从事。

797　唐德宗贞元十三年丁丑

本年,李若初为浙江东道观察使

《旧唐书》卷一三《德宗纪下》:贞元十三年三月,"乙巳,以福建都团练使李若初

① 〔清〕彭定求:《全唐诗》卷三二一,第 3616 页。
② 〔清〕董诰:《全唐文》卷五〇三,第 5118 页。
③ 蒋寅笺,唐元校,张静注:《权德舆诗文集编年校注》,第 169 页。
④ 〔清〕董诰:《全唐文》卷四八七,第 4971 页。
⑤ 〔清〕董诰:《全唐文》卷五五五,第 5612 页。
⑥ 〔清〕方世举著,郝润华、丁俊丽整理:《韩昌黎诗集编年笺注》卷二,中华书局 2012 年版,第 77 页。
⑦ 〔唐〕林宝撰,岑仲勉校记:《元和姓纂(附四校记)》卷一〇,第 1421—1422 页。
⑧ 〔清〕董诰:《全唐文》卷六三七,第 6434 页。

为明州刺史、浙东观察使。"①"明州"为"越州"之误。《会稽掇英总集》卷一八《唐太守题名记》:"李若初,贞元十三年三月,自福建观察使授。十四年,改浙西观察使、诸道盐铁转运等使。"②《嘉泰会稽志》卷二"太守"同③。

本年,卢国因为台州刺史

《嘉定赤城志》卷八"秩官门·历代郡守":"贞元十五年,卢国因。"④郁贤皓先生《唐刺史考全编》卷一四四:"按贞元十五年陈皆在台刺任,疑'十五年'或为'十三年'之讹。"⑤

798　唐德宗贞元十四年戊寅

本年,裴肃为浙江东道观察使

《旧唐书》卷一三《德宗纪下》:贞元十四年九月,"以常州刺史裴肃为越州刺史、浙东观察使。"⑥《会稽掇英总集》卷一八《唐太守题名记》:"裴肃,贞元十四年九月,自常州刺史、御史中丞授。十五年五月,加御史大夫。"⑦《嘉泰会稽志》卷二"太守":"裴肃,贞元十四年九月自常州刺史、御史中丞授。"⑧《文物》1964 年第 7 期《西安北郊出土唐金花银盘铭文的校勘》:"银盘背面的铭文,共有三行:'浙东道都团练观察处置等使大中大夫守越州刺史兼御史大夫上柱国赐紫金鱼袋臣裴肃进。'"⑨是为当时官职全称。

---

① [后晋]刘昫:《旧唐书》卷一三,第 385 页。
② [宋]孔延之:《会稽掇英总集》卷一八,《宋元浙江方志集成》第 14 册,第 6555 页。
③ [宋]施宿:《嘉泰会稽志》卷二,《宋元浙江方志集成》第 4 册,第 1665 页。
④ [宋]陈耆卿:《嘉定赤城志》卷八,《宋元浙江方志集成》第 11 册,第 5150 页。
⑤ 郁贤皓:《唐刺史考全编》卷一四四,第 2045 页。
⑥ [后晋]刘昫:《旧唐书》卷一三,第 388 页。
⑦ [宋]孔延之:《会稽掇英总集》卷一八,《宋元浙江方志集成》第 14 册,第 6555 页。
⑧ [宋]施宿:《嘉泰会稽志》卷二,《宋元浙江方志集成》第 4 册,第 1665 页。
⑨ 朱捷元:《西安北郊出土唐金花银盘铭文的校勘》,载《文物》1964 年第 7 期,第 37 页。

本年,卢云为明州刺史

《旧唐书·德宗纪下》:贞元十四年十二月,"明州镇将栗锽杀刺史卢云"[1]。《全唐文》卷七二一胡的《大唐故太白禅师塔铭》:"故剑南东川节度行军司马检校户部郎中任公侗,故明州刺史卢公云,前后皆驻骑云根,稽求上法。"[2]《匋斋藏石记》卷三三《唐范阳郡故卢夫人墓志铭并序》:"祖云,□部郎中、长安县令、明州刺史。"[3]

本年,陈皆为台州刺史

《千唐志斋藏志》载《唐故中散大夫使持节台州诸军事守台州刺史上柱国赐紫金鱼袋颍川陈公(皆)墓志铭并序》:"贞元十四年迁台州刺史,十八年十二月十五日遘厉薨于郡之适寝,享年七十三。"[4]

本年,郑赞为衢州刺史

《千唐志斋藏志》载《唐故朝议郎使持节光州诸军事守光州刺史赐绯鱼袋李公(潘)墓志铭》:"家于常山,太守郑公性乐善,喜后进,因目之为奇童,荐之于连帅,特表奏闻。荣中有司,别敕同孝廉登第,时才年八岁。"[5]按,墓主李潘开成五年(840)卒,享年五十,其八岁应为贞元十四年。其时郑赞在衢州刺史任。

本年,洪少卿为兰溪县令

冯宿《兰溪县灵隐寺东峰新亭记》:"东阳实会稽西部之郡,兰溪实东阳西鄙之邑。岁在戊寅,天官署洪君少卿以为之宰。君之始至,则用信待物,用勤集事,信故人洽,勤故人阜,未期月而其政成。"[6]

---

①　[后晋]刘昫:《旧唐书》卷一三,第389页。
②　[清]董诰:《全唐文》卷七二一,第7421页。
③　郁贤皓:《唐刺史考全编》卷一四三,第2024页。
④　河南省文物研究所、河南省洛阳地区文管处编:《千唐志斋藏志》,第985页。
⑤　河南省文物研究所、河南省洛阳地区文管处编:《千唐志斋藏志》,第1074页。
⑥　[清]董诰:《全唐文》卷六二四,第6301页。

799 唐德宗贞元十五年己卯

春,孟郊作《春集越州皇甫秀才山亭》诗

孟郊《春集越州皇甫秀才山亭》诗云:"嘉宾在何处,置亭春山巅。顾余寂寞者,谬厕芳菲筵。视听日澄澈,声光坐连绵。晴湖泻峰嶂,翠浪多萍藓。何以逞高志,为君吟秋天。"①华忱之《孟郊年谱》"贞元十五年己卯(799)":"有《春集越州皇甫秀才山亭》诗(卷四)。按宋施宿《嘉泰会稽志》卷十八'拾遗'载有皇甫秀才山亭,下引:'东野诗云,嘉宾在何处,置亭春山颠。说者云,秀才,皇甫冉也。'考新、旧唐书皇甫冉传,知冉的年辈早于东野。他举秀才时,东野年方幼稚,恐不能写出这样的诗作。疑此皇甫秀才,当另是一人。同卷又有越中山水诗。宋孔延之《会稽掇英总集》卷七载有此诗,题作《游越中山水留云门》。以诗中'日觉耳目胜,我来山水州'诸语推之,知当同为今年游越时所作。"②韩泉欣《孟郊集校注》卷四:"春集越州皇甫秀才山亭,贞元十五年作,是年东野游越。越州,隋初改会稽郡为越州,宋废,其地即今浙江绍兴。皇甫秀才,其人不详。"③

孟郊《越中山水》诗云:"日觉耳目胜,我来山水州。蓬瀛若仿佛,田野如泛浮。碧嶂几千绕,清泉万余流。莫穷合沓步,孰尽派别游。越水净难污,越天阴易收。气鲜无隐物,目视远更周。举俗媚葱蒨,连冬撷芳柔。菱湖有余翠,茗圃无荒畴。赏异忽已远,探奇诚淹留。永言终南色,去矣销人忧。"④参之孟郊《春集越州皇甫秀才山亭》诗,亦当为本年游越时作。韩泉欣《孟郊集校注》卷四:"越中山水,贞元十五年作,是年东野游越。"⑤

孟郊《送萧炼师入四明山》诗云:"闲于独鹤心,大于高松年。迥出万物表,高栖四明巅。千寻直裂峰,百尺倒泻泉。绛雪为我饭,白云为我田。静言不语俗,灵踪

---

① [清]彭定求:《全唐诗》卷三七五,第4214页。
② 华忱之:《孟郊年谱》,《孟东野诗集》附录,人民文学出版社1959年版,第238页。
③ [唐]孟郊著,韩泉欣校注:《孟郊集校注》卷四,浙江古籍出版社2012年版,第174—175页。
④ [清]彭定求:《全唐诗》卷三七五,第4213—4124页。
⑤ [唐]孟郊著,韩泉欣校注:《孟郊集校注》卷四,第173页。

时步天。"① 按,许浑《赠萧炼师并序》:"炼师,贞元初自梨园选为内妓。善舞柘枝,宫中莫有伦比者,宠锡甚厚。及驾幸奉天,以病不获随辇,遂失所止。洎复宫阙,上颇怀其艺,求之浃日,得于人间。后闻神仙之事,谓长生可致,乞奉黄老。上许之,诏居嵩南洞清观,迄今八十余矣,雪肤花颜,与昔无异。"② 韩泉欣《孟郊集校注》卷七引用许浑诗序作注。罗时进注许浑诗云:"《序》纪炼师'贞元初自梨园为内妓''及贺幸奉天,以病不获随辇',贞元初乃七八五年,驾幸奉天事在七八三年,时间颠倒,殊不可解。疑'贞元'乃'建中'之误。萧氏为内妓,其时依例约为二十,据'迄今八十余矣',则已阅六十余载,推知此诗当为许浑晚年之作。"③ 按,罗氏所言极是。又按,孟郊诗称"闲于独鹤心,大于高松年",是说萧炼师年事已高,似乎又与许浑诗之"萧炼师"不是一人。炼师是对道士的尊称,往往指德行高尚者。故此萧炼师或另有其人。孟郊该诗具体作年难以确考。姑附于本年游越州时。

六月,李翱在越州,谒禹庙,并与陆傪交游

罗联添《李翱年谱》:"贞元十五年(799)早春,李翱在汴州。孟郊自汴南归,韩愈、李翱共作《远游联句》。未几,李翱亦去汴南游吴越。时裴肃为越州刺史、浙东观察使。……其后,孟郊自吴徂越,游会稽,窥禹穴。李翱则去吴南观涛江(指浙江海潮),之后入越与吴郡陆傪交游。六月二十九日李翱在越州谒禹庙,作《拜禹言》。"④

李翱《拜禹言》云:"贞元十五年六月二十九日,陇西李翱敬载拜于禹之堂下,自宾阶升,北面立,弗敢叹,弗敢祝,弗敢祈,退降复敬,再拜哭而归。且歌曰:'惟天地之无穷兮,哀生人之常勤。往者吾弗及兮,来者吾弗闻。已而已而。'"⑤ 又作《拜禹歌》。

韩愈作《此日足可惜赠张籍》诗,怀念在越州的孟郊、李翱

韩愈作《此日足可惜赠张籍》诗,题注:"愈时在徐,籍往谒之,辞去,作是诗以送。"诗云:"我友二三子,宦游在西京。东野窥禹穴,李翱观涛江。萧条千万里,会合安可逢。淮之水舒舒,楚山直丛丛。子又舍我去,我怀焉所穷。男儿不再壮,百

---

① 〔清〕彭定求:《全唐诗》卷三七八,第4246页。
② 〔清〕彭定求:《全唐诗》卷五三七,第6128页。
③ 〔唐〕许浑撰,罗时进笺证:《丁卯集笺证》卷一〇,中华书局2012年版,第651—652页。
④ 罗联添:《李翱年谱》,《唐代诗文六家年谱》,第483—484页。
⑤ 〔清〕董诰:《全唐文》卷六三七,第6433页。

岁如风狂。高爵尚可求，无为守一乡。"①知是时孟郊、李翱都在越州。李翱《复性书上》有"南观涛江入于越"②语。韩愈诗作于贞元十五年。钱仲联《韩昌黎诗系年集释》卷一注云："魏本引《集注》：籍，字文昌，吴郡人。尝为公所荐送。贞元十五年公时在徐，籍往谒公，未几辞去，公惜别，故作是诗以送之。"③

柳冕作《答衢州郑使君论文书》

柳冕《答衢州郑使君论文书》，"衢州郑使君"应为郑式瞻。郁贤皓先生《唐刺史考全编》卷一四六，与柳冕时代相当之郑姓衢州刺史有郑赟、郑式瞻二人，郑赟贞元十四年为衢州刺史，郑式瞻十五年至十七年为衢州刺史④。而据新出土文献，郑式瞻有《李氏幼女(绣衣)墓志铭并序》，贞元六年十二月撰，署官职为"前检校驾部员外郎兼侍御史"⑤。是其能文之证。故柳冕文之"郑使君"应为郑式瞻。又据《唐故河南府河南县主簿崔公(程)墓志铭并序》："公两娶一门，女弟继室，即颍川太守长裕之曾孙，……洛州司兵叔向之长女。今相国余庆，河南尹珦瑜，信安守式瞻，高平守利用，皆诸父也。"⑥《旧唐书·德宗纪下》：贞元十七年(801)三月"癸酉，衢州刺史郑式瞻进绢五千匹，银二千两"⑦。《册府元龟》卷七〇〇："郑式瞻为衢州刺史，贞元十七年死于州狱。"⑧是郑式瞻贞元十五年至十七年在衢州刺史任。又《旧唐书·德宗纪下》：贞元十三年三月，"以婺州刺史柳冕为福建观察使"⑨。贞元二十年七月"辛卯，福建观察使柳冕奏置万安监牧于泉州界"⑩。是其时柳冕在福建观察使任。柳冕此文即作于贞元十五年或稍后。

柳冕此文为中唐古文发展过程中的重要文献，今备录于下："专使至，辱书，并归拙文，如见君子。所褒过当，无德以当之。幸甚！门人云：'夫子之文章，可得而闻也；夫子之言性与天道，不可得而闻也。'即圣人道可企而及之者文也，不可企而及之者性也。盖言教化发乎性情，系乎国风者，谓之道。故君子之文，必有其道，道

---

① [清]彭定求：《全唐诗》卷三三七，第3771—3772页。
② [清]董诰：《全唐文》卷六三七，第6434页。
③ 钱仲联：《韩昌黎诗系年集释》卷一，上海古籍出版社1984年版，第85页。
④ 郁贤皓：《唐刺史考全编》卷一四六，第2082页。
⑤ 周绍良、赵超主编：《唐代墓志汇编续集》，第746页。
⑥ 吴钢主编：《全唐文补遗》第6辑，第113页。
⑦ [后晋]刘昫：《旧唐书》卷一三，第394页。
⑧ [宋]王钦若：《册府元龟》卷七〇〇，第8353页。
⑨ [后晋]刘昫：《旧唐书》卷一三，第385页。
⑩ [后晋]刘昫：《旧唐书》卷一三，第399页。

有深浅;故文有崇替,时有好尚;故俗有雅郑,雅之与郑,出乎心而成风。昔游夏之文,日月之丽也。然而列于四科之末,艺成而下也。苟文不足则,人无取焉,故言而不能文,非君子之儒也;文而不知道,亦非君子之儒也。逮德下衰,其文渐替,惜乎王公大人之言,而溺于淫丽怪诞之说。非文之罪也,为文者之过也。夫善为文者,发而为声,鼓而为气;真则气雄,精则气生,使五彩并用,而气行于其中。故虎豹之文,蔚而腾光,气也;日月之文,丽而成章,精也。精与气,天地感而变化生焉。圣人感而仁义生焉,不善为文者反此,故变风变雅作矣。六义之不兴,教化之不明,此文之弊也。噫!文之无穷,而人之才有限,苟力不足者,强而为文则蹶,强而为气则竭,强而成智则拙。故言之弥多,而去之弥远,远之便已,道则中废,又君子所耻也,则不足见君子之道与君子之心。心有所感,文不可已,理有至精,词不可逮,则不足当君子之褒。敬叔顿首。"①

800　唐德宗贞元十六年庚辰

六月,冯宿过东阳兰溪,游东峰亭,有文记之。

冯宿《兰溪县灵隐寺东峰新亭记》:"东阳实会稽西部之郡,兰溪实东阳西鄙之邑。岁在戊寅,天官署洪君少卿以为之宰。君之始至,则用信待物,用勤集事,信故人洽,勤故人阜,未期月而其政成。后三年夏六月,予过其邑。洪君导予以邑之胜赏,于是有东峰亭之游。背城之闉,半里而近。初届佛刹,刹之上方,而亭在焉。松门盖空,石道如带,足倦累息,然后造夫极焉。向之池隍馆宇之多,旗亭阛阓之喧,途道往来之众,簿书鞅掌之繁,顾步之际,忽焉如失。但山风飕飗,岭云峨峨,飞轩凭空,洞壑在下,向背殊状,昏明异色。指遥青而点黛者问之,则曰某山某岩某林某墅;指远白而曳练者问之,则曰某洲某渚某湫某塘。高深互呈,心目相竞,飘若象外,意其幻成。予既谐其私,爰究其本。先是邑微登攀游观之所,洪君曾是挈俸钱二万,经斯营斯。因地于山,因材于林,因工于子来,因时于农隙,一何易也。崇山峻谷,佳境胜概,绵亘伏匿,一时发朗,又何能也。君在建中、兴元之间,为江南西道

①　[清]董诰:《全唐文》卷五二七,第5359—5360页。

节度使曹王所知。时方军兴,贼寇压境,供亿仓卒,赋平人和,王实赖之。故御史大夫郑、滑节度卢公群与君尝同僚,每号之曰:'精金百炼,良骥千里。'诚矣。然则是邑之理,兹亭之胜,于君之分,不为难能。夫播芳尘而鼓余波者,非文莫可,遂揽笔为记,刊于石而附诸地志焉。"①按,"岁在戊寅"是贞元十四年,下延三年为十六年。

本年,李绅游越州,望华顶峰作诗

李绅《华顶》诗云:"欲向仙峰炼九丹,独瞻华顶礼仙坛。石标琪树凌空碧,水挂银河映月寒。天外鹤声随绛节,洞中云气隐琅玕。浮生未有从师地,空诵仙经想羽翰。"②邹志方《浙东唐诗之路》云:"此诗当作于德宗贞元十六年(800)。诗以华顶为题,重在表现望后所感,虽然流露了出世思想,但对华顶峰之描写,很有认识价值。一是拜经台、瀑布等胜景,已为唐人津津乐道;二是鹤声上下,云气弥漫,向来被看成华顶美景;三是华顶山生长一种琪树,此树诗人在《琪树》中有专题描写,自注中又有特征介绍,不应看作想象之词。诗人尚有《题北峰黄道士草堂》诗,对华顶峰亦有描写,可参读:'清溪道士紫微仙,暗诵真经北斗前。坛上独窥华顶月,雾中潜到羽人天。飞流夜落银河水,乔木朝含绛阙烟。会了浮名休世事,伴君闲种五芝田。'"③

张籍有《赠海东僧》诗,赠予日本僧人妙澄,涉及天台事,约作于本年

《天台霞标》四编卷一《入唐天台宗留学生》:"《传教大师别传》云:延历廿一年九月,主上见知天台教迹特超诸宗,南岳后身,圣德垂迹,即便思欲兴隆灵山之高迹,建立天台之妙悟。诏问和气祭酒(弘世),祭酒告和上(传教大师),和上与祭酒终日与议弘法之道,故上表云云。(二编所载请入唐请益表也)即依上表允许天台法华宗留学生圆基、妙澄等。又诏弘世,夫髻中明珠也,无勇而无赐,妙高众宝也,无信而无取。是以南岳高迹,天台遗旨,薄德寡福,岂敢得哉?今最澄阇梨,久居东山,宿缘相追,披览此典,既探妙旨,自非久修业所得,谁敢体此心哉!敕少纳言、近卫将监、从五位下、和气朝臣入鹿,差入唐请益。天台法华宗还学生,即谢表云(云云)。又请求法译语表云(云云)。若犹有所残者,须嘱留学生(此指基、澄二师也),

① [清]董诰:《全唐文》卷六二四,第6301页。
② [清]彭定求:《全唐诗》卷四八三,第5493页。
③ 邹志方:《浙东唐诗之路》,第376页。

经年访求。"①末云:"本按:圆基、妙澄二师之事,仅见于此而已。思之二师,不幸卒于彼地乎。张籍,贞元进士,而当二师留学之时矣。且其诗,有'天台几夏居'之句,故载于兹,以备后人之考案云。《赠海东僧》,张籍。别家行万里,自说过扶余。学得中州语,能为外国书。与医收海藻,持咒取龙鱼。更问同来伴,天台几夏居。"②今据《天台霞标》所记时间,将张籍诗系于本年。

801　唐德宗贞元十七年辛巳

本年,郑式瞻在衢州刺史任,卒于州狱

《旧唐书》卷一三《德宗纪下》:贞元十七年三月,"癸酉,衢州刺史郑式瞻进绢五千匹,银二千两"③。《册府元龟》卷七〇〇:"郑式瞻为衢州刺史,贞元十七年死于州狱。"④

802　唐德宗贞元十八年壬午

正月,贾全为浙东观察使,凌准为判官

《旧唐书》卷一三《德宗纪下》:贞元十八年正月,"庚辰,以常州刺史贾全为越州刺史、浙东观察使。"⑤《会稽掇英总集》卷一八《唐太守题名记》:"贾全,贞元十八年正月,自常州刺史授。"⑥《嘉泰会稽志》卷二"太守"同⑦。

① [日]敬雄:《天台霞标》四编卷一,《大日本佛教全书》第125册,大法轮阁2007年版,第409页。
② [日]敬雄:《天台霞标》四编卷一,《大日本佛教全书》第125册,第409页。
③ [后晋]刘昫:《旧唐书》卷一三,第394页。
④ [宋]王钦若:《册府元龟》卷七〇〇,第8353页。
⑤ [后晋]刘昫:《旧唐书》卷一三,第396页。
⑥ [宋]孔延之:《会稽掇英总集》卷一八,《宋元浙江方志集成》第14册,第6555页。
⑦ [宋]施宿:《嘉泰会稽志》卷二,《宋元浙江方志集成》第4册,第1665页。

柳宗元《故连州员外司马凌准权厝志》:"为邠宁节度掌书记。……府丧罢职。后迁侍御史,为浙东廉使判官。"①注:"孙曰:十八年正月,以常州刺史贾全为浙东观察使,以准为判官。"②柳宗元又有《哭连州凌员外司马》诗:"辒轩下东越,列郡苏疲羸。宛宛凌江羽,来栖翰林枝。"③柳宗元《先君石表阴先友记》:"贾弇,长乐人。善士也,为校书郎卒。弟全,至御史中丞。"④注引孙曰:"贞元十八年正月,自常州刺史为浙东观察使。"⑤《旧唐书·凌准传》:"贞元二十年自浙东观察判官、侍御史召入。"⑥按,凌准为永贞革新失败被贬之"八司马"之一。

二月,东阳人冯定及进士第

《旧唐书·冯宿传》:"弟定字介夫……与宿俱有文学,而定过之。贞元中皆举进士,时人比之汉朝二冯君。于頔牧姑苏也,定寓焉,頔友于布衣间。后頔帅襄阳,定乘驴诣军门,吏不时白,定不留而去。頔惭,答军吏,驰载钱五十万,及境谢之。定饭逆旅,复书责以贵傲而返其遗。頔深以为恨。权德舆掌贡士,擢居上第。"⑦徐松《登科记考》卷一五贞元十八年进士科:"按,定与宿、审皆举进士,传独以二冯君系之贞元者,盖审及第于永贞也。定与审皆权德舆门生,传不言联登,故知定在第一榜矣。"⑧

冯定与中唐诗人白居易有所交往,白居易有《六年寒食洛下宴游赠冯李二少尹》诗:"丰年寒食节,美景洛阳城。三尹皆强健,七日尽晴明。东郊蹋青草,南园攀紫荆。风拆海榴艳,露坠木兰英。假开春未老,宴合日屡倾。珠翠混花影,管弦藏水声。佳会不易得,良辰亦难并。听吟歌暂辍,看舞杯徐行。米价贱如土,酒味浓于饧。此时不尽醉,但恐负平生。殷勤二曹长,各捧一银觥。"⑨又有《认春戏呈冯少尹李郎中陈主簿》诗:"认得春风先到处,西园南面水东头。柳初变后条犹重,花未开前枝已稠。暗助醉欢寻绿酒,潜添睡兴着红楼。知君未别阳和意,直待春深始

① [清]董诰:《全唐文》卷五八九,第5960页。
② [唐]柳宗元撰,尹占华、韩文奇校注:《柳宗元集校注》卷一〇,第695页。
③ [清]彭定求:《全唐诗》卷三五二,第3945页。
④ [唐]柳宗元:《柳宗元集》卷一二,第304页。
⑤ [唐]柳宗元:《柳宗元集》卷一二,第304页。
⑥ [后晋]刘昫:《旧唐书》卷一三五,第3737页。
⑦ [后晋]刘昫:《旧唐书》卷一六八,第4390页。
⑧ [清]徐松:《登科记考》卷一五,第555页。
⑨ [清]彭定求:《全唐诗》卷四四五,第4997页。

拟游。"①"冯少尹"即冯定。

三月,授齐总为衢州刺史,许孟容上封章停任

《旧唐书·德宗纪下》:贞元十八年三月,"癸酉,以浙东团练副使齐总为衢州刺史,总以横赋进奉希恩,给事中许孟容封还制书。"②许孟容《停齐总为衢州刺史敕命表》云:"臣伏见今日恩制,除衢州刺史齐总,臣窃有所虑,恐惊物听,不敢关下,陛下比者以兵戎之地,或有不获已非次擢授者。今衢州无他虞,齐总无殊绩,忽此超授,群情惊骇。又齐总是浙东判官,今诏敕称权知浙东观察留后摄都团练副使,向前未有敕命,今便用此下诏,犹恐不可。齐总若可选拔,不假此事,若未可选拔,假此益使人疑。陛下临御已来,凡所选用,皆为至公,既非圣情所难改移,即臣安得不动有论诤。若齐总必有可录,陛下须要酬劳,即明书课最,超一两资与改,今四海举朝之人,不知齐总功能,衢州浙东大郡,总自大理评事兼监察御史授之,使遐迩不甘,凶恶腾口,伏乞圣慈少回览臣所请。陛下若谓臣为不切不恳,伏乞陛下试停兹诏,密使人于外听察,必贺圣明开纳,必贺圣明无私,禽鱼草木,亦知感悦,欢声必山呼雷动,圣德必一日万里。授官中谢日,具以面奏诏敕有不便者,伏请封取进止,今齐总诏谨随封进。"③

四月,诗人陈元造卒于台州官舍

《唐故秀才举颍川陈府君(元造)墓志铭并序》云:"君讳元造,字遂古,颍川人也。……父皆,台州刺史。□□德弈世,创名无穷。虽何乐之羽仪,游夏之文学,曾闵之孝行,嵇阮之高达,不是过也。……岂其巨川未济,天不假龄。以贞元十八年四月廿九日,遘疾终于台州官舍,春秋方卌。……纂撰《古今表记》卅卷,所缀风什五百余篇。其或遗简脱编,往往他处,未及成缀。□舍得者,亦数百余纸。备详世人之口,故无能言之。"④墓志记其作诗五百余篇,然均不传于世。

墓志全文录之于下:"君讳元造,字遂古,颍川人也。□□□命氏,肇启基绪。光昭丕烈,世有哲人。□曾祖方,□□□州合□县令。祖繇,礼部郎中。父皆,台州刺史。□□德弈世,创名无穷。虽何乐之羽仪,游夏之文学,曾闵之孝行,嵇阮之高

---

① [清]彭定求:《全唐诗》卷四四八,第 5053 页。
② [后晋]刘昫:《旧唐书》卷一三,第 396 页。
③ [清]董诰:《全唐文》卷四七九,第 4895 页。
④ 吴钢主编:《全唐文补遗·千唐志斋新藏专辑》,第 297—298 页。

达,不是过也。徒以推名古昔,振美当时。若总兹数能于公,□有天纵文藻,师心直方,以至行著休声,以躬耕代禄位。是以年及耳顺,而名不列于天官府;德彰清议,而身不践于诸□门。公卿傥言,莫匪谈首。故思其揖者,天下人也;备其事者,亦天下人也。岂其巨川未济,天不假龄。以贞元十八年四月廿九日,遘疾终于台州官舍,春秋方卌。呜呼!道之将废世莫穷,皇天不仁公不寿。是知乾道不为丧,颜年不为夭,其如是夫。以果行优悠,篆撰《古今表记》卅卷,所缀风什五百余篇。其或遗简脱编,往往他处,未及成缀。□舍得者,亦数百余纸。备详世人之口,故无能言之。有一子,未及知礼。抚孤存昔,道若不亡。铭曰:洪源遐绪自帝妫兮,累庆重休其承晖兮。沧波无渥烟云驰,白日中沉何所之兮。含□酸茹痛有违兮,魂兮永安此山□兮。"①

九月,日本国委派僧人最澄入唐求学求法

《天台霞标》初编卷一《入唐敕宣》:"最澄阇梨,久居东山,既探法华奥旨;早逾西海,宣传天台教文。唯其往还,不得过期。"②同书同卷《谢充入唐请益还学生表》:"沙门最澄言:伏奉敕旨,差求法使,任兴法道,最澄荷非分,诏冈知攸措也。但身隐山中不知进退,才拙铅刀,未别菽麦,虽然,追寻香之诚仰,雪岭之信,励微劣之心,答天朝之命,不任悚荷之至。谨附少纳言近卫将监从五位下大友朝臣入鹿奉表陈谢以闻,轻犯威严,伏深战栗。谨言。沙门最澄上表。延历二十一年九月十三日。"③

《天台霞标》七编卷一《比叡山延历寺元初祖师行业记》:"祖师讳最澄,字药澄,谥传教大师。俗姓三津者,近江滋贺人也。先祖后汉孝献帝苗裔,登万贵王也。轻岛明宫御宇天皇之世,远慕圣朝,归乎仁化,仍赐滋贺地,自此改姓,赐三津首也。"④

十月,最澄上《请求法译语表》

《天台霞标》初编卷一《请求法译语表》:"沙门最澄闻:秦国罗什度流沙而求法,唐朝玄奘逾葱岭以寻师,并皆不限年数,得业为期,是以习方言于西域,传法藏于东土。伏计此度求法,往还有限,所求法门,卷逾数百,仍须历问诸州,得遇其人。最

① 吴钢主编:《全唐文补遗·千唐志斋新藏专辑》,第297—298页。
② [日]敬雄:《天台霞标》初编第一,《大日本佛教全书》第125册,第3—4页。
③ [日]敬雄:《天台霞标》初编第一,《大日本佛教全书》第125册,第4页。
④ [日]敬雄:《天台霞标》七编卷一,《大日本佛教全书》第126册,第776页。

澄未习汉音,亦暗译语,忽对异俗,难述意绪,四船通事,随使经营,相别访道,前不可得。窃虑分途问求,乃可有得所志之旨。当年得度沙约义真,幼学汉音,略习唐语,少壮聪悟,颇涉经论,仰愿殊蒙。天恩傔从之外,请件义真为求法译语兼复令学义理。若然,则天台义宗谘问有便。彼方圣人,通情不难,若犹有所残者,须属留学生经年访求矣。不任区区之至。谨奉表以闻。轻犯威严,伏增战汗。谨言。沙门最澄上表。延历二十一年十月二十日。"①

《天台霞标》七编卷一《比叡山延历寺元初祖师行业记》:"同年(延历二十一年)九月七日,圣主鉴察天台教迹,理超诸宗,时欲兴隆之,弘世朝臣以报和上。和上上表请差人遣唐,搜求余教。同月十二日,诏弘世朝臣仰少纳言、大朝臣入鹿,差和上充入唐请益,便有谢表,更请傔从外,赐沙门义真为求法译语,表文如别。九月六日,春宫差内舍人纪铃鹿麻吕,随喜高雄法会,善议法师等,奉启陈谢,又春宫殿下,缮写法华义观等三本经,附祖师送天台山,永镇彼藏,事在公验。"②

十月,施友直为鄮县主簿

韩愈《施先生墓铭》:"贞元十八年十月十一日,太学博士施先生士丐卒……子曰友直,明州鄮县主簿。"③

李绅游天台,寓居佛寺读书,发生了神异故事

李绅《龙宫寺》诗序云:"此寺摧毁积岁,贞元十六年,余为布衣,东游天台,故人江西观察使崔公以殿中谪官,移疾剡溪,崔公坐中有僧人修真,自言居龙宫寺,起谓余言:'异日(一本此下有必当镇此四字)为修此寺。'时以狂易之言不之应。僧相视久之而退。"④按,李绅《龙宫寺碑》原石现存,又有清代拓本传世,碑称东游越州在"贞元十八年",应可从。诗序所载之"十六年",或为李绅所记之误,或为后代传刻之误。卞孝萱《李绅年谱》系此事于贞元十六年(800),似不确。《云溪友议》卷上《江都事》云:"初贫,游无锡惠山寺,累以佛经为文稿,致主藏僧殴打,终身所憾焉。后之剡川天宫精舍,凭筊而昼寝,有老僧斋罢,见一大蛇上刹前李树,食其子焉,恐其遗毒而人误食之,徐徐驱下,蛇乃望东序而去,遂入李秀才怀中,倏而不见矣。公

---

① [日]敬雄:《天台霞标》初编卷一,《大日本佛教全书》第 125 册,第 4 页。
② [日]敬雄:《天台霞标》七编卷一,《大日本佛教全书》第 126 册,第 778 页。
③ [清]董诰:《全唐文》卷五六六,第 5731 页。
④ [清]彭定求:《全唐诗》卷四八一,第 5477 页。

乃惊觉。老僧曰：'秀才睡中有所睹否？'李公曰：'梦中上李树食李，甚美。似有一僧相逼。及寤，乃见上人。'老僧知此客非常，延归本院，经数年而辞赴举。将行，赠以衣钵之资，因喻之曰：'郎君身必贵矣。然勿以僧之尤过，贻于祸难。'及领会稽，僧有犯者，事无巨细，皆至极刑。唯忆无锡之时也，遂更剡川为龙宫寺额。嗟老僧之已逝，为其营塔立碑，平生之修建，只于龙宫一寺矣。"①李绅梦中化蛇这一传说很有意思，与其《龙宫寺》诗印证，当实有其事，是李绅早年事迹的印证。

是年李绅客游天台，与僧人修真相会。李绅《龙宫寺碑》云："贞元十八年，余以进士客于江浙。时适天台，与修真会于剡之阳。"②

本年，韦叶为台州刺史

《嘉定赤城志》卷八"秩官门·历代郡守"："贞元十八年，韦叶。"③

本年，田敦由衢州刺史授湖州刺史，令狐峘为衢州别驾

《嘉泰吴兴志》卷一四"郡守题名"："田敦，贞元十八年五月，自衢州刺史授。迁常州刺史。《统纪》作十六年。"④《旧唐书·令狐峘传》："贬衢州别驾。衢州刺史田敦，峘知举时进士门生也。……迎谒之礼甚厚，敦月分俸之半以奉峘。峘在衢州殆十年。顺宗即位，以秘书少监征，既至而卒。"⑤

803　唐德宗贞元十九年癸未

本年，陆庶为衢州刺史

《唐文拾遗》卷二七陆庶《烂柯山碑记》："庶牧于是邦，迨兹五祀。……时元和

① ［唐］范摅：《云溪友议》卷上，第87—88页。
② ［清］董诰：《全唐文》卷六九四，第7125页。
③ ［宋］陈耆卿：《嘉定赤城志》卷八，《宋元浙江方志集成》第11册，第5150页。
④ ［宋］谈钥：《嘉泰吴兴志》卷一四，《宋元浙江方志集成》第6册，第2656页。
⑤ ［后晋］刘昫：《旧唐书》卷一四九，第4014页。

三年三月十八日。"①《唐刺史考全编》卷一四六云："按元和二年陆庶已在福建观察使任。疑《碑记》之'三年'为'二年'之误。"②今从《唐刺史考全编》将陆庶刺衢系于贞元十九年。陆庶在衢州，撰有《游石桥记并诗》，见本书元和元年(806)叙事。

本年，明州刺史陈审因坐赃配流崖州

《册府元龟》卷七〇〇："陈审为明州刺史，贞元十九年坐赃，配流崖州。"③《元和姓纂》卷三"庐江陈氏"："审，明州刺史。"④

804　唐德宗贞元二十年甲申

二月，韦瓘作《修汉太守马君庙记》

孔延之《会稽掇英总集》卷一八韦瓘《修汉太守马君庙记》："东汉太守马君臻，能奉汉制，抚宁越封，仁惠公利，俗民陶其殊绩章白，书于旧史。其尤异，则披崄夷，高束波，圜境巨浸，横合三百余里，决灌稻田，动盈亿计。自汉至今，千有余年，纵阳骄雨淫，烧稼逸种，唯镜湖含泽，驱波流潎，注于大海，灾凶岁，谷穰熟，俾生物苏起，贫羸育富，其长计大利及人如此。孔子称民之父母，马君有焉。开元中，刺史张楚深念功本，爰立祠宇。久而陊败。今皇帝后元九年，观察使平昌孟公诛断奸劫，宽遂民类，教化修长，氓吏畏慕。尝以马君忠利之绩，神气未灭，寿宫不严，何以昭德？十年十一月，乃崇大栋梁，诛剪秽梗，礼物仪像，咸极洁好。后每遇水旱灾变，辄加心祷，精意所向，指期如答。则知君子惠物，本同于化，树功本同于治，对德相望，是宜刻石。二十年二月三日记。"⑤

---

①　[清]陆心源：《唐文拾遗》卷二七，《全唐文》附，第 10670—10671 页。
②　郁贤皓：《唐刺史考全编》卷一四六，第 2083 页。
③　[宋]王钦若：《册府元龟》卷七〇〇，第 8353 页。
④　[唐]林宝撰，岑仲勉校记：《元和姓纂(附四校记)》卷三，第 343 页。
⑤　[宋]孔延之：《会稽掇英总集》卷一八，《宋元浙江方志集成》第 14 册，第 6552 页。

四月,姚绸为处州刺史

《全唐文》卷六二〇姚绸小传:"绸,贞元二十年自水部员外郎除括州刺史,元和元年徙湖州,卒官。"①《嘉泰吴兴志》卷一四"郡守题名":"姚骃(绸),元和元年四月,自处州刺史授,卒官。"②

七月,日本僧人最澄随遣唐使入唐

《天台霞标》七编卷一《比叡山延历寺元初祖师行业记》:"廿三年秋七月,上第二船,达唐明州,时国号贞元廿年也。船头领徒入京,和上独向台山。山在台州,与明州近,不日而达。遇台州刺史陆淳,请天台传教大德道邃和上于州下龙兴寺净土院讲止观,受圆教菩萨三种净戒。和上旋与本国勾当,抄写天台大师所传教文二百四十卷。次登台岭,于禅林寺遇传教大德僧行满,蒙舍与数本法文等。更于山下国清寺屈十大德,与求法译语沙门义真受声闻戒。"③

九月,明州向最澄发向天台山牒

《天台霞标》初编卷一《明州向天台山牒》:"明州牒:日本国求法僧最澄往天台山巡礼。将金字《妙法莲华经》等。金字《妙法莲华经》一部(八卷外标金字),金字《无量经》一卷,《普贤观经》一卷,已上十卷共一函缄封。令最澄称是日本国春宫,永封未到不许开拆。《屈十大德疏》十卷,《本国大德诤论》两卷,《水精念珠》十卷(卷疑贯字),《檀龛水天菩萨》一躯(高一尺)。右得僧最澄状称,总将往天台山供养供奉僧最澄,沙弥僧义真,从者丹福成,文书钞疏及随身衣物等,总计贰佰余斤,牒得勾当军将刘承规状,称得日本僧最澄状称欲往天台山巡礼,疾病渐可。今月十五日发,谨具如前者。使君判付司给公验,并下路次县给船及担送过者,准判谨牒。贞元二十年九月十二日史孙阶牒,司户参军孙。"④

九月,陆淳在台州刺史任,日本僧人最澄谒见

吴颛《送最澄上人还日本国并序》:"以贞元二十年九月二十六日臻于海郡。谒太守陆公,献金十五两,筑紫斐纸二百张,筑紫笔二管,筑紫墨四挺,刀子一,加斑组

---

① [清]董诰:《全唐文》卷六二〇,第6262页。
② [宋]谈钥:《嘉泰吴兴志》卷一四,《宋元浙江方志集成》第6册,第2656页。
③ [日]敬雄:《天台霞标》七编卷一,《大日本佛教全书》第126册,第778页。
④ [日]敬雄:《天台霞标》初编卷一,《大日本佛教全书》第125册,第4—5页。

二,火铁二,加火石八,兰木九,水精珠一贯。陆公精孔门之奥旨,蕴经国之宏才,清比冰囊,明逾霜月,以纸等九物,达于庶使,返金于师。"①日僧圆仁《入唐求法巡礼行记》:开成五年五月十六日,"志远和上自说云:'日本国最澄三藏贞元廿年入天台求法,台州刺史陆公自出纸及书手,写数百卷与澄三藏。'"②《旧唐书·陆质传》:"本名淳,避宪宗名改之。……陈少游镇扬州,爱其才,辟为从事。……改国子博士,历信、台二州刺史。"③《新唐书·陆质传》:"累迁左司郎中,历信、台二州刺史。"④《唐文续拾》卷四《印记》后题:"大唐贞元廿一年二月廿日,朝议大夫、持节台州诸军事、守台州刺史、上柱国陆淳给。"⑤所据为日本《邻交征书》。二十一年二月在任,其始任必在二十年前。柳宗元《唐故给事中皇太子侍读陆文通先生墓表》:"刺二州,守人知仁。"⑥注引《注释音辩》、孙汝听:"(质)历台、信二州刺史。"⑦"台信"当是误倒。《嘉定赤城志》卷八"秩官门·历代郡守"贞元十年有"陆滂"名⑧。考之他书,唐无陆滂守台者,"滂"即"淳"形近而讹。然年代误记。又岑仲勉《郎官石柱题名新考订》一《左司郎中》:"陆淳,尝为台州刺史,与日本僧最澄同时。"⑨《国清寺志》第十章"大事记":"唐贞元二十年(804),日本高僧最澄作为'入唐请益天台法华宗还学生',率弟子义真入唐,在天台山从国清寺道邃和佛陇寺行满受天台教义,并与弟子义真从道邃受菩萨大戒。回国后创立日本天台宗,尊国清寺为祖庭。"⑩

十月,天台山行满和尚施与物件给日本僧人最澄

《天台霞标》五编卷一《行满和尚施与物疏》:"天台山,佛陇禅林寺,附法所传荆溪纳袈裟壹领。荆溪受持,短帙《法华经》壹部七卷,大师纳帽子壹枚。大师真迹手书壹纸,荆溪受持,宋布七条壹领,《佛陇道场记》壹卷。右前件物,天台镇寺,授与

① [日]伊藤松:《邻交征书》,上海辞书出版社 2007 年版,第 52 页。
② [日]圆仁著,白化文、李鼎霞、许德楠校注:《入唐求法巡礼行记校注》,花山文艺出版社 2007 年版,第 269 页。
③ [后晋]刘昫:《旧唐书》卷一八九,第 4977 页。
④ [宋]欧阳修、宋祁:《新唐书》卷一六八,第 5128 页。
⑤ [清]陆心源:《唐文续拾》卷四,《全唐文》附,第 11221 页。
⑥ [清]董浩:《全唐文》卷五八八,第 5941 页。
⑦ [唐]柳宗元撰,尹占华、韩文奇校注:《柳宗元集校注》卷九,第 582 页。
⑧ [宋]陈耆卿:《嘉定赤城志》卷八,《宋元浙江方志集成》第 11 册,第 5150 页。
⑨ 岑仲勉:《郎官石柱题名新考订(外三种)》,第 4 页。
⑩ 丁天魁主编:《国清寺志》,第 460 页。

日本国，求法僧最澄归彼流传，长充供养，愿见闻之人，发菩提心，当来永为大师弟子，法门眷属勿生疑惑也。贞元廿年岁次甲申，十月份壬寅朔，廿六日己卯，佛陇寺主僧行满疏。"①

十一月，权德舆作《祭独孤台州文》

权德舆《祭独孤台州文》云："维贞元二十年岁次甲申十一月戊申朔，礼部侍郎权德舆，谨以清酌庶羞之奠，敬祭于故台州刺史独孤七丈之灵。……终始贞吉，归全返真，不登期颐者，十数岁而已。可谓康宁而寿，以至考终命，宏修政事，遵职居部。溯沿浙河，四为二千石，朱轓畅毂，所至治平。率诚理身，以化封内，可谓攸好德，其所以异者，富于义而远于利，以禄秩赒姻族，以清白遗子孙。"②"独孤台州"为独孤氾，独孤及之兄。《嘉定赤城志》载独孤氾为台州刺史在贞元六年③。此为独孤氾改葬而作祭文，故而与其为台州刺史的时间不一致。

十二月，诸暨县尉卢建、桂管观察判官张谵、上元县尉卢少连为钟山僧总悟作诗立石

《宝刻丛编》卷一五引《集古录目》："《唐总悟上人钟山林下集序》，唐处士石洪撰序，桂管观察判官张谵、诸暨县尉卢建、上元县尉卢少连诗共三首，皆供书为钟山僧总悟所作也，以贞元二十年十二月立。"④

本年，韩愈作《送惠师》诗

韩愈《送惠师》诗云："惠师浮屠者，乃是不羁人。十五爱山水，超然谢朋亲。脱冠剪头发，飞步遗踪尘。发迹入四明，梯空上秋旻。遂登天台望，众壑皆嶙峋。夜宿最高顶，举头看星辰。光芒相照烛，南北争罗陈。兹地绝翔走，自然严且神。微风吹木石，澎湃闻韶钧。夜半起下视，溟波衔日轮。鱼龙惊踊跃，叫啸成悲辛。怪气或紫赤，敲磨共轮囷。金鸦既腾翥，六合俄清新。常闻禹穴奇，东去窥瓯闽。越俗不好古，流传失其真。幽踪邈难得，圣路嗟长堙。回临浙江涛，屹起高峨岷。壮志死不息，千年如隔晨。是非竟何有，弃去非吾伦。凌江诣庐岳，浩荡极游巡。崔

---

①　[日]敬雄：《天台霞标》五编卷一，《大日本佛教全书》第126册，第516页。

②　[清]董诰：《全唐文》卷五〇九，第5177页。

③　[宋]陈耆卿：《嘉定赤城志》卷八，《宋元浙江方志集成》第11册，第5150页。

④　[宋]陈思编著：《宝刻丛编》卷一五，第984—985页。

崒没云表,陂陀浸湖沦。是时雨初霁,悬瀑垂天绅。前年往罗浮,步戛南海漘。大哉阳德盛,荣茂恒留春。鹏骞堕长翮,鲸戏侧修鳞。自来连州寺,曾未造城闉。日携青云客,探胜穷崖滨。太守邀不去,群官请徒频。囊无一金资,翻谓富者贫。昨日忽不见,我令访其邻。奔波自追及,把手问所因。顾我却兴叹,君宁异于民。离合自古然,辞别安足珍。吾闻九疑好,夙志今欲伸。斑竹啼舜妇,清湘沉楚臣。衡山与洞庭,此固道所循。寻崧方抵洛,历华遂之秦。浮游靡定处,偶往即通津。吾言子当去,子道非吾遵。江鱼不池活,野鸟难笼驯。吾非西方教,怜子狂且醇。吾嫉惰游者,怜子愚且谆。去矣各异趣,何为浪沾巾。"①《天台前集》卷上收此诗②。钱仲联《韩昌黎诗系年集释》卷二系于贞元二十年,时韩愈为阳山令③。今从之。清方世举《韩昌黎诗集编年笺注》卷二:"□云:诗云'自来连州寺',当在阳山时作。阳山,连属邑也。惠名元惠。公为王弘中作《宴喜亭记》,谓其在连州与学佛之人景常、元惠者游,即惠师也。"④

本年,凌准由浙东观察判官召入为翰林学士

柳宗元《故连州员外司马凌君(准)权厝志》:"为邠宁节度掌书记。……府丧罢职,后迁侍御史,为浙东廉使判官。抚循罢人,按验污吏,吏人敬爱,厥绩以懋,粹然而光。声闻于上,召以为翰林学士。"⑤《旧唐书·凌准传》:"贞元二十年自浙东观察判官、侍御史召入。"⑥按,凌准为永贞革新失败被贬之"八司马"之一。柳宗元又有《哭连州凌员外司马》诗:"辎轩下东越,列郡苏疲羸。宛宛凌江羽,来栖翰林枝。"⑦

① [清]彭定求:《全唐诗》卷三三七,第3774—3775页。
② [宋]李庚等编,郑钦南、郑苍钧点校:《天台前集》卷上,《天台集》,第33—34页。
③ 钱仲联:《韩昌黎诗系年集释》卷二,第194页。
④ [清]方世举著,郝润华、丁俊丽整理:《韩昌黎诗集编年笺注》卷二,第98页。
⑤ [清]董诰:《全唐文》卷五八九,第5960页。
⑥ [后晋]刘昫:《旧唐书》卷一三五,第3737页。
⑦ [清]彭定求:《全唐诗》卷三五二,第3945页。

805　唐顺宗永贞元年乙酉

正月,沙门法铣作《智者大师赞》

《天台霞标》二编卷一:"《智者大师赞》,沙门法铣述。入胎呈瑞,降诞流光。大苏慧发,灵鹫因彰。戒洽陈主,香传晋王。辩才无滞,禅定难量。山妖息孽,水族停伤。法化既普,缁门益昌。大师真影一躯,天台沙门恒巽奉澄和上愿归本国,永永供养。大唐贞元廿一年正月卅日记。"①

二月,日本僧人最澄将回国,台州刺史陆淳发印记

陆淳《与最澄阇梨印记》:"最澄阇梨,形虽异域,性实同源,特禀生知,特禀生知,触类悬解,远求天台妙旨,又遇龙象邃公,总万行于一心,了殊途于三观,亲承秘密,理绝名言。犹虑他方学徒,不能信受,所请当州印记,安可不任为凭。大唐贞元廿一年二月廿日,朝议大夫持节台州诸军事守台州刺史上柱国陆淳给。"②

道邃《附法最澄三藏书》:"比岳僧道邃稽首顶礼天台大师:窃以法王出世,一音演说,机感不同,所闻盖异。故权实之义,接于诸部;大小之文,森然殊流。要其所归,无越一实。故曰:'虽示种种道,其实为佛乘。'又曰:'开方便门,示真实相。'喻之以众流入海,标之以不二法门,自他两得,同诣秘藏,此经所由作之。所以虽泊鹤林灭而法纲散,神足隐而宗殊涂,不若只是得一心三观,而取证如反掌。百一言一心三观者,本体不生,能离因果,常住不灭,遍一切处,当知天真独朗之一言,本来所具之三谛也。三即一相亦非一,又曰:'非异一相一切相,相即不相即不相。'即非相非无相故。此谓一言唯佛与,佛知一切法,教本一切法,义中一切戏论息也。虽名一心,不通义理;虽称三观,不及毁赞。是以经曰:'诸法寂灭相,不可以言宣。'又曰:'诸佛两足尊,知法常无性。佛种从缘起,是故说一乘。'说一心三观,只在斯一言而已。于是古德相传曰:昔智者大师,隋开皇十七年仲冬二十四日平旦;告诸弟

---

①　[日]敬雄:《天台霞标》二编卷一,《大日本佛教全书》第125册,第132页。
②　[日]伊藤松:《邻交征书》,第4页。

子曰:'吾灭后三百余岁,生于东国,兴隆佛法,若有感应,先呈瑞灵。'则一法钥投空,倏忽而入空举。众虽慕瞻,终不知所届云云。而今圣语有征矣。遇最澄三藏,不是如来使,岂有堪难辛,然则开宗示奥,以法传心,化隔沧海,相见杳然,共持佛慧,同会龙毕。大唐贞元二十一年岁次乙酉二月朔癸丑十五日丁卯,天台沙门道邃付日本国最澄三藏。"①

二月,最澄等作《台州将来目录跋语》

《天台霞标》五编卷一《台州将来目录跋语》:"右件天台智者大师,所释大乘经等,并所说教迹,及第二第五六祖等传记,并别家钞等,总有百二十部,三百四十五卷,除经教迹所用之纸,八千五百三十二纸,最澄等深蒙郎中慈造,于大唐台州临海县龙兴寺净土院依数写取,勘定已毕,谨请当州印信示后学者求法有在。然则郎中法施之德,永劫无穷,众生法用之用,长夜不尽,愿传法高光,回向使君,念念增福。刹那圆智,然后普及十方一切含识,俱乘一宝车,同游八正路。怨亲平等,自他俱也。大唐贞元贰拾壹年岁次乙酉贰月朔辛丑日拾玖乙未。日本国比叡山寺求法僧最澄录,日本国求法译语僧义真,日本国求法傔从丹福成,勾当大唐天台山圆宗座主西京和尚道邃。"②

天台山佛陇寺行满作书于最澄

行满《付法最澄法师书》:"比丘僧行满,稽首天台大师。行满幸蒙嘉运,得遇遗风,早年出家,誓学佛法,遂于毗陵。大历年中,得值荆溪先师,传灯训物,不揆暗拙,忝陪末席。荏苒之间,已经数载。再于妙乐,听开涅槃。教是终穷,堪为宿种。先师言归佛陇,已送余生。学徒雨散,如犊失母。才到银峰,奄徒灰灭。父去留药,狂子何依。且行满扫洒龛坟,修持院宇,经今廿余祀。诸无可成,忽适日本国求法供奉大德最澄法师云:'亲辞圣泽,面奉春宫,求妙法于天台,学一心于银地,不惮劳苦,远涉沧波,忽夕朝闻,忘身为法,睹兹盛事。亦何异求半偈于雪山,访道场于知识。且行满倾以法财,舍以法宝。百金之寄,其有兹乎。愿得太师以本念力慈光远照,早达乡关。弘我教门,报我严训。生生世世,佛种不断。法门眷属,同一国土,

---

① [日]伊藤松:《邻交征书》,第5—6页。
② [日]敬雄:《天台霞标》五编卷一,《大日本佛教全书》第126册,第516—517页。

成就菩提。龙华三会,共登初首。'"①文中有"愿得太师以本念力慈光远照,早达乡关。弘我教门,报我严训"语,则应是最澄回国时行满付法之辞。

二月,东阳人冯审登进士第

《旧唐书·冯宿传》称:"审,贞元十二年登进士第,累辟使府。"②《登科记考》卷一四考定冯审举进士在贞元十二年(796)③,又在贞元二十一年重出④。岑仲勉《登科记考订补》:"卷一四贞元十二[年]进士冯审,系《旧书》著录,然卷一五又据《玉泉子》以审为贞元二十一年进士,两者必有一误,否则后者或是制科,进士不再举也。"⑤按,近年出土《冯审墓志》:"唐故银青光禄大夫检校礼部尚书兼太子宾客上柱国长乐县开国伯食邑七百户赠刑部尚书冯审,以大中十年六月廿七日寿终于西京亲仁里之私第,其年十月廿七日归葬于东周洛阳县北邙山清风乡高村先公尚书之兆东五里,春秋八十有六。字退思。"⑥以此逆推,冯审贞元十二年十六岁,贞元二十一年二十四岁。可以确定贞元二十一年登第是正确的。

三月,道邃答最澄书

道邃《答最澄三藏书》:"乍别增怅,春忆数行。不知平善达舶所否。过去传法,菩萨备受难辛。今日弘扬,宁无劳虚也。邃日向衰老,诸皆未能。色心俱颓,刀风非远。观浮云水月,以遣余生耳。化隔沧海,相见杳然。各愿传持,共期佛慧也。勉旃先进,奉使向来。何当定发信远相报。因然投施往,略附数字。三月二十一日,传菩萨戒师道邃,告日本国最澄三藏处,义真行者意不殊前,各各共弘扬宗教也。"⑦

三月,日本僧人最澄回国,台州官员饯行,作《送最澄上人还日本国》组诗

日本僧人来唐学法者众多,著名的高僧即有最澄、空海、圆行、圆仁、圆珍、惠远、宗睿、常晓,称为"入唐八家"。最澄学成返回日本后,在日本创立了天台宗。而

① [日]伊藤松:《邻交征书》,第112页。
② [后晋]刘昫:《旧唐书》卷一六八,第4392页。
③ [清]徐松:《登科记考》卷一四,第503页。
④ [清]徐松:《登科记考》卷一五,第578页。
⑤ 岑仲勉:《登科记考订补》,[清]徐松:《登科记考》附,第8页。
⑥ 董泽衡:《唐〈冯审墓志〉考述》,载《书法》2018年第7期,第62页。
⑦ [日]伊藤松:《邻交征书》,第112—113页。

最澄之所以能够创立天台宗,与其在天台山国清寺学法有着密切的关系。非常值得重视的方面是最澄于贞元二十一年返回日本国时,台州文武官员相送,并作诗饯别,留下了《送最澄上人还日本国》组诗。

吴顗《送最澄上人还日本国并序》:"过去诸佛,为求法故,或碎身如尘,或捐躯强虎。尝闻其说,今睹其人,日本沙门最澄,宿植善根,早知幻影,处世界而不著,等虚空而不凝,于有为而证无为,在烦恼而得解脱。闻中国故大师智顗,传如来心印于天台山,遂赍黄金,涉巨海,不惮滔天之骇浪,不怖映日之惊鳌。外其身而身存,思其法而法得,大哉其求法也。以贞元二十年九月二十六日臻于海郡。谒太守陆公,献金十五两,筑紫斐纸二百张,筑紫笔二管,筑紫墨四挺,刀子一,加斑组二,火铁二,加火石八。兰木九,水精珠一贯。陆公精孔门之奥旨,蕴经国之宏才,清比冰囊,明逾霜月,以纸等九物,达于庶使,返金于师。师译言:请货金贸纸,用以书《天台止观》。陆公从之,乃命大师门人之裔哲曰道邃,集工写之,逾月而毕,邃公亦开宗指审焉。最澄忻然瞻仰,作礼而去,三月初吉,遐方景浓。酌新茗以饯行,对春风以送远,上人还国谒奏,知我唐圣君之御宇也。贞元二十年巳日,台州司马吴顗叙。"①按,吴顗为台州司马,武元衡有《送吴侍御司马赴台州》诗云:"卢耽佐郡遥,川陆共迢迢。风景轻吴会,文章变越谣。烟林繁橘柚,云海浩波潮。余有灵山梦,前君到石桥。"②

《送最澄上人还日本国》:"台州司马吴顗:'重译越沧溟,来求观行经。问乡朝指日,寻路夜看星。得法心愈喜,乘杯体自宁。扶桑一念到,风水岂劳形。'台州录事参军孟光:'往岁来求请,新年受法归。众香随贝叶,一雨湿禅衣。素舸轻翻浪,征帆背落晖。遥知到本国,相见道流希。'台州临海县令毛涣:'万里求文教,王春怆别离。未传不住相,归集祖行诗。举笔论蕃意,梵香问汉仪。莫言沧海阔,杯渡自应知。'乡贡进士崔謩:'一叶来自东,路在沧溟中。远思日边国,却逐波上风。问法言语异,传经文字同。何当至本处,定作玄门宗。'广文馆进士全济时:'家与扶桑近,烟波望不穷。来求贝叶偈,远过海龙宫。流水随归处,征帆远向东。相思渺无畔,应使梦魂通。'天台沙门行满:'异域乡音别,观心法性同。来时求半偈,去罢悟真空。贝叶翻经疏,归程大海东。何当到本国,继踵大师风。'天台归真弟子许兰:'道高心转实,德重意唯坚。不惧洪波远,中华访法缘。精勤同惠可,广学等弥天。

① [日]伊藤松:《邻交征书》,第51—52页。
② [清]彭定求:《全唐诗》卷三一六,第3557页。

归致扶桑国，迎人拥海壖。'天台僧幻梦：'却返扶桑路，还乘旧叶船。上潮看浸日，翻浪欲陷天。求宿宁逾日，云行讵隔年！远将乾竺法，归去化生缘。'前国子监明经林晕：'求获真乘妙，言归倍有情。玄关心地得，乡思日边生。作梵慈云布，浮杯涨海清。看看达彼岸，长老散花迎。'"①

在送行诸人之中，吴颛是最重要的人物。他的事迹，传世典籍中很少记载，幸而近来出土了墓志，是一篇重要文献，今备录于下："《唐故普安郡太守濮阳吴府君墓志铭并序》，从父弟朝请郎前行左监门卫录事参军吴居易撰兼书。普安太守之先出自帝喾之后，播种百谷，命以为稷。能平九土，祀以为社。武王克商，追尊我王。奄有东土，无怠无荒，三让天下，仁德何长。降自秦汉，迄于晋魏。謇謇长沙，著之于忠。桓桓武阳，拊[附]凤攀龙。我文我武，昔周之度。我伯我季，光启我祖。炳兮焕兮，发迹岐下。凛凛清风，粲然可睹。皆□□□，宁不我谷。祖从谏，皇洪州高安县尉。父赓，皇尚舍直长。太守即尚舍之长子也。先太夫人弘农杨氏。今太守吴公，濮阳人，讳颛，字体仁。天不祐善，孑然早孤，野云无依，飘荡江湖。会帝元舅列公从祖，学诗学礼，以道以知，十年之间，名播京师。贞元初，起家参并州军事，令问令望，曰美曰彰。长源陆公作镇于汝，暗然上闻。屈迹于掾，俄迩数年。兴元相国严公奏天子，降赐诏豸冠绣服，委以军府，同舍外郎罕出其右。监临二州，星回半纪。如风偃草，煦然若春。道之不行，出为台州司马。廉使叹其能，请遥倅戎事。元和初，拜洛州福昌令，又迁雍州兴平令。歌咏之声不绝，虽古之人，无以加也。荆州户计十万，控三江，扼五岭，方伯思其林，相国难其人。屈公之行，超以赤县，不言而化，长淮自清，颓纲一振，朝廷喧然，乃荷□之德。元和中，出刺于沔，龚黄之化，复□前朝。贡禹岂足名哉！才一二年，□复领剑州诸军事。剑阁之高可仰，如公之德不可仰也。元和末，不幸遘疾，终于剑州官舍，年将六十有二。呜呼哀哉！善人云亡，复何言哉！以元和十五年二月十八日归葬于长安县居安乡，祔大茔，礼也。夫人吴郡陆氏，携弱抱幼，还于旧里。一恸一绝，泪血如水。悠悠高天，无所依倚。夫人先府君讳质，皇给事中。太夫人琅耶王氏，皆盛德良家，四海仰止。有男五人，何其盛欤！泣血逾度，何其孝欤！野客最幼，何其悼欤！季弟居易奉嫂厚命，喻以慈分，遣□于文。惊沙暗飞，愁骨可断。文不尽言，言岂尽意。铭曰：天色苍苍，善人云亡。白日西曜，热我中肠。贤愚一贯，善恶何臧。悲哉已矣，天道茫茫。"（墓志录文由杨琼博士提供，特此致谢）

① ［日］伊藤松：《邻交征书》，第52—54页。

陆淳《送最澄阇梨还日本诗》:"海东国主尊台教,遣僧来听《妙法华》。归来香风满衣裓,讲堂日出映朝霞。"① 为最澄还日本时陆淳送别之作。这首诗不见于上述组诗之记载,故不少学者有所怀疑。今录之于此,以俟再考。

四月,明州发最澄牒,前往越州龙兴寺、法华寺取经疏

《天台霞标》初编卷一《明州牒》:"准日本国求法僧最澄状,称今欲巡礼求法,往越州龙兴寺并法华寺等,求法僧最澄、义真,行者丹福成,经生真立人。牒得日本国求法僧最澄状,称往台州所求目录之外,所缺一百七十余卷经并疏等,其本今见具足在越州龙兴寺并法华寺,最澄等自往诸寺,欲得写取,伏乞公验处分者。使君判付司住去牒知,仍具状牒上,使者准判者谨牒。贞元二十一年四月六日,史孙阶牒,司户参军孙万宝。"②

五月,最澄等作《越州将来目录跋语》

《天台霞标》五编卷一《越州将来目录跋语》:"右件念诵法门等,并念诵供养具样等,向越府龙兴寺诣顺晓和上所,即最澄并义真遂和尚到镜湖东峰山道场和上导两僧治道场引入五部灌顶,曼荼罗坛场。现蒙授真言法,又灌顶真言水,便写取上件念诵法门,并供养具样,勘定已毕。最澄等深蒙郎中慈造,去年向台州两僧等受大小二乘戒,又写取数百卷文书。今年进越府二僧入五部灌顶坛又抄取念诵法门,前后都总二百三十部,四百六十卷也。能事已毕,今归本乡,今欲请常州印信,外方学徒等将示求法元由矣。然则,郎中传法之功,攀福于现当,群生听法之德,期果于妙觉。伏愿使君,近登三台位,证三点果,然后竖通三界,横拨十方,六道四生,一切含灵,同入禅门,俱游慧苑,信谤平等,自他得益欤!大唐贞元贰拾壹年岁次乙酉五月朔己巳拾参日辛巳,日本国求法僧最澄录,日本国求法译语僧义真,日本国求法傔从丹福成。"③

五月,日本僧人最澄将由明州回国,明州刺史郑审则发印记

郑审则《与最澄阇梨印记》:"孔夫子云:'吾闻西方有圣人焉,其教以清净无为

---

① [日]敬雄:《天台霞标》四编卷一,《大日本佛教全书》第125册,第398页。
② [日]敬雄:《天台霞标》初编第一,《大日本佛教全书》第125册,第7—8页。
③ [日]敬雄:《天台霞标》五编卷一,《大日本佛教全书》第126册,第517页。

为本,不染不著为妙,其化人也,具足功德,乃为圆明,最澄阇梨性禀生知之才,来自礼义之国,万里求法,视险若夷,不惮艰劳,神力保护,南登天台之岭,西泛镜河之水,穷智者之法门,探灌顶之神秘,可谓法门龙象,青莲出池。将此大乘,往传本国,求兹印信,执以为凭。昨有陆台州已与题记,故具所睹,爰申直笔。大唐贞元廿一年五月十五日,朝议郎使持节明州诸军事守明州刺史上柱国荥阳郑审则书。"①

最澄回日本后,曾向嵯峨天皇献诗,天皇有《答澄公奉献诗》诗云:"远传南岳教,夏久老天台。杖锡凌溟海,蹑虚历蓬莱。朝家无英俊,法侣隐贤才。形体风尘隔,威仪律范开。袒肩临江上,洗足踏岩隈。梵语翻经阁,钟声听香台。经行人事少,宴坐岁华催。羽客亲讲席,山精供茶杯。深房春不暖,花雨自然来。赖有护持力,定知绝轮回。"②其诗作年未详,附叙于此。

十月,杨於陵为浙江东道观察使

《旧唐书》卷一四《德宗纪上》:永贞元年十月,"丙午,以华州刺史杨於陵为越州刺史、浙东观察使。"③《会稽掇英总集》卷一八《唐太守题名记》:"杨於陵,永贞元年十月,自华州防御史授。元和二年四月,迁户部侍郎。"④《嘉泰会稽志》卷二"太守"同⑤。杨於陵亦为诗人。《全唐诗》卷三三〇存其《和权载之离合诗》《赠毛仙翁》《郡斋有紫薇双本自朱明接于徂暑其花芳馥数旬犹茂庭宇之内迥无其伦予嘉其美而能久因诗纪述》三首。中晚唐诗人权德舆、柳宗元、白居易、刘禹锡、武元衡、许浑等都有与其唱和之作。推知杨於陵在浙东时也能够营造一定的文学氛围,只是其有关浙东的文学活动未见记载。

十一月,陈谏被贬为台州司马

《资治通鉴》卷二三六《唐纪》:永贞元年十一月,"朝议谓王叔文之党或自员外郎出为刺史,贬之太轻;己卯,再贬韩泰为虔州司马,韩晔为饶州司马,柳宗元为永州司马,刘禹锡为朗州司马,又贬河中少尹陈谏为台州司马,和州刺史凌准

---

① [日]伊藤松:《邻交征书》,第4页。
② [日]小岛宪之校注:《文华秀丽集》卷中,岩波书店1964年版,第258页。
③ [后晋]刘昫:《旧唐书》卷一四,第412页。
④ [宋]孔延之:《会稽掇英总集》卷一八,《宋元浙江方志集成》第14册,第6555页。
⑤ [宋]施宿:《嘉泰会稽志》卷二,《宋元浙江方志集成》第4册,第1665页。

为连州司马,岳州刺史程异为郴州司马。"①又见《旧唐书》卷十四《宪宗纪》,惟脱"十一月"三字②。按《舆地碑记目》卷一《惠敏律师碑》:"台州刺史张(陈)谏撰,苏州刺史元锡书。"③则陈谏贬司马之前尚有刺史一贬,史书漏记。《嘉定赤城志》卷一〇"秩官门·通判":"陈谏,自河中少尹至。见《唐史》及《佛陇禅林寺碑》。"④宋时州通判即相当于唐时州司马。《刘禹锡集》外集卷九《子刘子自传》:"途至荆南,又贬朗州司马。"⑤按,陈谏为永贞革新被贬"八司马"之一,柳宗元有《登柳州城楼寄漳汀封连四州》,其中封州刺史就是陈谏,为台州司马后的任官。永贞革新人物与浙江相关者,有陆淳,曾为台州刺史;王叔文,越州山阴人;陈谏,曾为台州司马。

本年,武元衡《送严绅游兰溪》诗

武元衡《送严绅游兰溪》诗云:"刬岭穷边海,君游别岭西。暮云秋水阔,寒雨夜猿啼。地僻秦人少,山多越路迷。萧萧驱匹马,何处是兰溪。"⑥按,本诗作年难以确考,然可以与武元衡的另一首诗参证。元衡有《夏日陪冯许二侍郎与严秘书游昊天观览旧题寄同里杨华州中丞》诗,陶敏《全唐诗人名汇考》,以为冯许二侍郎为冯伉、许孟容,杨华州为杨於陵,严秘书疑为严绅⑦。诗作于永贞元年。若此,则严绅在永贞元年前后与武元衡有交往,故将本诗亦暂系于永贞元年。武元衡与严绅、严绶兄弟关系较好,元衡《刘商郎中集序》云:"有若太原王绪、河东裴茂、茂弟荐,河南豆卢峰,冯翊严绅、绅弟绶,及余伯舅洎于子夏,咸以儒业相资,冠胄群族,雄词丽句,遍在人间。予与司空严公亲结义深,相与编葺。"⑧

本年,衢州别驾令狐峘为秘书少监

《旧唐书·令狐峘传》:"贬衢州别驾。衢州刺史田敦,峘知举时进士门生也。……迎谒之礼甚厚,敦月分俸之半以奉峘。峘在衢州殆十年。顺宗即位,以秘

---

① [宋]司马光:《资治通鉴》卷二三六,第7623页。
② [后晋]刘昫:《旧唐书》卷一四,第413页。
③ [宋]王象之编著,赵一生点校:《舆地碑记目》卷一,《舆地纪胜》第12册,第7页。
④ [宋]陈耆卿:《嘉定赤城志》卷一〇,《宋元浙江方志集成》第11册,第5183页。
⑤ [唐]刘禹锡著,瞿蜕园笺证:《刘禹锡集笺证》外集卷九,上海古籍出版社1989年版,第1502页。
⑥ [清]彭定求:《全唐诗》卷三一六,第3550页。
⑦ 陶敏:《全唐诗人名汇考》,第614—615页。
⑧ [清]董诰:《全唐文》卷五三一,第5390页。

书少监征，既至而卒。"①按，令狐峘亦为诗人，曾登进士第，建中初为礼部侍郎，典贡举。后贬衡州别驾。《旧唐书》卷一四九、《新唐书》卷一〇二有传。《全唐诗》卷二五三存其《硖州旅社奉怀苏州韦侍郎》《释奠日国学观礼闻雅颂》诗二首。韦应物有《答令狐侍郎》《寄令狐侍郎》，孟郊有《和令狐侍郎郭郎中题项羽庙》，韩翃有《令狐员外宅宴寄中丞》等诗，都是与令狐峘交往之作。

本年，沙门鸿渐作《唐故云骑尉吕公夫人周氏墓志铭并序》

新出土《唐故云骑尉吕公夫人周氏墓志铭并序》，题署："沙门鸿渐述。"志云："夫人汝南周氏，晋尚书左仆射颛之裔孙，皇朝处士倩之女也。夫人天姿淑慎，敦行礼节。清冲彻于和稷，仁惠侔于凯风。初笄结缡，方其日信。椒花明事，姑之赞礼。敬有佐夫之贤阃，教不必八荀倾泻，宁唯二谢。及府君没后，操行弥于屈体，卑牧勤无告劳，雪宴秉于春敷，雷池诚于清节。奄以永贞元年九月十日寝疾而终，春秋八十二，呜呼哀哉！夫人贞而有礼，哀而不容。满座珍羞，肯舍江流之味；在身衣服，那关簪蒿之微。可谓德表绵乡，名封石窆。是年十二月七日，附葬于礼让乡新亭里小圩村陶燕山，迩先夫之茔，礼也。长子上柱国，才名于世，行穆于家，皎；次乡贡开元礼州学助教，琬，贾中丞改名德彝；次太清观道士，希言；次金吾兵曹，伯诚等。长号不闻，灭性无补。孝子皎等追蓼莪之息，痛褵褓之怀，恐陵谷迁变，乃命员石，以记遗芳。铭曰：卿族济济，令闻锵锵。联华继美，其家遂昌。子必均授，衣无我裳。夫乃先殒，闺乃又孀。阅水东驰，崦光西晚。电火空飘，丹炉不转。道门妙入，迹留生代。爱子临诀，展车山裳。慈亲无奉，渺然天际。龟谋林麓，马鬣泉涂。新亭燕岭，得之贤夫。银蚕不织，石兽长伏。何年路断，何代松孤。千秋万载，永奠寒鱼。"②墓志 1982 年浙江嵊县毫石乡大岩坂村出土，志石高 52 厘米、宽 54 厘米。志文 22 行，满行 21 字，总计约 422 字。志载 1996 年版新编《绍兴市志》第 35 卷第 7 章③。墓主卒于永贞元年九月十日，葬于同年十二月七日。陈耀东撰《陆羽卒年订正》考证"沙门鸿渐"系陆羽，进而考证陆羽卒年为元和元年至元和三年（808）间④。

① ［后晋］刘昫：《旧唐书》卷一四九，第 4014 页。
② 竺济法：《嵊州唐碑墓志铭与陆羽卒年》，载《农业考古》2001 年第 2 期，第 266—267 页。
③ 任桂全总纂：《绍兴市志》第 4 册，浙江人民出版社 1996 年版，第 2218 页。
④ 陈耀东：《唐代文史考辨录》，团结出版社 1990 年版，第 280—283 页。

朱刚作《"沙门鸿渐"及"陆羽卒年"考》,以为"沙门鸿渐"并非陆羽①。《嵊县志》(修订本)第四章:"《故云骑尉吕公夫人周氏墓志铭并序》出于亳石乡大岩坂。沙门鸿渐撰文,全文 22 行,每行 21 字。周氏卒于唐顺宗永贞元年(805)。"②

806　唐宪宗元和元年丙戌

三月,陆庶作《唐游石桥记并诗》

陈思《宝刻丛编》卷一三"衢州"引《复斋碑录》:"《唐游石桥记并诗》,唐刺史陆庶撰,次男综正书,元和元年三月十八日刻。"③

四月,日本僧人空海随日本遣唐使归国,在越州,有《与越州节度使求内外经书启》。中国士人朱千乘等有诗送之

空海《与越州节度使求内外经书启》:"日本国求法沙门空海启:空海闻,法之为物也妙,教之为趣也远;遇之者拔泥翔汉,失之者自天入狱;济渡之船筏,巨夜之日月者也。是以儒童、迦叶教风东扇,能仁、无垢法雨西洒,五常因之得正,三际以之朗然。不然者,与盲瞽而沉坑,将禽兽而无别。孔宣不遑燸席,悉达脱躧轮宝,盖为之欤?斯乃大雅大人亭毒万生之用心,大觉大雄子育三界之行业也。虽然,或行或藏,时之变也,乍兴乍废,实由人也。时至人叶,道被无穷,人时榫楯,教则坠地。至若驾羽乘云之前,人火时水,道则藏焉;白马白象之后,乳水暗合,教则行焉。兴废流塞,待人待时矣。伏顾我日本国也,曦和初御之天,夸父不步之地也。途径乎仲尼将浮所不能之海也,山谷则秦王欲往所不至之岳也。南岳大士后身始到,杨江应真鼓棹船破。横海鲸鳌,山峙吞舟,非鹢首之能压;沃汉惊波,岳崩决底,任禽高何曾得住?风紧也,百尺摧矣,吹缓也,赤马不动。日居月诸,朝浴夕浴;望东望西,碧落接波。入海则唯见鱼鳌之游乐,日月云际;登山则空听猿猴之哀响,寒暑推移。

① 朱刚:《"沙门鸿渐"及"陆羽卒年"考》《嵊州春秋》2010 年第 1 期。文载《嵊州新闻网》,http://sznews.zjol.com.cn/sznews/system/2011/04/11/013586461.shtml。

② 嵊州县志编纂委员会:《嵊县志》(修订本),方志出版社 2007 年版,第 507 页。

③ [宋]陈思编著:《宝刻丛编》卷一三,第 848 页。

所谓万死之难,斯行当之也。是故好勇惮而陋之矣,乘牛西而不东也。石室难见、贝叶罕闻者,路险之所致也。昔者天后皇帝,因国信归寄送经论律等,然犹三藏之中零落尤多,好事道俗西望断肠而已。空海生莩苊,长躅水,器则斗筲,学则戴盆。虽然,哭市之悲日新,历城之叹弥笃,思欲决大方之教海,灌东垂之亢旱,遂乃弃命广海,访探真筌。今见于长安城中,所写得经论疏等凡三百余轴,及大悲胎藏、金刚界等曼荼罗尊容,竭力涸财,趁逐图画矣。然而人劣教广,未拔一毫,衣钵竭尽,不能雇人。忘食寝,劳书写,日车难返,忽迫发期,心之忧矣,向谁解纷?空海偶登昆岳,未得满怀,仰天屠裂,无人知我。途远来难,何劫更来?嗟乎何计也!夫重舶一日千里,猛风之力也;遍觉虚往实归,大王之助也。临日月而得水火,附凤鹏而届天涯,感应相助之功妙矣哉!伏惟中丞大都督节下,天纵粹气,岳渎挺生;且儒且吏,综道综释;弹压班、马,金声玉振;并吞回、赐,珪璋瑚琏。上帝简德,为人父母,松筠子视,鸾雏降驯,冰霜留特,五袴洋洋。动则蹴景逐风、龙跃星散,住则扛鼎索铁、云绕雾合。见今也,作此北辰之阿衡;准古也,为南瓯之垂拱。可谓观音之一身,付属之四依,法之流塞,只系吐纳。伏愿顾彼遗命,愍此远涉,三教之中,经律论,疏传记,乃至诗赋碑铭、卜医五明所摄之教,可以发蒙济物者,多少流转远方,斯乃大士之所经营,小人之所不意。傥遂渴仰,茂绩英声,刻镂肌骨,山海需泽,万劫粉身。一则节下之修福何事过此,二则迷方之狂儿忽觉乎南。今不胜渴法之至愿,敢竭丹款。轻渎威严,流汗战越。谨以启以闻,不宣,谨启。元和元年四月日,日本国求法沙门空海启。"①空海这篇启文,不仅对于上述诸人送空海诗具有印证作用,对于整个浙东唐诗之路的研究也具有重要意义。故备录于此。

有关越州送别空海诗,张步云《唐代中日往来诗辑注》较早选入并在国内流传,所据为《弘法大师全集》所载《弘法大师传》。现据此录之如下。后来研究并释录者主要有王通《唐人赠空海送别诗》,该文据《高野大师御广传》释录诗作,与《弘法大师传》所载稍有异文。

空海归国,中土文人朱千乘等作诗相送,成为中日交流诗的重要篇章。空海归国时,带回大量佛经,以及刘希夷、王昌龄等人诗集及王昌龄《诗格》等。

朱千乘《送日本国三藏空海上人朝宗我唐兼贡方物而归海东诗》,题署"前侍卫侍丞朱千乘",诗云:"古貌宛休公,谈真说苦空。应传六祖后,远化岛夷中。去岁朝

---

① [日]弘法大师:《遍照发挥性灵集》卷五,《弘法大师文集》,国际宗教文化出版社 2019 年版,第 755—756 页。

秦阙,今春赴海东。威仪易旧体,文字冠儒宗。留学幽微旨,云关护法崇。凌波无际碍,振锡路何穷。水宿鸣金磬,云行侍玉童。承恩见明主,偏沐僧家风。"①按,朱千乘,官试卫尉寺丞。曾居越州镜中别业。宪宗元和元年春,在越州作诗送日僧空海归国。有诗集一卷,空海曾携归日本,奏上之。日本人市河宽斋《全唐诗逸》云:"延历中,空海归自唐,表上所赏书籍,中有《朱千乘诗集》一卷。"②现集已佚,仅存诗三首加一残句,除送空海诗外,《山庄早春连雨即事》:"崇朝竟日雨毵毵,万物萌牙春水灾。白屋世情轻席户,青山老大厌莓苔。常时杨柳烟中绽,今岁花枝雪未开。节往始知阳气晚,和风不惜后亭梅。"③《早春霁后山庄即事》:"插槿未成篱,啼莺早已知。日长春霁后,风暖柳烟宜。席户门斜掩,渔舟钓直垂。久将松竹比,宁惧岁寒移。上药幽前圃,繁花压小枝。素琴延玩月,清渭酌临池。守道安贫老,专经数欲奇。若为裁二鬓,羞向镜中窥。"④残句为:"锦缆扁舟花岸静,玉壶春酒管弦清。"⑤

朱少端《送空海上人朝谒后归日本国》,题署"越州乡贡进士朱少端",诗云:"禅客祖州来,中华谒帝回。腾空犹振锡,过海来浮杯。佛法逢人授,天书到国开。归程数万里,后会信悠哉。"⑥按,朱少端,元和初为乡贡进士。

昙靖《奉送日本国使空海上人橘秀才朝献后却还》,题署"大唐沙门昙靖",诗云:"异国桑门客,乘杯望斗星。来朝汉天子,归译竺乾经。万里洪涛白,三春孤岛青。到宫方奏对,图像列王庭。"⑦"昙靖",王勇《唐人赠空海送别诗》据《高野大师御广传》录为昙清⑧。又引《弘法大师年谱》眉批云:"'清'字,正传作'靖'。昙清见《宋高僧传》,元和年间人。"⑨按,《宋高僧传》卷一五《唐衡岳寺昙清传》:"释昙清。未详何许人也。幼持边幅,罔或迷方。以谨昏昳,究穷佛旨。乃负笈来吴北院道恒宗师法会,与省躬犹滕薛之前后也。旋留南岳化徒。适会元和中阆州龙兴寺结界。时义嵩讲素新疏,杰出辈流。因云:'《僧祇律》云:齐七树相去,尔所作羯磨者,名善

---

① 张步云:《唐代中日往来诗辑注》,陕西人民出版社1984年版,第52页。
② [日]上毛河世宁:《全唐诗逸》卷中,《全唐诗》附,第10192页。
③ 王勇:《唐人赠空海送别诗》,载《文献》2009年第4期,第160页。
④ 王勇:《唐人赠空海送别诗》,载《文献》2009年第4期,第160页。
⑤ [日]大江维时:《千载佳句》,上海古籍出版社2003年版,第7页。
⑥ 张步云:《唐代中日往来诗辑注》,第55页。
⑦ 张步云:《唐代中日往来诗辑注》,第57页。
⑧ 王勇:《唐人赠空海送别诗》,载《文献》2009年第4期,第155页。
⑨ 王勇:《唐人赠空海送别诗》,载《文献》2009年第4期,第159页。

作羯磨。准此四面,皆取六十三步等。如是自然界约,令作法界上僧。'须尽集时,清遂广征难,如是往返,经州涉省,下两街新旧章南山三宗共定夺,嵩公亏理。时故相令狐楚犹为礼部外郎,判转牒,据两街传律断昙清义为正。天下声唱。"①未叙有越州事迹,录之以备考。

鸿渐《奉送日本国使空海上人橘秀才朝献后却还》,题署"大唐国沙门鸿渐",诗云:"禅居一海间,乡路祖州东。到国宣周礼,朝天得僧风。山冥鱼梵远,日正蜃楼空。人至非徐福,何由寄信通。"②有关诗僧鸿鸿事,朱刚考证云:"笔者查阅《宋史》(艺文志)释氏别集时,发现其中记载有《僧鸿渐诗》一卷。《宋史》(艺文志)集部共收僧人别集、总集六十五种,三百五十九卷,所涉之僧人达六七十人。其中别集五十三种,三百零八卷;总集凡十一种,四十八卷。所收僧人上起晋代,下及有宋。据记载,鸿渐,唐僧,元和元年春,日僧空海经越州归国,鸿渐作诗一首《奉送日本国使空海上人橘秀才朝献出后却还》:'禅客一海隔,乡路祖州东。到国宣周礼,朝天得僧风。山冥鱼梵远,日正蜃楼空。人至非徐福,何由寄信通。'圣贤《广传》引《杂英集》则署名有'大唐沙门鸿渐'。另据郑樵《通志》卷七十载'《唐五僧诗》一卷'其下注曰:'鸿渐等。'可知鸿渐诗曾编入《唐五僧诗》中。"③

郑壬《奉送日本国使空海上人橘秀才朝献后却还》,题署"郑壬申甫",诗云:"承化来中国,朝天是外臣。异才谁作侣,孤屿自为邻。雁塔归殊域,鲸波涉巨津。他年续僧史,更载一贤人。"④

按,以上一组诗五首,朱刚《"沙门鸿渐"及"陆羽卒年"考》云:"再分析《奉送日本国使空海上人橘秀才朝献出后却还》一诗的年代和背景,日本空海法师最初在公元804年与最澄法师随遣唐使入唐求法,空海四处参学,留唐二年多,回国时携回大量的佛教经典,当时的越州已成为江南佛教活动的重要场地和对外交流的驿站,日本'入唐八家'中的最澄、圆仁、圆珍、空海四家,都曾来越州求法,学成回国创宗弘传,在日本佛教界具有深远影响。元和元年(公元806年)三月,空海回国途经越州,呆了五个月之久,到处搜罗文献资料,曾向节度使求书,作《与越州节度使求内外经书启》。朱千乘、朱少端、鸿渐等五友人赋诗相送,其中郑壬、大唐沙门昙靖、大

① 〔宋〕赞宁撰,范祥雍点校:《宋高僧传》卷一五,第343页。
② 张步云:《唐代中日往来诗辑注》,第59页。
③ 朱刚:《"沙门鸿渐"及"陆羽卒年"考》,《嵊州春秋》2010年第1期,载《嵊州新闻网》,http://sznews.zjol.com.cn/sznews/system/2011/04/11/013586461.shtml。
④ 张步云:《唐代中日往来诗辑注》,第61页。

唐沙门鸿渐都作了相同诗题的《奉送日本国使空海上人橘秀才朝献出后却还》。空海传记《高野大师御广传》和《全唐诗补编·续拾》卷二十二等均有收录。"①

空海在越州,具有重要的文学与学术活动,对于后来的日本文学具有很大影响。这一方面,学者已经有专门的研究成果。

卢盛江教授《空海入唐与〈文镜秘府论〉的编撰》②一文,对此有专门的论述。文章认为,越州时期空海有了更多的文学活动。朱千乘等人赠诗空海应当在越州,时间在806年春天。这几位作者,朱少端为越州乡贡进士,朱千乘曾居越州别业,昙靖、鸿渐为越州僧人,郑壬为越州士人。他向越州节度使求内外书。所求之书内容相当广泛,所求之书中,有"诗赋碑铭",有"传记"。他是有意寻访文学类书。空海为什么要在越州求内外典籍?可能因安史乱后,文人多聚集江南。比如,大历年间,江南有浙东诗人群和浙西诗人群。江南也成为文学活动的重要之地,因此唐人著作在吴越一带多有流传。空海之所以选择越州求内外书,应当与这种情形有关。空海入唐,携回日本献给天皇的东西中,有不少文学作品集和诗学著作,据《书刘希夷集献纳表》和《献杂文表》,有《刘希夷集》四卷、王昌龄《诗格》一卷、《贞元英杰》六言诗三卷、《王昌龄集》一卷、《杂诗集》四卷、《朱昼诗》一卷、《朱千乘诗》一卷、《王智章诗》一卷。另据《敕赐屏风书了即献表并诗》,《古今诗人秀句》二卷也当是空海携回日本的。空海携回日本的唐人著作还有崔融《唐朝新定诗格》、元兢《诗髓脑》、皎然《诗议》。这些著作中,有些当得之于越州。朱千乘与空海在越州有诗相赠,《朱千乘集》一卷当是在越州时为朱千乘所赠。据《唐才子传》卷五,朱昼为广陵人,疑其诗多流传于广陵吴越一带。皎然主要生活在吴中湖州一带,他的《诗议》当主要流传于此间。若然,则《朱昼诗》一卷和皎然《诗议》也当得之于越州一带。可能为寻求内外之书,包括王昌龄《诗格》等文学类书,空海在越州又停留了较长时间。如果朱千乘等人赠诗确在越州,则空海至迟元和元年三月就已到了越州。《与越州节度使求内外经书启》之末署明年月,作于元和元年四月,也说明至迟这时空海已到了越州。而据《高野大师御广传》:"大同元年八月,趣于本乡,泛舶之日,祈请发誓云:所学教法秘密,若有感应地者,我斯三钻飞到而点著。仍向日本之方投扬之,遥入空中。"③从这一记载看,空海到这年八月才登舟启程回国。从三月抵越州,到八

---

① 朱刚:《"沙门鸿渐"及"陆羽卒年"考》,《嵊州春秋》2010年第1期,载《嵊州新闻网》,http://sznews.zjol.com.cn/sznews/system/2011/04/11/013586461.shtml。

② 卢盛江:《空海入唐与〈文镜秘府论〉的编撰》,载《江西师范大学学报》2004年第3期,第60—63页。

③ 引自卢盛江:《文镜秘府论研究》,人民文学出版社2013年版,第260页。

月回国,计有四五个月时间。这四五个月时间,空海很显然在求内外之书,包括文学类书。

丁青《再探日本名僧空海与绍兴的历史渊源》,专论空海对于绍兴的关系,重在历史渊源,其中一段论述其在绍兴搜集图书:"据《请来目录》记载,空海从大唐带回四百六十一卷书籍,其中在长安抄写的有三百余卷,其余一百数十卷就是在绍兴抄写来的。《请来目录》里未作记录的书籍,有数十册诗文集、书法法帖等,数目不小,也都是在绍兴所得。他带回去的书籍,不仅在数量上,更主要是在质量上超过了他同时代来唐的留学生和留学僧所携回的书籍。这些珍贵的文物典籍,对后来日本文化的发展曾起过重大的影响,其中有不少已成为日本的国宝,被收藏在日本各地。"①

空海在唐日所作诗存留四首:《过金山寺》:"古貌满堂尘暗色,新华落地鸟繁声。经行观礼自心感,一雨僧人不显名。"②《在唐日观昶法和尚小山》:"看竹看花本国春,人声鸟哢汉家新。见君庭际小山色,还识君情不染尘。"③《在唐日赠剑南僧惟上离合诗》:"磴危人难行,石嵲兽无登。烛暗迷前后,蜀人不得登。"④《青龙寺留别义操阇梨》:"同法同门喜遇深,游空白雾忽归岑。一生一别难再见,非梦思中数数寻。"⑤

九月,浙东观察使杨於陵率幕僚同游石伞峰,雅集赋诗,参与者有齐推、杨於陵、王承邺、陈谏、卫中行、路黄中

陈谏作《登石伞峰诗序》:"中书侍郎平章事高阳齐公,昔游越乡,阅玩山水者垂三十载。初栖于剡岭,后迁于玉笥,自解薜此山,未二纪而登台铉,乃施旧居之西偏为昌元精舍,其东偏石伞岩,付令弟秀才推。俄而中书即世,推高尚之致,文行之美,与伯氏相侔。至元和九年秋九月七日,浙东廉使越州牧兼御史中丞杨公,洎中护军王公,率僚佐宾旅,同游赋诗,纪登览之趣。小子承命,序其梗概以冠篇。窃谓斯地也,斯文也,必传于后世,与兰亭东山俱为越邦之不朽者矣。"⑥按,根据杨於陵

① 丁青:《再探日本名僧空海与绍兴的历史渊源》,载《承德民族师专学报》2009 年第 4 期,第 48 页。
② 陈尚君:《全唐诗续拾》卷二六,《全唐诗补编》,第 1051 页。
③ 陈尚君:《全唐诗续拾》卷二六,《全唐诗补编》,第 1052 页。
④ 陈尚君:《全唐诗续拾》卷二六,《全唐诗补编》,第 1052 页。
⑤ 陈尚君:《全唐诗续拾》卷二六,《全唐诗补编》,第 1051 页。
⑥ [清]董诰:《全唐文》卷六八四,第 7000—7001 页。

的事迹考证,诗序中的"元和九年"应为"元和元年"之误。而《登石伞峰诗》,《会稽掇英总集》卷四所载则有齐推、杨於陵、王承邺、陈谏、卫中行、路黄中六首。①

齐推诗云:"能以郡中暇,不遗尘外踪。啸俦得鸳鸯,探策入云松。缘径历空际,望崖来剑峰。况当会天人,复此陈歌钟。贱子固多癖,偶兹安一峰。步林欣有适,筑室幸可容。宁期樵牧处,忽与轩盖逢。仰荷高兴属,俯惭危磴重。攀幽破岩霭,践滑触苔封。秋景山光动,寒丛菊艳浓。赏心惬觞酌,逸韵陶襟胸。仍叨勒名氏,永纪今所从。"

杨於陵诗云:"夙志慕遐峤,偶特叨抚封。幸兹秋成候,得与心期从。宛在洲渚外,稍跻林岭重。紫垣感嘉惠,丹壑畅幽踪。之子绰有裕,结庐枕前峰。亭台互亏蔽,物象分轻浓。玉伞践危石,苔枝栖古松。登攀逐群彦,息偃惭衰容。阊阖如可接,灵仙疑暂逢。海帆去的的,霜雁来嚁嚁。赫奕护军重,导迎神将恭。回舟迟新月,鼛吹迎疏钟。"

王承邺诗云:"作镇得良牧,抚戎惭匪仁。每观龚黄化,煦物如阳春。政简似多暇,游从邀众宾。鸣驺镜水畔,舍棹耶溪津。偶兹逢胜境,顿觉离嚣尘。丞相筑室在,季方结庐新。登临经绝顶,瞩眺怡心神。金章照玉伞,龙节陵松鳞。笙歌入中流,声角闻城闉。更吟琼瑶篇,愿言书诸绅。"

陈谏诗云:"贤相昔未遇,耶溪藏卧龙。宛然东山居,已韵西林钟。仲氏亦遐旷,尔来习高踪。杨公偶闲暇,中贵同游从。曲渚拥驺驭,回潭转艨艟。既登寅缘岸,遂践岩峣峰。径侧萦巨石,磴危攀茂松。伞开自罗列,笥闭谁缄封。迥立霄汉表,俯看岩嶂重。远村暮杳杳,秋海晴溶溶。染翰纪胜绝,飞觞畅心胸。仍闻待新月,归棹何从容。"

卫中行诗云:"威凤昔未起,兹山嘉气深。逶迤抱川阜,萝茑方沉沉。龙节捎岩径,星轩伴幽寻。尝闻谢公事,今嘉昭旷心。绝顶上巍峨,秋晨好登临。芦洲辨微色,天籁闻虚吟。支策睇归湖,舒情凝远岑。徘徊绕灵伞,登坐延芳襟。溪路锁重扃,松门交翠阴。贞姿在空谷,瑞色仍栖林。晚霭覆回汀,轻桡环碧浔。探奇幸陪唱,愿继咸池音。"

路黄中诗云:"总戎诣幽胜,天使相追随。跻山玉笥号,到峰石伞奇。接武白云表,放情玄月时。恬旷薄沉澄,峻极超崦嵫。平视羲和辔,俯观朝夕池。岩中复何挹,坐位多所宜。郁烈桂香眇,寅缘霞彩披。孤光逗绮翼,独秀分琼枝。灵气达心

① [宋]孔延之:《会稽掇英总集》卷四,《宋元浙江方志集成》第 14 册,第 6397—6398 页。

久,华容招目移。遂忘日云暮,登降不知疲。眷言丘壑士,养节松竹滋。感激旌盖顾,干以献贞词。"

这次聚会提示了以下几个方面的讯息:其一,杨於陵为浙东观察使时,与其幕僚宾客,常常进行吟诗唱和活动。杨於陵兼有官僚与文学家的双重身份,在中唐诗坛上具有一定的地位。中唐杨汝士作《宴杨仆射新昌里第》诗,白居易作《和杨郎中贺杨仆射致仕后杨侍郎门生合宴席上作》以相酬和,诗中"杨郎中"即杨汝士,"杨仆射"即杨於陵,"杨侍郎"即杨嗣复,可见与杨於陵有关的诗人聚会就不止一次。其二,陈谏为越州司马时作《登石伞峰》并序,为我们了解永贞革新打开了一扇窗口。尤其是陈谏的诗歌,中间几句描写石伞峰的形态与景观,重在突出其岩嶂重叠,磴石艰危,峰颠岩峣,实际上也是陈谏政治生命艰危曲折的写照。焦闽先生曾对这次雅集作了专门的研究说:"在参与石伞峰雅集的诗人中,台州司马陈谏是参与过两次革新的人物。他在德宗朝即为刘晏集团一员,参与了刘晏与杨炎的经济斗争。虽然这场斗争最终操控于德宗之手,但充分证明了陈谏的经济才能,成为其参加永贞革新、掌管财政的渊源,也因此首先被排挤出朝。"[1]陈谏作为台州司马,台州属于浙东观察使的管辖范围,这可能是陈谏能来到越州参与这次聚会的直接原因,而从这次聚会当中,杨於陵以及其他参与雅集者对永贞革新的人物采取接受的态度,是可以肯定的。

九月,陈谏在越,作《登石伞峰诗序》

《全唐文》卷六八四收陈谏《登石伞峰诗序》:"中书侍郎平章事高阳齐公,昔游越乡,阅玩山水者垂三十载。初栖于剡岭,后迁于玉笥,自解薜此山,未二纪而登台铉,乃施旧居之西偏为昌元精舍,其东偏石伞岩,付令弟秀才推。俄而中书即世,推高尚之致,文行之美,与伯氏相侔。至元和九年秋九月七日,浙东廉使越州牧兼御史中丞杨公,泊中护军王公,率僚佐宾旅,同游赋诗,纪登览之趣。小子承命,序其梗概以冠篇。窃谓斯地也,斯文也,必传于后世,与兰亭东山俱为越邦之不朽者矣。"[2]

按序中"浙东廉使越州牧御史中丞杨公"为杨於陵,《旧唐书·宪宗纪上》:永贞

---

① 焦闽:《唐元和元年"石伞峰雅集"研究》,载《文教资料》2008 年 10 月号上旬刊,第 86 页。
② [清]董诰:《全唐文》卷六八四,第 7000—7001 页。

元年十月,"丙午,以华州刺史杨於陵为越州刺史、浙东观察使。"①《嘉泰会稽志》卷二"太守":"杨於陵,永贞元年十月自华州防御史授,元和二年四月召拜户部侍郎。案《唐本传》,自华州刺史迁浙东观察使,越人饥,请出米三十万石,拊赡贫民,政声流闻,入为京兆尹。"②又据《唐方镇年表·浙东》,元和九年前杨姓镇帅,惟於陵一人③。故知陈谏《登石伞峰诗序》中"元和九年"为元和元年之误。序中所述杨於陵与陈谏的关系,对于考察牛李党争与永贞革新的关系,颇为重要。陈谏乃能文善诗之士,为台州司马时,在越中作诗不少,故石伞聚会,谏亦与焉,且受命为同游者诸诗为序。惜《全唐诗》不存谏诗一首,殊为可惜。《会稽掇英总集》卷四录陈谏《登石伞峰诗序》,杨於陵而下,陈谏、卫中行、路黄中皆有诗。陈谏诗传世者仅此一首,弥足珍贵,全诗见本年九月杨於陵率幕僚石伞雅集条,陈尚君《全唐诗续拾》卷二四亦收入④。《全唐文》除收此文外,尚有《劝听政表》三首、《心印铭序》、《刘晏论》五篇,可借以知其为文为政之梗概。

本年,张籍有《送律师归婺州》诗

张籍《送律师归婺州》诗云:"京中开讲已多时,曾作坛头证戒师。归到双溪桥北寺,乡僧争就学威仪。"⑤徐礼节、余恕诚《张籍集系年校注》卷六注云:"作于元和元年(806)以后张籍居京为官时期。按,诗写律师在京城的活动与返回婺州所受乡僧的敬重以赠别。"⑥

本年,薛乂为温州刺史,权德舆作诗送之

权德舆《送薛温州》诗云:"昨日馈连营,今来刺列城。方期建礼直,忽访永嘉程。郡内裁诗暇,楼中迟客情。凭君减千骑,莫遣海鸥惊。"⑦蒋寅等《权德舆诗文集编年校注》编于元和元年,从之。按,薛乂与大诗人李白亦有交游,李白有《安州般若寺水阁纳凉喜遇薛员外乂》诗:"翛然金园赏,远近含晴光。楼台成海气,草木皆天香。忽逢青云士,共解丹霞裳。水退池上热,风生松下凉。吞讨破万象,搴窥

① [后晋]刘昫:《旧唐书》卷一四,第412页。
② [宋]施宿:《嘉泰会稽志》卷二,《宋元浙江方志集成》第4册,第1665页。
③ 吴廷燮:《唐方镇年表》卷五,中华书局1980年版,第770—780页。
④ 陈尚君:《全唐诗续拾》卷二四,《全唐诗补编》,第1012页。
⑤ [清]彭定求:《全唐诗》卷三八六,第4352页。
⑥ [唐]张籍撰,徐礼节、余恕诚校注:《张籍集系年校注》卷六,第682页。
⑦ [清]彭定求:《全唐诗》卷三二三,第3633页。

临众芳。而我遗有漏，与君用无方。心垢都已灭，永言题禅房。"①

本年，诸暨诗人陈寡言隐居桐柏山

赵璘《因话录》卷四："元和初，南岳道士田良逸、蒋含弘，皆道业绝高，远近钦敬。……桐柏山陈寡言、徐灵府、冯云翼三人，皆田之弟子也。"②《历代真仙体道通鉴》卷四〇："道士陈寡言，字大初，越州暨阳人。隐居于玉霄峰，号曰华林。天台科法，有阙遗者，拾而补之。居常以琴酒为觊，每吟咏，放情自任，未尝加饰，其《山居》诗曰：'醉卧茅堂不闭关，觉来开眼见青山。松花落处宿猿在，麋鹿群群林际还。'又曰：'照水冰如鉴，扫雪玉为尘。何须问今古，便是上皇人。'寡言虽补阙科教，而不躬行，惟传度弟子。有刘介者，字处静，舍明经业，即婺州兰溪，事灵瑞观主吴守素为道士。闻寡言之名，遂就华林请教，奉几杖香火，凡二十年，尽寡言之道。寡言将尸解，谓处静曰：'当盛我以布囊，置石室中，慎勿以木为也。'享年六十四。处静与叶藏质、应夷节为方外友，久之，将坐化，以诗示其徒乃返真。其辞曰：'我本无形暂有形，偶来人世逐营营。轮回债负今还了，搔首索然归上清。'别有诗十篇，今在天台道元院。"③

诗僧元孚游天台山，作《天台山石桥铭并序》

日本僧人成寻的《参天台五台山记》载有唐释元孚所撰《天台山石桥铭并序》云："唐上都左街宝寿寺、文章应制、内供奉大德、赐紫沙门元孚述，仙都僧利见书。天台风景与诸郡不同，自古神仙所居之处。非辂车牧伯，则无由适此。元孚元和末间游石桥、华顶□砂灵□，双阙琼台，无所不至，乃有《石桥铭》曰：'混茫未泮，孰为化工；挺埴天台，势负苍穹；厥石为桥，宛若晴虹；匪雕匪琢，匪磨匪砻；实地之骨，实天之功；星流碧潭，月悬虚空；绝壁中关，万壑通同；道献上人，子乔仙翁；更履斯险，轻捷如风；潜虬欻飞，洪穴滈泮；惊湍殷雷，奔激吼唤；赴于朝宗；浩浩瀚瀚；拔石移山，崩崖拉岸；山铺翠屏，树缀珠贯，发孙绰才，动相如翰；缅怀兹桥，用伸厥赞。'"④

按，元孚有《元孚五十年前游天台，宿建公院，登华顶，攀琪树，观石桥之险绝，缅怀昔游，因为绝句，寄知建长老，兼呈台州王司马》诗，明陶宗仪《古刻丛钞》载其

---

① ［清］彭定求：《全唐诗》卷一八二，第1852页。
② ［唐］赵璘：《因话录》卷四，第92—93页。
③ ［元］赵道一：《历代真仙体道通鉴》卷四〇，《道藏》第5册，第328页。
④ 陈尚君：《全唐文又再补》卷五，《全唐文补编》，第2311—2312页。

题款为大中九年(855)①。以此前推五十年为元和元年,故疑《参天台五台山记》所言"元和末"应为"元和初"。

周匡物题诗于西陵馆

周匡物《应举题钱塘公馆》诗云:"万里茫茫天堑遥,秦皇底事不安桥。钱塘江口无钱过,又阻西陵两信潮。"②邹志方《浙东唐诗之路》:"宋计有功《唐诗纪事》卷四十五载:'匡物,字几本,潭州人……家贫,徒步应举至钱唐,乏僦船之资,久不得济,乃题诗公馆云……郡牧见之,乃罪津吏。'此诗典型地表达了唐代寒儒之心态,言不尽意。以此后诗作推考,郡牧为杨於陵,是一位贤明者,深谙赴举寒儒之苦衷。据说,自此之后,唐代舟子再不取举选人钱。那么,此诗成了唐代寒儒发难之作了。周匡物于'元和十一年(816)李逢吉下进士及第'。及第后,又有《及第后谢座主》诗,也写得别出心裁:'一从东越入西秦,十度闻莺不见春。试向昆仑投瓦砾,便容灵沼洗埃尘。悲欢暗负风云力,感激潜生土木身。中夜自将形影语,古来吞炭是何人?'原来诗人入京后,境遇未曾改变,十年后才取得功名,以此推算,则《西陵馆题诗》当作于元和元年(806)。此诗《全唐诗》施肩吾名下亦有收录,略有不同:'天堑茫茫连沃焦,秦皇何事不安桥?钱塘渡口无钱纳,已失西兴两信潮。'"③

张籍作诗送辛少府赴任乐安县尉

张籍有《送辛少府任乐安》诗云:"才多不肯浪容身,老大诗章转更新。选得天台山下住,一家全作学仙人。"④徐礼节、余恕诚《张籍集系年校注》卷六云:"当作于元和元年(806)以后张籍居京为官时期。按:诗写辛少府'才多'、诗'新'及其赴任乐安以赠别。"⑤乐安,唐属台州,今为仙居县。《旧唐书·地理志》:"台州上。隋永嘉郡之临海县。……领临海、章安、始丰、乐安、宁海五县。"⑥按乐安县,北宋景德四年(1007),宋真宗以其"洞天名山屏蔽周卫,而多神仙之宅",诏改仙居县。

---

① [明]陶宗仪编:《古刻丛钞》,第102—103页。
② [清]彭定求:《全唐诗》卷四九〇,第5550页。
③ 邹志方:《浙东唐诗之路》,第12—13页。
④ [清]彭定求:《全唐诗》卷三八六,第4352页。
⑤ [唐]张籍撰,徐礼节、余恕诚校注:《张籍集系年校注》卷六,第677页。
⑥ [后晋]刘昫:《旧唐书》卷四〇,第1591页。

807　唐宪宗元和二年丁亥

三月,裴通作《金庭观晋右军书楼墨池记》及《王右军宅》诗

裴通作《金庭观晋右军书楼墨池记》,记其所作缘起云:"通以元和二年三月,二三道友,裹足而游。登书楼,临墨池,但见山水之异也。其险如崩,其耸如腾,其引如肱,其多如朋。不三四层,而谓天可升。经再宿而还。以书楼缺坏,墨池荒毁,话之于邑宰王公。王公瞿然,征王氏子孙之在者,理荒补缺,使其不朽。即事题兹,实录而已。"①是该文作于元和二年三月。其首段描写越州山水云:"越中山水奇丽者,剡为之最;剡中山水之奇丽者,金庭洞天为之最。其洞在县之东南。循山趾而右去,凡七十里,得小香炉峰,其峰即洞天北门也。谷抱山斗,云重烟峦,回互万变,清和一气。花光照夜而常昼,水色含空而无底。此地何事,尝闻异香,有时值人,从古不死。真天下之绝境也。"②金庭观,《剡录》卷八:"金庭观在剡金庭山,是为崇妙洞天。"又云:"道经曰:……周王子晋善吹笙,为凤凰之声,从浮邱登高而羽化,猴山去后,主治天台华顶,号白云先生。往来金庭,风月之夕,山中有闻吹笙者。"③

裴通《王右军宅》诗云:"寂寂金庭洞,清香发桂枝。鱼吞左慈钓,鹅踏右军池。此地长无事,冲天自有期。向来逢道士,多欲驾文螭。"④参考《金庭观晋右军书楼墨池记》,诗应为本年在越中之作。《剡录》卷八:"金庭观,……旧为王右军宅,东庑设右军像,有书楼、墨池、鹅池。右军舍宅为观,初名金真馆,又改金真宫。"注:"《旧传》:右军舍读书楼为观。"⑤

刘言史《右军墨池》诗云:"永嘉人事尽归空,逸少遗居蔓草中。至今池水涵余墨,犹共诸泉色不同。"⑥是否为金庭观墨池,待考。

① 〔清〕董诰:《全唐文》卷七二九,第7521页。
② 〔清〕董诰:《全唐文》卷七二九,第7520页。
③ 〔宋〕高似孙:《剡录》卷八,《宋元方志丛刊》第7册,第7249页。
④ 〔宋〕孔延之:《会稽掇英总集》卷一八,《宋元浙江方志集成》第14册,第6550—6551页。
⑤ 〔宋〕高似孙:《剡录》卷八,《宋元方志丛刊》第7册,第7249—7250页。
⑥ 〔清〕彭定求:《全唐诗》卷四六八,第5328页。

四月,阎济美为浙江东道观察使

《会稽掇英总集》卷一八《唐太守题名记》:"阎济美,元和二年四月,自前福建观察使授。其年十月,追赴阙。"[1]《嘉泰会稽志》卷二"太守"同[2]。《新唐书·阎济美传》:"贞元末,由婺州刺史为福建观察使,徙浙西。为治简易,居镇未尝增常赋。罢浙西也,方在道,见诏而贡献无所还,故帝为言之。寻出华州刺史,入为秘书监,以工部尚书致仕。"[3]"浙西"为"浙东"之误。司马光《资治通鉴》卷二三七《唐纪》:元和三年三月,"辛亥,御史中丞卢坦奏弹前山南西道节度使柳晟、前浙东观察使阎济美违敕进奉。"[4]《考异》曰:"《旧·晟传》曰:'罢镇入朝,以违诏进奉为御史元稹所劾,诏宥之。'今从《实录》。《旧·济美传》:'自福建观察使复为浙西观察使。'《新传》曰:'自福建观察使徙浙西。'罢浙西也,方在道,见诏而贡献无所还,故帝为言之。今据《实录》,云:'离越州后,方见赦文。'则是浙东,新、旧传误也。"[5]阎济美亦能诗,有《下第献座主张谓》诗。王建有《赠阎少保》诗,张籍亦有《赠阎少保》诗。

柳宗元撰《先君石表阴先友记》记述会稽余姚人虞当

柳宗元《先君石表阴先友记》云:"虞当,会稽人。为郭尚父从事,终沔州刺史。以信闻。"[6]虞当为柳宗元父友,是因为二人曾同为郭子仪从事。按,虞当亦颇能文,《全唐文补遗》第8辑载《唐故郑居士(液)墓志铭》,题署:"外生朝散大夫使持节沔州诸军事守沔州刺史虞当撰。"[7]《金石萃编》卷七九《华岳题名》:"前相国京兆第五公,自户部侍郎出牧括州,子聱关内河东副元帅判官、礼部郎中兼侍御史虞当,自中都济河,于华阴拜见,从谒灵祠,因纪贞石,时大唐大历五年六月四日。司勋郎中兼侍御史李国清、仓部员外兼侍御史张昙、大理正兼监察御史王翩、右卫录事参军第五准。"[8]虞当为虞从道子,新出土《唐故南平郡司马赠秘书少监虞公(从道)墓志铭并序》:"大历四年,嗣子当,拜朝散大夫检校尚书主客员外郎兼侍御史,充朔方节

① [宋]孔延之:《会稽掇英总集》卷一八,《宋元浙江方志集成》第14册,第6555页。
② [宋]施宿:《嘉泰会稽志》卷二,《宋元浙江方志集成》第4册,第1666页。
③ [宋]欧阳修、宋祁:《新唐书》卷一五九,第4961页。
④ [宋]司马光:《资治通鉴》二三七,第7649页。
⑤ [宋]司马光:《资治通鉴》二三七,第7649页。
⑥ [清]董诰:《全唐文》卷五八八,第5945页。
⑦ 吴钢主编:《全唐文补遗》第8辑,第88页。
⑧ [清]王昶:《金石萃编》卷七九,第3页。

度判官。"①虞当与诗人刘长卿、戴叔伦友善,长卿有《闻虞沔州有替将归上都登汉东城寄赠》诗云:"淮南摇落客心悲,溳水悠悠怨别离。早雁初辞旧关塞,秋风先入古城池。腰章建隼皇恩赐,露冕临人白发垂。惆怅恨君先我去,汉阳耆老忆旌麾。"②叔伦有《与虞沔州谒藏真上人》诗云:"故侯将我到山中,更上西峰见远公。共问置心何处好,主人挥手指虚空。"③

虞当子虞九皋,字鸣鹤,亦为中唐文人。柳宗元《先君石表阴先友记》孙汝听注:"当有子曰九皋,公有诔焉。"④柳宗元《虞鸣鹤诔并序》云:"维某年月日,前进士虞九皋,字鸣鹤,终于长安亲仁里。既克葬于高阳原,二三友生皆至于墓,哀其行之不昭于世,追列遗懿,求诸后土,申荐嘉名,实曰恭甫。乃作诔曰……"⑤韩醇《诂训》:"虞氏之来尚矣,在汉则有曰延曰诩,在吴则有曰翻仲翔是也,在晋则有曰预曰喜,史皆有传。至唐则有曰世南,即秘书公。洎于汉阳,世德以昌者。君之考终于沔州刺史也。作之年月不可考。然公谓'唯昔夏首,羁贯相亲',又云'交欢二纪,莫间斯言',盖公生于大历八年。自羁贯而及二纪,则当是贞元十四、五年间矣。"⑥

本年,李素为衢州刺史

刘允文《苏州新开常熟塘碑铭》:"郡守陇西李素……为信安未半岁而吴郡余一年焉。"⑦韩愈《河南少尹李公(素)墓志铭》:"刺衢州。至一月,迁苏州。……公至十二日,锜反。"⑧按,李锜反在元和二年,知李素由衢转苏在本年。

本年,李逊为衢州刺史

《旧唐书·李逊传》:"元和初,出为衢州刺史。以政绩殊尤,迁越州刺史、兼御史大夫、浙东都团练观察使。"⑨郁贤皓《唐刺史考全编》卷一四六:"按《旧书·宪宗纪上》,元和五年八月李逊由常州刺史迁浙东观察使,《嘉泰会稽志》同,则李逊当由

① 杜少虎、赵文成:《唐〈虞从道墓志〉钩沉》,载《中国书法》2005年第4期,第38页。
② [清]彭定求:《全唐诗》卷一五一,第1565页。
③ [清]彭定求:《全唐诗》卷二七四,第3107页。
④ [唐]柳宗元撰,尹占华、韩文奇校注:《柳宗元集校注》卷一二,第786页。
⑤ [清]董诰:《全唐文》卷五九二,第5987页。
⑥ [唐]柳宗元撰,尹占华、韩文奇校注:《柳宗元集校注》卷一一,第740页。
⑦ [清]董诰:《全唐文》卷七一三,第7324—7325页。
⑧ [清]董诰:《全唐文》卷五六五,第5724页。
⑨ [后晋]刘昫:《旧唐书》卷一五五,第4123页。

衢州刺史移刺常州，再由常刺移越州。《全文》卷六三九李翱《故处士侯君（高）墓志》；'祭酒李公逊刺衢州，请治信安；其观察浙东，又宰于剡三县。'又见《国史补》卷中《侯高试县令》。"①今从之。

本年，郑素为越州山阴县尉

《大唐西市博物馆藏墓志》三四三《唐故宣德郎检校尚书户部员外郎兼侍御史赐绯鱼袋充剑南西川南道运粮使韦公（羽）墓志铭并序》，题署："子婿将仕郎守越州山阴县尉郑素撰。"②墓主元和二年八月十七日葬。

本年，薛元造为诸暨县令

李德裕《前试宣州溧水县尉胡震状》："臣伏以元和二年，前扬州士曹参军薛元造，缘与臣亡父授经，具表论荐，宪宗授越州诸暨县令。"③

佛教曹洞宗开山始祖诸暨人良价生

《五灯会元》卷一三《洞山良价禅师》："瑞州洞山良价悟本禅师，会稽俞氏子。""遂归丈室，端坐长往。当咸通十年三月，寿六十三，腊四十二，谥悟本禅师，塔曰慧觉。"④逆推其生年为元和二年。良价既为佛宗祖师，又为诗人。

808　唐宪宗元和三年戊子

李绅受薛苹招至越中

李绅《龙宫寺》诗序云："至元和二年，余以前进士为故薛革（一作苹）常侍招至越中，此僧已卧疾，使门人相告'曩日所言，必当镇此。修寺之托，幸不见忘'，僧又偶言寺中灵祇所相告耳。余问疾而已，不能对。及后符其言，而讯其存没，则僧及

---

① 郁贤皓：《唐刺史考全编》卷一四六，第 2083—2084 页。
② 胡戟、荣新江：《大唐西市博物馆藏唐墓志》，第 743 页。
③ ［清］董诰：《全唐文》卷七〇四，第 7223 页。
④ ［宋］普济：《五灯会元》卷一三，中华书局 1984 年版，第 777、786 页。

门人悉已殂谢,寺更颓毁,惟荒基余像而已。因召僧人会真,余出俸钱为葺之,累月而毕,以成其往愿。"①而《龙宫寺碑》则称:"元和三年,余罢金陵从事,河东薛公平招游镜中。"②按,李绅《龙宫寺碑》原石现存,又有清代拓本传世,碑称"元和三年",应可从。诗序所载之"二年",或为李绅所记之误,或为后代传刻之误。卞孝萱《李绅年谱》系于元和三年,并云:"'二'字恐系'三'字之讹;如不讹,绅至越州,亦当在二年冬李锜诛之后。按施宿等《嘉泰会稽志》卷二,'太守'条:'薛苹,元和二年正月,自湖南观察使授。五年八月,移浙西观察使。'"③卢燕平《李绅生平系年笺证》(《李绅集校注》附录一)考证颇详:"按,吴廷燮《唐方镇年表》'浙东道·元和二年'条引《嘉泰会稽志》:'元和二年四月,阎济美自前福建观察使授浙东,十月追补阙。'可见元和二年,浙江东道观察使尚有人担任。上引《嘉泰会稽志》的记载似有误。又,考《唐方镇年表》,薛苹任湖南观察使的时间是永贞元年十一月至元和二年,并在'元和二年'条下注云:'《韩集·石君墓志注》:元和三年正月,苹为浙东。''元和三年'条下亦有此注。可见薛苹元和三年正月任浙东观察使。如此,元和二年冬招李绅游越便不可能。况李绅《龙宫寺碑》明云:'元和三年,余罢金陵从事',如此,《龙宫寺诗序》中'二'字当为'三'字之讹。"④

薛苹为浙江东道观察使,游禹庙,与冯宿、冯定、李绅等唱和

《会稽掇英总集》卷一八《唐太守题名记》:"薛苹,元和二年正月,自湖南观察使授。五年八月,除润州观察使。"⑤《嘉泰会稽志》卷二《太守》:"薛苹,元和二年正月自湖南观察使授。五年八月,移浙西观察使。"⑥白居易有《答薛平谢授浙东观察使表》:"卿久践吏途,累闻能政,及居藩镇,尤见忠勤。训道而群黎向方,廉察而列郡承式。实嘉乃绩,每简予心。宜迁雄剧之藩,以广循良之化。勉于为理,副朕所怀。所谢知。"⑦收录于《白居易集》卷四○。

薛苹《禹庙神座顷服金紫苹自到镇申牒礼司重加衮冕今因祈雨偶成八韵》诗:

① [清]彭定求:《全唐诗》卷四八一,第 5477 页。

② [清]董诰:《全唐文》卷六九四,第 7126 页。

③ 卞孝萱:《李绅年谱》,载《安徽史学》1960 年第 3 期,第 45 页。

④ [唐]李绅著,卢燕平校注:《李绅生平系年笺证》,《李绅集校注》附录一,中华书局 2009 年版,第337—338 页。

⑤ [宋]孔延之:《会稽掇英总集》卷一八,《宋元浙江方志集成》第 14 册,第 6555 页。

⑥ [宋]施宿:《嘉泰会稽志》卷二,《宋元浙江方志集成》第 4 册,第 1666 页。

⑦ [清]董诰:《全唐文》卷六六五,第 6765 页。

“玉座新规盛，金章旧制非。列城初执礼，清庙重垂衣。不睹千箱咏，翻愁五稼微。只将苹藻洁，宁在饩牢肥。徙市行应谬，焚巫事亦违。至诚期必感，昭报意犹希。海日明朱槛，溪烟湿画旗。回瞻郡城路，未欲背山归。”①

欧阳修《集古录跋尾》卷九《唐薛苹唱和诗》（太和中）云：“《唐薛苹唱和诗》，太（大）和中。右薛苹《唱和诗》，其间冯宿、冯定、李绅皆唐显人，灵澈以诗名后世，皆人所想见者，然诗皆不及苹，岂唱者得于自然，和者牵于强作邪？”②《宝刻丛编》卷十三引《集古录目》云：“《唐禹庙诗》，唐浙东观察使越州刺史薛苹诗，不著书人名氏。苹初至镇，易禹庙金紫服以冠冕，后因祈雨作此诗，其和者盐铁转运崔述等，凡十七首。”③《嘉泰会稽志》卷一六云：“薛苹《禹庙祈雨唱和诗》，薛苹及和者崔述等十七人，共十八诗。豆卢署正书。刻于《复禹衮冕碑》之阴。”④岑仲勉《贞石证史·薛苹唱和诗即禹庙诗》：“按苹卒元和十四年七月，具见《旧唐书》纪一五，墓碑立于十五年闰正月，见《金石录》九，都无可疑，大和中安得与人唱和。灵澈终元和十一年，见《唐诗纪事》七二，亦非大和中唱和之人。考《丛编》一三引《集古录目》云：‘《唐禹庙诗》，唐浙东观察使越州刺史薛苹诗，不著书人名氏。苹初至镇，易禹庙金紫服以冠冕，后因祈雨作此诗，其和者盐铁转运崔述等，凡十七首。’《舆地碑记目》一引《集古录·薛苹诗》，亦是崔述等凡十七首，是《目》《跋》所言，本同一刻，不过题名各异耳。据《唐方镇年表》五，苹节度浙东时期，系自元和三年正月至五年八月；《旧唐书》一六八《冯宿传》：‘乃从浙东贾全府辟，（张）愔恨其去己，奏贬泉州司户，征为太常博士，王士真死，……宿以为怀柔之义，不可遗其忠劳，乃加之美谥。’士真死四年三月，则宿之征入，约在此时已前；又《全唐文》六九四李绅《龙宫寺碑》云：‘及贞元十八年，余以进士客于江浙，……元和三年，余罢金陵从事，河东薛公平（苹）招游镜中。’镜中，镜湖也，在越州，故《跋尾》之大和，应元和之误。其诗作于元和三年，（《旧唐书》纪，是岁江南等地旱）宿或被征过境，绅则招游此邦，是以同与唱酬也。缪校《集古录目》九既收《禹庙诗》，卷十又据《舆地碑目》收《薛苹唱和诗》，是复出，应删。”⑤《舆地碑记目》卷一《绍兴府碑记》：“《薛苹唱和诗》。《集古录》云：

---

① ［宋］孔延之：《会稽掇英总集》卷八，《宋元浙江方志集成》第14册，第6433页。

② ［宋］欧阳修：《集古录跋尾》卷九，第200页。

③ ［宋］陈思编著：《宝刻丛编》卷一三，第797页。

④ ［宋］施宿：《嘉泰会稽志》卷一六，《宋元浙江方志集成》第4册，第2033页。

⑤ 岑仲勉：《金石论丛》，上海古籍出版社1981年版，第168—169页。

'唐薛苹诗,不著书人名氏,崔述等凡十七首。'"①

柳宗元为薛苹代作《为薛中丞浙东奏五色云状》

柳宗元《为薛中丞浙东奏五色云状》云:"右,臣得管内台州奏,月日五色云见者。一州官吏僧道耆老,悉皆瞻睹,已具奏闻,并写图奉进者。伏以景云上瑞,王者祉符,焕彩彰之在天,知圣德之昭感。伏惟陛下化孚有截,道洽无垠;承天地之贞明,导阴阳之和气。遂使纷纷郁郁,自东而徂西;若烟非烟,一旬而再至。征诸古谍,事罕前闻。伏乞宣付史官,以昭简册。"②韩醇《诂训》云:"薛中丞戎也。韩文公尝志其墓,云元和十二年拜越州刺史、兼御史中丞、浙东观察使。此状当在柳州作。然两地相去辽绝,况五色云事亦便当敷奏,而公自柳州为作奏状,亦可疑云。"百家注引孙汝听曰:"元和三年正月,以湖南观察使薛苹为浙东观察使。"陈景云《柳集点勘》卷三云:"旧注薛苹,或云薛戎。案:或说非也。子厚谪永之岁,苹自虢州迁湖南观察,永州在所部。及三年,苹移浙东,后子厚为旧府代作。"③章士钊《柳文指要》上《体要之部》卷三九云:"薛中丞,薛苹也。子厚谪永之岁,苹自虢州迁湖南观察使,元和三年正月,再迁浙东观察,子厚以旧部为作文。或谓元和十二年,薛戎拜越州刺史、兼御史中丞、浙东观察使,此薛中丞疑指戎,非是。"④今据诸人之说衡定为元和三年代薛苹之作。

本年,薛苹辟李位为浙东团练副使

柳宗元《唐故邕管经略招讨等使朝散大夫持节都督邕州诸军事守邕州刺史兼御史中丞赐紫金鱼袋李公(位)墓志铭并序》:"公始以通经入崇文馆,登有司第。……进殿中侍御史、湖南都团练判官。以宽通简大,辅治得中道,府迁主后事。师人爱慕,欲以贞元故事为请。公恐惧抑留,复从浙东为团练副使。转侍御史。又徙浙西,如其职,加著作郎。凡三使,其率皆薛大夫苹。"⑤

———

① [宋]王象之编著,赵一生点校:《舆地碑记目》卷一,《舆地纪胜》第12册,第15页。
② [清]董诰:《全唐文》卷五七二,第5780页。
③ [唐]柳宗元撰,尹占华、韩文奇校注:《柳宗元集校注》卷三九,第2480页。
④ 章士钊:《柳文指要》上《体要之部》卷三九,中华书局1971年版,第1218页。
⑤ [清]董诰:《全唐文》卷五八九,第5955—5956页。

本年，陆明允为奉化县令

《万姓统谱》卷一一一："陆明允，字信夫，吴郡人，宣公贽之从子。元和三年，以集贤校理出为奉化县令，恂恂无华，视民如子。属岁大旱，邻境人相食，明允辑和其民，振廪食以给道路之饿者，全活数万人，治行为天下第一。复于龙潭溪叠石障水，凿渠引流，下通广平湖，达于江，溉田数千顷，后名其堰曰资国渠，曰新河，至今赖之。在邑五年，卒。民立祀祠焉。"①

809　唐宪宗元和四年己丑

春，李绅由浙东返长安，到西陵，寄诗于王行周

李绅《欲到西陵寄王行周》诗云："西陵沙岸回流急，船底黏沙去岸遥。驿吏递呼催下缆，棹郎闲立道齐桡。犹瞻伍相青山庙，未见双童白鹤桥。欲责舟人无次第，自知贪酒过春潮。"诗首句注："西陵渡在萧山县西二十里。钱王以西陵非吉语，改曰西兴。"②卢燕平《李绅生平系年笺证》（《李绅集校注》附录一）云："元和四年己丑（809），三十八岁。春，由浙东返长安，有《遥知元九送王行周游越》《却到西陵寄王行周》诗。"③

李绅《遥知元九送王行周游越》："江湖随月盈还宿，沙渚依潮断更连。伍相庙中多白浪，越王台畔少晴烟。低头绿草羞枚乘，刺眼红花笑杜鹃。莫倚西施旧苔石，由来破国是神仙。"④按，"遥知"疑为"遥和"之误。

四月，魏邈拜婺州司功参军

魏匡赞《大唐故宣州司功参军魏府君墓志铭并序》："大人讳邈，字仲方，其先巨鹿人，……元和四年夏四月，相府裴公因人而知其善，补待制官，掌握丝纶，廉慎益著，地居近密，不发私书。朋旧昵亲，由是咸怨。人虽欲遗之金布斗粟，曾不我容

---

①　[明]凌迪知：《万姓统谱》卷一一一，第557页。
②　[清]彭定求：《全唐诗》卷四八三，第5493页。
③　[唐]李绅著，卢燕平校注：《李绅生平系年笺证》，《李绅集校注》附录一，第339页。
④　陈尚君：《全唐诗补逸》卷七，《全唐诗补编》，第172页。

焉。所谓蹈火不热，履霜坚冰，其此之由乎？拜婺州司功参军，转宣州司功参军。"①是魏邈在元和四年后受裴度器重，后授婺州司功参军。

九月，元锡为衢州刺史

元锡《衢州刺史谢上表》："臣某言：伏奉九月二十一日恩旨，授臣衢州刺史，以今月十八日至州上讫。祗承宠光，魂首飞越。臣已尝试任，绩用无闻，荐沐恩私，兢惶靡措。臣本诸生，行能罕立，徒以亲知谬举，践履逾涯，常叨省署之荣，亟历万方之重，事怀觊冒，恩戴生成。伏以浙东诸州，衢为大郡，累经荒俭，切在保绥，忧勤所分，简求非易。臣自量智力，惧不胜任，守信偷安，逾年受代，当此益重，实昧宠章。顷属旱灾相继，夭丧过半，生聚长育，理难卒平，赋敛征求，物有常数。自前年以来，陛下以覆育之慈，深布吊悯，赈贻口食，蠲复地征，人用昭苏，气消疵疠，窃以匹夫遂性，天下怀仁。况江表获安，动逾百万，臣职当抚字，倍切常情，欲宣明诏条，通达幽隐，敦实务本者劝之以农，开通明敏者进之以学，奉朝廷法制，守使府规模，克励小心，庶无大悔。有渝此志，敢诒明刑。"②郁贤皓《唐刺史考全编》卷一四六系元锡刺衢在元和四、五年间，今从之③。《唐国史补》卷中《余长安复仇》条："衢州余氏子，名长安，父叔二人，为同郡方全所杀。长安八岁自誓，十七乃复雠，大理断死。刺史元锡奏言：'臣伏见余氏一家，遭横祸死者，实二平人；蒙显戮者，乃一孝子。'又引《公羊传》'父不受诛，子得雠'之义，请下百僚集议其可否，词甚哀切。时裴中书垍当国，李刑部鄘司刑，事竟不行。有老儒薛伯高遗锡书曰：'大司寇是俗吏，执政柄乃小生，余氏子宜其死矣！'"④

李翱南行至衢州，时侯高为衢州信安县令

李翱《来南录》云："元和三年十月，翱既受岭南尚书公之命，四年正月己丑，自旌善第以妻子上船于漕。乙未，去东都。韩退之、石濬川假舟送予。明日，及故洛东吊孟东野，遂以东野行。……又二月丁未朔，宿陈留。……丙申，七里滩至睦州。庚子，上杨盈川亭。辛丑，至衢州，以妻疾止行。居开元佛寺临江亭后。三月丁未朔，翱在衢州。甲子，女某生。四月丙子朔，翱在衢州，与侯高宿石桥。丙戌，去衢

---

① ［清］陆心源：《唐文拾遗》卷二五，《全唐文》附，第10649—10650页。
② ［清］董诰：《全唐文》卷六九三，第7111页。
③ 郁贤皓：《唐刺史考全编》卷一四六，第2084页。
④ ［唐］李肇：《唐国史补》卷中，上海古籍出版社1979年版，第41—42页。

州。戊子,自常山上岭至玉山。庚寅,至信州。"①罗联添《李翱年谱》"元和四年"
云:"侯高字玄览,贞元十五年李翱尝遇之于苏州。本集一四《侯君(高)墓志》云:
'起摄盱眙,李逊公刺衢州,请治信安。'信安为衢州治所。李翱至衢州时,侯高适为
信安令,故得相晤。又李翱以三月二十五日至衢州,历闰三月二十九日至四月十一
日离去,停留衢州凡四十五日。本集一八《题桃榔亭》云:'翱妻疾居信安四十余
日。'信安即衢州。"②

灵澈自庐山归越,过池州,书诗五首刻石。至湖州,与刺史范传正同过皎然旧院,有诗伤悼之

陶敏、李一飞、傅璇琮《唐五代文学编年史·中唐卷》:"《宝刻类编》卷八灵澈:
'诗五首,撰并书,元和四年刻,池州。'《宋高僧传》卷二九《唐湖州杼山皎然传》:'元
和四年,太守范传正、会稽释灵澈同过旧院,就影堂伤悼弥久,遗题曰:'道安已返无
何乡,慧远来过旧草堂。余亦当时及门者,共吟佳句一焚香。'"③

许浑送郭秀才游天台并作诗

许浑《送郭秀才游天台并序》,序云:"余尝与郭秀才同玩朱审画《天台山图》,秀
才因游是山,题诗赠别。"诗云:"云埋阴壑雪凝峰,半壁天台已万重。人度碧溪疑辍
棹,僧归苍岭似闻钟。暖眠鸂鶒晴滩草,高挂猕猴暮涧松。曾约共游今独去,赤城
西面水溶溶。"④罗时进《丁卯集笺证》卷六云:"据诗意,当为元和四年初游越中
前作。"⑤

许浑《发灵溪馆》诗:"山多水不穷,一叶似渔翁。鸟浴寒潭雨,猿吟暮岭风。杂
英垂锦绣,众籁合丝桐。应有曹溪路,千岩万壑中。"⑥按,《大清一统志》卷二二九:
"灵溪馆,在天台县东二十五里。"⑦罗时进《丁卯集笺证》卷一云:"诗为元和四年许
浑初游越中作。"⑧晚唐诗人郑巢亦有《泊灵溪馆》诗:"孤吟疏雨绝,荒馆乱峰前。

---

① [清]董诰:《全唐文》卷六三八,第6442页。
② 罗联添:《李翱年谱》,《唐代诗文六家年谱》,第495页。
③ 陶敏、李一飞、傅璇琮:《唐五代文学编年史·中唐卷》,第671页。
④ [清]彭定求:《全唐诗》卷五三三,第6091—6092页。
⑤ [唐]许浑撰,罗时进笺证:《丁卯集笺证》卷六,中华书局2012年版,第383页。
⑥ [清]彭定求:《全唐诗》卷五二八,第6041页。
⑦ [清]和珅等:《钦定大清一统志》卷二二九,《景印文渊阁四库全书》第479册,第280页。
⑧ [唐]许浑撰,罗时进笺证:《丁卯集笺证》卷一,第41页。

晓鹭栖危石,秋萍满败船。溜从华顶落,树与赤城连。已有求闲意,相期在暮年。"①可与许浑诗相印证。惜其作年难以确考。明周珽《唐诗选脉会通评林》云:"前四句咏溪馆之荒凉,见客情之凄楚。后四句即馆前山水之胜,起老年求闲之思。盖鹭水鸟而栖危石,见处不得所,寓意在鹭;船载物而为萍满,见由败所致,寓意在船;句虽属对,而作想不可不知。末,果有意求闲,何必暮年?观其《楚城秋夕》一诗,想欲闲而有不可得者。"②

本年,王仲周由明州刺史贬韶州司户

《册府元龟》卷七〇〇:"王仲周为明州刺史,元和四年坐赃,贬韶州司户。"③

810　唐宪宗元和五年庚寅

二月,会稽人孔敏行擢进士第

《旧唐书·隐逸传》:"(孔述睿子)敏行字至之,举进士,元和五年礼部侍郎崔枢榜下擢第。吕元膺廉问岳鄂,辟为宾佐。"④《登科记考》卷一八元和五年⑤即据《旧唐书》著录。按,孔敏行为述睿子,齐参孙。孔齐参墓志铭出土,题为《唐故河东郡宝鼎县令会稽孔府君(齐参)墓志文并序》,志云:"公讳齐参,字齐参。……至吴侍中潜,避世于会稽,因为其郡人也。"⑥故系于本年。

本年,永贞革新核心人物王叔文夫人卒,葬于山阴禹会乡

陈光崇《王叔文二三事》所载王叔文夫人墓志云:"大(?)唐故户部侍郎北海王府君夫人赵(?)□□□□□(第一行)府君讳叔文夫人以唐元和五年八月□□(第二

①　[清]彭定求:《全唐诗》卷五〇四,第5734页。
②　陈伯海主编:《唐诗汇评》(增订本),第3436页。
③　[宋]王钦若:《册府元龟》卷七〇〇,第8353页。
④　[后晋]刘昫:《旧唐书》卷一九二,第5131页。
⑤　[清]徐松:《登科记考》卷一八,第649页。
⑥　周绍良主编:《唐代墓志汇编》下册,第1563页。

行)药饵无效以庚午十月初有二日终于□□(第三行)山阴禹会乡之私第享年四十有五以□□(第四行)翌(?)月廿有三日权厝于□县旌善乡古□□(第五行)之□□□记年月未□为铭序□□(第六行)。"①王叔文为山阴禹会乡人,还可从他夫人的墓志中得到证实。《旧唐书·王叔文传》本传称他为"越州山阴人"②,《新唐书·王叔文传》相同。韩愈《顺宗实录》卷五称"叔文越州人"③。《资治通鉴》卷二三六《唐纪》称"翰林待诏王伾善书,山阴王叔文善棋,俱出入东宫,娱侍太子"④。宋胡三省注云:"山阴,汉古县,隋废山阴入会稽县,唐初复分会稽置山阴县。二县俱在越州郭下。"⑤叔文早年做官也在江南,《资治通鉴》卷二三六《唐纪》还记载窦群谒见王叔文时说:"去岁李实怙恩挟贵,气盖一时,公当此时,逡巡路旁,乃江南一吏耳。今公一旦复据其地,安知路旁无如公者乎!"胡三省注:"叔文本苏州司功,故云然。"⑥

本年,李逊为浙江东道观察使

《旧唐书》卷一四《宪宗纪上》:元和五年八月,"以常州刺史李逊为越州刺史、浙东观察使。"⑦《会稽掇英总集》卷一八《唐太守题名记》:"李逊,元和五年八月,自前常州刺史授。九年九月,追赴阙。"⑧《嘉泰会稽志》卷二"太守"同⑨。《太平广记》卷一七二"精察"引《逸史》:"故刑部李尚书逊为浙东观察使,……时孟尚书简任常州刺史,常与越近,具熟其事。明年,替李公为浙东观察使。"⑩

本年,陈岵为台州刺史

《嘉定赤城志》卷八"秩官门·历代郡守":"元和五年,陈岵。"⑪

---

① 陈光崇:《王叔文二三事》,载《辽宁大学学报(哲学社会科学版)》1988年第4期,第90页。
② [后晋]刘昫:《旧唐书》卷一三五,第3733页。
③ [唐]韩愈:《顺宗实录》卷五,中华书局1985年版,第20页。
④ [宋]司马光:《资治通鉴》卷二三六,第7602页。
⑤ [宋]司马光:《资治通鉴》卷二三六,第7602页。
⑥ [宋]司马光:《资治通鉴》卷二三六,第7613页。
⑦ [后晋]刘昫:《旧唐书》卷一四,第432页。
⑧ [宋]孔延之:《会稽掇英总集》卷一八,《宋元浙江方志集成》第14册,第6555页。
⑨ [宋]施宿:《嘉泰会稽志》卷二,《宋元浙江方志集成》第4册,第1666页。
⑩ [宋]李昉等:《太平广记》卷一七二,第1263—1264页。
⑪ [宋]陈耆卿:《嘉定赤城志》卷八,《宋元浙江方志集成》第11册,第5151页。

本年，李贺有感于永贞革新人物，借咏南朝庾肩吾事，作《还自会稽歌》

李贺《还自会稽歌》序云："庾肩吾于梁时，尝作宫体谣引，以应和皇子。及国世（一作势）沦败，肩吾先潜难会稽，后始还家。仆意其必有遗文，今无得焉，故作《还自会稽歌》，以补其悲。"诗云："野粉椒壁黄，湿萤满梁殿。台城应教人，秋衾梦铜辇。吴霜点归鬓，身与塘蒲晚。脉脉辞金鱼，羁臣守迁贱。"①

吴企明《李贺年谱新编》元和五年："李贺从密友王参元、杨敬之、权璩、沈述师等处，获知永贞宫庭政变之内幕、永贞革新人士之秘闻，因而'探寻前事'，进行深刻的历史思索，写出一些感怀永贞时事、缅怀革新人士的诗篇，如《金铜仙人辞汉歌》《还自会稽歌》《汉唐姬饮酒歌》《追和何谢铜雀妓》《湘妃》《帝子歌》《蜀国弦》《感讽六首》其五、《春坊正字剑子歌》等。"②"《还自会稽歌》，即杜牧《李贺集序》所谓之《补梁庾肩吾宫体谣》，诗为王叔文、刘禹锡被贬南方而作。因庾肩吾曾为东宫通事舍人，是梁简文帝作太子时的旧人，长吉借以喻永贞革新人士中曾为东宫旧人之王叔文、刘禹锡。顺宗为太子时，王叔文为太子侍读，刘禹锡为太子校书。诗云：'台城应教人，秋衾梦铜辇。''脉脉辞金鱼，羁臣守迁贱。'用皇子、太子故事，暗指王、刘。'潜难会稽'，王叔文为会稽人，刘禹锡出生于苏州，古代苏州属会稽郡，亦暗合王、刘。钱谱云：'杜牧序贺诗，举此首及《金铜仙人辞汉歌》谓"求取情状，离绝远去笔墨畦径间，亦殊不可知之"。牧祖父佑，叔文柄政时为度支盐铁使，叔文为其副使，实为永贞政变之历史见证人，牧殆深知此二诗"离绝远去笔墨畦径"之情状者，故特举例以示，所以明贺诗为永贞诗史之旨，而又因叔文一党，当时坐为罪人，不敢明言以贾祸，故乱其辞云不能知之耳。'说得很对。"③

据诗序所言，是李贺此诗是书写庾肩吾潜难会稽而后还家之事，并非自己还自会稽。古今解李贺诗者，或以李贺还自会稽所作，如刘衍《李贺诗校笺证异》以为"诗人游会稽，未得庾肩吾遗文，而抒其黍离之情"④，实理解有误。因这首诗涉及会稽人王叔文与永贞革新，也是浙东诗歌佳制，故录之于此。

① ［清］彭定求：《全唐诗》卷三九〇，第 4392—4393 页。
② 吴企明：《李贺年谱新编》，《李长吉歌诗编年笺注》，中华书局 2016 年版，第 846—847 页。
③ 吴企明：《李贺年谱新编》，《李长吉歌诗编年笺注》，第 849 页。
④ 刘衍：《李贺诗校笺证异》，湖南出版社 1990 年版，第 4 页。

811 唐宪宗元和六年辛卯

浙东观察判官李翱自越州至京师,晤张籍、韩愈。八月李翱自京师归浙东

韩愈《代张籍与李浙东书》略云:"月日,前某官某谨东向再拜寓书浙东观察使中丞李公阁下:籍闻议论者皆云:方今居古方伯连帅之职,坐一方得专制于其境内者,惟阁下心事荦荦,与俗辈不同。籍固以藏之胸中矣。近者阁下从事李协律翱到京师,籍与李君友也,不见六七年,闻其至,驰往省之,问无恙外,不暇出一言,且先贺其得贤主人。李君曰:'子岂尽知之乎?吾将尽言之。'数日,籍益闻所不闻。籍私独喜,常以为自今以后,不复有如古人者,于今忽有之,退而自悲,不幸两目不见物,无用于天下,胸中虽有知识,家无钱财,寸步不能自致。今去李中丞五千里,何由致其身于其人之侧,开口一吐出胸中之奇乎?"①

罗联添《张籍年谱》"元和六年辛卯(811)":"浙东观察判官李翱自越州至京师,晤张籍、韩退之。案李翱以元和五年十二月赴浙东李逊幕为观察判官(见《李翱年谱》)。六年以事至京师。籍在长安为太常寺太祝,病目穷困,退之代作书与浙东观察使李逊,冀其擢用。五百家注《昌黎集》一六《代张籍与浙东观察李中丞书》……案李中丞名逊,字友道,元和五年八月自常州刺史迁浙东观察使,九年入为给事中。《旧书》一五五、《新书》一六二有传。《昌黎集》注引孙良臣曰:'翱字习之,为浙东观察判官,元和六年以事至京师。'则书为本年退之入长安后所代作。八月,李翱自京师归浙东。案《李文公集》一七《解江灵》云:'元和六年八月余自京还东,暮宿在江,涛水既平,月高极明。……'知李翱自京归浙东时在本年八月。韩退之代张籍作与李逊书,当由李翱携致。"②又罗联添《李翱年谱》云:"元和六年(811)李翱为浙东(治越州,今浙江绍兴)观察判官,尝以事至京师,与张籍相晤。是年韩愈自洛至长安为职方员外郎,有《代张籍与李浙东(逊)书》云:'近者阁下从事李协律翱到京师,籍于李君友也,不见六七年,闻其至,驰往省之。问无恙外,不暇出一言,且先贺其

---

① [清]董诰:《全唐文》卷五五二,第5588—5589页。
② 罗联添《张籍年谱》,《唐代诗文六家年谱》,第190—192页。

得贤主人。李君曰：子岂尽知之乎，吾将尽言。数日籍亦闻所不闻。'八月，李翱自京师归浙东。"①刘真伦等《韩愈文集汇校笺注》卷六云："此篇作年，韩醇、方成珪、蒋抱玄系于元和五年，方崧卿系于元和六、七年间。《举正》：'考《旧传》，逊以元和五年刺浙东，九年召还。此书六、七年间作也。'方谱：'李逊以是年八月为浙东观察使，《书》即其所作。'谨按：孙汝听注谓翱'元和六年以事至京师。'李翱《解江灵》：'元和六年八月，余自京还东。'孙氏所注，与之相合。此篇作元和六年(811)，应无疑问。"②

徐放为台州刺史

《嘉定赤城志》卷八"秩官门·历代郡守"："永贞元年，徐裕。"注："永贞尽元年，《壁记》作二年。"③刘禹锡《衢州徐员外使君遗以纻纻兼竹书箱因成一篇用答佳贶》诗云："闻说天台有遗爱，人将琪树比甘棠。"题下注云："徐自台州迁"④。徐放由台州刺史转衢州刺史，其为衢州刺史在元和九年。韩愈有《衢州徐偃王庙碑》为徐放所书。

五月，徐放书《唐天台佛陇禅林院记》

《宝刻丛编》卷一三"台州"引《复斋碑录》："《唐天台佛陇禅林寺记》，唐陈让撰，徐放书，元和六年五月立，在天台。"⑤

本年，台州立《唐智者大师修禅道场碑》

《宝刻丛编》卷一三"台州"引《复斋碑录》："《唐智者大师修禅道场碑》，唐梁肃撰，徐放书，陈修古篆额，元和六年立，在天台。"⑥

---

① 罗联添：《李翱年谱》，《唐代诗文六家年谱》，第 498 页。
② 刘真伦等：《韩愈文集汇校笺注》卷六，中华书局 2017 年版，第 717 页。
③ [宋]陈耆卿：《嘉定赤城志》卷八，《宋元浙江方志集成》第 11 册，第 5151 页。
④ [清]彭定求：《全唐诗》卷三五九，第 4050—4051 页。
⑤ [宋]陈思编著：《宝刻丛编》卷一三，第 831—832 页。
⑥ [宋]陈思编著：《宝刻丛编》卷一三，第 832 页。

812　唐宪宗元和七年壬辰

春,李翱为浙东观察判官,与刘言史诗歌往还

罗联添《李翱年谱》云:"元和七年(812)春,刘言史在襄阳以上巳日陪李尚书夷简宴光风亭诗来赠,李翱作诗奉酬云:'闰余春草景沉沉,禊饮风亭恣赏心。红袖青嫭留永夕,汉阴宁肯羡山阴。'有《答考功员外郎知制诰独孤郁书》。"①刘言史诗为《上巳日陪襄阳李尚书宴光风亭》诗云:"碧池萍嫩柳垂波,绮席丝镛舞翠娥。为报会稽亭上客,永和应不胜元和。"②罗联添《李翱年谱》"诗歌系年"云:"元和七年(812)。……此即奉酬之原诗,刘题'李尚书'谓李夷简,诗称'会稽亭上客'为指李翱。刘言史,尝为枣强令,世称'刘枣强'。皮日休《皮子文薮》四有《刘枣强碑》云:'先生姓刘,名言史,不详其乡里。所有歌诗千首,其美丽恢赡,自贺外,世莫能比。王武俊之节制镇冀也,……诏授枣强县令,先生辞疾不就,世重之曰刘枣强。……国相陇西公夷简之节度汉南,……先生由是为汉南相府宾冠。……(署为)司功掾。……诏下之日,先生不羞而卒。'案汉南指襄州,山南东道节度使治所。据《旧纪》一四,李夷简以元和六年四月为山南东道节度使,八年正月移剑南西川,夷简在汉南前后仅二年。李诗云'禊饮',刘诗题曰'上巳日',知必为元和七年春先后寄酬之作。又据《旧纪》,元和六年十二月闰,李诗有'闰余春草'之语,益可证其为七年春所作。又李翱元和五年冬为浙东(治会稽,即山阴)观察判官,九年冬罢任,七年春适在会稽,故刘诗有'为报会稽亭上客',李诗有'汉阴宁肯羡山阴'之语。"③

---

①　罗联添:《李翱年谱》,《唐代诗文六家年谱》,第499页。
②　[清]彭定求:《全唐诗》卷四六八,第5329页。
③　罗联添:《李翱年谱》,《唐代诗文六家年谱》,第524—525页。

七月,诗人韦执中赴任泉州刺史,经过衢州龙丘县

《全唐文补遗》第 8 辑韦静《唐故朝议郎泉州诸军事守泉州刺史韦执中故第三女(三娘)灵志文》:"昨元和七年七月九日,因随从叔父赴任泉州,行至衢州龙丘县,疾候转加,良药名医,卒无征效,岂不命耶!至其年十月廿九日,终于龙丘县六度寺,春秋十七。"文末题:"时元和十一年岁在景申二月辛卯朔廿四日庚申记。"①

八月,浙东刘巡官卒,李翱作文祭之

李翱《祭刘巡官文》云:"维元和七年岁次壬辰九月景辰朔十五日庚午,观察判官摄监察御史李翱等,谨以清酌庶羞之奠,致祭于刘君之灵。我等与君,同列宾筵。共食偕行,岁辰再迁。公事多暇,嬉游百般。柳垂于塘,荷秀于川。或泛在水,或登在山。饮酒终夜,觥觞往还。笑言无虐,咸尽其欢。君实强盛,时惟壮年。宜哉寿考,福禄来臻。奈何遭疾,针药弗痊。日冀返初,忧危遽传。长路未极,琴书忽捐。呜呼哀哉!堂有老母,室有少妻。幼男稚女,或童或孩。发声怨切,吊者酸凄。祔葬旧域,随丧以归。已矣刘君,自古如斯。有肉一豆,有酒一卮。我来一别,去去长辞。呜呼哀哉!尚飨。"②《李翱文集校注》卷一六:"元和七年(812)作。刘巡官,《僚佐考》据《全唐文》卷五三八裴度撰《刘太真神道碑铭并序》疑为刘道真子刘讽。文云'维元和七年岁次壬辰九月景辰朔十五日庚午,观察判官摄监察御史李翱等,谨以清酌庶羞之奠,致祭于刘君之灵',知此为刘巡官卒后,元和七年九月李翱以同僚之谊致祭时所作。"③

十二月,谢良弼、刘迥等游烂柯山诗及序,刻于烂柯山

陈思《宝刻丛编》卷一三"衢州"引《复斋碑录》:"《唐游石桥序并诗》,序谢良弼撰,诗刘迥、李幼卿、李涤、谢剧、羊滔撰,元和七年十二月十二日。"④按,其时薛戎为衢州刺史。《全唐诗》卷三一二刘迥诗题注:"按此诗见《信安志》烂柯山石刻,并见者,李幼卿、李深、谢剧、羊滔、薛戎五人,或一时同咏,或先后继唱,皆列于后。"⑤

---

① 吴钢:《全唐文补遗》第 8 辑,第 124 页。
② [清]董诰:《全唐文》卷六四〇,第 6469 页。
③ [唐]李翱撰,郝润华、杜学林校注:《李翱文集校注》卷一六,中华书局 2021 年版,第 289 页。
④ [宋]陈思编著:《宝刻丛编》卷一三,第 848 页。
⑤ [清]彭定求:《全唐诗》卷三一二,第 3517 页。

按,此元和七年应为刻诗之年,而这一组诗所作之年则更在此前。谢良弼活动在大历时,梁肃《送谢舍人赴朝廷序》:"初公以文似相如,得盛名于天下。大历再居献纳,俄典书命。时人谓公视三事大夫,犹寸步耳。尔来六七年,同登掖垣者已选操国柄,而公方自庐陵守入副九卿。器大举迟,不其然欤。前史称汉文帝对贾生语至夜半,且有不早见之叹。矧公才为国华,识与道并,当钦明文思之日,继宣室前席之事,必将敷陈至论,超履右职,使贤能者劝。彼棘寺竹刑,岂君子淹心之地乎。"①而据《唐五代文学编年史》中唐卷所考,谢良弼贞元二年卒于长安,顾况当时随韩滉入京,作《伤大理谢少卿》哭之。故这组诗及谢良弼之序,均应作于大历中,唯作于大历的哪一年,还需要进一步考证。

今将这组诗作列之于下:

刘迥《游烂柯山》,其一云:"白云引策仗,苔径谁往还。渐见松树偃,时闻鸟声闲。豁然喧氛尽,独对万重山。"其二云:"石桥架绝壑,苍翠横鸟道。凭槛云脚下,颓阳日犹蚤。霓裳倘一遇,千载长不老。"其三云:"灵境偶一寻,洞天碧云上。烂柯有遗迹,羽客何由访。日暮怅欲还,晴烟满千嶂。"其四云:"绳床宴坐久,石窟绝行迹。能在人代中,遂将人代隔。白云风扬飞,非欲待归客。"②

李幼卿《游烂柯山》,其一云:"拂雾理孤策,薄霄眺层岑。迥升烟雾外,豁见天地心。物象不可及,迟回空咏吟。"其二云:"巨石何崔嵬,横桥架山顶。傍通日月过,仰望虹霓迥。圣者开津梁,谁能度兹岭。"其三云:"二仙自围棋,偶与樵夫会。仙家异人代,俄顷千年外。笙鹤何时还,仪形尚相对。"其四云:"石室过云外,二僧俨禅寂。不语对空山,无心向来客。作礼未及终,忘循旧形迹。"③

李深《游烂柯山》,其一云:"寻源路不迷,绝顶与云齐。坐引群峰小,平看万木低。双林春色上,正有子规啼。"其二云:"嵌空横洞天,磅礴倚崖巘。宛如虹势出,可赏不可转。真兴得津梁,抽簪永游衍。"其三云:"羽客无姓名,仙棋但闻见。行看负薪客,坐使桑田变。怀古正怡然,前山早莺啭。"其四云:"稽首期发蒙,吾师岂无说。安禅即方丈,演法皆寂灭。鸣磬雨花香,斋堂饭松屑。"④

羊滔《游烂柯山》,其一云:"步登春岩里,更上最远山。聊见宇宙阔,遂令身世闲。清辉赏不尽,高驾何时还。"其二云:"石梁耸千尺,高盼出林□。亘壑蹑丹虹,

① [清]董诰:《全唐文》卷五一八,第5264页。
② [清]彭定求:《全唐诗》卷三一二,第3517页。
③ [清]彭定求:《全唐诗》卷三一二,第3518页。
④ [清]彭定求:《全唐诗》卷三一二,第3518页。

排云弄清影。路期访道客,游衍空井井。"其三云:"采薪穷冥搜,深路转清映。安知洞天里,偶坐得棋圣。至今追灵迹,可用陶静性。"其四云:"沙门何处人,携手俱灭迹。深入不动境,乃知真圆寂。有时归罗浮,白日见飞锡。"①

薛戒《游烂柯山》,其一云:"登岩已寂历,绝顶更岩峣。响像如天近,窥临与世遥。悠然畅心目,万虑一时销。"其二云:"圣游本无迹,留此示津梁。架险知何适,遗名但不亡。只今成佛宇,化度果难量。"其三云:"二仙行自适,日月徒迁徙。不语寄手谈,无心引樵子。蒙分一丸药,相偶穷年祀。"其四云:"仙山习禅处,了知通李释。昔作异时人,今成相对寂。便是不二门,自生瞻仰意。"②

谢剧《游烂柯山》,其一云:"独凌清景出,下视众山中。云日遥相对,川原无不通。自致高标末,何心待驭风。"其二云:"宛演横半规,穿崇翠微上。云扁掩苔石,千古无人赏。宁知后贤心,登此共来往。"其三云:"仙弈示樵夫,能言忘归路。因看斧柯烂,孙子发已素。孰云遗迹久,举意如旦暮。"其四云:"仙僧会真要,应物常渊默。惟将无住理,转与信人说。月影清江中,可观不可得。"③

本年,李翱为浙东观察判官,答孤独郁书

李翱有《答独孤舍人书》云:"足下书中有'无怨怼以至疏索'之说,盖是戏言,然亦似未相悉也。荐贤进能,自是足下公事,如不为之,亦自是足下所阙,在仆何苦,乃至怨怼。仆尝怪董生大贤,而著《士不遇赋》,惜其自待不厚。凡人之蓄道德才智于身,以待时用,盖将以代天理物,非为衣服饮食之鲜肥而为也。董生道德备具,武帝不用为相,故汉德不如三代,而生人受其憔悴,于董生何苦,而为《士不遇》之词乎?仆意绪间自待甚厚,此身穷达,岂关仆之贵贱耶?虽终身如此,固无恨也,况年犹未甚老哉,去年足下有相引荐意,当时恐有所累,犹奉止不为,何遽不相悉?所以不数附书者,一二年来往还,多得官在京师,既不能周遍,又且无事,性颇慵懒,便一切画断,祇作报书。又以为苟相知,固不在书之疏数,如不相知,尚何求而数书哉。惟往还中有贫贱更不如仆者,即数数附书耳。近频得人书,皆责疏简,故具之于此,见相怪者,当为辞焉。"④

《李翱文集校注》卷六:"元和七年(812)作。独孤舍人,谓独孤郁。郁字古风,

---

① [清]彭定求:《全唐诗》卷三一二,第3519页。
② [清]彭定求:《全唐诗》卷三一二,第3519页。
③ [清]彭定求:《全唐诗》卷三一二,第3520页。
④ [清]董浩:《全唐文》卷六三五,第6409—6410页。

河南洛阳人,独孤及子,独孤朗弟。德宗贞元进士。初为监察御史,元和时官右补阙、考功员外郎,充史馆修撰,翰林学士。《旧唐书》卷一六八、《新唐书》卷一六二有传。《昌黎集》卷二十九有《独孤郁墓志》。按,罗《谱》据《元和姓纂》郁任中书舍人时间定此篇于元和七年(812)或八年(813),然据《旧唐书》本传,元和七年郁以本官知制诰,元和八年转驾部郎中,则此篇必为八年转任驾部郎中前所作,故其作年当以元和七年为是。时李翱为浙东观察使李逊幕下判官。"①

本年,李翱为观察判官,上书李逊论陆巡官状

李翱《与本使李中丞论陆巡官状》云:"阁下既尝罚推官直矣,又将请巡官状矣,不识阁下将欲为能吏哉,将欲为盛德哉?若欲为能吏,即故江西李尚书之在江西是也,阁下如此行之,不为过矣。若欲为盛德,亦惟不惜听九九之说,或冀少以裨万一。阁下既罚推官直,又请陆巡官状,独不虑判官辈有如穆生者,见醴酒不设,遂相顾而行乎?陆巡官处分所由,不得于使院责状科决,而于宅中决地界虞候,是初仕之未适中也。阁下既与之为知己矣,召而教之可也,不从,退之可也。若判令通状,但恐阁下之所失者,无乃大于陆巡官乎?"②《李翱文集校注》卷一〇云:"元和六年(811)或七年(812)作。李中丞,谓李逊。逊字友道,荆州石首(今属湖北)人。登进士第,历任池、濠、越、襄、许诸州刺史,充忠武军节度使,终刑部尚书。《旧唐书》卷一五五、《新唐书》卷一六二有传。按,据《刺史考》,元和五年(810),以李逊为越州刺史、浙东观察使,同年十二月李翱赴浙东为李逊幕下观察判官,此当即元和六年或七年翱在浙东李逊幕府时所作,故以'本使'称之。"③

本年,焦悙为台州刺史

《嘉定赤城志》卷八"秩官门·历代郡守":"元和七年,焦悙。"④

---

① [唐]李翱撰,郝润华、杜学林校注:《李翱文集校注》卷六,第78页。
② [清]董诰:《全唐文》卷六三四,第6404页。
③ [唐]李翱撰,郝润华、杜学林校注:《李翱文集校注》卷一〇,第152页。
④ [宋]陈耆卿:《嘉定赤城志》卷八,《宋元浙江方志集成》第11册,第5151页。

813　唐宪宗元和八年癸巳

二月,东阳人舒元舆登进士第

徐松《登科记考》卷一八"元和八年进士科":"舒元舆,《旧书》本传:'元舆,江州人。元和八年登进士第。'"①按,《新唐书·舒元舆传》:"舒元舆,婺州东阳人。地寒,不与士齿。始学,即警悟。去客江夏,节度使郗士美异其秀特,数延誉。元和中,举进士,见有司钩校苛切,既试尚书,虽水炭脂炬餐具,皆人自将。吏一倡名乃得入,列棘围,席坐庑下,因上书言:'古贡士未有轻于此者,且宰相公卿由此出,夫宰相公卿非贤不在选,而有司以隶人待之,诚非所以下贤意。罗棘遮截疑其奸,又非所以求忠直也。诗赋微艺,断离经传,非所以观人文化成也。臣恐贤者远辱自引去,而不肖者为陛下用也。今贡珠贝金玉,有司承以筐篚皮币,何轻贤者,重金玉邪?'又言:'取士不宜限数,今有司多者三十,少止二十,假令岁有百元凯,而曰吾格取二十,谓求贤可乎? 岁有才德才数人,而曰必取二十,谬进者乃过半,谓合令格可乎?'俄擢高第,调鄠尉,有能名。裴度表掌兴元书记,文檄豪健,一时推许。拜监察御史,劾按深害无所纵。再迁刑部员外郎。"②《雍正浙江通志》卷一二三"选举":"宪宗元和……舒元舆,东阳人。"③

八月,浙东观察使李逊与从事李翱、僧人灵澈游妙喜寺

李逊《游妙喜寺记》云:"越州好山水,峰岭重叠,迤逦皆见,鉴湖平浅,微风有波。山转远转高,水转深转清,故谢安与许询、支道林、王羲之常为越中山水游侣。以安之清机,询、道林之高逸,羲之之知止,虽生知者思过已半,乌知又不因外奖积成精洁邪? 妙喜寺去郭二十里而近,通舟而到。积水四满,楼台在中。观其林叟渔者,小艇短楫,求赢而来,得志而返,濯足击汰,声满山谷。又有丹素佳禽,弄吭清

---

① [清]徐松:《登科记考》卷一八,第655页。
② [宋]欧阳修、宋祁:《新唐书》卷一七九,第5321页。
③ [清]嵇曾筠、沈翼机等:《雍正浙江通志》卷一二三,《景印文渊阁四库全书》第522册,第271页。

流,劈波投空,一一远去。时从事四五人,天气清爽,同登共览。因思羊叔子在襄阳,好风景,出铃阁,罢渔猎,登岘山,今古在怀,独立无对,存有令德,殁有令名,君子哉! 逊赖圣时钦明,寰海无波,进无若人之才,退获若人之逸。登山望水,思泯幽寂,云霞草树,横在一目。非敢追踪羊公,亦复长揖王谢矣! 时有从事李翱、僧灵彻请纪,故琢于片石云。时元和八月十五日记。"①按,李逊为浙东观察使在元和五年八月至九年九月,本文末题"时元和八月十五日记",疑为元和八年八月。

八月,李翱为浙东观察判官,听浙东知院殿中孟侍御所述,作《何首乌录》

李翱《何首乌录》云:"僧文象好养生术,元和七年三月十八日朝茅山,遇老人于华阳洞口,告僧曰:'汝有仙相,吾授汝秘方。有何首乌者,顺州南河县人。祖能嗣,本名田儿,天生阉,嗜酒,年五十八,因醉夜归卧野中,及醒,见田中有藤两本,相远三尺,苗蔓相交,久乃解合三四,心异之,遂掘根持问,村野人无能名,曝而干之。有乡人袁良戏而曰:汝阉也,汝老无子,此藤异而后以合其神药,汝盍饵之。田儿乃筛末酒服,经七宿,忽思人道,累旬力轻健,欲不制,遂娶寡妇曾氏。田儿因常饵之,加飧两钱,七百余日,旧疾皆愈,反有少容,乡人异之。十年生数男,俱号为药。告田儿曰:此交藤也,服之可寿百六十岁,而古方本草不载。吾传于师,亦得之于河南,吾服之,遂有子。吾本好静,以此药害于静,因绝不服,女偶饵之,乃天幸。因为田儿尽记其功,而改田儿名能嗣焉。年百六十岁乃卒,男女一十九人,子庭服亦百六十岁,男女三十人。子首乌服之,年百三十岁,男女二十一人。安期叙交藤云:交藤,味甘,温无毒,主五痔腰腹中宿疾冷气,长筋益精,令人多子,能食,益气力,长肤延年。一名野苗,一名交茎,一名夜合,一名地精,一名桃柳藤。生顺州南河田中,岭南诸州往往有之,其苗大如槁,本光泽,形如桃柳叶,其背偏独单,皆生不相对。有雌雄,雄者苗色黄白,雌者黄赤,其生相远,夜则苗蔓交,或隐化不见。春末、夏中、秋初三时,候晴明日,兼雌雄采之。烈日曝干,散服酒下良。采时尽其根,勿洗,乘润以布帛拭去泥土,勿损皮,密器贮之,每月再曝。凡服,偶日二、四、六、八日是,服讫,以衣覆,汗出导引,尤忌猪羊肉血。'老人言讫,遂别去,其行如疾风。浙东知院殿中孟侍御识何首乌,尝饵其药,言其功如所传。出宾州牛头山,苗如草薢,蔓生,根如杯拳,削去黑皮,生啖之,南人因呼为'何首乌'焉。元和八年八月录。"②

① [清]董诰:《全唐文》卷五四六,第5537页。
② [唐]李翱撰,郝润华、杜学林校注:《李翱文集校注》,第327—328页。

秋，韦宥为台州刺史，长孙佐辅有诗相送

长孙佐辅《闻韦驸马使君迁拜台州》诗云："溟藩轸帝忧，见说初鸣驺。德胜祸先哉，情闲思自流。蚕殷桑柘空，廪实雀鼠稠。谏虎昔赐骏，安人将问牛。曾陪后乘光，共逐平津游。旌旆拥追赏，歌钟催献酬。音徽一寂寥，贵贱双沉浮。北郭乏中崖，东方称上头。跻山望百城，目尽增遐愁。海逼日月近，天高星汉秋。无阶异渐鸿，有志惭驯鸥。终期促孤棹，暂访天台幽。"①按，《元和姓纂》卷二"东眷韦氏彭城公房"："宥，台州刺史。"②郁贤皓《唐刺史考全编》卷一四四系于"元和中"③，今姑编于八年。

十一月，薛戎由衢州刺史转湖州刺史

《嘉泰吴兴志》卷一四郡守题名："薛戎，元和八年十一月三十日，自衢州刺史授。"④《全唐文》卷六五四元稹有《唐故越州刺史御史中丞浙江东道观察等使赠左散骑常侍河东薛公（戎）神道碑文铭》："迁衢州刺史。到所部，视前刺史所为皆便俗，公怃然无所改，不周月而政就，移刺湖州。"⑤韩愈有《朝散大夫越州刺史薛公（戎）墓志铭》："元和四年，征拜尚书刑部员外郎。……历衢、湖、常三州刺史。"⑥按，薛戎亦为诗人，《全唐诗》卷三一二收有《游烂柯山》诗四首。

十二月，诗僧淡然约于本年自洛阳归吴越，孟郊有诗送之

孟郊《送淡公十二首》，其一："燕本冰雪骨，越淡莲花风。五言双宝刀，联响高飞鸿。翰苑钱舍人，诗韵铿雷公。识本未识淡，仰咏嗟无穷。清恨生物表，朗玉倾梦中。常于冷竹坐，相语道意冲。嵩洛兴不薄，稽江事难同。明年若不来，我作黄蒿翁。何以兀其心，为君学虚空。"

其二："坐爱青草上，意含沧海滨。渺渺独见水，悠悠不问人。镜浪洗手绿，剡花入心春。虽然防外触，无奈饶衣新。行当译文字，慰此吟殷勤。"

① ［清］彭定求：《全唐诗》卷四六九，第 5336 页。
② ［唐］林宝撰，岑仲勉校记：《元和姓纂（附四校记）》卷二，第 174 页。
③ 郁贤皓：《唐刺史考全编》卷一四四，第 2048 页。
④ ［宋］谈钥：《嘉泰吴兴志》卷一四，《宋元浙江方志集成》第 6 册，第 2656 页。
⑤ ［清］董诰：《全唐文》卷六五四，第 6652 页。
⑥ ［清］董诰：《全唐文》卷五六三，第 5700 页。

其三：“铜斗饮江酒，手拍铜斗歌。侬是拍浪儿，饮则拜浪婆。脚踏小船头，独速舞短蓑。笑伊渔阳操，空恃文章多。闲倚青竹竿，白日奈我何。”

其四：“短蓑不怕雨，白鹭相争飞。短楫画菰蒲，斗作豪横归。笑伊水健儿，浪战求光辉。不如竹枝弓，射鸭无是非。”

其五：“射鸭复射鸭，鸭惊菰蒲头。鸳鸯亦零落，彩色难相求。侬是清浪儿，每踏清浪游。笑伊乡贡郎，踏土称风流。如何卯角翁，至死不裹头。”

其六：“师得天文章，所以相知怀。数年伊雏同，一旦江湖乖。江湖有故庄，小女啼嗜嗜。我忧未相识，乳养难和谐。幸以片佛衣，诱之令看斋。斋中百福言，催促西归来。”

其七：“伊洛气味薄，江湖文章多。坐缘江湖岸，意识鲜明波。铜斗短蓑行，新章其奈何。兹焉激切句，非是等闲歌。制之附驿回，勿使余风讹。都城第一寺，昭成屹嵯峨。为师书广壁，仰咏时经过。徘徊相思心，老泪双滂沱。”

其八：“江南邑中寺，平地生胜山。开元吴语僧，律韵高且闲。妙药溪岸平，桂榜往复还。树石相斗生，红绿各异颜。风味我遥忆，新奇师独攀。”

其九：“报恩兼报德，寺与山争鲜。橙橘金盖槛，竹蕉绿凝禅。经章音韵细，风磬清泠翩。离肠绕师足，旧忆随路延。不知几千尺，至死方绵绵。”

其十：“乡在越镜中，分明见归心。镜芳步步绿，镜水日日深。异刹碧天上，古香清桂岑。朗约徒在昔，章句忽盈今。幸因西飞叶，书作东风吟。落我病枕上，慰此浮恨侵。”

其十一：“牵师袈裟别，师断袈裟归。问师何苦去，感吃言语稀。意恐被诗饿，欲住将底依。卢殷刘言史，饿死君已噫。不忍见别君，哭君他是非。”

其十二：“诗人苦为诗，不如脱空飞。一生空鷔气，非谏复非讥。脱枯挂寒枝，弃如一唾微。一步一步乞，半片半片衣。倚诗为活计，从古多无肥。诗饥老不怨，劳师泪霏霏。”①

华忱之《孟郊年谱》系此诗于元和七年壬辰：“有《送淡公》十二首（卷八）。淡公，越中诗僧。当时与贾岛并称。据宋赵令畤《侯鲭录》卷七引《大唐传载》，称他曾‘与孟郊退之为洛下之游’。宋史能之《咸淳毗陵志》也根据东野此诗诗语，推定‘淡公曾与东野同在伊洛，至是游溧，而东归吴越，东野作诗送之’（见卷十六《杂类志纪闻》）。他们的推断都大致可信。此什当即送淡公自洛归乡之作，所以诗称：‘嵩洛

　　① ［清］彭定求：《全唐诗》卷三七九，第4253—4254页。

兴不薄,稽江事难同。'又称:'乡在越境中,分明见归心。'其作时年月,以诗中'卢殷、刘言史,饿死君已噫'诸语推之,知诗当作于卢、刘已死之后。考韩愈《卢殷墓志》,知卢殷死在元和五年十月。又以唐皮日休《刘枣强碑》考之,知刘言史也当于元和六七年间去世(见《皮子文薮》卷四)。那末,此什之作,应该也不出元和六七年间。时东野与淡然方同居洛阳,因其行,乃赠诗为别。"①

曹讯《淡然考》云:"孟郊有《送淡公》诗十二首,对淡然推崇备至。其一云:'燕本冰雪骨,越淡莲花风。五言双宝刀,联响高飞鸿。翰苑钱舍人,诗韵铿雷公。识本未识淡,仰咏嗟无穷。'燕本指的是贾岛,岛为范阳(今涿州)人,早年为僧,号无本,故称燕本,以对仗于下句之越淡。越淡即指淡然,亦即诸葛觉。淡然为越中人,居于镜湖,故称越淡。'翰苑钱舍人'指的是翰林学士、中书舍人钱徽,徽为著名诗人钱起之子,其人亦颇能诗,负一时人望,但他只赏识贾岛,却不能赏识淡然,因而使得孟郊大为不平,嗟叹不已。……这样一来,《送淡公》这一组诗的写作年份也就显得十分之重要。诗中提到'翰苑钱舍人',考钱徽于元和三年八月自祠部员外郎充翰林学士,八年五月转司封郎中知制诰,见《翰林学士壁记》。……钱徽又于元和九年正除中书舍人,见《旧唐书》本传。孟郊卒于元和九年八月,见韩愈《贞曜先生墓志铭》。因知《送淡公》组诗的写作,上限不过元和八年五月,下限不过元和九年八月。孟郊又有《宿空侄院寄澹公》,也是酬赠淡然之诗,……可见此诗必是某一年冬天所作,而第二天,或顶多过个几天,淡然就要策杖南归了。至此也就可以弄明白,《宿空侄院寄澹公》与《送淡公》是同时所作,或前后只差一天,顶多数天,都是在元和八年的冬天。"②

韩泉欣《孟郊集校注》卷八:"《送淡公》十二首,元和八年作。时东野与淡公方同居洛阳,因其行,乃赠诗为别。淡公,即淡然,也作澹然,中唐诗僧。"③郝世峰《孟郊诗集笺注》卷八:"这十二首送别诗,乃一时之作。诗中写到'翰苑钱舍人'即钱徽。《旧唐书》本传与丁居晦《翰林学士壁记》所载钱徽入翰林、为中书舍人的时间颇有出入。今依岑仲勉《翰林学士壁记注补》,钱氏于元和三年入翰苑,八年五月九日转司封郎中,知制诰,十年七月迁中书舍人。唐代知制诰即可称舍人。据此,写这十二首诗的时间应在元和八年(813)五月钱徽知制诰以后,九年八月孟郊赴郑馀

① 华忱之:《孟郊年谱》,《孟东野诗集》附录,第 258 页。
② 曹讯:《淡然考》,载《中华文史论丛》1987 年第 1 期,第 171—173 页。
③ [唐]孟郊著,韩泉欣校注:《孟郊集校注》卷八,第 337 页。

庆兴元之召以前。"①

综合比照孟郊、钱徽、贾岛、淡然等人的事迹,这组诗应作于元和八年。华忱之《孟郊年谱》考证相差一年,今不从。

十二月,任荣在余姚县丞任

新出土《唐故乐安任君(正彬)墓志》:"大唐元和八年岁次癸巳十二月庚辰朔三日壬午,故乡贡进士任正彬,父荣,前任越州余姚县丞,生于余姚县舍中。后成立,随从历官。转摄黄州黄岗县令,侍从至黄岗,时春秋卅。染疾,其年五月十五日亡。"②

刘禹锡在朗州,寄诗于会稽僧人灵澈

刘禹锡《敬酬微(一作彻)公见寄二首》诗,其一云:"凄凉沃洲僧,憔悴紫桑宰。别来二十年,唯余两心在。"其二云:"越江千里镜,越岭四时雪。中有逍遥人,夜深观水月。"③陶敏等《刘禹锡全集编年校注》卷二注云:"诗元和八或九年在朗州作。彻公:诗僧灵澈,字源澄,会稽人,俗姓汤。刘禹锡《澈上人文集纪》:'上人……虽受经论,一心好篇章。从越客严维学为诗,遂籍籍有闻。维卒,乃抵吴兴,与长老诗僧皎然游……贞元中,西游京师,名振辇下,缁流疾之,造飞语激动中贵人。因侵诬得罪,徙汀州。会赦,归东越……元和十一年,终于宣州开元寺,年七十有一。'《全唐文》卷五四六李逊《游妙喜寺记》:'时有从事李翱、僧灵彻请纪,故琢于片石云。时元和八月十五日记。'按:李逊元和五年八月至九年九月为越州刺史、浙东观察使,见《嘉泰会稽志》卷二。《全唐文》卷六三八李翱有元和八年八月在浙东作《何首乌录》,知灵澈元和八年左右在越州。"④

李翱为浙东观察判官,有答皇甫湜书

李翱《答皇甫湜书》云:"辱书,览所寄文章,词高理直,欢悦无量,有足发予者。自别足下来,仆口不曾言文。非不好也,言无所益,众亦未信,祇足以招谤忤物,于

---

① 郝世峰:《孟郊诗集笺注》卷八,河北教育出版社 2002 年版,第 398 页。
② 章国庆:《宁波历代碑碣墓志汇编》,第 29 页。
③ [清]彭定求:《全唐诗》卷三六四,第 4107 页。
④ [唐]刘禹锡撰,陶敏、陶红雨校注:《刘禹锡全集编年校注》卷二,中华书局 2019 年版,第 256—257 页。

道无明,故不言也。仆到越中,得一官三年矣,材能甚薄,泽不被物,月费官钱,自度终无补益,屡求罢去,尚未得,以为愧。仆性不解谄佞,生不能曲事权贵,以故不得齿于朝廷,而足下亦抱屈在外,故略有所说。凡古贤圣得位于时,道行天下,皆不著书,以其事业存于制度,足以自见故也。其著书者,盖道德充积,厄摧于时,身卑处下,泽不能润物,耻灰泯而烬灭,又无圣人为之发明,故假空言,是非一代,以传无穷,而自光耀于后。故或往往有著书者。仆近写得《唐书》,史官才薄,言词鄙浅,不足以发明高祖、太宗列圣明德,使后之观者,文采不及周汉之书。仆以为西汉十一帝,高祖起布衣,定天下,豁达大度,东汉所不及。其余惟文、宣二帝为优,自惠、景以下,亦不皆明于东汉明、章两帝。而前汉事迹,灼然传在人口者,以司马迁、班固叙述高简之工,故学者悦而习焉,其读之详也。足下读范蔚宗《汉书》、陈寿《三国志》、王隐《晋书》,生熟何如左邱明、司马迁、班固书之温习哉?故温习者事迹彰,而罕读者事迹晦,读之疏数,在词之高下,理之必然也。唐有天下,圣明继于周汉,而史官叙事,曾不如范蔚宗、陈寿所为,况足拟望左邱明、司马迁、班固之文哉!仆所以为耻。当兹得于时者,虽负作者之才,其道既能被物,则不肯著书矣。仆窃不自度,无位于朝,幸有余暇,而词句足以称赞明盛,纪一代功臣贤士行迹,灼然可传于后代,自以为能不灭者,不敢为让。故欲笔削国史,成不刊之书,用仲尼褒贬之心,取天下公是公非以为本。群党之所谓为是者,仆未必以为是;群党之所谓为非者,仆未必以为非。使仆书成而传,则富贵而功德不著者,未必声名于后,贫贱而道德全者,未必不烜赫于无穷。韩退之所谓'诛奸谀于既死,发潜德之幽光',是翱心也。仆文采虽不足以希左邱明、司马子长,足下视仆叙高愍女、杨烈妇,岂尽出班孟坚、蔡伯喈之下耶?仲尼有言曰:'不有博弈者乎?为之,犹贤乎己。'仆所为,虽无益于人,比之博弈,犹为胜也。足下以为何如哉?古之贤圣,当仁不让于师,仲尼则曰:'文王既没,文不在兹乎。'又曰:'予欲无言。天何言哉?'孟子则曰:'吾之不遇鲁侯,天也。臧氏之子安能使予不遇乎?'司马迁则曰:'成一家之言。藏之名山,以俟后圣人君子。'仆之不让,亦非大过也。幸无怪。某再拜。"①此为唐代古文运动的重要文献,故备录之。

罗联添《李翱年谱》云:"元和八年(813)李翱在浙东为观察判官。有《答皇甫湜书》,自谓不得齿于朝廷,故欲削国史成不刊之书,用仲尼褒贬之心,取天下公是公

---

① [清]董诰:《全唐文》卷六三五,第6410—6411页。

非为本。"①《李翱文集校注》卷六:"元和八年(813)作。皇甫湜,字持正,睦州新安(今浙江淳安)人。元和元年进士及第,三年,登贤良方正科,授陆浑尉,历官至工部郎中。湜为中唐古文名家,与韩愈有师友之谊,尝与李翱同从韩愈学习古文。按,关于此篇作时,何《谱》系于元和八年(813),罗《谱》系于元和七年(812)。考李翱以元和五年十二月赴浙东观察使李逊幕下为观察判官,书云'仆到越中,得一官三年矣',元和五年下推三年,当为元和八年,故此当为元和八年所作。时李翱在浙东李逊幕下为观察判官。"②

本年,范敫为婺州刺史

《宋高僧传》卷二〇《唐婺州金华山神暄传》:"元和八年,范敫中丞知仰,遣使赍乳香毡罽器皿施暄,并回施现前大众。次中书舍人王仲(舒)请于大云寺为众受菩萨戒。"③

814　唐宪宗元和九年甲午

正月,李翱在浙东观察判官任,作《叔氏墓志铭》

李翱《叔氏墓志铭》云:"元和九年岁直甲午正月十九日丁卯,浙东道观察判官,将仕郎试大理评事摄监察御史李翱,奉其叔氏之丧葬于兹。叔氏讳术,生子曰王老,远在京师,翱实主其事。……是以乞假公府,言来筮宅。"④此为李翱叔父李术改葬时作。

九月,赵□升卒于为处州司户参军任

《全唐文补遗》第8辑《大唐故承务郎守处州司户赵府君(□升)玄堂志铭并

---

① 罗联添:《李翱年谱》,《唐代诗文六家年谱》,第499页。
② [唐]李翱撰,郝润华、杜学林校注《李翱文集校注》卷六,第80—81页。
③ [宋]赞宁撰,范祥雍点校《宋高僧传》卷二〇,第471页。
④ [清]董诰:《全唐文》卷六三九,第6452—6453页。

序》，题署："朝议郎前行明州司功参军李从茂撰。"志云："君讳□升，字士先。"①墓主元和九年九月廿四日卒，享年七十二，十一年二月十八日葬。

本年前，李翱为浙东观察判官，作侯高墓志述侯高之文才，并述及李逊刺衢州之政绩

李翱《故处士侯君墓志》云："侯高字元览，上谷人。少为道士，学黄老练气保形之术，居庐山，号华阳居士。每激发则为文达意，其高处骎骎乎有汉魏之风。性刚劲，怀救物之略，自侪周昌、王陵，所如固不合，视贵善宦者如粪溲。与平昌孟郊东野、昌黎韩愈退之、陇西李渤濬之、河南独孤朗用晦、陇西李翱习之相往来。汴州乱，兵士杀留后陆长源，东取刘逸淮，乃作《吊汴州文》，投之大川以诉。贞元十五年，翱遇元览于苏州，出其词以示翱。翱谓孟东野曰：'诚之至者必上通，上帝闻之，刘逸淮其将不久。'后数月而刘逸淮竟死。其首章曰：'穹穹与厚厚兮，乌愤予而不摅。'翱以为与屈原、宋玉、景差相上下，自东方朔、严忌皆不及也。达奚抚为楚州，起摄盱眙，祭酒李公逊刺衢州，请治信安，其观察浙东，又宰于剡，三县皆有政。不幸得心疾，留其子狗儿于翱家而归庐山，不到，卒江西。"②《李翱文集校注》卷一四："元和八年(813)或九年(814)作。侯君，谓侯高。……按，关于此篇作时，罗《谱》据'侯高……起为盱眙祭酒，李公逊刺衢州，请治信安。其观察浙东，又宰于郯，三县皆有政。不幸得心疾，留其子狗儿于翱家，而归庐山，不到，卒江西。……居二年……而识其墓。'考李逊以元和五年八月自常州观察浙东，九年九月入朝为给事中，侯高宰于郯三县，当李逊观察浙东时，其任期至少当有二三年，侯高卒后二年李翱为《志》，定此篇作年于元和八年或九年，是。时李翱为浙东观察使李逊幕下判官。"③这篇墓志作于浙东，述侯高之文才与李逊浙东之政绩，是浙东唐诗之路的重要文献。

徐放为衢州刺史，刘禹锡在朗州寄诗于徐放

韩愈《衢州徐偃王庙碑》："开元初，徐姓二人相属为刺史，帅其部之同姓，改作庙屋，载事于碑。后九十年，当元和九年，而徐氏放复为刺史。放字达夫，前碑所谓

① 吴钢主编：《全唐文补遗》第 8 辑，第 123 页。
② [清]董诰：《全唐文》卷六三九，第 6456 页。
③ [唐]李翱撰，郝润华、杜学林校注：《李翱文集校注》卷一四，第 242—243 页。

今户部侍郎，其大父也。春行视农，至于龙丘，有事于庙，思惟本原。……乃命因故为新，众工齐事，惟月若日，工告讫功，大祠于庙，宗乡咸序应。是岁，州无怪风剧雨，民不夭厉，谷果完实。民皆曰：'耿耿祉哉，其不可诬。'乃相与请辞京师，归而镵之于石。"①是徐放为衢州刺史始于元和九年。元佑撰《唐故朝散大夫守衢州刺史上柱国徐君（放）墓志铭并序》："元和十二年龙集丁酉正月十九日，朝散大夫、使持节衢州诸军事守衢州刺史、上柱国徐公终于位，享年五十二。呜呼哀哉！公讳放，字达夫，其先禹封伯益子若木于徐乡，因以授氏。"②新出土《杨乘墓志》："常侍公娶高平徐氏，膳部之外王父讳放，尚书祠部员外郎、衢州刺史。"③

刘禹锡《衢州徐员外使君遗以缟纻兼竹书箱因成一篇用答佳贶》诗云："烂柯山下旧仙郎，列宿来添婺女光。远放歌声分白纻，知传家学与青箱。水朝沧海何时去，兰在幽林亦自芳。闻说天台有遗爱，人将琪树比甘棠。"题下有注："按此郡本自婺州析置，徐自台州迁。"④陶敏等《刘禹锡全集编年校注》卷二注云："诗约元和八、九年间在朗州作。衢州，今属浙江。《元和郡县图志》卷二六'衢州'：'本旧婺州信安县也，武德四年平李子通，于信安县置衢州。'徐员外，徐放。《全唐文补遗·千唐志斋新藏专辑》元佑《徐放墓志铭》：'元和十二年龙集丁酉正月十九日，朝散大夫、使持节衢州诸军事守衢州刺史上柱国徐公薨于位，享年五十二。……公讳放，字达夫。'据志，徐放曾历祠部、屯田员外郎、台州刺史，改衢州刺史。徐放元和九年守衢州，见韩愈《衢州徐偃王庙碑》。"⑤

本年，孟简为浙东观察使，辟署幕吏，按覆囚徒，有孔颙献诗

《旧唐书》卷一五《宪宗纪下》：元和九年九月，"以给事中孟简为越州刺史、浙东观察使。"⑥《旧唐书》本传："十二年，入为户部侍郎。"⑦《会稽掇英总集》卷一八《唐太守题名记》："孟简，元和九年九月，自给事中授。十二年正月，追赴阙。"⑧《嘉泰

---

① ［清］董诰：《全唐文》卷五六一，第 5681 页。

② 吴钢主编：《全唐文补遗·千唐志斋新藏专辑》，第 327 页。

③ 高慎涛：《〈诗人主客图〉所载诗人杨乘墓志及其文献价值》，载《中国文学研究》2021 年第 2 期，第 43 页。

④ ［清］彭定求：《全唐诗》卷三五九，第 4050—4051 页。

⑤ ［唐］刘禹锡撰，陶敏、陶红雨校注：《刘禹锡全集编年校注》卷二，第 254 页。

⑥ ［后晋］刘昫：《旧唐书》卷一五，第 450 页。

⑦ ［后晋］刘昫：《旧唐书》卷一六三，第 4258 页。

⑧ ［宋］孔延之：《会稽掇英总集》卷一八，《宋元浙江方志集成》第 14 册，第 6555 页。

会稽志》卷二“太守”同[①]。《太平广记》卷一七二“精察”引《逸史》:“故刑部李尚书逊为浙东观察使,……时孟尚书简任常州刺史,常与越近,具熟其事。明年,替李公为浙东观察使。”[②]《全唐文》卷六一六孟简《建南镇碣记》:“元和甲午,简自给事中蒙恩授浙江东道都团练观察处置使。”[③]

范摅《云溪友议》卷下《杂嘲戏》条:“浙东孟简尚书,六衙按覆囚徒,其间一人自曰‘鲁人孔颙’,献诗启云:‘偶寻长街柳阴吟咏,忽被都虞候拘缧数日,责以罪名,敢露血诚,伏请申雪。’孟公立以宾客待之,批其状曰:‘薛陟不知典教,岂辨贤良?驱遣健徒,凭陵国士,殊无畏惮,辄恣威权,翻成刺许之宾,何异吠尧之犬!然以久施公效,尚息杖刑,退补散将,外镇收管。’孔生诗曰:‘有个将军不得名,唯教健卒喝书生。尚书近日清如镜,天子官街不许行。’”[④]

新出土《唐故朝议郎守尚书比部郎中上柱国赐绯鱼袋陇西李府君(蟾)墓志并序》:“元和六年登太常第,方以词赋擅美,就科选于天官。无何,故尚书孟公自给事中抚□浙东,开幕序贤,首膺辟命,授试秘书省正字充观察推官。”[⑤]

本年,王仲舒为婺州刺史,辟孙公乂为录事参军

《新唐书·王仲舒传》:“贬峡州刺史,母丧解。服除,为婺州刺史。州疫旱,人徙死几空,居五年,里闾增完,就加金紫服。徙苏州。”[⑥]郁贤皓先生《唐刺史考全编》卷一四五:“按《元龟》卷六七三:‘王为为婺州刺史,元和十二年以善政闻,赐服金紫。’‘王为’当即‘王仲舒’之误。又按仲舒元和十三年已在苏州刺史任,上推五年,当为元和九年始为婺刺。”[⑦]《千唐志斋藏志》载《唐故银青光禄大夫工部尚书致仕上柱国乐安县开国男食邑五百户孙府君(公乂)墓志铭》:“授婺州录事参军,覆狱得冤状,为太守王公仲舒知,辟倅军事。”[⑧]

---

① [宋]施宿:《嘉泰会稽志》卷二,《宋元浙江方志集成》第4册,第1666页。

② [宋]李昉等:《太平广记》卷一七二,第1263—1264页。

③ [清]董诰:《全唐文》卷六一六,第6221页。

④ [唐]范摅:《云溪友议》卷下,第130页。

⑤ 河南省文物研究所、河南省洛阳地区文管处编:《千唐志斋藏志》,第1052页。

⑥ [宋]欧阳修、宋祁:《新唐书》卷一六一,第4985页。

⑦ 郁贤皓:《唐刺史考全编》卷一四五,第2066页。

⑧ 河南省文物研究所、河南省洛阳地区文管处编:《千唐志斋藏志》,第1113页。

815　唐宪宗元和十年乙未

三月,越州刺史孟简等十一人谒禹庙并题名题诗

《嘉泰会稽志》卷一六"碑刻":"禹庙题名,张良祐、孟简等十一人。元和十年三月二十七日,祭南镇,谒禹庙毕,至寺。"①

十月,孟简在越州刺史任,为羊士谔作《建南镇碣记》

孟简《建南镇碣记》:"太山谏卿受气端劲,为文雅拔,由进士尉阳羡,安定公爱其道直,延为从事。是时鄙夫次受辟书,故得与谏卿游处最密,常记其撰南镇碣,彩章辉焕,物象飞动。当贞元之丁丑也,迨元和甲午,简自给事中蒙恩授浙东道都团练观察处置使,荐游此地,岁十八返矣。寻奉御祝,有事于镇,求当时之碣,则未树立。因访太山之故吏,乃得旧本,爰征乐石,磨琢镌刻,流芳自此。谏卿永贞年为逆贼所中,谪居汀州,今皇帝践阼,宰臣论其冤滥,故福建廉使阎公得以上请,复历大理评事,遽征拜监察御史。未经岁,台丞上荐不次,迁侍御史。以言语明切,将酬相府,且不入,出为巴州刺史。持逸群之才略,瘳疲人之疾苦,理行居最,再移资州,如巴之政。今复为洋州,课绩大著。噫! 共戴华发,相逢几时。所不间者,顷以至人宝相净乐之法,更说迭讲,次真空处,入性海道,动于世间而不世间,故可记也。十年十月十日建。"②

十二月,孟简在越州刺史任,置《十哲赞碑》

《两浙金石志》卷二载《唐十哲赞碑》末题:"唐元和十年十二月三日,浙东观察使、越州刺史兼御史中丞孟简置。"③十哲赞为唐宪宗赞颜回,源乾曜选闵损,卢从愿选言偃,韦抗赞端木赐,元行冲赞冉予,□嘉贞赞冉雍,宋璟选冉求,陆馀庆赞仲

---

①　[宋]施宿:《嘉泰会稽志》卷一六,《宋元浙江方志集成》第4册,第2033页。
②　[清]董诰:《全唐文》卷六一六,第6221页。
③　[清]阮元:《两浙金石志》卷二,第38页。

由，姚元崇赞冉耕，苏颋赞曾参，裴漼赞卜商。

十二月，衢州立韩愈所撰《衢州徐偃王庙碑》

《韩昌黎文集校注》卷六收《衢州徐偃王庙碑》，注云："石刻云：'朝议郎守尚书考功郎中知制诰昌黎韩愈撰，福州刺史元锡书，元和十年十二月九日立。'"[①]碑云："衢州故会稽太末也，民多姓徐氏，支县龙丘有偃王遗庙。或曰：偃王之逃战，不之彭城，之越城之隅，弃玉几研于会稽之水。或曰：徐子章禹既执于吴，徐之公族子弟，散之徐、扬二州间，即其居立先王庙云。开元初，徐姓二人相属为刺史，帅其部之同姓，改作庙屋，载事于碑。后九十年，当元和九年，而徐氏放复为刺史，放字达夫，前碑所谓今户部侍郎，其大父也。春行视农至于龙丘，有事于庙，思惟本原，曰：'故制粗朴下窄，不足以揭虔妥灵，而又梁桷赤白，陊剥不治，图像之威，黖昧就灭。藩拔级夷，庭木秃缺。祈甿日慢，祥庆弗下，州之群支，不获荫庥。余惟遗绍，而尸其土，不即不图，以有资聚，罚其可辞！'乃命因故为新，众工齐事，惟月若日，工告讫功，大祠于庙，宗卿咸序应。是岁，州无怪风剧雨，民不夭厉，谷果完实，民皆曰：'耿耿祉哉，其不可诬！'乃相与请辞京师，归而镵之于石。"[②]是为撰碑之缘起。《衢州徐偃王庙碑》是浙东名碑，对于唐诗之路研究有着重要作用。

本年，张锡为处州刺史

《全唐文》卷六八六皇甫湜《吉州刺史厅壁记》："御史中丞张公，历刺缙云、浔阳……赐以金紫，移莅于吉。"[③]郁贤皓先生《唐刺史考全编》卷一四九系于约元和十年[④]。

本年，李贺应有东南之行至浙东

李贺南游之事，诸家说法不一。今通过对比参证，确定在元和十年。南游时作诗多首。

朱自清《李贺年谱》元和九年："集中咏南中风土者颇多，其中固有用乐府旧题者，然读其诗，若非曾经身历，当不能如彼之亲切眷念。如《追和柳恽》《大堤曲》《蜀

① [唐]韩愈著，马其昶校注，马茂元整理：《韩昌黎文集校注》卷六，第459—460页。

② [清]董诰：《全唐文》卷五六一，第5681页。

③ [清]董诰：《全唐文》卷六八六，第7028页。

④ 郁贤皓：《唐刺史考全编》卷一四九，第2136页。

国弦《苏小小墓》《湘妃》《黄头郎》《湘中曲》《罗浮山父与葛篇》《画角(甬)东城》《钓鱼诗》《安乐宫》《石城晓》《巫山高》《江南弄》《贝宫夫人》《江楼曲》《莫愁曲》等,踪迹皆在吴、楚之间。意贺入京之先,尝往依其十四兄,故得饱领江南风色也。其《七夕》诗末云:'钱塘苏小小,更值一年秋。'注家多不明共何以忽及苏小小,颇疑其不伦;明此当可释然。"①

钱仲联《李贺年谱会笺》元和二年:"本年,贺似曾有东南之行,往返和州、江宁、嘉兴、吴兴、杭州、钱塘、会稽、翁洲等地。贺十四兄在和州,贺行当由省兄之便。一按,朱说是也。……而《江南弄》所写'鲈鱼千头酒百斛'情况,则与'鲈鲂斫玳筵'之'楚溪船'语相近;《画江潭苑四首》所写为江宁之江潭苑;《苏小小墓》所写为嘉兴县晋妓钱唐苏小小墓(见陆广微《吴地记》);《追和柳恽》所写为吴兴物色;《月漉漉篇》云'谁能看石帆,乘船镜中入',所写为会稽石帆山与镜湖;《画甬东城》,所写为甬江口外之翁洲。东南行踪,历历可数。云'岂能忘旧路'者,包括上举各地在内,和州亦其旧路所经也。"②

傅经顺《李贺传论》:"读万卷书,行万里路,为了开阔心胸和眼界,大约在元和元年,十七岁的李贺举足南游。他从家乡出发,经襄阳,过石城,那时,他的族兄(十四兄)在安徽的和县做官,他可能在那里逗留了较短的时间,接着南达洞庭一带,然后向东、向东南,走金陵,过吴兴,再到钱塘(属杭州)、甬东(今浙江定海),最后折转北归,过汴州,回到自己的故乡。"③

刘衍《李贺年谱新笺》元和九年:"本年自春徂秋,取道长安,自关至昌谷再折往襄阳、江陵、武昌、庐山,入洞庭湖,经长沙,到罗浮山,往东北到钱塘、会稽、甬东等地,然后北上,到嘉兴、江宁,入和州,在十四兄处小住。沿途所见所闻,多著于诗。……按:贺集中,咏东南风物者近三十首,行踪历历可数。其诗虽可能有南游后所作者,也可能有本年前因省兄之便至和州时所作者,但历经数省之地,万里千山,不是短期可为,诗固应以本年为主。"④

吴企明《李贺年谱新编》元和十年:"笔者经过多年研究,断定李贺确曾南游,南游之时间,必在北游潞州之后,即元和十年之后。……南游至金陵,作《追赋江潭苑四首》;至吴兴,作《追和柳浑》;路过太湖,作《湖中曲》;至嘉兴,路过苏小小墓,乃作

① 朱自清:《朱自清古典文学论文集》下册,上海古籍出版社 2009 年版,第 520 页。
② 钱仲联:《李贺年谱会笺》,《梦苕庵专著二种》,中国社会科学出版社 1984 年版,第 29—30 页。
③ 傅经顺:《李贺传论》,陕西人民出版社 1981 年版,第 6 页。
④ 刘衍:《李贺诗校笺证异》,第 328 页。

《苏小小墓》；至会稽作《月漉漉篇》《画甬东城》《贝宫夫人》《江南弄》等诗。途中遇江南暑天，有感而作《罗敷山人与葛篇》。"①吴企明先生还阐述李贺南游的三点理由。首先，从李贺一生之行踪考察，元和元年以前，诗人年岁尚小，刻苦读书，难以远行；元和元年以后，他丁父忧在昌谷服丧；元和三年除服，接着准备河南府试，入京应礼部试；四年春落第归家，秋，再次入京寻求仕途出路；五年春，始任奉礼郎；七年春，因病辞官归昌谷，闲居一年余，八年秋，北上潞州。在这一段时间内，诗人是不可能南游的，南下江南只能是李贺北游潞州之后。其次，李贺在京任职时结识之好友，有多人是南方人，如沈亚之、沈述师，是吴兴人，陈商是宣州当涂人，皇甫湜是睦州新安人。他们与诗人交游时，定会夸耀与中原迥然异趣的江南风光，促使诗人形成游历江南的强烈愿望，这是他实现江南之行的精神因素。而南下探望族兄，又成为他继续下江南的现实条件。再次，李贺集中不少描写江南风物的诗篇，明确地标出江南地名，如《画甬东城》，甬东即明州地名；《月漉漉篇》，提到会稽石帆山；《苏小小墓》，乃在嘉兴；《追和柳恽》，事及吴兴；《追赋画江潭苑四首》提及金陵江潭苑；《江楼曲》提及的江陵道；《莫愁曲》提到的龙坡；《大堤曲》提及的襄阳，这些地名，清楚地揭示出诗人江南之行的踪迹②。

李贺东南之行诗，大多写得相当精彩，今举《苏小小墓》《月漉漉篇》《画角（甬）东城》《贝宫夫人》加以分析。

《苏小小墓》："幽兰露，如啼眼。无物结同心，烟花不堪剪。草如茵，松如盖，风为裳，水为佩。油壁车，夕相待。冷翠烛，劳光彩。西陵下，风吹雨。"③李贺写这首诗是非常用力的，"幽兰露，如啼眼"，写出苏小小美丽的容貌。诗从"眼"之一点着笔，集中体现其动人之美，由眼想象苏小小的全貌，更见蕴藉空灵，又着一"啼"字，表现出哀怨伤感的情调。加以用兰花的露水比喻主人公的泪水，再着一"幽"字，既晶莹剔透，又缥缈凄迷，营造出阴森幽怨的气氛，扣紧了"苏小小墓"的题旨。这些都为下面的鬼魂活动作了铺垫，也体现出李贺鬼诗奇妙的表现技巧。有关苏小小

---

① 吴企明：《李贺年谱新编》，《李长吉歌诗编年笺注》，第 872—873 页。

② 吴企明：《李贺年谱新编》，《李长吉歌诗编年笺注》，第 872 页。

③ 诗见《全唐诗》卷二九，第 422 页。按，李贺诗所咏之苏小小墓在杭州，因诗中有"西陵下，风吹雨"句，西陵即杭州西湖之西陵桥。郭茂倩《乐府诗集》卷八五引《乐府广题》曰："苏小小，钱塘名倡也，盖南齐时人。西陵，在钱塘江之西，歌云'西陵松柏下'是也。"（《乐府诗集》卷八五，第 1031—1032 页。）另外，嘉兴亦有苏小小墓，李绅《真娘墓诗序》："嘉兴县前有吴妓人苏小小墓，风雨之夕，或闻其上有歌吹之音。"（《全唐诗》卷四八二，第 5484 页。）宋人祝穆《方舆胜览》卷三："苏小小墓在嘉兴县西南六十步，乃晋之歌姬，今有片石在通判厅，题曰'苏小小墓'。"（《宋本方舆胜览》卷三，第 77 页。）录之存参。

的传说,是由古乐府《苏小小歌》"我乘油壁车,郎乘青骢马。何处结同心,西陵松柏下"[1]而来。但《苏小小歌》是真实的活动,《苏小小墓》是鬼魂的活动,二者同样婉丽多姿,而情境则前者欢快明朗,后者凄清幽冷,不啻霄壤之别了。"无物结同心,烟花不堪剪",是诗中仅有的五字联,来源于古乐府"何处结同心",但古乐府写的是期待,李贺诗写的是幻灭。死后的苏小小,一切希望都成为泡影,没有什么可以再绾结同心,坟头上那些凄迷的烟花,可视而不可掬,更不堪剪取以赠予对方。"草如茵,松如盖,风为裳,水为佩"是以景写人之笔,这是苏小小墓的环境,也象征着苏小小。绿草芊绵,犹如她的茵褥;青松亭立,犹如她的伞盖;春风摇曳,犹如她的衣裳;流水潺湲,犹如她的环佩。"草""松""风""水"都是自然景物,也都成了苏小小的服饰妆饰。景色清绝,情境幽冷,意趣深远,人与物已融为一体。最后六句根据古乐府"我乘油壁车,郎乘青骢马"之事而反用之,写出鬼魂的凄清。幽冷的鬼火,有光无焰,如同冷翠凝绿的蜡烛艰难竭力地发出幽光,而西陵的松柏之下,载着油壁车的主人长眠于如茵的芊草之中,在这风雨如晦的夜晚,骑着青骢马的男子终究没有出现,留下的只有寂寞和惆怅。全诗采用独特的三字句式,音节的跳跃表现鬼魂的飘忽不定,意境的奇诡创造瑰丽凄迷的幽灵世界,两个五字句的穿插,又给虚荒诞幻的墓地景象融进了情感的内涵,大有《楚辞·九歌·山鬼》的幽凄境界。南朝的苏小小和唐代的苏小小穿越时空的隧道,集结于李贺的笔下,谱写出一曲历史和爱情的悲歌。这样入木三分的表现力,并不是一般的苦吟诗人所能企及的。

《月漉漉篇》:"月漉漉,波烟玉。莎青桂花繁,芙蓉别江木。粉态袼罗寒,雁羽铺烟湿。谁能看石帆,乘船镜中入。秋白鲜红死,水香莲子齐。挽菱隔歌袖,绿刺胃银泥。"[2]这首诗是李贺游镜湖所作。第七句"谁能看石帆"描写会稽石帆山。据《水经注》卷四〇:"石帆山,山东北有孤石,高二十余丈,广八丈,望之如帆,因以为名。北临大湖,水深不测。"[3]《初学记》卷八引《会稽志》:"射的北有石帆壁立,临水漫石,宜山遥望,芄芄有似张帆。又名玉笥山,又曰石簨山。"[4]《嘉泰会稽志》卷九:"石帆山,在县东一十五里,旧经引夏侯曾先地志云:射的山北,石壁高数十丈,中央少纤,状如张帆,下有文石如鹢,一名石帆。《十道志》:山遥望如张帆临水。"[5]第八

---

① [宋]郭茂倩:《乐府诗集》卷八五,第1032页。
② [清]彭定求:《全唐诗》卷三九三,第4434页。
③ [北魏]郦道元撰,陈桥驿点校:《水经注》卷四〇,第754页。
④ [唐]徐坚:《初学记》卷八,中华书局2004年版,第188页。
⑤ [宋]施宿:《嘉泰会稽志》卷九,《宋元浙江方志集成》第4册,第1819页。

句"乘船镜中人",描写会稽镜湖。《嘉泰会稽志》卷一〇"会稽县":"镜湖在县东二里,故南湖也。一名长湖,又名大湖。《通典》云:'东汉永和五年,太守马臻始筑塘立湖,周三百十里,溉田九千余顷,人获其利。'王逸少有云:'山阴路上行,如在镜中游。'镜湖之得名以此。《舆地志》:'山阴南湖,萦带郊郭,白水翠岩,互相映发,若镜若图。'任昉《述异记》云:'轩辕氏铸镜湖边,因得名。或又云黄帝获宝镜于此也。'"①全诗描写月下镜湖之景,首二句写月光莹润,照耀镜湖,波起烟生,如同玉镜。三四句写莎青桂繁,点明秋天,其时荷花已谢,江木依然。别木是就芙蓉与江木相别,即芙蓉已落而江木不落。第五六句由前面写景转到写人的感受。时已入秋,景色优美,而已觉衣单微凉也。第七八句重在描写镜湖之景,融山、水、人于一体。"乘船镜中人"用王羲之咏镜湖诗语,《初学记》卷八引《舆地志》:"山阴南湖,萦带郊郭,白水翠岩,互相映发,若镜若图。故王逸少云:'山阴路上行,如在镜中游。'"②第九十句写的是水中芙蓉凋落之景,突出芙蓉别木。故曾益注:"秋白,因红死,鲜红死,即芙蓉别木,莲子齐,花落而实长也。"姚文燮注:"秋白,秋水清也。鲜红死,莲房坠也。故水香而莲子齐也。"③最后二句描写妇女采菱,对唱菱歌。姚文燮注:"言少妇采菱,歌声伊迩,而菱刺牵衣,致冒银泥也。"④银泥就是衣裙上描画的银粉。陈本礼《协律钩玄》评曰:"古诗以莲喻怜。鲜红死,人心不死;鲜红虽死,余香尚留水上。人心不死,则怜香之心,郎固与妾同也。况郎近在菱塘,思欲溯洄以就,无如袖为菱刺所冒,致被钩留而不得往也,宛若蒹葭秋水伊人宛在之思。此诗神味隽永,思致精深,人谓长吉诗牛鬼蛇神,如此种诗,岂人意见所及。"⑤南朝谢惠连《泛南湖至石帆》诗与可以与本诗参照:"轨息陆途初,枻鼓川路始。涟漪繁波漾,参差层峰峙。萧疏野趣生,逶迤白云起。登陟苦跋涉,睢盼乐心耳。即玩玩有竭,在兴兴无已。"⑥镜湖在会稽境内的部分称东湖,在山阴境内的部分称南湖。

《画角(甬)东城》:"河转曙萧萧,鸦飞睥睨高。帆长摽越甸,壁冷挂吴刀。淡菜生寒日,鲷鱼溅白涛。水花沾抹额,旗鼓夜迎潮。"⑦这首诗的题目,大多数的版本

① [宋]施宿:《嘉泰会稽志》卷一〇,《宋元浙江方志集成》第4册,第1857页。
② [唐]徐坚:《初学记》卷八,第188页。
③ 吴企明:《李长吉歌诗编年笺注》卷五,第651页。
④ 吴企明:《李长吉歌诗编年笺注》卷五,第651—652页。
⑤ 吴企明:《李长吉歌诗编年笺注》卷五,第652页。
⑥ [唐]欧阳询:《艺文类聚》卷九,上海古籍出版社1999年版,第169页。
⑦ [清]彭定求:《全唐诗》卷三九二,第4413页。

作"画角东城",而全诗与画角无涉。清人曾益、王琦注李贺诗以为应作"画甬东城"①,是。甬东即明州,《元和郡县图志》卷二六"明州鄞县":"翁洲,入海二百里,即《春秋》所谓甬东地也。越灭吴,请吴王居甬东,吴王曰:'孤老矣,不能事君王。'乃缢。其洲周环五百里,有良田湖水,多麋鹿。"②首联描写银河方收,晓光乍现,鸦飞女墙的情景。颔联描写海船启航,长帆辉映越中郊外之地,而守城的戎器犹于壁间,说明承平之日,军戎不兴。颈联描写淡菜向薄霭而生,鲕鱼跃初浪以出,这是明州独特的海畔景色。尾联描写晨起所见船夫水花溅湿抹额,推知是夜间迎潮的状态。清人王琦注云:"迎潮者,舟行海中,遇潮至,则操舟者正其舟首,触涛而进。……此诗言曙,言鸦飞,言寒日,皆是晓景。末联乃说夜中事,盖是倒装句法;见军士抹额之上为水花沾湿,而知其旗鼓夜迎潮也,迎潮而用旗鼓,是水军习战事。"③刘衍《李贺年谱新笺》:"甬东为越地,是东海中之洲,即翁洲,今浙江定海。诗言'越甸''吴刀''淡菜''鲕鱼''迎潮',皆为甬东之典或甬东之风物。姚文燮云:'此城头晓角也,画角既吹,东城始旦。以下皆咏晓景而不及角。曾益欲以角字改为甬,大谬矣。'曾益云,全诗与画角无涉。甚是。此诗写水军习战情景。首言天曙之景,次写白日之景,后写夜晚之景,当为身历其地,写其眼前闻见。'画'者,非题画也,即'写'也。此诗为元和九年入越游甬东作无疑。"④

《贝宫夫人》:"丁丁海女弄金环,雀钗翘揭双翅关。六宫不语一生闲,高悬银榜照青山。长眉凝绿几千年,清凉堪老镜中鸾。秋肌稍觉玉衣寒,空光帖妥水如天。"⑤诗是对于海女神像的吟咏。吴企明《李贺年谱新编》元和十年:"《贝宫夫人》,当是李贺南游至会稽海边,见此海神之庙,写此诗以纪实。"⑥开头两句描写贝宫夫人的首饰,"金环"和"雀钗"不仅色彩鲜明,而且抚弄金环丁丁作响,两股雀钗关闭也有轻微声音传出。三四两句以宫女之寂寞类比海女神像,因是塑像故而不语一生闲,只是高悬海边,照耀青山。五六两句神像长眉凝绿,颇有神验,因是神仙,故以清静为心,无有匹偶,而镜中鸾影常存,安有老期。七八两句描写神像到了秋天,对着空光碧天如水的清丽美景,也感到衣单体寒。

① 吴企明:《李长吉歌诗编年笺注》卷五,第 653 页。
② [唐]李吉甫:《元和郡县图志》卷二六,第 630 页。
③ 吴企明:《李长吉歌诗编年笺注》卷五,第 655 页。
④ 刘衍:《李贺诗校笺证异》,第 133 页。
⑤ [清]彭定求:《全唐诗》卷三九三,第 4430 页。
⑥ 吴企明:《李贺年谱新编》,《李长吉歌诗编年笺注》,第 874 页。

816　唐宪宗元和十一年丙申

二月,周匡物及进士第。长期应举不第,曾于十余年前应举过西陵渡作诗

《登科记考》卷一八"元和十一年进士科":"周匡物,《永乐大典》引《清漳志》:'元和十一年,周匡物进士及第。'《太平广记》引《闽川名士传》:'周匡物字几本,漳州人。唐元和十一年王播榜下进士及第,时以歌诗著名。初周以家贫,徒步应举,落魄风尘,怀才不遇。路经钱塘江,乏僦船之资,久不得济,乃于公馆题诗云:"万里茫茫天堑遥,秦皇底事不安桥。钱塘江口无钱过,又阻西陵两信潮。"郡牧见之,乃罪津吏。至今天下津渡,尚传此诗讽诵。舟子不敢取举选人钱者,自此始也。'按是年李逢吉入相,王播代放榜,故曰王播榜。"①

周匡物《及第后谢座主》诗云:"一从东越入西秦,十度闻莺不见春。试向昆山投瓦砾,便容灵沼濯埃尘。悲欢暗负风云力,感激潜生草木身。中夜自将形影语,古来吞炭是何人。"②又《及第谣》诗云:"水国寒消春日长,燕莺催促花枝忙。风吹金榜落凡世,三十三人名字香。遥望龙墀新得意,九天敕下多狂醉。骅骝一百三十蹄,踏破蓬莱五云地。物经千载出尘埃,从此便为天下瑞。"③

二月,李从茂为明州司户参军

《全唐文补遗》第8辑《大唐故承务郎守处州司户赵府君(□升)玄堂志并序》,题署:"朝议郎前行明州司功参军李从茂撰。"志云:"君讳□升,字士先。"④墓主元和九年九月廿四日卒,享年七十二,十一年二月十八日葬。

三月,鲍溶寄诗于樊璀、樊宗宪,并呈上浙东观察使孟简

鲍溶《上巳日寄樊璀樊宗宪兼呈上浙东孟中丞简》诗云:"世间禊事风流处,镜里

---

① ［清］徐松:《登科记考》卷一八,第 665 页。
② ［清］彭定求:《全唐诗》卷四九〇,第 5550 页。
③ ［清］彭定求:《全唐诗》卷四九〇,第 5549—5550 页。
④ 吴钢主编:《全唐文补遗》第 8 辑,第 123 页。

云山若画屏。今日会稽王内史，好将宾客醉兰亭。"①按，《旧唐书·宪宗纪下》：元和九年九月，"以给事中孟简为越州刺史、浙东观察使。"②《旧唐书》本传："十二年，入为户部侍郎。"③《会稽掇英总集》卷一八《唐太守题名记》："孟简，元和九年九月自给事中授。十二年正月追赴阙。"④本诗作于三月上巳节，故应在元和十年或十一年。又按此诗，《全唐诗》鲍防名下亦收入，题作《上巳寄孟中丞》，"寄"下注："一作呈，下有浙东二字。"⑤按据《鲍防碑》，鲍防贞元六年（790）已卒，故诗为鲍溶作无疑。

春，沈亚之东上会稽

沈亚之《送洪逊师序》云："十一年春，予东上会稽，还造江。有缁衣洪逊，从余假渡。自言能赞导佛语，尝与其曹群居讲诵，恒为宿辈推信。他日复来，言当之关中，欲余以序之。"⑥即元和十一年春，沈亚之往浙东，东上会稽。

沈亚之《送文颖上人游天台》诗云："露花浮翠瓦，鲜思起芳丛。此际断客梦，况复别志公。既历天台去，言过赤城东。莫说人间事，崎岖尘土中。"⑦盖为亚之在越中送文颖游天台山之作。

八月，孟简、崔词谒禹庙作诗，并刻碑

孔延之《会稽掇英总集》卷八孟简《题禹庙》诗云："九土昔沦垫，八方抱殷忧。哲王受《洪范》，群物承天休。源委有所在，勤劳会东州。稽山何峻极，清庙居上头。律度非外事，辛壬宁少留。歌谣自不去，覆载将何求。灵长表远绩，经启著宏猷。孰敢备佐命，天吴与阳侯。玄功余玉帛，茂实结松楸。盖影庇风雨，湖光摇冕旒。质明箫鼓作，通昔礼容修。驿牢设旧物，洿水配庶羞。深沉本建极，傲很亦思柔。阴怪尚奔走，灵徒如献酬。恍疑仙驾动，静见宿云收。竹树依积润，菰蒲托清流。谬兹领百越，忽复历三秋。丹恳谅可荐，庶几无年尤。"⑧赵明诚《金石录》卷九："《唐经禹庙诗》，庾肩吾撰，孟简立。行书，无姓名。元和十一年

---

① ［清］彭定求：《全唐诗》卷四八七，第5534页。
② ［后晋］刘昫：《旧唐书》卷一五，第450页。
③ ［后晋］刘昫：《旧唐书》卷一六三，第4258页。
④ ［宋］孔延之：《会稽掇英总集》卷一八，《宋元浙江方志集成》第14册，第6555页。
⑤ ［清］彭定求：《全唐诗》卷三〇七，第3485页。
⑥ ［清］董诰：《全唐文》卷七三五，第7595页。
⑦ ［清］彭定求：《全唐诗》卷四九三，第5579页。
⑧ ［宋］孔延之：《会稽掇英总集》卷八，《宋元浙江方志集成》第14册，第6436页。

八月。"①陈思《宝刻丛编》卷一三"越州"引《复斋碑录》:"唐庾肩吾、孟简《经禹庙诗》,唐庾肩吾、孟简撰,谢楚行书,元和十一年八月。"②按庾肩吾应为施肩吾之误。《舆地碑记目》卷一《绍兴府碑记》:"庾肩吾、孟简《禹庙诗》。元和十年。"③作"十年"误。

孔延之《会稽掇英总集》卷八崔词《题禹庙》诗云:"惟舜禅功始,惟尧锡命初。九州方奠画,万壑遂横疏。受箓尝开洞,过门不下车。诸侯会玉帛,沧海荐图书。玄默将遗世,崇高亦厌居。耘田自有鸟,浚泽岂为鱼。家及三王嗣,殷因百代如。灵容肃清宇,衮服闭荒墟。枣径愁云暮,松扉撤祭余。叨荣陵寝邑,怀古益踟躇。"④《嘉泰会稽志》卷一六:"崔词《谒禹庙》诗,杜专正书,陈章甫序,释惠通分书,开元二十载孟秋,宋之问诗附,元和十一年八月陈翔书。又题名,二人去年同游,今年不到,张良祐、孟存七人今年续到同游。郑迤元和十一年四月三日记。后又题奉使续到,刘茂孙。庾肩吾、孟简《禹庙诗》,谢楚行书,元和十一年八月二十六日。"⑤

十一月,刘禹锡在连州,送曹璩归越中旧隐

刘禹锡《送曹璩归越中旧隐诗》序云:"余为连州,诸生以进士书刺者,浩不可纪,独曹生崖然自称为山夫。及与语,以征其实,则曰:'所嗜者名。尝远游以索之,抗喉舌,胝挴胸,以干东诸侯,见之日,率莞然曰:秀才者,天下是,不礼,庸何伤?今方依名山以扬其声,将挂帻于南岳。'生之言未及休,余遽曰:'在己不在山。若子之言,依山而为高,是练神叩寂,捐日月而不顾,名闻而老至,持是焉用?'生闻言,愀然如悔,色见于眉睫,因留止道士院,从余求书以观。居三时,而功倍一岁。读史书,自黄(皇)帝至吴、魏间,班班能言之,然而绝口不敢言衡山,知山夫不贩而赢也。十一月,告余归隐于会稽。且曰:'知求名之自矣,乞词以发之。'遂赋七言诗,以鉴其志。"诗云:"行尽潇湘万里余,少逢知己忆吾庐。数间茅屋闲临水,一盏秋灯夜读书。地远何当随计吏,策成终自诣公车。剡中若问连州事,唯有千山画不如。"⑥陶

① [宋]赵明诚撰,金文明校证:《金石录校证》卷九,第185页。
② [宋]陈思编著:《宝刻丛编》卷一三,第798页。
③ [宋]王象之编著,赵一生点校:《舆地碑记目》卷一,《舆地纪胜》第12册,第14页。
④ [宋]孔延之:《会稽掇英总集》卷八,《宋元浙江方志集成》第14册,第6435页。
⑤ [宋]施宿:《嘉泰会稽志》卷一六,《宋元浙江方志集成》第4册,第2033页。
⑥ [清]彭定求:《全唐诗》卷三六一,第4084页。

敏等《刘禹锡全集编年校注》卷四注云："诗元和十一年秋在连州作。曹璩：未详。越中：指越州，今浙江省绍兴市。"①

诗僧灵澈本年卒于宣州，年七十一。有集十卷，刘禹锡为之序

刘禹锡《澈上人文集序》："上人生于会稽，本汤氏子。聪察嗜学，不肯为凡夫。因辞父兄出家，号灵澈，字源澄。虽受经论，一心好篇章。从越客严维学为诗，遂籍籍有闻。维卒，乃抵吴兴，与长老诗僧皎然游，讲艺益至。皎然以书荐于词人包侍郎佶，包得之大喜。又以书致于李侍郎纾。是时以文章风韵主盟于世者曰包、李。以是上人之名由三公而扬，如云得风，柯叶张王。以文章接才子，以禅理说高人，风仪甚雅，谈笑多味。贞元中，西游京师，名振辇下。缁流疾之，造飞语激动中贵人，因侵诬得罪，徙汀州，会赦归东越。时吴楚间诸侯多宾礼招延之。元和十一年，终于宣州开元寺，年七十有一。……上人没后十七年，予为吴郡，其门人秀峰捧先师之文来乞词以志，且曰：'师尝在吴，赋诗近二千首，今删去三百篇，勒为十卷。自大历至元和，凡五十年间，接词客闻人酬唱，别为十卷。今也思行乎昭代，求一言羽翼之。'"②《新唐书·艺文志》："《僧灵彻（澈）诗集》十卷。"③又："《僧灵彻（澈）酬唱集》十卷。"④柳宗元《韩漳州书报彻（澈）上人亡因寄二绝》："早岁京华听越吟，闻君江海分逾深。他时若写兰亭会，莫画高僧支道林。""频把琼书出袖中，独吟遗句立秋风。桂江日夜流千里，挥泪何时到甬东。"⑤

孟简在越州刺史任，曾废管内兰若，时暨阳县令李胄状举灵山许重造院

《宋高僧传》卷一〇《唐婺州五泄山灵默传》："元和初亢阳，田畯惶惶。默沿涧见青蛇夭矫，瞪目如视行人不动。咄之曰：'百姓溪竭苗死。汝胡不施雨救民邪？'至夜果大雨，合境云足，民荷其赐。属平昌孟简中丞廉问浙东废管内兰若。学徒散逸。时暨阳令李胄状举灵山，许重造院。十三年三月二十三日，澡沐焚香，端坐绳床，嘱累时众，溘然而绝。寿龄七十二。法腊四十一。"⑥按，孟简为浙东观察使在

① ［唐］刘禹锡撰，陶敏、陶红雨校注：《刘禹锡全集编年校注》卷四，第407页。
② ［清］董诰：《全唐文》卷六〇五，第6113—6114页。
③ ［宋］欧阳修、宋祁：《新唐书》卷六〇，第1615页。
④ ［宋］欧阳修、宋祁：《新唐书》卷六〇，第1624页。
⑤ ［清］彭定求：《全唐诗》卷三五二，第3939页。
⑥ ［宋］赞宁撰，范祥雍点校：《宋高僧传》卷一〇，第211页。

元和九年至十二年。《会稽掇英总集》卷一八《唐太守题名记》："孟简,元和九年九月自给事中授;十二年正月追赴阙。"①故暨阳县令李胄状举灵山许重造院事,发生在十一年或稍前。暨阳县即现在的诸暨市。

817　唐宪宗元和十二年丁酉

正月,薛戎为浙江东道观察使,沈亚之致书以求其援引

《会稽掇英总集》卷一八《唐太守题名记》："薛戎,元和十二年正月,自常州刺史授。长庆元年九月,随表朝觐赴阙。"②《嘉泰会稽志》卷二"太守"："薛戎,元和十二年正月自常州刺史授,长庆元年九月疾病去官。"③韩愈有《唐朝散大夫越州刺史薛公(戎)墓志铭》,元稹有《唐故越州刺史河东薛公(戎)神道碑文铭》。

沈亚之《与薛浙东书》云："再拜后还坐宾舍中,有小吏持吏书来。其语曰:'帛十匹。'吏置帛书于亚之前,曰阁下所以贶客也。其敬之诚则厚矣!然有所未满者,敢为阁下道之。夫虹能兴水济物,故佐天如臣,草木仰其泽。苗方秀而望其成,有乏一日之雨而不及其实者,则仰告斯臣以求之,得一日足矣。若才润于枯槁则已,且犹将困之。今亚之往复道路三千余里,禺禺之诚,于苗之旱甚矣,而千钟之禄,于水之用又大焉!亦何惜一日之泽,而不给其涸哉!亚之狂愚,当其困涸,不知所为,乃复枯苗仰泽之说,再敢烦告。且阁下宁能不怜之?亚之再拜。"④是沈亚之作为文人以求薛戎援引者,而薛戎赠其帛十匹,亚之不满故作此书以报。从中也表现了沈亚之戆直狂愚的性格。而肖占鹏、李勃洋《沈下贤集校注》所附《沈亚之年谱》推测亚之《与薛浙东书》是上于浙东观察使薛苹者,时间在元和三年⑤。按,是时亚之尚为布衣,直至元和十年才进士及第,其上书于浙东观察使薛苹的可能性应不存在。而其和十年进士及第,十二年尚未为官,其上书于薛戎以求其援引,正合情理。

---

①　[宋]孔延之:《会稽掇英总集》卷一八,《宋元浙江方志集成》第14册,第6555页。
②　[宋]孔延之:《会稽掇英总集》卷一八,《宋元浙江方志集成》第14册,第6555页。
③　[宋]施宿:《嘉泰会稽志》卷二,《宋元浙江方志集成》第4册,第1666页。
④　[清]董诰:《全唐文》卷七三四,第7586页。
⑤　肖占鹏、李勃洋:《沈下贤集校注》,南开大学出版社2003年版,第281—282页。

正月，诗人徐放卒于衢州刺史任

元佑撰《唐故朝散大夫守衢州刺刺史上柱国徐君（放）墓志铭并序》："元和十二年龙集丁酉正月十九日，朝散大夫、使持节衢州诸军事守衢州刺史、上柱国徐公终于位，享年五十二。呜呼哀哉！公讳放，字达夫，其先禹封伯益子若木于徐乡，因以授氏。……无何，为台州刺史。众惜其去，芳猷蔼然。在任六考，始终一致。开潟卤，复流庸，海滨之甿，咸感仁政。改衢州刺史。既均公赋，又恤凶灾。吏不敢欺，人受其赐。龙丘县有簿里溪，自南而来，百里而远。每岁山水暴涨，凑于县郭，漂泛居人，人多愁苦。公行春莅止，周视再三，乃建石堤。爰开水道，遏奔注，远邑居。度工计财，所费盖寡。千古之患，一朝而除。中书卫舍人中行，叙事纪功，揭于贞石。公爽迈慎密，居常有恒。年过始衰，好学不倦。经史奥义，问无不知。实宜享期颐之寿，处清切之地。而才过知命，道屈明时。或亲或疏，伤恸何极。以其年十月五日，迁祔于万安山南旧茔，礼也。"①按，徐放诗，《全唐诗》存其一首。

二月，衢州西安人大彻禅师卒于长安兴善寺，白居易为其作碑铭

白居易《西京兴善寺传法堂碑铭并序》："王城离域，有佛寺号兴善寺，之坎地，有僧舍名传法堂。先是大彻禅师晏居于是寺说法，于是堂因名焉。有问师之名迹，曰：号惟宽，姓祝氏，衢州西安人。祖曰安，父曰皎。生十三岁出家，二十四具戒，僧腊三十九、报年六十三终兴善寺，葬灞陵西原，诏谥曰大彻禅师元和正真之塔云。……元和四年，宪宗章武皇帝召见于安国寺。五年问法于麟德殿，其年复灵泉于不空三藏池。十二年二月晦，大说法于是堂，说讫就化。"②

本年，白居易作《读僧灵彻（澈）诗》

白居易作《读僧灵彻（澈）诗》云："东林寺里西廊下，石片镌题数首诗。言句怪来还校别，看名知是老汤师。"③朱金城《白居易集笺校》卷一六笺云："作于元和十二年（817），四十六岁，江州，江州司马。《刘集》卷二九有《送僧剟东游兼寄灵彻（澈）上人》，外五有《敬酬彻（澈）公见寄二首》诗。"④《嘉泰会稽志》卷一五："灵澈上

① 吴钢主编：《全唐文补遗·千唐志斋新藏专辑》，第327—328页。
② ［清］董诰：《全唐文》卷六七八，第6928页。
③ ［清］彭定求：《全唐诗》卷四三九，第4894—4895页。
④ ［唐］白居易著，朱金城笺校：《白居易集笺校》卷一六，上海古籍出版社1988年版，第1049—1050页。

人,字源澄,会稽汤氏子。虽受经论,尤好篇章,从严维学诗。抵吴兴,与皎然游,皎然以书荐于包佶、李纾,上人之名由是而扬。贞元中,西游京师,名振辇下。得罪徙汀州,入会稽,归东越,吴、楚间诸侯多宾礼招迓之。终于宣州开元寺,门人迁之,建塔于越之山阴天柱峰。有诗二十卷,刘禹锡为序。澈自庐山归沃洲,权德舆有序送其行。"①

本年,李逢为台州刺史

李慧、曹发展《陕西杨陵区文管所四方唐墓志初探》:"《唐故陇西李夫人墓志》,撰于大和五年(831)。志记'夫人皇族也。……父逢,进士登科,任台州刺史。移官于南,寻复□为光禄少卿致仕。'"②《全唐文补遗》李贞《唐故陇西李夫人墓志》:"父逢,进士登科,任台州刺史,移官于南。寻复以为光禄少卿致仕。"③墓主大和五年(831)七月十三日葬。《册府元龟》卷七〇〇:"李逢为台州刺史,元和十二年,坐赃贬康州司户参军。"④《嘉定赤城志》卷八"秩官门·历代郡守":"元和二年,李逢。"⑤"二年"当为"十二年"之误。《嘉定赤城志》卷八"秩官门·历代郡守":"元和十二年,王建侯。"⑥盖李逢贬后,王建侯继任台州刺史。

本年,王澡为会稽县令

《嘉泰会稽志》卷三"县令长":"王澡,字瀑源,临沂人。会稽令。"⑦《康熙会稽县志》卷一八"职官":"王澡,字瀑源,临沂人,元和十二年任。"⑧《新唐书·宰相世系表二中》"王氏":"澡字瀑源,会稽令。"⑨

① [宋]施宿:《嘉泰会稽志》卷一五,《宋元浙江方志集成》第4册,第2016—2017页。
② 李慧、曹发展:《陕西杨陵区文管所四方唐墓志初探》,载《考古与文物》2004年第1期,第81页。
③ 吴钢主编:《全唐文补遗》第8辑,第147页。
④ [宋]王钦若:《册府元龟》卷七〇〇,第8354页。
⑤ [宋]陈耆卿:《嘉定赤城志》卷八,《宋元浙江方志集成》第11册,第5151页。
⑥ [宋]陈耆卿:《嘉定赤城志》卷八,《宋元浙江方志集成》第11册,第5151页。
⑦ [宋]施宿:《嘉泰会稽志》卷三,《宋元浙江方志集成》第4册,第1689页。
⑧ [清]董钦德:《康熙会稽县志》卷一八,第383页。
⑨ [宋]欧阳修、宋祁:《新唐书》卷七二中,第2609页。

本年,李滃摄武义县令

《武川备考》卷六"职官考":"李滃,(元和)十三年摄。"①

本年,赵察为奉化县令

《宝庆四明志》卷一四"县令":"赵察,唐元和十二年凿县北河,邑人德之,因名赵河。十四年,开白杜河,凡溉民田一千二百余顷。"②

818　唐宪宗元和十三年戊戌

处州刺史李繁改任遂州刺史,贾岛作诗寄赠

贾岛《处州李使君改任遂州因寄赠》诗云:"庭树几株阴入户,主人何在客闻蝉。钥开原上高楼锁,瓶汲池东古井泉。趁静野禽曾后到,休吟邻叟始安眠。仙都山水谁能忆,西去风涛书满船。"③按,韩愈《处州孔庙碑》云:"独处州刺史邺侯李繁至官,能以为先。"④《舆地碑记目》卷一《处州碑记》"唐李繁孔子庙记"条:"唐元和中,刺史李繁建孔子庙,韩愈为之碑,杜牧书。"⑤《金石萃编》卷一〇八《处州孔子庙碑》云:"旧碑题元和十三年李使君繁经始碑文及置石,大和三年岁次己酉六月朔廿五日癸酉敬使君僚建立。"⑥白居易《杨潜可洋州刺史李繁可遂州刺史史备可濠州刺史制》云:"朝议大夫前使持节吉州诸军事吉州刺史上柱国李繁,精强博敏,有才子之称;……而能本于文学,辅以政事,为郎见其行,为郡闻其声。夫洋束梁之险,遂居蜀之腴,濠控淮之要,三者皆名郡,而委之三吏。得不思勤俭教导,劳来安辑,膏雨吾土,襦袴吾人者乎?……繁可使持节都督遂州诸军事守遂州刺史。"⑦

---

① [清]何德润:《武川备考》卷六上,《武义文献丛编·何德润卷》第2册,中华书局2019年版,第829页。

② [宋]罗濬:《宝庆四明志》卷一四,《宋元浙江方志集成》第8册,第3408页。

③ [清]彭定求:《全唐诗》卷五七四,第6680页。

④ [清]董诰:《全唐文》卷五六一,第5678页。

⑤ [宋]王象之编著,赵一生点校:《舆地碑记目》卷一,《舆地纪胜》第12册,第21页。

⑥ [清]王昶:《金石萃编》卷一〇八,第6页。

⑦ [清]董诰:《全唐文》卷六六二,第6728—6729页。

十一月,柳泌为台州刺史

《旧唐书·宪宗纪下》:元和十三年十一月,"以山人柳泌为台州刺史。"①《唐文拾遗》卷五○徐灵府《天台山记》:"柳君名泌,宪宗十三年自复州石门山诏征,授台州刺史。"②《嘉定赤城志》卷八"秩官门·历代郡守":"元和十三年,柳泌。"注:"《唐史》及徐灵府《山记》皆作十三年,《壁记》乃作九年。"③

三月,五泄山灵默禅师卒,年七十二

《宋高僧传》卷一○《唐婺州五泄山灵默传》:"十三年三月二十三日,澡沐焚香,端坐绳床,嘱累时众,溘然而绝。寿龄七十二,法腊四十一。"④《灵默传》云:"释灵默,俗姓宣,毗陵人也。本成立之岁,悦学忘疲,约以射策登第,以荣亲里。承豫章马大师聚众敷演。造禅关,马师振容而示相,默密契玄机,便求披剃,若熟痈之待刺耳。受具之后,苦练行门,确乎不拔。贞元初,入天台山中,有隋智者兰若一十二所,悬记之曰:'此地严妙,非杂器所栖,若能居此,与吾无异。'默因住白砂道场,经于二载。猛虎来驯,近林产子,意有所依。又住东道场,地僻人稀。山神一夜震雷暴雨,悬崖委坠。投明,大树倒欹,庵侧树枝交络,茅苫略无少损。迤迤闻旒,皆来观叹。后游东白山,俄然中毒,而不求医,闭关宴坐。未几,毒化流汗而滴,乃复常矣。行次浦阳盛化,有阳灵戍将李望请默居五泄焉。元和初亢阳,田畯惶惶。默沿涧见青蛇夭矫,瞪目如视行人不动。咄之曰:'百姓溪竭苗死,汝胡不施雨救民邪?'至夜果大雨,合境云足,民荷其赐。属平昌孟简中丞廉问浙东废管内兰若,学徒散逸,时暨阳令李胄状举灵山,许重造院。"⑤

灵默又为诗人,《全唐诗续拾》卷二三据《祖堂集》卷一五收有《越州观察使差人问师以禅住持依律住持师以偈答》诗:"寂寂不持律,滔滔不坐禅。俨茶两三碗,意在镢头边。"⑥

---

① [后晋]刘昫:《旧唐书》卷一五,第465页。

② [清]陆心源:《唐文拾遗》卷五○,《全唐文》附,第10943页。

③ [宋]陈耆卿:《嘉定赤城志》卷八,《宋元浙江方志集成》第11册,第5151页。

④ [宋]赞宁撰,范祥雍点校:《宋高僧传》卷一○,第211页。

⑤ [宋]赞宁撰,范祥雍点校:《宋高僧传》卷一○,第210—211页。

⑥ 陈尚君:《全唐诗续拾》卷二三,《全唐诗补编》,第992页。

819 唐宪宗元和十四年己亥

六月,虞士美作《明州奉化县西山护国院记》,内载慧觉诗

《明州奉化县西山护国院记》:"护国院在西山之巅,山势环立,高峻屏列,而前别有一峰,下临大溪。传者谓其山多猛兽,而人不敢往。唐元和初,溪流泛涨,人见有僧持锡浮杯而渡,步入山中,遂常有光彩昼见,异香闻数里间。人皆神之,遂往瞻礼,见有数虎跪伏相向,僧方洗钵于涧下,即今所谓洗钵池。复坐石上,众既礼之,僧忽不见。视石上,乃有足迹,即今所谓罗汉迹。其锡自然飞起,闪若电光,卓立前峰,即今所谓驻锡峰。上百步间,石罅有泉,色白味甘,人有痼疾饮之辄差,即今所谓应供泉。由是乡人敬信,祈祷必应。元和九年,宗印大师慧觉自天台来,指谓人曰:'此乃第四尊者成道之地,常有伽蓝护持。吾当居此,结草成庵。'有僧来问曰:'如何是庵前景?'师曰:'岩上月明云弄影。溪汉风静水无波。'僧再问曰:'如何是景中人?'师曰:'徒教多虎豹,独自卧烟霞。'师乃升座曰:'诸法无生灭,生灭本因缘。去因缘则诸法通,通诸法则佛性见。是故种种尘劳,皆是虚妄。若人见真实,相□□□来。'由是,十方闻师了悟,海众云集。至十三年,有乡人陈元弼、邢处躬者,施财重建殿宇。岁间院成,师升座谓众曰:'道有污隆,时有盛衰。后百年,吾道必衰,当有诬人为我败坏。又百年后,吾道必盛,当有贤侯为我嗣兴。'举手示众,曰:'任去来,真消息。昨夜东风到岭头,珍重江南好春色。'言讫,端坐而上,实二月二日也。遂命通悟承嗣。其徒来求予记,予与师有道契,因书之。时大唐元和十四年六月四日,左拾遗、弘文馆学士虞世美记。"[①]

王建勇考证曰:"《延祐四明志》卷一七'释道考·奉化州':'西山资国禅寺。州西南五里。旧名护国,唐元和间创。宋治平初,赐今额。唐左拾遗、弘文馆学士虞世美为记。有洗钵池、罗汉迹、驻锡峰、应供泉,乃天台第四尊者成道之地。上有乐亭,至和中县令郯修辅为记。'《延祐四明志》的编纂者是鄞县人袁桷(1266—1327),

---

① 按,碑文原载朱永宁《西山寺的〈护国院记〉碑》,《宁波晚报》2012 年 7 月 15 日,第 A8 版:人文·地理。录自王建勇《唐元和诗人邢允中辨误》,载《中华文史论丛》2021 年第 4 期,第 253—254 页。

'尤熟于乡邦掌故',对邻县奉化的风土人情也很熟悉,曾亲见或听闻西山资国禅寺有虞世美记文,并首次将洗钵池、罗汉迹、驻锡峰、应供泉四个传说收进方志之中。此后,《雍正浙江通志》卷二五六'碑碣二·宁波府'《西山资国禅寺记》、《光绪奉化县志》卷一五'寺观下·南·西山禅寺'都有著录虞世美撰记一事。元和一四年,为纪念宗印大师慧觉(?—819)创立护国院的功绩,虞世美特应请作记并铭诸石。"①

但这篇刻石立于宋代,后有行书题记:"师录古碑叙记甚详,诚名蓝也。其间字多讹残,因沿正之。令成公佐题。"落款处题写共同立碑之人:"将仕郎、守县尉俞绛,朝散郎、行主簿邵齐,左班殿直、监盐酒商税务邢允中,承务郎、大理评事、知明州奉化县兼监盐酒商税务成公佐。"②故而后代方志将邢允中确定为唐代元和间人。以至于《全唐诗续拾》卷二二辑录了邢允中的《洗钵潭》诗:"潭水澄初地,长为洗钵供。已能降虎豹,不问揽鱼龙。溅沫溪莎碧,疏流石濑重。此中清净理,继迹有禅宗。"《驻锡峰》诗:"高峰常驻锡,灵异见当年。卓立惊沙界,光辉动梵天。鹤飞青霭外,龙护赤岚边。丈室仍相对,重来果凤缘。"③王建勇考证邢允中为北宋时人④,故以上二诗应为宋诗。《护国院记》亦为《全唐文》《全唐文补遗》《全唐文补编》所失收,《宁波历代碑碣墓志汇编》收入,可参看。

八月,苗稷任处州刺史

《册府元龟》卷一六八:元和十二年"八月己巳,处州刺史苗稷进助军钱绢及鞋等,诏曰……宜却还本州"⑤。又卷三一三:"崔群为相,元和十四年诛李师道……会处州刺史苗稷直进羡余钱七千贯,群请下令却赐本州。"⑥

九月,柳泌作《玉清行》诗,并刻碑

陈思《宝刻丛编》卷一三"台州"引《复斋碑录》:"唐柳泌《玉清行》,隐居台州刺史柳泌述并书,元和十四年,岁在己亥,九月十五日建,在天台。"⑦《台州金石录》著录有唐《柳泌玉清行》:"隐居台州刺史柳泌述并书,元和十四年岁在己亥九月十五

---

① 王建勇:《唐元和诗人邢允中辨误》,载《中华文史论丛》2021 年第 4 期,第 254 页。
② 王建勇:《唐元和诗人邢允中辨误》,载《中华文史论丛》2021 年第 4 期,第 255 页。
③ 陈尚君:《全唐诗续拾》卷二三,《全唐诗补编》,第 1000 页。
④ 王建勇:《唐元和诗人邢允中辨误》,载《中华文史论丛》2021 年第 4 期,第 247—258 页。
⑤ [宋]王钦若:《册府元龟》卷一六八,第 2027 页。
⑥ [宋]王钦若:《册府元龟》卷三一三,第 3697—3698 页。
⑦ [宋]陈思编著:《宝刻丛编》卷一三,第 832 页。

日建,在天台,见《复斋碑录》,诗载《天台集》。"①

陈思《宝刻丛编》卷一三"台州"引《复斋碑录》:"唐柳泌《题琼台诗》,总仙刺史柳泌,无年月,正书,磨(摩)崖,天台。"②按《题琼台》诗年月无考,姑附于《玉清行》后。《台州金石录》著录《柳泌题琼台诗》:"总仙刺史柳泌,无年月,正书,磨崖,在天台,见《复斋碑录》,诗见《天台集》。舟瑶案:是刻高三尺八寸,广二尺八寸,分六行,正书,径四寸,首行题'琼台诗'三字,次行'惣仙刺史柳泌'六字,七绝一首,前三行八字,末行四字,无年月。考《嘉定赤城志》泌官台州在元和十三年,诗当刻于是时。"③

本年,王仲涟为台州刺史

《嘉定赤城志》卷八"秩官门·历代郡守":"元和十四年,王仲涟。"④

820　唐宪宗元和十五年庚子

春,施肩吾及第后东归越中,张籍有诗送之

张籍《送施肩吾东归》诗云:"知君本是烟霞客,被荐因来城阙间。世业偏临七里濑,仙游多在四明山。早闻诗句传人遍,新得科名到处闲。惆怅灞亭相送去,云中琪树不同攀。"⑤徐礼节、余恕诚《张籍集系年校注》卷四注云:"作于元和十五年(820)春,时张籍在广文博士任。五代王定保《唐摭言·及第后隐居》(卷八):'施肩吾,元和十(五)年及第。'宋王谠《唐语林》(卷六):'元和十五年,太常少卿李建知举,放进士二十九人。时崔嘏舍人与施肩吾同榜。'清徐松《登科记考》(卷一八)载同。又,施肩吾《及第后过扬子江》:'今日步春草,复来经此道。'按:诗写施肩吾及

①　[清]黄瑞:《台州金石录》阙访一,《石刻史料新编》第1辑,第11248页。
②　[宋]陈思编著:《宝刻丛编》卷一三,第832页。
③　[清]黄瑞:《台州金石录》阙访一,《石刻史料新编》第1辑,第11248页。
④　[宋]陈耆卿:《嘉定赤城志》卷八,《宋元浙江方志集成》第11册,第5151页。
⑤　[清]彭定求:《全唐诗》卷三八五,第4339页。

第东归及其烟霞之志以赠别。"①本诗中"四明山""云中琪树"都在浙东,说明施肩吾及第后东归浙东。

施肩吾与浙东相关的诗作,还有多首,因为施肩吾在浙东时间较长,具体作年难以确考,故一并述录于此。

《秋夜山居二首》:"幽居正想餐霞客,夜久月寒珠露滴。千年独鹤两三声,飞下岩前一枝柏。""去雁声遥人语绝,谁家素机织新雪。秋山野客醉醒时,百尺老松衔半月。"②《嘉泰会稽志》卷一三"施肩吾宅"云:"施肩吾宅在山阴,唐真人施君肩吾之故居也。陈文惠公诗云:'幽居正想沧霞客,夜久月寒珠露滴。千年独鹤两三声,飞下岩前一株柏。'"③其实,《嘉泰会稽志》所录陈文惠公(尧佐)诗,实为施肩吾《秋夜山居二首》其一。又宋张淏《会稽续志》卷三"萧山"条:"临浦市,在县南三十里,唐施肩吾诗有'旅次临浦市'者,即此地也。"④

《兰渚泊》:"家在洞水西,身作兰渚客。天昼无纤云,独坐空江碧。"⑤《嘉泰会稽志》卷一〇"山阴县":"兰渚,在县西南二十五里。旧经云:山阴县西兰渚有亭,王右军所置,曲水赋诗,作序于此。"⑥

《越中遇寒食》:"去岁清明雪溪口,今朝寒食镜湖西。信知天地心不易,还有子规依旧啼。"⑦

《遇越州贺仲宣》:"君在镜湖西畔住,四明山下莫经春。门前几个采莲女,欲泊莲舟无主人。"⑧

《越溪怀古》:"忆昔西施人未求,浣纱曾向此溪头。一朝得侍君王侧,不见玉颜空水流。"⑨

《送僧游越》:"麻衣年少雪为颜,却笑孤云未是闲。此去若逢花柳月,栖禅莫向苧罗山。"⑩

《送端上人游天台》:"师今欲向天台去,来说天台意最真。溪过石桥为险处,路

① [唐]张籍撰,徐礼节、余恕诚校注:《张籍集系年校注》卷四,第533页。
② [清]彭定求:《全唐诗》卷四九四,第5595页。
③ [宋]施宿:《嘉泰会稽志》卷一三,《宋元浙江方志集成》第4册,第1954页。
④ [宋]张淏:《宝庆会稽续志》卷三,《宋元方志丛刊》第7册,第7124页。
⑤ [清]彭定求:《全唐诗》卷四九四,第5590页。
⑥ [宋]施宿:《嘉泰会稽志》卷一〇,《宋元浙江方志集成》第4册,第1848页。
⑦ [清]彭定求:《全唐诗》卷四九四,第5598页。
⑧ [清]彭定求:《全唐诗》卷四九四,第5607页。
⑨ [清]彭定求:《全唐诗》卷四九四,第5609页。
⑩ [清]彭定求:《全唐诗》卷四九四,第5607页。

逢毛褐是真人。云边望字钟声远,雪里寻僧脚迹新。只可且论经夏别,莫教琪树两回春。"①

《忆四明山泉》:"爱彼山中石泉水,幽深夜夜落空里。至今忆得卧云时,犹自涓涓在人耳。"②祝穆《方舆胜览》卷七"庆元府":"四明山,在州西八十里。陆龟蒙云:'山有峰,最高四穴在峰上,每天色晴霁,望之如户牖相倚。'《福地记》云:'三十六洞天第九曰四明山,二百八十峰洞,周回一百八十里,名丹山赤水之天。上有四门,通日月星辰之光,故曰四明山。'"③

《寄四明山子》:"高栖只在千峰里,尘世望君那得知。长忆去年风雨夜,向君窗下听猿时。"④

《同诸隐者夜登四明山》:"半夜寻幽上四明,手攀松桂触云行。相呼已到无人境,何处玉箫吹一声。"⑤

《宿四明山》:"黎洲老人命余宿,杳然高顶浮云平。下视不知几千仞,欲晓不晓天鸡声。"⑥

《送人归台州》:"莫驱归骑且徘徊,更遣离情四五杯。醉后不忧迷客路,遥看瀑布识天台。"⑦

《晚春送王秀才游剡川》:"越山花去剡藤新,才子风光不厌春。第一莫寻溪上路,可怜仙女爱迷人。"⑧

韩愈撰《处州孔子庙碑》

韩愈《处州孔子庙碑》云:"自天子至郡邑守长通得祀而遍天下者,唯社稷与孔子焉(一作为)。然而社祭土,稷祭谷,句龙与弃乃其佐享,非其专主,又其位所不屋而坛;岂如孔子用王者礼,巍然当座,以门人为配,自天子而下,北面跪祭,进退诚敬,礼如亲弟子者!句龙、弃以功,孔子以德,固自有次第哉!自古多有以功德得其位者,不得常祀;句龙、弃、孔子皆不得位,而得常祀。然其祀事皆不如孔子之盛,所

---

① [清]彭定求:《全唐诗》卷四九四,第5587页。
② [清]彭定求:《全唐诗》卷四九四,第5591页。
③ [宋]祝穆:《宋本方舆胜览》卷七,第100页。
④ [清]彭定求:《全唐诗》卷四九四,第5603—5604页。
⑤ [清]彭定求:《全唐诗》卷四九四,第5608页。
⑥ [清]彭定求:《全唐诗》卷四九四,第5609页。
⑦ [清]彭定求:《全唐诗》卷四九四,第5606页。
⑧ [清]彭定求:《全唐诗》卷四九四,第5599—5600页。

谓生人以来,未有如孔子者,其贤过于尧舜远者,此其效欤?郡邑皆有孔子庙,或不能修事,虽设博士弟子,或役于有司,名存实亡,失其所业。独处州刺史邺侯李繁至官,能以为先。既新作孔子庙,又令工改为颜子至子夏十人像,其余六十二子,及后大儒公羊高、左邱明、孟轲、荀况、伏生、毛公、韩生、董生、高堂生、扬雄、郑元等数十人,皆图之壁。选博士弟子必皆其人,又为置讲堂,教之行礼,肄习其中。置本钱廪米,令可继处以守。庙成,躬率吏及博士弟子,入学行释菜礼,耆老叹嗟,其子弟皆兴于学。邺侯尚文,其于古记无不贯达,故其为政知所先后,可歌也已。乃作诗曰:惟此庙学,邺侯所作。厥初庳下,神不以宇。先师所处,亦窘寒暑。乃新斯宫,神降其献。讲读有常,不诚用劝。揭揭元哲,有师之尊。群圣严严,大法以存。像图孔肖,咸在斯堂。以瞻以仪,俾不或忘。后之君子,无废成美。琢词碑石,以赞攸始。"①

此碑应作于元和十五年。刘真伦、岳珍《韩愈文集汇校笺注》卷二一注云:"此篇作年,洪兴祖、韩醇、方崧卿《年表》、方成珪、蒋抱玄注系于元和十五年(820),文说注系于十五年九月后,明年七月前。洪谱:"十五年庚子,闰正月,穆宗即位。公以今年春到袁。至袁,有《滕王阁记》。《记》云:'十五年十月袁州刺史。'《祭湘夫人文》云:'十五年十月,朝散大夫守国子祭酒。'按《唐史》云:'九月辛酉袁州刺史韩愈国子祭酒。'盖命下在九月,受命在十月。是月为《滕王阁记》时,犹未受祭酒之命也。文说注:'石本云《处州孔子庙碑记》,朝散大夫国子祭酒赐紫金鱼袋韩愈撰。无立碑年月日。按,公以元和十五年九月二十二日自袁州召为祭酒,明年七月迁兵部侍郎。此《记》其十五年九月后、明年七月前所作欤?'韩醇注:'碑记不载年月日,第云:朝散大夫国子祭酒赐紫金鱼袋韩愈撰。公为祭酒在元和十五年。'方谱:'石本衔书国子祭酒,知为是年作。'蒋抱玄注:'按公为祭酒,当在元和十五年。'谨按,当从洪谱。"②故系本文于元和十五年。

杜牧《书处州韩吏部孔子庙碑阴》云:"天不生夫子于中国,中国当如何?曰不夷狄如也。荀卿祖夫子,李斯事荀卿,一日宰天下,尽诱夫子之徒与书坑而焚之,曰:'徒能乱人,不若刑名狱吏治世之贤也。'彼商鞅者,能耕能战,能行其法,基秦为强,曰:'彼仁义虱官,可以置之。'置之,言不用也。自董仲舒、刘向,皆言司马迁,良史也,而迁以儒分之为九,曰:'博而寡要,劳而无功,不如道家者流也。'自有天地已

① [清]董诰:《全唐文》卷五六一,第5678页。
② 刘真伦等:《韩愈文集汇校笺注》卷二一,第2281页。

来,人无有不死者,海上迂怪之士特出言曰:'黄帝炼丹砂,为黄金以饵之,昼日乘龙上天,诚得其药,可如黄帝。'以燕昭王之贤,破强齐,几于霸;秦始皇、汉武帝之雄材,灭六强,擗四夷,尽非凡主也。皆甘其说,耗天下,损骨肉而不辞,至死而不悟,莫尊于天地,莫严于宗庙社稷。梁武帝起为梁国者,以笋脯面牲为荐祀之礼,曰:'佛之教,牲不可杀。'以天子之尊,舍身为其奴,散发布地,亲命其徒践之。"① 按,杜牧该文年代难以考证,兹附于韩愈文后。

许浑约于本年前后游越中

《唐才子传》卷七《许浑传》:"早岁尝游天台,仰看瀑布,旁眺赤城,辨方广于非烟,躇石桥于悬壁,登涉兼晨,穷览幽胜,朗诵孙绰古赋,傲然有思归之想。志存不朽,再三平昔,彷徨不能去。"② 谭优学《许浑行年考》系于元和十五年许浑三十岁时。今姑从之。然谭氏将许浑《早发天台中岩寺度关岭次天姥岑》等诗系于本年则不确③。因诗中有"欲求真诀驻衰颜"之语,应作于晚年许浑再游越中之时。

本年,赵良裔权知处州司马

崔筥《唐故朝散郎守珍王府录事参军飞骑尉乘府君(著)墓志铭并序》:"公讳著,字太质,魏郡人也。"题署:"河南府参军罗约言书,朝议郎、权知处州司马、赐绯鱼袋、翰林待诏赵良裔篆题。"④ 按,乘著以元和十四年十一月十三日卒,以玄枵之岁七月九日葬。"玄枵"即元和十五年。

本年,越州士曹参军姜鹭卒

姜去病《故越州士曹参军天水姜府君(鹭)墓志铭并序》:"府君讳鹭,字利见。……年十六,解褐授汾州参军。清而明,温而廉。秩满,再授台州司法。断狱平允,吏无奸欺。其后再选授越府士曹。为官清谨,掌握三库。直心奉上,法必从公。后乃退身不仕,贫于丘园。修无生法,忍养神宝,真用怡其思。读法华、维摩诸经,兼寻黄老玄言,洞明三教。赴神剑之利器,翻天外之孤云。云飞无常,剑有残

① [清]董诰:《全唐文》卷七五四,第7820页。
② 傅璇琮主编:《唐才子传校笺》第3册,中华书局1990年版,第241页。
③ 谭优学:《唐诗人行年考续编》,第136页。
④ 吴钢主编:《全唐文补遗》第3辑,第181页。

缺。……以元和十五年闰正月十三日薨于第,春秋七十二。"①

821　唐穆宗长庆元年辛丑

二月,婺州人陶乔进士及第

陈尚君《〈登科记考〉正补》:"光绪《金华县志》卷六"进士":'长庆元年,陶乔,有传。'"②孟二冬《登科记考补正》卷一九"长庆元年进士科":"四库本《浙江通志》卷二四〇"陵墓·泰顺县":'唐进士陶乔墓。《泰顺县志》:在西隅陶家埠。乔字迁于,婺州人。长庆辛丑进士。'当有其据。"③

十一月,越州刺史薛戎卒,韩愈为撰墓志铭,元稹为撰神道碑

《朝散大夫越州刺史薛公(戎)墓志铭》:"公讳戎,字元夫。""某年,拜越州刺史兼御史中丞、浙东观察使。至则悉除去烦弊,俭出薄入,以致和富。部刺史得自为治,无所牵制,四境之内,竟岁无一事。""疾病去官,长庆元年九月庚申,至于苏州以卒,春秋七十五。……以其年十一月庚申,葬于河南偃师先人之兆次。"④按,薛戎为越州刺史在元和十二年正月至长庆元年十月。见《旧唐书·穆宗纪》及《会稽掇英总集》卷一八《唐太守题名记》。

《唐故越州刺史兼御史中丞浙江东道观察等使赠左散骑常侍河东薛公(戎)神道碑文铭》:"公讳戎,字元夫。""长庆元年以疾自去。九月庚申,薨于苏州之私第。始生岁丁亥,至是七十五年矣。……十一月庚申,泊夫人韦氏葬偃师河南府君之墓志左。"⑤

---

①　该墓志见网络发布,http://www.360doc.com/content/20/0329/14/2233003_902442544.shtml。
②　陈尚君:《〈登科记考〉正补》,《唐代文学研究》第4辑,广西师范大学出版社1993年版,第340页。
③　[清]徐松撰,孟二冬补正:《登科记考补正》卷一九,第695页。
④　[清]董诰:《全唐文》卷五六三,第5700—5701页。
⑤　[清]董诰:《全唐文》卷六五四,第6652页。

本年,丁公著为浙江东道观察使,白居易行制

《旧唐书》卷一六《穆宗纪》:长庆元年十月,"以工部尚书丁公著检校左散骑常侍,兼越州刺史、御史中丞,充浙东观察使。"①《会稽掇英总集》卷一八《唐太守题名记》:"丁公著,权知吏部铨选事、检校右散骑常侍授。长庆三年九月,追赴阙。"②《嘉泰会稽志》卷二"太守":"丁公著,自礼部尚书、翰林侍读学士授,长庆三年九月追赴阙。"③《文苑英华》卷四〇八有白居易《授丁公著可检校左散骑常侍守越州刺史浙东观察使制》:"敕古者通守之土,刺史按部,从宜务简,今则合之,故任日崇而选日重,非廉平简直,兼恺悌之德者曾不足中吾选焉。尚书工部侍郎集贤殿学士丁公著常以学行以礼法诲予一人,报德图劳,连加宠擢,起曹书殿,兼而委之。二职增修,三命益敬。朕以浙河之左,抵于海隅,全越奥区,延衰千里,宜得良帅,俾之澄清。往分吾忧,无出尔右。假左貂而帖中宪,操郡印而握兵符,勉哉!是行伫闻报政。可依前件。"④

本年,浙东观察判官韩伙为殿中侍御史,巡官晁朴为协律郎,白居易行制

白居易《京兆府司录参军孙简可检校礼部员外郎荆南节度判官浙东判官试大理评事韩伙可殿中侍御史巡官试正字晁朴可试协律郎充推官同制》云:"敕:某官孙简等:凡使府之制,量职之轻重以命官,揆时之远近以进秩,俾等杀有常序,迁次有常程,劳逸均而名分定矣。简自登宪司,佐相幕府,暨纠天府,皆有可称。而伙等亦以文学发身,谋画效用。荆扬、浙右,实籍宾僚,况今之公卿大夫,皆由此途出,慎尔职事,尔无自轻。可依前件。"⑤

本年,韦行立为处州刺史,新开南溪并作诗与朱庆馀唱和

朱庆馀《和处州韦使君新开南溪》诗云:"地里光图谶,樵人共说深。悠然想高躅,坐使变荒岑。疏凿因殊旧,亭台亦自今。静容猿暂下,闲与鹤同寻。转旆驯禽起,褰帷瀑溜侵。石稀潭见底,岚暗树无阴。跻险难通屣,攀栖称抱琴。云风开物

---

① [后晋]刘昫:《旧唐书》卷一六,第491页。
② [宋]孔延之:《会稽掇英总集》卷一八,《宋元浙江方志集成》第14册,第6555页。
③ [宋]施宿:《嘉泰会稽志》卷二,《宋元浙江方志集成》第4册,第1666页。
④ [宋]李昉:《文苑英华》卷四〇八,第2070页。
⑤ [清]董诰:《全唐文》卷六五九,第6704页。

意,潭水识人心。携榼巡花遍,移舟惜景沉。世嫌山水僻,谁伴谢公吟。"①"韦使君"应为韦行立。元稹有《授韦行立处州刺史制》:"敕守卫尉少卿袭邢国公韦行立……可使持节处州刺史。"②时当元和十五年至长庆元年行制。元稹《永福寺石壁法华经记》即有"处州刺史韦行立"③语。

本年,韩察为明州刺史,元稹行制

元稹《授韩察等明通等州刺史制》云:"敕:朕子育黎人,懔乎惧一物之不至。将我德泽流布于远迩者,其惟良二千石乎? 前京兆府富平县令韩察等,久于史职,皆著能名,昔尝奉诏条,风声尚在,或历居郊甸,惠养有方。命汝临人,勿违其俗。夫明近于海,懦则奸生;通理于巴,急则吏扰;沔当津会,滞则怨起。推是三者,引而伸之,然后可以忧人之忧矣。尔其勉之。可依前件。"④乃长庆元年元稹为祠部郎中制制诰时所作。《宝庆四明志》卷一"郡守":"韩察,滉之孙,长庆元年刺史。易县治为州治,撤旧城,筑新城,功大而民不知役,费广而用不厉民。见韩杼材所撰《移城记》。"⑤

本年,韦行立为明州刺史,元稹行制

元稹《授韦行立处州刺史制》云:"敕:守卫尉少卿袭邢国公韦行立:闻尔贵游之子也,出入省寺,二十余年,终无尤违,斯亦鲜矣。江南诸郡,户籍非少,皆有赋入之难。尔为吾往理缙云,以宣朕化,无虐悍独,俾伤惠和。可使持节处州刺史。"⑥乃元和十五年至长庆元年元稹为祠部郎中制制诰时所作。

本年,衢州刺史郑群卒

韩愈《朝散大夫尚书库部郎中郑君(群)墓志铭》:"会衢州无刺史。方选人,君愿行,宰相即以君应诏。治衢五年,复入为库部郎中。行及扬州,遇疾,居月余,以长庆元年八月二十四日卒,春秋六十。"⑦白居易有《衢州刺史郑群可库部郎中齐州

---

① [清]彭定求:《全唐诗》卷五一五,第5883页。
② [清]董诰:《全唐文》卷六四九,第6582页。
③ [清]董诰:《全唐文》卷六五四,第6645页。
④ [清]董诰:《全唐文》卷六四九,第6582页。
⑤ [宋]罗濬:《宝庆四明志》卷一,《宋元浙江方志集成》第7册,第3106—3107页。
⑥ [清]董诰:《全唐文》卷六四九,第6582页。
⑦ [清]董诰:《全唐文》卷五六三,第5699页。

刺史张士阶可祠部郎中同制》："敕：某官郑群等：今之正郎，班望颇重，中外要职，多由是选。故其所选，不得不慎，必循名实，而后命之。群与士阶，久典名郡，谨身化下，有循吏之风。会课陟明，宜当是选。国之大事，在祀与戎，一掌祠曹，一司武库，各领其要，尔宜敬之。群可库部郎中，阶可祠部郎中。"①

822　唐穆宗长庆二年壬寅

二月，王仲周为台州刺史

《旧唐书》卷一六《穆宗纪》：长庆二年二月，"右庶子王仲周以奉使缓命，贬台州刺史"②。《嘉定赤城志》卷八"秩官门·历代郡守"："长庆二年，王仲周。"③《唐代墓志汇编续集》载《唐郑州原武县令京兆王公墓志铭并序》："祖讳仲周，进士及第，任利、明、台三州刺史，国子祭酒。"④王仲周与诗人颇有交往，武元衡有《闻王仲周所居牡丹花发因戏赠》诗云："闻说庭花发暮春，长安才子看须频。花开花落无人见，借问何人是主人。"⑤又有《夏日寄陆三达陆四逢并王念八仲周》诗云："士衡兄弟旧齐名，还似当年在洛城。闻说重门方隐相，古槐高柳夏阴清。"⑥又有《酬王十八见招》诗云："王昌家直在城东，落尽庭花昨夜风。高兴不辞千日醉，随君走马向新丰。"⑦

六月，日本天台宗最澄大师圆寂于比叡山中道院，终年五十六岁

《天台霞标》五编卷一："(弘仁)十三年夏六月壬戌，传灯大法师位最澄言：'夫如来制戒，随机不同。众生发心，大小亦别。伏望天台法华宗，年分度者二人，于比叡山每年春三月，先帝国忌日，依法华经制，令得度受戒十二个年。不听出山，四种

---

① [清]董诰：《全唐文》卷六五七，第6687—6688页。
② [后晋]刘昫：《旧唐书》卷一六，第495页。
③ [宋]陈耆卿：《嘉定赤城志》卷八，《宋元浙江方志集成》第11册，第5152页。
④ 周绍良、赵超主编：《唐代墓志汇编续集》，第1157页。
⑤ [清]彭定求：《全唐诗》卷三一七，第3577页。
⑥ [清]彭定求：《全唐诗》卷三一七，第3575页。
⑦ [清]彭定求：《全唐诗》卷三一七，第3577页。

580

三昧,令得修练,然则一乘戒定,永传圣朝。山林精进,远劝尘劫。'许之。同月癸亥,传灯大法师位最澄卒云云。延历末入唐请益,皇太子詹事陆淳左降台州刺史,会届天台宗道邃和尚为座主,傥预讲筵禀学略了,良缘有感,一面为欢,助写宗书三百余卷讫,即复本职,拜别上京,既而随使,归来弘演宗义。"注:"《日本纪略》云:'最澄卒年五十有六。'"①《国清寺志》第四章:"弘仁十三年(822)六月四日,最澄大师圆寂于比叡山中道院,终年五十六岁。在他圆寂后的第七天,嵯峨天皇特下诏书,批准在比叡山建立天台宗大乘戒坛。同时赐给比叡山寺'延历寺'匾额。日贞观八年(866)清和天皇敕赠'传教大师'谥号。"②

最澄卧病期间及卒后,日本嵯峨天皇及诸大臣均有慰问诗及挽诗。

嵯峨天皇《答澄公奉献诗》云:"远传南岳教,夏久老天台。杖锡凌溟海,蹑虚历蓬莱。朝家无英俊,法侣隐贤才。形体风尘隔,威仪律范开。袒肩临江上,洗足踏岩隈。梵语翻经阁,钟声听香台。经行人事少,宴坐岁华催。羽客亲讲席,山精供茶杯。深房春不暖,花雨自然来。赖有护持力,定知绝轮回。"③

嵯峨天皇《和澄公卧病述怀之作》云:"闻公云峰里,卧病欲契真。对境知皆幻,观空厌此身。柏暗禅庭寂,花明梵宇春。莫嫌应化久,为济梦中人。"④

嵯峨天皇《哭最澄上人》云:"吁嗟双树下,摄化契如如。慧远名仍驻,支公业已虚。草深新庙塔,松掩旧禅居。灯烈残空座,香烟绕像炉。苍生稍集少,缁侣律仪疏。法体何不住,尘心伤有余。"⑤

仲雄王《和澄上人卧病述怀之作》云:"古寺北林下,高僧毛骨清。天台萝月思,佛陇白云情。院静芭蕉色,廊虚钟梵声。卧疴如入定,山鸟独来鸣。"⑥

巨势识人《和澄上人卧病述怀之作》云:"吾师山上寺,托疾卧云烟。猿鸟狎梵宇,鬼神护法筵。涧花当佛笑,峰月向僧悬。已觉非真有,观身自得痊。"⑦

秋,张厚赴浙东,许浑作诗相送

许浑《送张厚浙东谒丁常侍》诗云:"凉露清蝉柳陌空,故人遥指浙江东。青山

① [日]敬雄:《天台霞标》五编卷一,《大日本佛教全书》第126册,第521页。
② 丁天魁主编:《国清寺志》,第118页。
③ [日]小岛宪之校注:《文华秀丽集》,东京:岩波书店1964年版,第258页。
④ [日]小岛宪之校注:《文华秀丽集》,第262页。
⑤ 嵯峨天皇《哭澄上人》诗真迹,载于《书迹名品丛刊》,日本二玄社1964年影印本。
⑥ [日]小岛宪之校注:《文华秀丽集》,第262页。
⑦ [日]小岛宪之校注:《文华秀丽集》,第263页。

有雪松当涧,碧落无云鹤出笼。齐唱离歌愁晚月,独看征棹怨秋风。定知洛下声名士,共说膺门得孔融。"①按,《旧唐书》卷一六《穆宗纪》:长庆元年十月,"以工部尚书丁公著检校左散骑常侍,兼越州刺史、御史中丞,充浙东观察使"②。本诗作于秋日,是应为长庆二年或三年所作,姑系于本年。

冬,白居易作诗与衢州刺史张聿

白居易《岁暮枉衢州张使君书并诗因以长句报之》诗云:"西州彼此意何如,官职蹉跎岁欲除。浮石潭边停五马,望涛楼上得双鱼。万言旧手才难敌,五字新题思有余。贫薄诗家无好物,反投桃李报琼琚。"③朱金城《白居易集笺校》卷二〇笺云:"作于长庆二年(822),五十一岁,杭州,杭州刺史。'衢州张使君',衢州刺史张聿。旧、新书俱无传。贞元二十年九月自秘书省正字充翰林学士。元和二年出守本官。历湖州长史及都水使者等职。长庆初,自工部员外郎出为衢州刺史。见白氏《张聿可衢州刺史制》(卷四八)、《张聿都水使者制》(卷五五)、丁居晦《重修承旨学士壁记》。"④白居易《张聿可衢州刺史制》云:"敕:中散大夫行尚书工部员外郎上柱国吴县开国男食邑三百户张聿:内外庶官,同归共理,牧守之任,最亲吾人。盖弛张举措由其心,赏罚威福悬其手,若一日失其职,一郡非其人,而名未达于朝听之间,为害已甚矣。选授之际,得不慎夫?以尔聿前领建溪有理行,次临沔郡著能名,用尔所长,副吾所急,宜辍郎署,往颁诏条,来暮之声,伫入吾耳。可使持节衢州刺史,散官、勋如故。"⑤

十二月,陈右在明州长史任,撰《明州南楼诗》,刻石;刘禹锡有《赠同年陈长史员外》诗

《金石录》卷九:"《唐明州南楼诗》,陈右撰,胡师模八分书。长庆二年十二月。"⑥刘禹锡有《赠同年陈长史员外》诗云:"明州长史外台郎,忆昔同年翰墨场。一自分襟多岁月,相逢满眼是凄凉。推贤有愧韩安国,论旧唯存盛孝章。所叹谬游

---

① [清]彭定求:《全唐诗》卷五三五,第6111页。
② [后晋]刘昫:《旧唐书》卷一六,第491页。
③ [清]彭定求:《全唐诗》卷四四三,第4956页。
④ [唐]白居易著,朱金城笺校:《白居易集笺校》卷二〇,第1347页。
⑤ [清]董诰:《全唐文》卷六六二,第6727页。
⑥ [宋]赵明诚撰,金文明校证:《金石录校注》卷九,第187页。

东阁下,看君无计出恓惶。"①该诗《剩余丛书》本《刘宾客文集》题末有"石"字,当为"右"之误。陈祐之名有"祐""祐""佑"三种。《文苑英华》卷一八三有陈祐《风光草际浮》诗一首②,即贞元九年省试诗。同书卷一〇四有陈佑《平权衡赋》③,即当年赋题。而《登科记考》卷一三作"陈祐"④。《全唐文补遗》第9辑《李德方墓志铭》,署款:"殿中侍御史内供奉陈右撰。"⑤墓主卒于元和三年七月。综合以上材料,应以"陈右"为是。

本年,苗藏位为台州刺史,盖为王仲周之继任

《嘉定赤城志》卷八"秩官门·历代郡守":"长庆二年,苗藏位。"⑥

823　唐穆宗长庆三年癸卯

八月,元稹为浙江东道观察使,妻有阻色,作诗以晓之

元稹《永福寺石壁法华经记》:"予始以长庆二年相先帝无状,谴于同州,明年徙会稽。"⑦《会稽掇英总集》卷一八《唐太守题名记》:"元稹,长庆三年八月,自同州防御使授。大和三年九月,除尚书左丞。"⑧《嘉泰会稽志》卷二"太守"同⑨。

元稹又有《初除浙东妻有阻色因以四韵晓之》诗云:"嫁时五月归巴地,今日双旌上越州。兴庆首行千命妇,会稽旁带六诸侯。海楼翡翠闲相逐,镜水鸳鸯暖共游。我有主恩羞未报,君于此外更何求。"⑩周相录《元稹集校注》卷二二注:"长庆

---

①　[清]彭定求:《全唐诗》卷三六一,第4083页。
②　[宋]李昉:《文苑英华》卷一八三,第896页。
③　[宋]李昉:《文苑英华》卷一〇四,第476页。
④　[清]徐松:《登科记考》卷一三,第482页。
⑤　吴钢主编:《全唐文补遗》第9辑,第387页。
⑥　[宋]陈耆卿:《嘉定赤城志》卷八,《宋元浙江方志集成》第11册,第5152页。
⑦　[清]董诰:《全唐文》卷六五四,第6645页。
⑧　[宋]孔延之:《会稽掇英总集》卷一八,《宋元浙江方志集成》第14册,第6555页。
⑨　[宋]施宿:《嘉泰会稽志》卷二,《宋元浙江方志集成》第4册,第1666页。
⑩　[清]彭定求:《全唐诗》卷四一七,第4603页。

三年作于自同州至越州途中,时为浙东观察使、越州刺史。"①金圣叹《贯华堂选批唐才子诗》卷六上:"(前解)因夫人是新婚,先生是新除,故以'五月''双旌'字对写为戏也。言昨者登车远来,其时正值五月,犹尚触热相就;今何被命南上,俨然已发双旌,顾反娇啼见难耶? 三四,即双旌先报越州头行,言夫人是兴庆宫命妇班首,相公是中书门下平章观察,一任算是夫荣妻贵亦得,算是夫唱妇随亦得,言更不可不行也。言外,宛然新婚相谑。(后解)前解,盛述恩荣;此解,细商恩义也。言陆则有翡翠,水则有鸳鸯,既是配合雄雌,无不宛转相逐,可以人不如鸟,而作差池背飞耶? 末因更以五伦大义晓之,言我于朝廷为君臣,子于闺房为夫妇,既我君臣义在莫逃,即子夫妇胡可相失也。"②

八月,元稹为浙江东道观察使,赴任途中经润州,与李德裕诗歌唱和

元稹《酬李浙西先因从事见寄之作》诗云:"近日金銮直,亲于汉珥貂。内人传帝命,丞相让吾僚。浙郡悬旌远,长安谕日遥。因君蕊珠赠,还一梦烟霄。"③据卞孝萱《元稹年谱》,长庆三年八月,元稹由同州刺史迁越州刺史、浙东观察使,赴越州途经润州,与李德裕会面④。诗为其时作。

八月,元稹为浙江东道观察使,赴任途中,与白居易、李谅等诗歌唱和

白居易有《元微之除浙东观察使喜得杭越邻州先赠长句》,《元稹集》卷二二有酬和之作《酬乐天喜邻郡》,题注:"此后并越州酬和。"⑤又有《再酬复言和前篇》,韵脚相同。诗云:"经过二郡逢贤牧。"⑥即指经苏州、杭州逢李谅与白居易。而元稹又有《和乐天示杨琼》诗有"去年十月过苏州"⑦语,元稹长庆三年为浙东观察使,其年赴任,十月过苏州。又《元稹集》卷二二《戏赠乐天复言》《再酬复言》,则为元稹至越州后与李谅往还酬赠之作。周相录《元稹集校注》卷二二《酬乐天喜邻郡》注:"长庆三年作于由同州赴越州途中,时为浙东观察使、越州刺史。白居易原唱为《元微

① [唐]元稹著,周相录校注:《元稹集校注》卷二二,上海古籍出版社2011年版,第670页。
② [清]金圣叹:《贯华堂选批唐才子诗》卷六上,万卷出版公司2009年版,第289—290页。
③ [清]彭定求:《全唐诗》卷四一〇,第4558页。
④ 卞孝萱:《元稹年谱》,齐鲁书社1980年版,第423—424页。
⑤ [唐]元稹著,周相录校注:《元稹集校注》卷二二,第648页。
⑥ [唐]元稹著,周相录校注:《元稹集校注》卷二二,第649页。
⑦ [清]彭定求:《全唐诗》卷四二二,第4639页。

之除浙东观察使喜得杭越邻州先赠长句》，次韵唱和。"①白诗云："稽山镜水欢游地，犀带金章荣贵身。官职比君虽校小，封疆与我且为邻。郡楼对玩千峰月，江界平分两岸春。杭越风光诗酒主，相看更合与何人。"②元诗云："蹇驴瘦马尘中伴，紫绶朱衣梦里身。符竹偶因成对岸，文章虚被配为邻。湖翻白浪常看雪，火照红妆不待春。老大那能更争竞，任君投募醉乡人。"③

元稹又有《再酬复言和前篇》诗云："经过二郡逢贤牧，聚集诸郎宴老身。清夜漫劳红烛会，白头非是翠娥邻。曾携酒伴无端宿，自入朝行便别春。潦倒微之从不占，未知公议道何人。"④周相录《元稹集校注》卷二二注："长庆三年作于自同州赴越州途中，时为浙东观察使、越州刺史。复言：指李谅，字复言，行六，曾参与永贞革新，后曾为寿州、苏州、汝州刺史及京兆尹、桂管观察使，与元白友善。前篇：指《酬乐天喜邻郡》。李谅原唱已佚。"⑤

元稹又有《赠乐天》诗云："莫言邻境易经过，彼此分符欲奈何。垂老相逢渐难别，白头期限各无多。"⑥周相录《元稹集校注》卷二二注："长庆三年作于自同州赴越州途中，时为浙东观察使、越州刺史。白居易酬和为《席上答微之》，一般唱和。"⑦居易和作为《席上答微之》："我住浙江西，君去浙江东。勿言一水隔，便与千里同。富贵无人劝君酒，今宵为我尽杯中。"⑧

元稹又有《重赠》诗云："休遣玲珑唱我诗，我诗多是别君词。明朝又向江头别，月落潮平是去时。"题下有注："乐人商玲珑能歌，歌予数十诗。"⑨周相录《元稹集校注》卷二二注："长庆三年作于自同州赴越州途中，时为浙东观察使、越州刺史。白居易酬和为《答微之上船后留别》，一般唱和。商玲珑：《诗话总龟》乐府门引《搢绅脞说》：'商玲珑，余杭之歌者……元微之在越州闻之，厚币来邀，乐天即时遣去。到越州，住月余，使尽歌所唱之曲，即赏之。后遣之归，作诗送行。留寄乐天云云。'所引即此诗。然此诗乃元稹尚未到任时作，《搢绅脞说》亦有误。"⑩《唐三体诗》卷一

① ［唐］元稹著，周相录校注：《元稹集校注》卷二二，第648页。
② ［清］彭定求：《全唐诗》卷四四六，第4999页。
③ ［清］彭定求：《全唐诗》卷四一七，第4598页。
④ ［清］彭定求：《全唐诗》卷四一七，第4598页。
⑤ ［唐］元稹著，周相录校注：《元稹集校注》卷二二，第649页。
⑥ ［清］彭定求：《全唐诗》卷四一七，第4598页。
⑦ ［唐］元稹著，周相录校注：《元稹集校注》卷二二，第650页。
⑧ ［清］彭定求：《全唐诗》卷四四六，第4999页。
⑨ ［清］彭定求：《全唐诗》卷四一七，第4598页。
⑩ ［唐］元稹著，周相录校注：《元稹集校注》卷二二，第650—651页。

载何焯评曰:"寄君诗则无非离别之辞,起下二句轻巧无痕。不必更听,便藏得千重别恨。末句只从将别作结,自有黯然之味,正用覆装以留不尽。"①俞陛云《诗境浅说续编》:"首二句非但见交情之厚,酬唱之多,兼有会少离多之意,故第三句以'又'字表明之,言明日潮平月落,又与君分手江头。题曰《重赠乐天》,见临别言之不尽也。"②

元稹又有《别后西陵晚眺》诗云:"晚日未抛诗笔砚,夕阳空望郡楼台。与君后会知何日,不似潮头暮却回。"③周相录《元稹集校注》卷二二注:"长庆三年作于自同州赴越州途中,时为浙东观察使、越州刺史。西陵:今浙江萧山西兴镇之古称。白居易酬和为《答微之泊西陵驿见寄》,次韵唱和。"④居易诗云:"烟波尽处一点白,应是西陵古驿台。知在台边望不见,暮潮空送渡船回。"⑤邹志方《浙东唐诗之路》云:"穆宗长庆三年(823)八月,元稹自同州刺史授越州刺史兼浙东观察使。十月,途经杭州,拜访长庆二年(822)十月业已上任杭州刺史之好友白居易。白居易设宴,元稹有《赠乐天》诗:'莫言邻境易经过,彼此分符欲奈何?垂老相逢渐难别,白头期限各无多。'心情并不见佳。白居易即写下《席上答微之》,以示安慰:'我住浙江西,君去浙江东。勿言一水隔,便与千里同。富贵无人劝君酒,今宵为我尽杯中。'离杭上船时,随身乐妓商玲珑唱了元稹十多首诗,无稹依恋难舍,借此写下《重赠》诗:'休遣玲珑唱我诗,我诗多是别君词。明朝又向江头别,月落潮平是去时。'白居易又以《答微之上船后留别》诗,表明同样心迹:'烛下尊前一分手,舟中岸上两回头。归来虚白堂中梦,合眼先应到越州。'现在,渡过钱塘江,到了西陵,便是越州地面了,朋友间依恋之情,依然难以辞怀,于是又深情地远眺杭州,信笔写下此诗,并以竹筒贮诗,递送杭州。白居易阅读此诗,欣然会心,即刻写下《答微之泊西陵驿见寄诗》:'烟波尽处一点白,应是西陵古驿台。知是台边望不见,暮潮空送渡船回。'虚拟元稹西陵遥望之状,聊表自己深心感激之情。依旧贮诗竹筒,递送越州。元白'竹筒递诗',便从此开始,一发而不可收,以后成为诗坛一大佳话。白居易专有诗作记此事:'拣得琅玕截作筒,缄题章句写心胸。随风每喜飞如鸟,渡水常忧化作龙。粉节坚如太守信,霜筠冷称大夫容。烦君赞咏心知愧,鱼目骊珠同一封。'

---

① 杨军笺注:《元稹集编年笺注(诗歌卷)》,三秦出版社 2002 年版,第 880 页。
② 杨军笺注:《元稹集编年笺注(诗歌卷)》,第 880 页。
③ [清]彭定求:《全唐诗》卷四一七,第 4598 页。
④ [唐]元稹著,周相录校注:《元稹集校注》卷二二,第 651 页。
⑤ [清]彭定求:《全唐诗》卷四四六,第 4999 页。

（《与微之唱和，来去常以诗筒贮诗，陈协律美而成篇，因以此答》）可见此举之得意。离杭时还特意提及此举：'从此津人应省事，寂寥无复递诗筒。'（《除官赴阙留赠微之》）据王谠《唐语林》卷二载：'官妓商玲珑、谢好好，巧于应对，善歌舞。后元稹镇会稽，参其酬唱，每以筒盛诗来往。'"①

《全唐诗续拾》卷二五据《千载佳句》录元稹《上西陵留别》诗句："□忧去国三千里，遥指江南一道云。"②周相录《元稹集校注·续补遗》卷一注："长庆三年作于自同州赴越州途中，时为浙东观察使、越州刺史。西陵：今浙江萧山市西兴镇之古称。"③

十月，元稹抵浙东观察使任，与白居易、李谅等诗歌唱和

元稹又有《以州宅夸于乐天》诗云："州城迥绕拂云堆，镜水稽山满眼来。四面常时对屏障，一家终日在楼台。星河似向檐前落，鼓角惊从地底回。我是玉皇香案吏，谪居犹得住蓬莱。"④周相录《元稹集校注》卷二二注："长庆三年作于越州，时为浙东观察使、越州刺史。白居易酬和为《答微之夸越州州宅》，一般唱和。"⑤居易诗云："贺上人回得报书，大夸州宅似仙居。厌看冯翊风沙久，喜见兰亭烟景初。日出旌旗生气色，月明楼阁在空虚。知君暗数江南郡，除却余杭尽不如。"⑥黄叔灿《唐诗笺注》卷五评曰："州宅在城中高处。起言州回绕，而镜湖之水、会稽之山皆在眼前，'屏障''楼台'，形容尽致。星河在檐，鼓角在地，俱言其高。结语虽系夸美，亦风流极矣。按本传，微之入相，李逢吉构罢之，出为同州刺史，再徙浙江观察使，故曰'谪居'。"⑦

元稹又有《重夸州宅旦暮景色兼酬前篇末句》诗云："仙都难画亦难书，暂合登临不合居。绕郭烟岚新雨后，满山楼阁上灯初。人声晓动千门辟，湖色宵涵万象虚。为问西州罗刹岸，涛头冲突近何如。"⑧周相录《元稹集校注》卷二二注："长庆三年作于越州，时为浙东观察使、越州刺史。白居易酬和为《微之重夸州居其落句

① 邹志方：《浙东唐诗之路》，第9—10页。
② 陈尚君：《全唐诗续拾》卷二五，《全唐诗补编》，第1036页。
③ ［唐］元稹著，周相录校注：《元稹集校注·续补遗》卷一，第1574—1575页。
④ ［清］彭定求：《全唐诗》卷四一七，第4599页。
⑤ ［唐］元稹著，周相录校注：《元稹集校注》卷二二，第652页。
⑥ ［清］彭定求：《全唐诗》卷四四六，第4999页。
⑦ 杨军笺注：《元稹集编年笺注（诗歌卷）》，第882页。
⑧ ［清］彭定求：《全唐诗》卷四一七，第4599页。

有西州罗刹之谑因嘲兹石聊以寄怀》，依韵唱和。"①居易诗云："君问西州城下事，醉中叠纸为君书。嵌空石面标罗刹，压捺潮头敌子胥。神鬼曾鞭犹不动，波涛虽打欲何如。谁知太守心相似，抵滞坚顽两有余。"②黄叔灿《唐诗笺注》卷五评曰："首句跟上首'蓬莱'说，次句言仙都似可暂临登望，不宜为人世之居，正以答前篇'居''住'二字，更极形州宅之妙也。中四句俱分贴旦暮说，雨后烟岚，灯初楼阁，景色可想。三联'湖色宵涵'句，从空际写照显，更非寻常笔墨。西州指杭州。钱塘江一名罗刹江。"③

元稹又有《再酬复言和夸州宅》诗云："会稽天下本无俦，任取苏杭作辈流。断发仪刑千古学，奔涛翻动万人忧。石缘类鬼名罗刹，寺为因坟号虎丘。莫著诗章远牵引，由来北郡似南州。"④本诗《全唐诗》未收，《全唐诗续拾》卷二五据宋孔延之《会稽掇英总集》卷一录入⑤，为元稹与李谅交往之重要材料。周相录《元稹集校注·续补遗》卷一注："长庆三年作于越州，时为浙东观察使、越州刺史。复言：指李谅。……李谅原唱已佚。"⑥

元稹又有《酬乐天吟张员外诗见寄因思上京每与乐天于居敬兄升平里咏张新诗》云："乐天书内重封到，居敬堂前共读时。四友一为泉路客，三人两咏浙江诗。别无远近皆难见，老减心情自各知。杯酒与他年少隔，不相酬赠欲何之。"⑦周相录《元稹集校注》卷二二注："长庆三年作于越州，时为浙东观察使、越州刺史，白居易时为杭州刺史。张员外：指张籍，长庆二年迁水部员外郎。……白居易原唱为《张十八员外以新诗二十五首见寄郡楼月下吟玩通夕因题卷后封寄微之》，次韵唱和。"⑧居易诗云："秦城南省清秋夜，江郡东楼明月时。去我三千六百里，得君二十五篇诗。阳春曲调高难和，淡水交情老始知。坐到天明吟未足，重封转寄与微之。"⑨

元稹又有《戏赠乐天复言》诗云："乐事难逢岁易徂，白头光景莫令孤。弄涛船

---

① ［唐］元稹著，周相录校注：《元稹集校注》卷二二，第652页。
② ［清］彭定求：《全唐诗》卷四四六，第5000页。
③ 杨军笺注：《元稹集编年笺注（诗歌卷）》，第884页。
④ ［宋］孔延之：《会稽掇英总集》卷一，《宋元浙江方志集成》第14册，第6348页。
⑤ 陈尚君：《全唐诗续拾》卷二五，《全唐诗补编》，第1032页。
⑥ ［唐］元稹著，周相录校注：《元稹集校注·续补遗》卷一，第1578页。
⑦ ［清］彭定求：《全唐诗》卷四一七，第4599页。
⑧ ［唐］元稹著，周相录校注：《元稹集校注》卷二二，第653页。
⑨ ［清］彭定求：《全唐诗》卷四四六，第5000页。

更曾观否,望市楼还有会无。眼力少将寻案牍,心情且强掷枭卢。孙园虎寺随宜看,不必遥遥羡镜湖。"题下有注:"此后三篇同韵。"①周相录《元稹集校注》卷二二注:"长庆三年作于越州,时为浙东观察使、越州刺史。于戏语中见交情。复言:指李谅,长庆二年至宝历元年为苏州刺史。白居易酬和为《酬微之夸镜湖》,次韵唱和。"②居易诗云:"我嗟身老岁方徂,君更官高兴转孤。军门郡合曾闲否,禹穴耶溪得到无。酒盏省陪波卷白,骰盘思共彩呼卢。一泓镜水谁能羡,自有胸中万顷湖。"③

元稹又有《重酬乐天》诗云:"红尘扰扰日西徂,我兴云心两共孤。暂出已遭千骑拥,故交求见一人无。百篇书判从饶白,八米诗章未伏卢。最笑近来黄叔度,自投名刺占陂湖。"④周相录《元稹集校注》卷二二注:"长庆三年作于越州,时为浙东观察使、越州刺史。白居易原唱为《酬微之夸镜湖》,次韵唱和(亦次韵己作)。"⑤

元稹又有《再酬复言》诗云:"绕郭笙歌夜景徂,稽山迥带月轮孤。休文欲咏心应破,道子虽来画得无。顾我小才同培塿,知君险斗敌都卢。不然岂有姑苏郡,拟著陂塘比镜湖。"⑥周相录《元稹集校注》卷二二注:"长庆三年作于越州,时为浙东观察使、越州刺史。复言:指李谅,长庆二年至宝历元年为苏州刺史。李谅原唱(实亦为酬和)已佚,次韵唱和。"⑦

元稹又有《郡务稍简因得整比旧诗并连缀焚削封章繁委箧笥仅逾百轴偶成自叹因寄乐天》诗云:"近来章奏小年诗,一种成空尽可悲。书得眼昏朱似碧,用来心破发如丝。催身易老缘多事,报主深恩在几时。天遣两家无嗣子,欲将文集与它谁。"⑧周相录《元稹集校注》卷二二注:"长庆三年作于越州,时为浙东观察使、越州刺史。……白居易酬和为《酬微之》,次韵唱和。"⑨居易诗云:"满帙填箱唱和诗,少年为戏老成悲。声声丽曲敲寒玉,句句妍辞缀色丝。吟玩独当明月夜,伤嗟同是白头时。由来才命相磨折,天遣无儿欲怨谁。"⑩

① [清]彭定求:《全唐诗》卷四一七,第4599页。
② [唐]元稹著,周相录校注:《元稹集校注》卷二二,第655页。
③ [清]彭定求:《全唐诗》卷四四六,第5001页。
④ [清]彭定求:《全唐诗》卷四一七,第4599—4600页。
⑤ [唐]元稹著,周相录校注:《元稹集校注》卷二二,第656页。
⑥ [清]彭定求:《全唐诗》卷四一七,第4600页。
⑦ [唐]元稹著,周相录校注:《元稹集校注》卷二二,第657页。
⑧ [清]彭定求:《全唐诗》卷四一七,第4600页。
⑨ [唐]元稹著,周相录校注:《元稹集校注》卷二二,第658页。
⑩ [清]彭定求:《全唐诗》卷四四六,第5000页。

元稹又有《酬乐天余思不尽加为六韵之作》诗云:"律吕同声我尔身,文章君是一伶伦。众推贾谊为才子,帝喜相如作侍臣。次韵千言曾报答,直词三道共经纶。元诗驳杂真难辨,白朴流传用转新。蔡女图书虽在口,于公门户岂生尘。商瞿未老犹希冀,莫把簪金便付人。"①周相录《元稹集校注》卷二二注:"长庆三年作于越州,时为浙东观察使、越州刺史。白居易原唱为《余思未尽加为六韵重寄微之》,次韵唱和。"②居易诗云:"海内声华并在身,箧中文字绝无伦。遥知独对封章草,忽忆同为献纳臣。走笔往来盈卷轴,除官递互掌丝纶。制从长庆辞高古,诗到元和体变新。各有文姬才稚齿,俱无通子继余尘。琴书何必求王粲,与女犹胜与外人。"③按元稹《酬乐天余思不尽加为六韵之作》云:"元诗驳杂真难辨。"其后注云:"后辈好伪作予诗,传流诸处,自到会稽,已有人写宫词百篇及杂诗两卷,皆云是予所撰。及手勘验,无一篇是者。"④可见元稹诗在社会上影响很大,故其到会稽担任浙东观察使时,自己就发现了被人伪托的诗歌两卷,而且都是宫词杂诗等很受社会关注的作品。从这样的伪托作品中,也说明浙东一地社会上对于诗歌的重视。这是我们要关注的唐诗之路研究的另一层面问题。

元稹又有《酬乐天雪中见寄》诗云:"知君夜听风萧索,晓望林亭雪半糊。撼落不教封柳眼,扫来偏尽附梅株。敲扶密竹枝犹亚,煦暖寒禽气渐苏。坐觉湖声迷远浪,回惊云路在长途。钱塘湖上苹先合,梳洗楼前粉暗铺。石立玉童披鹤氅,台施瑶席换龙须。满空飞舞应为瑞,寡和高歌只自娱。莫遣拥帘伤思妇,且将盈尺慰农夫。称觞彼此情何异,对景东西事有殊。镜水绕山山尽白,琉璃云母世间无。"⑤周相录《元稹集校注》卷二二注:"长庆三年作于越州,时为浙东观察使、越州刺史。白居易原唱为《雪中即事答(寄)微之》,次韵唱和。"⑥居易诗云:"连夜江云黄惨淡,平明山雪白模糊。银河沙涨三千里,梅岭花排一万株。北市风生飘散面,东楼日出照凝酥。谁家高士关门户,何处行人失道途?舞鹤庭前毛稍定,捣衣砧上练新铺。戏团稚女呵红手,愁坐衰翁对白须。压瘴一州除疾苦,呈丰万井尽欢娱。润含玉德怀君子,寒助霜威忆大夫。莫道烟波一水隔,何妨气候两乡殊。越中地暖多成雨,还

① 〔清〕彭定求:《全唐诗》卷四一七,第 4600—4601 页。
② 〔唐〕元稹著,周相录校注:《元稹集校注》卷二二,第 659 页。
③ 〔清〕彭定求:《全唐诗》卷四四六,第 5000 页。
④ 〔清〕彭定求:《全唐诗》卷四一七,第 4600 页。
⑤ 〔清〕彭定求:《全唐诗》卷四一七,第 4601 页。
⑥ 〔唐〕元稹著,周相录校注:《元稹集校注》卷二二,第 662 页。

有瑶台琼树无。"①

元稹作《浙东论罢进海味状》

元稹《浙东论罢进海味状》云:"浙江东道都团练观察处置等使,当管明州每年进淡菜一石五斗,海蚶一石五斗。……臣昨之任,行至泗州,已见排比递夫。及到镇询问,至十一月二十日方合起进,每十里置递夫二十四人。明州去京四千余里,约计排夫九千六百余人。假如州县只先期十日追集,犹计用夫九万六千余功,方得前件海味到京。……去年江淮旱俭,陛下又降德音,令有司于旨条之内,减省常贡。斯皆陛下远法尧舜,近法太宗,减膳恤灾、爱人惜费之大德也。况淡菜等,味不登于俎豆,名不载于方书,海物咸腥,增痰损肺,俗称补益,盖是方言。每年常役九万余人,窃恐有乖陛下罢荔枝、减常贡之盛意,盖守土之臣不敢备论之过也。臣别受恩私,合尽愚恳,此事又是臣当道所进,不敢不言。如蒙圣慈特赐允许,伏乞赐臣等手诏勒停,仍乞准元和九年敕旨,宣下度支、盐铁,所在勒回。实冀海隅苍生,同沾圣泽。谨录奏闻,伏候敕旨。"后附中书门下牒云:"中书、门下牒、牒浙东观察使当道每年供进淡菜一石五斗,海蚶一石五斗。牒:奉敕:'如闻浙东所进淡菜、海蚶等,道途稍远,劳役至多。起今已后,并宜停进,其今年合进者,如已发在路,亦宜所在勒回。'牒至,准敕故牒。"②这是元稹为民请命的一项重要举措,颇有功于当代。

郑鲂受元稹之辟为浙东观察判官

陈商撰《唐故尚书仓部郎中荥阳郑府君墓志铭并序》:"府君讳鲂,字嘉鱼,荥阳人。……相国崔公在湖南,奏为观察判官,授大理评事,数月府罢,居洛中。长庆初,汝州防御使刘使君述古虚右职,请君改授司直。君孤幼满家无宅居,至是得闲田于汝水之阴,躬稼穑。又于都依仁里卜数亩之地,种竹果,凿渠水,立堂室宾舍,园蔬翦翦,宜为高人居也。浙东廉察使元公稹闻其贤,奏为观察判官,授监察御史,转殿中,赐绯银鱼,移团练判官,迁右补阙。"③又李景庄撰《唐故仓部郎中郑公卢夫人合祔墓志铭并序》:"公由进士既筮仕,寻为相国故清河公群弓旌之辟,旋又为浙东元稹相辟,竟应元命。或者云:'崔公大贤盛德,元公文章之美,尚浮艳,何遽舍崔

① 〔清〕彭定求:《全唐诗》卷四四六,第5001页。
② 〔清〕董诰:《全唐文》卷六五一,第6620—6621页。
③ 胡可先、杨琼:《唐代诗人墓志汇编·出土文献卷》,上海古籍出版社2021版,第311—312页。

公而就元公?'公曰:'前敕破后敕,吾但奉诏,不知其他。'由是论者大息。"①

咸晓婷《元稹浙东幕僚佐生平考》:"根据两篇墓志铭,郑鲂少质厚,喜学,为江湖闻人。壮寄吴楚,屋两间,晓暮经史。元和七年(812)登进士第,释褐奉礼郎。约元和十年(815),李光颜率兵淮右征讨吴元济,辟郑鲂为秘书省校书,充支度判官。后辞职补寿州霍山令,尚未赴任,元和十四年(819),崔群观察湖南,奏郑鲂为观察判官,授大理评事。次年六月,崔群府罢,长庆初,郑鲂为汝州防御使刘述古聘为司直。长庆三年,元稹观察浙东,奏为观察判官,授监察御史,转殿中,移团练判官。约于大和二年(828),郑鲂还朝任右补阙,大和三年,除侍御史,留台东都。入为尚书屯田员外郎,除权知江州刺史,寻以仓部郎中征赴阙,至池州感疾,大和八年(834)八月卒于旅舍,享年五十八岁。工诗,《郑鲂墓志》云:'为诗七百篇,及陈许行营功状,思理宏博,识者见其焉。'惜其诗作无传,《全唐文》存其文一篇:《禹穴碑铭序》,文云:'唐兴二百八祀,宝历庚午秋九月,予从事于是邦,感上圣遗轨,而学者无述,作禹穴碑,廉察使旧相河南公见而铭之。''庚午'当为丙午之误,宝历丙午,指宝历二年(826)。郑鲂与当时著名诗人元稹、白居易、孟郊、李贺等皆有诗作往来,《卢夫人墓志》云:'公业古诗,寒苦不易,词人孟郊、李贺为酬唱侣。'元稹有《酬郑从事四年九月宴望海亭次用旧韵》,白居易有《酬郑侍御多雨春空过诗三十韵》《和酬郑侍御东阳春闷放怀追越游见寄》。'郑从事''郑侍御'皆指郑鲂。白诗云'君得嘉鱼置宾席,乐如南有嘉鱼时。劲气森爽竹竿竦,妍文焕烂芙蓉披。载笔在幕名已重,补衮于朝官尚卑','君'指元稹,白居易此诗是为酬和元稹《酬郑侍御东阳春闷放怀追越游见寄》而作,我们从中可以略窥郑鲂的文笔诗才。孟郊有《赠郑夫子鲂》:'天地入胸臆,吁嗟生风雷。文章得其微,物象由我裁。宋玉逞大句,李白飞狂才。苟非圣贤心,孰与造化该。勉矣郑夫子,骊珠今始胎。'诗中对郑鲂的赞誉可谓极矣。"②

谢思炜《郑鲂墓志解读》:"(郑鲂)再入元稹浙东幕,则在长庆三年(823)八月以后。至长庆四年九月,元稹在越州有《酬郑从事四年九月宴望海亭次用旧韵》,郑从事即郑鲂。郑鲂在元稹幕中,同时还有卢简求、窦巩、韩杼材、陆涛等人。《旧唐书·元稹传》称:'会稽山水奇秀,稹所辟幕职,皆当时文士,而镜湖、秦望之游,月三四焉。而讽咏诗什,动盈卷帙。'他们于宝历二年(826)秋合作的《禹穴碑》,即由郑鲂撰序,元稹

---

① 胡可先、杨琼:《唐代诗人墓志汇编·出土文献卷》,第314页。
② 咸晓婷:《元稹浙东幕僚佐生平考》,《中文学术前沿》第4辑,浙江大学出版社2012年版,第47—48页。

为铭,韩杼材行书,陆洿篆额。时元稹、白居易来往唱和,白居易大和年间在长安还有《和酬郑侍御东阳春闷放怀追越游见寄》《酬郑侍御多雨春空过诗三十韵》。"①

本年,殷彪为明州刺史

《宝庆四明志》卷一"郡守":"应彪,长庆三年刺史,建浮桥,跨江五十五丈。"②《乾道四明图经》卷一"贤守事实":"长庆三年,刺史应彪建跨江浮桥五十五丈。"③同书卷二"桥梁":"鄞江跨江浮桥,在县东南二里。旧曰灵现桥,亦曰灵建桥。唐长庆三年刺史应彪建。大和三年刺史李文孺重建。……旧有范的所撰碑,后沉于江。"④"应彪"当为"殷彪"之讳改。郑儵有《唐故朝散大夫使持节明州诸军事守明州刺史上柱国陈郡殷府君(文穆)墓志铭并序》:"公□□,字文穆。……长庆初,拜金州刺史兼侍御史,又迁明州刺史。"⑤宝历元年(825)九月七日卒,春秋七十七。即《殷彪墓志》。《前大理评事薛元常妻弘农杨氏墓志铭并序》称:"唐开成四年八月十七日,妻杨氏迁厝于南园之墓地。……元常与故明州刺史殷彪还旧。殷承外舅分至,因此托以姻媾。自长庆四年中暑,元常自东洛赴嘉期。"⑥《延祐四明志》:"应彪,长庆三年刺史,建浮桥,跨江五十五丈。"⑦郁贤皓先生《唐刺史考全编》卷一四三:"'应彪'当为'殷彪'之讳改。"⑧所引材料有:江苏镇江焦山碑林石刻《唐故朝散大夫使持节明州诸军事守明州刺史上柱国陈郡殷府君(文穆)墓志铭并序》(宝历二年六月廿五日)、《前大理评事薛元常妻弘农杨氏墓志铭并序》、拓本《唐故盐铁转运江淮留后勾检官文林郎试太常寺协律郎骑都尉解君(少卿)墓志铭并序》(大和九年十一月八日):"元和岁,监察殷公领嘉禾煮海盐务……后殷公台选省转,为牧为郎,亦佐鹾帅,改扬子留后……殷公作鄞江守……乃曰:余承命鄞川守,岂不念旧同理!……不料殷公薨于鄞川。"⑨鄞川守即明州刺史。

① 谢思炜、王昕、燕雪平:《唐代荥阳郑氏家族》,上海古籍出版社2019年版,第156页。
② [宋]罗濬:《宝庆四明志》卷一,《宋元浙江方志集成》第7册,第3107页。
③ [宋]张津:《乾道四明图经》卷一,《宋元方志丛刊》第5册,第4881页。
④ [宋]张津:《乾道四明图经》卷二,《宋元方志丛刊》第5册,第4884页。
⑤ 吴钢主编:《全唐文补遗》第7辑,第101—102页。
⑥ 印志华主编:《隋唐五代墓志汇编·江苏山东卷》第1册,天津古籍出版社1991年版,第90页。
⑦ [元]袁桷:《延祐四明志》卷二,《宋元浙江方志集成》第9册,第3971页。
⑧ 郁贤皓:《唐刺史考全编》卷一四三,第2026页。
⑨ 郁贤皓:《唐刺史考全编》卷一四三,第2026页。

东阳人冯定文名驰于戎夷

《旧唐书·冯定传》："先长庆中,源寂使新罗国,见其国人传写讽念定所为《黑水碑》《画鹤记》。韦休符之使西番也,见其国人写定《商山记》于屏障。其文名驰于戎夷如此。"①《新唐书·冯定传》:"初,源寂使新罗,其国人传定《黑水碑》《画鹤记》;韦休符使西蕃,所馆写定《商山记》于屏。其名播戎夷如此。"②

824　唐穆宗长庆四年甲辰

正月,李谅作诗寄越州刺史元稹、杭州刺史白居易

元稹《酬复言长庆四年元日郡斋感怀见寄》诗云:"腊尽残销春又归,逢新别故欲沾衣。自惊身上添年纪,休系心中小是非。富贵祝来何所遂,聪明鞭得转无机。羞看稚子先拈酒,怅望平生旧采薇。去日渐加余日少,贺人虽闹故人稀。椒花丽句闲重检,艾发衰容惜寸辉。苦思正旦酬白雪,闲观风色动青旗。千官仗下炉烟里,东海西头意独违。"③《全唐诗》卷四六三李谅《苏州元日郡斋感怀寄越州元相公杭州白舍人》诗,题注:"时长庆四年也。"诗云:"称庆还乡郡吏归,端忧明发俨朝衣。首开三百六旬日,新知四十九年非。当官补拙犹勤虑,游宦量才已息机。举族共资随月俸,一身惟忆故山薇。旧交邂逅封疆近,老牧萧条宴赏稀。书札每来同笑语,篇章时到借光辉。丝纶暂厌分符竹,舟楫初登拥羽旗。未知今日情何似,应与幽人事有违。"④是年李谅本年五十岁。《全唐诗》卷四四六白居易有《苏州李中丞以元日郡斋感怀诗寄微之及予辄依来篇七言八韵走笔奉答兼呈微之》诗,即酬答之作,诗云:"白首余杭白太守,落魄抛名来已久。一辞渭北故园春,再把江南新岁酒。杯前笑歌徒勉强,镜里形容渐衰朽。领郡惭当潦倒年,邻州喜得平生友。长洲草接松江岸,曲水花连镜湖口。老去还能痛饮无,春来曾作闲游否。凭莺传语报李六,倩

---

①　[后晋]刘昫:《旧唐书》卷一六八,第4392页。
②　[宋]欧阳修、宋祁:《新唐书》卷一七七,第5279页。
③　[清]彭定求:《全唐诗》卷四一七,第4601—4602页。
④　[清]彭定求:《全唐诗》卷四六三,第5269页。

雁将书与元九。莫嗟一日日催人,且贵一年年入手。"①知三人交谊颇厚。李谅、元稹、白居易三人酬答诗均作于长庆四年春日。

正月,元稹在浙东观察使任,与徐凝唱和

元稹有《正月十五夜呈幕中诸公》诗云:"宵游二万七千人,独坐重城圈一身。步月游山俱不得,可怜辜负白头春。"②周相录《元稹集校注·续补遗》卷二注:"长庆三年至大和三年作于越州,时为浙东观察使、越州刺史。《全唐诗》署名徐凝,实为元稹诗,今改正。徐凝酬和为《奉酬元相公上元》,次韵唱和。"③徐凝诗云:"出拥楼船千万人,入为台辅九霄身。如何更羡看灯夜,曾见宫花拂面春。"④《唐才子传校笺》徐凝传笺证以为:"徐凝与元稹之交游,乃在长庆四年(824)元稹出任浙东观察使时。"⑤

春,白居易与元稹唱和

元稹《酬乐天早春闲游西湖颇多野趣恨不得与微之同赏因思在越官重事殷镜湖之游或恐未暇因成十八韵见寄乐天前篇到时适会予亦宴镜湖南亭因述目前所睹以成酬答末章亦示暇诚则势使之然亦欲粗为恬养之赠耳》诗云:"雁思欲回宾,风声乍变新。各携红粉伎,俱伴紫垣人。水面波疑縠,山腰虹似巾。柳条黄大带,荽荶绿文茵。雪尽才通履,汀寒未有苹。向阳偏晒羽,依岸小游鳞。浦屿崎岖到,林园次第巡。墨池怜嗜学,丹井羡登真。雅叹游方盛,聊非意所亲。白头辞北阙,沧海是东邻。问俗烦江界,搜畋想渭津。故交音讯少,归梦往来频。独喜同门旧,皆为列郡臣。三刀连地轴,一苇碍车轮。尚阻青天雾,空瞻白玉尘。龙因雕字识,犬为送书驯。胜事无穷境,流年有限身。懒将闲气力,争斗野塘春。"⑥周相录《元稹集校注》卷一三注:"长庆四年作于越州,时为浙东观察使、越州刺史。元稹长庆三年八月始改官浙东观察使,白居易长庆四年五月离杭州刺史任,二人同时任官杭、越,唯长庆四年春。"⑦白居易原唱为《早春西湖闲游怅然兴怀忆

---

① [清]彭定求:《全唐诗》卷四四六,第5002页。
② [清]彭定求:《全唐诗》卷四七四,第5382页。
③ [唐]元稹著,周相录校注:《元稹集校注·续补遗》卷二,第1585页。
④ [清]彭定求:《全唐诗》卷四七四,第5385页。
⑤ 傅璇琮主编:《唐才子传校笺》第3册,第97页。
⑥ [清]彭定求:《全唐诗》卷四〇八,第4536页。
⑦ [唐]元稹著,周相录校注:《元稹集校注》卷一三,第404—405页。

与微之同赏因思在越官重事殷镜湖之游或恐未暇偶成十八韵寄微之》，诗云："上马复呼宾，湖边景气新。管弦三数事，骑从十余人。立换登山屐，行携漉酒巾。逢花看当妓，遇草坐为茵。西日笼黄柳，东风荡白苹。小桥装雁齿，轻浪鬏鱼鳞。画舫牵徐转，银船酌慢巡。野情遗世累，醉态任天真。彼此年将老，平生分最亲。高天从所愿，远地得为邻。云树分三驿，烟波限一津。翻嗟寸步隔，却厌尺书频。浙右称雄镇，山阴委重臣。贵垂长紫绶，荣驾大朱轮。出动刀枪队，归生道路尘。雁惊弓易散，鸥怕鼓难驯。百吏瞻相面，千夫捧拥身。自然闲兴少，应负镜湖春。"①

元稹《和乐天早春见寄》诗云："雨香云澹觉微和，谁送春声入棹歌。萱近北堂穿土早，柳偏东面受风多。湖添水色消残雪，江送潮头涌漫波。同受新年不同赏，无由缩地欲如何。"②诗作于长庆四年早春，时元稹在浙东观察使任。金圣叹《贯华堂选批唐才子诗》卷六上："（前解）一，从'雨''云'，写一'觉'字，言体中已有早春消息；二，从'棹歌'写一'谁'字，言耳畔又有早春消息；三、四，从'萱''柳'写一'穿'字、'受'字，言眼前果已尽是早春消息也，看他写早春消息，渐渐由微而著，真笔墨与元化为徒也。（后解）前解写早春，此解写乐天见寄，而欲缩地同赏也。五，言雪消水添，本可放船直下也；六，言潮涌波漫，于是欲泛还止也。七、八易解。"③

元稹又有《寄乐天》诗云："莫嗟虚老海壖西，天下风光数会稽。灵泛桥前百里镜，石帆山崦五云溪。冰销田地芦锥短，春入枝条柳眼低。安得故人生羽翼，飞来相伴醉如泥。"④周相录《元稹集校注》卷二二注："长庆四年作于越州，时为浙东观察使、越州刺史。白居易酬和为《答微之见寄》，次韵唱和。"⑤居易诗云："可怜风景浙东西，先数余杭次会稽。禹庙未胜天竺寺，钱湖不羡若耶溪。摆尘野鹤春毛暖，拍水沙鸥湿翅低。更对雪楼君爱否，红栏碧甃点银泥。"⑥

① ［清］彭定求：《全唐诗》卷四四六，第5002页。
② ［清］彭定求：《全唐诗》卷四一七，第4601页。
③ ［清］金圣叹：《贯华堂选批唐才子诗》卷六上，第287页。
④ ［清］彭定求：《全唐诗》卷四一七，第4601页。
⑤ ［唐］元稹著，周相录校注：《元稹集校注》卷二二，第661页。
⑥ ［清］彭定求：《全唐诗》卷四四六，第5002页。

春，刘禹锡在夔州，作诗寄浙东元稹、杭州白居易

刘禹锡《白舍人自杭州寄新诗有柳色春藏苏小家之句因而戏酬兼寄浙东元相公》诗云："钱塘山水有奇声，暂谪仙官领百城。女妓还闻名小小，使君谁许唤卿卿。鳌惊震海风雷起，蜃斗嘘天楼阁成。莫道骚人在三楚，文星今向斗牛明。"①陶敏等《刘禹锡全集编年校注》卷五注云："诗长庆三年末在夔州作。杭州：今属浙江省。浙东：唐方镇名，治所在越州，今浙江省绍兴市。……白舍人：白居易。元相公：元稹。……据《嘉泰会稽志》卷二，长庆三年八月，元稹自同州刺史授浙东观察使，禹锡诗当作于三年末或四年初。"②按诗题称白居易"柳色春藏苏小家"，应系于四年春。

春夏之间，张籍寄诗与杭州刺史白居易和浙东观察使元稹

张籍《酬杭州白使君兼寄浙东元大夫》诗云："相印暂离临远镇，披垣出守复同时。一行已作三年别，两处空传七字诗。越地江山应共见，秦天风月不相知。人间聚散真难料，莫叹平生信所之。"③徐礼节、余恕诚《张籍集系年校注》卷四注云："据'一行已作三年别'与白居易长庆四年五月离杭推知，诗作于长庆四年（824）春或夏初，时张籍在水部员外郎任。按：诗写诗人对白居易、元稹的思念与聚散难期的人生感慨。"④

四月，元稹在越州，作《永福寺石壁法华经记》

元稹《永福寺石壁法华经记》云："按沙门释惠皎自状其事云：永福寺一名孤山寺，在杭州钱塘湖心孤山上。石壁《法华经》在寺之中，始以元和十二年严休复为刺史时惠皎萌厥心，卒以长庆四年白居易为刺史时成厥事。……其输钱之贵者，若杭州刺史吏部郎中严休复、中书舍人杭州刺史白居易、刑部郎中湖州刺史崔元亮、刑部郎中睦州刺史韦文悟、处州刺史韦行立、衢州刺史张聿、御史中丞苏州刺史李谅、御史大夫越州刺史元稹、右司郎中处州刺史陈岵，九刺史之外，搢绅之由杭者，若宣慰使库部郎中知制诰贾𫗧以降，鲜不附于经石之列，必以输钱先后为次第，不以贵贱、老幼、多少为先后；其一碑，僧之徒思得声名人文其事以自广。予始以长庆二年

①［清］彭定求：《全唐诗》卷三六○，第4060页。
②［唐］刘禹锡撰，陶敏、陶红雨校注：《刘禹锡全集编年校注》卷五，第516页。
③［清］彭定求：《全唐诗》卷三八五，第4340—4341页。
④［唐］张籍撰，徐礼节、余恕诚校注：《张籍集系年校注》卷四，第555页。

相先帝无状,遣于同州,明年徙会稽,路出于杭。杭民竞相观睹,刺史白怪问之,皆曰:'非欲观宰相,盖欲观曩所闻之元白耳。'由是僧之徒误以予为名声人,相与日夜攻刺史白乞予文。予观僧之徒所以经于石、文于碑,盖欲相与为不朽计,且欲自大其本术。今夫碑既文,经既石,而又九诸侯相率贡钱于所事,由近而言,亦可谓来异宗而成不朽矣。……长庆四年四月十一日,浙江东道都团练观察处置等使通议大夫使持节都督越州诸军事越州刺史兼御史大夫上柱国赐紫金鱼袋元稹记。"①按,永福寺在杭州,因元稹去年即长庆三年赴任浙东时经过杭州,永福寺僧敦促刺史白居易乞讨元稹作文,故稹于本年四月在越州刺史任上作此文。

五月,元稹在越州,白居易罢杭州刺史,元稹作《代杭民作使君一朝去二首》诗

元稹《代杭人作使君一朝去二首》,其一云:"使君一朝去,遗爱在人口。惠化境内春,才名天下首。为问龚黄辈,兼能作诗否。"其二云:"使君一朝去,断肠如剉檗。无复见冰壶,唯应镂金石。自此一州人,生男尽名白。"②按,白居易本年五月离杭州刺史任,除太子左庶子,分司东都。

元稹《代杭民答乐天》诗云:"翠幕笼斜日,朱衣俨别筵。管弦凄欲罢,城郭望依然。路溢新城市,农开旧废田。春坊幸无事,何惜借三年。"③白居易原唱为《别州民》:"耆老遮归路,壶浆满别筵。甘棠无一树,那得泪潸然。税重多贫户,农饥足旱田。唯留一湖水,与汝救凶年。"④

元稹《代郡斋神答乐天》诗云:"虚白堂神传好语,二年长伴独吟时。夜怜星月多离烛,日漾波涛一下帷。为报何人偿酒债,引看墙上使君诗。"⑤白居易原唱为《留题郡斋》:"吟山歌水嘲风月,便是三年官满时。春为醉眠多闭阁,秋因晴望暂搴帷。更无一事移风俗,唯化州民解咏诗。"⑥

九月,元稹与幕府从事望海亭酬唱

元稹《酬郑从事四年九月宴望海亭次用旧韵》诗云:"海亭树木何茏葱,寒光透

① [清]董诰:《全唐文》卷六五四,第6645页。
② [清]彭定求:《全唐诗》卷四〇三,第4503页。
③ [清]彭定求:《全唐诗》卷四一〇,第4559页。
④ [清]彭定求:《全唐诗》卷四四六,第5007页。
⑤ [清]彭定求:《全唐诗》卷四一七,第4602页。
⑥ [清]彭定求:《全唐诗》卷四四六,第5007页。

坼秋玲珑。湖山四面争气色,旷望不与人间同。一拳堺伏东武小,两山斗构秦望雄。嵌空古墓失文种,突兀怪石疑防风。舟船骈比有宗侣,水云瀚泱无始终。雪花布遍稻陇白,日脚插入秋波红。兴余望剧酒四坐,歌声舞艳烟霞中。酒酣从事歌送我,歌云此乐难再逢。良时年少犹健羡,使君况是头白翁。我闻此曲深叹息,唧唧不异秋草虫。忆年十五学构厦,有意盖覆天下穷。安知四十虚富贵,朱紫束缚心志空。妆梳伎女上楼榭,止欲欢乐微茫躬。虽无趣尚慕贤圣,幸有心目知西东。欲将滑甘柔藏府,已被郁噎冲喉咙。君今劝我酒太醉,醉语不复能冲融。劝君莫学虚富贵,不是贤人难变通。"①按,郑从事为郑鲂,诗作于长庆四年。见咸晓婷《元稹浙东幕僚佐生平考》,载《中文学术前沿》第 4 辑。望海亭,《嘉泰会稽志》卷九"山·府城":"卧龙山,……嘉祐末,刁景纯撰《望海亭记》云:'越冠浙江东,号都督府。府据卧龙山,为形胜。山之南亘,东西鉴湖也;山之北连,属江与海也。周连数里,盘屈于江湖上,状卧龙也。龙之腹,府宅也;龙之口,府东门也;龙之尾,西园也;龙之脊,望海亭也。先是越句践创飞翼楼,取象天门;东南伏漏石窦,以象地户;陵门四达,以象八风。因山势舂筑为城,一千一百二十步。至唐,人以楼址为望海亭。其后亭阁峥嵘踵起相望,与其山川映带,号称仙居。'"②

本年,元稹为浙东观察使白居易为杭州刺史,二人唱和结集为《杭越唱和诗集》;加以李谅为苏州刺史,又结集为《三州唱和集》

元稹观察浙东时,正值李德裕为浙西观察使,白居易为杭州刺史,李谅为苏州刺史时,诸人唱酬颇多,故于长庆四年结集为《杭越唱和诗集》《三州唱和集》。《新唐书》卷六〇《艺文志》:"《三州唱和集》一卷。元稹、白居易、崔玄亮。"③《宋史》卷二〇九《艺文志》:"元稹、白居易、李谅《杭越寄和诗集》一卷。"④

《杭越唱和诗集》影响极大,并且传到日本。《日本国承和五年入唐求法目录》:"《杭越寄和诗集并序》一卷,《诗集》五卷。……大唐开成四年岁次己未四月二十日,天台宗请益传灯法师位圆仁录。"⑤

① [清]彭定求:《全唐诗》卷四二一,第 4633—4634 页。
② [宋]施宿:《嘉泰会稽志》卷九,《宋元浙江方志集成》第 4 册,第 1813 页。
③ [宋]欧阳修、宋祁:《新唐书》卷六〇,第 1624 页。
④ [元]脱脱等:《宋史》卷二〇九,第 5395 页。
⑤ 《大正新修大藏经》第 55 册,NO.2165,第 1075—1076 页。

本年，元稹为浙东观察使，与白居易唱和

元稹又有《寄乐天》诗云："闲夜思君坐到明，追寻往事倍伤情。同登科后心相合，初得官时鬓未生。二十年来谙世路，三千里外老江城。犹应更有前途在，知向人间何处行。"①周相录《元稹集校注》卷二二注："长庆四年作于越州，时为浙东观察使、越州刺史。白居易酬和为《答微之咏怀见寄》，次韵唱和。"②居易诗云："阁中同直前春事，船里相逢昨日情。分袂二年劳梦寐，并床三宿话平生。紫微北畔辞宫阙，沧海西头对郡城。聚散穷通何足道，醉来一曲放歌行。"③

元稹又有《酬乐天重寄别》诗云："却报君侯听苦辞，老头抛我欲何之。武牢关外虽分手，不似如今衰白时。"④周相录《元稹集校注》卷二二注："长庆四年作于越州，时为浙东观察使、越州刺史。白居易原唱为《重寄别微之》，次韵唱和。"⑤居易诗云："凭仗江波寄一辞，不须惆怅报微之。犹胜往岁峡中别，滟滪堆边招手时。"⑥

元稹又有《余杭周从事以十章见寄词调清婉难于遍酬聊和诗首篇以答来贶》诗云："扰扰纷纷旦暮间，经营闲事不曾闲。多缘老病推辞酒，少有功夫久羡山。清夜笙歌喧四郭，黄昏钟漏下重关。何由得似周从事，醉入人家醒始还。"⑦周相录《元稹集校注》卷二二注："长庆四年作于越州，时为浙东观察使、越州刺史。……周从事：指周师范，白居易任杭州、苏州刺史时之幕僚，宝历二年十月白罢苏刺后入元稹浙东幕。……周师范原唱已佚。"⑧

元稹又有《寄浙西李大夫四首》诗，其一云："柳眼梅心渐欲春，白头西望忆何人。金陵太守曾相伴，共踏银台一路尘。"其二云："蕊珠深处少人知，网索西临太液池。浴殿晓闻天语后，步廊骑马笑相随。"其三云："禁林同直话交情，无夜无曾不到明。最忆西楼人静夜，玉晨钟磬两三声。"其四云："由来鹏化便图南，浙右虽雄我未甘。早渡西江好归去，莫抛舟楫滞春潭。"⑨周相录《元稹集校注》卷二二注："疑长庆四年作于越州，时为浙东观察使、越州刺史。李大夫：指李德裕，字文饶，宰相李

---

① ［清］彭定求：《全唐诗》卷四一七，第4599页。
② ［唐］元稹著，周相录校注：《元稹集校注》卷二二，第654页。
③ ［清］彭定求：《全唐诗》卷四四六，第5001页。
④ ［清］彭定求：《全唐诗》卷四一七，第4602页。
⑤ ［唐］元稹著，周相录校注：《元稹集校注》卷二二，第666页。
⑥ ［清］彭定求：《全唐诗》卷四四六，第5008页。
⑦ ［清］彭定求：《全唐诗》卷四一七，第4602页。
⑧ ［唐］元稹著，周相录校注：《元稹集校注》卷二二，第667页。
⑨ ［清］彭定求：《全唐诗》卷四一七，第4602—4603页。

吉甫之子。曾与元稹、李绅同为翰林学士,情颇款密,长庆二年九月带御史大夫衔为浙西观察使、润州刺史。"①

元稹又有《为乐天自勘诗集因思顷年城南醉归马上递唱艳曲十余里不绝长庆初俱以制诰侍宿南郊斋宫夜后偶吟数十篇两掖诸公泊翰林学士三十余人惊起就听逮至卒吏莫不众观群公直至侍从行礼之时不复聚寐予与乐天吟哦竟亦不绝因书于乐天卷后越中冬夜风雨不觉将晓诸门互启关锁即事成篇》诗云:"春野醉吟十里程,斋宫潜咏万人惊。今宵不寐到明读,风雨晓闻开锁声。"②周相录《元稹集校注》卷二二注:"长庆四年作于越州,时为浙东观察使、越州刺史。元稹《白氏长庆集序》:'长庆四年,乐天自杭州刺史以右(左)庶子诏还,予时刺郡会稽,因得尽征其文,手自排缵,成五十卷……长庆四年冬十二月十日,微之序。'"③

十二月,元稹为在浙东观察使任,为《白氏长庆集》作序

元稹《白氏长庆集序》是研究白居易与元稹文学创作的重在文献,又作于元稹在浙东观察使任,故备录之:"《白氏长庆集》者,太原人白居易之所作。居易字乐天。乐天始言,试指'之''无'二字,能不误。始即言,读书勤敏,与他儿异。五六岁识声韵,十五志诗赋,二十七举进士。贞元末进士,尚驰竞,不尚文,就中六籍尤摈落。礼部侍郎高郢始用经艺为进退,乐天一举擢上第。明年拔萃甲科,由是《性习相近远》《求元珠》《斩白蛇剑》等赋,泊百节判,新进士竞相传于京师矣。会宪宗皇帝册召天下士,乐天对诏称旨,又登甲科。未几,入翰林掌制诰,比比上书言得失,因为《喜雨诗》《秦中吟》等数十章,指言天下事,时人比之《风》《骚》焉。予始与乐天同校秘书,前后多以诗章相赠答。会予遣掾江陵,乐天犹在翰林,寄予百韵律诗及杂体,前后数十章。是后各佐江、通,复相酬寄。巴、蜀、江、楚间泊长安中少年,递相仿效,竞作新词,自谓为'元和诗',而乐天《秦中吟》《贺雨》《讽谕》《闲适》等篇,时人罕能知者。然而二十年间,禁省、观寺、邮堠、墙壁之上无不书,王公、妾妇、牛童、马走之口无不道,至于缮写模勒,炫卖于市井,或持之以交酒茗者,处处皆是。其甚者,有至于盗窃名姓,苟求自售。杂乱间厕,无可奈何。予尝于平水市中,见村校诸童,竞习歌咏,召而问之,皆对曰:'先生教我乐天、微之诗。'固亦不知予之为微之

---

① [唐]元稹著,周相录校注:《元稹集校注》卷二二,第668页。
② [清]彭定求:《全唐诗》卷四一七,第4603页。
③ [唐]元稹著,周相录校注:《元稹集校注》卷二二,第671—672页。

也。又鸡林贾人求市颇切，自云本国宰相每以一金换一篇，其甚伪者，宰相辄能辨别之。自篇章已来，未有如是流传之广者。长庆四年，乐天自杭州刺史以右庶子诏还，予时刺郡会稽，因得尽征其文，手自排缵，成五十卷，凡二千二百五十一首。前辈多以'前集'、'中集'为名，予以为国家改元长庆，讫于是，因号曰《白氏长庆集》。大凡人之文各有所长，乐天之长，可以为多矣。夫讽谕之诗长于激，闲适之诗长于遣，感伤之诗长于切，五字律诗百言而上长于赡，五字、七字百言而下长于情，赋、赞、箴、戒之类长于当，碑、记、叙、事、制诰长于实，启、奏、表、状长于直，书、檄、词、策、剖判长于尽。总而言之，不亦多乎哉。至于乐天之官秩景行，与予之交分浅深，非叙文之要也，故不书。长庆四年冬十二月十日，微之序。"①

十二月，元稹为在浙东观察使任，题诗于年历日尾

元稹《题长庆四年历日尾》诗云："残历半张余十四，灰心雪鬓两凄然。定知新岁御楼后，从此不名长庆年。"②

元稹《长庆历》诗云："年历复年历，卷尽悲且惜。历日何足悲，但悲年运易。年年岂无叹，此叹何唧唧。所叹别此年，永无长庆历。"③

本年，元稹为越州刺史，白居易为杭州刺史，崔玄亮为湖州刺史，三州相邻，白居易作诗与元稹、崔玄亮

白居易《得湖州崔十八使君书喜与杭越邻郡因成长句代贺兼寄微之》："三郡何因此结缘，贞元科第忝同年。故情欢喜开书后，旧事思量在眼前。越国封疆吞碧海，杭城楼阁入青烟。吴兴卑小君应屈，为是蓬莱最后仙。"诗末注："贞元初，同登科，崔君名最在后，当时崔自咏云：'人间不会云间事，应笑蓬莱最后仙。'"④朱金城《白居易集笺校》卷二三笺云："作于长庆四年（824），五十三岁，杭州，杭州刺史。城按：此诗汪本编在《后集》卷六。又见《会稽掇英总集》卷十二。何义门云：'第四句前后关锁，最后用《封禅书》中语。'《唐宋诗醇》卷二五：'逐句相承，篇法绵密，却灭尽针线之迹，由其律熟而气厚也。'汪立名云：'《纪事》：崔玄亮刺湖州时，白公刺杭，

① [清]董诰：《全唐文》卷六五三，第 6644 页。
② [清]彭定求：《全唐诗》卷四一七，第 4603 页。
③ [清]彭定求：《全唐诗》卷四〇三，第 4503 页。
④ [清]彭定求：《全唐诗》卷四四六，第 5004 页。

元微之以观察刺越,有唱和诗,号《三州唱和集》。'"①按,《嘉泰吴兴志》卷一四"郡守题名":"崔玄亮,长庆三年十一月二十二日,自刑部郎中拜。"②计其到郡与白居易唱和则应到了长庆四年。

本年,元稹、白居易有《题法华山天衣寺》诗

白居易作《题法华山天衣寺》诗云:"山为莲宫作画屏,楼台迤逦插青冥。云生座底铺金地,风起松梢韵宝铃。龙喷水声连击磬,猿啼月色闲持经。时人不信非凡境,试入玄关一夜听。"③朱金城《白居易集笺校》外集卷中笺云:"作于长庆三年(823)至四年(824),杭州刺史。"④《嘉泰会稽志》卷七"山阴县":"天衣寺在县南三十里。晋义熙十三年高僧昙翼结庵,诵法华经,多灵异,内史孟𫖮请置法华寺。"⑤《宝庆会稽续志》卷三"寺院":"天衣寺在县西南三十里。寺有唐人徐季海、王(元)微之、白乐天、李公垂诸作者诗文碑刻,有化身普贤及飞来铜像。化身普贤即晋僧云翼栖此,诵《法华经》,感普贤应现。"⑥

孔延之《会稽掇英总集》卷八收元稹《题法华山天衣寺》诗:"马踏红尘古塞平,出门谁不为功名。到头争似栖禅客,林下无言过一生。"⑦周相录《元稹集校注》收入《续补遗》卷一,注云:"《白居易外集》卷中有《题法华山天衣寺》,出处同元诗,然二诗俱可疑。第一,大中始有天衣之名,其时元白俱已殁世。第二,元白诗俱不见于正集。第三,白诗如不伪,白氏当有会稽之行,然白氏成年后从未南游会稽。如此,或孔延之误以他人诗为元白作,或有意作伪以壮会稽之名。"⑧又据《唐律疏议·职制》,刺史、县令私自出界,杖一百。综合以上所考,白居易外集中所载游越州的诗歌都非常可疑。

本年,陈岵任处州刺史

《全唐文》卷六五四元稹《永福寺石壁法华经记》:"以长庆四年白居易为刺史时

① [唐]白居易著,朱金城笺校:《白居易集笺校》卷二三,第1547—1548页。
② [宋]谈钥:《嘉泰吴兴志》卷一四,《宋元浙江方志集成》第6册,第2656页。
③ [宋]孔延之:《会稽掇英总集》卷八,《宋元浙江方志集成》第14册,第6423页。
④ [唐]白居易著,朱金城笺校:《白居易集笺校》外集卷中,第3891页。
⑤ [宋]施宿:《嘉泰会稽志》卷七,《宋元浙江方志集成》第4册,第1783页。
⑥ [宋]张淏:《宝庆会稽续志》卷三,《宋元方志丛刊》第7册,第7127页。
⑦ [宋]孔延之:《会稽掇英总集》卷八,《宋元浙江方志集成》第14册,第6423页。
⑧ [唐]元稹著,周相录校注:《元稹集校注·续补遗》卷一,第1579页。

成厥事……既讫，又成二石为二碑，其一碑：凡输钱于经者，由十而上皆得名于碑……右司郎中处州刺史陈岵。"①

本年，白余丰为台州唐兴县令

王展《白郎岩记》："白郎岩，因神姓名也。在天台山西，东抵唐兴县三十里。长庆四年秋，风雨不应候，土产之物焦干几七八。农人愁毒，相视不聊生。自浙东数郡咸然。县令曰余丰曰：某窃长斯邑，邑人愁毒，犹吾愁毒也。将祷于名山，顾其辽远。某始至时，经于白郎岩，异状深黑巍峭，疑有神宅焉。因探其端，得寺记白郎神事。"②

825　唐敬宗宝历元年乙巳

二月，东阳人冯陶登进士第

《登科记考》卷二七附考进士科："冯陶、冯韬、冯图，《传载故实》：'冯宿之三子陶、韬、图兄弟，连年进士及第，连年登宏辞科，一时之盛，代无比焉。当大和初，冯氏进士及第者海内十人，而公家兄弟叔侄八人。'"③按郭文镐《许浑北游考》："大和元年，浑在京，有《赠柳璟冯陶二校书》。诗云：'霄汉两飞鸿，喧喧动禁城。桂堂同日盛，芸阁间年荣。香掩蕙兰气，韵高鸾鹤声。应怜茂陵客，未有子虚名。'检《登科记考》卷十二：宝历元年，柳璟状元及第，当年宏辞高科。宏辞为吏部选试，中者即授官，芸阁即秘书省，与弘文、崇文馆并置校书郎，为文士起家之良选，而秘书为最，故浑大加赞叹。间年，《汉书·韦贤传》'间岁而祫'，注云：'间岁，隔一岁也。'宝历元年间年即为大和元年。据'桂堂同日盛'，知柳、冯同年及第，'间年'冯陶又登宏词科，得秘书省校书郎，即'芸阁间年荣'。唐吏部选官，始于孟冬，终于季春，冯陶得芸阁之选在春，故浑诗作于大和元年春。《登科记考》未详冯陶及第登科之年份，

---

① ［清］董诰：《全唐文》卷六五四，第6645页。
② ［清］董诰：《全唐文》卷七三〇，第7534页。
③ ［清］徐松：《登科记考》卷二七，第1060页。

据浑诗,宝历元年进士科、大和元年诸科下当补其名。"①

春,元稹在浙东观察使任,与李德裕唱酬

元稹《和浙西李大夫晚下北固山喜径松成荫怅然怀古偶题临江亭(拟题)》诗云:"自公镇南徐,三换营门柳。"②傅璇琮《李德裕年谱》据《嘉定镇江志》卷一四辑录。周相录《元稹集校注·续补遗》卷二注:"宝历元年作于越州,时为浙东观察使、越州刺史。《嘉定镇江志》卷一四《唐润州刺史》:'宝历元年,上《丹扆六箴》。……是年,德裕有游北固山诗。元稹和之。'李德裕原唱已佚。"③

元稹《和浙西李大夫听薛阳陶吹觱篥歌》云:"代马嘶风猿坟(喷)霜,鞔(辚)轳紧辊圆复长。千含万爵(嚼)声不尽,百鸟欲飞迎曙光。"④诗见晏殊《类要》卷二九。周相录《元稹集校注·续补遗》卷二注:"宝历元年作于越州,时为浙东观察使、越州刺史。参《奉和浙西大夫述梦诗》自注。李大夫:指李德裕。"⑤白居易有《小童薛阳陶吹觱栗歌》云:"剪削干芦插寒竹,九孔漏声五音足。近来吹者谁得名,关璀老死李衮生。衮今又老谁其嗣,薛氏乐童年十二。指点之下师授声,含嚼之间天与气。润州城高霜月明,吟霜思月欲发声。山头江底何悄悄,猿不喘鱼龙听。翕然声作疑管裂,诎然声尽疑刀截。有时婉软无筋骨,有时顿挫生棱节。急声圆转促不断,轹轹辚辚似珠贯。缓声展引长有条,有条直直如笔描。下声乍坠石沉重,高声忽举云飘萧。明旦公堂陈宴席,主人命乐娱宾客。碎丝细竹徒纷纷,宫调一声雄出群。众音齁缕不落道,有如部伍随将军。嗟尔阳陶方稚齿,下手发声已如此。若教头白吹不休,但恐声名压关李。"⑥

李德裕《近于伊川卜山居将命者画图而至欣然有感聊赋此诗兼寄上浙东元相公大夫使求青田胎化鹤》诗云:"弱岁弄词翰,遂叨明主恩。怀章过越邸,建旆守吴门。西圮阴难驻,东皋意尚存。惭逾六百石,愧负五千言。寄世知婴缴,辞荣类触藩。欲追绵上隐,况近子平村。邑有桐乡爱,山余黍谷暄。既非逃相地,乃是故侯园。野竹多微径,岩泉岂一源。映池方树密,傍涧古藤繁。邛杖堪扶老,黄牛已服

---

① 郭文镐:《许浑北游考》,载《辽宁大学学报(哲学社会科学版)》1987年第4期,第92页。
② [宋]史弥坚:《嘉定镇江志》卷一四,《宋元方志丛刊》第3册,第2441页。
③ [唐]元稹著,周相录校注:《元稹集校注·续补遗》卷二,第1588页。
④ [唐]元稹著,周相录校注:《元稹集校注·续补遗》卷二,第1600页。
⑤ [唐]元稹著,周相录校注:《元稹集校注·续补遗》卷二,第1601页。
⑥ [清]彭定求:《全唐诗》卷四四四,第4971页。

辕。只应将唳鹤，幽谷共翩翩。"题下原注："乙巳岁作。"①乙巳岁即宝历元年。刘禹锡有《和浙西李大夫伊川卜居》诗②，即与李德裕酬和之作，因其次李德裕原韵。

夏，韦瓘登科后由校书郎入浙东元稹幕，朱庆馀、姚合、贾岛都作诗相送

朱庆馀《送韦瓘校书赴浙东幕》诗云："丞相辟书新，秋关独去人。官离芸阁早，名占甲科频。水驿迎船火，山城候骑尘。湖边寄家久，到日喜荣亲。"③咸晓婷《元稹浙东幕僚佐生平考》："韦瓘，越州人。贾岛有《送韦瓘校书》诗云：'宾佐兼归觐，此行江汉心。别离从阙下，道路向山阴。……若耶溪畔寺，秋色共谁寻。'知其登科后受辟于浙东，兼以归觐，证其为越州人。据《册府元龟》卷六四五：'宝历元年四月，贤良方正能直言极谏科，……韦瓘……及第。'又见《唐会要》卷七六"贡举中"、《登科记考》卷二〇。《全唐诗》卷五一四朱庆馀《送韦瓘校书赴浙东幕》云：'丞相辟书新，秋关独去人。官离芸阁早，名占甲科频。水驿迎船火，山城候骑尘。湖边寄家久，到日喜荣亲。''丞相'指元稹。《全唐诗》卷四九六姚合《送韦瑶校书赴越》：'相门宾益贵，水国事多闲。''瑶'为'瓘'字之讹。韦瓘登贤良方正科后授校书郎，后受元稹所辟入浙东幕，约在宝历末或大和初年。"④按，校书郎为唐代朝廷初官，制科及第后常为校书郎，然有幕府辟召，常又入幕。即如杜牧大和二年（828）二月中进士第，三月又登贤良方正能直言极谏科，授弘文馆校书郎，然于当年十月即受江西观察使沈传师之辟为从事。揆之杜牧情事，韦瓘登科后由校书郎受元稹辟为幕僚亦当在登科之当年，即宝历元年。

姚合《送韦瑶校书赴越》诗云："寄家临禹穴，乘传出秦关。霜落橘满地，潮来帆近山。相门宾益贵，水国事多闲。晨省高堂后，余欢杯酒间。"⑤陶敏《姚合年谱》"敬宗宝历元年乙巳"云："与朱庆馀、贾岛同作诗送韦瓘赴元稹浙东幕。……姚合《送韦瑶校书赴越》（卷二）……《全唐诗》卷五一四朱庆馀《送韦瓘校书赴浙东幕》诗云：'丞相辟书新，秋关独去人。官离芸阁早，名占甲科频。'卷五七三贾岛《送韦琼校书》：'宾佐兼归觐，此行江汉疏。……若邪溪畔寺，秋色共谁寻？'被送者同于秋日赴越州丞相府幕兼归觐，当是同一人。字当作'瓘'。《唐会要》卷七六：'宝历元

① ［清］彭定求：《全唐诗》卷四七五，第5399页。
② ［清］彭定求：《全唐诗》卷三六三，第4099—4100页。
③ ［清］彭定求：《全唐诗》卷五一四，第5869页。
④ 咸晓婷：《元稹浙东幕僚佐生平考》，《中文学术前沿》第4辑，第52页。
⑤ ［清］彭定求：《全唐诗》卷四九六，第5629—5630页。

年四月，贤良方正能直言极谏科，……韦繇……及第。'韦繇前当已登进士第，故朱诗云'名占甲科频'。时元稹以旧相守越州。《会稽掇英总集》卷一八'唐太守题名记'：'元稹，长庆三年八月自同州防御使授，太（大）和三年九月除尚书左丞。'"①

贾岛《送韦琼（繇）校书》诗云："宾佐兼归觐，此行江汉心。别离从阙下，道路向山阴。孤屿消寒沫，空城滴夜霖。若邪溪畔寺，秋色共谁寻。"②据诗末联，亦是送韦繇赴越之作，"琼"即"繇"之形讹。齐文榜《贾岛集校注》卷七注云："此诗奉新本、丛刊本误作《寄毗陵彻公》之二；而丛刊本于本卷末唯存《送韦琼校书》一题，题下注'（诗）阙'；奉新本则并题目亦佚去，均误。此诗作于宝历元年秋。韦繇：越州山阴（今浙江绍兴）人。敬宗宝历前已及第，为校书郎，宝历元年又登贤良方正能直言极谏科，故相元稹为浙东观察使，辟为从事。……朱庆馀《送韦繇校书赴浙东幕》诗云：'丞相辟书新，秋关独去人。官离芸阁早，名占甲科频。'"③

六月，王展作《白郎岩记》

王展作《白郎岩记》云："白郎岩，因神姓名也。在天台山西，东抵唐兴县三十里。长庆四年秋，风雨不应候，土产之物焦干几七八。农人愁毒，相视不聊生。自浙东数郡咸然。县令曰余丰曰：某窃长斯邑，邑人愁毒，犹吾愁毒也。将祷于名山，顾其辽远。某始至时，经于白郎岩，异状深黑巍峭，疑有神宅焉。因探其端，得寺记白郎神事。因诣法师普耀所憩岩侧，虔祈礼请。未及竟，有异物自穴出。黑首高眶，素臆锦脊。其顾视昂昂之势，若龙若蛇，不惊不摇。受祀而退。其夕降甘雨。居数日，物反秀绿。自宝历元年更复旱。县令求去年之祥，召邑居客与同往祝请。其年六月十八日，是物复自穴而出，一如去年状，加四足焉。足呈掌爪，若欲挐矫。是夕复降甘雨。异哉其神明欤！神必依山川，山川不崛，神不依焉。受祝惟神，祷不精诚，神不歆焉。天与神通，神不正直，天不应焉。县令与丞，非尊官也，能一精专于下，而通天降神，其应如射，岂细事耶！足以诲天下之慢易者。展适在山野，获同观焉。因记其年月于是岩之侧。"④陈思《宝刻丛编》卷一三"台州"引《复斋碑录》："《唐白郎岩记》，唐王（缺）撰，何归儒分书篆额，宝历元年闰七月八日建。"⑤

---

① 陶敏：《唐代文学与文献论集》，中华书局 2010 年版，第 292—293 页。
② ［清］彭定求：《全唐诗》卷五七三，第 6668 页。
③ ［唐］贾岛撰，齐文榜校注：《贾岛集校注》卷七，中华书局 2020 年版，第 441—442 页。
④ ［清］董浩：《全唐文》卷七三〇，第 7534 页。
⑤ ［宋］陈思编著：《宝刻丛编》卷一三，第 833 页。

秋,周元范由苏州赴越州为浙东观察判官,白居易代诸妓作诗酬赠

白居易《代诸妓赠送周判官》诗云:"妓筵今夜别姑苏,客棹明朝向镜湖。莫泛扁舟寻范蠡,且随五马觅罗敷。兰亭月破能回否,妓馆秋凉却到无。好与使君为老伴,归来休染白髭须。"①朱金城《白居易集笺校》卷二四笺云:"作于宝历元年(825),五十四岁,苏州,苏州刺史。周判官,周元范。"②按,周元范事迹,见大和年下所考。

秋,白居易为苏州刺史,作诗寄元稹

白居易《秋寄微之十二韵》诗云:"妓馆松江北,稽城浙水东。屈君为长吏,伴我作衰翁。旌旆知非远,烟云望不通。忙多对酒榼,兴少阅诗筒。淡白秋来日,疏凉雨后风。余霞数片绮,新月一张弓。影满衰桐树,香凋晚蕙丛。饥啼春谷鸟,寒怨络丝虫。览镜头虽白,听歌耳未聋。老愁从此遣,醉笑与谁同。清旦方堆案,黄昏始退公。可怜朝暮景,销在两衙中。"③朱金城《白居易集笺校》卷二四笺云:"作于宝历元年(825),五十四岁,苏州,苏州刺史。"④"忙多对酒榼,兴少阅诗筒"下自注:"此在杭州,两浙唱和诗赠答,于筒中递来往。"⑤值得注意的是元稹、白居易之间特殊的"诗筒"唱和活动,实际上这样就是远程寄赠的唱和,这是唐代诗人常用的唱和方式,但像元稹、白居易在杭越两地唱和如此频繁者并不多见。白居易还有《醉封诗筒寄微之》《与微之唱和来去常以竹筒贮诗陈协律美而成篇因以此答》诗等,都是直接点明通过诗筒往来酬赠之作。

白居易《泛太湖书事寄微之》诗云:"烟渚云帆处处通,飘然舟似入虚空。玉杯浅酌巡初匝,金管徐吹曲未终。黄夹缬林寒有叶,碧琉璃水净无风。避旗飞鹭翩翩白,惊鼓跳鱼拨剌红。涧雪压多松偃蹇,岩泉滴久石玲珑。书为故事留湖上,吟作新诗寄浙东。军府威容从道盛,江山气色定知同。报君一事君应羡,五宿澄波皓月中。"⑥朱金城《白居易集笺校》卷二四笺云:"作于宝历元年(825),五十四岁,苏州,

---

① [清]彭定求:《全唐诗》卷四四七,第5021—5022页。
② [唐]白居易著,朱金城笺校:《白居易集笺校》卷二四,第1630页。
③ [清]彭定求:《全唐诗》卷四四七,第5022页。
④ [唐]白居易著,朱金城笺校:《白居易集笺校》卷二四,第1631页。
⑤ [清]彭定求:《全唐诗》卷四四七,第5022页。
⑥ [清]彭定求:《全唐诗》卷四四七,第5025页。

苏州刺史。"①诗有"黄夹缬林寒有叶,碧琉璃水净无风",应作于秋日。

九月,明州刺史殷文穆卒

《全唐文补遗》第7辑郑儆《唐故朝散大夫使持节明州诸军事守明州刺史上柱国陈郡殷府君(文穆)墓志铭并序》:"公讳□□,字文穆,其先陈郡人也。……长庆初,拜金州刺史,兼侍御史,又迁明州刺史。□□□□,未尝不以课绩称。而强直执法,最箸名于纠曹宪府。其余皆有著闻。……以宝历元年九月七日遘疾而终,春秋七十有七。"②

冬,刘禹锡在和州,与浙西观察使李德裕、浙江观察使元稹寄和

刘禹锡《浙西李大夫述梦四十韵并浙东元相公酬和斐然继声》诗云:"位是才能取,时因际会遭。羽仪呈鸑鷟,铦刃试豪曹。洛下推年少,山东许地高。门承金铉鼎,家有玉璜韬。海浪扶鹏翅,天风引骥髦。便知蓬阁闷,不识鲁衣褒。兴发春塘草,魂交益部刀。形开犹抱膝,烛尽遽挥毫。昔仕当初筮,逢时咏载橐。怀铅辨虫蠹,染素学鹅毛。车骑方休汝,归来欲效陶。南台资謇谔,内署选风骚。羽化如乘鲤,楼居旧冠鳌。美香焚湿麝,名果赐干萄。议赦蝇栖笔,邀歌蚁泛醪。代言无所戏,谢表自称叨。兰焰凝芳泽,芝泥莹玉膏。对频声价出,直久梦魂劳。草诏令归马,批章答献獒。银花悬院榜,翠羽映帘条。讽谏欣然纳,奇觚率尔操。禁中时謇谔,天下免忉忉。左顾龟成印,双飞鹊织袍。谢宾缘地密,洁己是心豪。五日思归沐,三春羡众邀。茶炉依绿笋,棋局就红桃。滇海桑潜变,阴阳炭暗熬。仙成脱屣去,臣恋捧弓号。建节辞乌柏,宣风看鹭涛。土山京口峻,铁瓮郡城牢。曲岛花千树,官池水一篙。莺来和丝管,雁起拂麾旄。宛转倾罗扇,回旋堕玉搔。罚筹长竖蠡,觥盏样如舠。山是千重障,江为四面濠。卧龙曾得雨,孤鹤尚鸣皋。剑用雄开匣,弓闲蛰受弢。风姿尝在竹,鹔羽不离蒿。吴越分双镇,东西接万艘。今朝比潘陆,江海更滔滔。"③陶敏等《刘禹锡全集编年校注》卷六注云:"诗宝历元年冬在和州作。浙西李大夫,李德裕;浙东元相公,元稹……据李德裕原诗自序,李诗宝历元年冬作,刘诗亦同时作。《范文正公集》卷六《述梦诗序》云:'景祐戊寅岁,……得集

---

① [唐]白居易著,朱金城笺校:《白居易集笺校》卷二四,第1644页。
② 吴钢:《全唐文补遗》第7辑,第101—102页。
③ [清]彭定求:《全唐诗》卷三六三,第4099页。

贤钱绮翁书云：我从父汉东公尝求卫公之文于四方，得集外诗赋杂著，共成一编，目云《一品拾遗》。……其间有《浙西述梦诗四十韵》。时元微之在浙东，刘梦得在历阳，并属和焉。爱其雄富，藏之褚中二十年矣，愿刻石以期不泯。某观三君子之诗，嗟其才大名高，俱见咎于当世……'即谓李、元、刘三人诗。"①

刘禹锡《和浙西李大夫晚下北固山喜径松成阴怅然怀古偶题临江亭并浙东元相公所和依本韵》诗云："一辞温室树，几见武昌柳。荀谢年何少，韦平望已久。种松夹石道，纡组临沙阜。目览帝王州，心存股肱守。叶动惊彩翰，波澄见赪首。晋宋齐梁都，千山万江口。烟散隋宫出，涛来海门吼。风俗太伯余，衣冠永嘉后。江长天作限，山固壤无朽。自古称佳丽，非贤谁奄有。八元邦族盛，万石门风厚。天柱揭东溟，文星照北斗。高亭一骋望，举酒共为寿。因赋咏怀诗，远寄同心友。禁中晨夜直，江左东西偶。将手握兵符，儒腰盘贵绶。颁条风有自，立事言无苟。农野闻让耕，军人不使酒。用材当构厦，知道宁窥牖。谁谓青云高，鹏飞终背负。"②陶敏等《刘禹锡全集编年校注》卷六注云："诗宝历元年在和州作。李大夫：李德裕。北固山：在今江苏省镇江市。临江亭，在北固山上，后人因亭构多景楼。……元相公：元稹。李德裕原诗及元稹和诗均仅存残句。"③

本年，徐灵府作《天台山记》

徐灵府《天台山记》述其所作过程云："灵府以元和十年，自衡岳移居台岭，定室方瀛，至宝历初岁，已逾再闰，修真之暇，聊采经诰，以述斯记，用彰灵焉。"④由是知其作于宝历元年。徐灵府，唐赵璘《因话录》卷四："元和初，南岳道士田良逸、蒋含弘，皆道业绝高，远近钦敬，时号田蒋。……桐柏山陈寡言、徐灵府、冯云翼三人，皆田之弟子也。"⑤《历代真仙体道通鉴》卷四〇："道士徐灵府，号默希子，钱塘天目山人。通儒学，无意于名利。居天台云盖峰虎头岩石室中，凡十余年。门人建草堂请居之，弗往。而后自庐于石层上，乔松修竹，森然在目。有环池方百余步，中多怪石，若岛屿，因名之曰方瀛。日以修炼自乐于其间。尝为诗曰：'寂寂凝神太极初，无心应物自云舆。性修自性非求得，欲识真人祇是渠。'又曰：'学道全真在此生，迷

---

① [唐]刘禹锡撰，陶敏、陶红雨校注：《刘禹锡全集编年校注》卷六，第628—629页。
② [清]彭定求：《全唐诗》卷三五五，第3994页。
③ [唐]刘禹锡撰，陶敏、陶红雨校注：《刘禹锡全集编年校注》卷六，第642页。
④ [清]陆心源：《唐文拾遗》卷五〇，《全唐文》附，第10948页。
⑤ [唐]赵璘：《因话录》卷四，第92—93页。

徒待死更求生。今生不了无生理,纵复生知何处生。'唐会昌初,武宗诏浙东廉访使以起之,辞不获,出见廉使,献言志诗曰:'野性歌三乐,皇恩出九重,求传紫宸命,免下白云峰。多愧书传鹤,探惭纸画龙。将何佐明主,甘老在岩松。'廉访奏以衰槁,免命。由此绝粒,久之,凝寂而化,享年八十二。著《玄鉴》五篇,注《通玄真经》十二篇,及撰《天台山记》《三洞要略》。门人得其道,惟左元泽。"①《天台山全志》卷八:"徐灵府,号默希子,钱塘天目山人。通儒学,无冀于名利,居天台云盖峰虎头岩石室。会昌中频诏不起,献诗言志曰:'野性歌三乐,皇恩出九重。来颁紫宸命,遣下白云峰。多愧书传鹤,深惭纸画龙。将何佐明主,甘老在岩松。'居山凡十余年,绝粒久之。年八十二卒。著《元(玄)鉴》五篇、《诠通元(玄)真经》十二篇及撰《天台山记》《三洞要略》《寒山子集叙》。"②这篇记文是历代天台记中名作,但篇幅较长,不录原文。

本年,刘禹锡作《和令狐相公送赵常盈炼师与中贵人同拜岳及天台投龙毕却赴京》

刘禹锡《和令狐相公送赵常盈炼师与中贵人同拜岳及天台投龙毕却赴京》诗云:"银珰谒者引霓旌,霞帔仙官到赤城。白鹤迎来天乐动,金龙掷下海神惊。元君伏奏归中禁,武帝亲斋礼上清。何事夷门请诗送,梁王文字上声名。"③据前条引徐灵府《天台山记》,赵常盈与中贵人天台投龙事即在本年。

826　唐敬宗宝历二年丙午

春,朱庆馀进士及第,受知于张籍

朱庆馀《近试上张籍水部》诗云:"洞房昨夜停红烛,待晓堂前拜舅姑。妆罢低声问夫婿,画眉深浅入时无。"题注:"一作《闺意献张水部》。"④张籍《酬朱庆馀》诗

---

①　[元]赵道一:《历代真仙体道通鉴》卷四〇,《道藏》第5册,第328页。
②　[清]张联元辑:《天台山全志》卷八,第257—258页。
③　[清]彭定求:《全唐诗》卷三六〇,第4068页。
④　[清]彭定求:《全唐诗》卷五一五,第5892页。

云:"越女新妆出镜心,自知明艳更沉吟。齐纨未是人间贵,一曲菱歌敌万金。"①朱庆馀另有《上张水部》云:"出入门阑久,儿童亦有情。不忘将姓字,常说向公卿。"②亦附系于本年。

朱庆馀《省试晦日与同志昆明池泛舟》诗云:"故人同泛处,远色望中明。静见沙痕露,微思月魄生。周回余雪在,浩渺暮云平。戏鸟随兰棹,空波荡石鲸。劫灰难问理,岛树偶知名。自省曾追赏,无如此日情。"③为是年省试诗作。孟二冬《登科记考补正》卷二○宝历二年:"进士三十五人:是年崔仲府元落,韦教等罢举,见《摭言》。孟按:《锦绣万花谷后集》卷十九《科举》'科第放此风汉'条引《玉泉子》:'刘蕡,杨嗣复门生也。宝历二年,杨嗣复下三十五人裴休(按当作'俅')等,时蕡第十五,试《齐鲁会于夹谷赋》《晦日与同志昆明池泛舟》诗(按原误作'时')及第。策直言,中官嫉怒,仇士良谓嗣复曰:'奈何以国家科第放此风汉及第?'嗣复惧曰:'昔与蕡及第时,犹未风耳。'按今本《玉泉子》无'宝历二年'以下数句。考《文苑英华》卷一八九省试诗有朱(按原文误作'木')庆馀及失名之同题《省试晦日同志昆明池泛舟》诗;又《古今岁时杂咏》卷九录朱庆馀《省试晦日同志昆明池泛舟》诗,与《英华》所录诗同。朱庆馀本年登进士科,知《锦绣万花谷》所发有据。据上所考,则《齐鲁会于夹谷赋》《晦日与同志昆明池泛舟》诗当为本年进士科试题。《日下旧闻考》卷一三五"京畿·昌平州二"亦引《玉泉子》云:'原刘蕡杨嗣复门生也。唐《登科记》,宝历三年杨嗣复下三十五人裴休等,时蕡第十九,赋《齐鲁会于夹谷赋》《晦日与同志昆明池泛舟》诗及第。策直言,中官嫉怒,仇士良谓嗣复曰:奈何以国家科第放此风汉耶?嗣复惧曰:昔与蕡及第时犹未风耳。'"④

朱庆馀受知于张籍,成为文坛佳话,记载的典籍如下:南唐刘崇远《金华子》卷下:"朱庆馀之赴举也,张水部一为其发卷于司文,遂登第也。"⑤范摅《云溪友议》卷下《闺妇歌》:"朱庆馀校书,既遇水部郎中张籍知音,遍索庆馀新制篇什数通,吟改后,只留二十六章。水部置于怀抱,而推赞焉。清列以张公重名,无不缮录而讽咏之,遂登科第。朱君尚为谦退,作《闺意》一篇,以献张公。张公明其进退,寻亦和焉。诗曰:'洞房昨夜停红烛,待晓堂前拜舅姑。妆罢低声问夫婿,画眉深浅入时

① [清]彭定求:《全唐诗》卷三八六,第4362页。
② [清]彭定求:《全唐诗》卷五一四,第5866页。
③ [清]彭定求:《全唐诗》卷五一五,第5879页。
④ [清]徐松撰,孟二冬补正:《登科记考补正》卷二○,第730页。
⑤ [南唐]刘崇远:《金华子》卷下,上海古籍出版社1958年版,第53页。

无?'张籍郎中酬曰:'越女新妆出镜心,自知明艳更沉吟。齐纨未足人间贵,一曲菱歌敌万金。'朱公才学,因张公一诗,名流于海内矣。"①唐范摅《云溪友议》所记之事,颇为当时与后世所重,《唐诗纪事》卷四六《朱庆馀》条:"庆馀遇水部郎中张籍知音,索庆馀新旧篇什,留二十六章,置之怀袖而推赞之。时人以籍名重,皆缮录讽咏,遂登科。庆馀作《闺意》一篇以献曰:'洞房昨夜停红烛,待晓堂前拜舅姑。妆罢低声问夫婿,画眉深浅入时无。'籍酬之曰:'越女新妆出镜心,自知明艳更沉吟。齐纨未足人间贵,一曲菱歌敌万金。'由是朱之诗名流于海内矣。……庆馀,名可久,以字行,登宝历进士第。"②宋陈振孙《直斋书录解题》卷一九:"《朱庆馀集》一卷。……受知于张籍,宝历二年进士。"③宋洪迈《容斋五笔》卷四"作诗旨意"条:"予独爱朱庆馀《闺意》一绝句上张籍水部者,曰:'洞房昨夜停红烛,待晓堂前拜舅姑。妆罢低声问夫婿,画眉深浅入时无?'细味此章,元不谈量女之容貌,而其华艳韶好,体态温柔,风流酝藉,非第一人不足当也。欧阳修所谓:'状难写之景,如在目前,含不尽之意,见于言外,然后为工。'斯之谓也。庆馀名可久,以字行。登宝历进士第,而官不达。著录于《艺文志》者,只一卷,予家有之,他不逮此。张籍酬其篇云:'越女新妆出镜心,自知明艳更沉吟。齐纨未是人间贵,一曲菱歌抵万金。'其爱之重之,可见矣。然比之庆馀,殊为不及。"④元辛文房《唐才子传》卷六《朱庆馀传》:"庆馀字可久,以字行,闽中人。宝历二年裴球榜进士及第,授秘省校书。"⑤清徐松《登科记考》卷二〇宝历二年进士科中有朱庆馀,是年知贡举者为礼部侍郎杨嗣复⑥。朱庆馀以越州人赴京应试,故张籍和诗以越女作答,既是对朱庆馀的器重,也表现了高超的作诗技巧。

春,朱庆馀及第归越,张籍、姚合、周贺、贾岛作诗相送

张籍《送朱庆馀及第归越》诗云:"东南归路远,几日到乡中。有寺山皆遍,无家水不通。湖声莲叶雨,野气稻花风。州县知名久,争邀与客同。"⑦按,朱庆馀,字可久,以字行,越州人。《唐才子传》卷六《朱庆馀传》:"宝历二年裴球榜进士及第,授

① [唐]范摅:《云溪友议》卷下,第 131 页。
② [宋]计有功:《唐诗纪事》卷四六,第 704 页。
③ [宋]陈振孙撰,徐小蛮、顾美华点校:《直斋书录解题》卷一九,第 570 页。
④ [宋]洪迈:《容斋五笔》卷四,《容斋随笔》,第 484 页。
⑤ 傅璇琮主编:《唐才子传校笺》第 3 册,第 189 页。
⑥ [清]徐松:《登科记考》卷二〇,第 733—736 页。
⑦ [清]彭定求:《全唐诗》卷三八四,第 4314 页。

秘省校书。"①《新唐书·艺文志四》："宝历进士第。"②

姚合《送朱庆馀及第后归越》诗云："劝君缓上车，乡里有吾庐。未得同归去，空令相见疏。山晴栖鹤起，天晓落潮初。此庆将谁比，献亲冬集书。"③

周贺《赠朱庆馀校书》诗云："风泉尽结冰，寒梦彻西陵。越信楚城得，远怀中夜兴。树停沙岛鹤，茶会石桥僧。寺阁连官舍，行吟过几层。"④周贺，《唐才子传》卷六《清塞传》云："清塞字南卿，居庐岳为浮屠，客南徐亦久，后来少室、终南间。俗姓周，名贺。工为近体诗，格调清雅，与贾岛、无可齐名。宝历中，姚合守钱塘，因携书投刺以丐品第。"⑤

贾岛《送朱可久归越中》诗云："石头城下泊，北固暝钟初。汀鹭潮冲起，船窗月过虚。吴山侵越众，隋柳入唐疏。日欲躬调膳，辟来何府书。"⑥李嘉言《贾岛年谱》："宝历二年丙午（826）四十八岁。朱庆馀及第归越，岛与张籍、姚合俱有诗送之。朱庆馀名可久，以字行（见《唐诗纪事》），本年进士及第（见《唐才子传》）。本集有《送朱可久归越中》诗，与姚合《送朱庆馀及第后归越》诗同韵，并当作于本年。张籍亦有送诗，与姚作同题，当亦本年所作。"⑦黄鹏《贾岛年谱》："宝历二年丙午（826）。四十八岁。在京师。朱庆馀本年进士及第归越，岛有《送朱可久归越中》；张籍、姚合并有诗送之。姚合《送朱庆馀及第后归越》，与岛诗同韵，与张籍诗同题。"⑧齐文榜《贾岛集校注》卷三："此诗乃朱庆馀及第后岛送之归故乡而作，张籍、姚合并有《送朱庆馀及第后归越》诗，皆作于宝历二年。朱可久：字庆馀，以字行，越州（今浙江绍兴一带）人。登敬宗宝历二年（826）进士第，释褐秘书省校书郎。未第前以《闺意献张水部》诗谒水部员外郎张籍，大得赏识，由是知名。文宗大和六年前后归居越中，约于开成初去世。其诗长于五律七绝，《唐才子传》卷六评为'得张水部诗旨，气平意绝'。生平见《云溪友议》卷下、《唐诗纪事》卷四六、《唐才子传校笺》卷六等。"⑨齐文榜《贾岛年谱新编》："宝历二年丙午（826）四十八岁。在长安。朱

① 傅璇琮主编：《唐才子传校笺》第 3 册，第 189 页。
② ［宋］欧阳修、宋祁：《新唐书》卷六〇，第 1612 页。
③ ［清］彭定求：《全唐诗》卷四九六，第 5626 页。
④ ［清］彭定求：《全唐诗》卷五〇三，第 5723 页。
⑤ 傅璇琮主编：《唐才子传校笺》第 3 册，第 71—73 页。
⑥ ［清］彭定求：《全唐诗》卷五七二，第 6632—6633 页。
⑦ 李嘉言：《贾岛年谱》，商务印书馆 1947 年版，第 23 页。
⑧ 黄鹏：《贾岛诗集笺注》附录，巴蜀书社 2002 年版，第 415 页。
⑨ ［唐］贾岛撰，齐文榜校注：《贾岛集校注》卷三，第 132 页。

庆馀本年进士及第(见《直斋书录解题》卷一九),将归越,姚合有《送朱庆馀及第后归越》(《全唐诗》卷四九六),张籍亦有《送朱庆馀及第归越》(《全唐诗》卷三八四)。本集卷三有《送朱可久归越中》,与姚合诗同韵,当为同赋。本集卷七有《题朱庆馀所居》,诗云:'天寒吟竟晓,古屋瓦生松。'似朱氏未第前所赋。"①

春,元稹在浙东观察使任,与杭州刺史白居易唱酬

白居易《郡中闲独寄微之及崔湖州》诗云:"少年宾旅非吾辈,晚岁簪缨束我身。酒散更无同宿客,诗成长作独吟人。苹洲会面知何日,镜水离心又一春。两处也应相忆在,官高年长少情亲。"②朱金城《白居易集笺校》卷二四笺云:"作于宝历二年(826),五十五岁,苏州,苏州刺史。城按:此诗见《会稽掇英总集》卷十二。"③崔湖州为湖州刺史崔玄亮。

春,元稹在浙东,和李德裕《述梦诗》

元稹《奉和浙西大夫李德裕述梦四十韵大夫本题言赠于梦中诗赋以寄一二僚友故今所和者亦止述翰苑旧游而已次本韵》诗云:"闻有池塘什,还因梦寐遭。攀禾工类蔡,咏豆敏过曹。庄蝶玄言秘,罗禽藻思高。戈矛排笔阵,貔虎让文韬。彩缋鸾凰颈,权奇骥骆髦。神枢千里应,华衮一言褒。李广留飞箭,王祥得佩刀。传乘司隶马,继染翰林毫。辨颖□超脱,词锋岂足囊。金刚锥透玉,镔铁剑吹毛。顾我曾陪附,思君正郁陶。近酬新乐录,仍寄续离骚。阿阁偏随凤,方壶共跨鳌。借骑银杏叶,横赐锦垂萄。冰井分珍果,金瓶贮御醪。独辞珠有戒,廉取玉非叨。麦纸侵红点,兰灯焰碧高。代予言不易,承圣旨偏劳。绕月同栖鹊,惊风比夜獒。吏传开锁契,神撼引铃绦。渥泽深难报,危心过自操。犯颜诚恳恳,腾口惧切切。佩宠虽缬绶,安贫尚葛袍。宾亲多谢绝,延荐必英豪。分阻杯盘会,闲随寺观遨。祇园一林杏,仙洞万株桃。瀣海沧波减,昆明劫火熬。未陪登鹤驾,已讣堕乌号。痛泪过江浪,冤声出海涛。尚看恩诏湿,已梦寿宫牢。再造承天宝,新持济巨篙。犹怜弊簪履,重委旧旌旄。北望心弥苦,西回首屡搔。九霄难就日,两浙仅容舠。暮竹寒窗影,衰杨古郡濠。鱼虾集橘市,鹳鹤起亭皋。朽刃休冲斗,良弓枉在弢。早弯

---

①　[唐]贾岛撰,齐文榜校注:《贾岛集校注》,第767页。

②　[清]彭定求:《全唐诗》卷四四七,第5027页。

③　[唐]白居易著,朱金城笺校:《白居易集笺校》卷二四,第1656页。

摧虎兕,便铸垦蓬蒿。渔艇宜孤棹,楼船称万艘。量材分用处,终不学滔滔。"①傅璇琮、周建国《李德裕文集校笺》别集卷三《述梦诗》注云:"此诗据范仲淹《述梦诗序》(《范文正公集》卷六)云:'时元微之在浙东,刘梦得在历阳,并属和焉。'本集于诗后附录元、刘和诗。李德裕大和元年(827)加礼部尚书,而元、刘和诗尚称'浙西李大夫',当作于宝历间。刘禹锡任和州刺史在长庆四年(824)八月,合而推之,德裕原唱当在宝历元年(825)年底,即诗序所谓'岁杪无事'也。元、刘和作似在宝历二年初。"②元稹诗后段言及在越州的情况。李德裕、刘禹锡诗因与浙东关系不大,故不录。

四月,元稹与白居易唱酬

白居易《和微之四月一日作》诗云:"四月一日天,花稀叶阴薄。泥新燕影忙,蜜熟蜂声乐。麦风低冉冉,稻水平漠漠。芳节或蹉跎,游心稍牢落。春华信为美,夏景亦未恶。飐浪嫩青荷,重栏晚红药。吴宫好风月,越郡多楼阁。两地诚可怜,其奈久离索。"③诗有"吴宫好风月,越郡多楼阁",以苏州与越州对比。诗作于宝历二年,白居易为苏州刺史时。

夏,白居易寄诗元稹与崔玄亮

白居易《仲夏斋居偶题八韵寄微之及崔湖州》诗云:"腥血与荤蔬,停来一月余。肌肤虽瘦损,方寸任清虚。体适通宵坐,头慵隔日梳。眼前无俗物,身外即僧居。水榭风来远,松廊雨过初。褰帘放巢燕,投食施池鱼。久别闲游伴,频劳问疾书。不知湖与越,吏隐兴何如。"④朱金城《白居易集笺校》卷二四笺云:"作于宝历二年(826),五十五岁,苏州,苏州刺史。城按:此诗见《会稽掇英总集》卷二。"⑤崔湖州为湖州刺史崔玄亮。

秋,元稹拆新楼,白居易作诗戏赠

白居易《酬微之开拆新楼初毕相报末联见戏之作》诗云:"海山郁郁石棱棱,新

① [清]彭定求:《全唐诗》卷四二三,第4646—4647页。
② [唐]李德裕撰,傅璇琮、周建国校笺:《李德裕文集校笺》别集卷三,中华书局2018年版,第558页。
③ [清]彭定求:《全唐诗》卷四四四,第4974—4975页。
④ [清]彭定求:《全唐诗》卷四四七,第5030页。
⑤ [唐]白居易著,朱金城笺校:《白居易集笺校》卷二四,第1669页。

豀高居正好登。南临赡部三千界,东对蓬宫十二层。报我楼成秋望月,把君诗读夜回灯。无妨却有他心眼,妆点亭台即不能。"①朱金城《白居易集笺校》卷二四笺云:"作于宝历二年(826),五十五岁,苏州,苏州刺史。"②

九月,元稹为浙东观察使,作《拜禹庙》诗,又有《禹穴碑》,元稹作铭,郑𫖮作序

元稹《拜禹庙》诗云:"恢能咨岳日,悲慕羽山秋。父陷功仍继,君名礼不仇。洪水襄陵后,玄圭菲食由。已甘鱼父子,翻荷粒咽喉。古庙苍烟冷,寒亭翠柏稠。马泥真骨动,龙画活睛留。祀典稽千圣,孙谋绝一丘。道虽污世载,恩岂酌沉浮。洞穴探常近,图书即可求。德崇人不惰,风在俗斯柔。葵色湖光上,泉声雨脚收。歌诗呈志义,箫鼓渎清猷。史亦明勋最,时方怒校雠。还希四载术,将以拯虞刘。"③周相录《元稹集校注·续补遗》卷一注:"宝历二年作于越州,时为浙东观察使、越州刺史。宋施宿等《嘉泰会稽志·碑刻》:'《禹穴碑》:郑昉(𫖮)撰,元稹铭,韩杼材行书,陆浍篆额。宝历景(丙)午秋九月作。……在龙瑞宫。'"④

元稹《禹穴碑铭》云:"禹穴宜载,夏与秦胡为而不载?古而不载,迁与郑胡为而载?予以为天德统万,止言其盖;地德统万,止言其载;尧德统万,止言其大。千川万山,皆禹之会。一符一穴,不足为最。故夏与秦,俱不之载,而人以之昧。虽山之坚,虽洞之濊。有时而埋,有时而兑。岁其万千,风雨淘汰。亡其嵌呀,丛是薋荟。惟郑与迁,斯碑斯载,斯时之赖。"⑤载于《会稽掇英总集》卷一六《碑》。赵明诚《金石录》卷九著录:"《唐禹穴碑》,郑𫖮撰序,元稹铭,韩特(杼)材行书。宝历二年九月。"⑥周相录《元稹集校注·续补遗》卷三注:"宝历二年作于越州,时为浙东观察使、越州刺史。参《续补遗》卷一《拜禹庙》注。禹穴:在今浙江绍兴市南,相传夏禹于宛委山得黄帝之书而复藏之。李白《送二季之江东》王琦注:'贺知章《纂山记》曰:黄帝号宛委穴为赤帝阳明之府,于此藏书。大禹始于此穴得书,复于此穴藏之,人因谓之禹穴。'禹于宛委山得黄帝金简书之说,见《吴越春秋·越王无余外传》。"⑦

郑𫖮《禹穴碑序》云:"惟帝圣世时,必有符命。在昔黄帝始受河图,而定王箓。

---

① [清]彭定求:《全唐诗》卷四四七,第 5028 页。

② [唐]白居易著,朱金城笺校:《白居易集笺校》卷二四,第 1661 页。

③ [宋]孔延之:《会稽掇英总集》卷八,《宋元浙江方志集成》第 14 册,第 6436 页。

④ [唐]元稹著,周相录校注:《元稹集校注·续补遗》卷一,第 1580 页。

⑤ [宋]孔延之:《会稽掇英总集》卷一六,《宋元浙江方志集成》第 14 册,第 6519 页。

⑥ [宋]赵明诚撰,金文明校证:《金石录校证》卷九,第 189 页。

⑦ [唐]元稹著,周相录校注:《元稹集校注·续补遗》卷三,第 1631 页。

慮羲得神蓍,而垂皇策。尧配璇玑玉衡,以齐七政。舜继成六德,文主获赤雀丹书,而演道定谟。予亦以谓禹探魖穴,得开世之符,而成厥水功。夫神人合谋而行变化,天地定位,阴阳潜交。五行迭王,斗建司节,岳尊山而渎长川。乃至日星雷风,祯祥秘奥,三纲五纪,万乐百礼。人人物物,各由厥生。无非元功,冥持至数。吻合以及之者。王者,奉天而行,故圣神焉,帝皇焉。彼圣如仲尼有德而无应,故位止于旅人,福弗及于生灵。乃叹曰:凤鸟不至,河不出图,吾已矣夫。然后知元命者轩,告命者羲,受命者曰唐与虞,成命者禹,备命者文。仲尼不受命,乃假人事而言,故有宗予之说,后代无作焉。立言者一仁义,以束世教。瞽瞍蚩蚩,使绝其非,望法业之外,存而不论。予读夏书,无是说。司马子长,自叙,始云:登会稽,探禹穴。不然,万祀何传焉。惑矣。苍山之潴,呀如渊如,陵徙谷迁,此中不骞。雨洗烟空,歘然莫穷。噫,实禹迹之所始终。唐兴二百八祀,宝历庚午秋九月,予从事于是邦,感上圣遗轨,而学者无述。作《禹穴碑》,廉察使旧相河南公,见而铭之。"①

十月,元稹为浙东观察使,作《还珠留书记》

元稹《还珠留书记》,末署:"二年十月二十日。"又录原署:"浙江东道都团练观察处置等使正议大夫使持节都督越州诸军事守越州刺史兼御史大夫上柱国赐紫金鱼袋元稹述。"末附记:"开成三年十二月,内供奉大德慧元、清涔、令弘、深禅师及永庆送归。"文见陈尚君《全唐文补编》所据《善慧大士录》卷三所辑②。是知此文作于宝历二年十月二十日。《宝刻丛编》卷一三"婺州"引《诸道石刻录》:"《唐还珠记》,唐浙东观察使元稹撰。"③《舆地碑记目》卷一《婺州碑记》:"《还珠记碑》,唐元稹文。"④

本年,韦珩为台州刺史

《嘉定赤城志》卷八"秩官门·历代郡守":"宝历二年,韦衡。"⑤岑仲勉《元和姓纂四校记》以为"韦衡"为"韦珩"之误⑥。郁贤皓先生《唐刺史考全编》卷一四四从

① [宋]孔延之:《会稽掇英总集》一六,《宋元浙江方志集成》第14册,第6518页。
② 陈尚君:《全唐文补编》卷六七,第825页。
③ [宋]陈思编著:《宝刻丛编》卷一三,第814页。
④ [宋]王象之编著,赵一生点校:《舆地碑记目》卷一,《舆地纪胜》第12册,第19页。
⑤ [宋]陈耆卿:《嘉定赤城志》卷八,《宋元浙江方志集成》第11册,第5152页。
⑥ [唐]林宝撰,岑仲勉校记:《元和姓纂(附四校记)》卷二,第187—188页。

岑说①。韦珩为当时著名文人,柳宗元《寄韦珩》诗给予其极高的评价:"初拜柳州出东郊,道旁相送皆贤豪。回眸炫晃别群玉,独赴异域穿蓬蒿。炎烟六月咽口鼻,胸鸣肩举不可逃。桂州西南又千里,漓水斗石麻兰高。阴森野葛交蔽日,悬蛇结虺如蒲萄。到官数宿贼满野,缚壮杀老啼且号。饥行夜坐设方略,笼铜枹鼓手所操。奇疮钉骨状如箭,鬼手脱命争纤毫。今年噬毒得霍疾,支心搅腹戟与刀。迩来气少筋骨露,苍白潸汩盈颠毛。君今矻矻又窜逐,辞赋已复穷诗骚。神兵庙略频破虏,四溟不日清风涛。圣恩倘忽念行苇,十年践蹈久已劳。幸因解网入鸟兽,毕命江海终游遨。愿言未果身益老,起望东北心滔滔。"②

张宣为越府户曹参军

《太平广记》引《前定录》云:"杭州临安县令张宣,宝历中,自越府户曹掾调授本官。以家在浙东,意求萧山宰。去唱已前三日,忽梦一女子年二十余,修刺来谒。宣素真介,梦中不与女子见。女子云:'某是明年邑中之客,安得不相见耶?'宣遂见之。礼貌甚肃。曰:'妾有十一口,侨在贵境,有年数矣。今闻明府将至,故来拜谒。'宣因问县名,竟不对。宣告其族人曰:'且志之。'及后补湖州安吉县令,宣以家事不便,将退之。其族人曰:'不然,前夕所梦女子,非安字乎?十一口非吉字乎?此阴骘已定,退亦何益。'宣悟且笑曰:'若然,固应有定。'遂受之。及秩满,数年又将选。时江淮水歉,宣移家河南,固求宋亳一官,将引家往。又梦前时女子,颜貌如旧,曰:'明府又当宰邑,妾之邑也。'宣曰:'某前已为夫人之邑,今岂再授乎?'女子曰:'妾自明府罢秩,当即迁之居。今之所止,非旧地。然往者家属,凋丧略尽,今唯三口为累耳。明府到后数月,亦当辞去。'言讫,似若凄怆,宣亦未谕。及唱官,乃得杭州临安县令。宣叹曰:'三口临字也。数月而去,吾其忧乎?'到任半年而卒。"③

张祜在婺州,寄诗与衢州刺史庞严

张祜《夏日梅溪馆寄庞舍人》诗云:"东阳宾礼重,高馆望行期。扫簟因松叶,箋瓜使竹枝。卷帘闻鸟近,翻枕梦人迟。坐听津桥说,今营太守碑。"④清嘉庆《重修

① 郁贤皓:《唐刺史考全编》卷一四四,第 2049 页。
② [清]彭定求:《全唐诗》卷三五一,第 3930—3931 页。
③ [宋]李昉等:《太平广记》卷一五五,第 1116—1117 页。
④ [清]彭定求:《全唐诗》卷五一〇,第 5823 页。

一统志》卷二九九《金华府》："梅溪，在义乌县南十里。源出青岩山，中有巨石，旧名石溪，西流四里汇于大陂曰新塘，又西至合港入东阳溪。"①尹占华《张祜诗集校注》卷三云："诗云'东阳宾礼重'，唐婺州东阳郡，即今浙江金华，故知即此梅溪。庞舍人：庞严。长庆二年为翰林学士、知制诰，出为信州刺史。见《旧唐书·庞严传》。《太平广记》卷一五六引《前定录》'唐京兆尹庞严为衢州刺史'，可知庞严又刺史衢州，为两《唐书》本传所未及。衢州、婺州邻近，张祜此诗当作于庞严为衢州刺史时，时张祜在婺州。"②郁贤皓《唐刺史考全编》卷一四六《衢州》："《广记》卷一五六引《前定录》：'唐京兆尹庞严为衢州刺史……时廉使元稹素与严善……其后为京兆尹而卒。'两《唐书》本传未及。按元稹为浙东观察使在长庆三年至大和三年。又按《旧书》本传称：敬宗即位，严出为江州刺史，给事中于敖以为贬严太轻，封还制书；大和初严已为京官。则其刺史衢在宝历中。"③今参合以上诸书，将张祜寄庞严诗系于宝历二年。

金尧恭为上虞县令

《新唐书·地理志五》"越州上虞县"："西北二十七里有任屿湖，宝历二年令金尧恭置，溉田二百顷。北二十里有黎湖，亦尧恭所置。"④

陈宗武为婺州司马

周侑《左神策军判官郇王府长史兼殿中□□□□□□□墓志铭并序》："府君讳宗武，其先陈国人也。……敬宗升遐，武备咸叙，承优送名中书门下，授婺州司马。题舆之贵，分刺之荣，从事致身，可谓宦达矣。再沾甄录，品正加阶，授朝散大夫。圣主龙飞，攀髯云际，仗随紫禁，官出青宫，授太子左赞善大夫。"⑤敬宗升遐即宝历二年。

---

① 嘉庆《重修一统志》卷二九九，民国二十五年(1936)上海商务印书馆《四部丛刊三编》本，第16页。
② [唐]张祜著，尹占华校注：《张祜诗集校注》卷三，上海古籍出版社2020年版，第144页。
③ 郁贤皓：《唐刺史考全编》卷一四六，第2085页。
④ [宋]欧阳修、宋祁：《新唐书》卷四一，第1061页。
⑤ 胡戟、荣新江：《大唐西市博物馆藏墓志》，第845页。

827 唐文宗大和元年丁未

春,越州人朱庆馀游湖州,有《吴兴新堤》诗

朱庆馀《吴兴新堤》诗云:"春堤一望思无涯,树势还同水势斜。深映菰蒲三十里,晴分功利几千家。谋成既不劳人力,境远偏宜隔浪花。若与青山长作固,汀洲肯恨柳丝遮。"①吴在庆、傅璇琮《唐五代文学编年史·晚唐卷》:"朱庆馀《吴兴新堤》(《全唐诗》卷五一五):'春堤一望思无涯,树势还同水势斜。'诗春日作。朱庆馀去年登第后归觐越州,本年春盖游至湖州。"②

元稹为浙东观察使,将与杭州刺史白居易唱酬诗结集为《因继集》

白居易《和微之诗二十三首》序:"况曩者《唱酬》,近来《因继》,已十六卷,凡千余首矣。"③吴在庆、傅璇琮《唐五代文学编年史·晚唐卷》:"《会稽掇英总集》卷一八《唐太守题名记》:'元稹,长庆三年八月自同州防御使授,大和三年九月除尚书左丞。'《旧唐书·元稹传》记云:'会稽山水奇秀,稹所辟幕职,皆当时文士,而镜湖、秦望之游,月三四焉。而讽咏诗什,动盈卷帙。副使窦巩,海内诗名,与稹酬唱最多,至今称兰亭绝唱。'按,据《窦氏联珠集》窦巩诗序,巩实未从元稹于浙东,详见《唐才子传校笺》第5册《窦巩传》补笺。又《白居易集》卷六九《因继集重序》:'去年,微之取予《长庆集》中诗未对答者五十七首追和之,合一百一十四首寄来,题为《因继集》卷之一。'此序大和二年十月撰,则元稹编撰《因继集》在本年。"④

秋,韩泰为湖州刺史,置宴,越州诗人朱庆馀时游湖州,并作诗

朱庆馀《湖州韩使君置宴》诗云:"老大成名仍足病,纵听丝竹也无欢。高情太

---

① [清]彭定求:《全唐诗》卷五一五,第5884页。
② 吴在庆、傅璇琮:《唐五代文学编年史·晚唐卷》,辽海出版社1998年版,第4页。
③ [清]彭定求:《全唐诗》卷四四五,第4982页。
④ 吴在庆、傅璇琮:《唐五代文学编年史·晚唐卷》,第14—15页。

621

守容闲坐,借与青山尽日看。"①诗题又作《陪韩中丞宴不饮酒》。据《嘉泰吴兴志》卷一四"郡守题名":"韩泰,太(大)和元年七月三日自睦州刺史拜。"②按,朱庆馀本年春即在湖州,作《吴兴新堤》诗,本诗应作于本年七月韩泰莅任之后。

秋,浙东观察判官周元范自京返越,张籍、贾岛、朱庆馀都有诗相送

周元范在浙东元稹幕府,本年自京返越。咸晓婷《元稹浙东幕僚佐生平考》:"周元范入浙东元稹幕府,即与白居易有关。白居易于长庆二年至四年任杭州刺史,宝历元年至二年任苏州刺史,长庆四年五月,白居易以太子左庶子分司东都离杭州时,曾劝周元范往越州依元稹:'主人头白官仍冷,去后怜君是底人?试谒会稽元相去,不妨相见却殷勤。'但是从白居易另一首诗《九日思杭州旧游寄周判官及诸客》来看,周元范此时并没有前往越州,而是仍旧留在杭州,白诗云:'风景不随宫相去,欢娱应逐使君新。江山宾客皆如旧,唯是当筵换主人。''宫相',白居易自称,唐人太子左庶子习称宫相。宝历二年冬,白居易罢郡离苏州,周元范始离苏州赴越州入元稹浙东幕任判官。宝历三年春,文宗改元大和,元稹派元范将表赴京贺大赦改元。约于是年夏,元范离京返越,诗人张籍等送行并赠诗。张籍有《送浙西周判官》,其中'天阙因将贺表到,家乡新著赐衣还'句,即切大和元年大赦改元事,又有'吴越主人偏爱重,多应不肯放君闲',可以看出,周元范确是颇受元稹与白居易的青睐与重视。与张籍诗约略同时而作者,还有贾岛《送周判官元范赴越》、朱庆馀《送浙东周判官》。"③

张籍《送浙西周判官》诗云:"由来自是烟霞客,早已闻名诗酒间。天阙因将贺表到,家乡新著赐衣还。常吟卷里新酬句,自话湖中旧住山。吴越主人偏爱重,多应不肯放君闲。"④本诗诗题或作"送浙西周判官",或作"送浙东周阮范判官"。罗联添《张籍年谱》"长庆三年癸卯(823)":"《送浙东周元范判官》诗见《全唐诗》一四《张籍集》四,本集题作《送浙西周判官》,'西'盖'东'之误。据白乐天《绝句序》:'予以长庆二年冬十月到杭州。明年秋九月始与……汝南周元范同游恩德寺之泉洞。'知本年九月元范已在浙东(越州),其赴任当更在此前。"⑤按,罗先生辨证诗题颇为

---

① [清]彭定求:《全唐诗》卷五一四,第5865页。
② [宋]谈钥:《嘉泰吴兴志》卷一四,《宋元浙江方志集成》第6册,第2657页。
③ 咸晓婷:《元稹浙东幕僚佐生平考》,《中文学术前沿》第4辑,第50页。
④ [清]彭定求:《全唐诗》卷三八五,第4342页。
⑤ 罗联添:《张籍年谱》,《唐代诗文六家年谱》,第217页。

精当,但将该诗系于长庆三年则误。卞孝萱《张籍简谱》也系于长庆三年①,亦误。《唐五代文学编年史》将张籍、贾岛、朱庆馀之诗都编于长庆四年②,则更不确。徐礼节、余恕诚《张籍集系年校注》卷四注云:"约作于大和三年(829)七月,时张籍在国子司业任。朱庆馀、贾岛同唱。朱诗云'到日重陪丞相宴','丞相'即元稹,知周元范时为浙东观察使元稹判官。张诗云'天阙因将贺表到,家乡新著赐衣还',贾诗云'蝉鸣关路使回时',知周元范乃奉元稹之命奉'贺表''使'京。据贾诗'到越应将坠叶期'语判断,时当夏秋之际。郭文镐《张籍生平二三事考辨》:'《通鉴》"大和三年四月,乙亥(二十六日),乃斩同捷,传首,沧景悉平",沧州用兵历三年,至是始平。故元范乃奉浙东观察使贺沧州平表而入京,归越所持之丹诏即答敕,张籍、贾岛、朱庆馀诗俱作于大和三年秋七月。'(《唐代文学研究》第1辑)当是。按:诗写周元范使京返越与深得元、白器重,赞美其'烟霞'情怀与诗酒盛名。"③按,张籍、贾岛、朱庆馀三诗无任何有关平定李同捷信息,故此说既迂回又扞格,今不从。

贾岛《送周判官元范赴越》诗云:"原下相逢便别离,蝉鸣关路使回时。过淮渐有悬帆兴,到越应将坠叶期。城上秋山生菊早,驿西寒渡落潮迟。已曾几遍随旌旆,去谒荒郊大禹祠。"④李嘉言《长江集新校》附录《贾岛年谱》长庆三年癸卯云:"与张籍、朱庆馀等各以诗送周元范赴浙东判官,当在本年或稍前。白居易《绝句》序曰:'予以长庆二年冬十月到杭州。明年秋九月始与范阳卢贾、汝南周元范、兰陵萧悦、清河崔求、东莱刘方舆同游恩德寺之泉洞。'此知本年九月周元范已在越中,而其初赴越时当更在此前。本集有《送周判官元范赴越》诗,张籍、朱庆馀亦各有同赋,俱题作《送浙东周元范判官》。"⑤将贾岛诗系于长庆三年,亦误。齐文榜《贾岛集校注》卷一〇注云:"大和三年(829)四月,讨伐叛镇李同捷,斩之,'传首,沧景悉平'(《通鉴·唐纪》六〇)周元范为浙东观察使兼越州刺史元稹奉贺表赴京。此诗为元范奉使返越时,岛送其归越而赋,(郭文镐《张籍生平二三事考辨》,《唐代文学研究》第1辑)。张籍有同赋《送浙东周阮范判官》诗云:'天阙因将贺表到,家乡新著赐衣还。'……周判官元范:即周元范,汝南人。白居易任苏、杭二州刺史时曾辟为判官。白氏刺杭时有《予以长庆二年冬十月到杭州明年秋九月始与范阳卢贾汝

① 卞孝萱:《张籍简谱》,载《安徽史学通讯》,1959年第4—5期,第89页。
② 吴在庆、李一飞、傅璇琮:《唐五代文学编年史·中唐卷》,第859页。
③ [唐]张籍撰,徐礼节、余恕诚校注:《张籍集系年校注》卷四,第573页。
④ [清]彭定求:《全唐诗》卷五七四,第6684页。
⑤ [唐]贾岛著,李嘉言新校:《长江集新校》附录《贾岛年谱》,河南大学出版社2008年版,第184页。

南周元范……同游恩德寺之泉洞竹石……遂留绝句》。刺苏州时有《代诸妓赠送周判官》(见朱金城《白居易集笺校》卷二〇、卷二四)。元稹与白居易为好友,故元氏为浙东观察使兼越州刺史时,亦辟元范为判官。"①系年亦误。

朱庆馀《送浙东周判官》诗云:"久闻从事沧江外,谁谓无官已白头。来备戎装嘶数骑,去持丹诏入孤舟。蝉鸣远驿残阳树,鹭起湖田片雨秋。到日重陪丞相宴,镜湖新月在城楼。"②与张籍、贾岛诗同为大和元年所作。

本年前后,赵嘏在越州,陪元稹游龟山寺、云门寺,并至剡中

赵嘏《九日陪越州元相燕龟山寺》诗云:"佳晨何处泛花游,丞相筵开水上头。双影旆摇山雨霁,一声歌动寺云秋。林光静带高城晚,湖色寒分半槛流。共贺万家逢此节,可怜风物似荆州。"③《嘉泰会稽志》卷七"会稽县":"云门山在县南三十里。旧经云:'晋义熙二年,中书令王子敬居此,有五色祥云见,诏建寺,号云门。'"④

元稹为浙东观察使在长庆三年(823)八月至大和三年(829)九月。谭优学《赵嘏行年考》系赵嘏在浙东陪元稹在大和元年前后⑤,应可信从。

赵嘏《浙东陪元相公游云门寺》诗云:"松下山前一径通,烛迎千骑满山红。溪云乍敛幽岩雨,晓气初高大旆风。小槛宴花容客醉,上方看竹与僧同。归来吹尽严城角,路转横塘乱水东。"⑥《太平寰宇记》卷九六"越州山阴县":"龟山,县东北九十四步。《越绝书》云:'勾践游台上,有龟公冢在。'"⑦龟山寺应即在龟山之上。

赵嘏《越中寺居寄上主人》诗云:"野寺初容访静来,晚晴江上见楼台。中林有路到花尽,一日无人看竹回。自晒诗书经雨后,别留门户为僧开。苦心若是酬恩事,不敢吟春忆酒杯。"⑧按,《文苑英华》卷二三八收此诗,题作《初入寺居寄上元相公》⑨。元相公即元稹。

赵嘏《浙东赠李副使员外》诗云:"妙尽戎机佐上台,少年清苦自霜台。马嘶深

① [唐]贾岛撰,齐文榜校注:《贾岛集校注》卷一〇,第570页。
② [清]彭定求:《全唐诗》卷五一五,第5885页。
③ [清]彭定求:《全唐诗》卷五四九,第6348页。
④ [宋]施宿:《嘉泰会稽志》卷九,《宋元浙江方志集成》第4册,第1821页。
⑤ 谭优学:《唐诗人行年考》,第291页。
⑥ [清]彭定求:《全唐诗》卷五四九,第6353页。
⑦ [宋]乐史:《太平寰宇记》卷九六,第1925页。
⑧ [清]彭定求:《全唐诗》卷五四九,第6357页。
⑨ [宋]李昉:《文苑英华》卷二三八,第1199页。

竹闲宜贵,花拂朱衣美称才。早入半缘分务重,晚吟多是看山回。名高渐少翻飞伴,几度烟霄独去来。"①

赵嘏《赠越客》诗云:"故国波涛隔,明时心久留。献书双阙晚,看月五陵秋。南棹何当返,长江忆共游。定知钓鱼伴,相望在汀州。"②

赵嘏《越中寺居》诗云:"迟客疏林下,斜溪小艇通。野桥连寺月,高竹半楼风。水静鱼吹浪,枝闲鸟下空。数峰相向绿,日夕郡城东。"③

赵嘏《发剡中》诗云:"正怀何谢俯长流,更览余封识嵊州。树色老依官舍晚,溪声凉傍客衣秋。南岩气爽横郛郭,天姥云晴拂寺楼。日暮不堪还上马,蓼花风起路悠悠。"④佟培基《全唐诗重出误收考》云:"薛逢……《早发剡山》,又作赵嘏。题下小字注:'武德中置嵊州。'《元和郡县图志》二六越州府治下有剡县,并云:'天姥山,在县南八十里。剡溪,出县西南,北流入上虞县界为上虞江。'此诗所写皆剡溪、天姥风光。赵嘏于长庆中曾客游赵(越)州,集中有《九日陪越州元相宴龟山寺》《浙东陪元相公游云门寺》《越中寺居》及《早发剡中石城寺》等诗,诗中之元相公为元稹,长庆三年八月出守越州,在任七年。检薛逢诗作及有关传记,其生平并无曾至浙东之痕迹,故诗当为赵嘏作。《英华》二九四作赵诗。"⑤按,《文苑英华》为宋代典籍,《全唐诗》为清代典籍,以《英华》更为可信。佟说可从。赵嘏另有《早发剡中石城寺》《题曹娥庙》等诗,亦可以参证。薛逢可考之经历中,未见有剡中之行。

赵嘏《早发剡中石城寺》诗云:"暂息劳生树色间,平明机虑又相关。吟辞宿处烟霞去,心负秋来水石闲。竹户半开钟未绝,松枝静霁鹤初还。明朝一倍堪惆怅,回首尘中见此山。"⑥按,《剡录》卷八"僧庐":"惠安寺在剡山之阳,旧曰般若台寺,又曰法华台寺。……赵嘏有《早发剡中法堂寺诗》。当是'法台寺'。"⑦所录即此诗。是诗题之"石城寺",与《剡录》不合。

赵嘏《送剡客》诗云:"两重江外片帆斜,数里林塘绕一家。门掩右军余水石,路横诸谢旧烟霞。扁舟几处逢溪雪,长笛何人怨柳花。若到天台洞阳观,葛洪丹井在

① [清]彭定求:《全唐诗》卷五四九,第 6360 页。
② [清]彭定求:《全唐诗》卷五四九,第 6345 页。
③ [清]彭定求:《全唐诗》卷五四九,第 6346 页。
④ [清]彭定求:《全唐诗》卷五四九,第 6348 页。
⑤ 佟培基:《全唐诗重出误收考》,陕西人民教育出版社 1996 年版,第 420 页。
⑥ [清]彭定求:《全唐诗》卷五四九,第 6350 页。
⑦ [宋]高似孙:《剡录》卷八,《宋元方志丛刊》第 7 册,第 7250—7251 页。

云涯。"①佟培基《全唐诗重出误收考》亦考定为赵嘏诗②。

赵嘏《题曹娥庙》诗云:"青娥埋没此江滨,江树飔飔惨暮云。文字在碑碑已堕,波涛辜负色丝文。"③《嘉泰会稽志》卷六"祠庙·会稽县":"曹娥庙在县东七十二里。娥,上虞人,父盱,能弦歌,为巫祝。汉安二年五月五日于县江溯涛波迎神溺死,尸不得。娥年十四,缘江号泣,昼夜不绝,旬有七日,遂投江而死。元嘉元年,县长度尚改葬于江南道旁,为立碑焉。墓今在庙之左。碑有晋右将军王逸少所书小字。"④

赵嘏《宿萧山上人院》诗云:"度腊庭芳渐满枝,江南春色此先知。钟初断见鹤归后,门未开当日午时。松下几曾携锡去,水边常说与云期。情高每被邻房怪,伴客吟诗夜卧迟。"⑤诗有"江南春色此先知",知这里的"萧山"应为越州的萧山。诗应为赵嘏客越州时作,姑系于本年。

本年,刘禹锡作《犹子蔚适越诫》

《刘禹锡集》卷二十《犹子蔚适越诫》,有"被丞府召为从事"语。据《嘉泰会稽志》卷一六"碑刻":"《禹穴碑》,郑昉(鲂)撰,元稹铭,韩杅材行书,陆泂篆额。宝历丙午秋九月作。后有大和元年八月三日中山刘蔚续记二行。在龙瑞宫。"⑥知此文乃送犹子蔚赴浙东幕之作。而其八月已在越州,则赴越时必当于本年禹锡至洛阳后的春夏间。陶敏等《刘禹锡全集编年校注》卷一七注云:"文大和元年在洛阳作。犹子,兄弟之子。……蔚:刘蔚,生平不详。刘禹锡自云'一身零丁'(《谢上连州刺史表》)、'一身主祀'(《上门下武相公启》),盖无兄弟。刘蔚当是其从兄之子,或是刘蓂之兄弟。……越:越州,今浙江绍兴,时为浙江东道观察使治所。《嘉泰会稽志》卷十六:'《禹穴碑》,郑昉(鲂)撰,元祯(稹)铭,韩杅材行书,陆泂篆额。宝历丙午秋九月作。后有大和元年八月三日中山刘蔚续记二行。在龙瑞宫。'《宝刻类编》卷五刘蔚:'《清泉寺大藏经记》,韩杅材撰并书。篆额。大和二年九月,明。《春分投简阳明洞天》,元威明、白居易撰。王璨八分书。篆额。大和三年正月十五日立,

① [清]彭定求:《全唐诗》卷五四八,第6336页。
② 佟培基:《全唐诗重出误收考》,第422页。
③ [清]彭定求:《全唐诗》卷五五〇,第6368页。
④ [宋]施宿:《嘉泰会稽志》卷六,《宋元浙江方志集成》第4册,第1747页。
⑤ 诗载影印本《诗渊》第5册,书目文献出版社1980年版,第3804页。陈尚君:《〈诗渊〉存赵嘏佚诗六首》辑录此诗,载《中华文史论丛》2020年第4期,第120页。
⑥ [宋]施宿:《嘉泰会稽志》卷一六,《宋元浙江方志集成》第4册,第2033页。

越.'明州属浙东,元威明即元稹,刘蔚当于大和元年赴州元稹幕中。"①刘禹锡文又云:"伟人之一顾,逾乎华章;而一非,亦惨乎黥刖。"盖为刘禹锡二十余年政治生涯的总结,以此来警诫犹子。又云:"昔吾友柳仪曹尝谓吾文隽而膏,味无穷而炙愈出也。迟汝到丞相府,居一二日,袖吾文入谒,以取质焉。丞相,吾友也。汝事所从如事诸父,借有不如意,推起敬之心以奉焉。"②文中特地叙述柳宗元对自己文章的评价,所言堪称的评。可知与宗元交谊之深与相知之切。

朱庆馀约于本年《和处州严郎中游南溪》诗

朱庆馀《和处州严郎中游南溪》诗:"四望非人境,从前洞穴深。潭清蒲远岸,岚积树无阴。看草初移屐,扪萝忽并簪。世嫌山水僻,谁伴谢公吟。"③郁贤皓先生《唐刺史考全编》卷一四九系严郎中为处州刺史在宝历、大和间。姑系于本年。

姚合约于大和初作《送右司薛员外赴处州》诗

姚合《送右司薛员外赴处州》诗:"怀中天子书,腰下使君鱼。瀑布和云落,仙都与世疏。远程兼水陆,半岁在舟车。相送难相别,南风入夏初。"④郁贤皓先生《唐刺史考全编》卷一四九系薛某为处州刺史在大和初。姑系于本年。

828　唐文宗大和二年戊申

二月,婺州人厉玄登进士第

《唐诗纪事》厉玄条:"玄,大和二年进士,终于侍御史。"⑤《林下诗谈》云:"厉玄度江,见一妇人尸,收葬之。夜梦在一处,如深山中,明月初上,清风吹衣,遥闻有吹笙声,音韵缥缈。忽有美女在林下自咏云:'紫府参差曲,清宵次第闻。'及就试,得

---

① 〔唐〕刘禹锡撰,陶敏、陶红雨校注:《刘禹锡全集编年校注》卷一七,第1856页。
② 〔清〕董诰:《全唐文》卷六〇八,第6144—6145页。
③ 〔清〕彭定求:《全唐诗》卷五一五,第5880页。
④ 〔清〕彭定求:《全唐诗》卷四九六,第5621页。
⑤ 〔宋〕计有功:《唐诗纪事》卷五一,第777页。

《缑山月夜闻王子晋吹笙》题,用梦中语作第三第四句,竟以是得赏,举进士。人以为葬妇人之报。"①厉玄《缑山月夜闻王子晋吹笙》诗云:"缑山明月夜,岑寂隔尘氛。紫府参差曲,清宵次第闻。韵流多入洞,声度半和云。拂竹鸾惊侣,经松鹤对群。蟾光听处合,仙路望中分。坐惜千岩曙,遗香过汝坟。"②马戴有《宿裴氏溪居怀厉玄先辈》诗:"树下孤石坐,草间微有霜。同人不同北,云鸟自南翔。迢递夜山色,清泠泉月光。西风耿离抱,江海遥相望。"③

厉玄《寄婺州温郎中》诗云:"婺女家空在,星郎手未携。故山新寺额,掩泣荷重题。"证厉玄为婺州人④。

春,元稹在浙东观察使任,与白居易唱酬

元稹有《酬白乐天杏花园》诗云:"刘郎不用闲惆怅,且作花间共醉人。算得贞元旧朝士,几人同见太和春。"⑤周相录《元稹集校注·续补遗》卷二注:"大和二年作于越州,时为浙东观察使、越州刺史。大和二年春,刘禹锡至长安,除主客郎中。白居易原唱为《杏花园下赠刘郎中》,次韵唱和。杏花园:在长安曲江附近。"⑥白居易《杏花园下赠刘郎中》诗云:"怪君把酒偏惆怅,曾是贞元花下人。自别花来多少事,东风二十四回春。"⑦

春,元稹寄绫素给张籍,张籍作诗酬答

张籍《酬浙东元尚书见寄绫素》诗云:"越地缯纱纹样新,远封来寄学曹人。便令裁制为时服,顿觉光荣上病身。应念此官同弃置,独能相贺更殷勤。三千里外无由见,海上东风又一春。"⑧徐礼节、余恕诚《张籍集系年校注》卷八注云:"诗云'独能相贺更殷勤',知元稹贺官后又寄绫,时在大和二年春张籍迁国子司业后;又云'海上东风又一春',故时为大和三年(829)初春。按:诗写诗人对元稹远寄绫素的

① [宋]阙名:《林下诗谈》,《说郛三种》卷八四,上海古籍出版社2012年版,第3889页。
② [清]彭定求:《全唐诗》卷五一六,第5898页。
③ [清]彭定求:《全唐诗》卷五五六,第6444页。
④ [清]彭定求:《全唐诗》卷五一六,第5897页。
⑤ [清]彭定求:《全唐诗》卷四二三,第4648—4649页。
⑥ [唐]元稹著,周相录校注:《元稹集校注·续补遗》卷二,第1597页。
⑦ [清]彭定求:《全唐诗》卷四四八,第5048页。
⑧ [清]彭定求:《全唐诗》卷三八五,第4346页。

感激之情。"①按，系于大和三年误。诗题称"浙东元尚书"，考《旧唐书·文宗纪上》：大和元年九月，"丁丑，浙西观察使李德裕、浙东观察使元稹就加检校礼部尚书。"②元年九月加"检校礼部尚书"，二年春白居易正好寄绫素。卞孝萱《元稹年谱》"大和二年戊申"云："春，元稹寄越州缯纱给张籍。张籍时为国子司业。《全唐诗》卷三八五张籍《酬浙东元尚书见寄绫素》云：'越地缯纱纹样新，远封来寄学曹人。……应念此官同弃置，独能相贺更殷勤。''学曹'指国子监。据《全唐诗》卷七九〇《联句》三，裴度、刘禹锡、崔群、贾悚、张籍《春池泛舟联句》，贾悚云：'悚送张司业'，张籍云：'籍送主客'。可见张籍为国子司业，刘禹锡为主客郎中同时。（大和二年春，刘为主客郎中。）"③今从卞谱系于大和二年。

夏，刘禹锡在长安，寄诗于浙东观察使元稹

刘禹锡《浙东元相公书叹梅雨郁蒸之候因寄七言》诗云："稽山自与岐山别，何事连年鸳鹭飞。百辟商量旧相入，九天祇候老臣归。平湖晚泛窥清镜，高阁晨开扫翠微。今日看书最惆怅，为闻梅雨损朝衣。"④陶敏等《刘禹锡全集编年校注》卷七注云："诗大和二年或三年夏在长安作。元相公：元稹，时为越州刺史、浙东观察使。……元稹与刘禹锡书已佚。"⑤

秋，元稹作《感逝》诗

元稹《感逝》诗云："头白夫妻分无子，谁令兰梦感衰翁。三声啼妇卧床上，一寸断肠埋土中。蜗甲暗枯秋叶坠，燕雏新去夜巢空。情知此恨人皆有，应与暮年心不同。"题下有注："浙东。"⑥周相录《元稹集校注》卷九注："长庆三年至大和二年作于越州，时为浙东观察使、越州刺史。大和三年子道护生，此子至迟二年生。"⑦诗有"蜗甲暗枯秋叶坠"语，作于秋日。

① ［唐］张籍撰，徐礼节、余恕诚校注：《张籍集系年校注》卷八，第938页。
② ［后晋］刘昫：《旧唐书》卷一七上，第527页。
③ 卞孝萱：《元稹年谱》，第464页。
④ ［清］彭定求：《全唐诗》卷三六一，第4077页。
⑤ ［唐］刘禹锡撰，陶敏、陶红雨校注：《刘禹锡全集编年校注》卷七，第775页。
⑥ ［清］彭定求：《全唐诗》卷四〇四，第4515页。
⑦ ［唐］元稹著，周相录校注：《元稹集校注》卷九，第272页。

秋，会稽人罗劭京辞长安尉归牛渚，贾岛、朱庆馀作诗相送

贾岛《送罗少府归牛渚》诗云："作尉长安始三日，忽思牛渚梦天台。楚山远色独归去，灞水空流相送回。霜覆鹤身松子落，月分萤影石房开。白云多处应频到，寒涧泠泠漱古苔。"①诗有"忽思牛渚梦天台"，则应是先归牛渚，再去越州天台。齐文榜《贾岛集校注》卷一〇注云："诗当作于大和二年（828）。罗少府，陶敏《全唐诗人名考证》疑为罗邵（劭）京。劭京，字子峻，越州会稽（今浙江绍兴）人……进士及第，文宗大和二年又登贤良方正能直言极谏科，官长安尉，未几，休官东归。朱庆馀有《送长安罗少府》诗云：'科名再得年犹少，今日休官更觉贤。'"②按，王钦若《册府元龟》卷六四四"贡举部"："文宗太（大）和二年（闰）三月……甲午，诏曰：……贤良方正能直言极谏科举人第三等裴休、裴素，第三次等李邵（部），第四等南卓、李甘、杜牧、马植、郑亚、崔玙，第四次等崔谂、王式、罗绍（劭）京、崔渠、崔慎由、苗愔、韦昶、崔抟，第五上等崔涣、韩宾；详闲吏理达于教化科举人第四次等宋昆；军谋宏远堪任将帅科举人第四次等郑冠、李栻等……其第三等、第三次等人委中书门下优与处分，第四次等、第五上等人中书门下即与处分。"③是制科及第后即当授官，而长安县尉亦为唐代科举及第后的初官，则应是罗劭京大和二年及第授长安尉，而刚上任不久就辞官归乡。诗有"松子落""萤影"等语，是作于秋日。

朱庆馀《送长安罗少府》诗云："科名再得年犹少，今日休官更觉贤。去国已辞趋府伴，向家还入渡江船。雪晴新雁斜行出，潮落残云远色鲜。在处若逢山水住，到时应不及秋前。"④诗称"科名再得"即指罗劭京既登进士，又举制科。诗的末句"到时应不及秋前"则相送时节当在初秋。

秋，许浑送段觉归东阳并寄诗于婺州刺史窦庠

许浑《送段觉归东阳兼寄窦使君》诗云："山水引归路，陆郎从此谙。秋茶垂露细，寒菊带霜甘。台倚乌龙岭，楼侵白雁潭。沈公如借问，心在浙河南。"⑤吴汝煜、胡可先《全唐诗人名考》："下注：'乌龙岭、白雁潭在严州。沈约曾守婺，以比窦使君也。'窦使君为窦庠。《旧唐书》卷一五五、《新唐书》卷一七五有传。《旧传》：'历信、

---

① ［清］彭定求：《全唐诗》卷五七四，第 6684—6685 页。
② ［唐］贾岛撰，齐文榜校注：《贾岛集校注》卷一〇，第 572 页。
③ ［宋］王钦若：《册府元龟》卷六四四，第 7718—7719 页。
④ ［清］彭定求：《全唐诗》卷五一四，第 5877 页。
⑤ ［清］彭定求：《全唐诗》卷五三一，第 6071 页。

婺二州刺史.'《新传》:'终婺州刺史.'《全唐文》卷七六一褚藏言《窦庠传》:'迁信州刺史,三载转婺州,亦既二载遘疾告终于东阳之官舍.'"①郁贤皓《唐刺史考全编》卷一四五"婺州"系窦庠为婺州刺史在大和二年至四年②.《唐才子传校笺》卷四《窦庠传》笺证:"《旧传》:'历信、婺二州刺史.'藏言《窦庠传》:'后迁信州刺史,三载,转婺州.亦既二载,遘疾告终于东阳之官舍,享年六十有三.'窦庠刺信州,当在韩皋卒后,亦即长庆四年(824)或宝历元年(825).三载,转婺州,已至宝历二年或三年.又二载,卒,当已至大和二年(828)或三年."③姑系许浑诗于大和二年.吴在庆、傅璇琮《唐五代文学编年史·晚唐卷》大和二年:"窦庠约六十二岁,本年在婺州刺史任.其卒约今明年间.善五言诗,有集.《旧唐书·窦庠传》:'历信、婺二州刺史.卒年六十三.'《新唐书·窦庠传》:'终婺州刺史.'据《唐才子传校笺·窦庠传》补笺,谓白居易本年春出使洛阳,有《宿窦使君庄水亭》诗,云'使君何在在江东',可证大和二年庠在婺州.又储藏言《窦庠传》(《全唐文》卷七六一):'后迁信州刺史,三载转婺州,亦既二载,遘疾告终于东阳之官舍,享年六十有三.'按《窦氏联珠集》享年作六十二,今从之.又据《唐才子传校笺·窦庠传》补笺,庠约卒大和二年或三年.《窦庠传》:'公天授倜傥,气在物表,一言而合,期在岁寒.为五字诗颇得其妙.……诗笔散落,编录未遑.'《新唐书·艺文志四》著录窦庠兄弟五人《窦氏联珠集》五卷.《全唐诗》卷二七一录其诗二十一首."④

十月,元稹将与杭州刺史白居易续编唱酬集《因继集》

大和二年,元稹在浙东观察使任,将与白居易二人唱酬诗又结集为《因继集》.白居易《和微之诗二十三首》序:"况曩者《唱酬》,近来《因继》,已十六卷,凡千余首矣."⑤白居易《因继集重序》:"今年,予复以近诗五十首寄去,微之不逾月依韵尽和,合一百首,又寄来,题为《因继集》卷之二.……(大和)二年十月十五日,乐天重序."⑥

① 吴汝煜、胡可先:《全唐诗人名考》,江苏教育出版社1990年版,第540页.
② 郁贤皓:《唐刺史考全编》卷一四五,第2067页.
③ 傅璇琮主编:《唐才子传校笺》第2册,第240页.
④ 吴在庆、傅璇琮:《唐五代文学编年史·晚唐卷》,第29页.
⑤ 〔清〕彭定求:《全唐诗》卷四四五,第4982页.
⑥ 〔清〕董诰:《全唐文》卷六七五,第6898页.

十月，婺州人冯宿拜河南尹，与白居易、刘禹锡相酬答

《旧唐书·文宗纪》：大和二年十月，"以左散骑常侍冯宿为河南尹"①。《旧唐书·冯宿传》："改左散骑常侍，兼集贤殿学士，……大和二年，拜河南尹。"②《唐诗纪事》卷四三冯宿条："宿，字拱之，婺州人。为裴度彰义判官，徐州张建封掌书记，历工刑二侍郎。宿尹河南，乐天、梦得以诗送之，宿酬云：'共称洛邑难其选，何幸天书用不才。遥约和风新草木，且令新雪静尘埃。临歧有愧倾三省，别酌无辞醉百杯。明岁杏园花下集，须知春色自东来。'每春尝接诸公杏园宴会。"③白居易《送河南尹冯学士赴任》云："石渠金谷中间路，轩骑翩翩十日程。清洛饮冰添苦节，碧嵩看雪助高情。谩夸河北操旄钺，莫羡江西拥旆旌。何似府寮京令外，别教三十六峰迎。"④刘禹锡《同乐天送河南冯尹学士》云："可怜五马风流地，暂辍金貂侍从才。阁上掩书刘向去，门前修刺孔融来。崤陵路静寒无雨，洛水桥长昼起雷。共羡府中棠棣好，先于城外百花开。"⑤

元稹在越州，听妻弹《别鹤操》

元稹《听妻弹别鹤操》诗云："别鹤声声怨夜弦，闻君此奏欲潸然。商瞿五十知无子，更付琴书与仲宣。"⑥按，卞孝萱《元稹年谱》系此诗于大和二年⑦。

除夜，元稹在浙东观察使任，与白居易唱酬

元稹有《除夜酬乐天》诗云："引偑绥旆乱毵毵，戏罢人归思不堪。虚涨火尘龟浦北，无由阿伞凤城南。休官期限元同约，除夜情怀老共谙。莫道明朝始添岁，今年春在岁前三。"⑧周相录《元稹集校注·续补遗》卷二注："大和二年作于越州，时为浙东观察使、越州刺史。大和二年立春在春节前。白居易原唱为《除夜寄微之》，次韵唱和。元氏酬和，白居易又有《和除夜作》酬和之。"⑨白居易《除夜寄微之》诗

① ［后晋］刘昫：《旧唐书》卷一七上，第530页。
② ［后晋］刘昫：《旧唐书》卷一六八，第4390页。
③ ［宋］计有功：《唐诗纪事》卷四三，第661页。
④ ［清］彭定求：《全唐诗》卷四四九，第5057—5058页。
⑤ ［清］彭定求：《全唐诗》卷三六〇，第4063页。
⑥ ［清］彭定求：《全唐诗》卷四一六，第4596页。
⑦ 卞孝萱：《元稹年谱》，第467页。
⑧ ［清］彭定求：《全唐诗》卷四二三，第4648页。
⑨ ［唐］元稹著，周相录校注：《元稹集校注·续补遗》卷二，第1596页。

云:"鬓毛不觉白毵毵,一事无成百不堪。共惜盛时辞阙下,同嗟除夜在江南。家山泉石寻常忆,世路风波子细谙。老校于君合先退,明年半百又加三。"①白居易《和除夜作》云:"君赋此诗夜,穷阴岁之余。我和此诗日,微和春之初。老知颜状改,病觉肢体虚。头上毛发短,口中牙齿疏。一落老病界,难逃生死墟。况此促促世,与君多索居。君在浙江东,荣驾方伯舆。我在魏阙下,谬乘大夫车。妻孥常各饱,奴婢亦盈庐。唯是利人事,比君全不如。我统十郎官,君领百吏胥。我掌四曹局,君管十乡闾。君为父母君,大惠在资储。我为刀笔吏,小恶乃诛锄。君提七郡籍,我按三尺书。俱已佩金印,尝同趋玉除。外宠信非薄,中怀何不摅?恩光未报答,日月空居诸。磊落尝许君,局促应笑予。所以自知分,欲先歌归欤。"②

本年,李群受元稹之辟为浙东观察使府从事,试太常寺协律郎

《唐故濠州刺史渤海李公(群)墓志铭》:"有唐渤海李讳群,字处一。……崔相国群始理宣州,奏公试秘书省校书郎,以为己助。相府罢去,元相国稹观察浙东,即表公试太常寺协律郎,为府从事。交驰聘问,然而识者犹以为不得其所。未几,果拜左拾遗。"③咸晓婷《元稹浙东幕僚佐生平考》:"新出土李邺撰《唐故濠州刺史渤海李公(群)墓志铭》云:'元相国稹观察浙东,即表公试太常寺协律郎,为府从事,交驰聘问。'根据该志,李群,字处一,渤海人。少游江淮,交往有道之士,事亲以孝闻,年四十,不以进取,家贫无以自给。后于李宗闵门下进士及第。《登科记考》卷十九载李群长庆四年进士登科,是年李宗闵知贡举,与墓志所载可参证。按,墓志载李群卒于大中二年(848),享龄七十,那么李群当生于大历十四年(779),到长庆四年(824)进士及第时已四十五岁。及第后入崔群宣州幕,崔群府罢,于是为元稹所聘入浙东幕,据吴廷燮《唐方镇年表》,崔群长庆四年至大和元年任宣歙观察使,则李群入元稹幕约在大和元年。大和三年,元稹罢浙东,李群入朝拜左拾遗。《旧唐书·宋申锡传》载:大和五年'翌日,开延英,诏宰臣及议事官,帝自询问。左常侍崔玄亮……拾遗李群……等一十四人,皆伏玉阶下奏以申锡狱付外。'"④

① [清]彭定求:《全唐诗》卷四四六,第5001—5002页。
② [清]彭定求:《全唐诗》卷四四五,第4986—4987页。
③ 赵君平、赵文成编:《秦晋豫新出墓志搜佚》,第1000页。
④ 咸晓婷:《元稹浙东幕僚佐生平考》,《中文学术前沿》第4辑,第52—53页。

于兴宗为东阳令,建涵碧亭后,并绘为寒碧图,刘禹锡有诗唱和

刘禹锡《答东阳于令寒碧图诗》诗,序云:"东阳令于兴宗,丞相燕国公之犹子,生绮襦纨袴间,所见皆贵盛,而挈然有心,如山东书生。前年白有司,愿为亲民官以自效,遂补东阳。及莅官,以简易为治,故多暇日。一旦,于县五里,偶得奇境。埋没于翳荟中,于生自以有特操,而生于公侯家,由覆荫入仕。常忽忽叹息,因移是心,开抉泉石,芟去萝茑,斧凡材,畚息壤,而清溪翠岩,森立坌来,因构亭其端,题曰寒碧。碧流贯于庭中,如青龙蜿蜒。冰(去声)彻射人,树石云霞裂于前,昏旦万状,惜其居地不得有闻于时,故图之。来乞辞,既无负尤物,予亦久翳萝茑者,睹之慨然,遂赋七言,以贻后之文士。"诗云:"东阳本是佳山水,何况曾经沈隐侯。化得邦人解吟咏,如今县令亦风流。新开谭洞疑仙府,远写丹青到雍州。落在寻常画师手,犹能三伏凛生秋。"①陶敏等《刘禹锡全集编年校注》卷八注云:"刘诗云'远写丹青到雍州',当大和二、三年作于长安。东阳:婺州属县名,今属浙江。于令:于兴宗。《韵语阳秋》卷五:'东阳岘山,去东阳县亦三里,旧名三邱山。……二峰相峙,有东岘、西岘。唐宝历中,县令于兴宗结亭其下,名曰涵碧。刘禹锡有诗云:'新开谭洞疑仙府,还写丹青到雍州。即其所也。'《说郛》卷一六《云林石谱》:'婺州东阳县之南五里有涵碧池,唐令于典(兴)宗得其胜概,凿池,面瀑布,有二大石鱼。置池,面鱼之前,有石一块,高二尺许,巉岩可观。石之半间凹然如掌。罗江东昔避地著书,尝以为研。好事者每往游览。刘禹锡有诗在集中。'《舆地碑记目》卷一婺州:'涵碧亭碑,在东阳县,宝历二年。'盖宝历末于兴宗为东阳令时所建。"②《方舆胜览》卷七"婺州":"涵碧亭,在东阳县北五里岘山之下,唐宝历间东阳令于兴宗建,刘禹锡有诗,故名。"③

元稹将近作四十三首寄白居易,白居易有和诗,其中有《和送刘道士游天台》

白居易《和送刘道士游天台》诗云:"闻君梦游仙,轻举超世雰。握持尊皇节,统卫吏兵军。灵旗星月象,天衣龙凤纹。佩服交带篆,讽吟蕊珠文。阆宫缥缈间,钧乐依稀闻。斋心谒西母,瞑拜朝东君。烟霏子晋裾,霞烂麻姑裙。倏忽别真侣,怅望随归云。人生同大梦,梦与觉谁分。况此梦中梦,悠哉何足云。假如金阙顶,设

---

① [清]彭定求:《全唐诗》卷三六一,第4081—4082页。
② [唐]刘禹锡撰,陶敏、陶红雨校注:《刘禹锡全集编年校注》卷八,第877—878页。
③ [宋]祝穆:《宋本方舆胜览》卷七,第105页。

使银河渍。既未出三界,犹应在五蕴。饮咽日月精,菇嚼沆瀣芬。尚是色香味,六尘之所熏。仙中有大仙,首出梦幻群。慈光一照烛,奥法相缊缊。不知万龄暮,不见三光曛。一性自了了,万缘徒纷纷。苦海不能漂,劫火不能焚。此是竺乾教,先生垂典坟。"①据朱金城《白居易集笺校》卷二二所笺,这组诗都作于白居易大和二年在长安为刑部侍郎时②。

本年冬前,章孝标游越中,上诗于观察使元稹,离开越州后,又寄诗于朱庆馀

章孝标《上浙东元相》诗云:"婺女星边喜气频,越王台上坐诗人。雪晴山水勾留客,风暖旌旗计会春。黎庶已同猗顿富,烟花却为相公贫。何言禹迹无人继,万顷湖田又斩新。"③诗有"雪晴山水勾留客"句,应作于大和二年冬天或之前的冬天。

章孝标《思越州山水寄朱庆馀》诗云:"窗户潮头雪,云霞镜里天。岛桐秋送雨,江艇暮摇烟。藕折莲芽脆,茶挑茗眼鲜。还将欧冶剑,更淬若耶泉。"④是离开越州后思念越州山水之作,时朱庆馀在越州,故有诗寄之。具体作年不详,故附系于此。

本年,颜颛为台州刺史,立《唐修桐柏宫碑》《唐天台禅林寺智者大师画像赞》《唐长孙田记》

《嘉定赤城志》卷八"秩官门·历代郡守":"大和二年,颜颛。"⑤《宝刻丛编》卷一三"台州"引《集古录目》:"《唐修桐柏宫碑》,唐浙东团练观察判使越州刺史元稹撰并书,台州刺史颜颛篆额。桐柏宫以景云中建,道士徐灵府等重葺,碑以大和四年四月立。"⑥又引《复斋碑录》:"《唐天台禅林寺智者大师画像赞》,唐颜真卿撰,侄颜颛正书,男汝玉篆额,大和四年冬季月建。"⑦又引《诸道石刻录》:"《唐长生田记》,唐颜颛撰,何归儒书,并篆额。"⑧

① [清]彭定求:《全唐诗》卷四四五,第4983页。
② [唐]白居易著,朱金城笺校:《白居易集笺校》卷二二,第1464—1490页。
③ [清]彭定求:《全唐诗》卷五○六,第5748页。
④ [清]彭定求:《全唐诗》卷五○六,第5750页。
⑤ [宋]陈耆卿:《嘉定赤城志》卷八,《宋元浙江方志集成》第11册,第5152页。
⑥ [宋]陈思编著:《宝刻丛编》卷一三,第833页。
⑦ [宋]陈思编著:《宝刻丛编》卷一三,第833页。
⑧ [宋]陈思编著:《宝刻丛编》卷一三,第834页。

829　唐文宗大和三年己酉

正月，元稹、白居易作《阳明洞天诗》，并在越州龙瑞宫刻石

陈思《宝刻丛编》卷一三"越州"引《复斋碑录》："《唐春分投简阳明洞天并继作》，唐元威明、白居易撰，王璹分书，刘蔚篆额，大和三年正月十五日立，在龙瑞宫。"①又《嘉泰会稽志》卷一六"碑刻"："元威明《春分投简阳明洞天诗》，王璹分书，刘蔚篆额，大和三年正月十五日立石龙瑞宫。……白居易《继春分投简阳明洞天诗》，王璹分书，大和三年八月十五日。"②则元稹与白居易诗刻并非同时，而《复斋碑录》合二人刻石于大和三年正月十五日，微误。又《嘉泰会稽志》卷一一《洞》又云："阳明洞天在宛委山龙瑞宫。《旧经》云：三十六洞天之十一洞也。一名极玄太元之天。唐观察使元稹以春分日投金简于此。诗云：'偶因投秘简，聊得泛平湖。穴为采符坼，潭因失箭刳。'白乐天和云：'去为投金简，来因挈玉壶。'洞外飞来石下为禹穴。传云禹藏书处。一云：禹得玉匮金书于此。"③按，此诗现存《白居易集》卷二六，题为《和微之春日投简阳明洞天五十韵》。元稹原作见《元稹集》卷二六，题为《春分投简阳明洞天作》。朱金城《白居易年谱》大和三年："投简，或称投龙。《唐会要》卷五〇：'开元二十四年五月十三日敕，每年春季，镇金龙王殿功德事毕，合献投山水龙璧，出日宜差散官给驿送，合投州县，便取当处送出，准式投告。'《刘禹锡集》外三有《和令狐相公送赵常盈炼师与中贵人同拜岳及天台投龙毕却赴京师》诗。投龙简传世者有唐铜简、吴越玉简及宋徽宗投龙王简。投龙王简出黄河沿，高建初尺一尺五寸八，宽三寸二，刻文七行，为崇宁四年乙酉六月三日赵佶所投。见《东方杂志》美术专号。"④

---

①　[宋]陈思编著：《宝刻丛编》卷一三，第799页。
②　[宋]施宿：《嘉泰会稽志》卷一六，《宋元浙江方志集成》第4册，第2033—2034页。
③　[宋]施宿：《嘉泰会稽志》卷一一，《宋元浙江方志集成》第4册，第1884—1885页。
④　朱金城：《白居易年谱》，第205—206页。

春,元稹作《春词》,沈亚之有和作

元稹《春词》诗云:"山翠湖光似欲流,蜂声鸟思却堪愁。西施颜色今何在,但看春风百草头。"[①]周相录《元稹集校注》卷二〇注云:"疑长庆三年至大和三年作于越州,时为浙东观察使、越州刺史。"[②]

沈亚之《春词酬元微之》诗云:"黄莺啼时春日高,红芳发尽井边桃。美人手暖裁衣易,片片轻花落翦刀。"[③]该诗一作施肩吾诗。沈亚之也有浙东之行,具体时间在元和十一年。《春词酬元微之》诗的作者归属尚难确定。

本年,元稹、白居易、郑鲂、周师范相互唱和

白居易《和酬郑侍御东阳春闷放怀追越游见寄》诗云:"君得嘉鱼置宾席,乐如南有嘉鱼时。劲气森爽竹竿竦,妍文焕烂芙蓉披。载笔在幕名已重,补衮于朝官尚卑。一缄疏入掩谷永,三都赋成排左思。自言拜辞主人后,离心荡扬风前旗。东南门馆别经岁,春眼怅望秋心悲。昨日嘉鱼来访我,方驾同何所之。乐游原头春尚早,百舌新语声桦桦。日趁花忙向南拆,风催柳急从东吹。流年恼悦不饶我,美景鲜妍来为谁。红尘三条界阡陌,碧草千里铺郊畿。余霞断时绮幅裂,斜云展处罗文纰。暮钟远近声互动,暝鸟高下飞追随。酒酣将归未能去,怅然回望天四垂。生何足养嵇著论,途何足泣杨涟洏。胡不花下伴春醉,满酌绿酒听黄鹂。嘉鱼点头时一叹,听我此言不知疲。语终兴尽各分散,东西轩骑分逶迤。此诗勿遣闲人见,见恐与他为笑资。白首旧寮知我者,凭君一咏向周师。"诗末原注:"周判官师范,苏杭旧判官,去范字叶韵。"[④]朱金城《白居易集笺校》卷二二注云:"作于大和三年(829),五十八岁,长安,刑部侍郎。《唐宋诗醇》卷二四:'整丽疏宕,七古正则。'郑侍御,郑鲂,字嘉鱼。长庆、宝历间为元稹浙东从事。城按:《全唐文》卷七四〇有郑鲂《禹穴碑铭序》云:'唐兴二百八祀,宝历庚午秋九月,予从事于是邦,感上圣遗轨,而学者无述,作《禹穴碑》。廉察使旧相河南公见而铭之。'同书小传云:'鲂,宝历时人。'又《新书·宰相世系表》郑氏北祖房载:'鲂,字嘉鱼。'当即此人。本卷《和新楼北园偶集从孙公度周巡官韩秀才卢秀才范处士小饮郑侍御判官周刘二从事皆先归》诗、《酬郑侍御多雨春空过诗三十韵》(卷二六)、《元集》卷二六《酬郑从事四年九月宴望

① [清]彭定求:《全唐诗》卷四一五,第4590—4591页。
② [唐]元稹著,周相录校注:《元稹集校注》卷二〇,第622页。
③ [清]彭定求:《全唐诗》卷四九三,第5581页。
④ [清]彭定求:《全唐诗》卷四四五,第4988页。

海亭次用旧韵》诗,均指同一人。"①

元稹为浙东观察使,将与白居易、李德裕、刘禹锡的唱酬诗结集为《吴越唱和集》

大和中,元稹在浙东观察使任,将与李德裕、刘禹锡等唱和诗作,结集为《吴越唱和集》。宋胡仔《苕溪渔隐丛话》引《蔡宽夫诗话》:"(李)文饶镇京口,时乐天正在苏州,元微之在越州,刘禹锡在和州,元、刘与文饶唱和往来甚多,谓之《吴越唱和集》。"②卞孝萱《元稹年谱》据李德裕等三人之行踪,谓"《吴越唱和集》当始于长庆三年,终于大和三年"③。

元稹为浙东观察使,作诗题王羲之遗迹

《全唐诗续拾》卷二五据《千载佳句》录元稹《题王右军遗迹》诗句:"生卧竹堂虚室白,逍遥松径远山青。"④周相录《元稹集校注·续补遗》卷一注:"长庆三年至大和三年作于越州,时为浙东观察使、越州刺史。王右军:指王羲之,晋代著名书法家,曾为右军将军,今绍兴戒珠寺即其旧宅,寺前有池,相传即其养鹅处。事详《晋书·王羲之传》。"⑤

元稹为浙东观察使,游云门题诗

元稹又有《游云门》诗云:"遥泉滴滴度更迟,秋夜霜天入竹扉。明月自随山影去,清风长送白云归。"⑥本诗《全唐诗》未收,《全唐诗续拾》卷二五据宋孔延之《会稽掇英总集》卷六录入⑦。周相录《元稹集校注·续补遗》卷一注:"长庆三年至大和三年作于越州,时为浙东观察使、越州刺史。云门:寺名,在今浙江省绍兴市东南。宋施宿等《会稽志》卷七'寺院·会稽县':'淳化寺:在县南三十里,中书令王子

① [唐]白居易著,朱金城笺校:《白居易集笺校》卷二二,第1482—1483页。
② [宋]胡仔:《苕溪渔隐丛话》前集卷三八,第258页。
③ 卞孝萱:《元稹年谱》,第475页。吴在庆、傅璇琮《唐五代文学编年史·晚唐卷》大和三年条,可以参考,第43页。
④ 陈尚君:《全唐诗续拾》卷二五,《全唐诗补编》,第1036页。
⑤ [唐]元稹著,周相录校注:《元稹集校注·续补遗》卷一,第1576—1577页。
⑥ [宋]孔延之:《会稽掇英总集》卷六,《宋元浙江方志集成》第14册,第6411页。
⑦ 陈尚君:《全唐诗续拾》卷二五,《全唐诗补编》,第1032页。

敬所居也。义熙三年,有五色祥云见,安帝诏建云门寺。'"①

元稹在浙东观察使任,作《重修桐柏观记》

元稹《重修桐柏观记》云:"岁太(大)和己酉,修桐柏观讫事,道士徐灵府以其状乞文于余,曰……"②周相录《元稹集校注·续补遗》卷三注:"大和三年作于越州,时为浙东观察使、越州刺史。桐柏观:《(嘉定)赤城志》卷三〇'寺观门四·天台':'桐柏崇道观:在县西北二十五里,旧名桐伯,唐睿宗景云二年为司马承祯建。'"③

元稹在越州,作《醉题东武》诗

元稹《醉题东武》诗云:"役役行人事,纷纷碎簿书。功夫两衙尽,留滞七年余。病痛梅天发,亲情海岸疏。因循未归得,不是忆鲈鱼。"④诗有"留滞七年余"句,是作于大和三年在浙东观察使任。东武,山名。《吴越春秋》卷八《勾践归国外传》称:"于是范蠡乃观天文,拟法于紫宫,筑作小城……城既成而怪山自至。怪山者,琅琊东武海中山也。一夕自来,百姓怪之,故名怪山。……名东武,起游台其上。"⑤《搜神记》卷六云:"故会稽山阴琅邪中有怪山,世传本琅邪东武海中山也。时天夜,风雨晦冥,旦而见武山在焉。百姓怪之,因名曰怪山。时东武县山,亦一夕自亡去。识其形者,乃知其移来。今怪山下见有东武里,盖记山所自来,以为名也。"⑥

六月,处州刺史敬僚立《处州孔子庙碑》

《金石萃编》卷一〇八《处州孔子庙碑》云:"旧碑题元和十三年李使君繁经始碑文及置石,大和三年岁次己酉六月朔廿五日癸酉敬使君僚建立。"⑦《金石录》卷九:"《唐处州孔子庙碑》,韩愈撰,任迪行书。太(大)和三年。"⑧《舆地碑记目》卷一《处州碑记》"唐李繁孔子庙记"条:"唐元和中,刺史李繁建孔子庙,韩愈为之碑,杜牧

① [唐]元稹著,周相录校注《元稹集校注·续补遗》卷一,第1578—1579页。
② [清]董浩:《全唐文》卷六五四,第6646页。
③ [唐]元稹著,周相录校注《元稹集校注·续补遗》卷三,第1632页。
④ [清]彭定求:《全唐诗》卷四二三,第4651—4652页。
⑤ 周生春:《吴越春秋辑校汇考》,第131页。
⑥ [晋]干宝:《搜神记》卷六,中华书局1979年版,第67页。
⑦ [清]王昶:《金石萃编》卷一〇八,第6页。
⑧ [宋]赵明诚撰,金文明校证《金石录校证》卷九,第190页。

书。其阴碑(碑阴)遭乱不存。宣和中,知州黄葆光模刻于学,而碑阴犹阙。"①

元稹在浙东,作《赠刘采春》诗

元稹《赠刘采春》诗云:"新妆巧样画双蛾,谩裹常州透额罗。正面偷匀光滑笏,缓行轻踏破纹波。言辞雅措风流足,举止低回秀媚多。更有恼人肠断处,选词能唱望夫歌。"②杨军《元稹集编年笺注(诗歌卷)》注云:"元稹此诗作于大和三年(829),时在浙东观察使任。"③按,有关此诗本事,见于唐人范摅《云溪友议》卷下《艳阳词》条:"安人元相国……乃廉问浙东,别(薛)涛已逾十载。方拟驰使往蜀取涛,乃有俳优周季南、季崇及妻刘采春,自淮甸而来。善弄陆参军,歌声彻云,篇韵虽不及涛,容华莫之比也。元公似忘薛涛,而赠采春诗曰:'新妆巧样画双蛾,慢裹恒州透额罗。正面偷轮光滑笏,缓行轻踏皱文靴。言词雅措风流足,举止低回秀媚多。更有恼人肠断处,选词能唱《望夫歌》。'《望夫歌》者,即《罗唝》之曲也。(金陵有罗唝楼,即陈后主所建)采春所唱一百二十首,皆当代才子所作。其词五、六、七言,皆可和矣。词云:'不喜秦淮水,生憎江上船。载儿夫婿去,经岁又经年。'(一)'借问东园柳,枯来得几年?自无枝叶分,莫怨太阳偏。'(二)'莫作商人妇,金钗当卜钱。朝朝江口望,错认几人船!'(三)'那年离别日,只道往桐庐。桐庐人不见,今得广州书。'(四)'昨日胜今日,今年老去年。黄河清有日,白发黑无缘。'(五)'闷向江头采白苹,尝随女伴祭江神。众中羞不分明语,暗掷金钱卜远人。'(六)'昨夜北风寒,牵船浦里安。潮来打缆断,摇橹始知难。'(七)采春一唱是曲,闺妇行人莫不涟泣。且以藁砧尚在,不可夺焉。元公求在浙江七年,因醉题东武亭。诗曰:'役役闲人事,纷纷碎簿书。功夫两衙尽,留滞七年余。病痛梅天发,亲情海岸疏。因循未归得,不是恋鲈鱼。'卢侍御简求戏曰:'丞相虽不恋鲈鱼,乃恋谁耶?'"④

九月,陆亘为浙江东道观察使,朱庆馀作诗相送

《旧唐书》卷一七《文宗纪上》:大和三年九月,"戊戌,以前睦州刺史陆亘为越州刺史、浙东观察使,代元稹。"⑤"睦州"为"苏州"之误。《会稽掇英总集》卷一八《唐

---

① [宋]王象之编著,赵一生点校:《舆地碑记目》卷一,《舆地纪胜》第12册,第21页。
② [清]彭定求:《全唐诗》卷四二三,第4651页。
③ 杨军笺注:《元稹集编年笺注(诗歌卷)》,第935页。
④ [唐]范摅:《云溪友议》卷下,第121页。
⑤ [后晋]刘昫:《旧唐书》卷一七,第532页。

太守题名记》："陆亘,大和三年九月,自苏州刺史授。七年闰七月,除宣州观察使。"①《姑苏志》卷二:"陆亘,自虢州刺史移任,太(大)和三年九月迁越州。"②新出土归融撰《唐故宣歙池等州都团练观察处置等使通议大夫宣州刺史兼御史大夫上柱国赐紫金鱼袋赠礼部尚书陆府君(亘)墓志铭并序:"公讳亘,字景山,吴郡人也。……朝廷以三吴奥区,苏台为首,贡入之厚,冠于江南。衣冠错居,号为难理,拜公为本郡太守。及下车也,赋均而有艺,令严而不苛,恤惸独之疲黎,斥繁冗之黠吏,定贫富之户籍。秋夏之征,揭之乡间,差次而限,疾徐进止,明示其期,乡胥窃息而无得前,甿庶乐输而唯恐后。工织绝苦窳之贸,农耕无秕稗之收。约束指挥,千里如面,封部画一,若绳墨然。大君旌其劳,就加金印紫绶,居三年而政成。大和三年,迁浙江东道都团练观察处置等使,兼御史中丞。其临会稽也,用姑苏之术,七州大悦,布和宣化,益振人谣。星管四周,而迁宣歙池等州都团练观察处置等使,兼御史大夫。其至宛陵也,谓人曰:'一境生物,由吾惨舒,吾之动息,岂容易耳?吾烦则人扰,吾简则人安,繇是位愈崇而心益劳。'故威名素重,风望愈清;懿绩休声,日飞上听。君子曰:以公器能,宜操枢柄,翊尧舜之君;以公学识,宜为帝师,讲皇王之道。天胡不惠,遽迫全归。以大和八年甲寅岁八月廿二日,薨于宣城郡之官舍,春秋七十有一。而三郡之民,咸出涕追思,若婴儿之失父母也。"③

朱庆馀有《送浙东陆中丞》诗云:"坐将文教镇藩维,花满东南圣主知。公务肯容私暂入,丰年长与德相随。无贤不是朱门客,有子皆如玉树枝。自爱此身居乐土,咏歌林下日忘疲。"④"陆中丞"即陆亘。《旧唐书·陆亘传》:"历刺兖蔡虢苏四郡,迁越州刺史、浙东团练观察等使。"⑤

东阳令于兴宗罢职归故林,许浑有诗相送

许浑《送前东阳于明府由鄂渚归故林》诗云:"结束征车换黑貂,灞西风雨正潇潇。茂陵久病书千卷,彭泽初归酒一瓢。帆背夕阳溢水阔,棹经沧海甑山遥。殷勤为谢南溪客,白首萤窗未见招。"⑥按,刘禹锡有《答东阳于令寒碧图诗》,序云:"东

①　[宋]孔延之:《会稽掇英总集》卷一八,《宋元浙江方志集成》第14册,第6555页。
②　[明]王鏊:《姑苏志》卷二《古今守令表上》,台湾学生书局1986年版,第27页。
③　杨作龙、赵水森等:《洛阳新出土墓志释录》,第185页。
④　[清]彭定求:《全唐诗》卷五一五,第5883页。
⑤　[后晋]刘昫:《旧唐书》卷一六二,第4252页。
⑥　[清]彭定求:《全唐诗》卷五三四,第6097页。

阳令于兴宗，丞相燕国公之犹子。"①葛立方《韵语阳秋》卷五："东阳岘山，去东阳县亦三里。……唐宝历中，县令于兴宗结亭其下，名曰涵碧。"②《舆地碑记目》卷一《婺州碑记》："《涵碧亭碑》，在东阳县，唐宝历二年。"③参刘禹锡《答东阳于令寒碧图诗》诗，约作于大和二年，则于兴宗罢东阳令应在大和二年之后，今系于大和三年。

滕珦致仕归婺州，白居易、刘禹锡都作诗相送

白居易《送滕庶子致仕归婺州》诗云："春风秋月携歌酒，八十年来玩物华。已见曾孙骑竹马，犹听侍女唱梅花。入乡不杖归时健，出郭乘轺到处夸。儿着绣衣身衣锦，东阳门户胜滕家。"④朱金城《白居易集笺校》外集卷上笺云："作于大和三年（829），洛阳，太子宾客分司。"⑤滕庶子即滕珦，《新唐书·艺文志四》："《滕珦集》，卷亡。珦，东阳人，历茂王傅，大和初以右庶子致仕，四品给券还乡自珦始。"⑥《唐会要》卷六七："（大和）三年四月，右庶子致仕滕珦奏：'伏蒙天恩致仕，今欲归家，乡在浙东，道途遥远，官参四品，伏乞特给婺州已来券。庶使衰羸获安，光荣乡里。'"⑦

刘禹锡有《赠致仕滕庶子先辈》诗云："朝服归来昼锦荣，登科记上更无兄。寿觞每使曾孙献，胜境长携众妓行。矍铄据鞍时骋健，殷勤把酒尚多情。凌寒却向山阴去，衣绣郎君雪里行。"⑧

朱庆馀《送滕庶子致仕归江南》诗云："常怀独往意，此日去朝簪。丹诏荣归骑，清风满故林。诸侯新起敬，遗老重相寻。在处饶山水，堪行慰所心。"⑨亦为大和三年与白居易、刘禹锡同送之作。

本年，任迪为处州司马

方崧卿《韩集举正叙录》："《处州孔子庙碑》，《金石录》具。碑首题云：'处州文宣王庙碑，朝散大夫守国子祭酒赐紫金鱼袋韩愈撰，朝议郎权知处州司马上柱国任

---

① ［清］彭定求：《全唐诗》卷三六一，第4081页。
② ［宋］葛立方：《韵语阳秋》卷五，第37页。
③ ［宋］王象之编著，赵一生点校：《舆地碑记目》卷一，《舆地纪胜》第12册，第19页。
④ ［清］彭定求：《全唐诗》卷四六二，第5254—5255页。
⑤ ［唐］白居易著，朱金城笺校：《白居易集笺校》外集卷上，第3830页。
⑥ ［宋］欧阳修、宋祁：《新唐书》卷六〇，第1607页。
⑦ ［宋］王溥：《唐会要》卷六七，第1390页。
⑧ ［清］彭定求：《全唐诗》卷三五九，第4056页。
⑨ ［清］彭定求：《全唐诗》卷五一四，第5868页。

迪书兼篆额。'末云:'唐大和三年岁次己酉朔二十五日癸酉建。'"①

本年,李文孺任明州刺史,修浮桥

《宝庆四明志》卷一"郡守":"李文孺,大和三年刺史。修浮桥,见曾从龙所撰《浮桥记》。"②《延祐四明志》:"李文孺,大和三年刺史,修浮桥,见曾从龙所撰《浮桥记》。"③《乾道四明图经》卷二《桥梁》:"鄞江跨江浮桥,在县东南二里。旧曰灵现桥,亦曰灵建桥。唐长庆三年刺史应彪建。大和三年刺史李文孺重建。……旧有范的所撰碑,后沉于江。"④

830 唐文宗大和四年庚戌

四月,台州立《唐修桐柏宫碑》,碑为元稹撰,颜颙篆额

《宝刻丛编》卷一三"台州"引《集古录目》:"《唐修桐柏宫碑》,唐浙东团练观察判使越州刺史元稹撰并书,台州刺史颜颙篆额。桐柏宫以景云中建,道士徐灵府等重葺,碑以大和四年四月立。"⑤

七月,诗人张贾为衢州刺史

《册府元龟》卷一三六:"(大和)三年正月,命鸿胪卿张贾往昭义、魏博宣慰。"⑥又卷一五八:"(大和四年)七月,以鸿胪卿张贾为衢州刺史。"⑦又见卷八六九⑧。

① [宋]方崧卿著,刘真伦汇校:《韩集举正汇校》,凤凰出版社2007年版,第561页。
② [宋]罗濬:《宝庆四明志》卷一,《宋元浙江方志集成》第7册,第3107页。
③ [元]袁桷:《延祐四明志》卷二,《宋元浙江方志集成》第9册,第3971页。
④ [宋]张津:《乾道四明图经》卷二,《宋元方志丛刊》第5册,第4884页。
⑤ [宋]陈思编著:《宝刻丛编》卷一三,第833页。
⑥ [宋]王钦若:《册府元龟》卷一三六,第1650页。
⑦ [宋]王钦若:《册府元龟》卷一五八,第1912页。
⑧ [宋]王钦若:《册府元龟》卷八六九,第10318页。

《旧书·文宗纪下》:"史臣曰:……中书用鸿胪卿张贾为衢州刺史。"①

秋,刘禹锡作《吐绶鸟词》

刘禹锡《吐绶鸟词》云:"越山有鸟翔寥廓,嗉中天绶光若若。越人偶见而奇之,因名吐绶江南知。四明天姥神仙地,朱鸟星精钟异气。赤玉雕成彪炳毛,红绡剪出玲珑翅。湖烟始开山日高,迎风吐绶盘花绦。临波似染琅琊草,映叶疑开阿母桃。花红草绿人间事,未若灵禽自然贵。鹤吐明珠暂报恩,鹊衔金印空为瑞。春和秋霁野花开,玩景寻芳处处来。翠幕雕笼非所慕,珠丸柘弹莫相猜。栖月啼烟凌缥缈,高林先见金霞晓。三山仙路寄遥情,刷羽扬翘欲上征。不学碧鸡依井络,愿随青鸟向层城。太液池中有黄鹄,怜君长向高枝宿。如何一借羊角风,来听箫韶九成曲。"②陶敏等《刘禹锡全集编年校注》卷八注云:"刘集中此诗次于前诗(《酬滑州李尚书秋日见寄》)之后,诗称李德裕为'滑州牧',按李德裕大和四年十月自滑州移镇剑南西川,故此诗当亦大和四年秋作。吐绶鸟,一名吐绶鸡,即火鸡。《苕溪渔隐丛话》前集卷二〇引《蔡宽夫诗话》:'巴峡中有吐绶鸡,比常鸡差大,嗉藏肉绶,长阔几数寸,红碧相间,极焕烂。常时不可见,遇晴日,则向阳摆之。顶首先出两肉角,亦二寸许,然后徐舒其绶,逾时乃敛。李文饶诗所谓葳蕤散绶清风里,若衔若垂何可拟,是也。文饶云:出剡溪。今询之越人不复有。'苕溪渔隐曰:'广右闽中亦有吐绶鸡,余在二处见人家多养之。'李德裕原诗惟存《苕溪渔隐丛话》所录之二句。"③按《述异记》:"吐绶鸟其身大如鹡,五色,出巴东山中,毛色可爱。若天晴淑景,即吐绶,长一尺,须臾还吞之,阴滞即不吐。"④刘禹锡诗所咏之吐绶鸟,主要是出于越中的吐绶鸟。

秋,陆亘在浙江东道观察使任,作《游天衣寺寄路中丞》诗

陆亘《游天衣寺寄路中丞》诗云:"处世空旦夕,探幽放情志。长歌向闲云,引客游古寺。秦山倚寥廓,高鸟下苍翠。凝阴向杉松,界法齐天地。疏钟远僧舍,深殿有猿戏。警梵千溪中,真禅寂无二。寒泉耸毛发,清露遣心累。省虑因悟

---

① [后晋]刘昫:《旧唐书》卷一七,第580页。
② [清]彭定求:《全唐诗》卷三五六,第4005—4006页。
③ [唐]刘禹锡撰,陶敏、陶红雨校注:《刘禹锡全集编年校注》卷八,第890页。
④ [梁]任昉:《述异记》卷上,中华书局1991年版,第8页。

非,劳神岂为贵。超然静中见,觉了愚胜智。愿得栖烟霞,书之谢名利。"①按,陆亘于长庆三年九月始为浙东观察使,抵任时应为冬初,而于本年访古探幽以游天衣寺,而且是"引客入古寺",是与客同游的。这次游览之后,陆亘即着手修缮古寺。

许浑约于本年游浙东,途经杭州,有诗酬寄刺史路异

许浑《行次虎头岩酬》诗云:"樟亭去已远,来上虎头岩。滩急水移棹,山回风满帆。石梯迎雨滑,沙井落潮醎。何以慰行旅,如公书一缄。"②按,《乾道临安志》卷二:"樟亭驿,晏殊《舆地志》云:'在钱塘县旧治之南五里,白居易有《宿樟亭驿》诗。'"③又《咸淳临安志》卷二八:"虎头岩在钱塘门外,介于宝岩定业寺后山。"④又据《宋高僧传》卷一六《唐钱塘永福寺慧琳传》:"至己丑岁春,刺史兵部郎中裴常棣召临天竺寺坛。度人毕,归寺讲训生徒,向二十载。郡守左司郎中陆则、刑部侍郎杨凭、给事中卢元辅、中书舍人白居易、太府卿李幼公、刑部郎中崔鄯、刑部郎中路异,相继九邦伯,皆以公退至院,致礼稽问佛法宗意。"⑤而惠琳大和六年四月二十五日卒。这里路异被列为最后一位杭州刺史,其在任应在大和六年四月之前。郁贤皓先生《唐刺史考全编》卷一四一系路异刺杭在大和中⑥。参照许浑此后赴浙东的一些诗作,系于大和四年较为合适。

秋,许浑至浙东鄞县,寄诗于浙东崔寿、韩乂

许浑《晓发鄞江北渡寄崔韩二先辈》诗云:"南北信多岐,生涯半别离。地穷山尽处,江泛水寒时。露晓兼葭重,霜晴橘柚垂。无劳促回楫,千里有心期。"⑦吴汝煜、胡可先《全唐诗人名考》:"题注:'一作《晓发鄞江寄崔寿韩》。'按题注有脱文。'崔寿'为一人,'韩'又为一人,二人均及进士第,故诗题称之曰'先辈'。考杜牧《唐故平卢军节度巡官陇西李府君墓志铭》云:'居江南,秀人张知实、萧寘、韩乂、崔寿、宋邢(邴)、杨发、王广,皆趋君交之,后皆得进士第,有名声官职。'是'崔韩二先辈'

① [宋]孔延之:《会稽掇英总集》卷八,《宋元浙江方志集成》第14册,第6426页。
② [清]彭定求:《全唐诗》卷五三二,第6079页。
③ [宋]周淙纂:《乾道临安志》卷二,《宋元浙江方志集成》第1册,第42页。
④ [宋]潜说友纂:《咸淳临安志》卷二八,《宋元浙江方志集成》第2册,第656页。
⑤ [宋]赞宁撰,范祥雍点校:《宋高僧传》卷一六,第356页。
⑥ 郁贤皓:《唐刺史考全编》卷一四一,第1984页。
⑦ [清]彭定求:《全唐诗》卷五二八,第6038页。

当为崔寿、韩乂。"①许浑诗称崔寿、韩乂为先辈,则是时二人已及第。而据《登科记考》卷二〇、二一,张知实宝历二年登第②,宋祁、杨发均为大和四年登第③。知崔寿、韩乂登第应在此前之大和初。故而许浑大和四年作诗称为"先辈"是顺理成章之事。

乡贡明经郑若虚卒,墓志在兰溪发现

《金华日报》2009年5月14日载:"近日,兰溪市诸葛镇文化干部在该镇万田行政村发现一方唐代大和年间的墓志铭——'唐故前乡贡明经荥阳郑君墓志铭'。该墓志铭的发现,对研究唐代尤其是唐中后期书法、丧葬风俗、职官制度、行政区划设置、人口迁移都有一定的价值。据了解,墓志铭刻在一块长62厘米、宽46厘米、厚6厘米的青石上,青石斜断裂成两块。铭文共有388个字,从文字上可以得知,墓志铭是墓主若虚(字道奉)的兄长春虚写的。若虚的高祖为河南省荥阳人,曾任睦州寿昌县令,因而以寿昌为家。若虚曾祖父诚,任福州连江县主簿;祖父戚,任左率府卫兵曹参军;若虚之父任大理评事。因此,若虚出身官宦人家,从小即'专礼易,兼博诗文',宝历元年(825)明经及第(明经是唐朝考试的一科,指通明经术)。大和四年(830)五月初八,若虚承命娶东阳令琅琊王话的第二个女儿为妻。在寓所会见当地官员并与宾客一起吃饭时,因饮酒过量成疾,由于没有及时医治,6天后不幸离世,享年38岁。大和五年(831)正月十四日,其媚妻'东阳溪(应为乞)归于旧业兰溪永昌乡而厚礼也'。该墓志铭书风为楷体,有魏碑意,背有'其年岁次辛巳月庚子朔廿七日丙寅造棒匠陈佺'字样。据悉,该墓志铭是万田村村民梅一文等18位老人于8年前在该村山门寺水库修建溢洪道爆破后发现的,当时一起出土的还有一块有'大唐元和十一年……'等字样的踏棒砖。从书法的风格判断,墓志铭与踏棒砖不属于同一墓葬之物。"④

---

① 吴汝煜、胡可先:《全唐诗人名考》,第538页。
② [清]徐松:《登科记考》卷二〇,第733页。
③ [清]徐松:《登科记考》卷二一,第751—752页。
④ 何寿松、吴建清:《兰溪发现一方唐代墓志铭》,《金华日报》2009年5月14日,第6版。

831　唐文宗大和五年辛亥

诗人韦纾为处州刺史，曾撰《栝(括)郡厅壁记》

韦纾撰《栝(括)郡厅壁记》："处州溯浙江东南七百里，连山洞溪，负海逾峤。绵历更置，至隋始为处州，后复号栝(括)。国朝置十道，处州列在江南，第居于上。天宝初为缙云郡，大历末复之。刺史更置迭废，州郡沿革，官则随之。大凡亲人辅化，任莫重焉。大和五年，纾自司驾员外郎奉符典州，大惧不称其职。且以地险而瘠，人贫而劳；茧丝之税，重倍他郡。故逢穰岁，亦未若他郡之平年也。为是邦者，得不谨节而乃自封乎？夫为恻隐可以安疲羸，忠信可以美风俗，待物以诚，饮人以和，可以去刑法矣。是三者，纾未之逮，而有志焉。因书之壁以自儆。"①文称"大和五年，纾自司驾员外郎奉符典州"，是作于大和五年。

832　唐文宗大和六年壬子

夏，沃洲山禅僧寂然遣门徒常赟至洛阳，请河南尹白居易撰《沃洲山禅院记》

白居易《沃洲山禅院记》，记其撰写缘起云："太(大)和二年春，有头陀僧白寂然来游兹山，见道猷、支、竺遗迹，泉石尽在，依依然如归故乡，恋不能去。时浙东廉使元相国闻之，始为卜筑，次廉使陆中丞知之，助其缮完。三年而禅院成，五年而佛事立。……六年夏，寂然遣门徒僧常赟自剡抵洛，持书与图，诣从叔乐天乞为禅院记云。"②按，大和六年白居易为河南尹，在洛阳。沃洲山禅院，《嘉泰会稽志》卷八"新昌县"："沃洲真觉院，在县东四十里。方新昌未为县时，在剡县南三十里。居沃洲

---

① ［清］董诰：《全唐文》卷六一三，第6194页。
② ［清］董诰：《全唐文》卷六七六，第6906页。

之阳,天姥之阴,南对天台山之华顶、赤城,北对四明山之金庭、石鼓,西北有支遁养马坡、放鹤峰,东南有石桥溪,溪源出天台石桥,故以为名。晋白道猷、竺法潜、支道林、乾兴渊、支道(遁)、开、威、蕴、崇、实、光、诚、斐、藏、济、度、逞、印皆尝居焉。会昌废。大中二年,有头陀白寂然来游,恋恋不能去。廉使元微之始为卜筑。白乐天为作记,以为'东南山水,越为首,剡为面,沃洲、天姥为眉目',其称之如此。旧名真封寺,不知其始,治平三年赐今额。"①这里的叙事有误,"大中二年"应为"大和二年",因元稹为浙东观察使始于长庆三年,终于大和三年。记中陆中丞为陆亘,《旧唐书·文宗纪》载其大和三年九月戊戌由睦州刺史为浙东观察使,以代元稹②,七年闰七月癸未又为宣歙观察使③。则白氏作记的大和六年,正是陆亘为浙东观察使时。

这篇记文是浙东文献最重要的一篇,现将全文录之于下,以供参考。《沃洲山禅院记》:"沃洲山在剡县南三十里,禅院在沃洲山之阳,天姥岑之阴。南对天台,而华顶、赤城列焉;北对四明,而金庭、石鼓介焉;西北有支遁岭,而养马坡、放鹤峰次焉;东南有石桥溪,溪出天台石桥,因名焉。其余卑岩小泉,如子孙之从父祖者,不可胜数。东南山水,越为首,剡为面,沃洲、天姥为眉目。夫有非常之境,然后有非常之人栖焉。晋宋以来,因山洞开,厥初有罗汉僧西天竺人白道猷居焉,次有高僧竺法潜、支道林居焉,次又有乾兴渊、支遁、开、威、蕴、崇、实、光、识、裴、藏、济、度、逞、印凡十八僧居焉,高士名人有戴逵、王洽、刘恢、许元度、殷融、郗超、孙绰、桓彦表、王敬仁、何次道、王文度、谢长霞、袁彦伯、王蒙、卫玠、谢万石、蔡叔子、王羲之凡十八人,或游焉,或止焉。故道猷诗云:'连峰数千里,修林带平津。茅茨隐不见,鸡鸣知有人。'谢灵运诗云:'暝投剡中宿,明登天姥岑。高高入云霓,还期安可寻。'盖人与山相得于一时也。自齐至唐,兹山浸荒,灵境寂寥,罕有人游。故词人朱放诗云:'月在沃洲山上,人归剡县江边。'刘长卿诗云:'何人住沃洲。'此皆爱而不到者也。太(大)和二年春,有头陀僧白寂然来游兹山,见道猷、支、竺遗迹,泉石尽在,依依然如归故乡,恋不能去。时浙东廉使元相国闻之,始为卜筑,次廉使陆中丞知之,助其缮完。三年而禅院成,五年而佛事立。正殿若干间,斋堂若干间。僧舍若干间,夏腊之僧,岁不下八九十,安居游观之外,日与寂然讨论心要,振起禅风,白黑之

---

① [宋]施宿:《嘉泰会稽志》卷八,《宋元浙江方志集成》第4册,第1809—1810页。
② [后晋]刘昫:《旧唐书》卷一七上,第532页。
③ [后晋]刘昫:《旧唐书》卷一七下,第551页。

徒,附而化者甚众。嗟乎!支、竺殁而佛声寝,灵山废而法不作,后数百岁而寂然继之,岂非时有待而化有缘耶?六年夏,寂然遣门徒僧常赟自剡抵洛,持书与图,诣从叔乐天乞为禅院记云。昔道猷肇开兹山,后寂然嗣兴兹山,今日乐天又垂文兹山,异乎哉沃洲山,与白氏其世有缘乎?"①

秋,刘禹锡在苏州,送处州刺史奚某赴任

刘禹锡《松江送处州奚使君》诗云:"吴越古今路,沧波朝夕流。从来别离地,能使管弦愁。江草带烟暮,海云含雨秋。知君五陵客,不乐石门游。"②陶敏等《刘禹锡全集编年校注》卷九注云:"诗大和六年至八年秋在苏州作。松江:即吴淞江。《吴郡志》卷一八:'松江,在郡南四十五里,南与太湖接,吴江县在江渍,垂虹跨其上,天下绝景也。'处州:州治在今浙江丽水县。奚使君:奚姓处州刺史,名未详。"③

秋,刘禹锡在苏州,送霄韵、元简上人适越

刘禹锡《送霄韵上人游天台》诗云:"曲江僧向松江见,又到天台看石桥。鹤恋故巢云恋岫,比君犹自不逍遥。"④陶敏等《刘禹锡全集编年校注》卷九注云:"诗云'松江',当大和六年至八年秋作于苏州。霄韵,长安慈恩寺僧。贾岛有《送慈恩寺霄韵法师谒太原李司空》诗,约大和四年作。天台:山名,在今浙江天台县境。"⑤

刘禹锡《送元简上人适越》诗云:"孤云出岫本无依,胜境名山即是归。久向吴门游好寺,还思越水洗尘机。浙江涛惊狮子吼,稽岭峰疑灵鹫飞。更入天台石桥去,垂珠璀璨拂三衣。"⑥陶敏等《刘禹锡全集编年校注》卷九注云:"诗云'久向吴门',当亦大和六年至八年秋在苏州作。元简,未详。"⑦

朱庆馀在台州,作诗赞郑仁弼郡斋双鹤

朱庆馀有《台州郑员外郡斋双鹤》诗云:"丹顶分明音响别,况闻来处隔云涛。情悬碧落飞何晚,立近清池意自高。向夜双栖惊玉漏,临轩对舞拂朱袍。仙郎为尔

① [清]董诰:《全唐文》卷六七六,第6905—6906页。
② [清]彭定求:《全唐诗》卷三五八,第4041页。
③ [唐]刘禹锡撰,陶敏、陶红雨校注:《刘禹锡全集编年校注》卷九,第1006页。
④ [清]彭定求:《全唐诗》卷三六五,第4115页。
⑤ [唐]刘禹锡撰,陶敏、陶红雨校注:《刘禹锡全集编年校注》卷九,第1008页。
⑥ [清]彭定求:《全唐诗》卷三五九,第4058页。
⑦ [唐]刘禹锡撰,陶敏、陶红雨校注:《刘禹锡全集编年校注》卷九,第1009页。

开笼早,莫虑回翔损羽毛。"①据《嘉定赤城志》卷八:"大和六年,郑仁弼。见《唐佛窟禅师塔铭》,《壁记》不载。"②

本年,于季友为明州刺史,归审为慈溪县令

《新唐书·地理志五》"明州鄞县":"西南四十里有仲夏堰,溉田数千顷,大和六年刺史于季友筑。"③《宁波历代碑碣墓志汇编》载《琅琊郡陶府君夫人琅琊王氏(妃)墓志铭曰并序》:"夫人王氏……以惟大唐时大和六年岁次壬子十一月己丑朔十二日庚子寝疾亡。……窆于明州余姚郡慈溪县上林乡石仁里。"碑文署"州牧于季友、县宰归审"④。《乾道四明图经》卷一"贤守事实":"太(大)和六年,刺史于季友筑仲夏堰,溉田千顷。"⑤《雍正浙江通志》卷一五二"名宦":"任侗、于季友。《唐书·地理志》:贞元九年,侗为明州刺史。增修广德湖,溉田四百顷。西南四十里有仲夏堰,溉田数千顷。太(大)和六年,刺史于季友筑。"⑥

本年,郑仁弼为台州刺史

《嘉定赤城志》卷八"秩官门·历代郡守":"大和六年,郑仁弼。"注:"见《唐佛窟禅师塔铭》,《壁记》不载。"⑦

本年,李左次为会稽县令

《新唐书·地理志五》"越州会稽县":"东北四十里有防海塘,自上虞江抵山阴百余里,以蓄水溉田。开元十年令李俊之增修。……大和六年令李左次又增修之。"⑧《康熙会稽县志》卷一八"职官志"作"二十八年任"⑨,误。

---

① [清]彭定求:《全唐诗》卷五一五,第5884页。
② [宋]陈耆卿:《嘉定赤城志》卷八,《宋元浙江方志集成》第11册,第5152页。
③ [宋]欧阳修、宋祁:《新唐书》卷四一,第1061—1062页。
④ 章国庆:《宁波历代碑碣墓志汇编》,第14—15页。
⑤ [宋]张津:《乾道四明图经》卷一,《宋元方志丛刊》第5册,第4881页。
⑥ [清]嵇曾筠、沈翼机等:《雍正浙江通志》卷一五二,《景印文渊阁四库全书》第523册,第125页。
⑦ [宋]陈耆卿:《嘉定赤城志》卷八,《宋元浙江方志集成》第11册,第5152页。
⑧ [宋]欧阳修、宋祁:《新唐书》卷四一,第1061页。
⑨ [清]董钦德:《康熙会稽县志》卷一八,第383页。

本年,婺州兰溪诗僧贯休出生

《宋高僧传》卷三〇《梁成都府东禅院贯休传》:"释贯休,字德隐,俗姓姜氏,金华兰溪登高人也。……至梁乾化二年,终于所居,春秋八十一。"① 逆推其生年为大和六年。

833　唐文宗大和七年癸丑

七月,明州刺史于季友建《唐封孔子为文宣王册》碑

《宝刻丛编》卷一三引《复斋碑录》:"《唐封孔子为文宣王册》,唐玄宗御制,行书,无名,大和七年七月十九日,明州刺史于季友建。"②

闰七月,李绅为越州刺史、浙东观察使,有诗纪之

《旧唐书》卷一七下《文宗纪下》:大和七年闰七月,"癸未,以太子宾客李绅检校左散骑常侍,兼越州刺史,充浙东观察使,代陆亘;以亘为宣歙观察使"③。《新唐书·李绅传》:"大和中,李德裕当国,擢绅浙东观察使。"④ 李绅《龙宫寺碑》:"太(大)和癸丑岁,余自分命洛阳,承诏以检校左骑省廉察于兹。"⑤ 李绅《过吴门二十四韵》诗自注:"及余以太(大)和七年领镇会稽,则当时宾客、群吏、乐徒、寺僧、里客无一人存者,至于韦公子,凋丧略尽。""太(大)和七年,余镇会稽,刘禹锡为郡,则元和中苏州相识,知与不知,索然皆尽,河柳衰谢,邑居更易,乃甚令威之叹也!"⑥ 李绅有《初秋忽奉诏除浙东观察使检校右貂》诗:"龙楼寄引簪裾客,凤阙陪趋朔望朝。疏受杜门期脱屣,买臣归邸忽乘轺。印封龟纽知颁爵,冠饰蝉緌更珥貂。飞诏宠荣欢里舍,岂徒斑白与垂髫。"⑦

---

① ［宋］赞宁撰,范祥雍点校:《宋高僧传》卷三〇,第685—686页。
② ［宋］陈思编著:《宝刻丛编》卷一三,第823页。
③ ［后晋］刘昫:《旧唐书》卷一七下,第551页。
④ ［宋］欧阳修、宋祁:《新唐书》卷一八一,第5349页。
⑤ ［清］董诰:《全唐文》卷六九四,第7126页。
⑥ ［清］彭定求:《全唐诗》卷四八一,第5474页。
⑦ ［清］彭定求:《全唐诗》卷四八一,第5470页。

李绅赴浙东任时经洛阳,时白居易为河南尹,作诗相送

白居易《醉送李二十常侍赴镇浙东》诗云:"靖安客舍花枝下,共脱青衫典浊醪。今日洛桥还醉别,金杯翻污麒麟袍。喧阗凤驾君脂辖,酩酊离筵我藉糟。好去商山紫芝伴,珊瑚鞭动马头高。"①朱金城《白居易集笺校》卷三一笺云:"作于大和七年(833),六十二岁,洛阳,太子宾客分司。……《刘集》外六有《酬浙东李侍郎越州春晚即事长句》亦系酬绅之作。绅长庆初与元稹、李德裕同在朝林,时称'三俊',综其一生仕历,皆缘李德裕之故,与李逢吉、李宗闵为死敌,其自太子宾客出为浙东观察使亦由李德裕作相之故。以元稹、李德裕与刘禹锡交情言之,绅与禹锡交情必亦不薄。"②

李绅赴浙东任时经苏州,与刘禹锡相会

李绅《过吴门二十四韵》诗注云:"太(大)和七年,余镇会稽,刘禹锡为郡,则元和中苏州相识,知与不知,索然皆尽,河柳衰谢,邑居更易,乃甚令威之叹也。"③按,明王鏊《姑苏志》:"刘禹锡,大和五年冬除,六年二月六日到任,八年移汝州。"④是元稹赴浙东任过苏州时,刘禹锡正在苏州刺史任。是时李绅已经是三至吴中。前两次一是贞元中:"贞元中,余以布衣多游吴郡中,韦夏卿首为知遇,常陪宴席段平仲、李季何、刘从周、綦毋咸十余辈,日同杯酒。及余以太(大)和七年领镇会稽,则当时宾客、群吏、乐徒、寺僧、里客,无一人存者,至于韦公子,凋丧略尽。"⑤二是元和七年:"元和七年,余以校书郎从役,再至苏州。时范十五传正为郡,而贞元中宾客散落,半已殂谢。及宴,而伶人酒徒悉往日者,问僧,惟令起二人,已疾。"⑥均见于本诗自注。

刘禹锡作《澈上人文集序》

刘禹锡《澈上人文集序》是为会稽僧人灵澈所写的一篇集纪,也是唐代的一篇

---

① [清]彭定求:《全唐诗》卷四五四,第5139页。
② [唐]白居易著,朱金城笺校:《白居易集笺校》卷三一,第2128页。
③ [清]彭定求:《全唐诗》卷四八一,第5474页。
④ [明]王鏊:《姑苏志》卷二《古今守令表上》,第28页。
⑤ [清]彭定求:《全唐诗》卷四八一,第5474页。
⑥ [清]彭定求:《全唐诗》卷四八一,第5474页。

重要的论文之作,今备录于下:"释子工为诗尚矣。休上人赋别怨,约法师哭范尚书,咸为当时才士之所倾叹。厥后比比有之。上人生于会稽,本汤氏子。聪察嗜学,不肯为凡夫。因辞父兄出家,号灵澈,字源澄。虽受经论,一心好篇章。从越客严维学为诗,遂籍籍有闻。维卒,乃抵吴兴,与长老诗僧皎然游,讲艺益至。皎然以书荐于词人包侍郎佶,包得之大喜。又以书致于李侍郎纾。是时以文章风韵主盟于世者曰包、李。以是上人之名由三公而扬,如云得风,柯叶张王。以文章接才子,以禅理说高人,风仪甚雅,谈笑多味。贞元中,西游京师,名振辇下。缁流疾之,造飞语激动中贵人,因侵诬得罪,徙汀州,会赦归东越。时吴楚间诸侯多宾礼招延之。元和十一年,终于宣州开元寺,年七十有一。门人迁之,建塔于越之山阴天柱峰之陲,从本教也。初,上人在吴兴,居何山,与昼公为侣。时予方以两髦执笔砚,陪其吟咏,皆曰孺子可教。后相遇于京洛,与支、许之契焉。上人没后十七年,予为吴郡,其门人秀峰捧先师之文来乞词以志,且曰:'师尝在吴,赋诗近二千首,今删去三百篇,勒为十卷。自大历至元和,凡五十年间,接词客闻人酬唱,别为十卷。今也思行乎昭代,求一言羽翼之。'因为评曰:'世之言诗僧多出江左。灵一导其源,护国袭之。清江扬其波,法振沿之。如么弦孤韵,瞥入人耳,非大乐之音。独吴兴昼公,能备众体。昼公后,澈公承之。'至如《芙蓉园新寺》诗云:'经来白马寺,僧到赤乌年。'《谪汀州》云:'青蝇为吊客,黄耳寄家书。'可为入作者阃域,岂独雄于诗僧间邪。"① 按,文言灵澈"元和十一年,终于宣州开元寺","上人殁后十七,余为吴郡",则该文为刘禹锡大和七年在苏州作。

李绅赴浙东任时经湖州,为刺史敬昕撰文刊石

李绅《墨诏持经大德神异碑铭》云:"时予乌台旧僚天官郎敬君,守郡吴兴,寄言刊石。"② 按,《嘉泰吴兴志》卷一四"郡守题名":"敬昕,太(大)和七年,自婺州刺史拜。除吏部郎中,续加检校本官依前湖州刺史。后除常州。"③ 白居易有《吴兴敬郎中见惠斑竹杖兼示一绝聊以谢之》诗。相互参证,知本年李绅赴任越州时经湖州与敬昕相会。

---

① [清]董诰:《全唐文》卷六〇五,第6113—6114页。
② [清]董诰:《全唐文》卷六九四,第7127页。
③ [宋]谈钥:《嘉泰吴兴志》卷一四,《宋元浙江方志集成》第6册,第2657页。

李绅赴浙东任时经杭州,作诗

李绅《杭州天竺、灵隐二寺,顷岁亦布衣一游,及赴镇会稽,不敢以登临自适,竟不复到寺,寺多猿猱,谓之孙团,弥长其类。因追思为诗二首》,其一云:"翠岩幽谷高低寺,十里松风碧嶂连。开尽春花芳草涧,遍通秋水月明泉。石文照日分霞壁,竹影侵云拂暮烟。时有猿猱扰钟磬,老僧无复得安禅。"其二云:"人烟不隔江城近,水石虽清海气深。波动只观罗刹相,静居难识梵王心。鱼扇昼锁龙宫宝,雁塔高摩欲界金。近日尤闻重雕饰,世人遥礼二檀林。"①诗为秋日所作。

十月,李绅赴浙东途中渡西陵驿,作诗

李绅《渡西陵十六韵》诗序云:"七年冬,十有三日,早渡浙江,寒雨方霖,军吏悉在江次。越人年谷未成,霖雨不止,田亩浸溢,水不及穗者数寸。余至驿,命押衙装行宗斋祝辞,东望拜大禹庙,且以百姓请命。雨收云息,日朗者三旬有五日。刈获皆毕,有以见神之不欺也。"诗云:"雨送奔涛远,风收骇浪平。截流张旆影,分岸走鼙声。兽逐衔波涌,龟朦喷棹轻。海门凝雾暗,江渚湿云横。雁翼看舟子,鱼鳞辨水营。骑交遮戍合,戈簇拥沙明。缪履千夫长,将询百吏情。下车占黍稷,冬雨害粢盛。望祷依前圣,垂休冀厚生。半江犹惨澹,全野已澄清。爱景三辰朗,祥农万庾盈。浦程通曲屿,海色媚重城。弓日鞬韥动,旗风虎豹争。及郊挥白羽,入里卷红旌。恺悌思陈力,端庄冀表诚。临人与安俗,非止奉师贞。"②

十二月,明州刺史于季友作《范处士在育王寺书碑因以寄赠》,又作《阿育王寺碑后记》

王昶《金石萃编》卷一〇八收于季友《范处士在育王寺书碑因以寄赠》诗:"明州刺史于季友。墨妙复辞雄,扁舟访远公。□天书梵□,霜月步莲宫。迹寄双林下,名留劫石中。遥知松径望,棠叶满山红。"③孙望《全唐诗补逸》卷七收入,并云:"石刻于题下原署'明州刺史于季友'。按阿育王寺在今浙江鄞县阿育王山中,此诗及后范的酬和诗附镌于《阿育王寺常住田碑》后。碑末有太(大)和七年十二月一日于季友作《碑后记》,则两诗之作,当亦在同时。"④陈尚君校语云:"又见《两浙金石志》

---

① 〔清〕彭定求:《全唐诗》卷四八一,第5474—5475页。
② 〔清〕彭定求:《全唐诗》卷四八一,第5475页。
③ 〔清〕王昶:《金石萃编》卷一〇八,第10页。
④ 孙望:《全唐诗补逸》卷七,《全唐诗补编》,第169页。

654

卷一,第三句不缺,文同《金石文钞》,末句作'棠叶满山红'。"①按,于季友为明州刺史始于大和六年,《新唐书·地理志五》"明州鄮县":"西南四十里有仲夏堰,溉田数千顷,大和六年刺史于季友筑。"②《宝刻丛编》卷一三引《复斋碑录》:"《唐封孔子为文宣王册》,唐玄宗御制,行书,无名,大和七年七月十九日,明州刺史于季友建。""《唐阿育王寺常住田记》,……大和七年十二月刺史于季友重立。"③杜泽逊有《〈全唐诗补逸〉于季友、范的诗校议》,校定于季友诗为:"墨妙复辞雄,扁舟访远公。雪天书梵字,霜月步莲宫。迹寄双林下,名留劫石中。遥知松径望,棠叶满山红。"④

《金石萃编》卷一〇八又载于季友《阿育王寺碑后记》云:"此寺碑记,尝为寇盗隳坏,久无竖立。有好事僧惠印,录其旧文,藏于箧笥。又与老宿僧明秀、志诠寺主僧志□、上座僧栖云、都维那僧巨嵩会议,重建其碑焉,余美其乐善。会剡越间有隐逸之士曰范的,业文功书,未遇于时,常萍泊云水间。……余邀以书□,添胜境游观之一事,略纪端由于碑后云。大和七年十二月一日,明州刺史于季友记。"⑤

朱彝尊《阿育王寺常住田碑跋》云:"右《唐阿育王寺常住田碑》,秘书监正字郎万齐融撰,其初赵州刺史徐峤之书,既隳于寇,明州刺史于季友,于僧惠印所睹旧文,邀处士范的重书,大和七年冬事也。寺建于晋太康二年,田赐于宋元嘉二年,额更于梁普通三年。释道宣录,神州塔寺,以是塔居第一焉。碑题越州都督府鄮县者,齐融,神龙中与贺知章、贺朝、张若虚、邢巨、包融等,俱以吴越之士知名。见刘昫《唐书·文苑传》。《国秀》《搜玉》二集曾载其诗。《唐书》以贺朝万为一人,齐融为一人,误矣。唐自武德四年诸州置总管,未久更都督府,至乾元元年始号越州。而鄮县即故鄞州,开元二十六年始割县置明州。齐融撰碑时,寺犹属越州也。碑引诗'倬彼甫田,岁取十千',以'甫'作'硕',不知何所本。其阴有记,则于季友辞。附赠范的诗,的亦有和韵之作。胡氏《统签》、季氏《全唐诗》均未之载。季友,太保颀次子也,尚宪宗女惠康公主,拜驸马都尉,授羽林将军。制系元稹所草。史不言其为明州刺史,《宰相世系表》第书绛、宋等州刺史云。"⑥

范的在阿育王寺有《时在育王寺书石字奉酬□丞使君奉赠四韵依次用本韵》诗

---

① 孙望:《全唐诗补逸》卷七,《全唐诗补编》,第169页。

② [宋]欧阳修、宋祁:《新唐书》卷四一,第1061—1062页。

③ [宋]陈思编著:《宝刻丛编》卷一三,第823—824页。

④ 杜泽逊:《〈全唐诗补逸〉于季友、范的诗校议》,载《中国典籍与文化》2001年第1期,第78—79页。

⑤ [清]王昶:《金石萃编》卷一〇八,第9—10页。

⑥ [清]朱彝尊著,王利民校点:《曝书亭全集》卷五〇,吉林文史出版社2009年版,第530页。

云："拙艺荷才雄，新诗起谢公。开缄光佛域，望景动星宫。风雪文章里，书镌琬琰中。将谁比佳句？霞绮散成红。"①孙望《全唐诗补逸》卷七收入，并云："石刻于题下原署'处士范的上'。于季友《育王寺碑后记》有'剡越间隐逸之士曰范的，业文功书，未遇于时，常萍泊云水间。一日，扁舟到明'等语。又《育王寺常住田碑》，原为万齐融所撰，徐峤之书。其后碑㿉，大和七年于季友为明州刺史时，始邀范的重书。其碑题下署'顺阳范的书并篆额'，是范的为顺阳人。范生平可考者仅此。又诗中'琬下'原是'御名'两字，盖避武宗讳不书。武宗名炎，盖诗中此字原当作琰可知。然则诗之作在大和间，镌石则在武宗会昌中，其间相距固将十载矣。"②陈尚君云："又见《两浙金石志》卷一，题中'□丞'作'中丞'。'次用本韵'四字为题注小字。此王昶避嘉庆帝讳而注为'御名'。"③按，陈说是，笔者于 2020 年 10 月 5 日考察阿育王寺，此碑仍在。碑书"琬"字尚清晰。又《阿育王寺碑》现尚存明清时期旧拓，《北京图书馆藏中国历代石刻拓本汇编》亦收此碑拓本④，题中"中丞"字清晰可见，"琬琰"二字亦可辨，是孙望先生推测避唐武宗讳以及作年为武宗时均不确。

于季友，河南人。司空于頔第三子，尚宪宗女永昌公主，为驸马都尉。元和八年，为殿中少监。大和中，为绛、和、宋、明等州刺史。事迹附新、旧《唐书·于頔传》。段成式《酉阳杂俎》续集卷二："于季友为和州刺史时，临江有一寺，寺前渔钓所聚。有渔子下网，举之重，坏网，视之，乃一石如拳。因乞寺僧置于佛殿中，石遂长已，经年重四十斤。"⑤张祜有《观宋州于使君家乐琵琶》，"于使君"当即于季友。

冬，李绅到浙东观察使任，造杜鹃楼并作诗

李绅《新楼诗二十首》第四首《杜鹃楼》序："七年冬所造。自西轩延架城隅，楼前植其杜鹃，因以为名。宴游多在其上。"诗云："杜鹃如火千房拆，丹槛低看晚景中。繁艳向人啼宿露，落英飘砌怨春风。早梅昔待佳人折，好月谁将老子同。惟有此花随越鸟，一声啼处满山红。"⑥

---

① ［清］王昶：《金石萃编》一〇八，第 10 页。
② 孙望：《全唐诗补逸》卷七，《全唐诗补编》，第 170 页。
③ 孙望：《全唐诗补逸》卷七，《全唐诗补编》，第 170 页。
④ 北京图书馆金石组：《北京图书馆藏中国历代石刻拓本汇编》第 30 册，第 142 页。
⑤ ［唐］段成式撰，方南生校点：《酉阳杂俎》续集卷二，中华书局 1981 年版，第 211 页。
⑥ ［清］彭定求：《全唐诗》卷四八一，第 5476 页。

李绅在越州,辟署韦正贯为团练副使

萧邺《岭南节度使韦公(正贯)神道碑》:"除河南府司录,旋为天平军节度判官,得改员外郎。所奉之主,即故相国令狐公也。丁内艰服阕,故李相国绅请为浙东团练副使,赐绯鱼袋。后辞职居洛,授检校主客郎中,知盐铁福先院,非其好也。擢万年令泽州刺史。"①

本年,明州刺史于季友筑仲夏堰

《新唐书·地理志五》"明州鄞县":"西南四十里有仲夏堰,溉田数千顷,大和六年刺史于季友筑。"②《乾道四明图经》卷二:"仲夏堰,在县西南四十里。唐太(大)和元年,刺史于季友于四明山下开凿河渠,引山水流入诸港,置堰蓄之,溉田数千顷。"③《宝庆四明志》卷一二:"仲夏堰,在县西南四十里。唐大和元年,刺史于季友于四明山下开凿河渠,引山水流入诸港,置堰蓄之,溉田数千顷。"④"元年"为"六年"之讹。

本年,郑申为台州刺史

《嘉定赤城志》卷八"秩官门·历代郡守":"大和七年,郑申。"⑤

本年,王元暐为鄞县令

《宝庆四明志》卷一二"县令":"王元暐,唐太(大)和七年朝议郎、行鄞县令、上柱国。筑它山堰,浚小江湖,灌溉甚博。民德之,立祠堰旁。……府学有请修文宣王册文牒碑,具载岁月姓名。《唐书·地理志》云开元中令,误也。"⑥《乾道四明图经》卷四:"它山堰,在县西南五十里。唐开元间邑宰王元暐之所建也。累石为隄,江河分流,截然为二,若神工然。明之为州,濒海枕江,水善泄而易竭,雨泽少屯,井泉辄涸,酌饮江水,人以为病,引它山之水自南门入城,潴为西湖,阖境取给,始无旱暵之忧。它山堰之为利溥矣。"⑦

---

① [清]董诰:《全唐文》卷七六四,第7944页。

② [宋]欧阳修、宋祁:《新唐书》卷四一,第1061—1062页。

③ [宋]张津:《乾道四明图经》卷二,《宋元方志丛刊》第5册,第4884页。

④ [宋]罗濬:《宝庆四明志》卷一二,《宋元浙江方志集成》第8册,第3371页。

⑤ [宋]陈耆卿:《嘉定赤城志》卷八,《宋元浙江方志集成》第11册,第5152页。

⑥ [宋]罗濬:《宝庆四明志》卷一二,《宋元浙江方志集成》第8册,第3350页。

⑦ [宋]张津:《乾道四明图经》卷二,《宋元方志丛刊》第5册,第4884页。

834　唐文宗大和八年甲寅

春，李绅在浙东观察使任，造满桂楼

李绅《新楼诗二十首》第五首《满桂楼》序："八年春造。架州城西南，临眺于外，尽见湖山。别开水扉，通杜鹃楼，不启重扃。清夜可以闲宴，因以满桂为名也。"诗云："为怜湖水通宵望，不学樊杨却月楼。惟待素规澄满镜，莫看纤魄挂如钩。卷帘方影侵红烛，绕竹斜晖透碧流。萧瑟晓风闻木落，此时何异洞庭秋。"①

初春，李绅寄《杨柳枝》舞衫给白居易

白居易有《刘苏州寄酿酒糯米李浙东寄杨柳枝舞衫偶因尝酒试衫辄成长句寄谢之》诗云："柳枝谩蹋试双袖，桑落初香尝一杯。金屑醅浓吴米酿，银泥衫稳越娃裁。舞时已觉愁眉展，醉后仍教笑口开。惭愧故人怜寂寞，三千里外寄欢来。"②诗题中"刘苏州"为刘禹锡，"李浙东"为李绅。卢燕平《李绅生平系年笺证》"大和八年"云："本年，白居易作《春早秋初因时即事兼寄浙东李侍郎》诗。李侍郎指李绅。朱金城《白居易年谱》笺证已详。同卷白居易有《刘苏州寄酿酒糯米李浙东寄杨柳枝舞衫偶因尝酒试衫辄成长句寄谢之》，据卞孝萱《刘禹锡年谱》，大和八年七月前，刘禹锡任苏州刺史，居易此诗当作于是年七月前。又据此诗'柳枝谩蹋试双袖，桑落初香尝一杯'句，可知白居易收到李绅寄衫在春时。'桑落'为酒名。盖禹锡去冬所酿之酒，春来初香。此可为白居易春收到舞衫的旁证。……从居易'柳枝谩蹋'来看，他寄衫约在本年初春。"③

春，刘禹锡酬答李绅越州春晚即事诗

刘禹锡《酬浙东李侍郎越州春晚即事长句》诗云："越中蔼蔼繁华地，秦望峰前

---

①　[清]彭定求：《全唐诗》卷四八一，第5476—5477页。

②　[清]彭定求：《全唐诗》卷四五五，第5161页。

③　[唐]李绅著，卢燕平校注：《李绅生平系年笺证》，《李绅集校注》附录一，第396页。

禹穴西。湖草初生边雁去,山花半谢杜鹃啼。青油昼卷临高阁,红旆晴翻绕古堤。明日汉庭征旧德,老人争出若耶溪。"①卢燕平《李绅生平系年笺证》"大和八年"云:"李绅赴浙东观察使后,刘禹锡有《酬浙东李侍郎越州春晚即事长句》诗。从刘禹锡诗题可知,李绅至越州后曾作《越州春晚即事长句》诗寄禹锡(此诗已佚)。李绅任浙东观察使的时间是大和七年闰七月至大和九年五月。此诗当作于八年春或九年春。大和八年七月,刘禹锡已从苏州刺史移任汝州刺史,而苏越二州相隔较近,此诗之作以八年春的可能性大。"②

三月,李绅作《题法华寺五言二十韵》诗

李绅《题法华寺五言二十韵》诗序云:"诗此一首亦在越所作,寺内灵异,随注其下。以越人题诗者前后皆不备言,今编于《追昔游》卷中。寺内瘿禅师草庐持经,感普贤见于前。"③欧阳修《集古录跋尾》卷九《唐法华寺诗》:"《唐法华寺诗》,太(大)和八年。右《法华寺诗》,唐越州刺史李绅撰,其后自序题云'太(大)和甲寅岁游寺,刻诗于壁'。详自序所言,似绅自书,然以《端州题名》较之,字体殊不类。甲寅,太(大)和八年也。"④赵明诚《金石录》卷九:"唐李绅《法华寺诗》,正书。太(大)和七年三月。"⑤陈思《宝刻丛编》卷一三"越州"引《集古录目》:"《唐法华寺诗》,唐越州刺史李绅撰,徐浩书,大和八年刻。"⑥《舆地碑记目》卷一《绍兴府碑记》:"《修龙宫寺碑》。在嵊县,太(大)和九年,李绅撰。《题法华寺诗》。李绅撰。欧阳公《集古录》云:'李绅自序云:太(大)和甲寅岁,游寺刻石。详自序所言。似绅自书,然以端州题名较之,字体殊不类。甲寅,太(大)和八年也。"⑦《法华寺诗》。《集古录》云:唐李绅撰,徐浩书,以太(大)和八年刻石。"⑧《舆地碑记目》卷三《肇庆府碑记》:"《唐法华寺诗》,太(大)和八年。《集古录》云:'右《法华寺诗》,唐时越州刺史李绅撰。其后自序题云:太(大)和甲寅岁游寺,刻诗于壁。详自序所言,似绅自书。然

① [清]彭定求:《全唐诗》卷三六一,第4078页。
② [唐]李绅著,卢燕平校注:《李绅生平系年笺证》,《李绅集校注》附录一,第396页。
③ [清]彭定求:《全唐诗》卷四八一,第5481页。
④ [宋]欧阳修:《集古录跋尾》卷九,第201页。
⑤ [宋]赵明诚撰,金文明校证:《金石录校证》卷一〇,第200页。
⑥ [宋]陈思编著:《宝刻丛编》卷一三,第800页。
⑦ [宋]王象之编著,赵一生点校:《舆地碑记目》卷一,《舆地纪胜》第12册,第14页。
⑧ [宋]王象之编著,赵一生点校:《舆地碑记目》卷一,《舆地纪胜》第12册,第15页。

以端州题名较之,字体殊不类。'"①

许浑漫游越中,与浙东使院幕僚交游,时值明州、台州刺史淹留于此,作诗相赠

许浑《陪越中使院诸公镜波馆饯明台裴郑二使君》诗云:"倾幕来华馆,淹留二使君。舞移清夜月,歌断碧空云。海郡楼台接,江船剑戟分。明时自骞翥,无复叹离群。"②郁贤皓《唐刺史考全编》卷一四四"台州":"郑薰,会昌六年(846)。《赤城志》:'会昌六年,乔庶、郑薰。'注云:'会昌尽六年,《壁记》载乔庶七年,郑薰九年;恐误。'《全诗》卷五三〇许浑有《陪越中使院诸公镜波馆饯明台裴郑二使君》,台州郑使君或即郑薰。按郑薰大中三年前在漳州刺史任,三年九月为承旨学士,四年十月出院。"③按,此处考证恐未稳,盖《嘉定赤城志》卷八"秩官门·历代郡守"记载与许浑同时之台州刺史者,有大和六年(832)郑仁弼、大和七年郑申、会昌六年(846)郑薰。更为重要的是,此说未落实"裴使君"刺明州一事。今考新出土令狐䫨撰《唐故银青光禄大夫明州刺史河东裴公(定)墓志铭并序》:"开成丁巳岁建未月中旬之一日,故余姚郡太守河东裴公寝疾薨谢于州城官舍,享年六十二。……公讳定,字山立,闻喜人。……大和八年,使持节于明州。未改月而人心悦伏。"④是裴定大和八年为明州刺史,而参以《嘉定赤城志》,郑申大和七年为台州刺史在越州,盖八年尚在台州刺史任亦为情理中事。故推测本诗应作于许浑大和八年在游中时作。诗末"明时自骞翥"语,说明其时地位不高,盖其尚未为官。而考许浑大和六年进士及第,八年尚未为官,亦属唐代科选之常例。其时漫游越中,当思谋求幕职。故作诗与越中幕吏交流,时值明州刺史裴定、台州刺史郑申淹留于此,同时唱酬。

秋初,白居易寄诗于李绅

白居易《春早秋初因时即事兼寄浙东李侍郎》诗云:"春早秋初昼夜长,可怜天气好年光。和风细动帘帷暖,清露微凝枕簟凉。窗下晓眠初减被,池边晚坐乍移床。闲从蕙草侵阶绿,静任槐花满地黄。理曲管弦闻后院,熨衣灯火映深房。四时新景何人别,遥忆多情李侍郎。"⑤朱金城《白居易集笺校》卷三二笺云:"作于大和

---

① [宋]王象之编著,赵一生点校:《舆地碑记目》卷三,《舆地纪胜》第12册,第86页。
② [清]彭定求:《全唐诗》卷五三〇,第6058页。
③ 郁贤皓:《唐刺史考全编》卷一四四,第2050页。
④ 吴钢主编:《全唐文补遗》第8辑,第158页。
⑤ [清]彭定求:《全唐诗》卷四五五,第5152页。

八年(834),六十三岁,洛阳,太子宾客分司。查慎行《白香山诗评》:'和风细动帘帷暖八句,句句分对。'《唐宋诗醇》卷二六:'春早秋初起句揭出,以下两两分写,言下俱有情在,结以多情一句收足,点睛欲飞。'"①

秋,许浑在台州,游天台山,赴天姥山

许浑《陪郑史君泛舟晚归》诗云:"南郭望归处,郡楼高卷帘。平桥低皂盖,曲岸转彤襜。江晚笙歌促,山晴鼓角严。羊公莫先醉,清晓月纤纤。"②这里的"郑使君"当亦为郑申,参之前诗,盖许浑离开越州之后,即随郑申越台州,故有在台州泛舟之事。罗时进《丁卯集笺证》卷五注云:"郑使君即郑薰。据岑仲勉《唐史余沈》卷三考,薰与杜牧为同年进士。会昌年间,薰任台州刺史,许浑有《陪越中使院诸公镜波馆饯明台裴郑二使君》诗及之,此诗当作于同时。"③今不从。

许浑《访别韦隐居不值》诗云:"犬吠双岩碧树间,主人朝出半开关。汤师阁上留诗别,杜叟桥边载酒还。栎坞炭烟晴过岭,蓼村渔火夜移湾。故乡芜没兵戈后,凭向溪南买一山。"④宋祝穆《方舆胜览》卷八"台州":"双岩在县南十五里,峭峻并峙,为江南诸山之冠。"⑤又此诗题有异文,罗时进《丁卯集笺证》卷七作《山行至双岩溪访元隐居隐居已榜舟诣开元寺水阁见送棹回已暮因赠》,注云:"诗题,蜀刻本、书棚本作《访别韦隐居不值》。序云:'余行至双岩溪,访韦隐居,已榜舟诣开元寺水阁见送。棹回已晚,因题是诗留别。'今据《乌丝栏诗真迹》录。"⑥

许浑《早发天台中岩寺度关岭次天姥岑》诗云:"来往天台天姥间,欲求真诀驻衰颜。星河半落岩前寺,云雾初开岭上关。丹墼树多风浩浩,碧溪苔浅水潺潺。可知刘阮逢人处,行尽深山又是山。"⑦按,故此诗发台州,亦当在此年或稍后由台州天台山赴天姥山之作。《嘉定赤城志》卷三二"人物门":"许浑,字用晦,大中间为睦、郢二州刺史。尝寓于台。"⑧《太平寰宇记》卷九六"越州"引《后吴录》:"剡县有

① [唐]白居易著,朱金城笺校:《白居易集笺校》卷三二,第2181页。
② [清]彭定求:《全唐诗》卷五三二,第6081页。
③ [唐]许浑撰,罗时进笺证:《丁卯集笺证》卷五,第286—287页。
④ [清]彭定求:《全唐诗》卷五三四,第6097页。
⑤ [宋]祝穆:《宋本方舆胜览》卷八,第109页。
⑥ [唐]许浑撰,罗时进笺证:《丁卯集笺证》卷七,第429页。
⑦ [清]彭定求:《全唐诗》卷五三三,第6090—6091页。
⑧ [宋]陈耆卿:《嘉定赤城志》卷三二,《宋元浙江方志集成》第11册,第5431页。

天姥山,传云登者闻天姥歌谣之响。"①

许浑《早发中岩寺别契直上人》诗云:"苍苍松桂阴,残月半西岑。素壁寒灯暗,红炉夜火深。厨开山鼠散,钟尽岭猿吟。行役方如此,逢师懒话心。"②诗有"素壁寒灯暗"语,应作于秋日。

十月,李绅作《登禹庙回降雪五言二十韵》诗

李绅作《登禹庙回降雪五言二十韵》诗序云:"此诗一首,在越所作,今编入卷内。大和八年十月,冬暄无雪,自访禹庙所祷。其日,回舟至湖半,阴云四合,飞霰大降者三日,积雪盈尺,浙江中流,乃分阴雪,杭州并无所沾。"③

本年,李绅为浙东观察使,逢浙西大水,发浙东米五万斛以赈灾

李绅《却到浙西》诗序云:"出杭州界入苏州。八年,浙西六郡灾旱,百姓饥殍,道路相望,米价翔贵。是岁,浙东大稔,因请出米五万斛贱估以救浙西居人,诏下蒙允。是岁,王璠不奏饥旱,反怒邻境所救以为卖己,遂与王涯合计诬构,罔上奏陈'米非官米,足私求利'。及璠伏诛,蒙圣恩加察奸邪所罔。初入浙西、苏州界,吴人以恤灾之惠,犹惧旌幡,留戒于迥野之处,不及城郭之所,则相率拜泣于舟楫前。是岁,卢周仁为苏州刺史。"④

本年,白居易寄诗与明州刺史于季友

白居易《寄明州于驸马使君三绝句》,其一云:"有花有酒有笙歌,其奈难逢亲故何。近海饶风春足雨,白须太守闷时多。"其二云:"平阳音乐随都尉,留滞三年在浙东。吴越声邪无法用,莫教偷入管弦中。"其三云:"何郎小妓歌喉好,严老呼为一串珠。海味腥咸损声气,听看犹得断肠无?"第三首诗中注云:"严尚书与于驸马诗云:莫损歌喉一串珠。"⑤诗有"留滞三年在浙东"语,按于季友大和六年始为明州刺史,《新唐书·地理志》明州鄞县:"西南四十里有仲夏堰,溉田数千顷,大和六年刺史于

① 〔宋〕乐史:《太平寰宇记》卷九六,第1933页。
② 〔清〕彭定求:《全唐诗》卷五二八,第6042页。
③ 〔清〕彭定求:《全唐诗》卷四八一,第5480页。
④ 〔清〕彭定求:《全唐诗》卷四八二,第5482页。
⑤ 〔清〕彭定求:《全唐诗》卷四五五,第5152页。

季友筑。"①故本诗作于大和八年,时白居易在洛阳,为太子宾客分司东都。诗注"严尚书"为严休复,见《旧唐书·文宗纪下》,大和七年十二月:"丁未,以河南尹严休复检校礼部尚书,充平卢军节度、淄青登莱棣观察等使。"②又白居易《同诸客题于家公主旧宅》诗云:"平阳旧宅少人游,应是游人到即愁。布谷鸟啼桃李院,络丝虫怨凤皇楼。台倾滑石犹残砌,帘断珍珠不满钩。闻道至今萧史在,髭须雪白向明州。"③从末句看,其时于季友正在明州刺史任。又按,该诗末句《文苑英华》作"髭须雪白向韶州"④,实误。彭叔夏《文苑英华辨证》卷九云:"按'于家公主',宪宗之女永昌公主,下嫁于頔之子季友,元和间卒,追封梁国,谥惠康……于頔家河南,后徙贯京兆。居易所题旧宅在洛中,言公主已亡而箫(萧)史尚在,其后有《寄明州于驸马使君》诗:'留滞三年在浙东'又有'近海饶风''海味腥咸'之语,皆指明州也。检《唐史·于頔传》不书季友终于何官,而《宰相世系表》季友绛、宋等州刺史,不及明州,盖省文也。今《文苑》乃作'韶州'……误指季友为于琮,遂改作'韶州',不可不辨。"⑤

本年,杜牧自淮南因事至越州,会见韩乂

杜牧《荐韩乂启》云:"太(大)和八年,自淮南有事至越,见韩居于境上,三亩宅,两顷田,树蔬钓鱼,唯召名僧为侣,余力究易,嬉嬉然无日不自得也。未尝及身名出处之语,未尝入公府造请与幕吏宴游,因此不为搢绅所相见礼。"⑥

本年,周贺还俗后宿国清寺作诗

周贺《宿隐静寺上人》诗云:"一宿五峰杯度寺,虚廊中夜磬声分。疏林未落上方月,深涧忽生平地云。幽鸟背泉栖静境,远人当烛想遗文。暂来此地歇劳足,望断故山沧海濆。"⑦邹志方《浙东唐诗之路》云:"诗人还俗,在姚合刺杭州之大和七、八年间(833、834),是值晚年。此诗当作于还俗以后。故中夜闻磬,起故园之思。人虽还俗,禅心尚存,因此依然以僧人之眼光审视国清拂晓之景:林、涧、鸟、人,本

---

① [宋]欧阳修、宋祁:《新唐书》卷四一,第 1061—1062 页。

① [宋]欧阳修、宋祁:《新唐书》卷四一,第 1061—1062 页。
② [后晋]刘昫:《旧唐书》卷一七下,第 552—553 页。
③ [清]彭定求:《全唐诗》卷四五四,第 5141 页。
④ [宋]李昉:《文苑英华》卷三〇七,第 1573 页。
⑤ [宋]彭叔夏:《文苑英华辨证》卷九,《文苑英华》附,第 5296—5297 页。
⑥ [清]董诰:《全唐文》卷七五二,第 7801 页。
⑦ [清]彭定求:《全唐诗》卷五〇三,第 5729 页。

极寻常,冠以疏、深、幽、远,境界全出;加以磬声、淡月、微云、亮烛,氛围亦浓。由此,国清寺给人以高旷、幽静、疏淡、雅洁之感。诗人后来对天台不时念及,请看《逢僧》诗:'带疾稀相见,西城早晚来?山房风坏衲,香罐雨沾灰。坐久钟声尽,谈余岳影回。却思同宿夜,高枕话天台。'"①

本年,朱庆馀送福建罗书记还闽中归罗让幕府

朱庆馀《送罗先辈书记归后却还闽中留别》诗云:"同是越人从小别,忽归乡里见皆惊。湖边访旧知谁在,幕下留欢但觉荣。望岭又生红槿思,登车岂倦白云程。况当季父承恩日,廉问南州政已成。"②

按,朱庆馀为越州人,《唐才子传》卷六误记为闽中人,云:"庆馀字可久,以字行,闽中人。"③吴在庆《唐五代文史丛考·籍贯考》:"朱庆馀非闽中人。朱庆馀之籍贯,《唐才子传》卷六其小传谓闽中。按此误。《全唐诗》卷五一四、胡应麟《诗薮》外编卷三均谓庆馀越州人,殊可信。考张籍有《送朱庆馀及第归越》诗,云:'东南归路远,几日到乡中'(《全唐诗》卷三八四),许浑有《再游越中伤朱庆馀先辈好直上人》诗(《全唐诗》卷五二九),章孝标亦有《思越州山水寄朱庆馀》诗(《全唐诗》卷五〇六)。此数诗即庆馀为越州人之证。然《唐才子传》谓庆馀闽中人亦误出有自。考朱庆馀有《送罗先辈书记归后却还闽中留别》诗(《全唐诗》卷五一五),《唐才子传》编者或误解诗题,以为'却还闽中'者为朱庆馀,遂以为其为闽中人。然此诗云:'同是越人从小别,忽归乡里见皆惊。湖边访旧知谁在,幕下留欢但觉荣。望岭又生红槿思,登车岂倦白云程。况当季父承恩日,廉问南州政已成。'据此诗,朱庆馀与罗书记'同是越人',而非闽中人已明,诗题之'却还闽中'者乃罗书记,非庆馀。此亦有他证。考吴廷燮《唐方镇年表》卷六,罗让大和五年至八年(831—834)任福建观察使。据《旧唐书》卷一八八、《新唐书》卷一九七《罗让传》,让累迁福建观察使兼御史中丞。新传谓其'有仁惠名。或以婢遗让者,问所从,答曰:'女兄九人皆为官所卖,留者独老耳。'让惨然为爇券,召母归之。'(《旧传》所记略同)又据《新唐书》同卷罗让父《罗珦传》,两珦为'越州会稽人'。则让当然即越州人,与诗中之罗书记同乡里。据此以读朱庆馀此诗,可悟诗中之罗书记即罗让之侄,此时为罗让福建幕

---

① 邹志方:《浙东唐诗之路》,第 384—385 页。
② [清]彭定求:《全唐诗》卷五一五,第 5883 页。
③ 傅璇琮主编:《唐才子传校笺》第 3 册,第 189 页。

掌书记,'忽归乡里'越州,与庆馀相聚。而后罗书记又离故乡'却还闽中'幕,庆馀送别,故有'况当季父承恩日,廉问南州政已成'之句('政已成'即指上引罗让'有仁惠名'事)。据此,可见《唐才子传》谓庆馀系闽中人实乃误读此诗所致。"①

按,罗让大和五年至八年在福建观察使任,姑系朱庆馀诗为本年。朱庆馀为越州人,姚合有《送朱庆馀越州归觐》诗云:"乡书落姓名,太守拜亲荣。访我波涛郡,还家雾雨城。海山窗外近,镜水世间清。何计随君去,邻墙过此生。"②又《送朱庆馀及第后归越》诗云:"劝君缓上车,乡里有吾庐。未得同归去,空令相见疏。山晴栖鹤起,天晓落潮初。此庆将谁比,献亲冬集书。"③章孝标《思越州山水寄朱庆馀》诗云:"窗户潮头雪,云霞镜里天。岛桐秋送雨,江艇暮摇烟。藕折莲芽脆,茶挑茗眼鲜。还将欧冶剑,更淬若耶泉。"④贾岛《送朱可久归越中》诗云:"石头城下泊,北固暝钟初。汀鹭潮冲起,船窗月过虚。吴山侵越众,隋柳入唐疏。日欲躬调膳,辟来何府书。"⑤

835　唐文宗大和九年乙卯

春,方干游杭州,并与姚合有诗酬赠

方干《上杭州姚郎中》诗云:"能除疾瘼似良医,一郡乡风当日移。身贵久离行药伴,才高独作后人师。春游下马皆成宴,吏散看山即有诗。借问公方与文道,而今中夏更传谁。"⑥按,方干谒姚合事孙郃《方玄英先生传》有记载:"始谒钱塘守姚公合,公视其貌陋,初甚侮之。坐定览卷,骇目变容而叹之。"⑦姚合为杭州刺史在大和九年,接替前任杭州刺史裴弘泰。姚合有《送裴大夫赴亳州》诗:"杭人遮道路,垂泣浙江前。谯国迎舟舰,行歌汴水边。周旋君量远,交代我才偏。寒日严旌戟,晴

①　吴在庆:《增补唐五代文史丛考》,黄山书社 2006 年版,第 60—61 页。
②　[清]彭定求:《全唐诗》卷四九六,第 5626 页。
③　[清]彭定求:《全唐诗》卷四九六,第 5626 页。
④　[清]彭定求:《全唐诗》卷五〇六,第 5750 页。
⑤　[清]彭定求:《全唐诗》卷五七二,第 6632—6633 页。
⑥　[清]彭定求:《全唐诗》卷六五〇,第 7465 页。
⑦　[清]董诰:《全唐文》卷八二〇,第 8636 页。

风出管弦。一杯诚淡薄，四坐愿留连。异政承殊泽，应为天下先。"①据"交代我才偏"语，知诗作于裴弘泰罢杭州赴亳州，姚合接任之时。白居易有《送姚杭州赴任因思旧游二首》，刘得仁有《送姚合郎中任杭州》诗："水陆中分程，看花一月行。会稽山隔浪，天竺树连城。候吏赍鱼印，迎船载帗旌。渡江春始半，列屿草初生。"②据知姚合出任杭州在春天。郁贤皓先生《唐刺史考全编》卷一四一系于大和九年，并云："按姚合于开成四年由给事中为陕虢观察，其刺杭必在大和末至开成初。《唐才子传》卷八《郑巢传》称姚合大中间为杭州刺史，劳《考》谓姚合刺杭在宝历间，皆误。岑仲勉《唐集质疑》谓姚合刺杭应在大和六、七年，又疑'似在会昌时代'，朱金城《白居易年谱》系白诗于大和七年，亦未允。"③然墓志下文称岁余入为户部郎中，《唐刺史考全编》仅系姚合大和九年为杭州刺史而未及开成元年(836)，微误。陶敏《姚合年谱》系姚合出任杭州在大和八年冬，罢任在开成元年春，不确④。

朱庆馀至杭州拜访姚合，合送其归觐越州

姚合有《送朱庆馀越州归觐》诗云："乡书落姓名，太守拜亲荣。访我波涛郡，还家雾雨城。海山窗外近，镜水世间清。何计随君去，邻墙过此生。"⑤诗中"波涛郡"即杭州。据郁贤皓先生《唐刺史考全编》卷一四一，姚合为杭州刺史在本年⑥。诗中"海山"在绍兴，《嘉泰会稽志》载："海山，多桑竹。下有居民三四十户，以渔钓为业。"⑦

四月，李绅在浙东观察使任，修龙宫寺并撰写碑文

李绅《龙宫寺碑》，题署："浙江东道都团练观察处置等使中散大夫检校左散骑常侍(阙)丞赐紫金鱼袋李绅撰。"末署："唐大和九年乙卯岁四月廿日建。"碑文载会稽之形势："会稽地滨沧海，西控长江，自大禹疏凿了溪，人方宅土，而南岩海迹，高下犹存，则司其水旱，洪为云雨，乃神龙之乡，为福之所。寺曰龙宫，在剡之界灵芝乡嵊亭里，地形爽垲，林岭依抱。刹宇颓毁，积有年所，自创置基，三徙而安此地，像

① ［清］彭定求：《全唐诗》卷四九六，第 5616 页。
② ［清］彭定求：《全唐诗》卷五四四，第 6283 页。
③ 郁贤皓：《唐刺史考全编》卷一四一，第 1985 页。
④ 陶敏：《唐代文学与文献论集》，第 302—305 页。
⑤ ［清］彭定求：《全唐诗》卷四九六，第 5626 页。
⑥ 郁贤皓：《唐刺史考全编》卷一四一，第 1985 页。
⑦ ［宋］施宿：《嘉泰会稽志》卷九，《宋元浙江方志集成》第 4 册，第 1827 页。

仪消化,钟磬不扬,堵波已倾,法轮莫转,老释修真,持诚兹寺,护念常启,愿兴伽蓝,而岁月屡迁,物力无及。"又载修寺之缘起及过程:"太(大)和癸丑岁,余自分命洛阳承诏,以检校左骑省廉察于兹。岁逾再纪,而修真已为异物,龙宫栋宇将尽。命告坟塔,因追昔言,遂以头陀僧会真部领工人,将以藏事。余以俸钱三百贯(阙二字)监军使毛公承泰亦施焉以月俸,俾从事僚吏,咸同胜因。闾里慕仁,风靡争施。子来之功力云集,清凉之莲宇郁兴,浃旬而垣堵四周,逾月而栋干连合。焕矣真界,昭乎化城,择静行僧居之,以总寺事。……余固不敢以修真之言自伐,俾竭诚以为人,刻石记言,于寺之刹。"①

《龙宫寺碑》,33.8厘米×36.3厘米。李绅撰并书,结体严谨,笔力雄健。原石现存浙江省博物馆,现存有晚清拓本。施宿《嘉泰会稽志》卷一六"碑刻":"《修龙宫寺碑》,浙江东道都团练观察处置等使中散大夫检校左散骑常侍兼越州刺史御史中丞李绅撰,行书,篆额,无姓名。大和九年四月二十五日建,在嵊县。"②嵊州市政协《剡溪志》中编第一章:"龙宫寺碑,此碑原在嵊州崿山北麓龙宫寺(俗名龙藏寺),于大和九年(835)四月立,为李绅撰并书。龙宫寺初建于天监二年(503),号龙宫院,唐会昌(841—846)间因'武宗灭佛'而废,咸通十二年(871)重建,宋大中祥符元年(1008)改名龙藏寺。此后毁建多次,今惟存古井及残柱若干。据民国《嵊县志》记载:'浙东观察使李绅少年寓此肆(肄)业,有绅所作碑存寺中。'李绅(772—846),字公垂,中唐诗人。其《悯农》诗两首,其中'锄禾日当午,汗滴禾下土。谁知盘中餐,粒粒皆辛苦。'家喻户晓,千古传诵。李绅官至尚书右仆射、门下侍郎,封赵国公。《龙宫寺碑》文,结体严谨,笔力雄健。现有拓片传世,为书法界所重。"③

五月,李绅罢浙东观察使,入朝为太子宾客。离开越州前宿天王寺、过西陵渡并作诗

李绅《宿越州天王寺》诗序云:"太(大)和八年,自浙东观察使又除太子宾客,分司东都。始发州郭,越人父老男女数万携壶觞至江津相送。"④按,诗序中言"八年"为"九年"之刻写之误。《旧唐书》卷一七《文宗纪下》:大和九年五月,"丁未,以浙东

① [清]董诰:《全唐文》卷六九四,第7125—7126页。
② [宋]施宿:《嘉泰会稽志》卷一六,《宋元浙江方志集成》第4册,第2034页。
③ 嵊州市政协:《剡溪志》,中国文史出版社2021年版,第131页。
④ [清]彭定求:《全唐诗》卷四八二,第5482页。

观察使李绅为太子宾客,分司东都"①。李绅离任时,又作《却渡西陵别越中父老》诗:"海潮晚上江风急,津吏篙师语默齐。倾手奉觞看故老,拥流争拜见孩提。惭非杜母临襄岘,自鄙朱翁别会稽。渐举云帆烟水阔,杳然凫雁各东西。"②

五月,处州新移丽阳庙落成,张磻作《新移丽阳庙记》

《全唐文》卷七三二张磻作《新移丽阳庙记》云:"丽阳庙即旧白塔庙,山顶古有浮图,云镇地脉,庙因取名焉。自往及今,多历年所,陋檐败榻,苦于暴露。虽至窘湫,其实有灵,郡或水旱疾疫,祷之响应。大中四年,今齐州刺史徐公郡理处之日,时属亢阳,遍祈山川,罔有征验。躬酌此庙,雨则随车。公以邑有丽溪庙居其后,遂改为丽阳庙。方欲审像壮宇,以答神休,旋诏归朝,事不克副。八年冬,郡阙守。时录事参军天水姜公肃处纪纲之司,明纠察之务。当道观察使御史大夫李公仰其清廉,委知军州事。能德以化下,威以惩奸。丽水县令荥阳郑公全察字人五稔,政绩有闻。二公相顾而言曰:'郡邑无事,山庙可完。齐州肇谋,俾我继作。得不勉欤!'荥阳公不避燥湿,驰骑亟来。凡所规模,出于目巧。春三月,乃请都虞候兼押衙乐安、任汉审地形度山势于旧庙之西,而创殿焉。自州县僚属,皆助输粟帛,同贸备费。连斤告毕,曾未浃旬。正殿敞空,中霤悬月,飞檐偃风。观其塑容俨然,列坐如生。其正位丽阳王,盖北山之神;左则白塔王,斯土地之主;右则巨潭王,乃北沼之灵。三神名号,虽图籍罔载,冥搜可知。自开山导水,有土地人民社稷以来,神则挺生,咸闻之父老,非敢孟浪。然道正直,降鉴甚明,凡依于人,必俟永年厚位之贤,以寓其迹。不然,何规画始于齐州,终毕事于姜、郑二公。其不惑矣。西南冠其亭,备税驾驻骑之位;左右翼其廊,充庖羞食馂之事。栟植贞木,带绕流泉。月魄开而烟露销,风篁警而精灵集。四时品膳之美,八节鼓吹之娱。固护郊坼,为人景福,是神之功也。夏五月十五日,郡邑官僚,乡里耆旧,大集于庙;陈枳列筵以落之。磻奉命执笔,用识其由,是为庙记。"③

按,据记中所言,大中八年冬,浙东观察使李讷委天水姜肃知处州军州事,始与丽水县令郑全移丽阳殿。次年三月于旧庙之西而创殿,五月殿成,十五日使张磻作记。又据清李金澜《括苍金石志》和《续括苍金石志》载:唐宣宗大中四年,齐州刺史

---

① [后晋]刘昫:《旧唐书》卷一七下,第558页。
② [清]彭定求:《全唐诗》卷四八二,第5482页。
③ [清]董诰:《全唐文》卷七三二,第7556页。

徐戬任处州守。时逢干旱亢阳,遍祈山川,罔有征验,躬酹此庙,雨乃随车。公以邑有丽阳溪,庙居其后,遂改为丽阳庙。八年冬,天水姜肃委知军州事,与丽水令郑全审势于旧庙之西创殿。

李绅在浙东观察使任内,曾作《龟山寺鱼池》诗

李绅《龟山寺鱼池》云:"汲水添池活白莲,十千鬐鬣尽生天。凡庸不识慈悲意,自葬江鱼入九泉。""剃发多缘是代耕,好闻人死恶人生。祇园说法无高下,尔辈何劳尚世情。"①范摅《云溪友议》卷上《江都事》云:"先是,元相公廉察江东之日,修龟山寺鱼池,以为放生之铭,戒其僧曰:'劝汝诸僧好护持,不须垂钓引青丝。云山莫厌看经坐,便是浮生得道时。'李公到镇,游于野寺,睹元公之诗而笑曰:'僧有渔罟之事,必投于镜湖。'后有犯者,坚而不恕焉。复为二绝而示之,云:'剃发多缘是代耕,好闻人死恶人生。祇园说法无高下,尔辈何劳尚世情。''汲水添池活白莲,十千鬐鬣尽生天。凡庸不识慈悲意,自葬江鱼入九泉。'"②

张祜约于本年前后游越州,拜见李绅,并游历石城寺等名胜,其在越中作诗多首

张祜《忆江东旧游四十韵寄宣武李尚书》诗有"忆作江东客,倡狂事颇曾。海隅思变化,云路折飞腾。小子今何述,高贤昔谬称"③语,则是回忆以前作客于江东的情景。"宣武李尚书"为李绅,时为宣武军节度使。这里的"高贤昔谬称"无疑是说李绅昔日对自己的称誉。"蒲晚帆山叶,花开镜水菱","帆山"指越州的石帆山,"镜水"指越州的镜湖。李绅为浙东观察使,又为宣武军节度使,诗即是张祜投赠宣武军节度使李绅而忆在浙东时与李绅交游之作。五代何光远《鉴诫录》卷七:"会昌四年,李相公绅节镇淮南日,所为尊贵,薄于布衣,若非皇族卿相嘱致,无有面者。张祜(祜)与崔涯同寄府下,前后廉问向祜诗名,悉蒙礼重,独李到镇,不得见焉。祜遂修刺谒之衔,题诗钓鳌客,将俟便呈之。相国遂令延入,怒其狂诞,欲于言下挫之。及见祜,不候从容,及问曰:'秀才既解钓鳌,以何物为竿?'祜对曰:'用长虹为竿。'又问曰:'以何物为钩?'曰:'以初月为钩。'又问曰:'以何物为饵?'曰:'用唐朝李相

① [清]彭定求:《全唐诗》卷四八三,第5496页。
② [唐]范摅:《云溪友议》卷上,第87页。
③ [唐]张祜著,尹占华校注:《张祜诗集校注》卷一〇,第526页。

公为饵。'相公良久思之，曰：'用予为饵，钓亦不难致。'遂命酒对斟，言笑竟日，怜祜触物善对，遂为诗酒之知。"①尹占华《张祜诗集校注》附录《张祜系年考》"大和九年"云："曾于越州谒李绅。张祜有《忆江东旧游四十韵寄宣武李尚书》，李尚书即李绅。诗云：'忆作江东客，倡狂事颇曾。……蒲晚帆山叶，花开镜水菱。……鹫岭因支访，龙门忆李登。'镜水即镜湖，帆山即石帆山，皆在越州，可见追述为越中之游事。李绅大和七年闰七月至大和九年五月为越州刺史、浙东观察使，谒见李绅自然当在此期间，故系是年。……张祜投谒李绅之事确有，然非会昌四年，其地也非淮南，而是大和九年在越州，依据便是张祜的诗。"②

张祜《将之会稽先寄越中知友》诗云："三年此路却回头，认得湖山是旧游。百里镜中明月夜，万重屏外碧云秋。竹林雨过谁家宅，杨叶风生何处楼。先问故人篱落下，肯容藤蔓系扁舟。"③是张淮备到越中而先寄越中友人之作。

张祜《题樟亭》诗云："晓霁凭虚槛，云山四望通。地盘江岸绝，天映海门空。树色连秋霭，潮声入夜风。年年此光景，催尽白头翁。"④是张祜赴越中先在杭州樟亭驿即将渡江之作。《乾道临安志》卷二："樟亭驿，晏殊《舆地志》云：'在钱塘县旧治之南五里，白居易有《宿樟亭驿》诗。'"⑤按，孙能传《剡溪漫笔》卷四："萧山县西兴驿前，有坊题曰庄亭古迹。按西兴即古之西陵，旧有樟亭楼，唐人题咏其众，孟浩然、张祜、岑参、喻坦之、许浑皆有樟亭楼诗。今以'樟'作'庄'，恐误笔也。"⑥是以"樟亭"在钱塘江之南，不确。

张祜《观潮十韵》诗云："泯泯顺为回，泙泙逆是来。草微淹泽莽，沙涨积云堆。不止灵威怒，当凭怪力推。夏天江叠雪，晴日海奔雷。近落痕犹浅，初平势渐开。舟惊浮浩渺，石看打崔嵬。鸟下愁滩没，人行畏岸颓。鼓风连涵澹，值汰更旋回。进退随蟾魄，虚盈合蚌胎。何妨俾巨浸，为尔济川才。"⑦或即赴越渡江时观潮之作。

张祜《石头城寺》诗云："山势抱烟光，重门突兀傍。连檐金像阁，半壁石龛廊。碧树丛高顶，清池占下方。徒悲宦游意，尽日老僧房。"⑧尹占华《张祜诗集校注》以

① 陶敏主编：《全唐五代笔记》第4册，三秦出版社2012年版，第3051页。
② ［唐］张祜著，尹占华校注：《张祜诗集校注》附录二《张祜系年考》，第652—653页。
③ ［唐］张祜著，尹占华校注：《张祜诗集校注》卷八，第375页。
④ ［清］彭定求：《全唐诗》卷五一〇，第5806页。
⑤ ［宋］周淙纂：《乾道临安志》卷二，《宋元浙江方志集成》第1册，第42页。
⑥ ［明］孙能传：《剡溪漫笔》卷四，中国书店1987年版，第12页。
⑦ ［唐］张祜著，尹占华校注：《张祜诗集校注》卷九，第428页。
⑧ ［清］彭定求：《全唐诗》卷五一〇，第5818页。

为诗题应作"石城寺"①,是。《嘉泰会稽志》卷八"寺庙·新昌县":"宝相寺在县西南一十里,齐永明中僧护凿石造弥勒像建寺,号石城。至梁天监十二年,像始成,身高百尺。刘勰作《记》。唐会昌五年建三层阁,改寺曰瑞像阁。大中祥符元年赐今额。"②是大和时,新昌的这所寺院正名"石城寺"。也就是现在新昌的大佛寺。

张祜《游天台山》诗云:"崔嵬海西镇,灵迹传万古。群峰日来朝,累累孙侍祖。三茅即拳石,二室犹块土。傍洞窟神仙,中岩宅龙虎。名从乾取象,位与坤作辅。鸾鹤自相群,前人空若瞀。巉巉割秋碧,娲女徒巧补。视听出尘埃,处高心渐苦。才登招手石,肘底笑天姥。仰看华盖尖,赤日云上午。奔雷撼深谷,下见山脚雨。回首望四明,矗若城一堵。昏晨邈千态,恐动非自主。控鹄大梦中,坐觉身[栩栩]。东溟子时月,却孕元化母。彭蠡不盈杯,浙江微辨缕。石梁屹横架,万仞青壁竖。却瞰赤城颠,势来如刀弩。盘松国清道,九里天莫睹。穿崇上攒三,突兀傍耸五。空崖绝凡路,痴立麇与麈。邈峻极天门,觑深窥地户。金庭路非远,徒步将欲举。身乐道家流,惇儒若一矩。行寻白云叟,礼象登峻宇。佛窟绕杉岚,仙坛半榛莽。悬崖与飞瀑,险喷难足俯。海眼三井通,洞门双阙拄。琼台下昏侧,手足前采乳。但造不死乡,前劳何足数。"③

张祜《越州怀古》诗云:"振楫大江东,前林波万顷。高秋海天阔,色落湖山影。行寻王谢迹,望望登绝岭。荒林草木瘦,古树泉石冷。昔游不可见,牢落余风景。穷愁心未死,一笔聊复秉。"④诗为张祜东游越州时作,应即大和九年前后。

张祜《酬余姚郑模明府见赠长句四韵》诗云:"仙令东来值胜游,人间稀遇一扁舟。万重山色连江徼,十里溪声到县楼。吏隐不妨彭泽远,公才多谢武城优。生疏莫笑沧浪叟,白首直竿是直钩。"⑤

张祜《题余杭(一作姚)县龙泉观》诗云:"四回(一作明)山一面,台殿已嵯峨。中路见山远,上方行石多。天晴花气漫,地暖鸟音和。徒漱葛仙井,此生其奈何。"⑥龙泉寺,《嘉泰会稽志》卷八"余姚县":"龙泉寺在县西二百步,东晋咸康二年建,唐会昌五年废,大中五年重建,咸通二年改今额。"⑦王象之《舆地纪胜》卷一

---

① [唐]张祜著,尹占华校注:《张祜诗集校注》卷二,第104页。

① [唐]张祜著,尹占华校注:《张祜诗集校注》卷二,第104页。
② [宋]施宿:《嘉泰会稽志》卷八,《宋元浙江方志集成》第4册,第1808页。
③ [清]彭定求:《全唐诗》卷五一〇,第5794页。
④ [唐]张祜著,尹占华校注:《张祜诗集校注》卷九,第436页。
⑤ [唐]张祜著,尹占华校注:《张祜诗集校注》卷八,第359页。
⑥ [清]彭定求:《全唐诗》卷五一〇,第5819页。
⑦ [宋]施宿:《嘉泰会稽志》卷八,《宋元浙江方志集成》第4册,第1802页。

〇《绍兴府》："龙泉,在余姚灵绪山龙泉寺上,王荆公所谓'龙向此中蟠者'是也。"①诗首句"四明山一面",祝穆《方舆胜览》卷七"庆元府":"四明山,在州西八十里。陆龟蒙云:'山有峰,最高四穴在峰上,每天色晴霁,望之如户牖相倚。'《福地记》云:'三十六洞天第九曰四明山,二百八十峰洞,周回一百八十里,名丹山赤水之天。上有四门,通日月星辰之光,故曰四明山。'"②

　　张祜《送卢弘本浙东觐省》诗云:"东望故山高,秋归值小舠。怀中陆绩橘,江上伍员涛。好去宁鸡口,加餐及蟹螯。知君思无倦,为我续离骚。"③卢弘本,尹占华《张祜诗集校注》卷一注云:"浙东:唐乾元元年置浙江东道观察使,治越州,今浙江绍兴。卢弘本:未详。"④按《卢弘本墓志》近年已经出土,志云:"唐大中十一年岁次丁丑三月之廿七日,河中府司录参军卢君,名弘本,字子道,终于帝京之延康里,享年六十有五,以其年五月一日葬于万年县之洪固乡,陪先君也。堂兄泾原节度观察使兼泾州刺史、御史大夫简求□哀备物,故纪而不铭。吾宗之为冠族,旧□□藏谱谍,代□本枝,故不远书祖系。曾祖济州司马讳祥玉,祖魏郡临黄县尉赠起居郎讳翰,显考河中府宝鼎县尉讳绶。清范素风,芬烈于名教之间。宝鼎府君娶南阳张氏左仆射邠州节度使献甫之女。君生既越月,仆射□□书于我先大夫赠兵部尚书府君曰:'此儿目有溢彩,啼有和声。谓之宅相者,窃有所异。'及长,颇尚气义而敦然诺,乡里有被冤者,□□苛政以直□□边将□□□□,奏除卫佐,充□□军判官,调补河南府河清尉,析滞惩奸,□民拱手。秩满,拜监察,充泽潞供运巡官,飞刍挽粟,如有神助。盐铁使奏领台州新亭监,督吏程功,岁增倍课。知者举于时宰,除河南府解县令。县有榷盐使之理,所为令者,举措多为束缚,唯诺不暇。君借以礼见,夺其兼并。不均之赋,尽出于豪猾;□恒之徭,不藉于贫弱。三考,转本府司录参军,府之教令不便于人者,君默念阴记,细大无遗,苟难专达,必白尹长。期月之内,尽去烦苛。秩满,条陈前效,觐缕时病,方求谒于执事者,俄而得疾,弥月而殁,痛哉! 君娶兰陵萧氏,有子三人:男曰监,曰糺,女骆四。监之兄曰彪儿,妹曰容娘、丽娘。呜呼! 男未保其成家,女及笄而无怙。逮乎提孩莫识慈爱者,因皆惨恸惚恍,其天性欤? 予行□神□,手足凋零,同堂之义,于尔尤笃,奈何斯恸,迫我余年。呜

　　① [宋]王象之编著,赵一生点校:《舆地纪胜》第2册,第371页。
　　② [宋]祝穆:《宋本方舆胜览》卷七,第100页。
　　③ [清]彭定求:《全唐诗》卷五一〇,第5798页。
　　④ [唐]张祜著,尹占华校注:《张祜诗集校注》卷一,第8页。

呼哀哉。外甥武功苏确奉泾原伯舅命书。"①墓志原石现藏长安博物馆。原石又在西安碑林 2017 年举办的《桃花依旧：唐代诗人墓志拓片展》中展出。根据墓志，卢弘本还有担任台州盐铁新亭监的经历，与浙东关系极为密切。另据张祜《投苏州卢郎中》等诗，"卢郎中"都是卢简求，即卢弘本堂兄，亦即《卢弘本墓志》撰者，故知张祜赠诗之"卢弘本"即墓志之卢弘本。又据墓志所载生卒年推算，卢弘本大和九年三十岁。诗题称"送卢弘本浙东觐省"，是其时张祜不在越州，但本诗作年难以确考，故暂编于张祜游越州诗后。

张祜《忆游天台寄道流》诗云："忆昨天台到赤城，几朝仙籁耳中生。云龙出水风声过，海鹤鸣皋日色清。石笋半山移步险，桂花当洞拂衣轻。今来尽是人间梦，刘阮茫茫何处行。"②

六月，李宗闵贬为明州刺史

《旧唐书·文宗纪下》：大和九年六月，"李宗闵贬明州刺史"③。《太平广记》卷一四四引《宣室志》："唐丞相李宗闵，大和七年夏出镇汉中，明年冬再入相，又明年夏中，……有诏贬为明州刺史。"④唐文宗《贬李宗闵明州刺史制》："夫辅宰之任，缉熙庶工。苟或政紊彝伦，迹涉党比，则何以执是邦柄，毗予一人。银青光禄大夫守中书侍郎同中书门下平章事上柱国襄武县开国侯食邑一千户李宗闵，顷以词艺，列于班行，乃借宗枝，骤升显贯。朕嗣膺大宝，梦想勤劳，谓其忠厚小心，再委枢务，每必造膝而问，虚己以求，将欲俾人不迷，致我垂衣而理，付之钧轴，断然不疑。而乃事每怀私，言非纳诲。近者别登俊彦，与之同列，忌贤不悦，物论喧哗。翼赞之效蔑闻，怨嫌之声屡作，前后叨位，中外同辞。惟进奔竞之徒，莫修恭慎之道，蔽我卑听，擅我化权，不思急召之恩，都忘再擢之宠。况且志无报主，举非正人，顾其操心，乃是速戾，则何以式是百辟，以维四方。尚从屈法之典，俾守遐藩之牧，所谓全体，良愧知臣。可明州刺史，仍驰驿赴任。"⑤

① 李举纲、穆晓军：《唐大历诗人卢纶家族三方墓志及相关问题丛考》，西北大学考古学系、西北大学文化遗产与考古学研究中心编：《西部考古》第 1 辑，三秦出版社 2006 年版，第 483—485 页。
② ［清］彭定求：《全唐诗》卷五一一，第 5828 页。
③ ［后晋］刘昫：《旧唐书》卷一七，第 559 页。
④ ［宋］李昉等：《太平广记》卷一四四，第 1035—1036 页。
⑤ ［清］董诰：《全唐文》卷七〇，第 736 页。

七月，李绅离越州赴任

《唐五代文学编年史·晚唐卷》："《全唐诗》卷四八二李绅《宿越州天王寺》，题下注：'大和八年，自浙东观察使又除太子宾客，分司东都。始发州郭，越人父老男女数万，携壶觞至江津相送。'按小注中'大和八年'误，应为'大和九年'。本年四月绅尚在浙东，又《旧唐书·文宗纪》亦记绅改授太子宾客分司在本年五月。然绅发越州盖在初秋。按李绅此次改为闲职，与李德裕同受李宗闵之排挤。《旧唐书·李绅传》：'（大和）九年，李训用事，李宗闵复相，与李训、郑注连衡排摈德裕罢相，绅与德裕俱以太子宾客分司。'《新唐书·李绅传》：'李宗闵方得君，复以太子宾客分司。'"①

八月，东阳诗人冯定为太常少卿，唐文宗亲诵其《送客西江》

《旧唐书·冯定传》："定，字介夫。仪貌壮伟，与宿俱有文学，而定过之。贞元中皆举进士，时人比之汉朝二冯君……大和九年八月，为太常少卿。文宗每听乐，鄙郑、卫声，诏奉常习开元中《霓裳羽衣舞》，以《云韶乐》和之。舞曲成，定总乐工阅于庭，定立于其间。文宗以其端凝若植，问其姓氏，翰林学士李珏对曰：'此冯定也。'文宗喜问曰：'岂非能为古章句者耶？'乃召升阶。文宗自吟定《送客西江诗》，吟罢益喜，因锡禁中瑞锦，仍令大录所著古体诗以献。寻迁谏议大夫、知匦事。"②《新唐书·冯定传》："再迁太常少卿。文宗尝诏开元《霓裳羽衣舞》参以《云韶》，肆于廷。定部诸工立县间，端凝若植。帝异之，问学士李珏，珏以定对。帝喜曰：'岂非能古章句者邪？'亲诵定《送客西江》诗，召升殿，赐禁中瑞锦，诏悉所著以上。迁谏议大夫。"③《册府元龟》卷四〇：开成元年，"十一月，又诏兵部尚书王起进国朝已来能诗人名字。冯定为太常少卿，统乐立于廷，帝以端凝若植，问其姓名。"④按两《唐书》本传以此事为大和九年事。又《册府元龟》卷五六九：大和"九年五月丁巳，太尝（常）少卿冯定押进云韶乐官三百八十人上于麟德殿观阅。翌日，以乐成，颁赐有差。"⑤

① 吴在庆、傅璇琮：《唐五代文学编年史·晚唐卷》，第 120 页。
② ［后晋］刘昫：《旧唐书》卷一六八，第 4390—4391 页。
③ ［宋］欧阳修、宋祁：《新唐书》卷一七七，第 5279 页。
④ ［宋］王钦若：《册府元龟》卷四〇，第 460 页。
⑤ ［宋］王钦若：《册府元龟》卷五六九，第 6847 页。

范摅约生于是年

范摅为《云溪友议》作者,而《云溪友议》是唐代记载诗人本事的重要著作。有关范摅的生平。汤华泉《范摅二考》云:"《云溪友议》'彰术士'条载大中五年浙东使府占卜事。所录事实甚多,条末作者自云:'自童駭之年知之,方敢备录。'童駭之年如同言少年,一般多指称成年之前。玩此句语气,占卜事当其时闻知,非后来传闻。设其时作者十七岁,逆推之,即为大和九年(835),范摅当出生在此年前后。"①今从之编于是年。

范摅的籍贯,汤华泉考订为会稽,应可从。《云溪友议序》自署:"五云溪人范摅纂。"《新唐书·艺文志》丙部子录小说家类:"范摅《云溪友议》。咸通时,自称五云溪人。"②《全唐诗》卷六四六李咸用《悼范摅处士》诗云:"家在五云溪畔住,身游巫峡作闲人。安车未至柴关外,片玉已藏坟土新。虽有公卿闻姓字,惜无知己脱风尘。到头积善成何事,天地茫茫秋又春。"③诗中的"五云溪"即若耶溪的别称,宋王存《元丰九域志》卷五云:"若耶溪,即欧冶子铸剑之处。徐浩游之,云:'曾子不居胜母之间,吾岂游若耶之溪?'因改为五云溪。"④宋施宿《嘉泰会稽志》卷一〇亦云:"若耶溪,在县南二十五里。……唐徐季海尝游溪,因叹曰:'曾子不居胜母之间,吾岂游若耶之溪?'遂改为五云溪。"⑤故此可以确定范摅为越州人。余嘉锡《四库提要辨证》卷一七考证范摅为吴人,寓居越州,今不取。

本年,高铢为浙江东道观察使

《旧唐书》卷一七《文宗纪下》:大和九年五月,"乙卯,以给事中高铢为浙东观察使。"⑥《旧唐书·高铢传》:"(大和九年)五月,出为越州刺史、御史中丞、浙东观察使。开成三年,就加检校左散骑常侍,寻入为刑部侍郎。"⑦《会稽掇英总集》卷一八《唐太守题名记》:"高铢,大和九年五月,自给事中授。开成四年闰正月,追赴阙,中路除刑部侍郎。"⑧按,高铢亦为诗人,《全唐诗》卷四八八存其《和太原张相公山亭

---

① 汤华泉:《范摅二考》,载《文献》1996 年第 1 期,第 247 页。
② [宋]欧阳修、宋祁:《新唐书》卷五九,第 1542 页。
③ [清]彭定求:《全唐诗》卷六四六,第 7406 页。
④ [宋]王存:《元丰九域志》卷五,《景印文渊阁四库全书》第 471 册,第 121 页。
⑤ [宋]施宿:《嘉泰会稽志》卷一〇,《宋元浙江方志集成》第 4 册,第 1846 页。
⑥ [后晋]刘昫:《旧唐书》卷一七,第 558 页。
⑦ [后晋]刘昫:《旧唐书》卷一六八,第 4387 页。
⑧ [宋]孔延之:《会稽掇英总集》卷一八,《宋元浙江方志集成》第 14 册,第 6555 页。

怀古》诗一首。

本年,薛膺为婺州刺史,姚合作诗相送

姚合《送薛二十三郎中赴婺州》诗云:"我住浙江西,君去浙江东。日日心来往,不畏浙江风。"①陶敏《姚合年谱》"大和九年乙卯":"婺、杭二州分属浙江东、西道,诗杭州作。薛郎中,薛膺。《郎官石柱题名新著录》吏部郎中第十六行有薛膺。《新唐书·宰相世系表三下》'薛氏西祖房':'膺,婺州刺史。'"②吴河清《姚合诗集校注》卷二:"薛二十三郎中:薛膺。《新唐书》卷七三《宰相世系表三下》'薛氏西祖房':'膺,婺州刺史。'《唐尚书省郎官石柱题名》吏部郎中第十六行有薛膺,在张讽后。按,《旧唐书》卷一七《文宗纪下》:'大和九年七月……贬吏部郎中张讽夔州刺史。'唐制,吏部郎中二人。可知薛膺当于大和九年末出守婺州。时姚合在杭州刺史任。婺州:今浙江金华。《元和郡县图志》卷二六'江南道二':'浙东观察使。……婺州,东阳。上。'"③

韩襄为温州刺史,陈陶有诗赠之

陈陶《旅次铜山途中先寄温州韩使君》诗云:"乱山沧海曲,中有横阳道。束马过铜梁,苕华坐堪老。鸠鸣高崖裂,熊斗深树倒。绝壑无坤维,重林失苍昊。跻攀寡俦侣,扶接念舆皂。俯仰栗嵌空,无因掇灵草。梯穷闻戍鼓,魂续赖丘祷。敞豁天地归,萦纡村落好。悠悠思蒋径,扰扰愧商皓。驰想永嘉侯,应伤此怀抱。"④

陈陶《赠温州韩使君》诗云:"康乐风流五百年,永嘉铃阁又登贤。严城鼓动鱼惊海,华屋尊开月下天。内使笔锋光案牍,鄢陵诗句满山川。今来谁似韩家贵,越绝麾幢雁影连。"⑤

按,《雍正浙江通志》卷一一二有温州刺史韩襄,文宗时任⑥。郁贤皓先生《唐刺史考全编》卷一五〇根据陶敏说法,系韩襄为温州刺史在大和末年⑦。

---

① [清]彭定求:《全唐诗》卷四九六,第5632页。
② 陶敏:《唐代文学与文献论集》,第304页。
③ [唐]姚合著,吴河清校注:《姚合诗集校注》卷二,上海古籍出版社2012年版,第106页。
④ [清]彭定求:《全唐诗》卷七四五,第8468页。
⑤ [清]彭定求:《全唐诗》卷七四六,第8479页。
⑥ [清]嵇曾筠、沈翼机等:《雍正浙江通志》卷一一二,《景印文渊阁四库全书》第522册,第66页。
⑦ 郁贤皓:《唐刺史考全编》卷一五〇,第2146页。

本年前后,何溢为越州别驾

吴发《大唐故银青光禄大夫使持节都督茂州诸军事行茂州刺史充剑南西川西山中北路兵马使上柱国庐江郡开国公食邑二千户何公(溢)墓志铭并序》:"拜蔡州别驾。佐理五稔,正色不群。太守资公之能名,委公以重事。连帅高公瑀,泊中令以能官上闻,就加太子左谕德,拜越州别驾。星律未周,拜昭州刺史。廉问冯翊严公謇,谓公知人罢困,理郡如家。"①按,据《旧唐书·文宗纪》:开成二年三月"壬午,以楚州刺史严誉(謇)为桂管观察使"②。以此推之,何溢为昭州刺史应在开成初,其为越州别驾则应大和末,今姑系于大和九年。

王轩、朱泽、郭凝素苎萝浣纱石题诗,约在大和时

范摅《云溪友议》卷上《苎萝遇》云:"王轩少为诗,寓物皆属咏,颇闻《淇澳》之篇。游西小江,泊舟苎萝山际,题西施石曰:'岭上千峰秀,江边细草春。今逢浣纱石,不见浣纱人。'题诗毕,俄而见一女郎,振琼珰、扶石笋,低回而谢曰:'妾自吴宫还越国,素衣千载无人识。当时心比金石坚,今日为君坚不得。'既为鸳鸯之会,仍为恨别之词。后有萧山郭凝素者,闻王轩之遇,每适于浣溪,日夕长吟,屡题歌诗于其石,寂尔无人,乃郁怏而返。进士朱泽嘲之,闻者莫不嗤笑。凝素内耻,无复斯游。泽诗曰:'三春桃李本无言,苦被残阳鸟雀喧。借问东邻效西子,何如郭素拟王轩?'"③按,《嘉泰会稽志》卷十"水·萧山县"载:"浦阳江在县东,源出婺州浦江,北流一百二十里入诸暨县,溪又东北流,由峡山直入临浦湾,以至海,俗名小江,一名钱清江。"④《天乐志》载:"西小江,为浦阳江经临浦入钱清之旧称,自碛堰既凿,径入钱塘大江,而土人则于所前以下至钱清一带之水,犹沿西小江旧称,其实则内河也。"⑤此事未能考证发生于何年,由《云溪友议》上条述浙东事暂系于大和时。

本年,周鲁宾为台州刺史

《嘉定赤城志》卷八"秩官门·历代郡守":"大和九年,周鲁宾。"⑥

① 吴钢主编:《全唐文补遗》第1辑,第348页。
② [后晋]刘昫:《旧唐书》卷一七下,第569页。
③ [唐]范摅:《云溪友议》卷上,第82页。
④ [宋]施宿:《嘉泰会稽志》卷一〇,《宋元浙江方志集成》第4册,第1852页。
⑤ 绍兴县修志委员会:《绍兴县志资料》第1辑,台湾成文出版社1983年版,第1088页。
⑥ [宋]陈耆卿:《嘉定赤城志》卷八,《宋元浙江方志集成》第11册,第5152页。

本年,豆卢署自秘书少监为衢州刺史

《太平广记》卷一五一引《前定录》：“大和九年,(豆卢)署自秘书少监为衢州刺史。”①

本年前,贾岛送无可上人游天台

贾岛《送无可上人》诗云：“圭峰霁色新,送此草堂人。麈尾同离寺,蛩鸣暂别亲。独行潭底影,数息树边身。终有烟霞约,天台作近邻。”②齐文榜《贾岛集校注》卷三：“诗中云'天台',姚合有《送无可上人游越》诗,盖大和年间无可往游越中山水,岛赋此诗以送之,具体时间则不可考。无可：即岛从弟僧无可也。……上人：佛教称内有德智,外有胜行,在人之上者为上人。”③

姚合《送无可上人游越》诗云：“清晨相访立门前,麻履方袍一少年。懒读经文求作佛,愿攻诗句觅升仙。芳春山影花连寺,独夜潮声月满船。今日送行偏惜别,共师文字有因缘。”④参上条所考,应在大和中作。

836　唐文宗开成元年丙辰

姚合罢任杭州刺史游越州,郑巢作诗相送

郑巢《送姚郎中罢郡游越》诗云：“逍遥方罢郡,高兴接东瓯。几处行杉径,何时宿石楼。湘声穿古窦,华影在空舟。惆怅云门路,无因得从游。”⑤按,姚合是年春罢杭州刺史任。因其《舟行书事寄杭州崔员外》诗有“开眼信花烧”语,可知是春天。可参考陶敏《姚合年谱》。

① [宋]李昉等：《太平广记》卷一五一,第 1085 页。
② [清]彭定求：《全唐诗》卷五七二,第 6633 页。
③ [唐]贾岛撰,齐文榜校注：《贾岛集校注》卷三,第 140 页。
④ [清]彭定求：《全唐诗》卷四九六,第 5623 页。
⑤ [清]彭定求：《全唐诗》卷五〇四,第 5735 页。

东阳诗人冯宿卒,享年七十

王起《冯宿神道碑》:"惟唐开成元年岁在执徐十二月三日,检校礼部尚书、东川节度使长乐公享年七十,薨于位。……公讳宿,字拱之,冀州长乐人。……年廿六,举进士。是时明有司即兵部侍郎陆公赞其人也。又应宏词科,试《百步穿杨叶赋》,虽为势夺,而其文至今讽之,后生以为楷。"①碑为柳公权书,现存西安碑林博物馆,为古今名碑,千年楷书典则。碑名全称《银青光禄大夫检校礼部尚书使持节梓州诸军事兼梓州刺史御史大夫充剑南东川节度副大使知节度事管内观察处置静戎军等使上柱国长乐县开国公食邑一千五百户赠吏部尚书冯公神道碑铭》。冯宿诗文兼擅,《旧唐书·冯宿传》:"(大和)六年,迁刑部侍郎,修《格后敕》三十卷,迁兵部侍郎。九年,出为剑南东川节度使,检校礼部尚书。开成元年十二月卒,废朝,赠吏部尚书,谥曰懿,有文集四十卷。"②《新唐书·冯宿传》:"修《格后敕》三十篇,行于时。"③《全唐诗》卷二七五《冯宿小传》:"冯宿,字拱之,婺州人。贞元中登进士第。张建封辟为掌书记。长庆初,以刑部郎中知制诰。太(大)和初,为河南尹。历工刑二部侍郎,东川节度使。集四十卷。今存诗二首。"④所存诗为《御沟新柳》《酬白乐天刘梦得》。

本年,台州立《唐赤城山中岩寺碑》

宋陈思《宝刻丛编》卷一三"台州"引《复斋碑录》:"《唐赤城山中岩寺碑》,沙门神邕撰,牛僧儒书。开成元年。"⑤

本年,李辉为武义县丞

《武义县志》卷二"职官考":"李辉,开成元年任。"⑥《万历金华府志》同⑦。

本年,李宗闵量移衢州司马

《旧唐书·李宗闵传》:"贬宗闵潮州司户。……开成元年,量移衢州司马。三

---

① [清]董诰:《全唐文》卷六四三,第6507—6508页。

① [清]董诰:《全唐文》卷六四三,第6507—6508页。
② [后晋]刘昫:《旧唐书》卷一六八,第4390页。
③ [宋]欧阳修、宋祁:《新唐书》卷一七七,第5278页。
④ [清]彭定求:《全唐诗》卷二七五,第3120页。
⑤ [宋]陈思编著:《宝刻丛编》卷一三,第834页。
⑥ [明]董遵道:《武义县志》卷二,明正德十五年刻嘉靖三年增修本,第6页。
⑦ [明]王懋德等:《金华府志》卷一三,第904页。

年，杨嗣复辅政，与宗闵厚善，……翌日，以宗闵为杭州刺史。"①

837　唐文宗开成二年丁巳

夏，越州人朱庆馀与唐扶唱和

朱庆馀《送唐中丞开淘西湖夏日游泛因书示郡人》诗云："萍岸新淘见碧霄，中流相去忽成遥。空余孤屿来诗景，无复横槎碍柳条。红旆路幽山翠湿，锦帆风起浪花飘。共知浸润同雷泽，何虑川源有旱苗。"②吴在庆、傅璇琮《唐五代文学编年史·晚唐卷》："《全唐诗》卷五一四朱庆馀有《和唐中丞开淘西湖夏日游泛因书示郡人》诗。按唐中丞为唐扶，去年五月为御史中丞、福建团练副使，开成四年（839）十一月卒（据《旧唐书·文宗纪》）。此诗盖作于本年前后之夏日。"③

张又新为温州刺史，赵嘏有诗相送

赵嘏《送张又新除温州》诗云："东晋江山称永嘉，莫辞红旆向天涯。凝弦夜醉松亭月，歇马晓寻溪寺花。地与剡川分水石，境将蓬岛共烟霞。却愁明诏征非晚，不得秋来见海槎。"④吴在庆《增补唐五代文史丛考》有"张又新任温州刺史之时间"云："诗人赵嘏《送张又新除温州》（《全唐诗》卷五四九）诗，据此张又新当曾任温州刺史。然两《唐书·张又新传》皆未明记此事。……按两《唐书》本传虽不言又新贬温州刺史事，然均记其于李训死后坐贬事。检《全唐文》卷七二一张又新《煎茶水记》云：'及刺永嘉，过桐庐江，至严子濑，溪色至清。'永嘉即温州，则又新确如赵嘏诗所示曾为温州刺史。然其事在何时？考《本事诗·情感》载：'李相绅镇淮南，张郎中又新罢江南郡，素与李构隙。……时于荆溪遇风，漂没二子，悲蹙之中，复惧李之仇己，投长笺自首谢。'据《旧唐书》卷一八上《武宗纪》开成五年（840）九月，'汴州刺史李绅代德裕镇淮南'。则李绅开成五年九月移镇淮南，此时后不久又新方罢江

① ［后晋］刘昫：《旧唐书》卷一七六，第4553—4555页。
② ［清］彭定求：《全唐诗》卷五一四，第5875页。
③ 吴在庆、傅璇琮：《唐五代文学编年史·晚唐卷》，第147页。
④ ［清］彭定求：《全唐诗》卷五四九，第6355页。

南郡,当时有二子漂没荆溪事。……又新罢江南郡归长安途中经荆溪,且据上考,又新有刺温州事,而温州在荆溪之南,其自温州返长安途中可经荆溪,则此江南郡当指温州。其罢江南郡(温州)之时间据上考约在开成五年九月稍后,则其初任温州,当约在二三年间,亦即约在开成二年前后。此时亦在大和九年(835)底李训被杀之后,与两《唐书》本传所记其于李训死后被贬事亦合。"①

张又新在温州,作《永嘉百咏》

据宋祝穆《方舆胜览》卷九记载,张又新在温州,"为守,自《孤屿》以下赋三十五篇"②。今所存者尚有《孤屿》《游白鹤山》《帆游山》《华盖山》《罗浮山》《谢池》《吹台山》《白石》《春草池》《青澳山》《中界山》《青嶂山》《郭公山》《泉山》《百里芳》《常云峰》等诗。

陈尚君《唐人佚诗解读》:"张又新在温州刺史任上,写了大量吟咏山水名胜的七言绝句。南宋祝穆《方舆胜览》卷九载:'张又新为守,自《孤屿》以下赋三十五篇。'拙辑《全唐诗续拾》卷二七曾据张靖龙说以为总题应为《永嘉百咏》,但目下一下子又过硬证书证,只好暂不取,《全唐诗》所存仅十二篇,具体篇目是《白鹤山》《白石岩》《罗浮山》《青嶂山》《帆游山》《谢池》《华盖山》《吹台山》《青岙山》《孤屿》《春草池》《白石岩》。童养年先生纂《全唐诗续补遗》卷五,据《永乐乐清县志》卷二,补《青云峰》一首,据《永乐大典》卷一三〇七五引《元一统志》,引《太平洞》二句;《温州师专学报》1985 年第 2 期刊张靖龙《唐五代佚诗辑考》,据温州地方文献,补录《郭公山》《大罗山》《百里芳》《滴水巷》四首及《周公庙》二句。此外,宋薛季宣《浪语集》三《雁荡山赋》注:'《乐清县图经》:雁荡山三京湾。按《隋图经》云:溪清如镜,无所不容,黩之不浊。唐刺史(史)张又新有诗。'今名照胆溪云。知还有《三京湾》一首,诗句无存。就以上言,张又新在温州所作题咏诗作,已知有二十首,十七首完整,二首各存二句,一首仅存诗题,距离《方舆胜览》所云三十五首,虽仅略过半数,已属难能可贵了,凡治温州地方史者,应当珍视。"③

按,《乾隆温州府志》卷二八云:"张又新《永嘉百咏·常云峰》:'仙府灵台莫漫登,彩云□雾昼长蒸。君能到此消尘虑,隐豹垂天亦为澄。'《滴水巷》:'滴水泠泠彻

---

① 吴在庆:《增补唐五代文史丛考》,第 164 页。
② [宋]祝穆:《宋本方舆胜览》卷九,第 114 页。
③ 陈尚君:《唐人佚诗解读》,第 50 页。

碧纱,旱时无减雨无加。澄清好是为官侣,引入孤城一带斜。'"①《乾隆温州府志》卷二八又收宋人杨蟠有《后永嘉百咏·放生池》和《南塘》诗②,应该就是接续张又新之作。可证张又新在温州刺史任赋《永嘉百咏》。

张又新《行田诗》云:"白石岩前湖水春,湖边旧境有清尘。欲追谢守行田意,今古同忧是长人。"③诗题一作"白石"。诗的第一句描写白石岩之景,第三句怀念谢灵运白石行田之事。谢氏《白石岩下径行田》诗,是唐诗之路文化渊源的重要诗作,今备录如下:"小邑居易贫,灾年民无生。知浅惧不周,爱深忧在情。莓蓿横海外,芜秽积颓龄。饥馑不可久,甘心务经营。千顷带远堤,万里泻长汀。州流涓浍合,连统塍埒并。虽非楚宫化,荒阙亦黎萌。虽非郑白渠,每岁望东京。天鉴悦不孤,来兹验微诚。"④白石岩即白石山,宋人沈绅有《白石山记》:"予闻至道间,天子无事,有言少和筑室于岩,善辟谷,得摄生之术。召对便殿,访以治国修身之要,竟不夺其志,赐金以遂其归。自是白石名益暴于世,好事者相踵以往。"⑤清人施元孚编有《白石山志》。《弘治温州府志》卷三"叙山":"白石山,去县西三十里。唐天宝元年改名五色山,高一千丈,周回二百三十里,纯石无土木,乃十二真君所居之地。岩上有升仙坛、屑玉泉、列玉洞、连珠潭、百丈岩、霹雳岩、藏真坞、应天洞、曳鼻岩、莲花石。"⑥

张又新《春草池》诗云:"谢公梦草一差微,谪宦当时道不机。且谓飞霞游赏地,池塘烟柳亦依依。"⑦春草池在温州,《光绪永嘉县志》记载,谢池在"积谷山麓,又名春草池。谢灵运尝憩此。池水澄湛,俗称灵池"⑧。清人郭钟岳《瓯江小记》中所载:"康乐登池上楼,梦惠连,得'池塘生春草'句,在今城守署地。……后有一池,长方约亩许,疑即谢公池。"⑨

张又新《谢池》诗云:"郡郭东南积谷山,谢公曾是此跻攀。今来惟有灵池月,犹

---

① [清]齐召南:《温州府志》卷二八,台湾成文出版社有限公司1983年版,第2239页。
② [清]齐召南:《温州府志》卷二八,第2241页。
③ [清]彭定求:《全唐诗》卷四七九,第5452页。
④ [南朝宋]谢灵运著,李运富编注:《谢灵运集》,岳麓书社1999年版,第58页。
⑤ [清]施元孚:《白石山志》卷三,《乐清文献丛书》第2辑,线装书局2013年版,第78页。
⑥ [明]王瓒:《弘治温州府志》卷三,《天一阁藏明代方志选刊续编》第32册,上海书店出版社2014年版,第112页。
⑦ [清]彭定求:《全唐诗》卷四七九,第5454页。
⑧ [清]王棻、戴咸弼总纂:《光绪永嘉县志》卷二一,光绪八年刻本,第5页。
⑨ 陈瑞赞编注:《东瓯逸事汇录》,上海社会科学院出版社2006年版,第98、127页。

是婵娟一水间。"①宋乐史《太平寰宇记》:"谢公池,在州西北三里。其池在积谷山东。谢灵运《登池上楼》诗云:'池塘生春草,园柳变鸣禽。'初公作诗不佳,梦惠连,得此句,即此处也。"②《弘治温州府志》卷三"叙山":"积谷山,又名飞霞山,在城东南隅……阜圆正,如积谷状,故名。……其麓有飞霞观、春草池、谢池。"③《乾隆温州府志》卷四"山川":"积谷山,在府治东南隅。《名胜志》:'形圆正如高廪,故名。'《万历志》:'又名飞霞山,城沿其上,麓有谢客岩,又有春草池,在岩之麓。谢灵运尝憩此。池水澄湛,俗称灵池。又宋时邑人周行己建东山堂,又建绝境亭于山上。'《旧府志》:'山有飞霞洞,即汉刘根隐处也。俗呼小赤壁,山上有留云亭,后改东柄亭。'张又新《谢池》诗:'郡郭东南积谷山,谢公曾是此跻攀。今来惟有灵池月,犹尔婵娟一水间。'"④

张又新《游白鹤山》诗云:"白鹤山边秋复春,张文宅畔少风尘。欲驱五马寻真隐,谁是当初□竹人。"⑤白鹤山亦在温州。该诗《全唐诗》录文有误,陈尚君《全唐诗续拾》重录:《永嘉百咏·白鹤山》:"白鹤山边秋复春,文君宅畔少风尘。欲驱五马寻真隐,谁是当年入竹人?"并云:"见永乐《乐清志》卷二、同治丙寅年刊齐召南纂《温州府志》卷四。按:《全唐诗》卷四七九收本诗有缺误,今重录之。"⑥《明一统志》卷四八"温州府":"丹霞山,在乐清县治西,一名白鹤山,常有白鹤栖鸣山上,晋张文君炼丹于此。"⑦

张又新《孤屿》诗云:"碧水逶迤浮翠巘,绿萝蒙密媚晴江。不知谁与名孤屿,其实中川是一双。"⑧诗题《弘治温州府志》卷二二作《改孤屿为双峰》⑨。诗中"孤屿"即孤屿山。《太平寰宇记》卷九九"温州·永嘉县":"孤屿,在州南四里,永嘉江中。渚长三百丈,阔七十步,屿有二峰。"⑩《弘治温州府志》卷三"叙山":"孤屿,在府城北蜃江中。与城对峙,绝比金鱼之胜。东西有二峰,按前世皆云孤屿,不知何年析为两峰。宋南渡后,蜀僧清了塞两峰之中江尽为陆地,建巨刹在上,成大丛林。今

① [清]彭定求:《全唐诗》卷四七九,第 5453 页。
② [宋]乐史:《太平寰宇记》卷九九,第 1977 页。
③ [明]王瓒:《弘治温州府志》卷三,《天一阁藏明代方志选刊续编》第 32 册,第 96 页。
④ [清]齐召南:《温州府志》卷四,第 196—197 页。
⑤ [清]彭定求:《全唐诗》卷四七九,第 5452 页。
⑥ 陈尚君:《全唐诗续拾》卷二七,《全唐诗补编》,第 1061 页。
⑦ [明]李贤:《大明一统志》卷八,第 2138 页。
⑧ [清]彭定求:《全唐诗》卷四七九,第 5453—5454 页。
⑨ [明]王瓒:《弘治温州府志》卷三,《天一阁藏明代方志选刊续编》第 32 册,第 1206 页。
⑩ [宋]乐史:《太平寰宇记》卷九九,第 1979 页。

有江心寺。"①《雍正浙江通志》载："孤屿山，《江心志》：在（温州）郡北江中，因名江心。东西广三百余丈，南北半之，距城里许。初离为两山，筑二塔于其巅，中贯川流，为龙潭。川中有小山，即孤屿。宋时有蜀僧清了，以土窒龙潭，联两山，成今址。孤屿之椒，露于佛殿后。"②"浩然楼，王叔杲《孤屿记》：孤屿江心寺，林木交荫，殿阁辉敞。独浩然楼峻竦洞达，坐其中，沧波可吸，千峰森前。孟襄阳所咏'众山遥对酒'是也。"③作为江中名胜，谢灵运即有《登江中孤屿》诗，将山水的寻游、美丽的佳景与心中的苦闷融合在一起，成为千古名篇，这对孟浩然诗影响也很大。谢诗云："怀杂道转迥，寻异景不延。乱流趋正绝，孤屿媚中川。云日相辉映，空水共澄鲜。表灵物莫赏，蕴真谁为传。想像昆山姿，缅邈区中缘。始信安期术，得尽养生年。"④宋人杨蟠也有《登孤屿》诗："把麾何所往，海上有名山。潮落鱼堪拾，云低雁可攀。一城仙岛外，双塔画图间。当路谁知己，天应赐我闲。"⑤

张又新《华盖山》诗云："一岫坡陀凝绿草，千重虚翠透红霞。愁来始上消归思，见尽江城数百家。"⑥华盖山亦在温州，谢灵运为永嘉太守时，曾作《登永嘉青嶂山》诗，已散佚不存。《弘治温州府志》卷三"叙山"："华盖山，又名东山，在郡东偶，城俯其上，周回九里。初郭璞建城，望九山连亘如北斗状，此山居中锁其斗口。灵运于此建亭赋诗。"⑦《乾隆温州府志》卷四"山川"："华盖山，在府治正东，一名东山。城跨其上。《太平寰宇记》：'山遥望似华盖，有涌泉，旱则水不减，雨则水不加。'谢公与从弟书曰：'地无佳井，赖有山泉。'即此。《万历府志》：'郡城九斗山，此山锁其口，有容成太玉洞。'《道书》为天下十八洞天。又有石龟潭、三生石、青牛坞、丹井、蒙泉诸胜。《名胜志》：'山巅建吸江亭，今改大观亭，亦名江山一览亭，久经倾圮。'"⑧华盖山位于温州市鹿城区东面，因山形如华盖得名。宋人杨蟠亦有《华盖山诗》："七山如北斗，城琐几重重。斗门在何处，正当华盖峰。"⑨

张又新《罗浮山》诗云："江北重峦积翠浓，绮霞遥映碧芙蓉。不知末后沧溟上，

① ［明］王瓒：《弘治温州府志》卷三，《天一阁藏明代方志选刊续编》第 32 册，第 97 页。
② ［清］嵇曾筠、沈翼机等：《雍正浙江通志》卷二〇，《景印文渊阁四库全书》第 519 册，第 561 页。
③ ［清］嵇曾筠、沈翼机等：《雍正浙江通志》卷五〇，《景印文渊阁四库全书》第 520 册，第 362 页。
④ ［梁］萧统编，［唐］李善、吕延济、刘良、张铣、吕向、李周翰注：《六臣注文选》卷二六，第 498 页。
⑤ ［清］齐召南：《温州府志》卷二八，第 2241 页。
⑥ ［清］彭定求：《全唐诗》卷四七九，第 5453 页。
⑦ ［明］王瓒：《弘治温州府志》卷三，《天一阁藏明代方志选刊续编》第 32 册，第 95 页。
⑧ ［清］齐召南：《温州府志》卷四，第 195—196 页。
⑨ ［清］齐召南：《温州府志》卷四，第 196 页。

减却瀛州第几峰。"①《弘治温州府志》卷三"叙山":"罗浮山,在江北岸,距孤屿一望地。右枕平田,前左洪涛。《永嘉记》云:'秦时从海上浮来。'"②

张又新《青嶂山》诗云:"一派远光澄碧月,万株耸翠猎金飚。陶仙漫学长生术。暑往寒来更寂寥。"③青嶂山即绿嶂山。谢灵运有《登永嘉绿嶂山》诗云:"裹粮杖轻策,怀迟上幽室。行源径转远,距陆情未毕。澹潋结寒姿,团栾润霜质。涧委水屡迷,林迥岩逾密。眷西谓初月,顾东疑落日。践夕奄昏曙,蔽翳皆周悉。蛊上贵不事,履二美贞吉。幽人常坦步,高尚邈难匹。颐阿竟何端,寂寂寄抱一。恬如既已交,缮性自此出。"④《弘治温州府志》卷三"叙山":"青嶂山,在郡西北四十里。即陶贞白隐居之地。"⑤

张又新《常云峰》诗云:"仙府灵台莫漫登,彩云□雾昼长蒸。君能到此消尘虑,隐豹垂天亦为澄。"⑥

张又新《中界山》诗云:"瑟瑟峰头玉水流,晋时遗迹更堪愁。愁人到此劳长望,何处烟波是祖州。"⑦陈尚君《全唐诗续拾》卷二七据《弘治温州府志》补诗序云:"木榴屿,玉流山也,居海中,去郡城三百里。东晋居人数百家,为孙恩所破,至今湖田尚存。"⑧《嘉靖永嘉县志》卷五:"中界山巡检司……初在中界山,洪武二十年迁置一都。"⑨

张又新《吹台山》诗云:"吹台山上彩烟凝,日落云收叠翠屏。应谓焦桐堪采斫,不知谁是柳吴兴。"⑩《弘治温州府志》卷三"叙山":"吹台山,在吹台乡高处,正平如台。古传王子晋吹笙台。此山广袤二十余里,山之阴属永嘉县境,山之阳属瑞安县境。崖壁峭拔之处,镌不可思议功德字,盖神笔也。"⑪《光绪永嘉县志·叙山》载:"吹台山,在城南二十里,高处平正如台,相传王子晋吹笙之所。"⑫

① [清]彭定求:《全唐诗》卷四七九,第5452—5453页。
② [明]王瓒:《弘治温州府志》卷三,《天一阁藏明代方志选刊续编》第32册,第97页。
③ [清]彭定求:《全唐诗》卷四七九,第5453页。
④ [南朝宋]谢灵运著,李运富编注:《谢灵运集》,第38页。
⑤ [明]王瓒:《弘治温州府志》卷三,《天一阁藏明代方志选刊续编》第32册,第103页。
⑥ [清]齐召南:《温州府志》卷二八,第2239页。
⑦ [清]彭定求:《全唐诗》卷四七九,第5453页。
⑧ 陈尚君:《全唐诗续拾》卷二七,《全唐诗补编》,第1062页。
⑨ [明]王叔杲:《嘉靖永嘉县志》卷五,嘉靖四十五年增修刻本,第26页。
⑩ [清]彭定求:《全唐诗》卷四七九,第5453页。
⑪ [明]王瓒:《弘治温州府志》卷三,《天一阁藏明代方志选刊续编》第32册,第98页。
⑫ [清]王棻、戴咸弼总纂:《光绪永嘉县志》卷二,光绪八年刻本,第15页。

张又新《帆游山》诗云："涨海尝从此地流,千帆飞过碧山头。君看深谷为陵后,翻覆人间未肯休。"①《弘治温州府志》卷三"叙山":"帆游山,在(瑞安)县北四十五里界永嘉,东接大罗山。《永嘉记》云:'地尝为海,舟楫之利,往来岑岭,故名。'"②《光绪永嘉县志》载:"帆游山,在城南三十里吹台之支,南接瑞安界,东接大罗山,地昔为海,多舟楫往来之处,山以此名,谢灵运游赤石进帆海即此。"③谢灵运曾作《游赤石进帆海》诗云:"首夏犹清和,芳草亦未歇。水宿淹晨暮,阴霞屡兴没。周览倦瀛壖,况乃凌穷发。川后时安流,天吴静不发。扬帆采石华,挂席拾海月。溟涨无端倪,虚舟有超越。仲连轻齐组,子牟眷魏阙。矜名道不足,适己物可忽。请附任公言,终然谢天伐。"④这里的"进帆海"应与帆游山相关。

张又新《青岙山》诗云:"灵海泓澄匝翠峰,昔贤心赏已成空。今朝亭馆无遗制,积水沧浪一望中。"⑤《弘治温州府志》卷三"叙山":"青奥山,在海中,两山如门,今名青奥门。张守又新云:海中山也。西至郡城二百里。宋永明中颜守延于此方亭观海。"⑥《乾隆温州府志》卷四"山川·永嘉"载:"青岙山,在府城东北二百里海中。《名胜志》:两山对峙,郡守颜延之有观海亭,今名青岙门。《方舆纪要》:唐天佑末钱镠使其子传瓘攻温州,州将卢佶将水军拒于青岙,传瓘曰:'佶精兵尽在此,不可与敌。'乃自安固舍舟间道袭温州,克之。宋德祐二年,元兵至临安,宰相陈宜中遁归青岙,即此。张又新诗:灵海泓澄匝翠峰,昔贤心赏已成空。只今亭馆无遗迹,积水苍茫一望中。"⑦

张又新《题常云峰》诗云:"仙府云坛莫谩登,彩云香雾昼常炁。君能到此消尘虑,隐豹垂天亦为澄。"⑧《全唐诗续补遗》卷五,诗前有序云:"常云峰,去乐清县东八十里,在雁荡山西谷。以其〔常〕有云雾,登者心志则为澄霁。又名灵府山。"⑨该诗见于《永乐温州府乐清县志》卷二"山川"⑩,又见《广雁荡山志》卷三"山水"⑪。

① 〔清〕彭定求:《全唐诗》卷四七九,第 5453 页。
② 〔明〕王瓒:《弘治温州府志》卷三,《天一阁藏明代方志选刊续编》第 32 册,第 106 页。
③ 〔清〕王棻、戴咸弼总纂:《光绪永嘉县志》卷二,光绪八年刻本,第 16 页。
④ 〔梁〕萧统编,〔唐〕李善、吕延济、刘良、张铣、吕向、李周翰注:《六臣注文选》卷二二,第 409 页。
⑤ 〔清〕彭定求:《全唐诗》卷四七九,第 5453 页。
⑥ 〔明〕王瓒:《弘治温州府志》卷三,《天一阁藏明代方志选刊续编》第 32 册,第 102 页。
⑦ 〔清〕齐召南:《温州府志》卷四,第 212—213 页。
⑧ 童养年:《全唐诗续补遗》卷五,《全唐诗补编》,第 399 页。
⑨ 童养年:《全唐诗续补遗》卷五,《全唐诗补编》,第 399 页。
⑩ 〔明〕佚名:《永乐温州府乐清县志》卷二,明永乐间刻本,第 21 页。
⑪ 〔清〕曾唯:《广雁荡山志》卷三,乾隆五十五年刻本,第 6 页。

张又新《永嘉百咏·滴水卷》诗云："滴水泠泠彻碧纱，旱时无减雨无加。澄清好是为官侣，引入孤城一带斜。"①陈尚君《全唐诗续拾》云："此诗序见明姜准《岐海琐谈》卷十。"②明姜准《岐海琐谈》卷一〇《滴水巷序》："滴水巷在华盖山西北，北流入郡，涓涓不盈不竭。谢公《与从弟书》：他无佳井，赖华盖山北涌出一泉，名为涌水。谢公私用即此水也。"③根据序的叙述，此诗题应为"滴水泉"，作"滴水卷""滴水县"均误。《光绪永嘉县志》卷三七引《岐海琐谈》："滴水巷在华盖山西北。旧志云：'晋太守王羲之尝临墨池试笔。'据元丰二年十二月真华观户帖，则本观五狱殿王右军祠堂即墨池故地。今亡其处，滴水亦不知何水也。唐张又新诗序（略）。"④

张又新《永嘉百咏·郭公山》诗云："昔贤登步立神州，气象千年始一浮。南望群州如列宿，北观江水似龙虬。"⑤陈尚君《全唐诗续拾》卷二七收入。《光绪永嘉县志》卷二"山川"："郭公山，在县治西北，城跨其上。晋郭璞登此卜城，故名。……张又新诗（略）。"⑥《温州府志》卷四"山川"："郭公山，在府治西北。'《万历志》：'晋郭璞卜城登此，故名。《旧志》：'山上有富览亭，久圮。'"⑦

张又新《永嘉百咏·百里芳》诗云："时清游骑南徂暑，正值荷花百里开。民喜出行迎五马，全家知是使君来。"⑧载于《光绪永嘉县志》卷二一"古迹"⑨。陈尚君《全唐诗续拾》卷二七收入。《光绪永嘉县志》卷二一"古迹"："百里芳，自百里坊至平阳屿一百里皆荷花。王羲之自南门登舟赏荷花即此。《永嘉谱》云：'南塘旧以荷花名，夹岸又多橘囿，为夏秋胜赏。'……张又新诗（略）。"⑩

张又新《永嘉百咏·周公庙》残句："祠像已加唐衮冕，乐工犹服晋衣冠。"⑪陈尚君《全唐诗续拾》云："见《光绪永嘉县志》卷四'横山周公庙'条。按：《百里芳》《周公庙》二题，承张靖龙同志录示。"⑫

---

① 陈尚君：《全唐诗续拾》卷二七，《全唐诗补编》，第 1060—1061 页。
② 陈尚君：《全唐诗续拾》卷二七，《全唐诗补编》，第 1061 页。
③ ［明］姜准：《岐海琐谈》卷一〇，上海社会科学院出版社 2002 年版，第 169 页。
④ ［清］王棻、戴咸弼总纂：《光绪永嘉县志》卷三七，光绪八年刻本，第 6 页。
⑤ 陈尚君：《全唐诗续拾》卷二七，《全唐诗补编》，第 1061 页。
⑥ ［清］王棻、戴咸弼总纂：《光绪永嘉县志》卷二，光绪八年刻本，第 5 页。
⑦ ［清］齐召南：《温州府志》卷四，第 197—198 页。
⑧ 陈尚君：《全唐诗续拾》卷二七，《全唐诗补编》，第 1061 页。
⑨ ［清］王棻、戴咸弼总纂：《光绪永嘉县志》卷二一，光绪八年刻本，第 4 页。
⑩ ［清］王棻、戴咸弼总纂：《光绪永嘉县志》卷二一，光绪八年刻本，第 4 页。
⑪ 陈尚君：《全唐诗续拾》卷二七，《全唐诗补编》，第 1061 页。
⑫ 陈尚君：《全唐诗续拾》卷二七，《全唐诗补编》，第 1061—1062 页。

张又新《大罗山》诗云:"越王曾保此山巅,杨仆楼船几控弦。犹有旧时悬冰在,鲛绡千尺玉潺湲。"①《弘治温州府志》卷三"叙山":"大罗山,去郡城东南四十里,跨德政、膺符、华盖三乡及瑞安县崇泰乡,广袤数十里,诸山迤逦,皆其支别也。"②《光绪永嘉县志》卷二"山川":"大罗山,在城东南四十里。东北枕海,广袤四十里……一名泉山。祝穆曰:'此即朱买臣所云越王居保之泉山。'有泉大旱不涸,故名泉山。……西麓则瑞安之仙岩,山多奇胜,古称天下第二十六福地也……唐张又新诗(略)。"③按,现在的温州大学城就是围绕着大罗山而建设的,上大罗山也可以俯瞰温州大学新校区的全景。

张又新《太玉洞》诗残句云:"一国洞天三十六,东嘉幸得一仙居。"④《永乐大典》卷一三〇七五"洞"字韵引《元一统志》⑤。"太玉洞"在温州。此残句《全唐诗》未收,《全唐诗续补遗》卷五录入。

本年,李文举为台州刺史

《嘉定赤城志》卷八"秩官门·历代郡守":"开成二年,李文举。"⑥

838　唐文宗开成三年戊午

六月,日本僧人圆仁入唐求法,其目的是到天台山国清寺,但没有得到朝廷批准

圆仁《入唐求法巡礼行记》卷一云:"[八月]一日早朝,大使到州衙,见扬府都督李相公,事毕归来。斋后,请益、留学两僧出牒于使衙,请向台州国清寺,兼请被给水手丁胜小麿,仕宛求法驰仕。暮际,依大使宣,为果海中誓愿事,向开元寺看定闲

---

① 陈尚君:《全唐诗续拾》卷二七,《全唐诗补编》,第1061页。
② [明]王瓒:《弘治温州府志》卷三,《天一阁藏明代方志选刊续编》第32册,第99页。
③ [清]王棻、戴咸弼总纂:《光绪永嘉县志》卷二,光绪八年刻本,第13页。
④ 童养年:《全唐诗续补遗》卷五,《全唐诗补编》,第399页。
⑤ 《永乐大典》卷一三〇七五,第5628页。
⑥ [宋]陈耆卿:《嘉定赤城志》卷八,《宋元浙江方志集成》第11册,第5152页。

院。三纲老僧卅有余,共来慰问。巡礼毕,归店馆。三日,请令请益僧等向台州之状,使牒达扬〔杨〕府了。为画造妙见菩萨、四王像,令画师向寺里。而有所由制,不许外国人滥入寺家,三纲等不令画造件像。仍使牒达相公,未有报牒。四日早朝,有报牒。大使赠土物于李相公,彼相公不受,还却之。又始今日宛生料,每物不备。斋后,从扬府将覆问书来。彼状称:'还学僧圆仁,沙弥惟正、惟晓、水手丁雄满,右,请往台州国清寺寻师,便住台州,为复从台州却来,赴上都去;留学僧圆载,沙弥仁好,伴始满,右,请往台州国清寺寻师,便住台州,为复从台州却来,赴上都去者?'即答书云:'还学僧圆仁,右,请往台州国清寺寻师决疑,若彼州无师,更赴上都,兼经过诸州。留学问僧圆载,右,请往台州国清寺随师学问,若彼州全无人法,或上都觅法,经过诸州访觅者。'又得使宣称,画像之事,为卜筮有忌,停止既了,须明年将发归时,奉画供养者。"①《入唐求法巡礼行记》记载圆仁从开成三年(838)六月十三日开始到宣宗大中元年(847)返回日本国,前后长达九年。而圆仁的目的是要到天台山国清寺求法,但他的请求并没有得到朝廷和州府的批准,不得不在扬州住了半年多。无奈之下就想随同遣唐使一起回日本。但船到楚州的时候,他和新罗译语金正南说:"到密州界留住人家,朝贡船发,隐居山里,便向天台,兼往长安。"②还是想暗中向天台山求法。但这个目的仍未达到,被迫搭乘遣唐使船回国,恰巧船在海上遇风,飘回了文登县赤山湾。因为巡礼天台山得不到唐代官府的批准,于是圆仁只好改变初衷,将目的地改为五台山。

八月,李绅作《追昔游》诗,编为三卷。其中追忆在浙东观察使任内,曾多次作新楼,故追思作《新楼诗二十首》

李绅《新楼诗二十首》序云:"到越州日初,引家累登新楼望镜湖。见元相微之题壁诗云'我是玉京天上客,谪居犹得小蓬莱。四面寻常对屏障,一家终日在楼台。'微之与乐天此时只隔江津,日有酬和相答。时余移官九江,各乖音问,顷在越之日荏苒多故,未能书壁。今追思为《新楼诗二十首》。"③这二十首诗如下:

《新楼》。《海榴亭》,题注:"在新楼北,花开最早,所望更高。"《望海亭》,题注:"在卧龙山顶上,越中最高处。"《杜鹃楼》,题注:"七年冬所造,自西轩延架城隅,楼

① 〔日〕圆仁:《入唐求法巡礼行记》卷一,第25—29页。
② 〔日〕圆仁:《入唐求法巡礼行记》卷一,第135页。
③ 〔清〕彭定求:《全唐诗》卷四八一,第5475页。

前植其杜鹃，因以为名，宴游多在其上。"《满桂楼》，题注："八年春造，架州城西南，临眺于外，尽见湖山，别开水扉，通杜鹃楼，不启重扃，清夜可以闲宴，因以'满桂'为名也。"《东武亭》，题注："亭在镜湖上，即元相所建，亭至宏敞，春秋为竞渡大设会之所。余为增以板槛，延入湖中，足加步廊以列环卫。"《龙宫寺》，题注："此寺摧毁积岁……寺更颓毁，惟荒基余像而已。因召僧人会真，余出俸钱为葺之，累月而毕，以成其往愿。"《禹庙》。《晏安寺》，题注："寺在州城东北隅，越中谓之小北邙。"《龟山》，题注："在镜湖中，山形如龟，山上有寺名'永安'，则元相所移置者。"《重台莲》。《橘园》。《寒林寺》。《北楼樱桃花》。《城上蔷薇》。《南庭竹》。《琪树》，题注："琪树垂条如弱柳，结子如碧珠，三年子可一熟，每岁生者相续，一年绿，二年碧，三年者红。缀于条上，璀错相间。"《海棠》。《水寺》。《灵汜桥》①。另有《若耶溪》诗，亦当为这组诗之一。

按，开成三年，李绅回忆以往生活，作《追昔游》诗三卷，将此二十首录于其中。《追昔游集序》云："追昔游，盖叹逝感时，发于凄恨而作也。或长句，或五言，或杂言，或歌或乐府、齐梁，不一其词，乃由牵思所属耳。起梁溪，归谏署，升翰苑，承恩遇，歌帝京风物，遭谗邪，播历荆楚，涉湘沅，逾岭峤荒陬，止高安，移九江，泛五湖，过钟陵，溯荆江，守滁阳，转寿春，改宾客，留洛阳，廉会稽，过梅里，遭谗者再，宾客为分务，归东周，擢川守，镇大梁，词有所怀，兴生于怨。故或隐显不常其言，冀知者于异时而已。开成戊午岁秋八月。"②

杜牧本年作《念昔游三首》，共中一首忆浙东之游

杜牧《念昔游三首》其二云："云门寺外逢猛雨，林黑山高雨脚长。曾奉郊宫为近侍，分明搀搀羽林枪。"③按，杜牧开成二年（837）秋为宣州幕吏，三年（838）冬除左补阙，四年（839）初春离宣州赴京。诗是追忆往日游踪之作。约作于开成三年。王西平《杜牧诗文系年考辨》："三首之一曰：'十载飘然绳检外，樽前自献自为酬。秋山春雨闲吟处，倚遍江南寺寺楼。'杜牧入仕后的十年，大部时间是在江南作幕府吏，而以宣州时间最长。故三首之二、之三均为思念宣州游览事。之二首句曰：'云门寺外逢猛雨。'云门寺在越州会稽山。《丽情集》载：'大和末，杜牧自侍御史出佐

---

① ［清］彭定求：《全唐诗》卷四八一，第 5476—5480 页。

② ［清］董诰：《全唐文》卷六九四，第 7124 页。

③ ［清］彭定求：《全唐诗》卷五二一，第 5953 页。

沈传师宣城幕,雅闻湖州为浙西名郡,风物妍好,且多丽色,往游之.'说明杜牧第一次在宣州时曾游览过浙江湖州等地。诗之三首句曰:'李白题诗水西寺.'水西寺在宣州泾县。十年间杜牧不只在宣州,而且在南昌、扬州都待过一段时间,为什么只言宣州时事?从这里我们可以判知这是杜牧第二次到宣州后的思旧之作,因题《念昔游》。杜牧于大和二年(828)入仕,后推十年,恰好是开成三年(838),此年杜牧正在宣州,诗为此年所作。"①诗共三首,第一首忆江南之游,突出作者潇洒飘逸的性格,宦游江南十载,不受繁琐礼节的束缚,徜徉于山光水色之中,情之所至,辄吟诗遣兴;游踪所及,遍于江南。第二首忆越州之游,偏重于写景,并以羽林枪喻大雨,新颖别致。第三首忆宣州之游,偏重于怀古。宣州水西寺,李白曾游览过,并题诗寺内。李白一生坎坷,浪迹江湖,寄情山水,杜牧其时并不得志,半醒半醉,有类李白。第二首"云门寺"下原注:"越州。"《会稽掇英总集》卷六收入此诗,题作《游云门》②。《嘉泰会稽志》卷九"会稽县":"云门山在县南三十里。旧经云:'晋义熙二年,中书令王子敬居此,有五色祥云见,诏建寺,号云门。'"③

崔卓为会稽县尉

新出土《唐故将仕郎试洪州建昌县丞吴兴姚府君(仲然)墓志铭并序》,题署:"朝议郎、前守越州会稽县尉崔卓撰。"④墓主开成三年葬。

本年,衢州司马李宗闵为杭州刺史

《旧唐书·李宗闵传》:"贬宗闵潮州司户。……开成元年,量移衢州司马。三年,杨嗣复辅政,与宗闵厚善,……翌日,以宗闵为杭州刺史。"⑤《新唐书·李宗闵传》:"徙为衢州司马,杨嗣复辅政,与宗闵善,欲复用,而畏郑覃,乃托宦人讽帝。……遂擢宗闵杭州刺史。"⑥

① 王西平:《杜牧诗文系年考辨》,载《西北大学学报(哲学社会科学版)》1986 年第 1 期,第 51 页。
② [宋]孔延之:《会稽掇英总集》卷六,《宋元浙江方志集成》第 14 册,第 6411—6412 页。
③ [宋]施宿:《嘉泰会稽志》卷九,《宋元浙江方志集成》第 4 册,第 1821 页。
④ 吴钢主编:《全唐文补遗》第 7 辑,第 115 页。
⑤ [后晋]刘昫:《旧唐书》卷一七六,第 4553—4555 页。
⑥ [宋]欧阳修、宋祁:《新唐书》卷一七四,第 5236—5237 页。

贯休七岁,投和安寺圆贞禅师为童侍,与吴越僧处默同在寺隔篱论诗,为人称异

《宋高僧传》卷三〇《梁成都府东禅院贯休传》:"七岁,父母雅爱之,投本县和安寺圆贞禅师出家为童侍。日诵《法华经》一千字,耳所暂闻,不忘于心。与处默同削染,邻院而居,每隔篱论诗,互吟寻偶对,僧有见之,皆惊异焉。"①

839　唐文宗开成四年己未

滕迈为台州刺史,赵嘏有诗贺之

赵嘏《淮信贺滕迈台州》诗云:"凋瘵民思太古风,上贤绥辑副宸衷。舟移清镜禹祠北,路转翠屏天姥东。旌旆影前横竹马,咏歌声里乐樵童。遥知到郡沧波晏,三岛离离一望中。"②按,《嘉定赤城志》卷八"秩官门·历代郡守":"开成四年,滕迈。"③故系于本年。

李德裕为淮南节度使,因陈侍御访剡溪樵客得红桂树而作诗

李德裕《比闻龙门敬善寺有红桂树独秀伊川尝于江南诸山访之莫致陈侍御知予所好因访剡溪樵客偶得数株移植郊园众芳色沮乃知敬善所有是蜀道菵草徒得嘉名因赋是诗兼赠陈侍御》诗云:"昔闻红桂枝,独秀龙门侧。越叟遗数株,周人未尝识。平生爱此树,攀玩无由得。君子知我心,因之为羽翼。岂烦嘉客誉,且就清阴息。来自天姥岑,长疑翠岚色。芬芳世所绝,偃蹇枝渐直。琼叶润不凋,珠英粲如织。犹疑翡翠宿,想待鸑雏食。宁止暂淹留,终当更封植。"题注:"金陵作。"④傅璇琮、周建国《李德裕文集校笺》别集卷九注云:"别集卷九《平泉山居草木记》有云:'己未岁,又得……剡中之真红桂',即诗题所述'陈侍御知予所好因访剡溪樵客偶得数株移植郊园'。己未为开成四年,时李德裕在扬州任淮南节度使。题注云'金

①　[宋]赞宁撰,范祥雍点校:《宋高僧传》卷三〇,第685页。
②　[清]彭定求:《全唐诗》卷五四九,第6351页。
③　[宋]陈耆卿:《嘉定赤城志》卷八,《宋元浙江方志集成》第11册,第5152页。
④　[清]彭定求:《全唐诗》卷四七五,第5400页。

陵作',误。陈侍御当是淮南节度使的幕僚。故订本诗作时为开成四年。"①

本年,李道枢为浙江东道观察使,三月卒,由萧俶替代

《旧唐书》卷一七《文宗纪下》:开成四年闰正月,"以苏州刺史李道枢为浙东观察使"。三月"癸酉,浙东观察使李道枢卒"②。《会稽掇英总集》卷一八《唐太守题名记》:"李道枢,开成四年正月三十日,自苏州刺史拜。"③《嘉泰会稽志》卷二"太守"同④。按,李道枢与诗人文士多所往还,为苏州刺史时,牛僧孺有《李苏州遗太湖石寄状绝伦因题二十韵奉呈梦得乐天》诗,刘禹锡有《和牛僧公题姑苏所寄太湖石兼寄李苏州》诗,白居易有《奉和思黯相公以李苏州所寄太湖石奇状绝因题二十韵见示兼呈梦得》诗。

《旧唐书》卷一七《文宗纪下》:开成四年三月,"以楚州刺史萧俶为浙东观察使。"⑤《旧唐书·萧俶传》:"开成二年,出为楚州刺史。四年三月,迁越州刺史、御史中丞、浙东都团练观察使。会昌中,入为左散骑常侍。"⑥《会稽掇英总集》卷一八《唐太守题名记》:"萧俶,开成四年三月,自楚州团练使授。会昌二年七月,除给事中。"⑦《嘉泰会稽志》卷二"太守"同⑧。

840　唐文宗开成五年庚申

春,临海太守颜从览赠赤城石给李德裕,德裕报之以诗

李德裕《临海太守惠予赤城石报以是诗》云:"闻君采奇石,剪断赤城霞。潭上

---

① [唐]李德裕撰,傅璇琮、周建国校笺:《李德裕文集校笺》别集卷九,第701页。
② [后晋]刘昫:《旧唐书》卷一七,第577页。
③ [宋]孔延之:《会稽掇英总集》卷一八,《宋元浙江方志集成》第14册,第6555页。
④ [宋]施宿:《嘉泰会稽志》卷二,《宋元浙江方志集成》第4册,第1667页。
⑤ [后晋]刘昫:《旧唐书》卷一七,第577页。
⑥ [后晋]刘昫:《旧唐书》卷一七二,第4480页。
⑦ [宋]孔延之:《会稽掇英总集》卷一八,《宋元浙江方志集成》第14册,第6555页。
⑧ [宋]施宿:《嘉泰会稽志》卷二,《宋元浙江方志集成》第4册,第1667页。

倒虹影，波中摇日华。仙岩接绛气，溪路杂桃花。若值客星去，便应随海槎。"①傅
璇琮、周建国《李德裕文集校笺》别集卷一○注云："本诗亦为德裕在淮南节度使任
上所作，按诗歌编次，当作于开成五年七月入相之前。郁贤皓《唐刺史考·江南东
道·台州》曰：'《赤城志》：开成五年，颜从贤。'注云：'开成尽五年，《壁记》作六年。'
按'从贤'乃'从览'之讹。《旧书·颜真卿传》引文宗诏称从览，真卿之孙。"②诗有
"溪路杂桃花"语，应作于春日。

晚春，李德裕在淮南节度使任，作《金松赋》，该松得到天台山

李德裕《金松赋并序》云："广陵东南，有颜太师犹子旧宅，其地即孔北海故台。
予因晚春夕景，命驾游眺，忽睹奇木，植于庭际，枝似怪松，叶如瞿麦。迫而察之，则
翠叶金贯，粲然有光。访其名，曰金松。询其所来，得于台岭。乃就主人，求得一
本，列于平泉。今闻封植得地，枝叶茂盛。叙其所自，作此赋焉。青春已暮，白日将
夕。经颜子之故巷，访孔公之旧宅。美珍木之在庭，得嘉名于樵客。曩擢本于台
岭，近徙根于檐隙。其柯肃肃，可比于贞松；其叶纤纤，实侔于瞿麦。风入叶而成
韵，露垂柯而流液。不受命于严霜，谅同心于寒柏。含春霭而葱蒨，映夕阳而的皪。
疑翠尾之群翔，若金潭之旁射。杂爽籁于篁竹，混晶光于瑶碧。奇树以垂珠而擅
名，金松以潜颖而莫觌。亦犹处子在于隐沦，奇才遗于草泽。我有衡宇，依山岑寂。
类仲长之清旷，如萧宰之穷僻。托根此地，似在崖壁。殊谲柚之不迁，同甘棠之可
惜。庶封植于园林，永爱玩而无斁。"③

按，此赋《天台前集》卷上收入④，天台山有关，因赋有"询其所来，得于台岭"之
语。李德裕《会昌一品集》亦收入。傅璇琮、周建国《李德裕文集校笺》别集卷九注
云："李德裕于开成二年五月至开成五年八月在淮南节度使任。本文自述在广陵求
得金松一本，移栽于洛阳平泉山居，至此已'枝叶茂盛'。本文与同卷前一篇《平泉
山居草木记》皆述耽爱嘉树芳草事，似为同时之作。本文又云'青春已暮，白日将
夕'，故订本文作时为开成五年晚春。"⑤

《天台前集》卷中收李德裕《金松》诗云："台岭生奇树，佳名世未知。纤纤疑菊

---

① [清]彭定求：《全唐诗》卷四七五，第5415页。
② [唐]李德裕撰，傅璇琮、周建国校笺：《李德裕文集校笺》别集卷一○，第744页。
③ [清]董诰：《全唐文》卷六九七，第7157页。
④ [宋]李庚等编，郑钦南、郑苍钧点校：《天台前集》卷上，《天台集》，第5页。
⑤ [唐]李德裕撰，傅璇琮、周建国校笺：《李德裕文集校笺》别集卷九，第687页。

叶,落落是松枝。照日含金晰,笼烟淡翠滋。勿言人去晚,犹有岁寒期。"①与《金松赋》作时应该相近。

八月,天台山僧维蠲为日本僧人圆载乞判印牒,台州刺史滕迈答之

《天台霞标》初编卷三《乞判印牒》:"六月一日,天台山僧维蠲谨献书于郎中使君阁下:维蠲言:去岁不稔,人无聊生,皇帝忧勤,择贤救疾,朝端选于众,得郎中以恤之。伏惟郎中天仁神智,泽润台野,新张千里之帱,再活百灵之命,风雨应祈,稼穑鲜茂,凡在品物,罔不悦服。昔南岳高僧思大师,生日本为王。天台教法,大行彼国,是以内外经籍,一法于唐,约二十年,一来朝贡。贞元中,僧最澄来,会僧道邃为讲义,陆使君给判印,归国大阐玄风。去年僧圆载奉本国命,送太后衲袈裟供养大师影,圣德太子,法华经疏,镇天台藏,赍众疑义五十科来问,抄写所缺经论,禅林寺广修答一本,已蒙前使李端公判印竟,维蠲答一本,并付经论疏义三十本,伏乞郎中赐以判印,光浮日宫,丕冒遐裔,恩流永劫,道德日新。烦黩听览,不任悚惧。僧维蠲谨言。开成五年八月十三日,天台僧维蠲谨献郎中使君阁下。"②

《天台霞标》初编卷三《台州刺史书》:"开士维蠲,弘传天台智顗大师教,教迹贯微妙门,了最上乘旨,绕诸经诸论之秘密,得先佛后佛之定慧,非天与玄机,神授朗智,虽白首枯身,不能了达。今维蠲上人者,传此教已十余年,决疑义如泉流,导幽枢若冰解,听者受者,甚闻韶之甘,利根钝根,同一雨之润,豁圆载之来叩,答彼之遥仰,两地空斋,一朝玲珑,仁智相逢,一何盛也。烟波万里,掬玄珠而还;云山岩然,摇风期之念。又二十载,何其夐邪!迈佩竹符于名岳之下,聆高僧嘉,洗浙烦虑,如挹灵泉,深惭谫才,不称所请。开成五年八月十三日,朝议郎使持节台州刺史上柱国赐绯鱼袋滕(滕)迈白。"③

滕迈《与圆载阇梨印记》:"圆载阇梨,是东国至人。洞西竺妙理,梯山航海,以月系时,涉百余万道途之勤,历三大千世界之远。经文翻于贝叶,乡路出于扶桑;破后学之昏迷,为空门之标表。遍礼白足,淹留赤城,游巡既周,巾锡交返,恳求印信,以为公凭,行业众知,须允其请。开成五年口月口日明议郎使持节台州刺史上柱国赐绯鱼袋漆迈给。"④按,"漆迈"应为"滕迈"之误。

① 〔宋〕李庚等编,郑钦南、郑苍钧点校:《天台前集》卷中,《天台集》,第44页。
② 〔日〕敬雄:《天台霞标》初编卷三,《大日本佛教全书》第125册,第68页。
③ 〔日〕敬雄:《天台霞标》初编卷三,《大日本佛教全书》第125册,第68页。
④ 〔日〕伊藤松:《邻交征书》,第111页。

九月,滕迈为由台州刺史转睦州刺史,赵嘏有诗送之

赵嘏《送滕迈郎中赴睦州》诗云:"郡斋秋尽一江横,频命郎官地更清。星月去随新诏动,旌旗遥映故山明。诗寻片石依依晚,帆挂孤云杳杳轻。想到钓台逢竹马,只应歌咏伴猿声。"①《咸淳毗陵志》卷二六:"滕刺史迈墓在新桥门外半里荒莽间,有二石兽,刻云:'唐尚书刑部郎官睦州刺史滕公之墓。'"②是迈卒于睦州刺史任。《嘉定赤城志》卷八"秩官门·历代郡守":"开成四年,滕迈。"③是知滕迈为睦州刺史应在开成四年之后。诗言"郡斋秋尽",是作于九月。诗又"频命郎官",则滕迈在台州任上时间较短。故系其转睦州时间在开成五年九月。

十一月,王炼卒于东阳县主簿任,年六十三

何得一《唐故婺州东阳县主簿王府君(炼)墓志铭并序》:"府君讳炼,字仙之,其先京兆人也。……再选授婺州东阳县主簿。美誉嘉耗,不异前闻。三考居官,一金不畜。所请俸禄,悉以应赡宾侣,遍恤孤孀。……开成五年十一月二日,遘疾奄终于越州诸暨县之里第,时年六十三。"④

李远约本年为福州从事,《吴越怀古》诗盖入闽途中作

吴在庆、傅璇琮《唐五代文学编年史·晚唐卷》:"《全唐文》卷七六五李远《灵棋经序》:'及开成末,予将适闽中,……后予福州从事,居多暇日,凡集数十本。'《太平广记》卷一七五林杰条引《闽川名士传》记杰'谒卢大夫贞、黎常侍植,……在宴筵,见李侍御远。'据《唐方镇年表》卷六,开成五年卢贞为福建观察使,明年又改为黎植。则本年李远已在福建幕府。李远《吴越怀古》(《全唐诗》卷五一九):'吴越千年奈怨何,两宫清吹作樵歌。……行人欲问西施馆,江鸟寒飞碧草多。'诗或作于本年入闽途中。又《唐才子传》卷七李远传谓其'早历下邑',不知在何时。许浑有《寄当涂李远》(《全唐诗》卷五三六):'赋拟相如诗似陶,云阳烟月又同袍。'或远早年曾任职于当涂。"⑤

---

① [清]彭定求:《全唐诗》卷五四九,第6355页。
② [宋]史能之:《咸淳毗陵志》卷二六,《宋元方志丛刊》第3册,第3190页。
③ [宋]陈耆卿:《嘉定赤城志》卷八,《宋元浙江方志集成》第11册,第5152页。
④ 吴钢主编:《全唐文补遗》第4辑,第159—160页。
⑤ 吴在庆、傅璇琮:《唐五代文学编年史·晚唐卷》,第189页。

张祜约于本年前寄诗宣武军节度使李绅，述其大和中游浙东事

张祜《忆江东旧游四十韵寄宣武李尚书》诗云："忆作江东客，猖狂事颇曾。海隅思变化，云路折飞腾。小子今何述，高贤昔谬称。瘦体休问马，病爪莫论鹰。海棹扁舟泛，江开一槛凭。岸环青莽苍，峰峭碧崚嶒。水国程无尽，烟郊思不胜。金丝援嫩柳，玉片犯残冰。夜泊闻操楫，朝行看下罾。沙明春雨霁，野白暮云蒸。蒲晚帆山叶，花开镜水菱。乱芳丛沼沚，余溜泄沟塍。鹫岭因支访，龙门忆李登。黄莺春恼客，白鹤夜依僧。粗得狂歌趣，深疑笑病癥。地穷屯健马，天尽抑飞鹏。桂彩分城堞，松香在阁层。酒徒穷不破，诗债老相仍。伯玉年将近，宣尼《易》未弘。岁储虽自乏，社肉必均秤。造化三光借，乾坤一块凝。才当论曲直，命可系衰兴。凤鸟非无叹，骅骝靡不乘。豹文须蔚蔚，羊目漫睖睖。范蠡尝金铸，吴王昔土崩。雄图翻自失，高躅鲜相承。禹庙思陈藻，秦山忆杖藤。几时心豁豁，长日醉瞢瞢。水室穷深讨，云门极峻登。北归天尚远，东望海方澄。鹤跂虚为羡，人言敢不应。旅游星正孛，愁望月初絚。讵欲由斜径，聊思枕曲肱。兴扪头上虱，闲视笔锋蝇。鸟岸劳方寸，鱼瓶惜一升。诗秋情未剧，别夜思偏增。白首身从贱，青云气可凌。当知在尘土，言直更兢兢。"①

按，"宣武李尚书"即李绅，《旧唐书·文宗纪下》：开成元年六月"癸亥，以河南尹李绅检校礼部尚书、汴州刺史，充宣武军节度使"②。《旧唐书·武宗纪上》：开成五年九月，"以宣武军节度使、检校吏部尚书、汴州刺史李绅代德裕镇淮南。"③因为李绅大和中为越州刺史、浙东观察使时，张祜漫游浙东，受到李绅的优待，故而李绅为宣武军节度使时，张祜寄诗，忆江东旧游，多为越州之事。所述越州名胜即有石帆山、镜湖、禹庙、秦望山、云门寺等。

---

① ［唐］张祜著，尹占华校注：《张祜诗集校注》卷一〇，第526—528页。
② ［后晋］刘昫：《旧唐书》卷一七，第565页。
③ ［后晋］刘昫：《旧唐书》卷一八，第585页。

841　唐武宗会昌元年辛酉

二月,会稽人康僚进士及第

清徐松《登科记考》卷二二:"康□,《孙樵集》《唐故仓部郎中康公墓志铭序》:'公姓康氏,会稽人。自宣城来。长安三举进士,登上第,是岁会昌元年也。其年冬,得博学宏词,授秘书省正字。'①陈尚君《〈登科记考〉正补》云:"《孙可之文集》卷八《唐故仓部郎中康公墓志铭》:'公讳某,字某,会稽人。……自宣城来长安,三举进士,登上第,是岁会昌元年也。其年得博学宏词,授秘书省正字。'咸通九年后任仓部郎中,十三年卒。按郎官柱仓中题名有康僚,约咸通间任,当即其人。其名,《郎官石柱题名考》卷十七作'璙',劳氏引孙集目录作'镣',今从岑仲勉先生《郎官石柱题名新著录》及《文苑英华》卷四、卷六、《全唐文》卷七五七。徐《考》所录缺名。"②

二月,乐安县尉万师贞卒

李仲模《唐故台州乐安县尉万府君(师贞)墓志铭并序》:"公讳师贞,字建方。三卫出身,释褐受台州乐安县尉。……搢绅为仙尉,是九层之渐也。擢自公材,冀升大任,于开成五年再选受台州司士参军。虽注唱已定,而籖告未领。旋染疾疠。……以会昌元年二月廿一日殁于京蓁,享年四十有九矣。"③

杨敬之在国子祭酒任,作《赠项斯》诗,项斯为台州人

杨敬之《赠项斯》诗云:"几度见诗诗总好,及观标格过于诗。平生不解藏人善,到处逢人说项斯。"④按,唐李绰《尚书故实》云:"杨祭酒敬之爱才,公心尝知江表之士项斯。赠诗曰:'处处见诗诗总好,及观标格过于诗。平生不解藏人善,到处逢人

---

① [清]徐松:《登科记考》卷二二,第787页。
② 陈尚君:《〈登科记考〉正补》,《唐代文学研究》第4辑,第342页。
③ 章国庆:《宁波历代碑碣墓志汇编》,第27—28页。
④ [清]彭定求:《全唐诗》卷四七九,第5450—5451页。

说项斯。'因此名振,遂登高科也。"①《唐文拾遗》卷四七张洎《项斯诗集序》:"项斯,字子迁,江东人也。会昌四年左仆射王起下进士及第,始命润州丹徒县尉,卒于任所。吴中张水部为律格诗,尤工于匠物,字清意远,不涉旧体,天下莫能窥其奥。唯朱庆馀一人亲授其旨。沿流而下,则有任蕃、陈标、章孝标、倪胜、司空图等咸及门焉。宝历、开成之际,君声价藉甚,时特为水部之所知赏,故其诗格颇与水部相类。词清妙而句美丽奇绝,盖得于意表,迨非常情所及。故郑少师薰云:'项斯逢水部,谁道不关情?'又杨祭酒敬之云:'几度见诗诗揔好,及观标格过于诗。平生不解藏人善,到处逢人说项斯。'自偁、昭已还,雅道陵缺,君之遗句,绝无知者,虑年祀浸久,没而不传,故聊序所云,著于卷首。"②宋钱易《南部新书》卷甲:"项斯始未为闻人,因以卷谒江西杨敬之。杨甚爱之,赠诗云:'几度见诗诗尽好,及观标格过于诗。平生不解藏人善,到处逢人说项斯。'未几诗达长安,斯明年登上第。"③"逢人说项"就成为人所共知的成语典故。这里称"杨祭酒敬之",《新唐书》卷一六〇《杨敬之传》:"文宗尚儒术,以宰相郑覃兼国子祭酒,俄以敬之代。未几,兼太常少卿……转大理卿,检校工部尚书,兼祭酒,卒。"④据《新唐书》卷六三《宰相表》,开成元年"八月己酉,覃兼国子祭酒"⑤。三年十二月"丙午,覃罢太子太师"⑥。《金石录补》卷二〇唐国子监石经:"朝散大夫、守国子司业、骑都尉、赐绯鱼袋臣杨敬之,都检校官银青光禄大夫(阙十字)国子祭酒、同中书门下平章事……臣覃。"⑦《册府元龟》卷五九二"掌礼部":"(开成)三年二月起,与太尝(常)少卿裴泰章、太尝(常)少卿兼权勾当国子司业杨敬之。"⑧是其时敬之仅为国子司业而未为国子祭酒。又《全唐诗》载姚合《寄国子杨巨源祭酒》诗:"日日新诗出,城中写不禁。清高疑对竹,闲雅胜闻琴。门户饶秋景,儿童解冷吟。云山今作主,还借外人寻。"⑨而杨巨源平生未曾担任国子祭酒,《唐诗纪事》卷五一谓"杨巨源"为"杨敬之"⑩,是。而据新出土《姚合墓志》,姚合会昌二年(842)五月卒。是此诗即应作于会昌元年或稍前,杨敬之为国

① [唐]李绰撰,萧逸校点:《尚书故实》,《教坊记》外七种,上海古籍出版社 2012 年版,第 134 页。
② [清]陆心源:《唐文拾遗》卷四七,《全唐文》附,第 10906—10907 页。
③ [宋]钱易撰,尚成校点:《南部新书》卷甲,第 9 页。
④ [宋]欧阳修、宋祁:《新唐书》卷一六〇,第 4972 页。
⑤ [宋]欧阳修、宋祁:《新唐书》卷六三,第 1724 页。
⑥ [宋]欧阳修、宋祁:《新唐书》卷六三,第 1725 页。
⑦ [清]叶奕苞:《金石录补》卷二〇,第 377—378 页。
⑧ [宋]王钦若:《册府元龟》卷五九二,第 7075 页。
⑨ [清]彭定求:《全唐诗》卷四九七,第 5636 页。
⑩ [宋]计有功:《唐诗纪事》卷五一,第 775—776 页。

子祭酒即在开成末或会昌初。今姑将杨敬之《赠项斯》诗系于会昌元年。也是因为杨敬之的揄扬,项斯于会昌四年及进士第。

《嘉定赤城志》卷三二"人物"称项斯为郡人①,即为台州人。胡应麟《诗薮》外编卷三:"唐诗人千数,而吾越不能百人。"②此后于台州下列项斯。《明一统志》卷四七"台州府":"唐项斯,临海人。擢进士第,仕为丹徒尉。"③吴在庆《增补唐五代文史丛考》:"项斯为台州人。张泊《项斯诗集序》(《唐文拾遗》卷四七)云:'项斯字子迁,江东人也。'《新唐书·艺文志四》、《新唐书》卷一六〇《杨凭传》附《杨敬之传》、《唐诗纪事》卷四九、《直斋书录解题》卷十九诗文类、《唐才子传》卷七等所载均同。然江东所属地域颇广,其究为江东何处人?考《嘉定赤城志》卷三二"人物门"谓其为郡(即指台州)人。又明胡应麟《诗薮》外编卷三云:'唐诗人千数,而吾越不能百人。初唐虞永兴、骆临海……晚唐孟郊、项斯……'此后又于台州下列有项斯名。台州属江东,与张泊等人称项斯为江东人合。据此,则项斯乃台州(今浙江临海)人。"④

五月,明州刺史韦埙卒于任,陆洿为撰墓志。杜牧《送陆洿郎中东归》诗亦当作于是年

《唐故朝议郎使持节明州诸军事守明州刺史上柱国赐绯鱼袋韦府君(埙)墓志铭并序》,题署:"文林郎前尚书司勋郎中骁骑尉陆洿撰,前泽潞观察推官试秘书省校书郎李宣晦书。"志云:"遂平生之志,乃将告去。朝廷闻,天子分寄明州,下车布皇泽,扇皇风,陬夷奉教,山海知仁。无何,无疾而逝。呜呼!彼苍生才,胡为不寿?歼我良特,道不大展。故《易》曰:'硕果不食',此之谓欤!以会昌元年五月五日卒于明州郡署,享年四十九。"⑤《大唐故明州刺史御史中丞韦公(埙)夫人太原温氏(瑗)墓志》(会昌六年六月二日):"旋授明州牧。到处大理,中外一口。常谓夫人曰:埙之考妣,尚未迁祔。公私牵迫,常所忧心。夫人亦常志之。公到郡累月,为寒暑所侵,不幸而薨。"⑥

---

① [宋]陈耆卿:《嘉定赤城志》卷三二,《宋元浙江方志集成》第11册,第5429页。
② [明]胡应麟:《诗薮》外编卷三,第179页。
③ [明]李贤:《大明一统志》卷四七,第2125页。
④ 吴在庆:《增补唐五代文史丛考》,第61页。
⑤ 吴钢主编:《全唐文补遗》第4辑,第162—163页。
⑥ 吴钢主编:《全唐文补遗》第5辑,第38页。

《送陆泾郎中弃官东归》诗云："少微星动照春云,魏阙衡门路自分。倏去忽来应有意,世间尘土谩疑君。"① 按,前引《韦埙墓志》云:"及余承诏为郎,君宰剧神州。……胶然意合,朝夕不间。泊余东归,君赴四明,契阔艮离,遽成今古。"② 是陆泾东归与韦埙赴任明州刺史时间约略同时。诗有"少微星动照春云"句,是作于春天。据此参证,陆泾东归之时间亦即在会昌会元年,杜牧诗因为有《韦埙墓志》可以确切编年。又据缪钺先生《杜牧年谱》考证,杜牧开成五年在京为员外郎③,其时与陆泾、韦埙同在京城,时间也正相吻合。吴在庆《杜牧集系年校注》卷四根据陶敏《全唐诗人名考证》的推测,称"诗盖约开成五年(840)春作"④,并不确切。盖据《韦埙墓志》所言"无何,无疾而逝",而韦埙赴明州刺史任与陆泾同时,若开成五年春赴任到会昌元年五月卒,应不能称"无何"。

本年,衢州刺史崔耿作《东武楼碑记》

《唐文拾遗》卷三〇崔耿《东武楼碑记》:"会昌辛酉岁,余祇命作守,至此逾月。"⑤ 会昌辛酉岁即会昌元年。陈思《宝刻丛编》卷一三"衢州"引《诸道石刻录》:"《唐东武楼碑》,唐崔耿撰,正书,无姓名,会昌二年立。"⑥ 又引《复斋碑录》:"《唐东武楼碑阴诗》,东武楼新成崔耿作,会昌二年九月镌。"⑦

842　唐武宗会昌二年壬戌

二月,若耶溪女子题诗三乡,叙昔从其夫游长安,夫卒,生活无所依,甚悲恸,后得到诸多文人唱和

范摅《云溪友议》卷中《三乡略》云:"云溪子素闻'三乡'之咏,怅然未明其所自

① 〔清〕彭定求:《全唐诗》卷五二三,第5984页。
② 吴钢主编:《全唐文补遗》第4辑,第163页。
③ 缪钺:《杜牧年谱》,河北教育出版社1999年版,第162页。
④ 吴在庆:《杜牧集系年校注》卷四,中华书局2016年版,第570页。
⑤ 〔清〕陆心源:《唐文拾遗》卷三〇,《全唐文》附,第10709页。
⑥ 〔宋〕陈思编著:《宝刻丛编》卷一三,第848页。
⑦ 〔宋〕陈思编著:《宝刻丛编》卷一三,第849页。

也。洎得吴郡陆君贞洞，或纪其年代而不知者矣。用序乎，然群书有无名氏，乐府集无名诗。今简陆君之意，诗序亦云姓字隐而不书。夫序者，述作之本意，编其旧序，是诗继和者，多不能遍录，略举十余篇以次之。无名序曰：'余本若耶溪东，与同志者二三，纫兰佩蕙，每贪幽闲之境，玩花光于松月之亭，竟昼绵宵，往往忘倦。洎乎初笄，至于五换星霜矣。自后不得已，从良人西入函关，寓居晋昌里第。其居也，门绝嚣尘，花木丛翠。东西邻二佛宫，皆上国胜游之最。伺其闲寂，因游览焉，亦不辜一时之风月也。不意良人已矣，邈然无依，帝里芳春，吊影东迈。涉浐水，历渭川，背终南，陟太华，经虢略，抵陕郊，挹嘉祥之清流，面女几之苍翠。凡经过之所，皆曩昔宴笑之地，绸缪之所。衔冤加叹，举目魂销。虽残骸尚存，而精爽都失。假使潘岳复生，无以悼其幽思也。遂命笔聊题，终不能涤其怀抱，绝笔恸哭而去。以翰墨非妇人女子之事，名字是故隐而不书。时会昌壬戌岁仲春十九日。'又赋诗曰：'昔逐良人西入关，良人身殁妾空还。谢娘卫女不相待，为雨为云过此山。'和诗十一首。进士陆贞洞：'惆怅残花怨暮春，孤鸾舞镜倍伤神。清词好个干人事，疑是文姬第二身。'同前，王祝：'女几山前岚气低，佳人留恨此中题。不知云雨归何处，空使王孙见即迷。'刘谷：'兰蕙芬芳见玉姿，路傍花笑景迟迟。苎萝山下无穷意，并在三乡惜别时。'王涤：'浣沙游女出关东，旧迹新词一梦中。槐陌柳亭何限事，年年回首向春风。'李昌邺：'红粉萧娘手自题，分明幽怨发云闺。不应更学文君去，泣向残花归剡溪。'王硕：'无姓无名越水滨，芳词空怨路傍人。莫教才子偏惆怅，宋玉东家是旧邻。'李缟：'会稽王谢两风流，王子沉沦谢女愁。归思若随文字在，路傍空为感千秋。'张绮：'洛川依旧好风光，莲帐无因见女郎。云雨散来音信断，此生遗恨寄三乡。'高衢：'南北千山与万山，轩车谁不思乡关。独留芳翰悲前迹，陌上恐伤桃李颜。'韦冰：'来时欢笑去时哀，家国迢迢向越台。待写百年幽思尽，故宫流水莫相催。'《五言复睹三乡题处留赠》，贾驰：'壁古字未灭，声长响不绝。蕙质本如云，松心应耐雪。耿耿离幽谷，悠悠望瓯越。杞妇哭夫时，城崩无此说。'"[①]序题"时会昌壬戌岁仲春十九日"，即本年二月发生的事。而诸人和诗则当在本年之后，亦非一时所作。

这组诗歌，《唐诗纪事》卷六七王祝条所记略同，即据《云溪友议》。惟又记王祝事迹云："祝，字不耀，名家子。唐末为给事中。巢寇前，典常州；既乱，寄江湖，甚有时望。及诏召，经陕，时王拱为帅凶暴，以厚礼降接，愿居子侄之末，祝坚不许。拱

---

① ［唐］范摅：《云溪友议》卷中，第102—103页。

怒罢宴,命将吏速请离馆,害于途,悉投其家于黄河。时朝廷多故,舍而不问。祝一子,行至襄州,亦无故投井而卒。"①其他诗歌分入各自作者之中,并补充事迹,今录于下。刘谷条:"李郢《送谷诗》云:'村桥西路雪初晴,云暖沙干马足轻。寒涧渡头芳草色,新梅岭外鹧鸪声。邮亭已送轻车发,山馆谁将候火迎。落日千峰转迢递,知君回首望高城。'又《和谷除夜见寄》云:'灞上家殊远,炉前酒暂醺。刘郎亦多恨,诗忆故山云。'"②王涤条:"涤字用霖,及景福进士第。"③陆贞洞条:"贞洞,唐末吴郡进士。"④韦冰条:"冰,唐末为鄂令。"⑤

秋,温庭筠游越中并作诗

温庭筠《题萧山庙》诗云:"故道木阴浓,荒祠山影东。杉松一庭雨,幡盖满堂风。客奠晓莎湿,马嘶秋庙空。夜深池上歌,龙入古潭中。"⑥曾益等《温飞卿诗集笺注》卷七注云:"《唐地理志》:越州会稽郡有萧山县。案:《越志》:萧山,句践与夫差战,败,以余兵栖此,四顾萧然,故名。一名萧然山。一云萧然山即航坞山,有白龙王庙在。"⑦刘学锴《温庭筠全集校注》卷七注云:"按夜宿萧山庙,清晨题庙之作。首联昨日循庙前树阴深浓之旧道入庙。颔联夜来风雨交加,庭中杉松为秋雨所洗,堂上神幡华盖则因风而飘荡。腹联晓来祭奠,莎草地为酒所湿,而己所骑之马则嘶于空庙之中。'客奠''马嘶',点出旅程中偶经此庙。尾联则启程时见庙前池塘,想象昨夜风雨交加时应有龙跃入古潭之中。按:会昌元年春庭筠有由长安至吴中旧乡之行,此诗写景值秋令,或系二年秋由越中返吴中道经萧山时作。"⑧

温庭筠《题贺知章故居叠韵作》诗云:"废砌翳薜荔,枯湖无菰蒲。老媪饱蒿草,愚儒输逋租。"⑨刘学锴《温庭筠全集校注》卷八补注云:"叠韵作,指诗中每句之五字均为同韵字。此庭筠在越州时作,约会昌二年秋。"⑩曾益等《温飞卿诗集笺注》

---

① [宋]计有功:《唐诗纪事》卷六七,第 1007 页。
② [宋]计有功:《唐诗纪事》卷六七,第 1007 页。
③ [宋]计有功:《唐诗纪事》卷六七,第 1008 页。
④ [宋]计有功:《唐诗纪事》卷六七,第 1008 页。
⑤ [宋]计有功:《唐诗纪事》卷六七,第 1009 页。
⑥ [清]彭定求:《全唐诗》卷五八一,第 6743 页。
⑦ [唐]温庭筠著,[清]曾益等笺注:《温飞卿诗集笺注》卷七,上海古籍出版社 1980 年版,第 159 页。
⑧ 刘学锴:《温庭筠全集校注》卷七,三晋出版社 2016 年版,第 371 页。
⑨ [清]彭定求:《全唐诗》卷五八二,第 6752 页。
⑩ 刘学锴:《温庭筠全集校注》卷八,第 418 页。

卷八注云:"《越志》:贺知章宅在会稽城东一十五里,名贺家池。"①贺知章在长安,还曾写过《秘书省有贺监知章草题诗笔力遒健风尚高远拂尘寻玩因有此作》诗:"越溪渔客贺知章,任达怜才爱酒狂。鸂鶒莩花随钓艇,蛤蜊菰菜梦横塘。几年凉月拘华省,一宿秋风忆故乡。荣路脱身终自得,福庭回首莫相忘。出笼鸾鹤归辽海,落笔龙蛇满坏墙。李白死来无醉客,可怜神彩吊残阳。"②《文苑英华》卷三○七题作《过贺监旧宅》③。这首诗写出了贺知章狂逸的性格和思乡的情怀,是吟咏贺知章诗的佳制。只是具体作年难以考证,故附于题贺知章故居诗后一并述之。

温庭筠《宿一公精舍》诗云:"夜阑黄叶寺,瓶锡两俱能。松下石桥路,雨中山殿灯。茶炉天姥客,棋席剡溪僧。还笑长门赋,高秋卧茂陵。"④《温飞卿诗集笺注》卷九顾嗣立注:"《方伎传》:僧一行姓张氏,先名遂,魏州昌乐人。初,一行访师至天台山国济(清)寺,见一院古松十数,门有流水。一行立于门屏间,闻院僧于庭布算声,而谓其徒曰:'今日当有弟子自远求吾算法,到门岂无人导达也。'一行承其言而趋入,稽首请法,尽授其术焉。"⑤刘学锴《温庭筠全集校注》卷九笺评:"首联夜宿一公精舍,赞美一行游方与住寺俱能。一行曾隐嵩山,又曾步往荆州当阳山,依沙门悟真以习梵律;后又至天台国清寺居留,向寺僧求教数学,以修订《大衍历》。颔联夜宿所见。腹联谓寺内有来自近地天姥山与剡溪之僧俗客人,与寺僧品茗弈棋。尾联则因精舍清逸之境而自笑空有作赋之才,而身世寂寞如当年高秋卧病闲居之司马相如也。疑会昌二年秋在越中时作。"⑥

九月,衢州刺史崔耿作《东武楼碑阴诗》

陈思《宝刻丛编》卷一三"衢州"引《诸道石刻录》:"《唐东武楼碑》,唐崔耿撰,正书,无姓名,会昌二年立。"⑦又引《复斋碑录》:"《唐东武楼碑阴诗》,东武楼新成崔耿作,会昌二年九月镌。"⑧

---

① [唐]温庭筠著,[清]曾益等笺注:《温飞卿诗集笺注》卷八,第177页。
② [清]彭定求:《全唐诗》卷五七八,第6726页。
③ [宋]李昉:《文苑英华》卷三○七,第1575页。
④ [清]彭定求:《全唐诗》卷五八三,第6759页。
⑤ [唐]温庭筠著,[清]曾益等笺注:《温飞卿诗集笺注》卷九,第184页。
⑥ 刘学锴:《温庭筠全集校注》卷九,第434页。
⑦ [宋]陈思编著:《宝刻丛编》卷一三,第848页。
⑧ [宋]陈思编著:《宝刻丛编》卷一三,第849页。

本年,李师稷为浙江东道观察使,白居易有诗记之

《会稽掇英总集》卷一八《唐太守题名记》:"李师稷,会昌二年二月,自楚州团练使兼淮南营田副使授。"①《嘉泰会稽志》卷二"太守"同②。《八琼室金石补正》卷七三《五大夫新桥记》:"会稽东不远七十里有大泽曰虞江,江之东南廿里有草市,粤五大夫在凤山南面。……时廉使李公仁风远扇,卧牧百城。……会昌三年岁在渊献月属无射二十有九日建。"③"廉使李公"即李师稷。《新唐书·杨嗣复传》:"嗣复领贡举时,於陵自洛入朝。乃率门生出迎,置酒第中,於陵坐堂上,嗣复与诸生坐两序。始於陵在考功,擢浙东观察使李师稷及第,时亦在焉。人谓杨氏上下门生,世以为美。"④

白居易有《客有说》诗:"近有人从海上回,海山深处见楼台。中有仙龛虚一室,多传此待乐天来。"题注:"客即李浙东也,所说不能具录其事。"⑤又有《答客说》诗:"吾学空门非学仙,恐君此说是虚传。海山不是吾归处,归即应归兜率天。"⑥《太平广记》卷四八引《逸史》云:"唐会昌元年,李师稷中丞为浙东观察使。有商客遭风飘荡,不知所止。月余,至一大山。瑞云奇花,白鹤异树,尽非人间所睹。山侧有人迎问曰:'安得至此?'具言之。令维舟上岸。云:'须谒天师。'遂引至一处,若大寺观,通一道入。道士须眉悉白。侍卫数十。坐大殿上,与语曰:'汝中国人,兹地有缘方得一到,此蓬莱山也。既至,莫要看否?'遣左右引于宫内游观。玉台翠树,光彩夺目,院宇数十,皆有名号。至一院,扃锁甚严,因窥之。众花满庭,堂有茵褥,焚香阶下。客问之。答曰:'此是白乐天院,乐天在中国未来耳。'乃潜记之,遂别之归。旬日至越,具白廉使。李公尽录以报白公。先是,白公平生唯修上坐业,及览李公所报,乃自为诗二首,以记其事及答李浙东云:'近有人从海上回,海山深处见楼台。中有仙笼开一室,皆言此待乐天来。'又曰:'吾学空门不学仙,恐君此语是虚传。海山不是吾归处,归即应归兜率天。'然白公脱屣烟埃,投弃轩冕,与夫昧昧者固不同也,安知非谪仙哉!"⑦朱金城《白居易集笺校》云:"宋叶梦得《避暑录话》卷上引卢肇《逸史》与《太平广记》所引略异,'李浙东'作'李君稷',非是。《郎官石柱题名》左

---

① [宋]孔延之:《会稽掇英总集》卷一八,《宋元浙江方志集成》第14册,第6555页。
② [宋]施宿:《嘉泰会稽志》卷二,《宋元浙江方志集成》第4册,第1667页。
③ [清]陆增祥撰:《八琼室金石补正》卷七三,第509页。
④ [宋]欧阳修、宋祁:《新唐书》卷一七四,第5241页。
⑤ [唐]白居易著,朱金城笺校:《白居易集笺校》卷三六,第2538页。
⑥ [唐]白居易著,朱金城笺校:《白居易集笺校》卷三六,第2541页。
⑦ [宋]李昉等:《太平广记》卷四八,第299页。

司郎中、《嘉泰会稽志》《金石续编》唐八《楚州石柱题名》均作'李师稷',当以《太平广记》为正。惟《逸史》谓师稷为浙东观察使在会昌元年,亦误。师除浙东在会昌二年二月,元年时浙东观察使为萧俶,非李师稷。《会稽掇英总集》卷十八《唐太守题名记》:'萧俶,开成四年三月,自楚州团练使授。会昌二年七月,除给事中。李师稷,会昌二年二月,自楚州团练使兼淮南营田副使授。'吴廷燮《唐方镇年表》卷五引《嘉泰会稽志》同,与白氏此诗所作时间正相合。"①

本年,孙景商为温州刺史

《唐故天平军节度郓曹濮等州观察处置等使朝散大夫检校礼部尚书使持节郓□□诸军事兼郓州刺史御史大夫上柱国赐紫金鱼袋赠兵部尚书孙府君(景商)墓志铭并序》:"时宰相李德裕专国柄,忿公不依己,黜为温州刺史,移滁州刺史。"②按,李德裕为宰相专国柄在会昌二年始。

本年,徐回为东阳县令

万历《金华府志》卷一二"官师志·东阳县令":"徐回,会昌二年任。"③

本年,贾岛作《送天台僧》诗

贾岛作《送天台僧》诗云:"远梦归华顶,扁舟背岳阳。寒蔬修净食,夜浪动禅床。雁过孤峰晓,猿啼一树霜。身心无别念,余习在诗章。"④齐文榜《贾岛集校注》卷四:"岛于文宗开成五年(840)九月迁普州司仓参军,武宗会昌三年(843)七月卒于官。诗言'寒蔬'、言'树霜',乃秋冬之景,故当作于开成五年至会昌二年这三年间之秋冬二季。天台:即今浙江天台山也。"⑤

---

① [唐]白居易著,朱金城笺校:《白居易集笺校》卷三六,第2540页。
② 陈长安主编:《隋唐五代墓志汇编·洛阳卷》第14册,第66页。
③ [明]王懋德等:《金华府志》卷一二,第784页。
④ [清]彭定求:《全唐诗》卷五七二,第6637页。
⑤ [唐]贾岛撰,齐文榜校注:《贾岛集校注》卷四,第180页。

843 唐武宗会昌三年癸亥

秋,许浑游越中,作诗多首

许浑《再游越中伤朱庆馀协律好直上人》诗云:"昔年湖上客,留访雪山翁。王氏船犹在,萧家寺已空。月高花有露,烟合水无风。处处多遗韵,何曾入剡中。"①罗时进《丁卯集笺证》注云:"会昌三、四年作。朱庆馀,名可久,行大,越州人。宝历二年登进士第,授秘书省校书郎。……好直上人,俗姓丁氏,越州诸暨人,元和初受具于杭州天竺寺,为江左名僧。开成初至长安,居安国寺。开成四年十二月二十五日圆寂,享年五十六,僧夏三十二。好直'见儒士能青眼,故名辈多与之游,往往戏为诗句,辞皆错愕'。《宋高僧传》卷三十有传。"②诗有"月高花有露"语,应作于秋日。谭优学《许浑行年考》系此诗于会昌二年③,存参。

许浑《泛五云溪》诗云:"此溪何处路,遥问白髯翁。佛庙千岩里,人家一岛中。鱼倾荷叶露,蝉噪柳林风。急濑鸣车轴,微波漾钓筒。石苔萦棹绿,山果拂舟红。更就千村宿,溪桥与剡通。"④按,"五云溪"即若耶溪。宋王存《元丰九域志》卷五云:"若耶溪,即欧冶子铸剑之处。徐浩游之,云:'曾子不居胜母之间,吾岂游若耶之溪?'因改为五云溪。"⑤宋施宿《嘉泰会稽志》卷十亦云:"若耶溪,在县南二十五里。……唐徐季海尝游溪,因叹曰:'曾子不居胜母之间,吾岂游若耶之溪?'遂改为五云溪。"⑥是诗作于秋日,姑系于《再游越中伤朱庆馀协律好直上人》同年作。

许浑《越中》诗云:"石城花暖鹧鸪飞,征客春帆秋不归。犹自保郎心似石,绫梭夜夜织寒衣。"⑦按据诗第二句,是作于秋日。姑系于本年。本诗又见杜牧集⑧,误。

---

①　[清]彭定求:《全唐诗》卷五二九,第6049页。

②　[唐]许浑撰,罗时进笺证:《丁卯集笺证》卷二,第91—92页。

③　谭优学:《唐诗人行年考续编》,第147页。

④　[清]彭定求:《全唐诗》卷五三七,第6128页。

⑤　[宋]王存:《元丰九域志》卷五,《景印文渊阁四库全书》第471册,第121页。

⑥　[宋]施宿:《嘉泰会稽志》卷一〇,《宋元浙江方志集成》第4册,第1846页。

⑦　[清]彭定求:《全唐诗》卷五三八,第6143页。

⑧　[清]彭定求:《全唐诗》卷五二六,第6024页。

因许浑《乌丝栏诗真迹》录入此诗。

九月，余球作《五大夫新桥记》

《八琼室金石补正》卷七三载余球《五大夫新桥记》云："时大云寺常雅公，本吴郡富春孙氏，因宦徙居金华焉。上人少小聪慧，知释教之可归，卯岁从缁，心若冰镜，戒全鹅珠，穷阿难之妙音，洞迦叶之微旨。既见我皇帝乾元启运，布德维新，遂乃发心慕缘，造兹桥二所。其桥上临星斗，下跨洪流，资万世之妙因，旌千秋之胜善。时有前溧水尉彭城刘公日皋，发心造斯胜幢，其议□卓立南岸，用彰永福□□□□□太子岳牧县宰父□师僧，十室长幼，资其冥福，使亿劫著善，为行旅揭厉，逃炎送钱，赏玩怡神者哉！时廉使李公仁风远扇，卧牧百城；邑大夫王公术过烹鲜，轸嵇琴于棠树。丞公簿尉诸公，有仇香之异能，同梅真之惠化。并州县职吏，及市内尊幼，四村檀越，并八龙兄弟，三虎子孙，共植胜因，同崇广福。会昌三年岁在渊献月属无射二十有九日建。"①记作于会昌三年九月，浙东观察使为李师稷。

杜牧有诗寄浙东从事韩乂

杜牧《寄浙东韩八（乂）评事》诗云："一笑五云溪上舟，跳丸日月十经秋。鬓衰酒减欲谁泥，迹辱魂惭好自尤。梦寐几回迷蛱蝶，文章应解伴牢愁。无穷尘土无聊事，不得清言解不休。"②按，本诗约会昌三年（843）作，时杜牧在黄州刺史任。据杜牧《荐韩乂启》，杜牧大和八年（834）自淮南有事至越，见韩乂于镜上。本诗有"跳丸日月十经秋"句，以大和八年（834）下延十年为会昌三年（843）。韩乂，越中（今浙江绍兴）人，大和中入沈传师江西、宣州幕，与杜牧同事。后至越中任幕吏。为人贞洁芳茂，非其人不与游，非其食不敢食。评事，即大理评事。大理是大理寺，掌管刑狱的官署，设有大理寺卿、少卿、评事等。此处是韩乂为浙东幕吏时所带之京衔。杜牧为黄州刺史，由李德裕排挤所致，故心中颇多抑郁不平，与友人酬赠之作不免流露出来。本诗表现自己牢骚不平与无聊之态。诗中"五云溪"，即若耶溪。《嘉泰会稽志》卷十"水·会稽县"："若耶溪在县南二十五里，溪北流与镜湖合。……唐徐季

---

① ［清］陆增祥撰：《八琼室金石补正》卷七三，第 509 页。
② ［清］彭定求：《全唐诗》卷五二三，第 5980 页。

海尝游溪,因叹曰:'曾子不居胜母之间,吾岂游若耶之溪?'遂改为五云溪。"①缪钺《杜牧年谱》会昌四年:"杜牧于大和八年有事至越州,曾见韩乂,此诗云:'一笑五云溪上舟,跳丸日月十经秋。'自大和八年下数十年,应是本年,惟诗中所谓'十年',多约略之词,亦不必恰是十年,姑系于此。"②录之存参。

方干约于本年始隐镜湖

吴在庆《增补唐五代文史丛考》有"方干始归隐镜湖之时间",考订方干归隐镜湖约在会昌三年。其略云:"方干于唐武宗会昌(841—846)间已隐居镜湖了。考方干有《寄普州贾司仓岛》诗:'乱山重复迭,何路访先生。岂料多才者,空垂不世名。闲曹犹得醉,薄俸亦胜耕。莫问吟诗石,年年芳草平。'据此诗诗题及诗所叙,诗乃作于贾岛为普州司仓时,故《唐诗纪事》卷四○《贾岛》载岛'自长江迁普州司仓,方干自镜湖寄诗曰:乱山重复迭……'那么贾岛何时任普州司仓?考苏绛《贾司仓墓志铭》记:'解褐,责授遂州长江县主簿。三年在任,卷不释手。秩满,迁普州司仓参军。……会昌癸亥岁七月二十八日终于郡官舍。'(《全唐文》卷七六三)据李嘉言《贾岛年谱》,贾岛任普州司仓参军在开成五年(840)九月至会昌三年(843)七月卒时,则方干寄诗贾岛当在此时间内。《唐诗纪事》谓'方干自镜湖寄诗',则可知方干最迟在会昌三年已隐居于镜湖矣。"③

吴在庆、傅璇琮《唐五代文学编年史·晚唐卷》会昌三年:"七月,贾岛本年六十五岁,在普州司仓参军任。此时前,方干曾自镜湖寄诗相慰。二十八日卒。后李频、无可、曹松、李克恭等人有诗哭吊,苏绛为撰墓志铭。晚唐郑谷、贯休、杜荀鹤、崔涂诸诗人或读其诗集,或过其墓,皆致哀吊崇仰之情。有《长江集》十卷。《新唐书·贾岛传》:'会昌初,以普州司仓参军迁司户,未受命卒,年六十五。'其任普州司仓时,方干有《寄普州贾司仓岛》(《全唐诗》卷六四九),中云:'岂料多才者,空垂不世名。……莫问吟诗石,年年芳草平。'《唐诗纪事》卷四十贾岛条:'自长江迁普州司仓,方干自镜湖寄诗曰……'方干之寄诗最迟当在本年。……岛卒后,诸文士多有哭吊之作,李频《哭贾岛》(《全唐诗》卷五八九):'恨声流蜀魄,冤气入湘云。无限风骚句,时来日夜闻。'……贯休有《读刘得仁贾岛集二首》(《全唐诗》卷八二九),又

① [宋]施宿:《嘉泰会稽志》卷一○,《宋元浙江方志集成》第4册,第1846页。
② 缪钺:《杜牧年谱》,第175页。
③ 吴在庆:《增补唐五代文史丛考》,第161—162页。

《读贾区贾岛集》(《全唐诗》卷八三三)：'区终不下岛，岛亦不多区。冷格俱无敌，贫根亦似愚。'"①

任翻为本年前后诗人，家江东，多游会稽等地。翻颇有诗名，有诗一卷

辛文房《唐才子传·任蕃传》："蕃，会昌间人，家江东，多游会稽、苕、霅间。初亦举进士之京，不第。……归江湖，专尚声调。去游天台巾子峰，题诗壁间云：'绝顶新秋生夜凉，鹤翻松露滴衣裳。前峰月照一江水，僧在翠微开竹房。'既去百余里，欲回改作'半江水'，行到题处，他人已改矣。后复有题诗者，亡其姓名，曰：'任蕃题后无人继，寂寞空山二百年。'才名类是。凡作必使人改视易听，如《洛阳道》云：'憧憧洛阳道，尘下生春草。行者岂无家，无人在家老。鸡鸣前结束，争去恐不早。百年路傍尽，白日车中晓。求富江海狭，取贵山岳小。二端立在途，奔走何由了。'想蕃风度，此不足举其梗概。有诗七十七首，为一卷。"②吴在庆、傅璇琮《唐五代文学编年史·晚唐卷》编于本年，并云："《诗人主客图》标举任蕃《惜花诗》之'无语与春别，细看枝上红'句，并列为'清奇雅正'之升堂者。按蕃又作翻、藩，《新唐书·艺文志》四著录《任翻诗》一卷，《直斋书录解题》卷二二文史类又录其《文章玄妙》一卷，云：'言作诗声病对偶之类，凡世所传诗格，大率相似。'《全唐诗》卷七二七录其诗十八首。"③

"任翻"或作"任蕃"。《唐诗纪事》卷六四、《唐才子传》卷七作"任蕃"。《新唐书·艺文志四》："《任翻诗》一卷。"④《嘉定赤城志》卷三二："任翻，有诗名。其《题帢帻峰》一绝尤脍炙。按：《唐诗主客图》云郡人。今按：翻所赋《台州早春》诗有'岂堪沧海畔，为客十年来'之句，则知其寓此耳。"⑤应作"任翻"为是。

任翻游浙东诗有如下几首：

《葛仙井》："古井碧沉沉，分明见百寻。味甘传邑内，脉冷应山心。圆入月轮净，直涵峰影深。自从仙去后，汲引到如今。"⑥

《越江渔父》："借问钓鱼者，持竿多少年。眼明汀岛畔，头白子孙前。棹入花时

---

① 吴在庆、傅璇琮：《唐五代文学编年史·晚唐卷》，第225—226页。
② 傅璇琮主编：《唐才子传校笺》第3册，第346—349页。
③ 吴在庆、傅璇琮：《唐五代文学编年史·晚唐卷》，第232页。
④ ［宋］欧阳修、宋祁：《新唐书》卷六○，第1615页。
⑤ ［宋］陈耆卿：《嘉定赤城志》卷三二，《宋元浙江方志集成》第11册，第5431页。
⑥ ［清］彭定求：《全唐诗》卷七二七，第8333页。

浪,灯留雨夜船。越江深见底,谁识此心坚。"①

《桐柏观》:"飘飘云外者,暂宿聚仙堂。半夜人无语,中宵月送凉。鹤归高树静,萤过小池光。不得多时住,门开是事忙。"②

《赋台州早春》:"微雨夜来歇,江南春色回。已惊时不住,还恐老相催。人好千场醉,花无百日开。岂堪沧海畔,为客十年来。"③按,本诗《全唐诗》仅存末二句。《天台前集》录其全诗,题《台州早春》。《全唐诗续拾》据此录入④。

《宿巾子山禅寺》:"绝顶新秋生夜凉,鹤翻松露滴衣裳。前峰月映半江水,僧在翠微开竹房。"⑤巾子山在台州,宋祝穆《方舆胜览》卷八"台州·巾子山":"在州东南一里一百步,连小固山,横崎江之下流,在城中。两峰如恰帻,其顶双塔差肩,有明庆塔院。塔之南有翠微,阁北有广轩,下瞰闤闠,南眺郊薮,廛市山川之盛,一目俱尽,故其胜概名天下,登临者必之焉。"⑥

《再游巾子山寺》:"灵江江上帻峰寺,三十年来两度登。野鹤尚巢松树遍,竹房不见旧时僧。"⑦

《三游巾子山寺感述》:"清秋绝顶竹房开,松鹤何年去不回。惟有前峰明月在,夜深犹过半江来。"⑧

值得重视的是其游巾子山诗三首对于后来影响很大,主要有两个方面值得关注:一是前引《唐才子传》有关"半江水"的故事,李东阳《怀麓堂诗话》云:"《唐音遗响》所载任翻题台州寺壁诗,曰'前峰月照一江水,僧在翠微开竹房'。既去,有观者取笔改'一'字为'半'字。翻行数十里,乃得'半'字,亟回欲易之,则见所改字。因叹曰:'台州有人!'"⑨二是宋代朱熹在台州讲学,见任蕃游巾子山诗,分咏四首。《巾子山志》载朱熹《题巾峰精舍分咏任翻宿帻峰诗》⑩。宋人叶茵有《次台州巾子山任翻韵》:"天留胜处占清凉,山挟波光薄我裳。看遍尘寰兴废事,竹阴千古一禅

① [清]彭定求:《全唐诗》卷七二七,第8334页。
② [清]彭定求:《全唐诗》卷七二七,第8333页。
③ [宋]李庚等编,郑钦南、郑苍钧点校:《天台前集》卷下,《天台集》,第82页。
④ 陈尚君:《全唐诗续拾》卷三五,《全唐诗补编》,第1231页。
⑤ [清]彭定求:《全唐诗》卷七二七,第8335页。
⑥ [宋]祝穆:《宋本方舆胜览》卷八,第107页。
⑦ [清]彭定求:《全唐诗》卷七二七,第8335页。
⑧ [清]彭定求:《全唐诗》卷七二七,第8335页。
⑨ 李庆立:《怀麓堂诗话校释》,人民文学出版社2009年版,第149页。
⑩ 项士元:《巾子山志》卷二,中国文史出版社2005年版,第41页。

房。"①宋人薛师古《巾山》诗:"斜日满山人到少,任蕃去后我来登。"②宋人舒岳祥有《戏述任翻诗句酬储梅癯见和之作》③,明人王宗沐有《读任翻初到巾峰寺诗分咏得四绝句》④,清人宋世荦有《巾山双塔歌》言及任蕃:"任翻三至曾题诗,紫阳四章照岩壑。"⑤清人洪坤煊亦有《巾子山双塔歌》言及任蕃:"塔底飘飘起烟雾,尚忆任公题宿句。月明自照竹房空,鹤唳还惊松顶露。后来继者朱文公,怀古徐徐留遗风。"⑥清人项嗣吕有《咏巾子山以任翻先生诗首章分题四绝》⑦。

本年,李文举为明州刺史

《故范阳汤氏夫人权厝记文》:"会昌三年八月十日,鳏夫朝散大夫使持节明州诸军事守明州刺史上柱国李文举记。"⑧

844　唐武宗会昌四年甲子

二月,台州人项斯及第,有陪诸同年宴诗,授丹徒县尉

项斯《春夜樊川竹亭陪诸同年宴》诗云:"相知皆是旧,每恨独游频。幸此同芳夕,宁辞倒醉身。灯光遥映烛,萼粉暗飘茵。明月分归骑,重来更几春。"⑨张洎《项斯诗集序》:"会昌四年,左仆射王起下进士及第,始命润州丹徒县尉。"⑩《唐才子传》卷七《项斯传》:"项斯字子迁,江东人。会昌四年王起下第二人进士,始命润州丹徒县尉。"⑪

---

① 项士元:《巾子山志》卷二,第41页。
② 项士元:《巾子山志》卷一,第7页。
③ 项士元:《巾子山志》卷二,第41页。
④ 项士元:《巾子山志》卷二,第42页。
⑤ 项士元:《巾子山志》卷五,第163页。
⑥ 项士元:《巾子山志》卷五,第164页。
⑦ 项士元:《巾子山志》卷一,第19页。
⑧ 印志华主编:《隋唐五代墓志汇编·江苏山东卷》第1册,第93页。
⑨ [清]彭定求:《全唐诗》卷五五四,第6415页。
⑩ [清]陆心源:《唐文拾遗》卷四七,《全唐文》附,第10906页。
⑪ 傅璇琮主编:《唐才子传校笺》第3册,第329页。

宋钱易《南部新书》卷甲："项斯始未为闻人,因以卷谒江西杨敬之。杨甚爱之,赠诗云:'几度见诗诗尽好,及观标格过于诗。平生不解藏人善,到处逢人说项斯。'未几诗达长安,斯明年登上第。"①《唐诗纪事》卷四九项斯条:"斯字子迁,江东人。始未为闻人,因以卷谒杨敬之,杨苦爱之,赠诗云:'几度见诗诗尽好,及观标格过于诗。平生不解藏人善,到处逢人说项斯。'未几,诗达长安,明年擢上第。"②《太平广记》卷二〇二引《尚书故实》云:"杨敬之爱才公正。尝知江表之士项斯,赠诗曰:'处处见诗诗总好,及观标格过于诗。平生不解藏人善,到处相逢说项斯。'因此遂登高科也。"③《嘉定赤城志》卷三二:"项斯,郡人,字子迁。按:张为《唐诗主客图》有'清奇雅正升堂项斯'之语。擢进士第,官至丹徒尉。《张洎集序》作江东人。"④

二月,信安人孙玉汝及进士第

《登科记考》卷二二"会昌四年进士科":"孙玉汝,《永乐大典》载《信安志》引《登科记》,孙玉汝登会昌四年进士第。《容斋续笔》云:'《唐登科记》,会昌四年及第进士有孙玉汝。李景让为御史大夫,劾罢侍御史孙玉汝。《会稽大庆寺碑》,咸通十一年所立,云衢州刺史孙玉汝记。荣王宗绰《书目》有《南北史选练》十八卷,云孙玉汝撰,盖其人也。'"⑤

顾逢为永康县尉,马戴、项斯作诗相送

马戴《送顾少府之永康》诗云:"婺女星边去,春生即有花。寒关云复雪,古渡草连沙。宿次吴江晚,行侵日徼斜。官传梅福政,县顾赤松家。烧起明山翠,潮回动海霞。清高宜阅此,莫叹近天涯。"⑥

项斯《送顾少府》诗云:"作尉年犹少,无辞去路赊。渔舟县前泊,山吏日高衙。幽景临溪寺,秋蝉织杼家。行程须过越,先醉镜湖花。"⑦题一作"送顾逢尉永康"。是知顾少府为顾逢。按:项斯会昌四年与马戴同榜登第,盖其时顾逢作尉永康,项斯与马戴在京城相送。姑系此诗于会昌四年。

---

① [宋]钱易撰,尚成校点:《南部新书》卷甲,第9页。
② [宋]计有功:《唐诗纪事》卷四九,第740页。
③ [宋]李昉等:《太平广记》卷二〇二,第1523页。
④ [宋]陈耆卿:《嘉定赤城志》卷三二,《宋元浙江方志集成》第11册,第5429页。
⑤ [清]徐松:《登科记考》卷二二,第800页。
⑥ [清]彭定求:《全唐诗》卷五五六,第6444页。
⑦ [清]彭定求:《全唐诗》卷五五四,第6413页。

明州司马宋元质卒，王薰为其撰写墓志

新出土《宋元质墓志》，全称为《大唐故朝散大夫守明州司马上柱国宋君墓志文并序》，题署："乡贡进士王薰述并书兼撰。"志云："君讳元质，其先微子之裔之也。洎周秦已降，贤喆继踵，簪绂斯皇，世家庸蜀，今居京兆矣。……始授虔州司户参军。荐膺明州司马，所谓官分半刺，名美全材。奉上以忠，事亲惟孝，执谦好德，人而无间。宜乎天垂景福，寿考不亡，遂跻不惑之年，莫遘期颐之运。越会昌四年冬十月二日，终于辅兴里之私第，春秋卅。"①志载邰紫琳《唐代守明州司马宋元质墓志考略》，载《文博》2016 年第 5 期。

韦庸在温州刺史任，凿会昌湖

《弘治温州府志》卷四"叙水"："会昌湖，在郡城西南五里。唐会昌四年，韦守重开凿浚治，因以为名。"②《嘉靖温州府志》卷三："武宗会昌中为温州刺史，西北水入江，庸筑堤浦口，凿湖十里以溉田，水不为害，民德之，称其湖曰会昌湖，其堤曰韦公堤。"③《闽书》卷五三："庸自鄞州刺史兼检校尚书祠部郎拜官，留心民瘼。转温州刺史、鸿胪少卿。右开成中任。"④由其开成中为泉州刺史，后转温州刺史。姑系其为温州刺史在会昌三年。

十月，苏球为温州刺史

《闽中金石志》卷一《木龙赞》跋引《泉州府志》："太守苏球作《木龙赞》。刺史苏球，以会昌元年六月任泉州清源郡，四年十月转温州。"⑤郁贤皓先生《唐刺史考全编》卷一五〇即系于会昌四年⑥。

本年，乔庶为台州刺史

《嘉定赤城志》卷八"秩官门·历代郡守"："会昌六年，乔庶、郑薰。"⑦《唐文拾

---

① 邰紫琳：《唐代守明州司马宋元质墓志考略》，载《文博》2016 年第 5 期，第 67—68 页。
② [明]王瓒：《弘治温州府志》卷三，《天一阁藏明代方志选刊续编》第 32 册，第 136 页。
③ [明]张璁：《嘉靖温州府志》卷三，《天一阁藏明代方志选刊》第 17 册，第 14 页。
④ [明]何乔远：《闽书》卷五三，福建人民出版社 1994 年版，第 1383 页。
⑤ [清]冯登府编：《闽中金石志》卷一，文物出版社 1982 年版，第 38 页。
⑥ 郁贤皓：《唐刺史考全编》卷一五〇，第 2146 页。
⑦ [宋]陈耆卿：《嘉定赤城志》卷八，《宋元浙江方志集成》第 11 册，第 5153 页。

遗》卷三〇宋诚《苍山庙记》:"会昌四年冬,梁园乔公自尚书郎来守是邦。"①作"四年"是。

845　唐武宗会昌五年乙丑

四月,李方玄为处州刺史,诏下未赴任而卒,杜牧有感而作诗,并作墓志与祭文

杜牧《池州李使君没后十一日处州新命始到后见归妓感而成诗》云:"缙云新命诏初行,才是孤魂寿器成。黄壤不知新雨露,粉书空换旧铭旌。巨卿哭处云空断,阿鹜归来月正明。多少四年遗爱事,乡闾生子李为名。"②按,诗为会昌五年(845)作。李使君为李方玄,《新唐书·李方玄传》:"方玄,字景业,第进士。裴谊奏署江西府判官。有大狱,论死者十余囚,方玄刺审其冤,悉平贷之。累为池州刺史,钩检户籍,所以差量傜赋者,皆有科品程章,吏不得私。常曰:'沈约年八十,手写簿书,盖为此云。'终处州刺史。"③杜牧《唐故处州刺史李君墓志铭》:"罢池,廉使韦公温馆于宣城。会昌五年四月某日,卒于宣城客舍,年四十三。"④

《祭故处州李使君文》表现二人之间的交往与感情,颇为密切真挚,今录之于下:"维会昌五年,岁次乙丑,某月日,池州刺史杜牧谨遣军事押衙王鏻,谨以清酌庶羞之奠,敬致祭于亡友李君起居之灵。忆昔相遇,两未生须。京师众中,迹犹甚疏。一言道合,尽写有无。我于宣城,忝迹宾吏。君随幕府,东下继至。复与友人,故薛子威。邂逅适愿,如相为期。放论剧谈,各持是非。攻强讨深,张矛彀机。怒或龁赫,终成笑嬉。于后七年,君拜左史,来蜀西川。我官补阙,云愧我先。拜章请代,盖私我焉。我有家事,乞假南来。循行里第,君出离杯。令弟在席,恣为诙谐。耳热胆张,觥联相狭。我归坠马,一支几摧。君来我坐,侧倚旁偎。持简酸吟,戏口犹开。云君我杀,以酒相加,忌我之才。及我南去,君刺池阳。我守黄冈,葭苇之场。惟君书信,前后相望。辞意纤悉,勉我自强。律我性情,补短裁长。一函每发,沉忧

① 〔清〕陆心源:《唐文拾遗》卷三〇,《全唐文》附,第 10710 页。
② 〔清〕彭定求:《全唐诗》卷五二二,第 5966—5967 页。
③ 〔宋〕欧阳修、宋祁:《新唐书》卷一六二,第 5004—5005 页。
④ 〔清〕董诰:《全唐文》卷七五五,第 7832 页。

并忘。幸会交代,沿楫若飞。江山九月,凉风满衣。为别几时,多少欢悲。志业益广,不可窥知。长人之术,首为吏师。纵酒十日,舞袖傤垂。语公之余,且及其私。许以季女,配我长儿。莫云稚齿,可以指期。各负少壮,轻后会时。寓居宣城,书札日驰。一疾不起,讣来犹疑。"①

七月,元晦为浙江东道观察使,作《除浙东留题桂林郡林亭》,路贯作诗唱和

元晦《除浙东留题桂林郡林亭》诗云:"紫泥远自金銮降,朱旆翻驰镜水头。陶令风光偏畏夜,子牟衰鬓暗惊秋。西邻月色何时见,南国春光岂再游。莫遣艳歌催客醉,不堪回首翠蛾愁。"②路贯《和元常侍除浙东留题》诗云:"谢安致理逾三载,黄霸清声彻九重。犹辍珮环归凤阙,且将仁政到稽峰。林间立马罗千骑,池上开筵醉一钟。共喜甘棠有新咏,独惭霜鬓又攀龙。"③元晦会昌五年为浙东观察使,见《会稽掇英总集》卷一八《唐太守题名记》:"元晦,会昌五年七月,自桂管观察使授。大中元年五月,追赴阙,中路除卫尉分司东都。"④《嘉泰会稽志》卷二"太守"同⑤。《册府元龟》卷四五七"台省部":"元晦为吏部郎中,会昌三年二月除右谏议大夫。制曰:昔汲黯薄淮阳守,愿出入禁闱补过,拾遗则谏诤之任,实资谅直。我求其比,今得正人。吏部郎中元晦,往在内庭,曾感先顾,奋发忠恳,不私形骸,俯伏青蒲,至于零涕。数共工之罪,不蔽尧聪;辩垣平之诈,益彰文德。近因旌别邪正,宰弼上言,以鲁公藏罟,莫如置革于左右;汉后茸槛,孰若列游于公卿。是用命尔,登于文陛,尔其副我宠擢,不替初心,无沽小名,以枉大节,勉服官业,期于有终。"⑥

秋,李中敏为婺州刺史,裴夷直有诗寄之,杜牧亦有诗叹其遭遇

裴夷直《寄婺州李给事二首》诗,其一云:"心尽玉皇恩已远,迹留江郡宦应孤。不知壮气今何似,犹得凌云贯日无。"其二云:"瘴鬼翻能念直心,五年相遇不相侵。目前唯有思君病,无底沧溟未是深。"⑦

杜牧《李给事中敏二首》诗云,其一云:"一章缄拜皂囊中,懔懔朝廷有古风。元

① [清]董诰:《全唐文》卷七五六,第7850—7851页。
② [清]彭定求:《全唐诗》卷五四七,第6316页。
③ [清]彭定求:《全唐诗》卷五四七,第6316—6317页。
④ [宋]孔延之:《会稽掇英总集》卷一八,《宋元浙江方志集成》第14册,第6555页。
⑤ [宋]施宿:《嘉泰会稽志》卷二,《宋元浙江方志集成》第4册,第1667页。
⑥ [宋]王钦若:《册府元龟》卷四五七,第5431页。
⑦ [清]彭定求:《全唐诗》卷五一三,第5862页。

礼去归猴氏学,江充来见犬台宫。纷纭白昼惊千古,铁锁朱殷几一空。曲突徙薪人不会,海边今作钓鱼翁。"其二云:"晚发闷还梳,忆君秋醉余。可怜刘校尉,曾讼石中书。消长虽殊事,仁贤每自如。因看鲁褒论,何处是吾庐。"①

按,诸诗为会昌五年(845)作。李给事,即李中敏,字藏之,元和中擢进士第,曾与杜牧同入沈传师江西幕府,入拜侍御史。性刚峭,与杜牧、李甘相善,其文辞气节大抵相上下。新、旧《唐书》有传。《新唐书·李中敏传》:"迁给事中……开成末,为婺、杭二州刺史,卒于官。"②《资治通鉴》卷二四六:开成五年十一月,"李德裕亦以中敏为杨嗣复之党,恶之,出为婺州刺史。"③诗有"海边今作钓鱼翁"句,则其诗当作于中敏守婺时。考《全唐诗》卷五一三裴夷直有《寄婺州李给事二首》,其二云:"瘴鬼翻能念直心,五年相遇不相侵。目前唯有思君病,无底沧溟未是深。"④按据《旧唐书·文宗纪》,裴夷直开成五年八月贬杭州刺史,与中敏先后离朝。会昌元年三月,夷直再贬骧州司户。诗即作于贬所,因诗中有瘴鬼之谓,只有骧州当之。夷直诗言至其地已五年而未受瘴气侵害,则诗作于会昌五年。夷直诗其一又言:"心尽玉皇恩已远,迹留江郡宦应孤。"⑤婺州境有东阳江,故诗称"江郡",又称"迹留""宦应孤",则中敏其时正守婺。据证杜牧《李给事二首》诗亦当作于会昌五年。《通鉴》等书记中敏守婺时间有误。说参郭文镐《杜牧诗文系年小札》⑥。

这里需要进一步考证的是裴夷直和李中敏被贬官的背景,与朝政起伏、朋党相争、宦官专权具有密切关联。《资治通鉴》开成五年记载:"春正月己卯,诏立颍王瀍为皇太弟,应军国事权令句当。且言太子成美年尚冲幼,未渐师资,可复封陈王。时上疾甚,命知枢密刘弘逸、薛季棱引杨嗣复、李珏至禁中,欲奉太子监国。中尉仇士良、鱼弘志以太子之立,功不在己,乃言太子幼,且有疾,更议所立。李珏曰:'太子位已定,岂得中变!'士良、弘志遂矫诏立瀍为太弟。是日,士良、弘志将兵诣十六宅,迎颍王至少阳院,百官谒见于思贤殿。瀍沉毅有断,喜愠不形于色。与安王溶皆素为上所厚,异于诸王。辛巳,上崩于太和殿。以杨嗣复摄冢宰。癸未,仇士良说太弟赐杨贤妃、安王溶、陈王成美死。敕大行以十四日殡,成服。谏议大夫裴夷

① [清]彭定求:《全唐诗》卷五二一,第5952页。
② [宋]欧阳修、宋祁:《新唐书》卷一一八,第4290页。
③ [宋]司马光:《资治通鉴》卷二四六,第7948页。
④ [清]彭定求:《全唐诗》卷五一三,第5862页。
⑤ [清]彭定求:《全唐诗》卷五一三,第5862页。
⑥ 郭文镐:《杜牧诗文系年小札》,载《人文杂志》1989年第5期,第121—122页。

直上言期日太远,不听。时仇士良等追怨文宗,凡乐工及内侍得幸于文宗者,诛贬相继。夷直复上言:'陛下自藩维继统,是宜俨然在疚,以哀慕为心,速行丧礼,早议大政,以慰天下。而未及数日,屡诛戮先帝近臣,惊率土之视听,伤先帝之神灵,人情何瞻!国体至重,若使此辈无罪,固不可刑;若其有罪,彼已在天网之内,无所逃伏,旬日之外行之何晚!'不听。"①其后,裴夷直被贬为杭州刺史,李中敏也在此时得罪了宦官被贬为婺州刺史。《通鉴》又曰:开成五年,"十一月,癸酉朔,上幸云阳校猎。故事,新天子即位,两省官同署名。上之即位也,谏议大夫裴夷直漏名,由是出为杭州刺史。开府仪同三司、左卫上将军兼内谒者监仇士良,请以开府荫其子为千牛,给事中李中敏判曰:'开府阶诚宜荫子,谒者监何由有儿?'士良惭恚。李德裕亦以中敏为杨嗣复之党,恶之,出为婺州刺史。"②因为朝政的翻覆加以宦官的专权,杨嗣复受到唐武宗和宦官仇士良的嫉恨,先贬为湖南观察使,再贬为潮州司马;裴夷直先贬为杭州刺史,再贬为骠州司马;李中敏被贬为婺州刺史。因此,裴夷直、杜牧之诗,关联着朝廷的重要政治内幕。而对于被贬的官员而言,东南一带往往是先贬的处所,岭南以至越南则是重贬的处所。裴夷直与李中敏属于同因政治事件又同年被贬之人,同命相怜,故而再贬骠州司马五年,仍然寄诗于当时的密友。杜牧与李中敏气节相当,也于李中敏为婺州刺史时作诗远相寄赠。浙东唐诗之路也是一条贬谪之路,于此可见一斑。

本年,崔周衡卒于处州刺史任

新出土《唐故乡贡进士博陵崔君(文龟)墓志铭并叙》:"大中十二年冬,君始被疾,不果与计偕。明年三月□极,四日谓璐曰:予之疾不可为也。前十一月时,赋咏题诗云:惆怅春烟暮,流波亦暗随。是日歇血,盖有征焉。又曰:予平生为文匦一箧矣,没后为我编缉之,用此为记。后三日,启足于长安新昌里僦第,年二十七。以其年四月十一日,葬于京兆府万年县洪原乡曹村少陵原,从先榇,礼也。……君讳文龟,字昌九。曾大父太子洗马讳崟。大父湖州司马、赠亳州刺史讳昶。显考尚书都官员外郎、处州刺史讳周衡。我舅处州府君以茂德懿行,弈世流辉,娶京兆韦夫人,即故翰林学士、尚书户部侍郎讳表微之女。君,处州冢子也,生八岁即失所恃,逮十三而

①　[宋]司马光:《资治通鉴》卷二四六,第 7943—7944 页。
②　[宋]司马光:《资治通鉴》卷二四六,第 7947—7948 页。

孤,与其姊弟妹相鞠于季父。"①按,以墓主大中十三年(859)卒,年二十七推之,其生年为大和七年(833)。再推其十三岁为会昌五年(845)。是年崔周衡卒于处州刺史任。

诗人邢群为处州刺史

杜牧《唐故歙州刺史邢君(群)墓志铭并序》:"会昌五年,涣思由户部员外郎出为处州。时牧守黄州,岁满转池州,与京师人事离阔,四五年矣,闻涣思出,大喜曰:'涣思果不容于会昌中,不辱吾御史举矣。'涣思罢处州,授歙州,牧自池转睦,歙州相去直东西三百里,问来人曰:'邢君何以为治?'曰:'急于束缚黠夷。冗事弊政,不以久远,必务尽根本。'牧曰:'邢君去缙云日,稚老泣送于路,用此术也。'复问:'闲日何为?'曰:'时饮酒高歌极欢。'牧曰:'邢君不喜酒,今时饮酒且歌,是不以用系虑而不快于守郡也?'复问曰:'日食几何?'曰:'嗜彘肉,日再食。'牧凡三致专书,曰:'《本草》言是肉能闭血脉,弱筋骨,壮风气,嗜之者必病风。'数月,涣思正握管,两手反去背,仆于地,竟日乃识人,果以风疾废。舟东下,次于睦,两扶相见,言涩不能拜。语及家事,曰:'为官俸钱,事骨肉亲友,随手皆尽。盖壮未期病,病未期死,今病必死,未死得生至洛,幸矣,妻儿不能知矣。'"②

本年,诏浙西、浙东选送进士不得超过十五人,明经不得超过二十人

《文献通考》:"会昌五年,……州府举士人等,其……浙西、浙东等道所送进士不得过一十五人,明经不得过二十人。"③

846 唐武宗会昌六年丙寅

郑薰宿桐柏观作诗

郑薰《冬暮挈家宿桐柏观》诗云:"深山桐柏观,残雪路犹分。数里踏红叶,全家

---

① 胡戟、荣新江:《大唐西市博物馆藏墓志》,第949页。
② [清]董诰:《全唐文》卷七五五,第7833页。
③ [元]马端临:《文献通考》卷二九,第275—276页。

穿碧云。月寒岩障晓,风远蕙兰芬。明日出林去,吹笙不可闻。"①郑薰本年在台州
刺史任,诗即其时宿桐柏观之作。

李敬方为台州长史,登天姥、望天台山并作诗

李敬方《登天姥》诗云:"天姥三重岭,危途绕峻溪。水喧无昼夜,云暗失东西。
问路音难辨,通樵迹易迷。依稀日将午,何处一声鸡?"②

李敬方《天台晴望》诗云:"天台十二旬,一片雨中春。林果黄梅尽,山苗半夏
新。阳乌晴展翅,阴魄夜飞轮。坐冀无云物,分明见北辰。"③《天台前集别编》收此
诗,题作《喜晴》,题注:"时左迁台州刺史。"④《唐五代文学编年史·晚唐卷》:"《文
苑英华》卷一五五录有李敬方《喜晴》诗,下注云:'时左迁台州刺史。'然黄㿟等《嘉
定赤城志》卷十则记李敬方会昌六年为台州司马。岑仲勉《郎官石柱题名新考订》
祠部郎中下亦云:'桐柏山题名有会昌六年三月台州长史员外安置李敬方。'此诗
《全唐诗》卷五〇八题作《天台晴望》,中有'天(一作到)台十二旬,一片雨中春。林
果黄梅(一作垂杨)尽,山苗半夏新'句,盖此时作。又敬方尚有《汴河直进船》:'汴
水通淮利最多,生人为害亦相和。东南四十三州地,取尽脂膏是此河。'诗颇具讽
意,作年亦未可考知,今一并系于此。"⑤

按,《嘉定赤城志》卷一〇"秩官门":"会昌六年李敬方。"注:"按《桐柏山题名》
云:是年三月,台州长史员外置李敬方自寒山回游此。"⑥又孙谏卿《唐明州象山县
蓬莱观碑铭并序》:"今上登御之元年,县令弘农杨宏正……告刺史陇西李公敬
方。"⑦《元丰类稿》卷一九《广德湖记》亦云:"大中元年……刺史李敬方与(李)后素
皆赋诗刻石,以见其事。"⑧则大中元年李敬方已在明州刺史任。则其《登天姥》诗
应作于会昌六年。

① [宋]李庚等编,郑钦南、郑苍钧点校:《天台前集》卷中,《天台集》,第 66 页。
② 陈尚君:《全唐诗续给》卷二九,《全唐诗补编》,第 1102 页。
③ [清]彭定求:《全唐诗》卷五〇八,第 5774 页。
④ [宋]李庚等编,郑钦南、郑苍钧点校:《天台前集别编》,《天台集》,第 119 页。
⑤ 吴在庆、傅璇琮:《唐五代文学编年史·晚唐卷》,第 264 页。
⑥ [宋]陈耆卿:《嘉定赤城志》卷一〇,《宋元浙江方志集成》第 11 册,第 5183 页。
⑦ [清]董诰:《全唐文》卷七八八,第 8248 页。
⑧ [宋]曾巩:《南丰先生元丰类稿》卷一九,民国十八年(1929)上海商务印书馆《四部丛刊初编》本,
第 1 页。

十月，台州立《唐苍山庙记》碑

宋陈思《宝刻丛编》卷一三"台州"引《复斋碑录》："《唐苍山庙记》，唐宋诚撰，分书，无姓名，篆额，会昌六年十月记。"①

本年，越州诗人吴融出生

吴融出生年月，未见史籍记载。柏俊才《吴融年谱》考订为会昌六年②。今从之。

吴融籍贯，《新唐书·文艺传》："吴融，字子华，越州山阴人。"③《南部新书》卷庚云："吴融，字子华，越州人。弟蜕，亦为拾遗。蜕子程，为吴越丞相，尚武肃女。"④《十国春秋》所载《吴程传》："吴程字正臣，山阴人。父蜕，大顺中登进士，解褐镇东军节度掌书记。"⑤《全唐诗》卷六八四《吴融小传》："吴融，字子华，越州山阴人。龙纪初，及进士第。"⑥孙光宪《北梦琐言》卷五："钱尚父始杀董昌，奄有两浙，得行其志，士人耻之。吴侍郎，越州萧山县人，举进士，场中甚有声采。"⑦则称为萧山县人，与《新唐书》等记载不同。

吴融山阴人，其诗亦有描写山阴景况者，如《山居即事》云："无邻无里不成村，水曲云重掩石门。何用深求避秦客，吾家便是武陵源。"⑧然新昌地方学者竺岳兵《吴融越中行迹考》以为吴融曾经退隐于新昌的小石佛寺，本诗是其隐居时所作。此说可以参考。

① [宋]陈思编著：《宝刻丛编》卷一三，第834页。
② 柏俊才：《吴融年谱》，载《文献》1998年第4期，第22—24页。
③ [宋]欧阳修、宋祁：《新唐书》卷二〇三，第5795页。
④ [宋]钱易撰，尚成校点：《南部新书》卷庚，第54页。
⑤ [清]吴任臣：《十国春秋》卷八七，中华书局2010年版，第1256页。
⑥ [清]彭定求：《全唐诗》卷六八四，第7847页。
⑦ [五代]孙光宪撰，贾二强点校：《北梦琐言》卷五，中华书局2002年版，第102页。
⑧ [清]彭定求：《全唐诗》卷六八四，第7848页。

847 唐宣宗大中元年丁卯

四月,僧志闲撰、僧守清书、僧昭义造《越州诸暨县香严寺经藏记》

法国国家图书馆所藏敦煌遗珍,有两件出于诸暨的写本,编号为伯 2804、伯 3040。题名都是《越州诸暨县香严寺经藏记》,首题:"沙门志闲撰,草堂僧守清书。" 荣新江论述道:"此文存两个写本,P.2804 保存文字较多,首题'越州诸暨县香严寺经藏记沙门志闲撰草堂僧守清书',末尾云:'碑久不存矣,今遂重刊,勒(中缺)丁卯岁四月二十八日僧昭义造。'表明此《经藏记》曾刻石立碑。据饶宗颐先生考证,此丁卯为贞元三年(787)。此抄本文字规规整整,棱角分明,不似一般写本文字,基本顶纸边书写,从文字到格式,都很像是从碑文直接摹录。贞元三年吐蕃刚刚开始统治敦煌,远在东南沿海的越州的碑刻摹本可能是在沙州回归唐朝统治以后(848 年后)才传到敦煌,这表明在晚唐时期,即使在相隔遥远的越州和敦煌之间,也有碑刻抄本的流传。此碑另一抄本是 P.3040,字体较差,抄在有界栏的写本上,表明不是录自原石或拓本。其首题'越州诸暨县香严寺经藏记沙门志闲撰草堂僧守清书',标题和撰者、书者之间没有空格,形式与 P.2804 完全相同,不似一般碑刻形制,表明 P.3040 很可能就是抄录自 P.2804 写本。"①

按,饶宗颐先生的说法见于《法藏敦煌书苑精华》②,荣新江先生根据饶宗颐先生的说法定此经藏记立于贞元三年,不确。盖此记中还有"香严经藏者,天宝元年,檀越主刘彦偕之所建也。错落贯日,棱层倚山。势若笼神,捧出金地。……大和六载,因届香严。稽首金仁独开宝藏"③等语,是知此记一定作于大和六年之后。而此后之"丁卯岁"应该是大中元年。这两件写本流入敦煌的时间,则难以确考,盖在晚唐五代之时。这件写本从诸暨传到敦煌,而且出现不同的抄本,这也说明当时的文化交流不断,浙东唐诗之路与西北丝绸之路并没有因政治的隔阂而中断。

---

① 荣新江:《石碑的力量:从敦煌写本看碑志的抄写和流传》,《唐研究》第 23 卷,北京大学出版社 2017 年版,第 312—313 页。

② 饶宗颐编:《法藏敦煌书苑精华》第 1 册,广东人民出版社 1993 年版,第 277 页。

③ 敦煌研究院编:《敦煌书法库》第 4 辑,甘肃人民美术出版社 1996 年版,第 106 页。

九月，前永宁县尉吴汝纳诣阙为其弟鸣冤

《旧唐书》卷一八下《宣宗纪》："（大中元年）九月，前永宁县尉吴汝纳诣阙称冤，言：'弟湘会昌四年任扬州江都县尉，被节度使李绅诬奏湘赃罪，宰相李德裕曲情附绅，断臣弟湘致死。'诏下御史台鞫按。"①按，永宁县于天授元年（690）更名黄岩县。

本年，杨汉公为浙江东道观察使，李商隐代郑亚作启与之

《会稽掇英总集》卷一八《唐太守题名记》："杨汉公，大中元年五月，自桂管观察使授。二年二月，追赴阙。"②《嘉泰会稽志》卷二"太守"同③。《全唐文》卷七七六李商隐有《为荥阳公与浙东大夫启》："不审近日诸趣何如？越水稽峰，乃天下之胜概；桂林孔穴，成梦中之旧游。遐想风姿，无不畅惬。一分襟袖，三变寒暄，虽思逸少之兰亭，敢厌桓公之竹马。况去思遗爱，遐布歌谣；酒兴诗情，深留景物。庾楼吟望，谢墅游娱，方知继组之难，不止颁条之事。今者冰消雪薄，江丽山春，访古迹于暨罗，探异书于禹穴，不知两乐，何者为先？幸谢故人，勉自遵摄，未期展豁，唯望音符。其他并附乔可方口述。"④

李商隐又有《为荥阳公与前浙东杨大夫启》："近已遣押衙乔可方，赍少信币聘谒，计程已过衡湘。方将遐仰清风，不谓先沾膏雨。今月二十日，专使林押衙至，缄词重叠，赠贶丰厚，皆晋地之所生也，而秦不产一物焉。使乎方来，已承征诏。下车投两，则致讴谣；高浪顺风，难窥飞止。荣闻休畅，何乐如之！某顷副宪纲，昧于官守，早乖审克，久乃发扬。旧吏常僚，微有诬引；小藩远地，难自辨明。若从文致之科，合用投荒之典。尚蒙恩宥，获颁诏条，省罪抚心，不任感惧。鄙人向学之后，操心有归。至于率履公涂，承迎亲友，虽多乖时态，或不愧座铭，又用高明，常所照信。至于机微之会，用舍之间，既有命有时，亦何思何虑，更将尚口，弥失处躬！以今月二十三日南去，家无甚累，官忝古侯，外以劝课蛮夷，内以训摩子弟，惟将悔过，以立后图。邓禹之止望功曹，赤也之愿为小相，古犹有是，余独何人！不因遭值圣明，阶缘叨窃，则修扬郡守，乃山东书生祷祠之所求也。负责虽惧，循涯则惊。多谢故人，

---

① ［后晋］刘昫：《旧唐书》卷一八下，第618页。
② ［宋］孔延之：《会稽掇英总集》卷一八，《宋元浙江方志集成》第14册，第6555页。
③ ［宋］施宿：《嘉泰会稽志》卷二，《宋元浙江方志集成》第4册，第1667页。
④ ［清］董诰：《全唐文》卷七七六，第8096页。

慎加颐保,腾凌紫闼,步武青云。时因南风,不至遐弃,厚幸。"①是李商隐代桂管观察使郑亚所作。前者大中元年作,重在状越州山水之秀丽;后者大中二年作,重在写故人深厚之情。

赵嘏在婺州,作诗与婺州刺史萧某

赵嘏《婺州宴上留别》诗,题一作《婺州宴留上萧员外》,诗云:"双溪楼影向云横,歌转高台晚更清。独自下楼骑瘦马,摇鞭重入乱蝉声。"②郁贤皓先生《唐刺史考全编》卷一四五系于大中时③。今姑置于大中元年。

日本僧人圆仁归国,栖白作诗相送,杨夔亦曾送圆仁游天台

《天台霞标》初编卷一《佛法东矣》:"会昌五年,武宗毁佛法,六年崩殂,明年宣宗即位,军牒至,日本国僧,宜归本国。于是,仁初出帝京,渐至城门,大理寺卿、中大夫、赐紫金鱼袋扬敬之,朝议郎、守尚书职方郎中、上柱国、赐绯银鱼袋(杨)鲁士,左神策押衙、银青光禄大夫、检校国子祭酒、殿中监察侍御史、上柱国李元佐,及众官曹等佥曰:我国佛法,既以绝灭,唯今随和尚东矣。若后有求法者必当向日本国④。圆仁回国在大中元年,杨夔诗在圆仁入天台时所作。

《天台霞标》初编卷一:"《送圆仁三藏归日本国》,栖白。家山临晚日,海路信归桡。树灭浑无岸,风生只有潮。岁穷程未尽,天末国仍遥。已入闽王梦,得花境外邀。"题下有注:"台麓生源寺,藏此诗(栖白)一幅,其尾曰:右载于唐僧《弘秀集》,送慈觉大师诗也。或曰:洛阳妙心寺藏《唐和赠答诗集》,其中亦载此诗。"⑤本段文字载于《佛法东矣》之后,诗即大和元年栖白送圆仁归日本之作。

《天台霞标》初编卷一:"《送日本僧游天台》,杨夔。一瓶离日外,行指赤城中。去自重云下,来从积水东。攀萝跻石径,挂锡憩松风。回首鸡林道,唯应梦想通。"题下有注:"今考其时,当吾慈觉大师入唐之时,应送大师之天台之诗,故列于兹。"⑥本段文字载于《佛法东矣》之后,诗即大和元年杨夔送圆仁归日本之作。

---

① 〔清〕董诰:《全唐文》卷七七六,第8097页。
② 〔清〕彭定求:《全唐诗》卷五五〇,第6377页。
③ 郁贤皓:《唐刺史考全编》卷一四五,第2069页。
④ 〔日〕敬雄:《天台霞标》初编卷一,《大日本佛教全书》第125册,第29页。
⑤ 〔日〕敬雄:《天台霞标》初编卷一,《大日本佛教全书》第125册,第29页。
⑥ 〔日〕敬雄:《天台霞标》初编卷一,《大日本佛教全书》第125册,第29页。

本年,李敬方为明州刺史

孙谏卿《唐明州象山县蓬莱观碑铭并序》:"今上登御之元年,县令宏农杨宏正……告刺史陇西李公敬方。"①《元丰类稿》卷一九《广德湖记》亦云:"大中元年,或上书,请废湖为田。……刺史李敬方与(李)后素皆赋诗刻石,以见其事。"②

本年,崔协摄越州上虞县令

《嘉靖浙江通志》卷二五"官师志":"崔协,博陵人。大中元年以户曹摄上虞令,值岁旱,田赋无所出。协倾家资代输之。及卒,邑人立庙祀之。"③

本年,杨弘正为象山县令

《宝庆四明志》卷二一"县令":"杨弘正,唐大中元年,修栖霞观。"④孙谏卿《唐明州象山县蓬莱观碑铭并序》:"今上登御之元年,县令宏农杨宏正,帝命而官也。精苦史事。"⑤按此碑铭拓片现存北京大学图书馆。《全唐文》卷七八八收此文,作"杨宏正",乃讳改。

本年,刘操为象山县尉

民国《象山县志》卷五《唐县尉》:"刘操,道光志:《蓬莱观碑》:县督邮,大中元年任。"⑥

848 唐宣宗大中二年戊辰

正月,濠州刺史李群卒,浙东观察判官李邺为撰墓志铭

《秦晋豫新出墓志搜佚》载有《唐故濠州刺史渤海李公(群)墓志铭》,题署:"从

---

① 〔清〕董诰:《全唐文》卷七八八,第8248页。
② 〔宋〕曾巩:《南丰先生元丰类稿》卷一九,民国十八年(1929)上海商务印书馆《四部丛刊初编》本,第1页。
③ 〔明〕胡宗宪:《嘉靖浙江通志》卷二五,明嘉靖四十年刻本,第11页。
④ 〔宋〕罗濬:《宝庆四明志》卷二一,《宋元浙江方志集成》第8册,第3552页。
⑤ 〔清〕董诰:《全唐文》卷七八八,第8248页。
⑥ 陈汉章:《象山县志》卷五,第226页。

叔浙江东道观察判官将仕郎监察御史里行邺撰。"志云:"邺于公从父也,依公最久,且不可忘。"①按,李群正月十五日卒,享龄七十。按,李邺为唐代诗人,《唐诗纪事》卷五三:"李邺《和绵州于中丞》诗云:'长听巴西事,看图胜所闻。江楼明返照,雪岭乱晴云。景象诗情在,幽奇笔迹分。使君徒说好,不抵怨离群。'邺时为户部郎官。"②其唱和时间在大中七年。又曾为兵部郎中、郓王府侍读,《唐会要》卷二六:"大中十二年四月,以谏议大夫郑覃、兵部郎中李邺为郓王侍读。"③

春,李商隐代郑亚上浙东观察使杨汉公启

李商隐有《代荥杨公上浙东杨大夫启》,刘学锴等《李商隐文编年校注》云:"钱笺:浙东杨大夫,杨汉公也。《新唐书》本传:'擢桂管、浙东观察使。'本集《为荥阳公赴桂州在道进贺端午银状》:'谨以前观察使杨汉公封印进上。'是郑亚代杨汉公之任也。《旧唐书·地理志》:浙江东道节度使或为观察使,治越州。管越、衢、婺、温、台、明等州,中都督府。按,大夫,御史大夫,为杨汉公所带之宪衔。启有'今者冰消雪薄,江丽山春'语,而未及郑亚左迁循州情事,当上于大中二年商隐自南郡抵桂林后,郑亚贬循之前,时值仲春。而据《为荥阳公与前浙东杨大夫启》'近已遣押衙乔可方,赍少信币聘谒,计程已过衡湘'语,本启当早于后启二十天左右。又据后启'今月二十日,专使林押衙至,缄词重叠,赠贶丰厚'及'以今月二十三日云南去'之语,后启当作于大中二年二月二十一日或二十二日,然则本启之作约在二月初,正值南方江浙一带'冰消雪薄,江丽山春'之时。"④该启言及越水稽峰之景,颇具特色。

李商隐又有《为荥阳公与前浙东杨大夫启》,刘学锴等《李商隐文编年校注》云:"钱笺:此为汉公去任作。……张笺:案《嘉泰会稽志》:'大中元年,汉公自桂管授浙东观察使。二年二月召。'赞宁《高僧传·知玄传》又有'大中三年诞节,诏谏议李迥孙、给事杨汉公'语,故启云'使乎方来,已承征召'。是汉公罢镇,与郑亚贬循同时也。按《会稽掇英总集·唐太守题名》云:'杨汉公,大中元年五月自桂管观察使授,二年二月追赴阙。'与《嘉泰会稽志》所载合。汉公遣林押衙自会稽出发时,朝廷内召之命尚未抵会稽,而二月二十日林押衙抵桂林时,朝廷内召汉公之命已达,故云'使乎方来,已承征召',题亦称'前浙东杨大夫'矣。据启内'今月二十日,专使林

---

① 赵君平、赵文成编:《秦晋豫新出墓志搜佚》,第 1000 页。
② [宋]计有功:《唐诗纪事》卷五三,第 805 页。
③ [宋]王溥:《唐会要》卷二六,第 595 页。
④ 刘学锴、余恕诚:《李商隐文编年校注》第 4 册,中华书局 2002 年版,第 1735—1736 页。

押衙至'及'以今月二十三日南去'之文,此启当作于二月二十一、二两日内。"①该启专讲事务,于浙东风物涉及较少。以上二启参见大中元年"杨汉公为浙江东道观察使"条。

六月,衢州刺史李顼卒于郡

《唐故大中大夫使持节衢州刺史上柱国赞皇郡开国子李公(顼)墓志铭并序》:"(会昌)六年春,遂拜为衢州刺史。"②大中二年六月六日卒于郡,享年四十四。

六月,明州象山县立《蓬莱观碑》

《两浙金石志》卷三载《唐明州象山县蓬莱观碑铭并叙》,题署:"乡贡进士金陵孙谏卿撰。"③末题:"大中二年六月九日建,清河贝泠该书,道士王方外篆额,北海戚文憓镌。"④

本年,李拭为浙江东道观察使

《会稽掇英总集》卷一八《唐太守题名记》:"李拭,大中二年二月,自京兆尹除检校左散骑常侍授。二年十月,追赴阙。"⑤《嘉泰会稽志》卷二"太守"同⑥。

本年,罗绍权为台州刺史

《嘉定赤城志》卷八"秩官门·历代郡守":"大中二年,罗昭权。"注:"见《会稽志》,《壁记》不载。"⑦《云溪友议》卷中《彰术士》:"时罗郎中绍权赴任明州,窦弘余少卿赴台州。"⑧郁贤皓先生《唐刺史考全编》卷一四四云:"疑'昭权'即'绍权',大中五年时为明州刺史。"⑨

① 刘学锴、余恕诚:《李商隐文编年校注》第4册,第1749—1750页。
② 陈长安主编:《隋唐五代墓志汇编·洛阳卷》第14册,第13页。
③ 〔清〕阮元:《两浙金石志》卷三,第47页。
④ 〔清〕阮元:《两浙金石志》卷三,第48页。
⑤ 〔宋〕孔延之:《会稽掇英总集》卷一八,《宋元浙江方志集成》第14册,第6556页。
⑥ 〔宋〕施宿:《嘉泰会稽志》卷二,《宋元浙江方志集成》第4册,第1667页。
⑦ 〔宋〕陈耆卿:《嘉定赤城志》卷八,《宋元浙江方志集成》第11册,第5153页。
⑧ 〔唐〕范摅:《云溪友议》卷中,第105页。
⑨ 郁贤皓:《唐刺史考全编》卷一四四,第2051页。

本年，孙孝哲为会稽县令

《新唐书·宰相世系表三下》"孙氏"："孝哲，会稽令。"①《康熙会稽县志》卷一八"职官志"："孙孝哲，清河人。大中二年任。"②

本年，李楚臣为慈溪县令

《宝庆四明志》卷一七"寺院"："普济寺，（慈溪）县东北一里。本吴太子太傅、都乡侯阚泽书堂，后舍为寺，历代毁废。唐大中二年，县令李楚臣复立为德润院。"③

本年，南卓在婺州刺史任，著《羯鼓录前录》

南卓《羯鼓录》云："会昌元年，卓因为洛阳令，数陪刘宾客、白少傅宴游，白有家僮，多佐酒。卓因谈往前三数事，二公亦应和之，谓卓曰：'若吾友所谈，宜为文纪，不可令埋没也。'时过而未录。及陕府卢尚书任河南尹，又话之，因遣为纪，即粗为编次，尚未脱稿。至东阳，因曝书见之，乃详列而竟焉。虽不资儒者之博闻，亦助宾筵之谈话，属之好事庶几流传。前录大中二年所著。"④

849　唐宣宗大中三年己巳

本年，李褒为浙江东道观察使

《会稽掇英总集》卷一八《唐太守题名记》："李褒，大中三年，自前礼部侍郎除礼部尚书授。六年八月，追赴阙。"⑤《嘉泰会稽志》卷二"太守"同⑥。

唐范摅《云溪友议》卷中《彰术士》一节记载李褒在浙东观察使任上遇到较为怪异之事，但这段文字所述之中，涉及多位浙东幕吏之事，如观察副使崔刍言、观察支

---

①　［宋］欧阳修、宋祁：《新唐书》卷七三下，第2962页。

②　［清］董钦德：《康熙会稽县志》卷一八，第383页。

③　［宋］罗濬：《宝庆四明志》卷一七，《宋元浙江方志集成》第8册，第3483页。

④　［唐］南卓：《羯鼓录》，中华书局1985年版，第19—20页。

⑤　［宋］孔延之：《会稽掇英总集》卷一八，《宋元浙江方志集成》第14册，第6556页。

⑥　［宋］施宿：《嘉泰会稽志》卷二，《宋元浙江方志集成》第4册，第1667页。

使杨损、观察判官任毂、观察判官卢缋、观察推官李正范、团练判官李复古。因为具有李褒及浙东幕府僚佐的全面记载,颇有助于浙江方镇的研究,故现将该段文字录之于下。

《云溪友议》卷中《彰术士》:"昔许负谓薄姬必贵,何颙谓曹瞒必杰,是挟天子而号令诸侯。其言所验,编于简牍。夫艺术于时者,不可不申扬赞。浙东李尚书褒,闻婺女二人有异术,曰娄千宝、吕元芳。发使召至,既到,李公便令止从事家。从事问曰:'府主八座,更作何官?'元芳对曰:'适见尚书,但前浙东观察使,恐无别拜。'千宝所述亦尔。从事默然罢问。及再见李公,李公曰:'仆他日何如?'二术士曰:'稽山竦翠,湖柳垂阴。尚书画鹢百艘,正堪游观。昔人所谓:人生一世,若轻尘之着草,何论异日之荣悴?荣悴定分,莫敢面陈。'因问幕下诸公,元芳曰:'崔副使刍言、李推官正范,器度相似,但作省郎,止于郡守。团练李判官服古,自此大醉不过数场,何论官矣。观察判官任毂,止于小谏,不换朱衣。杨损支使评事,虽骨体清瘦,幕中诸宾福寿皆不如。卢判官缋,虽即状貌光泽,若比团练李判官,在世日月稍久,寿亦不如副使,与杨、李三人禄秩区分矣。'二术士所言,咸未之信,无以证焉。是后李服古不过五日而逝,诚大醉不过数场也。李尚书及诸从事验其所说,敬之如神。时罗郎中绍权赴任明州,窦弘余少卿(常之子也)赴台州,李公于席上问台、明二使君如何,娄千宝曰:'窦使君必当再醉望海亭,罗使君此去便应求道四明山,不游尘世矣。'窦少卿罢郡,再之府庭,是重醉也。罗郎中迁于海岛,故以学道为名,知其不还也。李尚书归义兴,未几薨变,是无他拜。卢缋判官校理,明年逝于宛陵使幕。李服古判官稍久矣,为少年也。任毂判官才为补阙,休官归圃,是不至朱紫也。崔刍言郎中止于吴兴郡,李正范郎中止于九江郡,二侯皆自南宫,止于名郡,是乃禄秩相参。独杨损尚书,三十年来,两为给事,再任京尹、防御三峰、青州节度使,年逾耳顺,官历藩垣,浙东同院诸公,福寿悉不如也。皆依娄、吕二生所说焉。"①

本年,卢简辞由山南东道节度使,坐事贬衢州刺史

《旧唐书·卢简辞传》:"大和中,坐事自太仆卿出为衢州刺史。"②《新唐书·卢简辞传》:"以检校工部尚书为忠武节度使。徙山南东道。坐事贬衢州刺史,卒。"③

① [唐]范摅:《云溪友议》卷中,第104—105页。
② [后晋]刘昫:《旧唐书》卷一六三,第4270页。
③ [宋]欧阳修、宋祁:《新唐书》卷一七七,第5283页。

郁贤皓先生《唐刺史考全编》卷一四六："按大中元年至二年简辞为山南东道节度使,见李商隐《上汉南卢尚书启》。今从《新传》。"①杜牧有《与浙西卢大夫书》,卢大夫即卢简辞。赵璘《因话录》卷四《角部》:"卢尚书弘宣,与弟卢衢州简辞同在京。一日衢州早出,尚书问:'有何除改?'答曰:'无大除改,惟皮遐叔蜀中刺史。'尚书不知皮是遐叔姓,谓是宗人,低头久之曰:'我弥当家,没处得卢皮遐来。'衢州为辩之,皆大笑。"②卢简辞于大中二年尚在山南东道节度使任,故将其贬衢州刺史系于大中三年。

本年,韩宾为台州刺史

《嘉定赤城志》卷八"秩官门·历代郡守":"大中三年,韩宾。"③杜牧有《韩宾除户部郎中裴处权除礼部郎中孟瑑除工部郎中等制》云:"敕:朝散大夫守尚书水部郎中上柱国韩宾等。尚书天下之本,郎官皆为清秩,非科名文学之士,罕与其选。以宾端贞有守,以处权俊乂出群,以瑑才能适用,皆茂乡里之称,咸为名实之士,各服休命,勉于官业。可依前件。"④为大中五年杜牧知制诰时作。

850　唐宣宗大中四年庚午

春,南卓罢婺州刺史归京,时人有《送南卓归京》诗

贾岛《送南卓归京》诗云:"残春别镜陂,罢郡未霜髭。行李逢炎暑,山泉满路岐。云藏巢鹤树,风触晖莺枝。三省同虚位,双旌带去思。入城宵梦后,待漏月沉时。长策并忠告,从容写玉墀。"⑤郁贤皓《唐刺史考全编》卷一四五云:"诗云'镜陂',自当作于浙东,南卓时当罢婺州刺史。然贾岛已前卒于会昌中,疑诗非贾岛

　①　郁贤皓:《唐刺史考全编》卷一四六,第 2087 页。
　②　[唐]赵璘:《因话录》卷四,第 99 页。
　③　[宋]陈耆卿:《嘉定赤城志》卷八,《宋元浙江方志集成》第 11 册,第 5153 页。
　④　[清]董诰:《全唐文》卷七四八,第 7748 页。
　⑤　[清]彭定求:《全唐诗》卷五七三,第 6663 页。

作。”[①]按，南卓罢婺州刺史在大中四年，南卓《羯鼓录》云：“（大中）四年春，（东）阳罢免。”[②]《中华文史论丛》第4辑载卞孝萱《南卓考》，可以参阅。齐文榜《贾岛集校注》卷七注云：“文宗大和九年（835）秋，岛往游杭州谒姚合。盖第二年（开成元年）春游会稽，适逢南卓罢婺州刺史经会稽赴京，岛因赋此诗以送之。南卓：字昭嗣，初游学吴楚，羁旅十余年。大和二年与裴休、杜牧等同登贤良方正能直言极谏制科。任拾遗时，因谏诤贬松滋令，历婺州、商州、蔡州刺史。会昌元年任洛阳令。大中间官黔南观察使。卓善诗文，精通音律，所著《羯鼓录》一卷传世。”[③]系年与南卓《羯鼓录》自述抵牾。黄鹏《贾岛诗集笺注》卷七注云：“南卓：《旧书·裴度传》：‘及晚节，稍浮沉以避祸……复引韦厚叔、南卓为补阙拾遗，俾弥缝结纳，为自安计。’其时盖在文宗大和四年许。诗或作于其时。”[④]今不从。

徐鄑为处州刺史

《全唐文》卷七三二张磻《新移丽阳庙记》：“大中四年，今齐州刺史徐公鄑理处之日，时属亢阳，遍祈山川，罔有征验。”[⑤]

851　唐宣宗大中五年辛未

僧人圆鉴游天台，李郢作诗送之

李郢《送圆鉴上人游天台》诗云：“西岭草堂留不住，独携瓶锡向天台。霜清海寺闻潮至，日宴江船乞食回。华顶夜寒孤月落，石桥秋尽一僧来。灵溪道者相逢处，阴洞泠泠竹室开。”[⑥]陶敏《全唐诗人名汇考》云：“《送圆鉴上人游天台》，敦煌卷子伯3886号载，大中五年瓜沙僧悟真至长安献款，‘长安右街千福寺内道场应制’

① 郁贤皓：《唐刺史考全编》卷一四五，第2068页。
② ［唐］南卓：《羯鼓录》，第20页。
③ ［唐］贾岛撰，齐文榜校注：《贾岛集校注》卷七，第405页。
④ 黄鹏：《贾岛诗集笺注》卷七，第242页。
⑤ ［清］董诰：《全唐文》卷七三二，第7556页。
⑥ ［清］彭定求：《全唐诗》卷五九〇，第6853页。

僧圆鉴赠诗,当即其人。"①今姑系李郢诗于本年。

唐宣宗加赐国清寺额,诏柳公权书"大中国清之寺"

《天台山全志》卷九"古迹":"天台佛,大中国清之寺,唐大中五年重建国清寺,散骑常侍柳公权书'大中国清之寺'六字,又'天台佛'三字。"②《国清寺志》第十章"大事记":"唐大中五年(851),宣宗下诏重兴寺刹,住持清观募资重建。宣宗加赐国清寺额,诏散骑常侍柳公权书'大中国清之寺'。"③

本年,窦弘余为台州刺史,杜牧行制

《嘉定赤城志》卷八"历代郡守":"大中五年,窦弘余。"④杜牧《窦弘余加官依前台州刺史苏庄除邓州刺史等制》云:"敕:朝散大夫、使持节台州诸军事、守台州刺史、上柱国窦弘余,朝议郎、前使持节虔州诸军事、守虔州刺史、上柱国、赐绯鱼袋苏庄等,南郡盗作而萧育拜,河内政美而寇恂留,为人择官,因重而抚,考于两汉,行古道也。弘余廉使上言,父老有请,其为政也,长育多方,惠训不倦,凡设教令,皆有科指。庄任南康,悉心为理,谨身律下,节用爱人。南阳古都,近者小扰,临海越俗,尤惜良吏。就加超拜,各叶所宜,仕至二千石,可庇人矣,无异文律,不自贵重。副疲羸之望者,须念始终;坐狂愚之罪者,勿理深污。各膺宠禄,无忝分寄。弘余可检校太子右庶子,余如故;庄可使持节邓州诸军事、守邓州刺史,散官勋赐如故。"⑤

本年,裴阅为温州刺史,杜牧行制

杜牧《裴阅除温州刺史伊实除献陵台令等制》:"敕。正议大夫前使持节忠州诸军事守忠州刺史上柱国裴阅等。江峡之间,其俗剽捍,闻尔为理,人惜其去,若不迁陟,岂酬政能。泊师素等,久居官常,皆无悔吝,半刺列郡,人所咨禀。衣冠弓剑之地,霜露咸思之心,尤藉谨良,以颛守奉。各服休命,勉于始终。可依前件。"⑥按,杜牧大中五年冬方授考功郎中知制诰,大中六年迁中书舍人。行制在大中五年冬后。

---

① 陶敏:《全唐诗人名汇考》,第 1124 页。
② [清]张联元辑:《天台山全志》卷九,第 279 页。
③ 丁天魁主编:《国清寺志》,第 461 页。
④ [宋]陈耆卿:《嘉定赤城志》卷八,《宋元浙江方志集成》第 11 册,第 5153 页。
⑤ [清]董诰:《全唐文》卷七四八,第 7754 页。
⑥ [清]董诰:《全唐文》卷七四九,第 7757—7758 页。

本年,莫宣卿状元及第,授台州别驾

《康熙广东通志》卷一六"人物志":"莫宣卿,字仲节,封川人。……比长,构书屋于麒麟山下,奋志读书。大中五年,状元及第,授台州别驾。以母老乞归养,赐其乡曰锦衣。今开建县之金缕村有莫状元读书堂及片玉亭。岭南大魁天下自宣卿始。"①《全唐诗》卷五六六收莫宣卿诗,小传云:"莫宣卿,字仲节,封州人,大中间举第一,官台州别驾。诗三首。"②其《答问读书居》诗云:"书屋倚麒麟,不同牛马路。床头万卷书,溪上五龙渡。井汲冽寒泉,桂花香玉露。茅檐无外物,只见青云护。"③

本年,会稽文人余从周卒,权实为撰墓志

权实《唐故朝议郎行尚书刑部员外郎会稽余公(从周)夫人河南方氏合祔墓志铭并叙》:"大中五年秋八月癸卯,尚书刑部员外郎余君卒。……君始少时,从东海徐先生学。……居数年,尽得徐先生业。徐先生特善草隶书,故君亦传其能。忽一日束揭书囊,徒行来京师,以明经为乡里所举。再举登上第。既而益嗜学,其探赜渊奥,性得悬解,诸生皆不如君。君既归江上,遂取前人之善为词判者,习其言循其矩,无几而所为过出前人。复持所志诣有司请试,有司考其言,拔萃居四等,因授秘书省正字。……今浙东观察使李公时掌贡士,闻君之抗直,乃奏君考试诸生之业经者。君杜枉径,塞滥源,诸生皆歌颂之。……君讳从周,字广鲁,其先会稽人。"④

852　唐宣宗大中六年壬申

秋,崔寿为衢州刺史,薛逢有诗相送

薛逢《送衢州崔员外》诗云:"笑分铜虎别京师,岭下山川想到时。红树暗藏殷浩宅,绿萝深覆偃王祠。风茅向暖抽书带,露竹迎风舞钓丝。休指岩西数归日,知

---

①　[清]金光祖:《康熙广东通志》卷一六下,康熙三十六年刻本,第72页。
②　[清]彭定求:《全唐诗》卷五六六,第6554页。
③　[清]彭定求:《全唐诗》卷五六六,第6554页。
④　周绍良主编:《唐代墓志汇编》下册,第2295—2296页。

君已负白云期。"①诗称"红树""露竹",是作于秋日。《宋高僧传》卷一二《唐苏州藏廙传》:"却回柯山,盖避会昌之搜扬也。至大中六年,郡牧崔公寿重之,于州龙兴寺别构禅室延居之。数年,北至嘉禾。"②按,崔寿为衢州刺史前为考功员外郎。杜牧《荐韩乂启》:"萧舍人、考功崔员外是趋于韩交者,某复趋于萧、崔二君子者。"③"考功崔员外"即为崔寿。崔寿即许浑《晓发鄞江北渡寄崔韩二先辈》之"崔先辈"④。见本书"大和四年"编年。又杜牧《唐故平卢军节度巡官陇西李府君(戡)墓志铭》云:"居江南,秀人张知实、萧寘、韩乂、崔寿、宋邢(邡)、杨发、王广,皆趋君交之,后皆得进士第,有声名官职。"⑤与衢州刺史之"崔寿"为同一人。崔寿当终汝州防御史,新出土狄归昌撰《唐故刑部尚书崔公府君墓志铭并序》:"公讳凝,字得之,博陵人也。……皇考寿,皇任汝州防御使大夫,累赠司徒。皇妣京兆韦氏,赵国太夫人。先大夫清风袭古,洁操标时,立瑞世之贞规,揭振俗之雅裁,积慈懿美,留迁后昆。"⑥(墓志拓片载偃师商城博物馆《河南偃师县四座唐墓发掘简报》)该墓志有助于我们对于崔寿世系和生平的了解。

八月,李讷为浙东观察使兼御史大夫,杜牧行制

杜牧《李讷除浙东观察使兼御史大夫制》云:"正议大夫使持节华州诸军事守华州刺史兼御史中丞充潼关防御镇国军等使上柱国陇西县开国男食邑三百户赐紫金鱼袋李讷……可使持节都督越州诸军事守越州刺史兼御史大夫充浙江东道都团练观察处置等使,散官勋封赐如故。"⑦按,《旧唐书·宣宗纪》载李讷为浙江观察使兼御史大夫在大中十年正月⑧,误。《会稽掇英总集》卷一八《唐太守题名记》:"李讷,大中六年八月,自华州防御使授。九年九月,敕贬朗州刺史。"⑨

---

① [清]彭定求:《全唐诗》卷五四八,第6324页。
② [宋]赞宁撰,范祥雍点校:《宋高僧传》卷一二,第256页。
③ [清]董诰:《全唐文》卷七五二,第7801页。
④ [清]彭定求:《全唐诗》卷五二八,第6038页。
⑤ [清]董诰:《全唐文》卷七五五,第7834—7835页。
⑥ 郭洪涛、樊有升:《河南偃师县四座唐墓发掘简报》,载《文物》1992年第11期,第1015页。
⑦ [清]董诰:《全唐文》卷七四八,第7753页。
⑧ [后晋]刘昫:《旧唐书》卷一八下,第634页。
⑨ [宋]孔延之:《会稽掇英总集》卷一八,《宋元浙江方志集成》第14册,第6556页。

十一月,厉玄寄诗于婺州刺史温璋

厉玄《寄婺州温郎中》诗云:"积雪没兰溪,邻州望不迷。波中分雁宿,树杪接猿啼。婺女家空在,星郎手未携。故山新寺额,掩泣荷重题。"注:"时刺睦州。"① 按《严州图经》卷一:"厉元(玄),大中六年九月十□日自□□□使大理拜。崔象,大中六年十一月十一日自户部郎中拜。"② 厉玄诗既称"婺州温郎中",又注"时刺睦州",是其时由睦州迁转婺州尚滞留睦州没有赴任。故诗作于是年十一月。

浙东观察使李褒再建云门寺,宿香阁作诗

李褒《宿云门香阁院》诗云:"香阁无尘雪后天,石盆如月贮寒泉。高僧洗足南轩罢,还枕蒲团就日眠。"③ 按,《嘉泰会稽志》卷七载:"云门寺,会昌毁废。大中六年观察使李褒奏再建,号大中拯迷寺。"④ 诗应即再建后游寺之作。

王逢约于本年为越州剡溪令

《大唐西市博物馆藏墓志》四二七《唐故朝议郎守恭陵台令王君墓志铭》:"公讳逢,字大略,世为琅琊人。……是冬赴调,明春为越州剡县令。公尝陈闽吴之俗好辩论,绝于文教,民然菜色,忍失姻亲。至官之始,庭积讼夫,案牍繁多,思之涉旬而不可视者。公断未盈月,尽能去之,无一不甘而复来。讼堂无鞭挞之音,居民有来苏之望。狴牢穴兽,遗财复归,智因格心,不可料乎。即以彻佛屋之材梁,启于连率,作仲尼庙飨。既从之,未逾时而庙成,构殿宇庠廊,共百有余间,民知劝而不知倦,鸠诸生徒,讲肆礼让,晓问溪山,暮横经以论答。舞雩之咏可佳,洙泗之风易处,垂法惠化,诱民孔易。开地千有七百亩,变荆莽为膏腴,历岁而足食,经时而树桑,家有三年之业,人无五袴之爱。邑有因官而寓泊,力未任配偶,公皆出俸钱给之所无,尽从晨趋之礼,所谓彰善亶(瘅)恶,树之风化,公之有焉。廉使李公褒优其所能,示诸县尹,咸无如王明府者,为公显焉。遂申有司,合从殊课,校功者不允请,公亦□愧。秩满,来归京师。"⑤ 按,李褒为浙东观察使在大中三年至六年,故王逢为越州剡溪令在此期间,故暂系于本年。

---

① [清]彭定求:《全唐诗》卷五一六,第5897页。
② [宋]董棻:《严州图经》卷一,《宋元浙江方志集成》第12册,第5614页。
③ [宋]孔延之:《会稽掇英总集》卷六,《宋元浙江方志集成》第14册,第6413页。
④ [宋]施宿:《嘉泰会稽志》卷七,《宋元浙江方志集成》第4册,第1777页。
⑤ 胡戟、荣新江:《大唐西市博物馆藏墓志》,第918页。

853　唐宣宗大中七年癸酉

夏,浙江东道观察使李讷命妓饯崔侍御并作诗,幕府僚属及幕宾酬和

李讷《命妓盛小丛歌饯崔侍御还阙》诗云:"绣衣奔命去情多,南国佳人敛翠娥。曾向教坊听国乐,为君重唱盛丛歌。"①按,范摅《云溪友议》卷上《饯歌序》云:"李尚书讷夜登越城楼,闻歌曰:'雁门山上雁初飞。'其声激切,召至,曰:'去籍之妓盛小蕖也。'曰:'汝歌何善乎?'曰:'小蕖是梨园供奉南不嫌女甥也。所唱之音,乃不嫌之授也。今色将衰,歌当废矣。'时察院崔侍御元范,自府幕而拜,即赴阙庭。李公连夕饯崔君于镜湖光候亭,屡命小蕖歌饯,在座各为一绝句赠送之。亚相为首唱矣。崔下句云:'独向柏台为老吏。'皆曰:'侍御凤阁中书,即其程也,何以老于柏台?'众请改之。崔让曰:'某但止于此任,宁望九迁乎?'是年秋,崔君鞫狱于谯中,乃终于柏台之任矣。杨、封、卢、高数篇,亦其次也。《听盛小蕖歌送崔侍御浙东廉使》,李讷:'绣衣奔命去情多,南国佳人敛翠蛾。曾向教坊听国乐,为君重唱盛蕖歌。'《奉和亚台御史》,崔元范:'杨公留宴岘山亭,洛浦高歌五夜情。独向柏台为老吏,可怜林木响余声。'团练判官杨知至:'燕赵能歌有几人,落花回雪似含嚬。声随御史西归去,谁伴文翁怨九春。'观察判官封彦冲:'莲府才为绿水宾(庾杲之在王检府,似芙蓉泛渌水,故有此句),忽乘骏马入咸秦。为君唱作西河调,日暮偏伤去住人。'观察支使卢邺:'何郎戴笏别贤侯,更吐歌珠宴庾楼。莫道江南不同醉,即陪舟楫上京游。'前进士高湘:'谢安春渚饯袁宏,千里仁风一扇清。歌黛惨时方酩酊,不知公子重飞觥。'处士卢潘:'乌台上客紫髯公,共捧天书静镜中。桃叶不须歌白苎,耶溪暮雨起樵风。'"②

李讷时为浙东观察使。《会稽掇英总集》卷一八《唐太守题名记》:"李讷,大中六年八月,自华州防御使授。九年九月,敕贬朗州刺史。"③《嘉泰会稽志》卷二"太

---

① 〔清〕彭定求:《全唐诗》卷五六三,第6536页。
② 〔唐〕范摅:《云溪友议》卷上,第91—92页。
③ 〔宋〕孔延之:《会稽掇英总集》卷一八,《宋元浙江方志集成》第14册,第6556页。

守":"李讷,大中六年八月自华州防御使授,九年九月贬潮州刺史。"①《旧唐书》卷一八下《宣宗纪》:大中"十年春正月乙巳,以正议大夫、华州刺史、潼关防御、镇国军等使、上柱国、陇西县开国男、食邑三百户、赐紫金鱼袋李讷检校左散骑常侍,兼越州刺史、御史大夫、浙江东道都团练观察等使。"②系年误。杜牧《李讷除浙东观察使兼御史大夫制》云:"正议大夫使持节华州诸军事守华州刺史兼御史中丞充潼关防御镇国军等使上柱国陇西县开国男食邑三百户赐紫金鱼袋李讷……可使持节都督越州诸军事守越州刺史兼御史大夫充浙江东道都团练观察处置等使,散官勋封赐如故。"③《云溪友议》称"是年秋,崔君鞫狱于谯中,乃终于柏台之任矣"④,是知崔元范至京赴任后的秋日因"鞫狱于谯中"案被免职,则在越州饯行一定在夏天或更前时间。而李讷大中六年八月才被任命为浙东观察使,故这组诗应作于大中七年或稍后。

崔元范《李尚书命妓歌饯有作奉酬》诗云:"羊公留宴岘山亭,洛浦高歌五夜情。独向柏台为老吏,可怜林木响余声。"⑤《全唐诗》小传:"崔元范,大中时,以监察御史为浙东幕府。"⑥

杨知至《和李尚书命妓歌饯崔侍御》诗云:"燕赵能歌有几人,为花回雪似含颦。声随御史西归去,谁伴文翁怨九春。"⑦《全唐诗》小传:"杨知至,字几之,汝士之子。登进士第。初为浙东团练判官,后以比部郎中知制诰。终户部侍郎。"⑧

封彦卿《和李尚书命妓饯崔侍御》诗云:"莲府才为绿水宾,忽乘骢马入咸秦。为君唱作西[河](歌)调,日暮偏伤去住人。"⑨《全唐诗》小传:"封彦卿,蓨人。大中进士第。咸通中累官中书舍人。坐于琮贬司户。"⑩吴在庆《唐五代文史丛考》:"封彦卿任浙东观察判之时间。《唐诗纪事》卷五九封彦卿条云:'彦卿,大中进士第,为浙东观察判官,户部尚书敖之子。'所记其为浙东观察判官之时间未明言,诸书于此亦均未及,《全唐诗》卷五六六小传亦仅云:'大中进士第,咸通中,累官中书舍人。'

① [宋]施宿:《嘉泰会稽志》卷二,《宋元浙江方志集成》第4册,第1667页。
② [后晋]刘昫:《旧唐书》卷一八下,第634页。
③ [清]董诰:《全唐文》卷七四八,第7753页。
④ [唐]范摅:《云溪友议》卷上,第91页。
⑤ [清]彭定求:《全唐诗》卷五六三,第6536页。
⑥ [清]彭定求:《全唐诗》卷五六三,第6536页。
⑦ [清]彭定求:《全唐诗》卷五六三,第6536页。
⑧ [清]彭定求:《全唐诗》卷五六三,第6536页。
⑨ [清]彭定求:《全唐诗》卷五六六,第6555页。
⑩ [清]彭定求:《全唐诗》卷五六六,第6555页。

按《全唐诗》有封彦卿《和李尚书命妓饯崔侍御》诗,云:'莲府才为绿水宾,忽乘骢马入咸秦。'此李尚书、崔侍御为何人?考范摅《云溪友议》卷上《饯歌序》云……此下所记和李讷诗者有团练判官杨知至、观察判官封彦冲、观察支使卢邺、前进士高湘、处士卢澂等人。按此所记观察判官封彦冲所赋诗与《唐诗纪事》卷五九及《全唐诗》所录封彦卿诗同,则此封彦冲、封彦卿名异而实即一人,当有一误。考《旧唐书》卷一六八、《新唐书》卷一七七《封敖传》云:'子彦卿、望卿,从子特卿,皆进士及第。'又《旧唐书·懿宗纪》记封彦卿于大中元年(847)及进士第。据此,宣宗大中时确有封彦卿其人,而又于大中初及第,此与《云溪友议》之封彦冲时代合,而彦卿于大中六年后任浙东观察判官亦甚合唐代一般及第进士之仕历。就所见史籍,亦未另见其时有封彦冲者。故此封彦冲恐是封彦卿之误。据此可见封彦卿诗中之李尚书即李讷,崔侍御即崔元范。考《唐方镇年表》卷五浙江东道引《嘉泰会稽志》记李讷:'大中六年自华州刺史授,九年九月贬潮州。'据此,李讷为浙东观察使在大中六年至九年(852—855),封彦卿为浙东观察判官盖即在此时内。"①

卢邺《和李尚书命妓饯崔侍御》诗云:"何郎载酒别贤侯,更吐歌珠宴庾楼。莫道江南不同醉,即陪舟楫上京游。"②《全唐诗》小传:"卢邺,大中四年登第,为浙东观察副使。"③

高湘《和李尚书命妓饯崔侍御》诗云:"谢安春渚饯袁宏,千里仁风一扇清。歌黛惨时方酩酊,不知公子重飞觥。"④《全唐诗》小传:"高湘,字濬之,铢从子也。擢进士第。咸通中,历谏议大夫。僖宗朝,终江西观察使。"⑤

卢澂《和李尚书命妓饯崔侍御》诗云:"乌台上客紫髯公,共捧天书静境中。桃朵不辞歌白苎,耶溪暮雨起樵风。"⑥按,卢澂,浙东处士。

八月,台州立《唐国清寺额》

宋陈思《宝刻丛编》卷一三"台州"引《诸道石刻录》:"《唐国清寺额》,唐柳公权书,大中七年八月八日,僧澄观乞额状及柳公权批答。"⑦

---

① 吴在庆:《增补唐五代文史丛考》,第 189 页。
② [清]彭定求:《全唐诗》卷五六六,第 6553 页。
③ [清]彭定求:《全唐诗》卷五六六,第 6553 页。
④ [清]彭定求:《全唐诗》卷五九七,第 6908 页。
⑤ [清]彭定求:《全唐诗》卷五九七,第 6908 页。
⑥ [清]彭定求:《全唐诗》卷五六三,第 6539 页。
⑦ [宋]陈思编著:《宝刻丛编》卷一三,第 835 页。

九月,日本延历寺知证(圆珍)入唐由福建至温州,从国清寺高僧学习天台宗章疏,十二月抵达台州

《国清寺志》第十章"大事记":"唐大中七年(853),日本延历寺义真弟子、天台寺门宗创始人智证(圆珍)入唐,从国清寺高僧物外学习台宗章疏。"①圆珍来唐,主要是巡礼天台山、五台山以及长安青龙寺、兴善寺等。其至福建时所请求的《公验》有清楚的记载。圆珍入唐,有《行历钞》等记载行迹。日本学者佐藤长门《入唐僧圆珍:日本天台宗寺门派之祖》②根据相关材料考察其入唐行迹较为简明清晰:九月二十八日,从海路前往温州。十一月初,到达温州的圆珍一行,住宿开元寺,并向官衙请求公验。同月二十六日,到达台州开元寺。在台州开元寺,圆珍遇见了老僧知建,他曾与圆珍之师义真同时于贞元二十年(804)十二月在国清寺受具足戒,因此两人相见分外欢喜。十二月九日,圆珍从台州出发,由国清寺的元璋阿阇梨引导,溯灵江(澄江)而上,过始丰溪,抵达唐兴县(今浙江省天台县),于十三日终于到达天台国清寺。

圆珍入唐至浙东,现存公验多件,是珍贵的资料,现录之于下:

《入唐公验》:"江州延历寺僧圆珍:为巡礼,共大唐商客王超、李延孝等入彼国状,并从者,随身经书、衣物等。僧圆珍,字远尘,年四十一,腊二十二。从者,僧丰智,年卅三,腊十三。沙弥闲静,年卅一,俗姓海。译语丁满,年卅八。物忠宗,年卅二。经生的良,年卅五。伯阿古满,年廿八。大全吉,年廿三。随身物,经书肆佰伍拾卷。三衣、钵器、剔(剃)刀子、杂资具等,名目不注。右圆珍为巡礼圣迹,访问师友,与——件——商人等向大唐国。恐到彼国,所在镇铺不练行由,伏乞判付公验,以为凭据。伏听处分。牒件状如前。谨牒。仁寿三年七月一日,僧圆珍牒。任为公验。漆月伍日。敕勾当客(官?)使、镇西府少监、藤有阴(荫?)。"③

《福州都督府公验》:"日本国求法僧圆珍谨牒:为巡礼来到唐国状,并从者、随身衣钵等。供奉僧圆珍,年四十一,腊廿二。从者,僧丰智,年卅三,腊十三。沙弥闲静,年卅一,俗姓海。译语丁满,年卅八。经生的良,年卅五。物忠宗,年卅三。大全吉,年廿三。伯阿古满,年廿八。却随李延孝船归本国,报平安。不行。随身

---

① 丁天魁主编:《国清寺志》,第461页。
② [日]佐藤长门:《入唐僧圆珍:日本天台宗寺门派之祖》,载《浙江大学学报(人文社会科学版)》2015年第3期,第112—123页。
③ 白化文、李鼎霞校注:《行历抄校注》,花山文艺出版社2004年版,第97页。

物,经书四百五十卷,衣钵、剔(剃)刀子等,旅灶壹具。牒:圆珍为巡礼天台山、五台山,并长安城青龙、兴善寺等,询求圣教,来到当府。恐所在州县镇铺不练行由,伏乞公验,以为凭据。谨连元赤,伏听处分。牒件状如前。谨牒。大中七年九月日,日本国求法僧圆珍牒。任为公验。十四日,福府录事参军平仲。日本国僧圆珍等漆人,往天台、五台山,兼往上都巡礼。仰所在子细勘过。玖月拾日,福建都团练左押衙充左厢都虞候林师冀。福建海口镇勒日本国僧圆珍等出讫,大中七年九月廿八日□□敕□。镇将朱浦。"①

《温州安固县公验》:"温州安固县印,赴州。日本国求法僧圆珍谨牒:为巡礼来到唐国状,并从者、随身衣钵等。供奉僧圆珍,年四十一,腊廿二。从者,僧丰智,年卅三,腊十三。沙弥闲静,年卅一,俗姓海。译语丁满,年卌八。经生的良,年卅五。物忠宗,年卅三。大全吉,年廿三。伯阿古满,年廿八。却随李延孝船归本国,报平安。不行。随身物:经书四百五十卷,衣钵、剔(剃)刀子等,旅灶壹具。牒:圆珍为巡礼天台山、五台山,并长安城青龙、兴善寺等,询求圣教,来到当县。恐所在州县镇铺不练行由,伏乞公验,以为凭据。谨连元赤,伏听处分。牒件状如前。谨牒。大中七年十月日,日本国求法僧圆珍牒。任为凭据。廿九日,安固县主簿知县事□□。"②

《温州横阳县公验》:"温州横阳县。日本国求法僧圆珍谨牒:印,赴州。为巡礼来到唐国状,并从者、随身衣钵等。供奉僧圆珍,年四十一,腊廿二。从者,僧丰智,年卅三,腊十三。沙弥闲静,年卅一,俗姓海。译语丁满,年卌八。经生的良,年卅五。物忠宗,年卅三。大全吉,年廿三。伯阿古满,年廿八。却随李延孝船归本国,报平安。不行。随身物:经书四百五十卷,衣钵、剔(剃)刀子等,旅灶壹具。牒:圆珍为巡礼天台山、五台山,并长安城青龙、兴善寺等,询求圣教,来到当县。恐所在州县镇铺不练行由,伏乞公验,以为凭据。谨连元赤,伏听处分。牒件状如前。谨牒。大中七年十月日,日本国求法僧圆珍牒。任为凭据。廿六日,横阳县丞权知县事□([许]邶?)。"③

《温州永嘉县公验》:"温州永嘉县,日本国求法僧圆珍谨牒:为巡礼来到唐国状,并从者、随身衣钵等。供奉僧圆珍,年四十一,腊廿二。从者,僧丰智,年卅三,

① 白化文、李鼎霞校注:《行历抄校注》,第97—98页。

② 白化文、李鼎霞校注:《行历抄校注》,第98—99页。

③ 白化文、李鼎霞校注:《行历抄校注》,第99—100页。

腊十三。沙弥闲静,年卅一,俗姓海。译语丁满,年卅八。经生的良,年卅五。物忠宗,年卅三。大全吉,年廿三。伯阿古满,年廿八。却随李延孝船归本国,报平安。不行。随身物:经书并新求得都计七百卷,衣钵、剔(剃)刀子等,旅灶壹具。牒:圆珍为巡礼天台山、五台山,并长安城青龙、兴善寺等,询求圣教,来到当县。恐所在州县镇铺不练行由,伏乞公验,以为凭据。谨连元赤,伏听处分。牒件状如前。谨牒。大中七年十一月日,日本国求法僧圆珍牒。任为公验。六日,永嘉县行给。"①

《台州黄岩县公验》:"台州黄岩县,日本国求法僧圆珍谨牒:为巡礼来到唐国状,并从者、随身衣钵等。供奉僧圆珍,年四十一,腊廿二。从者,僧丰智,年卅三,腊十三。沙弥闲静,年卅一,俗姓海。译语丁满,年卅八。经生的良,年卅五。物忠宗,年卅三。大全吉,年廿三。伯阿古满,年廿八。却随李延孝船归本国,报平安。不行。随身物:经书并新求得都计七百卷,衣钵、剔(剃)刀子等,旅灶壹具。牒:圆珍为巡礼天台山、五台山,并长安城青龙、兴善寺等,询求圣教,来到当县。恐所在州县镇铺不练行由,伏乞公验,以为凭据。谨连元赤,伏听处分。牒件状如前。谨牒。大中七年十一月日,日本国求法僧圆珍牒。任执此为凭。廿三日戳。"②

《台州临海县公验》:"台州临海县,日本国求法僧圆珍谨牒:为巡礼来到唐国状,并从者随身衣钵等。内供奉僧圆珍,年四十一,腊廿二。从者,僧丰智,年卅三,腊十三。沙弥闲静,年卅一,俗姓海。译语丁满,年卅八。经生的良,年卅五。物忠宗,年卅三。大全吉,年廿三。随身物:经书并新求得都计七百卷,衣钵、剔(剃)刀子等,旅灶壹具。牒:圆珍为巡礼天台山、五台山,并长安城青龙、兴善寺等,询求圣教,来到当县。恐所在州县镇铺不练行由,伏乞公验,以为凭据。谨连元赤,伏听处分。牒件状如前。谨牒。大中七年十二月日,日本国求法僧圆珍牒。任执此为凭据。六日,令□。"③

《台州府公验》:"台州牒:当州今月份壹日得开元寺主僧明秀状,称:日本国内供奉赐紫衣僧圆珍等参人,行者肆人,都漆人,从本国来。勘得译语人丁满状,谨具分析如后。僧参人:壹人,内供奉赐紫衣僧圆珍;壹人,僧小师丰智;译语人,丁满;行者,的良;已上巡礼天台、五台山及游历长安。壹僧,小师闲静;行者,物忠宗、大全吉;并随身经书,并留寄在国清寺。本国文牒并公验共参人。牒:得本曹官典状,

① 白化文、李鼎霞校注:《行历抄校注》,第100—101页。
② 白化文、李鼎霞校注:《行历抄校注》,第101—102页。
③ 白化文、李鼎霞校注:《行历抄校注》,第102—103页。

勘得译语人丁满状称:日本国内供奉赐紫衣求法僧圆珍,今年七月十六日离本国,至今年九月十四日到福州。从福州来,至十二月一日到当州开元寺。称:往天台,巡礼五台山,及游历长安。随身衣钵及经书,并行者及本国行由文牒等谨具。勘得事由如前。事须具事由申上省使者。郎中判具事由,各申上者,准状给牒者。故牒。大中漆年拾贰月份参日,史陈沂牒。摄司功参军唐员。"①

李合为剡县尉

《大唐西市博物馆藏墓志》四二七《唐故朝议郎守恭陵台令王君墓志铭》:"公讳逢,字大略,世为琅琊人。……女一人,适剡縣尉李合。"②按,王逢大中八年二月一日卒,故李合为剡县尉在是时。

本年,李肇为台州刺史

《嘉定赤城志》卷八"秩官门·历代郡守":"大中七年,李肇。"③郁贤皓先生《唐刺史考全编》卷一四四:"荣新江云:日僧圆珍《请广传两宗官牒案》草本第一:大中七年十二月初一日,'得达台州,相看刺史、工部郎中、敕赐绯金鱼袋李肇'。"④

本年,行俭为永嘉县令,邢某权知横阳县令

日本东京国立博物馆藏日本本求法僧圆珍于大号七年十一月六日温州固安县公验,署名有"永嘉县令行俭,横阳县丞权知知县事邢"。

854　唐宣宗大中八年甲戌

二月,圆珍在天台山,以巡礼行迹与抄写经典为主,在天台山三个月之久

日本学者佐藤长门《入唐僧圆珍:日本天台宗寺门派之祖》根据《行历抄》等文

---

① 白化文、李鼎霞校注:《行历抄校注》,第 103—104 页。
② 胡戟、荣新江:《大唐西市博物馆藏墓志》,第 918 页。
③ [宋]陈耆卿:《嘉定赤城志》卷八,《宋元浙江方志集成》第 11 册,第 5153 页。
④ 郁贤皓:《唐刺史考全编》卷一四四,第 2051 页。

献梳理其行迹云："《行历抄》大中八年(854)二月初条记载："远来求法,要在听读,而今山中应无讲席。'即天台山没有《法华经》的讲说。为此,圆珍在天台山主要是巡礼遗迹和抄写经典。大中八年(854)二月九日,前往禅林寺,首先礼拜智晞禅师、荆溪湛然、天台智颛等人的墓,然后在禅林寺的冷座主(僧名不详)和国清寺的物外座主的引导下,看了天台大师说法时所用的石鼓、坐禅降魔之石的石像,以及收藏贤者文书的、大师只打开过一次的石函等禅林寺周边的遗迹。驻锡在禅林寺的圆珍抄写了寺内的碑文等。十八日,在冷座主的引导下,圆珍登上天台山华顶峰,进行了焚香、归命佛、转诵《金刚经》和《尊胜真言》等活动,并为大师回向发愿。数日后,圆珍返回国清寺。四月十六日至七月十五日的三个月时间,圆珍进入坐夏(夏安居)修行,并抄写天台教法两百卷。在国清寺,圆珍与文举大德(贞元年间义真受戒时的尊证师)的弟子清观、元璋两阿阇梨同住一间宿舍,两位僧人视圆珍如兄弟,圆珍归国后也与他们保持着频繁的书信往来。"①

四月,张澹卒于永康县令任,年六十九

张孟《唐故朝议郎行婺州永康县令上柱国张公(澹)墓志铭并序》："公讳澹,字景辉,陇西燉煌郡人也。……调和州乌江县令。……四考上考,迁永康县令。公以江介庶心,熟之久矣。盘根错节,妙达基源。视之且尽乎忠情,理之岂负于正志。道自适于解牛,劳满怀轻于巫马。三年在位,一邑称贤。化洽方事于乞留,时运竟将于罢去。即以是岁复旋乌江旧止,徘徊之间,遂遭沉疾。奄以大中八年四月三十日,终于私第,享龄六十九。"②

四月,崔幼昌为鄞县令,于某为摄鄞县丞

《八琼室金石补正》卷四八《侯刺史等经幢题名》："唐大中皇帝即位八年,岁在甲戌,四月乙卯八日壬戌建,刺史侯,承奉郎守鄞县令崔幼昌……摄鄞县丞、□□郎、前衢州龙邱县尉于□。"③

① ［日］佐藤长门:《入唐僧圆珍:日本天台宗寺门派之祖》,载《浙江大学学报(人文社会科学版)》2015 年第 3 期,第 117 页。
② 吴钢主编:《全唐文补遗·千唐志斋新藏专辑》,第 389 页。
③ ［清］陆增祥撰:《八琼室金石补正》卷四八,第 326 页。

九月,圆珍前往越州出席智者大师的第九代弟子良谞在开元寺讲筵

日本学者佐藤长门《入唐僧圆珍:日本天台宗寺门派之祖》根据《行历抄》等文献梳理其行迹云:"当佛典的抄写告一段落以后,为了去听智者大师的第九代弟子良谞在越州开元寺的讲授,圆珍于九月七日前往越州。二十日,抵达越州城的南门。翌日,出席良谞的讲筵。圆珍与良谞在谈话中提及了圆仁,良谞说:'多好师德,何以不入天台山?'(《请传法公验奏状(背书)》)良谞对圆珍热心指导,由此圆珍解决了旧有的疑问,并抄写了法文,以补充不足的佛教经典类书籍。"①

郑全察在丽水县令任

《全唐文》卷七三二张磻作《新移丽阳庙记》云:"八年冬,郡阙守。时录事参军天水姜公肃处纪纲之司,明纠察之务。当道观察使御史大夫李公仰其清廉,委知军州事。能德以化下,威以惩奸。丽水县令荥阳郑公全察字人五稔,政绩有闻。二公相顾而言曰:'郡邑无事,山庙可完。齐州肇谋,俾我继作。得不勉欤!'荥阳公不避燥湿,驺骑亟来。凡所规模,出于目巧。春三月,乃请都虞候兼押衙乐安、任汉审地形度山势于旧庙之西,而创殿焉。"②

855　唐宣宗大中九年乙亥

春,方干赴东阳,道中作诗

方干《东阳道中作》诗云:"百花香气傍行人,花底垂鞭日易醺。野父不知寒食节,穿林转壑自烧云。"③按,方干大中九年在东阳,详下条所考。前一首诗所言时节在春日的寒食节,可知其赴东阳时应在春天。

---

①　[日]佐藤长门:《入唐僧圆珍:日本天台宗寺门派之祖》,载《浙江大学学报(人文社会科学版)》2015年第3期,第117页。

②　[清]董诰:《全唐文》卷七三二,第7556页。

③　[清]彭定求:《全唐诗》卷六五三,第7504页。

三月,越州府给日本僧人圆珍过所

《越州都督府过所》:"越州都督府:日本国内供奉敕赐紫衣僧圆珍年肆拾参,行者丁满年伍拾。驴两头,并随身经书衣钵等。上都已来路次。检案内:人贰,驴两头,并经书衣钵等。得状,称:仁寿三年七月十六日离本国,大中七年九月十四日到唐国福州。至八年九月廿日,到越州开元寺住,听习。今欲略往两京及五台山等巡礼求法,却来此听读。恐所在州县镇铺关津堰等不练行由,伏乞给往还过所。勘得开元寺三纲僧长泰等状,同事。须给过所者。准给者。此已给讫。幸依勘过。大中玖年参月拾玖日给。功曹参军参府集(叶)新史。潼关五月十五日勘入,丞息。"①

夏,方干在东阳,作《涵碧亭》等诗

方干《涵碧亭》诗云:"高低竹杂松,积翠复留风。路极阴溪里,寒生暑气中。闲云低覆草,片水静涵空。方见洋源牧,心侔造化功。"②《全唐诗》所载于兴宗亦有《东阳涵碧亭》诗云:"高低竹杂松,积翠复留风。路剧阴溪里,寒生暑气中。"③实为方干诗的一部分。陶敏等《刘禹锡全集编年校注》卷八《答东阳于令涵碧图诗》注云:"《全唐诗》卷五六四于兴宗《东阳涵碧亭》:'高低竹杂松,积翠复留风。路剧阴溪里,寒生暑气中。'按此诗实为方干《涵碧亭》诗,见《玄英集》卷一、《全唐诗》卷六四八。诗为五律,题下原注:'洋州于中丞宰东阳日置。'其末二联云:'闲云低覆草,片水静涵空。方见洋源牧,心侔造化功。'"④今按,方干作碧亭诗时,于兴宗为洋州刺史。考《唐诗纪事》卷五三于兴宗条:"大中时,以御史中丞守绵州,后为洋州节度。"⑤同书刘璐条:"洋州于中丞,顷牧左绵,题诗越王楼上,朝贤继和,辄课四韵。"⑥郁贤皓先生《唐刺史考全编》卷二二七系于兴宗为绵州刺史在大中七、八年⑦。陶敏《全唐诗作者小传补正》卷五六四:"《全唐诗》卷六四八方干《涵碧亭》:'方见洋源牧,心侔造化功。'题下注:'洋州于中丞宰东阳日置。'同书卷五六四刘璐《洋州于中丞顷牧左绵题诗越王楼上朝贤继和辄课四韵》:'隔政代君侯,多惭迹令

---

① 白化文、李鼎霞校注:《行历抄校注》,第104—105页。
② [清]彭定求:《全唐诗》卷六四八,第7444—7445页。
③ [清]彭定求:《全唐诗》卷五六四,第6541页。
④ [唐]刘禹锡撰,陶敏、陶红雨校注:《刘禹锡全集编年校注》卷八,第878页。
⑤ [宋]计有功:《唐诗纪事》卷五三,第803页。
⑥ [宋]计有功:《唐诗纪事》卷五三,第806页。
⑦ 郁贤皓:《唐刺史考全编》卷二二七,第3007页。

猷。'璐既与于兴宗隔政相代为绵州刺史,其守绵州与于为洋州同时,当约在大中十年。"①基于以上考证,今姑系方干《涵碧亭》诗于大中九年。

八月,诗僧元孚重游天台并作诗

元孚《元孚五十年前游天台,宿建公院,登华顶,攀琪树,观石桥之险绝,缅怀昔游,因为绝句,寄知建长老,兼呈台州王司马》诗云:"天生石月架空虚,树缀龙髯子贯珠。三十年前已攀折,建公曾到上方无。"②明陶宗仪《古刻丛钞》载此诗,诗下原署曰云:"上都左街保寿寺文章应制内供奉大德元孚,……唐大中九年岁次乙亥八月丁丑朔六日壬午重题。"③诗中"王司马"为王谟,大中时人,与释元孚同时。为中散大夫,台州司马。王谟有《奉和元孚大德游天台诗》:"华亭高峰接太虚,承攀琪树赋垂珠。当时惟有建公在,老宿如今一半无。"④元孚事迹,又见《宝刻丛编》卷一五引《复斋碑录》:"《唐福田寺经藏院记》,唐崔从龟撰,僧元孚书,会昌二年立。"⑤元孚又为开元寺僧,许浑有《冬日宣城开元寺赠元孚上人》诗,陈陶有《寄元孚道人》诗。

九月,方干离婺州东阳,途中有诗

方干《出东阳道中作》诗云:"马首寒山黛色浓,一重重尽一重重。醉醒已在他人界,犹忆东阳昨夜钟。"⑥《唐五代文学编年史·晚唐卷》大和九年九月:"按方干本年寒食节已在婺州东阳游览。此诗乃秋日离东阳之作。此后又南游毗邻之处州,有诗寄献段成式。其诗有《自缙云赴郡溪流百里轻棹一发曾不崇朝叙事四韵寄献段郎中》(《全唐诗》卷六五〇,下同),中云:'斗转寒湾避石棱''此中明日寻知己,恐似龙门不易登。'又有《赠处州段郎中》诗,中云:'幸见仙才领郡初''寒潭是处清连底'。按段郎中即段成式。《全唐文》卷七八七段成式《好道庙记》云:'予大中九年到郡,越月方谒(好道庙)。'文中之郡即指处州。则方干乃于此时往处州访段成式。"⑦

---

① 陶敏:《全唐诗作者小传补正》,第 960 页。
② 孙望:《全唐诗补逸》卷一八,《全唐诗补编》,第 290 页。
③ [明]陶宗仪编:《古刻丛钞》,第 102—103 页。
④ [明]陶宗仪编:《古刻丛钞》,第 103 页。
⑤ [宋]陈思编著:《宝刻丛编》卷一五,第 1011 页。
⑥ [清]彭定求:《全唐诗》卷六五三,第 7500 页。
⑦ 吴在庆、傅璇琮:《唐五代文学编年史·晚唐卷》,第 388 页。

九月,方干往游处州,经溪流百里并作诗

方干《自缙云赴郡溪流百里轻棹一发曾不崇朝叙事四韵寄献段郎中》诗云:"激箭溪湍势莫凭,飘然一叶若为乘。仰瞻青壁开天罅,斗转寒湾避石棱。巢鸟夜惊离岛树,啼猿昼怯下岩藤。此中明日寻知己,恐似龙门不易登。"①诗言"寒湾""岩藤",应是秋日所作。

方干《处州洞溪》诗云:"气象四时清,无人画得成。众山寒叠翠,两派绿分声。坐月何曾夜,听松不似晴。混元融结后,便有此溪名。"②诗有"众山寒叠翠"语,是亦作于秋日。

段成式为处州刺史,方干有诗赠之

方干《赠处州段郎中》诗云:"幸见仙才领郡初,郡城孤峭似仙居。杉萝色里游亭榭,瀑布声中阅簿书。德重自将天子合,情高元与世人疏。寒潭是处清连底,宾席何心望食鱼。"③

按,段成式《好道庙记》云:"缙云郡之东南十五里,抵古祠曰好道。……予大中九年到郡,越月方谒。至十年夏旱,悬祭沉祀。毒泉覃石,初无一应。……大中岁在景子季秋中丁日建。"④是段成式大中九年始任处州刺史,十年仍在任。故系于本年。诗言"幸见仙才领郡初",则作于本年段成式初为处州刺史时。

贯休作《送僧出入五泄》诗

贯休《送僧入五泄》诗云:"五泄江山寺,禅林境最奇。九年吃菜粥,此事少人知。山响僧担谷,林香豹乳儿。伊余头已白,不去更何之。"⑤胡大浚《贯休歌诗系年笺注》卷一六注云:"五泄,《浙江通志》卷二三一'寺观六':'五泄寺。《诸暨县志》:在县西五泄山中,唐元和三年灵默禅师建,名三学禅院。咸通六年,赐名五泄永安禅寺。天祐三年改应乾禅院,后仍改今名。'贯休于大中元年(847)入诸暨县五泄山寺修禅,诗言'九年吃菜粥',乃作于大中九年(855)初离五泄山时。"⑥按,诸暨

---

① [清]彭定求:《全唐诗》卷六五〇,第7466页。
② [清]彭定求:《全唐诗》卷六四九,第7455页。
③ [清]彭定求:《全唐诗》卷六五〇,第7468—7469页。
④ [清]董诰:《全唐文》卷七八七,第8235—8236页。
⑤ [清]彭定求:《全唐诗》卷八三三,第9393—9394页。
⑥ [唐]贯休著,胡大浚笺注:《贯休歌诗系年笺注》卷一六,中华书局2011年版,第757页。

五泄山,《水经注·浙江水注》云:"泄溪……溪广数丈,中道有两山夹溪,造云壁立。"①《嘉泰会稽志》卷九云:"五泄山在(诸暨)县西五十里。"②宋濂《五泄山水志》:"五泄山在婺、杭、越三州境上,北距富春,南据勾无(诸暨),东接浦阳,其山水最号奇峭。"③

本年,沈询为浙东观察使,曹唐作诗送之

《会稽掇英总集》卷一八《唐太守题名记》:"沈询,大中九年九月,自前礼部侍郎授。十二年六月,追赴阙。其月四日,迁户部侍郎。"④《嘉泰会稽志》卷二"太守":"沈询,大中九年九月自前礼部侍郎授,十二年六月追赴阙。"⑤《资治通鉴》:大中九年九月,"以礼部侍郎沈询为浙东观察使。"⑥

曹唐《小游仙诗》其十七云:"玉诏新除沈侍郎,便分茅土镇东方。不知今夕游何处,侍从皆骑白凤凰。"⑦梁超然《晚唐桂林诗人曹唐考略》云:"此诗是混入《小游仙诗》者,实系送沈询出镇浙东之作。《北梦琐言》云:'沈询侍郎清粹端美,神仙中人。制除山东节旄,京城咸诵曹唐《游仙诗》:玉诏新除沈侍郎,便分茅土镇东方。不知今夕游何处,侍从皆骑白凤凰。其风采可知。'宋人阮阅《诗话总龟》亦编入卷十九'纪实门'。然《北梦琐言》以为沈询'除山东节旄'则不确。《资治通鉴》宣宗大中九年九月'以礼部侍郎沈询为浙东观察使'。故'山东'应作'浙东'为是。《北梦琐言》误以此诗为《游仙诗》,故后人混入《小游仙诗》内,清人杜庭珠《中晚唐诗叩弹集》以南齐升仙之沈羲当之,盖沿《北梦琐言》'游仙诗'一说之误也。沈羲升仙虽有碧落侍郎之封,然'便分茅土镇东方'云云与沈羲毫无干涉,故应是咏沈询侍郎任浙东之作。"⑧

曹唐诗涉及浙东者还有《刘阮洞中遇仙子》:"天和树色霭苍苍,霞重岚深路渺茫。云实满山无鸟雀,水声沿涧有笙簧。碧沙洞里乾坤别,红树枝前日月长。愿得

---

① 郦道元撰,陈桥驿点校:《水经注》卷四〇,第757页。
② [宋]施宿:《嘉泰会稽志》卷九,《宋元浙江方志集成》第4册,第1831页。
③ [明]宋濂:《潜溪前集》卷七,《宋濂全集》第1册,浙江古籍出版社2014年版,第205页。
④ [宋]孔延之:《会稽掇英总集》卷一八,《宋元浙江方志集成》第14册,第6556页。
⑤ [宋]施宿:《嘉泰会稽志》卷二,《宋元浙江方志集成》第4册,第1667页。
⑥ [宋]司马光:《资治通鉴》卷二四九,第8057页。
⑦ [清]彭定求:《全唐诗》卷六四一,第7347页。
⑧ 梁超然:《晚唐桂林诗人曹唐考略》,载《广西师范大学学报(哲学社会科学版)》1989年第4期,第32页。

花间有人出,免令仙犬吠刘郎。"①《刘晨阮肇游天台》:"树入天台石路新,云和草静迥无尘。烟霞不省生前事,水木空疑梦后身。往往鸡鸣岩下月,时时犬吠洞中春。不知此地归何处,须就桃源问主人。"②《仙子送刘阮出洞》:"殷勤相送出天台,仙境那能却再来。云液每归须强饮,玉书无事莫频开。花当洞口应长在,水到人间定不回。惆怅溪头从此别,碧山明月闭苍苔。"③《仙子洞中有怀刘阮》:"不将清瑟理霓裳,尘梦那知鹤梦长。洞里有天春寂寂,人间无路月茫茫。玉沙瑶草连溪碧,流水桃花满涧香。晓露风灯零落尽,此生无处访刘郎。"④《刘阮再到天台不复见仙子》:"再到天台访玉真,青苔白石已成尘。笙歌冥漠闲深洞,云鹤萧条绝旧邻。草树总非前度色,烟霞不似昔年春。桃花流水依然在,不见当时劝酒人。"⑤这几首诗都是就天台山刘晨、阮肇的传说而演绎作。《皇(黄)初平将入金华山》:"莫道真游烟景赊,潇湘有路入京华。溪头鹤树春常在,洞口人家日易斜。一水暗鸣闲绕涧,五云长往不还家。白羊成队难收拾,吃尽溪边巨胜花。"⑥是就黄初平入浙东金华山修道的典故演绎而作。以上这些诗篇具体作年不详,暂附于此。

本年,姜肃为处州刺史

《全唐文》卷七三二张磻《新移丽阳庙记》:"八年冬,郡阙守。时录事参军天水姜公肃处纪纲之司,明纠察之务。当道观察使御史大夫李公仰其清廉,委知军州事。"⑦

本年,裴谟为台州刺史

《嘉定赤城志》卷八"秩官门·历代郡守":"大中九年,裴谟。"注:"按:元稹《桐柏观碑》云:谟以此年五月十五日宿此,之郡。《壁记》作十一年,误。"⑧郁贤皓先生《唐刺史考全编》卷一四四:"荣新江云:圆珍《请弘传两宗官牒案》:大中十年,'至十月初,台州刺史、朝议郎、殿中端公、敕赐绯金鱼袋裴谟,帖唐兴县,追命圆珍,其与

---

① [清]彭定求:《全唐诗》卷六四〇,第7337—7338页。
② [清]彭定求:《全唐诗》卷六四〇,第7337页。
③ [清]彭定求:《全唐诗》卷六四〇,第7338页。
④ [清]彭定求:《全唐诗》卷六四〇,第7338页。
⑤ [清]彭定求:《全唐诗》卷六四〇,第7338页。
⑥ [清]彭定求:《全唐诗》卷六四〇,第7340页。
⑦ [清]董诰:《全唐文》卷七三二,第7556页。
⑧ [宋]陈耆卿:《嘉定赤城志》卷八,《宋元浙江方志集成》第11册,第5153页。

安存'．'大中十一年十月，（裴谟）秩满归京'．"①按，裴谟亦为诗人，《全唐诗续拾》卷三二辑其《和舍弟寄东林寺》《送陈谠授本府长史》诗二首。

856　唐宣宗大中十年丙子

春，李郢应进士举，试日上主司，述说在越州苦读的经历

李郢《试日上主司侍郎》诗云："石帆山下有灵源，修竹茅堂寄此村。闭户偶多乡老誉，读书精得圣人言。来时已作青云意，试夜忧生白发根。十五年余诗弟子，名成岂合在他门。"②李郢大中十年及进士第，主司是郑颢。《唐语林》卷二："李郢有诗名，郑尚书颢门生也。"③同书卷四："宣宗尚文学，尤重科名。大中十年，郑颢知举，宣宗索登科记，颢表曰：'自武德以后，便有进士诸科，所传前代姓名，皆是私家记录。臣寻委当行祠部员外郎赵璘，采访诸科日记，撰成十三卷，自武德元年至于圣朝。'敕翰林，自今放榜后，仰写及第人姓名及所试诗赋题目进入。仰所司逐年编次。"④石帆山在会稽，权德舆有《会稽虚上人石帆山灵泉北坞记》，"石帆山"即绍兴会稽山的一部分⑤。李郢在越州苦读，还有以下诗歌，可以参考。

李郢《不睡》诗云："沃洲山里苦心人，十五年来少睡身。诗句每多闲夜得，鬓毛终为半愁新。纷纷落烬看将久，历历寒更听转频。家寄江南断音信，一凭归梦去无因。"⑥沃洲山在越州新昌，白居易《沃洲山禅院记》云："沃洲山在剡县南三十里，禅院在沃洲山之阳，天姥岑之阴。南对天台，而华顶、赤城列焉；北对四明，而金庭、石鼓介焉；西北有支遁岭，而养马坡、放鹤峰次焉；东南有石桥溪，溪出天台石桥，因名焉。"⑦

---

① 郁贤皓：《唐刺史考全编》卷一四四，第 2052 页。
② 童养年：《全唐诗续补遗》卷八，《全唐诗补编》，第 429 页。
③ 周勋初：《唐语林校证》卷二，第 159 页。
④ 周勋初：《唐语林校证》卷四，第 371 页。
⑤ ［清］董诰：《全唐文》卷四九四，第 5044 页。
⑥ 童养年：《全唐诗续补遗》卷八，《全唐诗补编》，第 427 页。
⑦ ［清］董诰：《全唐文》卷六七六，第 6905 页。

沈询为浙东观察使,贯休相送并作诗

贯休《送沈侍郎》诗云:"从知无远近,木落去闽城。地入无诸俗,冠峨甲乙精。山多高兴乱,江直好风生。俭府清无事,唯应荐祢衡。"①胡大浚《贯休歌诗系年笺注》卷九注云:"沈侍郎,沈询。吴(今江苏省苏州市)人。历中书舍人、翰林学士、礼部侍郎等清显之官。大中九年九月为浙东观察使、越州刺史,十二年六月赴阙,迁户部侍郎。咸通中检校户部尚书、潞州长史,昭义节度使,咸通四年十二月乙酉,昭义军乱,被杀。事迹见两《唐书》《懿宗本纪》,《郑畋、王徽传》。本篇当作于询任越州期间,姑系于大中十年(856)。"②

日本圆珍复上天台山,于国清寺止观院建立一堂

《国清寺志》第十章"大事记":"唐大中十年(856),日僧圆珍复上天台山,于国清寺止观院建立一堂,题名'天台山国清寺日本国大德僧院'。二年后归国,在比叡山下三井圆城寺奏请为天台别院。"③日本学者佐藤长门《入唐僧圆珍:日本天台宗寺门派之祖》根据《行历抄》等文献梳理其行迹云:"五月二十三日,到达越州,在开元寺与良谞再会。良谞建议圆珍留在越州,但由于正值暑热时期,良谞的寺院狭小,加之有同行者,不得安乐,因此圆珍决定直接前往天台山。于是,良谞舍与《法华玄义》等法典35卷,并送圆珍等人至寺院门。六月四日,圆珍一行回到国清寺。圆觉在天台山度过残夏以后,八月中出游,前往广州。在广州,圆觉遇见了商人李英觉、陈太信等人,托他们给圆珍送去天竺贝多树拄杖一杖、广州斑藤拄杖一杖、琉璃瓶子一口、白芥子一斤等信物,后来圆珍将这些信物带回日本,永久供养。在国清寺的圆珍继续勤奋校勘《大日经义释》。此外,最澄曾在禅林寺造立僧院,以作为后来学法僧人的宿舍,但会昌废佛时,该僧院被破坏。于是,圆珍用藤原良相所赐送的路费砂金三十两,在国清寺止观院建造了止观堂。越州商人詹景全、刘仕献及渤海国商主李延孝、吴英觉等人施钱四千文建造住房三间,实现了祖师最澄之愿。这些建筑统称为"天台国清寺日本国大德僧院",日本入宋僧成寻巡礼之际,止观堂改称为定惠院。"④

---

① [清]彭定求:《全唐诗》卷八三〇,第9354页。
② [唐]贯休著,胡大浚笺注:《贯休歌诗系年笺注》卷九,第475—476页。
③ 丁天魁主编:《国清寺志》,第461页。
④ [日]佐藤长门:《入唐僧圆珍:日本天台宗寺门派之祖》,载《浙江大学学报(人文社会科学版)》2015年第3期,第119页。

857　唐宣宗大中十一年丁丑

正月,日本圆珍依旧留在国清寺,继续显教和密教的修学

日本学者佐藤长门《入唐僧圆珍:日本天台宗寺门派之祖》根据《行历抄》等文献梳理其行迹云:"大中十一年(857),圆珍依然留在国清寺,继续显教和密教的修学。正月一日,辩论普贤菩萨与金刚萨埵的异同。二月十三日,比勘《妙法莲华经玄义要略》,并评价《妙法莲华经玄义要略》与《科目》是大同小异。三月七日,撰述《净名疏略记》三卷。六月十四日,略述《阿字秘释》。八月十二日,校勘《金光明经文句》。此外,这一年的三月八日,闲静与撢宗(物忠宗)在洛阳受具足戒;十月,圆珍编写《日本比丘圆珍入唐目录》。"①

二月,婺州文人冯涓登进士第

《北梦琐言》卷三"杜审权斥冯涓"条:"大中四年,进士冯涓登第,榜中文誉最高。是岁,新罗国起楼,厚赍金帛,奏请撰记,时人荣之。初除京兆府参军,恩地即杜相审权也。杜有江西之拜,制书未行,先召长乐公密话,垂延辟之命,欲以南昌笺奏任之,戒令勿泄。长乐公拜谢辞出宅,速鞭而归于通衢。遇友人郑賨,见其喜形于色,驻马恳诘。长乐遂以恩地之辟告之,荥阳寻捧刺诣京兆门谒贺,具言得于冯先辈也。京兆嗟愤,而鄙其浅露。洎制下开幕,冯不预焉。心绪忧疑,莫知所以。廉车发日,自霸桥乘肩舆,门生咸在。长乐拜别,京兆公长揖冯曰:'勉旃。'由是嚣浮之誉,遍于缙绅,竟不通显。"②清徐松《登科记考》卷二二即系冯涓登进士第在大中四年,考证云:"《唐语林》:'大中四年,进士冯涓登第士,榜中文誉最高。是岁,新罗国起楼,厚赍金帛,奏请撰记。时人荣之。'《太平广记》引《王氏闻见录》:'冯涓,旧唐名士,雄考才学,登进士第。'《十国春秋》:'冯涓字信之,先世婺州东阳人,唐吏部尚书宿之孙。'"③

---

① ［日］佐藤长门:《入唐僧圆珍:日本天台宗寺门派之祖》,载《浙江大学学报(人文社会科学版)》2015年第3期,第119—120页。

② ［五代］孙光宪撰,贾二强点校:《北梦琐言》卷三,第59页。

③ ［清］徐松:《登科记考》卷二二,第815页。

按，吴在庆《增补唐五代文史丛考·登科年考》："冯涓及第之年。《十国春秋》卷四〇《冯涓传》记涓登大中四年（850）宏词科进士，'起家京兆府参军。会宰相杜审权有江西之拜，制未出，密召涓，讲以延辟之命，戒勿泄。涓漏其言于友人郑賔，賔捧刺遽谒贺审权，审权鄙涓浅薄，不复与选。车发之日，涓候别灞桥，审权略不展分，惟长揖道勉劢而已。由是隐商山数年。'据此，冯涓乃大中四年登宏词科。其隐商山在杜审权出镇江西时。按《十国春秋》本传所记冯涓事多有误，未可遽信，实应辨正。……自《北梦琐言》谓冯涓大中四年登第之说出，嗣后诸书如《唐语林》《全唐诗》《全五代诗》《十国春秋》《登科记考》皆承袭之，《唐诗纪事》虽不云此年登第，然亦谓其'大中初举进士，登宏词科'。然以《北梦琐言》所记，杜审权乃冯涓'恩地'考之，涓大中四年登第实可疑。考《旧唐书》卷十八下《宣宗纪》，大中十年九月，中书舍人杜审权知礼部贡举；《旧唐书》卷一七七本传亦记其大中十一年，进士三十人。可见杜审权确是大中十一年知贡举。据《唐摭言》卷四，'恩地'即已第进士之座主。冯涓既为杜审权门生，则当是大中十一年（857）进士第。又倘冯涓乃大中四年第，此后不久即为京兆参军，何以至杜审权出镇浙西的咸通四年（863）尚在京兆参军任？此殊不可解。今按《旧唐书》卷一七七《崔珙传》，云'子涓，大中四年进士擢第'。《北梦琐言》所记，或误崔涓之及第年为冯涓之登第年。倘此说不误，则冯涓及第年乃大中十一年而非大中四年，此方与《北梦琐言》所记杜审权为冯涓恩地之说符合。《十国春秋》谓冯涓登宏词科，此乃本《唐诗纪事》所记，而《北梦琐言》《唐语林》均仅言其进士及第。则《纪事》谓其登宏词科未必有据。其既本《北梦琐言》之说谓涓大中初举进士，而《北梦琐言》明言'大中四年，进士冯涓登第'，而无宏词之说，《纪事》何所据而云其登宏词科耶？可见《纪事》此处所记未可遽信。据前考，冯涓当是大中十一年登进士第而非大中四年进士第或登宏词科者。"①孟二冬《登科记考补正》卷二二改系于大中十一年，考证云："'恩地'者，晚唐人常用于对座主的称呼，知冯涓登进士第时杜审权为座主。考《记考》卷二十二大中四年（850）裴休知贡举，大中十一年（857）杜审权知贡举。则冯涓登第时间当在大中十一年。吴考亦据《北梦琐言》证冯涓为大中十一年登第。……《宋高僧传》卷二十二《周伪蜀净众寺僧缄传》：'释僧缄者，俗名缄也，姓王氏，京兆人。少而察慧，辞气绝群。大中十一年，杜审权下对策成事，秘书监冯涓即同年也。'亦证其是年登第无疑。今移正。"②

① 吴在庆：《增补唐五代文史丛考》，第81—82页。
② ［清］徐松撰，孟二冬补正：《登科记考补正》卷二二，第829—830页。

十一月，贯休作诗上处州刺史段成式

贯休《上缙云段使君》诗云："清畏人知人尽知，缙云三载得宣尼。活民刀尺虽无象，出世文章岂有师。术气芝香粘瓮檻，云痕翠点满旌旗。今朝暂到金台上，颇觉心如太古时。"①胡大浚《贯休歌诗系年笺注》卷二一注云："缙云段使君：段成式，字柯古，临淄人，穆宗宰相段文昌之子，官至太常卿。晚唐著名学者、文学家，与李商隐、温庭筠俱以四六得名，号三十六体。著有《酉阳杂俎》。事迹见两《唐书》《唐诗纪事》。《全唐文》卷七八七段成式《好道庙记》：'予大中九年到（缙云）郡，越月方谒。'诗言'缙云三载'，则当作于大中十一年（857）。"②《唐五代文学编年史·晚唐卷》大中十一年："贯休本年二十六岁，时有诗上处州刺史段成式。休少即能文，诗名颇著，年二十已受具足戒。《全唐诗》卷八三六贯休有《上缙云段使君》，中云：'清畏人知人尽知，缙云三载得宣尼。活民刀尺虽无象，出世文章岂有师。'按段使君即段成式，缙云即括州，亦即处州。据此，时段成式任处州刺史已三年，而其初任在大中九年，则诗乃作于本年。"③

十一月，李玭在婺州刺史任，录事参军为卫约，金华县令为余师周

《两浙金石志》卷三《唐法隆寺经幢》："大中十一年十一月十五日树，刺史李玭，录事参军卫约，金华县令余师周。"④

858　唐宣宗大中十二年戊寅

正月，日本圆珍依旧留在国清寺，继续显教和密教的修学，延续至五月

日本学者佐藤长门《入唐僧圆珍：日本天台宗寺门派之祖》根据《行历抄》等文献梳理其行迹云："大中十二年（858）正月，圆珍且读且勘达磨笈多译《缘生论》一卷

---

① 〔清〕彭定求：《全唐诗》卷八三六，第9419—9420页。
② 〔唐〕贯休著，胡大浚笺注《贯休歌诗系年笺注》卷二一，第934页。
③ 吴在庆、傅璇琮：《唐五代文学编年史·晚唐卷》，第415页。
④ 〔清〕阮元：《两浙金石志》卷三，第55页。

及世亲著《法华经论》。二月上旬,前往台州,拜会新任台州刺史严修睦。闰二月,为了回国,乞请台州公验,并附上《经卷目录》,请求准最澄之例,颁发证明圆珍在唐求法的刺史的判印。但刺史的凭据(证明书)迟迟没有发下,圆珍又于三月五日和四月一日再请凭据印信。四月八日,终于获得严刺史的批记。翌日,呈上给刺史的礼状之后,圆珍返回国清寺。此后,圆珍开始编写《日本国上都比叡山延历寺比丘圆珍入唐求法总目录》,并于五月十五日完成。《入唐求法总目录》的卷末除了圆珍的名字以外,还写有'丁胜男满''闲静''撢宗''大宅全吉'四人的名字,表明这四人始终与圆珍在一起,共同行动。"①

二月,温州人吴畦进士及第

清徐松《登科记考》卷二二"大中十二年进士科":"《唐语林》:'令狐滈、弟澄皆好文,有称科场中。以父为丞相,未得进。滈出访郑侍郎,道遇大尹,投国学避之。遇广文生吴畦,从容久之。畦袖卷呈滈,由是出入滈家。荐畦于郑公,遂先滈一年及第。'按滈于大中十三年及第,则畦及第在此年。惟此知举为李藩,言郑侍郎,误。"②陈尚君《〈登科记考〉正补》云:"《唐语林》卷三:'(吴)畦袖卷呈(令狐)滈,由是出入滈家。滈荐畦郑公,遂先滈一年及第。后至郡守。'徐氏系于大中十二年云:'按滈于大中十三年及第,则畦及第在此年。惟此知举为李藩,言郑侍郎,误。'今按:徐《考》实以滈为十四年进士,而此云'十三年及第',疑此书初属稿时收滈在十三年,后复改易,而吴畦则未作相应改动。十三年为兵部侍郎郑颢知举,《语林》所云不误。又《弘治温州府志》(上海图书馆藏胶卷)卷一三'人物·科第'云:'吴畦,安固人,大中十三年登科,终谏议大夫、润州刺史。'《乾隆温州府志》卷十九'选举'作'大中己卯'科,'家安固库村'。"③《乾隆温州府志》卷二八:"吴畦《登雁荡明王峰诗》:'明王巀嶪与天齐,势压诸峰不可梯。霁雨孤钟云外度,叫霜群雁月中栖。抑观碧落星辰近,俯视红尘世界低。七尺灵光双彩展,石门金□漫留题。'"④

① [日]佐藤长门:《入唐僧圆珍:日本天台宗寺门派之祖》,载《浙江大学学报(人文社会科学版)》2015年第3期,第120页。

② [清]徐松:《登科记考》卷二二,第833页。

③ 陈尚君:《〈登科记考〉正补》,《唐代文学研究》第4辑,第345页。

④ [清]齐召南:《温州府志》卷二八,第2241页。

闰二月，日本僧圆珍进所抄写经卷目录状

《天台霞标》初编卷二《进所抄经卷目录状》："国清寺日本国寻学僧圆珍牒，圆珍异域微僧，自越万里深卤，得达大国，幸遇明时，抄习教文，经今六载，将欲还本国，部帙近四百余卷，实虑后学未信，求假依凭。伏遇使君国之大贤，远育海峤，辄欲将所习目录，乞准贞元二十一年陆郎中判印，以为本国得法之信，永涤昏迷，伏乞使君仁恩，特垂大造，哀矜恳款，尘黩旌威，伏乞远被扶桑，冀光释教。谨呈所写得经卷数，并凭据状等，随状录上，下情无任，竞惶战惧，伏听处分。牒件状，谨具如前。谨牒。大中十二年闰二月日，日本寻学僧圆珍状。"①

三月，日本僧圆珍乞台州府公据印信状，台州刺史严修睦批给

《天台霞标》初编卷二《乞台州府公据印信状》："国清寺日本国求法僧圆珍，右圆珍，今月五日，具事由乞赐，准旧例，将所写得经卷数，并请凭据状等，谨状呈。伏蒙使君仁恩，特赐披览。且圆珍差小师行者，送前件经教归本国，取四月上旬进发，所请大唐公凭印信。伏乞使君仁恩，特赐准前例处分，下情无任竞惶瞻望。伏以功德莫大于传法，利益众生之本。圆珍所抄习经教，若得大唐使君批给两字及印信，本国方信传得天台法教，如不得凭据印信，招后学之反误，永失功德之因缘。伏以情切，伏乞使君仁慈，哀念遐方幽微，特开大造，赐一两字。设书日月，得达外国日下，匡辅法轮，辄敢再尘黩旌威，伏听处分。牒件状，谨具如前，谨牒。大中十二年三月五日，日本国求法僧圆珍状。"②

四月，日本僧圆珍再乞台州府公据印信状，获状后致射

《天台霞标》初编卷二："《再乞公据印信状》：国清寺日本国寻学僧圆珍，右圆珍，今月五日，去大中七年，奉本国恩命到此州，传天台法教。今写得经教四百余卷，差小师行者押送归本国。今本国商人李延孝取今月上旬进发。且圆珍去三月五日，具事由过状，并所写得经卷数呈上使君，乞公据印信，未蒙赐判给。今欲归天台取经趁船信进发。伏乞使君仁恩，特赐凭据两字，兼乞印信，到本国审知是大唐使君乐止天天台法教。今谨再冒犯旌威陈请，伏听处分，牒件状如前，谨牒。大中

---

① ［日］敬雄：《天台霞标》初编卷二，《大日本佛教全书》第125册，第47页。
② ［日］敬雄：《天台霞标》初编卷二，《大日本佛教全书》第125册，第47—48页。

十二年四月一日，日本国求法僧圆珍状。"①

严修睦《与圆珍上人印记》："圆珍上人，远辞本国，来赴大唐，问法寻师，颇得宗旨，传写经义，益见精勤，尚晓清净之门，深知生灭之理，恳请印状，以表行由，便遂所怀，亦足为美。大中十二年四月八日，朝散大夫使持节台州诸军事守台州刺史严修睦批给。"②

《天台霞标》初编卷二《谢赐公据印信状》："国清寺日本国求法僧圆珍，右圆珍，远辞乡国，幸达大邦，求获真正出世之乘，伏遇使君特垂大造，恩邦愈越，批印诚恳，行由荷载山丘，终身感惕，法辉二国，福流万代，永将奉资使君旌威。圆珍言辞謇塞，穷申不及，谨专状陈谢，无任惭惶战惧之至。谨具如前，伏听处分，牒件状如前，谨牒。大中十二年四月九日，日本国僧圆珍状。"③

四月，约此时轩辕集自长安归罗浮山，南楚诗人多赋诗以送，婺州僧贯休诗为擅场之作

《唐五代文学编年史·晚唐卷》大中十二年四月："何光远《鉴戒（诫）录》卷五《禅月吟》载：'初，上人（按指贯休）诗名未振，时南楚才人竞以诗送轩辕先生归罗浮山，计百余家矣。上人因吟一章，群公于是息笔：玉房花洞接三清，漫指罗浮是去程。龙马便拢筇竹杖，山童常使茯苓精。曾教庄子抛悍史，却唤轩皇作老兄。再见先生又何日，只应频梦紫金城。'按《通鉴》卷二四九本年正月记：'轩辕集至长安，上召入禁中，……留数月，坚求还山，乃遣之。'《旧唐书·宣宗纪》则谓'留之月余，坚求还山。'今从《通鉴》。轩辕集自长安还罗浮山，途中南楚诗人赋诗相送事，盖在此时前后。"④

六月，日本僧人圆珍回到日本国，居于鸿胪馆中，忆天台而作诗，后来又归京都，高举、蔡辅、李达、唐容詹与之唱和并作诗送别

《天台霞标》初编卷二载圆珍归国后，高举等四人赠诗一共有十七首⑤，这十七首诗多是《全唐诗》未收的诗作。现录之于下：

---

① ［日］敬雄：《天台霞标》初编卷二，《大日本佛教全书》第125册，第48页。
② ［日］伊藤松：《邻交征书》，第111页。
③ ［日］敬雄：《天台霞标》初编卷二，《大日本佛教全书》第125册，第48—49页。
④ 吴在庆、傅璇琮：《唐五代文学编年史·晚唐卷》，第422页。
⑤ ［日］敬雄：《天台霞标》初编卷二，《大日本佛教全书》第125册，第49—50页。

高奉《昨日鸿胪北馆门楼游行一绝奉上上人》："鸿馆门楼掩海生，四邻观望散人情。遇然圣梨游上嬉，一杯仙药奉云青。"

高奉《怀秋思故乡诗一首七言奉上上人》："日落西郊偏忆乡，秋深明月破人肠。亭前满露蝉声乱，霜雁天边一带长。尽夜吟诗还四望，一轮挂（桂）叶落西方。一年未在鸿胪馆，诗兴千般入文章。"

蔡辅《今月十二日，得上人〈忆天台〉诗，韵和前，奉上点韵，五十六字》："飞锡东流憩四龙，却赠天台五岭松。难忘众仙行道处，望思罗汉念真容。六年洗骨金刚汁，八戒勤心邀身通。谓纵法界无障碍，志缘常在五台中。"

蔡辅《大德归京敢奉送别诗》："鸿胪去京三千里，一骑萧条骏苦飞。执手叮咛深惜别，龙门早达更须归。""一别去后泪恓恓，心中常忆醉迷迷。看选应是多仙子，直向心头割寸枝。""一别萧萧行千里，来时悠悠未有期。一年三百六十日，无日无夜不相思。""游历天下心自知，斋前惜别不忍啼。自从一辞云去志，千里相送候来期。"

蔡辅《上人西游汉地，将得宗旨回到本国，奉诏入城，送诗一首七言奉上上人座前》："吾师奉诏入皇城，巡念禅房意叮咛。莲花贝字驾龙马，明月金刚指云呈。一朝控锡飞上界，何时得见拜真容。奉辞一到天王阙，去后千回忆断肠。"

蔡辅《又一首绝句》："西游大士送天涯，君王续命便交归。慧云一去千里国，谁解玩珠系衲衣。"

蔡辅《大德唐归，入朝新天，临途之日，奉献诗一首》："唐归入朝月腾光，新天时亮曙色霜。纵然浮云暂遮却，须臾还照莫苦□。"

蔡辅《大德唐归，伏承苦忆天台，奉诗二首》："忆昔大唐天台寺，乍离惆怅拭泪啼。忽然喜悦有情赖，应是仙德有所期。""别忆天台五岭岐，两伴森林尽松枝。辞归本国鸿胪馆，无日游戏暂相思。"

蔡辅《唐国进仙人益国带腰及货物诗一首》："大唐仙货进新天，春草初生花叶鲜。料知今□随日长，唐家进寿一□年。"（疑剥蚀"朝""千"字）

蔡辅《大德璠心之唐国，游帝京等道搜寻经教归本国》："判心唐国游帝京，寻得经教甚分明。无过为搜精华尽，且归本国更朝天。"

李达《奉和大德〈思天台〉次韵》："金地炉峰秀气浓，近离双涧忆青松。控锡屭泉净心相，远传法教现真容。"

唐容詹《跪受大德珠玉，不揆卑劣，谨次来韵》："大理车回教正浓，乍离金地意思松。沧溟要过流杯送，禅坐依然政法容。""一乘元义道无踪，居憩观心静倚松。

三界永除几冰想，一诚归礼释迦容。"

《天台霞标》初编卷二在十七首诗后云："《别传》廿四云：所历诸州，耆宿名僧及词客才子，钦爱褒美，谈不容口，先后所呈之诗及一十卷，然今存者，仅载乎此者耳，可叹惜哉！而其所载，亦文字漫漶，不可解者多矣，且录于此，以示好事士云。"[①]关于这组诗，日本学者斋藤茂先生有《关于留存于日本的唐诗资料——唐人送别诗》专文研究说"从圆珍回到鸿胪馆的大中十二年六月二十二日以后，到他向京都出发的十二月中旬之间"[②]。而这组诗又见于《唐人送别诗并尺牍》二卷之中。而与圆珍赠答的蔡辅、李达等人，都应该是唐代护送圆珍回国者，故在日本鸿胪寺与之赠答。《天台霞标》初编卷二载《李达上书》云："拜辞已久，驰慕极深，季冬凝寒，伏惟和尚尊体起居万福。即日达旅中蒙惟兑，不审道德如何？伏愿善加宝重。前日和尚控锡至于郡城，都无一物堪充供养，反侧尤甚。顶拜未期，空增瞻恋之至。谨因从六兄往，附状不宣。十二月九日，李达再拜。和尚座前谨空。时穷别无一物，绵长袽袜壹緉，松脯一斤，不责轻微，伏望赐与受纳，即当恩幸。达重上。"后又云："本按别传七十曰：元庆五年，唐婺州人李达，依和尚之嘱，付张家商船，送来本朝一切经阙本一百二十余卷。沈懤《止观堂记》曰：赵郡李处芳名达，与师有旧，东望云外，空增浩然云云。"[③]

又日僧敬光(1740—1795)将诸人诗汇集在一起，成《风藻饯言集》，并撰有序，署款为："明和四年春二月，藕峰光显道序。"[④]明和四年即当乾隆三十二年(1767)。白化文、李鼎霞有《〈风藻饯言集〉校注》，附于《行历抄校注》之后，由花山文艺出版社 2004 年出版。

段成式为处州刺史四年，颇有政绩，其标志之一是治理了"恶溪"而成为"好溪"

《新唐书·地理志五》："处州缙云郡……丽水……武德八年省丽水县入焉，大历十四年更名。有铜，出豫章、孝义二山；东十里有恶溪，多水怪，宣宗时刺史段成式有善政，水怪潜去，民谓之好溪。"[⑤]《舆地广记》卷二三"两浙路下·处州·缙云

---

① ［日］敬雄：《天台霞标》初编卷二，《大日本佛教全书》第 125 册，第 51 页。

② ［日］斋藤茂：《关于留存于日本的唐诗资料——唐人送别诗》，《唐代文学研究》第 7 辑，广西师范大学出版社 1998 年版，第 839 页。

③ ［日］敬雄：《天台霞标》初编卷二，《大日本佛教全书》第 125 册，第 58 页。

④ 白化文、李鼎霞校注：《〈风藻饯言集〉校注》，《行历抄校注》，第 250 页。

⑤ ［宋］欧阳修、宋祁：《新唐书》卷四一，第 1062 页。

县”："有好溪，本名恶溪，多水怪。唐大中中，刺史段成式有善政，怪族自去，因改曰好溪。"①《元丰九域志》卷五"处州"："好溪，旧名恶溪，内多水怪，唐大中年刺史段成式有善政，怪族自去，因改此名。"②《道光丽水县志》卷三"水利"记之较详："好溪渠，在县东二十里灵鹫山下，垒石为堰，障缙云溪水入渠，西流至浪荡口分水坝，析为东、北二渠。北渠别纳山水三条：一自巩固桥入，一自余宿桥入，一自沙淤头入，皆挟沙善壅。不时浚之，则溪水不入。灌田六十余顷。堰阔六丈，长九十丈，中高一丈二尺，两端以次杀高六尺。自堰至分水坝一百八十二丈，自分水坝至东渠蜈蚣坝一百二十丈，自分水坝至北渠巩固桥二百九十丈。东渠灌田四十五顷三十九亩有奇，北渠灌田一十八顷五十六亩有奇。创于唐刺史段成式，后莫考其兴废。"③后人在好溪附近的溪洞旁建了"思贤亭"，宋代诗人王十朋《游洞溪》诗云："段公不到溪岂好，李守已亡诗更奇。偶向思贤亭上坐，爱溪兼爱昔人诗。"题注："旧名恶溪，因段成式改名好溪，有唐太守李君卿十诗，有亭名思贤。"④按，方南生《段成式年谱》："宣宗大中十二年戊寅（858），成式五十六岁，在处州。"⑤郁贤皓先生《唐刺史考全编》卷一四九系段成为处州刺史在大中九年至十年⑥。今从方南生所编年谱。

本年，郑处诲为浙东观察使

《会稽掇英总集》卷一八《唐太守题名记》："郑处诲，大中十二年七月，自太子宾客授。大中十三年，迁工部尚书，充浙西都团练观察使。"⑦《嘉泰会稽志》卷二"太守"："郑处诲，大中十二年七月自刑部侍郎授，十二年移浙西观察使。"⑧《旧唐书·郑处诲传》："累迁工部、刑部侍郎，出为越州刺史、浙东观察使，检校刑部尚书、汴州刺史、宣武军节度观察等使，卒于汴。"⑨

① ［宋］欧阳忞：《舆地广记》卷二三，四川大学出版社2003年版，第664页。
② ［宋］王存：《元丰九域志》卷五，《景印文渊阁四库全书》第471册，第129页。
③ ［清］张铣：《丽水县志》卷三，《清道光版丽水县志 丽水志稿点校合刊本》，方志出版社2010年版，第66—67页。
④ ［宋］王十朋：《王十朋全集》，上海古籍出版社2012年，第265页。
⑤ 方南生：《段成式年谱》，《酉阳杂俎》附录，第340页。
⑥ 郁贤皓：《唐刺史考全编》卷一四九，第2139页。
⑦ ［宋］孔延之：《会稽掇英总集》卷一八，《宋元浙江方志集成》第14册，第6556页。
⑧ ［宋］施宿：《嘉泰会稽志》卷二，《宋元浙江方志集成》第4册，第1667页。
⑨ ［后晋］刘昫：《旧唐书》卷一五八，第4168页。

859 唐宣宗大中十三年己卯

五月,台州开元寺僧人常雅,上书圆珍

常雅《上圆珍大德书并别幅》:"一别□年,每常思咏,詹四郎到。伏枉来书,更蒙见慧,□□□□,难以喻怀。仲夏盛热,伏惟大德动止万福。即此常雅年老,今日随分遣日,不审归彼刚气如何。愿善加保重。发时云:'相送到海门。'又见回书,却归本国,彼处主上,崇重三宝,见归欢喜,便请为供奉大德三教大师,遥闻常常深深羡羡,忻庆之至。在寺之时,更无主人,至今惆怅不知何。当更得相见,深思仁德,相见未前,促多思仰。谨因詹四郎回信,附状申情不宣。谨状。五月十九日,大唐国台州开元寺僧常雅,状上珍供奉大德座前。寺内徒众,总此申奉,不及一一有状。特见附水银肆斤,更谢远远用心,促多愧荷。一斤常雅自收;二斤间丘和尚,身已迁化,众议又无徒弟,更回入功德讫;一斤季皋和尚,有弟子五人在,便收设斋被用讫。虽称中华,并无一土物相献。天台南山角子茶壹,又生黄角子贰谨上。不见轻鲜,伏垂见到。又见书云,前年中,曾附陈宝手书及信物,不蒙见到,更谢重重用心,实当悚侧。相见未斯,千千万万,善为保重。闲静律师,善告行,奉侍为劳,不及有书。常雅身边小□文试,在随分供顶,伏垂见悉。谨宣。"①

六月,越中诗僧栖白为内供奉僧,约此时有《寿昌节赋得红云表夏日》诗。栖白此时前曾与姚合、贾岛游,此时前后又与李频、李洞、许棠、曹松往还

栖白《寿昌节赋得红云表夏日》诗云:"景候融融阴气潜,如峰云共火相兼。霞光捧日登天上,丹彩乘风入殿檐。行逐赤龙千岁出,明当朱夏万方瞻。微臣多幸逢佳节,得赋殊祥近御帘。"②《唐五代文学编年史·晚唐卷》大中十三年六月:"按寿昌节乃唐宣宗生日。据《旧唐书·郑颢传》,大中十三年寿昌节,郑颢特地自河南尹任赴京上寿。则本年寿昌节必有较盛大庆寿活动。寿昌节在六月,栖白此诗盖此

---

① [日]伊藤松:《邻交征书》,第114—115页。
② [清]彭定求:《全唐诗》卷八二三,第9278页。

时所赋。《全唐诗》栖白小传记其'宣宗朝,尝居荐福寺,内供奉,赐紫。'栖白与诸文士多有交往。《全唐诗》卷七二二有李洞《叙事寄荐福栖白》云:'险倚石屏风,秋涛梦越中。……兔满期姚监,蝉稀别楚公。……祝尧谈几句,旋泻海涛东。'下小注:'栖白有宣宗寿昌节诗。'此诗乃约咸通元年(860)作,姚监即秘书监姚合,栖白与姚合有交往。贾岛亦有《酬栖上人》(《全唐诗》卷五七一),中云:'静览冰雪词,厚为酬赠颜。东林有踯躅,脱屣期共攀。'李频亦有《题荐福寺僧栖白上人院》(《全唐诗》卷五八九),中云:'空门有才子,得道亦吟诗。内殿频征入,孤峰文作期。高名何代比,密行几生持。'许棠亦有《赠栖白上人》(《全唐诗》卷六〇三),中云:'闲身却不闲,日日对天颜。……诗传华夏外,偈布市朝间。'曹松《荐福赠白上人》(《唐诗纪事》卷七四)记栖白'才子紫檀衣,明君宠顾时。讲升高座懒,书答重臣迟。……还闻穿内禁,随驾进新诗。'栖白诗多未能系年,其中尚有颇可吟咏者,如《边思》之'阴山一夜雨,白草四郊秋。乱雁鸣寒渡,飞沙入废楼。'(《全唐诗》卷八二三,下引同)《赠李溟秀才》之称李溟云:'明月上清汉,骚人动楚吟。数篇正始韵,一片补亡心。孤悄欺何谢,云波不可寻。'《送禅师宗极归玉峰》:'鹤争栖远树,猿斗上孤峰。夜戍经霜月,秋城过雨钟。'《寄南山景禅师》:'一度林前见远公,静闻真语世情空。至今寂寞禅心在,任起桃花柳絮风。'"①

秋,李群玉经越州,作《将欲南行陪崔八宴海榴亭》诗

李群玉《将欲南行陪崔八宴海榴亭》诗云:"朝宴华堂暮未休,几人偏得谢公留。风传鼓角霜侵戟,云卷笙歌月上楼。宾馆尽开徐孺榻,客帆空恋李膺舟。谩夸书剑无归处,水远山长步步愁。"②邹志方《浙东唐诗之路》云:"(李群玉)任校书郎没几年,即'不胜庾信乡关思,遂作陶潜归去吟'(《请告南归留别同馆》),于大中十三年(859)乞假而归。此事估计与荐者裴休罢官和令狐绹被黜有关,亦由诗人'讦直上书''傲尽公卿'之素性所致。诗人道经越州,写下此诗,后半首连用两典,表达书剑无归之慨,亦极其自然。前半首写海榴亭很有特色,宴会由朝而暮,暮而未休,主人之盛情可知,慰安亦在其中。其'风传鼓角霜侵戟,云卷笙歌月上楼'两句,以诗人特有之敏感,捕捉海榴亭瞬间之景象,凝炼而又自然,深婉而有韵味。此诗说明,在唐代,

---

①　吴在庆、傅璇琮:《唐五代文学编年史·晚唐卷》,第433—434页。
②　[清]彭定求:《全唐诗》卷五六九,第6602页。

越州州治的望海亭、海榴亭极高旷，是理想的筵宴之地。海榴亭以移植海榴而命名。"①

十二月，剡县盐帮之首裘甫为同帮兄弟报仇，进攻象山县城，成为晚唐政治史上的大事

《资治通鉴》：大中十三年十二月，"浙东贼帅裘甫攻陷象山。……观察使郑祗德遣讨击副使刘勍、副将范居植将兵三百，合台州军共讨之。"②

本年，郑祗德为浙江东道观察使，李频作诗献之

《会稽掇英总集》卷一八《唐太守题名记》："郑祗德，大中十三年，自太子宾客、除检校工部尚书授。十四年三月，迁检校礼部尚书。"③《嘉泰会稽志》卷二"太守"："郑祗德，大中十三年自太子宾客授。"④《资治通鉴》：大中十三年十二月，"浙东贼帅裘甫攻陷象山。……观察使郑祗德遣讨击副使刘勍、副将范居植将兵三百，合台州军共讨之。"⑤咸通元年(860)二月，"朝廷知祗德懦怯，议选武将代之。……遂以(王)式为观察使，征祗德为宾客。"⑥

李频《浙东献郑大夫》诗云："圣主东忧涨海滨，思移副相倚陶钧。楼台独坐江山月，舟楫先行泽国春。遥想万家开户外，近闻群盗窜诸邻。几时入去调元化，天下同为尧舜人。"⑦按，与李频时代相当的郑姓浙东观察使中，有郑处海、郑祗德、郑裔绰三人。李频诗有"近闻群盗窜诸郡"，是指裘甫攻陷象山事。郑祗德次年二月即被王式所代。故诗应作于本年十二月至次年二月之间。

本年，赵璘为衢州刺史

《新唐书·艺文志三》："赵璘《因话录》六卷。字泽章，大中衢州刺史。"⑧《天启

①　邹志方：《浙东唐诗之路》，第73页。
②　[宋]司马光：《资治通鉴》卷二四九，第8077页。
③　[宋]孔延之：《会稽掇英总集》卷一八，《宋元浙江方志集成》第14册，第6556页。
④　[宋]施宿：《嘉泰会稽志》卷二，《宋元浙江方志集成》第4册，第1667页。
⑤　[宋]司马光：《资治通鉴》卷二四九，第8077页。
⑥　[宋]司马光：《资治通鉴》卷二五〇，第8081页。
⑦　[清]彭定求：《全唐诗》卷五八七，第6811页。
⑧　[宋]欧阳修、宋祁：《新唐书》卷五九，第1542页。

衢州府志》载赵璘大中十三年授衢州刺史："赵璘，大中十三年任。"①赵璘有《书戒珠寺》文，末署："咸通三年正月二十五日，中大夫守衢州刺史赵璘书。"②是赵璘为衢州刺史始于大中十三年，咸通三年(862)仍在任。赵璘《因话录》卷四"角部·谐戏"："衢州视事际，有妇人姓翁，陈牒论田产，称'阿公阿翁在日'，坐客笑之。因征其类。余尝目睹者，王屋有梓人女曰阿家，京中有阿辅，洪州有阿姑，蜀中有阿母，洛中有阿伯、阿郎，皆因其姓，亦堪笑也。"③新出土《唐故处州刺史赵府君墓志》题署："兄中大夫守衢州刺史璘撰。"④墓主赵璜，咸通三年四月十一日卒，十月十四日葬。是其年赵璘仍在衢州刺史任。

本年，李师望为台州刺史

《嘉定赤城志》卷八"秩官门·历代郡守"："大中十三年，李师望。"注："按元稹《桐柏观碑》：师望十四年以刺史至州，讨贼，战于天台观前，收复唐兴县。"⑤同书卷四〇："'检校尚书工部郎中前兼台州刺史李师望，大中十四年三月十七日准诏领义成、武宁、兖海、宣、润等道兵士一千七百人，乘馹赴任，讨除草贼。……咸通三年罢郡，九月十一日北归，因留题。'以上皆师望自纪，见于桐柏观元稹碑阴。"⑥

诸暨人良价禅师自大中末开曹洞宗，成为佛教禅宗南宗五家之一

《五灯会元》卷一三《曹洞良价禅师》："价师自唐大中末于新丰山接诱学徒，厥后盛化豫章高安之洞山。权开五位，善接三根。大阐一音，广弘万品。横抽宝剑，剪诸见之稠林。妙叶弘通，截万端之穿凿。又得曹山深明的旨，妙唱嘉猷。道合君臣，偏正回互。由是洞上玄风，播于天下。故诸方宗匠，咸共推尊之曰'曹洞宗'。"⑦

---

① ［明］叶秉敬：《天启衢州府志》卷二，《衢州府志集成》，第401页。
② ［清］董诰：《全唐文》卷七九一，第8288页。
③ ［唐］赵璘：《因话录》卷四，第100页。
④ 北京图书馆金石组：《北京图书馆藏中国历代石刻拓本汇编》第33册，第23页。
⑤ ［宋］陈耆卿：《嘉定赤城志》卷八，《宋元浙江方志集成》第11册，第5154页。
⑥ ［宋］陈耆卿：《嘉定赤城志》卷四〇，《宋元浙江方志集成》第11册，第5547页。
⑦ ［宋］普济：《五灯会元》卷一三，第779页。

860　唐懿宗咸通元年庚辰

正月，裘甫声势巨大，与浙东军战于桐柏观。二月，战于剡西。七月，裘甫被王式平定

《资治通鉴》卷二五〇记载："春，正月，乙卯，浙东军与裘甫战于桐柏观前，范居植死，刘勍仅以身免。乙丑，甫帅其徒千余人陷剡县，开府库，募壮士，众至数千人；越州大恐。时二浙久安，人不习战，甲兵朽钝，见卒不满三百；郑祗德更募新卒以益之。军吏受赂，率皆得孱弱者。祗德遣子将沈君纵、副将张公署、望海镇将李珪将新卒五百击裘甫。二月，辛卯，与甫战于剡西，贼设伏于三溪之南，而陈于三溪之北，壅溪上流，使可涉。既战，阳败走，官军追之，半涉，决壅，水大至，官军大败，三将皆死，官军几尽。于是山海诸盗及他道无赖亡命之徒，四面云集，众至三万，分为三十二队。其小帅有谋略者推刘暀，勇力推刘庆、刘从简。群盗皆遥通书币，求属麾下。甫自称天下都知兵马使，改元曰罗平，铸印曰天平。大聚资粮，购良工，治器械，声震中原。"①故而朝廷委派王式为浙东观察使以镇压裘甫。

《资治通鉴》又云："先是，王式以兵少，奏更发忠武、义成军及请昭义军，诏从之。三道兵至越州，式命忠武将张茵将三百人屯唐兴，断贼南出之道；义成将高罗锐将三百人，益以台州土军，径趋宁海，攻贼巢穴；昭义将跌跌戣将四百人，益东路军，断贼入明州之道。庚申，南路军大破贼于海游镇，贼入甬溪洞。戊辰，官军屯于洞口，贼出洞战，又破之。己巳，高罗锐袭贼别帅刘平天寨，破之。自是诸军与贼十九战，贼连败。刘暀谓裘甫曰：'向从吾谋入越州，宁有此困邪！'王辂等进士数人在贼中，皆衣绿，暀悉斩之曰：'乱我谋者，此青虫也！'高罗锐克宁海，收其逃散之民，得七千余人。王式曰：'贼窘且饥，必逃入海，入海则岁月间未可擒也。'命罗锐军海口以拒之。又命望海镇将云思益、浙西将王克容将水军巡海澨。思益等遇贼将刘[从]简于宁海东，贼不虞水军遽至，皆弃船走山谷，得其船十七，尽焚之。式曰：'贼无所逃矣，惟黄罕岭可入剡，恨无兵以守之。虽然，亦成擒矣！'裘甫既失宁海，乃帅

---

① ［宋］司马光：《资治通鉴》卷二五〇，第 8079—8080 页。

其徒屯南陈馆下,众尚万余人。"①至七月,裘甫被王式彻底平定。

裘甫兵败后之下落,史籍记载不明。新出土咸通十年(869)郑愚撰《李行素墓志》:"乘桴于海,安南奏知唐林州军州事。后海贼裘甫,寇制东而窥府城。公以偏师殄之,擒甫以献,恩授富州刺史。"②陈尚君《洛阳新获墓志百品》序言云:"制东即浙东,是裘甫兵败之后,沿海南窜之交州一带,最后败灭。"③是知裘甫之败南逃,被当时在海南的林州刺史李行素所擒获。

二月,婺州人陶史进士及第

陈尚君《〈登科记考〉正补》:"光绪《金华县志》卷六:'咸通元年,陶史,乔孙。'"④孟二冬《登科记考补正》卷二二"咸通元年进士科":"四库本《浙江通志》卷二四○'陵墓·泰顺县':'唐进士陶乔墓。《泰顺县志》:在西隅陶家埠。乔字迁于,婺州人。长庆辛丑进士。孙史,登咸通庚辰第。'又'唐祭酒陶史墓。万历《温州府志》:在四都洪村双桥洋底。《泰顺县志》:字用文,仕至国学祭酒。'当为有据。"⑤

贯休在婺州,宿赤松山,与婺州刺史杨发唱和

贯休《和杨使君游赤松山》诗云:"为郡三星无一事,龚黄意外扳乔松。日边扬历不争路,云外苔藓须留踪。溪月未落漏滴滴,隼旗已入山重重。扪萝盖输山屐伴,驻旆不见朝霞浓。乳猿剧黠挂险树,露木翠脆生诸峰。初平谢公道非远,黯然物外心相逢。石羊依稀龁瑶草,桃花彷佛开仙宫。终当归补吾君衮,好山好水那相容。"⑥胡大浚《贯休歌诗系年笺注》卷五注云:"杨使君:指杨发。大中十二年四月任广州刺史、岭南节度使时,岭南军乱被乱军所囚,坐贬婺州刺史。诗言'为郡三星',则当作于咸通元年(860)。赤松山:《元和郡县志·江南道》:'婺州,金华县。金华山,在县北二十里。赤松子得道处。'倪守约《赤松山志》:'金华洞天与赤松山相接,分上中下三洞。'盖赤松山为金华山之一部分。"⑦

① [宋]司马光:《资治通鉴》卷二五〇,第 8086—8087 页。
② 齐运通主编《洛阳新获墓志百品》,国家图书馆出版社 2020 年版,第 231 页。
③ 陈尚君:《洛阳新获墓志百品》序言,第 5 页。
④ 陈尚君:《〈登科记考〉正补》,《唐代文学研究》第 4 辑,第 346 页。
⑤ [清]徐松撰,孟二冬补正:《登科记考补正》卷二二,第 839 页。
⑥ [清]彭定求:《全唐诗》卷八二八,第 9328 页。
⑦ [唐]贯休著,胡大浚笺注:《贯休歌诗系年笺注》卷五,第 277 页。

贯休约在本年与赤松山道士舒道纪往还并诗歌唱和

贯休《宿赤松山观题道人水阁兼寄郡守》诗云："珠殿香耕倚翠棱,寒栖吾道寄孙登。岂应肘后终无分,见说仙中亦有僧。云敛石泉飞险窦,月明山鼠下枯藤。还如华顶清谈夜,因有新诗寄郑弘。"①诗中"郡守"应为杨发,诗为贯休在婺州赤松山时作。诗题中"道人"应为舒道纪。《金华赤松山志》"人物类"云："舒先生:先生名道纪,唐代人也。生长于婺,为赤松黄冠师。……自号华阴子,常与禅月大师贯休为莫逆交。日夕瞻仰二皇君之祠。……曾有诗曰:'松老赤松源,松间庙宛然。人皆有兄弟,谁共得神仙。双鹤冲天去,群羊化石眠。至今丹井水,香满此山田。'其后亦却食,不疾而化。"②贯休广明元年(880)因黄巢之乱与舒道纪别后就没有相见,而曾怀念作诗。舒道纪下世时,贯休又作诗悼念。参广明元年有关编年。赤松山连接金华洞天,为道教三十六洞天之一。《金华府志》云："其洞有三:巍然在上,去天若尺五者曰朝真;泂然在中,有泉若击鼓鼕之声者曰冰壶;豁然在下,有石若白龙之升降者曰双龙。"③是知贯休作为佛教大师,与道教高人亦颇有往还,又与当时的郡守不断有所来往,因而从这首诗中可以窥见晚唐僧、道与地方官员的关系。

本年,王式为浙江东道观察使

《新唐书》卷九《懿宗纪》："咸通元年正月,浙东人仇甫反,安南经略使王式为浙江东道观察使以讨之。"④《会稽掇英总集》卷一八《唐太守题名记》："王式,大中十四年,自前安南经略使授。咸通三年六月,迁工部尚书,充武宁军节度使。"⑤《嘉泰会稽志》卷二"太守"："王式,大中十四年自前安南经略使授,咸通三年六月移武康军节度使。案《唐》本传:剧贼裘甫乱明越,观察使郑祗德不能讨,选式往代,擒甫,斩之。加检校右散骑常侍。余姚民徐泽专鱼盐之利,慈溪民陈瑊冒名仕至县令,皆豪纵,州不能制。式曰:甫窃发不足畏,若泽、瑊乃巨猾也。穷治其奸,皆榜死。咸通三年,检校工部尚书,徙武宁军节度使。旧经云:甚有威略惠政。弟龟,复为刺史,人皆舞蹈迎之。"⑥"武康"为"武宁"之误。

① [清]彭定求:《全唐诗》卷八三七,第9433页。
② [宋]倪守约:《金华赤松山志》,《道藏》第11册,第74页。
③ [明]王懋德等:《金华府志》卷三,第136页。
④ [宋]欧阳修、宋祁:《新唐书》卷九,第256页。
⑤ [宋]孔延之:《会稽掇英总集》卷一八,《宋元浙江方志集成》第14册,第6556页。
⑥ [宋]施宿:《嘉泰会稽志》卷二,《宋元浙江方志集成》第4册,第1667页。

唐懿宗《授温璋王式节度使制》:"前浙江东道都团练观察处置等使银青光禄大夫检校左散骑常侍兼越州刺史御史大夫上柱国袭魏郡开国公食邑二千户王式,文动星芒,学通奥旨。早以殊艺,射策明廷,孙宏之条奏甚精,晁错之铺陈无阙。既升高第,亟践清途,临事不回,当官有守。迩者擢自交趾,授以浙东,果能清越水之波澜,扫稽山之祲气。暂举十连之化,全苏一境之人,而并乐镜贞明,黄陂澹泞,风雨不渝于达节,机谋自契于生知。爰命畴庸,是加懋赏,乃眷巨屏,宜委宏材。三礼百工,俱荣于题剑,凿门推毂,共贵于登坛。叠是恩光,我无爱惜。尔宜壮辕门之号令,恤闾井之疲赢。务农训兵,俾先南牧之备;兴利除害,永绝东顾之忧。更树奇功,以酬剧宠。璋可检校礼部尚书兼邠州刺史御史大夫充邠宁节度营田观察处置等使,式可检校工部尚书徐州刺史御史大夫充武宁军节度徐泗宿濠等州观察处置等使。主者施行。"①制行于咸通三年,所述为咸通元年王式为浙东观察使后在任之政绩。

本年,台州刺史李师望奉诏讨除草贼

《嘉定赤城志》卷四〇:"'检校尚书工部郎中前兼台州刺史李师望,大中十四年三月十七日准诏领义成、武宁、兖海、宣、润等道兵士一千七百人,乘馹赴任,讨除草贼。……咸通三年罢郡,九月十一日北归,因留题。'以上皆师望自纪,见于桐柏观元稹碑阴。"②

陈仲通为宁海县令

《嘉定赤城志》卷一一"秩官门":"陈仲通,咸通中死于裘甫之难。见旧经。"③《雍正浙江通志》卷一五四引《台州府志》:"陈仲通,……咸通中为宁海令,以德政称。裘甫寇浙东,将万余人入奉化、宁海,仲通率兵迎敌,被害,百姓哀之。"④按,裘甫攻宁海在咸通元年四月。

---

① [清]董诰:《全唐文》卷八三,第867—868页。
② [宋]陈耆卿:《嘉定赤城志》卷四〇,《宋元浙江方志集成》第11册,第5547页。
③ [宋]陈耆卿:《嘉定赤城志》卷一一,《宋元浙江方志集成》第11册,第5203页。
④ [清]嵇曾筠、沈翼机等:《雍正浙江通志》卷一五四,《景印文渊阁四库全书》第523册,第167页。

861　唐懿宗咸通二年辛巳

正月,李从损在萧山县尉任,张周士在萧山丞任,秦翱任萧山县主簿,沈彤、房孜任萧山县尉,姚询摄萧山县尉

《两浙金石志》卷三《唐觉苑寺经幢题名》:"萧山县令、柱国李从易,给事郎、丞张周士,文林郎、主簿秦翱,文林郎、尉沈彤,文林郎、尉□孜,摄尉姚□……舍四千文。"①"咸通二年岁次辛巳正月丙子朔十八日癸巳建。"②据《越中金石记》卷一《江寺陁尼经幢》之题名,有"文林郎、尉房孜,摄尉姚询"③。

五月,沈懂撰《国清寺止观堂记》

沈懂《国清寺止观堂记》:"向者我大中七年九月十日,有日本国大德僧,法号圆珍,俗姓殷,自扶桑而来,抵于巨唐福建,旋适五台,复止天台国清,传西域金人之教。我师幼能拔俗,剃度出家,以慧镜内明,戒珠外朗,作昏夜之烛,为苦海之舟。誓愿维持三乘妙理,以彼方尚阙,此土可求,俄拂麻衣,飞玉锡至。游历此寺,数换星霜,陟华顶之峰,礼大师之迹。此地自会昌废坼之后,大中恩旨重兴,佛殿初营,僧房未置。白衣居士,经行而晓泊浮云;青眼沙门,座定而夜栖磐石。师乃瞑心起念,言发响从,爰得郢人,伐幽林之梣柏,丁丁之响,朝发南山;落落之材,暮盈北坞。妙运斤斧,长短得规;巧引绳墨,曲直成准。功不逾月,其如化城,翚飞而彩曜庵园,胜概而光扬鹫岭。以十年九月七日建成矣。法师即住持此院,苦节修行,以无为心,得无得法,遂挈瓶锡,告别东归,即十二年六月八日矣。有赵郡李处芳,名达,爰来告愚,与师有旧。东望云外,空增浩然,仰梵宇之宽斯,其功莫大,乃命予实录其事,唯惭不文。感(咸)通二年五月十日记。"④

---

①　[清]阮元:《两浙金石志》卷三,第59页。
②　[清]阮元:《两浙金石志》卷三,第60页。
③　[宋]杜春生:《越中金石记》卷一,道光十年詹波馆刻本,第52页。
④　[日]伊藤松:《邻交征书》,第8页。

本年，裴闵由前婺州刺史转颍州刺史

《旧唐书·懿宗纪》：咸通二年四月，"以前婺州刺史裴闵为颍州刺史"[①]。

862　唐懿宗咸通三年壬午

正月，赵璘作《书戒珠寺》文

《全唐文》卷七九一赵璘《书戒珠寺》云："浙东观察治勾践故城。其东北二里，有山曰葺。葺，蔬类也。传云：昔越君所嗜，常采于此，遂用名之。在晋为王逸少别址，尚留故池与祠堂。又云：陈太建初有天竺徒听门逾颠，辨博神异，及死，葬山上。其形数见，后梦语其门人曰：'必为卧像屋之压我。'则不见。为之，果如言。而所构华壮敞絜，甲于郛内，所谓昌安寺者。其后二百七十余年，学人怀表犹病正位未广，缮治益严。又十年，值会昌废毁之数。献文皇帝君天下，大中初，复许郡府量立寺宇，而越州得其五，昌安在诏中。六年六月，又别以戒珠为名。观察使尚书李公褒实司其事。当是时，其徒多罢去，或不任事，而怀表复颛其劳。今则崇构真就矣。学者或去或没，独怀表齿且毫，精恪如初，可欢乎。余长庆中始冠，将为进士生，寓此肄业，时怀表已名字众人中。及开成缮治始休工，余以前雠校秘书游越，与怀表复相遇，薪余为记。逮今二十二换四时矣！中间遭罹邱墟，又重树立，于人事悲欢，不可遽数。循分累寸，奇蹇尘寰，晚守江岭，强号显达。而表公不离绳榻，几睹废兴，雪顶丝眉，始终一趣。可谓行充于内，而福持于外者矣。余既详其本末，思有以传于绵长。客有前藤州刺史骆巽与，闻之喜曰：'某葺山之下寄居人也，且与表公游甚久，归愿买石以刻。'遂笔以授之。咸通三年正月二十五日，中大夫守衢州刺史赵璘书。"[②]

三月，郑裔绰为浙江东道观察使

《会稽掇英总集》卷一八《唐太守题名记》："郑裔绰，咸通三年三月，自权知秘书

---

① ［后晋］刘昫：《旧唐书》卷一九上，第651页。
② ［清］董诰：《全唐文》卷七九一，第8288页。

770

监、除检校左散骑常侍授。"①《嘉泰会稽志》卷二"太守"同②。

《全唐文》卷七四七萧倣有《与浙东郑商(裔)绰大夫雪门生薛扶状》:"某昨者出官之由,伏计尽得于邸吏。久不奉荣问,惶惧实深。某自守孤直,蒙大夫眷奖最深,辄欲披陈其事,略言首尾,冀当克副虚襟,鉴雪幽抱。伏以近年贡务,皆自阁下权知,某叨历清崇,不掌纶诰。去冬遽因铨衡,叨主文柄,珥貂载笔,忝幸实多。遂将匪石之心,冀伸藻镜之用。壅遏末俗,荡涤讹风,刘楚于庭,得人之举。而腾口易唱,长舌莫箝。吹毛岂惜其一言,指颊何啻于十手。既速官谤,皆由拙直。窃以常年主司亲属,尽得就试。某敕下后,榜示南院,外内亲族,具有约勒,并请不下文书,敛怨之语,日已盈庭。复礼部旧吏云:'常年例得明经一人。'某面责其事,即严厘革。然皆阴蓄狡恨,求肆蠹言。致杂文之差互,悉群吏之构成。失于考议,敢不引过。又常年榜帖,并他人主张,凡是旧知,先当垂翅。灵蛇在握,弃而不收;璞鼠韬怀,疑而或取。致使主司胁制于一时,遗恨遂流于他日。今春此辈,亦有数人,皆朝夕相门,月旦自任,共相犄角,直索文书。某坚守不听,唯运独见。见在子弟无三举,门生旧知才数人。推公擢引,且既在门馆日夕,即与子弟不生。为轻小之徒望风传说曰:'笔削重事,闺门得专。'某但不欺知白之诚,岂畏如簧之巧。顷年赴广州日,外生薛廷望荐一李仲将外生薛扶秀才,云负文业,穷寄岭峤。到镇日相见之后,果有辞藻。久与宴处,端厚日新。成名后,人传是蕃夷外亲,岭南巨富,发身财赂,委质科名。扶即薛谓近从兄弟,班行内外,亲族绝多。岭表之时,寒苦可悯,曾与月给,虚说蕃商。据此谤言,岂粗相近。况孔振是宣父胄绪,韩缩即文公令孙。苏蔼故奉常之后,雁序双高,而风埃久处;柳告是柳州之子,凤毛殊有,而名字陆沉。其余四面搜罗,皆有久居艺行之士,繁于简牍,不敢具载。某裁断自已,实无愧怀。敦朝廷厚风,去士林时态。此志惶挠,岂惮悔尤。今则公忠道消,奸邪计胜。众情犹有惋叹,深分却无悯嗟。何直道而遽不相容,岂正德而亦同浮议。久猜疑闷,莫喻尊崇,幸无大故之嫌,勿信小人之论。粗陈本末,希存旧知。临纸写诚,含毫增叹。特垂鉴宥,无轻弃遗。幸甚!"③该状言当时举场风气甚详,故备录于此。

① 〔宋〕孔延之:《会稽掇英总集》卷一八,《宋元浙江方志集成》第14册,第6556页。
② 〔宋〕施宿:《嘉泰会稽志》卷二,《宋元浙江方志集成》第4册,第1667页。
③ 〔清〕董诰:《全唐文》卷七四七,第7739—7740页。

四月，诗人赵璜卒于处州刺史任，其兄赵璘为其撰墓志，其时赵璘为衢州刺史

《唐代墓志汇编》咸通○二一《唐故处州刺史赵府君墓志》，题署："兄中大夫守衢州刺史璘撰。"志云："君讳璜，字祥牙。……以咸通三年四月十一日，遭大病于郡廨，享年五十九。……是岁十月景申十四日，以君归葬河南县平乐乡伯乐原。"文中述及自己云："余幽拙无堪，犹窃台阁末秩，而君才厄于命，仕循常资，竟不得高步清绁，为公心者所叹。及刺缙云也，余前此自祠部郎守信安，浙河之东，封疆邻接，虽非显达，稍慰孤悴。"又云："君之著述及诗，余当力自编次，今略掇官昏行事，抱痛志诸石，哀病不能成文。"是赵璜颇能诗，赵璘要为其编集。又墓志载其祖母一族，颇具文名："先君讳伉，自建中至元和，伯仲五人，登进士第，时号卓绝。虽弈叶文学政事相续，而士大夫最以孝友称。先君韦氏之出，堂舅苏州刺史应物，道义相契，篇什相知，舅甥之善，近世少比。"①因此，赵璜应该在一定程度上受到韦应物的影响。赵璜为开成三年进士，今存诗四首。如《六月》诗云："六月火云散，蝉声鸣树梢。秋风岂便借，客思已萧条。倾国三年别，烟霞一路遥。行人断消息，更上灞陵桥。"②表现客思之殷，颇有韵味。赵璜曾与诗人李商隐同僚，商隐《樊南乙集序》云："选为盩厔尉，与班县令武公刘官人同见尹。尹即留假参军事，专章奏。属天子事边，康季荣首得七关。数月，李玭得秦州，月余，朱叔明又得长乐州，而益丞相亦寻取维州，联为章贺。时同寮有京兆韦观文、河南房鲁、乐安孙朴、京兆韦峤、天水赵璜、长乐冯颢、彭城刘允章，是数辈者，皆能文字，每著一篇，则取本去。"③又按，赵璘即是著名笔记《因话录》的作者，字泽章，山东平原人。大和八年及进士第，开成三年登博学宏词科，大中七年官左补阙，后为祠部员外郎，转衢州刺史。

本年，李虔为台州刺史

《嘉定赤城志》卷八"秩官门·历代郡守"："咸通三年，李虔。"④

---

① 周绍良主编：《唐代墓志汇编》下册，第 2394 页。
② ［清］彭定求：《全唐诗》卷八八四，第 9986—9987 页。
③ ［清］董诰：《全唐文》卷七七九，第 8136 页。
④ ［宋］陈耆卿：《嘉定赤城志》卷八，《宋元浙江方志集成》第 11 册，第 5154 页。

772

863　唐懿宗咸通四年癸未

　　八月,兰溪僧贯休本年三十二岁,时入江西庐山,有船行诗八首以纪行抒怀,后即入洪州开元寺弘法,有题赠之作

　　《唐五代文学编年史·晚唐卷》咸通四年八月:"按贯休有《秋末入匡山船行八首》(《全唐诗》卷八三一),匡山即江西庐山。考昙域《禅月集序》记贯休事迹云:'贯休,字德隐,婺州兰溪县登高里人也。俗姓姜氏。家传儒素,代继簪裾。……渐至十五六岁,诗名益著,远近皆闻。年二十岁,受具足戒。后于洪州开元寺听法华经。不数年间,亲敷法座,广演斯文。迄后兼讲起信论,可谓三冬涉学,百舍求师。寻妙旨于未传,起微言于将绝。于时江表士庶,无不钦风。'宋僧赞宁《宋高僧传·梁成都府东禅院贯休传》亦记:'释贯休,字德隐,俗姓姜氏,……七岁,父母雅爱之,投本县和安寺圆贞禅师出家为童侍。日诵《法华经》一千字耳。……受具之后,诗名耸动于时,乃往豫章,传《法华经》《起信论》,皆精奥义,讲训且勤。'据此,则贯休曾于受具足戒后离乡至洪州学经传法。考贯休另有《山居诗二十四首》(《全唐诗》卷八三七),其序云:'愚咸通四五年中,于钟陵作《山居诗》二十四章。'则其时贯休在江西洪州开元寺,其《秋末入匡山船行八首》之四云:'匡阜层层翠,修江叠叠波。从来未曾到,此去复如何。'其一又云:'楚国茱萸月,吴吟梨栗船。……去心还自喜,庐岳倚青天。'此行乃首次离乡至江西,当约为咸通四年入洪州开元寺之前,先往庐山途中所赋。"①

　　本年,王通古为处州刺史

　　《金石萃编》卷一〇八《处州孔子庙碑》王昶按:"此碑据《金石录》及《广川书跋》皆以为任迪行书,而广川则又云咸通四年刺史王通古重立。是此碑最初立者为敬僚,在大和三年;重立者为王通古,在咸通四年。"②

---

　　① 吴在庆、傅璇琮:《唐五代文学编年史·晚唐卷》,第482—483页。
　　② [清]王昶:《金石萃编》卷一〇八,第6页。

864　唐懿宗咸通五年甲申

本年，杨严为浙江东道观察使，方干作诗上之

《会稽掇英总集》卷一八《唐太守题名记》："杨严，咸通五年九月，自前中书舍人授。六年二月二十四日，追赴阙。"①《嘉泰会稽志》卷二"太守"同②。《旧唐书·杨严传》："兄收作相，封章请外职，拜越州刺史、御史中丞、浙东团练观察使。收罢相贬官，严坐贬邵州刺史。"③

方干《上越州杨严中丞》诗云："连枝棣萼世无双，未秉鸿钧拥大邦。折桂早闻推独步，分忧暂辍过重江。晴寻凤沼云中树，思绕稽山枕上窗。试把十年辛苦志，问津求拜碧油幢。"④为杨严观察浙东时方干投赠之作。《唐五代文学编年史·晚唐卷》咸通五年："按《嘉泰会稽志》卷二记'杨严，咸通五年九月自前中书舍人授。'《会稽掇英总集》卷一八同。又本诗有'折桂早闻推独步，分忧暂辍过重江'句，诗乃上于杨严抵任不久后，盖在此时前后。又方干'隐居镜湖中，湖北有茅斋，湖西有松岛，每风清月明，携稚子邻叟，轻棹往返，甚惬素心。所住水木幽閟，一草一花，俱能留客。家贫，蓄古琴，行吟醉卧以自娱'（《唐才子传·方干传》）。"⑤

本年，吴敬章为台州刺史

《嘉定赤城志》卷八"秩官门·历代郡守"："咸通五年，吴敬章。"⑥

---

①　[宋]孔延之：《会稽掇英总集》卷一八，《宋元浙江方志集成》第 14 册，第 6556 页。
②　[宋]施宿：《嘉泰会稽志》卷二，《宋元浙江方志集成》第 4 册，第 1667 页。
③　[后晋]刘昫：《旧唐书》卷一七七，第 4601 页。
④　[清]彭定求：《全唐诗》卷六五二，第 7494 页。
⑤　吴在庆、傅璇琮：《唐五代文学编年史·晚唐卷》，第 495—496 页。
⑥　[宋]陈耆卿：《嘉定赤城志》卷八，《宋元浙江方志集成》第 11 册，第 5154 页。

865　唐懿宗咸通六年乙酉

春,贯休自江西归兰溪后,居金华

贯休《归故林后寄二三知己》诗云:"昨别楚江边,逡巡早数年。诗虽清到后,人更瘦于前。岸翠连乔岳,汀沙入坏田。何时重一见,谈笑有茶烟。"①胡大浚《贯休歌诗系年笺注》卷八注云:"咸通五年秋后,诗人自江西归兰溪,本篇作于'归后',六年初也。"②

贯休《游金华山禅院》诗云:"兹地曾栖菩萨僧,旃檀楼殿瀑崩腾。因知境胜终难到,问著人来悉不曾。斜谷暗藏千载雪,薄岚常翳一龛灯。多惭不及当时海,又下嵯峨一万层。"③胡大浚《贯休歌诗系年笺注》卷二四云:"咸通六年(865)居金华,出游周边名山寺观时作。"④

贯休《春游凉泉寺》诗云:"一到凉泉未拟归,进珠喷玉落阶墀。几多僧衹因泉在,无限松如泼墨为。云柽含香啼鸟细,茗瓯擎乳落花迟。青山看着不可上,多病多慵争奈伊。"⑤胡大浚《贯休歌诗系年笺注》卷二五云:"凉泉寺:在婺州。《宝刻丛编·两浙东路婺州》:'唐凉泉寺碑,僧法珪撰,蒋峦行书。大历十年三月八日。'诗为咸通六年(865)居金华时作。"⑥

九月,明州刺史李伉作《五龙堂记》

李伉《五龙堂记》略云:"余受命牧明人,四月庚止,六月大旱。俾吏具香酒,敬祈于五龙之神。有蜥蜴状者,跃入杯中饮酒,复出缘器上顾吏,久之跳踯而去。吏未返,雨已大注。由是生植茂遂,阖邑丰衍。思所以崇祀事答神休者,乃建宇爽垲,

---

① [清]彭定求:《全唐诗》卷八二九,第9343—9344页。
② [唐]贯休著,胡大浚笺注:《贯休歌诗系年笺注》卷八,第397页。
③ [清]彭定求:《全唐诗》卷八三七,第9432页。
④ [唐]贯休著,胡大浚笺注:《贯休歌诗系年笺注》卷二四,第1033页。
⑤ [清]彭定求:《全唐诗》卷八三七,第9433页。
⑥ [唐]贯休著,胡大浚笺注:《贯休歌诗系年笺注》卷二五,第1047页。

依方塑像,以时荐飨,谓之五龙祠堂云。时咸通六年季秋之末也。"①

十月,前婺州衙推李文师为东阳人应宗本作墓志

《台州金石录》卷一《唐故汝南应府君(宗本)墓志并序》,题署:"前婺州衙推将仕郎前澧州澧阳县尉李文师撰。"志云:"公讳宗本,字利用,世代东阳郡之人也。……咸通二年夏六月十日染疾,不逾旬启手足于郡城西郊之私第,享年五十有七。……咸通六年十月廿四日,卜得□乡延祚里白石塽七德之村原也。"②

本年,李宗申为奉化县令

《宝庆四明志》卷一四"县令":"李宗申,唐咸通六年建城隍庙。"③

866　唐懿宗咸通七年丙戌

春,贯休东游越州,在会稽

贯休《春晚访镜湖方干》诗云:"幽居湖北滨,相访值残春。路远诸峰雨,时多攫鳖人。蒸花初酿酒,渔艇劣容身。莫讶频来此,伊余亦隐沦。"④胡大浚《贯休歌诗系年笺注》卷注一八注云:"诗人咸通七年(866)春游越,时方干隐于会稽(今绍兴)镜湖,贯休数造访之,并为诗以赠。"⑤

贯休《曹娥碑》诗云:"高碑说尔孝应难,弹指端思白浪间。堪叹行人不回首,前山应是苎萝山。"⑥胡大浚《贯休歌诗系年笺注》卷注二四注云:"曹娥碑:陈思《宝刻丛编·两浙东路越州》:'汉曹娥孝女碑,在会稽县东南二十七里。'案会稽县即今浙江省绍兴市。咸通七年(866)春游越至会稽时作。《会稽掇英总集》卷八录本篇。"⑦

---

① ［清］董诰:《全唐文》卷八〇六,第8481—8482页。
② ［清］黄瑞:《台州金石录》卷一,《石刻史料新编》第1辑,第10985—10986页。
③ ［宋］罗濬:《宝庆四明志》卷一四,《宋元浙江方志集成》第8册,第3409页。
④ ［清］彭定求:《全唐诗》卷八三四,第9407页。
⑤ ［唐］贯休著,胡大浚笺注:《贯休歌诗系年笺注》卷一八,第840页。
⑥ ［清］彭定求:《全唐诗》卷八三七,第9432—9433页。
⑦ ［唐］贯休著,胡大浚笺注:《贯休歌诗系年笺注》卷二四,第1038页。

贯休东游越州,作《题简禅师院》《寒月送玄道士入天台》等诗

贯休《题简禅师院》诗云:"机忘室亦空,静与沃洲同。唯有半庭竹,能生竟日风。思山海月上,出定印香终。继后传衣者,还须立雪中。"①胡大浚《贯休歌诗系年笺注》卷七注云:"简禅师院:诗言'机忘室亦空,静与沃洲同',禅师院当在沃洲山。山在今浙江省新昌县,唐属越州剡县。《浙江通志》卷二十二'形胜':'绍兴府,白居易《沃洲山真觉寺记》:东南山水,越为首,剡为面,沃洲、天姥为眉目。'是也。本篇《文苑英华》卷二六二录为'方干《赠江南僧》',首二句作'忘机室亦空,禅与沃州同。'《全唐诗》卷六四九、《佩文斋咏物诗选》卷二三四并录为方干诗,首二句同《英华》;与所收贯休诗重出。然《玄英集》未收。赵师秀《众妙集》、《唐僧弘秀集》卷六、《石仓历代诗选》卷一〇八、《古今禅藻集》卷四均作贯休诗。当作于咸通七年(866)东游越州时。"②

贯休《寒月送玄(一本有道字)士入天台》诗云:"之子逍遥尘世薄,格淡于云语如鹤。相见唯谈海上山,碧侧青斜冷相沓。芒鞋竹杖寒冻时,玉霄忽去非有期。僮担亦笼密雪里,世人无人留得之。想入红霞路深邃,孤峰纵啸仙飙起。星精聚观泣海鬼,月涌薄烟花点水。送君丁宁有深旨,好寻佛窟游银地。雪眉衲僧皆正气,伊昔贞白先生同此意。若得神圣之药,即莫忘远相寄。"③胡大浚《贯休歌诗系年笺注》卷五注云:"本篇疑作于咸通七年(866)诗人游天台前后。"④

贯休《天台老僧》诗云:"独住无人处,松龛岳色侵。僧中九十腊,云外一生心。白发垂不剃,青眸笑转深。犹能指孤月,为我暂开襟。"⑤胡大浚《贯休歌诗系年笺注》卷七注云:"诗题,《唐僧弘秀集》《石仓历代诗选》《古今禅藻集》均作《老僧》。《全唐诗》、退补斋本注:一本无'天台'二字。当作于咸通七年(866)诗人冬游天台时。"⑥

贯休《寄天台道友》诗云:"大是清虚地,高吟到日晡。水声金磬乱,云片玉盘粗。仙有遗踪在,人还得意无。石碑文不直,壁画色多枯。冷立千年鹤,闲烧六一

---

① [清]彭定求:《全唐诗》卷八二九,第9339页。

② [唐]贯休著,胡大浚笺注:《贯休歌诗系年笺注》卷七,第366页。

③ [清]彭定求:《全唐诗》卷八二八,第9327页。

④ [唐]贯休著,胡大浚笺注:《贯休歌诗系年笺注》卷五,第260页。

⑤ [清]彭定求:《全唐诗》卷八二九,第9340页。

⑥ [唐]贯休著,胡大浚笺注:《贯休歌诗系年笺注》卷七,第372页。

炉。松枝垂似物,山势秀难图。紫府程非远,青溪径不迁。馨香柏上露,皎洁水中珠。贤圣无他术,圆融只在吾。寄言桐柏子,珍重保之乎。"①胡大浚《贯休歌诗系年笺注》卷七注云:"咸通七年(866)秋冬,诗人游天台,本篇当作于此时。"②

贯休《赠方干》诗云:"盛名与高隐,合近谢敷村。弟子已得桂,先生犹灌园。垂纶侵海介,拾句历云根。白日升天路,如君别有门。"③胡大浚《贯休歌诗系年笺注》卷八注云:"咸通七年(866)春,贯休游越,访方干于镜湖,有《春晚访镜湖方干》诗(本集卷十八),本篇当作于同时。案本篇《鉴诫录》《唐诗纪事》均录为贯休诗,而《唐摭言》卷四'师友'云:'李频师方干,后频及第,诗僧清越赠干诗云:弟子已得桂,先生犹灌园。'《唐才子传校笺·方干》梁超然笺当为清越诗,姑存疑。"④

贯休《题友人山居》诗云:"卜居邻坞寺,魂梦又相关。鹤本如云白,君初似我闲。月明僧渡水,木落火连山。从此天台约,来兹未得还。"⑤胡大浚《贯休歌诗系年笺注》卷八注云:"咸通七年(866)秋冬,贯休游天台山,此前与友人、僧道多有登天台之约,如本卷《送僧游天台》:'已有天台约,深秋必共登。'此言'从此天台约',当作于此行前。"⑥

贯休《送僧游天台》诗云:"囊空心亦空,城郭去腾腾。眼作么是眼,僧谁识此僧。歇隈红树久,笑看白云崩。已有天台约,深秋必共登。"⑦胡大浚《贯休歌诗系年笺注》卷八注云:"本篇当作于咸通七年(866),其年秋冬,诗人自越登天台。"⑧

贯休《送道士归天台》诗云:"道高留不住,道去更何云。举世皆趋世,如君始爱君。径侵银地滑,瀑到石城闻。它日如相忆,金桃一为分。"⑨胡大浚《贯休歌诗系年笺注》卷九注云:"咸通七年(866)诗人游越,是年冬登天台,本篇当作于此行之前。"⑩

贯休《秋夜玩月怀玉霄道士》诗云:"光异磨砻出,轮非雕斫成。今宵刚道别,举

① [清]彭定求:《全唐诗》卷八二九,第9341页。
② [唐]贯休著,胡大浚笺注:《贯休歌诗系年笺注》卷七,第380页。
③ [清]彭定求:《全唐诗》卷八二九,第9345页。
④ [唐]贯休著,胡大浚笺注:《贯休歌诗系年笺注》卷八,第404—405页。
⑤ [清]彭定求:《全唐诗》卷八二九,第9345页。
⑥ [唐]贯休著,胡大浚笺注:《贯休歌诗系年笺注》卷八,第407页。
⑦ [清]彭定求:《全唐诗》卷八二九,第9347页。
⑧ [唐]贯休著,胡大浚笺注:《贯休歌诗系年笺注》卷八,第420页。
⑨ [清]彭定求:《全唐诗》卷八三〇,第9352页。
⑩ [唐]贯休著,胡大浚笺注:《贯休歌诗系年笺注》卷九,第456页。

世勿人争。征妇砧添怨，诗人哭到明。惟宜华顶叟，笙磬有余声。"①胡大浚《贯休歌诗系年笺注》卷九注云："玉霄，《方舆胜览·台州》：'玉霄峰，在天台县北三十五里。重崖叠嶂，松竹葱蒨，且产香茅，世号小桐柏焉。皮日休诗青冥向上玉霄峰，元始先生戴紫蓉……'。诗言'今宵刚道别'，是作于咸通七年(866)游天台时。"②

贯休《送僧归天台寺》诗云："天台四绝寺，归去见师真。莫折枸杞叶，令他十得瞋。天空闻圣磬，瀑细落花巾。必若云中老，他时得有邻。"③胡大浚《贯休歌诗系年笺注》卷一五注云："贯休咸通七年(866)秋冬游天台，据诗意本篇当为入天台前之作。"④首句"天台四绝寺"，据《元丰九域志》卷五："景德寺旧名国清寺。……时以齐州灵岩、荆州玉泉、润州栖霞、台州国清为四绝。"⑤

贯休《招友人宿》诗云："银地无尘金菊开，紫梨红枣堕莓苔。一泓秋水一轮月，今夜故人来不来。"⑥胡大浚《贯休歌诗系年笺注》卷二二注云："咸通七年(866)秋冬游天台时作。……案本篇《全唐诗》卷五四三《喻凫集》、卷八三六《贯休集》、《万首唐人绝句》卷三十八、卷六十四重出，分别录作喻凫《忆友人》与贯休《招友人宿》。《天台前集》卷下录为贯休《招友人宿》，《御选唐诗》录作喻凫《忆友人》。"⑦

贯休《寄天台叶道士》诗云："负局高风不可陪，玉霄峰北置楼台。注参同契未将出，寻栖栗僧多宿来。飕槭松风山枣落，闲关溪鸟术花开。终须肘后相传好，莫便乘鸾去不回。"⑧胡大浚《贯休歌诗系年笺注》卷二六注云："本篇亦见《天台集拾遗》，盖咸通七年(866)游天台时作。"⑨

贯休《送道友归天台》诗云："薜浓苔湿冷层层，珍重先生独去登。气养三田传未得，药非八石许还曾。云根应狎玉斧子，月径多寻银地僧。太守苦留终不住，可怜江上去腾腾。"⑩胡大浚《贯休歌诗系年笺注》卷二六注云："据诗意，约作于咸通七年(866)游天台前夕。"⑪

---

① [清]彭定求：《全唐诗》卷八三〇，第9354页。
② [唐]贯休著，胡大浚笺注：《贯休歌诗系年笺注》卷九，第468页。
③ [清]彭定求：《全唐诗》卷八三二，第9391页。
④ [唐]贯休著，胡大浚笺注：《贯休歌诗系年笺注》卷一五，第732页。
⑤ [宋]王存：《元丰九域志》卷五，《景印文渊阁四库全书》第471册，第128页。
⑥ [清]彭定求：《全唐诗》卷八三六，第9424页。
⑦ [唐]贯休著，胡大浚笺注：《贯休歌诗系年笺注》卷二二，第970页。
⑧ [清]彭定求：《全唐诗》卷八三七，第9438页。
⑨ [唐]贯休著，胡大浚笺注：《贯休歌诗系年笺注》卷二六，第1078页。
⑩ [清]彭定求：《全唐诗》卷八三七，第9438页。
⑪ [唐]贯休著，胡大浚笺注：《贯休歌诗系年笺注》卷二六，第1079页。

董庠为台州刺史,张蠙作诗相送

《全唐诗》卷七〇二张蠙《送董卿赴台州》诗云:"九陌除书出,寻僧问海城。家从中路挈,吏隔数州迎。夜蚌侵灯影,春禽杂橹声。开图见异迹,思上石桥行。"①"董卿"为董庠。《嘉定赤城志》卷八"刺史":"董庠,咸通七年授。"②《唐五代文学编年史·晚唐卷》咸通七年三月:"按此董卿疑即董庠。据《嘉定赤城志》卷八,董庠咸通七年为台州刺史。诗写春景,当即此时送行之作。《新唐书·艺文志四》记张蠙'字象文'。《永乐大典》引《池州府志》称'(张)乔及许棠、张蠙、周繇……时号九华四俊'。其实际籍贯为池州。又据《唐诗纪事》卷七任涛条,张蠙乃咸通十哲之一,与许棠、郑谷、温宪等人齐名。同上书张蠙条亦记'蠙生颖秀,幼有《单于台》诗曰:白日地中出,黄河天外来。为世所称'。"③按,陆龟蒙有《送董少卿游茅山》诗云:"威蕤高悬度世名,至今仙裔作公卿。将随羽节朝珠阙,曾佩鱼符管赤城。云冻尚含孤石色,雪干犹堕古松声。应知四扇灵方在,待取归时绿发生。"第四句自注:"董尝判台州。"④忆其为台州刺史事。皮日休亦有《送董少卿游茅山》诗:"名卿风度足杓斜,一舸闲寻二许家。天影晓通金井水,山灵深护玉门沙。空坛礼后销香母,阴洞缘时触乳花。尽待于公作廷尉,不须从此便餐霞。"⑤

867　唐懿宗咸通八年丁亥

春,贯休游天台,作《春山行》等诗

贯休《春山行》诗云:"重叠太古色,濛濛花雨时。好峰行恐尽,流水语相随。黑壤生红黍(一作术),黄猿领白儿。因思石桥月,曾与故(一作道)人期。"⑥胡大浚

①　[清]彭定求:《全唐诗》卷七〇二,第8070页。
②　[宋]陈耆卿:《嘉定赤城志》卷八,《宋元浙江方志集成》第11册,第5154页。
③　吴在庆、傅璇琮:《唐五代文学编年史·晚唐卷》,第512—513页。
④　[清]彭定求:《全唐诗》卷六二六,第7193页。
⑤　[清]彭定求:《全唐诗》卷六一四,第7088页。
⑥　[清]彭定求:《全唐诗》卷八二九,第9338页。

《禅月大师贯休年谱稿》"咸通八年丁亥"云:"本集卷七《春山行》:'重叠太古色,濛濛花雨时。好峰行恐尽,流水语相随。黑壤生红术,黄猿领白儿。因思石桥月,曾与道人期。'《浙江通志》卷一〇五'物产':'红术。《赤城志》:白者叶大,有毛,甘而少膏;赤者反是。贯休诗黑壤生红术,指天台也。杜光庭《空明洞》诗芝术迎风香,馥馥指黄岩也。'是本篇约本年春游天台所作,盖贯休去年冬入天台,至'濛濛花雨'之初春时节犹未离去。石桥,为天台胜景。宋陈耆卿《赤城志》卷二十一'山水门':'石桥在县北五十里,即五百应真之境,相传为方广寺。'《浙江通志》卷十六'山川八':'台州府,天台山:《明一统志》:山去天不远,路由福溪,水险而清,前有石桥,广不盈尺,长数十丈,下临绝涧,惟忘其身然后能济。济者梯岩壁,援藤葛,始得平路,见天台山蔚然奇秀,双列于青霄上,有琼楼玉阙,天堂碧林,醴泉仙物毕具也。'贯休游天台盖曾登之。"①

贯休《题方公院寄夏侯明府》诗云:"银地有余光,方公道益芳。谁分修藏力,顶有剃头霜。经勘松风燥,檐垂坞茗香。终须结西社,此县似柴桑。"②胡大浚《贯休歌诗系年笺注》卷一六注云:"本集卷五《寒月送玄道士入天台》原注:'佛窟、银地,皆天台灵境也。'此云'银地有余光,方公道益芳',知'方公院'在天台;方公,盖天台僧。诗当作于咸通七、八年游天台时。"③

本年,王沨为浙江东道观察使,方干作诗言事

方干《越中言事二首》诗,题注:"咸通八年琅邪公到任后作。"诗云:"异术闲和合圣明,湖光浩气共澄清。郭中云吐啼猿寺,山上花藏调角城。香起荷湾停棹饮,丝垂柳陌约鞭行。游人今日又明日,不觉镜中新发生。""云霞水木共苍苍,元化分功秀一方。百里湖波轻撼月,五更军角慢吹霜。沙边贾客喧鱼市,岛上潜夫醉笋庄。终岁逍遥仁术内,无名甘老买臣乡。"④诗题注中的"琅邪公"即王沨,《会稽掇英总集》卷一八《唐太守题名记》:"王沨,咸通八年,自前尚书户部侍郎授。"⑤《嘉泰会稽志》卷二"太守"同⑥。诗的末句"无名甘老买臣乡",买臣即朱买臣,会稽人。

① 胡大浚:《禅月大师贯休年谱稿》,《贯休歌诗系年笺注》,第1154—1155页。
② [清]彭定求:《全唐诗》卷八三三,第9395页。
③ [唐]贯休著,胡大浚笺注:《贯休歌诗系年笺注》卷一六,第763页。
④ [清]彭定求:《全唐诗》卷六五一,第7475页。
⑤ [宋]孔延之:《会稽掇英总集》卷一八,《宋元浙江方志集成》第14册,第6556页。
⑥ [宋]施宿:《嘉泰会稽志》卷二,《宋元浙江方志集成》第4册,第1668页。

故而方士用这一典故表明自己具有隐居越州以至终老的意愿。

本年,裴翻为婺州刺史

《宝刻丛编》卷一三"婺州"引《诸道石刻录》:"《唐转轮经藏记》,刺史裴翻撰,咸通八年立。"①

本年,卫约为武义县令

《武川备考》卷六"职官考":"卫约,咸通八年任。"②《万历金华府志》同③。

本年,李成矩为奉化县主簿

袁桷《清容居士集》卷二〇《石夫人庙记》:"州东北隅有山昂然以尊,秀特瑰异,望之若贞女独立。……名之曰夫人山,唐咸通八年,主簿李成矩记其庙。"④

868　唐懿宗咸通九年戊子

浙东观察使王沨入朝,方干有诗相送

方干《送王侍郎浙东入朝》诗云:"自将苦节酬清秩,肯要庞眉一个钱。恩爱已苏句践国,程途却上大罗天。鱼池菊岛还公署,沙鹤松栽入画船。密奏无非经济术,从容几刻在炉烟。"⑤吴在庆《增补唐五代文史丛考》有"方干之生平与诗歌系年"云:"唐懿宗咸通九年(868),六十岁。有《送王侍郎浙东入朝》诗。岁暮还睦州桐庐故乡,有《归睦州中路寄路郎中》《岁晚言事寄乡中亲友》《初归故里献侯郎中》诗。方干有《送王侍郎浙东入朝》诗,王侍郎即王沨,咸通八年二月始任浙东观察使。本诗云:'密奏无非经济术,从容几刻在炉烟。'据诗所言,王沨入朝恐非离任,

① [宋]陈思编著:《宝刻丛编》卷一三,第 812 页。
② [清]何德润:《武川备考》卷六上,《武义文献丛编·何德润卷》第 2 册,第 829 页。
③ [明]王懋德等:《金华府志》卷一二,第 898 页。
④ [元]袁桷:《清容居士集》卷二〇,浙江古籍出版社 2015 年版,第 565 页。
⑤ [清]彭定求:《全唐诗》卷六五二,第 7489 页。

乃属公干,故有'密奏'之句。又本年底至咸通十二年方干在桐庐,而王沨离浙东任在李绾咸通十一年五月镇浙东前(见《会稽掇英总集》卷一八),则方干送王侍郎入朝当在本年。又干有《初归故里献侯郎中》诗云:'常思旧里欲归难,已作归心即自宽。'诗乃自镜湖归故里睦州桐庐之作。侯郎中乃侯温,据《严州图经》卷一:'侯温咸通中自郎中拜。'考本诗云'朝昏入闰春将逼',则其年必闰十二月。检《中国史历日和中西历日对照表》,咸通九年闰十二月,则方干归故里在是时,其《归睦州中路寄路郎中》《岁晚言事寄乡中亲友》'尺书未达年应老,先被新春入故里'亦均本年底归乡之作。《归睦州中路寄路郎中》诗云:'颜巷萧条知命后,膺门感激受恩初。……乡中自古为儒者,谁得公侯降尺书?'《初归》诗云:'不是幽愚望荣忝,君侯异礼亦何安?'寻味诗句,干之归故里盖为侯温所邀。"①

秋,罗隐进士落第,投浙东观察使王沨

罗隐《投浙东王大夫二十韵》诗云:"越岭千峰秀,淮流一派长。暂凭开物手,来展济时方。旧迹兰亭在,高风桂树香。地清无等级,天阔任徊翔。麈尾谈何胜,螭头笔更狂。直曾批凤诏,高已冠鹓行。啸傲辞民部,雍容出帝乡。赵尧推印绶,句践与封疆。水占仙人吹,城留御史床。嘉宾邹润甫,百姓贺知章。席暖飞鹦鹉,尘轻驻骕骦。夜歌珠断续,晴舞雪悠扬。化向棠阴布,春随棣萼芳。盛名韬不得,雄略晦弥彰。自愧三冬学,来窥数仞墙。感深惟刻骨,时去欲沾裳。想望鱼烧尾,咨嗟鼠啮肠。可能因塞拙,便合老沧浪。题柱心犹壮,移山志不忘。深惭百般病,今日问医王。"②

陈鹏《罗隐年谱及作品系年》:"咸通九年戊子(868)三十六岁,应进士试落第,东归。本年秋,其在苏州、越州等地,因庞勋兵乱未能进京赴明年春试。……罗隐另作有《投浙东王大夫二十韵》,王大夫即为王沨。据郁贤皓《唐刺史考》,王沨于咸通八年至十一年间任越州刺史。郁先生所引《会稽掇英总集》卷18云:'王沨,咸通八年二月自前尚书户部侍郎授。'诗云'啸傲辞民部,雍容出帝乡',正与此合。"③李定广《罗隐集系年校笺·甲乙集》补编卷一注:"《唐方镇年表》系此诗于咸通九年(868),可从。前十四韵颂美王大夫的才干和声望,以及浙东人杰地灵,后六韵写自

①　吴在庆:《增补唐五代文史丛考》,第334—335页。
②　[清]彭定求:《全唐诗》卷六六五,第7619—7620页。
③　陈鹏:《罗隐年谱及作品系年》,载《古籍整理与研究学刊》2011年第2期,第36页。

己多次科举失利后的心境,希望得到王大夫的援引。王大夫:王沨。据《唐方镇年表》,王沨咸通八年二月自户部侍郎出镇浙东,至十一年迁吏部侍郎止。故云'啸傲辞民部,雍容出帝乡'。《会稽掇英总集》卷一八《太守题名》:'王沨,咸通八年二月自前户部侍郎授。'《嘉泰会稽志》所载同。一说王大夫为王龟,咸通十四年春自同州刺史转镇浙东,实非。"①

十二月,方干由镜湖拟归故里睦州桐庐,曾有诗寄乡中亲友。途中及抵故里后,复有寄献睦州刺史侯温之作

《唐五代文学编年史·晚唐卷》咸通九年十二月:"《全唐诗》卷六五一方干有《初归故里献侯郎中》诗,中云:'常思旧里欲归难,已作归心即自宽。'按诗乃归故睦州桐庐时作,'侯郎中'即睦州刺史侯温。据《严州图经》卷一,侯温咸通时任睦州刺史。考本诗又有'朝昏入闰春将逼'句,则其年必闰十二月。检《中国史历日和中西历日对照表》,咸通九年闰十二月,则方干本年十二月归睦州献此诗。方干又有《岁晚言事寄乡中亲友》《归睦州中路寄侯郎中》(《全唐诗》卷六五一),前诗中云:'尺书未达年应老,先被新春入故里。'两诗乃作于本年岁暮归抵睦州前。"②

本年,袁从为台州刺史

《嘉定赤城志》卷八"秩官门·历代郡守":"咸通九年,袁从。"③

本年,邵朗为鄞县尉

《宝刻丛编》卷一三引《诸道石刻录》载《唐和安寺碑》,唐明州鄞县尉郡(邵)朗撰④。《光绪兰溪县志》卷三"寺院"引邵朗《记略》:"洎宣宗即统祚六年,重降德音,再许置寺,大理卿温公璋莅郡之日,持表奏论恩赐寺院之额。于是营构堂殿,不月而成。尔后仍复寺名焉。咸通九年六月勒石。"⑤

① [唐]罗隐:《甲乙集》补编卷一,《罗隐集系年校笺》,人民文学出版社2013年版,第595页。
② 吴在庆、傅璇琮:《唐五代文学编年史·晚唐卷》,第544页。
③ [宋]陈耆卿:《嘉定赤城志》卷八,《宋元浙江方志集成》第11册,第5154页。
④ [宋]陈思编著:《宝刻丛编》卷一三,第814页。
⑤ [清]唐壬森:《光绪兰溪县志》卷三,台湾成文出版社1973年版,第692—693页。

本年，女诗人鱼玄机卒。玄机曾作《浣纱庙》诗

孙光宪《北梦琐言》卷九"鱼玄机"条："唐女道鱼玄机，字蕙兰，甚有才思。咸通中，为李忆补阙执箕帚，后爱衰，下山隶咸宜观为女道士。有怨李公诗曰：易求无价宝，难得有心郎。又云：蕙兰销歇归春浦，杨柳东西伴客舟。自是纵怀，乃娼妇也，竟以杀侍婢为京兆尹温璋杀之。有集行于世。"①皇甫枚《三水小牍》卷下载："西京咸宜观女道士鱼玄机，字幼微，长安倡家女也。……一女僮曰绿翘，亦特明慧有色。忽一日，机为邻院所邀，将行，诫翘曰：'无出。若有熟客，但云在某处。'机为女伴所留，迨暮方归院，绿翘迎门曰：'适某客来，知炼师不在，不舍辔而去矣。'客乃机素相昵者，意翘与之狎。及夜，张灯扃户，乃命翘入卧内。讯之，翘曰：'自执巾盥数年，实自检御，不令有似是之过，致忤尊意。且某客至，款扉，翘隔阖报云：炼师不在。客无言，策马而去，若云情爱，不蓄于胸襟有年矣，幸炼师无疑。'机愈怒，裸而答百数，但言无之。既委顿，请杯水酹地曰：'炼师欲求三清长生之道，而未能忘解佩荐枕之欢。反以沉猜，厚诬贞正，翘今必死于毒手矣。无天则无所诉；若有，谁能抑我强魂？誓不蠢蠢于冥莫之中，纵尔淫佚！'言讫，绝于地。机恐，乃坎后庭瘗之，自谓人无知者。时咸通戊子春正月也。有问翘者，则曰：'春雨霁，逃矣。'客有宴于机室者，因溲于后庭，当瘗上，见青蝇数十集于地，驱去复来。详视之，如有血痕，且腥。客既出，窃语其仆。仆归，复语其兄。其兄为府街卒，尝求金于机，机不顾，卒深衔之。闻此，遽至观门觇伺，见偶语者，乃讶不睹绿翘之出入。街卒复呼数卒，携锸共突入玄机院发之，而绿翘貌如生。卒遂录玄机京兆府，吏诘之，辞伏，而朝士多为言者。府乃表列上，至秋，竟戮之。"②记载鱼玄机死事甚详，且可以与《北梦琐言》相参证。

鱼玄机曾作《浣纱庙》诗云："吴越相谋计策多，浣纱神女已相和。一双笑靥才回面，十万精兵尽倒戈。范蠡功成身隐遁，伍胥谏死国消磨。只今诸暨长江畔，空有青山号苧萝。"③为咏西施诗名篇。未能具体考证作于何年，姑附记于此。

① ［五代］孙光宪撰，贾二强点校：《北梦琐言》卷九，第194—195页。
② ［唐］皇甫枚：《三水小牍》卷下，中华书局1958年版，第32—34页。
③ ［清］彭定求：《全唐诗》卷八〇四，第9048页。

869　唐懿宗咸通十年己丑

二月,会稽人虞鼎进士及第

杨巨《唐御史里行虞鼎墓志铭》:"公虞姓,讳鼎,字少微。本会稽人,秘书监兼宏文馆学士赠礼部尚书银青光禄大夫永兴郡公谥文懿讳世南八世孙。曾祖玟,江州刺史。祖敏,宜春令。父汀,东鲁别驾。公性敏,好问学。月开日益,卓然老成。登咸通十年进士,为校书郎,累迁至御史里行。"①清徐松《登科记考》卷二三"咸通十年进士科"亦著录②。

三月,诸暨人曹洞宗祖师良价卒

《五灯会元》卷一三《曹洞良价禅师》:"师将圆寂,谓众曰:'吾有闲名在世,谁人为吾除得?'众皆无对。时沙弥出曰:'请和尚法号。'师曰:'吾闲名已谢。'石霜云:'无人得他肯。'云居云:'若有闲名,非吾先师。'曹山云:'从古至今,无人辨得。'疏山云:'龙有出水之机,无人辨得。'僧问:'和尚违和,还有不病者也无?'师曰:'有。'曰:'不病者还看和尚否?'师曰:'老僧看他有分。'曰:'未审和尚如何看他?'师曰:'老僧看时,不见有病。'师乃问僧:'离此壳漏子,向甚么处与吾相见?'僧无对。师示颂曰:'学者恒沙无一悟,过在寻他舌头路。欲得忘形泯踪迹,努力殷勤空里步。'乃命剃发、澡身、披衣,声钟辞众,俨然坐化。时大众号恸,移晷不止。师忽开目谓众曰:'出家人心不附物,是真修行。劳生惜死,哀悲何益?'复令主事办愚痴斋,众犹慕恋不已。延七日,食具方备,师亦随众斋毕。乃曰:'僧家无事,大率临行之际,勿须喧动。'遂归丈室,端坐长往。当咸通十年三月,寿六十三,腊四十二,谥悟本禅师,塔曰慧觉。"③

良价亦为诗人,《五灯会元》载其《五位君臣颂》曰:"正中偏,三更初夜月明前。

---

①　[清]董诰:《全唐文》卷八一九,第 8629 页。
②　[清]徐松:《登科记考》卷二三,第 858 页。
③　[宋]普济:《五灯会元》卷一三,第 786 页。

莫怪相逢不相识，隐隐犹怀旧日嫌。偏中正，失晓老婆逢古镜。分明觌面别无真，休更迷头犹认影。正中来，无中有路隔尘埃。但能不触当今讳，也胜前朝断舌才。兼中至，两刃交锋不须避。好手犹如火里莲，宛然自有冲天志。兼中到，不落有无谁敢和。人人尽欲出常流，折合还归炭里坐。"①又载《示颂》曰："圣主由来法帝尧，御人以礼曲龙腰。有时闹市头边过，到处文明贺圣朝。净洗浓妆为阿谁，子规声里劝人归。百花落尽啼无尽，更向乱峰深处啼。枯木花开劫外春，倒骑玉象趁麒麟。而今高隐千峰外，月皎风清好日辰。众生诸佛不相侵，山自高兮水自深。万别千差明底事，鹧鸪啼处百花新。头角才生已不堪，拟心求佛好羞惭。迢迢空劫无人识，肯向南询五十三。"②又载《宝镜三昧词》曰："如是之法，佛祖密付。汝今得之，宜善保护。银碗盛雪，明月藏鹭。类之弗齐，混则知处。意不在言，来机亦赴，动成窠臼，差落顾伫。背触俱非，如大火聚。但形文彩，即属染污。夜半正明，天晓不露。为物作则，用拔诸苦。虽非有为，不是无语。如临宝镜，形影相睹。汝不是渠，渠正是汝。如世婴儿，五相完具。不去不来，不起不住。婆婆和和，有句无句。终不得物，语未正故。重离六爻，偏正回互。叠而为三，变尽成五。如荎草味，如金刚杵。正中妙挟，敲唱双举。通宗通涂，挟带挟路。错然则吉，不可犯忤。天真而妙，不属迷悟。因缘时节，寂然昭著。细入无间，大绝方所。毫忽之差，不应律吕。今有顿渐，缘立宗趣。宗趣分矣，即是规矩。宗通趣极，真常流注。外寂中摇，系驹伏鼠。先圣悲之，为法檀度。随其颠倒，以缁为素。颠倒想灭，肯心自许。要合古辙，请观前古。佛道垂成，十劫观树。如虎之缺，如马之馵。以有下劣，宝几珍御。以有惊异，狸奴白牯。羿以巧力，射中百步。箭锋相直，巧力何预。木人方歌，石女起舞。非情识到，宁容思虑。臣奉于君，子顺于父。不顺非孝，不奉非辅。潜行密用，如愚若鲁。但能相续，名主中主。"③又载《纲要偈三首》曰："一、敲唱俱行偈曰：金针双锁备，叶路隐全该。宝印当风妙，重重锦缝开。二、金锁玄路偈曰：交互明中暗，功齐转觉难。力穷忘进退，金锁纲鞔鞔。三、不堕凡圣偈曰：事理俱不涉，回照绝幽微。背风无巧拙，电火烁难追。"④最后作《示颂》曰："嗟见今时学道流，千千万万认门头。恰似入京朝圣主，祗到潼关便即休。"⑤

---

① ［宋］普济：《五灯会元》卷一三，第783—784页。
② ［宋］普济：《五灯会元》卷一三，第784页。
③ ［宋］普济：《五灯会元》卷一三，第784—785页。
④ ［宋］普济：《五灯会元》卷一三，第785页。
⑤ ［宋］普济：《五灯会元》卷一三，第785—786页。

六月,章碣本年前后已颇有诗名,约本年夏游浙东,陪浙东观察使王沨游宴,有诗纪之

章碣有《陪浙西王侍郎夜宴》诗:"深锁雷门宴上才,旋看歌舞旋传杯。黄金鸂鶒当筵睡,红锦蔷薇映烛开。稽岭好风吹玉佩,镜湖残月照楼台。小儒末座频倾耳,只怕城头画角催。"①吴在庆、傅璇琮《唐五代文学编年史·晚唐卷》:"按据诗中稽岭、镜湖等语,知诗题'浙西'乃'浙东'之误。此王侍郎为浙东观察使王沨。诗中又有'好风''蔷薇'之句,似在夏日。王沨本年前后镇浙东(据《唐方镇年表·浙东镇》),诗约本年夏所作。碣尚有《赠婺州苏员外》(与下引诗均同上):'帝念琼枝欲并芳,星分婺女寄仙郎。鸾从阙下虽辞侣,雁到江都却续行。'末句下小注云:'员外弟冲时任衢州。'考《唐语林》卷四《企羡》门云:'苏员外粹与母弟冲,俱郑都尉颢门生。后粹为东阳守,冲为信安守,欲相见境上,本府许之。'则苏员外即苏粹。《唐刺史考》疑苏粹任婺州在咸通、乾符间,确年不详,或在本年前后。"②

九月,山阴人吴融本年于平定徐州庞勋兵乱后途经汴路,目睹战后山河萧条残破景象,感慨悲伤,赋诗书怀

吴融有《彭门用兵后经汴路三首》诗:"长亭一望一徘徊,千里关河百战来。细柳旧营犹锁月,祁连新冢已封苔。霜凋绿野愁无际,烧接黄云惨不开。若比江南更牢落,子山词赋莫兴哀。""隋堤风物已凄凉,堤下仍多旧战场。金镞有苔人拾得,芦花无主鸟衔将。秋声暗促河声急,野色遥连日色黄。独上寒城正愁绝,戍鼙惊起雁行行。""铁马云旗梦渺茫,东来无处不堪伤。风吹白草人行少,月落空城鬼啸长。一自纷争惊宇宙,可怜萧索绝烟光。曾为塞北闲游客,辽水天山未断肠。"③吴在庆、傅璇琮《唐五代文学编年史·晚唐卷》:"《全唐诗》卷六八四吴融有《彭门用兵后经汴路三首》。按'彭门用兵后'指徐州庞勋兵乱,朝廷出兵平定之事。诗当作于此时。……《新唐书·吴融传》:'吴融字子华,越州山阴人。……融学自力,富辞调。'又《宣和书谱》卷十:'融幼力学,能世其家,文辞富赡。'

---

① 〔清〕彭定求:《全唐诗》卷六六九,第7653页。
② 吴在庆、傅璇琮:《唐五代文学编年史·晚唐卷》,第551页。
③ 〔清〕彭定求:《全唐诗》卷六八四,第7859页。

《唐才子传·吴融传》亦称其'初力学,富辞调,工捷。'则融早年当多赋咏,其诗多有未能系年者。"①

本年,柳韬为明州刺史

《八琼室金石补正》卷四八《僧景让等胜幢题名》(在鄞县):"刺史柳,县令裴……咸通十年岁次己丑五月戊午朔廿八日建立,谯国曹訢书。"②《两浙金石志》卷三:"考《郡志职官表》,明州刺史柳韬于咸通间任此。"③

本年,王可交感遇神仙,台州刺史袁从疑其诈妄,移牒验其乡里

《云笈七签》卷一一二《神仙感遇传》云:"王可交者,苏州昆山人也。本农亩之夫,素不知道。年数岁,眼有五色光起,夜则愈甚,冥室之中,可以鉴物。或人谓其所亲曰:'此疾也,光尽即丧其目矣。'父母愚,召庸医以灸之,光乃绝矣。咸通十年十一月,可交自市还家,于河上见大舫一艘,络以金彩,饰以珠翠,张乐而游。可交立而观之,舫舣于岸,中有一青童,引之登舫。见十余人峨冠羽服,衣文斑驳云霞山水之状,各执乐器。一人唱言曰:'王三叔欲与汝相见。'亦不知何许人也。傍一人言曰:'好仙骨,为火所损,未可与酒,但不食十年,方可得道耳。'以栗子一枚与之,令食。可交食一半,留一半在手中。遂奏乐饮酒,童子复引之上岸,忽如梦中,足才及地,已坠于天台山瀑布之岩下。顷刻之间,水陆千里。台州刺史袁从疑其诈妄,移牒验其乡里。自失可交之日,泊到天台之时,已三十日矣。可交自此不食,颜状鲜莹。袁以羽褐授之,使居紫极宫。越州廉察御史大夫王讽(渢)奏曰:'始以神游,天上之《箫韶》一曲,俄如梦觉,人间之甲子三旬。虽云十载为期,终恐一朝飞去。'诏曰:'神仙之迹,具载缣缃。灵异可称,忽详听鉴。定非凡骨,况在名山。今古不殊,蓬瀛何远。委本道切加安恤,遂其栖隐。'于是任其游息,数年犹在江表间。"④

---

① 吴在庆、傅璇琮:《唐五代文学编年史·晚唐卷》,第553页。
② [清]陆增祥撰:《八琼室金石补正》卷四八,第329页。
③ [清]阮元:《两浙金石志》卷三,第63页。
④ [宋]张君房:《云笈七签》卷一一二,第2438—2439页。

870 唐懿宗咸通十一年庚寅

秋,李毅为浙东观察推官,罢府西归,皮日休、陆龟蒙等相送并作诗

张贲《送浙东德师侍御罢府西归》诗云:"孤云独鸟本无依,江海重逢故旧稀。杨柳渐疏芦苇白,可怜斜日送君归。"①王锡九《松陵集校注》卷九注云:"此诗当作于咸通十一年(870)秋。浙东:浙东观察使所。《元和郡县图志》(卷二六)《江南道二》:'浙东观察使。越州,今为浙东观察使理所。管州七:越州、婺州、衢州、处州、温州、台州、明州。'德师侍御:李毅字德师,曾任殿中侍御史。……罢府:指李毅罢浙东观察推官。西归:指李毅罢官归乡。李毅为陇西敦煌人,故言其西归。"②

李毅《浙东罢府西归酬别张广文皮先辈陆秀才》诗云:"岂有头风笔下瘳,浪成蛮语向初筵。兰亭旧趾虽曾见,柯笛遗音更不传。照曜文星吴分野,留连花月晋名贤。相逢只恨相知晚,一曲骊歌又几年。"③诗题,《松陵集》作《浙东罢府西归,道经吴中,广文张博士、皮先辈、陆秀才皆以雅篇相送,不量荒词,亦用酬别》④。《唐诗纪事》卷六四李毅条:"毅,字德师,咸通进士也。唐末为浙东观察推官兼殿中侍御史。"⑤

皮日休《奉送浙东德师侍御罢府西归》诗云:"建安才子太微仙,暂上金台许二年。形影欲归温室树,梦魂犹傍越溪莲。空将海月为京信,尚使樵风送酒船。从此受恩知有处,免为伧鬼恨吴天。"⑥

陆龟蒙《送浙东德师侍御罢府西归》诗云:"王谢遗踪玉籍仙,三年闲上鄂君船。诗怀白阁僧吟苦,俸买青田鹤价偏。行次野枫临远水,醉中衰菊卧凉烟。芙蓉散尽西归去,唯有山阴九万笺。"⑦

---

① 〔清〕彭定求:《全唐诗》卷六三一,第 7237 页。
② 〔唐〕皮日休、陆龟蒙等撰,王锡九校注:《松陵集校注》卷九,中华书局 2018 年版,第 2072 页。
③ 〔清〕彭定求:《全唐诗》卷六三一,第 7238 页。
④ 〔唐〕皮日休、陆龟蒙等撰,王锡九校注:《松陵集校注》卷九,第 2083 页。
⑤ 〔宋〕计有功:《唐诗纪事》卷六四,第 959 页。
⑥ 〔清〕彭定求:《全唐诗》卷六一四,第 7090 页。
⑦ 〔清〕彭定求:《全唐诗》卷六二六,第 7195—7196 页。

秋,浙东观察判官李毅在苏州,皮日休与之唱和华亭鹤诗

皮日休《华亭鹤闻之旧矣及来吴中以钱半千得一只养之殆经岁不幸为饮啄所误经夕而卒悼之不已遂继以诗南阳润卿博士浙东德师侍御毗陵魏不琢处士东吴陆鲁望秀才及厚于予者悉寄之请垂见和》诗云:"池上低摧病不行,谁教仙魄反层城。阴苔尚有前朝迹,皎月新无昨夜声。菰米正残三日料,笯笼休碍九霄程。不知此恨何时尽,遇著云泉即怆情。"①王锡九《松陵集校注》卷九注云:"详诗题中'殆经岁'及诸人和诗,此诗当作于咸通十一年(870)秋天。"②又《悼鹤》诗云:"莫怪朝来泪满衣,坠毛犹傍水花飞。辽东旧事今千古,却向人间葬令威。"③

李毅《和皮日休悼鹤》,其一云:"才子襟期本上清,陆云家鹤伴闲情。犹怜反顾五六里,何意忽归十二城。露滴谁闻高叶坠,月沉休藉半阶明。人闻华表堪留语,剩向秋风寄一声。"其二云:"道林曾放雪翎飞,应悔庭除闭羽衣。料得王恭披鹤氅,倚吟犹待月中归。"④《松陵集》题作《奉和袭美先辈悼鹤二首》,收此诗题款云:"前浙东观察推官兼殿中侍御史李毅。"⑤

秋,孙玉汝为衢州刺史,作《会稽大庆寺碑记》,罗隐以诗寄之

罗隐《寄三衢孙员外》诗云:"小敷文伯见何时,南望三衢渴复饥。天子未能崇典诰,诸生徒欲恋旌旗。风高绿野苗千顷,露冷平楼酒满卮。尽是数旬陪奉处,使君争肯不相思。"⑥洪迈《容斋续笔》卷一一:"《会稽大庆寺碑》,咸通十一年所立,云衢州刺史孙玉汝记。"⑦李定广《罗隐集系年校笺·甲乙集》卷三注:"此诗盖作于咸通十年春,时罗隐在新城家中,南望不远处的衢州,思想刺史孙玉汝,因作诗以寄,此前罗隐曾到孙员外处陪奉数旬,故十分感念。"⑧应不确,因诗有"风高绿野苗千顷,露冷平楼酒满卮"语,是秋天景色;加以没有直接材料以证明孙玉汝咸通十年已在衢州刺史任。

---

① [清]彭定求:《全唐诗》卷六一四,第 7089—7090 页。
② [唐]皮日休、陆龟蒙等撰,王锡九校注:《松陵集校注》卷九,第 2009 页。
③ [清]彭定求:《全唐诗》卷六一五,第 7098 页。
④ [清]彭定求:《全唐诗》卷六三一,第 7238 页。
⑤ [唐]皮日休、陆龟蒙等撰,王锡九校注:《松陵集校注》卷九,第 2014 页。
⑥ [清]彭定求:《全唐诗》卷六五七,第 7553 页。
⑦ [宋]洪迈:《容斋续笔》卷一一,《容斋随笔》,第 190 页。
⑧ [唐]罗隐:《甲乙集》卷三,《罗隐集系年校笺》,第 159 页。

洪迈《容斋续笔》卷一一"孙玉汝"条："韩庄敏公缜,字玉汝,盖取君子以玉比德,缜密以栗,及王欲玉汝之义,前人未尝用,最为古雅。按唐《登科记》,会昌四年及第进士有孙玉汝。李景让为御史大夫,劾罢侍御史孙玉汝。《会稽大庆寺碑》,咸通十一年所立,云衢州刺史孙玉汝记。荣王宗绰书目,有《南北史选练》十八卷,云孙玉汝撰,盖其人也。"①

本年,李绾为浙江东道观察使

《会稽掇英总集》卷一八《唐太守题名记》："李绾,咸通十一年五月,自中书舍人、充史馆修撰授。十三年十二月,追赴阙。"②《嘉泰会稽志》卷二"太守"同③。

皮日休、陆龟蒙唱和《四明山诗》

陆龟蒙《四明山诗》,前有序云："谢遗尘者,有道之士也,常隐于四明之南雷。一旦访予来,语不及事务,且曰:'吾得于玉泉生,知子性诞逸,乐神仙中书,探海岳遗事,以期方外之交。虽铜墙鬼炊,虎狱剑饵,无不窥也。今为子语吾山之奇者。有峰最高,四穴在峰上。每天地澄霁,望之如牖户,相传谓之石窗,即四明之目也。山中有云不绝者二十里,民皆家云之南北,每相从,谓之过云,有鹿亭,有樊榭,有潺湲洞。木实有青棂子,味极甘而坚,不可卒破。有猿,山家谓之鞠侯。其它在图籍,不足道也。凡此佳处,各为我赋诗。'予因作九题,题四十字。谢省之曰:'玉泉生真不诬矣!'好事者为予传之,因呈袭美。"④

陆龟蒙诗:

《石窗》:"石窗何处见,万仞倚晴虚。积霭迷青琐,残霞动绮疏。山应列圆峤,宫便接方诸。祗有三奔客,时来教隐书。"

《过云》:"相访一程云,云深路仅分。啸台随日辨,樵斧带风闻。晓着衣全湿,寒冲酒不醺。几回归思静,髣髴见苏君。"

《云南》:"云南更有溪,丹砾尽无泥。药有巴賨卖,枝多越鸟啼。夜清先月午,秋近少岚迷。若得山颜住,芝篆手自携。"

《云北》:"云北是阳川,人家洞壑连。坛当星斗下,楼拶翠微边。一半遥峰雨,

---

① [宋]洪迈:《容斋续笔》卷一一,《容斋随笔》,第232页。
② [宋]孔延之:《会稽掇英总集》卷一八,《宋元浙江方志集成》第14册,第6556页。
③ [宋]施宿:《嘉泰会稽志》卷二,《宋元浙江方志集成》第4册,第1668页。
④ [清]彭定求:《全唐诗》卷六二二,第7157页。

三条古井烟。金庭如有路,应到左神天。"

《鹿亭》:"鹿亭岩下置,时领白麑过。草细眠应久,泉香饮自多。认声来月坞,寻迹到烟萝。早晚吞金液,骑将上绛河。"

《樊榭》:"樊榭何年筑,人应白日飞。至今山客说,时驾玉麟归。乳蒂缘松嫩,芝台出石微。凭栏虚目断,不见羽华衣。"

《潺湲洞》:"石浅洞门深,潺潺万古音。似吹双羽管,如奏落霞琴。倒穴漂龙沫,穿松溅鹤襟。何人乘月弄,应作上清吟。"

《青棂子》:"山实号青棂,环冈次第生。外形坚绿壳,中味敌璃英。堕石樵儿拾,敲林宿鸟惊。亦应仙吏守,时取荐层城。"

《鞠侯》:"何事鞠侯名,先封在四明。但为连臂饮,不作断肠声。野蔓垂缨细,寒泉佩玉清。满林游宦子,谁为作君卿。"①

皮日休诗:

《奉和鲁望四明山九题·石窗》:"窗开自真宰,四达见苍涯。苔染浑成绮,云漫便当纱。棂中空吐月,扉际不扃霞。未会通何处,应怜玉女家。"

《奉和鲁望四明山九题·过云》:"粉洞二十里,当中幽客行。片时迷鹿迹,寸步隔人声。以杖探虚翠,将襟惹薄明。经时未过得,恐是入层城。"

《奉和鲁望四明山九题·云南》:"云南背一川,无雁到峰前。墟里生红药,人家发白泉。儿童皆似古,婚嫁尽如仙。共作真官户,无由税石田。"

《奉和鲁望四明山九题·云北》:"云北昼冥冥,空疑背寿星。犬能谙药气,人解写芝形。野歇遇松盖,醉书逢石屏。焚香住此地,应得入金庭。"

《奉和鲁望四明山九题·鹿亭》:"鹿群多此住,因构白云楣。待侣傍花久,引麑穿竹迟。经时揢玉洞,尽日嗅金芝。为在石窗下,成仙自不知。"

《奉和鲁望四明山九题·樊榭》:"主人成列仙,故榭独依然。石洞哄人笑,松声惊鹿眠。井香为大药,和语是灵篇。欲买重栖隐,云峰不售钱。"

《奉和鲁望四明山九题·潺湲洞》:"阴宫何处渊,到此洞潺湲。敲碎一轮月,镕销半段天。响高吹谷动,势急欹云旋。料得深秋夜,临流尽古仙。"

《奉和鲁望四明山九题·青棂子》:"山风熟果异,应是供真仙。味似云腴美,形如玉脑圆。衔来多野鹤,落处半灵泉。必共玄都柰,花开不纪年。"

《奉和鲁望四明山九题·鞠侯》:"堪羡鞠侯国,碧岩千万重。烟萝为印绶,云壑

---

① [清]彭定求:《全唐诗》卷六二二,第7157—7159页。

是堤封。泉遣狙公护,果教猱子供。尔徒如不死,应得蹑玄踪。"①

按,以上皮日休与陆龟蒙《四明山诗》唱和十八首,因受从四明山而来的道士谢遗尘之请而作者。皮陆二人实未到过四明山,而是根据谢遗尘的介绍而作这一组诗。诗收入《松陵集》②,该集是唐懿宗咸通十一年、十二年间,崔璞任苏州刺史时,辟召皮日休、陆龟蒙为从事。崔璞与皮陆二人加以文士张贲、崔璐、魏朴、司马都、颜萱、郑璧、羊昭业等人唱和,共六百九十八首诗作,由陆龟蒙编成《松陵集》,并由皮日休作序。因咸通十二年暮春崔璞即罢职,故我们将这组唱和诗作系于咸通十一年。

清人黄宗羲《南雷集》卷一〇有《四明山九题考》,是对这组诗的详细考证与说明,后又附黄氏所作的九个景点诗作,颇有助于浙东唐诗之路的研究,今备录于下,以供参考:"唐陆鲁望、皮袭美有四明山唱和,分为'九题',后之言四明名胜者,莫不渊源于是。顾四明非九题所得尽,而寻九题者又往往不得其处,故宋施宿云:谢遗尘所称及陆、皮诸诗,世虽竞传之,顾今四明山中居人,乃不知异境果安所在,盖与华山之华阳,武陵之桃源,皆神仙境,可闻而不可即者也。嘉靖间,余姚岑原道求遗尘九题,止得所谓石窗者。鄞人沈明臣以大兰山为过云,奉化戴洵以仗锡为石窗,皆以意相卜度,宜乎其失之远也。余创《四明山志》,与山君木客争道于二百八十峰之间,而知所谓九题者。陆、皮未尝身至,止凭遗尘之言,凿空拟议,故在陆、皮已不得九题之实,后人凭陆、皮之诗以求九题,其不得遗尘之实,又何怪乎?余既考其得失,每题系以一诗,岂能与鲁望、袭美争秀?然凭虚撼实,使好事者无迷山迟响之惑,则有间矣。一曰石窗。在大俞村,自麓至颠十里,削成石室,高五尺,深倍之,广如深而六之,中界三石,分一室而为四,谢康乐《山居赋》注云:'方石四面开窗,不知其总在一面也。'其谓之窗者,凡石穴多在平地,故称之为洞为室,此独悬空半出,有似乎窗也。二曰过云。奉化雪窦山,有岭名二十里云,故遗尘云山中有云不绝者二十里,因此岭而言也。三曰云南,在桃花坑山之下,其里至今名云南里,陆诗之'巴賨越鸟',皮诗之'无雁到峰前',岂可点缀以滇楚事乎?四曰云北。盖雪窦之北也,陆诗'金庭如有路',皮诗'应得入金庭',金庭在剩县,是四明之西南,言之于云南差近,言之于云北,则悬隔矣。五曰鹿亭。在大兰山南,史孔佑至行通神,隐于四明山,有鹿中箭,来投佑,佑为之养创,愈然后去,故于祠宇观侧建鹿亭。陆、皮不原故事,泛稽物态,引麛穿竹,又何当也?皮诗为在石窗下,失其地矣。六曰樊榭。元曾

① [清]彭定求:《全唐诗》卷六一二,第7056—7057页。
② [唐]皮日休、陆龟蒙等撰,王锡九校注:《松陵集校注》卷五,第937—976页。

坚云刘樊从大兰飞升,建祠其所,祠侧为樊榭,皮诗'石洞闻人笑',大兰未尝有石洞也。七曰潺湲洞。余姚之白水宫是也,天宝间从大兰移祠宇观于此,始刘樊居潺湲洞侧,师事白君,因其故居也。八曰青㮡子。今亦无识之者,所谓味极甘而坚不可卒破者,按以求之,更无一物相似,岂草木之种类亦有绝欤?陆诗'环冈次第生',徒虚语耳。九曰鞠侯。雪窦西十五里为徐凫山,有鞠侯岩,以其象形,凿字名之,横峰割日,哀瀑崩云,诚奇地也。皮、陆以连臂断肠当之,何山无猿,而以此私一四明哉?有以知其不然矣。是故文生于情,情生于身之所历。文章变衰,徒恃其声采,经纬恍惚,而江淹之杂体作矣。承虚接响,宁独此九题哉?遗尘发之而余考之,千年旦暮,同是南雷之人,相与言南雷之事而已。"

《石窗》:"高阁云中见,四窗一面连。梯空寻地穴,炼石举危天。宝镜开霜晓,朱帘卷暮烟。自从刘阮后,康乐亦遥传。"

《过云》:"不杂炊烟色,非关雨气扬。神龙眠雪窦,山鬼乐幽篁。曳杖兜罗重,沾衣勃郁香。相将过岭去,二十里云长。"

《云南》:"南行云过尽,始见有人家。名里今如故,遗风昔不差。僧留人外偈,桃发自然花。盘谷无嫌小,山将出路遮(地名小盘谷)。"

《云北》:"北行云过尽,篱落傍僧筵。竹笕分猿饮,霜钟起象田。磨崖留汉隶,锄石得唐年。闻说岩栖者,终身昧市廛。"

《鹿亭》:"鹿亭何自置?千古仰仁名。久矣忘机械,蠢然托死生。朝饥开药院,秋冷侍茶铛。总使归山去,长来月下鸣。"

《樊榭》:"大兰有故榭,昔是夫人居。石有藏云窍,溪游禁术鱼。犹疑停绛节,时或得仙书。此地逢樵猎,相亲且莫疏(其地名孔石,石中皆有窍)。"

《潺湲洞(其下为洗药溪)》:"闻说潺湲洞,当年隐白君。守炉同弟子,洗药委红裙。中积千年雪,平分万壑云。自来声未绝,曾和步虚文。"

《青㮡子》:"何物青㮡子?空传上世名。野人俱不识,山鸟或相争。玉树空垂赋,琼花不别生。环冈笑鲁望,诗句岂真诚?"

《鞠侯》:"曾到徐凫境,岩形像鞠侯。瀑飞声自苦,月影臂如钩。不答山禽唤,空回过客眸。前人工赋物,遗误在林丘。"[1]

祝穆《方舆胜览》卷七"庆元府":"四明山,在州西八十里。陆龟蒙云:'山有峰,最高四穴在峰上,每天色晴霁,望之如户牖相倚。'《福地记》云:'三十六洞天第九曰

① [清]黄宗羲:《南雷集》卷一〇,民国十八年(1929)上海商务印书馆《四部丛刊初编》本,第10—12页。

四明山,二百八十峰洞,周回一百八十里,名丹山赤水之天。上有四门,通日月星辰之光,故曰四明山。'"①

本年,黎郁为明州刺史

《唐摭言》卷一三:"李建州,尝游明州磁溪县西湖题诗,后黎卿为明州牧,李时为都官员外。"②郁贤皓先生《唐刺史考全编》卷一四三以为"'黎卿'或即黎郁",又引《道教灵验记》卷五《孙静真救苦天尊验》:"咸通庚寅岁,海风翻浪,漂浸江浙,溺陷居人,明、越、苏、杭尤盛。水灾既退,因疫疾作焉。……静真闻之,于其家静堂之内焚香祈祝以求保佑。是夕梦救苦天尊自堂中飞出,冉冉乘空向西而去……刺史黎郁闻其征异,助送香花,亦画太一天尊像以修奉焉。"③

871　唐懿宗咸通十二年辛卯

二月,许棠本年五十岁,时登进士第。贯休闻其及第,有诗寄桂雍

贯休有《闻许棠及第因寄桂雍》诗云:"时清道合出尘埃,清苦为诗不仕媒。今日桂枝平折得,几年春色并将来。势扶九万风初极,名到三山花正开。更有平人居蛰屋,还应为作一声雷。"④指出许棠诗的风格是"清苦"。

吴人孙发将游天台,并为台州从事,皮日休赠诗;方干与孙发交往诗多首

皮日休《孙发百篇将游天台请诗赠行因以送之》云:"孙子荆家思有余,元戎曾荐入公车。百篇宫体喧金屋,一日官衔下玉除。紫府近通斋后梦,赤城新有寄来书。因逢二老如相问,正滞江南为鲙鱼。"⑤

按,孙发曾中百篇科,孟二冬《登科记考补正》卷二七补入附考中,并考证云:

---

① ［宋］祝穆:《宋本方舆胜览》卷七,第100页。
② ［五代］王定保:《唐摭言》卷一三,第149页。
③ 郁贤皓:《唐刺史考全编》卷一四三,第2030页。
④ ［清］彭定求:《全唐诗》卷八三六,第9419页。
⑤ ［清］彭定求:《全唐诗》卷六一三,第7075页。

"绍定《吴郡志》卷二十五《人物》:'孙发,吴人,举百篇科。皮日休赠以诗云:百篇空(宫)体喧金屋,一日官衔下玉除。陆龟蒙亦云:直应天授与诗情,百咏惟消一日成。其见推当时如此,后未有继之者。'按上引皮日休诗题为《孙发百篇将游天台请诗赠行因以送之》,见《全唐诗》卷六一三;陆龟蒙诗题为《和袭美送孙发百篇游天台》,见同上卷六二五。又方干《赠孙百篇》诗云:'御题百首思纵横,半日功夫举世名。……莫嫌黄绶官资小(一作少),必料青云道路平。'见同上卷六五一。又其《寄台州孙从事百篇》诗题下原注:'登第初授华亭尉。'见同上卷六五二。按张补据《永乐大典》卷二三六八引《苏州府志》及皮日休诗著录孙发,按云:'皮为咸通八年进士,孙发及第与此时不远。'又黄补据《文苑英华》卷二六二录方干《寄台州孙从事百篇登第初授华亭尉》诗云:'圣代科名酬志业,山川秀色助神机。梅真入仕提雄笔,阮瑀从军着彩衣。'"①

今按,皮日休、陆龟蒙二诗,《松陵集唱和集》卷六收入,王锡九注云:"孙发百篇:孙发,号百篇,吴中人,曾官台州从事,与方干为诗友。方干有《寄台州孙从事百篇》《送孙百篇游天台》《赠孙百篇》《越中逢孙百篇》诸诗。宋龚明之《中吴纪闻》(卷一)《孙百篇》:'吴士孙发,尝举百篇科,故皮日休赠以诗云:百篇宫体喧金屋,一日官衔下玉除。陆龟蒙亦有云:直应天授与诗情,百咏唯消一日成。其见推于当时如此。此科不知创于何代,国初亦无定制,惟求应者即命试。太平兴国五年,有赵昌国愿试此科。'天台:天台山,在今浙江省天台县城北。《元和郡县图志》(卷二六)《江南道二》:'台州唐兴县:天台山,在县北一十里。'《天台山志》:'(天台山)有八重,四面如一。当斗、牛之分,上应台宿,故曰天台。'"②考《松陵唱和集》乃是唐懿宗咸通十一年、十二年间,崔璞任苏州刺史时,辟召皮日休、陆龟蒙为从事。崔璞与皮陆二人加以文士张贲、崔璐、魏朴、司马都、颜萱、郑璧、羊昭业等人唱和,共六百九十八首诗作,由陆龟蒙编成《松陵集》,并由皮日休作序。故皮陆赠与孙发之作,应作于咸通十一年或十二年,今暂系于十二年。并将方干赠与孙发的诗作一并系于本年。宋龚明之《中吴纪闻》卷一《孙百篇》条:"吴士孙发,尝举百篇科,故皮日休赠以诗云:'百篇宫体喧金屋,一日官衔下玉除。'陆龟蒙亦有云:'直应天授与诗情,百咏惟消一日成。'其见推于当时如此。此科不知创于何代,国初亦无定制,惟求应者即命试。太平兴国五年,有赵昌国愿试此科,帝御殿出四句诗为题,诗云:'松风

① 〔清〕徐松撰,孟二冬补正:《登科记考补正》卷二七,第1248—1249页。
② 〔唐〕皮日休、陆龟蒙等撰,王锡九校注:《松陵集校注》卷六,第1352—1353页。

雪月天,花竹鹤云烟。诗酒春池雨,山僧道柳泉。'每题五篇,篇四韵。至晚,仅成数十首。方欲激劝后学,特赐及第。仍诏今后有应此科者,约此题为式。"①

陆龟蒙《和袭美送孙发百篇游天台》诗云:"直应天授与诗情,百咏唯消一日成。去把彩毫挥下国,归参黄绶别春卿。闲窥碧落怀烟雾,暂向金庭隐姓名。珍重兴公徒有赋,石梁深处是君行。"②

方干《寄台州孙从事百篇》诗云:"圣世科名酬志业,仙州秀色助神机。梅真入仕提雄笔,阮瑀从军着彩衣。昼寝不知山雪积,春游应趁夜潮归。相思莫讶音书晚,鸟去犹须叠日飞。"题注:"登第初授华亭尉。"③

方干《送孙百篇游天台》诗云:"东南云路落斜行,入树穿村见赤城。远近常时皆药气,高低无处不泉声。映岩日向床头没,湿烛云从柱底生。更有仙花与灵鸟,恐君多半未知名。"④

方干《越中逢孙百篇》诗云:"上才乘酒到山阴,日日成篇字字金。镜水周回千万顷,波澜倒泻入君心。"⑤

方干《赠孙百篇》诗云:"御题百首思纵横,半日功夫举世名。羽翼便从吟处出,珠玑续向笔头生。莫嫌黄绶官资小,必料青云道路平。才子风流复年少,无愁高卧不公卿。"⑥

十月,段庆在温州刺史任

段雍《大唐故乡贡进士段府君(庚)墓志铭并序》:"段氏将葬,其季事前十九日,其元兄新授温州刺史庆,谓诸父弟雍曰:我亡弟宪岁有日矣。凡我弟所以立身行道,既不偶于时,坎坷以殁。我今安忍以吾弟之事轻语于他人耶!惟以是铭命汝。雍闻而伏且哭,不忍听命。复谓雍曰:尔无以也。尔焉能以一不忍,使尔兄弟不足于千秋万岁欤!且尔苟有生平不尽语矣,使幽阴有知,宁能不慰于下泉耶!雍再哭而受命,退而伏想,兄昔居池阳时,尝谓雍曰:吾前日病且亟矣,将从先人于地下。凡有生平始终之迹,衷心欲以尔为托。"⑦墓主咸通十二年十月廿四日葬。

① [宋]龚明之:《中吴纪闻》卷一,上海古籍出版社 2012 年版,第 18—19 页。
② [清]彭定求:《全唐诗》卷六二五,第 7181 页。
③ [清]彭定求:《全唐诗》卷六五二,第 7483 页。
④ [清]彭定求:《全唐诗》卷六五二,第 7486 页。
⑤ [清]彭定求:《全唐诗》卷六五三,第 7501—7502 页。
⑥ [清]彭定求:《全唐诗》卷六五一,第 7481 页。
⑦ 吴钢主编:《隋唐五代墓志汇编·陕西卷》第 4 册,第 160 页。

冬,衢州刺史孙玉汝入京后,罗隐返衢并以诗相赠

罗隐《孙员外赴阙后重到三衢》诗:"远山高树思悠哉,重倚危楼尽一杯。谢守已随征诏入,鲁儒犹逐断蓬来。地寒谩忆移暄手,时急方须济世才。宣室夜阑如有问,可能全忘未然灰。"①李定广《罗隐集系年校笺·甲乙集》卷二注:"此诗盖作于咸通十二年(871)冬罗隐自湖南归故乡经衢州时,此时孙玉汝已经赴阙入京。咸通十年罗隐曾在衢州刺史孙玉汝幕受恩遇,时作有《龙丘东下却寄孙员外》诗(见《甲乙集补编》卷一),又有《寄三衢孙员外》(见卷三)。孙玉汝死后,隐又作有《三衢哭孙员外》(见卷十)、《重过三衢哭孙员外》(见卷四),可参读。孙员外:孙玉汝。据《容斋续笔》《唐刺史考全编》,孙玉汝会昌四年进士及第,咸通十一年(870)在衢州刺史任上,著有《会稽大庆寺碑记》《南北史选练》等,今存《金柅赋》一篇。赴阙:入朝,指陛见皇帝。三衢:指今浙江衢县,因县境有三衢山,故称。"②

罗隐《龙泉东下却寄孙员外》诗云:"縠江东下几多程,每泊孤舟即有情。山色已随游子远,水纹犹认主人清。恩如海岳何时报,恨似烟花触处生。百尺风帆两行泪,不堪回首望峥嵘。"③李定广《罗隐集系年校笺·甲乙集》补编卷一注:"罗隐咸通十二年(871)冬自钟陵(南昌)、抚州归故乡途经衢州时,逗留于刺史孙玉汝幕。诗盖作于离衢州东下至龙丘之时。衢州刺史孙玉汝对罗隐恩遇有加,此诗写乘船东下时的感激心情,感情真挚动人。龙丘:唐县名,即今浙江衢州市龙游县。……孙员外:衢州刺史孙玉汝。参卷二《孙员外赴阙后重到三衢》,卷三《寄三衢孙员外》,卷十《三衢哭孙员外》,卷四《重过三衢哭孙员外》。"④

贯休离鄱阳返浙东,告别饶州刺史卢知猷并作诗

贯休《别卢使君归东阳二首》诗,其一云:"雨气濛濛草满庭,式微吟剧更谁听。诗逢匠化唯贪住,日觉恩深不易铭。心苦祗应消鬓黑,梦游频入倚天青。从兹还似归回首,唯祝台星与福星。"其二云:"家在严陵钓渚旁,细涟嘉树拂窗凉。难医林薮烟霞癖,又出芝兰父母乡。孤帆好风千里暖,深花黄鸟一声长。终期金鼎调羹日,

---

① 〔清〕彭定求:《全唐诗》卷六五六,第7540页。

② 〔唐〕罗隐:《甲乙集》卷二,《罗隐集系年校笺》,第64—65页。

③ 〔清〕彭定求:《全唐诗》卷六六五,第7611页。

④ 〔唐〕罗隐:《甲乙集》补编卷一,《罗隐集系年校笺》,第529页。

再近尼丘日月光。"①胡大浚《贯休歌诗系年笺注》卷二五云："咸通十二年（871）离鄱阳返浙东告别饶州刺史卢知猷之作。"②

本年，谭洙为台州刺史

《嘉定赤城志》卷八"秩官门·历代郡守"："咸通十二年，谭洙。"注："见《隋陈司徒碑》。《壁记》不载。"③

872　唐懿宗咸通十三年壬辰

春，姚鹄为台州刺史，杜荀鹤有诗寄之

杜荀鹤《春日行次钱塘却寄台州姚中丞》诗云："岂为无心求上第，难安帝里为家贫。江南江北闲为客，潮去潮来老却人。两岸雨收莺语柳，一楼风满角吹春。花前不独垂乡泪，曾是朱门寄食身。"④按，《全唐文》卷九三三杜光庭《历代崇道记》："（咸通）十三年三月，台州刺史姚鹄奏。"⑤《全唐诗》卷八七五《谶记·天台观石简记》注："咸通十三年，台州刺史姚鹄于天台山天台观观讲堂后创老君殿。"⑥《云笈七签》卷一一八《道教灵验记·姚鹄修老君殿验》："台州刺史姚鹄，因游天台山天台观，命于讲堂后凿崖伐木，创老君殿焉。……咸通十三年壬辰之岁也。"⑦《嘉定赤城志》卷八⑧、《台州府志》卷九⑨均载姚鹄刺台州在咸通十一年，盖误。

---

① ［清］彭定求：《全唐诗》卷八三七，第9435页。
② ［唐］贯休著，胡大浚笺注：《贯休歌诗系年笺注》卷二五，第1057页。
③ ［宋］陈耆卿：《嘉定赤城志》卷八，《宋元浙江方志集成》第11册，第5154页。
④ ［清］彭定求：《全唐诗》卷六九二，第7956页。
⑤ ［清］董诰：《全唐文》卷九三三，第9719页。
⑥ ［清］彭定求：《全唐诗》卷八七五，第9912页。
⑦ ［宋］张君房：《云笈七签》卷一一八，第2608页。
⑧ ［宋］陈耆卿：《嘉定赤城志》卷八，《宋元浙江方志集成》第11册，第5154页。
⑨ 喻长林等：《台州府志》卷九，第333页。

秋,杜荀鹤又寄诗于姚鹄

杜荀鹤《寄临海姚中丞》诗云:"夏辞旌旆已秋深,永夕思量泪满襟。风月易斑搜句鬓,星霜难改感恩心。寻花洞里连春醉,望海楼中彻晓吟。虽有梦魂知处所,去来多被角声侵。"①诗有"夏辞旌旆已秋深""星霜难改感恩心"之语,盖本年游浙东后又离开浙东,故言"感恩"。参《春日行次钱塘却寄台州姚中丞》诗②,则杜荀鹤春日已由钱塘到达浙东,游浙东后于夏日又离开浙东。诗为离开后的秋日寄姚鹄之作。

本年,王龟为浙江东道观察使,方干献诗多首,时号"方三拜"

方干《献王大夫》诗:"高情不与俗人知,耻学诸生取桂枝。荀宋五言行世早,巢由三诏出溪迟。操心已在精微域,落笔皆成典诰词。一鹗难成燕雀伍,非熊本是帝王师。贤臣虽蕴经邦术,明主终无谏猎时。莫道百僚忧礼绝,兼闻七郡怕天移。直缘材力头头赡,专被文星步步随。不信重言通造化,须臾便可变荣衰。"③为王龟观察浙东时方干投赠之作。

方干《陪王大夫泛湖》诗:"去去凌晨回见星,木兰舟稳画桡轻。白波潭上鱼龙气,红树林中鸡犬声。蜜炬烧残银汉晟,羽觞飞急玉山倾。此时检点诸名士,却是渔翁无姓名。"④为王龟观察浙东时方干投赠之作。

方干《献浙东王大夫二首》诗:"出镇当时移越俗,致君何日不尧年。到来唯饮长溪水,归去应将一个钱。吟处美人擎笔砚,行时飞鸟避旌旟。四方皆是分忧寄,独有东南戴二天。""王臣夷夏仰清名,领镇犹为失意行。已见玉璜曾上钓,何愁金鼎不和羹。誉将星月同时朽,身应山河满数生。泥滓云霄至悬阔,渔翁不合见公卿。"⑤为王龟观察浙东时方干投赠之作。

按,王定保《唐摭言》卷十记载:"王大夫廉问浙东,干造之,连跪三拜,因号'方三拜'。"⑥孙光宪《北梦琐言》卷六:"诗人方干,亦吴人也。王龟大夫重之。既延入内,乃连下两拜。亚相安详以答之,未起间,方又致一拜,时号'方三拜'也。"⑦《会

---

① [清]彭定求:《全唐诗》卷六九二,第 7954 页。
② [清]彭定求:《全唐诗》卷六九二,第 7956 页。
③ [清]彭定求:《全唐诗》卷六五三,第 7500 页。
④ [清]彭定求:《全唐诗》卷六五〇,第 7469 页。
⑤ [清]彭定求:《全唐诗》卷六五二,第 7488—7489 页。
⑥ [五代]王定保:《唐摭言》卷一〇,第 118 页。
⑦ [五代]孙光宪撰,贾二强点校:《北梦琐言》卷六,第 142 页。

稽掇英总集》卷一八《唐太守题名记》："王龟,咸通十三年十一月,自同州防御使兼长春宫等使、检校右散骑常侍授。"①《嘉泰会稽志》卷二"太守"同②。《旧唐书·王龟传》:"(咸通)十四年,转越州刺史、御史大夫、浙东团练观察使。先是,龟兄式抚临此郡,有惠政,闻龟复至,舞抃迎之。属徐泗之乱,江淮盗起,山越乱,攻郡,为贼所害,赠工部尚书。"③以上方干诸诗,是王龟在浙东观察使任内所作,非必都作于本年,因具体作者难以确考,故系于本年。

崔琪为明州刺史,为心镜大师藏奂撰塔铭

《乾道四明图经》卷一一载崔琪《唐心镜大师碑》:"咸通十三年,琪祗命四明郡,戒休以其迹征余之文,遂直书其事,以旌厥德。"④而《宝庆四明志》卷一"郡守":"崔琪,咸通十五年刺史,见所撰《心镜大师塔铭》。"⑤又作"十五年"。考《宋高僧传》卷一二《唐明州栖心寺藏奂传》:"释藏奂。俗姓朱氏。苏州华亭人也。……以咸通七年秋八月三日,现疾告终。享年七十七。僧腊五十七。……十三年,弟子戒休赍舍利,述行状,诣阙请谥。奉敕丧诔,易名曰心鉴。塔曰寿相。……刺史崔琪撰塔碑。金华县尉邵朗题额焉。"⑥是其撰藏奂塔铭在咸通十三年。

本年,吴融入浙东观察使王龟幕府

《唐摭言》卷一〇:"王大夫(名与定保家讳一字同)廉问浙东,干造之,连跪三拜,因号方三拜。王公将荐之于朝,请吴子华为表章。无何,公构疾而卒,事不谐矣。"⑦柏俊才《吴融年谱》云:"据岑仲勉《跋唐摭言》所考,这里的王大夫为王龟。而据《嘉泰会稽志》卷二所载,王龟廉问浙东的时间在咸通十三年十一月,而同书亦载其下一任为裴延鲁,时间为咸通十五年(案:僖宗乾符元年十一月始改元,故此咸通十五年亦即乾符元年)六月。《旧唐书·王龟传》云:'山越乱,攻郡,为贼所害。'故王龟遇害当裴延鲁任前不久。吴融在浙东王龟幕的时间当在咸通十三年至乾符

① [宋]孔延之:《会稽掇英总集》卷一八,《宋元浙江方志集成》第14册,第6556页。
② [宋]施宿:《嘉泰会稽志》卷二,《宋元浙江方志集成》第4册,第1668页。
③ [后晋]刘昫:《旧唐书》卷一六四,第4281—4282页。
④ [宋]张津:《乾道四明图经》卷一一,《宋元方志丛刊》第5册,第4967页。
⑤ [宋]罗濬:《宝庆四明志》卷一,《宋元浙江方志集成》第7册,第3107页。
⑥ [宋]赞宁撰,范祥雍点校:《宋高僧传》卷一二,第251—253页。
⑦ [五代]王定保:《唐摭言》卷一〇,第118页。

元年(872—874)间。"①

吴融《题越州法华寺》诗云:"寺在五峰阴,穿缘一径寻。云藏古殿暗,石护小房深。宿鸟连僧定,寒猿应客吟。上方应见海,月出试登临。"②

吴融《代王大夫请追赐方干等及第疏》云:"前件人俱无显遇,皆有奇才。丽句清辞,遍在时人之口。衔冤抱恨,竟为冥路之尘。但恐愤气未销,上冲穹昊。伏乞宣赐中书门下,追赠进士及第,各赠补阙拾遗,见存明代。惟罗隐一人,亦乞特赐科名,录升三级。便以特敕,显示恩优。俾使已升冤人,皆沾圣泽。后来学者,更厉文风。"③

以上一诗一文都是吴融在王龟幕府中作,今姑系于本年。

873　唐懿宗咸通十四年癸巳

吴融在浙东幕府,作《赠方干处士歌》《浙东筵上有寄》等诗

吴融《赠方干处士歌》云:"把笔尽为诗,何人敌夫子?句满天下口,名聒天下耳。不识朝,不识市,旷逍遥,闲徙倚。一杯酒,无万事;一叶舟,无千里。衣裳白云,坐卧流水。霜落风高忽相忆,惠然见过留一夕。一夕听吟十数篇,水榭林萝为岑寂。拂旦舍我亦不辞,携笻径去随所适。随所适,无处觅。云半片,鹤一只。"④按,据上年所考,吴融在浙东是入王龟幕府,王龟莅任浙东观察使在咸通十三年十一月。本诗云"霜落风高忽相忆,惠然见过留一夕",是深秋季节,而明年六月,王龟已遇害。故本诗应作于咸通十四年。

吴融《浙东筵上有寄》诗云:"襄王席上一神仙,眼色相当语不传。见了又休真似梦,坐来虽近远于天。陇禽有意犹能说,江月无心也解圆。更被东风劝惆怅,落花时节定翩翩。"⑤按,诗有"更被东风劝惆怅,落花时节定翩翩"之语,是为暮春所

---

① 柏俊才:《吴融年谱》,载《文献》1998 年第 4 期,第 28 页。

② [清]彭定求:《全唐诗》卷六八四,第 7856 页。

③ [清]董诰:《全唐文》卷八二〇,第 8643 页。

④ [清]彭定求:《全唐诗》卷六八七,第 7898 页。

⑤ [清]彭定求:《全唐诗》卷六八七,第 7903 页。

作。王龟咸通十三年十一月始镇浙东,十五年六月被害,故诗应为十四年或十五年所作,姑系于本年。

卢虔灌为处州刺史,贯休、方干都有诗献之

方干《处州献卢员外》诗云:"才下轺车即岁丰,方知盛德与天通。清声渐出寰瀛外,喜气全归教化中。落地遗金终日在,经年滞狱当时空。直缘后学无功业,不虑文翁不至公。"①

贯休《怀洛下卢缙云》诗云:"一减三张价,幽居少室前。岂应贫似我,不得信经年。木落多诗稿,山枯见墨烟。何时深夜坐,共话草堂禅。"②

按,《仙都志》卷上引《括苍旧志》云:"隐真刘先生名处静,字道游,沛国彭城人。其先避地遂昌,因家焉。……退居仙都山隐真岩,结庐金龙洞侧。……预筑玄墟于庐后,自撰其志。咸通十四年六月辛酉解化,当日归对玄墟。刺史卢虔瓘赞其像曰:'至灵之精,大道之渊。其朴靡散,其神则全。'"③"虔瓘"应为"虔灌",新、旧《唐书·卢简辞传》均作"虔灌"④。

罗隐经过衢州,作诗悼念衢州刺史孙玉汝

罗隐《三衢哭孙员外》诗云:"燕恋雕梁马恋轩,此心从此更何言。直将尘外三生命,未敌君侯一日恩。红蜡有时还入梦,片帆何处独销魂?忍看明发衣襟上,珠泪痕中见酒痕。"⑤李定广《罗隐集系年校笺·甲乙集》卷一〇注:"此诗悼念恩主孙员外,约作于咸通末,写得十分沉痛,可见出身寒微的罗隐对于看得起他的官员是多么感念。三衢:今浙江衢州市。孙员外:衢州刺史孙玉汝,咸通十一年(870)前后在任,约卒于咸通末。参卷二《孙员外赴阙后重到三衢》,卷三《寄三衢孙员外》,卷四《重过三衢哭孙员外》,《甲乙集补编》卷一《龙丘东下却寄孙员外》。"⑥

罗隐《重过三衢哭孙员外》诗云:"烂柯山下忍重到,双桧楼前日欲残。华屋未移春照灼,故侯何在泪汍澜。不唯济物工夫大,长忆容才尺度宽。一恸旁人莫相

① [清]彭定求:《全唐诗》卷六五二,第 7490 页。
② [清]彭定求:《全唐诗》卷八三三,第 9401 页。
③ [元]陈性定:《至正仙都志》卷上,《宋元浙江方志集成》第 13 册,第 6289 页。
④ [后晋]刘昫:《旧唐书》卷一六三,第 4273 页。[宋]欧阳修、宋祁:《新唐书》卷一七七,第 5284 页。
⑤ [清]彭定求:《全唐诗》卷六五八,第 7561 页。
⑥ [唐]罗隐:《甲乙集》卷一〇,《罗隐集系年校笺》,第 492 页。

笑,知音衰尽路行难。"①诗称"重过三衢",应作于前诗之后,具体时间不详,故附于本年。李定广《罗隐集系年校笺·甲乙集》卷四注:"衢州刺史孙玉汝对罗隐有知遇之恩,孙氏死后,罗隐作诗一哭再哭,觉得像孙员外这样'容才尺度宽'的知音死后,自己的科举仕进之路,将会愈加艰难。哭孙员外也是在哭自己的前途。全诗未用典故,注重情感和语言,巧用双声叠韵对。参卷二《孙员外赴阙后重到三衢》,卷三《寄三衢孙员外》,卷十《三衢哭孙员外》,《补编》卷一《龙丘东下却寄孙员外》。"②

李郢约于本年卒于浙东从事

何光远《鉴诚录》卷八云:"卢延让有《哭李郢端公终越州从事》,至今吟者,无不怆然。……卢公诗曰:'军门半掩槐花宅,每过犹闻哭临声。北固暴亡兼在路,东京权葬未归茔。渐穷老仆慵看马,著惨佳人暗理笙。诗侣酒徒销散尽,一场春梦越州城。'"③《唐才子传校笺》卷八《李郢传》笺证云:"郢之卒年未能确考,约卒于咸通末。"④今姑系于咸通十四年。

李郢《重阳日寄浙东诸从事》诗云:"野人多病门长掩,荒圃重阳菊自开。愁里又闻清笛怨,望中难见白衣来。元瑜正及从军乐,宁戚谁怜叩角哀。红旆纷纷碧江暮,知君醉下望乡台。"⑤是李郢与浙东有关的诗作,附系于此。

本年,封彦卿为台州刺史

《嘉定赤城志》卷八"秩官门·历代郡守":"咸通十四年,封彦卿。"注:"咸通尽十四年,《壁记》作十五年。"⑥同书卷三一:"武烈帝庙在州东南二里靖越门内,祀隋司徒陈果仁。唐乾符二年,守封彦卿建。"⑦封彦亦为诗人,《全唐诗》卷五六六小传:"封彦卿,蓨人,大中进士第。咸通中,累官中书舍人,坐于琮,贬司户。诗一首。"⑧

① [清]彭定求:《全唐诗》卷六六四,第7604—7605页。
② [唐]罗隐:《甲乙集》卷四,《罗隐集系年校笺》,第210页。
③ [五代]何光远:《鉴诚录》卷八,中华书局1985年版,第57页。
④ 傅璇琮主编:《唐才子传校笺》第3册,第405页。
⑤ [清]彭定求:《全唐诗》卷五九〇,第6849—6850页。
⑥ [宋]陈耆卿:《嘉定赤城志》卷八,《宋元浙江方志集成》第11册,第5154页。
⑦ [宋]陈耆卿:《嘉定赤城志》卷三一,《宋元浙江方志集成》第11册,第5413页。
⑧ [清]彭定求:《全唐诗》卷五六六,第6555页。

874　唐僖宗乾符元年甲午

本年,裴延鲁为浙江东道观察使

《会稽掇英总集》卷一八《唐太守题名记》:"裴延鲁,咸通十五年六月,自中书舍人授。乾符二年十二月二十一日,加左散骑常侍。"①《嘉泰会稽志》卷二"太守":"裴延鲁,咸通十五年六月自中书舍人授。"②

章碣赠诗于婺州刺史苏粹

章碣《赠婺州苏员外》诗云:"帝念琼枝欲并芳,星分婺女寄仙郎。鸾从阙下虽辞侣,雁到江都却续行。烟月一时搜古句,山川两地植甘棠。即看龙虎西归去,便佐羲轩活万方。"③按《唐语林》卷四:"苏员外粹与母弟冲俱郑都尉颢门生。后粹为东阳守,冲为信阳守,欲相见境上,本府许之。"④郁贤皓《唐刺史考全编》卷一四五系苏粹为婺州刺史在咸通、乾符间⑤。今姑系诗于本年。

苏冲为衢州刺史,章碣诗中述及

章碣有《赠婺州苏员外》诗,其"雁到江都却续行"句自注:"员外弟冲时任衢州。"⑥按《唐语林》卷四:"苏员外粹与母弟冲俱郑都尉颢门生。后粹为东阳守,冲为信阳守,欲相见境上,本府许之。"⑦郁贤皓《唐刺史考全编》卷一四六系苏冲为衢州刺史在咸通、乾符间⑧。今姑系诗于本年。

---

① 〔宋〕孔延之:《会稽掇英总集》卷一八,《宋元浙江方志集成》第 14 册,第 6556 页。
② 〔宋〕施宿:《嘉泰会稽志》卷二,《宋元浙江方志集成》第 4 册,第 1668 页。
③ 〔清〕彭定求:《全唐诗》卷六六九,第 7651 页。
④ 周勋初:《唐语林校证》卷四,第 382 页。
⑤ 郁贤皓:《唐刺史考全编》卷一四五,第 2069 页。
⑥ 〔清〕彭定求:《全唐诗》卷六六九,第 7651 页。
⑦ 周勋初:《唐语林校证》卷四,第 382 页。
⑧ 郁贤皓:《唐刺史考全编》卷一四六,第 2087 页。

方干在越州，观察使王龟拟以谏官荐，会龟卒不果

方干《谢王大夫奏表》诗："非唯言下变荣衰，大海可倾山可移。如剖夜光归暗室，似驱春气入寒枝。死灰到底翻腾焰，朽骨随头却长肥。便杀微躯复何益，生成恩重报无期。"①为王龟观察浙东时方干投赠之作。

方干《哭王大夫》诗："俗人皆嫉谢临川，果中常情□□□。为政旧规方利国，降生直性已归天。岘亭慨咽知无极，渭曲馨香莫计年。从此心丧应毕世，忍看坟草读残篇。"②

王定保《唐摭言》卷十："王大夫廉问浙东，干造之。……王公将荐之于朝，请吴子华为表章。无何公遘疾而卒，事不谐矣。"③《嘉泰会稽志》卷一四："（方干）隐于会稽，渔于镜湖，萧然山水间，以诗自放。咸通中，太守王龟知其亢直，荐之以谏官。"④按，《旧唐书·王龟传》："（咸通）十四年，转越州刺史、御史大夫、浙东团练观察使。先是，龟兄式抚临此郡，有惠政，闻龟复至，舞抃迎之。属徐泗之乱，江淮盗起，山越乱，攻郡，为贼所害，赠工部尚书。"⑤据吴廷燮《唐方镇年表》卷五，王龟镇浙东至乾符元年六月前⑥，是王龟荐方干在此前。方干《谢王大夫奏表》《哭王大夫》诗作于本年。

秋，贯休居于兰溪

贯休《瀫江秋居作》诗云："无事相关性自摅，庭前拾叶等闲书。青山万里竟不足，好竹数竿凉有余。近看老经加澹泊，欲归少室复何如。面前小沼清如镜，终养琴高赤鲤鱼。"⑦胡大浚《贯休歌诗系年笺注》卷二一注云："瀫江即兰溪……此诗情怀淡薄而不及战乱，大抵应作于久游江西、吴越、初返故里居兰溪时。姑系乾符元年（874）。"⑧

贯休《野居偶作》诗云："高谈清虚即是家，何须须占好烟霞。无心于道道自得，有意向人人转赊。风触好花文锦落，砌横流水玉琴斜。但令如此还如此，谁羡前程

---

① ［清］彭定求：《全唐诗》卷六五二，第7492页。
② ［清］彭定求：《全唐诗》卷六五二，第7493页。
③ ［五代］王定保：《唐摭言》卷一〇，第118页。
④ ［宋］施宿：《嘉泰会稽志》卷一四，《宋元浙江方志集成》第4册，第1991页。
⑤ ［后晋］刘昫：《旧唐书》卷一六四，第4281—4282页。
⑥ 吴廷燮：《唐方镇年表》卷五，第791页。
⑦ ［清］彭定求：《全唐诗》卷八三六，第9419页。
⑧ ［唐］贯休著，胡大浚笺注：《贯休歌诗系年笺注》卷二一，第932页。

未可涯。"①胡大浚《贯休歌诗系年笺注》卷二一注云:"本篇当为乾符元年(874)居兰溪时作。"②

贯休《题兰江言上人院二首》,其一云:"一生只着一麻衣,道业还欺习彦威。手把新诗说山梦,石桥天柱雪霏霏。"其二云:"只是危吟坐翠层,门前岐路自崩腾。青云名士时相访,茶煮西峰瀑布冰。"题注:"时王蔼先辈有诗二首题其院,因和题之。"③胡大浚《贯休歌诗系年笺注》卷二一注云:"王蔼、言上人院均未详。兰江,即兰溪。诗疑为乾符元年(874)居兰溪时作。"④

九月,吴融有诗与太常博士皮日休往还。时融盖已由故乡越州山阴移居松江

吴融有《和皮博士赴上京观中修灵(宝)斋赠威仪尊师兼见寄》诗:"霓结双旌羽缀裾,七星坛上拜元君。精诚有为天应感,章奏无私鬼怕闻。鹤驭已从烟际下,凤膏还向月中焚。白云乡路看看到,好驻流年翊圣文。"⑤《高侍御话及皮博士池中白莲因成一章寄博士兼奉呈》诗:"白玉花开绿锦池,风流御史报人知。看来应是云中堕,偷去须从月下移。已被乱蝉催晼晚,更禁凉雨动襟襹。习家秋色堪图画,只欠山公倒接䍦。"⑥

吴在庆、傅璇琮《唐五代文学编年史·晚唐卷》:"按皮博士即太常博士皮日休,其本年任此职,吴融诗盖成于此时前后。又吴融本年盖已由越州山阴移居松江,其咏两地风物生活之诗歌及咏秋之作难于系年,而似本年前后其早年所作者,今姑统述于此。吴融作于秋日诗有《秋日感事》(《全唐诗》卷六八四,下引其诗同):'一叶飘然夕照沉,世间何事不经心。……自怜情为多忧动,不为西风白露吟。'又《秋事》中云:'松竹健来唯欠语,蕙兰衰去始多情。……更欲轻桡放烟浪,苇花深处睡秋声。'《秋园》:'始怜春草细霏霏,不觉秋来绿渐稀。惆怅撷芳人散尽,满园烟露蝶高飞。'《秋色》(《全唐诗》卷六八六):'染不成乾画未销,霏霏拂拂又迢迢。曾从建业城边路,蔓草寒烟锁六朝。'《红叶》(《全唐诗》卷六八七,下引其诗同):'露染霜干片片轻,斜阳照处转烘明。和烟飘落九秋色,随浪泛将千里情。几夜月中藏鸟影,谁

---

① [清]彭定求:《全唐诗》卷八三六,第9420页。
② [唐]贯休著,胡大浚笺注:《贯休歌诗系年笺注》卷二一,第936页。
③ [清]彭定求:《全唐诗》卷八三六,第9421页。
④ [唐]贯休著,胡大浚笺注:《贯休歌诗系年笺注》卷二一,第941页。
⑤ [清]彭定求:《全唐诗》卷六八七,第7897页。
⑥ [清]彭定求:《全唐诗》卷六八七,第7895页。

家庭际伴蛩声。一时衰飒无多恨,看着清风彩剪成。'《红树》中云:'一声南雁已先红,神女霜飞叶叶同。自是孤根非暖地,莫惊他木耐秋风。'《新雁》中云:'数声飘去和秋色,一字横来背晚晖。紫阁高翻云幂幂,瀼川低渡雨微微。'又《新唐书·吴融传》:'吴融,字子华,越州山阴人。'后融约年三十左右又徙居于苏州长洲县(见《唐才子传校笺·吴融传》笺)。"①

僧元亮约于本年前作《它山堰》诗

《至正四明续志》卷一二"集古":"《它山歌诗》,唐僧元亮。它山堰,堰在四明之鄞县。一条水出四明山,昼夜长流如白练。连接大江通海水,咸潮直到深潭里。淡水虽多无计停,半邑人民田种费。大和中有王侯令,清俭为官立民政。昨因祈祷入山行,识得水源知利病。棹舟直到溪岩畔,极目江山波澜漫。略呼父老问来由,便设机谋造其堰。叠石横铺两山嵴,截断寒潮积溪水。灌溉民田万顷余,此谓齐天功不毁。民间日用自不知,年年丰稔因阿谁。山边却立它神庙,不为长官兴一祠。本是长官治此水,却将饮食祭闲鬼。时人若解感此恩,年年祭拜王元暐。"②

《宝庆四明志》卷一一又有:"《它山堰诗》,唐亮阇黎作。截断寒流叠石基,海潮从此作回期。行人自老青山路,涧急水声无绝时。"③亮阇黎亦当为僧元亮。

贯休《怀四明亮公》诗云:"孤峰含紫烟,师住此安禅。不下便不下,如斯太可怜。坐侵天井黑,吟久海霞蔫。岂觉尘埃里,干戈已十年。"④胡大浚《贯休歌诗系年笺注》卷七注云:"亮公,僧元亮。宋魏岘《四明它山水利备览》卷下录唐僧元亮《它山歌诗》两首,又有魏岘《它山歌诗跋》。盖贯休早年游越期间,或入四明,结识亮公,至此有怀。乾符元年(874)王仙芝起事,二年浙东王郢兵乱,诗言'干戈已十年',则当为中和三年(883)作。"⑤是贯结识元亮在乾符元年以前,《它山堰歌诗》歌颂县令王元暐惠民事,应在王仙芝起事之前。

① 吴在庆、傅璇琮:《唐五代文学编年史·晚唐卷》,第621—622页。
② [元]王元恭:《至正四明续志》卷一二,《宋元浙江方志集成》第10册,第4709页。
③ [宋]罗濬:《宝庆四明志》卷一一,《宋元浙江方志集成》第7册,第3343页。
④ [清]彭定求:《全唐诗》卷八二九,第9343页。
⑤ [唐]贯休著,胡大浚笺注:《贯休歌诗系年笺注》卷七,第391页。

本年,崔琪为明州刺史

《全唐文》卷八○四崔琪《心镜大师碑》:"咸通十五年,琪祗命四明郡。"①《宋高僧传》卷一二《唐明州栖心寺藏奂传》:"以咸通七年秋八月三日,现疾告终……刺史崔琪撰塔碑。金华县尉邵朗题额焉。"②

875　唐僖宗乾符二年乙未

贯休在婺州兰溪,避寇上山

贯休《避寇山中作》诗云:"山翠碧嵯峨,攀牵去者多。浅深俱得地,好恶未知他。有草皆为户,无人不荷戈。相逢空怅望,更有好时么。"③胡大浚《贯休歌诗系年笺注》卷九注云:"乾符二年(875)四月,浙西狼山镇遏使王郢作乱,兵掠两浙,'避寇'当指此。详《年谱》乾符二年条。本篇与下篇当为同时之作。"④

贯休《避寇上唐台山》诗云:"苍黄缘鸟道,峰胁见楼台。桂桂香皆滴,烟霞湿不开。僧高眉半白,山老石多摧。莫问尘中事,如今正可哀。"⑤胡大浚《禅月大师贯休年谱稿》"乾符二年乙未"云:"本集卷九《避寇上唐台山》……据《明一统志·衢州府》:'唐台山,在龙游县北四十五里,下有台山寺。'《志》又云,衢州'东至金华府兰溪县界一百二十二里'。'龙游县在府城东七十里。本秦太末县……隋入金华县,属婺州。唐初复置太末县,置縠州,寻俱废。贞观中复置龙丘县,属衢州。五代唐改龙游。'案:自兰溪西南溯衢江五十余里即龙丘县,唐台山盖在兰溪之西、龙丘县北,婺、衢、睦三州边界处。盖乱军北来,先入婺、睦,贯休南避上衢州唐台山,乱军旋为郑镒所平,诗人为诗以贺,即赴睦访刺史宋震。同卷《避寇上山作》……当亦同时之作。又本集卷十二《避寇白沙驿作》言'避乱时时作,人愁处处同。犹逢好时否,孤坐雪濛濛。'卷十四《避寇入银山》、卷二十《避寇游成福山院》诸篇,疑皆与《避

---

① 〔清〕董诰:《全唐文》卷八○四,第8452页。
② 〔宋〕赞宁撰,范祥雍点校:《宋高僧传》卷一二,第252—253页。
③ 〔清〕彭定求:《全唐诗》卷八三○,第9353页。
④ 〔唐〕贯休著,胡大浚笺注:《贯休歌诗系年笺注》卷九,第462页。
⑤ 〔清〕彭定求:《全唐诗》卷八三○,第9353页。

寇上唐台山》为同时先后之作。据《浙江通志》卷五十九'水利':金华县有白沙溪、白沙堰,'汉辅国将军卢文台开堰三十六处,灌溉金华、汤溪、兰溪三县田土,为利甚溥,农多赖之。'白砂堰即'三十六堰'之一。白沙驿疑为此地驿站名。《浙江通志》卷十九'山川十一':建德县有五宝山,在建德乡西八十里,五山共一源,曰金山、银山、铜山、绿山、铁山。建德即唐睦州治,是'白沙''银山'均在此次避乱道途中。"①

贯休《避寇白沙驿作》诗云:"避乱无深浅,苍黄古驿东。草枯牛尚龁,霞湿烧微红。□□时时□,人愁处处同。犹逢好时否,孤坐雪蒙蒙。"②

贯休《避寇入银山》诗云:"草草穿银峡,崎岖路未谙。傍山为店戍,永日绕溪潭。烧地生苣蕨,人家煮伪蚕。翻如归旧隐,步步入烟岚。"③

本年,台州刺史封彦卿建武烈帝庙

《嘉定赤城志》卷三一:"武烈帝庙在州东南二里靖越门内,祀隋司徒陈果仁。唐乾符二年,守封彦卿建。"④

本年,王陟为括州长史

王陟《故太原郡夫人王氏墓志铭并序》,题署官衔:"中散大夫、守处州长史、兼侍御史、上柱国。"⑤按,墓主乾符二年七月廿日葬。

876 唐僖宗乾符三年丙申

春,贯休避寇游成福山院

贯休《避寇游成福山院》诗云:"成福僧留不拟归,猕猴菌嫩豆苗肌。那堪蚕月偏多雨,况复衢城未解围。翠拥槿篱泉乱入,云开花岛雉双飞。堪嗟大似悠悠者,

---

① 胡大浚:《禅月大师贯休年谱稿》,《贯休歌诗系年笺注》,第1177—1178页。
② [清]彭定求:《全唐诗》卷八三一,第9372页。
③ [清]彭定求:《全唐诗》卷八三二,第9385页。
④ [宋]陈耆卿:《嘉定赤城志》卷三一,《宋元浙江方志集成》第11册,第5413页。
⑤ 周绍良、赵超主编:《唐代墓志汇编续集》,第1118页。

祇向诗中话息机。"①胡大浚《贯休歌诗系年笺注》卷二〇注云:"乾符二年(875)夏王郢乱军入衢、婺等州,贯休避寇上衢州唐台山。本集卷九有《避寇上唐台山》《避寇上山作》,集中又有《避寇白沙驿作》(卷十二)、《避寇入银山》(卷十四),与本篇均为同时先后之作,言'况复衢城未解围'是也。成福山院无考,当在衢境。本篇注言'逼衢城数月',又曰'蚕月偏多雨',写作时间当在乾符三年春末。"②

鲁实为温州刺史,请降于王郢

《资治通鉴》:乾符三年十一月,"王郢因温州刺史鲁寔请降,寔屡为之论奏,敕郢诣阙。郢拥兵迁延,半年不至,固求望海镇使;朝廷不许,以郢为右率府率,仍令左神策军补以重职,其先所掠之财,并令给与。"③

本年,裴琏为台州刺史

《嘉定赤城志》卷八"秩官门·历代郡守":"乾符三年,裴琏。"④

本年,李衢为东阳县令

万历《金华府志》卷一二"官师志·东阳县令":"李衢,乾符三年任。"⑤

877　唐僖宗乾符四年丁酉

正月,明州刺史殷僧辩为大理卿

《旧唐书·僖宗纪》:乾符四年正月,"明州刺史殷僧辩为大理卿。"⑥《宝庆四明志》卷一"郡守":"殷僧辨(辩),建开元寺千佛殿。"⑦同书卷一一"寺院":"开元寺:

① [清]彭定求:《全唐诗》卷八三五,第9414—9415页。
② [唐]贯休著,胡大浚笺注:《贯休歌诗系年笺注》卷二〇,第900页。
③ [宋]司马光:《资治通鉴》卷二五二,第8186页。
④ [宋]陈耆卿:《嘉定赤城志》卷八,《宋元浙江方志集成》第11册,第5154页。
⑤ [明]王懋德等:《金华府志》卷一二,第785页。
⑥ [后晋]刘昫:《旧唐书》卷一九下,第698页。
⑦ [宋]罗濬:《宝庆四明志》卷一,《宋元浙江方志集成》第7册,第3107页。

鄞县南二里,唐开元二十八年建,以纪年名。会昌五年毁佛祠,此寺例废。……寺西南高原有棠阴亭,郡守殷僧辩废亭,以其材增建千佛殿。"①宋钱易《南部新书》云:"殷僧辩(辩)、周僧达与牛相公同母异父兄弟也。"②按,殷僧辩(辩)时代较牛僧孺稍迟,为其同父异母兄弟值得怀疑,但牛僧孺母在其父逝后曾经改嫁却是事实。

三月,贯休在婺州,闻李频卒的消息,赋诗伤之

吴在庆、傅璇琮《唐五代文学编年史·晚唐卷》:"《全唐诗》卷八三一贯休有《闻李频员外卒》诗:'苍苍难可问,问答亦难闻。……文章应力竭,茅土始天分。又逐东风云(去),迢迢隔岭云。'按李频约卒于乾符三年十月,贯休闻知此事而又有'又逐东风去'句,则赋诗伤之当在本年春。"③《新唐书·李频传》:"表丐建州刺史。既至,以礼法治下,更布条教。时朝政乱,盗兴,相推夺,而建赖频以安。卒官下。"④《唐诗纪事》卷六〇李频条:"乾符中,以工部外郎为建州刺史,卒。"⑤其时贯休在婺州。贯休与李频颇有交往,有《秋寄李频使君二首》云:"为郎须塞诏,当路亦驱驱。贵不因人得,清还似句无。烧烟连野白,山药拶阶枯。想得征黄诏,如今已在途。""务简趣难陪,清吟共绿苔。叶和秋蚁落,僧带野香来。留客朝尝酒,忧民夜画灰。终期冒风雪,江上见宗雷。"⑥

七月,吴融约此时往游湖州,谒见湖州刺史郑仁规,有诗献之

吴在庆、傅璇琮《唐五代文学编年史·晚唐卷》:"《全唐诗》卷六八四吴融《湖州溪楼书献郑员外》诗,中云:'危槛等飞橹,闲追晚际凉。青林上雨色,白鸟破溪光。'又《离雪溪感事献郑员外》(《全唐诗》卷六八七)诗。按雪溪即指湖州。按此郑员外均为郑仁规。据前文所考,郑仁规乃本年春出刺湖州,融诗约入秋间作,盖其本年此时游湖州时所献。"⑦

① [宋]罗濬:《宝庆四明志》卷一一,《宋元浙江方志集成》第7册,第3334页。
② [宋]钱易撰,尚成校点:《南部新书》卷己,第50页。
③ 吴在庆、傅璇琮:《唐五代文学编年史·晚唐卷》,第658页。
④ [宋]欧阳修、宋祁:《新唐书》卷二〇三,第5794—5795页。
⑤ [宋]计有功:《唐诗纪事》卷六〇,第914页。
⑥ [清]彭定求:《全唐诗》卷八三二,第9381页。
⑦ 吴在庆、傅璇琮:《唐五代文学编年史·晚唐卷》,第658—659页。

十月，董某卒于处州司马任

《嘉泰会稽志》卷一六"碑刻"："《董府君墓志》，祝知微撰，正书，无姓名。志云：'唐故浙东都团练使、右厢兵马使、银青光禄大夫、检校国子祭酒、行处州司马、兼侍御史、上柱国济阴董府君墓志，乾符四年十月二十五日窆。'"①

本年，崔为浙江东道观察使

《会稽掇英总集》卷一八《唐太守题名记》："崔璆，乾符四年闰二月，自右谏议大夫、知匦使授。五年六月，加正议大夫。"②《嘉泰会稽志》卷二"太守"："崔璆，乾符四年闰二月自右谏议大夫、知匦使授。"③

878　唐僖宗乾符五年戊戌

贯休南游衢州，作诗多首

贯休《赠信安郑道人》诗云："貌古似苍鹤，心清如鼎湖。仍闻得新义，便欲注阴符。点化金常有，闲行影渐无。杳兮中便是，应不食菖蒲。"④胡大浚《贯休歌诗系年笺注》卷一二注云："信安，《元和郡县图志》：'衢州，信安。本旧婺州信安县也，武德四年于信安县置衢州。'案即今浙江省衢州市。郑道人：本集卷二十四《寄郑道士二首》：'常忆苏耽好羽仪，信安山观住多时。'应为同一人，盖衢之道士。乾符五年（878）贯休南游衢州，诗当作于此时。"⑤

贯休《书石壁禅居屋壁》诗云："赤旃檀塔六七级，白菡萏花三四枝。禅客相逢只弹指，此心能有几人知。"⑥胡大浚《贯休歌诗系年笺注》卷二一注云："石壁禅居，

① ［宋］施宿：《嘉泰会稽志》卷一六，《宋元浙江方志集成》第4册，第2035页。
② ［宋］孔延之：《会稽掇英总集》卷一八，《宋元浙江方志集成》第14册，第6556页。
③ ［宋］施宿：《嘉泰会稽志》卷二，《宋元浙江方志集成》第4册，第1668页。
④ ［清］彭定求：《全唐诗》卷八三一，第9370页。
⑤ ［唐］贯休著，胡大浚笺注：《贯休歌诗系年笺注》卷一二，第592页。
⑥ ［清］彭定求：《全唐诗》卷八三七，第9439页。

在衢州龙游县。倪涛《六艺之一录》卷一〇二引宋王象之《舆地碑目》云：'衢州碑记：唐杜荀鹤及禅月大师贯休留题，在龙游之石壁院。'案龙游县与兰溪登高里（今浙江兰溪县游埠镇）相邻，贯休自浙东往来江西，经龙游乃便捷之道，是本篇当作于早年居浙东时。又乾符四年诗人入信州至怀玉山，次年自怀玉山经衢州、龙游县返婺州，诗或作于此行。"①

贯休《赠杨公杜之舅》诗云："分尽君忧一不遗，凤书征入万民悲。风云终日如相逐，雨露前程即可知。画舸还盛江革石，秋山又看谢安棋。谈谐尽是经邦术，头角由来出世姿。天地事须归囊钥，文章谁得到罘罳。扣舷傍岛清吟健，问俗看渔晚泊迟。霞影满江摇枕簟，鸟行和月下涟漪。周秦汉魏书书在，麟凤龟龙步步随。金殿恩波将浩浩，圭峰意绪谩孜孜。郡中条令春常在，境外歌谣美更奇。道者药垆留要妙，林僧禅偈寄相思。王杨卢骆真何者，房杜萧张更是谁。应念衢民千万户，家家皆置一生祠。"②胡大浚《贯休歌诗系年笺注》卷二四注云："杨公杜之：盖杨姓名'杜之'，生事无考；据诗言'应念衢民千万户，家家皆置一生祠'，为宰衢州者。杨公奉诏入朝，贯休作诗奉送，当亦作于乾符五年（878）诗人游衢州时。"③

贯休《寄郑道士二首》，其一云："常忆苏耽好羽仪，信安山观住多时。不知玉质双栖处，两个仙人是阿谁。"其二云："谁带金轮髻里珠，何妨相逐去清都。旧山大有闲田地，五色香茆有子无。"④胡大浚《贯休歌诗系年笺注》卷二四注云："本集卷十二有《赠信安郑道人》诗；此言'信安山观住多时'，当为同一人。……乾符五年（878）诗人游衢州，诗当作于其时。"⑤

本年，王葆为台州刺史

《嘉定赤城志》卷八"秩官门·历代郡守"："乾符五年，崔葆。"⑥郁贤皓先生《唐刺史考全编》卷一四四考订"崔葆"为"王葆"之误⑦。

---

① ［唐］贯休著，胡大浚笺注：《贯休歌诗系年笺注》卷二一，第943页。
② ［清］彭定求：《全唐诗》卷八三七，第9431—9432页。
③ ［唐］贯休著，胡大浚笺注：《贯休歌诗系年笺注》卷二四，第1029页。
④ ［清］彭定求：《全唐诗》卷八三七，第9432页。
⑤ ［唐］贯休著，胡大浚笺注：《贯休歌诗系年笺注》卷二四，第1034页。
⑥ ［宋］陈耆卿：《嘉定赤城志》卷八，《宋元浙江方志集成》第11册，第5154页。
⑦ 郁贤皓：《唐刺史考全编》卷一四四，第2054页。

本年,邓承勋及进士第,为处州司马

《康熙广东通志》卷一七"人物志":"邓承勋……积学膺荐,上京从宰相刘瞻制诰。久之,登乾符五年进士,为处州司马。"①

本年,季毂在衢州刺史任

《墨庄漫录》卷六引毛滂《东堂集》卷九《双石堂记》:"衢州厅事下,旧有土势隆起,筱本丛生,相传云古冢也。旧有碑,其文云:'五百年刺史,为吾守墓。'以此前后相承,皆畏而不敢慢。……乃为文自祭而除之,斫深丈余,了无他异,但有二石。……石上有刻云:'乾符五年五月三日安于此,押衙徐讽龙山起砦处得二石,刺史季□(毂)题。'"②

879 唐僖宗乾符六年己亥

本年,罗虬为台州刺史

《嘉定赤城志》卷八"秩官门·历代郡守":"乾符六年,罗虬。"注:"乾符尽六年,《壁记》作七年。"③

本年,夏谦为越州长史

新出土《唐会稽郡夏夫人墓志铭并序》,题署:"仲弟检校国子祭酒前守越州都督府长史殿中侍御史谦撰。"④墓主卒于乾符六年十一月六日,享年七十五岁。

---

① [清]金光祖:《康熙广东通志》卷一七,康熙三十六年刻本,第2页。
② [宋]张邦基:《墨庄漫录》卷六,上海古籍出版社2012年版,第121页。《双石堂记》原文见毛滂:《东堂集》卷九,《景印文渊阁四库全书》第1123册,第804—805页。文字有些许出入。
③ [宋]陈耆卿:《嘉定赤城志》卷八,《宋元浙江方志集成》第11册,第5155页。
④ 章国庆:《宁波历代碑碣墓志汇编》,第47页。

880　唐僖宗广明元年庚子

贯休在婺州兰溪,作《阳春曲》等诗

贯休《阳春曲》诗云:"为口莫学阮嗣宗,不言是非非至公。为手须似朱云辈,折槛英风至今在。男儿结发事君亲,须敦前贤多慷慨。历数雍熙房与杜,魏公姚公宋开府。尽向天上仙宫闲处坐,何不却辞上帝下下土? 忍见苍生苦苦苦。"题注:"江东广明初作。"①胡大浚《贯休歌诗系年笺注》卷一注云:"广明,唐僖宗年号,诗当作于广明元年(公元880);是年贯休四十九岁,在婺州兰溪故乡。……据《资治通鉴》卷二三五,本年六月,黄巢军陷婺州。休遂走避毗陵(今江苏常州一带)。"②《唐五代文学编年史·晚唐卷》广明元年:"《全唐诗》卷八二六贯休有《阳春曲》,题下注:'江东广明初作。'按江东指其故乡婺州。此诗中云:'为口莫学阮嗣宗,不言是非非至公。为手须似朱云辈,折槛英风至今在。男儿结发事君亲,须学前贤多慷慨。'又贯休诗多有词曲、乐府诗之类,大都收于《全唐诗》卷八二六中。此类诗大都未详作年,似多作于本年前之少壮时期,如《善哉行》《读离骚经》《白雪曲》《上留田》《胡无人》《苦寒行》《蒿里》《临高台》《杞梁妻》《古离别》《战城南二首》《轻薄篇二首》《长安道》《富贵曲二首》《野田黄雀行》《古意九首》《陈宫词》《经古战场》《田家作》《夜夜曲》《茫茫曲》《行路难》《塞上曲二首》《塞下曲四首》《古塞上曲七首》《古出塞曲》《古塞下曲七首》《古入塞曲三首》等,据此颇可见其创作之喜尚。"③

贯休《闻前王使君在泽潞居》诗云:"为善无近名,窃名者得声不如心,诚哉是言也。使君圣朝瑞,乾符初刺婺。德变人性灵,笔变人风土。烟霞与虫鸟,和气将美雨。千里与万里,各各来相附。信哉有良吏,玄谶应百数。古人古人自古人,今日又见民歌六七袴。不幸大寇崩腾来,孤城势孤固难锢。攀辕既不及,旌旆冲风露。大驾已西幸,飘零何处去? 婺人空悲哀,对生祠泣沾莓苔。忽闻暂寄河之北,兵强

---

① 〔清〕彭定求:《全唐诗》卷八二六,第9302—9303页。
② 〔唐〕贯休著,胡大浚笺注:《贯休歌诗系年笺注》卷一,第6页。
③ 吴在庆、傅璇琮:《唐五代文学编年史·晚唐卷》,第688页。

四面无尘埃。唯祝銮舆早归来，用此咎繇仲虺才。使四野雾廓，八纮镜开。皇天无亲，长与善邻，宜哉宜哉。”[①]胡大浚《贯休歌诗系年笺注》卷五注云：“王使君：指王慥，乾符五年(878)为婺州刺史，贯休与之过从甚密。广明元年(880)六月黄巢陷婺州，离郡。……泽潞之地在黄河北，诗言‘暂寄河之北’是也。案广明元年十二月，黄巢军入长安，僖宗西奔入蜀。本篇当作于僖宗西奔而未至蜀时。”[②]

贯休《避地毗陵上王慥使君》诗云：“至理至昭昭，心通即不遥。圣威无远近，吾道太孤标。辛苦苏氓俗，端贞答盛朝。气高吞海岳，贫甚似渔樵。庾亮风流澹，刘宽政事超。清须遭贵遇，隐已被谁招。栗坞修禅寺，仙香寄石桥。风雷巡稼穑，鱼鸟合歌谣。视事私终杀，忧民态亦雕。道高无不及，恩甚固难消。大寇山难隔，孤城数合烧。烽烟终日起，汤沐用心燋。勇义排千阵，诛锄拟一朝。誓盟违日月，旌旆过寒潮。古驿江云入，荒宫海雨飘。仙松添瘦碧，天驥减丰膘。似在陈兼卫，终为宋与姚。已观云似鹿，即报首皆枭。尽愿回清镜，重希在此条。应怜千万户，祷祝向唐尧。”题注：“时黄贼陷东阳，公避地于浙右。”[③]胡大浚《贯休歌诗系年笺注》卷一四注云：“广明元年(880)六月黄巢军陷婺州，刺史王慥走避浙西，贯休走避常州时作。”[④]

贯休在本年避乱常州前，见赤松山舒道纪而作诗

贯休《士马后见赤松舒道士》诗云：“满眼尽疮痍，相逢相对悲。乱阶犹未已，一柱若为支。堰茗蒸红枣，看花似好时。不知今日后，吾道竟何之。”[⑤]诗称“士马后”即指本年黄巢起义之后。舒道纪，赤松山黄冠道士。有诗二首存世。《金华赤松山志》“人物类”云：“舒先生：先生名道纪，唐代人也。生长于婺，为赤松黄冠师。……自号华阴子，常与禅月大师贯休为莫逆交。日夕瞻仰二皇君之祠。……曾有诗曰：‘松老赤松源，松间庙宛然。人皆有兄弟，谁共得神仙。双鹤冲天去，群羊化石眠。至今丹井水，香满此山田。’其后亦却食，不疾而化。”[⑥]贯休有《闻赤松舒道士下世》诗，原注：“东阳未乱前相别。”“时太守方录道业，奏闻征出。”“师善大小篆，尝有诗

---

① [清]彭定求：《全唐诗》卷八二八，第 9330—9331 页。

② [唐]贯休著，胡大浚笺注：《贯休歌诗系年笺注》卷五，第 296 页。

③ [清]彭定求：《全唐诗》卷八三二，第 9385 页。

④ [唐]贯休著，胡大浚笺注：《贯休歌诗系年笺注》卷一四，第 690 页。

⑤ [清]彭定求：《全唐诗》卷八三三，第 9394 页。

⑥ [宋]倪守约：《金华赤松山志》，《道藏》第 11 册，第 74 页。

《题赤松子庙》。”[①]东阳之乱指广明元年黄巢起义波及婺州的事件。东阳之乱前，贯休与舒道纪相别后就没有再见，一直到舒氏下世。贯休与舒道纪交往诗多首，舒卒时又有诗悼之，这些未能考定确切年月，今录之于下。

贯休《寄赤松舒道士二首》，其一云：“不见高人久，空令鄙吝多。遥思青嶂下，无那白云何。子爱寒山子，歌惟乐道歌。会应陪太守，一日到烟萝。”其二云：“余亦如君也，诗魔不敢魔。一餐兼午睡，万事不如他。雨阵冲溪月，蛛丝罥砌莎。近知山果熟，还拟寄来么。”[②]

贯休《秋怀赤松道士》诗云：“仙观在云端，相思星斗寒。常怜呼鹤易，却恨见君难。石罅青蛇湿，风梩白菌干。终期花月下，坛上听君弹。”[③]

贯休《闻赤松舒道士下世》诗云：“地变贤人丧，疮痍不可观。一闻消息苦，千种破除难。阴骘那虚掷，深山近始安。玄关评兔角，玉器琢鸡冠。傲野高难狎，融怡美不殚。冀迎新渥泽，遽逐逝波澜。蜕壳埋金隧，飞精驾锦鸾。倾摧千仞壁，枯歇一株兰。仙庙诗虽继，苔墙篆必刓。烟霞成片黯，松桂著行干。影拄溪流咽，堂扃隙月寒。寂寥遗药犬，缥缈想琼竿。伊昔相寻远，留连几尽欢。论诗花作席，炙菌叶为盘。彭伉心相似，承祯趣一般。琴弹溪月侧，棋次砌云残。倏忽成千古，飘零见百端。荆襄春浩浩，吴越浪漫漫。已矣红霞子，空留白石坛。无弦亦须绝，回首一长叹。”[④]

贯休《怀赤松故舒道士》诗云：“可惜复可惜，如今何所之。信来堪大恸，余复用生为。乱世今交斗，玄宫玉柱隳。春风五陵道，回首不胜悲。”[⑤]

舒道纪存诗二首，一为《题赤松宫》，题注：“今兰溪县之赤松山。王初平亦称赤松子。”诗云：“松老赤松原，松间庙宛然。人皆有兄弟，谁得共神仙。双鹤冲天去，群羊化石眠。至今丹井水，香满北山边。”[⑥]一为《兰溪灵瑞观》：“澄心坐清境，虚白生林端。夜静笑声出，月明松影寒。绛霞封药灶，碧窦溅斋坛。海树几回老，先生棋未残。”[⑦]

---

① [清]彭定求：《全唐诗》卷八三〇，第 9365 页。

② [清]彭定求：《全唐诗》卷八三〇，第 9360—9361 页。

③ [清]彭定求：《全唐诗》卷八三一，第 9369—9370 页。

④ [清]彭定求：《全唐诗》卷八三〇，第 9365 页。

⑤ [清]彭定求：《全唐诗》卷八三三，第 9395—9396 页。

⑥ [清]彭定求：《全唐诗》卷八五五，第 9673 页。

⑦ [清]彭定求：《全唐诗》卷八五五，第 9673 页。

本年,贯休寓居常州,有诗寄怀前婺州刺史王镇

贯休《鹭鸶有怀》诗云:"粉魄霜华为尔枯,鸳鸯相伴更堪图。爱来沙岛遗银屋,终作金笼养雪雏。栖宿必多清濑梦,品流还次白猿徒。今朝不觉频回首,曾伴瑶花近玉壶。"题注:"前东阳王镇使君养一鹭鸶,名瑶花。"①胡大浚《贯休歌诗系年笺注》卷二二注云:"诗盖怀前东阳(婺州)刺史王镇,当作于广明元年(880)避乱至毗陵时。"②

贯休《东阳罹乱后怀王镇使君五首》,其一云:"昨来祇对汉诸侯,胜事消磨不自由。裂地鼓鼙军□急,连天烽火阵云秋。砍毛淬剑虽无数,歃血为盟不到头。谁为今朝奉明主,使君司户在隋州。"其二云:"只报精兵过大河,东西南北杀人多。可怜白日浑如此,来似蝗虫争奈何。天意岂应容版乱,人心都改太凋讹。不胜惆怅还惆怅,一曲东风月胯歌。"其三云:"为郡无如王使君,一家清冷似云根。货财不入崔洪口,俎豆尝闻夫子言。须发坐成三载雪,黎氓空负二天恩。不堪西望西风起,纵火昆仑谁为论。"其四云:"魄憾魂飞骨亦销,此魂此魄亦难招。黄金白玉家家尽,绣闼雕甍处处烧。惊动乾坤常黯惨,深藏山岳亦倾摇。恭闻国有英雄将,拟把何心答圣朝。"其五:"不是龚黄覆育才,即须清苦远尘埃。无人与奏吾皇去,致乱唯因酷吏来。刳剥生灵为事业,巧通毫潜作梯媒。令人转忆王夫子,一片真风去不回。"③胡大浚《贯休歌诗系年笺注》卷二二注云:"东阳罹乱:指广明元年(880)黄巢军陷婺、衢等州。时贯休避乱至毗陵。"④

贯休《避地毗陵寒月上孙徽使君兼寄东阳王使君三首》,其一云:"一到毗陵心更劳,冷吟闲步拥云袍。岂缘思妙尘埃少,自是风清物态高。野色疏黄连楚甸,故山奇碧隔河桥。终须愚谷中安致,不是人间好羽毛。"其二云:"常忆双溪八咏前,讲诗论道接清贤。文欹白凤真难及,药捻红蕖岂偶然。花湿瑞烟粘玉磬,帘垂幽鸟啄苔钱。自怜不是悠悠者,吟嚼真风二十年。"其三云:"□雷车雨滴阶声,寂寞焚香独闭扃。锦绣文章无路达,袴襦歌咏隔墙听。松声冷浸茶轩碧,苔点狂吞纳线青。唯有孤高江太守,不忘病客在禅灵。"⑤胡大浚《贯休歌诗系年笺注》卷二二注云:"避地毗陵:广明元年(880)诗人避黄巢乱至毗陵(今江苏省常州市)。孙徽:常州刺史,

---

① [清]彭定求:《全唐诗》卷八三六,第9421页。
② [唐]贯休著,胡大浚笺注:《贯休歌诗系年笺注》卷二二,第948—949页。
③ [清]彭定求:《全唐诗》卷八三六,第9421—9422页。
④ [唐]贯休著,胡大浚笺注:《贯休歌诗系年笺注》卷二二,第950页。
⑤ [清]彭定求:《全唐诗》卷八三六,第9422页。

事迹无考。王使君：王恺。首章上孙使君。"①

崔道融因避战乱携母隐居于永嘉，有诗献浙东观察使柳韬

崔道融有《献浙东柳大夫》诗："属城甘雨几经春，圣主全分付越人。俗眼不知青琐贵，江头争看碧油新。"②吴在庆、傅璇琮《唐五代文学编年史·晚唐卷》："据《唐方镇年表》卷五，柳韬乾符六年（879）十一月九日至本年十一月前在浙东观察使任。诗有'属城甘雨几经春，圣主全分付越人'句，盖作于本年春。黄滔《祭崔补阙》（《唐黄御史公集》卷六）即祭崔道融文，中记：'洎博陵崔君之生也，迥禀高奇，兼之文学。近则继李飞之蜕随贡，远则同毛义之志奉亲。东浮谢公旧州，式避戈戟，遁于仙岩潜谷，克业经纶。'即谓道融乃避乱隐于永嘉，其事当在本年或稍前。又据黄滔文，知道融曾入京应试，其事当在本年之前。"③

崔道融有诗寄方干，时方干隐居镜湖

崔道融有《镜湖雪霁贻方干》诗："天外晓岚和雪望，月中归棹带冰行。相逢半醉吟诗苦，应抵寒猿裛树声。"④是其在浙东所作，未能确切系年，姑附于本年《献浙东柳大夫》诗后。

本年或稍后，临海人罗虬作《比红儿诗》百首

《唐摭言》卷一〇"海叙不遇"条："罗虬辞藻富赡，与宗人隐、邺齐名。咸通、乾符中，时号三罗。广明庚子乱后，去从郿州李孝恭，籍中有红儿者，善肉声，尝为贰车属意。会贰车聘邻道，虬请红儿歌而赠之缯彩，孝恭以副车所贮，不令受所赆。虬怒，拂衣而起。诘旦手刃绝句百篇，号比红诗，大行于时。"⑤这里叙述罗虬在广明庚子后作《比红儿诗》自无问题，但"诘旦手刃绝句百篇"一句不可通。而《太平广记》卷二七三引《唐摭言》则云："诘旦，手刃红儿。既而思之，乃作绝句百篇，号《比红儿诗》。"⑥言其手刃红儿而后作诗，但文献记载有所不同。阮阅《诗话总龟》前集

---

① ［唐］贯休著，胡大浚笺注：《贯休歌诗系年笺注》卷二二，第957—958页。
② ［清］彭定求：《全唐诗》卷七一四，第8210—8211页。
③ 吴在庆、傅璇琮：《唐五代文学编年史·晚唐卷》，第692—693页。
④ ［清］彭定求：《全唐诗》卷七一四，第8209页。
⑤ ［五代］王定保：《唐摭言》卷一〇，第113页。
⑥ ［宋］李昉等：《太平广记》卷二七三，第2156页。

卷二九云："罗虬罗隐罗邺齐名，号三罗。李孝恭籍中有红儿，善肉声，尝为二车属意，聘邻道，虬请红儿歌而赠之缯彩，孝恭以副车所贮，不令受所赆。虬怒，拂衣而起。诘旦，为绝句百篇，号《比红儿诗》，盛行于时。"①则并无刃红儿之事，仅言为绝句百篇盛行于时。明代王世贞《弇州四部稿》卷一六三提出一种新的推测："罗虬《比红儿》不过市井间烟花语耳。然《唐诗纪事》谓虬手刃此伎，而作诗追悼之。恐误。盖诗语有'任伊孙武心如铁，不办军前杀此人'，又'若教粗及红儿貌，争肯楼前斩爱姬'也。恐红儿自以他故死，不由手刃。"②民国学者郑逸梅则将"手刃"解释为"手刓"，其郑逸梅《艺林散叶》云："唐罗虬撰《比红儿词》，谓爱红儿而卒刃之。朱大可考为非事实，按其事最初见于记载者，乃《唐摭言》，有云：'诘旦手刃绝句'。手刃者，手刓也。刓即创，谓创作绝句以咏之也。"③这种解释较为合理。有关比红儿诗本事的考证，可以参考李最欣《罗虬〈比红儿诗〉本事演变及真相新探》④。罗虬，临海人。懿宗咸通中，与罗邺、罗隐齐名，时号三罗。其以作《比红儿诗》著名，故系之于本年。方建新等《浙江文献要目》集部："《比红儿诗》一卷，唐台州罗虬撰。《香艳丛书》本。"⑤

本年，刘汉宏为浙江东道观察使

《会稽掇英总集》卷一八《唐太守题名记》："刘汉宏，广明元年十一月四日，自宿州刺史兼检校左散骑常侍授。转至检校兵部尚书，至中和二年，以谶应金刀，拟生不轨，擅兴兵甲，侵噬邻封，欲据金陵谓旧都，复兴乃汉。余裔人神共愤，旋至败亡。以光启二年十一月二十二日，伏诛于阛阓。"⑥《嘉泰会稽志》卷二"太守"："刘汉宏，广明元年十一月，自宿州刺史授。中和三年，升为义胜军节度使。后为董昌所害。"⑦《旧唐书》卷一九《僖宗纪》：中和元年春正月，"以宿州刺史刘汉宏为越州刺史、镇东军节度、浙江东道观察处置等使。"⑧纪年误。《通鉴》记为广明元年⑨，与

---

① [宋]阮阅编，周本淳校点：《诗话总龟》前集卷二九，人民文学出版社1987年版，第294页。

② [明]王世贞：《弇州四部稿》卷一六三，《景印文渊阁四库全书》第1281册，第599—600页。

③ 郑逸梅：《艺林散叶》，中华书局2005年版，第195页。

④ 李最欣：《罗虬〈比红儿诗〉本事演变及真相新探》，载《中南民族大学学报（人文社会科学版）》2009年第4期，第146—148页。

⑤ 方建新、徐永明、童正伦编：《浙江文献要目》，第124页。

⑥ [宋]孔延之：《会稽掇英总集》卷一八，《宋元浙江方志集成》第14册，第6556页。

⑦ [宋]施宿：《嘉泰会稽志》卷二，《宋元浙江方志集成》第4册，第1668页。

⑧ [后晋]刘昫：《旧唐书》卷一九下，第709页。

⑨ [宋]司马光：《资治通鉴》卷二五四，第8234页。

《会稽掇英总集》《嘉泰会稽志》同。

本年,王轲为慈溪县丞

《光绪慈溪县志》卷一七"职官":"王轲,广明间丞。"并云:"《保国寺志》:县丞王轲,昆山人。广明元年建寺。"①

881　唐僖宗中和元年辛丑

二月,衢州人黄郁进士及第

《唐摭言》卷九"恶得及第"条:"黄郁,三衢人,早游田令孜门,擢进士第,历正郎金紫。"②清徐松《登科记考》卷二三考订为广明二年(881),即中和元年及第③。今从之。

春,贯休自杭州返兰溪,道中作诗

贯休《春末兰溪道中作》诗云:"山花零落红与绯,汀烟蒙茸江水肥。人担犁锄细雨歇,路入桑柘斜阳微。深喜东州云寇去,不知西狩几时归? 清平时节何时是,转觉人心与道违。"④胡大浚《贯休歌诗系年笺注》卷二一注云:"广明元年(880)六月黄巢军陷婺州,贯休走避常州。十二月黄巢入长安,僖宗奔蜀。诗言'不知西狩几时归',指此。盖黄巢军西去后,贯休自常州至杭州,受杜稜父子眷顾,广明二年春自杭州返兰溪,本篇当为此行途中作。"⑤

七月,罗虬时任台州刺史,军乱,被杀。有《比红儿诗》一卷

吴在庆、傅璇琮《唐五代文学编年史·晚唐卷》:"据《嘉定赤城志》卷八"秩官

---

① ［清］杨泰亨:《光绪慈溪县志》卷一七,光绪五年刊本,第1页。
② ［五代］王定保:《唐摭言》卷九,第100页。
③ ［清］徐松:《登科记考》卷二三,第879页。
④ ［清］彭定求:《全唐诗》卷八三六,第9420页。
⑤ ［唐］贯休著,胡大浚笺注:《贯休歌诗系年笺注》卷二一,第935页。

门·郡守",本年罗虬在台州刺史任。又《吴越备史》卷一记:'(杜)雄,台州杨梅镇
人也。初与朱党、娄文俱为草寇,……文害刺史罗虬,……以杜雄知台州。'同上书
卷八又记中和元年,'临海贼杜雄反,州陷'。《通鉴》卷二五四中和元年八月又记
'临海贼杜雄陷台州'。罗虬之被害当在此时杜雄陷台州时。《郡斋读书志》卷四中
著录罗虬《比红儿诗》一卷。《全唐诗》卷六六六编《比红儿诗》一卷。"①

　　《比红儿诗》为组诗,共一百首,都是七绝。作者自序:"'比红'者,为雕阴官妓
杜红儿作也。美貌年少,机智慧悟,不与群辈妓女等。余知红者,乃择古之美色灼
然于史传三数十辈,优劣于章句间,遂题'比红诗'。"②这组诗运用"尊题格",尊此
薄彼,抑彼扬此,以突出红儿之美。如"薄罗轻剪越溪纹,鸦翅低从两鬓分。料得相
如偷见面,不应琴里挑文君"③一首,前两句正面描写红儿之美丽,第一句写服饰,
第二句写首饰;后句引古为譬进一步衬托红儿之美丽,以卓文君相比,抑卓扬红,彰
显红儿的魅力。这种手法比正面刻画更有说服力。但以同一手法衍成百首绝句,
也会给人以雷同之感。详见上年罗虬作《比红儿诗》条。

裴饶归隐会稽,罗隐江亭相送并作诗

　　罗隐《江亭别裴饶》诗云:"行杯且待怨歌终,多病怜君事事同。衰鬓别来光景
里,故乡归去乱罹中。乾坤垫裂三分在,井邑摧残一半空。日晚长亭问西使,不堪
车马尚萍蓬。"④李定广《罗隐集系年校笺·甲乙集》卷九注:"这是一首感乱忧国
诗,盖作于中和元年(881)返杭州时,写两位江东老人拖着衰病之身在乱世某江亭
把酒相别的凄凉情景。罗隐回故乡,但看到国家残破,家乡衰败的悲惨现实,反挂
念皇上至今飘蓬西川未回。颇得老杜沉郁顿挫之真传。裴饶:参本卷《送裴饶归
会稽》。"⑤

　　罗隐《送裴饶归会稽》诗云:"金庭路指剡川隈,珍重良朋自此来。两鬓不堪悲
岁月,一卮犹得话尘埃。家通曩分心空在,世逼横流眼未开。笑杀山阴雪中客,等
闲乘兴又须回。"⑥李定广《罗隐集系年校笺·甲乙集》卷九注:"从'家通曩分'看,

　　① 吴在庆、傅璇琮:《唐五代文学编年史·晚唐卷》,第708页。
　　② [清]彭定求:《全唐诗》卷六六六,第7625页。
　　③ [清]彭定求:《全唐诗》卷六六六,第7627页。
　　④ [清]彭定求:《全唐诗》卷六六三,第7599页。
　　⑤ [唐]罗隐:《甲乙集》卷九,《罗隐集系年校笺》,第458页。
　　⑥ [清]彭定求:《全唐诗》卷六六三,第7596页。

罗隐与被送别的裴饶两家有世交。裴饶当是与罗隐一样为科举求仕奋斗到老而无成,归乡隐居的。乱世离别之悲被结尾王子猷雪夜访戴的浪漫轻轻化解了。会稽:今浙江省绍兴市。裴饶:会稽人,罗隐友人。参本卷《江亭别裴饶》。"①以上两首诗情调相同,盖同作于裴饶归会稽时。

贯休避乱于山寺,时偶获其作于咸通中之《山居诗》二十四首,嫌其风调野俗,格力低浊,遂重加修改润饰

吴在庆、傅璇琮《唐五代文学编年史·晚唐卷》:"《全唐诗》卷八三七有贯休《山居诗二十四首》其序云:'愚咸通四五年中,于钟陵作山居诗二十四章。放笔,稿被人将去。厥后或有散书于屋壁,或吟咏于人口。一首两首,时时闻之,皆多字句舛错。洎乾符辛丑岁,避寇于山寺,偶全获其本,风调野俗,格力低浊,岂可闻于大雅君子。一旦抽毫改之,或留之、除之、修之、补之,却成二十四首。亦斐然也、蚀木也,概山讴之例也。或作者气合,始为一朗吟之可也。'按乾符辛丑岁即指本年,诗乃本年修改而成。"②

贯休闻王慥在泽潞卒,感而成咏

贯休又有《闻王慥常侍卒》诗三首:"世乱君巡狩,清贤又告亡。星辰皆有角,日月略无光。金柱连天折,瑶阶被贼荒。令人转惆怅,无路问苍苍。""宗社运微衰,山摧甘井枯。不知千载后,更有此人无。政入龚黄甲,诗轻沈宋徒。受恩酬未得,不觉只长吁。""慥在扶天步,重兴古国风。还如齐晏子,再见狄梁公。棠树梅溪北,佳城舜庙东。谁修循吏传,对此莫匆匆。"③对于王慥的怀念,颇为真切感人。诗言"世乱君巡狩,清贤又告亡",即是在中和元年僖宗西幸之后。"政入龚黄甲,诗轻沈宋徒",知贯休对于王慥的政事与文学都非常钦佩,故二人交往密切。王慥在东阳时,与贯休颇多交往,今闻其卒于泽潞,故作诗三首。

陈佖为处州刺史

《云笈七签》卷一二二《道教灵验记·仙都山阴君洞验》:"广明辛丑岁,刺史陈

---

① [唐]罗隐:《甲乙集》卷九,《罗隐集系年校笺》,第438页。
② 吴在庆、傅璇琮:《唐五代文学编年史·晚唐卷》,第715—716页。
③ [清]彭定求:《全唐诗》卷八三一,第9367—9368页。

优修置道场,有祥云天乐之应,甘露泫于丛林,宠诏褒美。"①

882　唐僖宗中和二年壬寅

十一月,杨光在台州,为东岩赤石楼作记

杨光《赤石楼隐难记》云:"混茫既分,乾坤成列。形下曰器,积而为山。泊禹别九州,汉通百越,此山则维扬东瓯之地,峨峨杰出。发地千寻,峭削凌空。壁悬四面,其乃阴阳偏顾,造化有情。呀开石门,路通极顶。天生厚土,荫以森罗。地广百家,人胜千众。天下灵迹,此乃标奇。自乎开元之末,袁晁作叛,起于天台,攻陷当州,逃亡无数。惟此一乡,人户数百余家,而登此楼,以逃其难。乃有兵戈百众,来绕其山。飞矢弯弧,岂能侵动。既难攻击,莫不相守经旬。其恃乃智士,而获良计。以米饴豕,投于岩下。群盗剖之,自相谓曰:'岩顶积谷尚多,我等相守,难以待其乏乎?'遂共奔去,而攻他疆。其后便乃清平,干戈不扰,人忘往难,无复再游。运转年移,迄今为古。其楼近代居人,皆惧有神圣居止。及乾符五年,赵言奔冲之时,不敢登此回避。以至中和二年,屡被洞寇侵逼,焚却乡间,兼遂昌数县军马,频来凭陵。老幼惶惶,倦于深窜。乃有耆父河间郡俞强,邀伴攀缘,登此楼顶。芟夷繁木,以创草庵。巧立层梯,而通行路。遂召乡邻老幼,共此逃形,寝寐安然。狂兵攻守,无路侵凌。是年五月,当州中军屯营州郭,居人投军众,仇雠相害,村野遭搜。近远逃亡,不可胜数。此之一乡,而有武都郡章承趣,年当少俊,英杰冠时。乡内钦依,众皆推让。蒙兵马司金差,部领数百卫士,占护家乡。各藏财泉于薮岩,共置军部于老竹。外都畏惧,不敢来侵。户口完全,耕稼无失。于时太守张公,朝望崇重,远降分符,持恤安邦,便蒙康泰。当今四境未安,内忧侵扰,且居岩顶,有百余家,并是乡内英俊。贤明父宿,共栖幽境,何异神仙。余因游观,奉命为记。时唐中和二年壬寅十一月初八日。"②

按,文中叙述袁晁作叛,起于天台,攻陷当州,所谓"当州"即指台州。又言"于

---

① ［宋］张君房:《云笈七签》卷一二二,第2693页。
② ［清］董诰:《全唐文》卷八一七,第8600—8601页。

时太守张公",知是中和二年张某为台州刺史。但《赤石楼隐难记》的"赤石楼"归属地问题,尚存在争议。《光绪永嘉县志》卷三一"艺文"载有《赤石楼隐难记》,而据历代记载,赤石楼应在丽水青田。宋王象之《舆地碑记目》:"唐青田县尉杨光于作《隐难记》,在丽水县北六十里之东岩。"①《永乐大典》卷九七六六载:"东岩,在处州府丽水县北六十里,四面斗绝,唯有一径扪萝可上,一名赤石楼。岩上有清风峡、桃花洞。唐摄青田县尉杨光于作《隐难记》,石刻尚存,其略云:开元之末,袁晁陷郡,乡民共登此岩以避之。中和二年,黄巢乱,盗贼群起,河间郡人俞强帅乡民复登之,共推武都章承趣为部领,由是获免者甚众。按《唐书》:乾元二年,袁晁反,陷信温台明,广德二年伏诛。此云开元之末恐误也。宋宣和中,方腊乱,乡士梁孚将同兄弟三人领义兵复屯于此。懿德、宣慈、应和三乡获全者,梁公之力也。"②《雍正浙江通志》卷二五八"碑碣四":"唐青田县尉杨光于作《隐难记》。《舆地纪胜》:在丽水县北六十里之东岩。"③衡之《赤石楼隐难记》所记之内容与作者杨光为青田尉的身份,其赤石楼为青田赤石楼殆无疑义。今人吴志华有《唐〈赤石楼隐难记〉归属小考》,载于丽水史志网,可以参考。现在丽水东岩的赤石楼,还是一处著名的景点。

方干在浙东,有《贼退后赠刘将军》诗

方干《贼退后赠刘将军》诗云:"非唯吴起与穰苴,今古推排尽不如。白马知无髀上肉,黄巾泣向箭头书。二年战地成桑茗,千里荒榛作比闾。功业更多身转贵,伫看幢节引戎车。"④吴在庆《增补唐五代文史丛考》有"方干之生平与诗歌系年"云:"据《新唐书》卷一九〇本传:'会浙东观察使柳瑶得罪,乃授汉宏观察使,代之。'《唐方镇年表》卷五浙东中和二年条引《题名记》:'广明元年十一月四日自宿州刺史、检校左散骑常侍授,转至检校兵部尚书。'按汉宏镇浙东之时间《旧唐书·僖宗纪》记在中和元年正月。又诗中所称'贼退',盖指浙东一带兵乱事。据《资治通鉴》卷二五三,乾符六年末黄巢军即'转掠饶、信、池、宣、歙、杭十五州',广明元年六月'黄巢别将陷睦州、婺州'。又卷二五四亦记中和元年八月杜雄陷台州、朱温陷温州。方干诗题所言贼或即指此。诗既有'二年战地'之句,则刘汉宏中和元年至越

① [宋]王象之:《舆地碑记目》卷一,中华书局1985年版,第19页。
② 《永乐大典》卷九七六六,第4222页。
③ [清]嵇曾筠、沈翼机等:《雍正浙江通志》卷二五八,《景印文渊阁四库全书》第525册,第842页。
④ [清]彭定求:《全唐诗》卷六五二,第7491页。

州任,'二年'当即指中和二年。"①

本年,刘文为台州刺史

《嘉定赤城志》卷八"秩官门·历代郡守":"中和二年,刘文。"注:"《壁记》作刘文宗,今按《九国志》云:'郡人刘文与杜雄同攻越,为刘汉宏所败,故降之,汉宏以文知明州。'而《杜雄墓碑》亦云:'与刘文起事,刘改刺四明。'如此,则刘但名文,《壁记》误增宗字耳。"②

883　唐僖宗中和三年癸卯

贯休作《怀四明亮公》诗

贯休《怀四明亮公》诗云:"孤峰含紫烟,师住此安禅。不下便不下,如斯太可怜。坐侵天井黑,吟久海霞鲜。岂觉尘埃里,干戈已十年。"③胡大浚《贯休歌诗系年笺注》卷七注云:"亮公,僧元亮。宋魏岘《四明它山水利备览》卷下录唐僧元亮《它山歌诗》两首,又有魏岘《它山歌诗跋》。盖贯休早年游越期间,或入四明,结识亮公,至此有怀。乾符元年(874)王仙芝起事,二年浙东王郢兵乱,诗言'干戈已十年',则当为中和三年(883)作。"④

本年,卢约为处州刺史

《新唐书·刘汉宏传》:中和三年,"时钟季文守明州,卢约处州"⑤。《宋高僧传》卷一二《唐缙云连云院有缘传》:"乾符三年,至缙云龙泉大赛山立院,……住十八载。安而能迁,止连云院焉。太守卢约者,以谌谅之诚,请入州开元等(寺)别院,

① 吴在庆:《增补唐五代文史丛考》,第336页。
② [宋]陈耆卿:《嘉定赤城志》卷八,《宋元浙江方志集成》第11册,第5155页。
③ [清]彭定求:《全唐诗》卷八二九,第9343页。
④ [唐]贯休著,胡大浚笺注:《贯休歌诗系年笺注》卷七,第391页。
⑤ [宋]欧阳修、宋祁:《新唐书》卷一九〇,第5488—5489页。

四事供施焉。天祐丁卯岁四月八日示疾,至六月朔日终于癖署。"①

本年,杜雄为台州刺史

《嘉定赤城志》卷八"秩官门·历代郡守":"中和三年,杜雄。"②《新唐书·僖宗纪》:光启二年十二月,"丙午,台州刺史杜雄执刘汉宏,降于董昌"③。是杜雄为台州刺史。

884　唐僖宗中和四年甲辰

方干在越州,有《狂寇后上刘尚书》《尚书新创敌楼二首》等诗

方干《狂寇后上刘尚书》诗云:"孙武倾心与万夫,削平妖孽在斯须。才施偃月行军令,便见台星逼座隅。独柱撑天寰海正,雄名盖世古今无。圣君争不酬功业,仗下高悬破贼图。"④

方干《尚书新创敌楼二首》,其一云:"下马政成无一事,应须胜地过朝昏。笙歌引出桃花洞,罗绣拥来金谷园。十里水云吞半郭,九秋山月入千门。常闻大厦堪栖息,燕雀心知不敢言。"其二云:"异境永为欢乐地,歌钟夜夜复年年。平明旭日生床底,薄暮残霞落酒边。虽向槛前窥下界,不知窗里是中天。直须分付丹青手,画出旌幢绕谪仙。"⑤

吴在庆《增补唐五代文史丛考》有"方干之生平与诗歌系年"云:"唐僖宗中和四年(884),七十六岁,仍在浙东。《狂寇后上刘尚书》《尚书新创敌楼二首》盖作于本年或稍后。方干有《狂寇后上刘尚书》《尚书新创敌楼二首》,两诗之尚书均指刘汉宏。据中和二年条引《题名记》所载,汉宏至越州后初乃检校左散骑常侍,后方转至检校兵部尚书。据《新唐书·刘汉宏传》,汉宏授越州观察使后,'僖宗在蜀,贡输踵

---

① [宋]赞宁撰,范祥雍点校:《宋高僧传》卷一二,第261页。
② [宋]陈耆卿:《嘉定赤城志》卷八,《宋元浙江方志集成》第11册,第5155页。
③ [宋]欧阳修、宋祁:《新唐书》卷九,第279页。
④ [清]彭定求:《全唐诗》卷六五二,第7485—7486页。
⑤ [清]彭定求:《全唐诗》卷六五二,第7486页。

驿而西,帝悦,宠其军为义胜军,即授节度使'。其授节度使,据《资治通鉴》卷二五五所记乃在中和三年十二月。又《尚书新创敌楼二首》之一云:'十里水云吞半郭,九秋山月入千门。'诗乃作于中和四年九月之后。两诗当作于本年或稍后。"①

885　唐僖宗光启元年乙巳

秋末,贯休自庐山返浙东,过衢州,谒刺史杜某

贯休《寄杜使君》诗云:"清辰卷珠帘,盥漱香满室。杉松经雪后,别有精彩出。琅函芙蓉书,开之向阶日。好鸟常解来,孤云偶相失。有时作章句,气概还鲜逸。茫茫世情世,谁人爱真实。清高慕玄度,宴默攀道一。残磬隔风林,微阳解冰笔。亦知休明代,谅无经济术。门前九个峰,终拟为文乞。"②胡大浚《禅月大师贯休年谱稿》"中和五年、光启元年乙巳"云:"秋末自庐山返浙东,过衢州,谒刺史杜某。……杜某刺衢约在光启间,本集卷三《寄杜使君》云:'杉松经雪后,别有精彩出……亦知休明代,谅无经济术。门前九个峰,终拟为丈(文)乞。'卷五《上杜使君》云:'苍生苦疮痍,如何尽消削。圣君新雨露,更作谁恩渥。'睽之'休明代''疮痍''尽消削''圣君新雨露'等语必作于本年三月僖宗返长安后。'九个峰'当指九峰山。《浙江通志》卷十八'山川十':'衢州府龙丘山……《弘治衢州府志》:又名九峰山,山际有石壁百余丈,复有岩名三叠。唐徐安贞读书其中。'《上杜使君》……当作于秋冬之际初至衢时也。"③按,杜使君,拙著《全唐诗人名考》考为台州刺史"杜雄";陶敏《全唐诗人名汇考》考为湖州刺史"杜孺休",均不确。

贯休《上杜使君》诗云:"为鱼须处海,为木须在岳。一登君子堂,顿觉心寥廓。右听青女镜,左听宣尼铎。政术似蒲卢,诗情出冲漠。从来苦清苦,近更加澹薄。讼庭何所有,一只两只鹤。烟霞色拥墙,禾黍香侵郭。严霜与美雨,皆从二天落。苍生苦疮痍,如何尽消削。圣君新雨露,更作谁恩渥。即捉五色笔,密勿金銮角。

①　吴在庆:《增补唐五代文史丛考》,第336页。
②　[清]彭定求:《全唐诗》卷八二七,第9317页。
③　胡大浚:《禅月大师贯休年谱稿》,《贯休歌诗系年笺注》,第1204—1205页。

即同房杜手,把乾坤橐钥。休说卜圭峰,开门对林壑。"①

贯休《夜对雪寄杜使君》诗云:"片片含天意,纷纷势莫拘。洒于诸瑞后,忧恐一冬无。鹤渌声偏密,风焦片益粗。冷牵人梦转,清逼瘴根徂。扫径僧倾笠,为诗士弃炉。桥高银蟺蜮,峰峻玉浮图。盈尺何须问,丰年已可□。遥思郢中曲,句句出冰壶。"②胡大浚《贯休歌诗系年笺注》卷一二注云:"杜使君:衢州刺史杜某,见卷三《寄杜使君》注一。本篇约作于中和、光启间。"③

崔道融仍在永嘉,时僖宗自蜀返长安,融闻而赋诗咏之

吴在庆、傅璇琮《唐五代文学编年史·晚唐卷》:"崔道融广明元年(880)或稍前已至永嘉隐居,至乾宁二年(895)尚在永嘉山居,则本年当仍居于永嘉。道融有《銮驾东回》(《全唐诗》卷七一四)诗:'两川花捧御衣香,万岁山呼辇路长。天子还从马嵬过,别无惆怅似明皇。'按本月僖宗返抵长安,诗约此时所作。"④

886　唐僖宗光启二年丙午

贯休重返故里兰溪别墅

贯休《湖头别墅三首》诗,其一云:"梨栗鸟啾啾,高歌若自由。人谁知此意,旧业在湖头。饥鼠掀菱壳,新蝉避栗皱。不知江海上,戈甲几时休。"其二云:"桑柘参桐竹,阴阴一径苔。更无他事出,祗有衲僧来。堑蚁争生食,窗经卷烧灰。可怜门外路,日日起尘埃。"其三云:"南北如仙境,东西似画图。园飞青啄木,檐挂白蜘蛛。邻叟教修废,牛童与纳租。寄言来往客,不用问荣枯。"⑤胡大浚《贯休歌诗系年笺注》卷一四注云:"湖头别墅:据'旧业在湖头'等语,此当为诗人在兰溪之旧居。诗言'戈甲几时休''日日起尘埃',则为历经黄巢之乱,姑系于光启二年(886)重返故

---

① 〔清〕彭定求:《全唐诗》卷八二八,第9327页。
② 〔清〕彭定求:《全唐诗》卷八三一,第9371页。
③ 〔唐〕贯休著,胡大浚笺注:《贯休歌诗系年笺注》卷一二,第597页。
④ 吴在庆、傅璇琮:《唐五代文学编年史·晚唐卷》,第755—756页。
⑤ 〔清〕彭定求:《全唐诗》卷八三二,第9383页。

里之时。'梨栗鸟啾啾',深秋时节也。"①

秋,贯休与衢州杜使君唱酬

贯休《归东阳临岐上杜使君七首》,其一云:"小谢清高大谢才,圣君令泰此方来。一从到后常无事,铃阁公庭满绿苔。"其二云:"红锦帐中歌白雪,乌皮几畔抚青英。不知何物为心地,赛却澄江彻底清。"其三云:"谁报田中有黑虫,一家斋戒减仙容。分忧若也皆如此,天下家家有剩春。"其四云:"忧民心切出冲炎,禾稼如云喜气兼。林下闲人亦何幸,也随旌斾到银尖。"其五云:"方恐狱中桃树出,忽闻枯木却生烟。褚祥为郡曾如此,却恐当时是偶然。"其六云:"枯骨纵横遍水湄,尽收为冢碧参差。分明为报精灵辈,好送旌旗到凤池。"其七云:"舍鲁依刘一片云,好风吹去远纤尘。犹期明月清风夜,来作西园第八人。"②胡大浚《贯休歌诗系年笺注》卷二〇注云:"光启元年(885)秋后诗人过衢,谒刺史杜某,遂居衢州;本篇为次年(886)秋别杜返婺州时作,详写前后情事。"③按,本诗宋洪迈《万首唐人绝句》亦收入,题作《秋归东阳临岐上三衢杜使君六首》,证知杜使君为衢州刺史无疑。

贯休《送杜使君朝觐》诗云:"借寇借不得,清声彻帝聪。坐来千里泰,归去一囊空。遗爱封疆熟,扳辕草木同。路遥山不少,江静思无穷。花舸冲烟湿,朱衣照浪红。援毫两岸晓,欹枕满旗风。道罕将人合,心难与圣通。从兹林下客,应□代天功。"④胡大浚《贯休歌诗系年笺注》卷一四注云:"杜使君:指衢州刺史杜某,详卷三《寄杜使君》注一。光启二年(886)秋日作。"⑤

贯休《题弘式和尚院兼呈杜使君》诗云:"二雅兼二密,惝惝祇自怡。腊高云屡朽,貌古画师疑。堑蚁缘金锡,垆烟惹雪眉。仍闻有新作,祇是寄相思。"⑥胡大浚《贯休歌诗系年笺注》卷一四注云:"弘式和尚院盖在衢州。诗当为光启二年(886)衢州作。"⑦

贯休《酬杜使君见寄》诗云:"轧轧复轧轧,更深门未关。心疼无所得,诗债若为

---

① [唐]贯休著,胡大浚笺注:《贯休歌诗系年笺注》卷一四,第 677 页。
② [清]彭定求:《全唐诗》卷八三五,第 9416 页。
③ [唐]贯休著,胡大浚笺注:《贯休歌诗系年笺注》卷二〇,第 910 页。
④ [清]彭定求:《全唐诗》卷八三二,第 9382 页。
⑤ [唐]贯休著,胡大浚笺注:《贯休歌诗系年笺注》卷一四,第 673 页。
⑥ [清]彭定求:《全唐诗》卷八三二,第 9383 页。
⑦ [唐]贯休著,胡大浚笺注:《贯休歌诗系年笺注》卷一四,第 675 页。

还。露洒一鹤睡,钟余万象闲。惭将此时意,明日寄东山。"①胡大浚《贯休歌诗系年笺注》卷一五注云:"杜使君:衢州刺史杜某。……本篇作于光启二年(886)。"②

秋,贯休寄诗四明间道士

贯休《寄四明间丘道士二首》,其一云:"淮海兵荒日,分飞直至今。知担诸子出,却入四明深。衣必编仙草,僧应共栗林。秋风溪上路,应得一相寻。"其二云:"三千功未了,大道本无程。好共禅师好,常将药犬行。石门红藓剥,柏坞白云生。莫认无名是,无名已是名。"③胡大浚《贯休歌诗系年笺注》卷一六注云:"据沈汾《续仙传》卷下:道士'间丘方远,幼而辨慧,年十六通经史,学易于庐山陈元晤,三十四岁受法箓于天台山玉霄宫。而方远守一行气之暇,笃好子史群书,每披卷,必一览之,不遗心。诠《太平经》为三十篇,备尽枢要,其声名愈播于江淮间。唐昭宗屡征不出,天复二年二月十四坐化。'间丘方远深为钱镠所器重,与罗隐亦有交往,其年代与贯休相当,诗中'间丘道士'或即此人。诗言'淮海兵荒日',当指乾符、广明间黄巢军先后攻掠淮南、两浙事。谓'秋风溪上路,应得一相寻',当系黄巢之乱初平后寄怀之作。今系光启二年(886)。"④

本年,董昌为浙江东道观察使

《会稽掇英总集》卷一八《唐太守题名记》:"董昌,光启二年十月二十六日,自杭州刺史、检校户部尚书授,累加恩宠,至检校太尉、同中书门下平章事、封陇西郡王。至乾宁二年二月三日,伪建罗平国,攒登尊位,奉敕削夺在身官爵,遂委镇海军节度使。统军讨伐,乾宁三年五月十六日,收复越州城池。后奉特敕族诛。"⑤《嘉泰会稽志》卷二"太守":"光启二年,自杭州刺史破刘汉宏,遂为义胜军节度使。乾宁二年,削除官爵。"⑥

① [清]彭定求:《全唐诗》卷八三二,第9391页。
② [唐]贯休著,胡大浚笺注:《贯休歌诗系年笺注》卷一五,第730页。
③ [清]彭定求:《全唐诗》卷八三三,第9394页。
④ [唐]贯休著,胡大浚笺注:《贯休歌诗系年笺注》卷一六,第759—760页。
⑤ [宋]孔延之:《会稽掇英总集》卷一八,《宋元浙江方志集成》第14册,第6557页。
⑥ [宋]施宿:《嘉泰会稽志》卷二,《宋元浙江方志集成》第4册,第1668页。

方干约卒于本年，私谥玄英先生

辛文房《唐才子传》卷七《方干传》："咸通末卒，门人相与论德谋迹，谥曰玄英先生。"①梁超然笺证："此不知何据，谓干卒于咸通末，恐误。《郡斋读书志》卷一八云：'尝谒廉帅……将荐于朝而卒，门人谥玄英先生。'亦有误。按《旧唐书》卷一六四《王龟传》云：'（咸通）十四年，转越州刺史、御史大夫、浙东团练观察使。……属徐、泗之乱，江淮盗起，山越乱，攻郡，为贼所害，赠工部尚书。'此处谓'为贼所害'云云，误；所述王龟为浙东观察使及卒年则是。据《方镇年表》卷五引《通志》谓乾符元年六月授裴延鲁浙东，此殆为代王龟。则王龟当系卒于乾符元年五月前后。王龟卒时，方干有《哭王大夫》诗，则干必非卒于'咸通末'甚明。孙郃（郃）《方玄英先生传》谓干'广明、中和为律诗，江之南未有及者'。则干必卒于中和之后。《全唐诗》卷六四九载干《收两京后还上都兼访一二亲故》诗，此诗谓收两京，必系光启元年（885）僖宗还京师，东都留守李罕收复东都之事。则光启元年干仍在，且于收两京后曾至长安访亲故。其卒当在光启元年之后。今《全唐文》所存《方玄英先生传》与《唐诗纪事》卷六三所记相同，非孙郃（郃）全文。据席启寓《唐诗百名家全集·方玄英先生诗集》所载孙郃（郃）《玄英先生传》云：'光启、文德间，客有至自鉴湖者，云先生亡矣。说先生将殁于世，乃与其子曰：志吾墓志谁欤？能无自志焉。吾之诗，人自知之，遂志其日月姓名而已。然先生不仕，家甚贫，时以书告急于越帅刘公，公许之未至也。又书曰：救溺者徐徐，行则不及矣。帅遗钱十万，绢五束，先生复书不能他词，唯曰千感万思耳，翌日而卒。'越州刘帅，即刘汉宏，汉宏中和元年（881）至光启二年（886）在越州刺史任。孙郃（郃）云光启、文德间得干卒讯，则干似系光启元年（885）前后卒。"②

吴在庆、傅璇琮《唐五代文学编年史·晚唐卷》："方干之卒，《唐才子传·方干传》记在咸通末，并谓'门人相与论德谋迹，谥曰玄英先生'。按谓方干卒咸通末，误。考席启寓《唐诗百名家全集·方玄英先生诗集》所录孙郃《玄英先生传》云：'光启、文德间，客有至自镜湖者，云先生亡矣。说先生将殁于世，乃与其子曰：志吾墓者谁欤？能无自志焉。吾之诗，人自知之，遂志其日月姓名而已。然先生不仕，家甚贫，时以书告急于越帅刘公，公许之未至也。又书曰：救溺者徐徐，行则不及矣。帅遗钱十万，绢五束，先生复书不能他词，唯曰千感万思耳，翌日而卒。'刘克庄《后

---

① 傅璇琮主编：《唐才子传校笺》第 3 册，第 376 页。
② 傅璇琮主编：《唐才子传校笺》第 3 册，第 377—378 页。

村诗话》新集卷四亦谓干'卒光启、文德间,临终语其子曰:吾诗人自知之,志吾墓者,纪其岁月而已。其诗高处在晚唐诸公之上。'据此,方干乃卒于光启、文德间,时越帅刘公尚在任。按此刘公为刘汉宏。据《新唐书·僖宗纪》,'杭州刺史董昌攻越州,浙东观察使刘汉宏奔于台州'在光启二年十月,《通鉴》卷二五六所记同。则方干之卒当在此时刘汉宏奔台州之前。方干卒后,其诗为孙郃等人编成集。《唐才子传·方干传》云:'乐安孙郃等缀其遗诗三百七十余篇,为十卷。'"①

孙郃《玄英先生传》曰:"先生新定人,字雄飞。章八元即先生外王父也。广明、中和间,为律诗,江之南,未有及者。使谒钱塘首姚公合,公视其貌陋,初甚侮之。坐定览卷,骇目变容而叹之。先生一举不得志,遂遁于会稽,渔于镜湖。与郑仁规、李频、陶详为三益友。弟子宏农杨弇、释子居远。及卒,弇编其诗,请舍人王赞为之序。赞序云:张祐(祜)升杜甫之堂,方干入钱起之室云。"②按,王赞之序作于乾宁三年,见该年叙事。本传作年不详,故附于本年。"孙郃"应为"孙郃"之误。

孙郃《哭方玄英先生》诗:"牛斗文星落,知是先生死。湖上闻哭声,门前见弹指。官无一寸禄,名传千万里。死着弊衣裳,生谁顾朱紫。我心痛其语,泪落不能已。犹喜韦补阙,扬名荐天子。"③

杜荀鹤《哭方干》诗:"何言寸禄不沾身,身没诗名万古存。况有数篇关教化,得无余庆及儿孙。渔樵共垒坟三尺,猿鹤同栖月一村。天下未宁吾道丧,更谁将酒酹吟魂。"④

唐彦谦《吊方干处士二首》:"不谓高名下,终全玉雪身。交犹及前辈,语不似今人。别号行鸣雁,遗编感获麟。敛衣应自定,只着古衣巾。""不比他人死,何诗可挽君。渊明元懒仕,东野别攻文。沧海诸公泪,青山处士坟。相看莫浪哭,私谥有前闻。"⑤

虚中《悼方干处士》:"先生在世日,只向镜湖居。明主未巡狩,白头闲钓鱼。烟莎一径小,洲岛四邻疏。独有为儒者,时来吊旧庐。"⑥

① 吴在庆、傅璇琮:《唐五代文学编年史·晚唐卷》,第769页。
② [清]董诰:《全唐文》卷八二〇,第8636页。
③ [清]彭定求:《全唐诗》卷六九四,第7989页。
④ [清]彭定求:《全唐诗》卷六九二,第7962页。
⑤ [清]彭定求:《全唐诗》卷六七一,第7669页。
⑥ [清]彭定求:《全唐诗》卷八四八,第9607页。

887　唐僖宗光启三年丁未

本年,韦庄移家越中

《唐才子传》卷一〇《韦庄传》:"庄早尝寇乱,间关顿踬,携家来越中,弟妹散居诸郡。"《唐才子传校笺》笺证云:"按庄有《避地越中作》云:'避世移家远,天涯岁已周。'……《才子传》'携家来越中'云云,当据诸诗推断。""按光启三年(887)三月润州兵乱,逐节度使周宝,庄当在此时离浙西,避地居婺州。《婺州屏居……》诗云:'三年流落卧漳滨,王粲思家拭泪频。'则庄寓居婺州亦不下三年。"①韦庄《投寄旧知》诗云:"却将憔悴入都门,自喜青霄足故人。万里有家留百越,十年无路到三秦。摧残不是当时貌,流落空余旧日贫。多谢青云好知己,莫教归去重沾巾。"②夏承焘《韦端己年谱》系韦庄景福二年(893)入京应试③。今不从。

本年,唐彦谦由金陵至越中

罗敏中《唐彦谦年谱》:"光启三年(887),四十岁。……旋回舟东下,过金陵,经常州,至越州。……至越州,有《越城待旦》:'策策虚楼竹隔明,悲来殿转向谁倾。天寒(胡)雁出万里,月落越鸡啼四更。为底朱颜成老色,看人青史上新名。清溪白石村村有,五尺乌犍托此生。'语多悲酸感慨。又有《游南明山》《游阳明洞呈王理得诸君》等诗,为游越之作。"④

本年,王霞卿作《题唐安寺阁壁》诗,郑霞卿和求见而被拒

王霞卿《题唐安寺阁壁》诗云:"春来引步暂寻游,愁见风光倚(一作恨睹烟霄簇)寺楼。正好开怀对烟月(一作举目尽为停待景),双眉不觉自如钩。"序云:"琅琊王氏霞卿,光启三年,阳春二月,登于是阁,临轩轸恨,睹物增悲,虽看焕烂之花,但

比凄凉之色。时有轻绡捧砚,小玉看题。"①按,《全唐诗》卷七九九《王霞卿小传》:"王霞卿,蓝田人。会稽宰韩嵩之妾。嵩死,霞卿流落会稽,尝题诗唐安寺。进士郑殷彝和诗求谒,霞卿答诗拒之。"②事本明徐伯龄《蟫精隽》卷一四王霞卿条:"进士郑殷彝旅游会稽,寓唐安寺。先粉壁有题云:'琅琊王氏霞卿,光启三年,阳春二月,登于是阁,临轩轸恨,睹物增悲。虽看焕烂之花,但比凄凉之色。时有轻绡捧砚,小玉观题。'其诗云:'春来引步暂寻幽,愁见风光倚寺楼。正好开怀对烟月,双眉不展自如钩。'郑生和云:'题诗仙子此曾游,应是寻春别凤楼。赖得从来未相识,免教锦帐对银钩。'霞卿乃邑宰韩嵩自京师挈之任所,嵩遇暴寇而卒,郑生欣然谒之。时霞卿竟辞以疾而不见焉,但令总角婢子轻绡持诗答曰:'君是云霄折桂身,圣朝方切用儒珍。正堪西上文场战,空向中途泥妇人。'郑得诗,大惭而退。"③唐安寺,《咸淳临安志》未见记载。其地待考。

888　唐僖宗文德元年戊申

春,杜荀鹤游越,作诗别明州刺史钟季文

杜荀鹤《别四明钟尚书》诗云:"九华天际碧嵯峨,无奈春来入梦何。难与英雄论教化,却思猿鸟共烟萝。风前柳态闲时少,雨后花容淡处多。都大人生有离别,且将诗句代离歌。"④按,《新唐书·刘汉宏传》:中和三年(883),"时钟季文守明州,卢约处州,蒋瑰婺州,杜雄台州,朱褒温州。"⑤《新唐书·僖宗纪》:中和元年六月,"鄞贼钟季文陷明州。"⑥《新唐书·昭宗纪》:景福元年(892),"是岁,明州刺史钟季文卒,其将黄晟自称刺史。"⑦是钟季文本为地方乱者,因其占据明州,朝廷不得已而授予其明州刺史。郁贤皓先生《唐刺史考全编》卷一四三即系钟季文刺明州在中

---

①　[清]彭定求《全唐诗》卷七九九,第8993页。
②　[清]彭定求《全唐诗》卷七九九,第8993页。
③　[明]徐伯龄《蟫精隽》卷一四,《景印文渊阁四库全书》第867册,第171—172页。
④　[清]彭定求:《全唐诗》卷六九二,第7963页。
⑤　[宋]欧阳修、宋祁:《新唐书》卷一九〇,第5488—5489页。
⑥　[宋]欧阳修、宋祁:《新唐书》卷九,第272页。
⑦　[宋]欧阳修、宋祁:《新唐书》卷一〇,第288页。

和三年至景福元年①。但钟季文担任明州刺史时间长达九年,而在此期间,杜荀鹤约于文德元年再次游越州,诗当为此时所作。参胡嗣坤等《杜荀鹤年谱系诗》②。

杜荀鹤《登天台寺》诗云:"一到天台寺,高低景旋生。共僧岩上坐,见客海边行。野色人耕破,山根浪打鸣。忙时向闲处,不觉有闲情。"③杜荀鹤曾两次游越,此诗未能确定哪一次所作,姑系于本年。

杜荀鹤有《送友游吴越》诗云:"去越从吴过,吴疆与越连。有园多种橘,无水不生莲。夜市桥边火,春风寺外船。此中偏重客,君去必经年。"④描写吴越的风景,堪称入画。首联总写吴越,由北南去先经吴后到越,吴越之地只隔一条钱塘江,这是地理风貌的描写。颔联特写吴越,从植物着眼,突出"橘""莲",这是水乡风光的描写,最是吴越特色。颈联集中写人,上句是人在集市中生活,而夜市更能表现消闲的情调;下句是人在寺外船上的情况,也是江南水乡人的活动。尾联抒写感触,是说江南水乡旖旎多姿,江南人民情谊深厚,善待客人,以致客人流连忘返,而所送之人自然会一去经年了。因为杜荀鹤有两次游越的经历,故而能有这样生动的描绘,对吴越风土人情的表现也真实可感。与杜荀鹤游越诗比照,可以进一步了解杜荀鹤对于吴越的深情。这首诗未详作年,录之于与前两首诗比照,可以看出杜荀鹤对于江南风光的留恋。

三月,吴融在游东,清明前后在武康县,遇李长史,作诗赠之

吴融有《赠李长史歌》,序云:"余客武康县既旬日,将去,邑长相饯于溪亭。座中有李长史,袖出芦管,自请声以送客,且言我业此二十年,年少时,五陵豪侠无不与之游,梨园新声一闻之,明日皆出我下。洎巢贼腥秽宫阙,逃难于东。江淮间非吾土,又无乐(一作知)音。敝衣旅食,双鬓雪然。然风月好时,或亭皋送别,必引满自劝,不能忘情。一曲未终,泫然承睫。越鸟胡马之蹙,感动傍人。罗进士隐初遇金陵,有赠诗,尚能成诵在口。余悯李之流落,仰罗之所感,故赠之。时光启戊申岁清明月之八日。"⑤按光启戊申岁即光启四年,亦即文德元年。诗云:"危栏压溪溪澹碧,翠褭红飘莺寂寂。此日长亭怆别离,座中忽遇吹芦客。双攘轻袖当高轩,含

---

① 郁贤皓:《唐刺史考全编》卷一四三,第 2031 页。
② 胡嗣坤等:《杜荀鹤年谱系诗》,《杜荀鹤及其〈唐风集〉研究》,巴蜀书社 2005 年,第 352—353 页。
③ [清]彭定求:《全唐诗》卷六九一,第 7927 页。
④ [清]彭定求:《全唐诗》卷六九一,第 7926 页。
⑤ [清]彭定求:《全唐诗》卷六八七,第 7899 页。

商吐羽凌非烟。初疑一百尺瀑布,八九月落香炉巅。又似鲛人为客罢,迸泪成珠玉盘泻。碧珊瑚碎震泽中,金银铛撼龟山下。铿訇揭调初惊人,幽咽细声还感神。紫凤将雏叫山月,玄兔丧子啼江春。咨嗟长史出人艺,如何值此艰难际。可中长似承平基,肯将此为闲人吹?不是东城射雉处,即应南苑斗鸡时。白樱桃熟每先赏,红芍药开长有诗。卖珠曾被武皇问,薰香不怕贾公知。今来流落一何苦,江南江北九寒暑。翠华犹在囊泉中,一曲梁州泪如雨。长史长史听我语,从来艺绝多失所。罗君赠君两首诗,半是悲君半自悲。"①

十一月,台州立《唐天台道元院记》

宋陈思《宝刻丛编》卷一三"台州"引《复斋碑录》:"《唐天台导元院记》,唐张仁颖撰,道士叶琼彦书,道士叶孤云分书额。文德元年十一月立。"②

本年,韦庄仍居越州

韦庄《避地越中作》诗云:"避世移家远,天涯岁已周。岂知今夜月,还是去年愁。露果珠沉水,风萤烛上楼。伤心潘骑省,华发不禁秋。"③聂安福《韦庄集笺注》卷七注云:"按庄光启三年(887)春夏间入越,据诗中首联及末句'不禁秋'语,当作于文德元年(888)秋。"④

韦庄《江上题所居》诗云:"故人相别尽朝天,苦竹江头独闭关。落日乱蝉萧帝寺,碧云归鸟谢家山。青州从事来偏熟,泉布先生老渐悭。不是对花长酩酊,永嘉时代不如闲。"⑤聂安福《韦庄集笺注》卷五注云:"诗云'苦竹江''谢家山'当作于越州会稽;又云'故人相别尽朝天''永嘉时代不如闲',盖在文德元年(888)三月僖宗崩、昭宗即位之初。考光启三年(887)三月,周宝为镇海军将刘浩所逐,奔常州。庄遂南下入越,本诗盖作于文德元年夏初。按庄避地越州,盖因当时浙东观察使董昌'为治廉平,人颇安之'(《新唐书》卷二二五下《董昌传》)。"⑥

韦庄《山墅闲题》诗云:"逦迤前冈压后冈,一川桑柘好残阳。主人馈饷炊红黍,

① [清]彭定求:《全唐诗》卷六八七,第7900页。
② [宋]陈思编著:《宝刻丛编》卷一三,第835页。
③ [清]彭定求:《全唐诗》卷六九八,第8036—8037页。
④ [五代]韦庄著,聂安福笺注:《韦庄集笺注》卷七,上海古籍出版社2002年版,第279页。
⑤ [清]彭定求:《全唐诗》卷六九七,第8024页。
⑥ [五代]韦庄著,聂安福笺注:《韦庄集笺注》卷五,第197页。

邻父携竿钓紫鲂。静极却嫌流水闹，闲多翻笑野云忙。有名不那无名客，独闭衡门避建康。"①聂安福《韦庄集笺注》卷五注云："按此诗'独闭衡门避建康'句与同卷《江上题所居》'永嘉时代不如闲'句相类，疑为一时之作，即文德元年(888)夏初。"②

韦庄本年客婺州

夏承焘《韦端己年谱》文德元年："五十三岁，客婺州。《唐才子传》谓庄早逢黄巢起兵，'间关顿踬，携家来越中，弟妹散居诸郡。'集五《李氏小池十二韵》注云：'时在婺州寄居作。'同卷《婺州和陆谏议》《婺州屏居》《和陆谏议避地寄东阳》《东阳酒家赠别二绝》，皆不题甲子，而编在《和郑拾遗秋日感事百韵》之前。按《和郑秋日感事》有'已报新回驾'之句，盖谓僖宗本年二月还京(《旧书》本纪)，诗必本年作。寄居婺州，当即在去年自昭义还金陵之后。《婺州屏居》云：'三年流落卧漳滨。'《秋日感事》亦云：'经秋病泛漳。'陈思定居婺在中和四年至光启二年，似非。《禅月集》十三有《和韦相公话婺州陈事》一首，是和端己作。休幼年落发于东阳金华山，见吴融《禅月集序》。《禅月集》中有与端己唱和诗，皆晚年在蜀作。端己此时避寇，何故远客婺州，或与休有关耶？"③

韦庄《李氏小池亭十二韵》诗，题注："时在婺州寄居作。"诗云："积石乱巉巉，庭莎绿不芟。小桥低跨水，危槛半依岩。花落鱼争唼，樱红鸟竞鹐。引泉疏地脉，扫絮积山嵌。古柳红绡织，新篁紫绮缄。养猿秋啸月，放鹤夜栖杉。枕簟溪云腻，池塘海雨咸。语窗鸡遑辨，舐鼎犬偏馋。踏藓青黏屐，攀萝绿映衫。访僧舟北渡，贳酒日西衔。迟客登高阁，题诗绕翠岩。家藏何所宝，清韵满琅函。"④聂安福《韦庄集笺注》卷五注云："此诗题注'时在婺州寄居'，盖作于龙纪、大顺年间。"⑤

韦庄《东阳酒家赠别二绝句》："送君同上酒家楼，酩酊翻成一笑休。正是落花饶怅望，醉乡前路莫回头。""天涯方叹异乡身，又向天涯别故人。明日五更孤店月，醉醒何处泪沾巾。"⑥聂安福《韦庄集笺注》卷五注云："此二诗作于客婺时，约龙纪、大顺年间。"⑦

---

① 〔清〕彭定求：《全唐诗》卷六九七，第8025页。
② 〔五代〕韦庄著，聂安福笺注：《韦庄集笺注》卷五，第203页。
③ 夏承焘：《唐宋词人年谱》，第14—15页。
④ 〔清〕彭定求：《全唐诗》卷六九七，第8024页。
⑤ 〔五代〕韦庄著，聂安福笺注：《韦庄集笺注》卷五，第193页。
⑥ 〔清〕彭定求：《全唐诗》卷六九七，第8026页。
⑦ 〔五代〕韦庄著，聂安福笺注：《韦庄集笺注》卷五，第207页。

韦庄客婺州时与贯休往还

贯休《和韦相公话婺州陈事》:"昔事堪惆怅,谈玄爱白牛。千场花下醉,一片梦中游。耕避初平石,烧残沈约楼。无因更重到,且副济川舟。"[①]为贯休入蜀后与韦庄回忆婺州时事之作,是知韦庄客婺州时,与贯休有所往还。

本年,唐彦谦由越州返金陵,再返长安

罗敏中《唐彦谦年谱》:"文德元年(888),四十一岁。……春,由越州返金陵,旋返长安。有《舟中望紫岩》诗。紫岩,疑即紫微岩,在金华。梁刘孝标尝居于此,著《类苑》。诗云:'我从云中来,回头白茫茫。惜去乃尔觉,常时自相忘。相忘岂不佳,遣此怀春伤。''无归亦自可,信莫非吾乡。登舟望东云,犹向帆端翔。'当为离越时所作。又有《寄怀》诗云:'有客伤春复怨离,夕阳亭畔草青时。……双溪未去饶归梦,夜夜孤眠枕独倚。'双溪,在浙江余杭县。此诗当亦为离越时所作。到金陵后,彦谦就动身返长安了。"[②]按,这里称唐彦谦《寄怀》诗为离越时作,是正确的。但以"双溪"在余杭县则误。"双溪"在金华,金华的婺江即由义乌江与武义江两溪合流而成,故称"双溪"。李清照在金华所作的《武陵春》词"只恐双溪舴艋舟,载不动许多愁",即是名篇。《寄怀》中的"双溪"在金华与《舟中望紫岩》中的"紫岩"在金华又可以互证。

889 唐昭宗龙纪元年己酉

正月,崔道融仍隐居永嘉山中,值新年有题咏

吴在庆、傅璇琮《唐五代文学编年史·晚唐卷》:"《全唐诗》卷七一四崔道融有《元日有题》诗:'十载元正酒,相欢意转深。自量麋鹿分,只合在山林。'按据此诗,崔道融本年隐居山中已历十载。据前考,道融约于广明元年(880)避乱至永嘉山

---

① [清]彭定求:《全唐诗》卷八三一,第9378—9379页。
② 罗敏中:《唐彦谦年谱》,载《中国文学研究》1995年第4期,第65页。

841

中,至本年为十年,诗约作于此时。"①

二月,吴融登进士第,献座主赵崇诗以抒感戴之情

《登科记考》卷二四龙纪元年己酉:"进士二十五人:……吴融,《新书》本传:'吴融,祖翥。融龙纪初及进士第。韦昭度讨蜀,表掌书记。'《唐才子传》:'融字子华,山阴人。龙纪元年李瀚榜及进士第。'《唐诗纪事》:'韩偓与吴子华侍郎同年。'《玉堂伴直,怀昔叙恳,因成长句,兼呈同年》云:'往年莺谷接清尘,今日鳌山作侍臣。二纪许谐劳笔砚,一朝宣入掌丝纶。声名烜赫文章士,金紫雍容富贵身。绛帐恩深无路报,语余相顾却酸辛。'又注云:'予与子华,俱久困名场。'《北梦琐言》:'吴融侍郎,乃赵崇大夫门生。'"②

吴在庆、傅璇琮《唐五代文学编年史·晚唐卷》:"《新唐书·吴融传》:'融学自力,富辞调。龙纪初,及进士第。'……又融有《浐水席上献座主侍郎》(《全唐诗》卷六八六):'暖泉宫里告虔回,略避红尘小宴开。……草能缘岸侵罗荐,花不容枝蘸玉杯。莫讶诸生中独醉,感恩伤别正难裁。'按座主侍郎乃本年知贡举礼部侍郎赵崇,诗当作于融及第后,约二、三月间。"③

《北梦琐言》卷五"中书蓄人事"条:"近代吴融侍郎,乃赵崇大夫门生,即世日,天水叹曰:'本以毕、白待之,何乃乖于所望。'歉其不大拜,而亦讥当时也。"④《唐才子传》卷九《吴融传》:"融字子华,山阴人。……龙纪元年,李瀚榜及进士第。"⑤韩偓《与吴子华侍郎同年玉堂同直怀恩叙恳因成长句四韵兼呈诸同年》诗:"往年莺谷接清尘,今日鳌山作侍臣。二纪计偕劳笔研,一朝宣入掌丝纶。声名烜赫文章士,金紫雍容富贵身。绛帐恩深无路报,语余相顾却酸辛。"⑥韩偓及第后所作《赐宴日作》诗云:"玉衔花马蹋香街,诏遣追欢绮席开。中使押从天上去,外人知自日边来。臣心净比漪涟水,圣泽深于潋滟杯。才有异恩颁稷契,已将优礼及邹枚。清商适向梨园降,妙妓新行峡雨回。不敢通宵离禁直,晚乘残醉入银台。"⑦吴融《和寄座主

---

① 吴在庆、傅璇琮:《唐五代文学编年史·晚唐卷》,第 793 页。
② [清]徐松:《登科记考》卷二四,第 891—892 页。
③ 吴在庆、傅璇琮:《唐五代文学编年史·晚唐卷》,第 795 页。
④ [五代]孙光宪撰,贾二强点校:《北梦琐言》卷五,第 97 页。
⑤ 傅璇琮主编:《唐才子传校笺》第 4 册,第 221—223 页。
⑥ [清]彭定求:《全唐诗》卷六八〇,第 7787—7788 页。
⑦ [清]彭定求:《全唐诗》卷六八〇,第 7788 页。

尚书》诗云："偶逢戎旅战争日，岂是明时放逐臣。不用裁诗苦惆怅，风雷看起卧龙身。"①《和座主尚书登布善寺楼》诗云："往事何时不系肠，更堪凝睇白云乡。楚王城垒空秋色，羊祜江山只暝光。林下远分南去马，渡头偏认北归航。谁知此日凭轩处，一笔工夫胜七襄。"②《浐水席上献座主侍郎》诗云："暖泉宫里告虔回，略避红尘小宴开。落絮已随流水去，啼莺还傍夕阳来。草能缘岸侵罗荐，花不容枝蘸玉杯。莫讶诸生中独醉，感恩伤别正难裁。"③《和座主尚书春日郊居》诗云："海燕初归朔雁回，静眠深掩百花台。春蔬已为高僧掇，腊酝还因熟客开。檐外暖丝兼絮堕，槛前轻浪带鸥来。谢公难避苍生意，自古风流必上台。"④

《唐摭言》卷五"切磋"："吴融，广明、中和之际，久负屈声；虽未擢科第，同人多赞谒之如先达。有王图，工词赋，投卷凡旬月，融既见之，殊不言图之臧否，但问图曰：'更曾得卢休信否？何坚卧不起，惜哉！融所得，不知也！'休，图之中表，长于八韵，向与子华同砚席，晚年抛废，归镜中别墅。"⑤是吴融在及进士第前就非常有名。王定保《唐摭言》称颂吴融还有一个重要原因，他是吴融的女婿。

春，韦庄在婺州

韦庄《南游富阳江中作》诗云："南去又南去，此行非自期。一帆云作伴，千里月相随。浪迹花应笑，衰容镜每知。乡园不可问，禾黍正离离。"⑥聂安福《韦庄集笺注》卷七注云："此诗盖龙纪元年（889）春自越州迁婺州过富阳时所作。庄盖因镇海军乱而被迫南下，先客越州，再移婺州，故云'南去又南去，此行非自期'。据《资治通鉴》卷二五六，光启三年三月，镇海节度使周宝募亲军千人号后楼兵，禀给倍于镇海军。宝溺于声色，不亲政事，为镇海军将刘浩所逐，奔常州，浩迎薛朗为留后。"⑦按，韦庄客婺州时间，聂安福考证与上年所引夏承焘《韦端己年谱》考证稍有不同，而且具体在哪一年需要进一步寻找材料佐证，故相关诗系年，根据夏、聂二人所考，分别系于去年和今年。

韦庄《江南送李明府入关》诗云："雨花烟柳傍江村，流落天涯酒一樽。分首不

---

① ［清］彭定求：《全唐诗》卷六八五，第7875页。
② ［清］彭定求：《全唐诗》卷六八六，第7886页。
③ ［清］彭定求：《全唐诗》卷六八六，第7886页。
④ ［清］彭定求：《全唐诗》卷六八六，第7887页。
⑤ ［五代］王定保：《唐摭言》卷五，第56页。
⑥ ［清］彭定求：《全唐诗》卷六九八，第8034页。
⑦ ［五代］韦庄著，聂安福笺注：《韦庄集笺注》卷七，第266—267页。

辞多下泪,回头唯恐更消魂。我为孟馆三千客,君继宁王五代孙。正是中兴磐石重,莫将憔悴入都门。"①聂安福《韦庄集笺注》卷六注云:"庄避世越中时屡发天涯流落之叹,如卷五《将卜兰芷村居》'避世漂零人境外',《东阳酒家赠别二绝句》其二'天涯方叹异乡身,又向天涯别故人',《送人归上国》'若见青云旧相识,为言流落在天涯',卷七《避地越中》'避世移家远,天涯岁已周'等,本诗云'流落天涯',盖龙纪、大顺间婺州所作。时昭宗初即位有中兴之志,故誉李明府为'中兴磐石重'。"②

韦庄《婺州水馆重阳日作》诗云:"异国逢佳节,凭高独苦吟。一杯今日醉,万里故园心。水馆红兰合,山城紫菊深。白衣虽不至,鸥鸟自相寻。"③聂安福《韦庄集笺注》卷七注云:"此诗作于龙纪、大顺年间客婺时。"④

890　唐昭宗大顺元年庚戌

罗隐有诗寄明州刺史兼散骑常钟季文

罗隐《寄钟常侍》诗云:"一从朱履步金台,蘖苦冰寒奉上台。峻节不由人学得,远途终是自将来。风高渐展摩天翼,干耸方呈构厦材。应笑樟亭旧同舍,九州无验满炉灰。"⑤李定广《罗隐集系年校笺·甲乙集》卷六注:"此诗盖作于大顺元年(890)或稍后。钟常侍:明州刺史钟季文。据《延祐四明志》卷一以及《鄞县通志》载,唐僖宗中和二年(882),明州刺史钟季文遣部将黄晟领兵讨伐朝廷叛将相嘉,遂以战功授散骑常侍、浙东道东面指挥使,黄晟任副指挥使。晚唐散骑常侍为正三品,钟季文又带检校某部尚书衔,亦正三品。参卷一《春晚寄钟尚书》。"⑥按,唐代各部尚书重于散骑常侍,故检校尚书应为钟季文后来所加官。

---

① [清]彭定求:《全唐诗》卷六九八,第8030页。
② [五代]韦庄著,聂安福笺注:《韦庄集笺注》卷六,第240—241页。
③ [清]彭定求:《全唐诗》卷六九八,第8036页。
④ [五代]韦庄著,聂安福笺注:《韦庄集笺注》卷七,第278页。
⑤ [清]彭定求:《全唐诗》卷六六〇,第7578—7579页。
⑥ [唐]罗隐:《甲乙集》卷六,《罗隐集系年校笺》,第319页。

杜荀鹤投诗于温州刺史朱褒及其幕中诸官

杜荀鹤《寄温州朱尚书并呈军倅崔太傅》诗云："永嘉名郡昔推名,连属荀家弟与兄。教化静师龚渤海,篇章高体谢宣城。山从海岸妆吟景,水自城根演政声。今日老输崔博士,不妨疏逸伴双旄。"①

杜荀鹤《寄温州崔博士》诗云："怀君劳我写诗情,窣窣阴风有鬼听。县宰不仁工部饿,酒家无识翰林醒。眼昏经史天何在,心尽英雄国未宁。好向贤侯话吟侣,莫教辜负少微星。"②

按,前首诗有注:"朱名褒。"③《资治通鉴》卷二六三《唐纪》:天复二年(902),"五月,庚戌,温州刺史朱褒卒,兄敖自称刺史。"《考异》引《旧五代史》:"朱褒,温州人。兄弟皆为本州牙校。刺史胡璠卒,朱诞据郡,褒逼诞而代之。"④《新唐书·刘汉宏传》:"中和二年,……明年,汉宏屯黄岭。……时钟季文守明州,卢约处州,蒋瑰婺州,杜雄台州,朱褒温州。褒兵最强,故汉宏使褒治大舰习战。"⑤《吴越备史》卷一《武肃王》:中和四年(884)四月,"汉宏因杀王人,密征水师于温州刺史朱褒,出战船习于望海。"⑥天复二年五月,"庚戌,温州刺史朱褒卒,兄敖代之。"⑦前诗云"今日老输崔博士",后诗题称"温州崔博士",则二诗所寄者之"崔博士""崔太傅"为同一人。后诗又有"莫教辜负少微星"之语。少微星代指处士,则是时杜荀鹤尚未及第。考顾云《杜荀鹤文集序》:"大顺初,帝命小宗伯河东裴公掌邦贡。次二年,遥者来,隐者出,异人俊士始大集都下。于群进士中得九华山杜荀鹤,拔居上第。"⑧裴公为裴贽。是大顺二年(891)杜荀鹤及进士第,则上述两首诗最迟应为大顺元年作。

夏秋间,韦庄移居兰溪

韦庄《将卜兰芷村居留别郡中在仕》诗云："兰芷江头寄断蓬,移家空载一帆风。

---

① [清]彭定求:《全唐诗》卷六九二,第7975页。
② [清]彭定求:《全唐诗》卷六九二,第7976页。
③ [清]彭定求:《全唐诗》卷六九二,第7975页。
④ [宋]司马光:《资治通鉴》卷二六三,第8574页。
⑤ [宋]欧阳修、宋祁:《新唐书》卷一九〇,第5488—5489页。
⑥ [宋]范坰、林禹撰:《吴越备史》卷一,民国二十三年(1934)上海商务印书馆《四部丛刊续编》本,第6页。
⑦ [宋]范坰、林禹撰:《吴越备史》卷一,第32页。
⑧ [清]董诰:《全唐文》卷八一五,第8585页。

伯伦嗜酒还因乱,平子归田不为穷。避世漂零人境外,结茅依约画屏中。从今隐去应难觅,深入芦花作钓翁。"①聂安福《韦庄集笺注》卷五注云:"据诗题及'平子归田''从今隐去'语,此诗盖作于辞去婺州幕职移居兰溪时。按庄盖龙纪元年(889)春入婺,大顺二年(891)秋辞越泛湘西归,居婺三年(前诗《婺州屏居》云'三年流落卧漳滨'),其间居兰芷逾年,庄盖大顺元年夏秋间移居兰芷。兰芷:江名,即兰溪,今浙江兰江,在浙江兰溪。《元和郡县图志》卷二六'江南道二·婺州·兰溪县':'兰溪在县南七里,东北流入东阳江。'《方舆胜览》卷七'浙东路·婺州·山川':'兰溪,在(兰溪)县南七里,一名瀫水。出于衢,会于婺,二水类罗纹,岸多兰芷,故名。'"②

贯休闻无相道人顺世,作诗五首

贯休《闻无相道人顺世五首》诗,其一云:"一事不经营,孤峰长老情。惟餐橡子饼,爱说道君兄。池藕香狸掘,山神白日行。又闻行脚也,何处化群生。"其二云:"自昔寻师日,颠峰绝顶头。虽闻不相似,特地使人愁。庭树雪摧残,上有白狖猴。大哉法中龙,去去不可留。"其三云:"常思将道者,高论地炉傍。迂谈无世味,夜深山木僵。下山遭离乱,多病惟深藏。一别三十年,烟水空茫茫。"其四云:"石霜既顺世,吾师亦不住。杉桂有猩猩,糠秕无句句。土肥多孟蕨,道老如瘿孺。莫比优昙花,斯人更难遇。"其五云:"百千万亿偈,共他勿交涉。所以那老人,密传与迦叶。吾师得此法,不论劫不劫。去矣不可留,无踪若为蹑。"③胡大浚《贯休歌诗系年笺注》卷九注云:"无相道人:据《宋高僧传》卷十三《后唐漳州罗汉院桂琛传》:'释桂琛,俗姓李氏,常山人也。既冠……乃事本府万岁寺无相大师矣。……以天成三年(928)戊子秋……示疾数日,安坐告终,春秋六十有二,僧腊四十。'常山,唐、宋江南道衢州信安郡常山县。……上推桂琛生年为咸通八年(867),'僧腊四十'则桂琛师从无相大师当在光启四年(888),其时无相仍在衢州万岁寺。以此推测,无相道人或指此人,贯休昔年曾寻访之。据第五章'石霜既顺世,吾师亦不住','石霜顺世'在光启四年,无相顺世当在此稍后,是本篇约作于龙纪、大顺年间(889—890)。顺世:佛教称僧徒逝世。"④

---

① [清]彭定求:《全唐诗》卷六九七,第8025页。
② [五代]韦庄著,聂安福笺注:《韦庄集笺注》卷五,第200—201页。
③ [清]彭定求:《全唐诗》卷八三〇,第9350—9351页。
④ [唐]贯休著,胡大浚笺注:《贯休歌诗系年笺注》卷九,第445—446页。

891　唐昭宗大顺二年辛亥

春,罗隐有诗寄明州刺史兼尚书钟季文

罗隐《春晚寄钟尚书》诗云:"宰府初开忝末尘,四年谈笑隔通津。官资肯便矜中路,酒盏还应忆故人。江畔旧游秦望月,槛前公事镜湖春。如今莫问西禅坞,一炷寒香老病身。"①李定广《罗隐集系年校笺·甲乙集》卷一注:"此诗盖作于大顺元年(890)或二年春。据本诗'宰府初开忝末尘'句可知,罗隐曾在光启三年春与杜荀鹤同游钟幕。杜荀鹤有《别四明钟尚书》诗。钟尚书:钟季文,中和元年(881)六月占据明州(今宁波),中和二年以战功被朝廷任为明州刺史、散骑常侍、浙东道东面指挥使,至景福元年(892)卒于任。'尚书'当钟氏所带检校宪衔,参《甲乙集》卷六《寄钟常侍》。诗中'宰府'所指为宰相府,考钟氏约光启三年(887)方带宰相宪衔,则《春晚寄钟尚书》诗当作于大顺元年(890)或二年。一说钟尚书指江西观察使钟传,误。"②因罗隐有《寄钟常侍》诗,是为明州刺史兼散骑常侍,而尚书位置重于常侍,故系前诗于大顺元年,系本诗于大顺二年。

春,韦庄仍居婺州兰溪,作诗多首

韦庄《婺州和陆谏议将赴阙怀阳羡山居》诗云:"望阙路仍远,子牟魂欲飞。道开烧药鼎,僧寄卧云衣。故国饶芳草,他山挂夕晖。东阳虽胜地,王粲奈思归。"③聂安福《韦庄集笺注》卷五注云:"本诗与同卷《和陆谏议避地寄东阳进退未决见寄》约为一时之作,章法上均前两联言陆,后两联自述。又,本诗末联与同卷《旅中感遇寄呈李秘书昆仲》中'怀乡不怕严陵笑,只待秋风别钓矶'相类,盖亦作于大顺二年(891)春。《浙江通志》卷一九五'寓言下':'韦庄,《婺书》:字端己,京兆杜陵人。见素之后,乾宁进士,授校书郎。避乱客婺,有《和陆谏议怀山居》诗。'"④按,夏承焘

---

① [清]彭定求:《全唐诗》卷六五五,第7536页。
② [唐]罗隐:《甲乙集》卷一,《罗隐集系年校笺》,第45页。
③ [清]彭定求:《全唐诗》卷六九七,第8024页。
④ [五代]韦庄著,聂安福笺注:《韦庄集笺注》卷五,第196页。

《韦端己年谱》系本诗于文德元年。今从聂说。

韦庄《和陆谏议避地寄东阳进退未决见寄》诗云:"未归天路紫云深,暂驻东阳岁月侵。入洛声华当世重,闵周章句满朝吟。开炉夜看黄芽鼎,卧瓮闲欹白玉簪。读易草玄人不会,忧君心是致君心。"①聂安福《韦庄集笺注》卷五注云:"此诗与同卷《婺州和陆谏议将赴阙怀阳羡山居》约为一时之作,题云'进退未决',当在'将赴阙'之前。"②按,夏承焘《韦端己年谱》系本诗于文德元年。今从聂说。

韦庄《婺州屏居蒙右省王拾遗车枉降访病中延候不得因成寄谢》诗云:"三年流落卧漳滨,王粲思家拭泪频。画角莫吹残月夜,病心方忆故园春。自为江上樵苏客,不识天边侍从臣。怪得白鸥惊去尽,绿萝门外有朱轮。"③聂安福《韦庄集笺注》卷五注云:"按庄光启三年(887)春夏间客越州,文德元年(888)秋仍在越州(卷六《避地越中作》云'天涯岁已周'),盖明年春迁婺。本诗云'三年流落卧漳滨',知客婺州已三年,盖作于大顺二年(891)春。按同卷《旅中感遇寄呈李秘书昆仲》作于大顺二年春,有云'刘桢病后新诗少',与本诗相应。"④按,夏承焘《韦端己年谱》系本诗于文德元年。今从聂说。

韦庄《遣兴》诗云:"如幻如泡世,多愁多病身。乱来知酒圣,贫去觉钱神。异国清明节,空江寂寞春。声声林上鸟,唤我北归秦。"⑤聂安福《韦庄集笺注》卷五注云:"据诗意,疑与同卷《婺州屏居蒙右省王拾遗车枉降访病中延候不得因成寄谢》为一时之作,盖在大顺二年(891)春。"⑥

韦庄《旅中感遇寄呈李秘书昆仲》诗云:"南望愁云镇翠微,谢家楼阁雨霏霏。刘桢病后新诗少,阮籍贫来好客稀。犹喜故人天外至,许将孤剑日边归。怀乡不怕严陵笑,只待秋风别钓矶。"⑦聂安福《韦庄集笺注》卷五注云:"诗云'只待秋风别钓矶''刘桢病后新诗少'与同卷《和郑拾遗秋日感事一百韵》'负笈将辞越,扬帆欲泛湘''经秋病泛漳'相呼应,疑作于大顺二年(891)春。"⑧

韦庄《送范评事入关》诗云:"寂寥门户寡相亲,日日频来只有君。正喜琴尊长

① [清]彭定求:《全唐诗》卷六九七,第8025页。
② [五代]韦庄著,聂安福笺注:《韦庄集笺注》卷五,第201页。
③ [清]彭定求:《全唐诗》卷六九七,第8025页。
④ [五代]韦庄著,聂安福笺注:《韦庄集笺注》卷五,第199页。
⑤ [清]彭定求:《全唐诗》卷六九七,第8024页。
⑥ [五代]韦庄著,聂安福笺注:《韦庄集笺注》卷五,第195页。
⑦ [清]彭定求:《全唐诗》卷六九七,第8025—8026页。
⑧ [五代]韦庄著,聂安福笺注:《韦庄集笺注》卷五,第205页。

作伴，忽携书剑远辞群。伤心柳色离亭见，聒耳蝉声故国闻。为报明年杏园客，与留绝艳待终军。"①聂安福《韦庄集笺注》卷五注云："此诗盖作于兰芷村居时。"②

韦庄《和郑拾遗秋日感事一百韵》诗云："祸乱天心厌，流离客思伤。有家抛上国，无罪谪遐方。负笈将辞越，扬帆欲泛湘。避时难驻足，感事易回肠。雅道何销德，妖星忽耀芒。中原初纵燎，下国竟探汤。盗据三秦地，兵缠八水乡。战尘轻犯阙，羽旆远巡梁。自此修文代，俄成讲武场。熊罴驱逐鹿，犀象走昆阳。御马迷新栈，宫娥改旧妆。五丁功再睹，八难事难忘。风引金根疾，兵环玉弩强。建牙虽可恃，摩垒讵能防。霍庙神遴远，圯桥路杳茫。出师威似虎，御敌狠如羊。眉画犹思赤，巾裁未厌黄。晨趋鸣铁骑，夜舞把琼筋。僭侈彤襜乱，喧呼绣襦攘。但闻争曳组，讵见学垂缰。鹊印提新篆，龙泉夺晓霜。军威徒逗挠，我武自维扬。负扆劳天眷，凝旒念国章。绣旗张画兽，宝马跃红鸯。但欲除妖气，宁思蔽耿光。晓烟生帝里，夜火入春坊。鸟怪巢宫树，狐骄上苑墙。气激雷霆怒，神驱岳渎忙。功高分虎节，位下耻龙骧。志求扶坠典，力未振颓纲。汉路闲雕鹗，云衢驻骕骦。人心惊獬豸，雀意伺螳螂。遍命登坛将，巡封异姓王。宝装军器丽，麝裹战袍香。日睹兵书捷，时闻房骑亡。纤金光照耀，执玉意藏昂。飞骑黄金勒，香车翠钿装。覆𫗧非无谓，奢华事每详。上略咸推妙，前锋讵可当。永期传子姓，宁误犯天狼。八珍罗膳府，五采斗筐床。未睹君除侧，徒思玉在傍。九流虽暂蔽，三柄岂相妨。国运方夷险，天心讵测量。宴集喧华第，歌钟簇画梁。窜身奚可保，易地喜相将。四民皆组绶，九土堕耕桑。普，罪己德非凉。小辇乖鸾次，中兴系昊苍。帝念惟思理，臣心岂自遑。算，胜灾减御粱。诏催青琐客，时待紫微郎。皇恩思荡荡，睿泽转洋洋。偃卧虽非晚，艰难亦备尝。俭德遵三尺，清朝伫一匡。世随渔父醉，身效接舆狂。道孤悲海藻，家远隔天潢。卒岁贫无褐，经秋病泛漳。守道惭无补，趋时愧不臧。殷牛常在耳，晋竖欲潜肓。角吹魂悄悄，笛引泪浪浪。乱觉乾坤窄，贫知日月长。已报新回驾，仍闻近纳隍。文风销剑楯，礼物换旗裳。序，青衿再设庠。黑头期命爵，颒尾尚忧鲂。吴坂嘶骐骥，岐山集凤皇。浩，谏署玉锵锵。弢弓褌劲镞，匣剑淬神铓。饲雀曾传庆，烹蛇讵有殃。词源波浩浩，谔谔宁惭

---

① ［清］彭定求：《全唐诗》卷六九七，第8026页。
② ［五代］韦庄著，聂安福笺注：《韦庄集笺注》卷五，第206页。

直,堂堂不谢张。晓风趋建礼,夜月直文昌。去国时虽久,安邦志不常。良金炉自跃,美玉椟难藏。北望心如旆,西归律变商。迹随江燕去,心逐塞鸿翔。晚翠笼桑坞,斜晖挂竹堂。路愁千里月,田爱万斯箱。伴钓歌前浦,随樵上远冈。鹭眠依晚屿,鸟浴上枯杨。惊梦缘攲枕,多吟为倚廊。访僧红叶寺,题句白云房。帆外青枫老,尊前紫菊芳。夜灯银耿耿,晓露玉瀼瀼。异国惭倾盖,归涂俟并粮。身虽留震泽,心已过雷塘。执友知谁在,家山各已荒。海边登桂楫,烟外泛云樯。巢树禽思越,嘶风马恋羌。寒声愁听杵,空馆厌闻螀。望阙飞华盖,趋朝振玉珰。米惭无薏苡,面喜有桄榔。话别心重结,伤时泪一滂。伫归蓬岛后,纶诏润青缃。"①聂安福《韦庄集笺注》卷五注云:"按陈思《韦浣花年谱》、夏承焘《韦端己年谱》、吴汝煜主编《唐五代人交往诗索引》均谓郑拾遗指郑谷,考郑谷仕宦经历,此说可信。……据严寿澂、黄明、赵昌平《郑谷诗集笺注》附录七赵昌平《郑谷传笺考》,郑谷大顺年间曾游江南,大顺二年或景福元年(892)春由江南返长安,有诗《寄献湖州从叔员外》《登杭州城》《淮上别友人》等,则韦庄此诗当作于大顺二年秋。又按,夏承焘《韦端己年谱》据诗中'已报新回驾'句指僖宗文德元年(888)二月还京事,因定此诗为是年秋所作。此说似误。"②

秋,韦庄辞越泛湘;冬,到达衢州

韦庄《不出院楚公》诗,题注:"自三衢至江西作。"诗云:"一自蝉关闭,心猿日渐驯。不知城郭路,稀识市朝人。履带阶前雪,衣无寺外尘。却嫌山翠好,诗客往来频。"③聂安福《韦庄集笺注》卷六注云:"按韦庄于大顺二年(891)秋辞泛湘,景福元年(892)冬已在京应举。此诗云'履带阶前雪',当作于大顺二年(891)冬。三衢:即衢州,治所在今浙江衢县。《元和郡县图志》卷二六《江南道》二《衢州》:'本旧婺州信安县也,武德四年平李子通,于信安县置衢州,以州有三衢山,因以取名。'"④

韦庄《夜雪泛舟游南溪》诗云:"大江西面小溪斜,入竹穿松似若耶。两岸严风吹玉树,一滩明月晒银砂。因寻野渡逢渔舍,更泊前湾上酒家。去去不知归路远,棹声烟里独呕哑。"⑤聂安福《韦庄集笺注》卷六注云:"此诗盖与同卷《不出院楚公》

① [清]彭定求:《全唐诗》卷六九七,第8026—8028页。
② [五代]韦庄著,聂安福笺注:《韦庄集笺注》卷五,第212—213页。
③ [清]彭定求:《全唐诗》卷六九八,第8030页。
④ [五代]韦庄著,聂安福笺注:《韦庄集笺注》卷六,第238页。
⑤ [清]彭定求:《全唐诗》卷六九八,第8031页。

为一时之作,即大顺二年(891)冬。"①

韦庄《衢州江上别李秀才》诗云:"千山红树万山云,把酒相看日又曛。一曲离歌两行泪,更知何地再逢君。"②聂安福《韦庄集笺注》卷七注云:"按卷六《不出院楚公》题下注云:'自三衢至江西',作于大顺二年冬。本诗盖为是年秋所作。"③

韦庄《东阳赠别》诗云:"绣袍公子出旌旗,送我摇鞭入翠微。大抵行人难诉酒,就中辞客易沾衣。去时此地题桥去,归日何年佩印归。无限别情言不得,回看溪柳恨依依。"④聂安福《韦庄集笺注》卷七注云:"据'送我'句、'去时'两句,盖作于大顺二年(891)秋别东阳泛湘入京应举之时。"⑤

十月,东阳人冯涓约于中和元年曾授眉州刺史,然以世乱未之任,遂于成都墨池灌园自给,著有《怀秦赋》《蜀犳引》等以见志。约本年十月后,为王建辟为西川节度判官

吴在庆、傅璇琮《唐五代文学编年史·晚唐卷》:"《唐诗纪事》卷六六冯涓条记冯涓'时危,隐商山十里。昭宗(按当为僖宗,详下)以为眉州刺史。陈、田拒命,涓弃郡,于成都墨池灌园自给'。又《太平广记》卷二五七冯涓条引《王氏见闻录》:'冯涓,旧唐名士,雄才奥学,履历已高。唐帝幸梁洋,涓扈跸焉。至汉中,诏除眉州刺史。'据《通鉴》卷二五四,僖宗幸兴元(即梁洋)在广明元年(880)十月,至汉中在中和元年(881)正月,则冯涓授眉州在僖宗中和元年。又《唐诗纪事》记冯涓:'后分符眉州,不得之任。在西川重围中,局蹐于陈、田之间,羁愁六年,徒步糊口,著《怀秦赋》。有《南冠》《龙吟》等集,皆伤蹭蹬也。集有《蜀犳引》,其要云:'昂藏大步蚕丛国,曲颈微伸高九尺。卓女窥窗莫我知,严仙据案何曾识?'又《题支机石》云:'不随俗物皆成土,只待良时却补天。'惜知之之不遇也。'又《十国春秋·冯涓传》记涓'于成都墨池灌园自给,著《怀秦赋》及《蜀犳引》以见志。高祖分藩西川,表涓节度判官'。按'高祖'指蜀主王建,其分藩西川据《唐方镇年表》卷六所考在本年十月。则涓之依王建幕最早当在此时。"⑥

---

① [五代]韦庄著,聂安福笺注:《韦庄集笺注》卷六,第243页。
② [清]彭定求:《全唐诗》卷六九八,第8035页。
③ [五代]韦庄著,聂安福笺注:《韦庄集笺注》卷七,第271页。
④ [清]彭定求:《全唐诗》卷六九八,第8036页。
⑤ [五代]韦庄著,聂安福笺注:《韦庄集笺注》卷七,第275页。
⑥ 吴在庆、傅璇琮:《唐五代文学编年史·晚唐卷》,第822页。

892 唐昭宗景福元年壬子

春,韦庄辞越泛湘至夏口,寄诗于婺州诸弟

韦庄《夏口行寄婺州诸弟》诗云:"回头烟树各天涯,婺女星边远寄家。尽眼楚波连梦泽,满衣春雪落江花。双双得伴争如雁,一一归巢却羡鸦。谁道我随张博望,悠悠空外泛仙槎。"①聂安福《韦庄集笺注》卷七注云:"据首联意,此诗当作于辞越泛湘过夏口时;又据'满衣春雪落江华'句,则可推定为景福元年(892)初春所作。"②

秋,贯休南归浙东,过钱塘江作诗

贯休《秋过钱塘江》诗云:"巨浸东隅极,山吞大野平。因知吴相恨,不尽海涛声。黑气腾蛟窟,秋云入战城。游人千万里,过此白髭生。"③胡大浚《贯休歌诗系年笺注》卷七注云:"贯休于文德元年(888)离婺州北游,西入长安,出陇右边塞,复北行出蓟门,景福元年(892)南归浙东,诗言'游人千万里,过此白髭生',当即此时所作。"④

893 唐昭宗景福二年癸丑

三月,婺州诗僧处默约本年春前后有《忆庐山旧居》诗。有诗一卷

处默《忆庐山旧居》诗云:"粗衣粝食老烟霞,勉把衰颜惜岁华。独鹤只为山客

---

① [清]彭定求:《全唐诗》卷六九八,第8038页。
② [五代]韦庄著,聂安福笺注:《韦庄集笺注》卷七,第284页。
③ [清]彭定求:《全唐诗》卷八二九,第9343页。
④ [唐]贯休著,胡大浚笺注:《贯休歌诗系年笺注》卷七,第392页。

伴,闲云常在野僧家。丛生嫩蕨黏松粉,自落干薪带薜花。明月清风旧相得,十年归根可能赊。"①吴在庆、傅璇琮《唐五代文学编年史·晚唐卷》:"按处默中和二年(882)前后尚隐居于庐山,倘其此后不久离庐山外游,至本年已十年左右。诗有'嫩蕨''薜花'句,似为春日之作。又处默此时已年老,其诗未能系年,或多作于本年之前。《山中作》云:'席帘高捲枕高敧,门掩垂萝蘸碧溪。闲把史书眠一觉,起来山日过松西。'《织妇》云:'蓬鬓蓬门积恨多,夜阑灯下不停梭。成缣犹自陪钱纳,未值青楼一曲歌。'又有《萤》,中云:'乱飞如拽火,成聚却无烟。微雨洒不灭,轻风吹欲燃。'(均同上)处默此后行踪无考,其卒后裴说有《哭处默上人》(《全唐诗》卷七二〇),中云:'斗老输寒桧,留闲与白云。挈盂曾几度,传衲不教焚。'《宋史·艺文志七》著录《处默诗》一卷。《全唐诗》卷八四九录其诗八首。"②

九月,钱镠为镇海军节度使,贯休献诗称颂

钱俨《吴越备史》卷一云:"(景福二年)九月制,授王(钱镠)镇海节度、浙江西道观察处置等使、润州刺史。先是今年三月,诏以凤翔宿卫耀德都头李铤授特进同平章事,领浙西差。朝廷以李茂贞彻海王,恶其党,将夺之权,故有此授。而丹阳已为淮人所有,铤不能至所治,至是命王,时议当之。又周宝莅丹阳,州人凡有期,必曰:'待钱来。'斯之应也。比蜀禅月大师休公尝上诗曰:'今日再三难更让,谶辞唯道待钱来。'明矣。"③贯休又有《献钱尚父》诗云:"贵逼人来不自由,龙骧凤翥势难收。满堂花醉三千客,一剑霜寒十四州。鼓角揭天嘉气冷,风涛动地海山秋。东南永作金天柱,谁羡当时万户侯。"④有关贯休是否向钱镠献诗的问题,学术界有不同看法。如傅璇琮先生在《五代诗话》前言说否定贯休献诗钱镠一说,以为诗属伪托。对此田道英《贯休与钱镠交往考辨》(《乐山师范学院学报》2002 年第 3 期)进行考辨。兹从田说系贯休上钱镠诗于景福二年。

贯休归婺州兰陵,经弟妹坟作诗

贯休《经弟妹坟》诗云:"泪不曾垂此日垂,山前弟妹冢离离。年长于吾未得力,家贫抛尔去多时。鸿冲□□霜中断,蕙杂黄蒿冢上衰。恩爱苦情抛未得,不堪回首

---

① [清]彭定求:《全唐诗》卷八四九,第 9614 页。
② 吴在庆、傅璇琮:《唐五代文学编年史·晚唐卷》,第 838—839 页。
③ [宋]范坰,林禹撰:《吴越备史》卷一,第 15 页。
④ [清]彭定求:《全唐诗》卷八三七,第 9436 页。

步迟迟。"①胡大浚《贯休歌诗系年笺注》卷一九注云："景福二年(893)诗人归婺州兰溪,复返杭州谒钱镠;诗当为离别故乡前所作。据卷二十四《感怀寄卢给事》其二'东归经乱独生全'之语,贯休之弟妹或在咸通元年(860)裘甫之乱期间丧生。"②

本年,石彦辞为台州刺史

《梁故静难功臣金紫光禄大夫检校司空前守右金吾卫大将军充街使兼御史大夫上柱国武威县开国男食邑三百户石府君(彦辞)墓志铭并序》："乾宁甲寅,加金紫光禄大夫,检校户部尚书。丁巳,转天平军左都押衙。景福癸亥,加检校司空,守台州刺史。拱卫秩高,阶序势极。两迁八座,郑崇则啸傲会府;一举六条,寇恂则周旋河内。时以事殷雄镇,行驻隼旟。虽指路莫陈,未睹麾旌之列;而蕴化将布,已兴襦袴之咏。天复甲子,授右羽军大将军,转左金吾将军,加爵邑,充飞龙监牧使。"③按,景福无"癸亥",应为"癸丑"之误,即景福二年。如此,则与前序乾宁甲寅、丁巳,后天复甲子吻合。陈忠凯《石彦辞墓志探疑》："唐昭宗李晔之景福年号仅为二年(壬子—癸丑),故'景福癸亥'应为'景福癸丑'年。另墓志志文多按年序叙事,此种情况不多见。"④

894　唐昭宗乾宁元年甲寅

贯休本年来杭州谒吴越王钱镠,献诗受赐

赞宁《宋高僧传》卷三〇《梁成都府东禅院贯休传》："乾宁初,赍志谒吴越武肃王钱氏,因献诗五章,章八句。甚惬旨,遗赠亦丰。"⑤释文莹《续湘山野录》："唐昭宗以钱武肃镠平董昌于越,拜镠为镇海镇东节度使、中书令,赐铁券,恕九死,子孙二死。罗隐撰谢表,略曰:'镂金作誓,指日成文。盖陛下悯臣处极多虞,忧臣防奸

---

①　[清]彭定求:《全唐诗》卷八三五,第9409页。
②　[唐]贯休著,胡大浚笺注:《贯休歌诗系年笺注》卷一九,第855页。
③　吴钢主编:《全唐文补遗》第7辑,第171页。
④　陈忠凯:《石彦辞墓志探疑》,载《文博》1997年第5期,第71页。
⑤　[宋]赞宁撰,范祥雍点校:《宋高僧传》卷三〇,第685页。

未至,所以广开圣泽,永保私门,屈以常刑,宥其必死。虽君亲属意,在其必恕必容;而臣子尽心,亦岂敢伤慈伤爱?谨当日慎一日,戒子戒孙,不可以此而累恩,不可因兹而贾祸。'……禅月,贯休尝以诗投之,曰:'贵极身来不自由,几年勤苦踏山丘。满堂花醉三千客,一剑光寒十四州。莱子衣裳宫锦窄,谢公篇咏绮霞羞。他年名上凌烟阁,岂羡当时万户侯?'镠爱其诗,遣客吏谕之曰:'教和尚改十四为四十州,方与见。'休性褊介,谓吏曰:'州亦难添,诗亦不改。然闲云孤鹤,何天而不可飞邪?'遂飘然入蜀,以诗投孟知祥。有'一瓶一钵垂垂老,万水千山得得来'之句。知祥厚遇之。镠后果为安重海奏削王爵,以太师致仕。重海死,明宗乃复镠旧爵位。"① 计有功《唐诗纪事》卷七五贯休条:"僧贯休,姓姜氏,字德隐,婺州兰溪人。钱镠自称吴越国王,休以诗投之曰:'贵逼身来不自由,几年勤苦蹈林丘。满堂花醉三千客,一剑霜寒十四州。莱子衣裳宫锦窄,谢公篇咏绮霞羞。他年名上凌烟阁,岂羡当时万户侯?'镠谕改为'四十州',乃可相见。曰:'州亦难添,诗亦难改。然闲云孤鹤,何天而不可飞?'遂入蜀。"②

贯休本年有诗赠罗隐,隐亦有诗酬和

罗隐《和禅月大师见赠》诗云:"高僧惠我七言诗,顿豁尘心展白眉。秀似谷中花媚日,清如潭底月圆时。应观法界莲千叶,肯折人间桂一枝。漂荡秦吴十余载,因循犹恨识师迟。"③ 李定广《罗隐集系年校笺·甲乙集》卷三:"此为罗隐对贯休赠诗之和作。据赞宁《宋高僧传·贯休传》,贯休于乾宁元年(894)来钱塘拜谒钱镠,并与隐首次相见且唱和,故本篇当作于乾宁元年。然贯休天复三年(903)入蜀后方有'禅月大师'号,题中'禅月大师'盖系隐后来所改或五代人重编罗隐集时改。"④ 吴在庆、傅璇琮《唐五代文学编年史·晚唐卷》:"《罗隐集·甲乙集》卷三有《和禅月大师见赠》诗:'漂荡秦吴十余载,因循犹恨识师迟。'按据此诗'十余载'句,知罗隐为赴试奔走与秦吴间已十余年,而本年罗隐奔走名场已十一年,与诗所述可合,诗盖本年前后所和作。'禅月大师'乃贯休于天复三年(903)入蜀后所赐之号,则疑此诗题乃后来所改。"⑤ 按,以上两种系年相差较大,今从李定广说系于乾宁元年。

① [宋]文莹:《湘山野录 续录》,上海古籍出版社 2012 年版,第 52—53 页。
② [宋]计有功:《唐诗纪事》卷七五,第 1089 页。
③ [清]彭定求:《全唐诗》卷六五七,第 7551 页。
④ 李定广系年校笺:《罗隐集系年校笺》,第 145—146 页。
⑤ 吴在庆、傅璇琮:《唐五代文学编年史·晚唐卷》,第 544—545 页。

895　唐昭宗乾宁二年乙卯

夏，崔道融本年夏在永嘉山居，时编成《东浮集》十卷

《直斋书录解题》卷一九《东浮集》九卷，云："唐荆南崔道融撰。自称东瓯散人。乾宁乙卯永嘉山斋编成，盖避地于此，今缺第十卷。"① 乾宁乙卯即乾宁二年。《唐才子传》卷九《崔道融传》："有《申唐集》十卷，自序云：乾符乙卯夏，寓永嘉山斋，收拾草稿，得五百余篇。"②"乾符"为"乾宁"之误。《申唐集》为《东浮集》之误，盖《新唐书·艺文志》记载"《申唐诗》三卷"，而《东浮集》为十卷。《唐才子传校笺》卷一〇周祖譔、吴在庆《崔道融传》笺证："乾宁乙卯为乾宁二年（895）。据此亦可知《东浮集》乃道融乾宁二年所编，其时道融尚寓于永嘉山斋。"③

罗隐在两浙幕府，寄诗于同院沈崧

王定保《唐摭言》卷一〇："罗隐光化中犹佐两浙幕。同院沈嵩（崧）得新榜封示隐，隐批一绝于纸尾曰：'黄土原边狡兔肥，矢如流电马如飞。灞陵老将无功业，犹忆当时夜猎归。'"④《咸淳临安志》卷六四"人物·罗隐"："镠览之大笑，因加殊遇，以为宾客，唐光启三年也。镠表隐为钱塘令，迁著作郎，辟为镇海节度掌书记。镠初授节度，沈崧草谢表，甚言浙西繁盛，以示隐。隐曰：'今浙西兵火之余，日不暇给，此表奏之朝廷，主司岂无意于要求邪。'乃更之曰：'天寒而麋鹿曾游，日暮而牛羊不下。'朝廷见之曰：'此罗隐之词也。'"⑤ 李定广《罗隐集系年校笺·甲乙集》补编卷二："据《吴越备史·沈崧传》，沈崧于唐昭宗乾宁二年（895）进士及第，故本篇作于乾宁二年，罗隐六十三岁，沈崧三十三岁。已雄霸唐末诗坛近四十年的天才，竟无功名，甚至被小辈沈崧及第后拿着新榜在面前炫耀，可见是何等心酸。诗全用

---

① ［宋］陈振孙撰，徐小蛮、顾美华点校：《直斋书录解题》卷一九，第579页。
② 傅璇琮主编：《唐才子传校笺》第4册，第7页。
③ 傅璇琮主编：《唐才子传校笺》第4册，第7页。
④ ［五代］王定保：《唐摭言》卷一〇，第106页。
⑤ ［宋］潜说友纂：《咸淳临安志》卷六四，《宋元浙江方志集成》第3册，第1107页。

比喻,言京师之科举,万千人来猎取其名,而自己如灞陵老将,终被摒弃。罗隐以灞陵老将李广自比,十分恰当地表达了无奈和不平。"①

王贞白进士及第后东归,枉道浙东,游览镜湖,并与罗隐、方干、贯休等唱和

王贞白《泛镜湖□□》诗云:"我泛镜湖日,未生千里纯。时无贺宾客,谁识谪仙人。吟对四时雪,忆游三岛春。恶闻亡越事,洗耳大江滨。"②贯休有《送王贞白重试东归》诗云:"心苦酬心了,东归谢所知。可怜重试者,如折两三枝。雨毒逢花少,山多爱马迟。此行三可羡,正值倒戈时。"③按,宋洪迈《容斋四笔》卷六"乾宁覆试进士"条载:"唐昭宗乾宁二年试进士,刑部尚书崔凝下二十五人。放榜后,宣诏翰林学士陆扆、秘书监冯渥入内,各赠衣一副及毡被,于武德殿前覆试,但放十五人。自状头张贻范以下重落,其六人许再入举场,四人所试最下,不许再入,苏楷其一也。……信州永丰人王正白,时再试中选,郡守为改所居坊名曰"进贤",且减户税,亦后来所无。"④王贞白还有《江上吟晓》诗:"一叶野人舟,长将载酒游。夜来吟思苦,江上月华秋。晓露满红蓼,轻波扬白鸥。渔翁似有约,相伴钓中流。"⑤《仙岩二首》诗:"白烟昼起丹灶,红叶秋书篆文。二十四岩天上,一鸡啼破晴云。""风呼山鬼服役,月照蘅薇结花。江暖客寻瑶草,洞深人咽丹霞。"⑥都是此次游浙东时所作。

本年,吴镣为会稽县令

《新唐书·黄碣传》:"(董昌)乃召会稽令吴镣问策,镣曰:'王为真诸侯,遗荣子孙而不为,乃作伪天子,自取灭亡。'昌叱斩之,族其家。"⑦《康熙会稽县志》卷一"职官志":"吴镣,乾宁二年任。"⑧

① [唐]罗隐:《甲乙集》补编卷二,《罗隐集系年校笺》,第601—602页。
② [清]彭定求:《全唐诗》卷八八五,第10006页。
③ [清]彭定求:《全唐诗》卷八三〇,第9359页。
④ [宋]洪迈:《容斋四笔》卷六,《容斋随笔》,第386页。
⑤ [清]彭定求:《全唐诗》卷八八五,第10006页。
⑥ [清]彭定求:《全唐诗》卷七〇一,第8065页。
⑦ [宋]欧阳修、宋祁:《新唐书》卷一九三,第5562页。
⑧ [清]董钦德:《康熙会稽县志》卷一八,第383页。

本年，张逊为山阴县令

《新唐书·黄碣传》："（董昌）又召山阴令张逊知御史台，固辞。"①《嘉庆山阴县志》载张逊"乾宁初为山阴令"②。

896　唐昭宗乾宁三年丙辰

吴融作《和严谏议萧山庙十韵》诗

吴融《和严谏议萧山庙十韵》诗云："泽国瞻遗庙，云韶仰旧名。一隅连障影，千仞落泉声。老狖寻危栋，秋蛇束画楹。路长资税驾，岁俭绝丰盛。默默虽难测，昭昭本至平。岂知迁去客，自有复来兵。美舜歌徒作，欺尧犬正狞。近兼闻顺动，敢复怨徂征。日出天须雾，风休海自清。肺肠无处说，一为启聪明。"③《全唐诗》题下有注："旧说常闻箫管之声，因而得名，次韵。"④柏俊才《吴融年谱》云："诗云：'岂知迁去客，自有复来兵。'则此诗作于贬谪后。诗又云：'近兼闻顺动，敢复怨徂征。'顺动，指天子出幸。吴融一生贬官仅江陵一次，而乾宁三年天子幸华州，故此诗当作于此年。"⑤按，温庭筠有《题萧山庙》诗，约作于会昌二年。诗中有"夜深池上歇，龙入古潭中"⑥语，曾益等《温飞卿诗集笺注》卷七以为萧山庙即萧山白龙王庙。可以参考。

本年，王赞为方干诗集作序，为《玄英先生诗集序》

《全唐文》卷八六五王赞《玄英先生诗集序》云："风雅不主于今之诗，而其流涉赋。今之诗盖起于汉魏南齐五代，文愈深，诗愈丽。陈隋之际，其君自好之。而浮靡忲瀁，流于淫乐。故曰音能亡国，信哉。唐兴，其音复振。陈子昂始以骨气为主，而浸拘四声五七字律。建中之后，其诗弥善，钱起为最，杜甫雄鸣于至德、大历间，

① ［宋］欧阳修、宋祁：《新唐书》卷一九三，第5562页。
② ［清］徐元梅：《嘉庆山阴县志》卷一二，民国二十五年（1936）绍兴县修志委员会校勘铅印本，第4页。
③ ［清］彭定求：《全唐诗》卷六八四，第7854页。
④ ［清］彭定求：《全唐诗》卷六八四，第7854页。
⑤ 柏俊才：《吴融年谱》，载《文献》1998年第4期，第42页。
⑥ ［清］彭定求：《全唐诗》卷五八一，第6743页。

而诗人或不尚之。呜呼,子美之诗,可谓无声无臭者矣。吴越故多诗人,未有新定方干擅名于杭越,流声于京洛。夫干之为诗,镂肌涤骨,冰莹霞绚,嘉肴自将,不吮余隽,丽不葩纷,苦不棘瘵。当其得志,倏与神会,词若未至,意已独往。予为儿时,得生诗数十篇,必独好之。生时尚存,地远莫克相见。其后生名愈藉,为诗者多能讽之,而生殁矣。今年遇乐安孙郃(部)于荆,早与生善,出示所作《玄英先生传》,且曰与其甥杨弅洎门僧居远收掇其遗诗,得三百七十余篇,析为十卷,欲予为之序,冀偕之不朽。先是,丹阳有南阳张祐(祜),差前于生,其诗发言横肆,皆吴越之遗逸。予尝较之,张祐升杜甫之堂,方干入钱起之室矣。干之出处行事,郃(部)传实备之,不复互出。盖嘉郃(部)能怀人之遇,成人之不泯,而又爱我之厚。故集诗之之废兴,题于干集之首。"①《郡斋读书志》卷一八:"《方干诗集》一卷。右唐方干字雄飞,歙人。唐末举进士,不第,隐镜湖上。……门人谥玄英先生。其甥杨弅与孙郃编次遗诗,王赞为序,郃又为作《玄英先生传》附。"②《四库全书总目》卷一五一《元英集》八卷:"是集前有乾宁丙辰中书舍人祁县王赞序。"③乾宁丙辰即乾宁三年。

本年,王抟为浙江东道观察使

《旧唐书》卷二〇《昭宗纪》:乾宁三年五月制,"王抟为检校尚书左仆射、同平章事,兼越州刺史,充镇东军节度、浙江东道观察处置等使。"④《新唐书》卷一〇《昭宗纪》:乾宁三年十月,"戊午,威胜军节度使王抟为吏部尚书、同中书门下平章事。"⑤《唐大诏令集》卷五四杨巨有《王抟威胜军节度平章事制》⑥。

本年,钱镠始兼领浙东

《资治通鉴》:乾宁三年十月,"钱镠令两浙吏民上表,请以镠兼领浙东;朝廷不得已,复以王抟为吏部尚书、同平章事,以镠为镇海、威胜两军节度使。丙子,更名威胜曰镇东军。"⑦

---

① [清]董诰:《全唐文》卷八六五,第9069—9070页。
② [宋]晁公武撰,孙猛校证:《郡斋读书志校证》卷一八,第936页。
③ [清]永瑢等:《四库全书总目》卷一五一,第1302页。
④ [后晋]刘昫:《旧唐书》卷二〇上,第758页。
⑤ [宋]欧阳修、宋祁:《新唐书》卷一〇,第293页。
⑥ [宋]宋敏求编:《唐大诏令集》卷五四,第287页。
⑦ [宋]司马光:《资治通鉴》卷二六〇,第8495页。

897　唐昭宗乾宁四年丁巳

二月,四明人孙郃及进士第

《登科记考》卷二四"乾宁四年进士科":"孙郃,《读书志》:'孙郃字希韩,四明人。乾宁四年进士。'《唐诗纪事》:'郃与方干友善,好荀、杨、孟子之书,学退之为文,为校书郎。'"①《新唐书·艺文志四》:"《孙子文纂》四十卷。又《孙氏小集》三卷。孙郃,字希韩,乾宁进士第。"②"孙郃《文格》二卷。"③《文献通考》卷二三三:"孙郃《文纂》一卷。晁氏曰:唐孙郃字希韩撰,四明人。乾宁四年进士。好荀、扬、孟之书,纂韩愈。为校书郎,河南府文学。旧四十卷。"④《全唐诗》卷六九四《孙郃小传》:"孙郃,字希韩,四明人。乾宁中登进士第,官校书郎、河南府文学。文集四十卷,小集三卷。今存诗三首。"⑤《嘉定赤城志》卷三二:"孙郃,按:方干诗前后序皆云:乐安人。字希韩,登乾宁进士第。"⑥《延祐四明志》卷四:"孙郃,奉化人。博学高才,唐末为左拾遗,朱温篡唐,著《春秋无贤臣论》《卜世论》,即脱冠裳,服布衣以隐。著书纪年悉用甲子,以示不臣之义。"⑦《宋高僧传》卷三〇《梁四明山无作传》:"吴越武肃王钱氏仰重召,略出四明,因便归山,盖谢病也。……时奉化乐安孙郃,退居啸傲,不交缁伍,唯接作,交谈终日。……以梁开平中卒于四明,春秋五十六。"⑧

孙郃有关浙东之作,有《送无作上人游云门法华寺序》,未能具体系年,姑附于此:"越中山水,名于天下。山寺云门法华又名焉。尝忆北海游越,越帅日率从事乐妓酒馔访北海。北海不乐,因曰:'某久住此,盖为云门、法华二寺,今日携酒乐,大

①　[清]徐松:《登科记考》卷二四,第915页。
②　[宋]欧阳修、宋祁:《新唐书》卷六〇,第1609页。
③　[宋]欧阳修、宋祁:《新唐书》卷六〇,第1626页。
④　[元]马端临:《文献通考》卷二三三,第1859页。
⑤　[清]彭定求:《全唐诗》卷六九四,第7989页。
⑥　[宋]陈耆卿:《嘉定赤城志》卷三二,《宋元浙江方志集成》第11册,第5429页。
⑦　[元]袁桷:《延祐四明志》卷四,《宋元浙江方志集成》第9册,第4028页。
⑧　[宋]赞宁撰,范祥雍点校:《宋高僧传》卷三〇,第685页。

似方便发遣。'越帅乃已(此出孙相公谱书。谱书是颜鲁公作)。又见朱访诗曰:'长忆云门寺,门前千万峰。'郤(郜)尝居越中,每吟此诗,未游二寺,尝以为过。上人名僧也,又游名寺,前欲游天台,今游云门法华二寺。乃知灵鹊不之蓬岛,则在青田,有异凡禽游不择地。别上人怏怏,因为序送之。"①《全唐文》误作者为"孙郜"。又有《哭方玄英先生》诗:"牛斗文星落,知是先生死。湖上闻哭声,门前见弹指。官无一寸禄,名传千万里。死着弊衣裳,生谁顾朱紫?我心痛其语,泪落不能已。犹喜韦补阙,扬名荐天子。"②方玄英即方干,睦州青溪人,长期隐居于越州。

六月,草书僧昙光归永嘉,司空图、吴融、罗隐等相送者五十多家,送行诗文辑为一集

司空图《送草书僧归楚越》:"伧荒之俗,尤恶伎于文墨者。华民流寓而至,则遽发其囊,焚弃札牍之累以快。既自容矣,又仇沮继至者,若不胜其怨。噫!是华舌夷心,而又甚之者矣。洎天下将乱,则虽吾里,其风亦变。果伧荒之流民亦多矣,倘或未化,亦其益孤,不能自振。苟闻志于吾伎,则必跃而游之,矧踵门而勤请者耶?光僧生于东越,虽幼落于佛,而学无不至。故逸迹遒劲之外,亦恣为歌诗,以导江湖沉郁之气,是佛首而儒其业者也。虽孟荀复生,岂拒之哉?今系名内殿,且为归荣,足以光于远矣。永嘉西岑,康乐胜游之最。是行也,为我以论诗一篇,题于绝壁。"吴在庆、傅璇琮《唐五代文学编年史·晚唐卷》:"按赞宁《宋高僧传·后唐明州国宁寺昙光传》载:'释昙光,字登封,姓吴氏,永嘉人也,……好自标遇,慢易缁流。多作古调诗,苦僻寡味,得句时有得色。长于草隶,……昭宗诏对御榻前书,赐紫方袍。后谒华帅韩建,荐号曰广利。自华下归故乡,谒武肃王钱氏,以客礼延之。……有朝贤赠歌诗,吴内翰融、罗江东隐等五十家,仅成一集。'按据《唐刺史考》,韩建本年已在华州。又宋岳珂《宝真斋法书赞》卷六有崔远《送广利大师归江东》诗:'楚山枫老楚江清,笠挂高帆浪注罃。真性本无前后际,叶舟谁问去来程。忘机每与鸥为伴,息念应怜月共明。想见家山诸弟子,盛夸新赐大师名。'诗末署:'中书侍郎平章事崔远,乾宁四年季夏二十九日书。'按昙光之归,朝贤之送即在此时。"③昙光为唐末著名草家,《宣和书谱》卷一九:"释昙光,江南人也。潜心草字,名重一时。吴

① [清]董诰:《全唐文》卷八二〇,第8634—8635页。
② [清]彭定求:《全唐诗》卷六九四,第7989页。
③ 吴在庆、傅璇琮:《唐五代文学编年史·晚唐卷》,第889—890页。

融赠其歌曰：'忽时飞动更惊人，一声霹雳龙蛇活。'司空图亦为之歌曰：'看师逸迹两师宜，高适歌行李白诗。'当时称美著于篇籍者，不可胜数。……观晸光墨迹，笔势遒健，虽未足以与智永、怀素方驾，然亦自是一家法。"①

吴融《送广利大师东归》："紫殿久沾恩，东归过海门。浮荣知是梦，轻别肯销魂。明发先晨鸟，寒栖入暝猿。蕺山如重到，应老旧云根。"②

吴融《赠广利大师歌》："化人之心固甚难，自化之心更不易。化人可以程限之，自化元须有其志。在心为志者何人，今日得之于广利。三十年前识师初，正见把笔学草书。崩云落日千万状，随手变化生空虚。海北天南几回别，每见书踪转奇绝。近来兼解作歌诗，言语明快有气骨。坚如百炼钢，挺特不可屈。又如千里马，脱缰飞灭没。好是不雕刻，纵横冲口发。昨来示我十余篇，咏杀江南风与月。乃知性是天，习是人。莫轻河边殽䃴，飞作天上麒麟。但日新，又日新，李太白，非通神。"③

崔道融《山居卧疾广利大师见访》："桐谷孙枝已上弦，野人犹卧白云边。九天飞锡应相诮，三到行朝二十年。"④

罗隐《送晸光大师》诗，题注："师以草书应制。"诗云："禹祠分首戴湾逢，健笔寻知达九重。圣主赐衣怜绝艺，侍臣摛藻许高踪。宁亲久别街西寺，待诏初离海上峰。一种苦心师得了，不须回首笑龙钟。"⑤

十一月，台州刺史杜雄卒，鲁洵为其撰写墓碑

《台州金石录》卷一载有《唐台州刺史杜雄墓志铭》，题署："门吏德化军巡官前岭南西道观察支使试秘书省正字鲁洵撰。"⑥跋云："《十国春秋·吴越世家》载：乾宁四年十一月己卯，台州刺史杜雄卒。碑云：以其月十七日薨。又云：其年十一月廿五日，葬于郡之义成乡贞节里。是卒后营葬不及一旬。碑盖立于此时。"⑦又《吴越备史》卷一《武肃王》：乾宁四年"十一月己卯，台州刺史杜雄卒"⑧。今从墓志所记。

① [宋]佚名著，顾逸点校：《宣和书谱》卷一九，第149—150页。
② [清]彭定求：《全唐诗》卷六八五，第7864页。
③ [清]彭定求：《全唐诗》卷六八七，第7900页。
④ [清]彭定求：《全唐诗》卷七一四，第8209页。
⑤ [清]彭定求：《全唐诗》卷六六三，第7600页。
⑥ [清]黄瑞：《台州金石录》卷一，《石刻史料新编》第1辑，第10990页。
⑦ [清]黄瑞：《台州金石录》卷一，《石刻史料新编》第1辑，第10992页。
⑧ [宋]范坰，林禹撰：《吴越备史》卷一，第26页。

898　唐昭宗光化元年戊午

正月，骆团为台州刺史

《吴越备史》卷一《武肃王》：乾宁五年正月，"王以越州指挥使骆团为台州制置使。"①乾宁五年即光化元年。《嘉定赤城志》卷八"秩官门·历代郡守"："乾宁四年，骆团。"②误。

899　唐昭宗光化二年己未

十二月，吴融仍在中书舍人、翰林学士任，为贯休《西岳集》作序

吴融《禅月集序》，题署："翰林学士中书舍人上柱国赐紫金鱼袋吴融述。"序云："夫诗之作者，善善则咏颂之，恶恶则风刺之，苟不能本此二者，韵虽甚切，犹土木偶不生于气血，何所尚哉？自风雅之道息，为五言七言诗者，皆率拘以句度属对焉。既有所拘，则演情叙事不尽矣。且歌与诗，其道一也。然诗之所拘悉无之，足得于意，取非常语，语非常意，意又尽则为善矣。国朝为能歌诗者不少，独李太白为称首，盖气骨高举，不失颂咏风刺之道。厥后白乐天为讽谏五十篇，亦一时之奇逸极言。昔张为作诗图五层，以白氏为广大教化主，不错矣。至于李长吉以降，皆以刻削峭拔飞动文彩为第一流，而下笔不在洞房蛾眉神仙诡怪之间，则掷之不顾。迩来相教学者，靡漫浸淫，困不知变，呜呼！亦风俗使然。君子萌一心，发一言，亦当有益于事，矧极思属词，得不动关于教化？沙门贯休，本江南人，幼得苦空理，落发于东阳金华山。机神颖秀，雅善歌诗。晚岁，止于荆门龙兴寺。余谪官南行，因造其

---

① ［宋］范坰，林禹撰：《吴越备史》卷一，第27页。
② ［宋］陈耆卿：《嘉定赤城志》卷八，《宋元浙江方志集成》第11册，第5156页。

室。每谈论，未尝不了于理性。自是而往，日入忘归。邈然浩然，使我不知放逐之感。此外，商榷二雅，酬唱循还。越三日不相往来，恨疏矣。如此者凡期有半。上人之作，多以理胜，复能创新意。其语往往得景物于混茫之际。然其旨归，必合于道。太白、乐天既殁，可嗣其美者，非上人而谁。丙辰岁，余蒙恩诏归，与上人别。袖出歌诗草一本，曰《西岳集》，以为赆矣。窃虑将来作者，或未深知，故题序于卷之首。时己未岁嘉平月之三日。"①

按，序中叙述贯休于丙辰岁将《西岳集》请吴融作序，而吴融序成之时间是己未岁嘉平月之三日，亦即光化二年十二月三日。故诸书记载或作丙辰即乾宁三年。如《宋高僧传》卷三〇《梁成都府东禅院贯休传》："时内翰吴融谪官相遇，往来论道论诗，融为休作集序，则乾宁三年也。"②《唐诗纪事》卷七五贯休条："休与齐己齐名，有《西岳集》十卷，吴融为之序。"③按，这一集不是贯休最终文集。陶岳《五代史补》"贯休与光庭嘲戏"条："贯休有机辩，临事制变，众人未有出其右者。杜光庭欲挫其锋，每相见，必伺其举措以戏调之。……贯休有文集四十卷，吴融为之序，号《巨（西）岳集》，行于世。"④贯休入蜀后又编次其文集，号《禅月集》。

贯休弟子昙域后来又给《禅月集》作序，录之存参："先师名贯休，字德隐。婺州兰溪县登高里人也。俗姓姜氏，家传儒素，代继簪裾。少小之时，便归觉路，于安和寺请圆贞长老和尚为师，日念《法华经》一千字。数月之内，念毕兹经。先师与邻院童子法号处默偕年十余岁，同时发心念经。每于精修之暇，更相唱和。渐至十五六岁，诗名益著，远近皆闻。年二十岁，受具足戒。后于洪州开元寺听《法华经》。不数年间，亲敷法座，广演斯文。迄后兼讲《起信论》，可谓三冬涉学，百舍求师。寻妙旨于未传，起微言于将绝，于时江表士庶，无不钦风。年齿渐高，属天下丧乱。时处默和尚谓师曰：'吾师抱不羁之才，怀自然之道，时不与我，能无伤哉？'复为先师曰：'分袂无血泪，望处空阑干。'后隐南岳（阙二字）不（阙一字）先聘为备者曰：'吾闻岷峨异境，山水幽奇。四海骚然，一方无事。'遂乃过洞庭，趋渚宫，历白帝。旋闻大蜀开基创业，奄有坤维。叹曰：'不有君子，宁能国乎？'遂达大国，进上先皇帝诗。其略曰：'一瓶一钵垂垂老，万水千山得得来。'高祖礼待，膝之前席，过秦主待道安之礼，逾赵王迎图澄之仪。特修禅宇，恳请住持，寻赐师号曰'禅月大师'，曲加存恤，

① ［清］董诰：《全唐文》卷八二〇，第 8643 页。
② ［宋］赞宁撰，范祥雍点校：《宋高僧传》卷三〇，第 686 页。
③ ［宋］计有功：《唐诗纪事》卷七五，第 1090 页。
④ ［宋］陶岳：《五代史补》卷一，《景印文渊阁四库全书》第 407 册，第 650 页。

优异殊常。十年以来,迥承天眷。无何,壬申岁十二月,召门人谓曰:'古人有言曰:地为床兮天为盖,物何小兮物何大。苟惬心兮自欣泰,身与名兮何足赖。吾之治世,亦何久邪! 然吾启手足,曾无愧心。汝等以吾平生,事之以俭,可于王城外,藉之以草,覆之以纸,而藏之。慎勿动众而厚葬焉。'言讫,奄然而绝息。遂具表闻天。先帝蹙然久之,乃命所司,备一期葬事。于时在城士庶,无不悲伤。昙域遂以先师遗言上奏,请以薄葬之礼。帝曰:'朕治命可行焉。'敕命四众共助葬仪,特竖灵塔,敕谥'白莲之塔'。以癸酉年三月十七日,于成都北门外十余里,置塔之所,地号升仙。葬事既周,哀制斯毕。暇日或勋贤见访,或朝客见寻,或有念先师一篇两篇,或记三句五句,或未闲深旨,或不晓根源。众请昙域编集前后所制歌诗文赞,日有见问,不暇枝梧。遂寻检稿草,及暗记忆者,约一千首,乃雕刻成部,题号《禅月集》。昙域虽承师训,艺学无闻,曾奉告言,辄直序事。时大蜀乾德五年癸未岁十二月十五日序。"①

900　唐昭宗光化三年庚申

新出土赵睿宗墓志铭,墓盖刻有骆宾王《乐大夫挽词》

殷宪《大同新出唐辽金元志石新解》载有《赵睿宗墓志铭》②,是一篇特殊的墓志。赵睿宗(826—900),天水人。一生不仕,庚申年(昭宗光化三年,公元 900 年)十一月九日卒,享年七十五岁。据志文内容推知,墓志为赵睿宗嗣子赵敬安所撰。除了志文和铭文之外,志盖还刻有两首诗。一首是南朝张正见的《和阳侯送袁金紫葬诗》:"玄泉开隧道,白日照佳城。一朝若身此,千载几伤情。"③一首是骆宾王《乐大夫挽词五首》之第二首:"蒿里谁家地,松门何代秋。百年三万日,一别几经秋。返照寒无影,穷泉冻不流。俱然同物化,何处欲藏舟。"④由墓志铭文用诗体,加以志刻有两首前人之诗,说明中古诗歌对于唐代葬俗的影响。骆宾王诗作在唐代墓

---

①　[清]董诰:《全唐文》卷九二二,第 9604—9605 页。

②　殷宪:《大同新出唐辽金元志石新解》,三晋出版社 2012 年版,第 234 页。

③　殷宪:《大同新出辽金元志石新解》,第 243 页。

④　殷宪:《大同新出辽金元志石新解》,第 244 页。

志盖上出现,也说明其诗影响之大。

本年,骆延训为台州刺史

《嘉定赤城志》卷八"秩官门・历代郡守":"光化三年,骆延训。"注:"《十国纪年》云:'骆延训贞明二年因父团卒,嗣为太守。'按:贞明二年,乃梁氏年号,今《灵鹫院记》云:'光化中郡守骆延训改为隐然。'此说与《壁记》同。《纪年》误也。"①

901 唐昭宗天复元年辛酉

八月,吴蜕作《镇东军监军使院记》

《全唐文》卷八二一吴蜕《镇东军监军使院记》,末题:"时天复元年岁在辛酉八月庚辰朔二十四日癸卯记。"②文章对于了解唐末吴越监军制度具有一定的认识作用。

902 唐昭宗天复二年壬戌

五月,温州刺史朱褒卒,其兄朱敖代之;十二月,朱敖又为温州将所逐

《吴越备史》卷一《武肃王》:天复二年五月,"庚戌,温州刺史朱褒卒,兄敖代之。"③《资治通鉴》亦作五月④,《新唐书・昭宗纪》作四月⑤。应以"五月"为是。《新唐书・昭宗纪》:天复二年十二月,"癸巳,温州将丁章逐其刺史朱敖。"⑥

---

① [宋]陈耆卿:《嘉定赤城志》卷八,《宋元浙江方志集成》第 11 册,第 5156 页。
② [清]董诰:《全唐文》卷八二一,第 8653 页。
③ [宋]范坰、林禹撰:《吴越备史》卷一,第 32 页。
④ [宋]司马光:《资治通鉴》卷二六三,第 8574 页。
⑤ [宋]欧阳修、宋祁:《新唐书》卷一〇,第 299 页。
⑥ [宋]欧阳修、宋祁:《新唐书》卷一〇,第 300 页。

905　唐哀帝天祐二年乙丑

越州人吴融约卒于今明两年间,有《吴融诗集》四卷

岑仲勉《补唐代翰林两记》云:"融卒何年,虽乏明文,但据《旧唐书》一七九《柳璨传》,璨天祐元年正月十日命相时,充承旨者已是张文蔚,则文蔚殆于天复三年加充。换言之,即融以天复三年卒官也。"①但这一考证,也受到后人的质疑。艾炬《吴融生卒年新考》,以新发现吴融佚文《翁氏族谱旧序》末题"唐天祐二年乙丑八月既望,翰林学士承旨吴融书",并证吴融天复三年(903)后尚有诗文,以论证吴融卒年应在天祐二年之后,甚至在唐朝灭亡之后②。

吴在庆、傅璇琮《唐五代文学编年史·晚唐卷》:"《全唐诗》卷六八六吴融有《寄杨侍郎》诗,中云:'奇文已刻金书券,秘语看镌玉检封。何事春来待归隐,探知溪畔有风松。'按此杨侍郎疑为杨注。据《旧唐书·昭宗纪》,杨注于天祐元年六月以通议大夫、中书舍人、赐紫金鱼袋充翰林学士。而同书《哀帝纪》天祐二年三月载:'翰林学士、户部侍郎杨注是宰臣杨涉亲弟,……可守本官,罢内职。'诗作于春日,或即本年本月前所寄。又吴融尚有《春晚书怀》(《全唐诗》卷六八六):'落尽红芳春意阑,绿芜空锁辟疆园。嫦娥断影霜轮冷,帝子无踪泪竹繁。未达东邻(一作林)还绝想,不劳南浦更销魂。晚来虽共残莺约,争奈风凄又雨昏。'按揣摩诗意,似为昭宗迁洛后之作,或竟为昭宗被弑后所赋,故疑诗作于去年或本年晚春时。此二诗为吴融所能考知时间中最晚者,此后即未见有其他诗作。《新唐书》本传记吴融自阌乡召还,'迁承旨,卒官'。又韩偓《无题》诗序乃'丙寅年九月'作,时已称'故内翰吴侍郎融',则融乃卒于天祐三年(丙寅,906)九月前,其确时不可考,当在此后至明年间。"③

吴融著述,《新唐书·艺文志》载有《吴融诗集》四卷,《制诰》一卷④。《直斋书

---

① 岑仲勉:《补唐代翰林两记》卷下,《郎官石柱题名新考订(外三种)》,第482页。
② 艾炬《吴融生卒年新考》,载《山西师大学报(社会科学版)》2017年第1期,第98—102页。
③ 吴在庆、傅璇琮:《唐五代文学编年史·晚唐卷》,第971—972页。
④ [宋]欧阳修、宋祁:《新唐书》卷六〇,第1614页。

录解题》卷一九著录《唐英集》三卷①。今传吴融著述，主要有《唐英歌诗》三卷，收诗二百八十九首。《全唐诗》将吴融诗编为四卷，收诗二百九十七首。《全唐诗续补遗》补残诗《西昌新亭》："暖漾鱼遗子，晴游鹿引麛。"引自《唐摭言》卷一〇"海叙不遇"引《唐诗纪事》卷五八李洞条②。陈尚君《全唐诗续拾》又补遗诗三首③。方建新等《浙江文献要目》集部："《唐英歌诗》三卷，唐山阴吴融撰，《四库全书》本。"④

　　吴融诗歌，后人颇有评价。五代王定保《唐摭言》卷一〇"海叙不遇"条："李洞，唐诸王孙也。……时人但消其僻涩，而不能贵其奇峭。唯吴子华深知之。子华才力浩大，八面受敌，以八韵著称，游刃颇攻骚雅，尝以百篇示洞。洞曰：'大兄所示百篇中，有一联绝唱，西昌新亭曰：暖漾鱼遗子，晴游鹿引麛。'子华不怨所鄙，而喜所许。"⑤刘克庄《后村诗话·新集》卷四："吴融《和韩学士秋夕禁直偶雪》云：'砚冰忧诏急，灯尽惜更残。'《重阳日荆州》云：'旧国莫归戎马乱，故人何在塞鸿来。'《丹阳》云：'山带梁朝陵路断，水连刘尹宅基平。'《岐下闻子规》云：'但有花知啼血处，更无猿替断肠哀。'《还俗尼》云：'三峡却为行雨客，九天曾是散花人。'《兵后经汴》云：'金镞有苔人拾得，芦花无土鸟衔将。'《过九成宫》云：'魏公碑字封苍藓，文帝泉声落野田。'（碑乃欧阳率更书，岂魏公有别碑乎？）《宋玉宅》云：'已怀湘浦招魂事，更忆高唐说梦时。'《杏花》云：'独照影时临水畔，最含情处出墙头。'《裴公洛居》云：'门前立使修书懒，花下留宾压酒忙。'《过邓城县》云：'未知尧桀谁非是，可使彭殇有短长。'《杨花》云：'百花长恨风吹落，惟有杨花独爱风。'《潮》云：'暮去朝来无定期，桑田长被此声移。蓬莱若探人间事，一度还应两度知。'《山僧》云：'石臼山头一老僧，朝无香积夜无灯。近嫌俗客知踪迹，疑向中方断石层。'《废宅》云：'风飘碧瓦雨摧垣，却有邻人为锁门。几树好花空白昼，满庭芳草易黄昏。放鱼池涸蛙争聚，栖燕梁空雀自喧。不独凄凉眼前事，咸阳一火便成原。'《题湖城县西槐树》云：'零落敧斜北路中，盛时曾识太平风。晓迷鹤驾归春苑，暮送鸾旗指洛宫。一自烟尘生蓟北，更无消息幸关东。而今祇有孤根在，鸟啄虫穿没乱蓬。'吴子华诗，五言合作绝少，七言佳者不减致光（即韩偓）。致光以忤朱三贬窜，子华诗有《南迁》七绝，未

　　① ［宋］陈振孙撰，徐小蛮、顾美华点校：《直斋书录解题》卷一九，第576页。
　　② 童养年：《全唐诗续补遗》卷九，《全唐诗补编》，第443页。
　　③ 陈尚君：《全唐诗续拾》卷三六，《全唐诗补编》，第1240页。
　　④ 方建新、徐永明、童正伦编：《浙江文献要目》，第124页。
　　⑤ ［五代］王定保：《唐摭言》卷一〇，第109页。

知所坐何罪,以诗意度之,岂其坐致光之党耶!"①许学夷《诗源辩体》卷三二:"吴融七言律'太行和雪'一篇,气格在初盛唐之间。'十二栏干''别墅萧条''长亭一望'三篇,声气亦胜,其他皆晚唐语也。"②清纪昀《四库全书总目》卷一五一《唐英歌诗》三卷:"以文章工拙论之,则融诗音节谐雅,犹有中唐遗风,较(韩)偓为稍胜焉。在天祐诸诗人中,闲远不及司空图,沉挚不及罗隐,繁复不及皮日休,奇辟不及周朴。然其余作者,实罕与雁行。"③清贺裳《载酒园诗话·又编》:"吴子华近体诗,虽品格不高,思路颇细,兼有情致。如'檐外暖丝兼絮堕,槛前轻浪带鸥来','半岩云粉千竿竹,满寺风雷百尺泉','围棋已访生云石,把钓先寻急雨滩',皆佳句也。至作长歌,大多可笑。"④

906　唐哀帝天祐三年丙寅

钱镠延请天台山幼璋禅师,馆于功德堂日亲问法

《五灯会元》:"幼璋禅师,唐相国夏侯孜之犹子也。……咸通十三年至江陵,腾腾和尚嘱之曰:'汝往天台,寻静而栖,遇安即止。'已而又值憨憨和尚,换而记曰:'汝却后四十年,有巾子山下菩萨王于江南,当此时,吾道昌矣。'寻抵天台山,于静安乡创福唐院,乃契腾腾之言。又住隐龙院,中和四年,浙东饥疫,师于温、台、明三郡瘗收遗骸。……天祐三年,钱尚父遣使童建赍衣服香药入山致请,至府庭,署志德大师,馆于功臣堂,日亲问法。……时禅门兴盛,斯则憨憨悬记应矣。"⑤

① [宋]刘克庄:《后村诗话》新集卷四,第213—214页。
② [明]许学夷:《诗源辩体》卷三二,人民文学出版社1987年版,第301页。
③ [清]永瑢等:《四库全书总目》卷一五一,第1302页。
④ [清]贺裳:《载酒园诗话·又编》,《清诗话续编》第1册,上海古籍出版社2016年版,第377页。
⑤ [宋]普济:《五灯会元》卷一三,第843—844页。

907　唐哀帝天祐四年丁卯

本年,宋嗣宗为奉化县令

《雍正浙江通志》卷一五二"名宦志":"宋嗣宗,《宁波府简要志》:字文缵,南和人。天祐四年为奉化令,利泽深厚,民甚德之。"①

---

① 〔清〕嵇曾筠、沈翼机等:《雍正浙江通志》卷一五二,《景印文渊阁四库全书》第 523 册,第 125 页。

参考文献

一、引用书目

A

安旗、薛天纬:《李白年谱》,齐鲁书社 1982 年版。

B

白化文、李鼎霞校注:《行历抄校注》,花山文艺出版社 2004 年版。

白居易著,朱金城笺校:《白居易集笺校》,上海古籍出版社 1988 年版。

北京图书馆金石组:《北京图书馆藏中国历代石刻拓本汇编》,中州古籍出版社 1989 年版。

卞孝萱:《元稹年谱》,齐鲁书社 1980 年版。

C

岑仲勉:《金石论丛》,上海古籍出版社 1981 年版。

岑仲勉:《郎官石柱题名新考订(外三种)》,中华书局 2004 年版。

岑仲勉:《唐人行第录(外三种)》,中华书局 2004 年版。

曾唯:《广雁荡山志》,乾隆五十五年刻本。

晁公武撰,孙猛校证:《郡斋读书志校证》,上海古籍出版社 1990 年版。

陈伯海主编:《唐诗汇评》(增订本),上海古籍出版社 2015 年版。

陈国灿、刘健明:《〈全唐文〉职官丛考》,武汉大学出版社 1997 年版。

陈长安主编:《隋唐五代墓志汇编·洛阳卷》,天津古籍出版社 1991 年版。

陈汉章:《象山县志》,方志出版社 2004 年版。

陈耆卿:《嘉定赤城志》,《宋元浙江方志集成》本,杭州出版社 2009 年版。

陈瑞赞编注:《东瓯逸事汇录》,上海社会科学院出版社 2006 年版。

陈尚君:《全唐诗补编》,中华书局 1992 年版。

陈尚君:《全唐文补编》,中华书局 2005 年版。

陈尚君:《唐人佚诗解读》,中华书局 2021 年版。

陈尚君:《唐诗求是》,上海古籍出版社 2018 年版。

陈尚君:《贞石诠唐》,复旦大学出版社 2016 年版。

陈书良校点:《曾国藩读书录》,岳麓书社 2017 年版。

陈思编著:《宝刻丛编》,浙江古籍出版社 2012 年版。

陈铁民:《唐代文史研究丛稿》,中国社会科学出版社 2013 年版。

陈铁民:《王维新论》,北京师范学院出版社 1990 年版。

陈铁民等:《岑参集校注》,上海古籍出版社 1981 年版。

陈耀东:《唐代文史考辨录》,团结出版社 1990 年版。

陈寅恪:《金明馆丛稿初编》,上海古籍出版社 1980 年版。

陈玉兰主编:《武义文献丛编》,中华书局 2019 年版。

陈垣编:《道家金石略》,文物出版社 1988 年版。

陈振孙撰,徐小蛮、顾美华点校:《直斋书录解题》,上海古籍出版社 2015 年版。

储仲君:《刘长卿诗编年笺注》,中华书局 1996 年版。

D

《大正新修大藏经》,新文丰出版公司 1998 年版。

大江维时:《千载佳句》,上海古籍出版社 2003 年版。

道宣:《续高僧传》,中华书局 2014 年版。

邓名世:《古今姓氏书辩证》,中华书局 1985 年版。

邓牧:《伯牙琴》,中华书局 1959 年版。

丁天魁主编:《国清寺志》,华东师范大学出版社 1995 年版。

董棻:《严州图经》,《宋元浙江方志集成》本,杭州出版社 2009 年版。

董棻编:《严陵集》,中华书局 1985 年版。

董诰:《全唐文》,中华书局 1983 年版。

董钦德:《康熙会稽县志》,成文出版社 1983 年版。

董逌:《广川书跋》,中华书局 1985 年版。

董遵道:《武义县志》,明正德十五年刻嘉靖三年增修本。

都穆:《金薤琳琅》,《历代碑志丛书》第 2 册,江苏古籍出版社 1998 年版。

杜甫著,谢思炜校注:《杜甫集校注》,上海古籍出版社 2015 年版。

杜牧:《樊川文集》,上海古籍出版社 2009 年版。

杜佑:《通典》,中华书局 1988 年版。

段成式撰,方南生校点:《酉阳杂俎》,中华书局1981年版。

敦煌研究院编:《敦煌书法库》第4辑,甘肃人民美术出版社1996年版。

E

俄罗斯科学院东方研究所圣彼得堡分所、俄罗斯科学出版社东方文学部、上海古籍出版社编:《俄藏敦煌文献》第15册,上海古籍出版社、俄罗斯科学出版社东方文学部2000年版。

二玄社:《书迹名品丛刊》,日本二玄社1964年版。

F

范成大:《吴郡志》,《宋元方志丛刊》本,中华书局1990年版。

范坰,林禹撰:《吴越备史》,民国二十三年(1934)上海商务印书馆《四部丛刊续编》本。

范摅:《云溪友议》,上海古籍出版社2012年版。

方回选评,李庆甲集评校点:《瀛奎律髓汇评》,上海古籍出版社2005年版。

方建新、徐永明、童正伦编:《浙江文献要目》,浙江古籍出版社2016年版。

方世举著,郝润华、丁俊丽整理:《韩昌黎诗集编年笺注》,中华书局2012年版。

方崧卿著,刘真伦汇校:《韩集举正汇校》,凤凰出版社2007年版。

冯登府编:《闽中金石志》,文物出版社1982年版。

傅经顺:《李贺传论》,陕西人民出版社1981年版。

傅璇琮:《李德裕年谱》,中华书局2013年版。

傅璇琮主编:《唐才子传校笺》第1册,中华书局1987年版。

傅璇琮主编:《唐才子传校笺》第2册,中华书局1989年版。

傅璇琮主编:《唐才子传校笺》第3册,中华书局1990年版。

傅璇琮主编:《唐才子传校笺》第4册,中华书局1990年版。

傅璇琮主编:《唐才子传校笺》第5册,中华书局1995年版。

傅璇琮:《唐代诗人丛考》,中华书局2003年版。

傅璇琮、陈尚君、徐俊编:《唐人选唐诗新编(增订本)》,中华书局2014年版。

G

干宝:《搜神记》,中华书局1979年版。

高似孙:《剡录》,《宋元方志丛刊》本,中华书局1990年版。

葛景春:《杜甫与地域文化》,社会科学文献出版社2016年版。

葛立方:《韵语阳秋》,中华书局1985年版。

龚明之:《中吴纪闻》,上海古籍出版社 2012 年版。

故宫博物院:《新中国出土墓志·陕西肆》,文物出版社 2021 年版。

顾炎武:《金石文字记》,《石刻史料新编》本,台北新文丰出版公司 1982 年版。

贯休著,胡大浚笺注:《贯休歌诗系年笺注》,中华书局 2011 年版。

郭茂倩:《乐府诗集》,上海古籍出版社 2016 年版。

郭绍虞编选,富寿荪校点:《清诗话续编》,上海古籍出版社 2016 年版。

H

韩愈:《顺宗实录》,中华书局 1985 年版。

韩愈著,马其昶校注,马茂元整理:《韩昌黎文集校注》,上海古籍出版社 1986 年版。

韩愈撰,魏仲举集注:《五百家注韩昌黎集》,中华书局 2019 年版。

郝世峰:《孟郊诗集笺注》,河北教育出版社 2002 年版。

何乔远:《闽书》,福建人民出版社 1994 年版。

何晏注、邢昺疏:《论语注疏》,《十三经注疏》本,北京大学出版社 2000 年版。

和珅等:《钦定大清一统志》,《景印文渊阁四库全书》本,台湾商务印书馆 1986 年版。

河南省文物研究所、河南省洛阳地区文管处编:《千唐志斋藏志》,文物出版社 1984 年版。

蘅塘退士选编,胡可先注评:《唐诗三百首》,河北人民出版社 2006 年版。

弘法大师:《弘法大师文集》,国际宗教文化出版社 2019 年版。

洪迈:《容斋随笔》,上海古籍出版社 2015 年版。

洪颐煊:《台州札记》,中国文史出版社 2004 年版。

胡海帆:《北京大学图书馆新藏金石拓本菁华:1996—2012》,北京大学出版社 2012 年版。

胡戟、荣新江:《大唐西市博物馆藏墓志》,北京大学出版社 2012 年版。

胡可先、杨琼:《唐代诗人墓志汇编·出土文献卷》,上海古籍出版社 2021 年版。

胡应麟:《诗薮》,上海古籍出版社 1979 年版。

胡用宾:《永乐乐清县志》,隆庆六年刻本。

胡仔:《苕溪渔隐丛话》,人民文学出版社 1993 年版。

胡正武:《浙东唐诗之路论集》,浙江工商大学出版社 2019 年版。

胡宗宪:《嘉靖浙江通志》,明嘉靖四十年刻本。

华忱之:《孟东野诗集》,人民文学出版社1959年版。

皇甫枚:《三水小牍》,中华书局1958年版。

黄鹏:《贾岛诗集笺注》,巴蜀书社2002年版。

黄瑞:《台州金石录》,《石刻史料新编》本,台北新文丰出版公司1982年版。

黄苏:《蓼园词评》,《词话丛编》本,中华书局1986年版。

黄宗羲:《南雷集》,民国十八年(1929)上海商务印书馆《四部丛刊初编》本。

J

嵇曾筠、沈翼机等:《雍正浙江通志》,《景印文渊阁四库全书》本,台湾商务印书馆1986年版。

嵇璜:《续通志》,《景印文渊阁四库全书》本,台湾商务印书馆1986年版。

计有功:《唐诗纪事》,上海古籍出版社2013年版。

嘉庆《重修一统志》,民国二十五年(1936)上海商务印书馆《四部丛刊三编》本。

贾岛著,李嘉言新校:《长江集新校》,河南大学出版社2008年版。

贾岛撰,齐文榜校注:《贾岛集校注》,中华书局2020年版。

贾晋华:《皎然年谱》,厦门大学出版社1992年版。

贾晋华:《唐代集会总集与诗人群研究》(第2版),北京大学出版社2015年版。

姜宸英撰,雍琦整理:《姜宸英全集》,浙江古籍出版社2016年版。

姜准:《岐海琐谈》,上海社会科学院出版社2002年版。

蒋清翊:《王子安集注》,上海古籍出版社1995年版。

蒋寅:《大历诗人研究》,中华书局1995年版。

蒋寅:《戴叔伦诗集校注》,上海古籍出版社2010年版。

蒋寅笺,唐元校,张静注:《权德舆诗文集编年校注》,辽海出版社2013年版。

金光祖:《康熙广东通志》,康熙三十六年刻本。

金圣叹:《贯华堂选批唐才子诗》,万卷出版公司2009年版。

敬雄:《天台霞标》,《大日本佛教全书》本,大法轮阁2007年版。

K

柯昌泗:《语石异同评》,中华书局1994年版。

孔延之:《会稽掇英总集》,《宋元浙江方志集成》本,杭州出版社2009年版。

L

李翱撰,郝润华、杜学林校注:《李翱文集校注》,中华书局2021年版。

李白撰，安旗等笺注：《李白全集编年笺注》，中华书局 2015 年版。

李白著，王琦注：《李太白全集》，中华书局 1977 年版。

李绰撰，萧逸校点：《尚书故实》，《教坊记》外七种，上海古籍出版社 2012 年版。

李德裕撰，傅璇琮、周建国校笺：《李德裕文集校笺》，中华书局 2018 年版。

李定广系年校笺：《罗隐集系年校笺》，人民文学出版社 2013 年版。

李昉等：《太平广记》，中华书局 1961 年版。

李昉等：《太平御览》，中华书局 1960 年版。

李昉等：《文苑英华》，中华书局 1966 年版。

李庚等编，郑钦南、郑苍钧点校：《天台集》，上海古籍出版社 2018 年版。

李吉甫：《元和郡县图志》，中华书局 1983 年版。

李庆立：《怀麓堂诗话校释》，人民文学出版社 2009 年版。

李绅著，卢燕平校注：《李绅集校注》，中华书局 2009 年版。

李希泌主编：《唐大诏令集补编》，上海古籍出版社 2003 年版。

李贤：《大明一统志》，巴蜀书社 2017 年版。

李延寿：《晋书》，中华书局 1974 年版。

李寅生、宇野直人：《中日历代名诗选》，上海古籍出版社 2016 年版。

李遇孙：《栝苍金石志》，《石刻史料新编》本，台北新文丰出版公司 1982 年版。

李肇：《唐国史补》，上海古籍出版社 1979 年版。

郦道元撰，陈桥驿点校：《水经注》，上海古籍出版社 1990 年版。

廖立：《岑嘉州诗笺注》，中华书局 2004 年版。

林宝撰，岑仲勉校记：《元和姓纂（附四校记）》，中华书局 1994 年版。

凌迪知：《万姓统谱》，上海古籍出版社 1994 年版。

令狐亦岱等修：《乾隆缙云县志》，《中国地方志集成·善本方志辑》本，凤凰出版社 2014 年版。

刘崇远：《金华子》，上海古籍出版社 1958 年版。

刘初棠：《卢纶诗集校注》，上海古籍出版社 1989 年版。

刘开扬：《高适诗集编年笺注》，中华书局 1981 年版。

刘克庄：《后村诗话》，中华书局 1983 年版。

刘肃撰，许德楠、李鼎霞点校：《大唐新语》，中华书局 1984 年版。

刘餗：《隋唐嘉话》，中华书局 1979 年版。

刘文刚：《孟浩然年谱》，人民文学出版社 1995 年版。

刘昫:《旧唐书》,中华书局 1975 年版。

刘学锴:《唐诗选注评鉴》(十卷本),中州古籍出版社 2019 年版。

刘学锴:《温庭筠全集校注》,三晋出版社 2016 年版。

刘学锴、余恕诚:《李商隐文编年校注》,中华书局 2002 年版。

刘衍:《李贺诗校笺证异》,湖南出版社 1990 年版。

刘禹锡著,瞿蜕园笺证:《刘禹锡集笺证》,上海古籍出版社 1989 年版。

刘禹锡撰,陶敏、陶红雨校注:《刘禹锡全集编年校注》,中华书局 2019 年版。

刘真伦等:《韩愈文集汇校笺注》,中华书局 2017 年版。

刘卓:《唐代"三包"考辨》,世界图书出版广东有限公司 2017 年版。

柳宗元撰,尹占华、韩文奇校注:《柳宗元集校注》,中华书局 2013 年版。

陆继辉:《八琼室金石补正续编》,《续修四库全书》本,上海古籍出版社 1996 年版。

陆心源:《唐文拾遗》,《全唐文》附,中华书局 1983 年版。

陆心源:《唐文续拾》,《全唐文》附,中华书局 1983 年版。

陆心源:《吴兴金石录》,清同治光绪潜园总集本。

陆耀遹:《金石续编》,上海古籍出版社 20202 年版。

陆游:《渭南文集校注》,浙江古籍出版社 2015 年版。

陆增祥撰:《八琼室金石补正》,文物出版社 1985 年版。

逯钦立:《先秦汉魏晋南北朝诗·隋诗》,中华书局 1983 年版。

路远:《碑林语石——西安碑林藏石研究》,三秦出版社 2010 年版。

罗濬:《宝庆四明志》,《宋元浙江方志集成》本,杭州出版社 2009 年版。

罗国威:《文馆词林校证》,中华书局 2001 年版。

罗联添:《唐代诗文六家年谱》,学海出版社 1986 年版。

罗卫东、范今朝主编:《庆贺陈桥驿先生九十华诞学术论文集》,浙江大学出版社 2014 年版。

洛阳市文物考古研究院:《藏石集粹·墓志篇》,中州古籍出版社 2020 年版。

骆宾王著,陈熙晋笺注:《骆临海集笺注》,上海古籍出版社 1985 年版。

M

马端临:《文献通考》,浙江古籍出版社 1988 年版。

毛承霖纂修:《民国续修历城县志》,《中国地方志集成·山东府县志辑》本,凤凰出版社 2004 年版。

毛滂:《东堂集》,《景印文渊阁四库全书》本,台湾商务印书馆 1986 年版。

毛阳光、余扶危主编:《洛阳流散唐代墓志汇编》,国家图书馆出版社 2013 年版。

孟郊著,韩泉欣校注:《孟郊集校注》,浙江古籍出版社 2012 年版。

孟浩然撰,李景白校注:《孟浩然诗集校注》,巴蜀书社 1988 年版。

孟棨:《本事诗》,上海古籍出版社 1991 年版。

缪荃孙:《江苏通志稿》,江苏通志局 1927 年刻本。

缪钺:《杜牧年谱》,河北教育出版社 1999 年版。

N

南卓:《羯鼓录》,中华书局 1985 年版。

O

欧阳忞:《舆地广记》,四川大学出版社 2003 年版。

欧阳修、宋祁:《新唐书》,中华书局 1975 年版。

欧阳修:《集古录跋尾》,人民美术出版社 2010 年版。

欧阳修:《六一诗话》,凤凰出版社 2003 年版。

欧阳询:《艺文类聚》,上海古籍出版社 1999 年版。

P

潘绍诒:《光绪处州府志》,光绪三年刊本。

彭定求:《全唐诗》,中华书局 1960 年版。

皮日休、陆龟蒙等撰,王锡九校注:《松陵集校注》,中华书局 2018 年版。

平恕、徐嵩等纂:《乾隆绍兴府志》,乾隆五十七年刊本。

普济:《五灯会元》,中华书局 1984 年版。

Q

齐运通主编:《洛阳新获墓志百品》,国家图书馆出版社 2020 年版。

齐召南:《温州府志》,台湾成文出版社有限公司 1983 年版。

钱大昕:《嘉定钱大昕全集》,凤凰出版社 2016 年版。

钱谦益:《钱注杜诗》,上海古籍出版社 2009 年版。

钱维乔:《乾隆鄞县志》,乾隆五十三年刻本。

钱易撰,尚成校点:《南部新书》,上海古籍出版社 2012 年版。

钱钟书:《管锥编》,生活·读书·新知三联书店 2001 年版。

钱仲联:《韩昌黎诗系年集释》,上海古籍出版社 1984 年版。

钱仲联:《梦苕庵专著二种》,中国社会科学出版社1984年版。

乔亿编,雷恩海笺注:《大历诗略笺释辑评》,天津古籍出版社2008年版。

《清代诗文集汇编》编纂委员会编:《清代诗文集汇编》,上海古籍出版社2010年版。

仇兆鳌:《杜诗详注》,中华书局1979年版。

衢州市地方志办公室编:《衢州府志集成》,西泠印社出版社2009年版。

衢州市志编纂委员会编:《衢州市志》,浙江人民出版社1994年版。

R

饶宗颐编:《法藏敦煌书苑精华》,广东人民出版社1993年版。

任昉:《述异记》,中华书局1991年版。

任桂全总纂:《绍兴市志》,浙江人民出版社1996年版。

荣新江:《唐研究》第1卷,北京大学出版社1995年版。

荣新江:《唐研究》第23卷,北京大学出版社2017年版。

阮元:《两浙金石志》,浙江古籍出版社2012年版。

阮阅编,周本淳校点:《诗话总龟》,人民文学出版社1987年版。

S

陕西省考古研究院编:《长安高阳原新出土隋唐墓志》,文物出版社2016年版。

商略、孙勤忠:《有虞故物——会稽余姚虞氏汉唐出土文献汇释》,上海古籍出版社2016年版。

绍兴县修志委员会:《绍兴县志资料》第1辑,台湾成文出版社1983年版。

沈德潜:《唐诗别裁集》,上海古籍出版社1979年版。

嵊州市政协:《剡溪志》,中国文史出版社2021年版。

嵊州县志编纂委员会:《嵊县志》(修订本),方志出版社2007年版。

《诗渊》,书目文献出版社1980年版。

施宿:《嘉泰会稽志》,《宋元浙江方志集成》本,杭州出版社2009年版。

施元孚:《白石山志》,《乐清文献丛书》第2辑,线装书局2013年版。

史弥坚:《嘉定镇江志》,《宋元方志丛刊》本,中华书局1990年版。

史能之:《咸淳毗陵志》,《宋元方志丛刊》本,中华书局1990年版。

释道世:《法苑珠林》,中华书局2003年版。

司马承祯:《上清含象剑鉴图》,《道藏》本,上海书店出版社、文物出版社、天津古籍出版社1988年版。

司马光:《资治通鉴》,中华书局 1956 年版。

四川文史研究馆:《杜甫年谱》,四川人民出版社 1981 年版。

宋濂:《宋濂全集》,浙江古籍出版社 2014 年版。

宋敏求编:《唐大诏令集》,中华书局 2008 年版。

孙光宪撰,贾二强点校:《北梦琐言》,中华书局 2002 年版。

孙能传:《剡溪漫笔》,中国书店 1987 年版。

孙钦善:《高适集校注》,上海古籍出版社 2014 年版。

孙望:《全唐诗补逸》,《全唐诗》本,中华书局 2013 年版。

孙望:《韦应物诗集系年校笺》,中华书局 2002 年版。

T

谭优学:《唐诗人行年考》,四川人民出版社 1981 年版。

谭优学:《唐诗人行年考续编》,巴蜀书社 1987 年版。

唐壬森:《光绪兰溪县志》,台湾成文出版社 1973 年版。

唐汝询:《唐诗解》,河北大学出版社 2010 年版。

陶敏、傅璇琮:《唐五代文学编年史·初盛唐卷》,辽海出版社 1998 年版。

陶敏、李一飞、傅璇琮:《唐五代文学编年史·中唐卷》,辽海出版社 1998 年版。

陶敏、易淑琼校注:《沈佺期宋之问集校注》,中华书局 2001 年版。

陶敏:《全唐诗人名汇考》,辽海出版社 2006 年版。

陶敏:《全唐诗作者小传补正》,辽海出版社 2010 年版。

陶敏:《唐代文学与文献论集》,中华书局 2010 年版。

陶敏:《唐姚合、卢绮二志札记》,载《文史》2011 年第 1 期。

陶敏等:《韦应物集校注》,上海古籍出版社 2011 年版。

陶敏主编:《全唐五代笔记》,三秦出版社 2012 年版。

陶宗仪编:《古刻丛钞》,中华书局 1985 年版。

陶宗仪编:《说郛三种》,上海古籍出版社 2012 年版。

佟培基:《孟浩然诗集笺注》,上海古籍出版社 2000 年版。

佟培基:《全唐诗重出误收考》,陕西人民教育出版社 1996 年版。

童佩撰,姜勇笺注:《〈童子鸣集〉笺注》,浙江工商大学出版社 2019 年版。

脱脱:《宋史》,中华书局 1985 年版。

W

王鏊:《姑苏志》,台湾学生书局 1986 年版。

王昶:《金石萃编》,中国书店出版社 1985 年版。

王定保:《唐摭言》,上海古籍出版社 1978 年版。

王棻、戴咸弼总纂:《光绪永嘉县志》,光绪八年刻本。

王棻:《青田县志》,温州朱公茂印书局承印本。

王夫之等撰:《清诗话》,上海古籍出版社 1963 年版。

王光蕴:《万历温州府志》,万历三十三年序刊本。

王懋德等:《金华府志》,台湾学生书局 1965 年版。

王溥:《唐会要》,上海古籍出版社 2006 年版。

王钦若:《册府元龟》,中华书局 1960 年版。

王仁波主编:《隋唐五代墓志汇编·陕西卷》第 1、2 册,天津古籍出版社 1991
年版。

王世贞:《弇州四部稿》,《景印文渊阁四库全书》本,台湾商务印书馆 1986
年版。

王叔杲:《嘉靖永嘉县志》,嘉靖四十五年增修刻本。

王维著,赵殿成注:《王维诗集》,上海古籍出版社 2017 年版。

王维撰,陈铁民校注:《王维集校注》(修订本),中华书局 2018 年版。

王象之:《舆地碑记目》,中华书局 1985 年版。

王象之编著,赵一生点校:《舆地纪胜》,浙江古籍出版社 2012 年版。

王晓亮:《绍兴碑刻文化研究》,人民出版社 2020 年版。

王勋成:《唐代铨选与文学》,中华书局 2001 年版。

王应麟:《玉海》,中文出版社 1977 年版。

王原祁:《佩文斋书画谱》,中国书店 1984 年版。

王瓒:《弘治温州府志》,《天一阁藏明代方志选刊续编》本,上海书店出版社
2014 年版。

王重民:《全唐诗外编》,中华书局 1982 年版。

韦庄著,聂安福笺注:《韦庄集笺注》,上海古籍出版社 2002 年版。

魏征:《隋书》,中华书局 1973 年版。

温庭筠著,曾益等笺注:《温飞卿诗集笺注》,上海古籍出版社 1980 年版。

文莹:《湘山野录续录》,上海古籍出版社 2012 年版。

闻一多:《唐诗杂论》,武汉大学出版社 2008 年版。

吴曾:《能改斋漫录》,上海古籍出版社 1979 年版。

吴钢主编:《全唐文补遗》第 1 辑,三秦出版社 1994 年版。

吴钢主编:《全唐文补遗》第 2 辑,三秦出版社 1995 年版。

吴钢主编:《全唐文补遗》第 3 辑,三秦出版社 1996 年版。

吴钢主编:《全唐文补遗》第 4 辑,三秦出版社 1997 年版。

吴钢主编:《全唐文补遗》第 5 辑,三秦出版社 1998 年版。

吴钢主编:《全唐文补遗》第 6 辑,三秦出版社 1999 年版。

吴钢主编:《全唐文补遗》第 7 辑,三秦出版社 2000 年版。

吴钢主编:《全唐文补遗》第 8 辑,三秦出版社 2005 年版。

吴钢主编:《全唐文补遗》第 9 辑,三秦出版社 2007 年版。

吴钢主编:《全唐文补遗·千唐志斋新藏专辑》,三秦出版社 2006 年版。

吴钢主编:《隋唐五代墓志汇编·陕西卷》第 3、4 册,天津古籍出版社 1991
年版。

吴企明:《李长吉歌诗编年笺注》,中华书局 2016 年版。

吴任臣:《十国春秋》,中华书局 2010 年版。

吴汝煜、胡可先:《全唐诗人名考》,江苏教育出版社 1990 年版。

吴廷燮:《唐方镇年表》,中华书局 1980 年版。

吴在庆、丁放编:《唐五代文编年史·盛唐卷》,黄山书社 2018 年版。

吴在庆、傅璇琮:《唐五代文学编年史·晚唐卷》,辽海出版社 1998 年版。

吴在庆:《杜牧集系年校注》,中华书局 2016 年版。

吴在庆:《增补唐五代文史丛考》,黄山书社 2006 年版。

武亿:《授堂金石三跋·金石二跋》,上海古籍出版社 2020 年版。

X

西安碑林博物馆编:《碑林集刊》第 17 辑,三秦出版社 2011 年版。

西北大学考古学系,西北大学文化遗产与考古学研究中心编:《西部考古》第 1
辑,三秦出版社 2006 年版。

夏承焘:《唐宋词人年谱》,商务印书馆 2017 年版。

项楚主编:《中国俗文化研究》,四川大学出版社 2016 年版。

项士元:《巾子山志》,中国文史出版社 2005 年版。

萧统编,李善、吕延济、刘良、张铣、吕向、李周翰注:《六臣注文选》,中华书局
1987 年版。

小岛宪之校注:《文华秀丽集》,东京:岩波书店 1964 年版。

肖献军：《唐代湖湘客籍文人年谱》，中国社会科学出版社 2017 年版。

肖占鹏、李勃洋：《沈下贤集校注》，南开大学出版社 2003 年版。

谢灵运著，李运富编注：《谢灵运集》，岳麓书社 1999 年版。

谢思炜、王昕、燕雪平：《唐代荥阳郑氏家族》，上海古籍出版社 2019 年版。

解缙、姚广孝：《永乐大典》，中华书局 1986 年版。

熊飞：《张九龄集校注》，中华书局 2008 年版。

熊飞：《张说集校注》，中华书局 2013 年版。

徐伯龄：《蟫精隽》，《景印文渊阁四库全书》本，台湾商务印书馆 1986 年版。

徐海水主编：《衢州市教育志》，杭州出版社 2005 年版。

徐坚：《初学记》，中华书局 2004 年版。

徐明霞点校：《卢照邻集杨炯集》，中华书局 1980 年版。

徐松：《登科记考》，中华书局 1984 年版。

徐松撰，孟二冬补正：《登科记考补正》，中华书局 2019 年版。

徐文平：《浙南摩崖石刻研究》，浙江大学出版社 2015 年版。

徐元梅：《嘉庆山阴县志》，民国二十五年（1936）绍兴县修志委员会校勘铅印本。

许浑撰，罗时进笺证：《丁卯集笺证》，中华书局 2012 年版。

许学夷：《诗源辩体》，人民文学出版社 1987 年版。

薛天纬：《李白诗选》，人民文学出版社 2017 年版。

薛宗正：《北庭历史文化研究：伊、西、庭三州及唐属西突厥左厢部落》，上海古籍出版社 2010 年版。

薛宗正：《历代西陲边塞诗研究》，敦煌文艺出版社 1993 年版。

Y

严耕望：《唐仆尚丞郎表》，上海古籍出版社 2007 年版。

杨承祖：《杨承祖文录》，华东师范大学出版社 2017 年版。

杨军笺注：《元稹集编年笺注（诗歌卷）》，三秦出版社 2002 年版。

杨烈：《世界文学史》，复旦大学出版社 2018 年版。

杨寔：《成化宁波郡志》，明成化四年刊本。

杨世明：《刘长卿集编年校注》，人民文学出版社 2015 年版。

杨泰亨：《光绪慈溪县志》，光绪五年刊本。

杨作龙、赵水森等：《洛阳新出土墓志释录》，北京图书馆出版社 2004 年版。

姚宝煃、范崇楷纂:《嘉庆西安县志》,民国六年(1917)年重刊本。

姚合著,吴河清校注:《姚合诗集校注》,上海古籍出版社 2012 年版。

姚宽:《西溪丛语》,中华书局 1985 年版。

姚思廉:《陈书》,中华书局 1972 年版。

叶奕苞:《金石录补》,上海古籍出版社 2020 年版。

伊藤松:《邻交征书》,上海辞书出版社 2007 年版。

佚名:《宝刻类编》,中华书局 1985 年版。

佚名著,顾逸点校:《宣和书谱》,上海书画出版社 1984 年版。

佚名著,王群栗点校:《富和画谱》,浙江人民美术出版社 2019 年版。

殷荪编:《中国书法史图录》,上海书画出版社 1989 年版。

殷宪:《大同新出唐辽金元志石新解》,三晋出版社 2012 年版。

卢盛江:《文镜秘府论研究》,人民文学出版社 2013 年版。

印志华主编:《隋唐五代墓志汇编·江苏山东卷》,天津古籍出版社 1991 年版。

永瑢等:《四库全书总目》,中华书局 1965 年版。

余绍宋:《龙游县志》,京城印书局 1984 年版。

俞陛云:《唐五代两宋词选释》,上海古籍出版社 2011 年版。

郁贤皓:《李白选集》,上海古籍出版社 2013 年版。

郁贤皓:《李白与唐代文史考论》,南京师范大学出版社 2008 年版。

郁贤皓:《李太白全集校注》,凤凰出版社 2015 年版。

郁贤皓:《唐刺史考全编》,安徽大学出版社 2000 年版。

郁贤皓:《唐风馆杂稿》,辽宁大学出版社 1999 年版。

喻长林等:《台州府志》,上海古籍出版社 2015 年版。

元稹著,周相录校注:《元稹集校注》,上海古籍出版社 2011 年版。

袁桷:《清容居士集》,浙江古籍出版社 2015 年版。

圆仁著,白化文、李鼎霞、许德楠校注:《入唐求法巡礼行记校注》,花山文艺出版社 2007 年版。

乐史:《太平寰宇记》,中华书局 2007 年版。

Z

赞宁撰,范祥雍点校:《宋高僧传》,上海古籍出版社 2017 年版。

曾巩:《南丰先生元丰类稿》,民国十八年(1929)上海商务印书馆《四部丛刊初编》本。

詹锳主编:《李白全集校注汇释集评》,百花文艺出版社 1996 年版。

詹锳:《詹锳全集》,河北教育出版社 2016 年版。

张邦基:《墨庄漫录》,上海古籍出版社 2012 年版。

张步云:《唐代中日往来诗辑注》,陕西人民出版社 1984 年版。

张璁:《嘉靖温州府志》,《天一阁藏明代方志选刊》本,上海古籍书店 1981 年版。

张淏:《宝庆会稽续志》,《宋元方志丛刊》本,中华书局 1990 年版。

张祜著,尹占华校注:《张祜诗集校注》,上海古籍出版社 2020 年版。

张籍撰,徐礼节、余恕诚校注:《张籍集系年校注》,中华书局 2016 年版。

张津:《乾道四明图经》,《宋元方志丛刊》本,中华书局 1990 年版。

张君房:《云笈七签》,中华书局 2003 年版。

张联元辑:《天台山全志》,上海古籍出版社 2016 年版。

张时彻纂修,周希哲订正:《嘉靖宁波府志》,嘉靖三十九年刻本。

张永华、赵文成、赵君平编:《秦晋豫新出墓志搜佚三编》,国家图书馆出版社 2020 年版。

张锡厚主编:《全敦煌诗》,作家出版社 2006 年版。

张铣:《丽水县志》,《清道光版丽水县志丽水志稿点校合刊本》,方志出版社 2010 年版。

张彦远:《法书要录》,上海书画出版社 1986 年版。

张彦远著,俞剑华注释:《历代名画记》,上海人民美术出版社 1964 年版。

张志烈:《初唐四杰年谱》,巴蜀书社 1993 年版。

张鷟撰:《朝野佥载》,上海古籍出版社 2012 年版。

章国庆:《宁波历代碑碣墓志汇编》,上海古籍出版社 2012 年版。

章士钊:《柳文指要》,中华书局 1971 年版。

赵崡:《石墨镌华》,中华书局 1985 年版。

赵君平、赵文成编:《河洛墓刻拾零》,北京图书馆出版社 2007 年版。

赵君平:《邙洛碑志三百种》,中华书局 2004 年版。

赵君平、赵文成编:《秦晋豫新出墓志搜佚》,国家图书馆出版社 2012 年版。

赵璘:《因话录》,上海古籍出版社 1979 年版。

赵明诚撰,金文明校证:《金石录校证》,中华书局 2019 年版。

赵文成、赵君平:《新出唐墓志百种》,西泠印社出版社 2010 年版。

赵钺、劳格著,徐敏霞、王桂珍点校:《唐郎官石柱题名考》,中华书局 1992 年版。

赵贞信:《封氏闻见记校注》,中华书局 2005 年版。

郑处诲:《明皇杂录》,中华书局 1994 年版。

郑逸梅:《艺林散叶》,中华书局 2005 年版。

郑真:《荥阳外史集》,《景印文渊阁四库全书》本,台湾商务印书馆 1986 年版。

中国唐代文学会等主编:《唐代文学研究》第 1 辑,山西人民出版社 1988 年版。

中国唐代文学会等主编:《唐代文学研究》第 2 辑,广西师范大学出版社 1990 年版。

中国唐代文学会等主编:《唐代文学研究》第 4 辑,广西师范大学出版社 1993 年版。

中国唐代文学会等主编:《唐代文学研究》第 7 辑,广西师范大学出版社 1998 年版。

中国文物研究所、千唐志斋博物馆编:《新中国出土墓志·河南叁·千唐志斋壹》,文物出版社 2008 年版。

中国文物研究所、陕西省古籍整理办公室编:《新中国出土墓志·陕西壹》,文物出版社 2000 年版。

周绍良、赵超主编:《唐代墓志汇编续集》,上海古籍出版社 2001 年版。

周绍良主编:《全唐文新编》,吉林文史出版社 2000 年版。

周绍良主编:《唐代墓志汇编》,上海古籍出版社 1992 年版。

周生春:《吴越春秋辑校汇考》,上海古籍出版社 1997 年版。

周勋初:《唐语林校证》,中华书局 1987 年版。

周祝伟:《唐代两浙州县职官考——历代方志所载唐职官新考补正》,上海古籍出版社 2019 年版。

朱枫:《雍州金石记》,中华书局 1982 年版。

朱关田:《初果集》,荣宝斋出版社 2008 年版。

朱关田:《思微室颜真卿研究》,西泠印社出版社 2021 年版,

朱关田:《唐代书法家年谱》,江苏教育出版社 2001 年版。

朱关田:《颜真卿年谱》,西泠印社出版社 2008 年版。

朱金城:《白居易年谱》,上海古籍出版社 1982 年版。

朱彝尊著,王利民校点:《曝书亭全集》,吉林文史出版社 2009 年版。

朱长文纂辑,何立民点校:《墨池编》,浙江人民美术出版社 2019 年版。

朱自清:《朱自清古典文学论文集》,上海古籍出版社 2009 年版。

祝穆:《宋本方舆胜览》,上海古籍出版社 2012 年版。

祝尚书:《杨炯集笺注》,中华书局 2016 年版。

邹志方:《浙东唐诗之路》,浙江古籍出版社 2019 年版。

二、论文

A

艾炬:《吴融生卒年新考》,载《山西师大学报(社会科学版)》2017 年第 1 期。

B

柏俊才:《吴融年谱》,《文献》1998 年第 4 期。

卞孝萱:《李绅年谱》,《安徽史学》1960 年第 3 期。

卞孝萱:《张籍简谱》,《安徽史学通讯》,1959 年第 4、5 期。

C

曹讯:《淡然考》,《中华文史论丛》1987 年第 1 期。

曾涧:《王维〈为薛使君谢婺州刺史表〉之"薛使君"考》,《湖南人文科技学院学报》2017 年第 2 期。

查屏球:《盛唐诗人江南游历之风与李白独特的地理记忆——李白〈送王屋山人魏万还王屋并序〉考论》,《文学遗产》2013 年第 3 期。

陈冠明:《李翰行年稽实》,《烟台师范学院学报(哲学社会科学版)》1995 年第 4 期。

陈冠明:《李舟行年考》,《杜甫研究学刊》1995 年第 3 期。

陈光崇:《王叔文二三事》,《辽宁大学学报(哲学社会科学版)》1988 年第 4 期。

陈鹏:《罗隐年谱及作品系年》,《古籍整理与研究学刊》2011 年第 2 期。

陈尚君:《〈诗渊〉存赵碬佚诗六首》,《中华文史论丛》2020 年第 4 期。

陈尚君:《韦应物在苏州》,《文史知识》2021 年第 7 期。

陈忠凯:《石彦辞墓志探疑》,《文博》1997 年第 5 期。

程曙光:《骆宾王〈乐大夫挽歌五首〉考证》,《乐府学》2017 年第 1 期。

储仲君:《皇甫曾诗疑年》,《晋阳学刊》1994 年第 2 期。

储仲君：《皇甫冉诗疑年（续）》，《山西大学师范学院学报（综合版）》1993 年第 3 期。

储仲君：《皇甫冉诗疑年（续）》，《山西大学师范学院学报（综合版）》1994 年第 4 期。

D

戴伟华：《〈状江南〉唱和诗核心人物及其咏物创新形式》，《文学遗产》2021 年第 1 期。

戴伟华：《〈状江南〉的艺术创新及其诗史意义——兼论敦煌〈咏廿四气诗〉的性质与写作时间》，《文学评论》2020 年第 3 期。

丁青：《再探日本名僧空海与绍兴的历史渊源》，《承德民族师专学报》2009 年第 4 期。

丁式贤：《孟浩然游天台山考》，《东南文化》1990 年第 6 期。

董泽衡：《唐〈冯审墓志〉考述》，《书法》2018 年第 7 期。

杜少虎、赵文成：《唐〈虞从道墓志〉钩沉》，《中国书法》2005 年第 4 期。

杜泽逊：《〈全唐诗补逸〉于季友、范的诗校议》，《中国典籍与文化》2001 年第 1 期。

G

高慎涛：《〈诗人主客图〉所载诗人杨乘墓志及其文献价值》，《中国文学研究》2021 年第 2 期。

郭洪涛、樊有升：《河南偃师县四座唐墓发掘简报》，《文物》1992 年第 11 期。

郭平梁：《骆宾王西域之行与阿斯塔那 64TAM35∶19（a）号文书》，《西北民族研究》1989 年第 1 期。

郭文镐：《杜牧诗文系年小札》，《人文杂志》1989 年第 5 期。

郭文镐：《许浑北游考》，《辽宁大学学报（哲学社会科学版）》1987 年第 4 期。

H

胡可先：《〈台州隋故智者大师修禅道场碑铭〉事实考证与价值论衡》，《浙江社会科学》2015 年第 7 期。

胡可先：《新出土“大历十才子”耿沣墓志及其学术价值》，《文学遗产》2018 年第 6 期。

户崎哲彦：《留传日本的有关陆质的史料及若干考证》，《中国哲学史研究》1985 年第 1 期。

黄媛媛:《唐柳崇敬墓志考释》,《语文学刊》2019 年第 5 期。

J

蒋寅:《常衮〈晚秋集贤院即事寄徐薛二侍郎〉作于大历九年》,《文学遗产》1989 年第 6 期。

蒋寅:《戴叔伦任东阳令考——兼谈〈唐东阳令戴公去思颂〉的新发现》,《广西师范大学学报(哲学社会科学版)》1986 年第 4 期。

焦杰:《崔融行年杂考》,《古籍研究》1998 年第 2 期。

焦闽:《唐元和元年"石伞峰雅集"研究》,《文教资料》2008 年 10 月号上旬刊。

L

李定广、裘江:《千古名篇登鹳雀楼的作者真相》,《中国文学研究》2020 年第 4 期。

李广志:《阿倍仲麻吕〈明州望月〉诗考》,《宁波大学学报(人文科学版)》2015 年第 2 期。

李慧、曹发展:《陕西杨陵区文管所四方唐墓志初探》,《考古与文物》2004 年第 1 期。

李嘉言:《岑诗系年》,《文学遗产》1957 年第 A03 期。

李滔、王小盾:《禅语录和〈永嘉证道歌〉》,《古典文学知识》2021 年第 2 期。

李问渠:《弥足珍贵的天宝遗物——西安市郊发现杨国忠进贡银铤》,《文物》1957 年第 4 期。

李最欣:《罗虬〈比红儿诗〉本事演变及真相新探》,《中南民族大学学报(人文社会科学版)》2009 年第 4 期。

梁超然:《晚唐桂林诗人曹唐考略》,《广西师范大学学报(哲学社会科学版)》1989 年第 4 期。

刘初棠:《郎士元考》,《上海师范大学学报(哲学社会科学版)》1987 年第 1 期。

刘鹏:《独孤及行年及作品系年再补正(上)》,《南阳师范学院学报》2007 年第 2 期。

卢盛江:《空海入唐与〈文镜秘府论〉的编撰》,《江西师范大学学报》2004 年第 3 期。

罗敏中:《唐彦谦年谱》,《中国文学研究》1995 年第 4 期。

N

牛红广:《唐贾敦赜墓志考释》,《黄河科技大学学报》2013 年第 2 期。

Q

邱亮：《谢灵运摩崖诗刻辨伪与考佚》，《文学遗产》2021 年第 5 期。

邱亮：《谢灵运摩崖石刻辨伪与考佚》，《文学遗产》2021 年第 5 期。

T

邰紫琳：《唐代守明州司马宋元质墓志考略》，《文博》2016 年第 5 期。

邰紫琳：《唐代"逍遥公房"韦侹墓志考释》，《中国国家博物馆馆刊》2020 年第 10 期。

汤华泉：《范摅二考》，《文献》1996 年第 1 期。

陶敏：《杨炯卒年求是》，《文学遗产》1995 年第 6 期。

W

王建勇：《唐元和诗人邢允中辨误》，《中华文史论丛》2021 年第 4 期。

王西平：《杜牧诗文系年考辨》，《西北大学学报（哲学社会科学版）》1986 年第 1 期。

王晚霞、郑文伟：《郑虔著〈荟蕞〉考》，《杜甫研究学刊》1992 年第 1 期。

王勇：《唐人赠空海送别诗》，《文献》2009 年第 4 期。

王育成：《司马承祯与唐代道教镜说证》，《中国历史博物馆馆刊》2000 年第 1 期。

王增斌：《骆宾王从军西域时间考——兼探骆宾王生平》，《山西大学学报（哲学社会科学版）》1989 年第 2 期。

王兆鹏：《据〈金石录〉考证杨炯的卒年》，《文学遗产》1995 年第 2 期。

X

咸晓婷：《元稹浙东幕僚佐生平考》，《中文学术前沿》第 4 辑，浙江大学出版社 2012 年版。

啸流：《〈梦游天姥吟留别〉诗题诗旨辨》，《中国李白研究》1991 年集。

谢志强：《虞世南〈咏蝉〉创作时间考》，《文教资料》2008 年第 10 期。

熊飞：《关于李阳冰生平的几个问题》，《咸宁师专学报》1991 年第 2 期。

许嘉甫：《李白交游考录三题》，《中国李白研究》1990 年集下。

薛宗正：《骆宾王从征西突厥的诗篇》，《乌鲁木齐职业大学学报》1992 年第 2 期。

Y

严寅春：《李舟年谱考略》，《西藏民族学院学报（哲学社会科学版）》2006 年第

5 期。

　　杨军凯等:《西安南郊唐吴兴郡夫人沈和墓发掘简报》,《文物》2019 年第 7 期。

　　杨琼:《新发现〈丹阳集〉诗人丁仙之墓志考释》,《中华文史论丛》2020 年第 1 期。

　　杨森:《唐虞世南子虞昶传略补》,《陕西师大学报(哲学社会科学版)》1992 年第 2 期。

　　岳连建、柯卓英:《唐淮南大长公主驸马封言道墓志考释》,《考古与文物》2004 年第 4 期。

Z

　　张国华、沈阳:《唐代封祯墓志铭考释》,《文物春秋》2013 年第 2 期。

　　张乃馨、石宇轩:《江苏泰州新见唐代墓志略考》,《文物春秋》2021 年第 2 期。

　　张松林:《骆宾王终迹南通黄泥口有案可稽》,《文史知识》2021 年第 6 期。

　　张松林:《骆宾王终迹南通黄泥口有案可稽附记》,《文史知识》2021 年第 7 期。

　　张志烈:《王勃杂考》,《四川大学学报(哲学社会科学版)》1983 年第 2 期。

　　赵昌平:《秦系考》,《中华文史论丛》1984 年第 4 辑。

　　赵昌平:《秦系考》附《秦系年表》,《中华文史论丛》1984 年第 4 辑。

　　赵君平:《唐〈徐浚墓志〉概述》,《书法丛刊》1999 年第 4 期。

　　赵目珍:《〈诗人主客图〉"瑰奇美丽主"武元衡年谱》,《中国韵文学刊》2013 年第 2 期。

　　赵天相:《试解陆羽〈会稽东小山〉诗》,《农业考古》2010 年第 2 期。

　　郑州市文物考古研究院:《河南郑州唐郑仲淹夫妇合葬墓发掘简报》,《文物》2021 年第 8 期。

　　周本淳:《张志和生卒年考述》,《江海学刊》1994 年第 2 期。

　　朱关田:《〈唐郑虔墓志〉浅释》,《书法丛刊》2007 年第 6 期。

　　朱捷元:《西安北郊出土唐金花银盘铭文的校勘》,《文物》1964 年第 7 期。

　　朱永宁:《西山寺的〈护国院记〉碑》,《宁波晚报》2012 年 7 月 15 日,第 A8 版。

　　朱玉麒:《〈登科记考〉补遗、订正》,《文献》1994 年第 3 期。

　　朱玉麒:《道藏所见李白资料汇辑考辨》,《文教资料》1997 年第 1 期。

　　竺济法:《嵊州唐碑墓志铭与陆羽卒年》,《农业考古》2001 年第 2 期。

　　邹志方:《"浙东唱和"考索(续)》,《绍兴师专学报》1992 年第 1 期。

　　佐藤长门:《入唐僧圆珍:日本天台宗寺门派之祖》,2015 年第 3 期。